한 국
현 대
소 설 사

2

1930~1945

지은이 조남현

1948년 인천에서 태어나 서울대학교 국문과를 졸업하고 1983년 서울대학교에서 문학박사 학위를 받았다. 1973년 『동아일보』 신춘문예 평론 부문에 당선되어 등단했다. 계간지 『소설과 사상』의 주간과 월간지 『문학사상』의 주간으로 활동했다. 저서로 『문학과 정신사적 자취』 『지성의 통풍을 위한 문학』 『삶과 문학적 인식』 『우리 소설의 판과 틀』 『풀이에서 매김으로』 『한국문학의 저변』 『한국문학의 사실과 가치』 『1990년대 문학의 담론』 『비평의 자리』 등의 평론집과 『한국 지식인소설 연구』 『한국 현대문학의 자계』 『한국 현대소설 연구』 『한국소설과 갈등』 『한국 현대소설의 해부』 『한국 현대문학사상 연구』 『한국 현대문학사상 논구』 『한국 현대소설유형론 연구』 『한국 현대문학사상 탐구』 『그들의 문학과 생애, 이기영』 『소설신론』 『한국 현대작가의 시야』 『한국 현대문학사상의 발견』 등의 학술서가 있다. 현대문학상, 김환태평론상, 대산문학상, 대한민국 학술원상 등을 수상했다. 현재 서울대학교 국문과 명예교수로 있다.

한국 현대소설사 2
1930~1945

초판 1쇄 발행 2012년 12월 21일
초판 2쇄 발행 2017년 3월 15일

지은이 조남현
펴낸이 주일우
펴낸곳 ㈜**문학과지성사**
등록번호 제1993-000098호
주소 04034 서울 마포구 잔다리로7길 18(서교동 377-20)
전화 02)338-7224
팩스 02)323-4180(편집) 02)338-7221(영업)
전자우편 moonji@moonji.com
홈페이지 www.moonji.com

ⓒ 조남현, 2012. Printed in Seoul, Korea.
ISBN 978-89-320-2371-7 94800
ISBN 978-89-320-2369-4(세트)

한국
현대
소설사

2

1930~1945

조
남
현
지
음

문학과지성사
2012

머리말

  젊은 시절부터 평론이나 논문이나 책을 쓸 때 '문학사적 맥락'이란 것을
잠재의식처럼 간직해온 편이다. 내 경우, 문학사적 맥락은 때로는 법칙으
로 때로는 양심으로 작용하기도 했다. 문학사적 맥락은 한 작가나 작품이
지닐 법한 위상의 윤곽을 잡아준다. 개별 작가나 작품에 대한 '논(論)'이 '사
(史)'로부터 인정을 받아야 하는 것은 아니지만 자문을 구하는 것은 바람직
하다. 문학사를 잘 알지 못하면 평론은 말할 것도 없고 논문도 논의 대상
을 납득하기 어려울 만큼 과찬하든가 과소평가하는 경우를 빚어낼 수 있
다. 문학사에 대한 지식과 이해에 근거를 둔 문학사적 맥락은 개별 작가나
작품에 대한 평가와 해석의 행위에 지렛대 역할을 해주기 마련이다.
  여러 선행 문학사나 소설사가 보여주고 있는 것처럼, '문학사적 맥락'은
기본적으로 문학사가가 만든다. 나도 문학사가가 되고 싶다는 도전적인 생
각은 젊었을 때부터 품어왔다. 거의 20년 전에 소설사 서술이란 장기 과제
의 첫걸음을 떼는 기회를 가질 수 있었다. 출판사 고려원에서 1992년 겨울호
로 창간한 계간지 『소설과사상』 제9호(1994년 겨울호)부터 제25호(2000년
가을호)까지 14회 동안 '한국 현대소설사'를 연재하던 중 출판사가 문을 닫

음에 따라 잡지가 종간되었고 연재도 중단되고 말았다. 1939년과 1940년에 걸쳐 신문에 연재되었던 유진오의 장편소설 『화상보』와 이기영의 장편소설 『대지의 아들』을 논한 것으로 일단 끝맺음했다. 7년 후 『학산문학』 2007년 봄호와 여름호에 1930년대 말엽의 소설과 1940년대 전반기의 소설을 논한 글을 실었으나 이번에는 내 사정으로 연재를 중단하고 말았다.

내 나이 오십대가 지나가면서 과연 나의 주저는 무엇인가 하고 자문하게 되었고 나도 모르게 한숨을 쉬곤 했다. 연내 탈고를 목표로 삼고 2007년 여름방학 때부터 본격적으로 원고 정리에 들어갔으나 시간이 가면서 오히려 작업량이 늘어나는 느낌이었다. 탈고가 예정보다 훨씬 늦어진 가장 큰 이유로 『한국문학잡지사상사』의 집필 기간과 겹친 점을 들 수밖에 없다. 이것 못지않게 큰 이유가 또 한 가지 있다. 일단 연재본을 저본으로 하여 막 원고 정리에 착수했을 때 가졌던 문학사관을 포기하면서 작업량이 엄청나게 늘어난 것이다. 개화기 소설 가운데 소설로서는 미숙하고 결격인 신문 연재본이나 잡지 게재본을 논하기 시작하면서 1급 작가와 작품이 중심이 되는 일종의 영웅사관을 포기할 수밖에 없었다. 개화기부터 1940년대 전반기까지를 대상으로 하여 작품을 대폭 추가해서 읽고, 작품론을 쓰고, 이미 쓴 작품론도 대대적으로 고치는 행위가 앞뒤 없이 뒤엉키게 되었다. 물론 연재본이 없었더라면 소설사 기술이 가능하지 않았겠지만 연재본이 부분부분 걸림돌이 된 것도 부인할 수 없다. 연재본을 보완하는 정도로 안 되겠다고 판단되면 원점으로 돌아가 작품을 다시 읽고 다시 논한 것도 적지 않았다. 원본을 텍스트로 하여 찾고, 읽고, 인용하는 데도 시간이 많이 걸렸다.

여러 해에 걸친 집필 과정에서 과연 소설사 기술을 완성할 수 있을 것인가 하는 막막함에 빠지기도 하였고 작품들을 정독하고 핵심을 추려내고 작품들을 일정한 기준에 따라 묶고 적소에 배치하는 고달프기 짝이 없는 일은 전적으로 내가 할 수밖에 없다는 외로움을 절감하기도 하였다. 소설사의 대상이 된 작가들이 경제난과 검열난 속에서 참담한 표정으로 글 쓰는 모습이 저절로 떠오르곤 했다.

우리 소설사는 여러 작가들의 공동 작업으로 이루어진 소산이다. 여러 작가들과 작품들에 대해 1차적으로는 우열 평가에 따른 선택 행위를 중심으로 접근하였고 2차적으로는 배제보다 수용의 태도를 앞세워 근접할 수 있었다. 되도록 많은 작가들의 많은 작품을 읽으면서 소설사는 소수의 1급 작품으로만 엮일 수는 없음을 깨닫게 되었다. 그동안 현대문학 연구자들로부터 제대로 된 관심을 받지 못했던 작가들, 예컨대 강노향, 김광주, 김정한, 박노갑, 백신애, 석인해, 이무영, 이주홍, 전무길, 정비석, 최독견, 최인준, 함대훈, 현경준 등과 같은 작가들의 여러 작품들이 한국 현대소설사를 보다 의미 있는 공간으로 만들어줄 것으로 판단하게 되었다.

10여 년 전에 한국 현대문학 연구자가 지녀야 할 태도를 「날카로운 예술학과 따뜻한 한국학의 만남」(『문학과 교육』, 1999년 겨울호)이라는 글로 제시한 적이 있었던 것처럼 '날카로운 예술학'으로 1급의 작품들을 중심에 놓고 '따뜻한 한국학'으로 2급의 작품들을 그 주변이나 저변에 놓아야 온전한 소설사가 될 수 있을 것이다. 소설가가 자신의 시대고의 정수와 비극적 체험의 결정체를 담아놓은 소설 작품들이기에 소중히 다루자는 뜻을 살려 중요한 부분은 되도록 인용 제시하는 태도를 취했다. 한국어에 관련된 자료를 보여주겠다는 취지도 살리기 위해 인용문은 첫 발표 당시의 원문을 그대로 제시하고자 했다. 서양 이론의 맹목적 추수로, 또는 비평사나 사상운동사를 도그마로 취하는 태도로 개별 작품을 훼손하거나 왜곡한 적은 없는지 성찰이 필요하다는 생각도 했다. 바라건대『한국 현대소설사』가 오늘의 독자와 작가에게도 말을 건넬 수 있는 역사, 문학이론이 배양되는 역사, 인문학이나 한국학을 공부하는 사람들이 한 번쯤 참고하는 역사가 되었으면 좋겠다.

『국민문학』 수록의 친일적 일문단편소설이란 공통점을 지닌 최재서의 「보도연습반」 「수석(燧石)」, 한설야의 「영(影)」, 이광수의 「가천교장(加川校長)」 등을 번역하여 보내준 일본 도야마 대학교 와다 도모미 교수에게 감사드린다. 한창 제 공부하느라 바쁜 때임에도 자주 귀중한 시간을 내주어 연재본의 복원, 작품 연보 · 작가 연보와 찾아보기 작성, 작품의 원문 찾기, 주요 자료 복사 등의 작업을 해온 정주아 교수와 김명훈 군! 정말로 고맙다. 장성규, 유승환, 장문석, 이민영 군의 도움도 컸다.

2010년 5월에서부터 2012년 11월까지 여러 차례에 걸쳐 매우 복잡하고 실로 손이 많이 가는 교정지를 보냈음에도 잘 반영해주고 치밀하게 처리해준 이근혜 부장과 이정미 팀장을 비롯한 문학과지성사의 관계자 여러분에게 감사드린다.

이 책을 쓰면서 이따금 나의 근원에 대해 그리워하곤 했다. 그 근원에 자리하고 계신 내 아버님과 전광용 · 정한모 선생님의 영전에 이 책을 바친다. 늘 따뜻한 눈길로 지켜봐주시는 어머님, 각자 정진에 여념이 없을 제자들, 결혼해서 성실하게 각자의 길을 걷고 있는 자녀들, 예쁘고 총명하게 커가는 손녀 단이에게 이 책이 내 나름대로 부끄럽지 않게 산 표증이 되길 바란다.

막막함과 고달픔은 덜어주고 힘과 사랑은 늘려주었던 아내 김영애(金英愛)에게 이 책을 보낸다.

2012년 관악산 자락에서 끝 학기를 보내며
조남현

1권

머리말 4

일러두기

1. 반복해서 등장하는 작품의 제목은 발표 당시의 표기대로 한 번 기록하고, 이후에는 현대어로 표기하였다.
2. 한글과 한자가 병기된 제목인 경우 괄호 안에 한자를 병기하였다.
    예) 조유중(自由鐘)
3. 신문과 잡지명은 현대어로 표기하였다.
    예) 독닙신문 → 독립신문
4. 인용할 때는 작품 발표 당시의 원문을 그대로 옮겼다.
5. 각 장에서 처음 나오는 작가명은 한자를 병기하였다.
6. 부록에서는 작품과 출처에 따로 표시(「」『』)를 하지 않았다.
7. 찾아보기에서는 작품명을 현대어로 표기하였다.

1930년대와
노벨의 확대와 심화

1. 총론

　작가들과 소설에게 탄압과 희망의 양극 아래서 직접·간접으로 영향을
주었거나 작가들이 빚어내었던 1930년대의 주요 사건을 추리면 다음과
같다.[1]

　이승훈 사망(1930. 5), 한용운 항일 비밀결사 만당(卍黨) 조직(1930. 5),
간도 5·30사건(1930. 5), 만주 길림성에서 이청천 등 한국독립당과 한국
독립군 조직(1930. 7), 평양 고무 노동자 1,800명 동맹파업 전개와 실패
(1930. 8), 소작쟁의 726건, 노동쟁의 160건(1930), 이난영의 노래「목포
의 눈물」출반(1930), 신간회 해체 결의(1931. 5), 우가키 가즈시게(宇垣
一成) 총독 부임(1931. 6),『동아일보』브나로드운동 전개(1931.
6~1934), 박영희·김기진·김남천 등 70여 명이 구금된 조선프롤레타리
아예술동맹 제1차 검거 사건(1931. 6), 만보산 사건(1931. 7), 만주사변

---

1) 이만열 엮음,『한국사연표』(개정판), 역민사, 1996, pp. 244~63.

발발(1931. 9. 18), 경성제대 학생 중심의 반제동맹으로 다수 학생 피검 (1931. 11), 소작쟁의 667건, 노동쟁의 201건(1931), 한인 애국단원 이봉창 일 천황에 폭탄 투척 실패(1932. 1), 한인 애국단원 윤봉길 상해사변 승리 축하회장에서 폭탄 투척 시리카와(白川) 대장 등 10여 명 살상(1932. 4), 윤봉길 사형 집행(1932. 12. 19), 안창호 상해에서 피체(1932. 4), 방응모 『조선일보』 인수(1932. 7), 조선소작조정령 제정(1932. 12), 치안유지법 강화 이래 10개월간 3천여 명 피검(1932. 9), 총독부 『조선사』 간행 (1932~38), 이규환의 영화 「임자 없는 나룻배」 제작(1932), 진해 동양제사 여공 파업(1933. 1), 이긍종·조병옥 등 조선경제학회 창립(1933. 6), 목포 동아고무공장 직공 파업(1933. 9), 경성고무회사 여공 파업(1933. 9), 소작쟁의 건수가 642건으로, 1932년의 304건에 비해 격증(1933. 10), 조선어학회 한글맞춤법통일안 발표(1933. 11), 철원 불이농장 소작인들 쟁의 전개(1934. 4), 이병도·김윤경·이병기 등 진단학회 설립(1934. 5), 60여 명이 구금된 조선프롤레타리아예술동맹 제2차 검거 사건(1934. 5), 조공 재건 국내위원회 사건으로 기소된 56명 공판 개시(1934. 6), 홍남제련소 남녀 직공 6백여 명 파업(1934. 10), 울진 적색농조 사건으로 50여 명 피검(1934. 12), 인천 부두 노동자 천 명 파업, 1~6월 사이의 소작쟁의는 6,836건으로 크게 증가(대부분 소작권 회복 문제), 노동쟁의는 90건(대개 임금 인상 문제, 1935. 6), 난징에서 민족혁명당 조직(1935. 7), 각 학교에서 신사참배 강요(1935. 9), 조선일보사 『조광』 창간(1935. 10), 최초의 발성영화 「춘향전」 단성사에서 개봉(1935. 10), 신채호 뤼순 감옥에서 사망(1936. 3), 『동아일보』 일장기 말소 사건으로 제4차 무기한 정간 (1936. 7), 안익태 애국가 작곡(1936. 7), 조선 총독에 미나미 지로(南次郎) 임명(1936. 8), 손기정 베를린 올림픽에서 마라톤 우승(1936. 8), 조선사상범보호관찰령 공포 시행(1936. 12), 평양 연극단체 예술좌 간부 11명 사상운동 혐의로 검거(1937. 1), 교도 3백 명을 살해한 백백교 간부

150여 명을 검거한 백백교 사건(1937. 2), 가출옥 사상범 처우규정 공포, 총독 5대 시정 방침 발표(國體明徵, 鮮滿一如, 敎學振興, 農工竝進, 庶政刷新. 1937. 4), 수양동우회 사건으로 안창호 등 150여 명 검거(1937. 6), 『동아일보』복간(1937. 6), 황국신민서사 제정과 시행(1937. 10), 박흥식 화신백화점 건립(1937), 안창호 병보석 중 사망(1938. 3), 양기탁 중국 장쑤(江蘇) 성에서 사망(1938. 4), 중학교 조선어 시간을 다른 과목으로 대체 지시(1938. 4), 각도에 근로보국대 조직 지시(1938. 6), 국민정신총동원조선연맹 창립(1938. 7), 전국의 전향자들 시국 대응 전조선사상보국연맹 결성(1938. 7), 총독부 전국의 교원과 관리들에게 제복 착용 지시(1938. 7), 문세영 최초의『우리말 사전』간행(1938. 7), 수양동우회 예심 보석 중인 이광수 외 28명 사상전향 진술서 제출, 백남운 연전 교수 등 3명을 치안유지법 위반 혐의로 구속(1938. 11), 이태준『문장』창간(1939. 2), 최재서『인문평론』창간(1939. 10), 이광수 · 김동환 · 이태준 · 박영희 등 친일 문학단체 조선문인협회 결성(1943년에 조선문인보국회로 개칭), 국민징용령 실시(1939. 10. 1945년까지 45만 명 동원), 소작쟁의 일체 봉쇄(1939. 12).

"제2조 보호관찰에 있어서는 본인을 보호하여 다시 죄를 범할 위험을 방지하기 위하여 그 사상 및 행동을 관찰하는 것으로 한다" "제3조 보호관찰은 본인을 보호관찰소의 보호사의 관찰에 부치거나 보호자에게 인도하거나 보호단체 · 사원 · 교회 · 병원 기타 적당한 자에게 위탁하여 행한다" "제4조 보호관찰에 부쳐진 자에 대해서는 거주 · 교우 · 통신의 제한 기타 적당한 조건을 준수할 것을 명할 수 있다" "제5조 보호관찰의 기간은 2년으로 한다. 특히 계속할 필요가 있는 경우에는 보호관찰심사회의 결의에 의하여 그것을 갱신할 수 있다" 등을 골자로 한 '사상범보호관찰법'이 1936년 5월에 공포되었다. 1937년 10월에는 황국신민서사(皇國臣民誓詞)를 소학교 아동용과 중등학교 및 성인용으로 나누어 공표하였다. 중등학교 및 성인용은 1. 우리는 황국 신민이다. 충성으로써 군국(君國)에 보답하련다, 2. 우리 황국 신민은 신애협력(信愛協力)하여 단결을 굳게 하련다, 3. 우리 황국 신민은 인고단련으로 힘을 길러 황도(皇道)를 선양하련다로 되어 있다. 1938년 4월 1일에는 노동쟁의의 예방 혹은 해결에 관해 필요한 명령을 내리거나 노동쟁의를 제한 또는 금지할 수 있다(제7조), 칙령에 따라 물자의 생산·배급·양도·사용·소비·소지에 대해 필요한 명령을 할 수 있다(제8조), 정부는 전시에 국가 총동원상 필요할 때는 칙령이 정하는 바에 따라 신문지, 기타의 출판물의 게재에 대하여 제한 또는 금지를 행할 수 있다(제20조) 등을 골자로 한 국가총동원법이 발표되었다.[2]

『최근의 조선치안상황』(1933년도 판, 1938년도 판)에 의하면 조선 총독부는 '사상범'을 황실에 대한 죄, 소요죄, 보안법 및 보안규칙, 치안유지법, 정치에 관한 범죄 처벌, 폭력 행위 등 처벌 건, 폭발물 취체 규칙, 출판법 및 출판 규칙, 신문지법 및 신문지 규칙 등에 저촉된 자로 분류했다. 1930년부터 1933년까지를 보면 1930년에 924건, 1931년에 1,264건, 1932년에 642건, 1933년에 427건이 발생하여 1931년이 가장 많은 것으로 나타났다. 1931년에는 폭력 행위 등 처벌 건이 가장 많은 데 비해 다른 해에는 치안유지법 위반자가 가장 많았다. '사상범 검거 상황'을 보면 1930년에 397건(4,025명), 1931년에 436건(3,659명), 1932년에 345건(4,989명), 1933년에 213건(2,641명), 1934년에 183건(2,389명), 1935년에 172건(1,740명), 1936년에 167건(2,762명), 1937년에 134건(1,637명), 1938년에 145건(1,344명)으로 집계되었다.[3] 일제는 1936년 12월 12일에 조선사상범보호관찰령을 공포하고 복심법원 소재지인 경성·대구·광

2) 이영철 엮음, 『시민을 위한 사료 한국근현대사』, 법영사, 2002, pp. 206~21.
3) 박경신, 『일본제국주의의 조선지배』, 행지, 1986, p. 523.

주 · 평양 · 신의주 · 함흥 · 청진에 사상범 보호관찰소를 설치하였다.[4]

1931년 10월 15일에는 '조선공산주의자협의회 사건' 관련자 17명이 치안유지법, 출판법 위반 혐의로 경성지방법원 검사국에 송국되었는데 작가로는 김남천(21세) · 권환(28세) · 박영희(31세) · 윤기정(29세) · 송영(29세) · 김기진(29세) · 이기영(36세) 등 7명이 포함되었다. 네 명의 기소자에 김남천만 포함되었다. 1931년 11월 20일에 박노갑과 김정한을 포함한 5명의 회원이 동경 무산자사 해체 후에 동지사 창립을 선언했으나 이듬해 2월 2일에 해체되고 말았다. 1932년 5월 16일에 열린 조선프로예맹 중앙위원회에서 김기진 · 박영희 · 권환 · 한설야가 중앙위원을 사임하고 윤기정 · 이기영 · 송영 · 백철 등이 새로 선임된다. 1933년 12월 10일 박영희가 탈퇴원을 본부 서기국에 제출한다. 1934년 2월 10일에 조선프로예맹 중앙집행위원회가 소집되었는데 김기진이 문학부 서기국을 맡고 이기영 · 김기진 · 송영 · 권환 · 백철 · 이동규 · 이갑기 등이 집행위원회를 구성하였다. 1934년 5월 중순부터 12월까지 극단 신건설사 사건 관련 한설야 · 이기영 · 송영 · 백철 · 김기진 · 박영희 등이 체포되었다. 1934년 7월 28일에 조선공산주의자협의회 사건 관계자 언도 공판에서 김남천은 징역 2년, 집행유예 5년이 확정되었다. 1935년 1월 24일에 신건설사 사건 관계자 24명이 기소되었고, 12월 9일에 전주 지방법원에서 신건설사 사건 선

---

4) 임종국, 『실록 친일파』, 돌베개, 1991, pp. 200~01.
　"제령 제16호 조선사상범보호관찰령은 1936년 12월 12일에 공포되었다. 이는 치안유지법 위반자 중 집행유예의 언도가 있는 경우, 소추할 필요가 없음으로써 공소가 제기되지 않은 경우, 또 형이 집행종료 또는 가출옥이 된 경우에 보호관찰심사회의 결의에 의해서 본인을 보호관찰에 부칠 수 있음을 규정한 것이며(제1조), 필요할 시에는 보호관찰심사회의 결의 전에도 이를 행할 수 있음을 규정(제6조)한 법령이다.
　보호관찰이란 재범의 위험을 막기 위해서 그 사상과 행동을 관찰하는 것이며(제2조), 본인을 보호관찰소 보호사의 관찰에 부치거나 또는 보호자에게 인도 혹은 보호단체 · 사원 · 교회 · 병원 기타에 위탁함으로써 실행하였고(제3조), 그 기간은 2년, 단 보호관찰심사회의 결의로써 연장할 수 있었으며(제5조), 피보호자에 대하여 거주 · 교우 · 통신의 제한 기타 적당한 조건의 준수를 명할 수 있는 것이었다(제4조)."

고 공판이 있었고, 1936년 2월 19일에 대구 복심법원에서 신건설사 사건 항소심 선고 공판이 있었다. 1심에서는 박영희 · 윤기정 · 이기영 · 송영 · 한설야 · 권환 · 백철 · 이동규 · 정청산 · 최정희 등 10명의 작가가 징역 2년 집행유예 3년에서 무죄까지의 선고를 받았으나 복심법원에서는 박영희 · 윤기정 · 이기영 · 송영 등 4명의 작가가 징역 3년 집행유예 3년을 선고받는다. 신건설사 사건 관련자들이 기소되어 선고 공판이 열리는 그 중간인 1935년 5월 20일에 임화는 카프 해산계를 경기도 경찰부에 제출한다.[5]

1929년에 발표작이 2백 편을 넘던 것이 1930년에 들어서서는 겨우 110편을 상회하는 정도가 되었다. 1930년은 김동인의 해라고 할 수 있다. 김동인은 장편역사소설 『젊은 그들』(『동아일보』, 1930. 9. 2~1931. 11. 10), 「배회」(『대조』, 1930. 3~7) 등 20편에 가까운 작품을 발표하였으나 신문 1~2회분 소설이 5편 정도 포함된 만큼 발표 편수도 감소될 수밖에 없다. 김동인은 발표작의 숫자와 작품의 질적 수준은 비례하기 어려운 것이라는 속설을 입증해주었다. 그 뒤를 이어 이효석은 「마작철학」(『조선일보』, 1930. 8. 9~20)과 「노령근해」(『조선강단』, 1930. 1) 등 근 10편을 발표했다. 이 작품들 대부분은 소설집 『노령근해』로 묶였다. 이광수는 「혁명가의 아내」(「군상」 1부, 『동아일보』, 1930. 1. 1~2. 4)와 「사랑의 다각형」(「군상」 2부, 『동아일보』, 1930. 3. 27~11. 2) 등으로, 채만식은 「병조와 영복이」(『별건곤』, 1930. 2~5) 등으로, 윤백남은 장편소설 『대도전』(『동아일보』, 1930. 1. 16~3. 24) 등으로 5편을 발표했다. 3~4편을 발표한 작가로는 최독견, 박태원, 이기영, 이태준, 유진오, 정인택, 최인준, 송영 등이 있다. 최독견은 「푸레센트」(『신민』, 1930. 7) 등의 소품을 발표했다. 박

5) 권영민, 『한국계급문학운동사』, 문예출판사, 1999, pp. 418~27 참고.

태원은 「적멸」(『동아일보』, 1930. 2. 5~3. 1) 등을 발표했으나 신인의 테를 벗어나지 못했고, 이기영은 「종이 뜨는 사람들」(『대조』, 1930. 4) 등과 같이 투쟁성이나 비판력이 강화된 작품들을 남겼다. 이태준도 「기생 산월이」(『별건곤』, 1930. 1) 등의 수준작을 썼다. 유진오는 「송군 남매와 나」(『조선일보』, 1930. 9. 4~17) 등을, 정인택은 「눈보라」(『매일신보』, 1930. 9. 11~10. 5) 등을, 최인준은 「양돼지」(『신소설』, 1930. 1) 등을, 송영은 「교대시간」(『조선지광』, 1930. 3~6) 등을 썼다. 1~2편을 발표한 작가로는 김영팔, 방인근, 염상섭, 최승일, 김기진, 심훈, 이상, 이종명, 조중곤, 최서해 등이 있다. 이 중 김기진의 장편소설 『해조음』(『조선일보』, 1930. 1. 15~7. 24), 심훈의 미완성 장편소설 『동방의 애인』(『조선일보』, 1930. 10. 29~12. 10), 이상의 장편소설 『십이월 십이일』(『조선』, 1930. 2~7), 최서해의 장편소설 『호외시대』(『매일신보』, 1930. 9. 20~1931. 8. 1) 등은 문제작으로 평가되었다. 이들 작가들은 이 한 편만으로도 작가로서의 명맥을 충분히 유지했다.

1931년에는 발표작이 1백 편을 넘지 못한다. 5편 이상 작품을 발표한 작가로는 이무영, 유진오, 이태준 등이 있다. 「반역자」(『조선일보』, 1931. 5. 8~22) 등을 발표한 이무영은 문제작을 거의 남기지 못하였다. 반면에 「여직공」(『조선일보』, 1931. 1. 2~22), 「형」(『조선지광』, 1931. 2~5), 「상해의 기억」(『문예월간』, 1931. 11) 등을 발표한 유진오는 대부분 문제작을 남긴 것으로 평가되었다. 이태준은 장편소설 『구원의 여상』(『신여성』, 1931. 3~1932. 8), 「고향」(『동아일보』, 1931. 4. 21~29) 등을 발표하였다. 이어 김동인은 「거지」(『삼천리』, 1931. 7) 등으로, 전무길은 「시드는 꽃」(『동광』, 1931. 11) 등으로, 방인근은 「두 처녀」(『신여성』, 1931. 10) 등으로, 최독견은 「구혼」(『문예월간』, 1931. 12) 등으로 3~4편을 발표하여 그 뒤를 잇는다. 이 밖에 염상섭, 이기영, 이효석, 채만식 등도 3~4편을 발표했다. 염상섭은 비록 3편을 남겼지만 이 3편에는 장편소설

『삼대』(『조선일보』, 1931. 1. 1~9. 17), 장편소설 『무화과』(『매일신보』, 1931. 11. 13~1932. 11. 12)가 포함되어 있어 1931년에 가장 높은 수준을 차지한 것으로 평가된다. 이기영은 「시대의 진보」(『조선지광』, 1931. 1·2), 이효석은 「프렐류드」(『동광』, 1931. 12~1932. 2), 채만식은 「창백한 얼굴들」(『혜성』, 1931. 10) 등의 문제작을 남겼다. 1~2편을 낸 작가 중에서는 「파금」(『조선일보』, 1931. 1. 27~2. 3)의 강경애, 「오수향」(『조선일보』, 1931. 1. 1~26)의 송영, 장편역사소설 『이순신』(『동아일보』, 1931. 6. 26~1932. 4. 3)의 이광수, 「목화와 콩」(『조선일보』, 1931. 7. 16~24)의 권환, 「공장 신문」(『조선일보』, 1931. 7. 5~15)의 김남천, 「재출발」(『비판』, 1931. 7~8)의 박승극, 미완 장편소설 『불사조』(『조선일보』, 1931. 8. 16~12. 29)의 심훈, 「휴업과 사정」(『조선』, 1931. 4)의 이상 등이 일급 작가의 대열을 형성했다. 그 외에 조용만, 현진건, 최정희, 한인택 등도 1~2편을 남겼다.

1932년에는 발표작이 전년도에 비해 두 배 가까이 증가하는 결과가 나타났다. 김동인은 「붉은 산」(『삼천리』, 1932. 4)과 미완 중편소설 「잡초」(『신동아』, 1932. 4~5) 등으로, 한인택은 「개」(『비판』, 1932. 2) 등으로 근 10편을 남겼다. 방인근은 「모뽀·모껄」(『신동아』, 1932. 5) 등을, 이태준은 「불우선생」(『삼천리』, 1932. 4) 등을, 이무영은 「조그만 반역자」(『동광』, 1932. 8) 등을, 이북명은 「질소비료공장」(『조선일보』, 1932. 5. 29~31), 「출근 정지」(『문학건설』, 1932. 12) 등을 발표하여 5편 이상의 작품을 남긴 작가군을 이루었다. 한인택이나 방인근, 이태준 같은 경우는 발표작은 적은 편이 아니나, 위에 제시된 작품 외에는 주목할 만한 것이 없다. 노동자소설만을 쓴 이북명은 질과 양이 비례하는 결과를 보여주었다. 3~4편을 발표한 작가로는 「최박사의 양심」(『삼천리』, 1932. 10~1933. 1)의 이종명, 「룸펜의 신경선」(『영화시대』, 1932. 3~4)의 최정희, 「하수도 공사」(『동광』, 1932. 5)의 박화성, 「실직과 강아지」(『형상』,

1932. 3)의 조벽암, 「처녀」(『제일선』, 1932. 8)의 안회남, 「자유 노동자」(『제일선』, 1932. 12)의 이동규, 「사방 공사」(『신계단』, 1932. 11)의 한설야 등이 있다. 1~2편을 발표한 작가로는 「그대의 힘은 약하다」(『비판』, 1932. 1~2)의 엄흥섭, 「양잠촌」(『문학건설』, 1932. 12)의 이기영, 「오월 제 전」(『신계단』, 1932. 11)의 유진오, 「부자」(『제일선』, 1932. 9)의 강경애, 「공우회」(『조선지광』, 1932. 2)의 김남천, 장편소설 『백구』(『중앙일보』, 1932. 10. 31~1933. 6. 13)의 염상섭 등이 있다. 안석영, 이광수, 채만식, 김소엽, 김일엽, 박영준, 송영, 이석훈, 임영빈 등도 1~2편씩을 발표했다. 신인 또는 무명작가가 많은 것이 1932년도의 특징의 하나라고 할수 있다.

　1933년도의 발표작 숫자는 1934년과 비슷하다. 1933년에는 이태준이 장편소설 『제2의 운명』(『조선중앙일보』, 1933. 8. 25~1934. 3. 23), 「달밤」(『중앙』, 1933. 11) 등 10여 편을 쓰면서 가장 활발한 창작 활동을 보였으나, 문제작은 그리 많지 않았다. 이어 박태원은 「피로」(『여명』, 1933. 5) 등으로, 강경애는 「축구전」(『신가정』, 1933. 12) 등으로, 이무영은 「루바슈카」(『신동아』, 1933. 2) 등으로, 이기영은 「김군과 나와 그의 아내」(『조선일보』, 1933. 1. 2~15), 「서화」(『조선일보』, 1933. 5. 30~7. 1), 장편소설 『고향』(『조선일보』, 1933. 11. 15~1934. 9. 21) 등으로, 이효석은 「주리야」(『신여성』, 1933. 3~10) 등으로 5편 이상을 발표하였다. 박태원, 강경애, 이무영, 이효석 등은 활발하게 활동하는 동시에 대부분 수준작을 남겼다. 이기영은 발표작의 숫자는 중간 정도이지만 『고향』, 「서화」 등과 같은 명작을 통해 문단의 리더가 된다. 이어 3~4편을 발표한 작가로는 「아마와 양말」(『조선문학』, 1933. 10)의 이종명, 「남편, 그의 동지」(『신여성』, 1933. 4)의 김남천, 「비탈」(『신가정』, 1933. 8~12)의 박화성, 「연기」(『조선문학』, 1933. 10)의 안회남, 「추풍령」(『신동아』, 1933. 6~1934. 2)의 윤백남, 장편소설 『인형의 집을 나와서』(『조선일보』, 1933. 5.

27~11. 14)의 채만식, 「교차선」(『조선일보』, 1933. 4. 27~5. 2)의 한설
야 등이 있다. 이 밖에 최정희, 조벽암, 홍구, 방인근 등도 3~4편을 발표
하였다. 이 가운데 김남천은 작품의 질이 점차 상승하는 양상을 보였다.
1~2편을 발표한 작가로는 장편역사소설 『운현궁의 봄』(『조선일보』, 1933.
4. 26~1934. 2. 5)의 김동인, 「산골 나그네」(『제일선』, 1933. 3)의 김유
정, 「여공」(『신계단』, 1933. 3)의 이북명, 장편소설 『영원의 미소』(『조선중
앙일보』, 1933. 7. 10~1934. 1. 10)의 심훈, 장편소설 『유정』(『조선일보』,
1933. 9. 27~12. 31)의 이광수, 장편소설 『적도』(『동아일보』, 1933. 12.
2~1934. 6. 17)의 현진건 등이 있다. 이 외에 김광주, 장덕조, 조용만,
권구현, 김소엽, 박노갑, 석인해, 송계월, 엄흥섭, 주요섭, 함대훈 등도
1~2편을 썼다. 1933년에도 무명작가와 신인작가가 대거 등장하였다.

1934년에는 2백 편이 넘는 작품이 발표되었다. 1934년은 이무영의 해로
보아야 한다. 이무영은 「나는 보아 잘 안다」(『신여성』, 1934. 4), 「거미줄
을 타고 세상을 건너려는 B녀의 소묘」(『신동아』, 1934. 6), 「용자소전」
(『신가정』, 1934. 11~12), 「노래를 잊은 사람」(『중앙』, 1934. 11~12) 등
근 15편을 발표하였는데 대부분 문제작의 범위에 들어간다. 1934년은 개
인 이무영으로서도 절정의 해라고 할 수 있다. 반면 김동인은 「최선생」
(『개벽』, 1934. 11) 등 근 10여 편을 발표하였지만 문제작이 거의 없는 결
과를 빚어내었다. 이어 엄흥섭은 「유모」(『중앙』, 1934. 3~4), 「안개 속의
춘삼이」(『신동아』, 1934. 12) 등으로, 이태준은 장편소설 『불멸의 함성』
(『조선중앙일보』, 1934. 5. 15~1935. 3. 30) 등으로, 염상섭도 장편소설
『모란꽃 필 때』(『매일신보』, 1934. 2. 1~7. 8) 등으로, 이기영은 「돌쇠—
「서화」의 속편」(『형상』, 1934. 2) 등으로, 장덕조는 「어떤 여자」(『중앙』,
1934. 12) 등으로, 조벽암은 「풍차」(『신가정』, 1934. 6) 등으로, 이석훈은
「동Q의 실연」(『중앙』, 1934. 4) 등으로, 백신애는 「꺼래이」(『신여성』,
1934. 1)와 「적빈」(『개벽』, 1934. 11) 등으로 5편 이상을 발표하며 그 뒤

를 이었다. 엄흥섭의 발표작들이 과거보다 수준이 높아진 반면 염상섭은 침체기에 빠졌다. 이기영 역시 꾸준히 작품을 발표하긴 했으나 김동인·염상섭과 마찬가지로 범작에 머물고 말았다. 1934년은 백신애 개인으로 보아 절정기라고 할 수 있을 만큼 발표작 대다수가 문제작으로 평가된다. 박노갑은 「홍수」(『조선일보』, 1934. 9. 27~10. 4) 등을, 박화성은 「홍수전후」(『신가정』, 1934. 9) 등을 발표하여 5편 이상을 써낸 작가로 분류된다. 3~4편을 발표한 작가로는 장편소설 『인간문제』(『동아일보』, 1934. 8. 1~12. 22), 「동정」(『청년조선』, 1934. 10) 등의 강경애, 「소설가 구보씨의 일일」(『조선중앙일보』, 1934. 8. 1~9. 19)의 박태원, 「모범 경작생」(『조선일보』, 1934. 1. 10~23)의 박영준, 「레디메이드 인생」(『신동아』, 1934. 5~7)의 채만식 등이 있고, 이학인, 최정희, 한인택, 이효석, 김기진, 노자영 등도 이 범주에 포함된다. 1~2편을 발표한 작가로는 「문예구락부」(『조선중앙일보』, 1934. 1. 25~2. 2)를 쓴 김남천, 장편소설 『직녀성』(『조선중앙일보』, 1934. 3. 24~1935. 2. 26)을 쓴 심훈, 「행로」(『개벽』, 1934. 11~1935. 1)를 쓴 유진오 등이 있다. 그 외에 김소엽, 김기림, 계용묵, 이종명, 이북명, 송영, 윤곤강, 윤백남, 이광수, 이동규, 이선희, 이원조, 장혁주, 최독견, 최인준, 함대훈, 현경준, 홍구 등도 1~2편을 발표하였다.

1935년에는 2백 편 가까운 작품이 발표되었다. 1935년에는 이무영이 「타락녀 이야기」(『신인문학』, 1935. 1~3), 「오도령」(『비판』, 1935. 3), 「먼동이 틀 때」(『동아일보』, 1935. 8. 6~12. 30) 등 근 15편을 발표하며 여전히 왕성한 창작 활동을 보여주었으나 수준 이하 작품이 더 많은 편이다. 김유정이 「소낙비」(『조선일보』, 1935. 1. 29~2. 4), 「노다지」(『조선중앙일보』, 1935. 3. 2~9), 「만무방」(『조선일보』, 1935. 7. 17~31), 「봄봄」(『조광』, 1935, 12) 등 김유정이 발표한 10여 편은 대부분 문제작으로 평가되었다. 엄흥섭도 「숭어」(『비판』, 1935. 10) 등으로 근 10편에 가까운 소설을 발표하였으나 양이 질을 따라가지 못하는 결과를 빚어내었다. 이어 계용묵은 「백치 아다다」(『조선문단』, 1935. 5)와 「신사 허재비」(『신인문학』, 1935. 12) 등으로, 김동인은 「광화사」(『야담』, 1935. 12) 등으로, 김소엽은 「폐촌」(『조선문단』, 1935. 2) 등으로, 박노갑은 「봄」(『중앙』, 1935. 5) 등으로, 현경준은 「명일의 태양」(『신인문학』, 1935. 4, 6) 등으로 5편 이상을 써냈다. 김동인의 경우 앞서 사례로 제시한 「광화사」를 제외한 나머지 작품들은 역사소설류로 볼 수 있다. 「상투」(『신동아』, 1935. 5)의 최인준, 「도시의 잔회」(『신인문학』, 1935. 3)의 박영준, 「풍진」(『신인문학』, 1935. 4, 6), 「그 여인」(『신인문학』, 1935. 8), 「항간사」(『신인문학』, 1935. 12) 등을 쓴 박승극, 장편소설 『북국의 여명』(『조선중앙일보』, 1935. 3. 31~12. 4), 「한귀」(『조광』, 1935. 11) 등을 쓴 박화성, 「인생극장」(『학등』, 1935. 11)의 함대훈, 「손거부」(『신동아』, 1935. 11)의 이태준, 「계절」(『중앙』, 1935. 7)의 이효석, 「예술 도적」(『조선문단』, 1935. 2)의 이학인, 「전말」(『조광』, 1935. 12)의 박태원 등도 5편 이상을 써낸 작가에 해당한다. 이 가운데 박승극은 발표작 대부분이 문제작의 반열에 드는 경우가 된다. 이효석은 1933년부터 1935년까지 매년 5편 내외의 문제작을 발표해왔다. 이학인은 원래가 주목을 받지 못했던 작가였다. 이북명은 「공장가」(『중앙』, 1935. 4), 「오전 3시」(『조선문단』, 1935. 6) 등으로 역시 5편 이상의 소설을 발표하였는데, 모두 노동자소설의 유형에 속하는 작품들이다. 노자영도 5편을 발표하였는데 모두 『신인문학』을 발표지로 삼았다. 문제작은 거의 없다. 3~4편의 작품을 써낸 작가로는 「원고료 이백 원」(『신가정』, 1935. 2), 「번뇌」(『신가정』 1935. 6~7) 등을 쓴 강경애, 『이차돈의 사』(『조선일보』, 1935. 9. 30~1936. 4. 12)의 이광수, 「정현수」(『조선문단』, 1935. 12)의 백신애, 「준광인행전」(『조선문단』, 1935. 6)의 임영빈, 『구름을 잡으려고』(『동아일보』, 1935. 2. 17~8. 4)의 주요섭, 「김강사와 T교수」(『신동아』, 1935. 1)의 유진오 등이 있다. 강경애가 대체로 수준작을 유지하는 것이 눈에 띄며, 이 밖에 안수길, 이봉구, 김말봉, 한인택, 한흑구, 방인근, 김영수, 정비석 등도 3~4편을 펴낸 작가에 든다. 1~2편을 발표한 작가로는 「화랑의 후예」(『조선중앙일보』, 1935. 1. 1~10)의 김동리, 「황금과 장미」(『중앙』, 1935. 5)의 안회남, 장편소설 『상록수』(『동아일보』, 1935. 9. 10~1936. 2. 15)의 심훈, 장편소설 『흑풍』(『조선일보』, 1935. 4. 9~1936. 2. 4)의 한용운 등이 있다. 이 외에 김북원, 이병각, 이서구, 장혁주, 전영택, 현동염, 강노향, 김광주, 박종화, 신고송, 염상섭, 윤백남, 이기영, 이석훈, 장덕조, 조벽암 등이 있다.

1936년에는 240편 정도가 발표되었다. 김유정은 「심청」(『중앙』, 1936. 1), 「동백꽃」(『조광』, 1936. 5), 「생의 반려」(『중앙』, 1936. 8~9) 등으로, 강노향은 「항구의 동쪽」(『조광』, 1936. 11) 등으로, 박태원은 「거리」(『신인문학』, 1936. 1), 「비량」(『중앙』, 1936. 3), 장편소설 『천변풍경』(『조광』, 1936. 8~10, 중단) 등으로 10편이 넘는 작품을 발표하였다. 1936년에는 김유정의 활동이 가장 두드러졌으며, 박태원은 질과 양이 비례 관계를 이루는 결과를 보여주었다. 강노향은 해방 전 발표작 23편의 근 절반을 이해에 발표하여 개인적으로는 가장 왕성한 활동기를 맞았으나 문제작은 많지 않았다. 작품의 질 면에서 보면 강노향은 1937년이 절정기가 된다. 송영은 「솜틀거리에서 나온 소식」(『삼천리』, 1936. 4), 「인왕산」(『중앙』, 1936. 8) 등을, 최인준은 「춘잠」(『조선문학』, 1936. 6) 등을, 한인택은 「해직사령」(『신동아』, 1936. 2) 등을, 이북명은 「암야행로」(『신동아』, 1936. 9) 등을 써서 근 10편의 작품을 남겼다. 작품의 편수가 많음에도 불구하고 최인준과 한인택의 작품들은 양과 질이 비례하지 않는 결과를 드러내고 말았다. 이북명도 양에 비해 질이 떨어지는 결과를 낳고 있다. 1920년대 중반부터 노동자소설과 빈민소설을 꾸준히 써왔던 송영은 1936년에 갑자기 많은 소설을 발표했으나 작품 수준은 전보다 낮아졌다. 반면 이효석은 「분녀」(『중앙』, 1936. 1~2), 「인간산문」(『조광』, 1936. 7), 「메밀꽃 필 무렵」(『조광』, 1936. 10) 등 근 10편의 작품을 발표하면서, 이효석 개인으로서는 절정에 오른 역량을 보여주었다. 안회남, 엄흥섭, 이기영 등 많은 작가들이 5편 이상의 작품을 써내면서 꾸준히 창작 활동을 지속했다. 안회남은 「향기」(『조선문학』, 1936. 6) 등을, 엄흥섭은 「가책」(『신동아』, 1936. 1) 등을, 이기영은 장편소설 『인간수업』(『조선중앙일보』, 1936. 1. 1~7. 23) 등을, 박영준은 「동정」(『풍림』, 1936. 12) 등을, 이태준은 「가마귀」(『조광』, 1936. 1), 「장마」(『조광』, 1936. 10) 등을, 김동리는 「산화」(『동아일보』, 1936. 1. 4~18), 「무녀도」(『중앙』, 1936. 5), 「술」(『조광』, 1936. 8) 등을 발표했다. 이 가운데 김동리는 문제작을 여러 편 써냈다. 또한 「태양」(『조광』, 1936. 2), 장편소설 『황혼』(『조선일보』, 1936. 2. 5~ 10. 28), 「임금」(『신동아』, 1936. 3), 「철로 교차점」(『조광』, 1936. 6) 등을 쓴 한설야, 「서울」(『조선문학』, 1936. 8~9)의 김소엽, 「고향 없는 사람들」(『신동아』, 1936. 1)의 박화성, 「명일」(『조광』, 1936. 10~12)의 채만식, 「타락녀」(『호남평론』, 1936. 2)의 이무영, 「둑이 터지는 날」(『사해공론』, 1936. 1)의 박노갑, 「모르는 여인」(『사해공론』, 1936. 5)의 이광수, 이석훈 등도 5편 이상의 소설을 써낸 작가로 분류된다. 이 중 한설야의 발표작은 대부분 문제작으로 평가되었다. 1932년부터 1936년까지 매년 5편 내외의 작품을 발표하면서 문제작도 여러 편 냈던 박화성은 1937년에 들어서면서 활동을 멈추게 된다. 3~4편을 발표한 작가로는 「지하촌」(『조선일보』, 1936. 3. 12~4. 3)의 강경애, 「추야장」(『신인문학』, 1936. 1)과 「풍경」(『신조선』, 1936. 1)의 박승극, 「학사」(『삼천리』, 1936. 1)의 백신애, 장편소설 『불연속선』(『매일신보』, 1936. 5. 18~12. 30)의 염상섭, 「지주회시」(『중앙』, 1936. 6), 「날개」(『조광』, 1936. 9), 「봉별기」(『여성』, 1936. 12)의 이상 등을 들 수 있다. 편수에 관계없이 1936년에는 김유정, 박태원, 한설야, 이상, 박승극, 이효석, 김동리 등이 절정에 오른 셈이 된다. 특히 1935년과 1936년에 집중적으로 발표했던 박승극은 범작이나 수준 이하 작품을 거의 남기지 않았다. 중편소설 「미완성」(『조광』, 1936. 9~1937. 6)

의 주요섭을 비롯하여, 함대훈, 조벽암, 이주홍, 정비석, 장덕조, 계용묵, 이근영, 이봉구, 장혁주, 한흑구, 현경준 등이 3~4편의 소설을 발표했다. 「사하촌」(『조선일보』, 1936. 1. 9~23)의 김정한 이외에 박영희, 방인근, 윤백남, 이서구, 나혜석, 박종화, 백철, 석인해, 심훈, 안석영, 유진오, 이선희, 전영택, 최명익, 한용운 등이 1~2편을 써내며 작가로서의 명맥을 이었다. 최명익의 「비 오는 길」(『조광』, 1936. 4~5)은 압권이라고 불러도 좋을 작품이다. 심훈은 1926년에서 1936년까지 장편이나 미완성작을 포함해 매년 1편씩 발표한 특이한 기록을 남겼다.

1937년에는 발표작이 140편 정도로 줄어들었다. 이효석은 「삽화」(『백광』, 1937. 6), 「마음에 남는 풍경」(『조선문학』, 1937. 5) 등으로, 채만식은 장편소설 『탁류』(『조선일보』, 1937. 10. 13~1938. 5. 17) 등으로, 이기영은 「맥추」(『조광』, 1937. 1~2) 등으로 근 10여 편을 써서 다작의 작가라는 범주를 이룬다. 이어 김남천은 「처를 때리고」(『조선문학』, 1937. 6), 「제퇴선」(『조광』, 1937. 10) 등을, 박태원은 「속 천변풍경」(『조광』, 1937. 1~9), 「수풍금」(『여성』, 1937. 11) 등을, 정비석은 「성황당」(『조선일보』, 1937. 1. 14~26) 등을, 안회남은 「명상」(『조광』, 1937. 1) 등을, 김유정은 「따라지」(『조광』, 1937. 2) 등을, 이선희는 「계산서」(『조광』, 1937. 3) 등을, 장덕조는 「창백한 안개」(『조광』, 1937. 4) 등을 써서 5편 이상의 작품을 남겼다. 이효석과 이기영과는 달리 김남천과 박태원은 거의 수준급 작품들을 발표하였다. 이 밖에 이주홍, 한인택 등이 5편 이상을 써낸 작가군에 속한다. 3~4편을 발표한 작가로는 「복덕방」(『조광』, 1937. 3)의 이태준, 「연돌남」(『비판』, 1937. 3)의 이북명, 「종생기」(『조광』, 1937. 5)의 이상, 「북소리 두둥둥」(『조선문학』, 1937. 3)의 주요섭, 「조고마한 삽화」(『풍림』, 1937. 5)의 현경준 이외에 강노향, 한흑구, 방인근, 박영준, 조벽암 등이 있다. 이상은 1936년과 1937년에 집중적으로 작품을 발표했다. 이어 「어둠」(『여성』, 1937. 1~2)의 강경애, 「솔거」(『조광』, 1937. 8)의 김동리와 「마권」(『단층』, 1937. 4)의 유항림, 「셰퍼드 주인」(『풍림』, 1937. 2)의 최인준, 장편소설 『청춘기』(『동아일보』, 1937. 7. 20~11. 29)의 한설야, 장편역사소설 『대춘부』(『매일신보』, 1937. 12. 1~1938. 12. 25)의 박종화, 「고절」(『백광』, 1937. 6)의 계용묵, 「성군」(『조광』, 1937. 11)의 박태원, 「무성격자」(『조광』, 1937. 9)의 최명익, 「흉가」(『조광』, 1937. 4)의 최정희 등이 1~2편의 작품을 써냈다. 이 외에 김소엽, 김용제, 김화청, 김말봉, 김정한, 구연묵, 노자영, 박화성, 송영, 엄흥섭, 윤백남, 이광수, 이무영, 이석훈, 임학수, 장혁주, 전영택, 한용운, 함대훈 등도 1~2편의 작품을 발표했다.

1938년에는 전년도에 비해 30편 정도가 늘어난 170편 정도가 발표되었다. 채만식은 장편소설 『천하태평춘』(『조광』, 1938. 1~9), 「치숙」(『동아일보』, 1938. 3. 7~14), 「소망」(『조광』, 1938. 10) 등으로, 김남천은 「요지경」(『조광』, 1938. 2), 장편소설 『세기의 화문』(『여성』, 1938. 3~10) 등으로, 이기영은 장편소설 『신개지』(『동아일보』, 1938. 1. 19~9. 8) 등으로, 박노갑은 「고양이」(『조선일보』, 1938. 5. 27~6. 1) 등으로 근 10편의 작품을 발표하였다. 채만식의 작품들이 다소 기복이 있는 데 반해 김남천은 대체로 문제작의 수준을 유지하고 있었다. 이 밖에 「재원」(『농업조선』, 1938. 7)을 쓴 한인택과 「적」(『청색지』, 1938. 8)을 쓴 이무영도 근 10여 편의 작품을 발표했으나 수준 이하의 작품들이 많았다. 반면 「장미 병들다」(『삼천리문학』, 1938. 1), 「막」(『동아일보』, 1938. 5. 5~14), 「부록」(『사해공론』, 1938. 9) 등 근 10여 편의 작품을 발표한 이효석의 경우, 질과 양이 비례하는 결과를 낳아 제2의 전성기를 맞았다. 엄흥섭은 「명암보」(『조광』, 1938. 3~8) 등을, 정비석은 「저기압」(『비판』, 1938. 5) 등을, 유진오는 「수난의 기록」(『삼천리문학』, 1938. 1. 4), 「창랑정기」(『동아일보』, 1938. 4. 19~5. 4) 등을 써서 5편 이상의 소설을 써낸 작가가 되었다. 오랜만에 유진오가 여러 편의 문제작을 발표한 것이 주목할 만하다. 엄흥섭은 1934년에서 1938년까지 상위 그룹에 들 정도로 창작 활동이 활발했으나 문제작은 그리 많지 않았다. 작가들의 관심은 후기에 갈수록 노동자와 농민에서 도시 빈민으로 옮겨 갔다. 「입원」(「삼천리문학」, 1938. 4)의 장덕조, 「아내의 승리」(『농업조선』, 1938. 8)의 박노갑, 「임정호」(『조광』, 1938. 2)의 박영준, 「밀수」(『비판』, 1938. 7)의 현경준, 「가신 어머님」(『조광』, 1938. 3)의 김동인 등도 5편 이상의 소설을 썼다. 3~4편의 작품을 발표한 작가로는 「광인 수기」(『조선일보』, 1938. 6. 25~7. 7)의 백신애 이외에도 이선희, 주요섭, 박태원, 함대훈 등이 있다. 1~2편을 발표한 작가로는 「잉여설」(『조선일보』, 1938. 12. 8~24)의 김동리, 「기로」(『조선일보』, 1938. 6. 2~22)의 김정한, 「환등」(『단층』, 1938. 3)의 김이석, 「환시기」(『청색지』, 1938. 6)의 이상, 「패강랭」(『삼천리문학』, 1938. 1)의 이태준, 「역설」(『여성』, 1938. 2~3)의 최명익, 장편소설 『박명』(『조선일보』, 1938. 5. 18~1939. 3. 12)의 한용운, 장편역사소설 『무영탑』(『동아일보』, 1938. 7. 20~1939. 2. 7)의 현진건 등이 있다. 이 밖에 강경애, 곽하신, 구연묵, 계용묵, 김소엽, 박계주, 박영희, 박종화, 방인근, 석인해, 송영, 염상섭, 이봉구, 이북명, 이석훈, 이주홍, 장혁주, 조벽암, 최인준, 한설야, 허준 등이 있다.

1939년에는 210편을 넘을 정도로 발표작이 급증한다. 이러한 급증의 첫째 원인으로는 순문예지 『문장』의 창간을 들 수 있다. 김남천은 「이런 아내」(『광업조선』, 1939. 4), 「장날」(『문장』, 1939. 6), 장편소설 『사랑의 수족관』(『조선일보』, 1939. 8. 1~1940. 3. 3) 등 근 15편에 이르는 많은 작품을 발표하여 제2의 전성기를 맞았다. 김남천은 1937년부터 점점 많은 작품을 발표하면서 양과 질이 비례하는 결과를 남겼다. 김영수는 「벽」(『조광』, 1939. 4) 등 근 10편을, 이기영은 「수석」(『조광』, 1939. 3), 「고물철학」(『문장』, 1939. 7), 장편소설 『대지의 아들』(『조선일보』, 1939. 10. 12~1940. 6. 1) 등 여러 편의 문제작을 포함하여 근 10여 편을 발표하였다. 이기영은 1936년에 이어 1937년부터 1939년까지 매년 10편 내외의 소설을 발표하여 다작의 작가에 들어가긴 했으나 문제작의 비중은 떨어졌다. 박노갑 역시 「춘안」(『문장』, 1939. 7) 등 근 10편을 발표하였으나 대다수 작품들이 주목을 받지 못하였다. 박노갑은 1938년에서 1941년까지 한 해 평균 8~9편씩을 썼다. 1940년 전후에 가장 많은 농민소설을 쓴 셈이다. 「병풍에 그린 닭이」(『여성』, 1939. 1) 등을 쓴 계용묵, 「일표의 공능」(『인문평론』, 1939. 10) 등을 쓴 이효석, 「가슴에 심은 화초」(『문장』, 1939. 7) 등을 쓴 방인근 등도 10여 편의 작품을 써낸 작가들이다. 이효석은 1936년에서 1939년까지 매년 7편 이상을 발표하면서도 문제작을 다수 포함시켜 질과 양이 비례하는 대표적 작가로 자리하게 된다. 계용묵은 개인적으로는 1935년에 이어 1939년에 가장 왕성하게 활동하였으나 대부분 범작에 머물고 말았다. 채만식은 「패배자의 무덤」(『문장』, 1939. 4), 장편소설 『금의 정열』(『매일신보』, 1936. 6. 19~11. 19), 「모색」(『문장』, 1939. 10) 등 9편을 발표하여 질과 양이 비례하는 결과를 낳았고, 안회남은 「온실」(『여성』, 1939. 5) 등 8편을 발표하였으나 질이 양을 따라가지 못한 경우가 되었고, 한설야는 「귀향」(『야담』, 1939. 2~7), 「이녕」(『문장』, 1939. 5), 「보복」(『조광』, 1939. 5) 등 질과 양을 비례시키는 가운데 7편을 발표했다. 문제작 「무명」(『문장』, 1939. 2)을 쓴 이광수, 「준동」(『문장』, 1939. 4), 「미로」(『문장』, 1939. 7) 등을 쓴 정인택, 「최노인전 초록」(『문장』, 1939. 7) 등을 쓴 박태원, 「근친전후」(『여성』, 1939. 12) 등을 쓴 장덕조, 「김연실전」(『문장』, 1939. 3) 등을 쓴 김동인, 「황토기」(『문장』, 1939. 5)와 「두꺼비」(『조광』, 1939. 8) 등을 써낸 김동리 등은 5편 이상의 소설을 발표한 작가가 된다. 김동리의 발표작은 대개 문제작으로 평가되었다. 박태원의 경우, 질과 양의 비례가 깨지는 결과를 보였다. 이광수는 개인적으로 1939년에 가장 많은 편수의 소설을 발표하였으나 양과 질의 불균형을 드러냈다. 정인택은 개인적으로는 절정기에 도달했다고 할 만큼의 활동상을 보였다. 이 밖에 정비석, 이무영, 현경준, 이석훈, 전영택 등도 5편 이상의 소설을 써내어 작가로서의 필력을 과시한 편이 되었다. 3~4편을 발표한 작가로는 장편소설 『화상보』(『동아일보』, 1939. 12. 8~ 1940. 5. 3)와 「가을」(『문장』, 1939. 5) 등을 쓴 유진오, 「영월영감」(『문장』, 1939. 2~3)과 「농군」(『문장』, 1939. 7) 등을 쓴 이태준, 「봄과 신작로」(『조광』, 1939. 1), 「폐어인」(『조선일보』, 1939. 2. 5~25), 「심문」(『문장』, 1939. 6) 등을 발표한 최명익, 유고작 「실화」(『문장』, 1939. 3)가 발표된 이상, 유고작 「형」(『광업조선』, 1939. 11)이 발표된 김유정이 있다. 이 밖에 김소엽, 박계주, 석인해, 송영, 이주홍, 함대훈 등도 3~4편을 써낸 작가들이다. 1~2편의 소설을 발표한 작가로는 「혼명에서」(『조광』, 1939. 5)의 백신애, 「지맥」(『문장』, 1939. 9)의 최정희 외에 김정한, 박승극, 박영준, 안석영, 엄흥섭, 이북명, 장혁주, 주요섭, 최인욱, 최태응, 한인택, 현진건, 홍사용, 홍효민 등이 있다.

2. 1930~31년

(1) 주의자에 대한 시선의 분화
(가) 주의자[6]의 타자화
한국 현대문학사의 전환기의 하나인 1930~31년은 김기진(金基鎭)의 「예

---

6) 李敦化, 「團體生活과 意志力」(『혜성』, 1931. 4), p. 28.
　"新社會形式의團體生活의 共通될條件은무엇이냐 다시말하면 社會運動이나 民族運動이나其他모든新運動됨을勿論하고 이共通한範疇에符合치안으면 안될條件이무엇이냐하면 우리는 여기에세가지問題를提示하고저하는것인데 設使이세가지問題가 抽象에갓갑다할지라도 運動의進行性은必然으로 이問題를包容하지안으면안될줄로밋는다.
　첫재는偉大한理想下에嚴正한現實을밟불만한素質을가진主義를세울것.
　둘재는民族的特殊環境과迎合되면서 나아갈만한者가될것.
　셋재는意志的結合으로된有機的組織이라야될것.

술의 대중화에 대하여」(『조선일보』, 1930. 1. 1~11), 권환(權煥)의 「무산
예술운동의 별고와 장래의 전개책」(『중외일보』, 1930. 1. 10~31), 「평범
하고도 긴급한 문제」(『중외일보』, 1930. 4. 10~18), 「조선예술운동의 당
면한 구체적 과정」(『중외일보』, 1930. 9. 2~16), 안막(安漠)의 「프로예술
의 형식문제(『조선지광』, 1930. 3), 「조선프로예술가의 당면의 긴급한 임
무」(『중외일보』, 1930. 8. 16~22), 임화(林和)의 「시인이여, 일보 전진하
자」(『조선지광』, 1930. 6), 「1931년간의 카프예술운동의 정황」(『조선중앙
일보』, 1931. 12. 7~13), 송영(宋影)의 「1931년의 조선문단 개관」(『조선일
보』, 1931. 12. 16~27), 이기영(李箕永)의 「반동적 비평을 매장하라」(『대
조』, 1930. 8), 박영희(朴英熙)의 「조선프롤레타리아 예술운동의 작금」(『동
아일보』, 1931. 1. 1~4), 안함광(安含光)의 「조선프로예술운동의 현세와 혼
란된 논단」(『조선일보』, 1931. 3. 19~29) 등과 같이 시대를 이끌어가는
중요한 평론들이 발표되었던 때다. 이 평론들은 카프의 제2차 방향전환 즉
예술운동 볼셰비키화의 필연성을 주장했다는 공통점이 있다. 이 중 안막의
「조선프로예술가의 당면의 긴급한 임무」에서는 당시 조선의 프롤레타리아
예술운동의 볼셰비키화는 1929년 10월 모스크바에서 열린 라프의 제2회
총회에서 결의된 것과 1930년 4월 나프의 제2회 대회에서 결의된 것을 그
대로 이어받은 것이라고 밝혔다.[7] 권환은 「조선예술운동의 당면한 구체적
과정」(『중외일보』, 1930. 9. 4)에서 예술운동 볼셰비키화의 제재로 "전위
(前衛)의 활동" "사회민주주의와 민족주의 정치운동의 본질 폭로" "대공장
의 스트라이크" "소작쟁의" "어용조합 반대" "조선 토착 부르주아와 제국
주의의 야합 폭로" "반파쇼 투쟁" "조선 프롤레타리아트 운동과 일본 프롤
레타리아트 운동의 연대성 강조" 등을 제시했다. 카프작가, 동반자작가,

의三條件인데 이세가지問題中에 여기에特히말하고저하는것은 意志的結合으로된有機的組織
卽團體生活과 意志力에關한問題이엿다."
7) 『중외일보』, 1930. 8. 16.

민족파작가 그 누가 썼든 1930~31년의 소설은 바로 이러한 이론과 평론의 추세에 직간접적으로 감응되어 나온 것이라고 할 수 있다.

채만식(蔡萬植)의 「그뒤로」(『별건곤』, 1930. 1)는 세 차례나 감옥에 갔다 온 한 지식청년이 아내를 다른 남자에게 빼앗긴 데다 가난에서 헤어나지 못하는 사건과 상황을 보여준다. 사실상 주인공에게는 아내의 배신보다는 궁핍이 더 심각한 문제로 다가온다. 그는 먹고살기 위해 체면도 신념도 가릴 것 없이 "경성전기회사 전차과의 104호 운전수"로 취직하게 된다. 남주인공이 감옥에 간 이유가 분명하게 제시되지는 않았지만 그 아내가 다른 남자에게로 가 여기자가 되었다는 점을 보면 남주인공이 사상운동 혐의로 감옥에 갔다 온 것으로 짐작된다. 이렇게 보면 출옥 후 전차 운전수가 된 것은 하향이동의 경우가 된다. 하향이동을 현실 극복의 대안으로 제시한 점에서 「그 뒤로」는 같은 작가의 「앙탈」(1930), 「레디메이드 인생」(1934), 「명일」(1936)의 원형이 된다. 「그 뒤로」는 주의자인 남편을 배신하는 아내를 설정한 점에서 주의자인 남편을 숙명처럼 떠받드는 아내를 그린 같은 작가의 「치숙」(1938)과 대조가 된다.

유진오(兪鎭午)의 「歸鄕」(『별건곤』, 1930. 5~7)은 독특한 형식의 주의자 소설이다. 일본을 무대로 한 것이라든가 일본 여자와의 사랑의 갈등을 주요 사건으로 설정한 것 등은 비슷한 시기의 다른 소설들에서는 찾기 어렵다. 주인공인 조선인 김택은 일본인 동지 아사노의 누이 사다꼬를 동지 겸 애인으로 삼아 가난한 가운데서 어렵게 활동한다. '나'는 "관계하고잇든단체에서 운동의발전을하기 쇠하기위하야 지진째문에조직이부서진공장에는 그것을다시건설하"[8]기 위하여 N정 ××제지공장의 원료 정선부로 들어간다. 노조 결성을 성공적으로 수행한 후 김택은 간장상점 배달부로, 사다꼬는 솜공장 여공으로 들어가 계속 활동하는 가운데 두 남녀는 동거하였으나

---

8) 『별건곤』, 1930. 6, p. 139.

김택은 끝내 사다꼬의 허영을 막지 못한다. 사다꼬가 운동에 관심을 두지 않게 되자 김택은 사랑도 운동도 다 포기해버린 채 귀국하는 것으로 결말 처리된다. 소설의 제목 "귀향"은 금의환향과는 거리가 먼 것으로, 투쟁에도 실패하고 사랑도 실패한 후의 낙향에 지나지 않는다.

　김동인(金東仁)의 「徘徊」(『대조』, 1930. 3~7)는 김동인으로서는 드문 노동자소설에 들어가긴 하나 노동운동가가 일반 노동자들을 냉소하는 시선을 택하였다. 고등보통학교를 졸업한 19세의 A는 P고무공장 직공이 되어 전문학교 출신인 23세의 B의 꼬임에 넘어가 술과 계집에 빠지는 생활을 하다가 제 잇속 채우느라 불량품을 많이 내는 배합사의 정체를 파악한 것을 계기로 동맹파업을 주도하게 된다. A는 "공장노동이란, 십중 팔구는 그 사람의 성격을 파산시키며, 품성을 타락시키며, 순진함과 향상욕을 멸망케 하는 커다란 기관"[9]이라고 파악하였으며 동맹파업에 참가한 노동자들에 대해서는 "외래사상을 잘 씹지도 않고 거저 그대로 삼켜서, 그것이면 무조건하고 좋다고 자기의 환경과 입장을 고찰하지도 못하고 덤비는 이 무리들이여"[10]라고 속으로 비판한다. 사용자와 노동자의 부분적 문제점을 꼬집은 양비론적 입장을 드러낸다. 이 소설은 공장을 그만두고 농촌에 간 A에게 한편인 B가 직공들이 유희적 기분으로 동맹파업을 일으킨 것을 공장주 측이 모든 요구 조건을 다 들어주어 파업이 끝났음을 편지로 전해준 것을 김동인 자신도 동의하는 식으로 끝났다.

　무지의 위에 '외래사상'을 도금한 것— 이것이 현하의 조선의 상태외다.
　타락과 시기의 위에 신사상이라는 것을 도금한 것—이것이 도회노동자의 모양이외다. 외래사상을 잘 씹지도 않고 삼켜서 소화불량증에 걸린 딱한 사

---

9) 최시한 책임 편집, 『감자』, 문학과지성사, 2004, p. 264.
10) 위의 책, p. 267.

람들이외다.[11]

이미 1920년대 후반에 프로소설에 이어 동반자작가들의 소설도 다수 발표되었다. 그런 때에 김동인은 노동운동을 냉소적으로 보는 독자적인 태도를 취했다. 그러기에 김동인은 「群盲撫象」(『박문』, 1939. 2, p. 3)이란 수필에서 「배회」를 두고 일부 평자들이 "경향소설의 대표작"이라고 한 것을 소경이 코끼리 다리 만지는 격이라고 비꼬았다.

김동인의 「無能者의 안해」(『조선일보』, 1930. 7. 30~8. 8)는 토지 관개사업을 하다가 망한 지주이면서 게으른 소설가 즉 작가 자신을 합리화하는 가운데 여성해방 운동가를 비웃는 시선을 취하였다. 양적인 면에서는 여성소설적 성격이 소설가소설적 성격을 압도했다고 볼 수 있다. 결혼 후 6, 7년 동안 영숙은 남편을 대신하여 망해가는 지주 집안의 가장 노릇과 법정 대리인 역할을 하다가 입센의 『인형의 집』의 영향을 받아 딸만 데리고 가출하여 서울을 거쳐 동경으로 온 지 20일 후에 남편이 와서 딸만 데리고 가는 고난을 겪는다. 곧바로 귀국한 28세의 영숙은 서울에서 여성해방 운동가가 되어 그의 동무들로부터 "조선의 노라 인습을 쌔려부신용사 가정과 남편을뒤ㅅ발로 차버린투사"[12]라는 평판을 듣는다. 1년 후 영숙이 출가여성 모임에서 일반 가정부인들에게까지 자식을 내팽개치고 가출하라는 운동을 벌이는 한편 성적 충동을 억제하지 못해 술주정뱅이 남자와 결혼하였을 때 남편은 창작 활동을 재개하고 다른 여자와 약혼을 한다. 김동인은 영숙에게 복수라도 하듯 그녀가 둘째 남편과 헤어진 후 거리에서 웃음을 파는 여자로 전락하고 만 것으로 그려놓았다. 여성해방 운동가의 '그 후'를 그린 점에서 후일담소설이라고 할 수 있다. 이처럼 남녀를 가림없이 노동

11) 위의 책, p. 270.
12) 『조선일보』, 1930. 8. 6.

운동가를 비웃었던 김동인도 거지를 향한 진솔한 죄책감을 드러낸 「거지」(『삼천리』, 1931. 7)를 쓴 바 있다. 김동인이 인간 타락의 주요 원인 하나를 성욕에의 굴복에서 찾는 태도는 1930년도의 자전적 여성편력담인 『여인』(『별건곤』, 1930. 1~3/1930. 7~9)과 1934년 작인 「최선생」과 「어떤 날 밤」에서 재현되었다.

채만식의 「蒼白한 얼골들」(『혜성』, 1931. 10)에서는 동맹이나 운동에 대한 관심은 약화된 채 구직 전선에 나서는 룸펜 인텔리들이 등장한다. 이들은 평양 ××××사건 공판, 카프의 존재 등에 대하여 큰 관심을 나타내긴 하면서도 이리저리 직장을 구하러 다니기도 하고 책방, 한강, 제과점 등을 돌아다니며 시간을 보낸다. '우리'의 문제에 큰 관심을 가지면서도 '나'의 문제 해결에 힘쓰는 지식인의 방황 모티프가 원인적 사건이 된다.

이태준(李泰俊)[13]의 「어떤날 새벽」(『신소설』, 1930. 9)은 어느 교사가 경찰에 붙들려 간 교장의 정신을 이어받아 학교를 살리려고 도둑질하다가 붙잡힌다는 이야기를 들려준 것이며 「불도 나지 안엇소, 도적도 나지 안엇소, 아무일도 없소」(『동광』, 1931. 7)는 한 잡지사의 신입 기자가 잡지의 특집인 '에로 문제'를 취재하기 위해 사창가에 가 대동단원의 딸로 여공을 거쳐 창녀가 된 것에 충격을 받아 그 어머니는 양잿물을 마시고 자살했다는 어느 창녀의 사연을 소개하는 형식을 취했다.

이태준의 「故鄕」(『동아일보』, 1931. 4. 21~29)에서 철원이 고향인 동경

---

13) 강원도 철원군에서 출생(1904), 가족이 해삼위로 이주(1909), 어머니 별세 후 외조모와 함께 철원 용담으로 귀향(1912), 휘문고등보통학교 재학 중 동맹휴교 주도 이유로 퇴학(1924), 단편소설 「오몽녀」로 등단(1925), 동경 조치대학 예과 중퇴(1927), 개벽사 입사(1929), 이순옥과 결혼(1930), 『조선중앙일보』 학예부 기자(1931), 구인회 조직(1933), 만주 지방 여행(1938), 『문장』 편집인(1939), 해방 후 조선문학가동맹 부위원장(1946), 북조선 문화예술총동맹 부위원장(1948), 한국전쟁 중 인민군 편에서 종군(1950), 소련파의 몰락과 더불어 숙청(1956), 함흥노동신문사 교정원(1957), 중앙당 문화부 창작 제1실 전속 작가로 복귀(1964)(장영우, 『그들의 문학과 생애—이태준』, 한길사, 2008, pp.181~84 참고).

유학생 윤건은 온갖 고생 끝에 대학을 졸업하고 6년 만에 귀국할 때 여러 차례 형사들의 조사를 받으면서 또 일본에 가 길에 물 뿌리는 노동을 며칠 하다 돌아가는 조선인 노동자와 대화하는 자리에서 식민지 백성의 실상을 파악하게 된다. 그는 서서히 분노가 치밀어 오름을 느끼게 된다. 6년 만에 처음 고국 땅을 밟으니 조선이 생소할 수밖에 없었다. "생소해진 그의 이목에는 그만치 조선의 현실이 선명하게감각되엇다"[14]는 대목은 이 작품의 정채를 이룬다. 그는 귀국한 후 취직하기 위해 모교, 신문사, 잡지사, 신간회 등을 다녔지만 냉대받기 일쑤였다. 도움을 받기 위해 당대 제일의 사회운동 이론가 박철을 찾아갔으나 냉대를 받자 그는 박철의 뺨을 때리며 네 후배는 모두 감옥 갔는데 너는 남아 입만 살았느냐고 소리친다. 마침내 윤건은 취직된 학생들의 사은회 석상에 가서 분노를 억제하지 못해 닥치는 대로 때려 부수다가 경찰서 신세를 진다. 구직운동을 하느라 애쓰고 다니는 모습을 제시한 점에서는 채만식의 「레디메이드 인생」(『신동아』, 1934. 5~7)을 떠올리게 하고 일본에서 귀국할 때 형사들에게 시달리면서 조국의 현실을 파악한다는 점에서는 염상섭의 「만세전」의 후신이 된다. 그런가 하면 주인공이 분노가 폭발하여 폭력을 휘두르는 점에서는 1920년대 발표작인 최서해(崔曙海)의 「홍염」「기아와 살육」「박돌의 죽음」, 이기영의 「가난한 사람들」, 김팔봉의 「젊은 이상주의자의 사」 등을 떠올리게 만든다.

염상섭(廉想涉)의 「墜落」(『삼천리』, 1930. 11)은 기생 운선이가 탄 차가 도지사와 장군이 탄 앞차와 추돌하여 모두 죽고 만 사건을 설정하였다. 뒤 차의 운전수는 단순 실수를 저지른 것인가? 염상섭의 「出奔한 아내에게 보내는 편지」(『신생』, 1929. 10~11)는 45세의 남자가 세번째 결혼한 24세의 아내가 남편이 망하자 남자의 남은 재산을 갖고 가출하여 누구 자식인지 모를 애를 임신했다 낙태하고 동경으로 도망가자 그 아내에게 쓴 서

---

14) 『동아일보』, 1931. 4. 25.

간체 형식의 소설이다. 처갓집 식구를 모두 비윤리적 존재로 치부하는 남편은 경찰서 사법계에 가서 고소할 정도로 분을 삭이지 못한다. 남편은 평소 아내가 한세상 그럭저럭 살지 하는 말을 상투적으로 뱉었던 기억을 떠올리며 도무지 아내가 회개할 것 같지 않다고 판단한다. 남편은 "도리는 무리(無理)모다도 뚜렷한 발자곡을 대도(大道)우에 인치고 쭉쭉뻗은길로 나간다. 도덕은 가장현명한사람의 령성(靈性)속에 가장 빛나고있는것이다. 「세상이 저와같이 썩은줄로 아는자여 너에게 다못 멸망이있을지어다!」"[15] 와 같이 권선징악의 자연법이 살아 있음을 확신한다.

염상섭의 「嫉妬와 밥」(『삼천리』, 1931. 10)은 육칠 년이나 한 남자와 동거하고 아이까지 낳은 작은댁이 본처의 아들이 주의자가 되어 행패를 부릴까 봐 두려워한다는 이야기로, 주의자를 부정적으로 볼 수 있는 시각을 제공하였다. 작품 속에서 작은댁은 "아들놈은 주의자가 되엇다나요 하로걸너큼 돈달라고 졸으고 다니면서 아버지만 이러케팔자조케 사는법이잇느냐고 이십도못된놈이 애비를 행랑 아범남으래듯하는데 그등살에 살겟서요"[16] 와 같이 "주의자"를 두려워하고 욕하게 한다. 주의자와 주의자를 비난하는 존재를 다 같이 부정한 채만식의 「치숙」(『동아일보』, 1938. 3. 7〜14)의 앞줄에 서는 작품이다.

최서해(崔曙海)의 「누이동생을 짜라」(『신민』, 1930. 2)는 최서해의 말년 작품으로, 애꾸눈이며 다리병신인 20대 후반의 단소 부는 사내가 들려준 사연을 적어놓은 액자소설의 형태를 지녔다. 영변이 고향인 순남과 룡녜는 부모를 여의고 순남은 평양·진남포·목포·원산·회령·부산·대구·무산 등지를 거치며 국숫집 심부름꾼, 운송부원, 한산인부, 술장수 계집과 동거, 항구 노동자, 광부, 벌목꾼 등의 일을 한다. 순남은 계모 때문에 눈

15) 『신생』, 1929. 11, p. 35.
16) 『삼천리』, 1931. 10, p. 111.

병신이 되었고 무산 뗏목장에서 나무에 눌려 다리병신이 되어 단소를 불어 굶주림은 면했다. 13년 만에 영변으로 낙향하여 누이동생 룡녜가 아편쟁이 남편에게 팔려 대련의 유곽으로 간 것을 알고 대련을 거쳐 서울·군산·부산으로 행방을 추적한다. 이 소설은 앞부분에 '나'와 친구 김군이 해운대에 있으면서 유곽의 창기가 바다에 투신자살한 소식을 듣는 것을 설정해놓았는데 그 창기는 바로 순남이가 그렇게 찾아다닌 룡녜였다. 결국 순남이도 "누이동생을 따.라" 바다에 빠져 죽는 것으로 처리함으로써 극적 효과는 한껏 고조된다.

(나) 주의자 투쟁소설의 증폭

이기영(李箕永)의 「享樂鬼」(『조선일보』, 1930. 1. 2~18)는 지주 집안을 난륜의 집안으로 그려놓았다. 지주 김진사는 80대인데도 첩이 둘이나 있고 아들들은 첩질에 미치고 딸은 14살에 시집가서 과부가 되어 친정으로 왔다가 총각 머슴하고 눈이 맞아 도망가고 큰손주는 요릿집에서 외상값이 많아 더 이상 술을 주지 않자 자기 집에 들어가 강도짓을 하는 것으로 그려진다. 이렇듯 지주의 집안을 속속들이 썩은 것으로 그려놓은 소설은 찾기 어렵다. 이기영은 줄기와 뿌리가 썩었으니 나뭇잎이 썩는 것은 당연하다는 인식을 내보인다. 마을에 수재와 한재가 났는데도 김진사가 기부금을 한 푼도 내지 않은 채 기생들을 불러 잔치를 벌이자 마을 청년회원들이 김진사를 향락귀라고 부르면서 몽둥이를 들고 습격하는 것으로 이 소설은 끝난다. 작인들과 청년회원들은 입에서 불평을 토하는 수준을 벗어나 행동으로 응징하는 수준으로 나아간다.

이기영의 「조희쓰는 사람들」(『대조』, 1930. 4)[17]은 제지공장 노동자들의 고통스러운 삶의 실상을 실감 있게 그려냈다. 앞부분에서 "로동지옥"이라

---

17) 이 소설의 작가명은 성거산인(聖居山人)으로 되어 있다.

는 말을 여러 차례 제시한 「종이 뜨는 사람들」은 이기영으로서는 처음 쓴 공장 노동자소설이기는 하지만, 샌님과 노동자들의 사이가 가까워지는 과정이 중심사건으로 되어 있고 샌님의 정체를 황은이라는 일개 무명 문학청년이라고 밝히는 데서 끝난 만큼 지식인소설이며 주의자소설로 볼 수 있다. "알뜰한 무산자이면서도 오히려 소쁠조아의식에서 버서나지못한 비겁한자긔를 진실한××떡××로서 진리를위해 사는사람이 되게하겟다"[18]는 결심에서 붓을 던지고 연장을 잡은 것인 만큼, 샌님은 흰 손의 존재가 아니다. 처음에 노동자들에게서 배척받았던 샌님은 노동자들과 숙식을 같이함으로써 동류의식을 줄 수 있었으며 노동자들의 신뢰와 기대를 받게 되자 제지공장 노동자들에게 "계급없는 사회" "사회주의" "유토피아론" 등을 강의하였고 마침내 임금투쟁을 선동했다는 혐의로 체포되었다. 샌님은 노동자들의 직접 체험이라는 밭에 이데올로기의 씨앗을 뿌린 것이다. 샌님의 수감으로 노동자들이 지리멸렬한 상태가 되어버린 것을 거짓 없이 그려내기도 했다. 샌님은 자신을 그리워하던 한 여공으로부터 존경과 사랑 어린 편지를 받고 감격해하면서 지식인과 노동자가 하나가 된 것임을 실감한다.

이주홍(李周洪)의 「痔疾과 離婚」(『여성지우』, 1930. 4)은 소설가소설이며 노동자소설이며 주의자소설이다. 소설을 쓰면서 공장 노동자로 일하며 치질을 앓는 남편이 공장에서 동맹파업을 주도하고 오빠와 함께 ××당 사건에 연루되어 감옥에 가자 아내는 현실을 직시하게 된다. 이러한 압박감은 자기성찰로 이어진다. 아내는 자신뿐만 아니라 조선의 모든 아내의 존재를 향하여 뼈아픈 질문을 던진다.

너의 부모들은 남편들은 옵바들은 다 지금 무엇을 하고 무엇을 당하고 어데로 드러가고 잇나. 쩌가 쌔지게 몸을 움즉여도 밥을 굼고 내 쌍을 버리고

---

18) 『대조』, 1930. 4, p. 118.

만주로 일본으로 몰여나가고 나갓다가는 다시 쫏겨 드러오고 인제는 올 쪠도 갈 쪠도 업시 서서 죽을리야 발 드될 쌍도 업는 신세가 아니냐? 이러케— 로나 경제적으로나 파멸을 당하고 잇는 이날에서 세상을 모르고 허영이나 사치나 환락을 찾는 너는 이야말로 악마가 아니고 무엇이냐. 조선을 긁어먹고 전인류의 행복을 좀치는 기생충이 아니고 무엇이냐.[19]

아내는 남편이 읽다 남기고 간 책들과 남편이 쓴 작품들을 읽으며 공부하고 서울로 와 공장을 다니면서 남편의 정신을 이어가기로 결심한다.

이기영의 「洪水」(『조선일보』, 1930. 8. 21~9. 3)에서 주인공 박건성은 보통학교를 졸업한 후 어머니의 병 치료비를 벌기 위해 일본에 유년 직공으로 팔려 갔으나 정의단에 가담한 것 때문에 공장에서 쫓겨나고 감옥까지 갔다 온 경력이 있다. 건성은 귀향한 후 소작료 압박, 불경기, 실업 사태, 기근 등 같은 형편에 놓인 농민들의 참상을 목격하면서 대다수 농민들이 금광 투신, 노름판, 밀주 제조와 판매에 빠진 것을 알게 된다. 건성은 마을에 돌아와 열심히 농사지으면서 농민들에게 빈부 차이의 심화를 극복할 것과 단결해야 할 것을 역설하면서 야학 활동이라든가 완득과 음전의 결혼 중매 등으로 농민들의 환심을 산다. T촌의 홍수를 극복한 것을 계기로 농민들은 농민조합 결성의 필요성을 절감하게 된다. T촌 최대 지주 정고령을 상대로 수확 투쟁과 소작료 감하 투쟁을 주도한 건성이 잡혀가는 사건이 오히려 농민들에게는 홍수 같은 힘이 생기는 계기로 기능하게 된다. 「홍수」에서 보이는 농민 계몽, 야학, 홍수 극복, 농민조합 결성, 소작 동맹 등의 사건은 3년 후에 발표되는 장편소설 『고향』을 예고하였다. 농민들은 9월 초순께 홍수가 물러가자 홍수 때의 단합을 통한 위기 극복을 떠올리면서 그동안 저 혼자만 잘살아보려 했던 이기적인 과거 생활을 "자유

---

19) 류종렬 엮음, 『이주홍 소설전집』 제1권, 세종출판사, 2006, p. 39.

의바다로!—그들의이힘은 마츰내 ○○농민조합지부를설립하게되엿든것이다 그들의이힘은 마치 저K강의 「홍수」때와가티 압길을막는것은 무엇이든지 박차고 나갈힘이엿다"[20]와 같이 반성하면서 새로운 세상의 건설 의지를 갖게 된다. 경찰에 끌려가는 건성의 입장에서 보면 비극적 결말이 되나 그것을 계기로 조합을 만들어 일치단결하는 농민들의 시선으로 보면 희망적인 결말이 된다. 건성은 자유를 빼앗겼지만 완득이, 원삼이, 치백이, 준필이 등 후계자들이 나타나고 농민들에게 지도자나 영웅적인 존재로 대접받게 되는 점에서 「농부 정도룡」의 연장선에 놓인다.

이기영의 「光明을 앗기까지」(『해방』, 1930. 12)는 4년 전의 발표작 「쥐이야기」(『문예운동』, 1926. 1)에서 의인화된 쥐가 악덕 부자와 직접 대립하는 사건이 설정되지 않은 것에 비해 적극적인 태도를 취한 우화소설이요 영웅소설이다. 지주 김진사 집에서 백 원을 훔쳐 가지고 온 곽쥐는 쥐들을 모아놓고 "생활은 투쟁"이라고 하면서 서족 노동자들은 단결하라고 웅변한 후 쥐들 사이에서 지도자로 부상한다. 김진사가 쥐덫을 놓거나 고양이를 풀어놓자 곽쥐는 김진사 집 신주를 훔쳐 내오는 것으로 대응하고 이에 김진사가 쥐한테 제사를 지내자 곽쥐는 신주를 돌려보낸다. 이에 감격한 김진사가 쥐들이 무엇을 하든지 내버려두자 쥐들은 해방감과 승리감을 나타내며 "곽쥐주의"를 예찬하게 된다. 투쟁과 협상을 병행하는 태도를 의미하는 "곽쥐주의"라는 말을 만들어놓음으로써 작가의 투쟁성은 더욱 선명해진다.

이기영의 「時代의 進步」(『조선지광』, 1931. 1～2)는 한 여학생이 남선생의 진보주의자로서의 면모가 마음에 들어 사랑하였으나 나중에 소부르주아로 변한 것에 실망한다는 환멸의 플롯을 취하였다. 여학생 혜숙이 수업 시간에 "사회주의"라든가 "남녀평등"을 들먹거리며 진보적인 체하는 최선

---

20) 『조선일보』, 1930. 9. 3.

생에게 호감을 보이자 최선생도 혜숙의 미모에 매혹된다. 최선생이 5년 동안 감옥살이를 한 후 혜숙 앞에 나타나서는 "타락한 소뿔조아지 인테리"에서 벗어날 수 없음을 고백하자 혜숙은 "소뿔조아의 말로! 시대의 진보!"를 느낀다. 혜숙은 최선생과 결별하고 투쟁 의지를 더욱 다지면서 공장의 임금 감하 계획에 대항하는 운동을 강구하게 된다. 혜숙은 사랑보다는 이념을 택한 점에서 이기영의 「민며느리」「해후」「채색 무지개」 등 1920년대의 여주인공과 동일한 범주로 묶인다. 이 작품들의 주인공은 사랑의 실패를 각성의 계기로 선용하여 빈민운동과 여성운동에 적극 뛰어드는 공통점을 지닌다.

이기영의 「賦役」(『시대공론』, 1931. 9)은 악덕 지주에게 무력한 농민들이 집단적으로 저항한 것을 그렸다. 지주 강참봉의 강요로 곡물 창고 부역을 나온 농민들이 일하던 중 근행이 비계에서 떨어져 팔을 다쳤으나 강참봉이 제대로 보상을 해주지 않자 농민들이 강참봉 집으로 몰려가 부역시키지 말 것, 사음 제도를 없앨 것, 소작권을 상당한 이유 없이 이동시키지 말 것, 소작료는 4할 이내로 할 것 등을 요구한다. 12명이 잡혀가고 지주가 부역에 나오지 않은 농민들의 소작권을 떼버리자 농민들은 그 후의 부역에 일체 참석하지 않는 강경한 태도를 보인다. 근행이 팔을 절단하는 것을 계기로 하여 농민들은 농민조합을 결성하면서 서로 단결할 것을 다짐한다. 농민조합의 결성은 가장 현실적이며 바람직한 저항 방법을 택한 것이라고 할 수 있다. 이 소설도 「목화와 콩」처럼 농민들이 일본 순사들에게 붙들려 간다는 모티프와 농민들이 단합하여 나중에는 농민조합을 만든다는 모티프를 취한다.

채만식의 「병죠와 영복이」(『별건곤』, 1930. 2~5)에서는 둘 다 인쇄소 직공인 병조와 영복이가 대조적으로 그려지고 있다. 병조는 여공 소희를 짝사랑하며 매일같이 갈등과 초조 속에서 지내는 반면 영복이는 팸플릿 제작, 조합과 동맹에 관계된 일에 몰두한다. 병조는 소희와의 사랑 문제가 잘 풀리지 않자 운동에는 소극적인 태도를 취한다. 평소 채만식은 작중인물에게 분명한 호오를 드러내지 않는 태도를 보여왔거니와, 또 작품 제목도 두 직공의 이름을 병기하여 주의자소설을 썼다고 하기는 어렵지만, 작가가 병조보다는 적극적 운동가인 영복이에게 점수를 더 준 것은 부정하기 어렵다.

이효석(李孝石)[21]은 1931년 6월에 동지사라는 출판사에서 「都市와 幽靈」 「奇遇」 「行進曲」 「追憶」 「北國點景」 「露領近海」 「上陸」 「北國私信」 여덟 편의 단편소설들을 묶어 『露領近海』라는 소설집을 내놓았다. 여기에 실린 단편들은 현실의 암면을 쏘아보면서 '아라사 동경'을 작가의 정신적 지향점으로 드러낸다. 「행진곡」(『조선문예』, 1929. 6)에서는 아라사에 갔다가 온 청년이 합숙소에 있는 노동자들의 호기심을 끈 나머지 아예 "아라사"라는 별명으로 불리며 영웅시된다.

원산서해삼위까지 캄캄한선창에숨어 물한목음못마시고 밀항을 하얏다는 항구젊은이의이약이 로서아엇던도회에서 로동자의시위행렬에참가하야 거리에서노래부르고 ××긔를휘둘러 보앗다는 아라사갓다온 청년의이약이는 여러사람의 얼과감동을자아냇다. 더구나 청년의가지가지의불만과 조리닷는설명은 그들의산만한지식에 통일을주고 생각못하든것을씌여주엇다. 그리고 그의힘찬결론은 듯는사람의피를 쮜놀게하얏다.[22]

---

21) 강원도 평창군에서 출생(1907), 서울에서 교편을 잡고 있던 부친을 따라 서울로 이주하였다가 평창으로 귀향(1912), 평창공립보통학교 졸업(1920), 경성제일고등보통학교 졸업(1925), 경성제국대학 예과 수료후 영문과 진입(1927), 교지 『문우』를 비롯한 여러 잡지에 시와 콩트 발표(1927), 경성제국대학 영문과 졸업(1930), 이경원과 결혼(1931), 총독부 경무국 검열계 사직(1931), 함북 경성농업학교 교사 취임(1932), 구인회 가입(1933), 평양 숭실전문학교 교수 취임(1936), 숭실전문학교 폐교로 대동전문학교 교수 취임(1939), 부인과 사별(1940), 1942년에 결핵성 뇌막염으로 사망, 아호는 가산(可山), 필명 아세아(亞細亞), 효석(曉晳). 이상옥, 『이효석—문학과 생애』, 민음사, 1992, pp. 323~24 참고.
22) 『노령근해』, 동지사, 1931, pp. 76~77.

"아라사"로부터 구출을 받은 소녀는 역시 아라사도 갔다 오고 감옥에도 갔다 왔으나 지금은 행방불명인 오빠를 "아라사"에게 오버랩시킨다. 「추억」(『신소설』, 1930. 5)은 중학교 동창으로 "틈만잇스면 가티모이고 모여만안즈면 이약이엿다. 철저치는못하나마 일즉이 크로포트킨을애독하고 레닌을알고맑쓰를 짐작하엿"[23]던 로군을 그리워하는 것을 중심사건으로 설정하였다. "로서아"를 연상시키는 로군은 그 무렵 농민운동가와 함께 북으로 가버렸다. 이때의 "북"은 만주보다는 러시아를 가리키는 것으로 보아야 한다. 작중화자는 행방과 생사를 알 수 없는 로군의 건투를 빌고는 있지만 로군의 생각과 행동에 전적으로 찬성하는 것은 아닌 것으로 결말 처리된다. 작중화자와 주인공 로군은 친구는 될 수 있어도 동지는 될 수 없었다. 로군이 절대주의적 시각에 사로잡혀 있는 반면 작중의 '나'는 상대주의적 시각으로 기울고 있기 때문이다. 로군이 당대의 이데올로그나 사회주의자를 가리킨다면 작중의 '나'는 이효석 자신에 해당된다.

나는 지금여긔서 그들의행동의시비를 비판할랴는것이아니오 독자의비판을바라는바도아니다. 나어린시절에 발서 그의생각이 그만큼달넛다는것을 알어주면 그만이다.

무릇 비판이라는것 그것이발서 결코 절대적인것이아니다. 털끗하나의 용납도 허락치안을만한 그런 엄숙한 객관력 절대력판단이라는 것이 이세상에−존재시킬수는잇겟지만−존재할수는업슬것이다. 그리고 그런판단이 일상생활에 그다지필요치도안을것이며 그런판단으로만은 이 복잡한세상을 해석하지도못할것이다. 대체 세상물상이라는것이 이모로보면이러케보이고 저모로보면저러케보이고 시각의각도와 립장을짜라서 눈에비취이는바 마음에 비취이

---

23) 위의 책, pp. 113~14.

는바가 다각각달을것이다.[24)]

이처럼 상대주의적 시각을 긍정하면서 인간의 판단의 한계를 지적하는
만큼 이효석은 이미 자신은 이데올로그로서의 소질이 없음을 드러내고 만
셈이다. 동반자작가의 시각을 분명하게 드러냈다고 평가되는 소설집『노
령근해』에서조차도 사회주의가 일례가 되는 "객관적 절대적 판단"이 인간
사회에서는 있기 어렵다는 판단을 내보이고 있다. '미' 이외는 절대적 시
각을 용인하지 않은 이효석 특유의 태도는 이때부터 시작된 것으로 볼 수
있다.

유진오의 「송군 남매와 나」(『조선일보』, 1930. 9. 4~17)가 제국인과 식
민지인의 관계를 떠나 사회주의 사상을 지닌 투쟁적 인물을 편드는 시각을
취한 데 비해 이효석의 「麻雀哲學」(『조선일보』, 1930. 8. 9~20)은 노동자
나 주의자를 편들면서도 사업가 관점에 서기도 하고 노동자 관점에 서기도
하는 이중성을 보인다. 이렇듯 대조적인 화자의 동시적인 설정은 동반자소
설의 입장을 잘 드러내준다. 「마작철학」에서는 부자인 정주사가 아들의 정
어리공장 사업을 걱정하는 한편 마작을 하는 모습도 찾아볼 수 있고, 정주
사의 아들이 경영하는 정어리공장 노동자들이 "새빨간 책도 보는" 강선생
의 지휘에 따라 쟁의를 벌이는 장면도 볼 수 있다. 야학 시간에 부녀 노동
자들에게 계급투쟁 이론을 가르치기도 한 강선생은 마침내 삯전 인하 반대
투쟁을 선동하게 된다. 그는 공장주뿐 아니라 "가련한 로동자의사정은묵
살되고 가증스런재주편에만가담하야 그의말만 솔곳이듯고 수백명의 삭전
을 멋대로작정하는 어업조합놈들도 죽일놈이요"[25)]라고 선동한다. 주재소
순사들이 와서 강선생과 네 명의 교섭위원을 잡아가자 성난 노동자들은 조

<hr>

24) 위의 책, pp. 115~16.
25)『조선일보』, 1930. 8. 12.

합 사무소에 돌을 던졌고 마침내 공장주와 감독은 도망간다. 「마작철학」이 여기서 끝을 내었더라면 이효석은 주의자소설이나 노동자소설의 한 값진 실례를 남기는 결과가 되었을 것이다. 이 소설의 결말은 "시세폭락, 로동자들의 파업" 등과 같은 힘에 짓눌려 정주사 아들이 몰락해가는 것으로 처리된다.

이러케명상에잠기면서 한결가티해변을바라보는 공장주의 눈에서는이제 눈물이푹솟앗다 그러나그것은 감상의눈물도아니요 분함의눈물도아니요감격과희망의눈물이엿스니 해변에서셰를짓고 고함치며로동하는 수만흔로동자들 —그속에서그는 새로운철학을 발견하얏든것이다[26]

공장주 정구태는 노동자들의 임금투쟁이 한 요인이 되어 공장이 망하기는 하였지만 노동자들을 원망하는 대신 노동자들의 모습에서 감격과 희망과 새로운 철학을 찾는 것으로 그려지고 있다. 정구태가 자기를 망하게 한 장본인인 강선생을 오히려 친구로 삼고 싶다는 마음을 열어 보인다는 끝부분은 보편적인 인간 심리와는 거리가 있다. 이효석은 이렇듯 부자연스러운 태도를 보이면서 무엇을 노린 것일까. 「마작철학」은 사용자가 망해가는 것으로 결말을 처리하기는 했지만 노동자들을 부정하지도 않았고 사용자를 부정하지도 않았다. 이효석은 양비론이 아니라 양시론을 취한 것처럼 보인다. 어떤 면에서는 사용자에게는 연민을, 노동자들에게는 박수를 보낸다. 노동자들의 힘이 더욱 강한 것으로 그리면서도 사용자에게는 위안의 말을 보낸다. 이런 양시론은 이효석이 노동자들의 현실을 마작하듯이 바라보고 있다는 의미가 되기도 한다. 유진오가 비록 일시적이라 하더라도 투쟁적 인물에게 편향되어 있는 것으로 나타나는 반면 이효석은 힘 있는 자/없는

---

26) 위의 신문, 1930. 8. 20.

자, 사용자/노동자, 부자/빈자에서 양자택일하지 않는다.[27]

이효석의 「弱齡記」(『삼천리』, 1930. 9)는 농업학교 학생인 학수가 좋아하던 금옥이 가난을 해결하기 위해 나이 든 쌀장수와 결혼하기로 했다가 간단한 유서를 남기고 바다에 빠져 죽는 것을 중심사건으로 삼았다. 그 사이에 학수는 실습하다가 졸도했고, 수업료를 미납하여 정학 처분을 받았고, 다른 남자에게 팔려가다시피 하는 금옥이를 구제할 수 없는 무력감을 드러내었고, 바닷가에 나가 하이네 시집을 읽으면서 마음을 달랬고, 서울 사립학교에서 출학당한 채 귀향하여 독서로 소일하는 용걸에게 가 두어 권의 책을 빌렸고, 학교예산편성 학우회에 참석하여 스포츠 적립에 반대하는 행태를 보인다. 학수는 의식으로부터 도피해버린 것인지 아니면 의식화의 이전 단계에 있는 것인지 판단하기 어렵게 만든다.

「林檎」외 4편의 에피소드로 짜여 있는 「북국점경」에서 「마우자」는 혁명이 나자 쫓겨 온 마우자(로서아인)들의 별장이 있는 곳을 관찰하고 있으며 「C驛風景」에서는 "주의자가 되어 신문에 낫느니 감옥에 갓느니 붉은 긔든 마우자와 가티 아라사로 들어 갓느니" 하고 소문이 났다가 13년 만에 유골로 돌아온 아들을 본 이후로 실성해버린 어머니의 모습을 보여준다. 이때의 아라사는 동경의 대상이기보다는 비극적인 삶으로 인도하는 장치라고 할 수 있다. 단편 「노령근해」는 배를 타고 아라사로 가는 사람들의 모습을 묘사하며 「상륙」은 대모테 쓴 청년이 아라사 땅에 내려 동지 로만 박과 만나는 것으로 끝이 나 있다. 콩트 분량인 「상륙」은 '아라사 동경'으로 수미쌍관이 이루어져 있다.

　오래전부터 사모하야오든쌍! 마음속에 그려오든 풍경! 가죽옷닙고에나멜

---

27) 유진오/이효석에 대한 보다 자세한 비교론은 졸고, 「유진오와 이효석 소설의 거리」, 『한국 현대문학사상 논구』, 서울대 출판부, 1999, pp. 178~91에 들어 있다.

혁대씬 굵직한마우자들숩에 한시라도속히 싸여보고십헛다.

　-푸른하날. 푸른항구. 수만흔긔선. 화물선. 쌍크. 무수히날니는붉은긔,
돌로 모지게싸은부두. 쿠리. 로동자. 마우자. 긔중기. 창고. 공장. 흰연돌.
침착한색조의시가. 돌집. 회관. 거리거리를훈련하고도라단이는「피오닐」.
「콤사몰카」들의활보. 탄력잇는 신흥계급의긔상-

　어두운석탄고속에선 아직밟지안은 이쌍에대한 가지가지의환영을 마음속
에솟피울 재 가삼은 감격과초조에 몹시도 수물그럿다.[28]

아라사를 약동과 활기의 이미지로 채색한 이 구절은 이효석 소설이 애정
소설이든 이국 정서를 그린 것이든 주의자주인공소설이든 '지금 이곳here
and now'보다 나은 세계에 대한 동경을 기조로 한 소설로 묶을 수 있음을
뒷받침해준다. 청년은 아라사에 상륙하자마자 지금까지의 조선에서의 삶
을 부정하는 선언적 행위를 하기에 이른다. 조선에서의 삶은 일제 치하에
서의 조선인의 삶을 가리킨다.

　아무미련도남기지아니하고 그는 헌옷을 바다물속에 장사지내버렷다. 오
래동안 몸에걸첫든단벌의옷-어두운등잔밋헤서 침침한눈을비벼가면서 고국
의가난한 어머니가 바늘귀촘촘하게 정성쩟 기워준 피눈물나는 그옷이언만
그는이제 아무미련도남기지아니하고 바다속에 시원히 장사지내버렷다. 물
론 아울너 지금짜지의 모든과거도 헌옷뭉치와함쯰 이바다속에 청산하야버
렷든것이다.[29]

위의 대목을 포함하여 『노령근해』에서 자주 보이는 '아라사 예찬'은 아라

---

28) 이효석, 『노령근해』, 동지사, 1931, p. 160.
29) 위의 책, p. 163.

사나 마르크시즘에 대한 서사적 접근보다는 시적인 접근에 가깝다. 아라사 체험과 아라사에 대한 지적 탐구가 결여된 점이 시적 접근으로 이어졌다. 미지의 세계에 대한 이효석 특유의 동경벽(憧憬癖)의 산물로 볼 수도 있다. 1930년대 초의 아라사 예찬은 1930년대 말에 가면 1939년도의 전작 장편 『화분』에 잘 나타나는 것처럼 구라파주의로 바뀌게 된다. 『노령근해』의 맨 끝 작품인 「북국사신」에 가면 러시아 사회를 예찬하고 러시아 사람들과 즐겁게 어울리는 장면으로 채워져 있다. "남녀로소를 물론하고 다가티 위대한건설사업에 힘쓰고잇는 씩씩한기상과 신흥의긔분! (중략) 더구나 차근차근 줄기찻고가지차저서 빈틈업시 일을진행하야나가는 데삼인터내쇼널의 비범한활동이야말로 오직 탄복하고 놀나지안흘수박게업네"[30]와 같이 러시아를 지상낙원인 것처럼 표현한 것은 팸플릿 지식으로도 가능하다. 실제로 그의 소설에서는 적극적으로 현실을 인식하거나 맞서 싸우는 인물을 찾아보기 어렵다. 「행진곡」에서의 "아라사"라는 청년과 「기우」에서의 '나'는 이리저리 숨어 다니거나 연락하러 다니며 「노령근해」에서의 '나'나 「북국사신」에서의 '나'는 무엇 때문에 고생해서 아라사에 온 것인지 구체적으로 밝혀진 것이 없다. 이효석은 투쟁적인 젊은이들이 기대감과 긴장감 속에서 '불온삐라'를 인쇄하는 장면을 설정한 「午後의 諧調」(『신흥』, 1931. 7)를 발표하여 동반자작가로서의 면모를 유지할 수 있었다.

이효석이 1931년 12월호부터 1932년 2월까지 『동광』이라는 잡지에 「프렐류드」를 분재하면서 자기 나름대로 동반자작가로서의 색채를 드러내는 데 비해 유진오는 이미 1920년대 후반부터 사회주의 사상에의 경도를 작품 속에 드러내었다. 「프렐류드」는 주인공 주화를 아예 "가련한 맑시스트"라고 하면서 "맑스" "맑시즘" "맑시스트"와 같은 말을 여러 차례 보여준다. 「프렐류드」는 예외라고 할 정도로 마르크시즘에 대한 이효석 나름의 인식

---

30) 위의 책, p. 167.

과 지식을 표출한 편이다.

세상의 일만가지 물상이 변증법적으로 변천하야가는것은 사실이다. 그러
므로 또한 혁명이 잇은후의 상태라고 결코 완전무결한 마즈막의 상태는 아
닐것이니 티가 없다고 생각되는 그상태 속에는 어느 결에 이미 모순이 포태
되어 그것이 차차 자라서 다음의 혁명을 가져올 것이다. 결국 변천하고 또
변천하야 그칠바를 모르는 것이니 최후의 안정된 절대의 상태라는것을 사람
은 바랄수 없을 것이다.[31]

이기영, 조명희, 한설야 같은 프로작가들과 유진오, 이무영 같은 동반자
작가들이 마르크시스트를 그려낸 것과 이효석이 '아라사주의자'를 그려낸
것은 다르게 해석해야 한다. 프로작가들이 이데올로그를 그려내었다면 이
효석은 단순한 낭만주의자나 이상주의자를 그려낸 것에 가깝다. 본래 이효
석은 관념이나 논리로 무장한 작가가 아니었다. 그는 진(眞)에 논리를 통
해 다가가기보다는 감각이나 정서를 통해 접근했다. 주화는 삶, 죽음, 자
살, 혁명, 문화 등의 문제에 대해 마르크시즘에 대한 이해와 연결 지어 고
민한다. 주화는 극도로 배고픈 나머지 벽에 붙여놓았던 마르크스의 사진을
보면서 배신감을 느꼈고 이어 그 사진을 찢어버리는 행동을 보인다. 마침
내 "대학에서 공부할때부터 그를 인도하고 배양하야 온 머리의 량식인"
『자본론』을 팔아 빵을 산다. 그러나 주화는 삐라 뿌리는 소녀를 조우하면
서 곧바로 후회하고는 다시 마르크시스트를 자임하며 마르크스의 찢어진
사진을 "스승에 대한 죄송한 참회의 념"[32]을 가지며 다시 주워 모은다. 독
자들은 주화가 끝까지 마르크시스트로 갈지 의문을 품게 된다.

---

31) 『동광』, 1931. 12. pp. 101~02.
32) 위의 책, 1932. 1. p. 128.

「기우」「행진곡」「추억」「북국사신」「노령근해」 등의 주인공은 러시아를 동경하거나 식민통치에 반항하는 주의자 정도로 그려져 있을 뿐 마르크시스트로 보기 어려운 면이 있다. 유진오와 이효석은 1920년대 후반에 각각 「스리」(1927. 5), 「파악」(1927. 7~9), 「넥타이의 침전」(1928. 3~4), 「오월의 구직자」(1929. 9) 등과 「도시와 유령」(1928. 7), 「기우」(1929. 6) 등과 같이 『조선지광』의 이념적 방향에 부합하는 소설을 발표하면서 동반자작가로 불리게 되었다. 이 두 작가는 1926년부터 1946년에 이르기까지 염상섭, 박영희(朴英熙), 이갑기(李甲基), 백철(白鐵), 김남천(金南天), 안함광, 임화 등에 의한 여러 동반자작가론에서 계속 대표적인 동반자작가로 일컬어졌다. 1920년대 말에서 1940년대 후반까지 전개되었던 동반자작가론은 동반자작가의 바탕이 소부르나 인텔리라고 규명한 것, 동반자작가는 카프 측이나 프로문학에 근접해야 한다고 주장한 것, 동반자작가는 본질적으로 자유 지향적이라고 주장한 것, 예술성이나 의식 면에서 프로작가와 동반자작가를 비교한 것 등으로 나누어 볼 수 있다.[33] 특히 김남천의 「문학시평」 (『신계단』, 1933. 5)과 안함광의 「작가 유진오를 논함」(『신동아』, 1936. 4) 을 보면 유진오는 「오월의 구직자」(『조선지광』, 1929. 9), 「여직공」(『조선일보』, 1931. 1. 2~22), 「오월제전」(『신계단』, 1932. 11) 등을 썼던 1930 년도 전후에 동반자작가로 활동한 셈이 된다.

박영희에 의해 일찍이 '수반자작가(隨伴者作家)'의 근거가 되었던 유진오의 「宋君 男妹와 나」(『조선일보』, 1930. 9. 4~17)는 19세 때 공무원인 아버지를 따라 조선에 건너온 일본인 학생 이시까와, 학교 내외의 불합리한 일들과 맞서 싸우는 송군, 송군의 뒤를 이어 조선의 로사를 자임하면서 투쟁의 길을 걷는 송군 누이 등을 보여준다. 이시까와는 송군과 같은 회원이면

---

33) 졸고, 「동반자작가의 성격과 위상에 관한 연구」, 『한국현대문학사상연구』, 서울대 출판부, 1994, p. 175.

서 관찰자가 된다. 일본인 학생을 포함하여 12명의 비밀 모임을 이끌어가는 송군은 시위 선동 혐의로 체포되어 징역을 살게 되자 송군 누이 송순정이 오빠의 뒤를 이어 전위로 활동하는 것으로 결말지으면서 액자소설의 형식을 취한다. 일본인 학생을 화자로 등장시켜 프롤레타리아 운동에서는 국경도 민족도 초월할 수 있음을 일깨워준 점은 이 소설의 주목거리의 하나가 된다. 계급투쟁 운동은 국제적 연계 아래 이루어져야 한다는 볼셰비키화의 강령을 잘 반영하여 일본에 대한 간접 비판을 꾀하는 결과를 보인다. 일본인 화자는 조선인인 주인공의 행동 방식을 이해하기 시작하면서 조선이 일본의 식민지임을 깨닫게 된다.

나는이곳에 그「고귀」한분이 도라가든째 나의눈으로 목격한 그민족적흥분을 자세히긔록할 여유를갓지못하엿다. 다만나는 그광경을보고 조선사람들의 평시의 울분이 얼마나깁고 압헛는가를 절실히늣겻든것을 말해두고만다.[34]

유진오의 「女職工」(『조선일보』, 1931. 1. 2~22)에서 제사공장 통근공 옥순은 일본인 다나까 감독으로부터 돈을 받고 다른 여공을 감시하라는 부탁을 받았으면서도 독서회에 가담한다. 옥순은 감시 대상자인 근주네 집에 갔다가 독서회에 참가하여 사회주의 사상에 눈뜨게 된다. 옥순은 『우리는 왜 가난한가』『노동가치설』 등의 책과 「가치는 누가 맨드는가」「이러케 맨드러낸 가치는 누가 가저가는가」 등의 과목을 공부한다. 강사는 감옥을 다섯 번이나 갔다 온 ××간부인 김경옥과 근주의 남편이며 ××철공장 직공이자 운동가인 강훈이었다. "로동자를위해 일해줄사람은 로동자자신밧게 업다"[35]고 일러준 동료 여공 근주의 친절한 가르침과 믿음은 옥순이 감독

---

34) 『조선일보』, 1930. 9. 8.

의 유혹과 폭력에서 벗어나 투쟁 대열에 뛰어드는 결정적 계기가 되었다. 옥순이는 한때나마 공장 측의 유혹과 동료들의 동지의식 사이에서 갈등을 느꼈으나 공장 안팎의 사람들 사이를 연락해주다가 기어이 발각되어 회사에서 쫓겨나고 만다. 작가는 회사 측과 노동자 측이 팽팽하게 맞선 것으로 결말을 맺고 있다. 이러한 결말 처리 방법은 노동운동에 뛰어든 옥순에게 연민을 보내되 미화하지는 않은 점, 옥순을 부정적 인간 속성과 긍정적 타개 의지가 혼재하는 갈등 속에 세워놓은 점 등과 함께 작가 유진오의 동반자작가로서 종합적이며 객관적인 시각을 잘 뒷받침해준다. 이처럼 유진오가 인간을 대부분 평범한 존재로 본 반면 이북명과 송영은 노동자인 주인공을 되도록 고상하고 비범한 존재로 그리려는 경향을 보인다.

유진오의 「兄」(『조선지광』, 1931. 2~5)은 일본 유학생 출신으로 잡지를 운영하던 중 계급운동 혐의로 옥고를 치르고 난 후 귀국하는 한 젊은 지식인의 모습을 보여주었다. 형이 재산을 다 날려 학교도 중퇴한 '나'는 형의 이념에는 찬성하나 형 때문에 배우지 못한 것을 원망하는 이중 감정을 지닌다. 형은 '나'에게 교사적 존재요 가해자로 나타난 셈이다. 작중의 소년인 '나'가 사회주의자인 형을 어떻게 보았느냐 하는 것은 유진오가 사회주의를 어떻게 보았느냐를 부분적으로나마 대신하게 된다.

「上海의 記憶」(『문예월간』, 1931. 11)은 조선인 내레이터가 일본에서 같이 공부했던 좌익 문학가 서영상이 중국 경찰에 붙들려 사형당했다는 것을 확인하고 비감에 빠진다는 이야기를 들려준다. '나'는 상해에서 서영상을 만나기로 했다가 공동 조계 경관들에게 끌려가 새벽에 사회주의자들이 인터내셔널의 노래를 부르며 사형 집행당하는 소리를 듣는 극적인 경험을 한다. 서영상은 동경 W대학 경제과에 다니면서도 "사회조직의 비밀을 알고 싶어서"라는 명분 아래 극문학에 관심을 갖고 "고국이야기만 나오면 이를

---

35) 위의 신문, 1931. 1. 16.

악물고 장개석국민정부에 대하야 통분하엿고""동경서의 메―데―에 참가하고 중국학생으로 조직된 단체를 지도해나갓"으며 귀국한 후에는 "중국좌익극작가동맹의 리더"로 활약했던 존재다. 「송군 남매와 나」가 일본인이 화자가 되어 조선인 주의자에 동조하는 태도로 관찰한 데 비해 「상해의 기억」은 조선인이 화자가 되어 동창생인 중국인 사회주의자의 사형을 동정하고 있다. 이를 보면 유진오는 사회주의의 초민족적 성격, 국제적 성격을 강조한 셈이 된다. 유진오는 이효석과는 달리 사회주의자를 긍정적인 시선으로 바라보고 있음을 분명하게 내보인다. 차라리 콩트라고 해야 할 「첫經驗」(『동광』, 1931. 11)은 남녀 젊은이들이 동지들 사이를 연락하고 다니다가 경찰에 붙잡히고 마는 사건을 설정하였다.

유진오는 1931년 이후에도 동반자소설이라고 불릴 만한 노동자투쟁소설을 써낸 바 있다. 공장 직공들이 공포심과 초조감에서 헤어나지 못하는 가운데, 메이데이에 참가하자는 삐라를 뿌리러 다닌다는 「五月祭前」(『신계단』, 1932. 11)은 작가의 메이데이에 대한 깊은 이해를 바탕으로 한다. 이 소설은 서로 다른 공장에 다니는 직공들이 메이데이, 노동조합의 임무, 노동자들의 형편 등에 대해 자연스럽게 대화를 나누는 장면을 설정해놓았다. 작가 유진오는 한원관이라는 직공의 입을 통해 메이데이를 "노동자의명절" "일본 청국 미국 영국 아모튼 웬세상 노동자가 이날만은 일을쉬이고 시위운동을한담니다"고 하면서 "조선서는 시위×동은커녕 도모지모이지도 못하게되닛가 글세 메―데―를 긔렴한다면 그날일제히 휴업이나 할까요"[36]라고 한다. 노동자들이 정보를 교환하면서 동지가 될 것을 약속한다는 것도 이들 세계에 대한 기본적인 이해력이 가져온 결과라고 할 수 있다. 「餞別」(『삼천리』, 1932. 4)은 몇몇 젊은 남녀가 삐라를 뿌리는 사건을 중심사로 설정한 것으로 투쟁적인 인물이나 사건의 설정이 자연스러운 점으로 미

---

36) 『신계단』, 1932. 11, p. 109.

루어 노동자들의 투쟁 목표나 방법에 대한 작가의 이해도가 결코 낮다고는 볼 수 없다. 삐라 내용은 완전히 복자로 처리되어 있는데, 그 끝에 다음과 같은 설명이 붙어 있다.

맨끗헤잇는 「범태평양××노동조합」이라고 굵다랏케 백여진 글자가 무서운 악마의 눈 처럼 그를 흘겨본다. 그는 부르르전신을 떤다. 이야기에 듯던 독갑이—십구세긔초엽에 왼구라파를 횡행하든 그무서운 독갑이가 이재 그의 눈압헤 나타난 것이다![37]

유진오는 관념에 입각해서 이러한 소설을 쓴 것임에도 작중 노동자의 심리 상태를 잘 파악하고 그 인물이 속해 있는 유파의 성격에 대해서도 잘 이해한다. 유진오는 「여직공」, 「밤중에 거니는 者」, 「오월제전」 「전별」 등 노동자의 투쟁상을 그린 소설을 여러 편 남겼다. 특히 「밤중에 거니는 자」 (『동광』, 1931. 3)는 고무공장의 동맹파업과 노사타협을 중심사건으로 설정하면서 외양이 번듯하고 웅변도 잘하나 진실되지 못한 노동자대표를 "밤중에 거니는 자"로 비유하여 안타고니스트로 몰아갔다.

1930년과 1931년의 노동자소설과 농민소설은 다른 어느 때보다 주의자소설과 겹치는 부분이 큰 특징을 드러낸다. 채만식의 「병조와 영복이」(『별건곤』, 1930. 2~5), 송영의 「교대 시간」(『조선지광』, 1930. 3, 6), 이기영의 「종이 뜨는 사람들」(『대조』, 1930. 4), 윤기정의 「양회굴뚝」(『조선지광』, 1930. 6), 이효석의 「마작철학」(『조선일보』, 1930. 8. 9~20), 송영의 「오수향」(『조선일보』, 1931. 1. 1~26), 유진오의 「여직공」(『조선일보』, 1931. 1. 2~22), 「밤중에 거니는 자」(『동광』, 1931. 3), 김남천의 「공장신문」(『조선일보』, 1931. 7. 5~15), 송계월(宋桂月)의 「공장 소식」(『신여

---

37) 『삼천리』, 1932. 4, p. 110.

성』, 1931. 12) 등과 같이 노동자의 삶의 모습을 성공적으로 그려낸 소설
들은 주의자를 주요 인물로 내세운 공통점을 보인다. 주의자와 노동자들의
연대는 투쟁 모티프로 구체화되기 마련이다.

송영(宋影)의 「交代時間」은 일본의 석탄 광산을 배경으로 조선 노동자와
일본 노동자가 차별대우를 받는 모습을 그려내다가 뒤에 가서 조선인 노동
조합과 일본인 노동조합의 단합 가능성을 제시한다. 2만 명 노동조합 지회
집행위원인 '나'는 광부로서의 고통과 조선인 노동자로서의 고통을 이중으
로 느낀다. '나'는 과거에 농부였으나 농사로만 먹고살기 힘들어 5년 기한
으로 일본 자유노동자로 팔려와 죽도록 일했으나 돈 한 푼 없이 고향 하늘
을 쳐다보며 부모처자를 그리워하면서 눈물짓는 신세가 되었다. "우리들
삼천명과 그들일만칠천명과는 두편이 되어가지고 큰 싸홈이 이러낫다"고
시작된 이 소설은 "일만칠천명과 삼천명의 마음은 두가지가 아니엿섯다.
훌융히 한마음으로 통하엿섯다"로 끝남으로써 노동자끼리는 정치적 사정
이나 국적을 초월하여 통한다는 것을 암시하였다.

송영의 「吳水香」의 주인공은 집이 가난해 기생으로 팔려와 와세다 대학
출신의 노동운동가이며 사회주의자인 조용태를 만나 동거하면서 사회주의
이념에 눈뜨게 된다.

> 그들의 새살림방은 아모것도 업섯다. 벽에는그들의숭배하는이의사진이걸
> 려잇고 책들만 싸혀잇섯슬 뿐이다. 그리고 수향이는 중학강의록을 보고 조
> 선잡지로는『조선지광』과『무산자』를 읽엇다. 처음에는 글이넘우 어려웟스
> 나 차차 갈사록 알아보기가 쉬웁게되엿다.[38]

조용태와 오수향의 살림방은 나중에는 전국 각지에서 온 회원들의 모임

---

38) 『조선일보』, 1931. 1. 7.

장소가 된다. 1년 뒤 남편이 붙잡혀가 징역 3년을 언도받자 오수향은 딸을 유모에게 맡기고 자신은 다시 기생으로 나간다. 그 후 오수향은 정옥·계월·경순 같은 운동단체 회원들로부터 여러 운동 분야의 양상, 해소의 문제를 중심으로 한 여러 쟁점들, 이념분자들의 속성 등에 대한 지식을 공급받게 된다. 기생을 그만두고 제사공장에 정숙으로 개명하고 들어간 오수향에게는 급격한 환경 변화나 신분 변화에 따른 고뇌와 불안감이 있을 법하나 실제로 오수향은 그러한 것을 거의 보여주지 않는다. 송영은 오수향이란 인물의 형상화에 힘쓰기보다는 사상운동의 볼셰비키화를 위해 이 소설을 쓴 것이라고 할 수 있다. 오수향은 독자들을 향한 작가의 사회주의 강론의 효과적인 통로가 되고 있다. 「오수향」은 토론체소설, 대화소설, 관념소설이라고 할 수 있을 정도로 당시의 사회주의운동에 대해 많은 것을 알려준다. 노동운동이나 농민운동은 부인운동과 유기적으로 연결되어야 하고, 노동운동도 산업별로 재조직되고, 농민운동도 경제투쟁과 정치투쟁을 병행해야 하고, 예술운동은 대중화를 실천에 옮겨야 한다는 것이다. 대흥제사공장 직공들은 영자의 주도로 월급 인상, 야간작업수당 지급, 노동시간 8시간으로 조정, 기숙사 설비 완비, 병이나 기계 고장으로 인한 작업 중단의 책임을 직공에게 묻지 말 것 등을 요구하는 스트라이크를 일으켰으나 패배하고 만다. 다음과 같은 결말은 여공들의 패배가 새로운 운동의 점화나 확대로 기능하고 있음을 일러준다.

다만 정옥이 순용이들이주창한 ××회해소리론은 얼마안남은 대회에 상정될준비가 다 되엿잇슬뿐만이아니라 북으로회령 남으로제주에 일으기까지 이가튼리론은 실제로구체화되여가고잇고 수향이영자외에 수십명이 내쪽기고 겨우진정된 대흥제사공장의 대파업은 대흥섬유로동조합을 탄생식혀 도왓다는건만 말하여둔다 –(끗)–[39]

송영의 「老人夫」(『조선지광』, 1931. 2)는 만주에서 주의자로 활약하다가 국내로 돌아와 화장장 인부로 일하던 한 노인이 장례를 치르게 된 무연고의 한 젊은 주의자가 자기 아들임을 인지하게 된다는 극적 서사를 보여준다. 박노인은 젊었을 때 김옥균, 서재필 등을 쫓아다닌 개화파로 만주로 들어가 처자도 다 잊고 학교 설립사업에 주력했던 과거가 있다. 박노인 아들 박보영은 노동조합, 농민조합, 근우회, 프롤레타리아예술동맹의 맹원들이 참석한 장례식의 추도사에서 다음과 같이 소개되었다.

군은 우리들의압잡이로써 우리들 전----------하야 생떼갓흔-----을 ××기엇다. 군은 처음에는 예술동맹의××로써 왼애지푸로에 전력을다햇스며 뒤에는 농민조합의 한분자로써 실제운동에 몸을밧치엿다[40]

「노인부」는 젊은 주의자의 비극적 삶을 압축미를 갖추어 서술한 점에서 조명희의 「낙동강」을 떠올리게 한다. 모두 여섯 장으로 되어 있는데 6장도 단 네 줄로 되어 있거니와 5장은 "몃츨뒤에 이노인은 화장장을쎠나서 다시 만주로향해서 쎠나갓다"[41]와 같이 단 한 줄로 되어 있는 만큼 사건 전개가 속도감 있게 처리되고 있기 때문이다.

윤기정(尹基鼎)의 「양회굴둑」(『조선지광』, 1930. 6)은 제사공장 여공들이 공장주가 작업 시간을 늘리고 임금을 깎는 일에 반대하여 단합해서 끈질기게 투쟁한 끝에 승리를 이끌어내어 회사가 항복해서 여공들이 작업을 재개하게 되는 것으로 끝맺고 있다.

최승일(崔承一)의 「누가 익이엿느냐?」(『대조』, 1930. 8)는 감옥에 갇혀 있는 주의자의 모습을 그리고 있다. 주인공 '나'는 일본에 있을 때 사랑과

---

39) 위의 신문, 1931. 1. 26.
40) 『조선지광』, 1931. 2, p. 24.
41) 위의 책, p. 26.

운동에 실패했던 일을 떠올리면서 여러모로 과거의 운동 방법을 반성해 본다.

　　내용조사와 폭력행위로 대검거-선풍-희생-이리하야 익인사람이 누구이냐? 어든것이 무엇이냐? 이리하야 대중과거리가 멀어간다. 친절함을주지못한다. 배신을당한다. 확실히 우리는 감방에드러안저 절실하게 그것을늣기는듯십헛다.[42]

미결감에 있다가 증거 불충분으로 석방되는 주인공은 오히려 전의를 가다듬어 낙원동에다가 ××동맹이라는 간판을 내세우고 조직을 정비하게 된다. 출옥 후의 투쟁 의지 강화는 1930년대 초 소설과 1930년대 중반 이후 소설을 구별하는 기준의 하나가 된다.

　　강경애(姜敬愛)[43]의 「破琴」(『조선일보』, 1931. 1. 27～2. 3)은 실질적인 등단작이다. 서울에 유학 간 형철은 하기방학 때 귀향했다가 농민들의 비참한 실상을 보고 깨달은 바 있어 학업을 중단하고 가족과 함께 만주에 가서 대승적인 자세로 투쟁하다가 붙잡혀 총살형 당한다. 형철은 여름방학을 맞아 애인 혜경과 함께 고향에 갔다가 노동과 착취와 굶주림에 시달리는 농민들의 참상을 보고 충격을 받는다. 이러한 농민들에 대한 연민과 울분과 동질감은 그의 수필과 소설에서 거듭해서 제시된 바 있다. 강경애의 소설에서 빼앗기기만 하고, 가난하고, 힘없는 농민에 대한 연민을 가장 먼저

42) 『대조』, 1930. 8, p. 167.
43) 황해도 송화군 출생(1906), 장연으로 이주, 장연소학교 졸업 후 평양숭의여학교 입학 (1921), 3학년 때 동맹휴학 가담으로 퇴학 후 서울동덕여학교 편입(1923), 『금성』에 시 「책 한 권」으로 등단(1924), 장연에 흥풍야학교 설립(1925), 근우회 장연지회 가입(1929), 화요회 북풍회원 출신의 장하일과 결혼 후 간도 이주(1931), 간도 토벌을 피하고 중이염 치료 차 서울행(1932), 간도 용정에서 안수길 · 박용준과 함께 『북향』 동인 활동(1936), 『조선일보』 간도 지국장 역임, 신병 악화로 장연으로 귀향(1939), 질병으로 사망(1944), 필명은 강가마(이상경 편, 『강경애 선집』, 소명출판, 1999, pp. 815～20).

드러낸 소설은 바로 이 「파금」이다. 형철은 마르크시스트보다는 민중주의 자가 되고자 한 것으로 볼 수 있다.

차츰차츰그의말구조에는열이올려왓다. 「맑—쓰니 례—닌이니 다무엇임 니쌰? 벌서 지금은 그전사람들의리론으로 ×을시대는 지낫답니다. 대중은 창자를쥐고 그들의주린것을 참고잇습니다 우리들도 그들의 하나이겟지요. 어서나도 그들과가티×워야될것을 요즘와서 더욱더욱늣게게 됩니다」[44]

만주로 가게 된 데는 아들 학자금과 미가 폭락으로 많은 빚을 진 아버지 가 만주 영고탑으로 이주해 갈 테니 동참하라는 권고도 작용하였다. "그후 형철이는 작년여름××에서 총살을당하엿고 혜경이는 ××사건으로 지금× ×감옥에서 복역중이다"[45]와 같이 짤막하기는 하지만 엄청난 비극을 담고 있는 마지막 구절은 카프작가나 남성작가 못지 않은 강경애의 강단성을 일 러준다. 형철의 애인 혜경도 간도에 와서 투쟁하다가 붙잡혀 감옥에 가게 된 것으로 강경애의 제2의 자아라고 할 수 있다. 실제로 강경애는 남편 장 하일과 사상적 동지 관계를 맺고 있기도 하였다. 주의자를 내세우면서 화 자나 작가가 동조 내지 공감을 표시한 소설로는 「파금」의 뒤를 이어 「축구 전」(『신가정』, 1933. 12), 「모자」(『개벽』, 1935. 1), 「원고료 이백 원」(『신 가정』, 1935. 2), 「번뇌」(『신가정』, 1935. 6~7), 「어둠」(『여성』, 1937. 1~ 2), 「검둥이」(『삼천리』, 1938. 5) 등이 나왔다. 이 소설이 발표된 해와 강 경애가 용정으로 이주해 간 해는 똑같이 1931년이다. 애인을 따라 만주에 같이 들어가 참된 동지가 된 혜경은 작가 강경애의 정신적 지향점에 해당 하는 존재다. 이처럼 1931년은 여성 작가 강경애에게도 의미있는 해였다.

---

44) 『조선일보』, 1931. 1. 29.
45) 위의 신문, 1931. 2. 3.

조용만(趙容萬)의 「舍廊과 行廊」(『비판』, 1931. 6)은 모두 7경으로 구성된 것으로, 승승장구하는 김참여관과 죽어가는 박선달은 대조적인 데 반해 철공장 노동자인 박선달 아들과 대학생인 김참여관 아들은 동지가 되어 동경에서 귀국하여 평양 어느 회사에서 일어난 스트라이크에 함께 참여한다. 아버지 세대와 아들 세대도 대비해 볼 수 있는 만큼 이중적인 대비 구조를 지닌 소설이라고 할 수 있다.

김남천(金南天)의 「工場新聞」(『조선일보』, 1931. 7. 5~15)은 주의자소설이라기보다는 노동자소설에 가깝다. 고무공장 직공들이 직공 처우 개선 문제를 놓고 전무와 맞서는 것이 중심사건이 되고 있다. 사용자와 뒷거래를 하는 조합 간부의 타락상이 공장 신문을 통해 비판되는 것은 흔한 소재가 아니다. 사이비 노동조합이나 사이비 조합원에 대한 고발정신은 예술운동의 볼셰비키화를 주장하는 사람들이 강조했던 제재의 하나다. 이기영이 노동운동가를 노동자와 독립된 존재로 그린 반면 김남천은 노동자들 사이에서 노동운동가가 자연스럽게 배출되는 과정을 보여준다. 이 소설에서도 고무공장 직공들의 파업 모티프가 중심 모티프로 작용한다. "(略)"이라고 표시된 곳이 5군데가 넘을 정도로 작가적 정직성을 지키고자 하였다. 이 소설은 조합 간부들이 9명의 준비위원을 뽑으면서 전의를 다지는 것으로 끝난다. 김남천이 볼셰비키화를 의식하고 이 소설을 쓴 만큼 노동자와 주의자의 결합은 자연스러우면서도 필연적인 결말이라고 하지 않을 수 없다. 이갑기는 「예술운동의 전망」에서 「공장 신문」을 권환의 「목화와 콩」, 이기영의 「부역」과 함께 "테―마나 表現技術의모든것이 勞動者나 農民의게 주엇스면할만한 作品" "最近에서는 어더보지못할만한 傑作"이라고 고평하였다.[46] 윤기정도 「창작가로서 김남천군의 인상」(『문학건설』, 1932. 1)에서 「공장 신문」을 우수작이라고 평가하였다. 김남천이 카프 맹원이었기에 「공

---

46) 『비판』, 1932. 1, p. 21.

장 신문」은 발표 당시에 지나치게 고평된 면이 있다.

엄흥섭(嚴興燮)의「흘너간 마을」(『조선지광』, 1930. 1), 이기영의「홍수」
(『조선일보』, 1930. 8. 21~9. 3), 권환의「목화와 콩」(『조선일보』, 1931.
7. 16~24), 이기영의「부역」(『시대공론』, 1931. 9) 등은 농민이나 주의자
를 주인공으로 내세웠거나 농민과 주의자의 연대를 주요 사건으로 세운다.
엄흥섭의「흘러간 마을」은 악덕 지주와 마을 농민들의 대립을 다룬 것으
로, 가난하고 착한 농민들의 고통스러운 모습과 악덕 지주의 비인간적이고
탐욕스러운 모습을 병치하여 보여준다. 묘사 방법에서는 과장과 소루함의
흔적이 나타나고 있다.

비구니가 파계하고 결혼한 남편이 실명하자 남편 친구와 놀아난 것에 그
남편이 비관자살한다는「앓고 있는 靈」(『학조』, 1927. 2)과 비교하면 작가
로서 일대 비약한 것으로 보이는 만큼, 권환(權煥)의「木花와 콩」(『조선일
보』, 1931. 7. 16~24)은 예술운동의 볼셰비키화를 주장한「조선예술운동
의 당면한 구체적 과정」(『중외일보』, 1930. 9. 2~16)의 연장선에 선다.
농민들의 콩밭에 군청이 목화를 심으라고 강제하는 이유를 마을 지도자 필
성이 부산, 서울, 동경, 대판의 제사회사와 방적회사에 원료를 공급하기
위한 것이라고 설명하자 마을 농민들이 양복 입은 기수들과 싸우다가 매를
맞고 주재소로 끌려가게 된다.

그리는한편에 필성이들은한참동안 이경회동에 분주하게 갓다왓다하엿다
두윤이집 정선달집 이집저집으로 한참동안은 밤낫업시 밥먹을여가도업시 쏘
차다녓다
그래서 그해초여름 이경회동에는△△농민조합△△지부경회동반(班)긔(旗)
가 바람에날녀 놉히 펄넝거렷다(씃)
『附記』이小說의原名은『목화강제재배』인것을 事情上『木花와콩』으로 發表
한것입니다[47]

불만이 배어 있는 제목을 고친 점과 20군데도 넘게 "略"으로 처리할 수밖에 없었던 점은 이 소설의 투쟁성을 입증해준다. 이 소설은 훗날 이봉구 (李鳳九)의 「목화」(『비판』, 1938. 4)로 재현되었다고 할 수 있다. 권환은 「무산예술운동의 별고와 장래의 전개책」(『중외일보』, 1930. 1. 10~31), 「조선예술운동의 당면한 구체적 과정」(『중외일보』, 1930. 9. 2~16), 「하리코프대회 성과에서 조선푸로예술가가 얻은 교훈」(『동아일보』, 1931. 5. 14~17) 등 여러 편의 평론을 통해 볼셰비키화를 강력하게 주장한 논객의 한 명인 만큼, 이 소설은 의도적으로 제작된 것이라고 하겠다.

박승극(朴勝極)의 「再出發」(『비판』, 1931. 7~8)에서 김성철은 「農民」(『조선지광』, 1929. 6)의 주인공 이강춘이 농민→노동자→주의자로 전신해 간 것과는 달리 주의자에서 노동자로 사회이동 하였다. 김성철은 회관 중심이요 이론 중심에서 벗어나 "보다는 철저한맑스주의자가되고자 또는진실한 푸로레타리아의 전위가되고자"[48] 지방 제철공장에 취직하여 여러 노동자를 주의자로 바꾸어놓는 역할을 하게 된다. 박승극은 이 소설에서 당시의 주의자들이 모여 이론투쟁 하는 모습을 구체적으로 들려준다. 이러한 구체적 묘사는 작가적 용기와 모험의 소산이라고 할 수 있다.

골목한구텅이에잇는 사회단체련합회관에 아츰저녁으로 멧사람이모이여서 리론투쟁을 한다. 청년동맹의 리군과로동조합이성철이 신간회지회의상춘군 근우지회의순희동무등은 언제나리론투쟁의 한편이된다.
현계단의객관 주관의정세는 우리에게이러한싸홈을 계속치못하게한다. 그리고 자연발생적으로이러나는 스트라익, 소작쟁의는 방금급속도로 발전되

47) 『조선일보』, 1931. 7. 24.
48) 『비판』, 1931. 7, p. 109.

고잇지안은가? 이것을의식적으로 전개하기위하야 무리는과거의모든것을 저바리고 직접공장, 직장, 농촌으로 드러가지안으면안된다. 그쑨아니라 자본주의의 제삼긔××과정에 당면하여 그들은여지업시도××정책을 가하고잇지안은가? 이에잇서서 현재의구구한전술은 우리에게단연 방해되는점이만타 ―(중략)―안경을 코에걸친 로인이드러온다. 이분은신간회지회의위원장이며 천도교의종리사이다. 회관에서 그의얼골을 보기에는 매우드문형편이니 한달에두서너번이면 조혼성적이라할수잇다.[49]

이상의 내용은 단순한 관념의 산물이 아니다. 실제로 박승극은 카프에 가담하는 한편, 청년동맹, 신간회 등 급진 사상단체에 적극 참여하면서 계속 투쟁하였고 이러한 투쟁 경험을 과감하게 작품에 살려낸다. 당시의 소설에서 박승극처럼 투쟁 경험을 구체적으로 표현한 경우는 유례를 찾기 어렵다. 조선 초유의 제철 노동조합이 조직된 것에 이어 제사, 고무 등 각 산업별로 노동조합이 결성되어 "데몬스트레이숀"을 일으켜 석 달 동안이나 세 공장의 굴뚝에서 연기가 나지 않는 것으로 끝맺음으로써 박승극은 카프의 볼세비키화를 소설을 통해 강력하게 주장한 것이 된다. 주의자가 노동자로 하향이동하여 투쟁을 벌인다는 소설의 모델이 될 만하다.

송계월(宋桂月)의 「工場消息」(『신여성』, 1931. 12)은 주인공 면에서는 여공소설이며 형식 면에서는 서간체소설이다. 직업병·산업재해·풍기문란 같은 문제에 직면한 여공들의 모습이 잘 그려져 있다. 주인공 김옥분은 선배 여공에게 제사공장 여공들을 위해 계속 투쟁해줄 것을 호소한다. 『신여성』 1931년 12월호의 "특집문예"에 「공장소식」과 함께 들어 있는 최정희의 「尼奈의 이야기」는 보험회사 사원으로 있을 때 사장의 유혹을 뿌리친 것 때문에 해고당한 여주인공이 동대문 밖 제사공장에 들어가 투쟁적인 인

---

49) 위의 책, p. 112.

물로 성장하는 과정을 보여준다. 직전에 발표한 「正當한 스파이」(『삼천리』, 1931. 10)에서는 마르크시스트 FE의 동지인 여인이 그녀를 추적하는 형사에게서 돈도 받고 키스 세례도 받으면서 스파이 노릇하는 것을 보고 FE가 "정당한 스파이"라고 부른다는 이야기를 들려준다. 작가가 마르크시스트를 일단 긍정적 인물로 보았음을 확인할 수 있다.

(2) 1930년도 중·장편소설의 이념 변주 양상

이광수(李光洙)의 『群像』은 별개의 인물과 사건으로 꾸며진 「革命家의 안해」(『동아일보』, 1930. 1. 1∼2. 4), 「사랑의 다각형」(『동아일보』, 1930. 3. 27∼11. 2), 「삼봉이네 집」(『동아일보』, 1930. 11. 29∼1931. 4. 24) 등 3부작으로 이루어져 있다.

「혁명가의 아내」에는 사회주의자 공산(孔産), 그의 아내 방정희, 의학전문학교 학생 권오성, 공산의 친구 여인현 등이 등장하는데 작가는 이들을 불화의 관계로 몰아가면서 주요 인물들을 모두 냉소의 시선으로 보고 있다. 화자는 작중인물과의 거리를 의도적으로 멀리 두었다. '공산(孔産)'은 '공산(共産)'을 비꼬는 의미를 갖는다. 이광수는 사회주의자 공산을 폐결핵 환자, 조강지처를 버리고 테니스 선수인 신여성과 다시 결혼한 자, 아내 방정희한테 구박받자 폭력을 휘두르는 자, 아내 방정희와 의학전문학교 학생 권오성의 관계를 의심하고 복수심에 불타는 자, 35세에 폐결핵으로 사망한 자로 그려놓고 있다. 아들이 사회주의자인 바람에 군수 자리를 내어놓은 아버지는 나중에 아들의 장례식에 참석하지 않는다. 그런가 하면 이광수는 남편 공산을 향해 "똥물에 튀길 혁명가" 운운하며 특히 정조, 의리, 여필종부 등의 기존 인습을 강하게 부정하는 방정희도 부정적으로 그려놓았다. 정희는 공산이 죽고 난 후 자기를 귀찮게 여기는 권오성에게 매달렸다가 발길질을 당한 것 때문에 하혈을 심하게 한 끝에 죽고 만다. 방정희는 공산의 친구들로부터도 완전히 외면당한다. 이처럼 작가는 사회주의자

공산이나 방탕한 신여성 방정희를 다 부정한다.

이광수는 정희의 머리를 빌려 당시의 사회주의자들을 비꼬고 있다.

「남을 위해 자긔를 희생해? 남을 섬기는생활을 해? 봉건, 봉건, 봉
건……」

하고 정희는 꿈에서 깨는모양으로 몸을 한번 우쭐한다.

「정조. 자긔희생. 모도부르조아 이데올로기야 부르조아!」

이러케 정희는 속으로 외친다. 무엇이든지봉건적이나 부루조아라고 정죄
만하면 다결정이 되어버리는듯하얏다. 그것은 제령위반(制令違反), 치안유지
법위반(治安維持法違反)이라는것과가티 가장힘잇고 편리한형법조문이엇다.

정희는 어썬것이 진실로봉건적이요 부르조아근성인지 분명히는 모른다.
그러나 한가지큰원리(原理), 큰공식(公式)을 안다. 그것은 가치(價値)의 전도
(顚倒)라는것이다. 무엇이든지 재래에 올타고 여겨온것은 다 봉건적이오「부
르조아근성」이라하는것이다. 재래에 올치안타고 하든것은 대개 올흔 것—변
증적이오 민중적이라하는것이다.[50]

이광수는 크게는 부르주아 박멸론 · 반봉건운동 · 변증법 · 민중사상 등
을 부정적인 시선으로 보면서 구체적으로는 재래의 성윤리를 파괴하는 정
희를 비참한 결말로 몰아감으로써 기성 도덕 부정론자도 부정한 셈이 된다.

제2부「사랑의 다각형」은 제목 그대로 여러 경우의 사랑 이야기를 들려
준 애정소설이다. 둘 다 사랑의 좌절을 겪은 바 있는 자혜의원 간호원 옥
귀남과 미국 유학생 출신 한은교의 헌신적인 사랑의 성취로 대단원의 막을
내리는 이 작품에서는 여러 남녀를 만날 수 있기는 하나, 이러한 인물들과
행위들은 온전히 새로운 것이라고 할 수는 없다.「사랑의 다각형」은 인물,

---

50)『동아일보』, 1930. 1. 16.

갈등 관계, 주요 사건 등 여러 면에서 『재생』(『동아일보』, 1924. 11. 9~1925. 9. 28)을 선행작으로 삼는다. 예컨대 『재생』의 김순영과 「사랑의 다각형」의 송은희는 돈 많고 호색한인 백윤희와 민장식의 유혹에 빠져 사랑하는 남자를 배신한 점에서 유사하고 『재생』의 신봉구와 「사랑의 다각형」의 한은교는 실연의 아픔을 극복해가는 과정이 비슷하다. 송은희는 김순영과 마찬가지로 배신을 속죄하는 심정으로 자살하게 된다. 이광수는 특히 한은교의 진실됨을 부각하기 위해 민장식 외에 김만식, 전건, 원풍호 등의 호색한을 설정한다. 한은교는 숭실대학 졸업, 전주 여학교 교사, 기미년 만세사건 연루 수감, 도미, 송은희 학비 지원, 송은희의 배신, 폐병 발병, 자혜의원 입원, 송은희의 사죄, 옥귀남과의 사랑 등의 과정을 거친다.

　「군상」 중에서는 제3부 「삼봉이네 집」이 가장 문제적인 작품이다. 소작 농이었던 삼봉이와 그 가족이 서간도로 가던 중 노참사를 만나 겪는 시련과 서간도 이주 후 중국인과 조선인이 가져다주는 고난의 모습을 그리는 데 초점을 맞추었다. 이광수는 이 소설에서도 부자들의 성욕을 작중 사건들의 근본 원인으로 삼았다. 18세 된 을순의 미색을 옥천 대지주 노참사가 탐내자 삼봉이가 노참사를 폭행했고 바로 이것 때문에 삼봉이가 감옥에 가는 사건이 발생한다. 삼봉의 폭행사건을 맡은 변호사도 을순을 탐내고 서간도에 사는 을순 아버지 친구 박문제도 을순을 노린다. 「삼봉이네 집」은 "떠나는 길" "밤의 유혹" "돈 돈 돈" "서간도로 돼지 몰이" 등 8장으로 이루어져 있는데 6장까지를 삼봉이네의 시련담이라고 한다면 7장과 8장은 삼봉이네의 복수담이라고 할 수 있다. 7장과 8장에서 삼봉은 자기네 가족 뿐 아니라 조선인들을 괴롭힌 박문제, 호로야, 박통사를 모두 살해한다. 이삼백 명의 부하를 거느린 삼봉은 중국인 지주, 조선인 협잡배, 중국 순경청에게는 공포의 대상이 된다. 삼봉은 자기 세력이 커지자 ××성 정부에서 한인고용법이라는 것을 만들어 조선인을 괴롭히는 것을 보고 공산주의자 유정석에게 편지를 보내어 갈 길을 일러달라고 한다. 이에 유정석은 사람 하나하나가 문제가 아니고 제도가 문제라고 하면서 "개인 개인을 따라 다니며 원수 갚기를 그치시고 개인을 넘어선 제도, 그 자체와 싸우라"고 권한다. 이 작품은 "개인을 넘어서"란 의미를 해석하는 데 김삼봉과 유정석이 차이가 있음을 드러내는 것으로 끝을 맺고 있다. 유정석이 "개인을 넘어서"의 구경(究竟)을 "전세계 무산대중의 단합"에 두었던 반면, 김삼봉은 "전민족적으로"라고 해석하였다. 끝까지 프로타고니스트가 김삼봉인 한, 이광수는 김삼봉의 정신적 토대인 민족주의를 지지한 것이라고 할 수 있다.

「삼봉이네 집」은 이광수의 소설가로서의 한계를 거의 다 드러낸다. 『무정』에 비해 덜하기는 하지만 로망스의 한계의 하나인 우연 구성이 여전히 눈에 띄고 주요 인물의 심리 전개가 기복이 심하고 부자연스러운 데다 비약이라든가 생략의 묘를 잘 살려내지도 못하였다. 「삼봉이네 집」은 1930년대 들어 급증한 간도 이주 모티프를 취해 보였으며 이광수로서는 보기 드물게 복수의 결말을 제시하였다.

김동인(金東仁)의 장편역사소설 『젊은 그들』(『동아일보』, 1930. 9. 2～1931. 11. 10)은 고종 시대를 배경으로 하여 대원군과 명성황후의 대립을 근본적인 사건으로 설정하면서 대원군을 지지하는 활민당의 여러 남녀 젊은이들의 활동상을 그리는 데 역점을 두었다. 대원군과 절친한 이활민이 세운 활민당에서 서양 학문과 무술을 배워 장차 나라의 동량으로서의 틀을 갖추어가는 안재영과 약혼자 이인화가 중심을 이루고 여기에 명선달의 아들 명인호와 기생 연연이가 동지로 가세하여 "젊은 그들"을 형성한다. 기본적으로 "젊은 그들"이 대원군을 이념의 스승으로 삼는 것으로 설정한 데 반해 이들의 안타고니스트인 민씨 일파의 존재와 행위는 그리 중요하게 묘사되어 있지 않다.

이 소설은 제목이 풍겨주는 희망·약동·발전의 이미지와는 달리 대원군의 패배와 그에 잇따른 남녀 주인공의 자살로 끝을 맺고 있다. 대원군이 실세하고 청국에 끌려가는 것은 역사적 사실이며 활민당 사람들이 집단 자살하고 안재영과 이인화가 결혼한 후 동반 자살하는 것은 허구적 사건이다. 이처럼 이 소설은 실제 사건과 꾸며낸 사건이 어우러져 있고 실존 인물과 허구적 인물이 어울려 만든 이야기로 짜여 있다. 『젊은 그들』의 서술 방법의 특징의 하나로 작가가 대원군 입장에 적극 동조하여 태공 이하응을 사려 깊고, 판단력이 뛰어나고, 포용력이 크고, 애민사상이 투철한 영웅적인 존재로 그리는 것을 서슴지 않은 점을 들 수 있다. 일본 · 청국 · 민씨 일파의 세력이 태공을 비극적인 영웅으로 만들어가는 과정을 서술하는 데서 작가의 붓에는 힘이 들어가 있다. 바로 이 과정에서 김동인은 은근히 일제를 꼬집는다.

세워 줍소사. 어쩌케던 다시 세워 줍소사. 아직것 듯도 보도 못한 일—말(言語)이 다른백성이 이 나라를 슬몃이 집어삼키려는 그런 일에서 구원해줍소사. 그런 무서운일이 어듸 다시 잇겟습니까? 태공은 하눌을 우러러 보며 탄원하고 하엿다. 일즉이하늘과 짱에 머리를 숙여 보지못한 그엿섯지만 나라의 파산의 아페 그는 자긔의 늙은 머리를 조으며 탄원하는것이엇섯다. 이러케 불안한 공포에 새울 날을 보는동안 조선의 천하에는 또다시 태공의 쇄국정책이 날개를 펴게 되엇다.[51]

임오군란 직후 일본 공사 하나부사 요시모토(花房義質)가 이끄는 일본군과 청국 수사제독 정여창이 인솔한 청국 함대가 들어와 대치하는 중에 일본 측의 회담 요청을 받은 대원군은 방향을 잡지 못하고 무력감에 빠진다.

그것은 너무나 커다란 욕이엇섯다. 내국가—다. 내강토—다. 내짱이다.

---

51) 위의 신문, 1931. 10. 13.

그 「내쌍」에 「내」가 드러오지 말라는데—그것도 말조에 「지금은 상당한 관사가 업스니 잠시만 기다려달라」고 빌부터서 간청을 하엿는데 그말이 무시를 당하는 이것은 너무도 커다란 욕이엇다.

쑨이랴? 지금 이장안은 외국의 군대의 발에 밟히우고 잇지 안흐냐. (중략)

여기서 태공은 명료히 「조선의 파산」을 보앗다. 왕비-당의 그저 몇해의 어리석고도무지한 비정은 조선이 스스로 설힘이 생기기도 전에 덜컥문호를 해방하고 그우에 그새겨우조금뿌리를 박엇든 「생명의 씨」조차쏩아버려서 이러틋 외국으로하야금 조웅을 업수히역이게하얏다. 조선의 실력이 온전히외국에게알리워지기전인 광무주 十日年의 동내례관(禮館) 철폐 사건이며 광무주 十三年의 하얏스되 그쌔는 아직조선의 실력이 외국에게 의문이엇는지라. 문제는 고조가 되지못하고 싹아버리고 하얏다. 이번에 일본의태도가 이러틋 강한것은조웅의무력함을 저들이 충분히보앗기쌔문이다.[52]

『젊은 그들』은 고종 시대의 정치적 상황을 그리는 데 역점을 둔 것인 만큼 정치소설에 넣을 수도 있고, 비록 비극적 결말을 맞기는 했지만 대원군의 영웅적 풍모를 부각하는 데 힘쓴 것인 만큼 영웅소설로 볼 수도 있다. 작가로서 김동인의 엘리트의식은 과거사를 바라볼 때에도 특히 영웅적인 존재에 주목하는 것으로 구체화된다. 「論介의 還生」(『동광』, 1932. 5~8), 『운현궁의 봄』(『조선일보』, 1933. 4. 26~1934. 2. 15), 「首陽」(『중앙』, 1934. 9), 『大首陽』(『조광』, 1941. 3~12) 등은 이런 엘리트의식이 낳은 동공이곡(同工異曲)이라고 할 수 있다. 「논개의 환생」은 논개가 촉석루 잔치장에서 가등청정의 부장인 毛谷村六助를 껴안고 남강으로 투신한 "투신편", 삼백년 만에 1932년에 경성기생 패연으로 환생한 "환생편", 오전에는 논개로 오후에는 리패연으로 살며 정체성 혼란을 겪는 "재세편"으로 구성

52) 위의 신문. 1931. 10. 20.

되었다. 이 소설은 역사소설이자 당대소설로, 일본과 일본이 빚어낸 당대의 세태를 결코 곱지 않은 시선으로 보고 있다.

김기진(金基鎭)의 『海潮音』(『조선일보』, 1930. 1. 25~7. 24)은 조명규 노인이 정어리기름 공장을 경영하다가 망한다는 이야기와 아버지의 무능과 방탕으로 술집에 팔려 그 후 여러 남자를 거치면서 파란만장한 삶을 이어가는 남수를 중심으로 한 이야기를 겹쳐놓았다. 조명규는 일본인 고리대금업자 구원에게 거액의 빚을 내어 타산성이 높다고 하는 정어리기름 공장을 세웠으나 정어리가 잘 잡히지 않아 오히려 빚만 늘어나고 결국에는 일본인 전주만 배부르게 해주는 결과를 빚어내었다. 팔봉은 "그리하야 사공은 배임자에게 쌔앗기고배임자는공장주인에게 쌔앗기고 공장주인은 일본무역상에게쌔앗기는것이이장사이엇다"[53]는 말처럼 먹이사슬론을 당대 현실의 본질로 파악하면서 일본의 경제 침탈을 일깨워주었다. 일본인 자본가 구원이 구체적으로 등장하는 장면은 찾아볼 수 없지만 구원은 숨어 있는 배후의 형식으로 일본 자본주의를 상징하는 것으로 그려진다.

> 젊은사람은 이야기끄테 자긔의소견을 더자세하게—조선사람의경영방법, 작업상태가유치한사실과 자본의결핍으로인하야 자금인출(資金引出)과 무역위탁(貿易委託)등을 전부일본사람의수중에너코서 거긔서막대한중간착취를 당하는사실을들어가며이야기하고서 그자리를쎠나갓다[54]

작중인물들 중 위와 같은 파악에 도달한 사람은 거의 없다. 조명규 노인도 거액의 돈을 투자해 사업을 벌이고 실패하는 과정을 겪은 끝에 이러한 경제적 식민지화의 암담한 현실을 깨닫게 된다. 어부(광식, 성칠, 관식)→

53) 『조선일보』, 1930. 2. 1.
54) 위의 신문, 1930. 6. 30.

선주(만돌, 준택, 홍업)→재주(조명규 노인)→전주(일본인 구원)를 고용의 관계로 보면서 동시에 먹이사슬의 관계로 본 것이 시대를 앞질러 간 소설적 상상력의 결과라면 북청집 남수가 술집 여자로 살면서 맨 나중에 만난 만돌이와 사촌 간임을 인지하고 자살한다는 이야기는 로망스적 발상에 가깝다. 남수 중심의 이야기로만 채워져 있었더라면 그나마『해조음』은 주목할 필요가 없는 작품이 되었을 것이다.

김기진은 정어리 공장, 배, 자본 유통 과정 등에 대해 전문적 지식을 갖추었으면서도 두 개의 이야기를 병치시킨 탓인지 구성이 중간중간 뒤틀리는 결과가 나타났다.『해조음』은 어민들이 문제점을 지적하며 희망에 차 어민조합을 만드는 것으로 끝맺는데 작가 김기진은 프로문학자답게 어민조합 결성의 문제점을 잘 파악하였다. 선주를 어민조합에 참여시키느냐 배제하느냐의 문제, 구매부와 소비부를 두어 공동 구매하는 문제, 청년부와 소년부를 두어 청년동맹 분자를 조합으로 재조직하는 문제를 제시하였다. 어민들이 어민조합 결성 방법을 논하며 어민의 세력을 늘리는 방안과 어업 자본가에게 덜 착취당하는 방안을 의논하고는 해산하는 사람들이 "신성한 기분에 가슴이쫙벌어지는것을 느끼엇다"고 하는 식으로 모호하긴 하지만 열린 결말을 취했다. 김기진은 1920년대 단편 「붉은 쥐」(1924), 「젊은 이상주의자의 사」(1925), 「몰락」(1926)에 비하면 구체적인 장면을 묘사하는 힘은 커졌다고 할 수 있다.

서해 최학송의『號外時代』[55]는『매일신보』에 1930년 9월 20일부터 다음

---

55) 다음 논문들을 주목할 필요가 있다.
    한수영, 「돈의 철학, 혹은 화폐의 물신성을 넘어서기」, 한국문학연구회 엮음,『1930년대 문학연구』, 평민사, 1993.
    김창식, 「1930년대 한국 신문소설의 특성과 그 존재 의미에 관한 일 연구―최서해의『호외시대』를 중심으로」,『국어국문학』32, 1995.
    윤대석, 「'시대정신'과 '풍속개량'의 대립과 타협―『호외시대』론」, 문학사와 비평 학회 엮음,『최서해 문학의 재조명』, 국학자료원, 2002.

해 8월 1일까지 총 310회 동안 연재된 장편소설이다. 김동환은「생전의 서해, 사후의 서해」에서 최서해가「탈출기」「홍염」「그믐밤」「큰물 진 뒤」등의 단편소설로 "조선의 고리키"라는 별명을 얻어 계급 문예의 평론가들이 최서해의 작품들을 프로문단 건설의 지표로 삼았음을 환기하면서 장편소설『호외시대』를 두고 "우작 타작(愚作 馱作)"이라 하고는 서해의 작가로서의 죽음은 이때라는 극언을 서슴지 않았다.[56] 중외일보사에서 매일신보사로 옮긴 것 때문에 카프에서 제명당한 것을 두고 김동인은 좋은 작품을 쓸 수 있는 계기로 본 반면 김동환은 작가정신의 퇴조를 우려했던 것이다. 최서해가 "돈의 아페는 오륜삼강도 힘을 못쓰게 되고 정의정도도 허리를 굽히지 아니치못하게 되엇다. 모순 갈등은 나날이 심하여지고 알륵 반목은 갈수록 맹렬하여진다. (중략) 오오! 돈의 힘이 이 인류를 지배하는 날까지 이 인류의 병폐적 현상을 알리는 호외방울소리는 쓰치지 안을것이다"[57]고 "연재예고"에서 역설한 것처럼 "호외"는 돈의 역기능을 알리는 역할을 한다. 6년 전 홍재훈이 반도인쇄소 사업을 중심으로 하여 황금기를 누렸으며 사업은 사회봉사라는 등식을 지닌 홍재훈이 양두환을 사업 후계자이면서 사윗감으로 생각하여 학교를 보낸다는 "행운"(22~31회)과 "신임"(32~47회), 반도인쇄소가 망하자 홍재훈이 경영했던 학교를 경매 처분하고 양두환이 학교를 재건하기 위해 애를 쓴다는 "결심"(48~61회)과 "폐교"(62~76회), 홍재훈의 아들 홍찬형이 지원을 호소하자 양두환이 근무처인 삼성은행 대구 지점에서 4만 원을 빼돌린다는 "송금암호"(124~143회),

---

56) 김동환,「생전의 서해, 사후의 서해」,『신동아』, 1935. 9. p. 184.
　　"문예평가는 그의 작을 고가평가하기를 끊첫고 캅프서는 나왔고 그에 따라 차츰 그의 작가로서의 지위는 '인민의 속'에서부터 나와서 '민중관심의 권외'에 서게 되었다. 이리된 원인은 아까도 말하였거니와 그는 만년에 절개를 잃었든 것과 또 한가지는 빈궁과 병고때문이었다. 이미 이렇듯 생명력을 잃었음에 그의 붓은 전일의 생기를 찾어 가질 리 없었다. 그래서 생기 없는 필단에선 직업적인 죽은 문장과 억지타령의 작품이 나왔다. 꿋꿋내『호외시대』등등 우작타작을 내어 일세의 냉소를 산다. 서해의 죽음은 벌써 이때부터이다."
57)『매일신보』, 1930. 9. 4.

"범행"(154~164회), 4만 원이 든 가방을 홍재훈 집에 맡겨놓았으나 불에 타버리는 바람에 사업 재건이 수포로 돌아간다는 "불"(165~177회), 홍찬형이 대신 자수하고 학교일은 양두환이 보기로 한다는 "일을 위하야"(206~215회), 찬형이 감옥에서 얻은 여러 가지 병으로 형 집행 정지를 받고 나와 죽고 그 아버지 홍재훈도 며칠 후 죽고 만다는 "희생된 그들"(231~260회), 양두환이 홍재훈 부자의 정신을 이어받아 빈민 구제사업에 더 힘쓸 것을 맹세하는 "고독"(282~310회) 등과 같이 『호외시대』는 모두 20장으로 구성되어 있다.

고아로 자라나 등짐장사, 일본인 가게 점원, 지게꾼을 거친 후 대감 집 구종으로 들어가 온갖 고생을 한 끝에 마침내 37세에 속량되어 15년 동안 열심히 인력거를 끌어 번 돈을 모아 반도인쇄소를 세운 홍재훈은 '사업=사회봉사'라는 신념을 실천에 옮긴 존재다. 그는 경영자이면서 사회사업가의 두 얼굴을 지녔다. 양두환은 홍재훈의 원조 덕분으로 서소문상업학교를 졸업하고 장차 홍재훈 사업체의 후계자로 인정받기는 했으나 그의 관심도 기업보다는 사회사업 쪽에 있었다. 양두환은 반도인쇄소에 취직하기 전에는 고학생과 직공과 실직자 들의 모임인 삼우회의 살림을 맡아왔던 터였다. 인쇄소 경영과 무료 학교 사업을 병행하다가 10만 원을 신문사에 투자한 것이 잘못되어 하루아침에 망하게 된 홍재훈과 몇 달씩 월급을 받지 못한 인쇄소 직공들이 대립할 때 양두환의 내면에서는 홍재훈을 향한 보은의지와 노동자들을 향한 동정심이 처음에는 맞서 있다가 끝내 공존하게 되는 결과를 맞는다. 이렇듯 홍재훈은 대승적인 삶의 자세를 취한 것 때문에, 양두환은 은혜를 갚아야 하겠다는 결심 때문에 각각 패배자와 범법자의 길을 걸어가게 된다. 양두환은 사회사업을 하다가 망한 홍재훈에게 보은하려는 뜻에서 사업 복구에 필요한 돈을 마련하기 위해 범죄를 저지르게 되었고 홍재훈의 아들 홍찬형은 평소 양두환에게 신세지고 있다는 부채의식 때문에 거액의 은행 돈 횡령범인 양두환 대신 수감 중 병사하고 만다.

홍재훈이 물질적인 면에서 몰락한 것이라면 양두환은 법과 윤리의 면에서 주저앉은 경우가 되며 홍찬형은 육체의 사망을 맞고 만 것이다. 최서해의 의도는 홍재훈 같은 상록수형의 인간을 몰락하게 만들고 희생양으로 몰아간 돈의 위력을 폭로하는 "호외"를 뿌리고자 한 데 있다. 이 소설에 등장하는 리정애와 류숙경 같은 여성 인물들도 타락자보다는 희생자나 원조자의 범주에 넣을 수 있다. 홍재훈이 세운 학교의 교사인 리정애는 홍재훈의 아들 찬형을 사랑한 나머지 홍찬형 집안에 도움을 주기 위해 의도적으로 돈 많은 남자와 결혼하고, 동경과 파리에 유학 갔다 와서 소문난 의사와 결혼한 여류 화가 류숙경은 양두환을 물심양면으로 도와주면서 동지애를 갖게 된다.

최서해는 홍재훈은 홍재훈대로 양두환은 양두환대로 숭고하고 희생적인 삶의 자세를 지키는 데 필요한 돈을 마련하는 과정에서 숭고한 뜻과 법 사이의 갈등에 몰아넣는다. 그는 한 개인을 결정적으로 지배하는 것은 돈임을 자포자기 심정으로 인정한다.

> 돈!……황금!……
> 그 힘은 참으로 위대한 힘이엇다. 존비(尊卑)를 가리는것도 그힘이오 승패(勝敗)를 가리는것도 그힘이오 사생(死生)도 그힘에 달리엇스니 현세의 모든것은 오로지 그힘의 지배앞에서 슬어지고 바려지게되엇다. 부처님의 자비(慈悲)와 기독의 박애(博愛)며 금강산(金剛山)의 노목(老木)까지도 그압헤서는 아모러한 힘을 못쓰게되엿스니[58]

최서해는 결코 독신론(瀆神論)에 서 있었던 것은 아니지만 인간은 말할 것도 없고 신적인 존재도 돈의 힘을 받는다는 인식으로까지 나아가고 있다.

---

58) 위의 신문, 1931. 4. 11.

존비, 승패, 생사는 돈에 의해 판가름 난다는 인식은 당시 유행 사조의 하나였던 자본주의 비판론을 복창한 것으로, 이는 최서해로서는 경험 법칙에 가까운 것이 아닐 수 없다. 빈부의 대립을 설정하면서 빈자 편에 서 반항심이나 복수심을 부추긴 「기아와 살육」「박돌의 죽음」「그믐밤」「홍염」등의 1920년대 소설과는 달리 『호외시대』에서는 돈 앞에서 무력해지고 전락하고 희생당하는 인간들의 모습을 부각시켰다. 『호외시대』는 1920년대 조선 경제계의 극도의 취약상을 배경음으로 깔아놓음으로써 일제 통치가 당시 한국인들에게 가져다준 절망감과 갈등 심리를 암시할 수 있었고, 허약하기 짝이 없는 경제 구조로 말미암아 전락과 희생의 길을 걸어간 인물들을 제시함으로써 갈등의 심화 현상을 내비칠 수 있었고, 상록수형 인간을 향한 의지를 다지는 인물을 프로타고니스트로 내세움으로써 모순으로 점철된 현실을 언젠가는 극복할 수 있을 것이라는 신념을 입증할 수 있었다.[59] 최서해는 소설이 현실 반영 그 이상의 복음을 들려줄 수 있는 양식임을 깨닫는 식으로 변하였다. 1920년대 단편들이 즉각적인 복수심을 강조하여 가족 체제의 파괴를 꾀한 반면 『호외시대』는 자선사업 모티프와 보은 모티프를 중심 모티프로 설정하여 최서해 나름대로 공동체의 건설과 유지를 전망하였다.

이상(李箱)[60]의 『十二月十二日』(『조선』, 1930. 2~12)은 그의 나이 20세

---

59) 『호외시대』에 대한 논의는 졸저, 『한국소설과 갈등』(문학과비평사, 1990)에 들어 있는 「최서해의 『호외시대』, 그 갈등 구조」(pp. 157~76)에서 중요한 부분을 추려놓은 것이다.

60) 경성부 북부 순화방에서 출생(1910), 아버지 김영창은 노동, 이발업에 종사, 구한말 총독부 기술직에 있었던 백부 김연필의 양자로 감(1912), 신명학교 졸업, 불교 종단 학교인 동광학교 입학(1921), 동광학교가 보성고보로 병합되어 보성고보 4년생으로 편입(1924), 보성고보 졸업, 경성고등공업학교 건축과 입학(1927), 경성고등공업학교 졸업, 조선총독부 내무국 건축과 기수, 관방회계과 영선계로 옮김(1929), 총독부 건설국 영선과 사임, 배천온천 요양, 금홍과 사귐, 구인회 가입(1933), 종로 1가에서 제비다방 경영(1934), 사업 실패 후 인천과 성천 등지로 여행(1935), 변동림과 결혼, 금홍과 재회, 동경행(1936), 사상범 혐의로 구속되었다가 한 달여 만에 석방, 4월 17일 동경제대 부속병원에서 사망(1937), 본명 김해경(金海卿)(김윤식, 『이상 연구』, 문학사상사, 1987, pp. 390~433 참고).

에 쓴 것으로 한글로 쓴 최초의 소설이며 유일한 장편소설이다. 이 연재본에서는 "1930. 4. 26 어 의주통 공사장(於 義州通 工事場)" "1930. 5 어 의주통 공사장"과 같이 소설을 쓴 시기와 장소가 밝혀져 있다. "이상의 생애에서 가장 큰 힘을 미친 백부의 시각에서 이상 자신을 바라보고자 했다는 점이 이 작품의 요점"[61]이라고 할 만큼, 이 작품의 주요 인물인 그, T씨, 어머니, 업이 등은 모델이 있다. 그(X씨)와 T씨는 형제이기는 하나 사이가 좋지 않고 업이는 T씨의 아들로 그의 물질적 도움을 많이 받은 것으로 그려지고 있다. 이 소설의 특징의 하나인 서문 설정을 통해 창작 의도와 기본 서술 방법을 확인할 수 있다. 서문에서의 '나'를 본문에 가서는 '그'로 바꾸어 자기의 삶을 객관화해 보겠다는 의도를 드러낸다. 이 서문에서는 "이때나 저때나 박행에 우는 내가" "세상은 어느 한 모도 찾아 내일 수는 없이 모두가 돌연적이었고 모두가 숙명적일 뿐이었었다" "불행한 운명" 등의 구절에 눈을 뜨게 된다. 이상은 '그'의 삶의 경우를 통해 운명론이나 팔자론에 동조하는 태도를 보여준다. 이처럼 서문 형식의 글은 액자소설에서 자주 볼 수 있는 것으로 여기서는 미숙성의 표시로도 볼 수 있다. 아니면 소설을 사건소설이나 행동소설 중심에서 내면소설이나 심리소설 중심으로 바꾸려고 한 것으로 볼 수도 있다. 이 소설에는 6통의 편지 내용이 소개되어 있는데 이 편지에서도 노동자인 발신자의 지적 능력을 작가가 고려하지 않은 흔적이 드러난다. 아예 기본적으로 작가가 내레이터와 분화되지 않은 곳도 있으며 묘사할 곳과 서술할 곳을 제대로 찾지 못한 경우도 나타난다.

이 소설의 표제 '12월 12일'은 '그'가 처자를 잃고 어머니를 모시고 일본으로 건너간 날이기도 하며 17년 만에 다시 귀국하는 날이기도 하다. '그'는 일본으로 건너가 살면서 의사이며 친구인 M에게 6통의 편지를 보낸다. '그'는 동생 T에게 직접 편지하기 싫어하여 M에게만 소식을 알린다. 제1

---

61) 김윤식 엮음, 『이상 문학전집 2』, 문학사상사, 1991, p. 148.

신에서는 일본에서의 가난과 향수병을 호소하였으며 제2신에서는 고생 끝에 어머니가 돌아가셨다는 소식과 조선소 직공으로 취직했다는 소식을 전하였다. 제4신에서는 나고야 식당 보이로 취직하였으나 교통사고로 절뚝발이가 되었다는 소식을 제6신에서는 아버지처럼 떠받들던 조선인 여관 주인이 죽으면서 많은 재산을 물려주어 일약 부자가 되었다는 소식을 준다. '그'는 17년 만에 귀국하여 M군의 명의로 병원을 새로 지어 주었고 수입은 삼분하기로 하였으나 T는 전혀 고마워하는 기색이 아니었다. '그'가 귀국한 이후 이야기 중심은 '업'에게로 넘어가며 '그'와 동생네 사이의 갈등에 초점이 맞추어진다. 21세 된 '업'과 26세 된 유부녀 C가 사랑하는 사이가 된 것을 '그'가 업이의 장래를 생각하여 수영복을 불 지르자 그 충격으로 업이는 병이 들었고 마침내는 죽고 만다. 복수심으로 가득 찬 T는 '그'의 집과 병원에 불을 지른다.

실제로 에세이적인 것이 그리 큰 비중을 차지하지는 않지만 서사적인 것과 에세이적인 것의 혼성이라는 이상 소설의 특징을 미리 잘 보여준다. 이 소설에서 '그'는 고국으로 돌아와 친구와 동생을 위해 사업을 벌일 구상을 하면서도 인간은 불행한 존재, 삶은 허무한 것이라는 따위의 생각은 버리지 못하였다.

인간은실로인간외에는아모것도아니엿다. 그들은얼마나애를썻나 하날도싸아보고 디옥도파보았다 그리고신(神)도조각(彫刻)하야보앗다 그러나그들은땅이외에 그들의발하나를세울만한곳을차자내이지못하얏고 사람이외에그들의반려(伴侶)도차자내일수없섯다―그들은싸우와그리사람들의얼굴들을번갈아바라다보앗다 그리고는결국길게한숨쉬엿다[62]

---

62) 『조선』, 1930. 6, p. 132.

1930년대에 들어서면서 작가들이 온통 사회와 시대로 관심을 기울인 것과는 달리 이상은 개인의 심층 심리나 무의식 쪽으로 작가적 시선을 돌렸다. 『십이월 십이일』은 1930년대 초의 보기 드문 심리소설이다. 1920년대 초에 염상섭의 「제야」가 심리소설을 개척하였다면 1930년대 초에는 이상의 『십이월 십이일』이 1930년대에 한국 소설의 한 주류로 자리 잡게 되는 심리소설의 선형이 되었다. 또한 이상은 심리소설이 독자와의 소통이 잘되지 않는 것임을 입증해주기도 하였다.

『조선』 1931년 4월호에 보산(甫山)이란 필명으로 발표한 「休業과 事情」은 담 하나를 막아놓고 이편과 저편에서 으르렁거리며 사는 이보산과 뚱뚱보 SS의 관계를 그려놓는다. 보산네 마당이 환하게 내려다보이는 들창에서 SS는 거의 매일 침을 뱉었고 이보산은 참다못해 양치질한 물을 들창 쪽에 내뿜는 식으로 공방전을 벌인다. 이보산은 SS의 뇌가 대단히 나쁘다고 단정하고는 그가 안고 있는 딸을 불쌍하게 본다. SS보다 이보산이 작가 이상에 가깝다는 근거의 하나로 이보산이 일반 독자들이 이해하지 못하는 시를 쓰고는 늘 외롭게 산다는 점을 들 수 있다. 물론 작중에서 이보산이 시인이라든가 난해시를 쓴다든가 하는 점은 중요하지 않다. 이보산은 SS의 집 대문에 금줄이 걸린 것을 보면서 SS를 이 세상에서 제일 가엾은 사람으로 본다. SS와 이보산으로 명명한 것, 띄어쓰기를 최소한으로 한 것 외에 중간중간 장문을 배치한 것도 이 소설의 한 특징이다. 보산이 개선가를 부른다고 하면서 "삭풍은 나무 끝에 불고 명월은 눈위에 찬데~수파람한 큰 소리에 거칠것이 없어라"처럼 김종서 장군의 시조를 제시한 것, "德不孤必有隣"처럼 논어의 한 구절을 따와 난해시를 쓰는 시인의 외로움을 달랜 것은 상호텍스트성의 한 예다. 『십이월 십이일』과 「휴업과 사정」의 차이점의 하나는 상호텍스트성의 유무에 있다.

(3) 욕망과 이념 갈등의 사회심리학(『삼대』 『무화과』)

『三代』[63]는 『조선일보』에 1931년 1월 1일부터 같은 해 9월 17일까지 총 215회에 걸쳐 연재되었다. 이 작품은 발표 당시 거의 압수 조치를 당한 것이나 다름없다. 왜냐하면 이 소설은 1945년에 해방을 맞을 때까지 단행본으로 출간될 기회를 당국으로부터 박탈당하였기 때문이다. 단행본은 1948년 을유문화사에서 상하권으로 간행된 것이 처음이었다. 염상섭은 당대에 문학이론이나 창작 면에서 제일가는 자연주의자답게 '재물다툼'[64]이라는 갈등 요인에 눈을 크게 떴다. 이미 1920년대에 최서해, 현진건, 주요섭, 이기영, 조명희, 한설야 등 여러 작가들에 의해 인간 사회에서 '밥'의 문제가 가장 큰 갈등 요인임이 강조되기는 하였으나 1920년대 일련의 소설이 밥을 본능의 대상으로 풀이한 반면 『삼대』의 경우 밥을 주로 욕망이라는 문제와 결부시켰다.

『삼대』는 김병화가 찾아와 덕기와 함께 술집 바커스에 가 홍경애를 만난

---

63) 다음 논문들을 주목할 필요가 있다.

　　김윤식, 『염상섭 연구』, 서울대 출판부, 1987.

　　류보선, 「전망 부재의 공간으로서의 『삼대』 또는 근대 초기 시민 계급의 자화상」, 한국현대문학회 엮음, 『한국 근대 장편소설 연구』, 모음사, 1992.

　　김재용, 「염상섭과 민족의식―『삼대』와 『효풍』」, 『염상섭 문학의 재인식』, 문학과사상연구회, 깊은샘, 1998.

　　우한용, 「『삼대』의 담론체계와 그 의미」, 김종균 엮음, 『염상섭 소설 연구』, 국학자료원, 1999.

　　정호웅, 「『삼대』론―새로운 논의를 위하여」, 『현대소설연구』 11, 한국현대소설학회, 1999. 12.

　　김종욱, 「가족 공간과 세대의 대립적 공존―『삼대』」, 『한국소설의 시간과 공간』, 태학사, 2000.

64) 염상섭은 「차회연재장편소설」(『조선일보』, 1930. 12. 27)에서 "또한종래의작품에 나타난뚜렷한사건은 유심적(唯心的)의 신구사상-신구도덕의 충돌이엇스나시대의 진전을짜라서유심적경향에서 유물적경향으로 옴겨가서 단순한도덕문제라든지가족제도의구습구관의 파기라는 부분적노력에서한거름더나가서 사회적의식이집허간데에 가튼신구충돌에도 그뜻이새롭습니다 필자는 그새로운뜻을쩌로삼고조선의현실사회의 움즉이는 모양을피로하고중산계급의살림과 그들의생각을살로부처서 그리랴는것이 이소설입니다"라고 물질로 인한 갈등이 시대적인 것이라고 하였다.

다는 "두 친구", 조의관-조상훈-조덕기의 불편한 관계를 암시하면서 조상
훈의 처지를 설명한 "이튿날", 조덕기가 홍파동에 있는 김병화의 하숙집에
와 5원을 주는 "하숙집", 김병화의 내력이 소개되며 하숙집 주인 딸 이필
순이 등장하는 "너만 괴로우냐", 조덕기가 북미창정에 있는 홍경애의 집에
가 경애의 딸이자 조상훈의 딸이기도 한 아이를 만나는 "새 누이동생", 홍
경애와 조상훈이 가까워진 과정을 들려준 "추억", 조의관이 거액을 들여
대동보소를 만드는 일에 주력하는 것을 보고 아들 조상훈이 조상을 꾸어
왔다는 말을 하자 조의관이 상속권을 박탈한다고 선언한 "제1충돌", 조의
관이 댓돌에 미끄러져 자리보전하기 시작하자 수원집과 덕기 모친이 충돌
하기 시작하는 "제2충돌", 덕기와 상훈이 홍경애 문제로 충돌하는 "제3충
돌", 바커스에서 상훈이 일본 청년들과 싸우다가 파출소로 끌려가는 "봉
욕", 병화가 홍경애와 가까이 지내며 상훈이 경애네 집에 따라오는 "외
투", 경애가 병화를 자기 집에 데리고 와 병화의 정체를 폭로하고 피혁을
소개하는 "밀담", 조덕기가 병화에게 보낸 편지에서 필순을 도와주고 싶다
는 의사 표시를 하는 "편지", 경애가 조상훈이 매당집 소개로 김의경을 첩
으로 둔 것과 수원집이 매당집에 드나드는 것을 알게 되는 "김의경", 조의
관이 아침부터 술냄새 풍기며 문병 온 아들에게 출입하지 말라고 하는 "가
는 이", 김병화가 피혁의 변장과 도피에 도움을 주고 홍경애 집에 순사가
다녀가는 "활동", 김병화가 조덕기에게 필순 건과 집안에서의 처신 방법에
대해 충고한 편지를 보내는 "답장", 조덕기가 조부가 위독하여 급거 귀국
한 후 수원댁과 창훈, 최참봉이 한통속이 되어 자기에게 보낼 전보를 한
통도 안 보낸 것을 알게 되는 "집", 조덕기가 조의관이 비소에 중독되어
사망한 것과 유산 문제를 둘러싸고 온갖 음모가 벌어진 것을 알게 되는
"입원", 피혁이 주고 간 돈으로 경애와 병화가 낸 일본반찬가게 산해진에
서 필순 부녀가 일하게 되자 일본 형사들이 뒷조사하는 "새 출발", 김병화
가 변절했다든가 가게 낸 돈이 일본 형사에게서 나왔다는 소문이 도는 "진

창", 경애와 필순 부친이 장훈 일파에게 봉변당하고 장훈이 사과하고 병화와 덕기와 경애는 경찰서에 가서 조사받는 "취조", 상훈과 덕기가 유산 문제 · 김의경 문제 · 경애 문제 등으로 정면충돌하는 "부모", 필순이 덕기의 집에 가서 대접을 잘 받으나 덕기 모친에게 냉대를 받는 "고식", 덕기가 병화의 요구대로 돈 천 원을 주고 병화는 홍경애나 이필순이나 다 제 짝이 아니라고 하는 "소문", 사법계와 고등계로 나누어 덕기 집안 식구가 모조리 끌려가 조사받는데 금천 형사는 경애 모친을 집중 취조하여 장훈이 집에 남겨놓고 간 피혁의 구두가 누구 것인가 묻는 데 집중하는 "용의자의 떼", 상훈이 가짜 형사를 시켜 금고를 갖고 간 것이 들통 나는 "젊은이 망령", 금천 형사의 취조에 모르쇠로 일관하던 장훈이 27세의 나이로 코카인을 먹고 자살하는 "피 묻은 입술", 상훈이 김의경에게 돈 주기 위해 유서를 변조한 것이 들통 나고 덕기는 석방되고 상훈과 수원댁은 검찰국으로 넘어가고 필순 부친은 병사하고 김병화도 계속 조사받는 "석방" 등 모두 35장으로 되어 있다.

『삼대』는 가족사를 통해 한국 사회사를 서술하는 데 목표를 두었으며 조부, 아버지, 손자 3대의 세대 갈등과 조덕기와 김병화의 사상 갈등과 조선인 주의자들 사이의 세력다툼을 잘 교직해놓았다. 작중의 어떤 인물이나 인간관계에 초점을 맞추어 풀이하느냐에 따라 이 작품은 여러 가지 다른 소설 유형으로 나타나게 될 것이다. 조덕기와 김병화 사이의 관계 양상에 큰 의미를 부여하고 사회주의자 장훈을 단역 이상의 존재로 보고 홍경애 부친과 필순 부친의 삶에 더 큰 무게를 주다 보면 어느덧 『삼대』는 같은 시기에 동반자작가들이 쓴 작품들에 조금도 뒤지지 않는 '주의자긍정소설'로서 의미를 지닌다. 따라서 『삼대』를 가족사소설로만 규정하는 것은 작품을 부분만 보거나 측면만 본 것이기 쉽다. 『삼대』를 전체를 보는 가운데 제대로 파악하려면 가족사소설이라는 규정 외에 이념소설이나 좁은 의미의 시대소설과 같은 용어가 따라붙어야 한다. 『삼대』는 가족사소설의 골격에 급진주의자와 사회주의자를 지원한다는 의미에서 동반자작가로서의 시각이 가미된 소설로 성격화해 볼 수도 있다. 크게 이 두 가지 소설 유형이 겹쳐지는 바로 그 지점에 조덕기가 서 있다.

『삼대』에는 조의관/조상훈, 조상훈/조덕기, 김병화/아버지, 김병화/조덕기, 조상훈/홍경애, 수원댁/덕기 모친, 덕기 모친/조상훈, 김병화/장훈, 조선인 주의자/일본인 형사 등 여러 갈등 관계가 나타나 있다. 상훈의 부친 조의관은 아들이 조상의 제사를 지내지 않는 기독교에 침혹되어 있는 점, 계집질과 노름으로 세월을 보내며 가문과 재산의 유지에 아주 무관심한 점 등에 책임을 물어 아들을 금치산자와 탕아로 낙인찍어 파문한다. 아들 조상훈은 아버지 조의관이 직접 간접으로 요구하는 집단에의 충성group loyalty을 일찍부터 포기했기 때문에 파문되고 만 것이다. 조상훈은 「표본실의 청개구리」의 김창억의 광기와 「만세전」의 이인화의 좌절을 다 지닌 존재다. 3·1운동이 실패로 끝나 정치적 야심이 근원적으로 봉쇄당하자 기독교사업에 정열을 바침으로서 막다른 골목에 빠진 듯한 감정을 부분적으로 대리 보상받는다. 그는 좌절감을 극복하지 못한 채 감상과 쾌락 속에서 자족하는 방식을 택하였다. 상훈은 따로 나가 살면서 홍경애·김의경을 첩으로 얻었고 틈만 나면 술과 마작으로 밤을 새는 등의 행태를 통해 불안감과 긴장감과 절망감을 몰아오는 현실에서 벗어날 수 있었다.

그러나 조상훈은 조상훈대로 아버지 조의관이 양반 가문을 사 오고 ×× 조씨 대동보소 간판을 내걸고, 중시조 산소를 치산하고, 산소 옆에 서원을 만들고 하는 데 큰돈을 쓰는 것에 대해 돈도 돈이려니와, 시대에 맞지 않는 짓이라고 반발한다. 조의관은 '을사조약 한창 통에 지금 돈으로 4백 원을 내놓고 40여 세에 옥관자를 붙인 것' '6년 전에 상배하고 수원집을 들여앉힌 것' '대동보소를 당초 예산의 열 곱인 20만 냥이나 쓴 것'과 같은 세 가지 오입을 저질렀다. 이처럼 조의관은 평생 가문, 재산, 족보, 종족주의 등의 노예로 지내왔으나 이런 개념들은 개화기 이후 점차 유교의 말류로 여겨지게 되었다. 조의관과 조상훈의 대립은 전통적, 유교적인 세계관과 기독교적인 세계관의 충돌로 확대 해석할 수 있다. 묘하게도 조의관은 조의관대로 유교정신의 핵심을 파악하지 못하고 조상훈은 조상훈대로 타락한 생활로 인해 기독교정신을 왜곡한 공통점을 내보인다.

손자 덕기에게 공부보다도 "열쇠"와 "사당"을 지키는 일이 더욱 중요하다고 역설한 것을 보아도 조의관 영감이 아랫세대의 사고와 독립성에 대해 몰이해의 지경에 있었던 것임을 알 수 있다. 이에 반해 상훈은 아들 덕기의 세대가 자기 세대의 삶의 방식과 사고방식을 긍정적으로 이어가지 않으리라는 것을 너무나 잘 알고 있었다. 덕기의 눈에 아버지는 반봉건투쟁을 하다가 정치적으로 길이 막혀 기독교에 의지하게 되었으나 "그것도 만일 그가 요ㅅ새말로 자긔청산(自己淸算)을하고 엇던시긔에 거긔에서 발을쌔냇드라면 그가 사상적으로도더새로운시대에 나오게되엇슬 것이요 실생활에 잇서서도 자긔의 성격대로 순조로운길을나가는동시에 그러한 위선적이중생활(二重生活)이나이중성격(二重性格)속에서 헤매이지는안핫슬것"[65]으로 파악했다. 아들에게서 종교를 버리라는 말을 들은 조상훈은 "쉽게말하자면 네사상과 내사상이 합치되는 소위 「제삼제국」을 바라는것이다. 너의들은 한거름 나갓고 나는그만치 뒤쳐러진것은 사실이다 그러나 너의시대에서 쏘 한거름더시나가면그째에는 내시대사상 즉지금내가 가지고잇는 사상의엇더한일부분이라도 필요하게될지 누가아니?"[66]와 같이 자기 세대의 사상과 아들 세대의 사상이 연결되거나 합치되기를 바라고 있다.

경성제대 법문과에 지원했다가 실패한 병화에게 목사인 아버지는 신학공부를 하라고 강요했으나 몇 해 동안의 학비를 얻어 쓰자고 자기를 팔 수 있느냐면서 집을 나와 동경에 간 병화는 외세다 전문부 정경과에 이름을

---

65) 『조선일보』, 1931. 1. 15.
66) 위의 신문, 1931. 1. 15.

걸어놓고 한 학기쯤 다니던 중 "굶으며먹으며 동경바닥에서 일년간 뒹구는
동안에는 생활이 그러니만치 사상이나 긔분이 더욱과격하야젓섯다."[67] 덕
기와 병화는 교역자의 아들이라는 점과 같은 교회에 다닌다는 점에서 가까
워졌으나 중학교를 졸업한 이후로 둘 다 교회와 멀어지게 되면서 원조자-
수혜자라는 새로운 친분 관계를 쌓아가기에 이른다. 그러면서도 병화는 덕
기를 만나기만 하면 "브르조아" "가진 자" 운운하며 비꼬기에 바쁘다. 『삼
대』의 첫 소제목은 "두 친구"로 되어 있고 김병화가 조덕기를 계속 비꼬자
조덕기가 불쾌한 표정을 감추지 않는 것으로 시작한다. 김병화를 기존 체
제와 "가진 자"를 향한 맹목적인 공격 충동을 억제치 못한 나머지 사사건
건 비꼬고 고집 피우는 인물로 그림으로써 염상섭은 1920년대에 자신이
드러냈던 반사회주의적 태도를 확인하는 효과를 가져오게 된다. 사회주의
자 김병화를 고집이 세고, 성격이 뒤틀린 인물로 부각한 것은 동반자작가
유진오류의 소설과는 다른 점이다.

법과 중에도 형법에 주력하여 변호사가 되겠다는 덕기의 생각을 들은 병
화가 "흥 자네는 전선의후부(後部)에잇서서 적십자긔(赤十字旗) 뒤에 숨어잇
겟다는말일세그려?"[68] 하기도 하고 "군의총감(軍醫摠監)이 되겟다는말인
가?" 하기도 했으나 덕기는 스스로를 간호졸이라고 했다. 덕기의 생각은
다음과 같이 요약된다.

엇잿든 덕긔는 무산운동에 대하야 무관심으로 냉담히방관할수업고 그러타
고 제일선에나서서 싸울성격도아니요처지도 아니니까 차라리 일간호졸격으
로변호사나되어서 뒤ㅅ일이나보면 조켓다는 생각이엇다 덥허노코 크게되겟
다는 공상도가지고 잇지안흐나 책상물림의 뒤ㅅ방서방님으로일생을마치기

67) 위의 신문, 1931. 1. 20.
68) 위의 신문, 1931. 2. 22.

도 실혓다 제분수대로는무어나 하고십헛다[69]

'심퍼사이저'의 태도는 염상섭이 『삼대』에서 가장 애착을 갖고 있는 가운
데 비전 있는 인물로 부각하려 한 조덕기의 인생관과 세계관의 중심을 이
룬다. 염상섭은 심퍼사이즈(同調)는 "자기의 愛國思想과 이에 따르는 모든
행동을 左翼에 同調하는 길로 돌리어, 독립운동을 潛行的으로 실천하는
길"[70]과 같이 설명한 바 있다. 염상섭은 프로문학에 대해서는 기본적으로
반대하는 편이었으며 러시아 동반자작가의 존재에 대해서는 당시 문단에
서는 가장 빨리 접한 편이다.[71] 당시 심퍼사이저의 논리는 낯선 것도 아니
고 독특한 것도 아니었다. '심퍼사이저'의 논리는 관념의 산물이기보다는
경험의 산물이다. 유진오, 이효석, 채만식, 박화성, 강경애 등의 동반자작
가들이 아예 주의자를 주인공으로 내세운 소설을 쓴 것에 비하면 『삼대』를
통해 가장 잘 구체화된 '심퍼사이저'의 논리는 프로문학의 대립 개념인 민
족문학과 동반자문학의 중간에 서 있는 것으로 볼 수 있다. 『삼대』에서는
문자 그대로 조덕기가 프로타고니스트이기 때문이다. 홍경애의 추측이라
는 통로를 통해 김병화는 "××동맹 중앙본부 집행위원"으로 밝혀진다. ×
×동맹 중앙본부는 제2차 공산당사건의 중심에서 빠지는 것으로 그려지고
있다. 이처럼 조덕기와 김병화는 서로 불편을 느끼지 않는 교우를 계속하
고 있지만 각자 자기 생각대로 살아가고 있는 것이며 또 상대방에게 자기
삶의 방법을 노골적으로 강요한 것도 아니었다. 두 사람은 한마디로 화이

---

69) 위의 신문, 1931. 2. 22.
70) 『사상계』, 1962. 12, pp. 260~61.
71) 염상섭은 「계급문학시비론」(『개벽』, 1925. 2), 「소위 신경향파에 與한다」(『조선일보』,
    1926. 1. 1), 「조선문단의 현재와 장래」(『신민』, 1927. 1), 「작금의 무산문학」(『동아일보』,
    1927. 5. 6) 등과 같은 프로문학 비판론을 써낸 바 있다. 그리고 「프로레타리아문학에 대한
    '피'씨의 언」(『조선문단』, 1926. 5)에서 러시아 동반작가 보리스 필냐크가 일본 『아사히신
    문』에 기고한 동반자문학론을 번역, 소개한 바 있다.

부동(和而不同)의 관계에 있다.

평소 김병화의 고집과 뒤틀린 성격을 못마땅하게 여겼던 조덕기는 일본 교토의 학교로 가 있는 사이에 충고와 비판과 제안으로 채워진 편지를 써 보낸다. 편지는 "내게까지 그 소위 계급투쟁적 소감정으로 대하는 것이 옳은 일일까?" "너무 곧이곧대로만 나가기 때문에 공과 사를 구별치 못하는 것이 아닌가?" 같이 불편했던 심기를 드러내는 것으로 시작한다.

동지애를 어드면 거기에서더한 행복은업슬지 몰을것이지마는 그러타고사 생애와실제생활도 도라보아야 할것이아닌가 투쟁은 극복(克復)의전수단(全手段)은 아닐세 포용과 감화(包容, 感化)도극복의 류산탄(鑼散彈)만한효과는 잇는 것일세 투쟁은 전선적, 부대적(全線的 部隊的)행동이라하면 포용과 감화는 징병과 포로를위한수단일세 포용과 감화도 투쟁만큼 적극적(積極的)일세. (중략) 나가튼사람도 자네엽헤잇서서 해될것은업네 자네의 반려(伴侶)가 되겟다고 머리를 숙이고 간청하는것은아닐세만은 나도 내길을 것느라면 자제들에게도 유조한째도잇고 유조한일도 업지안으리라는말일세이왕이면 한거름 더나서서 자네와 한길을밥지못하느냐고 웃을지 모르지만 나는 내견해가 짜로있고 나와가튼처지에 노힌사람에게는피치못할 짠길이잇스니짜 결코 비겁하다고 웃지는못할것일세[72]

김병화는 조덕기에게 보낸 답장에서 필순 문제를 언급하면서 조덕기 집안에 대한 평가를 시도한다. "자네는자네조부이나 춘부보다 시대적으로나 의식으로 나에게 갓가운것을 아네마는 그래도지금의자네대로서는 나와함쎄숨을쉬기는 어렵다는말일세"[73]라고 하면서 주의자로서의 각오를 털어놓

---

72) 『조선일보』, 1931. 4. 12.
73) 위의 신문, 1931. 5. 19.

는다.

　내가 산다는것은내가가진사상이 산다는말이요 내가가진, 소위이데올로기
가산다는 말일세 물론 지금의내사상이나 이데올로기가 영원성(永遠性)을 가
진 고정한것이 아닌것은 나도모르는것이아니나 더새롭고 더안정한인류생활
로 나가는 큰계단으로서 가치가잇슴을 의심하는 자네와밋자네의동류는 뒤ㅅ
발길로거더차고시대는압흐로나가는것일세 내가 시대를 압흐로 쯔는것일까?
아닐세! 그것은 자네가 시대의 꼬리를 뒤에서잡아다일수잇다고 생각하듯이
망상일세 나는다만 시대에 끌려가는 시대의 동화자(同化者)일짜름일세 시대
의 어자(御者)라고 생각하는것도 건방진생각일세. 시대란 무엇이냐고 내게
질문은하지말게 여긔서는 장황한설명이 필요치안흐니까. 그러나 다만한가
지할말은 나와 밋나의동지는 시대라는큰수레에 타기를쓰려하는 자네네와
자네네이하사람에게 어서올라타라고 군호하고 재촉하는 임무를위선마탓다
는것일세 그러나 여간해서는 타야말이지[74]

주의자 김병화는 여공 필순이 하나도 "시대의 수레"에 집어 올리지를 못
하는 무기력을 고백한다. 그러면서 부잣집 아들 조덕기에게 자기를 중간에
끼우지 말고 자네 뜻대로 하라고 한다.

　그이의 직히든 모든범절과 가규와법도는 그유산목록에 함께끼어서 자네
게 상속할모양일세만은 자네로생각하면 쌍문서만이필요할것일세 그러나 그
쌍문서까지가 대수롭지안케 생각혈날이올것일세. 자네게는 시대에대한 민
감과 량심이잇는것을 내 잘 아니까말일세
　자네부친—그이는 자네조부에게는 긔독교로서 이단(異端)이엇지만 자네에

---

74) 위의 신문, 1931. 5. 19.

게는 시대의식으로서 이단일것일세 그에게는 얼마동안 술잔과 십구세긔의인
형의무릅을 맛겨두는것도 조흔일이나 「아편」을 정말 자시지나안케 주의를하
게[75]

만날 때마다 비꼬기는 하였지만 김병화는 조덕기가 시대에 대한 양심이
있음은 인정한다. 김병화는 산해진을 내고 같은 주의자들에게 의심을 사게
되자 조덕기가 천 원을 주어 가게를 냈다는 식으로 거짓말을 할 작정이었
다. 홍경애는 장훈 일파에게 청요릿집으로 끌려가 돈을 내놓으라는 협박을
받는다. 장훈이 김병화와 홍경애와 필순 부를 테러한 이유를 김병화의 반
성 유도, 기밀비를 먹었다는 소문을 내야 병화에 대한 경찰의 의혹이 엷
어질 것 등 네 가지로 제시한 데서 염상섭의 추리소설적 수법을 실감하게
된다.

'심퍼사이저' 자체가 범죄 용어인 것처럼 조덕기는 금천 형사에 의해 심
퍼사이저로 찍힌 것이다.

고등계 소속의 금천형사로서 노리는점은 짜로잇는것이다. 즉 덕긔조부의
독살이 사실이라하면 그리고 그주범이 조덕긔라면분명히 그교사자는 김병화
이라는 단안(單眼)이다 첫재 부호 자제와 ××주의자가 그러케친할제야 아모
의미업는 동문수학하얏다는관계뿐이아닐 것 둘재경도부 경찰부에의뢰하야
조사해본결과 특별히불온한점은 인정치안흐나 덕긔의하숙에 두고나온 책
장에맑스와 레-닝에 관한저서가 유난히만타는점 셋재덕긔가 돈천원을주어
서 장사를시키는점 넷재 작년겨울에한참동안두청년이 짝을지어 쌔커스에드
나들엇는데 그녀주인도다소간 분홍빗이 씨엇다는점! 등등으로보아서 조덕
긔는 그소위 씸파 이저—(동정자)일 것이다[76]

75) 위의 신문, 1931. 5. 19.

아들 조덕기가 고등계 금천 형사의 눈초리를 받는 반면 아버지 조상훈은 고등부장의 음흉한 구속 계획의 표적이 된다. 평소에 조상훈을 "되지안케 종교가! 되지안케 민족운동자!"[77]로 보았던 부장은 사법계로 넘겨 절도, 인장 도용, 문서 위조, 사기 횡령 등의 죄명을 붙였다가 "형편보아서는 사건을쏘한번뒤집에서 그가 그런 범죄를한동기는 독립운동자금을 만들랴고 한것이라고 체면조케 뒤집어씨어"[78] 고등계로 넘겨버릴 계획이었다.

염상섭은『삼대』에서 이야기를 끌고 가는 시점을 한 인물에게 묶어버리는 대신 이 인물에서 저 인물로 끊임없이 이동시키고 있다. 그리고 작가적 전지성의 방법을 쓸 경우에도 어느 한 인물에 치우치기보다는 중립적 전지성의 태도를 유지하고자 했다. 이렇듯 과장과 기분을 철저히 배제한 인물 형상화 방법, 인간과 세계를 고루 보려는 중립적 전지성의 화법과 시점은 '주와 객을 혼합해야만 진정한 사실주의가 형성된다'는 염상섭 자신의 신념이 낳은 산물이다.『삼대』는 지식인소설, 주의자소설, 사상소설, 추리소설, 타락자소설, 가족사소설 등의 소설 유형이 어우러진 서사 구조다. 그런가 하면, 사회주의자 김병화, 심퍼사이저 조덕기, 부르주아 조의관, 고등계 일본인 형사 등 당시 있을 수 있는 이데올로그들을 등장시켜 만든 대화 공간이라고 할 수 있다.

염상섭은『삼대』연재를 끝내고 2개월 후인 1931년 11월 13일에『매일신보』에『無花果』[79]를 연재하기 시작하여 꼭 1년 후인 1932년 11월 12일

---

76) 위의 신문, 1931. 8. 16.
77) 위의 신문, 1931. 9. 11.
78) 위의 신문, 1931. 9. 11.
79) 다음 논문들을 주목할 필요가 있다.
　　김윤식,『염상섭연구』, 서울대학교 출판부, 1987.
　　이보영,『난세의 문학』, 예지각, 1991.
　　김종균,「염상섭 장편소설『무화과』연구」, 고려대 인문학연구소,『민족문화연구』, 1996.
　　김양선,「식민지적 근대성의 한 양상―염상섭의『삼대』와『무화과』를 중심으로」,『서강어

에 끝을 내었다. 『삼대』는 상권으로『무화과』는 하권으로 볼 수 있다. 『삼대』에서의 조의관, 조상훈, 조덕기, 조덕희는『무화과』에 가서는 이의관, 이정모, 이원영, 이문경으로 이름만 바뀌었을 뿐 기본 성격은 그대로 유지된다. 그리고『삼대』에서의 김병화, 홍경애, 이필순 등은『무화과』에서는 김동국, 최원애, 조정애 등으로 개명되었을 뿐『삼대』에서 주어진 정체성은 그대로 남아 있다. 물론『무화과』에 오면 작중에서의 비중은 달라진다. 예컨대 이문경과 조정애는 주요 인물의 범주에 들어간다. 『무화과』에서 비교적 비중 있는 역할을 하는 신문사 전 영업부장 김홍근, 이원영의 실제 부인이나 다름없는 기생 채련, 이문경이 사랑하게 되는 기자이자 사회주의자인 김봉익, 여기자 박종엽, 이문경의 남편 한인호, 채련의 조카 완식, 이원영과 함께 심퍼사이저 역할을 하는 안달외사(安達外史), 김동국의 동생 김동욱 등은『삼대』에서는 볼 수 없었던 중요 인물들이다.

『무화과』의 줄거리는 다음과 같이 정리할 수 있다. 신문사 경영난 타개책으로 작년에 3만 원을 쓴 이원영이 1만 5천 원을 대고 영업국장을 맡기로 하고 키쿠사 여자미술학교 재학 중인 이원영 여동생 문경이 빚 갚을 돈을 친정에서 돌리라는 명을 받는 "지참금 추징", 이원영이 신문사를 구조조정하고 문경 시댁의 돈 요구를 거절하는 "위혁", 이원영이 신문사 출자금을 조부에게 물려받은 무역회사 삼익사에서 꺼내는 "중상", 이원영에게 돈이 안 나오자 문경의 남편 한인호가 처를 두고 동경으로 가버리고 이원영은 김홍근을 비롯한 신문사 사람들에게 속은 것을 알게 되는 "사무", 이원영이 기생 채련에게서 김홍근이 중상하고 다닌다는 정보를 입수하는 "기연", 채련이 김우진의 삼녀 보희로 어려서 원영과 정혼한 사이임을 밝히는 "고인", 보희가 집안의 몰락으로 노서아 댄서를 거쳐 기생이 되는 "빙인",

문」12, 1996. 12.
　　김경수, 「식민지의 집과 사회, 우정과 동지애」, 『염상섭 장편소설 연구』, 일조각, 1999.

박종엽 애인으로 주의자인 태섭이 이원영과 이원영 서모인 최원애와 최원애의 셋째 남자인 일본인 안달외사에게서 돈 5백 원을 거두어 특파원 자격으로 상해에 있는 김동국에게 전달하러 가는 "야습", 문경의 시아버지가 수형 1만 5천 원에 도장 찍으라고 하는 것을 이원영이 거절하자 이문경이 동경에 있는 남편에게 이혼도 불사하겠다고 통고하는 "변심", 이원영이 3만 원 내고 신문사 부사장으로 오겠다는 이탁의 제의를 거절하는 "격동", 문경과 종엽과 김봉익이 마작하면서 가까운 사이가 되는 "문경이와 그들", 봉익과 문경의 사이가 급속도로 가까워지는 "번고", 봉익과 문경이 원태섭 사건으로 경찰서에서 조사받는 "환각", 이원영과 최원애도 체포되는 "검거", 비밀 누설자로 김홍근과 맛짱 등이 떠오르는 "전기2", 이원영 부친이 금고에서 여러 명목으로 돈을 빼가는 "영감", 정애가 오빠 심부름으로 사진관 남자에게 과자상자를 전달하기 위해 귀국하는 "사진", 봉익·병호·종엽 등이 석방되는 "오인", 모친이 세상을 떠난 날에 이원영이 석방되어 집으로 돌아오는 "가는 사람", 정애가 김동국의 편지를 이원영에게 전달하고 자신은 여비와 학비를 받아 가는 "의외의 편지", 문경이 유산하고 남편 한인호는 용서하지 않겠다고 하는 "무화과", 문경이 일본 가서 인호가 영자와 바람피우는 것을 알게 되고 경시청에서 조사만 받고 오는 "탈주", 귀국선에서 문경이 남편과 영자를 만나 말다툼하는 "귀국", 동경에서 벌어진 김동욱 사건 때문에 이원영과 이문경이 붙들려 가고 조정애는 몰래 귀국하는 "봄은 왔지만", 채련이가 형님 댁에 정애를 맡기고 철공장 직공인 완식에게 정애를 잘 돌봐달라고 부탁하는 "밤이 새어서", 종엽이 안달외사가 대준 돈으로 동경에 가는 "저기압", 정애와 완식이 서로 관심을 갖는 "최초의 행복", 안달외사가 종엽에게 김동국·이원영·최원애 등에 대해 평가하는 "외사씨의 비평", 과천으로 간 완식이 정애에게 편지를 보내는 "그 뒷사람", 이원영이 채련의 도움을 받아 집안과 회사 삼익사를 정리할 때 조정애는 삭발하고 여승이 되는 "여승", 문경과 종엽과 봉익이 일본으로 가고 김홍근은 행방불명이 되는 "실종", 이원영이 완식에게 너는 앞으로 나갈 사람이라는 가르침을 주고 채련과 부산행을 타려다 서울역에서 형사에게 체포된 그 시간에 사진관이 폭발하고 거기서 김홍근이 빠져나오는 "흐린 봄하늘" 등으로 이루어져 있다.

조상훈, 김병화, 홍경애 등은 이정모, 김동국, 최원애 등으로 이름이 바뀌면서 역할도 축소되어 주요 인물에서 단역으로 바뀌고 김동국은 다른 사람의 전언과 신문 보도의 형식을 통해서만 존재한다. 조덕기에 비하면 이원영은 몇 년 나이를 먹은 탓인지 세속적이 되고 우유부단해지고 끝에 가서는 최소한의 이념조차 포회하지 못한 채 자포자기하는 인물로 형상화된다. 조덕기의 여동생 조덕희는 이문경으로 이름이 바뀌면서 작품 내 비중이 단역에서 조역으로 커진다. 이문경과 한인호의 사이가 점점 나빠지며 한인호가 이원영과 싸우는 과정과 한인호가 성욕과 황금의 포로가 되어가는 과정은 중요 장면으로 설정되었다. 이필순은 조정애로 이름이 바뀌면서 적극적인 주의자로 형상화되어 비중 있는 인물로 바뀌게 된다.

『삼대』가 조의관, 조상훈, 조덕기 사이의 가족 갈등과 조덕기와 김병화 사이의 이념 갈등으로 교직된 것이라면 『무화과』는 기본적으로 이원영 집안의 가족 내 갈등보다는 사회적 갈등 쪽에 역점이 주어져 있다. 이원영의 가족 내 갈등도 이원영과 누이동생 이문경의 시댁 간의 돈 문제와 자존심 문제로 인한 갈등 쪽으로 무게가 옮겨 가 있다. 『삼대』에서의 조덕기 부자 간의 갈등은 『무화과』에 와서는 표면적으로는 거의 다루어지지 않았지만 부자간 내왕이 없을 정도로 갈등은 더욱 심화되었다. 『무화과』에서는 『삼대』에서는 없었던 "삼익사 사건"이 원인적 사건으로 작용한다.

삼익사(三益社)—문제만은 삼익사다. 리원영이의 일홈이 널리알려진것은 신문사에 관계하기때문이라는니보다도, 삼익사사건 째문이엇든것이라고 하는게 옳을 것이다. 거긔다가 쏘 김동국(金東局)이 사건이라는것이 업친 데 덮

쳐서, 한참동안은 이원영이란 이름이, 신문에 오르나렸든 것이다. 김동국이 사건이라는 것은 세상에서 부르기를 제×차공산당사건이라하는것이니, 올 봄에 김이, 사년징역의 만기가 되어 나온것으로 솟이낫거니와, 삼익사사건 이라는것은 원영이의부자를 중심하고 생긴것이니만치, 또는 원영이의부친 리정모(李廷模)가 생존하야잇느니만치, 가정풍파나 부자간반목이, 그전보다 는 퍽거졌다해도 아즉까지 뭉싯뭉싯 속으로 타고잇는것이다. 가정풍파는 조 부가 재산을 아들 정모에게 상속하지 안코 외(獨)손자인 원영이에게 물려준 데에 원인된것이지마는, 즉접원인은 삼익사를 누구에게 준다는 유언이업시 죽은데서 시작된것이었다. (중략) 삼익사사건이라는것은 그와 동시에 너러 낫든 제×차 공산당사건보다 더복잡하고 더흥미가잇섯든것이다. 각산문은 공산당사건을 자유로쓰지못하는대신에, 이사건에 전력을드려서 써댓섯다.[80]

『삼대』에서 20대의 동경 유학생이었던 조덕기가 30세로 변한 것이 『무 화과』에서의 이원영인 만큼, 이원영의 사회생활과 인간관계는 복잡해졌다. 이원영의 첫번째 인간관계는 이원영이 신문사의 전 경리부장이나 남녀 기 자들과 맺는 인간관계에서 찾아볼 수 있다. 신문사에서 밀려난 김홍근은 사사건건 이원영을 괴롭히고 방해하며 기자들 대부분은 사회주의를 지향 하면서 이따금 이원영에게 반항하는 태도를 보인다. 이원영의 두번째 관계 는 카페 보도나무의 주인이며 이원영의 서모이기도 한 최원애, 중국에 가 있는 김동국, 이원영의 학비 보조를 받아가며 일본에서 공부하며 사상운동 하는 조정애 등과의 관계에서 찾을 수 있다. 여기서도 이원영은 '심퍼사이 저'로서의 역할을 수행하다 경찰의 조사를 받는 것으로 그려지고 있다. 이 원영이 맺는 또 하나의 인간관계는 기생 채련과의 관계에서 찾을 수 있다. 원래 원영과 어려서 장래를 약속했던 기생 채련은 이원영에게 본처나 다름

---

80) 『매일신보』, 1931. 12. 1.

없는 첩이다. 여기서 이원영은 채련을 통해 젊은 공장 노동자인 조카 완식이를 알게 된다. 채련은 이원영에게 기본적으로 유지자maintainer 역할을 한 셈이다.

이원영은 최원애의 부탁을 받고 상해에 있는 김동국에게 돈을 보내주기도 하고 봉익이 사회주의운동 혐의로 잡혀가 있을 때에도 경찰에 붙잡혀가 조사받고, ××사건으로 동경에서 김동국 동생 김동욱과 조선 유학생들이 검거되었을 때에도 경찰서에서 조사받는다. 『삼대』 연재본이 조덕기가 무혐의로 풀려나는 것으로 끝나는 반면, 『무화과』는 원영이 사회주의운동을 도왔다는 혐의로 잡혀가는 것으로 끝난다. 끝 부분에서 경찰에게 붙들려 가기 전에 이원영은 철공장 노동자인 완식에게 다음과 같이 의미있는 강론을 한다.

「너는 우리가 팔자조타고 실업시라도 그런다만, 나는 네가 부럽다. 지금 내가 쫏겨다니는신세라해서 그런말이아니라, 너나 내나 가튼사회, 가튼시대, 가튼우리계급속에서 자라낫지만, 너는 압흐로 나갈사람이다. 나는 삼십밧게 안되엿지만, 벌서뒤처진사람이다.……」 가튼 '우리계급'이라는말은, 빈부로보면 다르다하겠지만, 김참장의 외손인점으로보아서 동색(同色)이라는말인모양이다.

「엇잿든 너는 네근거지가 무어거나 다이저버리고 너는 독립한너대로 혼자 굿세게 거러 나갈 도리를 차려라. 엇던학교에가서 공부를 더한다느니보다도, 내가 너를 공부시킬 돈이 잇스면 조고만철공장가튼것을 내어주어서 확실히 자수성가하기를 바란다. 물론 공부는 자습으로해야할것이다.」[81]

이 부분은 『무화과』를 사상소설로 끌어올리는 동력으로 작용하기도 한

81) 위의 신문, 1932. 11. 11.

다. 이미 완식은 조정애에게 이원영이든 김동국이든 더 추종하지 말고 "당신도 아직 발을 멈추고 그들과는 좀 떨어졌다가 나하고 같이 가시자는 그런 사상이 내 머리에 터득되었기 때문"에 의견을 내보았다는 것이다. 그러면서도 자기도 내가 걷겠다는 길이 어떠한 길인지 확신하지 못하였으나 최소한 이원영과 같은 "몰락해가는 중산계급"이나 "무기력한 인텔리"의 길은 걷지 말아야 할 것이라고 했다. 완식은 자신을 "새 사람"의 범주에 넣는다. 「윤전기」같이 노동자들을 냉대하는 소설들을 보았을 때, 젊은 노동자에게 조선의 앞날을 맡긴다고 발언한 것은 주목할 만하다. 염상섭은 『삼대』에서는 주의자를 이해하는 태도를 취하였고 『무화과』에서는 공장 노동자에게 기대를 걸고 있음을 표시하였다.

『삼대』에서는 조덕기가 혼자 십퍼사이저를 떠맡고 있었다면 『무화과』에 와서는 이원영과 이원영 서모 최원애와 최원애의 애인인 일본인 안달외사가 분담한다.

안달이란사람은 원체 신문긔자로 닥가올러간사람이다. 지금은 잡지를 두 개나 발행하고 조선고서와 역사들을 출판해서 돈푼붓드럿기도하거니와, 언론계와, 정변에 은연한세력을 가지고잇다. 더욱히 그를 특색잇게하고 조선의 모든계급과 널리교제하게하는것은 젊은조선부인을 안해로 데리고 사는것과, 조선말에 능통한것이나, 쏘한아는 오야붕하다(두목 긔질)라는 협객의 풍도와 너름새가잇고, 손이큰것이다. 큰재산가가아니요 제돈드려서 소위 사업이란것을 할리는업스나, 코쌕 이도 못본 고학생이 무슨연줄이든지 연줄만 더듬어들어가면, 빈손으로는 돌려세지안는모양이니, 그돈이 어대서 나오랴 하고 욕은하나, 욕은 도라서서하는것이요, 마조대하면 구이샤센세이(외사선생)이라.

원애와는 언제부터 알앗는지? 듯는말에의하면 동경진재째에 동경서공부 합네하고잇든 원애는, 이사람의동경본점으로 피난을가서 신세를젓고, 그 이

연으로해서 ×××사건당시에도 안달이의주선으로 원애만은 백방이되엇다한
다.[82]

　　여기자 박종엽이 안달외사의 도움을 받기 위해 그 속을 떠보는 자리에서
안달외사는 자신이 주의나 사상이 있어서도 아니고 부화뇌동하는 것도 아
니면서 정분에 이끌려 조금만 일을 해주고 "아모 의사도업고 내용도업는일
로해서 법망(法網)에걸려들게되는것"[83]이 제일 걱정된다고 하였다. 그러면
서 서울에 "어느구석에서인지 쏫금하고 곰겨터지랴는것가튼 그런무엇이
이서울안에잇는것을 신문만보고도 짐작이 든단말야"[84] 하면서 이렇게 된
데는 자기 책임이 크다고 하였다. 항일운동의 기운이 잠복되어 있음을 감
지하면서 자신이 항일운동 지속에 일정 부분 책임이 있음을 통감한다는 불
안감 섞인 자신감을 드러낸다. 그는 김동국이 감옥에서 나와 이제는 방향
전환을 했다고 하면서 봉천으로 가 재봉회사 분점 경영이나 하겠다고 하여
주선해서 보냈더니 상해로 달아나 "불온한 획책"을 한다고 하였다. 안달외
사는 김동국이 상해에서 중병을 앓고 있다고 하기에 돈을 부쳐 주었다고
털어놓기도 한다. 김동국은 풍문으로만 존재한다. 채련이는 조카 완식에
게 정애를 잘 보아달라고 부탁하면서 맡긴 후 얼마 있다가 동국이란 인물
과 정애의 실체를 알려준다.
　　『삼대』에서 거의 혼자 "심파"의 역할을 맡았던 조덕기는 『무화과』에 와
서 안달외사와 심퍼사이저를 공유하거니와 정작 안달외사는 이원영을 과
소평가한다.[85]

---

82) 위의 신문, 1932. 1. 15.
83) 위의 신문, 1932. 10. 21.
84) 위의 신문, 1932. 10. 22.
85) 함대훈의 장편소설 『폭풍전야』(『조선일보』, 1934. 11. 7~1935. 4. 29)에서도 "씸파"라는
　　용어가 나온다.
　　　"철은 대문을 잠그고 다시 자기방으로 도라와 지나간옛날 상호와 지내이든것을 한번 다시

위선리원영이로 두고봅시다. 그사람이 주의자요? 그러면 소위 심파(원조
자)요? 나보건대 그아모것도아니오, 주의로말하면 민족주의자라하겠지만,
부르주아로서 몰락해가는 인텔리가 아니오. 그가 김동국이와의 교분으로,
돈십원 돈백원 주었다는사실─쉽게말하면 궁한 친구가 구걸을하니까 조금
도와주엇다는사실밧게 아니되지만, 결과에잇어서는 그러케 단순치가안을뿐
아니라, 법률이 아모리동정하야 보아도, 그대로 둘수없는경우가 잇단말요[86)]

이원영에 대한 평판과 이원영의 언행을 종합해 보면 이원영은 조덕기에
비해 무력해지고 세속화된 셈이다. 『삼대』에서의 조상훈, 김병화, 홍경애
는 『무화과』에 오면서 거의 단역 수준으로 떨어지고 만다. 조상훈과 홍경
애는 이정모와 최원애로 바뀌어 등장 횟수가 크게 줄어들었으며 김병화는
김동국으로 바뀌어 상해에 있는 사회주의자로 병이 들어 친구 이원영의 도
움을 바라는 존재가 되고 말았다. 김동국을 이처럼 묘사한 데서 염상섭이
사회주의자에 대해서는 여전히 곱지 않은 시선을 보내고 있음을 알게 된
다. 이런 곱지 않은 시선은 「밥」(『조선문단』, 1927. 2), 「질투와 밥」(『삼천
리』, 1931. 10)에서 확인할 수 있다.
　이에 반해 『삼대』에서는 미미했거나 수동적 존재였던 조덕희와 필순이
각각 이문경과 조정애로 바뀌면서 작중 내의 비중이 커지고 적극적인 양태
를 보인다. 『삼대』에서 여공 신분으로 조덕기의 원조와 사랑의 대상이었던

도리켜 생각해봣다. 그리고서 자기도 그들과같이 전위대가 되여서 활동하지는못한다 하드래
도 적어두 「셈파」로써만은 자기의 소임을 다한다고 했든것을 생각해 보고서는 리철은 얼골을
불키지않을수가 없었다. 더구나 그들이 ×××사건으로 졸업기를 압두고서 가엾이도 붓들려
간뒤에 오년이란 세월이 흘러가는동안 그들은 감옥으로 혹은 해외로 망명하였건만 자기는
그들의 소식을알려고도 생각지않고 첩첩이다친 연구실속에 편안히 안저 있든 것을 생각해보
면 그들에게대해서 무어라고 말을 해야좋을넌지 알수가 없는것같았다"(세창서관, 1949,
pp. 114~15).
86) 『매일신보』, 1932. 10. 22.

필순은『무화과』에 와서는 조정애로 바뀌어 일본을 무대로 하여 대학 공부와 사상운동을 병행하는 인물로 변신하여 사진관에 폭약을 전달하는 일을 하고는 채련의 도움과 완식의 보호 아래 숨어 있다가 나중에 여승이 되고 만다.

『삼대』에서 돈, 남녀 간의 사랑, 사상 등을 화두로 삼았던 염상섭은『무화과』에 와서도 1930년대 한국 사회를 이런 문제를 중심으로 한 갈등 관계가 뒤덮은 것으로 보았다. 이원영은 주위 사람들로부터 물질적 원조를 바라는 소리를 많이 듣고 있다. 그런가 하면『무화과』는『삼대』보다는 남녀 애정 문제를 더 많이 다루고 있다. 이원영은 조덕기에 비해 남녀 간의 애정 문제에는 적극적인 편이다. 이원영은 채련, 박종엽 기자, 조정애, 보도나무집 맛짱 등과 애정 관계를 맺고 있는 만큼 남녀 문제에서는 방종의 편에 가깝다.

『무화과』는 "주의자"라는 용어를 노골적으로 쓰고 있다. 문경이 오빠인 이원영에게 김봉익이 어떤 사람이냐고 묻자 "시체 주의잔가보드라. 웃은 소리잘하는 덜렁쇠—에부랑자지"[87]라고 하고 종엽이는 봉익을 향해 "인텔리 룸펜(직업업는 지식인계급인—즉 무산고등유민)"[88]이라고 농담을 한다. 완식은 편지에서 조정애를 향해 "참주의자"[89]라는 표현을 썼고 "주의자"와 비슷한 말로 "운동자"[90]라는 말을 사용했다. 완식은 정애에게 같이 "동지"[91]가 되자고 제의하기도 한다.

87) 위의 신문, 1932. 4. 4.
88) 위의 신문, 1932. 7. 7.
89) 위의 신문, 1932. 10. 26.
90) 위의 신문, 1932. 10. 26.
91) 위의 신문, 1932. 10. 26.

(4) 1931년도 중·장편소설의 주의자 예찬 성향

심훈(沈熏)의 미완 장편소설 『不死鳥』(『조선일보』, 1931. 8. 16~12. 29)는 장안의 부호 김장관 집에 얽혀 있는 사람들의 삶의 모습을 그려낸 것으로, 주요 작중인물들은 각각 대등한 비중의 이야기를 만들어낸다. 보기에 따라서는 방탕한 바이올리니스트 김계훈이 주인공이 될 수도 있고, 인쇄소 직공이자 조합운동가로 정혁의 지시를 받아 행동하는 강홍룡에게 가장 큰 무게를 줄 수도 있다. 『불사조』에서는 다음과 같은 이야기를 들을 수 있다. 김장관의 아들이며 독일에 유학 가 바이올리니스트가 된 김계훈은 독일 여자 쭈리아와 결혼해서 돌아왔으나 예술가로서 제대로 활동하지도 못하고 쭈리아와의 결혼 생활에도 실패하고 끝에 가서는 알코올 중독자와 아편쟁이로 전락한다. 김계훈의 본처 정희는 남편이 독일 유학 중에 이혼당하고 그의 오빠 정혁은 사회주의자로 투쟁하면서 인쇄소 직공 강홍룡에게 협박 편지를 쓰라고 지시한다. 강홍룡은 고무공장 여공인 덕순의 도움을 받으며 동지이자 부부가 되기로 한다. 동산과 부동산을 합쳐 조선에서 둘째가라면 서러워하는 부호인 김장관도 온 집안 식구의 낭비벽, 돈으로 벼슬 사기, 땅값 폭락, 일본인 브로커의 사기 등의 요인이 겹쳐 결국 파산하고 만다.

『불사조』에는 시대적 기호로서의 성격이 강하며 작가의 긍정적, 부정적 판단을 분명하게 갈라내는 인물들이 등장한다. 김장관의 외아들로 호사스럽게 독일 유학을 마치고 바이올리니스트가 되어 돌아온 김계훈, 피아니스트로 김계훈을 따라 조선에 왔으나 결국 그의 곁을 떠나 같은 독일 남자 스트핀과 도망가버리는 독일 여자 쭈리아, 3백 석을 주고 산 장관으로 호칭되면서 노름·투기·청탁 등으로 끝내 파산하는 김장관, 집안 식구 하나 건사하지 못하면서 아들 정혁과 딸 정희를 구박하는 껍질 양반인 정진사 등은 부정적인 인간상을 보여준다.

특히 김계훈이 독일에 유학 가 바이올리니스트가 되어 오는 것, 조강지처를 버리고 독일 여자를 아내로 맞은 것은 당시 소설에서는 보기 힘든 특이한 인물 설정 방법이다. 김계훈은 코즈모폴리턴을 자처하면서 "가난하고 더럽고 음악을모르는 미개한 백성이, 구덱이 끓듯하는 조선의 상판대이를 「쑤리아」에게 보여주고싶지는 안헛다"[92]고 자기를 합리화한다.

김장관과 그 아들 김계훈을 부정적으로 그린 만큼 이들과 연결된 일본인 삼정 경부도 부정적 시선을 받을 수밖에 없다. 심훈은 이 소설에서 조선인 부자와 일본인 경찰의 야합상을 분명하게 보여준다. 일본 유학생 출신으로 잡지사 기자를 거쳐 사회주의운동 혐의로 감옥에 여러 차례 갔다 온 정혁은 화자로부터 긍정적 시선과 부정적 시선을 고루 받고 있다. 정혁은 "알맹이는 벌서골아터진 닭알껍질로 엉부렁하게 싸어논것가튼것이 조선의 사회"[93]라고 파악하면서 이런 조선 사회를 향해 무너지려면 빨리 무너져라 하는 식의 자포자기적인 악담도 서슴지 않는다. 그는 감옥에 몇 차례 갔다오고 나서는 그동안 자신이 너무 큰 목표에만 매달렸다고 반성하면서 "발등우에 불부터 쓰는것이 순서다. 내신변에 달려드는 놈은 작으나 크나 닥치는대로 물어박질러야한다. 큰것만 바라다보고 주저하다가는 나자신이 먼저 구러진다"[94]는 식으로 삶의 방식을 바꾸었다. 이미 혁은 여러 차례의 감옥살이에 신물이 났으며 룸펜 생활에도 진력이 난 처지였으나 굶을지언정 양심은 지키고 살았다. 그는 김장관에게 굽히지도 않았고 아버지 정진사와 타협하지도 않았다.

혁은 홍룡을 시켜 왼쪽 손으로 글씨를 쓰게 하여 계훈에게 보내는 협박장을 작성하였다. 말하자면 홍룡은 행동대원이요 혁은 교사자(敎唆者)가 된 것이다. 덕순은 홍룡이 붙잡혀 고생하는 것을 보고는 속으로 "압장을스는 어렵고위험한일은 다른사람을식히고 자기 자신은 언제든지 등뒤에숨어 다니며 줄만잡아다려 동지를 조종하려는 태도에 여러번이나 분개하얏다."[95]

---

92) 『조선일보』, 1931. 8. 27.
93) 위의 신문, 1931. 9. 5.
94) 위의 신문, 1931. 9. 5.

홍룡과 덕순이 실질적인 운동가라면 혁은 사이비 운동가나 이론적 운동가로 볼 수밖에 없다. 혁은 덕순이나 홍룡에게 따가운 시선을 받으면서도 홍룡에게 차입하는 것을 잊지 않는다.

　작은 규모로 엇더케 생활안정이나 어더보려는 유혹을 밧지안는것도 아니다 그러나지금와서는 아직도남의 이면을 보아서라도 「푸틔쑤로」의 흉내를 낼수도 없는노릇이다
　「내가 이제까지 과연 무엇을 햇는가?」
　커다란 의문표를 제이마에 부처노코 지난일을 더듬어보았다 나이 삼십이 지냇스니벌서 인생의반을 넘긴 세음이다
　「오늘까지 무엇재문에 쩌들고 반항하고 잡혀가고어더맞고 증역을살고 쏘 나와서는 무슨일을 했는고?」
　생각할수록 지내온모든일이 모두 모순(矛盾) 갓고 자신에 충실치못한것은 속일수업는일이다 돌려다보면 아득히 지난일이 허무하고 지금 당장에 당하고잇는 모든 사물에 대해서는 일종의 환멸(幻滅)을 늣길뿐이다 이제까지 자긔 의취해온 태도와 행동은 수박 것할기로 하나로 문제의핵심을쭐코 들어가지를 못하엿다 한마디로 줄여서 말한다면 너무나 관념적(觀念的)이었든것이다
　자긔자신을위하야 안해와자녀를위하야 쏘는 널리 이사회를위하야 노력한 아모효력조차 차질수가업스니 빈 손으로 허공을 더듬는것가틀뿐이다[96]

김계훈의 본처였으나 이혼당하고 나서도 착하게 사는 정희, 정희의 유모이며 홍룡의 친어머니인 여인, 덕순, 홍룡 등은 긍정적인 인물로 그려지고 있다.

95) 위의 신문, 1931. 11. 20.
96) 『불사조』, 한성도서, 1955, p. 225.

부정적 인물이나 중도적 인물은 파산(김장관), 실종(정혁), 전락(김계훈), 죽음(정진사)과 같이 비극적 결말로 몰아가는 데 비해 긍정적 인물은 스스로 일해서 벌어먹고 살게 하여 선인선과(善因善果)와 악인악과(惡因惡果)의 세계관을 드러낸다. '불사조'는 과연 누구를 가리키는가. 정희의 꿈속에서 크고 흰 천사의 날개를 달고 나타난 불사조는 영호를 닮았으며 새 세대인 영호를 가리킨다. 『불사조』의 결말은 새로운 세대에게 고난의 역사를 넘을 수 있는 힘을 기대한 점에서 『무화과』와 일치한다.

이무영(李無影)[97]의 「叛逆者」(『비판』, 1931. 12~1932. 12, 5회 연재)는 사이비 운동가인 '나'와 정옥이 결혼하였으나 출옥한 리철마와 정옥이 결합하여 같이 도망가는 것으로 끝난, 이념 갈등과 애정 갈등이 겹쳐 빚어진 소설이다. 화자가 자신을 "반역자"로 자인하면서 자기의 라이벌을 자기보다 뛰어나고 영웅적인 존재로 그려놓은 점이 특이하다. '나'는 자신을 사이비 운동가, 책상물림인 부르주아 자식으로 치부하였다.

> 나의 일체행동은 의식적운동이라기보다 기분에떳었다. 운동을위하고 「푸로레타리아」를 위한 운동이라기보다도 부자집 자식으로서의 사회운동자라는 허울좋은 일홈에 팔리어 공연히 건성으로 거드럭댓다[98]

---

97) 충청북도 음성군에서 출생(1908), 휘문고보 중퇴 후, 도일하여 세이조 중학 입학, 작가 가토 다케오(加藤武雄)의 문하생이 됨(1925), 『조선문단』6월호에 단편소설 「달순의 출가」를 이용구라는 이름으로 투고하여 당선(1926), 귀국 후 강습소 교원, 출판사 사원, 잡지사 기자 등 전전, 이때부터 '무영'이란 아호를 사용(1929), 동아일보사 학예부 기자(1934), 고일신과 결혼(1936), 친구 이흡이 살던 경기도 군포의 궁말 옆 샛말로 이사(1939), 해방 후 서울대에 출강(1946), 전국문화단체총연합회 최고위원으로 피선(1947), 한국전쟁 시 해군 입대 정훈장교 임관(1950), 정훈감(1953), 해군대령으로 예편, 문총 최고위원에 재선, 펜클럽 한국본부 중앙위원, 자유문학가협회 부회장(1955), 단국대 국문과 교수로 취임(1957), 1960년에 뇌일혈로 사망. 본명은 갑룡, 아명은 용구(『이무영 문학전집』, 국학자료원, 2000, pp. 577~86 참고).
98) 『비판』, 1931. 12, p. 132.

'나'는 "철마는 순수한 「푸로레타리아」 산(產)의 「뿔세비키」엇다. 그러나 나는 「뿔죠아」의 외아들로 기분에뜬 「뿔세비키」라기보다 ××사상의 한 공명자에 지나지안는다"는 식으로 철마를 중심부에 자신을 주변부에 놓는다. '나'는 리철마가 일경에 붙들려 간 후 정옥을 차지하여 7년 동안 자식까지 낳으면서 재미있게 살았으나 자신을 반역자라고 생각하는 데서 해방되지 못한다. 그 후 여자 문제로 죽은 것으로 신문에 보도되었던 리철마는 '나'의 집에 강도로 위장하고 나타나 '나'의 아내 장정옥을 채 간다. 리철마는 흑의단이라는 "아나 그룹"에서 계속 활동하던 중이었다. 주의자를 주인공으로 설정한 만큼 여러 군데서 복자와 삭제의 흔적을 드러낸다. 이념 갈등을 메인 플롯으로 끌어가지 못한 것도 문제이기는 하지만 전체적으로 구성이 꽉 짜이지 못한 것도 이 작품의 한계로 남는다. 이 작품은 흔히 농민소설의 작가로 알려진 이무영이 1920~30년대의 사상 문제에 큰 관심을 지녔음을 처음으로 일러준다.

「總動員」(『비판』, 1931. 7~10)이 발표되었을 때 작가 이적효(李赤曉)는 모 사건에 관련되어 서대문 감옥에 수감 중이었다. 노사 대립에서 노동자들이 승리하는 것으로 결말을 취한 만큼 이 작품은 낙관적인 노동소설의 실례가 된다. 도평위원, 상업회의소 부회두, 일본 제대 경제학사 등 지식과 권력까지 지닌 고무공업회사 사장 김용언은 경제 공황을 맞으면서 노사 충돌의 일차적 원인을 제공하게 된다. 2천 명 남녀 직공의 임금을 20퍼센트나 깎아버리겠다고 하면서 말을 안 들으면 전원 해고하겠다는 협박까지 한다. 이에 노동자들은 여러 차례 대책 회의를 거친 끝에 일곱 가지의 요구 조건을 내걸고 파업에 돌입하게 된다. 작가 이적효는 "임금감하 절대 반대, 칠시간 로동 즉시실시" 등 일곱 가지 요구 조건을 강조하는 의미에서 박스 안에 넣어 본문과 구분하는 방법을 취하였다. 이 소설은 김용언의 전화를 받고 일본 경관대가 출동하여 노동자들을 해산시키고 주동자를 잡아가는 장면을 구체적으로 그리고 있고, 노동자의 승리를 필연구성으로 이끌어가기 위해 남편 직공이 동료들을 배신하고 마침내 여공인 아내를 목 졸라 죽인다는 구성을 취한다. 여공 옥정의 죽음은 2천여 명 직공에게 불굴의 투쟁정신을 심어주는 계기가 되었다. 대화체를 과다하게 배치하고 단문을 자주 보여줌으로써 이야기를 박진감 있게 끌고 가는 것은 물론 인물과 사건을 생동감 있게 처리하였다.

한인택(韓仁澤)의 장편소설『旋風時代』(『조선일보』, 1931. 11. 7～1932. 4. 23)는 모두 22장으로 구성되어 있다. 청년 화가 박철하가 불온한 표지화를 그렸다는 혐의로 유치장에서 며칠 있다 나와, 배영학원 교원인 김명순과 만나 소년문예운동을 목표로 한 성우사 사장이며 배영학원장인 변원식을 비난하면서 성우사를 나오는 "퇴사", 명순은 동경에서 조선 부르주아 학생들과 싸우고 부상당한 박철하를 간병한 것을 계기로 사랑하는 사이가 된 것이라는 "추억", 명순의 친구 연순이에게 구애받은 철하가 호일고무공장장인 변원식 아버지의 아기를 임신한 여공이자 누이동생인 복섬이 독약을 먹고 자살했다는 전보를 받는 "짝사랑", 철하와 프로문학자이며 복섬을 사랑했던 강수길이 호일고무공장에 취직하여 파업을 주도한 혐의로 서대문 감옥에 가는 "파업", 철하는 징역 2년 반, 수길은 1년 징역형을 언도받고 변원식은 명순의 어머니를 통해 명순과의 결혼을 강요하는 "모녀", 명순이 연순을 따라 개성에 갔다가 여관에서 연순의 사촌 오빠 창선에게 강간당하는 "독수", 명순 모친의 부탁으로 변원식에게 1백 원을 빌린 명순과 자주 만나는 "귀가", 명순이 푸대접하자 변원식은 자기에게 빌린 돈과 명순 어머니 병원비와 장례비를 갚으라고 협박하는 "취직운동", 이마리아 선생의 소개로 방장로 아들의 가정교사로 취직하는 "이선생", 변원식이 익선동에서 골통 맞은 사건으로 명순이 종로서에서 조사받는 "혐의", 명순이 정체를 알 수 없는 ST로부터 도와주겠다는 편지를 받는 "ST", 명순이 창선의 애를 임신한 사실이 밝혀지는 "임신", 아기를 박돌 엄마에게 맡기고 변원식에게 병원비 때문에 고발당한 명순이 결혼 승낙서를 쓰는 "모성애",

결혼식장에서 변원식이 정체불명의 남자로부터 피습당하는 "결혼식", 박
철하가 출옥 후에 명순의 소식을 듣고 실망하면서도 계속 주의자로서 활동
하는 "출옥후", 철하는 폐결핵 때문에 고생하고, 명순은 철하에게 용서를
빌고, 강경희는 월미도에 있는 변원식 별장에 불을 지르는 "월미도", 연순
도 투쟁 대열에 참가하고, 철근사에서 일하는 철하는 카페 따리아 여급으
로 있는 명순을 구해야겠다는 생각을 하게 되는 "탈출", 변원식을 살해한
범인은 ST라는 가명을 쓴 창선으로 밝혀지고 창선은 명순에게 용서를 빌
면서 살해 동기를 변원식 부자의 차압으로 집안이 몰락한 것에 대한 복수
라고 하는 "ST의 정체", 명순이 자책감과 절망감으로 음독자살하는 "주
검" 등으로 그 내용을 정리해 볼 수 있다.

　　한인택은 소설의 말미에 가서 "황토(黃土)의 무덤위로 내리는 하이얀눈은
거츠른 흙을가린다 독자여! 그것은 두말할 것도업이 우리의박명아 저주바
든 조선의딸인 명순의무덤이다"[99]와 같이 독자들의 관심을 비극의 여인 김
명순에게로 돌리며 또 가장 큰 양적 비중을 김명순에게 할애하는 것처럼
김명순을 주인공으로 내세우고 있다. 박철하는 이 소설의 앞부분과 뒷부분
에 집중적으로 나타나 변원식보다 등장 횟수가 적기는 하지만 일본 경찰의
요주의 인물이 될 정도로 투쟁상을 분명히 보여주고 있어 가장 주목해야
할 존재가 된다. 소설의 표제인 "선풍"은 무슨 뜻인가. 앞부분에서 "검거
의 선풍"(p.56)이라는 말이 나오는 것처럼 작가는 이 말을 별다른 뜻으로
쓴 것은 아니다. 명순은 철하 앞에서 숨을 거두면서 용서를 빈 다음, "철
하씨 나의대지(大地)는밝어옵니다 앞길이캄캄하고마음조차 암암하던것이인
제는 나의마음의대지는 확실이밝어젓습니다 아! 밝어오는 대지!! 그러나
이괴로운 세상에는 아즉도선풍이남어잇겟지요!"[100]라고 한 데서 처음 나타

99)『조선일보』, 1932. 4. 23.
100) 위의 신문, 1932. 4. 22.

나는 "선풍"은 '시련'이나 '비극'이나 '고난'과 유사하게 쓰인다. "철하는 너무도 풍랑이 많고 선풍 속에서 신음을 하던 명순의 젊은 일생을 회고하고"와 같이 곧이어 나타나는 문장을 보아도 "선풍"은 부정적이고 어두운 이미지라고 할 수 있다. 프로문학자인 강수길과 동지인 박철하는 복섬이 자살한 후, 한 달이 지나갈 무렵 임금 인상, 노동시간 감하, 처우 개선 등의 요구 조건을 걸고 호일고무공장의 파업을 주도한다.

> 공장안은 완전히 직공들의 손에 점령이되엿다
> 시내에서 이소문을듯고달녀온 수십명의경관들은 진무에 노력하고잇다
> 「무산대중아 단결하라」
> 「대동단결은 우리의생명」
> 등등의 이러한문구를쓴수만흔긔와 수십매의「포스타」를놉히든 선봉대 (중략)
> 열두시가되여서야 오십여명의검속자를내고 시위대는겨우해산이되엿다
> 동××경찰서안은 극장모양으로 워글데글하엿다. 밤열한시가 되여서야 검속자의대부분은 석방이되고 칠팔인박게는 남지안엇다 그것도 철하와수길이가 모든책임을 도마타 담당한까닭이엿다 철하는 처음부터 자긔들이 희생되기를각오하고일을 쑴인것이엿다[101]

징역 1년을 살고 철하보다 먼저 나온 수길은 더 이상 작품 표면에 나타나지 않는다. 철하는 출옥 후 여기저기 수소문해보지만 수길은 경성은커녕 조선에도 없는 것으로 판명된다. 철하는 수길이 잡지 『철근』에 쓴 시를 보고 해외로 갔으리라 짐작한다. 철하는 출옥 후에 연순이가 좀 도와주기는 했지만 하루하루 생활해나가는 것이 힘에 겨웠다. 그는 '노동숙박소'에 숙

---

101) 위의 신문, 1931. 11. 25.

소를 마련하고 여기저기 노동시장을 돌아다녔다. 그리고 밤이면 "노동숙
박소에돌아와서 여러동무들에게 ××사상의 강의를하는것으로 유일의락을
삼엇"[102]지만 이마저도 형사의 퇴거 명령으로 더 있지 못하고 믿을 만한 동
지에게 "자유노동자연맹"의 규약 초안을 전해주고 노동숙박소를 나온다.
그리하여 철하는 폐결핵이 더욱 악화되는 고통을 겪는다. 철하는 경찰의
감시망에 있었기에 더는 적극적인 활동을 해내지 못하는 것으로 그려진다.
철하나 수길이나 나중에 계급운동으로 전환하는 연순이 등장하지 않았더
라면 이 소설은 비극적 색채가 짙은 여성소설에 머물고 말았을 것이다. 한
인택은 투쟁적 인물이나 행위를 설정함으로써 소설이 통속소설로 굴러떨
어지는 것을 막아낸 점에서 『선풍시대』보다 앞서 『사랑과 죄』『이심』『광
분』 등 장편소설을 쓴 염상섭을 연상하게 한다. 물론 한인택은 염상섭만큼
의 소설 구성력은 갖추지 못하였다. 명순을 범한 창선이 ST로 변성명하여
갑자기 의로운 일을 한다든가 창선의 사촌 여동생 연순이 철하의 사랑을
얻는 데 실패하자 갑자기 투쟁 대열에 뛰어든다든가 명순이 아기를 박돌
엄마에게 맡기고 온다든가 경희가 변원식의 별장에 불을 지른다든가 하는
부자연스러운 장면이 자주 나오기 때문이다.

3. 1930년대 전기(1932~35) 중·장편소설의 갈래

(1) 농민소설의 인식론과 방법론
(가) 지식인 귀농과 농촌진흥운동(『흙』~『무지개』)
이미 1920년대 후기부터 귀농 모티프와 계몽 모티프를 필수적인 것 혹
은 중심적인 것으로 취한 농민소설들을 적잖이 보게 된다. 『조선농민』

---

102) 위의 신문, 1932. 3. 7.

(1926), 『농촌』(1926), 『농민생활』(1929) 등 여러 농민 잡지가 간행되었으며 『조선일보』는 1929년 3월 창간 9주년 기념사업으로 "농촌생활개선운동"을 펼쳤고 『동아일보』는 1931년에서 1934년까지 "학생 하기 브나로드 운동"을 전개하였다. 그런가 하면 당시 종교단체들은 하나같이 농촌 활동을 주요 사업으로 꼽았다.

1931년 김일대라는 논객은 「천도교 농민운동의 이론과 실제」에서 당시 조선 농민운동의 계통을 당국의 식민정책에 의한 세농민 구제사업(細農民救濟事業), 기독교 포교 정책에 의한 농촌 진흥사업, 사회주의 실현 정책에 의한 계급투쟁운동, 지상천국 건설 정책에 의한 조선농민사 활동[103] 등으로 제시했다. 물론 1930년대에 농촌운동을 다룬 농민소설의 정신적 토대는 위와 같은 네 가지 갈래로 다 설명될 수 있는 것은 아니다. 이 중에 한 가지만을 고수한 농민소설은 그리 많지 않다. 실제로 1920년대 후반에서 1930년대 전반까지 농민운동은 문맹퇴치운동, 야학운동, 모범촌식 농촌개량운동, 소비조합운동, 소작투쟁, 계급투쟁운동 등 다양한 내용으로 구성되어 있다. 1930년대 농민소설 가운데는 『흙』처럼 전자의 네 가지 운동을 그리는 수준에서 끝난 것도 많지 않지만 후자의 두 가지 운동을 노골적으로 집중하여 다룬 것도 별로 없다. 대부분의 농민소설은 전자의 네 가지와 후자의 두 가지 사이를 왔다 갔다 하면서도 전자와 후자의 운동 사이의 거리가 너무 넓다는 인식에 도달하기도 하였다.[104]

이광수는 『흙』(『동아일보』, 1932. 4. 12~1933. 7. 10)[105]의 연재를 끝내고 난 다음, 7월 13일자 "흙을 끝내며"라는 제목의 글에서 몇 해 지난 뒤에 『흙』의 후편을 쓸 날이 오기를 기다린다고 하면서 온 조선에 수없는 "살여울"과 "검불량"이 일어나기를 바라고 믿는다고 하였다.

---

103) 『동광』, 1931. 4, p. 42.
104) 林然, 「農民文學의 新規定」(『농민』, 1933. 1), p. 52.
    "그러면 農民文學의 材料는 어데서 取할것인가 簡單히 表示해보랴한다."

나는 이흙을 지금 신의주형무소에서 치안유지법위반으로 복역 중인 벗 채수반(蔡洙般)군 에게 드립니다. 채수반군은 흙의 주인공인 허숭과 여러 가지 점에서 같다고만 말슴해 둡니다. 채군이 출옥할 날이 아직 앞으로 삼년이나 남앗으니 언제나 나와서 이「흙」을 읽어 주나.

마즈막으로 나는 이「흙」이 미성품인 것을 자백합니다. 그러나 우에도 말슴한바와 같이 이「흙」은 미성품이 되지아니치못할 운명을 가진 것이라고 믿습니다. 웨 그런고 하면 살여울이 아직 미성품이기 때문입니다. 나는 한 선생이 살여울로 들어가시는 것을 보앗고 허숭 변호사가 아직 출옥하지 아니하엿고 유정근과 김갑진과 백선히, 윤정선, 심순례, 리건영, 현의사 같은 이들이 무엇을 할지를 모르는 까닭입니다. 그러나 나는 그들이 어느 방향으로 가랴는 차를 타는 것까지는 보앗다고 믿습니다.[106]

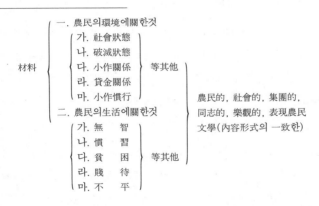

그러나 이러한材料를 그대로描寫하는데긋치면 無意味한것이다 그러한材料의 原因 現狀 結果와밋 그사이의 關係를提示하는同時에 그解決策을 提示할것이다 그러나 注意할것은 知的要素만 重要視하지못할점이며 文學的形式과 文學的情緒를 無視치못할점이다."

105) 다음 논문들을 주목할 필요가 있다.
　　이주형, 「『흙』의 시대인식과 미의식」, 『최남선과 이광수의 문학』, 새문사, 1981.
　　박대호, 「『흙』의 세계관 연구」, 『선청어문』, 서울대 사대, 1986.
　　이선영, 「『흙』의 서사와 그 의미―체제 속의 이상촌과 예속 자본주의」, 『동방학지』, 연세대 국학연구원, 1994. 3.

이광수 자신이 『흙』을 미성품이라고 한 것은 살여울과 검불랑이 모범 농촌을 지향한다는 점과 작품의 주인공 허숭과 현실적 모델인 채수반이 아직 감옥에 있다는 점에 근거를 둔다. 『흙』만큼 찬사와 비판이 요란하게 교차되어온 작품도 흔치 않다. 이광수는 인물의 성격 창조를 제대로 해내지 못하는 작가라는 비판을 이미 『무정』에서부터 김동인을 비롯한 여러 논객들로부터 들어왔는데, 『흙』도 예외는 아니라는 것이다. 백철은 「『흙』의 중단과 기타감상수제」(『조선중앙일보』, 1933. 10. 21)에서 춘원이 『흙』을 미완의 소설로 남기게 된 것은 그가 테마를 더 이상 끌고 갈 자신이 없어서 그런 것이라고 지적하였다. 『흙』을 대상으로 하여 인물 형상화 방법이 잘못되었다든가 테마를 끌고 가는 힘이 부족하다든가 현실감을 안겨줄 수 있는 힘이 부족하다든가 하는 견해들을 종합하면 『흙』에서는 결국 지식인의 귀농 모티프가 근본적으로 잘못 설정된 것이 아니냐는 의문을 갖게 된다.

『흙』에서 주인공 허숭이 고향 살여울로 돌아갈 결심을 하게 된 배경 심리를 밝히는 것은 작가 이광수가 어째서 『흙』을 쓰게 되었는가 하는 것을 해명하는 일의 지름길이 된다. 『흙』의 창작 동기는 1930년대 초기 브나로드운동에의 적극적 동참이라든가 도산 안창호의 농촌건설사상 구현에서 찾을 수 있다. 유순에 대한 그리움이나 유순과의 은밀한 약속이 허숭을 살여울로 끌어당긴 것도 같고 정선과의 사랑의 실패가 작용한 것도 같고 한민교 선생의 가르침이 그를 귀농 의지로 몰아간 것으로 볼 수도 있다. 『흙』에서 거의 유일하게 허숭의 사상적 교사 역할을 하는 한민교란 어떠한 인물인가.

한민교는 어떠한 인물인가 한선생의 이름은 민교(民教)다. 그는 한민교라

---

106) 『동아일보』, 1933. 7. 13.

는 그 이름이 표시하는대로 조선 청년의 교육지도로 일생의 사업을삼는이다. 그는 일즉 동경에서 중학교를 마치고는 정측영어학교에서 영어을 배우면서 역사, 정치, 철학, 이러한 책을 탐독하엿다. 그리고 조선에 와서는 그러한 조선 사람이 밟는 경로를 밟어 감옥에도 들어가고 만주에도 가고, 교사도 되고 예수교인도 되엇다. 그가 줄곧 교사노릇을 하기는 최근 十년간이다.

한선생의 집은 익선동 꼬불꼬불한 뒷골목에 있는 조그마한 초가집이다. (중략)

허숭도 무론 이 집에 댕기는 학생중의 하나다. 김갑진도 배재시대 관게로 각금 놀러온다. 리화의 녀학생들도 간혹놀러온다.[107]

이광수는 허숭의 귀농 동기를 필연적이면서도 자연스러운 것으로 제시하려는 노력을 게을리하지 않았다. 『흙』은 서두를 허숭이 야학운동을 하면서 유순에게 다시 돌아올 것을 약속하는 것으로 그려놓았다. 그뿐 아니라 허숭을 '주의자'요 '독립운동가'의 아들로 그려놓았다. 허숭의 아버지 허겸은 평양 대성학교 출신으로 북간도 사건, 신민회 사건, 만세 사건 등에 가담하여 모두 10여 년 이상을 죄수 생활을 한 것으로 그려지고 있다. 출옥 후 허겸은 집안을 다시 일으키기 위해 사업하다가 망해 비관한 나머지 알코올 중독자가 되었고 그 후 장질부사에 걸려 세상을 떠난다. 어머니도 같은 병으로 죽자 허숭은 하루아침에 고아가 되었다. 허숭은 주의자의 피라는 선천적 형질과 고아라는 후천적 환경 요인이 공존하는 지점에 놓인 것이다. 온갖 역사적 사건에 연루된 인물이 갑자기 사업을 한다는 식으로 그린 것은 부자연스럽기는 하다. 작중에서 내내 허숭의 안타고니스트 역할을 하는 김갑진의 아버지 김남규는 허겸과는 반대로 정미칠조약 때 공을 세운 것으로 남작 작위를 받은 매국노로 그려진다. 김남규는 주색과 투기사업으

---

107) 위의 신문, 1932. 4. 23.

로 파산하고 사기로 몰려 남작 예우가 취소되었고 그 아들 갑진은 습작도 못 하고 김남규와 막역지우인 윤참판의 보호 아래 학교를 마칠 수 있었던 것이다.

허숭과 김갑진의 사상적 대립은 둘이 동행하여 동경으로 가는 도중에 벌인 토론에서 잘 드러난다. 김갑진이 엘리트의식을 갖고 조선비하론을 펼치자 허숭은 현실을 똑바로 보라고 반박한다. 농촌 현실을 모르는 것은 신문이나 잡지를 안 보는 탓이라는 핀잔을 받은 갑진은 여러 가지 신문과 잡지를 본다고 하면서 조선어로 된 신문과 잡지, 기자들, 조선 문학, 조선 문학 창작자와 연구자를 비하한다. 이에 허숭은 양반계급 비판론을 펼친다.

저 농민들로 말하면 조선민족의 뿌리오 몸뚱이가 아닌가. 지식계급이라든지 상공계급은 결국 민족의 지엽이란말일세. 그야필요성에 잇어서야 지엽도 필요하지, 근간없는 나무가 살지못한다면 지엽없는 나무도 살지못할것이지, 그러치마는 말일세, 그 소중한 정도에 잇어서는 지엽보다 근간이 더하지 않겟나. 그러하건마는 조선 치자계급은 예로붙어—지엽을 숭상하고 근간을 잊어버렷단말일세. 단도직입적으로 말하면 고래로 조선의 치자계급이던 양반계급이말야, 그양반계급이 오직 자긔네계급의 존재만을 알앗거든, 자긔네계급이 잘 살기에만 몰두하엿거든. 그게야 어느 나라 특권계급이나 다 그러햇겟지마는 조선의양반계급이 가장 심하엿던 것이 사실이 아닌가. 그래서는 국가의수입을 민중의 교육이라든지, 산업의 발달이라든지하는 전 국가적, 민족적 백년 대게에는 쓰지아니하고, 순전이 양반계급의 생활비요, 향락비인—이를테면 요새ㅅ 말로 인건비에만 썻더란 말일세. 그 결과가 어찌 되엇는고 하면 자네도 아다싶이 전 민족은 경제적으로나, 도덕적으로나, 지식적으로나, 기술적으로나, 예술적으로나, 모든방면으로 다 쇠퇴하여저서 마츰내는 국가생활에 파탄이 생기게 하고, 그리고는 그 결과가 말야, 극소수, 양반중에도 극히 권력잇던 몇십명, 몇백명은 넘을까 하는 몇 새 양반계급을

남겨놓고도 다 몰락해버리지안앗느냐 말야[108]

허숭은 촉망되는 변호사, 재원인 아내 정선, 부자 윤참판의 사위라는 조건들을 모두 내팽개친 채 농촌 살여울에 와서 평소의 꿈인 농촌운동을 작은 것에서부터 하나하나 실천에 옮기게 된다. 주인공을 미화하는 가운데 문자 그대로 프로타고니스트로 밀어붙이려는 작가적 습성은 『무정』이후 여전히 살아 있다.

> 「어디 해보자. 내 힘으로 살여울 동네를 얼마나 잘 살게 할 수 잇는가. 맑스주의자들의 계급투쟁리론의 가부는 차치하고 어디 건설적으로, 현 사회조직을 그대로 두고, 얼마나 나아지나 해보자─이것은 내가 동네 사람들로 더불어 할수 잇는 일이 아니냐. 장래의 천국을 약속하는 것보다 당장죽을 농민을 살릴 도리. 아주 살릴수는 없다 치더라도, 그 고통을 감하고, 이익을 증진할도리─이 것은 내자유가 아니냐」
> 이렇게 숭은 생각하엿다. 그리고 숭은 일종의 자신과 자존과 만족을 깨달앗다.
> 「내 일생을 바치어 살여울백여호 五백명 동포를 도아보자!」[109]

이 대목에서 드러난 것처럼 허숭은 "현 사회조직을 그대로 두고, 얼마나 나아지나 해보자"는 식으로 별로 큰 야심 없이 귀농을 결심한다. "장래의 천국을 약속하는 것보다 당장죽을 농민을 살릴 도리"는 기독교사상에 바탕을 둔 농촌운동 방법이나 조선농민사식 지상천국 건설론을 외면한 것이 된다. 단순한 생활 개선을 도모하자는 식으로 목표를 아주 작게 잡고 있다.

---

108) 위의 신문, 1932. 5. 13.
109) 위의 신문, 1932. 8. 12.

이 소설의 거의 끝 대목에서 허숭이 주재소 소장에게 강변하고 있듯이 허숭이 살여울에 와서 실제로 한 일은 야학운동을 통한 문맹 퇴치, 농민조합운동을 통한 생산 판매 소비의 합리화, 위생사상 보급, 마을 청년 구명운동, 의사 데려오기, 유치원 개원, 마을의 실력자 유산장 측과의 관계 개선 도모, 아내 정선과의 관계 재정리 등이었다. 소장이 정치적 의도 포함 운운하자 허숭은 문화적 경제적 활동일 뿐 정치적 의도는 없다고 강변하였다. 그럼에도 불구하고 허숭은 마침내 "조선독립을 목적으로 농민을 선동하여 협동조합과 야학회를 조직하였다는 죄"로 치안유지법 위반으로 징역 5년형을 받게 된다. 실존 인물 채수반은 허구적 인물 허숭으로 형상화되었다.

허숭은 부도덕성, 쾌락주의, 관념성, 이기성, 출세지향주의 등의 성격이나 태도를 지닌 타락한 부르주아 김갑진, 이건영, 유정근 등과 대립될 뿐 아니라 마르크시즘으로 표현되는 급진적 이데올로기와도 대립된다. 이광수는 이 소설에서 마르크시즘을 여러 차례 언급한다. 기생 산월은 허숭이 좋은 지위, 좋은 재산, 어여쁜 부인을 다 버리고 시골에 가서 농촌사업 하는 것은 단순하게 마르크시즘이나 운명론이나 이상론만 가지고는 설명이 되지 않는다고 하였다. 또한 김갑진이 대오 각성하는 것을 그리는 데서 과거 학생 시절에 마르크시즘에 몸을 바치리라고 생각한 적도 있다고 하였다. 김갑진은 근본적으로 자기반성 하는 자리에서 마르크시스트가 되어볼까 했다가 치안유지법을 떠올리고 감옥과 사형 집행장을 연상하며 마르크시스트는 될 수 없다는 생각을 굳히게 된다.

이광수는 이 작품에서 허숭의 희생정신과 큰 인물됨을 음각하는 뜻에서 김갑진, 이건영, 유정근 등 쾌락을 좇고 이기적이고 오만한 지식인들을 등장시키고 있다. 결말 부분에서 김갑진이 검불랑에 가서 농촌사업을 벌인다고 한 것도 허숭의 귀농만큼이나 부자연스럽다. 유정근이 3년 징역 살고 나온 작은갑에게 협박을 당한 나머지 개과천선하여 과거의 잘못을 시인하고, 있는 재산을 다 내놓기로 마을 사람들 앞에서 공포한 것은 현실성이 약하다. 결국 이광수는 지식인의 귀농이라는 모티프를 주제로 연결하는 과정에서 보수적이고 국부적이면서 문화 중심적인 농민운동론에 고착되어버림으로써 또 그것을 탈피하려는 노력도 보이지 않음으로써 귀농 모티프와 계몽 모티프에 감추어진 여러 효과를 잘 살려내지 못하였다.

『흙』은 농민소설, 지식인소설, 애정소설, 영웅소설 등 여러 가지 소설 유형이 포개어진 것이라고 할 수 있다. 허숭, 김갑진, 윤정선, 백산월, 한민교 등 주요 인물들이 한결같이 지식인의 귀농 모티프와 농민 계몽 모티프를 행사하는 면에서 농민소설이며 지식인소설이 된다. 그런가 하면 허숭-윤정선-김갑진, 윤정선-허숭-유순, 허숭-유순-맹한갑, 백산월-허숭-윤정선 등의 삼각관계가 귀농사업을 방해하기도 하고 촉진하기도 하고 심지어는 완성하기도 한다. 이런 면에서 『흙』은 애정소설로 볼 수도 있다.

바로 허숭은 현실성이 다소 박약하기는 하지만 자기 한 몸을 희생하여 귀농 활동, 계몽사업, 삼각관계를 일시에 해결함으로써 영웅적인 면모로 비치게 된다. 허숭의 관대함에 의해 김갑진은 일거에 농촌운동가가 되었고, 기생 백산월은 살여울에 와 유치원 사업에 뛰어들었다가 허숭을 따라 감옥 생활을 하고, 유순과의 관계를 의심했던 맹한갑도 허숭의 깨끗한 행동에 감복하여 농촌운동가로 변신한다. 정선도 허숭이 그녀를 포용하고 모범을 보임으로써 건실한 농민으로 바뀐다. 허숭이 중심이 된 귀농 모티프는 김갑진이나 이건영이 보여주는 지식인의 타락 모티프와 유순이 본보기가 된 희생 모티프와 연결됨으로써 그 의미를 완성하게 된다.

채만식의 『人形의 집을 나와서』(『조선일보』, 1933. 5. 27~11. 14)[110]는

---

110) 다음 논문들을 주목할 필요가 있다.
　　유인순, 「『인형의 집』『인형의 집을 나와서』의 비교문학적 연구」, 『운당 구인환선생 화갑 기념 논문집』, 한샘, 1989.
　　한지현, 「채만식의 『인형의 집을 나와서』에 나타난 여성문제 인식」, 『민족문학사연구』 9,

17개의 장으로 구성되었던 연재본이 14개의 장으로 교정된 장편소설이다. 19살에 변호사 현석준과 결혼하여 행복하게 살던 노라는 남편이 중병에 걸리자 구재홍이라는 고리대금업자로부터 2,500원을 취하면서 보증인으로 사흘 전에 세상을 떠난 친정아버지의 도장을 찍어주고 차용증서를 써준다. 건강을 회복하여 동양은행 지배인이 된 현석준과 세 아이를 낳은 노라는 행복하게 산다. 그러나 동양은행에서 쫓겨난 구재홍이 협박하고 현석준이 노발대발하다가 구재홍이 차용증서 취소 통지를 보내자 기뻐하면서 용서하겠다는 남편을 보고 노라는 실망하여 자신을 돌아보고는 가출을 결행하게 된다(제1장 "인형의 집을 나온 연유"). 가출한 노라가 친구 혜경의 도움으로 여관에 머물던 중 조선총독부 관리에게 능욕당할 뻔했던 것을 구재홍과 남의사가 구출해준다(제2장 "맨 처음에 오는 것"). 노라는 친정엄마가 사는 시골로 내려가 어릴 적 친구이자 지금은 무엇을 하는지 모르는 병택을 만나 정신적으로 크게 의지한다(제3장 "옛얼굴들"). 병택이 갑자기 고향을 떠나고 남의사도 죽자 노라는 남편에게 버림받은 옥순과 의남매를 맺고 같이 상경한다(제5장 "봄은 왔어도"). 노라가 생계가 막막해지자 혜경의 소개로 정신지체아 효정이의 가정교사가 된다(제6장 "새로운 첫걸음"). 재환의 첩이 들이닥쳐 행패를 부리자 옥순이 수치심을 못 이겨 자살하고 만다(제8장 "빛깔 좋은 자유"). 노라가 늑막염으로 입원하여 전 남편 현석준의 허락을 받고 아이들을 만난다(제10장 "또 한 가지 재앙"). 퇴원하여 간호사 남식의 집에 세든 노라가 화장품 행상을 다니다가 카페 사탄의 여급으로 취직하게 된다(제11장 "전락의 길로"). 여러 손님 사이에서 인기를

창작과비평사, 1996.
　서경석, 「채만식의 『인형의 집을 나와서』론」, 『한국 근대 문학사 연구』, 태학사, 1999.
　정선태, 「『인형의 집을 나와서』—입센주의의 수용과 그 변용」, 한국근대문학회, 『한국근대문학연구』 3, 2002.
　김양선, 「사회주의 여성해방론의 소설적 형상화와 그 의미—『인형의 집을 나와서』를 중심으로」, 군산대 채만식연구센터, 『채만식 중장편소설 연구』, 소명출판, 2009.

끌면서 생활하던 노라가 어느 날 병택 체포 기사를 읽게 된다(제12장 "뭇사람의 인형"). 술집 손님 전문교생 김씨에게 끈질긴 구혼을 받는 와중에 이주사에게 취중에 겁탈당한 것 때문에 유서를 남기고 한강에 투신자살했다가 구제된다(제13장 "자유의 대상"). 인쇄소 직공인 남식의 도움으로 노라가 임순이라는 아명으로 인쇄소 제본공으로 취직하여 일하던 중 인쇄소 감독자로 온 현석준과 조우한 자리에서 끝까지 싸우겠다는 결의를 다진다(제14장 "새로운 대립"). 노라의 가출, 노라의 귀향, 노라와 병택의 만남, 병택의 의식화, 노라 야학 활동, 노라 상경, 노라 가정교사, 옥순의 자살, 여성들 옥순 전 남편 재환과 교유, 성희의 수난, 노라의 봉욕, 노라 늑막염으로 입원, 노라 자녀들과 상봉, 노라의 화장품 행상, 노라 탑골공원 옆 카페 사탄 여급으로 취직, 오병택 체포, 이주사에게 정조 빼앗김, 자살 시도, 노라와 오병택 연결 혐의로 일본 경찰 수사, 노라 인쇄소 제본공으로 취직, 현석준과 만나 대결 의지 확인 등이 주요 사건을 이룬다.

채만식의 『인형의 집을 나와서』는 제1장 "인형의 집을 나온 연유"가 잘 보여주듯이 헨리크 입센의 희곡 『인형의 집』을 패러디한 것이다. 일찍이 염상섭이 「至上善을 위하야」(『신생활』, 1922. 7)에서 노라가 자아혁신, 자아확충, 자아완성을 통해 지상선을 실현했다고 고평했을 정도로 조선의 여러 작가들이 입센의 『인형의 집』의 영향을 받았다. 채만식의 소설 제1장은 입센의 『인형의 집』 내용을 거의 그대로 요약해놓았다. 『인형의 집』에서는 노라의 남편이자 변호사 토르발 헬메르가 주식은행장이 되자 가짜 서명을 했다는 혐의로 변호사인 닐스 크로그스타드를 해임하려고 하자 크로그스타드는 노라에게 와서 헬메르가 병중에 있을 때 1,200탈레를 빌리며 쓴 차용증서는 노라가 이미 사흘 전에 세상을 떠난 친정아버지의 서명을 위조한 것이라고 폭로한다. 노라는 죽어가는 아버지에게 남편이 아파서 돈을 빌리게 되었다는 이야기를 할 수 없었다고 이유를 댄다. 크로그스타드가 노라의 남편 헬메르가 자기를 은행에서 내쫓는 것을 취소하기 바란다고 하면서 헬메르에게 협박을 가하자 헬메르는 이제 자기는 아내 때문에 망했다고 펄펄 뛴다. 크로그스타드가 마음을 고쳐먹고 차용증서를 돌려보내자 헬메르는 노라를 용서하겠다고 하고 자기도 용서를 빈다. 그러나 노라는 "저는 얼마나 잘못된 취급을 받아왔는지요. 처음엔 아버지에게서, 다음엔 당신에게서" "아버님은 저를 인형이라고 부르면서 마치 제가 인형과 노는 것처럼 저와 놀아주신 겁니다" "당신하고 아버님은 저에 대해 큰 죄를 저지르신 거예요. 제가 이렇게 무능해진 것은 당신들 탓이에요" "나라는 것이나, 세상을 올바르게 알려면 혼자 독립하지 않으면 안 돼요"[111]라고 하면서 가출을 결행하게 된다. 채만식은 입센의 희곡 『인형의 집』의 결말 부분을 요약하여 자신의 소설 『인형의 집을 나와서』의 서장으로 옮겨놓으면서 1930년대의 조선이라는 시공간과 어울리는 이야기를 새롭게 만들어내었다. 부분적으로 패러디소설이긴 하지만 입센의 『인형의 집』의 바통을 이어받은 연작소설의 성격도 지닌다.

채만식의 소설은 젊고 아름다운 여성인 노라가 집을 나와 겪는 여러 차례의 봉욕, 가정교사, 화장품 행상, 술집 여급을 거쳐 인쇄소 제본공에 이르는 과정을 제시함으로써 여성의 가출과 독립이 말처럼 쉬운 것이 아님을 확인시켜준다. 그나마 사회주의자 오병택이란 인물이 설정되지 않았더라면 이 소설은 단순히 여인의 운명을 다룬 소설로 귀결되고 말았을 것이다. 오병택이란 인물은 양적으로 비중이 크지는 않지만 『인형의 집을 나와서』를 문제작으로 평가하게 만드는 견인차 역할을 한다. 『광분』처럼 주의자나 그가 만들어낸 사건을 설정함으로써 중간소설로의 추락을 막아내곤 했던 염상섭의 방법을 떠올리게 한다. 오병택은 일본 유학하던 중 아버지의 부음을 듣고 돌아와 눌러앉게 되자 3년 동안 형무소 생활을 하고 나와 귀향한 후 주재소 순사들의 감시를 벗어나기 위해 의도적으로 건달처럼 지낸

---

111) 입센, 곽복록 옮김, 『인형의 집』, 신원문화사, 1994, pp. 120~22.

다. 청년회 간부 자리라든가 야학 교사 자리를 일부러 피해 가며 독서와
친구들과의 술타령이나 화투판으로 세월을 보낸다. 병택은 노라에게 당시
의 진보 서적인 베벨의 『부인론』을 빌려주며 읽어보라고 하였지만 노라에
게 마음을 열어 보인 것은 아니다. 병택이 갑작스럽게 사라지자 노라는 이
따금 그의 행방을 궁금해하긴 하였으나 4년 후에 신문 기사를 통해 병택이
란 인물의 실체와 현재 상황을 알게 된다.

"【신의주】금년봄 이래 ×××××의 지령을바더 조선×××재건을 획책하
든사건이 경찰의탐지한바되어 지난 팔월이래 전북경찰서 경긔도경찰부 평북
경찰부등이 협력하여 전긔 삼도에 써처잇는 련루자다수를 검거 취조한다함
은 루보한바어니와 (중략) 북행렬차를 검사하든중 행동이 수상한 중국인 쿠
리일명을 검거하여 취조한 결과 그는 의외에도 전긔 조선×××재건사건의
중심인물오병택인것이 판명되엇다. (중략) 「별항보도」= 오병택은 지금으로
부터 십여년전 중국만주 모스코-등지로 도라다니면서 ××××의 리론과 실
제를 연구하고 조선에도라와 당시 제×차 조선×××당사건에 연좌되어 경
성서대문형무소에서 사년간 복역을 하엿다. 만기출옥후 그는 그의 고향에도
라가 술먹기와 놀기로 세월을 보내고 또 바보가 된듯이 세상일을 돌아보잔
코 지내엇다 그러나 그것은 경찰의눈을피하기 위함이요 그째부터발서 각지
방의 동지와 비밀한 런락을 취하여가며 준비운동을 하다가 금년봄××××
×의 지령이 나온것을 기회로 경성으로 올나와그와가치 본격적 운동에 착수
한것이다" 노라는 신문을 다 읽고 나서 한동안 넉시나간듯이 망연히 안저잇
섯다.[112]

이 작품은 고려인쇄소에 융자해주고 그 인쇄소가 잘 돌아가는지 동양은

112) 『조선일보』, 1933. 10. 10.

행 대표 현석준이 감독하러 왔을 때 노동복을 입은 노라를 보고 현석준이 "그러케 기세조튼 사람이 요러케 거지가 되어가지구는 더구나 필경은 내 지배밑으로 다시 굴너들어온게 참 구경다운걸"이라고 비웃는 투로 말하자 "그러나 당신허구 나허구 싸홈은 인제부터요 내가 아직은 잘알지 못허우만은 이 세상은(略)싸홈이라구 헙듸다 아마 그게 올흔 말인가 십소 그러니 지금부터 우리 싸워봅시다"[113]라고 응대하는 것으로 끝난다. 이렇듯 노동자가 된 전 부인이 사용자인 전 남편을 향해 투쟁 의지를 다지는 장면은 몇 년 후에 나온 한설야의 장편소설 『황혼』의 마지막 장면을 떠올리게 한다.

이석훈(李石薰)의 『黃昏의 노래』(『신동아』, 1933. 6~12)는 빈곤과 억압을 중심으로 한 농촌의 문제를 다루면서 그 해결책의 하나로 지식인의 귀농 모티프를 결말로 취한 장편소설이다. 러시아 문학을 전공하는 동경 유학생 정철은 학자금난, 만성 피로증, 연애 부진 등이 겹쳐 있던 중 질병, 파멸, 빈한으로 가득 찬 집안 소식을 알리는 아버지의 편지를 받고 급히 귀향하는 것으로 시작한다. 5년 만에 귀국한 철은 고향이 많이 바뀐 것을 목격하였으며 가난한 소작인인 숙부의 사정을 알게 되고 양쪽 부모의 반대로 혜염과의 사랑이 이루어지지 못하는 비극을 겪는다. 철은 농촌 출신으로 동경 유학을 계속하지 못한 채 귀국한 박이라는 친구가 귀농을 결심하게 된 배경을 알게 된다. 그는 박군을 통해서 브나로드운동의 시의성(時宜性)을 인정하고 일단 자기 일처럼 받아들인다. 이러한 철의 인식 변화는 이 작품에서 복선으로 작용한다.

철은 박군으로붙어 커다란 자극을 받엇다.
민중 가운데로!
농촌으로!

......

이것은 당시청년들의 두어깨에질머지운 커다란과제엿엇다. 철도 그것을 「우리들의력사적임무」라고 스스로 자각하고잇섯다. 그가W대학의로문과(露文科)를선택한것도 졸업후그것을실천하며 거기서 침통하고 위대한농민문학(農民文學)을창작하야 암매한농민을각성식키리란 원대한포부로붙어엿다. 그는「뻐-너드-쏘우」의 예술을본받지는않지만 「사회개조(社會改造)의 『프로파간다』로 문학을창조한다」는 그의주장에는 깊은공명과존경을가지는것이엇다. 그러한만큼 박군의준 자극은 더욱큰것이엇다.[114]

『황혼의 노래』는 문학적 지식인이 문학을 사회개조운동과 연결시키는 과정을 추상적인 형식으로나마 보여준다. 정철은 경향문학이나 프로문학으로 구체화되곤 하는 프로파간다문학의 정당성을 주장하는 입장에 있다. 법학교 졸업, 오랜 관리 생활, 사업가로의 변신 등의 이력을 거쳤으나 재계공황으로 망하자 정신이상이 된 오촌숙의 하나인 태선의 병세가 더 심해진다. 철과의 결혼이 좌절되자 혜염은 자살하기 위해 금강산 쪽으로 간다. 남산 숙부가 빚 때문에 일본인 나까무라에게 차압당하는 것을 철이 담판지으러 가나 바로 이 대목은 "이하 75행 부득이략"으로 처리되고 만다. 철이 나까무라에게 대드는 것을 소상하게 그린 장면이 생략되었을 것으로 추측된다. 철과 어머니는 부친이 몇 년 전에 건하업을 하기 위해 동척회사로부터 거액의 융자를 받아 투자한 S섬으로 들어간다. 얼마 후 철은 여러 사람으로부터 편지를 한꺼번에 받게 된다.

철은 누은채로 일생을가난과싸호다가 죽은남산숙, 죽음을 부정하고 신생의출발을꾀하는 혜염, 학창에서소위 형설의 공을 쌋키에 건강을 희생하고

---

114) 『신동아』, 1933. 7, p. 179.

썩어가는 몸둥이를 고향에 의탁한 A군, 그리고 농촌에 새 힘을 불어넣기 위하야 애쓰고잇는 박군을 번가라 생각하며 새삼스레 중얼거리엇다.

「인생(人生)은 투쟁이다!」[115]

이 소설에서 가장 주목해야 할 것은 철이 이 섬에 와서 유일한 의숙인 신명학교에서 어린이들을 무료로 가르치며 지식인으로서의 시대적 사명에 다시 눈을 뜨게 되는 장면이다. 신명학교의 한 교사가 우리 고향에서는 이광수·김안서·김소월·현상윤·서춘·김여제·백인제 등과 같은 인재들이 태어났다고 자랑하자 철은 "수재 열 사람이 나는 것보다 박군과 같이 굶주린 사람들에게 밥을 주기 위하여 싸우는 무명의 일꾼 한 사람이 더 낫다"고 주장한다. 철은 본격적으로 야학운동과 청년회 활동을 본격적으로 펼치게 된다. 철이 어부의 딸인 보패와 결혼하려는 것에 아버지가 반대하자 철은 어머니와 보패와 함께 그 섬을 떠나기로 한다. 마침내 철의 일행은 이미 귀농하여 야학운동을 적극적으로 펼치는 박군에게 가게 된다.

이석훈의 『황혼의 노래』는 스토리의 전개, 인물의 성격화 방법 등 여러 가지 형식 면에서 불안정함을 벗어나지 못하였다. 앞뒤 연결이 매끄럽지 못한 점, 중요한 대목과 주변적인 대목의 연결이 능숙하지 못한 점, 전체적으로 대화 장면이 지나치게 많은 점 등이 문제점으로 남는다. 그럼에도 독자들이 예측하기 어려운 정도의 사건 진행을 꾀한 점, 당시의 농민과 빈민의 실상을 진지하게 파헤친 점, 비판적 리얼리즘의 수준을 견지한 점 등은 이 소설을 문학사적 작품으로 밀어 넣는다.

『상록수』의 예고편 성격을 지니고 『조선중앙일보』에 1933년 7월 10일부터 1934년 1월 10일까지 연재된 『永遠의 微笑』는 심훈이 당진에 내려와 쓴 것으로 1933년 5월 27일에 탈고한 것으로 되어 있다. 기본적으로 『영

---

115) 위의 책, 1933. 9, p. 200.

원의 미소』는 그때그때 독자들의 반응을 살펴가며 내용을 조절하는 신문연재소설의 속성에서 벗어나 있다. 『조선중앙일보』에 연재되기 하루 전에 심훈은 "작자의 말"에서 "나는 이 소설에 나오는 지극히 평범한 인물을 통해서 1930년대의 조선의 공긔를 호흡하는 젊은 사람들의 생활과 또 그 압날의 동향을 생각해 보앗습니다. 그것을 여러 가지 거북한 조건 밋헤서 써본 것입니다"라고 밝힌 것처럼 초상화를 통해 풍경화를 그려보겠다고 하였다.

이 소설에는 농업학교를 졸업하고 사상운동 사건에 연루되어 옥살이를 하고 신문사 배달부로 일하면서 여성 투사인 최계숙을 사랑하고 자기 고향인 가난고지를 포함한 농촌의 비참한 현실에 적극적인 관심을 표시하면서 농촌계몽운동에 뛰어들 것을 결심하는 김수영, 김수영의 선배로 현재 신문사 문선공으로 일하고 있으나 원래 동경 사립대학의 문과 출신으로 문학 활동을 하던 중 최계숙의 오빠이며 사회주의자인 최용준의 영향을 받아 사회주의운동에도 뛰어들어 수차례 경찰서 신세를 진 후 아내와 최계숙 사이에서 애정의 갈등을 느끼다가 끝내 현실의 벽을 넘지 못하고 자살하고 만 서병식, 백화점 화장품 판매원으로 일하면서 미모와 투쟁 경력을 겸비하여 많은 남자들의 유혹과 매스컴의 관심을 받았으나 끝내 농촌운동가 김수영의 동지이자 아내가 되는 최계숙, 수영의 답주인 조승지의 아들로 일본과 미국에서 공부하고 돌아와 전문학교 교수로 있으나 연일 노름과 성에 빠져 있으면서 최계숙을 제 것으로 만들려고 하다가 실패하고 마는 조경호, 수영과 보통학교 동창생으로 고향을 지키고 사는 오봉과 대홍 등의 인물들이 등장한다. 계숙은 백화점 점원 생활을 하면서 손님이 없으면 소설이나 잡지, 콜론타이의 『붉은 사랑』, 일본 좌익 작가의 소설 등을 읽었고 집에 가서는 신문이나 잡지에 실릴 글을 쓰면서 여류 문사의 대열에 들기도 하였다.

동경 유학 중에 최계숙의 오빠이며 사회주의자인 최용준을 만나 의식화되었으며 시와 소설을 쓰면서 빚이 많은 것 때문에 압박감을 느끼고 질투가 심한 아내와 해수병을 앓는 어머니에게 시달리고 최계숙을 향한 사랑의 감정을 해결하지 못한 나머지 결국 자살로 끝을 맺고 마는 병식과 달리 김수영은 평소부터 "붓끝으로나 입부리로 떠들기만 하는" 이론 성향의 지식인에 대해 비판적인 입장을 취했다. 병식과 수영은 패배자/의지로서의 인간, 사랑과 의리의 조화 실패/사랑과 의리의 조화 성공 가능, 도시형 지식인/농촌형 지식인과 같은 대조를 보인다. 평소에 김수영은 가난과 이념 갈등으로 점철된 도시 생활에 회의를 품고 있었다.

　　(내가 무얼 얻어먹자구 서울바닥에서 이 고생을 허나?)
　　「고생끝에는 무엇이 올가? ××운동— 감옥— 자기희생— 명예? 공명심? 그러고는 연애. 또 그러고는 남는것이 과연 무엇이냐 청춘이 시들어가는것과 배고파 졸아붙는 창자뿐이 아니냐?」[116]

　　김수영은 시골에 있는 아버지가 전매국 관리에게 매를 맞고 어머니가 혼절했다는 소식을 듣고 고향인 가난고지에 7년 만에 내려가 자기성찰의 기회를 갖고 근본적인 각성에 도달하게 된다. 각성의 플롯으로 결말을 맺는 점에서 『영원의 미소』는 발전소설Entwickelungsroman이나 성장소설novel of formation이 될 수 있다.

　　다섯해 동안 책하고 씨름을 했고 학교 기숙사에 가쳐 있다가 붓들려가서 콩밥을 먹은것과 또 멫달동안 방울을 차고 경성시내를 돌아다니다가 최근에 연애를 한것 밖에는 과연 무슨 일을 하였는가. 서울로 올라가서 금같은 학비를 올려다 쓰며 도대체 무엇을 보고 듯고 느끼고 배웠는고?

---

116) 심훈, 『영원의 미소』, 한성도서주식회사, 1935, p. 98.

하니 수영은 어둠속에서도 얼굴이 붉어지는것 같았다.[117]

　수영은, 견문이 넓은 인텔리로 이미 2년 전부터 귀향하여 야학을 설립하고 엄동설한에도 개똥을 주우러 다니는 박대흥을 만나 귀농 의지를 더욱 다지게 된다. 수영과 대흥은 "얼골이 새하얀 학생툇물은 실제사회에 있어서" 무용지물이며, "지식계급에 처한 청년들이, 자기가 처해 있는 환경에 대해서 낙심을 하고 실망하는" 경향이 짙으며, "해욋바람을 쏘인 「인테리」들은 손끝맺고 앉어서 탄식하고 미지근한 한숨만 쉬고 있"[118]다는 식으로 도시형 지식인 비판론과 이론형 지식인 무용론을 교환한다.

　수영은 고향 사람들의 비참한 생활상을 목격하면서 귀농 결심을 굳혔으며 귀농 후의 사업 전개를 근본적으로 통어할 수 있는 신조까지 마련하게 되었다. 수영은 첫째 우리의 앞길을 결코 비관하지 말 것, 둘째 우리의 몸뚱이가 한 개인의 사유물이 아니라는 것을 새로운 생활 철학으로 가다듬게 되었다. 이 두 가지 생각은 당시 대다수 지식인들이 쉽게 체념하고 절망하는 풍조와 개인적인 명리에 과도하게 집착하는 경향에 대한 반감에서 비롯된 것이다. 수영은 귀농을 결행함으로써 이론만 내세우기 좋아하고 이기적이고 귀족주의적인 인텔리 유형에서 벗어나 실천적이고 타자 중심적이고 서민적인 지식인 형태로 옮겨 갈 수 있게 된다. 수영이 고향에 돌아와서 한 가장 큰 일은 지주인 조참판과의 주종 관계를 청산해버린 것이다. 수영은 조참판, 즉 수영의 애인인 최계숙을 못살게 구는 조경호의 아버지네서 마름 노릇을 하던 관계를 집과 토지 전부를 다 반환해버리면서 끊어버리고자 하였다. 이 일은 먹고사는 문제와 직결된 것이어서 용단을 내리는 것이 결코 쉽지 않았다. 김수영은 서병식에게 보낸 편지에서 고향 가난고지에서

117) 위의 책, p. 243.
118) 위의 책, pp. 334~35.

자신이 해야 할 일을 "보리밭을 매고 못자리를 갈고 하는건만이 내일은 아닐세. 야학에 가서 아이들과 씨름을 하고 소비조합 같은것을 만들고 하는 것만이 물론 내일의 전부는 아닐세"[119]라고 밝힌다.

이 소설에는 주인공의 입장에서 볼 때 방해자에 비해 협조자가 많은 편이다. 두드러진 방해자는 조경호와 그의 사촌 누이동생 조경자 정도다. 나머지 인물은 김수영과 최계숙에게 대체로 협조하거나 중립적인 태도를 유지한다. 최계숙을 두고 한동안 김수영과 연적 관계에 있기도 했지만 두 남녀에게 가장 협조적인 인물은 역시 서병식이다. 서병식은 김수영에게 보낸 유서에서 계숙의 육체적 순결을 보증한다고 하면서 두 사람이 동지와 사랑의 길을 걸어나갈 것을 부탁하고 그러면 황천에서 "영원의 미소"를 던지겠다고 하였다. 그만큼, 어려운 농촌의 현실을 해결하기 위해 갈등보다는 화해가 필요하다는 작가의 기본 인식을 보여준다. 일부 인물을 제외한 작중 인물들을 화해의 분위기로 몰아가는 만큼 인물들을 피상적으로 그리고 있다는 느낌에서 자유로울 수는 없다.

심훈이 "작가의 말"에서 창작 목표로 내세운 "1930년대 젊은이들의 생활과 앞날의 동향의 기록"은 현실성보다는 낭만성이나 감상성으로 기울었다. 현실성이 느껴지는 전망은 삭제 조치를 당할 수밖에 없다. 김수영이 계숙과 함께 가난고지에서 활동할 계획은 "작자로부터—수영이가 시골로 나려가 어떠한 계획으로 어떻게 활동한것을 계숙에게 힘들여 말한 가장 중요한 내용을 부득이한 사정으로 쓰지 못한것을 크게 유감으로 생각합니다"[120]와 같이 삭제당했다.

장혁주(張赫宙)의 장편소설 『무지개』(『동아일보』, 1933. 9. 20～1934. 5. 1)의 줄거리는 다음과 같이 정리할 수 있다. 20세 때 대구 청년동맹에서

---

119) 위의 책. p. 403.
120) 위의 책. p. 435.

일한 후 보통학교 촉탁 교사를 거쳐 고등보통학교 교사로 있는 이남철이 고등여학생인 김향화가 소개한 윤목사 딸이자 동경 여학교 출신 윤혜영과 가까이 지낸다는 "편지", 옛날 청년동맹 선전부장이었던 박이석이 이남철을 찾아와 대중 잡지 발간 계획을 밝히며 도와달라 하고 이남철과 윤혜영은 낙동강 가로 나와 우리 민족의 무기력과 게으름에 동감하는 대화를 나눈다는 "의논", 시인 허소인과 부호 정완수와 변호사 최준영과 의사 서영환 등과 같이 나온 신문사 지국장 조화섭이 남철에게 시비를 걸고 허소인이 말린다는 "바람과 물결", 조화섭이 이남철과 윤혜영 연애를 기사화하자 허소인은 조화섭의 뺨을 때리며 정정 기사를 내도록 하고 이남철은 왕년 주의자이며 지금은 전향한 변호사 최준영을 찾아가 기사 정정 주선을 부탁하였으나 거절당하고 안숙희를 찾아간다는 "적은 파도", 김향화는 남철에게 찾아와 사랑을 고백하였으나 거절당하고 이남철과 박이석은 잡지 발간 계획을 의논한 후 오수연을 여사무원으로 채용하고 동아문예사 광고하는 영화관에 간다는 "피는 꽃", 새해를 맞아 이남철이 보름 동안 쓴 3백 매의 소설에 불만을 품고 찢으려 하는데 박이석이 와 부분 훼손된 소설을 갖고 가버리고, 이남철의 지시를 받아 안동역에서 상해로 가는 열차를 타고 가던 도중에 형사에게 잡혀 조사받는다는 "정열", 최준영이 돈 많은 기생 박월산을 속여 몸과 재산을 가로챈 것을 아는 조화섭이 이따금 돈을 뜯어낸다는 "첫 유혹", 최준영과 짜고 월산을 간통죄로 몬 대가로 5백 원을 받아 신문사 지국의 빚을 다 갚고 생명보험 외교원인 오수연을 이용해 정완수로부터 돈 뜯어낼 계획을 세운다는 "주린 이리", 향화의 계속된 프러포즈 공세를 견디다 못해 이남철이 윤혜영에게 결혼을 제의하나 즉답을 받지 못하고 한편 향화는 아버지가 정해준 약혼을 파기하기 위해 박이석과 친한 척한다는 "이합", 윤혜영 모친의 입원비가 밀리자 주치의 서영환이 윤혜영에게 간호보 노릇을 하여 밀린 돈을 갚으라 하고 이남철이 잡지 발간 건으로 교장에게 사과하고 난 후 박환 중심의 조선공산당 사건 수사가 확대되면서 심파 혐의로 체포된다는 "파선", 최준영이 기생 월산에게 사기 친 것이 들통 나 여러 사람들 앞에서 봉변당하고 정완수 첩으로 들어가 임신한 오수연은 후회한다는 "그뒤", 정완수가 서영환에게 오수연이 임신한 아이를 낙태시킬 수 있는 좀더 센 약을 부탁한다는 "어둠", 정완수가 오수연을 경주 일대의 여러 곳을 걷고 배가 아프게 하여 경주역에서 대구 서영환의원으로 간다는 "죄", 정완수와 서영환의 밀담을 엿듣고 윤혜영이 오수연에게 진상을 알려주면서 주의자로 계몽시킨다는 "삶과 주검", 돈과 성욕의 포로인 악덕 의사 서영환이 마취제를 윤혜영의 뺨에 떨어뜨려 비명 소리에 서영환 부인이 달려온다는 "미움", 오수연은 서울에 가 전매국 여공이 되고 윤혜영은 안숙희와 의논하여 서울로 가 오수연과 만나고 이남철은 징역 10개월을 받고 복역 중이라고 박이석이 알려온다는 "여공", 박이석이 대서 사무소 일을 보면서 숙희의 잔심부름을 하던 중 기생집에서 나오는 조화섭과 실랑이를 하다가 조화섭을 몽둥이로 때린다는 "적막한 마음", 박이석이 이남철의 원고를 완성하여 「조선의 혼」이라는 제목을 붙여 신문사에 응모하고 K가 강간하려는 것을 혜영이 떨쳐낸다는 "바람", 「조선의 혼」이 1등 없는 가작으로 입상하였으나 신문사에서는 작품의 서두와 결말과 본문이 달라진 것을 조사한다는 "당선", 이남철이 1년 만기로 출옥한 후 고향 양포로 가기 위해 부산항에서 밤 11시에 기선을 타고 가던 중 불친절하게 구는 조선인 보이의 따귀를 때리고 가족의 환영을 받으며 양포에 도착한다는 "출옥", 이남철이 야학운동에 전념하자 김형 쪽 청년들이 비난한다는 "발전", 박이석이 신문사에서 단편소설을 청탁한 것을 남철에게 부탁했다가 거절당한다는 "팔월", 이남철이 마을 유지들로부터도 지원을 받지 못하고 김형 일파의 청년들에게 사냥개라는 소리를 들으며 집단 구타를 당하고 산 위로 올라가 자기성찰 한다는 "무지개", 동경으로 건너가 동창생 최석윤의 안내로 10만 조선인 노동자에게 학교도 사상단체도 없는 것을 알게 된다는 "동경행", 카페 나나의 여급인 조선인 하나꼬를 구하려다 실패하고 ×

×회 부회장 이동수의 부하들에게 집단 폭행당한다는 "악", 최석윤에게 구출되고, 긴자 거리를 보며 일본은 자기네 고전을 버렸다고 판단하고 이혼녀가 된 향화를 우연히 만나 그녀의 성적 공세를 거절하자 칼을 들고 욕을 퍼붓는다는 "독화(毒花)", 고국으로 돌아와 부산을 출발하는 열차 안에서 박이석이 단장인 남선수해구제음악회를 만나고 「조선의 혼」은 남철의 작품으로 판명나고 박이석과 헤어지면서 그의 삶이 무지개 같다고 한다는 "붉은 흙" 등으로 구성되었다.

이 소설은 문단소설적인 성격을 지닌다. 주인공으로 신진 소설가인 이남철이, 조역으로 문예지를 간행하고 싶어 하는 박이석이, 단역으로 시인 허소인과 평론가 김갑철이 등장한다. 김갑철과 허소인은 당시의 대가들을 대체로 부정하는 듯한 대화를 주고받는다.

그들의이야기는 한사람씩 한사람씩 작가(作家)의들어갔다.
「아모래도 이만수(李萬洙)가 제일낫을걸. 머니 머니해도.」
허소인은 다먹고 국물만남은 탕수육을 저로 뒤지면서말했다.
「낫긴 머가 낫어. 조선 문단에 제일 먼저 소설다운 소설을 썻다는공노야 자타가다인정하겟지마는 그이상의 작가는 아니지. 더구나 그 휴—마니즘이야 캐캐한냄새가 날지경이고 최근에슨『한울』이란 소설도 일종의유토피어이지 리알리즘은 아니고.」
김갑철은 리알리즘 제창자의한사람이었다.
「그래. 나도 그렇다고 보네. 그런데 염강섭이가 곳장 잘스거든 더구나 회화가좋아.」
「회화야 좋지. 그러나 회화가 좋다고 작품이 좋다고야 할수잇나. 『죽어가는청개고리』가 좀낫다고하나 그것도 지금 읽으면 구역이날게고.」
「허허 그럴까. 난 그래도 그 두사람을치는데 그밖에 김동진이랑시인 강서랑 또 이은성이랑 머하나 볼께있는가. 시문단은 참으로 말할게없지. 그런데

평론게는 좀 날까.」[121]

이만수는 이광수를, 염강섭은 염상섭을, 김동진은 김동환을, 강서는 김안서를, 이은성은 이은상을 가리키는 것임은 웬만한 독자라면 다 짐작할 수 있다. 이렇듯 쉽게 알 수 있는 인명과 작품명을 들어가며 비판한 데서 기성 문단을 향해 작가 장혁주가 크게 불만을 갖고 있음을 알 수 있다.

교사인 남철은 일본인 교장에게 잡지 발간 건으로 물의를 빚은 것을 사과하였으나 조선어 수업 시간에 교과서에 없는 이광수의 역사소설『마의태자』를 가르치다 교장에게 들켜 야단맞고 학무과의 허락을 받으라는 말을 듣고 어디가 불온한가 하고 따지기도 하였다. 이때 이남철은 신문에서 박환이 주모자인 조선 ×차 공산당 검거사건 기사를 보고 불안해하던 참이었다.

그는교장과 더 굳세게 싸우지못한 것을 분히 생각하엿다. 그러나그의 학교에 대한 불안은 그것뿐이 아니엇다. 첫여름이 가까이 올때 박환이의 공산당 사건은 점점 확대되어서 당원들이 의외에 다수이고 심파도 속색검색되고 잇엇다. 그는 그도 박환이의 입에서나 달리 어느사람의 입에서 그이 비밀이 폭로 될것을 예기하고 잇엇다.[122]

결국 이남철은 심파 혐의로 붙들려 가고 이남철에 대해 긍정적인 사람들은 그가 심파 혐의로 붙들려 간 것이라고 했고 부정하는 사람들은 수업 시간에 불온한 것을 가르치다가 붙들려 간 것이라고 했다. 이미 이남철은 가까운 동지들 중 일부로부터 "리베라리스트"라든가 "소부르근성의 소유자"

---

121)『동아일보』, 1933. 11. 3.
122) 위의 신문, 1934. 1. 4.

라는 비난을 들어왔던 터였다. 이남철 주위의 사람들이 이남철의 검거사건을 "심파사건"으로 부른 점에서 이남철을 주의자로 보기는 어렵다.

정완수의 아기를 임신했다가 정완수와 의사 서영환의 음모로 낙태한 오수연이 병원을 나와 윤혜영이 빌려 준 여러 권의 사회주의 서적을 읽고 여공이 되고 싶고 주의자가 되고 싶다고 하자 숙희는 주의자는 하루아침에 되는 것이 아니라고 주의를 준다.

> 숙희도 혜영이의 생각과 같아서,
> 「수연이, 아직 네몸이 덜아픈가부다. 네가 멀안다고 여공이되느니, 주의에 몸을 던지느니 하니? 불과 수三일만에 몇권책자를 보앗다고 그러케 쉽게 주의자가 되어지는줄 아니. 일본말로 나마가지리한것처럼 위태한것이 없느니라. 난 머 네가 그길로 다라나는것에 반대하는것이 아니다. 오히려 두손을 들어 찬성하고 싶다. 그러나 좀더 냉정히 자기를 생각고 내가 정말 그운동에서 힘을 들이고 성공하기까지 싸울수잇슬가 하고 침착하게 생각을 더해봐야지.」
> 하고, 수연이를 말리엇다.[123]

이 소설의 표제인 '무지개'는 이남철이 고향인 양포로 가서 김형 일파의 청년들로부터 부자들의 사냥개라느니 타협주의를 가르친다느니 하는 비난을 받으며 집단 구타를 당하고 나서 폭우가 갠 뒤의 산으로 올라가 무지개를 보며 자기성찰을 하는 대목에서 그 의미를 드러낸다.

> 그는 생각하엿다. 그는 한낮 무지개를 꿈꾸는 사나히가 아닐가고. 아름답고 화려한것만을생각고, 그것이 곧 살어저 바란것은 몰으고 잊은것이 아닐

---

123) 위의 신문, 1934. 2. 6.

가! 대지(大地)에 발을 디디지 못한 리상! 남철이는 그의 가삼이 깨저질듯이 괴로워짐을 느끼면서, 그의 긴잠을 깨달은것같은 느낌, 굳굳하고 진실성잇는 히망이, 그에게 나타난것을 기뻐하는것이엇다.[124]

이남철은 무지개를 보면서 무지개를 공중누각과 같은 생각으로 비유하게 된다. 그는 무지개를 보고 가장 중요한 것은 대지와 현실에 뿌리를 내린 생각과 실천력임을 각성하게 된다. 무지개를 반면교사로 삼아 관념론과 급진주의를 거부하고 있는 남철의 생각은 이 소설의 맨 끝 장면을 장식하게 된다. 남철은 오랜 친구인 박이석이 문화운동가로서의 초심은 다 팽개친 채 지금은 기생, 노래, 돈, 향락을 추구하고 있다고 판단하면서 그러한 것들은 무지개처럼 사라질 것이라고 생각한다. 자신의 삶과 사업을 성공적으로 진행시키려면 자기 마음속에 있는 환상이라든가 꿈을 없애버려야겠다고 남철이 다짐하는 것으로 이 소설은 대단원의 막을 내린다.

(나) 노농 연대와 투쟁/건설의 병립(『고향』~『상록수』)

『고향』(『조선일보』, 1933. 11. 15~1934. 9. 21)의 출현을 예견하게 해주는 이기영의 「鼠火」(『조선일보』, 1933. 5. 30~7. 1)는 쥐불놀이 즉 정월 대보름날에 한 해 동안의 액막이로서 하는 쥐불놀이라는 풍습을 나타낸 말이다. 이 소설은 돌쇠라는 젊은 농민이 노름판을 벌여 응삼이가 소를 판 돈을 다 따먹은 사건과 돌쇠와 면서기 김원준과 응삼의 처 사이에 이루어진 삼각관계를 중심으로 하였다. 노름과 간통이 농민들의 삶을 근본적으로 돌아보게 하는 원인적 사건이 된다. 응삼의 처 이쁜이는 그 부모가 돈이 없어 응삼네 민며느리로 팔아버린 존재로 남편을 미워하는 대신 외간 남자인 돌쇠를 좋아하는데 돌쇠는 노름꾼으로 그려지기도 한다. 마름 정주사

---

124) 위의 신문, 1934. 4. 5.

집 앞에 모인 마을 사람들에게 돌쇠가 노름한 것을 사과하자 정주사 아들이면서 동경 유학생 출신인 정광조가 이 마을에서 노름을 안 한 사람이 누가 있느냐, 결혼한 남자와 여자가 오입하는 것은 강제 결혼과 조혼이 낳은 부작용이 아니냐며 당사자의 의지에 따른 자유연애가 바람직하다는 주장을 펼친다. 일본 유학생 출신인 정광조는 돌쇠에게는 판사요 변호사 같은 존재이다. 용기를 얻은 돌쇠가 노름한 것을 용서해달라면서 이쁜이와 함께 정광조를 칭찬하는 것으로 이 소설은 끝나고 있다. 이 소설은 풍속, 가난, 노름, 간통, 계몽 등 농촌 사회의 오늘과 내일을 엮는 모티프를 중심으로 한다. 「서화」의 정광조는 「농부 정도룡」의 정도룡, 「홍수」의 박건성, 「민촌」의 창순, 「종이 뜨는 사람들」의 황은이 등과 같이 계몽주의자, 지도자, 전위의 범주에 들어간다.

「乭釗」(『형상』, 1934. 2)는 「서화」의 속편이다. 「돌쇠」는 완득이가 박첨지네 집에 마실 가서 전날 정광조의 연설을 화제 삼아 이야기하는 것으로 시작된다. 구장이 호표를 받으러 왔을 때 농민들이 준비가 안되었다고 하자 구장은 정주사 집을 방문하여 농민들의 사정을 털어놓는다. 정주사, 정광조, 구장이 함께한 자리에서 조선인 비하론과 개명론이 나오게 된다. 정광조는 "사람마다 자유평등으로 문명은택을 고루밧고 전제에서 해방되는것을 개명이라고 할것입니다"[125]고 설명하였다. 비록 간단하기는 하지만 이들에 의해 제시된 개명론은 개화니 근대성이니 하는 개념에 가깝다. 이 소설은 자유, 평등, 문명, 전제로부터의 해방 등이 근대성의 골자임을 일깨워준다. 조선인 비하론은 당시 농촌의 현실에서 빚어진 관념이며 개명론은 현실 극복의 대안으로 제시된 것이다. 「돌쇠」 속편(『형상』, 1934. 3)에서 정광조의 개명론을 다 듣고 난 구장은 서울에 가서 전차, 자동차, 인력거, 자전거, 유성기를 보고 눈이 뒤집혔다고 고백한다. 구장은 시끄럽고 복잡

---

125) 『형상』, 1934. 2, p. 12.

하고 기계 속으로만 사니까 좋기는 하나 이렇게 살다 보면 너무 분주하고
서로 박하게 되었다고 걱정하면서 자본주의를 비판한다. 자본주의 도입과
정착이 얼마 되지 않았음에도 그 폐해가 심하기 때문에 일찍이 자본주의
비판론이 대두된 것이다. 정광조의 정신적 거점의 하나는 기독교로 설명된
다. 계몽주의자로 보이는 정광조는 철학도로 마을에서는 말벗 한 명 없는
데 신경 쇠약에 걸려 당분간 안정을 유지해야 할 형편이다. 정광조는 훗날
장편소설 『인간수업』의 주인공 현호의 예고 지표가 되기도 한다. 정광조의
생부는 양모이자 큰어머니의 배려로 마름이 되었다. 실제로 이기영의 아버
지 이민창이 고모 집 전장의 마름이 되었던 것이 이 소설에서는 양모이자
큰어머니로 바뀌어 있다. 「서화」―「돌쇠(1)」―「돌쇠(2)」는 장편으로 늘
려 쓰려고 한 때문인지 전체 구성이 반듯하지 않게 되었으나 농촌소설임에
도 근대성의 개념을 집중적으로 설명한 부수적 효과를 거둔다.

이기영의 『故鄕』[126] 이야기는 원터마을의 가난, 마름 안승학의 풍요로운
생활, 동경 유학 다녀온 김희준의 초라한 낙향, 인순 공장 취직, 마을에
제방 공사 · 철도 부설 · 제사공장 건축 등으로 농민들 생활 변화, 방개와
인동과 막동의 삼각관계, 국실 마름이 군수에게 몸을 바치고 소작권 얻음,
안승학의 신분 상승과 인동 부친 김원칠 집안의 몰락 교차, 안승학이 불법
으로 지적도 위조하고 출세한 내력, 청년회와 기독교청년회 세력 다툼, 안

---

126) 다음 논문들을 주목할 필요가 있다.
　　　김윤식, 「이기영론―『고향』에서 『두만강』까지」, 『한국 현대 현실주의소설 연구』, 문학과
　　지성사, 1990.
　　　하정일, 「『고향』과 농민소설의 방향」, 『연세어문학』 22, 1990.
　　　류보선, 「현실적 운동에의 지향과 물신화된 세계의 극복―『고향』론」, 『민족문학사연구』
　　3, 1993.
　　　김외곤, 「노농동맹 성과의 한계―『고향』론」, 『한국 근대리얼리즘문학 비판』, 태학사,
　　1995.
　　　이미림, 「반복형의 작가, 이기영 장편의 주 모티프 및 문학적 특성」, 『월북작가소설 연
　　구』, 깊은샘, 1999.

승학의 딸 갑숙이 경호와 정을 통한 사연, 김희준 야학사업 주도, 희준 안승학에게 집문서 잡히고 20원 차용, 김희준과 아내 불화, 갑숙과 희준 서로 호감 가짐, 안승학의 여성 편력담, 교회부정론, 김선달과 김원칠과 쇠득이 주동하여 두레 결성, 결혼 문제 두고 안승학과 안갑숙 갈등, 경호는 일심사 박수월 아들로 인지, 김희준 주례로 인동과 음전 결혼, 나옥희라는 여공의 활약, 홍수로 농민들 엄청난 피해, 농민들 안주사에게 소작료 교섭했으나 안주사 거부, 안갑숙으로 밝혀진 나옥희 중심으로 공장 파업 진행, 공장 직공이 된 경호와 갑숙 결혼 약속, 김희준은 갑숙을 동지로만 여기기로 마음 정리, 안갑숙이 준 돈으로 마을 사람들 식량 구입, 김희준의 압박으로 안승학이 차입서에 도장 찍음, 김희준이 동지적 사랑이 가장 위대한 것으로 인식함 등으로 정리해 볼 수 있다.

『고향』은 여러 가지 소설 유형을 다 포함한다. 작가의 창작 의도 면에서 보면 프로소설이 되고 발표 매체로 보면 신문연재소설이 되고 소재 면에서는 농촌소설 혹은 농민소설이 된다. 그런가 하면 전형적인 농민소설이면서 노동자소설적인 요소도 들어 있고 연애소설적인 요소도 들어 있다. 김희준이 주인공임을 부정할 수 없는 한 『고향』은 지식인소설도 된다. 『고향』은 동경 유학생 김희준의 귀향, 청년회, 야학, 취직 알선, 두레 조직, 어려운 일 해결 등의 활동상을 중심으로 지식인과 농민의 교호 작용, 농민과 노동자의 연대, 농민과 농민의 연대, 조선 농민의 분해 및 성장, 다양한 애정형태 등에 관한 이야기를 들려준다. 전형이 한 집단이나 계급의 근본 동향 및 본질을 구현하는 것이라고 할 때, 또 모순을 첨예한 갈등으로 제시하는 것이라 할 때, 『고향』은 1920, 30년대의 전형적인 성격을 그려낸 농민소설이라고 할 수 있다. 김희준, 안갑숙과 같은 진보적 지식인과 보수적 성격, 숙명론, 소소유자적 이기적 근성을 지닌 소작농들, 그리고 지식인과 마을 농민 모두에게 미움을 사는 마름 안승학과 같은 부류의 인간들이 등장한다. 월북한 후 쓴 「작가의 학교는 생활이다」(『문학신문』, 1962. 8.

21~28)에서 이기영이 『고향』을 집필했을 때의 일화를 소개해놓은 것을 보면 김희준의 모델은 이기영의 고향 친구인 변상권에게서 찾을 수 있다. 변상권은 진보적인 지식청년으로 귀농한 후 계몽운동을 펼치며 농민들에게 계급의식을 고취한 것으로 알려져 있다. 이기영은 변상권의 주선으로 천안에서 5리 정도 떨어진 성불사에서 한 달여 기거하면서 『고향』을 집필하였다.

안승학은 『고향』에서 가장 두드러진 안타고니스트이다. 안승학이 계집질을 일삼는다든가 고리대금업을 한다든가 수재를 당한 소작인들의 소작료 면제 간청을 외면한다든가 하는 식으로 그려지는 것처럼, 그는 이기심, 탐욕, 비정으로 뭉쳐진 인물이다. 바로 안승학은 반도덕적인 부자의 본보기가 되고 있기에 마을 사람들로부터 소외된다. 안승학도 김희준과 마찬가지로 시대의 변화에 따라 새롭게 나타난 인간형이라고 할 수 있다. 김희준이 시대의 요청을 지식인의 속성인 이상주의적인 시각에서 받아들인 것과 안승학이 힘 있고 세력 있는 인간을 지향했던 것이 다를 뿐이다. 이기영은 부재지주인 민판서를 단역으로 설정하면서 다소 긍정적으로 보기도 했던 대신 마름 안승학을 곰처럼 힘세고 여우처럼 교활한 '신양반'으로 그려놓았다. 이기영은 안승학의 보잘것없는 근본, 졸지에 부자가 된 내력, 마름이 되어 마을을 좌지우지할 정도로 세력이 커진 과정 등을 자세히 서술하였다. 안승학은 20여 년 전만 해도 다 찌그러진 오막살이에 콩나물죽으로 연명하는 처지였고 타관에서 떠돌던 사람이었다. 안승학은 서울 구경, 우편제도 계몽, 사립학교 입학, 일본어 터득, 학교 졸업 후 군청 취직, 치부 등의 이력을 거친 끝에 군 재무계에 있을 때 민판서 집 전장의 지적도를 변작하여 전 마름 이근수가 사복을 채운 것처럼 모략하고 쇠득이를 충동질하여 이근수가 쇠득이 처와 계속 간통하는 것처럼 고자질하여 하루아침에 이근수를 쫓아낸다. 게다가 안승학의 처 숙자가 민판서 집을 자주 들락거리며 민판서의 신임을 산 끝에 안승학은 수백 석 추수하는 민판서 집 마름으로 올라서게 된다.

　안승학은 마름을 떼여한것보다도 이동리에서 안하무인으로 곤대짓을 하고 다니는 양반을 해내고 만것이 더욱 통쾌하였다.

　양반을 잡아먹은 상놈은 사실 양반보다 더 무서웠다. 그래서 그는 소리개를 내쫓은 독수리처럼 이동리에서 새양반이 되었다.

　새 양반은 묵은양반보다 돈에 들어서는 더 무서웠다. 새양반은 돈으로 되는때문이다. (중략) 그때 그는 아들 딸들에게도 사람은 돈을 버러야 된다고 훈계를 했다. 「너희도 돈을 버라야 하느니라. 사회니 무어니하고 떠들어도 결국 돈가진 놈의 노름이야. 다 소용없어! 그저 돈이다. 애비가 오늘날 이만한 지위를 얻은것도 무엇때문인줄 아늬! 돈때문이야……지금이라도 돈한가지만 없어봐라. 다시 쪽박을 찰테니. 흥!」

하고 그는 교활한 웃음을 웃었다.[127]

　앞날을 내다볼 줄 아는 교활함과 능력은 치부 과정과 마름 자리 획득 과정에서 드러났을 뿐 아니라 아들딸에게 대학 교육까지 받아 관청이나 실업 방면으로 진출할 것을 권하는 데서도 나타난다. 관청이나 실업 방면으로 나가면 돈도 점잖게 벌 수 있고 신양반의 위치도 한 단계 더 올릴 수 있다고 판단한 것이다.

　이기영은 여러 부류의 인간 중에서도 소작농을 가장 따뜻한 눈으로 바라보고 있으며 가장 큰 세력이 될 것으로 파악하였다. 마름 안승학과의 대립에서 지도력을 발휘한 김선달은 김희준에게 지식인들의 관념성 지향 속성을 일깨워주면서 농민의 자발적이고 주체적인 각성을 실천적으로 보여준 인물이다. 김희준과 안승학 못지않게 젊은 농민 인동을 주목할 필요가 있

---

127) 이기영, 『고향』 상권, 아문각, 1938, pp. 125~26.

다. 인동은 농민층의 강인한 정신과 건강한 생명력을 보여준다. 인동의 동생 인순과 애인인 방개는 제사공장 여공으로 변신해 자신들의 삶을 적극적으로 개척할 뿐 아니라 소작쟁의를 적극 지원하는 행동을 보이기도 한다. 인순과 방개가 농민과 노동자의 연대 가능성을 실천적으로 보여주는 것과 마찬가지로 안승학의 딸 갑숙은 노동자와 농민을 위한 활동을 성공적으로 수행한다.

『고향』의 중심사건의 원인을 제공하는 크고 본질적인 갈등은 마름 안승학과 소작인들의 관계에서 찾을 수 있다. 지주를 대변하는 마름과 소작인들의 관계는 얼핏 채권자/채무자, 부자/빈자, 부리는 자/당하는 자와 같은 관계로 그려져 있지만 속에는 늘 대립의 불씨가 잠복해 있다. 안승학과 김희준의 갈등 관계라든가 공장주와 노동자들의 관계가 크고 보편적이고 근원적인 것이라면 S청년회와 엡윌청년회의 충돌은 일시적인 것이며 지엽적인 것이라고 할 수 있다. 이기영이 두 청년회 사이의 충돌을 그리면서 은근히 S청년회의 편을 드는 것은 종래의 소설들에서 기독교 부정 모티프를 취한 태도의 연장선에 선다.『고향』에서는 김희준뿐 아니라 안승학과 그의 첩 순경도 기독교 비판의 태도를 보여준다. 안승학은 중국의 공맹사상을 정교로 알아왔기 때문에 기독교에 무관심하고 순경은 기독교가 가진 사람이나 힘센 사람의 편이고 부정을 많이 저지른다는 이유로 기독교를 부정한다.

안승학과 김희준의 관계는 다음과 같은 대목에서 상징적으로 설명된다.

그는 마름의 세력과 금전의 권리로 원동리를 자기 장중에 쥐락 펴락 할수 있었다. 그런데 희준이가 나온 뒤로는 차차 그의 인망이 높아지는 것같은 반면에 자기의 위신은 은연중 깎여지는 것같은 자기에게 있든 세력이 조금씩 그에게로 빠저 나가는 것같은 위험을 느끼게한다.

「옹! 암만해도 그 사람을 굴복 시켜야. 그렇지 않으면 큰일 난다.」

정직하고 담을 쌓은 승학이는 은근이 그를 매수하고 싶었다. 말하자면 그에게 일부러라도 환심을 사고 싶었다.[128]

이기영은 작중인물 안승학을 노골적으로 부정적으로 묘사하는 태도를 보인다. 바로 위의 인용문 다음에 "사실 그의 지금까지의 재산도 생쥐같이 약고 다람쥐처럼 인색한데서 모은 것이 아닌가"와 같이 노골화된 표현을 볼 수 있을 정도다.

김희준은 김희준대로 안승학은 안승학대로 크고 작은 갈등 관계를 보이고 있다. 김희준과 아내의 갈등, 안승학과 첩들 사이의 갈등, 안승학과 딸 안갑숙의 갈등 등이 두드러지게 나타난다. 김희준은 조혼한 아내와 사이가 좋지 않은 것으로 그려지고 있다. 김희준은 농민들을 위해 청년회 결성에서 두레 결성에 이르기까지 여러 가지 일을 하나 농민들은 농민들대로 아내는 아내대로 이해하려고 들지 않는다. 김희준은 농민들에게 노동 철학을 강조하여 스스로 일해서 먹고사는 것이 가장 보람된 일이라고 하여도 농민들은 놀고먹는 사람들을 부러워하는 경향을 버리지 못한다. 김희준은 "생활은 싸움이다. 그는 어디서나 이 생각을 잊어서는 안될줄 알았다. 적은 자신 에게도 자기집안에서도 도처에싸움이 있음을 깨달았다"[129]와 같이 표현되고 있을 정도로 부부 싸움이 잦았다. 김희준은 자주 번민과 성찰을 꾀한다. 끝 부분에 가서도 그는 회한과 무기력증에 빠지고 만다.

그동안에 자기는 한일이 무엇이든가!
그가 당초에 고토로 나온것은 자기 한집을 위해서나 일신의 행복만을 위하고저 함은 결코 아니었다.

---

128) 위의 책, p. 264.
129) 위의 책, p. 258.

그는 세계라는 무대 위에서 뒤떨어진 조선 사회를 굽어볼때 청년의 피가 끓어올라서 하루 바삐 그들로 하야금 남과같이 따러가게 하고 싶었든것이다.

　　그래서 누구 보다도 먼저 고토의 동포를 진리의 경종으로 깨우치고저, 그는 나오는 길로 많은 열정을 갖이고 청년회를 개혁해보랴 하였으나 완전히 실패하고 그뒤로는 농민을상대로농촌개발에 전력은해 왔는데, 역시 오늘날까지 이렇다하고 내세울만한 것이 아무것도 없었다.[130]

　『고향』에서는 김희준과 원터 농민들이 보이는 지식인과 농민의 연대, 김희준이나 안갑숙과 여공들이 보이는 지식인과 노동자 연대, 인순이나 방개가 보여주는 노농 연대를 그려낸다. 이 소설에서는 해방 직후에 씌어진 대하소설 『땅』에서 의미가 확대된 두레 모티프가 농민 연대를 상징한다.

　　잇해동안 두레를 내서 이웃간에 친목이 두터운 마을 사람들은 불의의 손해를 입은 사람들에게 동정을 아끼지 않았다. 그전같으면 앞뒤 집에서 굶어도 서로 모르는 척하고 또한 그것을 아모렇지도 않게 넉였는데 그것은 그들의 처지가 서로 절박해지는 세상인심은 부지중 그렇게만 맨드러 놓았든 것인데—지금은 굶는 사람이 있으면 서로 도아주랴는 훗훗한 인간의 훈김이 떠돌았다.[131]

　『고향』은 안갑숙과 관계의 혼란에 빠졌던 김희준이 일을 위해 또 윤리의식의 지도를 받아 결국 동지적인 사랑을 택하게 된 것으로 끝맺고 있다. 작가 이기영이나 주인공 김희준은 동지적인 사랑이 에로스적인 사랑보다

---

130) 위의 책, 하권, pp. 340~41.
131) 위의 책, p. 255.

더 크다는 식으로 인식을 정리한 것을 보여줌으로써 실천적이며 자기희생적인 지식인에 대한 기대감을 일층 높이는 결과를 가져오게 된다.

「가난한 사람들」(『개벽』, 1925. 5)에서 동경 유학생 출신인 성호가 직장을 구하지 못하여 산고·병고·빈궁에 시달리는 조강지처를 미워한다는 이야기는 『고향』에서 김희준이 집안일은 나 몰라라 하고 농촌 활동에 전념하는 것을 보고 불만을 표시하는 아내를 떠올리게 한다. 「농부 정도룡」에서 정도룡이 부자의 게으름과 양반의 무위도식을 미워하는 것은 『고향』에서 안승학과 대립하는 김희준으로 이어진다. 「호외」에서의 파업 모티프는 비록 약화되기는 했지만 『고향』에서 재현된다. 「향락귀」(『조선일보』, 1930. 1. 2~18)에서 지주 김진사의 첩질과 자식들의 타락은 『고향』에서 안승학의 첩질로 나타나기는 하나 안승학의 자녀들은 악인으로 그려지지 않는다. 「홍수」(『조선일보』, 1930. 8. 21~9. 3)에서 일본에 유년 직공으로 팔려 갔다가 정의단 가담, 감옥 생활, 귀향 후 농민들의 의식화와 단결 도모, 야학 활동, 홍수와의 싸움, 소작료 동맹파업 등을 주도한 끝에 농민조합 결성으로 나아간 건성이는 김희준의 전신이라고 할 수 있다. 「부역」(『시대공론』, 1931. 9)은 힘없는 농민들이 악덕 지주에게 반항하는 것과 농민들이 시련을 겪고 난 후 노동조합의 필요성을 절감하는 것을 제시한 점에서 『고향』을 떠올리게 한다. 「박승호」(『신계단』, 1933. 1)는 1년 전에 농촌으로 온 교원 박승호가 학교 근무를 마친 뒤 야학에 적극 참여하여 마을 농민들의 존경을 받는다는 이야기를 제시하였다. 「서화」(『조선일보』, 1933. 5. 30~7. 1)는 동경 유학생 출신 정광조를 주인공으로 설정하면서 마을 농민들이 가난·노름·간통 등을 일삼는 것을 제시하여 『고향』의 예고편 성격을 지닌다.

『고향』 이후에 나온 것이면서 부분적으로라도 『고향』의 반복태가 되는 작품으로는 지주와 소작인의 대립상, 단합과 두레의 중요성을 내보인 단편소설 「맥추」(『조광』, 1937. 1~2), 장돌뱅이 출신으로 달내골 최고 부자가 된 하감역, 감옥 갔다가 온 후 마을 사람들의 신뢰를 받으며 야학운동에 힘쓰는 윤수, 하감역 손녀로 윤수와 가까이하면서 마을 개간사업에 앞장서는 하월숙, 하감역의 아들로 순점과 정을 통해 아이를 본 하상오 등을 등장시킨 장편소설 『新開地』(『동아일보』, 1938. 1. 19~9. 8), 마름 김동호의 첩질, 기독교 비판, 넷째 첩 소생의 요란한 돌잔치 등과 같은 사건을 보인 「陣痛期」(『조선문학』, 1939. 1~7), 결혼한 상금이 구장 아들 태수와 정을 통한다는 사건을 그린 「少婦」(『문장』, 1939. 4), 왜가리뜸 마름 최순달이 소작농들에게 횡포를 부린다는 이야기를 들려준 「왜가리」(『문장』, 1940. 4) 등을 들 수 있다.

박영준(朴榮濬)의 『一年』(『신동아』 1934. 3~12)은 "신동아 창간 2주년 기념 현상공모" 장편소설 부문에서 1등으로 입상한 소설이다. 박영준은 콩트 부문에서도 「새우젓」이라는 작품으로 1등을 했다. "보리밭" "감자장사" "모" "단오" "추수" "이것이 겨울" "소작인조합" 등 26개의 소제목으로 되어 있는 이 소설은 제목이 가리키는 것처럼 1930년대 전형적인 농촌의 한 해 생활상을 순차적으로 그려낸다. 『1년』은 "내일부터는 보리밭에 거름을 내기 시작하야겠다"고 병든 아버지가 아들 성순에게 잔소리하는 것으로 시작한다. 성순은 동네에서 가장 부지런하고 참을성 있고 온순한 젊은이로 그려지고 있다. 비록 병이 들어 나중에는 죽고 말지만 성순 아버지는 농사에 대해서는 귀신 뺨치는 경험적 지식을 지녔다.

극도의 가난과 빚 때문에 성순의 처와 얌전이 어머니는 감자장사를 하고 태은이는 제련소에 취직한다. 지주인 김참봉은 소작권과 빚을 앞세워 마을 사람들에게 횡포를 부린다. 근처의 대규모 농장 개간사업에 마을 청년들이 일하러 가지만 품삯이 싸서 한 달 이상 일하는 사람이 없다. 성순의 아버지가 병사했다는 소식을 듣고 성순의 동생 영순이 평양에서 달려온다. 영순도 평양 상회에서 심하게 착취당했던 터다. 추수해도 이것저것 제하면 남는 것이 없는 농민들에게 김참봉이 자기에게만 유리한 소작 제도를 발표하자 이웃 농촌의 노작인 조합원들이 몰려와 따진다. 영순은 맥분공장에 다시 취직하였고 고무공장 여공인 옛날 약혼녀 확실과 동거하게 된다. 형 성순은 마을에서 소작쟁의에, 동생 영순은 평양에 있는 공장에서 임금투쟁 의 대열에 참가한다.

이처럼 박영준의 『1년』은 농민은 농민대로 지주에게, 노동자는 노동자 대로 공장주에게 착취당하는 모습을 보여주지만 역점은 농민 쪽에 주어져 있다. 이 작품은 지주의 집, 상회, 대규모 농장, 관청 등 농민들을 착취하 는 공간을 다양하게 펼쳐 보인다. 농민이 착취당한다는 중심사건은 당시로 서는 노골적으로 드러내기 어려웠던 것이기는 하다. 박영준의 『1년』은 당 시의 어느 소설보다도 심하게 검열당한 흔적을 보여준다. 제2회분은 두 번 이나 실렸는데 1934년 4월분에서는 "호세편(戶稅篇)은 부득한 사정으로 생 략하오니 양해해 주시기 바랍니다"로 되어 있고 1934년 5월분에서는 "호 세편(戶稅篇)과 치도편(治道篇)은 부득이한 사정으로 약하오니 작자와 독자는 해량하소서"로 되어 있다. 이는 편집자의 착각이다. 치도편(治道篇)은 나와 있기 때문이다. 제2회분에는 면에서 농업기수가 나와 모 검사를 하는 장 면이 설정되어 있다. 농업기수들은 줄모를 하지 않은 모는 다 뽑아버리고 다녔다.

「그것 다―뽑을까……」

그들은 두려웠다 벌서 모낸지가 몇일이나 지내여 뿌리가벋고 땅김을 다매 인것을 뽑는다면 논농사는 그저못하는판이다. 더구나 모판에 콩도래를 하느 라고 또논에다 비료를 하느라고 조합비료를 사느라고 벌서 남의돈을 빚낸것 이원수이다. 모를하면서도 빚때문에 죽을지살지 모르겠다고 야단치던그들 이 모까지뺀다면 그저죽이는 날이다. 그렇하고도 살겠다고 희망을붓칠수는 조곰도 없었든까닭이다

(以下五十七行略)[132]

×××× 회사에서 3년 동안 350만 원을 투자하여 농장 개간사업을 하는 곳에 조선인 노동자들이 임금이 싸서 가지 않게 되자 회사 측은 중국인 노동자들을 불러다가 일을 시킨다. 바로 이 부분에서도 "(중간생략)"이 표시되어 있다. 그리고 제5회분에서도 아들의 여름옷 한 벌 싸 가지고 찾아다니는 한 늙은이가 아들을 만나지도 못하고 피로와 굶주림을 견디지 못해 죽었다는 소문을 전하면서 "(중략)"이라는 표시가 되어 있다.

이 소설은 ××골 ××소작인 조합원들이 성순·진억·순환 등과 함께 김참봉 집에 따지러 들어가고, 삼사일 후에 동생에게서 받은 편지에 맥분공장에서 임금 올려달라고 파업하는 소식이 전해지는 것으로 끝난다.

(가) 그들은몇일동안이나 거듭해가며 생각을했다. 진억이 순환이 성순이 얌전이아버지가 김참봉네 대문간에서있을때는 동내소작인들의 도장을집어 들고 진정서를썼든때다.

그때 이십여명의농부가 대문간으로 몰녀들어왔다.

「여기가 김참봉의 집이지요……」

「그렀읍니다 어대서들 오시였습니까……」

「우리는 ××골××소작인조합에서 왔읍니다 그런데 김참봉이있는지요…」

「있는데요—우리들도 조곰맞나려고 지금기다리며 있읍니다」

그들은 꼭같은사람들이였다.

「여기도 무슨 일이 일어났오—」

「아마 당신네들과 같은일일듯하웨다—」 성순이가 그들의 뭇는말에대답했다. 그들은 마음이 더 든든해졌다.[133]

---

132) 『신동아』, 1934. 5. p. 220.
133) 위의 책, 1934. 12. p. 201.

(나) 형님!

저는아직 그공장에서일을합니다 그러나 요사이는 임금을올니여주어야일을하겟다고 공장에가지도않고 있읍니다. 아마 수백명이 합해서 일을하지않으니까 주인도 말을듣고야 견디겠지요 우리는끝날까지 해보려고벗티고 있읍니다. (중략) 또 태은이도 지금은같은공장에있는데 이번일에경찰서로드러 갔읍니다 전에 내가집에가서자기집의일을말했드니 눈물을홀닙디다.

형님! 이세상은정신을 차릴수가없읍니다.

너무밧버서 오늘은이만합니다.

사제 상서[134]

(가)는 박영준의 『1년』이 대화체소설Dialogroman이라는 소설 유형의 본보기가 되면서 리얼리즘의 수준을 잘 견지하고 있음을 입증해주는 자료가 된다. 박영준은 보여주기의 방법이라도 해내고자 말하기를 되도록 피하고 작중인물들 간의 대화를 현장 중계하는 방법을 취하였다. 작품 중간중간에 방아타령을 비롯한 타령을 길게 소개한 것도 이 작품의 한 특징이다. (나)는 동생이 형에게 보낸 짤막한 편지의 한 부분으로 노동자로 끝까지 싸워보겠다는 의지가 분명하게 배어 있다. 이런 점에서 『1년』은 '소설은 저항의 양식'임을 입증한다. 작가가 파업 모티프나 소작쟁의 모티프를 노골적이지는 않지만 작품의 결말 부분에 배치한 것은 의도성이 엿보인다. 이 모티프 자체는 간단하게 설정되어 있기는 하지만 노농 연대의 의미를 지닌다. 박영준은 농민들을 다양하게 그린 편은 아니다. 노골적으로 대드는 농민은 없지만 가난 때문에 딸을 팔아먹는다든가 참봉이나 관청에 붙어먹는다든가 하는 농민도 나타나지 않는다. 『1년』은 농민소설을 주로 하고 노동

---

134) 같은 곳.

자소설을 부차적인 유형으로 취하면서 노동 연대를 꾀하였다.

강경애의 『人間問題』는 『동아일보』에 1934년 8월 1일부터 12월 22일까지 연재되었던 장편소설이다.[135] 강경애가 신간회의 자매단체인 근우회에 적극 가담하여 활동한 경력이 있다는 사실은 이 소설의 제목인 "인간문제"를 해결하기 위해 실천적 노력을 아끼지 않았다는 좋은 증거가 된다. 근우회는 신간회의 창립에 따라 점진주의와 급진주의의 대립을 지양하고 통일적인 여성 운동단체를 만들고자 1927년 4월에 발기 총회를 열면서 시작된 것이다. 1929년 7월 27일에서 29일까지 열렸던 제2차이자 마지막인 전국대회에서 채택된 여성에 대한 봉건적 · 사회적 · 법률적 일체 차별의 철폐, 조혼 폐지 및 결혼과 이혼의 자유, 인신매매 및 공창 폐지 등 9가지의 신행동강령[136]은 바로 "인간문제"의 내용을 구성한다. 강경애는 근우회에서의 활동을 통해 여성＝희생자, 여성＝빼앗기는 자라는 인식을 확고히 다졌으며 또한 여성은 억압, 착취, 투쟁 등의 개념에 눈뜨게 하는 매개적 존재가 되는 것임을 깨달을 수 있었을 것이다. 강경애가 『동아일보』에 연재하고 원고료를 목돈으로 받은 사실은 단편소설 「원고료 이백 원」(『신가정』, 1935. 2)의 소재가 되었다. 이 단편소설은 여성 소설가인 '내'가 소설을 써 주고 받은 2백 원의 고료를 갖고 남편과 그 용처에 대해 시비하던 끝에 남편의 주장대로 감옥에 있는 동지와 남아 있는 식구들을 돕는 데 쓰기로 결정하게 된다는 내용을 자전적 소설이며 서간체소설의 형식으로 들려주었다.

---

135) 1934년 7월 31일자 『동아일보』는 『인간문제』의 연재를 알리는 사고를 실었는데 '경개'의 부분에서 강경애는 "그 조아에 희생이 되랴는 부모업는 게집애 그리고 그 게집애에게 첫사랑을 느끼엇든 소작인의 아들 거기에다가 서울에서 유학하는 장재집 아들이 하기휴가에 돌아와 그 가련한 게집애에게 동정하고 그 동정이 연애가 되어 이에 이 조그마한 농촌에는 부자상극의 삼각연애가 전개되고 마는 것이다"와 같이 밝혀놓았지만 실제 소설에서는 부자간 애정 갈등이 나타나지 않는다. 지주 정덕호가 선비를 강제로 욕보이거나 젊은 농민 첫째나 대학생 유신철이 따로따로 선비를 짝사랑한다는 이야기를 들려주고 있을 뿐이다.

136) 김준엽 · 김창순, 『한국공산주의운동사 3』, 청계연구소, 1986, p. 96.

『인간문제』는 전반부가 농민소설의 형식을, 후반부는 노동자소설의 형식을 지닌다. 맨 앞부분에서 장자첨지에 의해 죽거나 쫓겨 나간 농민들의 유족이 흘린 눈물이 모여 '원소(怨沼)'를 만들었다는 전설과 지금도 농민들이 원소 앞에 가서 눈물짓고 기도하고 위안받는다는 풍습을 제시하여 억울하고 힘없는 농민이 주인공인 농민소설이 맨 마지막에 가면 부두 노동자인 첫째가 여공인 선비의 시체를 보고 인간문제를 느끼는 노동자소설로 바뀌고 있다.

　이시컴한 뭉치! 이뭉치는 점점 크게확대 되어가지고 그의 앞을 캄캄하게 하엿다. 아니 인간이 걸어가는 앞길에 가루 질리는 이뭉치……시컴한 뭉치, 이뭉치야말로 인간문제가 아니고 무엇일까? 이 인간문제! 무엇보다도 이문제를 해결 하지안흐면 안될것이다. 인간은 이 문제를 위하야 몇천만년을 두고 싸워 왓다. 그러나 아직 이문제는 풀리지 안코잇지 안는가! 그러면 앞으로 이당면한 큰문제를 풀어 나갈 인간이 누굴까?[137]

　농민들의 눈물, 한숨, 기도가 노동자들의 문제의식, 투쟁 의지, 각오로 바뀌는 과정이 이 소설의 주요 전개 과정이 된다. 이 소설에서 간난·인숙·선비가 대동방적공장에 취직해서(제93회) 공장의 실상과 감독의 정체를 알게 되고, 부두 노동자들이 처우 개선을 요구하며 일시에 들고일어나고(제106회), 유신철이 사상운동 혐의로 붙잡혀 전향하고(제107회) 하는 따위의 사건들이 아주 빠른 속도로 발생하고, 진행되고, 해결된다. 『인간문제』에서 크게 주목되는 사건이나 인물 심리 변화나 작가의식 등은 거의 끝 부분에 몰려 있다.
　『인간문제』에서는 다음과 같은 인물들을 만날 수 있다. 농민이었다가

---

137) 『동아일보』, 1934. 12. 22.

'법'을 어기고 고향을 떠나 인천에 가서 노동자가 된 첫째, 첫째를 아들처럼 돌봐주는 다리병신 이서방, 지주 정덕호의 심부름으로 가난한 농민들에게 빚 받으러 갔다가 오히려 동정을 베푼 것 때문에 지주에게 맞아 죽은 김민수, 그의 딸로 지주 정덕호에게 몸을 더럽히고 같은 피해자인 간난과 함께 인천 대동방적공장에 들어가서 결국 폐병으로 숨지고 마는 선비, 성욕과 물욕의 화신인 지주 정덕호, 그의 딸 옥점, 원소마을의 소작농인 난장보살·싱앗대·개똥이, 경성제대 법과 학생으로 특히 결혼 문제로 아버지와 다투고 가출하여 인천에 가 직접 노동 체험을 하면서 노동운동 하다가 체포되었으나 기어이 전향해버리는 유신철, 그와 한때 숙식을 같이했던 룸펜 인텔리 일포와 기호, 유신철을 인천 노동판으로 안내해준 밤송이 동무, 유신철이 노동판에서 만난 투쟁적인 노동자 철수, 부두 하역장의 감독인 백통테 안경, 유신철의 학교 친구로 판사가 된 병식, 대동방적공장에서 여러 여공들을 농락하며 선비를 폐병으로 죽게 만든 공장 감독 등이 등장한다. 작중인물들의 성격을 보면 작가 강경애가 선비 같은 주요 인물은 대체로 소극적이거나 수동적인 존재로 그리는 데 반해 간난이나 철수 같은 단역들은 적극적이거나 투쟁적인 존재로 그리는 경향이 있음을 알게 된다. 그는 당시의 법 테두리 안에서 작품을 살려내면서 동시에 치열한 투쟁심이라는 작가의식의 알맹이는 작품 여기저기 꼭꼭 숨겨두는 방법을 택한 것이다.

1920년대와 1930년대에 최소한 비판적 리얼리즘의 색채를 띤 소설들과 연관지어서 볼 경우, 『인간문제』에서 묘사된 지주 정덕호의 횡포, 예컨대 김민수의 면상을 주판으로 쳐서 결국 죽게 만들었다든가 김민수의 딸 선비를 포함하여 여러 마을 처녀들을 농락하였다든가 소작인들에게 가혹하게 입도 차압을 강행했다든가 하는 일련의 행위들은 전형적 상황을 열어 보인다. 대동방적공장에서 감독이 온갖 방법으로 여공들을 못살게 구는 것이나 부두 노동판에서 '백통테 안경'이 노동자들에게 가혹 행위를 하는 것도 같은 의미로 볼 수 있다.

이 작품에서는 간난-선비, 유신철-첫째 등과 같은 긍정적인 영향 관계와 정덕호-선비, 감독-선비, 유신철 아버지-유신철, 병식-유신철 등의 부정적 영향 관계를 추출해낼 수 있다. 간난은 선비에게, 신철은 첫째에게 '지식 제공자informer'라는 측면에서 영향력을 행사한 것이라고 할 수 있다. 이에 반해 지주 정덕호는 선비에게는 '유혹자seducer'로, 마을 소작농들에게는 '협박자intimidator'로서 영향을 주었으며 공장 감독은 선비와 간난을 포함한 여공들에게는 '금하는 자interdictor'의 얼굴로 군림하였다.

> 그때 그는 간난이가 일상 하던 말을얼핏깨다르며 세상에는 덕호와 같은 우리들의 적이만흔것이다. 그것을 대항하랴면 우리들은 단결 하지안흐면 안될것이라던그말을 그는 다시 생각하엿다. 선비는 어떤 힘을 불숙 느꼇다. 그리고 간난이가 가르쳐 주는 그대로 하는대서만이 선비는 첫재의 손목을 쥐어보리라 하엿다. 흙짐을저서 파라진 첫재의 등허리! 실을 켜기에 부르튼 자기의 손끝! 그리고 수만흔 그등허리와 그손들이 모혀서 덕호와 같은 수없는 인간과 싸우지 안으면 안될것이라… 하엿다. 보다도 선비의 앞에 나타나는 길은 오직 그길뿐이다.[138]

간난을 협조자이자 동지이자 교사로 생각하는 선비는 고향에서도 별로 가까이하지 않았고 고향을 떠난 이후로는 한번 만난 적도 없는 첫째를 동지이자 사랑의 대상으로 떠올리게 되었다. 첫째는 첫째대로 선비를 얼른 만나 사랑도 하고 계급의식도 고취하고 싶어 했다. 감옥에 들어가서 전향하기 전까지 신철이 첫째와 맺었던 의식 면에서의 사제 관계는 1930년대의 급진적 지식인과 노동자 사이에서 흔히 이루어진 영향 관계의 한 실례

---

138) 위의 신문, 1934. 12. 2.

가 된다.

인부들은 철사주머니에 돌맹이를 쓸어 너허서 해면에 등을싸으며 한편으로는 흙을 날라다가 감탕밭에 쏟앗다. 첫재도 그들틈에 섞여 흙을 날랏다. 그는 흙을 나르면서도 어제밤 밤새도록 신철이와 자유 노동자의 조직에 대하야 토의하던것을 생각하엿다.

그가 신철이를 만나 본후로는 세상에 모를것이 없는듯하엿다. 그가 반생을 살아 오면서 막히고 얽혓던 수수꺼끼는 바라보이는 저신작노같이 그러케 풀려보이엇다. 그러고 그가 걸어갈 장차의 앞길까지도 저길과 같이 훤하게 내다 보이엇다. 동시에 칼칼하던 그의 가슴은 해빛에 빛나는 저바다 같이 그러케 히망에 들떳다.[139]

첫째에게는 사상의 스승이나 다름없었던 유신철이 감옥에 들어가 있을 때 전향하고 그 때문에 조기 석방된 후 정덕호의 딸인 옥점의 곁으로 가버리자 첫째는 배신감과 무력감에 휩싸이게 되었다. 프로작가들 사이에서 보편화된 방법과는 달리 강경애는 첫째를 성급하게 주의자로 내모는 대신 첫째를 '연민의 시선' 속에 가두어놓은 채 고립된 존재로 굳혀버리는 데서 끝맺음 한다. 『인간문제』에서는 양심적이며 대승적인 지식인의 입장을 유일하게 지키던 유신철마저 전향한 것으로 처리됨으로써 강경애는 그 자신이 제기한 "인간문제"를 해결하는 데서 지식인에게는 더 이상 기대할 것이 없다는 관념을 확인시킨 것이 된다. 이 소설의 끝에 가서 유신철, 유신철의 아버지, 기호, 일표, 병식 등은 자신의 세속적 가치에만 급급한 소아병적인 지식인으로 일렬종대를 이룬다. 인천에서 처음 만났을 때 신철은 잡지나 신문을 경영하여 운동가로서 이름을 날리려는 일포나 기호를 소부르주

---

139) 위의 신문. 1934. 11. 28.

아 지식인이라고 비판한다. 신철은 직접 노동판에 뛰어들어 일을 한 후 형편없는 임금을 받게 되자 '잉여노동 착취'의 현실을 실감하면서 서서히 관념적 지식인의 허울을 벗어나게 된다. 가난하고 억압받는 농민들을 위해 보장된 출셋길도 포기해버린 채 맹렬하게 사상운동을 펼치다가 붙잡혀 마침내 사형당하고 마는 한 젊은 지식인을 그려내 보인 점에서 강경애의 등단작 「파금」(『조선일보』, 1931. 1. 27~2. 3)은 이 작품과 좋은 대비가 된다. 「파금」을 통해 지식인 긍정론에 닿는 투쟁적 지식인 대망론을 외쳤던 강경애는 『인간문제』에서는 지식인 한계론을 드러내 보이고 있다. "이 시대의 인간문제"를 해결할 수 있는 힘을 분명하게 민중에서만 찾고자 하는 태도를 취한다.

『인간문제』는 선비의 시련 과정과 이로 인해 빚어진 '연민의 플롯', 신철의 모험담이 중심이 된 '타락의 플롯', 첫째가 주역이 되어 나오게 된 '계몽의 플롯' 등이 한자리에 모이고 이어서 포개어진 그 결과라고 할 수 있다. 선비가 주인공인 여성수난소설, 첫째가 주인공인 모험소설과 성장소설, 신철이 주인공인 전향소설이 결합된 것으로 볼 수도 있다. 강경애는 선이 굵은 의식이나 강단성 있는 의지를 지닌 중심인물을 형상화해내지 못한 채 그나마 주요 인물들도 죽음·전향·좌절로 처리함으로써 정직한 리얼리즘을 지키는 수준에서 멈추었다. 이런 결과는 강경애가 작중인물을 설정하고 형상화하는 과정에서 대체로 어머니의 심정으로 임했던 데서 빚어진 것이라고 할 수 있다. 강경애는 당시의 여느 여류 작가들보다는 '남성적인' 소재 취택 경향을 드러내긴 하였으나 결국 그녀도 못 가진 자, 짓밟히는 자에 대한 연민과 가진 자, 빼앗는 자에 대한 '공포심'에서 그리 크게 벗어난 것은 아니었다. 강경애는 주의자를 주인공으로 내세운 「검둥이」(『삼천리』, 1938. 5), 「어둠」(『여성』, 1937. 1~2), 「번뇌」(『신가정』, 1935. 6~7), 「모자」(『개벽』, 1935. 1) 등의 소설들에서도 동조하는 태도나 위로해주는 입장을 벗어나지 않았다.

『인간문제』에서 또 한 가지 주목해야 할 것은 공간 설정 방법이 특수하다는 점이다. 총 120회로 되어 있는 이 소설에서 선비는 절반의 지점인 57회에서 정덕호의 집을 나와 간난과의 생활을 시작하고, 첫째는 53회에서 고향을 떠나는 것으로, 유신철은 60회에 들어서면서 원소마을에서 하기휴가를 끝내고 상경하여 80회에서 인천 공장지대 체험을 시작하는 것으로, 선비는 93회에서 인천 대동방적공장에서 첫발을 내딛는 것으로 그려지고 있다. 선비나 신철이 각각 인천에서 겪은 사건들도 지나치게 빠른 템포로 처리되었다. 이런 여러 가지 사항들을 종합해 보면 결국 『인간문제』의 공간적 배경은 거의 균등하게 농촌과 공장으로 이분되었다. 공간적 배경의 설정 방법 면에서 보면 강경애는 매우 치밀했던 편이다. 현실, 원소마을, 대동방적공장이 하나의 넓은 공간이라면 유신철의 아버지, 기호, 일포 등이 이미 거쳤고 끝에 가서 유신철이 들어가게 된 감옥과 선비를 비롯한 여러 마을 처녀들이 몸과 마음을 더럽힌 지주 정덕호의 집 그리고 여공들에게 감옥을 연상케 했던 대동방적공장 내의 기숙사 등은 분명히 폐쇄 공간에 해당된다. 간난이 천신만고 끝에 가까스로 공장을 탈출하는 장면은 공장 그 자체를 폐쇄 공간으로 보게 만든다. 이러한 폐쇄 공간들은 흔히 빈궁·모순·수탈·억압 등의 말로 설명되는 식민지 시대의 리얼리티가 더 구체적으로 극명하게 드러나게끔 하는 장치가 된다. 『인간문제』의 주요 인물들에게 현실, 농촌, 공장 등이 형식상의 공간이라면 감옥, 지주의 집, 기숙사 등의 폐쇄 공간은 실질적인 공간으로 다가온다.[140]

함대훈(咸大勳)의 장편소설 『暴風前夜』(『조선일보』, 1934. 11. 7~1935. 4. 29)는 15개의 장으로 구성되었다. 교사인 성회가 음악 전공자인 전문 교생 혜숙과 송전 해수욕장에 가서 혜숙의 오빠인 최인석과 그 아들딸과

---

140) 『인간문제』에 대한 보다 자세한 논의는 졸고, 「강경애의 『인간문제』, 그 의식과 형식」, 『한국현대문학사상연구』, 서울대 출판부, 1994, pp. 251~67에 있다.

어울리는 "?", 성희가 의사인 이철의 전보를 받고 그와의 과거를 회상하는 "회상", 이철이 와서 1년 있다가 의학박사 학위 받는 대로 결혼하자 하고 성희는 신여성답게 사랑제일주의를 주장하는 "사랑", 이철이 '폐의 인공적 수술방법의 실험적 연구'라는 박사학위 논문을 다듬고 있을 때 복역 성적 이 좋아 가출옥한 주의자 김상호가 찾아왔다가 가버리자 이철이 괴로워하 던 중 기생 향난에게 빠지고 성희는 간도로 가 백계 러시아 청년과 사귀다 헤어지는 "가을", 학위를 받은 이철이 대구 도립병원 내과 과장으로 가게 되었고 자기 아이를 임신한 간호원 안영숙과 결혼하기로 하는 "악몽", 성 희가 연애한다는 죄로 교직에서 쫓겨나는 "악마", 이철과 안영숙이 경부선 타고 신혼여행 하는 "신혼여행", 성희가 온양 가 있는 교장을 만나고 서울 행 열차를 기다리고 있던 중 이철을 만나는 "해후", 성희가 이철을 저주하 고 송전 해수욕장에서 투신자살하는 "실연", 때마침 산보 나온 최인석이 성희를 구해내고 서울의 의전병원으로 옮기고 성희에게 사랑을 고백하였 을 때 인석의 아내가 교통사고로 죽는 "재생", 성희가 4년 전에 S전문교 대표로 활동했을 때 법전 조선인 대표였고 현재는 김성희의 삼촌 김승일에 게 배우면서 간도에서 사상가로 활동하는 신민으로부터 편지를 받고 답장 을 보내는 "이상한 편지", 최인석의 동생 혜숙이 교편을 걷어치우고 만주 쪽으로 달아난 한선생을 찾으러 떠나고 그즈음 민족××당 거두 김승일, 직계 부하 신 모 체포를 알린 호외가 뿌려지고 성희도 경찰서 고등계로 끌 려가 조사받는 "퇴원", 조선에 처자가 있으나 이혼하지 못한 한선생과 혜 숙이 사실혼으로 들어간 "신문기사", 경성 지방법원에서 김승일은 7년, 신 민은 3년 반 징역을 언도받고 성희는 용두리 보통학교 교원으로 취직하여 동료 교사 김치수와 함께 문화 야학원 활동을 하는 "공판", 서대문 형무소 에서 출감한 오영희도 야학에 참가하고 성희가 출옥한 신민에게 사랑을 고 백하나 신민이 강원도 농촌으로 도망가듯 가버리자 성희는 야학원을 김치 수와 오영희에게 맡긴 채 신민을 찾아 떠나는 "출감" 등으로 구성되었다.

주의자인 김상호는 탈주했다가 잡혀 5년 징역을 받았으나 복역 성적이 좋아 가출옥한다. 그는 이철을 찾아와 자신의 탈주담을 자세하게 이야기해 주면서 의사들도 사회에의 적응력을 가져야 한다고 주장한다. 이철이 하룻밤 자고 가라고 했으나 상호는 "나같은 현실을 초월한 인간을 자네같이 훌륭한 현대당당한 신사가 재운다는 것은 큰모순이 아닌가?"라고 한다. 이철은 다음과 같이 김상호를 향한 열등감을 표시한다.

나같은 못난인간을 — 똑똑히 말하자면 자네는 자네가 가진 사상을 현실적으로 실천해보려는 투사요 나같은인간은 그러한사상의 공명자는 되어도 그것을 만폭투지(滿幅鬪志) 굳세게 실현하지도 못하는 가엾은 인간이 아닌가? 내가 지금겨우 밥버리를하고 이현실에서 어느정도의 토대를 닥것다고 이게 무슨큰일로 생각될것이 무엔가.[141]

이철이 현실에 대해 불만족을 느끼면서 자기 능력을 완성해나가는 데서 역사적 진보성이 있다고 하자 상호는 그것은 점진주의적 현실주의자의 태도라고 하면서 역사는 현실과의 투쟁으로 이끌어가는 것이라고 한다. 이에 이철은 자네 같은 사람들의 주의에는 찬성하지만 실천 방법은 현실을 무시한 것이기 때문에 자기 같은 비투쟁적인 사람들은 안톤 체호프의 「앵화원」의 대학생 '트르퓌뭅흐'가 말한 것처럼 진리를 찾는 사람을 도와주는 것을 주의로 삼으려고 한다고 고백한다. 김상호는 그것은 주의로 성립할 수 없으며 역사라는 것은 창조하지 않으면 안 되는 것이라고 반론을 편다. 상호가 가버리자 이철은 과거를 회상해본다.

그리고서 자기도 그들과같이 전위대가 되어서 활동하지는못한다 하드래도

---

141) 함대훈, 『폭풍전야』, 세창서관, 1949, pp. 101~02.

적어두 「씸파」로써만은 자기의 소임을 다한다고 맹서 했든것을 생각해 보고 서는 리철은 얼굴을 불키지않을수가 없었다.

　더구나 그들이 ×××사건으로 졸업기를앞두고서 가엾이도 붓들려간뒤에 오년이란 세월이 흘러가는동안 그들은 감옥으로 혹은 해외로 망명하였것만 자기는 그들의 소식을알려고도생각지않고 첩첩이다친 연구실에 편안히 안저 있든것을 생각해보면 그들에게대해서 무어라고 말을 해야할좋을넌지 알수가 없는것같었다.[142]

이 작품에서 첫번째 주의자인 김상호와 친구이며 의사인 이철의 거리가 좁혀지지 않은 것에 반해 둘째로 등장하는 신민과 여주인공 김성희는 사랑하는 사이이자 동지의 관계로 변해간다. 신민과 김성희는 이미 전문학교 학생 시절에 학생 대표 친목회에서 만난 적이 있다. 이 친목회는 회원들 간의 "친목과 연락"을 표면상의 목표로 두었지만 "리면으로는 조선학생에게 대한 사상적 사회적 인식"[143]에 두었다. 신민은 국내에서 여러 해 동안 활동하다가 하얼빈에 가서 중학 동창생의 소개와 지도로 사상단체에 가입하였고 정세 조사차 상해, 서간도, 봉천, 하얼빈을 순차 방문하는 김승일 즉 김성희의 삼촌을 만나 사상 교육을 받기도 하였다. 모 중국인의 도움으로 삼사 년 동안 정치이론, 외교 문제, 병법 등에 대한 지식을 많이 쌓을 수 있었다. 신민은 성희에게 보내는 편지 속에서 국외의 조선인은 비록 소수이긴 하지만 파쟁심, 시기심, 이간질에 사로잡혀 다른 나라 사람의 빈축을 산다고 하였다. 신민은 성희를 직접 만났을 때나 편지에서나 감옥에서 면회할 때나 성희에 대한 사랑의 감정보다는 민중사상의 의식화에 힘쓴다. 김치수는 문화 야학원을 더욱 발전시켜 교육 기능을 기본으로 하되 사업국

---

142) 위의 책, pp. 114~15.
143) 위의 책, p. 356.

을 조직하여 축산, 양잠, 농사, 과수 등을 공동 운영해갈 것을 제의하였다. 이 소설은 성희가 신민을 찾아내어 함께 농촌 재건사업을 하겠다는 각오를 보인 편지를 영희에게 보내고 성희가 부탁한 대로 치수와 영희가 결혼하기로 약속하며 문화 야학원 사업을 같이 해나가기로 맹세하는 것으로 끝난다.

심훈의 장편소설 『常綠樹』[144]는 『동아일보』에 1935년 9월 10일부터 1936년 2월 15일까지 127회 동안 연재되었다. 『영원의 미소』 『직녀성』 『상록수』는 남녀 주인공들이 경성을 떠나 다른 사람들을 위한 삶의 개척을 표방하면서 농촌으로 들어가는 것을 긍정적으로 묘사한다. 경성에서의 생활에 대한 뼈아픈 반성은 심훈을 농촌으로 돌아가게 했고 이어 농민 계몽 모티프를 중심 모티프로 한 장편소설을 집필하게끔 만들었다. 여류 시인 노천명이 쓴 「샘골의 천사 최용신(崔容信)양의 반생」(『중앙』, 1935. 5)[145]은 최용신이 『상록수』의 주인공 채영신의 모델이라는 결정적 근거가 된다. 심훈은 노천명의 글을 보고 난 바로 직후인 5월 초에 『상록수』를 쓰기 시작한 것으로 추정된다. 이런 점에서 노천명이 작성한 최용신 전기라든가 최용신

---

144) 서울대학교 인문학연구소 고전총서 제4권으로 조남현 해설·주석 『심훈의 상록수』를 1996년에 서울대 출판부에서 『동아일보』 연재본 원문을 그대로 살려 간행하였다. 말미에 "『상록수』의 출생 과정" "『상록수』의 정신사적 배경" "「최용신 양 전기」와 『상록수』 비교" "갈등 양상" "박동혁과 채영신 비교" 등으로 구성된 졸고 「『상록수』 연구」를 달아놓았다. 『상록수』에 대한 논의는 졸고, 「『상록수』 연구」 중 pp. 373, 383, 384에서 추렸다.

다음 논문들을 주목할 필요가 있다.

전광용, 「『상록수』고」, 『동아문화』 5, 1966.

김윤식, 「상록수를 위한 5개의 주석」, 『작가와 내면풍경』, 동서문화사, 1991.

유문선, 「나로드니키의 로망스—심훈의 『상록수』에 대하여」, 『문학정신』, 1991. 7~8.

김종욱, 「『상록수』의 '통속성'과 영화적 구성 원리」, 『외국문학』, 1993년 봄.

류양선, 「『상록수』론」, 한국현대문학연구회 엮음, 『한국 문학과 리얼리즘』, 한양출판, 1995.

145) 『신가정』 1935년 5월호에 한 기자가 쓴 「영원불멸의 명주(明珠)…고최용신양의 밟아온 업적의 길」(pp. 56~63)을 보면 『상록수』에서 채영신에 관련된 이야기는 최용신 전기를 그대로 옮겨놓은 것으로 보인다. 최용신은 2001년 2월 문화인물로 선정된 바 있다(『한국일보』, 2001. 1. 31).

사후에 『신가정』의 한 기자가 쓴 「천곡학원 방문기」와 『상록수』를 구체적으로 비교하는 것은 『상록수』를 일단 모델소설이나 실화소설로 보게 만든다. 노천명에 의하면 최용신은 1935년 1월 23일에 23세의 나이로 수원 근처의 반월면 천곡리(샘골)에서 사망하였다. 그녀는 원래 원산 태생으로 누씨여자고등보통학교를 졸업한 후 상경하여 신학교를 다녔는데 바로 하기방학 때면 농촌 봉사활동을 다녀오곤 했다. 신학교를 졸업하자 '경성여자기독교청년연합회'의 파견으로 1931년 봄에 경기도 수원군 샘골로 봉사활동을 하러 간 것이다.

처음에 그가 여기를 드러섯슬 때에는 우선 泉谷里教會堂을 빌려 가지고 밤에는번가라가며 農村婦女들과 靑年들을 모아놓고가리키고낮이면은 어린이들을 가리킬때 배움에목말라 여기에모이는여러兒童의수효가 百餘名에達하고보니警察當局에서는 八十名더收容해서는안된다는 制裁가잇게되자 불가불그중에서 八十名만을 남기고는 밖으로내보내야만할피치못할事情인데 이 말을듯는 아이들은제각금안나가겟다고 선생님선생님하며 崔嬢의앞으로 닦아앉이니 이중에서 누구를 내보내고누구를둘것이냐? 그는여기서 뜨거운눈물을 몰래몰래씨서가며 억일수업는 명령이매 할수없이 八十名만남기고는 밖으로 내보내게되니 아이들역시 울며울며문밖으로는나갓스나 이집을 떠나지 못하고 담장으로들 넹겨다보며 이제부터는 매일같이 이담장에매달려넹겨다 보며 공부들을 하게되엿다. 이정경을보는 崔嬢은 어떠케든지해서 저아이들을다 수용할建物을지어야겟다는 불같은충동을받게되자 그는農閑期를 利用하야 養蠶을하고 養鷄기타農家에서 할수잇는 副業을해가지고 돈을좀 맨드러서 집을짓게되엿스니 여름달밝은 때를이용하야 그는아이들과꼇들고 강까로나가서 모래와자갯돌들을 날러다가 자기손으로손수흙을캐며 반죽을해서 농민들과가치 泉谷學術講習所를 짓게되엿든것이다.[146]

이러한 전기는 소설 『상록수』에서는 제45회부터 49회(1935. 11. 3~8)까지 그대로 재현된다. 소설에서는 이야기 길이가 늘어나고 구체적으로 묘사된 것이 다르다. 노천명이 최양이 천곡리의 흙이 되겠다는 굳은 결심 아래 연약한 몸으로 농민들과 농사도 같이 지으면서 샘골의 의사, 목사, 재판장 노릇까지 했다고 뼈대만 서술한 것이 『상록수』에서는 살과 피를 갖추어 재현되었다.

> 최양은 여기서 좀더배워가지고와서 그들에게 더풍부한것을주겠다는 마음에서 그는바로昨年봄에 神戶神學校로 공부를더하러떠나게되엿섯다. 그러나 意外에도 脚氣病에걸려가지고 더풍부한양식을준비하러갓든 그는健康만을害쳐가지고 昨年가을에다시 朝鮮을나오게되엿슬때 병든다리를끌고 제일먼저 찾어간곳은정든이샘꼴이엿다.[147]

위의 전기 부분은 소설에서 그대로 재현된다. 최용신 전기에서 최용신 약혼자는 원산 출신으로 일본 모 대학에 다니며 최용신을 열렬히 사랑했으나 에로스적인 관계보다는 아가페적인 관계라고 할 수 있다. 두 남녀는 성적 쾌락에는 무관심한 채 대중계몽사업에만 관심 있는 것으로 그려져 있기 때문이다. 전기의 약혼자 'K'는 소설의 '박동혁'으로 바뀌었으며 'K'가 이론가의 수준에 머문 반면 '박동혁'은 수원고농 출신의 실천가로 그려져 있다.

가장 많은 문맹 퇴치자를 낸 기록을 갖고 있으며 채영신과 처음 만나는 학생 계몽운동대원 위로 다과회에서 박동혁은 이제는 문자보급운동 수준에서 벗어나야 한다고 서두를 떼며 조선 실정에 맞는, 조선 민중의 자생력

---

146) 『중앙』, 1935. 5, p. 57.
147) 위의 책, p. 58.

을 높이는, 통일된 이념으로 무장된 운동 방법을 찾아야 한다고 주장했다.

> 지금부터 六七十년전 로서아의 청년들이 부르짖던 브·나로드(민중속으
> 로라는말)를 지금와서야 우리가 입내내듯하는것은, 부끄러운일입니다. 그러
> 지만 우리는 남에게뒤떨어진것을 탄식만 할것이 아니라, 높직이 앉아서 민
> 중을 관찰하거나 연구의 대상(對象)으로 삼으려는 태도를 단연히 버리고, 그
> 네들이 즉 우리조선사람이, 제힘으로써 다시 살어나기 위한, 그기초공사를
> 해야겟습니다! 오늘저녁 이 자리에 모인바루 여러분의 손으로 시작해야겟습
> 니다! 물질로 즉 경제적으로는 일조일석에 부활하기가 어렵겟지만, 무엇보
> 다도 먼저 모든 것을 지배하고, 온갖 행동의 원동력이 되는 정신!. 요샛말로
> 「이데올로기」를 통일하기 위해서 전력을 기우려야 하겟습니다![148]

이어, 박동혁은 채영신의 소개로 백현경 여사의 호화 저택에서 열리는
농촌 학생 모임에 참석하여 백여사의 면전에서 "허지만 농촌운동일수록 무
엇버덤 실천(實踐)이 제일일줄 알어요. 피리를 부는 사람 따루잇구 춤을 추
는 사람이 따루 잇든 시대는 벌서 지냇스니까요. 우리는 피리를 불면서 동
시에 춤을 추어야 합니다"[149]라고 실천력과 주객일체를 강조한다. 노천명
이 쓴 전기에서 최용신의 약혼자 K는 작가 심훈의 장조카 심재영과 함께
박동혁의 모델이 된 것이라고 할 수 있다.

이 소설에는 여러 가지의 대비 관계나 갈등 관계가 펼쳐져 있다. 여주인
공 채영신은 농촌운동 방법 면에서 백현경이나 박동혁과도 거리를 보이며
김정근, 천곡리 부자들, 주재소 등과는 분명한 대립을 이룬다. 박동혁은
박동혁대로 한곡리의 최대 실력자인 강기천과 분명하게 대립하며 친구 건

---

148) 『동아일보』, 1935. 9. 13.
149) 위의 신문, 1935. 9. 22.

배라든가 동생 동화 등과도 어쩔 수 없는 불화를 드러낸다. 박동혁과 채영신이 농촌운동 방법 면에서 보인 거리감은 1930년대 당시의 농촌운동 방법의 다양성을 보여주기도 한다. 채영신이 기독교 계통의 농촌 진흥 사업책에 뿌리를 내린 것에 비해 박동혁은 어느 정도 사회주의 농촌운동 방법에 동조한다.

청석학원 낙성식 때 초대받은 박동혁은 영신의 농촌계몽운동 방법이 기독교적 성향과 문화론적 경향으로 기울어져 있음을 재확인하게 된다.

장로는 서양사람의 서툴른 조선말을, 그나마 어색하게 입내내는듯한, 예수교식의 독특한 어조로, 개회사를 하고, 일부러 떨리는 목소리로 기도를인도한다. 겉장이 떨어진 성경책을 들고 예배나 보듯이 성경책까지읽는다. 그동안 동혁은 눈을 끔벅끔벅하며, 교단 마진편 벽에붉은 잉크로 영신이가 써부친 몇조각의 슬로간(標語)를 쳐다보고 잇섯다.

「갱생(更生)의 광명(光明)은 농촌으로부터」

「아는것이 힘, 배워야 산다」

「우리의 가장 큰 적(敵)은 무지(無智)다」

「일하기싫은 사람은 먹지말라」

「우리를 살릴사람은 결국 우리뿐이다」

이러한 강령비슷한것이 조곰도 신기한것은 아니엇만, 그 늙은장로와 비교해 볼때 동혁은 (이것두 조선의 현실을 그려논 그림의 한폭인가) 하고 속으로 쓸쓸히 웃었다.[150]

동혁은 바로 이 낙성식에서 연설 도중 영신이 빈혈증과 급성 맹장염으로 쓰러진 것을 병원으로 데리고 가서 간병하며 2주일 동안 같이 있게 된다.

---

150) 위의 신문, 1935. 12. 13.

병실에서의 대화 도중에 영신은 동혁이 기독교를 비판하는 것에 못마땅한 반응을 드러내면서도 자신도 근래의 일부 교회, 교역자, 교인들의 타락상을 인정한다고 하였고 예수의 참된 정신과 마르틴 루터의 종교개혁 정신을 본받고 싶다고 하였다. 이에 동혁은 "항상 굳은 자신과 성산을 가지고 최후의 순간까지 온갖 지혜와 가진 능력을 다해서 살어나갈 길을 열려고 노력한다"는 '맨날드'와 "아무리 약한 사람이라도 그 전력을 단 한 가지 목적에 기우려 쏟을 것 같으면 반드시 성취할 수 잇다"고 한 칼라일의 말을 신앙으로 삼는다고 고백하였다.

고향인 한곡리로 돌아가서 박동혁이 한 일은 농우회관 완성, 공동답 설치, 부인근로회 조직, 대를 물려가며 고리대금과 장릿벼로 동리 백성들의 고혈을 빨아먹은 강기천에 대한 저항과 설득, 마을 진흥회 운영, 반상타파론 주장 등이다. 이에 비해 채영신이 제 고향이 아닌 청석골에 가서 해낸 중심 사업은 강습소 운영과 청석학원 건립이며 여기에 동네 의사나 판사로 불릴 정도의 일도 해낸 것이다. 나중에 동혁은 문맹퇴치운동이니 단체 훈련이니 하는 문화운동 중심의 계몽사업을 반성하게 된다. 박동혁은 왕년 주의자였던 건배가 가난을 견디지 못해 강기천 편으로 돌아선 일을 겪으면서 "표면적인 문화운동에서 실질적인 경제운동으로"라는 방향전환을 선언한다. 박동혁은 "이제까지 단체를 조직하고 글을 가르치고, 회관을 번듯하게 지으려고한것은 요컨대 매마른 땅에다가 「암모니아」나 과린산석회(過燐酸石灰) 같은 화학비료를 주어 농작물이 그저엉부렁하게 자라는 것을 보려는 성급한 수단이 아니엇든가"[151]하고 반성하면서 "먼저 밑거름을 해야한다! 흠씬 썩은 퇴비(堆肥)를 깊숙히 주어서 논바닥이 시컴엇토록걸게한뒤에, 곡식을 심는것이 일의순서다!"와 같이 일의 순서를 새롭게 가다듬는다. 박동혁 식의 농촌 활동은 당시에 풍미했던 사회진화론social Darwinism이

---

151) 위의 신문, 1935. 12. 27.

문화운동 쪽으로 기울어진 것을 반성하는 의미가 있다.

영신은 바로 동혁이 반성하는 대상인 단체 조직, 문맹퇴치운동, 회관 건립 등의 운동 수준에 머물고 만 것으로 경제투쟁이나 정치투쟁과도 거리가 있다. 물론 두 남녀의 운동 차이를 의지나 노력의 차이로 두어서는 안 된다. 동혁이 강기천을 진흥회장으로 밀다시피 하면서 강기천으로 하여금 여러 사람들 앞에서 고리 금지, 부채 탕감, 소작권 이동 금지, 반상 타파 등의 약속을 하게 한 것은 동혁을 향한 동네 청년들의 동지적인 협조가 있었기에 가능했다. 박동혁은 기천을 찾아가 술을 먹이고 협박도 하고 하소연도 하면서 본전만 주고 차용증서들을 태워버리게 한다. 『상록수』는 심훈의 장조카 심재영을 모델로 하여 박동혁이 계몽주의자로서의 면모를 지향하는 것에 비해, 최용신을 모델로 한 채영신은 여러 농민과 아동을 위해 일하다가 병사하고 마는 희생양으로서의 비극적 이미지를 부각했다. 박동혁은 최용신 전기에서의 약혼자 K와는 달리 채영신의 죽음에 마냥 절망하고 슬퍼하기보다는 오히려 농촌 활동을 더욱 적극적으로 하리라는 뜻을 가다듬는다. 박동혁은 한곡리로 돌아오는 길에 여러 모범촌을 둘러보고 경제운동의 실행과 전국적 차원의 농촌운동을 결심하게 된다.

(2) 남녀 사랑 모티프 중심의 다양한 소설 유형

염상섭의 『白鳩』는 『무화과』 연재가 끝나기 보름 전인 1932년 10월 31일부터 『조선중앙일보』에 연재되기 시작하여 1933년 6월 13일에 189회로 끝났다. 일부 이론가들은 『백구』가 『삼대』 『무화과』와 함께 3부작을 이룬다고 주장하고 있으나 실제로는 『삼대』와 『무화과』가 2부작을 이루며 『백구』는 독립된 작품으로 보아야 한다.

『백구』는 "문복(問卜)" "침묵" "새 혼담" 등에서 "오늘" "자정 뒤" 등까지 15개의 소제목으로 구성되어 있다. 이 작품은 첩의 신분인 현저동 마님이 미인이기는 하나 국졸이며 백화점 여직원인 19세의 딸 원랑과 40세 된 돈 많은 은행 과장 이형식의 혼인을 서두르는 것으로 시작한다. 작품의 중반쯤에서 극단을 경영하는 유경호라는 인물이 등장하여 원랑의 옛 애인이며 소학교 교사인 박영식, 이형식의 기생첩인 춘흥, 원랑의 내종 언니인 혜숙 등이 가까워지면서 작품의 진행 방향은 예상하기 어렵게 된다. 원랑은 이형식에게 본처가 있고 기생첩도 있는 데다 장성한 자녀들도 네 명이나 되는 것을 알게 되자 애인인 박영식에게 동경으로 애정 도피를 하자고 졸라 댄다. 원랑의 내종 언니인 혜숙이 "공명정대하기는 하나 자기 본심을 속이고, 소학교 훈도자리가 떨어질까 봐 벌벌 떨면서 품안에 든 애인까지 놓치는 사람"이라고 비난한 것처럼 영식은 모험할 생각이 없다. 영식은 원랑에게 애정이 없는 것은 아니었으나 소학교 훈도 자리라든가 어머니와 누이동생의 보호 책임을 희생하면서까지 원랑을 구제해줄 생각은 갖고 있지 않았다. 이처럼 영식은 소극적이며 내일에 대한 비전도 없는 편이긴 하지만 남을 속일 줄 모르는 순해빠진 위인으로 그려져 있다. 영식의 친구이자 원랑의 내종 오빠인 조종호는 인쇄소 사원이며 소설가 지망생으로 의리와 용기가 있기는 하나 작품 내 비중은 크지 않다. 그리고 종호의 친누이동생인 혜숙은 영식에 의해 악지가 세고, 지기 싫어하고, 잘난 척하는 신여성으로 평가된다.

『백구』의 전반부가 원랑이 배금주의자이며 색마인 이형식에 의해 1차 시련을 겪고 옛 애인 영식의 냉담한 반응으로 2차 시련을 겪는 것을 그려냈다면, 후반부는 영식의 시련담을 들려주는 데 초점을 맞춘 것이라고 할 수 있다. 물론 후반부에 들어와 원랑과 이형식도 제각기 수난을 겪기는 하지만 수난의 주인공은 어디까지나 영식이라고 할 수 있다. 영식에게 접근하는 혜숙이나 동료 교사인 김경애는 협박자intimidator로 돌변한다. 영화인을 자처하는 유경호나 광부를 자칭하는 최만석도 박영식에게 돈을 해놓으라고 협박한다. 유경호는 춘흥으로부터 돈을 끄집어내라고 영식을 협박하고 최만석은 영식에게 거액을 준비하라고 한다. 김경애와 혜숙은 원랑의 집에 들어가 이형식 명의의 통장과 소절수를 빼낸다. 이러한 일련의 과정에서 영식은 정체불명의 거대한 조직을 감지하게 된다. 이렇듯 『백구』의 후반부는 표면적으로는 황금욕에 얽힌 이야기로 되어 있지만, 속되기 짝이 없는 이야기의 한 겹을 걷어내면 이념이니 조직이니 운동이니 하는 개념들의 알맹이가 드러난다. 영식이 보인 반응은 영식의 긍정적 측면을 더 크게 열어 주는 효과를 거두게 된다. 『백구』의 주인공인 박영식은 『삼대』의 조덕기나 『무화과』의 이원영에 비해 지위, 지성, 사회적 야심 등 여러 면에서 뒤떨어지기는 하지만 지식인으로서의 양심이나 의식에서 완전히 벗어나 있는 것은 아니다. 일례로, 유경호와 혜숙과 영식이 만나 이야기하는 자리에서 영식이 『경제원론』이라든가 『자본론』을 읽는다는 사실이 밝혀진다.

K박사의 경제원론이나왔다. 가죽등에 금글자를 박은 커단책이다. 그다음 봉지에서는 L씨의번역인 자본론의 락질된 제일권이 나왔다. 엽헤서 드려다 보든 유경호는 영식이의 얼굴을 다시한번 치어다보며

「선생님 이런걸 읽으세요?」

하고 뭇는다. 공립보통학교 교원으로서, 이런방면의독서는 의외이란듯도하고, 한편으로는 그런책을 읽는다는 그점만으로도 일종의호긔심과 이야기할 만한친구라는듯이 생각하는 것인모양이다.

「글세 경제학을 연구할것은 업스나, 좀상식적으로라도 보라고요……」 하며 영식이는 웃엇다.

「조치요. 나두 좀 본다본다 하면서 책만 사다노코 이내 보지는못햇습니다만……」

영식이도 이청년이 생각하얏드니보다는 독서를하나보다고 호감을 가젓다.

「하도 류행사상이기에 무언가 좀것짐작이라도 해두자는 것이지요.」

검사가아니라 영식이는 장래 동경에가서 정경과가튼것을 전공한다드라도, 학자가된다거나 붉은물이 들어보랴는 것은 생념도아니 하는것이다. 다만 현

재의지위에서 좀더 세속적성공을 노리는것뿐이다.[152]

이 대목을 통과함으로써 영식은 사회나 미래에 대해 별 생각이 없는 소박한 소학교 교원으로부터 벗어나게 되며 경호도 단순한 건달이 아님이 입증된다. 영식은 춘흥, 경호와 병실에서 연일 마작을 하며 점차 춘흥과 가까워지던 그 어느 날 신문을 펴 들고 "자유교육연구회사건 상고긔각" 기사를 자신과는 직접 관계가 없기는 하지만 유심히 보게 된다.

「자유교육연구회사건 상고긔각」……이런제목이 눈에띄인다.
이신문은 일본서오는 A신문의 조선판이다. 영식이는 사건발생부터 보아오든사건이니만치, 그리흥미가잇다는것은아니나 결말을 알자고 드려다보앗다.
자유교육연구회사건이라는것은 조선에서는 전무후무한 보통학교 훈도들의 비밀결사가 탄로된사건이엇다. 더구나 중심인물이 일본인훈도이엇든데에, 세간의이야기거리도 되엇거니와, 가튼 훈도계급에일칭 놀라기도하고, 흥미를 끄른사건이다. 영식이가 이긔사를 유의해본리유도물론 거긔에 잇는것이다.
영식이는 이년이하의 체형이 확정된 교원들보다도, 륙개월징역을하지안흐면안될 모범생도라는 소년의장래를 생각하고는 가엽슨생각도 들고 앗갑다고도 생각하얏다.
그러나 그런일이 무슨효과나 의의(意義)가 잇고업는것은 차치하고, 자긔의 따분하고 까부러진 무긔력한생활에 비하면, 활긔가잇서 보이는 그점만은 부러운것가티도 생각키는것이엇다.
(하지만 한구석에서 사오인이모혀서 꼼짝꼼짝 책권이나 읽고하다가, 징역이

152) 『조선중앙일보』, 1933. 2. 3.

년이란 억울도하고 공연한짓이지……)

　이런생각도해보앗다.[153]

　『백구』의 박영식은 『삼대』의 조덕기나 『무화과』의 이원영과는 달리 6개월 징역 받은 모범 학생을 향해 "가엽슨생각도 들고 앗갑다고도 생각하"는 수준에 머문다. 그리고 박영식은 자유교육연구회를 일본인 훈도가 이끌었다는 점에 대해 놀라기도 하고 흥미를 갖게 되었다고는 했으나 속으로는 '열등감이 생긴다'고 말하고 싶었을 것이다.

　영식은 춘홍에게 돈을 뜯어내라는 유경호의 협박을 듣고 또 이형식의 약점을 이용하여 돈을 뜯어내라는 김경애의 위협을 듣고 유경호를 배후 조종자로 지목하게 된다. 그리고 유경호를 건달이나 사기한쯤으로 생각했었다. 일본에 건너가 광산을 돌아다녔다는 광부 최만석이 와 만 원을 준비하라고 위협하는 것을 듣고 영식은 유경호에 대한 의심을 풀면서 혜숙, 경애 등의 배후에 거대한 조직이 있을 것이라고 추측한다. 최만석은 "명령"이니 "조선민족"이니 하는 말을 들먹거린다.

　「명령이라니 뉘명령 인가요?」

　「그건 알필요업죠. 차차알게 될것이요. 그러나 이거한아는 아라두서야할것이요. 이것은누구의사복을 채우라는것도아니요. 리씨에게 사혐이잇서 그런것은결코아니요. 적어도 국제적 일이요, 전조선 민족의 체면문제란 말씀요. 알아 듯겟습니까? 조선측의 책임액이 삼만원인데 그중에서 위선 이번달 말일까지 만원한아를 조달해 노하야 할것이요. 만일 이걸 못드려 논다면 우리의책임, 우리의체면—아니 우리 전조선민족의 체면문제요, 우리는 거두도못하고 발언권도업게될것이요.……」

---

153) 위의 신문, 1933. 2. 18, 20.

「어듸대한책임문제인가요?」

무슨내용이 잇서서 횡설수설하는것인지, 영식이는 어리둥절할뿐이다.[154]

최만석의 입을 통해 유경호 일당이 국제사회주의 단체에 연결되어 있는
것처럼 암시되기는 하지만 『삼대』와 『무화과』가 사회주의자들을 다룬 태도
와 비교해 보면 또 『백구』에서 돈을 뜯어내기 위해 협박하는 장면이 유달
리 많이 나오는 점을 고려하면 작중인물 최만석이 사회주의자를 사칭하는
것으로 보일 수도 있다. "자유교육연구회사건"이나 "자본론" 등에 대한 인
식을 보면 박영식은 『삼대』의 조덕기나 『무화과』의 이원영과 같은 '심퍼사
이저'로 묶기 어렵다. 실제로 박영식에게는 사회주의자들을 도와줄 재력도
없다. 박영식이 심퍼사이저라면 협박의 모티프가 빈번하게 나타나지도 않
았을 것이다.

『삼대』나 『무화과』가 이데올로기소설의 골격을 유지하는 반면 『백구』는
유경호 일당이 영식을 협박하고 원랑을 납치하고 종호가 그 뒤를 추적하는
추리소설이나 탐정소설의 수준을 보여주고 있다. 물론 『삼대』나 『무화과』
에 추리소설적 수법이 없는 것은 아니나 『백구』는 『광분』만큼 아예 추리소
설로 불러도 무방하다.

『백구』의 형식상 특징으로는 어느 인물의 내면에든 아무 때나 개입했다
가 빠져나왔다가 하는 전지적 수법, 지나치다 싶을 정도의 세부 묘사, 지
루하다고 할 만큼 빈번하게 나오는 대화체 등을 들 수 있다. 한 인물의 진
짜 속생각이나 중얼거림을 괄호에 묶어 처리하는 것이 빈번하게 나오는 것
은 전지적 수법과 세부 묘사가 뒤엉킨 결과라고 할 수 있다. 대화체를 많
이 사용하면 소설 전체의 긴장감과 신뢰감이 떨어지게 된다. 제아무리 정
통 작가라고 하더라도 독자 대중의 존재를 지나치게 의식하다 보면 독자들

---

154) 위의 신문, 1933. 4. 17.

이 읽기 편한 대화체로 빠지기 쉽다. 그러다 보면 제1급 작가에게서 제2급의 작품이 나올 수 있다. 『백구』가 그 좋은 예다.

이효석의 장편소설 『朱利耶』(『신여성』, 1933. 3~10)는 1933년 8월호가 결호이며 1933년 10월호(7호)로 끝난 미완성 소설이다. 본명이 김영애이며 넉넉한 지주의 딸로 관북 방면의 여자고보를 졸업한 주리야가 유물론 순회강연을 하러 온 주화에게 반한 나머지 2주 후인 크리스마스 이브 날에 상경하여 주화와 3개월간의 동거 생활에 들어가는 것으로 이 소설은 시작된다. 주리야는 동거 생활을 하며 로자 룩셈부르크 전기도 읽고 주화와 유물론 토론도 하며 주의자로 성장하기는 하지만 주리야의 진짜 관심은 능금·빠다·커피·음악·남성 등에 있다. 남편이 감옥에서 심장병을 앓는 여공 남죽을 찾아갔을 때, 여동생 남희를 동무라고 하면서 에스페란토를 가르치는 민호를 보고 주리야는 흔들리게 된다. 남죽 자매와 민호는 남죽의 남편을 보석시킬 대책을 의논한다. 야영백화점에 있는 찻집 '아리랑'에 들러 한라와 이야기하다가 주리야가 주의자를 예찬하는 시를 읊은 것에 화답이라도 하듯 때마침 나타난 민호가 "그 동무"란 제목의 시를 읊자 한라는 수감 중인 남자 친구가 생각나 울고 만다. "그 동무"란 시는 무려 40행이나 되는 시로 이효석의 어느 소설에서도 찾아보기 어려운 주의자 찬미시다. "곤난이 막심해도 불평한마듸업든 그동무/긔계가티 일하고/칼날가티 가단성잇고/××의 그물 표범가티 쏩든 그동무/밉살스러우니만치 대담하든 그동무/아! 끗내 그는 붓잡히고야말엇다/(중략)/목숨쎠러지는날까지 잡히운명의그동무/매맛고 박채우고 이러서지못하게된 그동무/독가비불가튼 그눈이/철망을건너 나에게광명을 보내지안엇든가/그러나 그가주고간 열정 그가보낸 광명/나의가슴에타고 수천동지 가슴에타서/세상을 살워버릴 횃불이되리라/아! 동무여 편히쉬라 새벽은 갓갑다!"[155]와 같은 구절이

---

155) 『신여성』, 1933. 5, pp. 98~99.

들어 있는 이 시는 1933년 10월호의 끝에 "작자부언—작중 두 편의 시는 모씨의 것을 빌녀다가 의역한 것을 말하야둔다"라고 한 것을 보면 번역시라고 할 수 있다. 주리야는 상경한 오빠와 약혼자가 고향으로 가자고 하자 홧김에 민호를 데리고 월미도에 가서 성관계를 맺는다. 민호는 동지 주화에 대한 미안함과 애욕 사이에서 고민하던 차였다. 다음 날 아침 주리야와 민호는 싸움을 벌이고 헤어진다. 주리야는 자기 행위를 정당화하기 위해 한라와 대화를 나누던 중 콜론타이즘도 부정하고 왓리사의 행위도 부정하고 한라가 주의와 사랑은 전혀 별개의 것이라고 하는 말을 들으면서 수치심을 느끼게 된다. 이효석은 주리야-주화, 남죽-남편, 남희-민호, 주리야-민호, 한라-남자 친구 등의 관계를 설정하여 사랑과 동지의식의 관계를 살펴보고 있다. 주리야는 남자의 사랑을 얻기 위해 주의자가 되려고 노력하는 척하는 인물로 그려지고 있다. 작가 이효석은 주리야를 부정하는 쪽으로 기운 것일까 할 수 없이 인정하고 있는 것일까.

김동인의 『雲峴宮의 봄』(『조선일보』, 1933. 4. 26～1934. 2. 15)[156]은 철종 11년(1860)부터 고종 원년(1864)까지 4년간의 정치적 상황을 살펴보는 데 역점을 둔 역사소설이다. 작중인물도 『젊은 그들』(『동아일보』, 1930. 9. 2～1931. 11. 10)과는 달리 대부분 실존 인물로 되어 있다. 홍선대원군, 조대비, 조성하, 김병학, 김병국, 김좌근, 김병기, 이재황(고종) 등이 주요 인물이다. 모두 25장으로 구성되어 있는 이 소설은 운현궁에서 대원군이 세상을 떠나는 장면을 묘사하는 데서 시작한다.

「대감 가섯구나!」
궁 안에서 시작된 통곡성은 박게서도 화창되엿다 (중략)

---

156) 다음 논문들을 주목할 필요가 있다.
　　김영화, 「『운현궁의 봄』과 인물의 형상화」, 『김동인 연구』, 새문사, 1982.
　　강영주, 「김동인의 역사소설」, 『상명대학교 논문집』 17, 1986.

이날이 조선 근대의 괴걸이오 유사이래 어썬 제왕이던 능히 잡아보지 못
하엿든「절대」적 권리를 손에 잡고 이 팔도삼백여주를 호령하며 박그로는
불란서 미국 청국들을 나려 누르고 안으로는 자긔의 백성의 복지를위하여
그의일생을바친, 홍선대원왕 리하웅이별세한날이다

조선 五百년력사에 잇서서조선을 사랑할줄알고 왕가와서민 정치가와 백
성 웃사람과아랫사람의 지위를 참으로 리해한 단한 사람인 우리 위인 리하
웅이 그 일생을 맛친 날이다.[157]

이처럼 김동인은 홍선대원군에 대해 "조선 근대의 괴걸" "우리 위인"과
같은 찬사를 거침없이 늘어놓고 있다. 제1장만 보아도『운현궁의 봄』이 영
웅사관에 바탕을 둔 역사소설임을 쉽게 알 수 있다. 바로 이 대목 직후부
터 결말에 이르기까지 순차적 구성을 취한다. 이 과정에서 홍선대원군 이
하응은 아들에게 자연스럽게 왕위가 오도록 변신하고 굴신하는 태도를 아
끼지 않았다. 대원군의 패배와 그에 잇따른 남녀 주인공의 자살로 끝을 맺
는『젊은 그들』이 대원군이 실세(失勢)하고 청국에 끌려가는 실제 사건과
활민당 사람들이 집단 자살하고 작중인물 안재영과 이인화가 동반 자살하
는 허구적 사건을 대등하게 배합해놓은 것과『운현궁의 봄』이 정사(正史)를
중심에 놓고 야사를 주변에 깔아놓은 것은 좋은 대조가 된다. 김동인은 이
미『젊은 그들』에서 대원군 숭배자로서의 태도를 숨기지 않았다.『젊은 그
들』에서 이하응은 사려 깊고, 판단력이 뛰어나고, 그릇이 크고, 애민사상
이 투철한 존재로 형상화되어 있다. 작중인물 설정 방법이나 사건 설정 방
법 면에서『젊은 그들』과『운현궁의 봄』은 대조적이기는 하지만 홍선대원
군의 인물됨에 대해서는 같은 목소리를 낸다.

대원군의 영웅적 면모는 시정과 대궐 안팎을 돌아다니면서 녹봉 문제,

---

157)『조선일보』, 1933. 4. 26.

외척의 발호, 서원의 횡포, 경복궁의 개축과 조선 팔도의 정자 누각 청사들의 수리, 공사가 흐릿한 재정 문제, 매관매작, 가혹한 조세 제도, 사기가 떨어질 대로 떨어진 군대, 거처와 활동이 불편한 의복 제도, 낭비하는 생활 습성 같은 나라의 문제점과 백성들의 실상을 파악한 데서 확인할 수 있다. 흥선대원군은 조대비와 밀약한 후 특히 김씨 일가를 속이기 위해 더욱 난행을 일삼는 가운데서도 개혁 의지를 다지곤 하였다. 김동인은 흥선대원군이 "자기와 같은 사람이 조선정계에 언제 다시 나타날지 알 수 없으니 생겨 난 이 기회에 모든 폐단을 잘라 버려야 한다"고 마음먹는 것으로 그리고 있다. 그리고 흥선대원군을 이 어지러운 문제를 한꺼번에 해결하기 위해 꾸준히 준비해온 메시아로 그리는 것을 서슴지 않았다. 평소에 이하응은 김좌근 부자, 김병학 형제 등과 교제하면서 당시 조선의 문제로 당파 싸움·세도정치·부정부패, 백성들의 기근, 서원의 폐단 등을 꼽아온 터였다. 조대비의 조카인 조성하 서원의 횡포와 같이 나라 전체에 부정부패가 만연한 현실을 개탄하면서 이를 바로잡아줄 수 있는 존재는 바로 이하응뿐이라고 판단하게 되었다. 김동인은 조성하의 외가 아저씨인 이학사라는 인물을 내세워 서원의 폐단이 극심함을 강조하여 서원의 본의는 사라져버리고 말의(末義)만 남게 되어 "조선의 온갖 더럽고 추한 일은 모도 거기서 생겨 나게까지 되엿다"[158]고 하면서 당시의 서원은 서원이라기보다 오히려 "악도청"이라 표현한다.

김동인은 국태공 흥선대원군을 잠들었던 사자가 드디어 기지개를 하는 것으로 묘사했다.

쇠퇴한 국운 피폐한 국정 실락된 국권—이 모든 무거운 짐을 한짐에 뭉쳐지고 거인은 드디어 그조리(調理)를 시작하엿다.

---

158) 위의 신문, 1933. 10. 22.

오랫동안 시정에 배회하여 이 시민의 사정과 고통을속속드리 다 잘아는 이거인은 시민들을 도탄의 쓰라림에서 건져 올리고저 그의 커다란 손을 내여 밀엇다. 정확히통찰하는 그의 눈과 든든한그의 손은, 오랜학정에 피페해서 마즈막힘까지 다 사라져 가랴는 시민의 우에 새로운 청량제를 부어 주랴고 준비하엿다.[159]

독자들은 소설의 마지막 대목에서 새로운 시대가 열릴 것이라고 상상한다. 조선 왕조의 운명은 대원군이 이 소설의 결말에서 예견했던 것과는 다르게 되고 말았다. 흥선대원군의 운현궁은 유달리 화려한 봄을 맞았지만 그 봄의 결과는 이미 『젊은 그들』에서 비극적으로 제시된 바 있다.

작가가 일단 역사적 사실에 충실하고자 한 때문인지 지나치게 단순 구조가 되고 만 『운현궁의 봄』은 결국 영웅소설의 형식으로 흐르게 된다. 신채호가 개화기에 기울어져가는 국운을 바로잡기 위해 을지문덕이나 이순신 같은 영웅을 갈망했던 것처럼 김동인은 흥선대원군을 불러내었다. 소설 속의 사건은 빠르고도 시원하게 진행되는 만큼 인물이나 사건의 심층 분석이라든가 심층 묘사는 구경하기 어려웠다. 대원군은 이미 역사기록을 통해 특징 있게 형상화되어 있기에 소설을 통한 새로운 형상화가 쉽지는 않았을 것이다.

김동인은 『운현궁의 봄』을 발표한 이후 야담, 단편, 미완 장편 등의 형태로 계속 역사소설을 써내었다. 계유정난에서 등극에 이르는 과정을 서술하며 수양대군의 인간미와 재위 시의 업적을 의도적으로 강조한 「首陽」 (『중앙』, 1934. 9), 무학대사를 주인공으로 하여 이성계와의 관계를 그린 「高達山을 내리다」(『조선문단』, 1935. 4), 이성계가 조선 왕조를 세우는 과정을 그린 「悲風下의 王都」(『학등』, 1935. 5~6), 공민왕의 실정에 따른

---

159) 위의 신문, 1934. 2. 17.

신돈의 출현과 몰락 과정을 중심사건으로 설정한「王府의 落照」(『중앙』, 1935. 6), 고구려 동명왕 아들들이 백제를 세우는 과정을 서술한「형과 아우」(『학등』, 1935. 7), 견훤을 주인공으로 한「巨木이 넘어질 때」(『매일신보』, 1936. 1. 1.~2. 29), 왕건을 주인공으로 삼으면서 고려와 백제와 신라의 대립상을 그린「帝星臺」(『조광』, 1938. 5~1939. 4), 월산대군 부인이 연산군에게 능욕당하고 자살한 사건을 다룬「月山따른 地女」(『여성』, 1938. 8), 진시황을 주인공으로 한「젊은 勇士들」(『소년』, 1939. 7~12) 등을 발표했다.

김기진의『深夜의 太陽』(『동아일보』, 1934. 5. 3~9. 19)은 1884년 11월 11일에서 시작하여 김옥균이 갑신정변을 일으키고 실패한 후 일본행 배를 타고 떠나가기까지의 시간을 배경으로 삼았다. 이 소설은 "밤중의 총소리" (7회), "병드른 조선"(10회), "흑백"(8회), "소란한 물정"(9회), "백의승상"(6회), "거름은 바쁘다"(10회), "위태한 계획"(8회), "봉화를 들고"(10회), "날이 밝을 때"(10회), "검은 구름"(6회), "삼일천하"(13회), "피"(5회), "잘잇거라"(11회) 등으로 구성되었다. 역사적 사실의 전달에 치중하였고 일본에 대한 비난은 하지 않았으며 개혁이나 개화의 분위기를 강조하였다.

이광수의『有情』(『조선일보』, 1933. 10. 1~12. 31)은 다소 짧은 장편소설인 만큼 주요 작중인물도 최석, 아내, 남정임, 최순임, '나' 정도로 한정되어 있다. 서두에서 최석과 남정임에 대한 온갖 험구와 모욕을 벗겨내기 위한 의도로 쓴 것이라고 하였고 맨 끝줄은 "여러분은 최석과 정임에게 대한 이 기록을 믿고 그 두 사람에게 대한 오해를 풀라"고 되어 있다. 이름 석 자조차도 제대로 밝혀지지 않은 '나'는 최석과 남정임에 대해 절대적인 대변인이요 후원자 역할을 한다.『유정』은 서간체소설이라고 해도 좋을 정도로 최석이 '나'에게 마지막으로 보낸 편지가 대략 3분의 2 정도를 차지한다. 이 편지 속에는 남정임이 최석의 집과 학교 기숙사에서 쓴 일기가 발훼되어 있다. 최석의 편지가 끝난 후에 순임이 아버지를 찾으러 봉천, 하얼빈, 이르쿠츠크 등지를 거치면서 세 번이나 보내온 편지와 순임과 동행하면서 정임이 짤막하게 써서 보내온 편지가 소개되어 있다. 순임은 이 편지에서 그동안 아버지를 오해해온 것을 후회하는 빛을 보였고 정임이 고결하고 굳센 인간임을 발견하게 되었다고도 하였다. 최석은 죽어가면서 순임을 통해 '나'에게 정임을 그리워하고 애욕·유혹·죽음·종교 등의 문제를 사유한 내용을 담은 일기책을 건네준다. 일단『유정』은 일기체를 1차적 구조로, 서간체를 2차적 구조로 취하여 작중인물의 내면의 토로를 마음껏 꾀할 수 있었다. 그런가 하면『유정』도 작품 구성의 근간을 뒤흔들 정도로 불필요하게 대화 부분을 길게 처리하였다. 서간체와 일기체를 중층 구조로 취한 서술 방법에 내포된 가능성을 대화체에 지나치게 의존함으로써 살려내지 못하고 말았다.

이 소설은 이광수의 여느 소설과 마찬가지로 구성 면에서 우연성의 남발이라든가 인물 심리의 불필요한 기복, 서술 태도 면에서 리얼리티의 확보 실패 등 문제점을 드러낸다. 중요한 모티프를 처리하는 과정에서도 이러한 문제점을 극복하지 못한 결과를 낳았다. 예컨대 최석이 남정임과의 관계가 신문에 나고 학교에서 소문이 돌자 자기 변호나 해명의 기회 한번 갖지 못하고 그대로 교장직을 그만두고 방랑길에 오른다는 것은 공감을 사기 어렵다. 남정임이 최석을 사모하게 된 과정이나 내용도 분명치 않게 처리되었다. 그 넓은 시베리아에서 정임과 순임이 아버지를 찾아내었다는 것도 우연 구성 남발의 소산으로 볼 수밖에 없다. 남정임의 아버지 남화를 "박은식, 강유위, 장병린 등과 교유하며 비분강개한 시와 글을 짓고 다니던 애국지사"라고 한 것이나 최석을 기미사건과 연결시켜 옥살이를 3년이나 하고 나왔다고 치장한 것도 다소 부자연스럽다. 최석은 열정이나 자아가 중요한 것이라고 인식하였지만 결국 표면상으로는 정임을 딸로 인정하는 도덕론으로 되돌아오고 만다. R장군의 입을 통해 드러나는 조선비하론은 작가 자신이 10년 전에 민족개조론 등을 통해서 주장한 것의 동어반복에 지나지 않는다.

현진건(玄鎭健)의 『赤道』(『동아일보』, 1933. 12. 2∼1934. 6. 17)[160]는 20세 때 사랑 문제로 사람을 칼로 찔러 5년 징역을 살고 25세에 출감한 김여해를 그의 애인 홍영애가 맞이하는 것으로 시작한다. 『적도』는 1934년 6월 1일에 133회였으나 6월 16일에 134회분이 실려 있고 1934년 6월 17일에 135회로 끝을 맺는다. 현진건은 연재를 끝낸 바로 그 뒤에 "작자부기"를 달아놓았는데 134회와 135회분이 늦게 나온 것에 대해서 사과한다. "이상하게도 이 소설을 처음 집필할 때엔 나의 육체적으로 가장 불행한 때이었고 또 이 소설이 끝날 임물엔 나의 청춘시대를 길러 주신 어머니를 잃는 가장 슬픈 일이 생겼습니다"는 구절에서 133회분과 134회분이 보름 만에 연결된 이유를 알 수 있다. 모친상을 당한 데서 오는 비극적 감정의 고조 때문인지 원래 창작 계획이 그리된 것인지 알 수는 없지만 『적도』에서는 우연히도 이 6월 16일분과 6월 17일분이 유달리 엄숙하고 비극적인 느낌을 준다. 『적도』는 결말이 잘 처리되었기 때문에 작품 전체의 무게가 늘어난 경우에 속한다.

6월 16일자 분에서 여해는 명화의 애인이자 상해에서 운동하다가 온 상열에게 은주를 맡기면서 자기희생의 첫발을 내딛는다. 은주는 김여해에게 강간당한 아픔을 이기지 못하였던 것이다.

---

160) 다음 논문들을 주목할 필요가 있다.
　　　조동일, 「『적도』의 작품구조와 사회의식」, 『한국학보』, 1977.
　　　전영태, 「한국 근대소설의 대중성에 대한 고찰─멜로드라마적 성격을 중심으로」, 『한국학보』 8, 1983.
　　　황국명, 「『적도』의 구조와 이데올로기」, 『한국문학논총』 12, 1991.
　　　김상욱, 「현진건의 『적도』 연구: 계몽의 수사학」, 『선청어문』 24, 1996.
　　　한상무, 「현진건의 『적도』와 항일폭력투쟁의 변혁 이데올로기」, 『한국근대소설과 이데올로기』, 푸른사상, 2004.

상열은 여해의 손을 잡아 일으켰다.

「형의 충정은 잘 알앗소. 무쇠라도 녹일 그 열정, 잠간 그 방향을 그르첫을 뿐이지, 나는 그 열정을 취하오. 그 열정을 개인의 감정에만 쓰지말기를 바랄 뿐이오……」

「그러니 형의 사명을 나에게 맡겨 주시오. 부족하나마 내 힘껏 정성껏 다해서 형에게 누를 끼치지 안홀 테니……」 (중략)

「아니오, 아니오. 인제는 형의 사명을 대신 맡는것이 나의 최후의 광명이오. 이 최후의 히망을…」

「우리 모두 같이 다라나요」

명화는 딱해서 못 견디는듯이 말을 넣엇다.

「그건 안될 말이오」

상열과 여해가 일시에 부르짓엇다.

「일은 작정이 되엇소. 긴 말은 구만둡시다. 인제 나에게 어떠케 할것만 일러 주시요…[161]

결국 김여해는 검거되어 취조받던 중에 폭탄을 터뜨려 자폭하는 사건을 일으키게 된다. 신문에는 김여해가 상해에서 온 괴청년으로 보도된다. 신문을 보고 난 상열은 여해를 가리켜 "열정에 지글 지글 타는 인물, 한시라도 열정의 대상이 없고는 견디지 못하는 인물. 그런 종류의 사람은 태양에 비기면 인생의 적도선이라고 할까"라고 표현한다. 김여해는 이 작품의 결말에서 같은 주의자인 선배에 의해 일거에 "열정의 인물"로 평가됨으로써 고상한 삶의 한 경우가 된다.

김여해-홍영애-박병일의 삼각관계가 중심사건을 이루는 것으로 출발하였으나 김여해가 감옥에 갔다 온 이후로는 세 남녀의 삼각관계가 여러 가

---

161) 『동아일보』, 1934. 6. 16.

지 부수적인 삼각관계를 낳는 원인적 사건으로 기능한다. 홍영애-김여해-기생 명화, 기생 명화-박병일-홍영애, 박병일의 여동생 박은주-김여해-박병일 친구 원석호, 기생 초월-원석호-박은주, 김상열-박은주-기생 명화, 김상열-박은주-김여해 등의 갈등 관계가 계속해서 나타난다. 이 소설의 끝은 김여해의 주선과 부탁으로 김상열과 박은주가 결혼하게 되고 김상열의 옛 애인이었다가 박병일과 김여해를 번갈아가며 사랑했던 기생 명화가 후행하는 예상외의 장면으로 채워진다. 『적도』는 김여해라는 25세의 젊은이가 애인 홍영애를 변심하게 만든 박병일을 찔렀다가 옥고를 치르고 나와 박병일 동생 은주를 범하고, 기생 명화와 가까워지고 김상열과 만나 '적도'와 같은 인간으로 변하기까지의 과정을 그린 것인 만큼 일종의 성장소설로 볼 수 있다.

이 소설에서 한 가지 주목할 것은 김여해로부터 홍영애를 빼앗아 간 박병일이 김여해의 범행 동기를 군자금 조달 과정에서의 우발적인 범행으로 변질시킨 점이다. 김여해가 저지른 사건은 "일즉이 시국에 불만을 품고 삼일운동이 일어나자 학생의몸으로이에 참가하야 각방면으로 출몰하며많은 활동을 하엿고 그후 거미줄 같은 경계망을 교묘히 벗어나 중국상해로 건너가서 활동을 계속하던중 이번에 군자금을 모집할 중대사명을 띠고 경서에 잠입하엿다가 몇번 박병일씨를 방문하고 군자금 제공을 강청하엿으나 종시 응하지 않엇으므로, 필경 단도를 품고 결혼 당야에 박병일씨를 습격한 것이라 더라"[162]와 같은 내용으로 신문에 보도되었다. 박병일은 은행 전무, 토목협회 회장, 직조회사 사장 등 여러 직함을 갖고 있으며 홍영애를 집안의 빚을 갚아주는 조건으로 취해 온 인물로 그려져 있다. 원석호가 냄새를 맡았듯이 치정 관계에 의한 단순한 살인 미수범을 시국 사범인 것처럼 바꾸어놓았다. 물론 이는 김여해나 홍영애를 위한 것이기보다는 박병일 자신

---

162) 위의 신문, 1934. 2. 1.

의 체면을 위한 것이다.

이 작품에는 필연성이 결여되었다든가 리얼리티가 부족한 장면도 여러 군데 있을 뿐 아니라 감상성에서 헤어나지 못한 곳도 있다. 박병일이 출옥 후의 김여해를 잘 돌보아주려고 한 것이나 여해가 은주를 한밤중에 범한 것도 부자연스럽다. 명화가 여해에게 바짝 접근한 것이나 홍영애가 병원에 입원해 있는 김여해에게 무관심한 것도 설득력이 약하다. 주의자인 김여해를 여자를 지나치게 탐하는 존재로 몰아간 것도 인간 보편 심리와 거리가 있다.

심훈의 장편소설 『織女星』[163]은 『조선중앙일보』에 1934년 3월 24일부터 1935년 2월 26일까지 모두 313회에 걸쳐 연재된 것이다. 심훈의 소설들 가운데서는 『영원의 미소』와 『상록수』가 한짝을 이루는 것으로, 『직녀성』은 『동방의 애인』(『조선일보』, 1930. 10. 29~12. 10), 『불사조』(『조선일보』, 1931. 8. 16~12. 29) 등 미완성 작품의 완결판에 해당되는 것으로 볼 수 있다. 『영원의 미소』 『직녀성』 『상록수』 등은 완성작이라는 공통점과 심훈이 낙향한 당진군 송악면 부곡리에서 집필된 것이라는 공통점을 지닌다. 심훈은 바로 『직녀성』의 원고료로 필경사를 지어 독립했다.

심훈은 1920년대 후반에 들어서면서 개인적으로는 급진주의자로서의 선명성을 의심받는 처지에 빠지면서도 『동방의 애인』 『불사조』 같은 저항문학을 써내었다. 그러나 『동방의 애인』 『불사조』가 연재 중단 조치를 받고

---

163) 다음 논문들을 주목할 필요가 있다.

심진경, 「여성 성장소설의 플롯—심훈의 『직녀성』」, 한국소설학회 엮음, 『현대소설 플롯의 시학』, 태학사, 1999.

이상경, 「근대소설과 구여성—심훈의 『직녀성』을 중심으로」, 『민족문학사연구』 19, 2001. 12.

최원식, 「서구 근대소설 대 동아시아 서사—심훈 『직녀성』의 계보」, 『대동문화연구』 40, 2002. 6.

권희선, 「중세 서사체의 계승 혹은 애도—심훈의 『직녀성』 연구」, 『민족문학사연구』 20, 2002. 6.

시집 『그날이 오면』의 출판 계획이 총독부의 불허로 끝내 무위로 돌아가고 마는 등 심훈의 보상 심리는 충족되기는커녕 오히려 심한 갈증과 압박감으로 빠져들고 만다. 게다가 심훈은 극심한 생활난마저 겪어야 했다. 그는 1920년대 후반부에는 급진적 인텔리로서 좌절을 맛보아야 했고, 1930년대에 들어와서는 작가로서의 의욕이 탈색되는 결과를 맞아야 했고, 이어 한 생활인으로서 무능을 절감하지 않을 수 없었다. 심훈의 이러한 변화상은 장편소설에 나타나는 저항적 색채가 약해져가는 과정으로 구체화되기도 한다. 사회주의운동에서 농촌계몽운동으로의 변화, 지식인 중심의 이론투쟁에서 실천적인 자강운동 방법으로의 방향전환 대열에 심훈이 뛰어들 것이라는 점은 일찍이 예견된 바 있다. "아아 조선은, 마음 약한 젊은 사람에게 술을 먹인다/뜻이 굳지 못한 청춘들의 골을 녹이려 한다"와 같은 비통한 심정을 노래한 「조선은 술을 먹인다」(1929. 12. 10), "동지여 우리는 퇴각을 모르는 전위의 투사다" "창끝같이 철필촉을 베려 모든 암흑면을 파헤치자"고 신문기자의 각오를 노래한 「필경」(1930. 7), "전등 끊어가던 날 밤 촛불 밑에서/나어린 아내 눈물지며 하는 말/시골 가 삽시다. 두더지처럼 흙이나 파먹게요"와 같이 패배자의 심경을 노래한 「토막생각」(1932. 4. 24) 등의 시편에서 확인해 볼 수 있다.[164)

심훈은 『東方의 愛人』[165)]에서 상해를 무대로 하여 적극적으로 사회주의운동을 펼치는 열혈청년들의 모습을 그리는 가운데 작중인물들이 어떻게 또 무엇을 위해 투쟁할 것인가 하는 문제에 대하여 근본적인 통찰과 토론을 하는 것을 보여준다. 주인공 박진과 김동렬은 자기네와 같은 주의자들

---

164) 심훈의 시편에 대해서는 신경림 편저, 『그날이 오면, 그날이 오며는─심훈의 문학과 생애』, 지문사, 1982, pp. 178~211 참조.
165) 다음 논문들을 주목할 필요가 있다.
　　홍이섭, 「1930년대 초의 농촌과 심훈 문학」, 『창작과비평』(1972년, 가을호).
　　한기형, 「서사의 로컬리티, 소실된 동아시아─심훈의 중국체험과 『동방의 애인』」, 성균관대학교 대동문화연구원, 『대동문화연구』 63, 2008.

이 "분개는할줄알엇스나 엇재서? 무엇째문에? 그러케까지되엿나하는 원인을 력사적으로고찰하고반성할 여유를 가지지못하얏다"[166]와 같이 비판적 성찰을 가하는 데 공감하였다. 이어 굶주림 해결 방안 모색이 주의자들의 사업 내용 중 최급선무라는 결론에 도달하였다.

얼마후에 동렬과진이와 그리고쏘세정이는 ×씨가 지도하고 모든책임을 지고잇는 ○○당××부에 입당하얏다. 세정이는 물론동렬의 열렬한설명에 공명하고 감화를바더자진하야 맨처음으로 녀자당원이된것이엿다. (중략)「우리는 이제로부터 생사를 가티할동지가 된것이요! 동시에 비밀을 엄수할것은 물론 각자의 자유로운행동은 금할것이요 당의 명령에는 절대로 복종할것을 맹서하시요!」하고 다가티 ×은테를둘른 ××의 사진압헤서 손을들어 맹서하얏다. 그뒤로부터 그들의 생활비는 약소하나마 ×씨의손으로 보상되엿다.[167]

심훈은 사회운동이 참된 뿌리를 내리려면 당대 사회상에 부합되는 방향에서 사회운동에 대해 끊임없이 반성과 변화가 있어야 할 것으로 암시하였다. 이처럼 심훈은 가장 급진적이며 적극적인 사회주의자를 주인공으로 내세운『동방의 애인』을 통해 급진적 지식인으로서 자신이 걸어온 길을 돌아보면서 방향전환의 필요성을 깨닫게 되었다.

"힘이미치는대로 연애, 결혼, 리혼문제의전반을 통하야 새로운해석을 부쳐보려합니다. 그와동시에 성애(性愛) 방면으로도 수난긔(受難期)에잇는 그네들에게 나아갈길을보여줄수가잇다면 다행이겟습니다"[168]와 같은 창작 의도에서 볼 수 있는 것처럼『직녀성』에서는 애정 갈등과 신구 세대 갈등이 중심사건을 빚어낸다.

166)『조선일보』, 1930. 11. 21.
167) 위의 신문, 1930. 11. 21.
168)『조선중앙일보』, 1934. 3. 15.

『직녀성』에서도 박세철, 박복순과 같은 '주의자'가 등장하긴 하지만 주의자로서 이들의 행동 방식은 그리 적극성을 띠지 않은 것으로 처리된다. 박세철이 작중에서 하는 일 중 가장 두드러진 것은 몇몇 학우들과 '사회과학연구회'라는 비밀 결사를 만들었다가 검거되어 옥고를 치르고 나오는 일이며 박복순은 인숙에게 계급의식과 투쟁정신을 고취하는 정도에서 머물고 만다. 박세철과 박복순은 주의자로 직접 투쟁하는 방식보다는 가르치는 자, 계몽하는 자로서의 역할 행사를 택하였다.

심훈이 전처 이해영을 모델로 하였다는 여주인공 이인숙과 친정아버지인 이한림은 갑오년 이후 줏대 없이 급변하는 세상이 싫어 향리인 과천에 숨어 산다. 이한림은 변해가는 세상에 근본적으로 적응하기를 싫어하는 보수주의자이면서 은둔주의자retreatist다. 아버지의 엄명에 따라 상투머리를 하고 사서삼경이나 읽으면서 큰일에 대한 야심을 겨우 억누르고 있던 경직은 누이동생의 시아버지가 될 윤자작의 사촌 윤보영을 만나 큰 자극을 받고 아버지를 배신하게 된다. 동경 어느 대학의 법과 출신으로 전형적인 근대적 지식인의 외양을 지닌 윤보영은 이경직이 '새것'에 눈뜨게끔 하는 매개자 역할을 하는 것으로 끝나는 존재다.

결국 윤보영에게 나쁜 쪽으로 자극을 받은 이경직은 거액의 돈을 집에서 빼내어 상해로 갔다가 돈만 다 날리고 돌아와서는 서울서 첩살림을 벌이고 종산을 팔아먹고 거액의 빚을 지는 등 방탕과 타락의 길을 걷는다. 아버지 이한림은 아들의 방탕과 타락에 충격을 받아 화병으로 죽고 만다. 아들의 방탕으로 집안이 몰락해버린다는 점에선 이인숙의 새댁인 윤자작의 집안도 마찬가지다. 윤자작의 큰아들 용환은 신문사 사업한다는 미명 아래 포천 장단에 있는 전답을 잡혀 5만 원을 기생첩에게 밀어 넣어버렸으며 자동차를 몰고 요릿집을 제집 드나들듯 하여 많은 재산을 탕진한다. 둘째 아들 봉환은 여자관계가 난잡한 인물로 그려지고 있다.

원래 윤자작은 아들들이나 딸이 나날이 새로워지는 세상 분위기의 핵심

을 파악하지 못한 채 사업이다 사랑이다 하고 들떠서 나돌아치는 것에 대
해 마땅치 않은 시선으로 보아왔던 터였다.

　「그래 너 이놈 이 아비가 숨두 넘어 가기전에 그런 짓을 네맘대루 헌단말
이냐. 왕가에서두 마음대루처리를 못허는걸 네가 그땅을 ×놈에게다 잡혀
먹어? 이놈 신문사란 다 뭐 말러되진거냐. ××가 업는 죽은 목숨이 사업은
뭐구 행세란 다 뭐냐」[169]

위의 인용문에서 ××와 같이 복자로 처리된 부분을 보면 구세대인 윤자
작에게는 그래도 민족주의자로서의 각성이 남아 있음을 알게 된다.
　윤자작의 집안에 윤봉환의 가정교사로 들어와 이인숙을 의식화하는 데
성공한 박복순은 『직녀성』에서 성격 창조가 가장 잘 이루어진 경우이다.
박복순은 계집종의 유복자로 시골 토반의 후취로 시집갔다가 소박을 맞고
와 어머니의 도움으로 신학문을 공부하였다. 인숙은 시댁 어른들의 낡아빠
진 사고방식에 짓눌리고 어린 남편에게 부부의 정도 느끼지 못하던 차인지
라 복순에게 쉽게 빨려들어갔다. 이 과정에서 복순의 실체는 서서히 드러
나게 되고 인숙과 복순은 기존 체제의 희생자라는 공통점을 확인하게 되면
서 동지 관계를 맺게 된다. 복순은 처음에는 "일종의 적개심과같은 감정으
로 (중략) 즉 계급의식의 색안경을 쓰고 인숙을 흘녀 보앗다가" 같은 여성
인 인숙에게 오히려 동정심을 갖게 되어 인숙을 의식화하게 된 것이다.

　사실 복순은 녀자사상단체의 대표긔관이라고 할만한 ××회의 간부요, 서
부무의 책임자엿다. 이제까지 무슨 일이 생길때마다 앞장을 서왔다. 남보기
에 생색이 나는 일은 사교부나 교양부와 사회적으로 일홈이 난 여자들이 하

---

169) 위의 신문, 1934. 6. 29.

것만, 복순은 일테면 그 회의 부엌때기 노릇을 해왔다. (중략) 그러나 그 회의 비밀한 일이나 중요한 문서는 복순을 신용하고 맡기는 터이라 회관에서 숙직을 하고 잇스면 무상시로 여간 귀찬케 구는것이 아니여서 아모도 모르는곳에 몸을 숨기고 잇슬데를 차저 다녓다.[170]

복순은 학력이 짧아 남 앞에 잘 나서지 않는 대신 공부를 계속 열심히 한 끝에 단체 안에서 인정을 받게 된다. 인숙은 복순의 가르침을 통해 급진 사조에 눈을 뜨면서 조혼제도라든가 남존여비의 불합리성을 깨닫게 된다. 인숙이 남편 봉환의 탈선 행각에 대해 고민하는 빛을 보이자 복순은 조선 여자들도 자립심을 길러야 "사내들한테 한평생 문서없는 종노릇을 하는" 신세를 벗어날 수 있다고 웅변한다. 복순은 인숙의 남편이 일본에 가서 미술을 공부한다는 말을 듣고는 "그따위 예술가들이 천명 만명 쏘다져 들어와두 조선의 실사회에는 조금도 유조할것이 업슬뿐더러 즉접 간접으로 업는사람들의 등ㅅ골을 뽑아먹은 행동이 될뿐이지요"[171]와 같이 시대나 공동체를 외면한 예술지상주의자를 공격하는 효과를 거둔다. 인숙은 어린 아들이 죽는 고통을 겪고 시가에서 부정의 혐의와 그에 따른 냉대를 받고 합의 이혼한 끝에 복순·봉희·세철과 함께 북쪽 해변의 조그만 도시로 발길을 돌려 무산 아동들을 위한 교육사업에 투신하게 된다. 교육사업 투신은 폭력투쟁이나 이념투쟁을 포기한 것으로 비치기는 하지만 주의자와 기존 제도 사이의 대립, 주의자와 가진 자 사이의 갈등 관계에서 박복순이 승리한 것을 의미한다. 봉희가 대갓집 딸의 신분을 박차버리고 고학생이며 주의자인 세철과 동지 관계 및 부부 관계를 이루었다는 것도 결국 세철이 승리한 것으로 볼 수 있다.

---

170) 위의 신문, 1934. 5. 31.
171) 위의 신문, 1934. 7. 2.

한 젊은 남녀가 현실에 대한 저항의식을 매개로 하여 동지 관계와 사랑
을 동시에 이루어나간다는 모티프는 심훈의 마지막 장편인『상록수』에서도
볼 수 있거니와 이미『동방의 애인』에서 그것도 아주 극적인 분위기를 갖
추며 나타난 바 있다.

「지금부터 김동렬 강세정두동지의 결혼식을 거행합니다.」
　선언이 긋나자 몃사람의청년은압흐로나스며「인터내슈낼」을 불르기 시작
하얏다. 녀자의새된목소리도 석겻다. 여러사람은그에 화하야 목청썻불넛다.
　몃십년동안 찬송가 소리에만저젓든 례배당의 천정과마루와십자가를 삭인
류리창은처음듯는「인터내슈낼」에 놀래여 움쑥움쑥 사개가 물러안는것가텃
다. 그째엿다. 정문이 드르륵— 열리며 찌긋한군인한사람이유난이 큰 목소
리로 그노래를마추어불르며 거침업시들어섯다 「박진써다! 진씨가왔다!」[172]

청춘 남녀 한 쌍이 운동의 동지가 되면서 동시에 애인이나 부부가 된다
는 사건은 평소에 심훈이 여러 문학 장르를 통해 그려내곤 했던 '사랑'의
문제와 '의식'의 문제가 만나면서 낳은 화음이라고 할 수 있다. 훗날『상록
수』에서는 사랑과 동지의식이 화음을 내지 못한 것으로 끝나고 말았다.[173]
　『구원의 여상』『제2의 운명』『불멸의 함성』『성모』『청춘무성』 등의 장편
소설들은 훗날 이태준이 자신의 단편소설「토끼 이야기」(『문장』, 1941. 2)
에서 '현'이라는 작중 작가의 입을 통해 신문연재작가로서의 착잡함과 부끄
러움을 고백하기는 하였지만 음미하고 가치를 부여할 만한 요소를 지닌다.
이 장편소설들은 남녀 주인공 사이의 사랑의 결렬이라는 세속사가 사랑의
실패를 어떤 형태로든 극복하여 대승적인 인물로 변신한다는 신성사로 결

---

172) 『조선일보』, 1930. 12. 2.
173) 『직녀성』에 대한 보다 자세한 논의는 졸고,「심훈의『직녀성』에 보인 갈등상」,『한국소설과
　　갈등』, 문학과비평사, 1990, pp.200~19에 들어 있다.

말을 맺는 공통점을 보여준다.

"어둠의 낙원"에서 "가을꽃"까지 모두 20장으로 구성된 『久遠의 女像』(『신여성』, 1931. 3~1932. 8)은 몸이 약하고 정조를 중시하는 인애가 손영조를 에워싸고 후배이자 활달한 신여성인 명도와 대립하다가 진정한 사랑의 경지에 올라서 명도도 용서해주고 사회주의자 손영조를 위해 희생한다는 순애보를 들려준다. 어렸을 때 어머니를 여의고 외삼촌 집에서 자란 인애는 그 집에 가정교사로 들어온 손영조와 가까워져 어른이 될 때까지 남매처럼 지낸다. 와세다 대학으로 유학 가 있는 손영조와 평양서 학교를 마치고 여교장의 배려로 교빙생이 되어 서울 학교의 기숙사에 있는 인애는 서로 편지를 주고받긴 했으나 인애의 보수적이고 얌전한 성격 때문에 연인의 관계로 발전되지는 못하였다. 바로 그 틈을 인애의 후배이자 건강미가 넘치고 활달한 명도가 파고들어가 손영조와 가까운 사이가 된다. 손영조도 명도를 보고 "이런 여자가 동지랬으면!"[174] 하고 느끼면서도 "인애도 이렇게 건강했으면" 하고 생각한다. 명도를 처음 보고 호감을 가졌을 때 영조는 이미 주의자로 활동하고 있었다.

영조는 두 손님을 보내고 아마도에 섬긴 비방을 소리를 들으며 자기방으로 올라왔다. 쓸쓸하였다. 다시 아래로 내려가서 목욕을 하고 올나왔으나 몸은 고닯으면서도 생각은 어수선하여 잠이 날내 오지안었다. 잽혀간 동지들의 생각, 련락선에서 조사당하든것, 잽히기만하면 삼년이상은 자유를 잃어바릴것, 인애생각과 명도생각, 그리고 주의생활과 련애에대한것 등, 베개를 다시돋을때마다 일은 봄비소리만 더욱 그의 가슴을 설레게하였다.[175]

---

174) 『신여성』 연재본(1931. 6, p. 88)에는 "이런 여자가 커뮤니스트라면—"으로 되어 있다.
175) 『구원의 여상』, 태양사, 1937, p. 159.

손영조는 인애에게 애인이자 동지가 되어줄 것을 요구하지만 남녀 구별 없이 사상운동 하는 것을 꺼려한 인애는 거절하고 만다. 영조가 몸이 건강해야 한다고 하면서 인애의 손을 잡았다가 인애가 손을 빼는 것을 보고 봉건 시대 여성들 같다고 하자 인애는 자기는 '코론타이당'도 아니지만 "어때까지든지 여성으로서 완성을 도모할게지 여성의 지위를 멸시된채 내여 바리고 남성화하려는 그런 여성운동 아닌 여성운동엔 휩쎄고 싶지 안어요"[176]라고 단호하게 말한다. 영조는 점차 인애를 평생 같이하기 어려운 여성이라는 생각을 하게 된다. 마침내 그는 인애에게 미안한 생각은 갖고 있으면서도 "그런 감상적 온정은 주의생활자에게 절대 금물이다"[177]라고 하면서 명도에게로 기울어지고 명도를 임신시킨다. 여러 동지가 붙잡혀 가게 되자 영조는 다시 동경으로 달아나버리고 명도는 임신한 몸으로 동경까지 가서 영조를 찾았으나 허탕 치고 아이도 유산하고 만다. 이럴 즈음에 영조와 명도에 대한 배신감에 시달리던 인애는 아가페적 사랑으로 나아가는 변화를 겪게 된다. 참된 사랑은 질투심과 배신감을 넘어서는 것이라는 경지에 닿게 된 것이다. 인애는 괴테의 『파우스트』의 마지막을 장식하는 "영원히 여성적인 것이 우리를 구원한다"는 말을 연상케 하는 "구원의 여상"을 보여주기 시작한다. 인애는 폐결핵으로 병원에 입원해 있을 무렵에 서대문 형무소에 있는 손영조의 편지를 받고 손영조의 실체를 파악하게 된다. 인애는 아픈 몸을 이끌고 여러 차례 면회를 가고 치료비 조로 그린 선생에게 받은 돈 1백 원을 거의 다 손영조에게 사식을 넣어주는 데 사용한다. 마침내 손영조는 감옥에서 탈출하고 인애는 그녀를 다그치러 온 일본 경찰 앞에서 피를 사발이나 쏟고 병원으로 실려가 문병 온 명도를 용서해주고 세상을 떠나고 만다.

---

176) 위의 책, pp. 172~73.
177) 위의 책, p. 186.

『第二의 運命』(『조선중앙일보』, 1933. 8. 25～1934. 3. 23)[178]의 주요 인물은 심천숙, 박순구, 윤필재, 강수환, 남마리아 등이다. 심천숙은 윤필재를 오빠라고 부르면서 자랐다. 필재와 천숙은 서로 이성으로 좋아하기는 하면서도 필재가 천숙의 순결을 보호해준다는 명분에 지나치게 집착한 것 때문에 둘 사이는 더 가까워지지 않는다. 장안 갑부 박자작의 아들로, 결혼 경험 있고 여성 편력이 있는 박순구의 집요한 구애 작전으로 심천숙이 윤필재를 배신하고 박순구와 결혼하게 되는 것이 중심사건의 하나요 원인적 사건이다. 중간에 필재는 이를 알면서도 소극적으로 대처했던 것이다. 평소에 박자작의 도움을 받았던 필재는 이를 다 끊어버리고 여자를 빼앗긴 고통과 고학의 고달픔 속에서 살아간다. 필재는 모교의 교사로 생활하며 여선생 남마리아와 가깝게 지내던 중 철원에 있는 관동의숙이 경영난에 허덕인다는 신문 기사를 보고 그 학교를 살리기로 결심한다. 여기에 남마리아도 교사 생활을 다 청산하고 용담마을에 내려와 적극적으로 필재를 돕는다. 두 사람은 마치 부부처럼 학교를 내었고 온 동네의 의사 노릇과 교사 노릇을 하였다. 마을 사람들의 경제 관념도 바꾸어주었다.

관동의숙은 더욱 빛났다. 필재는 관동의숙의 밧갓주인처럼 마리아는 관동의숙의 안주인처럼 한 집안을 이룩하듯 그들은 팔을 걷고 덤비엇다. 학생들은 그들의 자녀와 같았다. 그들을 따르는것이 그랫고 그들의 덕성에 감화되어 감이 또한 그랫다.

필재와 마리아에게 감화됨은 관동의숙의 학생들 만은 아니었다. 필재는

---

178) 다음 논문을 주목할 필요가 있다.
    안남연, 「이태준 장편소설의 작중인물 유형연구」, 『한국어문학연구』 4집, 한국외대, 1992.
    김은정, 『이태준 장편소설 연구』, 서강대 박사학위 논문, 2002.
    장영우, 『그들의 문학과 생애, 이태준』, 한길사, 2008.

남자들에게 마리아는 부녀자들에게 저녁마다, 틈틈이, 그리고 일요일은 먼 동네까지 돌아다니며 그들의 문화를 향상시키기에 전심전력을 기우렷다.

마리아는 부녀자들을 맛나볼수록 그들의 무지함과 그들의 가정을 살펴볼 수록 그들의 가난함을 외국사람이나처럼 놀라지 안흘수 업섯다. 늘 신문과 잡지에서 문맹이니, 기근이니 하는 제목을 보기는 만히햇스나 그저 그런가 보다 햇슬뿐, 그 대명사들이 이처럼 딱한 정경을 설명한것인것은 꿈에도 몰 랐든것이다. [179]

돈을 주겠다고 하면서 자기를 범하려는 주기헌이란 자의 면상을 술병으 로 친 혐의로 경찰에 잡혀간 마리아는 급성 폐렴으로 죽고 만다. 이 소설 은 필재가 박순구와의 결혼 생활에 실패한 천숙이 용담마을에 와서 일하겠 다는 것을 뿌리치고 용담마을을 떠나버리는 것으로 끝난다.

『不滅의 喊聲』(『조선중앙일보』, 1934. 5. 15~1935. 3. 30) [180]에서 박두 영은 형옥의 가정교사였고 그 언니인 원옥과 가까운 사이였으나 사회주의 자 천오상에게 원옥을 빼앗긴다. 원옥의 동료 교사였던 천오상은 원옥에게 사회주의를 가르치는 계몽주의자로 등장한다.

그들은 사관에서 맛날때마다 긴 시간을 함께 보내엿다. 그리고 처음에는 그들의 화제가 대부분의 사회문제엿섯다. 그래서 원옥은 무슨 하꾸라이화장 품의 이름처럼 듯기는 만히 들엇스나 그게 무엇인지 모르든 「레-닌」이니

179) 『조선중앙일보』, 1934. 2. 28.
180) 다음 논문들을 주목할 필요가 있다.
    김종균, 「이태준 장편소설 『불멸의 함성』에 나타난 민중문화의식」, 『한국어문학연구』, 한 국외대 한국어문학연구회. 1992.
    채호석, 「이태준 장편소설의 소설사적 의미―『不滅의 喊聲』을 중심으로」, 상허학회, 『상 허학보』 1. 1993.
    김은정, 「『불멸의 함성』의 플롯과 작가의 지향성」, 배달말학회, 『배달말』 34. 2004.

「맑쓰」니 하는것이 사회사상가들의 이름임을 알게 되엿고 거기서 한거름씩 두거름씩 나아가서는 그들의 사회정책에 대한 어느 정도의 이해력도 가지게 쯤 되엿다. 한낫 야튼 상식이 녀성으로서 오직 자긔 개인의 공상뿐이든 그의 정신계는 이 천오상으로 말미암아 다른 경지가 열려나가기 시작한것이다. 말꿰에 총명한 원옥이, 또 봉건적 가정 인습에서 시앗을 둘씩 셋씩 보고 희생의 생활을 하는 자긔 어머니에게 대한 불타는 동정심을 가진 원옥은아 직까지는 막연하게 원망스럽기만 하든 자긔 아버지에게 천오상에게서 어든 「뿌르조아지」란 대명사를 걸어노흘수가 잇섯고 또 막연하든 원망스러움을 선명한 미움의 감정으로 바꿀 수가 잇섯다. 이러케 천오상의 사상은 곳 원옥의 것으로 옴겨지기 시작한것이다. 그리고 으레이 도달한 론제로서 남녀의 문제, 즉 성문제에까지 기탄업시 리론의 길을 열엇다.[181]

박두영과 천오상 사이에서 갈등하던 원옥은 마침내는 천오상을 택하게된다. 원옥을 임신시킨 천오상은 "평양에 잇는 동지들과 어떤 결사를 조직하려든 것이 탈로되어 잡히게 되자" 원옥을 열혈 동지인 것처럼 끌고 들어간다. 천오상에게는 징역 6개월이, 원옥에게는 무죄가 선고된다. 이후 이소설은 박두영이 일본 유학을 마치고 미국으로 건너가 한국인 노동자들의 도움을 받아 존스홉킨스 대학에 입학하여 졸업한 후 귀국하여 원옥과 재결합하기까지의 과정을 그리고 있다. 이 과정에서 박두영은 개인의 사랑보다 동포애가 더 크고 소중한 것임을 깨닫게 된다.

『聖母』(『조선중앙일보』, 1935. 5. 26~1936. 1. 20)[182]는 모두 20장으로

---

181) 『조선중앙일보』, 1934. 7. 20.
182) 다음 논문들을 주목할 필요가 있다.
　　　민충환, 「『성모』에 나타난 한 문제」, 『학산문학』(1992년, 여름호).
　　　안남연, 「『성모』에 나타난 인물들의 관계 연구」, 『한국어문학연구』 5집, 한국외대, 1994.
　　　이명희, 「이태준 장편 『성모』 연구」, 『현대소설연구』 1, 한국현대소설연구회, 1994. 8.
　　　심진경, 「이태준의 『성모』 연구」, 『상허학보』, 상허학회, 2002. 2.

구성되어 있다. 미인인 순모(17세)와 못생긴 덕인이 성·연애·출생 등에 대해 대화를 나누는 "어느날 밤의 대화", 법학 전문학생인 김상철의 관심이 덕인에게서 순모로 옮겨지는 "헤여날 수 업는 꿈", 여름방학을 맞아 상철의 제안으로 학우회를 만들고 상철이 순모를 사랑하게 되는 "여름방학", 상철의 소개로 순모와 처음 대면하는 상야미술학교생 박정현이 순모를 모델로 삼겠다는 "익어가는 실과", 순모는 반라로 모델이 되어주고 덕인이 상철에게 적극 공세하여 성관계를 맺은 후 청혼 약속을 받아내었다고 하자 순모가 정현 집에 가서 포옹하는 "길일흔 사랑", 순모와 하룻밤을 같이 지낸 정현이 졸업한 후 결혼하자고 제의하는 "눈오는 아츰", 순모와 동거하게 된 정현이 구직에 허덕이다가 창의양화연구소에 나가게 되었으나 순모와 상철을 연결지으며 싸움질하는 "밋는 나무", 정현이 연구생이었던 윤부전과 동경으로 애정도피 하고 순모는 임신을 확인하고 우연히 만난 상철이 재결합을 제의하는 "아이", 순모는 상품 진열장 간수로 취직하고 정현은 폐렴에 걸려 고생한다는 편지를 보내는 "영웅심포니", 예술을 위해 당신과의 관계를 청산하자는 편지와 돈 3백 원이 오는 "모든 것을 싸와 이기리라", 순모의 아들은 엄마 성을 따라 안철진으로 이름을 짓고 상철은 순모에게 계속 청혼하는 중 변호사 시험에 합격하는 "철진이", 박정현과 윤부전 내외와 딸을 우연히 월미도에서 만나는 "맛나는 사람들", 상철과 그 딸 옥경과 순모와 그 아들 철진이 가끔 만나면서 철진이 고등보통학교에 들어가 사생아인 것을 알게 되는 "세월은 흘러", 순모는 조선어 사랑, 민중 사랑, 연애 금지 등을 교육하고 철진은 비밀 결사 가담한 것이 들통나 해외로 도피하는 "봄과 봄" 등으로 정리해 볼 수 있다.

상철의 청혼을 계속 거부하고, 박정현에게 배신당하고, 생활고에 시달리는 등의 고생을 해온 순모는 아들 철진을 제대로 교육시키는 데 힘쓴다. 그녀는 무엇보다도 조선어와 조선 민중을 사랑할 것을 강조하면서 연애는 가급적 늦게 할 것을 권한다. 사립 전문교를 준비하는 철진이 조선어는 다른 언어와는 달리 표정이 없어 공부하기 싫다고 하자 순모는 "말과 글이 그민중의 최후의 목숨인줄 모르니? (중략) 우리말 우리글 우리 풍속, 우리 예절, 우리 감정에 서툴르면 그사람은 세계의학자는 될가 그러나 조선 의학자는 아니다"[183]라고 한다. 어머니의 가르침을 실천에 옮기기나 한 것처럼 철진은 비밀 결사의 성격을 띤 "우리연구회"에서 해외 연락책으로 활동하던 중 연구회원 여러 명이 체포되는 일이 벌어지자 중국으로 도피할 계획을 세우게 된다. 철진이 해외로 간 후 어머니는 어떻게 살 것인가 하고 걱정하자 "네 가문 난 양재봉, 편물, 자수, 이런걸 좀더 배워가지구 가정부인들과 접속할 무슨 기관을 하나 맨들테다"[184] 하고 적극적이고 건강한 설계를 털어놓는다. 이 소설은 철진이 배를 타고 중국으로 떠나고 순모는 상철의 딸 옥경을 며느리로 생각하고 철진을 기다리며 한집에서 살기로 하는 것으로 마무리된다.[185]

이태준의 장편소설들은 사랑의 성공이든 실패든 한결같이 남녀 간의 사랑 이야기로만 끝나지는 않았다. 남녀의 사랑의 파탄은 남주인공이 주의자로(『구원의 여상』), 남녀 주인공이 농촌계몽운동가로(『제2의 운명』), 여주인공이 독립운동하는 아들을 지도하는 것으로(『성모』), 남녀 주인공이 사회사업가로(『청춘무성』) 변신하는 것으로 이어지고 끝을 맺는다. 이처럼 이태준의 장편소설은 기본적으로 개인적 '사랑의 실패담'과 '공동체를 위해 자기를 희생하는 인물로의 변신담'으로 짜여 있는 것에 단편소설들도 어느 정도 상조한다. 대승적 기획이나 실천을 통해서 소승적 사랑의 실패를 넘어서려 한다는 이야기, 신성사(神聖史)에의 편입 기도를 통해 세속사(世俗史)에서의 실패를 보상받으려 한다는 이야기를 제시하는 이들 장편소설은 승

---

183) 『조선중앙일보』, 1936. 1. 6.
184) 위의 신문, 1936. 1. 16.
185) 『제2의 운명』『불멸의 함성』에 대한 논의는 졸고, 「이태준의 소설세계」, 『한국 현대문학사상 논구』, pp.204~206의 주요 부분을 추려놓은 것이다.

화의 서사를 제시하는 것이라고 할 수 있다.[186]

박화성(朴花城)[187]의 장편소설 『北國의 黎明』(『조선중앙일보』, 1935. 3. 31~12. 4)은 여주인공 백효순이 투사로 성장하는 과정을 그린 소설이다. 백효순은 첫 연인인 유부남 리창우가 자기를 그리워하는 마음이 날 때마다 몇 번이고 읽어 자기 것으로 만들어야 한다면서 붉은 거죽으로 된 크로포트킨의 『청년에게 호소함』을 주고 떠나간 것을 기점으로 급진 사상에 관심을 갖는다. 누이동생 효순이 7년 동안 교사로 일하며 보내준 학비로 동경 유학을 마친 오빠 백남혁이 감옥에 가게 되어 효순의 동경 유학에 차질이 생기자 7년 전 동료였고 청혼까지 했던 최진이 후원자로 나선다. 두 남녀는 약혼하면서 서로 사랑도 하고 이념도 같아야 진정으로 결합될 수 있는 것이라고 조건을 단다. 일본 유학을 간 효순은 매주 토요일 오후마다 자기 하숙집에서 조선 여자들만의 독서회를 갖는다. 회원은 전문교생, 단체의 부인부 임원, 여학생 등으로 구성되어 있었으나 효순이 입을 다물고 있어야 할 만큼 그들의 지식 정도나 토론 수준은 높았다. 그리고 효순은 상현의 소개로 각 단체의 투사들을 많이 알게 되었고 ××동경지회를 조직하게 된다. 이렇게 적극적으로 운동하고 다닐 때 후원자인 최진은 실제 운동에는 나서지 말라, 단체의 간부는 되지 말라, 실천 운동은 이르니 더 꾸준히 공부해서 이론 체계를 세워야 한다 등과 같은 충고를 하면서 계속 마음대로 하면 앞으로 우리의 관계는 없을 것이라고 최후통첩을 보내기도 하였다. 이에 효순은 파혼 선언을 한다. 그리고 얼마 후 효순은 경성고보 출신

---

186) 졸고, 「이태준의 소설세계」, 『한국현대문학사상논구』, p. 207.

187) 전남 목포시에서 출생(1903), 아명 말재, 목포 정명학교 졸업(1915), 숙명여자고등보통학교 졸업(1918), 영광중학원 교사 부임(1921), 『조선문단』 1월호에 단편 「추석전야」로 등단(1925), 근우회 동경지부 위원장(1927), 김국진과 결혼(1928), 일본여자대학교 영문학부 3년 수료(1930), 반전데이 삐라사건으로 김국진이 체포되어 3년 언도(1931), 김국진과 이혼 후 천독근과 혼인(1938), 조선문학가동맹 목포지부장(1947), 1988년에 사망. 본명 경순, 아호는 화성(花城), 소영(素影).

이고 와세다 대학 정치학과 학생이며 ××총동맹원으로 이론이 뛰어나고 선동적인 웅변에도 능한 김준호와 사랑하여 딸을 낳게 된다.

준호는 사상운동 혐의로 감옥에 가 있을 때 딸 이름을 정혜라고 지어 보냈고 효순은 정혜를 등에 업고 남편을 면회하러 가기도 하였다. 1930년 10월에 준호는 만기 출소하고 귀향하여 농민조합 조직에 몸을 바쳤다. 그 이듬해 효순은 정훈이라는 아들을 낳았다. 얼마 후 준호는 농민조합 조직 혐의로 다시 체포되어 징역 3년형을 받고 M형무소에서 복역하게 되었다. 2년 반 정도 지났을 때 면회 온 효순에게 준호는 과거를 청산하고 방향전환하기로 했다고 하면서 톨스토이 · 슐라이허마허의 종교 서적과 플라톤 · 스피노자의 유심론 서적을 차입해달라고 부탁한다. 심장과 폐에 이상이 생겨 가출옥한 준호와 효순은 일대 사상 토론을 벌이게 된다. 건강을 잃어버려 자신감을 상실한 준호가 건강을 회복하고 어린것들을 키우고 길게 내다보며 계몽사업이나 구원사업을 하면서 지내자고 하자 효순은 궤변이니 배신이니 하면서 받아들이지 않는다. 백효순이 김준호와 헤어지고 이미 백상현과 오순정이 가 있는 북국으로 가는 것으로 대단원의 막을 내린다. 여러 남녀 사이의 연애담을 들려주고 있으나 이 소설의 정채는 백효순과 최진, 백효순과 김준호의 관계와 파국에서 찾을 수 있다. 이 소설은 양적인 면에서는 연애소설이, 질적인 면에서는 여성주의자소설이 중심을 이루고 있기는 하지만 예술성을 확보하지 못했다든가 구성미를 거두지 못했다는 평가는 피할 수가 없다. 박화성의 실제 삶에 큰 영향을 준 오빠라든가 첫째 남편 김국진 같은 인물들과 신간회라든가 근우회와 같은 단체들이 이름만 바뀐 채 그대로 반영된 점에서 자전적 소설로 부를 수도 있다.

김말봉(金末峰)의 『密林』(『동아일보』, 1935. 9. 26~1938. 2. 7)에는 진지하거나 자기희생적인 인물이 여럿 등장한다. 20년 전 서양인이 경영하는 병원에서 서기로 일하던 서정연은 죽마고우 유명춘이 1만 원을 남기면서 자기 아들을 잘 키워달라는 유언을 듣는다. 서정연은 그 돈으로 포목상을 내어 성공한 후 4층짜리 백화점을 짓고 인조견공장과 고무신공장을 내고 4년 전부터 인천에 대규모 축항회사를 내어 2백만 원이 넘는 재산가가 된다. 양아들 유동섭은 규슈 대학 의과를 졸업하고 박사 논문을 준비 중이고 친딸 자경은 피아노를 전공하고 양행할 준비를 하고 있으며 두 남녀는 결혼하기로 되어 있다. 동섭은 자경을 사랑하기는 하지만 축항 공사장 인부들을 연민의 시선으로 보며 우리는 남의 행복을 가리는 존재가 되지 말자고 다짐하기도 한다. 이에 자경은 노동자들 때문에 자기네 집안이 파산하는 것은 원치 않는다고 하면서 친구 인애에게 동섭이 사회주의자가 되는 것이 아니냐고 걱정한다. 그러던 차에 동섭은 "식물홀몬에 대한 일고찰"이란 박사학위 논문 초고를 찢어버리고 박사는 되지 않을 것이며 진정한 의사가 되리라고 결심한다.

인애가 학비를 대어 일본에서 산구고등상업학교를 졸업하고 취직을 못한 오상만은 귀국해서도 구직난에 허덕거리다가 서정연의 비서로 취직한다. 서정연을 따라 일본에 갔을 때 옛 애인 여급 요시에가 자기 아들 학세를 낳아 기르는 것을 알게 되고 곧 있다 한국으로 데리고 가겠다는 약속과 그동안 양육비를 보내주겠다는 약속을 한다. 서정연과 오상만은 긴급한 연락을 받고 급거 귀국하여 동섭이 사회주의운동 혐의로 고등계 형사들에게 체포된 것을 알게 된다. 서정연이 각 방면으로 힘을 쓰나 쉽게 석방되지 못한다.

물불 안 가리고 출세하여 세상을 향해 복수하기로 맘먹는 오상만은 인애와 요시에 사이에서 갈등하면서도 자경에게 접근하여 천둥 번개가 치는 날 월미도 숙소에서 그녀를 함락한 후 청혼한다. 예정보다 닷새 빨리 출옥한 동섭은 자경이 이미 상만의 사람이 된 것으로 알고 자경을 포기한 채 그길로 대중과 사회를 위한 일에 뛰어들 것을 결심하면서 인천에 가 야학운동을 펼친다. 상만의 아이를 임신한 자경이 찾아왔으나 동섭은 냉담한 반응을 보인다.

이 무렵 동섭에게 일본명 오꾸마인 조선 여성 금순이 접근한다. 금순은 일본인의 양녀로 커서 일본에서 예기로 팔려 일본인 남자와 상해로 이주하였으나 남자가 죽은 후 바를 차리고 이번에는 영국인의 첩이 되었다가 영국인이 귀국한 후 러시아인과 하얼빈에서 동거하다가 다시 상해로 이주했다가 조선에 와 댄스홀 오로라를 차린다.

자경과 상만은 결혼하고 요시에는 학세를 데리고 조선에 들어와 집요하게 상만을 쫓아다닌다. 무료 병원을 개설하겠다는 동섭의 편지를 받은 인애는 기독교에 귀의하고 오로지 일을 위해 살겠다고 인천으로 내려간다. 낙산 아래 문화주택을 마련한 상만은 요시에에게도 자주 가서 자고 오는 이중생활을 하면서 오꾸마 즉 금순과도 가까이 지낸다. 자경은 딸 혜순을 출산한다.

오꾸마는 상만에게 경마장에서 돈 만 원을 벌게 해주어 환심을 사고 30만 원짜리 금광을 사면 20억이 들어온다고 꼬여 투자를 권한다. 요시에 모자와 월미도로 소풍 갔다가 학세가 배가 아파 유동섭의 병원으로 간 상만은 동섭에게서 자경을 불행하게 만들지 말라는 충고를 듣는다. 매축 공사장이 총파업에 돌입하고 자경의 딸 혜순은 성홍열로 죽는다. 오상만이 여러 사람을 매수하여 서정연을 몰아내고 사장 자리를 차지하자 자경은 상만에게 이혼을 제의한다. 고야 형사부장은 오꾸마의 주변을 감시하고 오꾸마는 동지 박병수를 의심한다. 고야 형사부장은 오꾸마에게 결혼 제의까지 하는 트릭을 쓰고 오꾸마도 이를 이용한다. 자경이 택시에 치이자 노마의 형이며 주의자인 정평산이 구해주고 상만이 마련해 온 돈 30만 원을 받은 영수는 돈 27만 원을 빼앗긴다. 오꾸마는 탈출하고 타락한 주의자임이 드러난 정평산은 경찰에게 쫓긴다. 자경은 총에 맞아 입원하고 오꾸마는 인천으로 가 인애에게 딸 송이를 부탁하면서 50만 원이 든 돈가방을 맡기고 탈출 도중 수사망이 좁혀오자 한강에서 투신자살한다. 위독해진 자경에게 동섭과 인애가 수혈해주는 그 시간에 상만은 경찰로부터 자금 출처를 조사

받는다. 인애는 동섭에게 보낸 편지에서 자경과 잘해보라고 하면서 수녀가
되기 위해 명치정 성당으로 간다고 할 때 자경은 동섭에게 보낸 편지에서
인애와 잘 살라고 부탁하면서 자신은 외국으로 나갈 것이라고 한다. 오꾸
마가 인애에게 맡긴 돈 50만 원은 서정연이 인천실비치료원에 기부하기로
결정한다. 동섭은 인애와 결혼하기로 하고 서정연이 동섭을 다시 아들로
맞기로 한다.

『밀림』에서 프로타고니스트는 인천실비치료원을 운영하는 유동섭, 인애
등이며 두드러진 안타고니스트는 출세주의자이며 여자관계가 복잡하여 이
혼당한 오상만이다. 금순, 자경, 서정연 등은 중립적인 인물이라고 할 수
있다. 끝부분에 가서 인천실비치료원이 중심 무대로 올라서게 한 것은 사
회봉사나 대승적인 삶에의 의지로 과거의 불우하고 타락한 생활을 승화시
키려 한 이태준의 장편소설을 떠올리게 한다.

홍명희(洪命憙)의 『林巨正傳』의 "의형제편"(『조선일보』, 1932. 12. 1~
1934. 9. 4)은 "박유복이" "곽오주" "길막봉이" "황천왕동이" "배돌석이"
"리봉학이" "서림" "결의" 등 8장으로 구성되었다. 1948년도에 을유문화
사판으로 간행된 3권은 "박유복이" "곽오주"(1권), "길막봉이" "황천왕동
이" "배돌석이"(2권), "리봉학이" "서림" "결의"(3권)로 구성되었다. 나중
에 청석골에 모여 임꺽정을 대장으로 하고 모두 두령이 되는 이들 존재들
중 리봉학은 신궁으로, 박유복은 표창 귀신으로, 배돌석은 돌팔매질 달인
으로, 서림은 머리가 잘 돌아가는 존재로 그려져 있다. 박유복은 그의 아
버지가 나라에서 조광조를 죽인 까닭에 연사(年事)까지 흉년이라고 말 한
마디 한 것을 로첨지가 무고하여 관가에 잡혀 사형당한 것을 복수하여 로
첨지의 목을 자르고 도망한 경력이 있다. 청석골 근처 마을에서 위의 네
형으로부터 온갖 구박을 받고 자란 곽오주는 박유복과 의형제를 맺고 자기
어린애가 우는 것이 시끄러워 죽인 기행을 저지르고 청석골에 합류하게 된
다. 소금장사 길막봉은 자형을 불구자로 만든 곽오주에게 복수하려다 임꺽

정의 주선으로 화해한 후 결혼해서 청석골에 합류한다. 임꺽정의 처남인 황천왕동이는 봉산에서 장교 노릇 하다가 김해 역졸의 아들로 부정한 아내를 죽이고 도망가다 체포된 것을 놓아주었다는 혐의로 제주도로 귀양 갔다 온 후 청석골에 합류한다. 리봉학은 전라도에서 왜변이 일어났을 때 전라감사 이윤경 휘하에서 크게 활약하여 나중에 오위부장이 되었다가 임진별장으로 좌천된 경험이 있다. 서림은 광주 아전 출신으로 평양 감영 수지국장사로 있을 때 부정을 저질러 도망가다가 청석골 화적패에게 평양 진상 봉물을 차지하도록 정보를 준다. 백정의 자식 꺽정의 집에 평양 진상 봉물이 있다는 최가의 고변으로 양주 장교와 사령들에게 잡혀 당시 38세인 꺽정이와 그의 처와 형제들이 문초를 받는다. 임꺽정은 그때 마침 죽은 아버지 장사나 지내고 가겠다는 허락을 받고 나중에 감옥에 간다. 임꺽정은 황천왕동이와 박유복과 서림이 옥문을 부수고 도망가자고 하는 말을 들으면서도 자신의 앞에는 세 가지 길이 있다고 하면서 고민한다. 하나는 식구들과 옥으로 들어가는 길, 또 하나는 감옥에 있는 식구들을 버리고 혼자 멀리 떠나는 방법, 마지막 하나는 식구들을 빼내어 청석골로 달아나는 길이라고 하였다.

　　마지막한갈래는 식구들을 옥에서 빼내가지고 청석골로 달아나는길이니 서림이가 가르치고 유복이가끌고 또 천왕동이가 권하나 이길로가면 막이 적굴에 빠저서 도적놈으로 일생을 마치게 될것이라 세갈래길이 다가티 꺽정이 마음에는 조치안핫다 도적놈의 힘으로 악착한 세상을 뒤집어 어풀수만잇다면 꺽정이는 발서 도적놈이 되엿슬 사람이다 도적놈을 그르게알거나 미워하거나하지는아니하되 자긔가 늣깍기로 도적놈 되는것도 마음에 신신치안커니와 외아들 백손이를 도적놈만드는것이 더욱 마음에실헛다[188]

---

188) 『林巨正 義兄弟編三』, 을유문화사, 1948, p. 312.

마침내 임꺽정은 자기를 고변한 최가와 그 계집을 죽이고 황천왕동이와 박유복은 옥문을 부수어 식구들을 데리고 청석골로 향한다. 이들에게 현상금이 붙고 청석골에서 배돌석은 결혼식을 올린다. 안성에서 길막봉이가 잡혔다는 소식을 듣고 구출할 계책을 마련한다. 이들 여섯 두령과 칠장사 생불스님이 세상을 떠났다는 소식을 듣고 칠장사로 가는 도중에 길막봉이를 살려낸다. 칠장사에 가서 생불스님의 장례를 치르고 난 다음 임꺽정 · 리봉학 · 박유복 · 배돌석 · 황천왕동이 · 곽오주 · 길막봉이는 의형제 결의를 맺는다.

홍명희는 연재를 재개한 지 8개월 후에 "장편소설과 작자 심경"이란 설문을 받고 쓴 「『林巨正傳』을 쓰면서」에서 "조선 정조(朝鮮情調)"에 충실한 것이 자신의 창작 목표라고 하였다.

林巨正의史紀는 極히 短片々々으로 쎠러저잇는것밧게 업서서 대개는 나의 腹案으로 事件을 꾸미어가지고 나감니다 다만 나는 이小說을 처음 쓰기시작할째에 한가지 決心한것이 잇지요.

그것은 조선文學이라하면 예전것은 거지반 支那文學의 影響을만히밧어서 事件이나 담기어진 情調들이 우리와 遊離된點이 만헛고, 그러고 最近의 文學은 쏘 歐美文學의影響을 만히밧어서 洋臭가 잇는터인데 林巨正 만은 事件이나 人物이나 描寫로나 情調로나 모다 남에게서는 옷한벌 빌어 입지안코 純朝鮮거로 만들려고 하엿슴니다 「朝鮮情調에 一貫된作品」 이것이 나의目標엿슴니다.[189]

189) 『삼천리』, 1933. 8. p. 61.

4. 1930년대 전기(1932~35) 단편소설의 갈래

(1) 주의자소설의 확대
(가) 주의자에 대한 양가적 시각

한인택의 「개」(『비판』, 1932. 2)는 주의자를 다룬 소설로서는 독특한 구성과 결말을 취한 경우다. 주의자가 아버지에 의해 비극적인 최후를 맞는 것으로 그려놓았기 때문이다. 대지주인 송참봉의 둘째 아들인 CH는 아버지와 형에게 미움을 받았지만 소작인들에게는 무상으로 땅을 나누어 준 행위 때문에 영웅 대접을 받는다. 농민들을 위한 투쟁운동을 벌인 것 때문에 여러 차례 감옥에 갔다 온 그는 아버지 집을 습격하여 아버지와 형의 뒤통수를 갈긴 혐의로 체포되어 또다시 감옥에 가게 된다. 아버지 손참봉은 여러 차례 습격을 받자 거금을 들여 개 한 마리를 사놓는다. 이것도 모르고 CH는 출옥한 후 평소에 그의 유일한 편인 어머니를 만나러 갔다가 개한테 물린 것이 화근이 되어 광증을 일으켜 자살하고 만다. 박영희의 「사냥개」에서 사냥개가 주인인 악덕 지주를 물어 죽이는 우화성을 보여준 것과 「개」에서 주의자인 아들이 아버지의 대리적 존재인 개에게 물려 끝내 죽고마는 것은 좋은 대조가 된다. 「개」는 단편소설에서도 이렇듯 혈연마저 근본적으로 파괴하는 대립 관계가 선명하게 다루어질 수 있는 것임을 입증해주었다.

똑같이 동반자작가의 범주에 들면서도 이효석은 박화성과는 달리 투쟁적인 인물을 '몰락과 회의의 모티프'로 묶어버렸다. 이효석의 「오리온과 林檎」(『삼천리』, 1932. 3)은 백화점 점원인 나오미가 여공들과 학생들의 모임인 연구회에 가입하였으나 동지라는 느낌보다 '여자'라는 느낌과 부조화의 느낌을 준다고 하며 "금욕"보다는 솔직한 감정의 정직한 표현이 프롤레타리아의 도덕이라고 주장한다. 「약령기」에서는 학수가 능금나무 마른 가지에 꽃이 핀 것을 보고 정체를 알 수 없는 힘의 솟구침을 느끼고 「오리온과 능금」에서는 나오미에 의해 "능금은 아담과 이브의 신화에 나타나는 공간과 시간을 초월한 것으로 저 하늘의 오리온과 같이 길이 길이 빛나는 것"[190]으로 설명된다. "코론타이" "왓시리사"를 논급하며 토론을 벌이고자하는데 "로오사"의 초상화가 떨어져 깜깜해지자 놀란 '나'에게 나오미는 자기를 안아달라고 하는 것으로 끝난다. 나오미는 겉으로만 프롤레타리아운동에 참가하고 있을 뿐 남성, 욕망, 쾌락에 더 큰 관심을 가지고 있다.

이종명(李鍾鳴)의 「憂鬱한 그들」(『동광』, 1932. 4)에는 "어느 夫婦生活의素描一節"이란 부제가 붙어 있다. 교사인 정애가 월급날 여기저기 걸린 외상값을 갚을 생각을 하고 모자라는 10원을 구해 오라고 하자 남편이 화를낸다. 남편 진구는 어떠한 존재인가?

> 그러나 작년봄에 진구가 다니든 회사에서 노자관계(勞資關係)로 고주와 용인사이에 큰 동맹파업이 일어낫을때 진구는 용감하게도 착취당하는 사람들 짓밟힌 사람들의 동지가 되어 제일선에서 활동한결과 완악한 고주의 조건을 철훼시키고 승리를 가저오게 되엇다. 허나 그날부터 진구는 회사를 나오지 아니하면 아니되게 되엇다.[191]

전에 있었던 직장에서는 운동가로 성공하였으나 그 후 직업을 구하지 못한 남편에게 아내 정애는 "차라리 모다 치워버리고 운동선상으로 나스세요. 나는 당신의 운동의 수반자(隨伴者)가 되겠습니다. 리해잇는 후원자가되겠습니다"[192]라고 하면서 열심히 마르크시즘을 공부하려 했었다. 그런데 돈 10원만 구해 오라고 한 것에 불같이 화를 내는 것을 보고 정애는 남편

---

190) 『메밀꽃 필 무렵』, 성음사, 1971, p. 87.
191) 『동광』, 1932. 4, p. 130.
192) 위의 책, p. 130.

이 우울증에 걸린 것이 아닌가 하고 생각한다. 그 후 어느 날 정애가 퇴근하고 집에 가 보니 남편이 저녁을 짓고 있다. 아내가 만류하자 남편은 "과도기에 잇는 전위분자(前衛分子)에게 이만한 우울은 의례히 잇을것이라고 얏잡어보지만 그러케 간단한 것은 아닐 것 같소"[193]라고 한다.

장덕조(張德祚)의 「低徊」(『제일선』, 1932. 8)는 여성 운동가의 표리부동한 일면을 드러낸 소설이다. 여성 작가가 여성 주의자를 비판한 것도 하나의 특징이다. 3년 전에 어떤 사건으로 여학교를 중퇴하고 여사무원, 필경사, 여기자, 미용원 조수를 거쳐 백화점 여점원이 된 김영애는 그동안의 경험으로 강해진 끝에 여점원의 대우 문제를 중심으로 한 동맹파업을 주도하게 된다. 그러나 김영애는 겉으로는 강경함과 정직성을 내세웠으나 속으로는 우연히 만난 주의자인 옛 애인에게 몸을 허락한 대가로 소절수를 받고 그를 다시 부활시켜주겠다고 자기를 합리화하는 태도를 취한다.

이태준의 「서글픈 이야기」(『신동아』, 1932. 9)는 부잣집 아들로 동경 유학을 간 강군이 노자를 말하고 장자를 들먹거리면서 "맑스를 비롯하여 현실적인 모든 인물, 운동을 조소하는"[194] 태도를 보였으나 나중에 가서는 속물로 변해버린다는 이야기를 들려준다. 동경 유학 시절의 강군에게서 무정부주의자로서의 면모를 확인했던 '나'는, 아버지도 부정하고 교수에게도 대들고 하던 강군이 4, 5년 후 이기적이며 가정적인 남자로 변해버린 것을 목격하고는 서글픔을 느끼게 된다. 기본적으로 이태준은 기성 체제에 대해 비판할 줄도 알고 반항할 줄도 아는 부초적 지식인을 지지하고 있다.

조용만의 「歔欷」(『비판』, 1932. 10)의 제목 '허희'는 '흐느껴 운다'는 뜻으로 잘 쓰지 않는 말이다. 전문학교캠퍼스소설인 이 작품에는 수업료를 내지 못해 정학당하고 평소 자기에게 도움을 많이 준 박군에게 순수문학

---

193) 위의 책, p. 131.
194) 『신동아』, 1932. 9, p. 111.

표방의 동인지 간행사업 참여 압력을 받는 민구, 편모 슬하에서 경제적으로 넉넉하여 동인지 간행사업을 주도하며 학내의 예술지상주의 리더 노릇을 하는 박군, 올봄 좌익 학생 사건에 애매하게 연루되어 며칠 살다가 나와 좌익 학생들을 비난하며 졸업 후에는 고원 노릇 하겠다는 꿈을 털어놓는 최군, 불문학 전공 교수로 보들레르, 베를렌을 중심으로 한 상징주의 시 강의에 열중하는 K교수, 자유주의적인 학자의 태도로 진보적 학생들의 존경과 지지를 한 몸에 받는 M교수, 아편 중독자가 되어 어머니를 화병으로 죽게 만들고 거지가 되어 A남작의 문객이 된 민구의 아버지 등이 등장한다. 이처럼 생각이나 입장이 다른 인물들이 설정되고는 있지만 이들 사이의 노골적인 대립의 장면은 나타나지 않는다. 전반부에서 박군의 동인지 발간사업 참여 권유를 받은 민구는 "주의와정실의 두갈내길을 헤매는 약한 자기를 슲엇섯다"[195]고 하면서도 또 박군이 주도하는 동인지가 "일본의 신흥예술파의 잔해(殘骸)를 더듬는 예술파의 작은 병정들의 모임"[196]이라고 판단하면서도 속으로는 예술지상파를 경멸한다.

　　계급×선의 특등석……가장 명예롭고 가장안전한자리에 안어서 붓긋으로만 가장열렬하게 외치는 파랏고 말나쌔진 애편쟁이들에게 대한 불만이 더컷섯다. 이름을엇고 재퍼갈염려는거의업고 그리고 쌔로는 돈푼을 엇어쓸쑤잇고 쏘 가장량심적이고 진보덕인일로 자처할수잇는 명예로운 예술운동…… 민구는 그전에 왕조갓치 생각되엿든 그재리가 너무나 위선적이요 너무나 미온적을보여왓섯다. 그보다 더좀 사내다운 더좀 피쓸는일이잇지안은가? 붉은몸으로 대중압에 나서서 갓이 싸우고 갓치울만한 씩씩한일이잇지안은가? 박군들의 예술을위한예술……이철업는 이얘기는 귀가장자리로 들니지도 안

195) 『비판』, 1932. 10, p. 111.
196) 위의 책, p. 110.

앗섯다.[197]

흐느껴 우는 주체는 민구다. 민구는 자신이 속으로 견지하는 이데올로기
가 자꾸 약화되어가자 조용히 흐느끼게 된다.

조용만의 「背信者의 便紙」(『제일선』, 1933. 3)는 서간체소설의 장점인
주요 인물의 내면 토로의 용이성을 잘 살려내었다. 노동자들과 함께 독서
회를 해온 전문교생으로 아버지의 사업 파산에 따른 일곱 식구의 극도의
가난 때문에 열심히 취직운동을 하다가 마침내 충청도의 소문난 악덕 지주
이자 고리대금업자의 데릴사위가 된 K가 친구 R에게 보낸 편지의 내용을
소개한 것이다. 전문학교를 졸업한 후 K는 취직을 자본가에의 굴종으로
또 자신이 참여한 운동단체인 우리회를 배신하는 것으로 간주하였으나 집
안 식구의 굶주림이라는 현실에 직면해서 취직 쪽으로 기울어 "일체를불고
하고 운동에만 투신한다면 당장에 사회대중을위하야 가족을 히생식킨이상
의큰일을 할수잇는가?"[198] 같은 난문을 던진다. K는 인쇄소니 철공장이니
방적공장이니 가리지 않고 취직운동을 하였으나 어디 한 군데서도 받아주
지 않는 현실을 실감하면서 오히려 회사의 입장을 헤아려 "전문학교퇴
물 · 연약한몸과가는팔과손을보고 누가 직공으로 쓰겠나 더구나동맹파업
이자즌판에 이짜위 「인테리」가무엇인줄알고 만일지하운동의 「올가나이서」
라면 그야말로화(禍)를 불너드리는게안인가"[199]라고 자기 비하까지 서슴지
않는다.

그러던 중 옛날에 버스걸들의 지도자로 활동했던 현정희를 조우하게 된
다. 현정희는 버스 승무원 동맹파업의 지도자로 경찰서에 붙들려 갔다가
나와 아버지가 화병으로 죽는 일을 겪고 난 후 취직운동을 하였으나 주의

197) 위의 책, p. 111.
198) 『제일선』, 1933. 3, p. 68.
199) 위의 책, p. 70.

자로서의 이력 때문에 가는 데마다 거절당하고 마침내 일본인 집 하녀로 들어가 있다가 충청도의 부자요 고리대금업자의 첩으로 들어가게 되어 충청도로 내려간다. 현정희는 "눈보라치는겨울날에옷을헐벗고 몟씨를굶고보면 입에서「푸로」니「맑쓰」니하는소리가나온답듸짜? 나는내행동을조금도 후회하지안습니다. 대체누가올코글으다는것을비판할텝니짜?"[200]고 자신의 전향을 합리화한다. 현정희의 엉뚱함은 여기서 끝나지 않는다. 그녀는 K에게 자기 남편의 데릴사위가 되지 않겠냐고 제의한다. K는 처음에는 불쾌감을 느꼈지만 이틀 동안을 고민한 후 현정희의 남편 M의 데릴사위가 되겠다고 통보하고 집안 식구들을 데리고 충청도 M의 집으로 내려가게 된다. K가 자신은 하나도 잘한 것이 없다고 하면서도 "인테리의 몰락"을 화두로 제시하고 "몰락하는 놈은 몰락하라고 그냥버려두고 타매하고 조소만 하는것이 자네들의 취할 가장현명한 태도일가?"[201]라고 질문을 던진다. 도생을 위해 남녀 주의자가 서로 이해하고 협조하여 결국 변신의 길을 걷게 된다는 것은 이색적인 내용이다.

이기영의 「奴隷」(『동아일보』, 1934. 7. 24~29)에서 노예는 부르주아지의 노예와 술의 노예라는 이중의 의미를 갖는다. 경상도 어느 보통학교 교사 시절 교장에게 아부하지 않아 밀려난 경험이 있는 명수는 오륙학년생 몇 명이 열 차례 관사를 방문한 것이 불온사상 고취로 몰려 권고사직 당하자 깨끗하게 승복하고 상경하여 몇 년 동안 구직운동 한 끝에 다시 교사로 취직한 후 스스로를 "교육노동자"로 자각하면서 학생들과 한 몸이 되자고 결심한다. 그러나 명수는 구직운동 하는 시간에 또 교직에 만족하지 못하는 고통을 술로 풀어버리게 된다. 술의 노예가 되면 작게는 제 몸과 집안을 크게는 사회와 나라를 망친다고 인식하였다. 애주가요 두주불사였던 이

---

200) 위의 책, p. 72.
201) 위의 책, p. 73.

기영이 부르주아지의 노예는 벗어날 수 있지만 술의 노예 상태에서는 벗어나기 어려움을 고백한 것이라고 할 수 있다. 술이 유일한 위안거리임을 암시하였다.

한인택의 「굽으려진 平行線」(『신동아』, 1934. 8)은 같은 서울에서 5년 동안 소식을 몰랐던 '황'을 우연히 만나 그가 대학을 나와 교사, 신문기자의 길에 실패하고 지금은 철도 노동자로 일하면서도 전직 교사였던 아내와 아들과 행복하게 사는 사연을 듣게 된다. '황'은 교사끼리 연애한다고 쫓겨났고, 기자 시절에는 취재 대상인 여인과 신문 기사화하지 않겠다는 약속을 지키다 무능 기자로 찍히고 만다. '황'은 하향이동으로도 진실을 지킬 수 없었다. 그는 결국 검속되어 유치장에 간다.

김동인의 「大同江은 속삭인다」(『삼천리』, 1934. 9)는 대동강 예찬을 서론과 결론에 놓고 무지개를 잡으려고 집을 떠나 온갖 고생을 한 끝에 무지개는 잡지도 못하고 그만 늙어버린 소년의 이야기인 "무지개"와 아버지를 모시고 해변에 살던 두 딸이 성년이 되자 산 너머에 좋은 사람이 있다는 생각을 하고 언니와 동생이 차례차례 집을 떠난다는 "산넘에"를 들려준다. 짤막하고 동화 같은 이야기이긴 하지만 어느 시대 어느 곳에서나 볼 수 있는 인간의 삶의 본질을 파헤친 것일 수도 있고 이상주의자나 진보주의자를 냉소한 우화로 볼 수도 있다.

이효석의 「受難」(『중앙』, 1934. 12)은 주인공인 여성 투사 유라가 투쟁 과정에서 많은 남자를 거친 끝에 결국 병을 얻어 죽고 마는 것으로 그려놓고 있다. 학생 시절, 점원 시절, 잡지사 기자 시절을 겪으면서 파업 배후 조종과 같은 혐의로 여러 차례 감옥에 들어갔다가 나오는 유라는 동지를 규합한다는 명분에서 편집실의 젊은 동료, 과거의 빗나간 투사인 중년 동료, 운동 전선 낙오자, 합법운동의 최고 간부 등 여러 남자와 동지 반 애인 반의 관계를 갖게 된다. 「프렐류드」가 여성 투사가 출감 후 배고픔 때문에 매춘 행위를 하는 것으로 그린 것과 비교하면 이효석은 여성 주의자에게 더욱 냉정했던 것임을 확인할 수 있다.

"문학사 김만필(金萬弼)은 동경제국대학 독일문학과를 우수한 성적으로 졸업한 수재이며 학생시대는 한때 「문화비판회」의 한멤버로 적지않은 단련의 경력을 가졋으며 또 학교를 졸업한 후에는 일년반동안이나 실업자의 쓰라린 고통을 맛보아왔지만 안직도 「도령님」 또는 「책상물님」의 틔가 뚝뚝 뎃는 그러한 한 지식청년이엇다"[202]와 같이 주인공의 이력을 요약 소개하는 것으로 시작된 유진오의 「金講師와 T敎授」(『신동아』, 1935. 1)는 한국인 김만필 강사와 일본인 T교수의 갈등을 중심사건으로 삼고 있다. 작품 전체를 통해 갈등의 원인이 구체적으로 어디에 있는지 제대로 밝혀지지 않은 것이 한계로 남는다. 김만필은 동경 유학을 마치고 와서 취직운동을 벌이는 한편 평소 자신의 이념이 잘 담겨 있는 논문을 발표한다.

김만필은 례를 받고섯는 그짦은 동안에 착잡된모순의 감정으로 그의 과거와현재를 생각하였다. 대학시대에 문화비판회의 한 멤버이었던일 졸업하자 「취직」을 위해 일상 속으로 멸시하던 N교수를 찾어갓던 일 N교수로부터 경성의 어떠 유력한방면으로 소개장을 받든 일 그리고 서울로 도라온후 수차 조선일보 동아일보 등에 독일의 좌익문학운동을 소개하든 일 그리고 H과장의 소개로 작년가을에 이S전문학교 교장을 찾던일—이 모든 긔억은 하나도 모순의 감정없이 생각할수는 없는것이엇다. 이 인생의 모순의 축도를 자긔 자신이 몸소 보이고 잇는것같이 생각되었다. 지식계급이란것은 이 사회에서는 이중삼중 사중 아니 칠중 팔중 구중의 중첩된 인격을 갓도록 강제되는것이다.[203]

---

202) 『신동아』, 1935. 1, p. 221.
203) 위의 책, p. 223.

김만필은 논문은 좌익문학을 지지하는 방향으로 쓰면서도 실제 생활에서는 기성 체제를 향해 적응주의적인 행동 방식을 취하는 모순을 보인다. 마침내 김만필은 조선인 교수가 한 명도 없는 S전문학교에 강사로 취직하지만 처음부터 학교장과 일본인 T교수로부터 견제받게 된다. 김만필이 독일 좌익 작가를 지지하는 논문을 쓴 사실과 동경제대 학생 시절 문화비판회에 가입하여 활동했다는 전력은 직접 간접으로 견제하는 세력 사이에서 치명적인 약점으로 작용한다. 김만필 자신도 이러한 경력을 남에게 보이기 싫은 "정갱이의 험집"으로 비유하였다. 김만필은 전임 교수로 채용되지 못할까 봐 또 과거 급진주의자로서의 경력이 들통 날까 봐 전전긍긍하는 태도에서 끝까지 벗어나지 못한다. S전문교생들이 별 생각 없이 하루하루 생활에 도취된 것을 스스끼가 비판하면서 김만필의 동경제대 시절의 문화비판회원 경력을 끄집어내자 김만필은 극구 부정한다. "김만필은 못처럼 얻은 그의지위와 자기의 양심과를 저울에 달어가면서 고개를 좌우로 흔들었다"[204]고 작가가 서술한 것은 결국 패배한 지식인으로서 김만필의 모습을 보여준다. 전문 지식을 많이 쌓는 데는 성공했으나 양심과 지조를 지키는 면에서는 실패하여 참된 지성이란 어떤 것인가 하는 질문을 던지게 된다. 「김강사와 T교수」는 조선의 청년 지식인과 일본 지식인 사이의 마찰을 노골적으로 그렸다는 점 하나만으로도 존재 가치를 인정받을 만하다. 동경제대 N교수의 부탁을 받아 자기를 S전문학교 강사로 취직시켜준 H과장으로부터 왜 자기를 속였느냐는 질문을 받고 김만필이 시치미 떼려 할 때 옆방에서 T교수가 나타나는 것으로 끝난 만큼, 김만필을 계속 중상모략한 사람이 일본인 T교수인 것으로 폭로되는 플롯을 취한 셈이 된다.

이무영의 「墮落女 이야기」(『신인문학』, 1935. 1~3)도 끝에 가서 진상이 드러나는 방법을 취하였다. 과거에 주의자였다가 지금은 40원짜리 인쇄소

---

204) 위의 책, 1935. 1, p. 228.

사무원인 형재가 찬영과 다시 만나는 것으로 소설은 시작된다. 계급이 어떠니 사회가 어떠니 아나키즘이 어떤 것이니 했던 것은 다 과거지사라고 하고 자기는 지금 40원짜리 월급쟁이에 지나지 않는다고 고백하자 찬영은 "뭣이라니! 비교적 부르죠아던때 그만큼 계급의식에 눈이 떳던 형재씨가 정말 푸로레타리아가 된 지금와서 그런 의식을 버리다니요? 전보다도 훨씬 열열해야만 할 성질이 아니었을까요?"[205]와 같이 큰소리로 나무란다. 술에 취해 추태를 보인 형재는 찬영에게 뺨을 맞고 그 후 여러 차례 찬영이 있는 호텔이나 술집으로 찾아갔으나 만나지 못하고 이듬해 겨울 실직하고 만다. 형재는 룸펜 신세로 어느 날 도서관에 가 신문을 보고 "××예술가들의 신전술"이란 제목 아래 찬영이 좌익 예술단체 재건을 주도적으로 이끈 활약상을 읽게 된다. 여급으로 행세했던 찬영이는 주의자로 밝혀진 것이다.

조벽암(趙碧岩)의 「破鏡」(『신동아』, 1935. 7)은 주의자소설이다. 농촌 출신으로 대처에 가 공부하고 감옥에서 1년 살다 나오고 8년 만에 귀향하여 야학을 운영하던 창근은 다시 2년 전에 붙들려 가 감옥살이하고 고향으로 돌아온다. 그사이 사랑하던 여인 칠분이는 딴 곳으로 시집가버리고 말았다. 제목을 보면 조벽암이 강조하고 싶었던 것은 칠분이의 사랑의 배신이었다.

이효석의 「季節」(『중앙』, 1935. 7)은 한때 주의자였던 건이 동지들과 헤어지고 잡지 사업에도 실패하고 동거녀인 여급 보배가 임신한 지 5개월째 되는 아이를 중절 수술하여 다리 아래 버린다는 충격적인 사건을 설정하였다. 건은 이러한 일을 겪자 두서없던 생활이 결말이 났고 수년간 무위의 생활도 막을 내렸다고 판단한다. 건은 폐결핵에 걸린 보배를 인천 해수욕장에 데리고 갔다가 그길로 동경으로 건너가 주의자 생활을 재개한다.

---

205) 『신인문학』, 1935. 3, p. 137.

현경준(玄卿駿)의「濁流」(『조선중앙일보』, 1935. 9. 17~27)는 주의자로 감옥에 갔다 나온 유덕이 마을의 청년 훈련회 간사에다가 자력갱생회원을 맡고 마을의 향약 일에 적극적으로 협조하면서 야학을 전부 없애버리는 데 앞장서고 동생 금옥이 급진적인 좌익 서적을 읽지 못하게 하는 식으로 변한 모습을 보여준다. 유덕은 면사무소 서기 자리를 예약해놓은 것이나 다름없다. 같은 주의자로 감옥을 다녀왔으나 태도가 별로 바뀌지 않은 명식은 유덕이 찾아와 객관적 정세의 변화에 따라 주의자들도 변해야 하고 길게 내다보고 패권을 잡아야 한다는 주장을 펼치는 것을 납득하지 못한다. 명식은 유덕만 변한 것이 아니라 마을 사람들도 날이 가면서 냉정해지고 동지들도 모두 제 살 궁리만 한다고 생각한다.

> 그리고 더구나 맛나기만하면 전향을권고하던 구장은 설교대신뒤에안즈면 역선전에 혀ㄲ티모주라떠러질 지경이엿다.
> 명식이는 이전에가티 손을잡고일하든 동무들이며 그리고자긔보다 먼저나온 동무들을차례차례방문하여 보앗다.
> 누구하나 진정으로 반기는자는업섯다. 모두가 마치가시로쩔으기나 하는듯이그의 얼골만보면 실혀하는비츨보엿다.
> 심한 것은 로골적으로 미간까지찌프리는 사람도 잇섯다.
> 그들은 대개가 다—××이나 ××××××나 그리고 ××××에 관계가 잇섯다.
> 그덕택에 마을어구에는 ××××라고 쓴흰말패가 버젓하게꼿쳐저서 마을의색채를 표시하여주고잇섯다.[206]

유덕과 같이 전향한 주의자는「향약촌」에 나타난다. 기유와 명식이 서로

---

206) 『조선중앙일보』, 1935. 9. 24.

달래주는 것으로 매듭지어진 이 소설에도 앞의 「귀향」처럼 복자나 "以下三行削" 하듯이 삭제 처리된 곳이 몇 군데 보인다.

유진오의 「看護部長」(『신동아』, 1935. 12)은 20년 동안 야무지고 매섭고 엄하게 간호부 노릇을 한 일본 여성 시미즈 간호부장이 적색독서회 사건으로 두 명의 간호부가 잡혀갔을 때 두어 번 독서회에 가긴 했으나 아무것도 모르고 간 것이라고 석방운동을 해서 다무라 기요꼬를 빼낸 다음, 야단치거나 훈계하기는커녕 제 잘못이라고 울었다는 것을 바로 다무라 기요꼬가 고백체로 들려준다. 다무라 기요꼬는 간호부장의 태도를 "이사회가 가르치는 대로를 믿는 사람은 결국은 일종의 광신자(狂信者)가 되고야 만다는것 현사회는 그런사람들을 기둥삼어 유지되어간다는것 그리고 시미즈는 그런 희생자의 한사람이라는 것을요"[207]라고 해석한다.

(나) 주의자 긍정론의 확산

김광주의 「上海와 그 女子」(『조선일보』, 1932. 3. 27～4. 4)의 원인적 사건은 상해에서 병원을 운영하는 조선인 김의사와 그 누이동생 은순의 심한 갈등에서 빚어진다. 김의사는 "한째에는××단이니××결사이니하고 젊은혈기에 상해천지를 자긔세상가티알고도라단이든인물로(略)객이라는일흠에 야심이밋첫는지 혹은 철저한째다름이잇서서 민족을위하야 몸을밧치겟다는 굿은 쯧이잇섯는지는 모를일이나하여튼 지사요 망명객으로자처하는 사람"(1932. 4. 1)으로 알려져 있었으나 사오 년 전부터 어떤 이유에서인지 아편 중독자가 되고 말았다. 몇 달 전에 상해에 온 은순이는 병원에서 간호부 일을 하며 오빠를 돕긴 하면서도 거의 매일같이 오빠와 말다툼을 한다. 상해를 떠나 2년 만에 돌아온 박광호는 김은순이 자기의 친구인 영화감독에게 맡긴 편지를 통해 그녀가 B라는 주의자의 애를 낳았고 조선

---

207) 『신동아』, 1935. 12, p. 231.

214

으로 압송된 B를 따라 조선으로 갔으며 급기야 주의자로 변해버린 것을 알게 된다. 김광주는 과거의 주의자와 미래의 주의자 사이에서 후자의 손을 들어준 것이다. 이어 김광주는 상해를 배경으로 조선인들끼리의 사상 갈등에 희생당한 노인을 설정한 「長髮老人」(『조선일보』, 1933. 5. 13~20)을 발표하였다. 장발노인은 사이비 운동가를 통렬하게 비판한 점에서 김은순이 재현한 것으로 볼 수도 있고 개인보다 사회와 인류를 더 많이 생각한 점에서는 김은순의 남편 B와 동일 범주에 들어가는 존재로 볼 수도 있다.

김소엽(金沼葉)의 「急行列車」(『조선일보』, 1932. 5. 27)는 2백 자 원고지 8장도 안 되는 짧은 소설에서 많은 것을 말한 작품으로, 주의자인 창선은 형사들 손에 끌려 기차를 타고 서울로 압송될 때 3년 전 오사카 방직공장에서 동료요 동지요 애인이었던 영자를 우연히 만났으나 아는 척하지 않는 이 소설은 무려 세 군데서 "중략"이란 상처를 남겼다.

이태준의 「失樂園이야기」(『동방평론』, 1932. 7)에서 동경 유학생 출신인 '나'는 귀국한 후 P촌을 낙원으로 생각하고 돌아가서 평범한 시골 학교 교사로 활동하다가 주재소의 집요한 압력을 이겨내지 못하고 P촌을 떠나게 된다. '나'의 행태는 봉사정신에서 우러나온 것이긴 하지만 현실도피주의의 성격도 띤다. 또 적극적인 지식인으로서의 야심을 상당 부분 포기해버렸는데도 불구하고 주재소 소장은 오스기 사카에(大杉榮)의 『선구자의 말』과 같은 불온서적을 읽었다든가 수업을 조선어로 했다든가 동회장을 조종했다든가 시골 처녀를 농락했다든가 하는 여러 가지 혐의를 걸어 '나'를 계속 못살게 군다. '나'는 "긴 머리를 가진 청년은 주의자가 틀리지 않다는 소장의 의혹을 풀어주기 위해 머리를 덧빗도 대지 않고 빡빡 밀어 깎았다."[208] 그러면서도 무저항의 저항이란 말처럼 무조건 사과만 한 것이 아니라 계속 맞서고 버티기도 한다. 마침내 '나'는 신명의숙과 교장 선생의 앞

---

208) 『달밤』, 한성도서, 1935, p. 188.

날을 생각하고 눈물을 머금고 P촌을 떠나기로 한다. 주의자 혐의를 받는 교사의 내적 갈등을 통해 낙원의 개념을 중심으로 하여 공익 · 사리 · 순응 · 저항 등의 개념을 일깨워주었다. 박영준의 첫 작품 「시골 敎員의 하로」(『조선일보』, 1932. 5. 12)도 학생시절에 스트라이크 주모자였다는 이유로 시골학교 교원직에서 쫓겨나는 인물을 제시하였다.

　조벽암의 「蚯蚓夢」(『비판』, 1932. 11～1933. 1)은 이념과 빈궁의 문제를 긴밀하게 연결하고 있다. 주인공 '나'는 전문학교를 졸업하고 조합일을 보던 중 "삼년전 한참감으름에 씻나락도 못찻도록 흉년을 맞나자 나를비롯한 이근처 소작인 조합원과 도조감하운동(賭租減下運動)으로 세금연납운동(稅金延納運動)으로 그엿코 걸어가고만것"[209]으로 징역살이를 한다. '나'는 10여 개월을 앞두고 가출옥해서 집에 돌아와 아내가 극심한 가난을 이겨내지 못한 나머지 남의 밭에 가 몰래 토란을 캐 가지고 오는 것을 목격하게 된다. 굶주림 때문에 아내가 도둑질하게 만들었고 이 굶주림은 자본주의와 같은 잘못된 사회 조직이 가져다주었다고 생각한다. 끼니를 해결하기 위해 매일같이 낚시질하러 가는 '나'를 감시하러 오는 형사가 뱀에게 물려 입원하게 되자 그 틈을 타 재가 징역의 의무를 깨뜨리고 마을을 떠나 아내와도 헤어진다. 플롯이 불안한 것이 문제점으로 남기는 하지만 지렁이에 빗대어 끝까지 살아남겠다는 의지를 작품 저변에 깔아놓은 것은 주목할 필요가 있다. 맨 끝 장면을 아나톨 프랑스의 말을 인용하여 태양의 열이 점점 식어 지구가 멸망하면 인간들은 다 죽어도 지렁이(蚯蚓)만 살아남는다는 주장으로 채워놓은 것은 인상적이다. 아내는 '나'에게 지렁이처럼 끝까지 살아남으라는 것이다. 「구인몽」이 당시 주의자들의 방황 심리를 잘 대변해준 것임은 부정할 수 없다.

　이기영의 「金君과 나와 그의 안해」(『조선일보』, 1933. 1. 2～15)는 행태

---

209) 『비판』, 1932. 11. p. 113.

면에서는 본명이 김××인 백광과 그의 아내가 주인공이지만 의식의 면에
서는 잡지사 사원인 '나'(경구)가 주인공인 소설이라고 할 수 있다. "십여
년전부터 운동자로 나슨뒤로는 그는 해외가 안니면 감옥이요 감옥이 안니
면다시 망명생활을하엿기째문에"[210] 살림살이도 모르고 부부의 정도 없었
던 차에 느닷없이 나타나 자신과 아내에 대한 이야기를 들려주는 것이 큰
비중을 차지한다. 자식들을 먹여 살리기 위해 식모, 행랑어멈, 사과장수,
화장품장수 등을 가리지 않았던 김군의 아내는 처음에는 황금정 인사상담
소 소개로 진고개 일본인 집에 식모로 갔다가 그 집의 주인이 김군을 쫓아
다니는 형사였음을 알게 되어 빠져나온다. 김군은 부부로서의 정은 별로
없긴 하지만 아내에 대해 "철저한 이데올노기는 가지지못햇서도 내가 하는
일이라면그른일이라고는 보지안을만큼은 됏거든"[211]과 같이 최소한 동지
관계는 보여주고 있음을 인정한다. 김군은 김군대로 먹고살기 위해 공사장
노동자, 광산 노동자 생활을 했다고 고백한다. 열등감과 무력감에 사로잡
힌 채 집에 들어간 '나'는 집세 독촉에 시달렸다고 화가 나 입에 담지 못할
말을 하는 아내를 주먹으로 때린다. 그런 후에 김군 아내만큼 실천력도 없
고 교양도 없다고 자책하기에 이른다.

그러타! 과연말로나 글짜로만쩌드는것이 믓은소용잇느냐? 실천이업시쳐
드는것이다 더구나 계급적으로일하는마당에서 부도수형(不渡手形)갓튼빈말이
무슨소용잇더냐? 그러타면 나는조곰도안해를 탓할것이업겟고 도로혀 그의
모욕을 달게바더야 할것이아니냐고………
나는부지중 눈물이흘너나렷다 그러나 그것은 절망의눈물은 안이엿다 나는
계급적양심의거울에 비최어서 나의 과거의 생활을 청산한긋헤나도모르게홀

---

210) 『조선일보』, 1933. 1. 7.
211) 위의 신문, 1933. 1. 12.

러나리는 사분의 분물이안이라 「공분」의 눈물이엿다

과연 나의과거의생활은 너무도 무의미하고 지지한생활이안이엿든가? 개인적으로는가족의 생활도보장하지 못하고그러타고 일하는것도업시 마치뿌로커—나 룸펜가튼생활을하여계급적 중간에서쓰고잇섯다 물거품가튼 허튼소리를 방송(放送)하며고무풍선처럼허공에서이리밀리고저리밀리고하엿다

흐흐………그러면 무엇이 프로레타리아냐? 주제넘게 계급운동을할건덕지가 무엇이냐? 안해의말맛다나 아니쭙게밤낫일을한다는것이 무엇이드냐? 그까지로 시시한일을할테면차라리 고만두든지 밥먹을일이나하는것이 낫지 안으냐고—[212]

이 소설에서는 한 주의자의 고난과 그의 아내의 고생이 가장 중요한 사건이 되겠지만 주의자에게 동조하는 잡지사 사원의 행동 콤플렉스와 한계 인식도 주목해야 할 대목이다. 이 소설은 "략(略)"이니 "중략(中略)"이니 "차간구행략(此間九行略)"과 같은 검열의 흔적을 여섯 군데나 보여주었다.

이기영의 교사소설 「朴勝昊」(『신계단』, 1933. 1)는 주인공의 이름을 제목으로 취한 것으로, 1년 전에 농촌으로 온 교사 박승호가 농민들과 잘 어울리고 학생들에게 존경을 받았으나 한 달에 10원 이상을 받지 못해 가난에서 벗어나지 못한 나머지 시골을 떠나려고 하는 것을 원인적 사건으로 삼는다. 박승호는 점동이 아버지에게 초대받아 저녁을 함께하는 자리에서 점동이 아버지로부터 자기 부친이 동학에 가담했다는 사실과 무지한 농민들이 부화뇌동한 것이라는 비판을 듣는다.

"그럿습니다. 소위 세상에서잘낫다는자나 사회를위한다는유명한자들은 자고로 저의들의 야심을 채우기위하야 도로혀 그런대중의운동을 낫부게리용

---

212) 위의 신문, 1933. 1. 15.

하고 또한 그들의정당한운동의나갈길을 가로막엇습니다. 그런자들이 대부
분이엿지요."

"지금도 동학이란것이 그저잇다는데 그들은 무엇을 하고잇는가요?"

"역시 다른교회나 마찬가지로 혹세무민을하고잇지요. 예수쟁이가 후세의
천당이란것을 이세상에다 세운다고백주에헛소리를 하고잇지요"213)

원래 이기영은 동학에 대해서 비판적이었다.214) 박승호는 점동이 부친에
게 동학 이야기를 듣고 나서 또 마을 사람들의 만류를 뿌리치지 못하고 자
기반성도 하면서 심각하게 고민한 끝에 "진정한 교육노동자"로 남기로 결
심한다. 그는 잡지사 자리가 나긴 했지만 서울을 가지 못하게 되었다는 편
지를 친구에게 보낸다. 박승호는 학식이 많거나 영향력이 큰 지식인은 아
니지만 지식인으로서 최소한의 진지한 고민과 양심을 잘 보여준다.

조용만의 「羅馬의 第一夜」(『비판』, 1933. 3)는 유럽에서 활동하는 조선
인 좌익분자가 이탈리아 파시스트를 비판하는 데 역점을 둔 이색적 소설이
다. 한 조선인 좌익분자는 모스크바에서 회의를 마치고 파리를 거쳐 동지
들과 헤어진 후 로마 관광을 가던 도중 이탈리아 국경에서 세관 관리와 파
시스트의 검문을 받아 좌익 색채의 신문과 잡지를 압수당하고 책사, 거리,
술집 등에서 계속 파시스트 스파이의 감시를 받던 끝에 같은 당원을 만나
이탈리아를 비난하고 조선의 상황을 알려주고 헤어진다.

세계사상(世界史上)에서 오즉한아이엇슬뿐인 권모(權謀)와 술수(術數)의정치
가 「마키아벨리」를 나코 그리고 세계사상에서 오즉한아쁜일 무단적군국적

---

213) 『신계단』, 1933. 1, p. 149.
214) 졸저, 『그들의 문학과 생애―이기영』, 한길사, 2008, pp. 109~14.
　　　이기영의 희곡 「인신교주(人神教主)」(『신계단』, 1933. 2, 4)는 천도교를 인신교로 이름
　　을 바꾸어 그 교주를 여러 신도들의 재산 착취와 유부녀 농락을 일삼는 존재로 그려놓았다.

「파시스트」「뭇쏘리니」를 나흔 이태리 — 음모와 암살과 교사의나라 — 경찰과 탄압과 무단의나라 — 나는 이십세긔의낫독개비인 이나라와 이국민을 생각하면서 혼자서 묵묵히거리를 헤매엿다.[215]

이 소설이 발표된 잡지와 시기를 염두에 두면 조용만은 일본 비판을 이탈리아 비판으로 대치했다고 추리해 볼 수 있다. 일본 비판의 '술수'를 꾀한 것이 아니라면 사회주의의 파시즘 비판을 복창한 것으로 단순하게 생각할 수도 있다.

"어떤 醫師의 手記"라는 부제가 붙어 있는 김동인의 「붉은 山」(『삼천리』, 1932. 4)은 의사이면서 계몽주의자인 '나'에 의해 관찰되고 각성된 주인공이 끝에 가서 민족적 감정의 확인에 도달하였음을 보여준다. 「붉은 산」에서 "삵"이라는 별명으로 불리면서 주위 사람들이 기피하는 정익호라는 인물은 "투전이 일쑤며 싸홈질하고 트집 잘 잡고 말부림 잘하고 색시들에게 덤비어 들기 잘하는" 사람이다. 만주 벌판 가운데 있는 이름도 없는 작은 촌이면서 조선인 소작인만 20여 호 사는 마을에서 삵은 어느 누구에게나 "커다란 암종"으로 취급되었다. 그러던 중 조선인 송첨지라는 노인이 그해 소출을 나귀에 실어 중국인 지주의 집으로 갔다가 소출이 좋지 못하다고 두들겨 맞아 송장이 되어 돌아오는 사건이 벌어졌다. 조선 사람들은 원수 갚겠다 하고 웅성대기는 하였으나 누구 하나 나서는 사람은 없었다. 내레이터이며 의사인 '나'에게 "인종의 거머리" "밥버러지"라는 욕을 들어왔던 삵은 심각하게 고민한 끝에 중국인 지주 집에 단신으로 가 송첨지가 죽은 이유를 따지고 들다가 여러 명의 중국인에게 맞아 허리가 꺾여 죽게 된다. 삵은 죽어가면서 "보구시퍼요 붉은 산이……그러구 흰 옷이"라고 말한다. 김동인의 소설로서는 보기 드물게 '개선의 플롯'을 취한다. 삵의 입장에서

---

215) 『비판』, 1933. 3, p. 95.

220

보면 이 소설은 성장소설이 되기도 한다. 그렇기는 하나 삶의 심리 변화의 개연성이 약하다는 점은 부정할 수 없다. '나'는 동포들이 사는 만주에 역학 조사하러 왔다가 한 사람의 민족주의자요 행동주의자를 만들게 된 것이다. 김동인은 민족주의 사상으로 무장된 지도자로서의 풍모를 지닌 의사의 상을 성공적으로 제시하였다. 김동인의 「발까락이 닮엇다」(『동광』, 1932. 1)도 의사를 관찰자로 내세워 주인공을 위로해주는 역할을 하게 한다. M은 총각 시절에 유곽에 너무 많이 드나들다 성병에 걸려 생식능력을 잃었음에도 아내가 애를 낳는 일을 겪게 된다. M이 아기의 발가락이 자신을 닮았다고 하자 친구인 의사는 얼굴도 닮았다고 위로해준다.

김남천의 「男便, 그의 同志」(『신여성』, 1933. 4)는 "긴―手記의 一節"이라는 부제가 일러주는 것처럼 감옥에 간 남편을 생각하는 아내가 하소연하는 식의 발화 방법을 택한 것이다. "남편"은 「물!」에서의 '나'와 같은 존재임은 두말할 것도 없다. 작중 중심사건은 남편이 밖에 있는 동지들에게 독일어 원서를 포함하여 몇 가지 책들을 사달라는 부탁을 아내에게 하는 데서 시작된다. 남편은 책이 오지 않자 면회 온 아내에게 화를 낸다. 세상인심을 제대로 파악하지도 못한 채 신경질 내고 윽박지르기만 하는 남편과 무관심하고 냉정한 남편 동지들 사이에서 아내는 답답할 뿐이다. 아내는 자기가 책을 사 가지고 면회하는 자리에서 남편 친구들을 비난하였다가 남편에게 오히려 욕만 먹고 오게 된다. 투쟁적인 인물이 오히려 세상을 잘 모르는 구석이 있음을 밝히는 동시에 인정세태가 달면 삼키고 쓰면 뱉는 식임을 인정하고 있다.

이기영의 「變節者의 안해」(『신계단』, 1933. 5~6)는 실화소설이며 풍자소설로, 노골적으로 밝히지는 않았지만 독자들이 쉽게 짐작할 수 있는 실존 인물을 주인공으로 내세웠다. 민족주의자로 이름난 민족선생(民足先生)의 허위로 가득 찬 이면을 파헤치는 풍자소설로서의 성격을 강하게 보여준다. 경국지색인 신여성 함희정을 취하기 위해 조강지처를 버린 일도 시니

컬하게 들추어내고 있지만 기미 만세사건을 계기로 하여 변절하여 민족개량주의자가 되어버린 것을 공격하는 데 역점을 두었다. 화자는 민족선생을 향해 "본바탕을캐여본다면 재래 봉건사상(封建思想)에중독된소위 영웅심리(英雄心理)를 잔뜩가진 ××주의자"[216]라고 성격화하였다. 또한 민족선생의 사상을 실력주의와 연애지상주의로 요약하면서 이 사상의 허구성을 "적은 힘은 의례히 큰힘에게 희생되여야 맛당하다는것이 그들의리론"[217]이라고 지적한다. 민족선생, 그는 바로 이광수였다.

이무영의 「山莊小話」(『신가정』, 1933. 6)는 주인공 면에서는 주의자소설, 여성소설이며 서술 방법 면에서는 액자소설이다. '그'는 앞으로 이사 갈 집의 여주인 한씨가 한 여성으로서의 사랑과 주의자 아내로서의 책임감 사이에서 번민했던 사실을 알게 된다. 한씨 부인은 주의자인 남편을 향해 "그는그일즉이 가정보다도 사랑보다도 더큰 무엇이 있음을 역설해왓읍니다. 그 더큰 무엇! 나는「더큰 무엇」을 위하야 나의 이 애끓는사랑을 희생합니다. 나는오늘에야 내가 그에게서 맡은 어린것들을 큰일의 후게자로 만드는것이 그의 큰뜻을 받음이 된다는것을 깨달엇나이다……"[218]로 편지를 끝맺는다. 한씨 부인은 남편의 뒤를 따라 저항적 존재의 길을 걸어가기로 한 것으로 추정된다.

김남천의 「물!」(『대중』, 1933. 6)은 "물!논쟁"의 원인 제공을 한 소설이다. 이 소설은 "물은 사람에게 하로라도 업서서는 안이될 중요한 물건의 하나인듯십다. 그런 의미에서가 안이라 물은 우리들과 특별히 떼일 수 업는 인연이 잇는듯십다. 물! 여기에 다음과 갓흔 이야기가 잇다"와 같은 안내문으로 시작한다. 두 평 칠 합밖에 되지 않는 감방에서 한 여름에 13명이 지내는 극한 상황을 설정한 만큼 제목이나 화두로 제시된 물의 중요성

---

216) 『신계단』, 1933. 5, p. 106.
217) 위의 책, p. 110.
218) 『신가정』, 1933. 6, pp. 194~95.

은 저절로 인식된다. 이 13명에 철도 청부 관련자, 간도 친구, 독서회 사건의 서울 친구 등이 포함되어 있는 것을 보면 작중 '나'의 위상과 입장이 저절로 밝혀진다. '나'는 이 13명이 처절할 정도로 갈증을 느끼는 자리에서 "생명도 업고 피도 업고 열정도 식은 열세개의 고깃덩어리갓치 생각되엿다"고 자기를 비하하게 된다. 이 소설은 저녁을 먹고 난 후 간수와 은밀하게 교섭해서 물을 얻어 한 잔씩 나누어 먹고는 '내'가 새벽에 배가 아파 일어나는 것으로 끝이 나고 있다. 김남천은 사상운동을 한 결과가 동물이 된 것 같은 느낌임을 제시함으로써 당시 투쟁적 인물들의 비참한 모습을 효과적으로 강조한 셈이 된다. 이보다 10여 년 전에 나온 김동인의 「태형」이 그려낸 옥중 분위기에 비하면 실감이 떨어진다.

홍구(洪九)의 「코뿔선생」(『신동아』, 1933. 7)은 코와 수염이 이상하고 배는 나오고 다리는 짧은 괴상한 외형의 코뿔선생이 역사 전공 선생으로 학생들과 잘 어울려 지내다가 "읽어서는 안될 책"을 학생들에게 사준 것 때문에 사직하게 된다는 사건을 설정하였다.

박화성의 중편소설 「비탈」(『신가정』, 1933. 8~12)은 목포 근처의 농촌을 무대로 했지만 1920~30년대의 농촌 사회뿐 아니라 시간과 공간을 대폭 확대하여 우리 사회 전체의 본질적 국면에 접근하고자 한 의도를 드러낸다. 이 소설에는 이념이나 입장을 근본적으로 달리하는 세 쌍의 대립 관계가 등장한다. 조상이 물려준 전답을 유지하지 못하고 점점 몰락해가는 유생원과 마을의 전답을 제일 많이 차지하고 있을 정도로 세력이 커진 지주 김부자 사이의 대립은 잠깐 다루어지고 무대 뒤로 사라지고 말았다. 김부자보다는 유생원 쪽을 편드는 작가의 시선은 그 자식 대를 대했을 때도 반복되지는 않았다. 「비탈」이 끝까지 내세우고자 한 주인공은 김부자의 딸 김주히이기 때문이다. 김부자의 딸 주히와 유생원의 딸 수옥은 어렸을 때부터 친구로 1, 2등을 다투었으나 나중에 주히는 동경 일본여대에서 사회학을 공부하였고 수옥은 국내 모 전문학교에서 영문학을 공부하였다. 주히가 활동적이고 진취적인 데 반해 수옥은 소극적이고 보수적이다. 주히의 오빠 철주는 조혼한 몸으로 와세다 대학 영문과에 재학 중이고 수옥의 애인이면서 주히의 동지인 정찬은 경성제대 2학년생이다. 평소에 정찬은 수옥에게 사회와 현실에 눈을 뜨라고 하였고 자신을 넓히고 환경을 지배하라고 충고해온 터이다.

그러나말입니다. 수옥씨는 다만 一九三三년식의 여성이엇다뿐이지 현재 실사회가 요구하는 여성은 아니란말입니다. 수옥씨는 현실에 어둡습니다. 현실과는 너무나 동떨어진 자리와 생각에 묻혀있읍니다. 수옥씨는 좁게말하면 수옥씨의가정과 고향에 융화되지못할 것이고 넓게말하면 조선의현실이 현재의수옥씨같은 그런여성을 요구하지안는다는 말입니다. 그러니 수옥씨가 어찌 현대여성—즉 현사회를 짊어진 한사람—사회생활의개척과 성장을 맡은한분자인 그런 여성이 될 자격이있겟소?[219]

박화성은 수옥과 정찬의 관계, 수옥과 철주의 관계를 비중 있게 그리면서도 주히의 활동상의 묘사에도 힘쓰고 있다. 주히가 지주-소작제가 근본적으로 모순이 있다고 주장하면서 아버지가 경영하는 공장의 여공들을 뒤에서 조종하여 노동쟁의를 일으킨다는 점에서 이기영의 『고향』에 나오는 안갑숙의 모델이라고 할 수 있다. 정찬과 주히가 산에 올라가 그동안의 활동상에 대해 이야기를 주고받는 것을 철주와 수옥이 지켜보고 있다가 수옥이 충격을 받고 산 밑으로 굴러떨어져 죽는다는 끝 장면은 자연스럽지 못하다. 수옥은 죽어가면서 철주가 자신의 진정한 애인이라고 하고 정찬에게 용서를 빈다. 철주는 애인의 갑작스러운 죽음에 충격을 받고 개심하여 투사의 대열에 합류하겠다고 맹세한다.

---

219) 『신가정』, 1933. 8, p. 173.

"정군! 용서하여 주게. 나는 모든 것을 다 리해하고 극히 자네를 존경하네. 만일 내누이 주히에게 큰결점이 없으면 군은 끝까지 주히의 지도자가 되어주는동시 또한 나같이약한자를 이끌어주게. 허락하겠나?"

"만일 김철주 자네가 푸로레타리아의 대적이 되지않는 사람이라면……"

"정군! 그것만은 나를 믿어주게. 아니 앞으로 나의 실천이 그것을 증명하여 주겠지. 나는 억만금의 재산보다도 한사람의 푸로레타리아의 용사에게 머리를 굽혀 나의 양심을 맹세하네. 수옥씨가 굴러떨어진 전락의 비탈을 나는 한걸음에 뛰어올라갈 용긔와 힘을 길으고 있겠네. 자! 정군! 유군! 나의 손을 잡어주게."

철주는 정찬과 수진에게 그의 손을 힘있게 내밀었다. 정찬이 철주의손을 잡아흔들며

"나는 군의 실천을 보려하네"

하고 빙긋이 웃어보였다.[220]

시대니 역사니 하는 것을 외면하고 두 남자 사이를 오가며 삼각관계를 만든 수옥을 가리켜 "전락의 비탈"이라고 한 것에서 이 소설 제목의 속뜻이 밝혀진다. 이렇듯 새로운 동지의 영입에 큰 기대를 걸며 단합을 약속하는 것은 감정적 차원에서 투쟁 의지를 다져가는 것으로 볼 수 있다. 이러한 장면은 같은 시대의 다른 여러 소설에서도 찾아볼 수 있다. 이 무렵 박화성은 감옥에 있는 주의자의 부인이 목포발 대구행 기차에서 감옥소장과 동행하는 상황을 설정한 「두 승객과 가방」(『조선문학』, 1933. 11), 시골처녀가 농촌운동가를 사모한다는 「논 갈 때」(『문예창조』, 1934. 6), 사회주의 운동혐의로 목포상고에서 퇴학당하고 고향에서 야학 활동을 하

---

220) 위의 책, 1933. 12, p. 192.

는 국범이 아버지 치료비 때문에 목포로 팔려가는 애인 금례를 구할 기회를 놓친다는 「중굿날」(『호남평론』, 1935. 11) 등을 발표하였다.

이무영의 「루바슈카」(『신동아』, 1933. 2)는 "우리회" 회원인 소설가 '나'와 R군과 최군 등 세 사람이 갈등을 보이다가 각자 자기반성의 과정을 거쳐 재결합의 기쁨을 맞기까지의 과정을 보여주었다. 극심한 생활고로 아내는 다른 남자를 따라가버리고 어린 딸은 폐렴에 걸렸으나 약 한번 쓰지 못한 채 죽고 만 고통을 겪은 '나'는 역시 아내가 가출해버린 최군과 동병상련의 심정으로 연일 술 마시며 신세타령을 늘어놓게 되었다. 이러자 R은 자살 연극을 해가면서까지 남의 동정을 받아 생활해가는 최군을 내쫓아버리고 '나'에게는 동지 관계를 청산해달라고 요구한다. 이에 '나'는 다시 정신을 가다듬고 R과 가슴을 털어놓고 운동의 활성화 방법, 자금 융통 방법, 조직 문제 등에 대해 의견을 나눈다. 바로 이때 최군은 루바슈카를 입고 나타나 "이것은 루바슈카다. 로서아청년이 입는 루바슈카다! 이만하면 족하지안으냐? 자 나의 손을 잡아다오! 나를 「동지!」하고 불러다우!"[221]라고 자기를 다시 동지로 받아줄 것을 애절하게 호소한다. 루바슈카를 입고 나타난 것으로 과거 생활 반성과 사상 재무장을 입증해 보인 것이다. 물론 R과 나와 최군은 한참 동안 눈물을 흘리며 악수를 했다. "××운동의 통일과 ××적××들에게 대항하기 위하야 ××로만 조직된 「××회」"라든가 "우리회라는 것은 B××에 대항하야 조직된 ××××을 연구하는 그룹××회를 말함이엇다"[222]와 같이 복자 처리되어 "우리회"의 성격과 위상을 알 수는 없지만 이 작품은 극심한 생활고로 사상운동에서 좌절과 방황을 거듭하던 지식인들이 사상 재무장하는 과정을 잘 보여준 점에서 사상소설이며 주의자소설의 적절한 사례가 된다.

---

221) 『신동아』, 1933. 2, p. 131.
222) 위의 책, p. 129.

강경애의 「蹴球戰」(『신가정』, 1933. 12)은 조선인 학생 승호와 히숙이 등이 검거 선풍으로 인해 위축된 학교 분위기를 일신하기 위해 축구 대회에 참가하려고 노력한다는 이야기를 들려준다. 극도로 위축된 조선인들의 반항 의지를 북돋우고자 하는 데서 축구 대회 참가의 의의를 밝혔다.

일년전 바로이때, 학교에 검거가 일어났을때 다수한 그의 동무들이 영사관으로 잡혀들어가게 되었다. 그런데 날은 치워오고, 그들이 홋옷을입고 들어갔으니 어떻게서라도 솜옷을 만들려고 두루애쓰다가, 마츰내 동무들에게서 약간얻은 돈과 시계를 잡히어 솜옷을지어 차입해 주었든 것이다.

그는 이러한 생각을하며 지금까지도 나오지못한 동무들을 생각하였다. 그 어두운 감옥에서, 지금쯤은 잠을자고 있을까? 혹은 우리들을 생각하며 그나마 잠도 이루지 못하고 있을 것인가? 하는 생각과함께 무어라고 형용못할 불길이 가슴이 벅차도록 올러온다.[223]

남주인공 승호는 "지금과 같은 반동긔에 있어서는 지배계급의적극적 탄압에 대중이 낙망하고 비관하게 됩니다. 그러므로 우리들의 활동이 어느 편으로나 더욱 게을으지 않어야 합니다"[224]와 같이 축구전의 기대 효과를 말한다. 원래 승호와 히숙은 투쟁하다 감옥에 들어간 동지들을 위해 온갖 뒷바라지를 아끼지 않았던 존재들이다. 스포츠소설을 연상하기 쉬운 내용을 항일의 무거운 분위기가 감도는 주의자소설로 끌어올린 결과가 드러난다.

김광주(金光洲)의 「鋪道의 憂鬱」(『신동아』, 1934. 2)은 상해에서 주의자로 활동하던 조선인 '철'이 임신 중인 아내가 진통할 때 돈을 구하러 나갔

---

223) 『신가정』, 1933. 12, p. 177.
224) 위의 책, p. 178.

다가 돌아와 옆집 할머니의 도움으로 애를 낳은 것을 보고 기뻐한다는 간단한 내용으로 되어 있다. 철은 2년 전만 해도 "굶주림과 헐벗음을 같이하고 세상을 바로잡어 보겠다는 든든한 동지(同志)들이 있었다 저녁을 못먹고도 밤을새우며 얼골과손에 먹투성이를 하고 등사판 「로-러」를 굴녓섯"[225] 던 과거를 회상한다. 철은 함경도 태생인 "황소"라는 별명의 동지로부터는 인텔리의 행동력 약화 근성을 지적받고, 같은 상해에 사는 재산가인 처남으로부터는 돈이 제일이라는 모욕적인 소리나 듣고, 친구로부터는 돈 한 푼 꾸지 못하는 외로운 처지에 놓여 있다. 작품 제목의 "우울"은 주의자 청년의 고립을 가리킨다.

홍구의 「젊은이의 苦憫」(『형상』, 1934. 2)은 조혼한 시골 출신 청년이 애인인 신여성과 사상운동을 한 혐의로 3년 징역을 살고 나와 시골에 가 조강지처를 데리고 상경하려고 했으나 부모님만 남겨둘 수가 없어 포기하고 만다는 이야기를 들려준다. 최정희 「星座」(『형상』, 1934. 2)는 동경 유학생 출신으로 K 방직공장 사건 주모자인 남성이 동경 유학생 출신인 여성의 사랑을 받아들이지 않고 동지애를 느낀다는 내용을 담고 있다.

이주홍의 「南醫」(『우리들』, 1934. 3)는 노소를 불문하고 마을 사람들이 잘사는 농촌을 만들기 위해 서로 돕고 열심히 일하는 분위기를 제시한다. 소문난 의원 남의 영감의 말을 듣지 않고 아들 영수는 그림 그리고 책 읽기를 좋아한다. 영수는 친구 태상이와 함께 야학 활동을 한다. 작가는 이 마을이 진흥회 · 교풍회 · 청년단 · 협동조합 · 동청회 · 부인근로회 · 실업전습소 등이 있고 보리다획경기회 · 부업장려회 · 공동면작(共同棉作) · 절미계 · 퇴비증산주간 같은 행사를 벌여 모범촌이 되었음을 보여주었다. 그러나 남의의 아들 영수와 친구 태상은 야학 활동한 것이 문제가 되어 감옥에 간 것으로 암시하고 있다. 평소 야학 모티프를 자주 내세웠던 송영도 「오

---

225) 『신동아』, 1934. 2, p. 178.

228

마니」(『중앙』, 1934. 6)에서 야학 활동 때문에 김선생과 여공들이 붙잡혀 갔다는 사건을 설정하였다. 물론 이 소설의 주인공은 제목처럼 야학 선생을 흠모하는 일본인집 오마니로 되었다. 오마니의 무지와 오해가 이 소설의 원인적 사건을 빚어낸다.

이무영의 「나는 보아 잘 안다」(『신여성』, 1934. 4)는 죽은 지 석 달 사흘이 지난 남편 박철이, 친구이자 의사인 김군에게 몸과 마음을 의탁하고 기어이 딸 옥이를 다른 사람에게 맡겨버린 아내 윤혜라에게 편지를 쓰는 독특한 형식의 소설이다. 한국현대소설사에서 죽은 자를 발신자이자 화자로 설정한 것은 유례를 찾기 어렵다. "그러나 혜라야, 나는 보아서 잘 안다"라는 어구가 15번 이상이나 반복 제시되는 만큼 , 고인인 박철의 아내에 대한 인식과 이해가 작품의 중심사건이 된다. 남편 박철이 감옥에 있을 때 아내는 어렵게 번 돈으로 사식을 대주었고 폐결핵으로 가출옥한 후에도 자기 몸을 팔아서까지 치료비를 대주는 희생적인 태도를 보이기는 했다. 이런 희생정신의 보람도 없이 남편은 얼마 안 되어 죽고 만다. 박철을 계속 치료해왔고 임종을 지켜본 친구 김군은 얼마 후 윤혜라와 그 딸을 서울로 데리고 가 자기 병원의 사무원으로 취직시켜주고 은밀하게 정을 나누기도 한다. 고인인 박철은 아내를 이해하려고 애쓰면서도 딸 옥이를 다른 사람에게 맡겨버린 것만큼은 용서하려 하지 않는다. "몹시 지쳤구나. 네게는 이것으로 끝을 막고 이제부터 나는 나의 어린 후계자—어린것에게 편지를 쓰겠다. 이것으로 나는 나의 이후의 일을 삼으려는 것이다"[226)]와 같은 이 소설의 결말은 죽은 남편과 살아 있는 아내의 정신적 결별을 암시한다. 「나는 보아 잘 안다」의 윤혜라는 같은 작가의 「산장소화」의 한씨 부인과 좋은 대조를 이룬다.

이무영의 「노래를 잊은 사람」(『중앙』, 1934. 11~12)은 도시에서 두 달

---

226) 『이무영 문학전집 3』, 국학자료원, 2000, p. 47.

동안 감옥살이하고 무일푼으로 8년 만에 귀향한 소설가 '내'가 남들이 모두 잠든 한밤중에 "달아 달아 밝은 달아/이태백이 노던 달아~ 천년만년 사잿더니/봉화뚝엔 불꺼지고"와 같은 노래를 부르는 광인 박정화를 관찰한 내용을 담은 것이다. 벙어리이면서 사시사철 단벌 옷과 밥 한술에 동네 머슴살이를 하는 성녹이가 얼어 죽은 것을 보고 분노하다가 미쳐버린 박정화는 원래 신화청년회의 일원으로 동네 거지들과 생활을 함께하며 사재를 털어 야학을 운영하는 청년이었다. 그 후 박정화는 갑자기 도조를 올려 받으려 하는 지주에게 대들다가 감옥살이한다. 박정화가 미치게 된 또 한 가지 요인으로 신화청년회원들의 타락과 변절을 들 수 있다. 정신이상자가 된 박정화는 때로는 요릿집 손님들에게 욕을 퍼붓는 기행을 보이기도 한다. "박정화는 성봉수를 중심으로 한 신화청년회원이다"라는 구절 다음의 10여 행을 삭제당한 흔적이 있어 신화회의 성격을 알기 어렵게 만든 점에서 「루바슈카」와 비슷하다.

이무영의 「龍子小傳」(『신가정』, 1934. 11~12)은 평소 누이동생 용자를 자랑스럽게 생각하는 의사 박진문의 시선으로 용자가 주의자로 성장하는 과정을 지켜본 성장소설[227]이다. 용자는 오빠의 중학 동창이며 문단에서 동반자작가로 촉망받는 B로부터 큰 영향을 받아 주의자로서의 길을 잡은 것이며 두 남녀는 서로 사랑을 나누기도 한다. 이무영은 프로작가보다 동반자작가를 이상적인 작가로 꼽았던 만큼, 용자가 오빠를 봉건적이며 귀족적이라고 비판하는 태도는 용자의 사상의 방향을 일러준다. 기본적으로 오빠는 용자를 진보적 사상의 소유자이면서 깨끗한 영혼의 소유자로 인식한다. 이 소설은 용자가 "해외서 들어온 어떤 청년이 저지른 사건에 관련"되어 종로서에 붙잡혀 간 다음, B를 더 이상 애인이나 동지로 생각하지 않는

---

227) 이기영의 「민며느리」 「해후」 「채색 무지개」 「시대의 진보」 등은 사랑에 실패한 여성이 현실에 맞서 싸우는 투사로 성장하는 과정을 보여주었다.

다고 말하는 것으로 끝나고 있다. 용자는 동반자작가 정도로는 만족할 수 없을 만큼 급진적이며 강경하게 되었다.

이무영의 「루바슈카」는 친구 사이가 동지 관계로 녹아드는 과정을 그리고 있거니와 박화성의 「新婚旅行」(『조선일보』, 1934. 11. 6~12)은 신혼부부가 투쟁의 동지가 되기를 결심하기까지의 과정을 따라가보고 있다. 이 작품은 "신부" "호남선" "목포" "어촌" "새로운 출발"과 같은 소제목으로 구성되었다. 갑부의 아들이며 경성제대 의과 4년생인 준호와 부잣집 딸로 R보육학과 졸업반인 복주는 결혼하여 일부러 호남선 열차를 타고 목포로 신혼여행을 간다. 이 신혼여행은 준호가 사전에 계획한 것으로 복주를 계몽하고자 한 것이었다. 복주는 기차를 타고 가면서 차창 밖으로 비치는 한국인들의 비참한 삶의 모습을 확인하게 된다. '여행소설'의 범주에 넣을 수 있을 만큼, 여행이 발견과 각성의 계기가 되고 있다. 준호는 목포 앞바다에 있는 섬에 가서 "이 섬의 어민과 농민들의 건강의 아버지"가 되기 위해 병원을 짓고 "청년들의 동무"가 되기 위해 청년회관을 짓겠다고 제의한다. 이에 복주는 간호부 소출, 보모 소출, 야학선생 소출을 하겠다고 하며 오히려 준호에게 변하지 말라고 한다. 박화성은 이미 「비탈」에서도 동지 규합 혹은 투쟁 의지 강화로 작품의 끝처리를 하였거니와 「비탈」과 「신혼여행」의 결말 처리 방법은 박화성이 단순한 반영론에 멈추는 대신 현실 극복 방안 제시까지 나아간 공통점을 보인다.

조벽암의 「不滅의 노래」(『조선일보』, 1934. 10. 24~11. 3)는 상해의 불란서 조계 하비로 작은 골목에 있는 양림 차방에서 소제부 일을 하는 조선인 청년 범웅이 고국과 어머니를 그리워하는 자신이 만든 노래를 흥얼거리는 것을 우연히 조선인 여성 한숙이 듣고 범웅을 사랑하는 것으로 시작한다. 한숙은 하비로 서쪽 귀퉁이에 있는 한영공사 사장의 딸로 유족한 생활을 하지만 고국에 돌아가고 싶어 하던 차였다. 말하자면 범웅의 노래는 한숙의 향수에 불을 지른 것이다. 그러나 범웅은 과격한 사상의 소유자로 5

년 전에 조선을 떠나 서너 달 전에 상해에 들어와 계속 은밀하게 주의자로 활동하고 있는 중인지라 한숙의 접근을 경계한 나머지 그녀에게서 유럽을 뒤흔들었던 여간첩 마타 하리를 떠올리게 된다. 마침내 한숙은 호외를 통해 "××당 총검거" 선풍이 부는 것과 범웅이 보낸 편지를 통해 범웅이 검거 선풍을 피해 멀리 피신한다는 것을 알게 된다. 범웅은 편지 속에서 한숙에게 조선의 현실을 직시하라고 조언하는 것을 잊지 않는다.

그러나 우리가 거접을하고산다는조선은 결코 그러한로맨틱한대도 센듸맨탈한곳도아니올시다. 세기(世紀)에 벅차게흐르는 사조에 짓발피고잇는(中略)
한숙씨가 나의 정체를이제까지도 몰으실것입니다. 적은조선을 사랑하면서도 조선으로 도라가지못하는 깃일은산새와도갓습니다. 오년 전!
피와얼로 다저논 우리의진영이 조고마한 틈으로말미암아문어지자(中略)
오년전 저는홀연히 몰내 쪽배를타고 망명의길을떠나온 일컷자면 조곰한 망명객이올시다.
한숙씨가 조선으로 도라가자는 거기에는 우리의압길에 쐐기를 치고잇는 모순이 끼여잇습니다(中略) 상해는 과연 국제의도시이며 망명객의굴이올시다. 제가 상해에와서 차방양림의 소제부로 잇스면서도 자긔의할일은 한시도 잇지를 안코잇섯습니다.[228]

위의 인용문에 나타난 세 군데의 "中略" 표시를 포함하여 여섯 군데의 삭제 조치를 드러내고 있는 만큼, 이 소설은 리얼리즘을 제대로 실천에 옮긴 것이라고 할 수 있다.

백신애(白信愛)의 「落伍」(『중앙』, 1934. 12)는 보통학교 교원인 정희가 결혼식 날 아침에 여러 사람의 삶을 위한 공부를 하겠다는 명분 아래 남몰래

---

228) 『조선일보』, 1934. 11. 3.

동경으로 달아나버린다는 내용의 자전적 성격이 강한 소설이다.

이무영의 「醉香」(『조선일보』, 1934. 12. 16~28)은 하얼빈 번화가 '키티머스카야'에서 찻집 마담으로 있는 35세 된 기생 출신의 취향이 내레이터가 되어 의남매인 아우에게 자신이 유일하게 사랑했던 남자에 대한 이야기를 들려준 것으로 반전의 묘를 살려 결말 처리하였다. 취향이 10년 동안 찾았으나 소식을 몰랐던 최성환은 청자인 아우님의 선배였음과 최성환은 이미 고인이 되었음을 아우로부터 듣게 되는 것으로 소설은 끝난다. 취향은 20세 때 장안에 소문난 기생 시절 중국집 대관원에 불려가 "나쁜 사상 가진것 때문에" 4년 형 살고 나온 최성환과 처음 만난 후 그를 잊지 못하다가 우연히 재회하여 원산에 가서 하룻밤 부부의 정을 나눈 뒤 이별하고 만 것이다. 취향은 그로부터 세번째 편지를 받고 하얼빈으로 간다. 최성환은 떠나기 전 취향에게 돈벌이에만 일생을 바치는 사람을 볼 때 더없이 멸시가 간다고 하면서 책을 많이 보고 현실을 똑바로 볼 만한 힘을 길러야 한다고 충고한 바 있다. 최성환을 그리워했다는 것은 최성환의 사상에 동조한다는 의미가 된다.

박화성의 「理髮師」(『신동아』, 1935. 2)는 나주 읍내, 광주, 남평 영산포로 가는 삼거리에 있는 K면에서 손님도 많고 깨끗한 것으로 소문난 이발소에서 일하는 진수가 머리통이 못생긴 일본 경부를 자기 식대로 이발하고 일본 경부의 분노에 반항하다가 주재소로 끌려간다는 내용을 담았다. 진수는 나주 공립보통학교를 졸업하고 집안이 가난해 상급 학교 진학을 포기하고 비록 이발사가 되긴 했지만 독서는 열심히 하였다. "그는 청년회의 회원이었고 또 간부의 한사람이었다"[229]라는 구절 바로 뒤의 10행 정도의 활자가 뭉개져 내용을 알아볼 수 없는 흔적이 남아 있다. 진수는 결혼해서 아이를 둘 낳고 어머니를 모시고 살면서 상근이가 경영하는 이발소에 근무

---

229) 『신동아』, 1935. 2, p. 188.

했으나 월급을 제대로 받지 못한다. 진수는 불의에 반항하는 기질을 억누르지 못해 지주 허주사, 이발소 주인 상근이, 일본 경부 등 힘 있는 자들에게 거침없이 대들곤 하였다. 특히 일본인 경부에게 반항하는 인물이나 장면을 설정한 소설의 유례는 찾기가 쉽지 않다.

박승극은 「風塵」(『신인문학』, 1935. 4~6)에서 김동인의 「태형」, 김남천의 「물!」, 이광수의 「무명」처럼 감방 안의 모습을 구체적으로 그려 보이고 있다. 이 시기에 옥살이 모티프를 취한 소설은 많지만 대부분이 추상적인 표현을 쓰거나 아주 짤막하게 처리하고 지나간 것에 비하면 박승극의 「풍진」은 구체적인 감방 묘사를 꾀한 점 한 가지만으로도 가치가 있다. 근 60세의 나이로 독서광의 태도를 취하면서 하나라도 더 배우려 하는 모습을 보여준 주의자 철식을 주인공으로 내세웠다. 철식 외에 노동자 정수, 농민 상호, 학생 동성, 동경 유학생 출신 인텔리 상섭 등 10명이 세 평밖에 안 되는 감방에서 동료 관계를 이루고 있다. 주인공 철식은 "김좌진 장군을 추종하여 독립군으로 활동하였으나 방향 전환하여 실력양성론의 대열에 뛰어들었다가 감옥에 들어온 존재"로 그려진다.

당시 이감옥안에서 너는 무슨파다! 나는 어떤파다! 하고 싸움을해서 목침이 왔다갔다한 일이 비일비재였으며 십오방만하더래도 재래의 파벌적「그룹」으로 갈러보면 완연한 구별을 가지고있는것이다.
공작위원회의 인원이 대부분이고 이와 유기적 관련을가진 간도사건 관계자가 더러있고 그리고 엠, 엘에 가깝다고 지목받는상섭이와 기외몇사람이 있는것이다.[230]

이 조그만 감방 안이 1930년대 한국 사상계의 축도라고 할 수 있을 정도

---

230) 『신인문학』, 1935. 4, p. 187.

로 죄수들 사이의 사상전이 치열하다. 김동인의 「태형」, 김남천의 「물!」, 이광수의 「무명」이 비좁은 감방 안에서 생존하기 위해 서로 싸우는 것과는 대조적이다. 소설 제목인 "풍진"은 강철식의 고난에 찬 과거사와 암담하기 짝이 없는 미래를 암시한다. 강철식은 "풍진" 속에서 걸어온 이 길이 과연 옳은 것인가 또 앞으로 어떻게 될 것인가 하고 고민하면서 새로운 각오를 다지는 의미로 수염을 깎아버린다. 비록 실력양성론자이긴 하지만 강철식은 가족의 소식도 궁금해하면서 주의자들의 앞날도 걱정한다.

동경 유학생 출신인 상섭은 다른 죄수들로부터 "인테리 근성의 소유자"라는 비난을 들으면서 "학교도 변변히 다니지 못한 젊은 동무들을 자기 아는데까지 가르쳐 주는 것이 의무가 아닐까" 하는 계몽 충동과 "여기 잇을 동안 처음에 목적한 학과를 모조리 능통해서 사회에 나간 뒤에는 더 훌륭한 대중의 벗이 되며 무엇에나 빈약한 조선사회에서 탁월한 학식을 가지고 현재와 장래에 중요하게 써먹는 것이 더 의의있는 일이 아닐까" 하는 자기강화 욕구 사이에서 끊임없이 고민하는 모습을 드러낸다. 이 소설은 철식을 충격으로 몰아넣으면서 끝난다. 옆방에 들어온 철식의 아내가 광증을 보이다가 사흘 전에 죽었다는 소식을 듣게 된 것이다.

박승극의 「그 女人」(『신인문학』, 1935. 8)은 둘 다 주의자인 오빠들의 영향을 받아 18세의 안혁순이 주의자로 성장하는 과정을 그려놓았다. 안혁순은 수감 중인 두 오빠의 눈에 뜨이는 곳에 와서 서 있다가 감으로써 오빠들에게도 위안을 주고 자신의 의식도 강화해나가는 특이한 행동을 무려 6개월 동안 계속한다. 자동차 운전사였던 큰오빠가 "실업자사건"으로, 전차 차장인 작은오빠가 교통 쪽 모종의 사건에 가담한 혐의로 감옥에 온 사이에 안혁순은 여자고보를 졸업하고 "뻐쓰껄"로 일한 적이 있었다. 「그 여인」에서의 안혁순이 "뻐쓰껄"에서 출발하여 오빠들을 따라 주의자가 되어 감옥으로 가게 된 것과 「色燈 밑에서」(『신인문학』, 1935. 10)의 여급 김종죽이 한 '오르그'와의 사랑에서 출발하여 주의자로 활동하다가 감옥에 가는 것은 성장의 플롯으로 묶인다. "색등 밑에서"는 김종죽이 남겨놓은 문집의 제목을 가리키는 것으로 바로 이 문집의 내용이 작품 안에서 가장 큰 비중을 차지한다. 김종죽은 일기 형식을 통해 카페 파라다이스에 나간 동기, 자신이 읽은 책들의 내용, 우이동 원유회의 의미를 밝혀놓았다.

옥살이 모티프를 중심 모티프로 취하는 또 하나의 소설로 「花草」(『신조선』, 1935. 12)를 들 수 있다. 감옥에 있는 한 주의자가 다시 봄이 와 무명초에 꽃이 핀 것을 보고 절개·인내·고상함 등을 떠올리면서 이데올로그로서의 자세를 가다듬는다. 감옥 안에 있는 천호가 "뻐쓰껄"인 애인 혁순으로부터 받은 위문편지의 내용이 작중에서 큰 비중을 차지하는 만큼 서간체소설 범주에 넣을 수도 있다. 이 편지를 통해 세계문학전집, 철학 강좌, 러시아어 강좌, 에스페란토 원서 등 혁순이 천호에게 차입하는 책의 목록이 소개된다. 이런 책들의 목록은 「화초」를 「풍진」 「추야장」 등과 함께 주의자의 부단한 자기 연마를 자유 모티프로 제시한 작품으로 읽도록 한다. 책 목록은 주의자 천호의 사상의 폭넓음을 일러준다. 박승극은 '화초'도 책들과 마찬가지로 감옥 안에 있는 주의자들의 사상 학습의 보조 교재로 쓰이는 것으로 그려놓고 있다.

현경준의 「明暗」(『조선일보』, 1935. 4. 17~5. 5)은 제목이 시사하듯 갈등을 잘 드러낸다. 김좌수의 셋째 아들 관규는 서울에 가 주의자로 활동하다가 3년 형기를 마치고 귀향하여, 동경 유학생 출신으로 룸펜이며 첩질이나 하는 큰형 진규, 누만금의 재산가이나 무식한 윤참봉의 어린 아들에게 딸을 시집보내며 득을 보려는 아버지에게 맞서 누이동생 순옥이 제지공장으로 도망가도록 한다. 서울로 유학 가서 진보적 지식계급으로 활동하다가 1년 이상 감옥살이하고 정양하러 온 경숙을 만난 관규는 동지의식을 갖긴 했으나 혼담이 오가는 것에는 둘 다 반대한다. 경숙 아버지 박서방은 30년 전에 이 지방에 뜨내기로 왔으나 착실하게 일해 근방 재정권을 다 쥐고 있을 정도가 되어 김좌수도 박서방에게 많은 빚을 지고 있는 형편이었다. 관

236

규가 경숙이 주는 여비를 받고 아무 기약 없이 떠난다는 결말은 설득력이 떨어진다.

강경애의 「煩惱」(『신가정』, 1935. 6~7)는 한 주의자가 동지의 부인을 두고 의리냐 사랑이냐 하고 고민하는 모습을 그리는 데 중점을 두었다. 작중화자의 남편 친구인 R은 오랫동안 주의자로 활동한 바 있다. R은 고백의 형식을 통해 주의자가 된 과정을 보기 드물게 구체적으로 고백한다.

그런데 어느날 나는 적당에게 붙들리어 갔던것을계기로 일약 주의자가 되어서 나왔더랍니다. 그때 내나히 어렸더니만침 또 코취 받은 시일이 쩔은만큼 무슨 철저한 깨다름에서가 아니라 분위기가 그러하니까 나역시 그물에 젖었던 모양이지오. 그후부터 나는 무장을 하고서 적당의 뒤를 따르게 되었지오. 이러기를몇해하다가 노서아가 건설기에 초보를 옮겨놀때 나는 만주로 나오게 되었더랍니다.

만주로 나온후에도 역시 엉덩이를 붙여 앉을 사이없이 뛰어 다녔지오. 이러는 동안에 실패와 성공을거듭합면서 때로는 관군(官軍)과 홍의적(紅義賊)에게 쪼끼어 아슬아슬한 사지에서 헤매이면서 비로소 나는 나의 주견을 가지게 되었으며 여기에 일생을 받치리라고 굳게 결심 했읍니다.[231]

"되놈의 만두 몇 개만 포켓트에 넣어가지면 이년은 만주천지를 번개불같이 뛰어다닌" 끝에 성취감을 맛보게 된다. 강경애는 간도의 한 주의자로서의 활약상을 민중과 호흡을 같이하는 것으로 그려놓았다.

여기에 따라 일어나는 민중의 의식이야 말로 바람에 풍기우는 불길같았지오. 간도의 민중! 그들은 조선에서살래야 살수없어 죽을 각오을 하고 뛰쳐

231) 『신가정』, 1935. 6, pp. 188~89.

나온 사람들의 뭉임이 아닙니까. 어째뜬 간도의 군중처럼 총칼의 맛을본 군중은 없으리다. 뚜렷이 들어난 사변만으로도 이번까지 그몇번입니까. 그들의 이러한 환경이 그들로 하여금 무서운 분노와 결심을 이르키게 하였단 말이지오.[232]

R은 7년 만에 감옥에서 나와 옛 동지들이 제각기 다른 모습으로 변신한 것을 목격하게 되었으며 그 자신도 노서아로 가려다 국경 수비가 심해 용정서 3리 떨어진 명동에 가 "제 일차 토벌난에 남편을 잃어버리는 감옥에 있는 아들 하나를 바라고 눈이 깜애서 있는 불상한 부인" 집에 갔다가 주저앉아 교원 노릇을 하던 중 동지의 아내 계순을 사모하게 된다. 강경애는 R과 계순의 관계가 어떻게 진전되었는지에 대해서 명쾌하게 이야기를 들려주지 않은 채 소설을 닫아버리고 말았다.

현경준의 「歸鄕」(『조선중앙일보』, 1935. 7. 18~30)은 아내의 배신으로 고향 북청을 떠나 서울에 와 물장수하는 아버지의 기대를 한 몸에 받으며 학교에 다니다가 주의자로 감옥살이하고 나온 인호를 주인공으로 내세웠다. 그러나 아내에게 배신당하고 주의자로 활동하다가 감옥에 간 아들딸에 배신감을 느껴 가족사진을 앞에 놓고 자살한 아버지의 삶도 주목할 필요가 있다. 아버지는 "졸업을 얼마 압두지안흔 인순이가 당시 전조선을망라하여 일어난 선풍에 휩쓸려들어"[233]가자 충격 받은 후 아들에게 더욱 정성을 쏟는다. 1년 후 출옥한 딸과 의절해버리고 이번에는 누나에 의해 계몽된 인호가 감옥에 들어가자, 아버지는 창경원 독수리의 우리 앞에 가서 창공과 독수리의 눈을 바라보다가 서울과 북청에서 여러 차례 자살을 시도하다 마침내 저세상 사람이 되고 만다. 그런데 인호는 아버지에게도 누이를 포

---

232) 위의 책, p. 189.
233) 『조선중앙일보』, 1935. 7. 23.

함한 동지들에게도 실망감을 안겨주는 결과를 가져온다. 아버지가 죽었다는 소식을 듣자 충격을 받아 투쟁 의지를 내던지고 만다.

그리하야 그후공판이열엿슬때 그는뼈가저리고 심경의고백으로 여러「공범」들의 가진조소와 모멸을 삿던 것이다

더구나 심장을 어혀주는듯한 인순의 쌀쌀하던 그눈깔은 일생을 가도……아니죽어도 머릿속에서 사라질것갓지안헛다.

육체적으로도 정신적으로도 완전히 자긔는 폐인이될것가티 생각하엿다. 그결과로?그는 二 년간의징역이 오년간의집행유예로……

—아!—그는 괴로운 듯이 몸부림치며 돌아누어버렷다.[234]

인호는 외로움을 느낀 나머지 가기 싫은 함흥에 가 어머니 집에서 며칠을 정양하다가 고향 북청으로 간다. 고향에서 육촌 형의 도움으로 아버지가 가족사진에 피를 흘린 흔적을 남기고 죽은 것을 알게 된다. 이 소설은 "그의몸은 알지못하는것에 대한 정열에 불탈대로 불탓다(中略)암운은 지척을사이에두고 오락가락하엿다"[235] "그들은 공판정에서(以下五行略)"[236]와 같이 검열의 흔적을 드러내었다.

이효석의 「聖畵」(『조선일보』, 1935. 10. 11~31)는 주의자인 유례가 6개월 만에 석방되어 나오자 젊어서부터 그녀를 사랑하고 지원했던 '내'가 자신이 경영하는 바의 여급인 난야와의 관계를 청산하고 유례와의 사랑을 성사시키려다 실패한 후 자살 미수에 그치고 유례는 병보석이 되어 남편 건수에게로 가버린다. '내'가 자살에 실패하여 누워 있자 간병하러 온 난야는 애인 함손이 천생의 부랑자이고 돈판인 것을 알고 헤어졌다고 하며 '나'에

___

234) 위의 신문, 1935. 7. 24.
235) 위의 신문, 1935. 7. 23.
236) 위의 신문, 1935. 7. 24.

게 돌아오고 싶다고 하지만 '나'는 거절한다. 유례가 감옥에서 나온 후 '내'가 그녀를 돌보고 그녀의 사랑을 취하기 위해 북쪽의 온천 거리, 동해안의 호텔 등지를 같이 다니며 정성을 다하는 모습을 그리는 데 많은 지면이 할애되었다.

'내'가 학생 때부터 철학을 하면서 방황했던 반면에 유례는 주의자의 길을 밟았다.

가량 직업으로말하더라도 나의마음을땡기는 직업은하나도업섯고 그러타고 가지고 잇는 과만한재산을 쓸길도, 그것을바치고십흔방향도 업섯다. 그런 나의무위의성격을 비웃는듯이 유례는 그자신의굿센신념의 목표로향하야 휠긔잇든 행동의 열정을 모조리 쏯은것이엿다.

마침 유례는 그를길러준 녀학교의 파업을 지도할임무를띄고 주야로 분주할무렵이엿다 긔어코 파업은 불성공으로 단결은 깨트러지고 희생자를 내기 시작하자 이윽고등뒤의 주동이 주목되엿다 발서 구체적인물이 판정되여 지층을밧게 됨을알엇슬때 유례는 하는수업시 거리의눈을 피하야 이쪽저쪽 몸을 옴길수밧게업섯다.[237]

'나'는 서로 길은 다르면서도 유례를 은밀히 보호하였고 여러 기억을 살리면서 이층에 혼자 앉아 홉만의 성화를 보면서 유례를 기다렸던 것이다. '나'는 유례에게 실연당하자 자살할 결심을 하게 되었지만 이미 홉만의 성화를 보았을 때부터 자살을 결심한 것이라고 할 수 있다. 감옥에서 나와야위고 지친 유례에게 맛있는 것 많이 먹고 음악을 많이 들을 것, 좋은 그림을 많이 볼 것, 영화를 적당히 감상할 것, 몸을 충분히 휴양해야 할 것 등을 제의하고 "산속에 널집이나한간짓고 자작나무와 백양나무를심고 그

237) 『조선일보』, 1935. 10. 26.

속에서 염소나한마리 길러보앗스면 하는 소극적원이잇슬뿐이오"[238]라고 했
으나 유례는 끝내 받아들이지 않았다. 주의자로 활동하다가 감옥 갔다 온
여인을 보호함으로써 사랑을 취하려다 실패한 남자에게 초점이 맞추어져
있다. '나'는 사랑에 실패하고 유례는 이념에 실패한다. 주의자 주인공의
소설치고는 독특한 내용을 담았다.

위에서 박화성이나 이무영이 투쟁 의지를 북돋우는 방향으로 소설을 쓴
데 반해 이효석은 투쟁적 인물의 실패담을 들려주었다. 박화성과 이무영이
한창 동반자작가로서의 태도를 보인 그 무렵에 이효석은 이미 동반자작가
의 대열에서 이탈하였다.

박승극의 「巷間事」(『신인문학』, 1935. 11)는 당시 소설에서는 보기 드문
고등사기꾼소설Hochstaplerroman이다. 주인공 김상원은 일본 경찰에게 매달
3원씩 받고 프락치 노릇 하는 존재로, 소작쟁의를 일으키도록 뒤에서 조종
해 주동자들이 잡혀가게 만드는 공을 세웠으나 일본 경찰은 이번에는 의도
적으로 모른 척하여 결국 김상원이 오랫동안 감옥살이를 하게 둔다. 작중
화자가 일본 경찰 프락치 김상원을 향해 노골적으로 조소하는 서술 태도를
취하는 것은 다른 소설에서는 찾아보기 어렵다. 농민조합원 최상천이 감옥
에서 병을 얻어 죽자 마을 사람들이 성대하게 장례를 치러주면서 감옥 안
에 팽 당한 사냥개의 신세가 되어 앉아 있는 김상원의 존재는 더욱 초라하
게 된다. 무명의 농민은 양심껏 투쟁하여 명예를 얻었으나 사기꾼은 하나
도 취한 것이 없다.

백신애의 「鄭賢洙」(『조선문단』, 1935. 12)는 양심적이고 헌신적인 의사
의 모습을 그린 유례가 드문 의사예찬소설이다. 백신애로서도 예외적인 송
의 형식을 취하였다. 환자나 애인에 대해서도 그렇고 자기를 키워주고 병
원을 개업시켜준 형을 속으로는 몹시 사랑하면서도 겉으로는 표현을 잘하

---

238) 위의 신문, 1935. 10. 16.

지 못한다. 정현수는 환자 한명 한명을 정성껏 치료해주고 치료비도 헐가로 받아 병원 운영이 힘들 정도인데도 대승적 지식인의 길을 걸어간다. 백신애는 자기희생적인 지식인을 주의자 못지않게 긍정적으로 그려내었다.

(2) 리얼리스트와 모더니스트의 양립

이종명의 「두 젊은이」(『동방평론』, 1932. 5)는 오랫동안 원고료를 받지 못한 소설가 김군이 죽마고우인 박군이 전문학교 법과를 우등으로 졸업하여 상으로 받은 시계를 전당포에 맡기고 받은 돈 3원으로 카페에서 술 한잔 마시며 한바탕 신세 한탄을 한다는 단순한 사건담으로, 당시 문단과 출판계의 총체적 궁핍상을 보여주었다.

전무길(全武吉)의 「아비의 마음」(『제일선』, 1932. 5)은 비록 콩트이긴 하지만 소설가로서의 곤궁과 비애와 절망을 잘 드러내었다. 서울에 가 있기 좋아하는 종우이지만 시골에서는 세 자녀의 아버지인 것을 깨달으면서 조선인의 미래를 부정적으로 보고 아이들의 앞날을 우려한다.

> 종우는맛치천사를보는것갓헛다
>
> 그러나종우는 다른순간에 이러한생각도 하지안을수가업섯다
>
> 「저것도 조선사람의종자지? 그리고역시 조선사람의비애를 맛보겟지? 저 옴푹한살의주름이 장작개비가티 말나버리고 시종질을하고 「요보」가되겟지? 분ㅅ김에 외치고나서면 그쌔는태양을못보는집으로 쓸려갈것이다………」[239]

아이들을 불행하게 만들지 않기 위해 열심히 일해야겠다고 각오할 뿐, 구체적인 행동 변화는 나타나고 있지 않다.

한흑구(韓黑鷗)의 「호텔 콘」(『동광』, 1932. 6)은 유례가 드문 미국 유학생

---

239)『제일선』, 1932. 5, p. 119.

소설이다. 미국에 미술을 공부하러 간 유학생 타마스 리와 사회학을 공부하러 간 쵀스터 김은 서로 도우며 지내다가 헤어진다. 타마스 리는 호텔 콘의 종업원 일을 하면서 공부하는 고학생으로 인종차별을 당하곤 한다. 객실 정리하는 일을 하는 흑인 여성이 임신한 것을 두고 자신에게 혐의를 둔 지배인과 대판 싸우고 타마스 리는 쵀스터에게 편지와 돈 20불을 남기고 떠나가버린다. 타마스 리는 쵀스터와 대화를 나누는 자리에서 미국 사회를 향해 "실물주의철학의 표현인 우뚝한 「삘딩」, 가속도 문명인의 변태성에서 나온 지랄춤같은 째즈 이것이 미국식이니까"[240]라고 비판한다. 그는 미국의 미술에서는 배울 것이 없다고 하면서 돈이 생기면 불란서로 갔다가 먹을 것이 없어지면 러시아로 가고 싶다고 하였다. 쵀스터가 어느 대학에서 공부해야 좋을지 모르겠다고 하자 타마스 리는 "좀더 실제적으로 우리가 요구하는 그것을 뚫어 봐야 한다는 것이야! 하기는 요새 조선서도 박사니, 학사니 흔해가고 그들의 존재와 활동이 히미하니까 그런 명예니 무엇이니하는 봉건사상은 줄어진것 같데마는……"[241]라고 실용 학문을 공부할 것을 권하면서 사회주의 학자로 소문난 교수에게서도 배우라고 한다.

이 소설에는 타마스 리와 쵀스터 김의 일기 한 토막이 소개되고 있어 미국에 유학 간 조선 젊은이들의 인식론의 단면을 알 수 있다. "집을 떠난후에 나는 눈물을 잊고 살엇다. 아무리 괴로운 일이 나를 위협해도 나는 그대로 웃어버리엇다. 맑스의 런돈빈민굴 생활이나 레닌의 옥중생활 그리고 화가(畵家)로써 고난의 방랑생활등은 어느때나 나에게 크다란 힘과 교시를 준 것이다"[242]라는 타마스 일기의 한 토막과 타마스가 떠나간 뒤에 쵀스터가 쓴 "물론 그대는 인종관렴보다 계급관렴에 강한 그대다. 민중을사랑하는 그대는 오이려 현대의 노예인 껌둥이나 또한 남이 천하다는 대수 대중

240) 『동광』, 1932. 6, p. 58.
241) 위의 책, p. 59.
242) 위의 책, p. 61.

을 더욱 동정하엿을 것이다"[243]라는 일기의 한 부분을 통해 타마스 리가 프롤레타리아니즘에 기울었음을 알 수 있다. 한흑구는 5년 후에 발표한 「黃昏의 悲歌」(『백광』, 1937. 5)와 「移民日記」(『백광』, 1937. 6)에서도 미국인들의 인종차별을 중심사건으로 설정했다.

강경애의 「그 여자」(『삼천리』, 1932. 9)는 간도를 배경으로 한 소설가 소설로 「원고료 이백 원」(『신가정』, 1935. 2)의 앞줄에 선다. 간도에서 활동하는 여성 작가 마리아는 얼두교우 교회 내 부인청년회에서 「요한복음」 3장 16절을 자료로 강의하던 중, 고국을 왜 떠났냐고 하면서 간도 이주민의 그동안 참고 참았던 분노와 한을 부추겨 그들로부터 옷이 갈기갈기 찢기는 망신을 당한다. 처음부터 마리아는 작가로서의 자만심에 휩싸인 나머지 간도 이주민들을 사람같이 보지 않는 태도를 내비치곤 한다. 마리아가 죽어도 내 땅 살아도 내 고국에서 살아야 한다고 하자 이주민들은 과거에 지주들의 횡포에 시달리다가 쫓겨난 악몽을 떠올리고 조롱당하는 기분을 느끼게 된 것이다. 「그여자」에서의 여성 작가의 봉변은 「원고료 이백 원」에 와서 여성 작가의 반성과 대승적 결단으로 발전하게 된다. 「그 여자」는 마리아라는 자만심이 많고 귀족적이고 농민들을 잘 이해하지 못하는 여성 작가를 안타고니스트로 처리하여 농민들과 빈민들을 향한 애정을 표시한 셈이다.

전무길의 「시드는 꽃」(『동광』, 1932. 11)은 표제가 암시하고 비유한 것처럼 청년 문인이 자신의 아이를 임신한 것에 냉담하자 그 기생이 배신감을 느끼고 자살하고 만다는 비극적 구성을 취하였다. 그 기생을 "시드는 꽃"으로 비유함으로써 전무길은 비도덕적인 문인을 비난의 표적으로 삼을 수 있었다.

김동인의 「小說急造」(『제일선』, 1933. 3)에서 소설가 K는 가정잡지사로

---

243) 위의 책, p. 64.

부터 원고 청탁을 받고 잡지에 맞는 제재를 구하지 못해 고민하던 중 신문 사로부터 받은 고료 40원 중 20원을 들고 마장구락부에 가 다 잃고 이틀 만에 집에 돌아와 "약속하엿든 바와는 엄청나게다른 소설을쓰게된 그 경과를 소설화하여"[244] 소설 한 편을 급조하여 보내게 된다. 경제난과 창작의 고통에서 헤어나지 못하는 소설가의 모습을 다소 희화화하여 제시하였다.

박태원(朴泰遠)[245]의「疲勞」(『여명』, 1933. 5)는 소설가인 '나'의 한나절 동안의 생활을 기록한 것으로「小說家 仇甫氏의 一日」(『조선중앙일보』, 1934. 8. 1~9. 19)의 예고편에 해당된다. '나'는 낙랑다방에서 음악을 들으며 소설을 쓰고 있다가 춘원·민촌·백구, 노산 시조집 등을 들먹거리며 조선 문단의 침체를 한탄하고 모든 문인들을 통매하는 문학청년들의 소리를 들으면서 소설을 쓰다가 중단한 채 밖으로 나와버린다. 그러고는 뚜렷한 용건도 없이 M신문사, D신문사를 거쳐 버스를 타고 노량진 쪽으로 가면서 버스 속의 사람들을 관찰하고는 한강에서 내려 구경하다 다시 낙랑다방으로 되돌아온다. 이미 제목이 가리키는 것처럼 이 소설에는 "피로"라는 말이 여러 번 나온다. "사람들은 인생에 피로한 몸을 이끌고 이안으로 들어와, (2尺×2尺)의 등탁자를 하나식 점령하였다"(p.64), "그러나, 때로, 내가 일곱시간 이상을 그 곳에 있었을 때, 분명히 열두번이상 들었던 Elegy는 역시 피로한것이었음에 틀림없었다……"(p.65), "인생에 피로한 자여! 겨울 황혼의「한강」을 찾지 말라"(p.73) 등의 구절에서 볼 수 있는

---

244) 『제일선』, 1933. 3, p. 23.
245) 경성부 다옥정에서 출생(1909), 처음 이름은 점성이었으나 태원(泰園)으로 개명(1918), 경성제일공립보통학교 입학(1922), 3월『조선문단』에 시「누님」이 당선되어 등단(1926), 제일고보 졸업(1929), 도쿄 호세이 대학 예과 입학(1930), 구인회 가입(1933), 김정애와 결혼(1934), 관철동으로 이사(1937), 해방 후 조선문학가동맹 집행위원(1946), 보도연맹 가입(1948), 한국전쟁 시 이태준·안회남·오장환을 따라 월북(1950), 정인택의 미망인 권영희와 결혼(1955), 남로당 계열로 몰려 함경도 벽지학교 교장으로 좌천(1956), 안질환과 전신불수로 고생하다가 사망(1986), 필명으로 박태원(泊太苑), 몽보(夢甫), 구보 등이 있음(김상태, 『박태원—기교와 이데올로기』, 건국대 출판부, 1996, pp. 101~04 참고).

것처럼 작중의 '나'는 어디를 가서든지 피로를 느낀다. 이상이 "권태"를 느낄 때 박태원은 "피로"를 느낀다. 낙랑다방에서는 말할 것도 없고 신문사 안에서 한강을 바라보면서도 피로를 느낀다. 농민소설, 노동자소설, 주의 자소설의 주인공들이 대체로 배고픔·모멸감·절망감을 느끼는 반면 박태원의 소설가소설의 주인공은 피로를 느끼는 것이다. 이러한 피로는 「소설가 구보씨의 일일」에 가면 여러 가지 병증과 함께 더욱 뿌리 깊은 것으로 나타난다.

어느 틈엔가 나는 뻐스를 타고 있었다. 나의 타고 있는 뻐스는 노량진을 향하여 달려 가고 있었다. 그러나 물론 나는 노량진을 가기 위하여서 뻐스를 타고 있는것은 아니었다. 그렇다고 노량진 이외의 아무곳을 가기 위하여서 탄것도 아니었다.

그러면?—그것은 이를테면 아무데로도 갈 곳을 가지지 않은 나였던 까닭에, 아무데라도 가기 위하여서의 행동에 지나지 않았다. 그러나 그러한것은 우리가 일일이 「까닭」붙여 말할 수 없는 것임에 틀림없었다. 우리는 아무런 별「까닭」없이 우리들의 콧털을 뽑고 우리들의 수염을 어루만지고 하는것이 아닌가?……[246]

이처럼 인간은 앙드레 지드(1869~1951)의 '무상의 행위Acte gratuit'[247]를 연상케 하는 "까닭없는" 행동도 할 수 있으며 "목적지 없는" 산보도 할 수 있다는 박태원류의 소설을 떠받치는 관념으로 작용한다. 더 나아가 이러한 인간관은 개인의 행위보다는 내면에 더 큰 관심을 갖는 모더니즘소설도 떠

---

246) 『소설가 구보씨의 일일』, 문장사, 1938, p. 70.
247) 장 폴 사르트르, 『실존주의는 휴매니즘이다』, 방곤 옮김, 신양사, p. 98. '무상의 행위'란 앙드레 지드가 그의 소설 『법왕청의 지하도』에서 실행했던 것처럼 아무런 이해관계나 이유 없이 행동하는 것을 말한다.

받친다.

「피로」가 그 출현을 예고한 것이나 다름없는 「소설가 구보씨의 일일」은 본격적인 예술소설을 쓰는 작가를 주인공으로 한 점에서 지식인소설이요 소설가소설이다. 그런가 하면 이상심리, 의지, 환상 등과 같은 내면세계의 흐름을 정밀하게 그려낸 점에서 심리소설이라고 할 수 있다. 당시 용어를 빌리면 내성소설(內省小說)이요 심경소설이 된다. 또한 이 소설은 전차 안, 길거리, 다방 안 등 여러 곳을 돌아다니며 다른 사람들을 관찰한다는 점에서 도시소설이라고 할 수 있다. 구보가 경성을 배경으로 하여 하루 동안 돌아다닌 경로를 보여준 점에서 경성소설의 모델이 된다. 구보는 집을 나섬-천변길 따라 광교행-종로 네거리-화신백화점-승강기 타고 오르내림-백화점을 나와 전차 탐-전차(동대문, 경성운동장, 장충단, 청량리, 성북동, 훈련원, 약초정, 한강교행)-조선은행 앞 하차-장곡천정으로 향함-다방-다방을 나와 부청 쪽으로 걸음-다방 옆 골목 골동품가게-남대문밖-경성역 대합실-대합실 안 끽다점-조선은행 앞-다방-종로 네거리-종로경찰서 앞 지나 조그만 찻집-찻집 나와 광화문 쪽으로 걸음-다방-조선호텔 앞-황금정행-종로-종각 뒤 술집-낙원정 카페-술집 나옴-종로 네거리 등과 같이 공간 이동을 하였다. 작중인물 구보가 신문기자이며 시인인 친구가 구보의 소설에 대해 평한 것을 듣고 있는 장면, 보험회사 오교원과 그 친구와 함께 소설에 대해 이야기 나누는 장면 등을 설정한 점에서 자전적 소설이라고 할 수 있다. 구보는 "왼갖 지식이 소설가에게는 필요하다"고 하면서 창작을 위하여 길거리 답사와 같은 모데르노로지오를 부지런히 해야 한다고 생각한다.

박태원은 이상의 「종생기」보다 3년 앞서 상호텍스트성을 적극적으로 구사하였다. 이시카와 다쿠보쿠(石川啄木), 아쿠타가와 류노스케(芥川龍之介), 자로(子路), 공융(孔融) 등의 시구와 최서해, 앙드레 지드, 제임스 조이스의 『율리시스』, 스탕달의 『연애론』, 최독견의 『승방비곡』, 윤백남의 『대도전』

등의 이름들이 언급되어 있다. 주인공 구보는 실직 · 병약 · 정신병 · 자기성찰, 문학가로서의 의욕 등으로 그 상이 정립된다. 또 한 가지 주목할 것은 구보가 신경쇠약 · 귓병 · 난시 등 여러 가지 병약한 모습을 드러낸다는 점이다. 구보는 어머니, 백화점 점원, 옛날 여인, 룸펜 친구, 노동자, 학생, 가난한 문인들 등을 관찰하고 행복 · 고독 · 욕망 · 피로 · 애정 · 여성 · 사랑 등을 화두로 삼으면서도 국내나 일본에서의 과거를 회상하기도 하고 벗을 그리워하기도 한다. 구보는 옛날부터 알고 있었던 여급이 옮겨간 낙원정 카페에 가서 술을 먹다가 모든 사람들을 특정 증세로 나눌 수 있다고 상상한다.

> 갑자기 仇甫는 왼갓사람을 모다 精神病者라 觀察하고싶은 强烈한 衝動을 느꼈다. (중략) 意思奔逸症, 言語倒錯症, 誇大妄想症, 醜猥言語症, 女子淫亂症, 支離滅裂症, 嫉妬妄想症, 男子淫亂症, 病的奇行症, 病的虛言欺騙症, 病的不德症, 病的浪費症.……[248]

「소설가 구보씨의 일일」은 낙원정에 있는 카페에서 친구들과 술을 잔뜩 마시고 여급과 재미나게 놀다가 나와 가랑비를 맞으며 어머니를 생각하고 "생활을 가지리라"고 다짐하고 벗의 인사말처럼 좋은 소설을 쓰리라고 맹세하면서 잠시 행복감에 젖기도 한다. 「피로」가 외면 묘사와 내면 묘사 사이의 균형을 보이고 타인 관찰과 자기성찰의 균형을 꾀하는 것과 마찬가지로 「소설가 구보씨의 일일」에서도 그 어느 한쪽으로 기울어지지 않는다. 「피로」가 틀이 커지면서 안으로는 앞뒤 사건과 좌우 인물이 더욱 촘촘하게 교직되어버린 그 결과가 바로 「소설가 구보씨의 일일」이 아닌가.

이무영의 「蒼白한 얼골」(『신동아』, 1934. 2)은 소설가인 '나'와 성대를

---

248) 박태원, 『小說家 仇甫氏의 一日』, 문장사, 1938, p. 288.

수석으로 마쳤으나 기어이 문학 전공으로 옮긴 친구 '정'이 구직난에 봉착하자 지식인들이 갖기 쉬운 형식주의와 체면 위주의 태도를 청산하고 토사운반 노동판으로 뛰어들게 된다는 결말을 보여준다. 두 사람은 노동판의 일을 몹시 힘들어하기는 하지만 부끄러워하지는 않는다. '나'는 정이 문학 활동에 전념하는 과정을 지켜보는 관찰자 역할도 보여준다. 정은 올해 성대를 수석으로 졸업한 재사였으나 처음에 하려던 의학 공부나 법과 공부는 다 때려치우고 조부와 숙부가 문학을 했다는 가문의 흐름을 따르기라도 하듯 문학을 선택한 것이다. 정은 시·소설·시론 등을 가리지 않고 발표하는 의욕을 과시했으나 '나'는 우려의 시선으로 보고 있다. '나'는 어느 날 문학과 생활 양면에서 처참하게 실패한 자신을 발견하고는 더 이상 글을 쓰지 않겠노라고 결심한다. '나'와 정군이 결행한 하향이동은 채만식의 「레디메이드 인생」(『신동아』, 1934. 5~7), 「명일」(『조광』, 1936. 10~12)의 결말 부분을 장식하게 된다.

이무영의 제목도 긴 단편소설 「거미줄을 타고 世上을 건느려는 B女의 素描」(『신동아』, 1934. 6)는 대중작가 김한성이 경향작가 장만억으로부터 독설을 듣고 결별하기까지의 과정과 5년 전에 자기를 배신하고 다른 곳으로 시집갔다가 실패하고 폐병에 걸려 죽어가는 박현순을 극적으로 재회하고 임종하기까지의 과정이 겹쳐진 이야기를 들려준다. 박현순은 김한성의 집안이 파산하자 "나는 파산하기 전의 김한성씨와 약혼한 것이지 불쏘시개도 못하는 인테리 룸펜하고 약혼한기억은 없읍니다!"[249] 하고 떠나가버린 후 스스로를 "거미줄을 타고 세상을 건느려는 계집"으로 자처하였다. 그 후 김한성은 실연의 아픔을 잊기 위해 의도적으로 소설 쓰기에 몰입하여 많은 작품을 발표했다. 평론이나 신문 기사 못지않게 당시 문단사를 생생하게 보여준 것은 당시의 다른 작품에서는 찾기 어려운 점이다.

---

249) 『신동아』, 1934. 6, p. 211.

조선에 「신경향」문학이 들어오던 초기에 있어서 살인주사침같은 붓끝으로……한우리를 노래하던 -아니 고함치던 장군. 잡지 「화성」을 활무대로 대중을………하던 장군!

그러나 그는 붓 끝에 매인사람이 아니엿다 가느다란 붓끝으로 만은 펄펄 끓는 정열을 쏟을길이없는 장군이었다.

하로아츰 그는 붓을꺾어버렸다. 활활타는 화염속에다 붓동강이를 살났다. 그러고는 한성을 향하여 웨쳤던것이다.

「붓을 꺾어버려라!」

(중략)

「너같은 인간은 몇만명이 있어도 일없다. 자 우리가 꺾어버리는붓이 아깝거든 그동강이라도 주어가지고 가렴!」

가장 가깝고 가장 많은이해를 가지고 사괴어 나려오던 장군은 이말한마디를 계기로 그로부터 영원히 떠나가버리고 말았던것이다.

장군으로부터 버림을받은 한성은 몇해굴너다니는동안에 다시는 주어저보지못할인간쓰레기가 되고말았다. 비속하기 짝이없는 조선의 쩌날리즘에 추파를 보내어 조이값도 변변이 못되는 원고료로 그날그날을연명해 가는 그지없이 가엽슨 인간이 되고말았던것이다.

「장군과 현순.—그들은 좋은 대상이었다.」

그는 가비어이 한숨을 내 쉬었다. 동아줄처럼 믿고있던 장군이 간지 일년이 못되어 현순도 가고 말았던것이다.[250]

김한성은 함흥에 있는 장만억의 무덤 앞에서 그동안 대중작가로서 살아온 삶을 속물주의와 도피주의라고 자조한다. 대표적인 경향문학가였던 장

---

250) 위의 책, 1934. 6, p. 214.

만억을 영웅시한 점에서 또 김한성과 같은 매문 문사가 뼈아픈 자기성찰을 하는 것으로 그린 점에서 이무영은 경향작가나 동반자작가를 당시의 이상적인 작가로 판단한 것이 된다. 김한성은 현순을 향한 복수심으로 현순을 모델로 하여 음란하고 허영심이 넘치는 여성을 주인공으로 한 대중장편소설 "십년간"을 쓰기로 계획한 적도 있다.

그러나 김한성이 "십년간"을 쓸 필요도 없을 만큼, 현순이는 비참한 삶을 걷는다. 현순은 전라도로 시집갔다가 이혼당한 후 상해의 화류계에서 일하다가 폐병에 걸려 귀국하여 죽어가면서 남긴 5백 페이지짜리 "나의 참회록"을 김한성에게 건네준다. 김한성은 이 원고를 잘 다듬어 발표하려 한다. 현순은 한성의 품에 안겨 죽어가면서 "거미줄을 타고 세상을 건느려는 어리석기 짝이 없는 계집"이라고 자책한다. 김한성은 장만억의 무덤 앞에서는 패배감을 느꼈지만 죽어가는 현순 앞에서는 우월감이 섞인 연민을 드러낸다. 이 작품은 사랑소설, 소설가소설, 사상소설이 엇비슷한 힘으로 중첩된 결과를 보인다.

강경애의 자전적 소설이며 소설가소설인 「原稿料二百圓」(『신가정』, 1935. 2)은 서간체소설이기도 하다. 간도에서 작가로 활동하는 '나'는 편지 형식을 통해 국내에 있는 동생에게 자신이 겪었던 일과 그 일에서 파생된 억울함, 섭섭함, 외로움을 하소연한다. 실제로 강경애는 『인간문제』라는 장편소설의 원고료를 동아일보사로부터 한꺼번에 받아 그 사용처를 갖고 남편과 대판 싸운 경험이 있다. 작중의 남편은 "옹호동무 입원시키는데" 또 "굶고 있는 홍식부인을 위해" 쓰자고 제안했으나 '나'는 처음에는 별 뚜렷한 대안 없이 반대한다. 그러자 남편은 "머리를 지지고 볶고, 상판에 밀가루칠을 하구 금시계에 금강석 반지에 털외투를 입고 입으로만 아! 무산자여 하고 부르짖는 그런 문인이 되고 싶단 말이지, 당장 나가라!"[251]

---

251) 『신가정』, 1935. 2, p. 196.

하고 폭언을 한다. 이 욕설에는 아내를 향한 열등감과 투쟁하는 인물들을 조금이라도 도와야 하겠다는 사명감이 배어 있다. 밖으로 쫓겨난 '나'는 추위에 떨면서 자신의 행위를 냉정하게 돌아보는 시간을 가진 끝에 마침내 거액의 원고료를 남편의 제의대로 투쟁하는 인물들을 위해 사용할 것을 결심하게 된다. 남편을 감옥에 보내고 굶주림에 시달리는 홍식 처와 아들, 감옥에서 심장병을 앓다가 나온 웅호 동지를 도와주기로 한다.

'나'는 편지의 수신자인 동생에게 "공상에서 한보 뛰어나와서 현실에 착안하여라"[252]고 하면서 삼남 이재민이 만주로 몰려오는 사실과 울릉도 사람들이 남부여대하여 원산에 상륙한 사실을 상기시키면서 "전조선의 빈한한 군중은 아니 전세계의 무산대중은 방금 기아선상에 헤매이고 있는 것을 너는 아느냐 모르느냐"고 묻는다. 소설가가 투쟁적인 지식인으로 성장하는 과정을 뚜렷하게 보여준다. '나'는 "토벌단들이 들이밀리어서 지금 한창 총소리와 칼소리에 전대중이 공포에 떨고 있는 중"이라고 분위기를 전달하면서 "목숨이나 구해볼까하여 비교적 안전지대인 용정시와 국자가같은 도시로 몰려드나 장차 그들은 무엇을 먹고 살겠느냐"[253]고 걱정함으로써 간도 지방에 살고 있는 우리 동포들의 목숨이 개 목숨보다 헐한 현실을 일깨워준다. 강경애는「그 여자」에서는 부정적인 작가의 상을 제시하였고「원고료 이백 원」에서는 긍정적인 작가의 면모를 그려놓았다.

K야 너는 책상우에서 배운 그지식은 그것만으로도 훌륭하다. 이제야말로 실천으로 말미아마 참된 지식을얻어야 할때이다 그리하야 너는 오직 너의 사회적가치(社會的價値)를 향상시킴에 힘써야한다. 이사회적가치를 떠난 그야말로 교환가치(交換價値)를 향상시킴에만 몰두한다면 너는 낙오자요 퇴패자

---

252) 위의 책, p. 199.
253) 위의 책, p. 199.

이다. 이것은 결코 너를 상품시 혹은 물건시 하는데서 하는말이 아니오. 사람이란 인격상 취하는방면도 이러한 두방면이 있다는것을 네게알려주고저 함이다.[254]

실천을 강조하고 사회적 가치의 향상을 강조하는 이 말은 작가 자신에게 하는 것이며 국내에 있는 작가들 모두에게 하는 말이기도 하다. 궁극적으로는 강경애의 내면의 소리로 울려 나온 말이다.

이태준의 「愛慾의 禁獵區」(『중앙』, 1935. 3)는 제약회사, 피혁상회 등의 소유주이며 잡지사 현대공론사의 사장인 박승권이 여비서 채남순을 온양온천에서 범하려다 실패하고 편집 책임자 심완호를 내쫓은 것에 채남순, 심완호, 시인 방협이 필봉사를 만들어 대항하는 것을 중심사건으로 설정하였다. "필봉"이란 잡지를 내어 박승권의 비리와 악행을 폭로하려 하자 박승권은 잡지 값을 내리고 적극적으로 잡지 광고를 하여 "필봉"을 항복시키려고 한다. 결국 방협이 고향에 가서 돈을 마련하여 박승권을 굴복시키기는 했으나 채남순은 어려서부터 믿어왔던 천주교에 귀의하여 수녀가 된다. "애욕의 금렵구"라는 제목은 수녀가 되는 채남순의 최종 선택에 초점을 맞춘 것으로, 제목과 중심사건이 괴리된 한계를 보인다.

한흑구의 「어떤 젊은 藝術家」(『신인문학』, 1935. 4)는 시카고, 워싱턴, 보스턴, 뉴욕 등을 거쳐 필라델피아 T대학 음대에 재학 중인 '나'의 도움과 본인의 노력이 합쳐져 인종적 편견을 떨쳐버리고 마침내 A가 카네기 홀에서 첼로 독주를 하여 첼리스트로 성공하기까지의 과정을 보여주었다. 「호텔 콘」이 재미 조선 유학생 수난기라면 「어떤 젊은 예술가」는 재미 조선 유학생 성공담이라고 할 수 있다.

김광주의 「南京路의 蒼空」(『조선문단』, 1935. 6)은 중국을 배경으로 한

---

254) 위의 책, p. 199.

지식인소설이다. 중국 P시의 K대 문과를 졸업하고 소설 습작을 하는 명수는 아편 밀수업자인 아버지, 마작에 미친 어머니, 피아노나 두드리며 현재에 만족해하는 누이동생, 중국인 학교 교수로 술과 춤에 빠진 조선인 A선생 등에게서 한결같이 염증을 느낀다. 이런 부정적인 자세나 행태는 명수를 자극하여 "그들의생활을덮고있는 이어두컴컴한 껍질을벗겨서 밝은태양 아래 드러내야한다⋯⋯나는이것만 위하여서라도 일생을 붓대를들고 싸워보자!"[255)고 결심하는 것으로 바꾸어놓는다. 김광주는 「포도의 우울」(『신동아』, 1934. 2)에서 주의자로 활동했던 조선인이 중국에 와 단순한 디아스포라로 고생하는 모습을 그렸고 「北平서 온 슈監」(『신동아』, 1936. 1)에서는 머슴 출신인 사내가 아내가 가출해버린 후 만주와 중국 일대에서 아편장사와 계집장사를 하다가 상해에서 젊은 여자를 옛 아내로 착각하여 살인미수하는 사연을 들려주었다.

김동인의 「狂畵師」(『야담』, 1935. 12)는 '여(余)'가 인왕산에 올라 경성시가를 내려다보면서 문득 세종 때의 솔거라는 화공을 떠올린다는 겉이야기와 두 번이나 결혼에 실패하고 기인증(忌人症)에 걸린 솔거가 그림에 정진하기 위해 산에 들어가 30년을 살다가 18세 된 소경 처녀를 만나면서 시작되는 이야기를 속이야기로 삼았다. 솔거는 절세미인이었던 어머니의 얼굴을 제대로 그리고 싶어 여기저기 미녀의 얼굴을 찾던 중 소경 처녀를 만나 아내로 삼는다. 솔거는 눈동자만 남겨놓고 미인의 얼굴을 그려놓는다. 아내는 용궁 여의주로 눈을 고쳐주겠다고 하면서 용궁을 그려보라고 다그치는 남편의 말을 듣지 않다가 바보 병신이라는 소리를 듣고 원망하는 표정을 지으며 뒤로 넘어져 죽고 만다. 그 순간 벼루가 튀고 먹물이 튀면서 그림의 눈을 만들어놓았으나 그 눈빛은 원망으로 가득 찬 것이 되고 말았다. 솔거는 괴상한 여인의 화상을 들고 음울한 얼굴로 돌아다니다가 눈보

<hr />

255)『조선문단』, 1935. 6, p. 54.

라 치는 날 족자를 가슴 속 깊이 품고 죽는다. "늙은 화공이여, 그대의 쓸쓸한 일생을 여(余)는 조상하노라"라는 '여'의 평은 있으나 마나 한 것이다.

정비석의 「窮心」(『조선문단』, 1935. 12)은 신진소설가가 실직한 후 그 아내가 불량녀로 오인받는 상황을 설정하고, 이학인의 「예술도적」(『조선문단』, 1935. 2)은 친구의 원고를 이용하여 등단해서 인기 작가가 된 데다 친구의 애인과 결혼한 소설가의 경우를 제시하여 소설가의 삶의 그늘에 눈 뜨게 한다.

(3) 룸펜 인텔리의 방황과 선택

룸펜 인텔리[256]를 성공적으로 형상화한 작품으로는 다음과 같은 것들이 있다. 대체로 이러한 소설들은 작가의 삶을 거의 그대로 살려낸 자전적 소설로 나타나기 마련인데 바로 자전적 소설은 외양 관찰을 위주로 하는 리얼리즘소설에서 내면 토로 쪽으로 기운 내성소설로 나아가게 된다. 룸펜인텔리소설은 1920년대에서 1930년대 초까지의 리얼리즘소설에 서서히 그러나 분명한 변화가 일어나게 하였다.

---

256) 최진원의 「인테리겐챠론」(『조선일보』, 1932. 2. 13~3. 8)에서는 "중간 인텔리층"을 협의의 인텔리라고 하면서 학자 · 변호사 · 기사 · 교수 · 저널리스트 · 예술가 · 의사 · 중간관리 · 문필노동자 등을 가리킨다고 한 다음, 이들의 "種種相의 亂舞"를 다음과 같이 10가지 항목으로 정리했다.

(가) 似而非 人道主義的 社會改良主義者
(나) 享樂主義者 『데카단트』 及 『니히리스트』
(다) 機會主義者
(라) 自暴自棄의 無關心 無能力한 卑怯 封建殘滓의 沈淪等等 無氣力한 無骨漢
(마) 『(略)』의 同伴者가 될듯이 粉裝하고 登場하야 自己의 地位를 安定식히고 또 擴張시키려는 背信者
(바) 學究的 眞摯한 態度를 저바리고 反動役割을 하는 「테로」輩
(사) 生活安定을 爲하야는 手段方法을 가리지 않는다는 八方美人計를 쓰는 者들
(아) 盲目的 大衆에게는 自負와 驕慢을 가지고 同輩間에는 嫉妬와 憎惡로 일삼는 「뎀뿌라」學徒
(자) 破廉恥漢及變節漢
(차) 街頭로 彷徨하는 룸펜 · 인테리 (1932. 3. 5)

이효석의 「十月에 피는 林檎꽃」(『삼천리』, 1933. 2)의 주인공 '나'는 농촌에 있는 것을 전원에 사는 것처럼 일부러 오해한다.

마을의 꼴이참혹하기쌔문에 나는눈을돌녀 도리혀마을의 자연을 사랑하랴
고하얏다. 마을의 현실에서 눈을 덥고풍성한자연속에서 노래를 차즈랴하고.
책상우에싸인활ㅅ자의 산속에서진리를 캐랴고애썼다 잇대부터 서재와 양과
능금밧사이의 한가한 「똥키호오테」적방황이시작되엿다. 거츠런안개속에서
구타여 쇠를차즈랴하고 연지빗 능금쏫 봉오리아페서ㅅ 피지못하는내자신의
한얌엄는쏠을 한탄하는동안에 갑업는 우울한시간이흘넛다. 마을의산문은
그러나 이 무위의방황을 암득하게 매질하지안엇든가.[257]

'나'의 현실은 세금 체납으로 가마솥을 빼앗기고 친구로부터 떡 한 조각
을 받는 것으로 그려진다. '나'는 이러한 현실을 잊기 위해 들에서 능금밭
으로, 자작나무 밑으로 돌아다닌다. 그러다가 동짓달을 바라보는 때 거친
벌판에서 헐벗은 능금밭 마른 가지에 희고 조촐한 꽃이 핀 것을 보고 탄복
하게 된다. '나'는 시월에도 능금꽃이 필 수 있는 것을 확인하고는 잠시 슬
픔에서 벗어난다. 이효석은 「약령기」(『삼천리』, 1930. 9), 「오리온과 능
금」(『삼천리』, 1932. 3), 「시월에 피는 능금꽃」(『삼천리』, 1933. 2)에서처
럼 능금을 쾌락 · 현실 초월 · 위안 등의 이미지로 가꾸어낸다.

김안서(金岸曙)의 콩트 「小包」(『신동아』, 1933. 3)는 에스페란티스트 김
상철이 극도의 생활고와 아내의 성화를 이기지 못해 세계 각국 에스페란토
회원에게 도와달라는 편지를 보냈는데 유일하게 미국인으로부터 온 소포
에 빈 병 세 개와 위스키를 담아 보내달라는 편지를 보고 화가 난 아내가
남편 머리에 대고 세 병을 깨뜨린다는 에피소드를 들려준다. 김안서의 「土

257) 『삼천리』, 1933. 2, pp. 123~24.

板氏와 養子」(『신동아』, 1933. 4)는 경성부청고원이 백화점 여점원과 결혼했으나 오랫동안 아기가 없자 입양을 결심한 후 옛날에 자기에게 버림받고 죽은 하숙집 하녀의 저주라고 생각하게 된다는 내용을 담고 있고, 「汽車」(『신동아』, 1933. 9)는 북행열차와 남행열차가 서로 사모한 나머지 마주 보고 달리다 충돌한다는 상징성이 높은 사건을 만들어내었다.

박태원의 「사흘 굶은 봄ㅅ달」(『신동아』, 1933. 4)은 "헐벗은 놈에게 겨울은 있어도 굶주린 놈에게 봄은 업섯다"는 시적 표현으로 시작한다. 동경에서 직장을 구하지 못하고 이틀 동안 아무것도 먹지 못한 채 공원에서 노숙한 조선의 한 젊은이가 어렸을 때 어머니가 남의 집 안잠자기로 있으면서 자식들을 굶기지 않았던 생각을 하는 것을 그리고 있다. 「사흘 굶은 봄달」이 단순구성에 머문 반면 「딱한 사람들」(『중앙』, 1934. 9)은 실험적인 서술 기법에 복합구성을 연결하였다. 동경에 거주하는 두 명의 한국 룸펜 인텔리가 취직이 잘되지 않아 우울과 불안 속에서 지낸다는 이 소설은 "5-2＝3" "그들의 부동산 목록" "5-2＝2＋1" 등 기발한 소제목을 취한 점, 궁핍상을 고발하면서 내면 묘사에 치중한 점, 운전수 모집, 외판원 모집, 배달부 모집 같은 상행 광고를 제시한 점, 방 안의 물건을 하나도 빼놓지 않고 나열한 점 등의 새로움을 보여준다.

순구는 긔운없이 머리를 흔들고 그리고 거의 긔계적으로 퀘ㅇ한 눈을 들어 방안을 살펴본다. 때묻은 학생복. 소매깃이 다달은 「유까다」. 세수수건이 두개. 얼금뱅이 책상. 원고지와 펜과 잉크와 만년필. 묵은잡지가 네권하고 책이 한권. 재터리와낡은 「마도로쓰 파이프」와 이십오전짜리 안전면도. 「오시이레」 속을 듸여다본다면, 그속에 진수의 침구. 석달치 모아놓은신문ㅅ덤이. 븬담배갑. 석냥갑, 뚫어진 양말이 몇켤레. 이미 열흘째 사용한일이 없는 「석유곤로」. 밑바닥에 쌀한알 남지않은 부대. 남비. 공기. 주전자. 접시. 차ㅅ종. 저까락. 간장병. 석유병. 그리고남어지는 「다까시마야」에서 한가지

십전식에 사온 물통, 도마, 식칼, 국자. 이집 문간에 놓인 「게다」와 밑바닥이 뚫어저 안으로 마분지를 대여신는 구두가 한켤레. 그리고 진수가 몸에 붙이고나간것들과 현재 순구가 두르고잇는 물건들. 이상이 그들의 「부동산」의 전부인듯 싶엇다.[258]

리얼리즘소설을 소설의 정통으로 보는 사람들의 눈에는 위와 같은 부동산 목록은 다 열거할 필요가 없는 것으로 비칠 수 있다. 불필요한 것을 나열한 것은 디테일리즘이 지나쳤다는 판단으로 연결될 수도 있다. 사소한 것, 불필요한 것, 작은 것을 부각하는 것은 심각한 사유라든가 현실 응시 같은 리얼리즘의 엄숙주의를 일시적으로나마 거부하거나 해체하는 것이 된다. 박태원의 「五月의 薰風」(『조선문학』, 1933. 10)은 '내'가 어렸을 때 놀다가 얼굴에 상처를 낸 기순이 20세에 40세 된 연초공장 직공에게 시집가 아들 낳고 잘 산다는 소식을 듣고 따뜻한 마음을 느끼는 것으로 지식인이 노동자에게 연민을 갖는 경우라고 할 수 있다.

함대훈(咸大勳)의 「轉向」(『신동아』, 1933. 9)의 제목은 대표성이 강하다. 주인공 이성진은 동경 유학생 출신으로 국내에 들어와 3년 동안 직장을 구했으나 제대로 되지 않는다. 이성진은 원고 부스러기도 쓰고 라디오 방송도 해보고 학술 강연도 했으나 돈벌이라고 할 만한 것은 하나도 없었다. 마침내 그가 취직한 곳이란 점심 값밖에 나오지 않는 경성여자문화학교였다. 여러 어문학 전공자들이 모여 토론하는 가운데서 당시에 얼치기 마르크시스트가 많은 현상이 비판되기도 한다. 러시아 문학 전공자는 마르크시즘 서적을 수백 권 읽었으면서도 마르크시즘에 입각한 글만을 쓰지 않는 이유로 해서 "적색 유심론자(赤色唯心論者)"라는 별명을 얻는다. 마침내 이성진은 조선을 떠나기로 한다.

---

258) 『중앙』, 1934. 9. p. 129.

룸펜 인테리 리선생은 조선서는 도저히 살수가업섯다. 첫재직업을구해서 먹고살수가 업섯다 그리고 들재로 이동굴(洞窟)과같이 숨막히는 조선사회에서 도저히 살고 잇슬수가업섯다 삼년동안직업을 구한것이 결국 성공못한것은 말할것도없거니와 그래도 인테리로써 무슨일을좀헤볼려고해도 모-든주위 환경이 용서치를 않엇다[259]

구성의 통일성이 없다든가 연애담과 취직담이 잘 배합되지 않았다든가 제목과 내용이 괴리를 보인다든가 하는 문제점을 보이기는 하지만 두 군데서 10~20행이 삭제된 점은 작가의 현실 묘사 정신이 그만큼 치열했음을 입증해준다. 이종명의 「阿媽와 洋襪」(『조선문학』, 1933. 10)은 백화점 양품부 여직원 아마가 스타킹을 훔쳐간 범인을 찾지 못해 억울하게 해고당하자 이번에는 자기가 그 백화점에 가 3원짜리 양말을 훔쳐서 다리 밑으로 버리고 복수심을 행사한 것처럼 생각한다는 재치 있는 사건담을 들려주었다.

"아내에게 주는 편지"라는 부제가 붙어 있는 엄흥섭의 「絕緣」(『조선문학』, 1934. 1)은 자기가 하는 일을 전혀 이해하지 못하는 아내에게 실망한 남편이 8년간의 결혼 생활을 청산하고 이혼을 결심하게 된 배경을 밝힌다. 남편은 교원을 그만두고 서울에 올라와 잡지사에 관계했으나 잡지사가 망하자 무직자 신세가 되어 아내의 바가지 긁는 소리에 민감한 반응을 보이게 된 것이다.

채만식의 「레듸-메이드 인생」(『신동아』, 1934. 5~7)은 아무리 애를 써도 취직이 되지 않는 인물을 내세워 당시 교육 제도가 무책임하고 무계획적이고 브나로드운동도 미봉책일 뿐이라고 공격하게 만든다. 비판적 안목

---

259) 『신동아』, 1933. 9. p. 187.

은 적응주의자로서의 면모를 보이는 예술가들을 향하기도 한다.

　기본적으로 풍자소설의 골격을 지닌 「레디메이드 인생」에서 정신사적 자료로서 가장 가치가 높은 부분은 일제하의 교육 제도와 식자층의 분위기를 지적한 아래 대목이다. 채만식은 교육입국론이 가져온 현실의 밝은 면과 어두운 면을 정확하게 짚어내었다.

　신흥뿌르조아지는 민×주의의간판을리용하여 노동자농민의 등을 어루만지고 경제적으로유력한 봉건귀족과 악수를 하는동시에 지식계급을 대량으로 주문하였다.

　유자천금이 불여교자일권서(遺子千金不如敎子一卷書)라는 봉건시대의 질리가 자유주의의 세례를바더 일단의 더 발전된 얼골로 민중을 열광식히였다

　「배워라 글을 배워라………지식만있으면 누구나 양반이되고잘살수가 있다」

　이러한 정렬의웨침이 방방곡곡에서 소스라처이러났다

　신문과잡지가 붓이달토록 향학렬을 고취하고 피가끌는 지사(志士)들이 향촌으로 도라다니며 삼촌의혀를놀니어 권학(勸學)을부르지젔다 그리하야 민중의 지식보급에 애쓴 보람은 나타났다

　면서기를 공급 하고 순사를공급하고 군청고원을 공급하고 간리농업학교출신의 농사개량기수(技手)를 공급하였다.

　은행원이 생기고 회사사원이 생기였다 학교교원이 생기고 교회의목사가 생기었다

　신문긔자가 생기고 잡지긔자가 생기었다 민중의 지식정도가 높았으니 신문잡지독자가 붓적늘고 의사와 변호사의버리가 윤택하여졌다

　소설가가 원고료를 어더먹고미술가가 그림을 팔어먹고 음악가가 광대의 천호(賤號)에서 버서났다 (중략)

　그러나 노동자와 농민은 무대를 잡었다 그들에게는 조선의 문화의 향상이

나 민족적발전이나가 도리어 묵어운짐을 지어주었을지언정 더러주지는 아니 하였다 그들은 배(梨)주고 속어더먹은 셈이다[260]

이런 변화는 지식인 중심의 근대화 과정으로 요약되기도 하고 노동자와 농민 중심의 내밀화된 수탈 과정으로 비치기도 한다. 또 한 가지 「레디메이드 인생」에서 주목할 만한 것은 주인공 P와 또 그를 자주 만나는 H와 M 사이에 깔려 있는 분위기를 서술한 부분이다. H는 총독부 고원 채용 시험에 낙방한 후 앞으로 변호사 시험이나 치겠다고 하면서 룸펜 생활을 해나가는 인물이며 M은 동경서 학생××에 제휴했던 만큼 좌익 진영에서 쓰는 어투를 잘 뱉는 인물이다. 이 세 인물은 만날 적마다 서로 우울한 분위기를 가중시킨다. 구직 전선의 낙오자들인 이 세 인물은 자신들의 낙오에 관한 책임을 대책 없이 향학열을 고취한 유지와 명사들에게 돌리는 공통점을 갖는다. 채만식은 서울 안에 P, M, H처럼 하는 일 없이 돌아다니다 돈푼이나 있으면 술집이나 들락거리는 룸펜들이 많다고 폭로하면서 이들 대부분은 그 어느 쪽으로도 수용되기 어려운 입장에 놓여 있다는 의미 깊은 말을 남기고 있다.

채만식은 룸펜 인텔리가 대량 생산된 현실을 극복하기 위한 방책이라도 내놓듯 주인공이 아들에게 기술 교육을 시킨다는 사건을 소설 말미에 넣었다. 채만식은 「레디메이드 인생」에서 설정한 지식인의 하향이동 모티프를 탁견이라고 생각한 듯 「명일」에서도 반복하였다.

김동인의 「崔先生」(『개벽』, 1934. 11)은 지식인이 성욕 앞에서 하루아침에 무너지고 마는 모습을 보여주었다. 40대의 미혼남이며 보통학교 훈도인 최일이 자기의 지원으로 고등보통학교를 졸업하고 인쇄소 직공으로 일하는 제자 준식이네를 계속 돌보던 중, 감기를 앓는 준식 아내를 문병하러

---

260) 『신동아』, 1934. 5, pp. 234~35.

갔다가 그만 성적 충동을 이기지 못하고 관계를 맺은 후 양심의 가책을 느껴 영남의 어느 절로 들어가버린다. 이 무렵 김동인은 성욕이 가장 무서운 인간 파괴 무기임을 인식하고 있던 차였다. 「어떤 날 밤」(『신인문학』, 1934. 12)에서는 장안의 난봉쟁이 이대감이 어느 날 밤 서울 북촌에서 우연히 만난 여염집 여자와 하룻밤을 호텔에서 같이 지냈는데 숙박비와 요릿값을 깨끗하게 먼저 치르고 간 그 여자가 60대인 인천 명망가의 젊은 본댁으로 심심치 않게 바람을 피우는 존재임을 알고 외입당한 것으로 판단하고는 창피하게 생각했다는 에피소드를 들려준다. 이선희의 「不夜女人」(『중앙』, 1934. 12)은 룸펜 남성과 신여성의 거리감을 보여준다.

엄흥섭의 중편소설 「苦悶」(『신동아』, 1935. 2~8)은 S대 졸업생인 김종만과 유치원 교사인 손보라가 여러 가지 장애를 물리치고 결합되기까지의 과정을 그려놓았다. 김종만이 계속 취직이 되지 않자 고향에 있는 조강지처는 더 참지 못하고 친정으로 가버렸고 손보라는 백관철 유치원장의 끈질긴 구애 공세를 물리치고 김종만의 품으로 돌아간다. 「고민」을 저급 소설에서 구해주는 것은 손보라의 오빠 손보혁이다. 손보혁은 실제 등장하지 않고 누이 손보라와 친구 김종만의 회상과 추측을 통해서 구체화된 인물일 뿐이다. 눈에 보이지 않는 단 한 명의 인물이 눈에 보이는 여러 명의 작중 인물들을 구해준 것이라고 할 수 있다. 김종만과는 어려서부터 친구였고 대학 때는 같은 하숙방에서 지냈던 손보혁은 "열렬한 급진적 이데오로기를 가진 투지 만만한 맑시스트"였다. 보혁과 가까이하지 말라고 권한 교수의 말을 따라 김종만이 하숙집을 옮긴 것을 보고 손보혁은 격분한 나머지 김종만에게 주먹질을 한다. 일주일 후 손보혁을 비롯하여 8, 90명의 학생들이 좌익 활동의 혐의로 체포되어 김종만은 곧 석방되었으나 손보혁은 주동급 인물로 몰려 형을 살고 나와 행방불명이 되고 만 것이다. 이처럼 「고민」은 시대적 의미가 담긴 사건을 미량으로 담으면서도 작품 전체에 의미의 빛을 던져주는 염상섭의 소설을 떠올리게 한다. 이 소설의 제목에 담긴 의미를 제대로 알기 위해서는 김종만이 무엇을 고민했는지를 알 필요가 있다. 김종만은 취직이 안되어 고민했고 사랑이 제대로 이루어지지 않아 고민했으나 이러한 고민을 적극적으로 해소하려고 하는 모습은 보여주지 않았다. 「고민」이 사실상 지식인으로서의 진지한 고민의 모습을 형상화하는 데 성공했다고 보기는 어렵다.

채만식의 「레디메이드 인생」이 룸펜 인텔리가 살아남기 위해 하향이동을 꾀하는 것에 반해 계용묵의 「신사 허재비」(『신인문학』, 1935. 12)는 지식인으로서 체면주의와 허명주의를 끝까지 지키는 존재를 풍자의 대상으로 삼는다. 작중의 '나'는 대학 졸업한 후 4년이 지나도록 취직을 하지 못하면서도 고향으로 내려와 농민 계몽에 힘쓰라는 아버지의 권고를 받아들이지 않는다. '나'는 농사일보다는 농민들의 손가락질을 더 무서워한다. 마침내 아내는 허수아비에게 양복을 입혀놓고 동네 사람들과 함께 '나'를 향해 "허재비같은 양복쟁이"라고 놀린다. 「신사 허재비」는 귀족주의, 체면주의, 허명주의, 이기주의 등의 속성을 드러내는 지식인들을 비판 대상으로 삼은 본보기라고 할 수 있다. 박영준의 「都市의 殘灰」(『신인문학』, 1935. 3)는 적극적으로 구직하는 면이 없는 진수라는 고등실업자가 남의 사무실, 음식점, 영화관, 도서관 등을 전전하면서 룸펜은 "도시의 잔회"라는 자의식을 갖게 된다고 끝맺음하였다. 이러한 자의식은 패배의식을 심화시킨다.

이효석은 「人間散文」(『조광』, 1936. 7)에서 문오라는 철학도를 등장시켜 더러운 거리와 더러운 현실을 비판하게 만든다. 그는 10년 동안 철학을 공부했음에도 어지러운 생활의 거리를 바라볼 때 혼란과 문란의 상태에서 벗어나지 못하는 것을 느낀다. 그는 이 더러운 거리와 더러운 생활이 금방 달라질 것 같지 않다는 판단에 도달하자 자기비하의 태도를 보이게 된다. 그나마 연구실에서 생활하면서 가지고 있었던 유토피아 콤플렉스는 연구실을 정리하고 대신 회사로 가겠다고 결심을 하면서 무력감으로 바뀌어버리고 만다. 유부녀인 미례와 화합하면서 더러웠던 거리가 갑자기 밝아오는

것을 느끼게 된 문오는 의도적으로 세속화의 길을 걸어감으로써 자기만족
하게 된다. 문오가 내보인 철학의 한계는 더러움이 빚어지게 된 원인에 대
한 통찰을 의도적으로 피한 데 있다.

　철학으로 케오스를건지랴한것이 도리혀 케오스의바다속에빨려들어가 팔
　다리를허부적거리는 격이되었다고도할까 더욱이 요사이에니르러 캘케고어
　니 세스톱이니—머리 속을 범벅가티휘저어놓을뿐이다. 사람은 항상 생활을
　새롭게꾸며가는 적극성을가졌다고는 하더라도 마즈막의완전한정리를 바랄
　수는없을것같다. 영원한정리를 원하나오는것은 영원한부정리인것이다.[261]

　더러운 것을 더럽다고 하는 것만으로도 작가로서의 기본 소임은 다한 것
으로 볼 수 있지 않겠냐는, 마냥 부정할 수만은 없는 이효석의 태도를 헤
아려볼 수 있다.

(4) 농민의 고난과 저항의 서사

　김동인의 「雜草」(『신동아』, 1932. 4~5)는 미완의 작품으로 김동인의 다
른 소설, 더 나아가서는 다른 작가의 다른 소설에서도 보기 힘든 특이한
사건을 제시한다. 유교적 윤리관을 맹신하고 살아온 양반 마을 오학동은
시대의 흐름을 읽지 못하고 신학문 배우는 것을 우습게 알다가 바로 이웃
의 상놈 마을 정방 사람들에게 실권을 다 빼앗기고 만다. 2백여 년을 두고
계속 수모와 천대를 받던 정방의 자손들은 신학문을 배워 정방과 오학동을
합친 마을을 관할하는 군과 면의 서기, 고원, 헌병 보조원의 자리를 독차
지하고는 오학동 사람들에게 복수극을 펼친다. 정방 출신의 새파란 헌병
보조원이 오학동의 수염이 허연 원로를 마구 두드려 패는 엄청난 사건이

---

261) 『조광』, 1936. 7. pp. 270~71.

벌어진다. 뒤늦게나마 오학동 사람들은 정방 상놈들에게 복수하리라고 기대하면서 아들들을 감영으로 외국으로 유학을 보내느라 법석을 떤다.

五학동 노인들이 기다리든 날이 니르럿다. 멀리 외국까지 유학을 보냇든 아들들이 형설의 공을 마츠고 도라왓다.

그러나 十여년 간을 五학동의 어버이들이 논바틀 모도 피눈물을 쑤리면서 정방사람에게 팔아가면서 학비를 보내줄 째의 그 긔대와 五학동의 자식들이 배와가지고 도라온 학문의 새에는 너무도 차이가컷다. 그들이 배운 학문이 란것은 소위 「붉음」이라는 대명사로 알리워잇는 무서운 사조엇섯다.[262]

그런데 상놈의 자손들이 서기, 고원, 헌병 보조원 등 실권 있는 하위 관리직으로 나아간 반면 양반의 자손들은 국체에 도전하는 사회주의자를 지향했다는 아이러니를 보여준다. 비록 미완으로 끝나고 말았지만 김동인은 거대서사적 스케일을 지니고 있었으며 역사의 흐름이 배어 있는 농촌의 풍경을 그려낼 수 있었다. 김동인의 소설 속에서 역사는 오학동과 정방을 한 가운데로 관통하고 지나간다. 박영준은 「어머니」(『조선문단』, 1935. 5)에서 마을 유지의 몰락이 기미년 만세사건에서 비롯되었다고 암시한다. 기미년에 마을 유지였던 남편이 세상을 떠난 후 아들 금성은 노름과 도둑질로 소일하고 며느리는 친정으로 가버리고 금성어머니는 남의 밭에서 보리이삭을 주웠다가 망신을 당하곤 한다. 금성어머니는 소작을 뗀 고주사를 구타한 아들을 멀리 쫓아 보낸다.

한설야(韓雪野)의 「砂防工事」(『신계단』, 1932. 11)는 중편소설 「태양이 없는 거리」의 제1편으로 K평야 치수 공사장에서 일하는 수백 명 농민들의 육체적 고통과 치수 공사장 비용, 세금, 비료 값, 소작료, 빚 등이 가져다

---

262) 『신동아』, 1932. 5, p. 120.

주는 정신적 고통을 강조하였다. 일하다가 다치는 농부의 모습이라든가 얼마 안 되는 간조를 받고 투덜거리는 모습을 포함시켜 노동자들의 공사 현장을 여실하게 그려낸 것도 이 소설의 또 하나의 특징이다.

이석훈의 「이주민열차」(『제일선』, 1933. 2)는 폭풍우의 내습으로 산사태가 나 수백 명의 사상자가 발생하는 참화를 겪고 '곰과 늑대의 떼가 조량하는 북쪽의 미간지'를 향해 달리는 이주민 열차에 실린 3백 명 화전민들의 두려움과 패배감을 파헤치는 데 역점을 둔 것으로, '만주 이주 모티프'가 해결책이나 결과적 사건으로 설정되었다. 이주민 중에는 왕년 지주나 양반 또는 자작농이 적지 않게 포함되어 있다고 함으로써 일제 강점기 조선 농민의 몰락이 전체적 현상임을 일깨워준다.

박노갑(朴魯甲)의 「안해」(『조선중앙일보』, 1933. 9. 30~10. 2)는 아들이 죽었다는 슬픈 소식을 전한 시골 아내의 편지에서 시작하여 임신 4개월이라는 기쁜 소식을 담은 아내의 편지로 끝난 것인 만큼 구성미를 갖추었다. 주인공 찬호는 아들이 죽었다는 소식을 듣고 귀향하여 농사도 지어보고 감농도 해보았으나 실패하고 다시 상경하여 구직운동을 하지만 이마저 여의치 않은 상태에 있다. 「금가락지」(『조선중앙일보』, 1934. 7. 6~8)는 동네에서 못난이 취급받는 일꾼 돌이가 인색하기로 소문난 마름 집 오선달의 딸이 흘린 금가락지를 줍고 난 후, 반지를 돌려주고 나면 그 집의 데릴사위가 되어 호의호식하며 지낼 것이라는 공상에 빠지는 장면을 보여준다. 어머니가 금가락지를 되돌려 주고 쌀 석 되를 받아오자 돌이는 실망에 빠진다. 「봄」(『중앙』, 1935. 5)에서는 변노인이 주인공이자 관찰자가 되어 "「우르르 쿵 쿵 쾅」그리 머지않게 들리는 소리. 이소리가 저건너 건너다 보이는 붉엄산 그너머 금광에서 넘어오는 「남포」소리인줄을 이 마을 사람들은 몇해전부터 잘 알고잇다"[263]로 시작하여 "「공연 한걸 여태까지 살어

263) 『중앙』, 1935. 5, p. 108.

가지구!」봄아지랑이지튼 붉억산저넘어 금광에서는 오늘도 세번째 남포소리가 들리엇다. 「우르르 쿵 콰 콰」[264]로 끝난다. 변노인은 금광 열풍에 휩싸인 농촌 젊은이들을 걱정스러운 눈으로 바라볼 뿐 아니라 과거에 여러 사람의 빚보증을 서주다가 망했는데도 그때 도움 받은 사람들 중 잘된 사람이 자신을 냉대한 데서 오는 배신감을 떨쳐내지 못한다. 변노인의 아들도 가까운 데 겉폐광 한 구덩이에 투자했다가 금이 나오지 않자 아예 먼 곳으로 가버리고 만다. 변노인은 노다지 한 덩이에 미쳐 금광을 찾아 떠나는 동네 사람들의 욕망과 광기의 심리적 배경뿐 아니라 금광의 현실에 대해서도 잘 알고 있다.

변로인은 과연 그동안 많은 사나이들이 이 동리에서 저 남포 소리나는 붉억산 너머를 행하야 가는 것을 보앗다. 그러나 누구하나 「노다지」를 캔 사람은 보지 못하엿다. 「노다지」를 훔친 사람도 보지 못하엿다. 그러나 누구하나 노다지는 못캐는법이라고 단념하는 사람도 보지 못하엿다. 이시골사람들은 늘 노다지는 캐는 것이 예사요 못캐는 것이 변으로만 아는것같엇다. 그들의 이야기는 항상 「노다지」를 캔 사람의 이야기가 많고 못캔 사람의 이야기는 적엇다.[265]

박노갑은 단편소설을 통해서 당시의 농촌의 금광 열풍을 종합적으로 또 거시적으로 파악하는 능력을 보여주었다. 「연긔」(『조선중앙일보』, 1935. 6. 6~19)에서는 이름 모를 병에 걸려 일도 못하고 집에 누워 있는 남편과 네 아이들을 먹여 살리기 위해 영재 엄마가 처음에는 동냥질하다가 나중에는 남의 집 보리밭에 가서 몰래 보리를 훔쳐 오는 것이 들통 나 대신 남편이

---

264) 위의 책, p. 111.
265) 위의 책, p. 109.

매 맞고 두문불출하게 된다. 과거에 동네 사람들은 영재네 집에 밥 짓는 연기가 나는 것을 보고 영재 엄마의 억척스러움과 부지런함을 칭찬했었다. 보리가 아까운 것보다 마을 사람들을 속인 배신감이 커 마을 사람들이 응징하게 된 것이다. 「방」(『중앙』, 1935. 8)에서 1년에 세 번이나 사글셋방을 옮긴 주인공은 집주인이 학생들을 더 많이 들이기 위해 방을 빼달라고 하자 방을 구하기 위해 안국동, 재동, 계동, 화동, 원동, 인사동, 수송동 쪽을 단념하고 사직공원 앞쪽으로 가보지만 실패한다. 박노갑이 작중인물이 사글셋방 구하기 어렵게 된 이유의 하나를 서울의 구석 땅을 시골 지주가 점령하고 시골 사투리가 서울 사투리를 골목골목에서 쫓아낸 데서 찾고 있는 것은 이색적이다.

박노갑의 「朴선생」(『조선중앙일보』, 1935. 10. 11~17)은 거지꼴로 마을에 들어온 박선생이 이야기 나누기, 연설 연습, 소인극 연습을 주로 하는 친목회를 성공적으로 이끌어가자 마을 사람들 사이에서 야학을 만들자는 이야기가 나오는 과정을 보여준다. 야학은 처음에는 잘되었으나 학생 수가 줄어들어 박선생은 그 마을을 떠나 어느 어촌으로 가 계속 야학 활동을 하게 된다. 여기서 주목해야 할 것은 야학의 학생 수가 줄어든 원인을 부모가 가정을 더 이상 부지할 수 없는 데서 찾은 점이다.

학년네는 소작이 탈락된 후 학년이는 대판으로 공장 품을 팔러가고, 기타는 서울로 달아난 사람, 만주로 옥처를 따라간 사람, 비싼 도조를 떼어먹고 타도 타관으로 밤중에 도망간 사람, 이럭저럭 추워지니 박선생의 친한 동무라고는 이 학도들외에는 마을에 남아있는 이가 없었다.[266]

농민들이 자기네 삶을 역동적으로 꾸려가고 있는 이 소설에서도 박노갑

---

266) 『박노갑 소설집 1』, 깊은샘, 1989, p. 251.

은 당시 농촌의 실상을 거시적으로 파악한 편이다.

1930년대의 대표적인 모더니즘 시인이요 문학이론가답게 김기림은 '변화'에 큰 관심을 가졌다. 그는 철로 공사판이 들어서 아들은 사고로 죽고, 부인은 십장과 바람이 나고, 손자는 색주가를 전전하다가 마을을 떠나버리는 변화와 몰락을 겪는 노인을 설정한 「鐵道沿線」(『조광』, 1935. 12~1936. 2)을 발표하였다.

조벽암의 「處女村」(『조선문학』, 1933. 11)은 얌전이가 부모가 진 빚과 오라비 병원비 때문에 돈 많은 영감의 첩으로 팔려 간 한 집안의 사연과 수문골 사람들이 소작권이 떨어지고 도지에 시달리는 동네 전체의 궁핍상도 제시한다.

이기영의 「가을」(『중앙』, 1934. 1)에서 농민 원서는 원래 자작농이었으나 딸을 시집보내고 아들을 고등보통학교에 입학시키는 것 때문에 빚을 지게 된다. 원서는 금융조합으로부터 200원을, 고리대금업자인 김선달에게 80원을 빌려 썼으나 갚지 못해 논 15마지기를 압류당하는 결과를 맞는다. 원서의 아들 영식은 중도 퇴학하고 농민운동에 뛰어든다.

그이튿날부터 영식이는 엇던결심밋헤서 분연히 윈동리를 위해서 활동하기 시작햇다. 그리고 자긔도 버서부치고 노동을하엿다.
그는 야학을 가르키고 계를 중흥식히고 사나큰을쏘고 가마니를짜고 자리를매는 부업을 계원마다 실행하도록 『독려』하엿다.[267]

집안의 빚에 희생당한 영식과 같은 존재는 이기영의 「농부 정도룡」이나 「어머니의 마음」에서의 매녀와 같이 희생양의 범주에 넣을 수 있다.

백신애[268]의 「꺼래이」(『신여성』, 1934. 1~2)의 줄거리는 순이 엄마가 중

---

267) 『중앙』, 1934. 1, p. 143.

국인 복장을 한 군인에게 다음과 같이 하소연하는 대목에서 잘 드러난다.

> 여보시오 나으리, 우리 세 사람은 참 억울합니다. 나의 남편이 3년 전에 이 땅에 앉아 농사 터를 얻어 살았는데 지난 봄에 병으로 죽었구료. 우리 세 사람은 고국서 이 소식을 듣고 셋이 목숨이 끊어질지라도 남편의 해골을 찾아 가려고 왔는데 ×××에서 그만 붙잡혀 한마디 사정 이야기도 하지 못한 채 몇 달을 갇혀 있다가 또 이렇게 여기까지 끌려 왔습니다. 어떻게든지 놓아 주시면 남편의 해골이나 찾아서 곧 고국으로 돌아가겠습니다.[269]

순이, 순이 엄마, 순이 할아버지 등 세 사람은 순이 아버지의 시신을 찾으러 시베리아로 왔다가 그 어떤 민족에게도 타자일 수밖에 없는 조선인(꺼래이)의 운명을 절감하게 된다. 그들이 고국 밖으로 나오지 않았더라면 자기 집안의 운명밖에 헤아리지 못하는 시각에서 벗어나지 못했을 것이다. 순이 아버지는 국내에서 남부럽지 않게 살다가 토지가 남의 손에 넘어가버리고 살길이 막막해지자 "돈 없는 사람에게 토지를 나누어 준다"는 소문을 듣고 시베리아로 들어갔던 것이다. 추위와 굶주림을 견디다 못해 순이 할아버지는 죽지만 순이와 순이 엄마의 운명은 대부분의 "꺼래이"처럼 앞으로 어떻게 될지 알 수 없다.

---

268) 경북 영천군에서 출생(1908), 병약하여 집에 독선생을 두고 한문 교육받음(1915~18), 영천보통학교 4년 졸업 후 경상북도 공립사범학교 강습과 입학(1923), 강습과 졸업, 영천보통학교 훈도 부임(1924), 조선여성동우회, 경성여성청년동맹 가입(1925), 여성단체 가입 이유로 훈도직 강제 사임, 상경하여 두 단체의 상임위원이 됨(1926), 전년부터 전국 순회강연, 반년간 시베리아 방랑 중 두만 국경에서 왜경에 잡혀 혹독한 고문 받음(1927), 박계화란 필명으로 조선일보 신춘문예에 단편 「나의 어머니」가 1등 당선(1929), 동경 유학(1930), 은행원 이근채와 결혼(1933), 남편과 별거, 중국 여행 중 이혼 수속(1938), 경성제국대학병원에서 사망(1939), 아명은 무잠(武簪), 호적명은 무동(戊東)(金潤植 엮음, 『꺼래이』, 조선일보사, 1987, pp. 331~34 참고).
269) 『꺼래이』, 조선일보사, 1987, p. 42.

270

'꺼래이'라는 것은 고려(高麗)라는 말이니 조선사람을 가리키는 것이었습니다. '꺼래이'라는 그 귀익고 그리운 소리가 그때의 순이들에게는 끝없는 분노를 자아내는 말 같았습니다.

"우리가 지금 웃음거리가 되어 있는 것이로구나. 추움에 못 이겨, 또 아무 죄도 없이 죽음의 길인지 삶의 길인지도 모르고 무슨 까닭에 꾸벅꾸벅 그들의 명령대로만 따르겠느냐"

라고 순이는 부르짖었습니다. 그러나 사람들과 군인들은 순이를 무지몰식한 야만인, 그리고 무력하고도 불쌍한 인간들의 표본으로만 보았음인지 웃고 떠들고 '꺼래이……'만을 연발하는 것이었습니다.[270]

화자가 '~습니다'와 같이 존대법으로 서술하는 것은 진지하고도 간절하게 상황의 개선을 바라거나 구원을 기대하는 자세를 취한 것으로 볼 수 있다. 또는 수신자가 불특정 다수인 서간체소설로 볼 수도 있다. 백신애의 「멀리 간 동무」(『소년중앙』, 1935. 1)는 만주 이주가 해결책이 된 소년소설이다. 고기 장사하는 아버지와 이웃집 품팔이하는 어머니와 네 동생과 함께 사는 응칠이는 급우들과 잘 어울리며 공부는 잘했으나 월사금도 반년치나 못 내고 학용품도 못 가져와 선생님한테 자주 꾸지람받는다. 마침내 응칠네 가족은 만주로 떠나간다.

강경애의 「有無」(『신가정』, 1934. 2)에서 주인공 복순 아버지는 『인간문제』의 여주인공 선비와 마찬가지로 강자와 있는 자를 향한 공포심에서 헤어나지 못한다. 복순 아버지는 잠자리에서 흉악하게 생긴 인간들에 의해 암흑세계로 끌려가는 악몽을 자주 꾸어왔었다. 복순 아버지는 자신의 꿈속에서 선량하고 힘없는 사람들을 마구 죽이거나 끌고 가는 존재를 편의상 B

---

270) 위의 책, p. 39.

로 부른다고 하였는데, 이때의 B는 제국이나 그를 추종하는 조선의 힘 있는 세력을 가리키는 것일 수 있다. B라는 기호를 써서 반쯤은 특정 존재를 명시하는 효과를 갖기도 한다. B가 누구인지를 추측함으로써 조선의 빈자와 약자를 떠올리게 한다.

강경애의 「소금」(『신가정』, 1934. 5~10)은 한 조선인 집안의 몰락을 그린 것으로 10년 전에 간도로 이민 온 봉식 어머니가 남편과 아들이 각각 공산당원과 관군에 의해 죽음을 당하는 비극을 겪은 후 중국인 지주의 집에 얹혀살면서 능욕당하는 사건과 소금 밀수입꾼들 틈에 끼어 있다가 순사들로부터 소금을 압수당하는 사건을 설정했다. 봉식 어머니는 중국인 지주 팡둥의 집을 나오기는 했으나 오갈 데가 없어 두 딸마저 죽는 비극을 겪는다. 이렇듯 봉식 어머니는 엄청난 비극을 겪었음에도 행동과 사고는 일관성이 부족한 식으로 서술되어 있어 공감을 사지 못한다. 봉식 어머니는 남편과 자식들이 다 죽어버린 불행의 최초 원인을 공산당에서 찾고 둘째 원인을 중국인 지주에게서 찾는다. 최소한 동반자작가의 범주에 드는 작가임에도 강경애는 피해자로서의 조선인을 그리는 과정에서 특정 이데올로기 편향을 보이지 않는다.

강경애는 「同情」(『청년조선』, 1934. 10)에서 12살 때 부모가 빚 대신으로 팔아버려 기생이 된 산월이 여기저기 전전하다가 자살로 끝을 맺었고 『어머니와 딸』(『혜성』, 1931. 8~1932. 12)은 빚이 많은 아버지에 의해 어느 부자의 소실로 팔려 간 예쁜이가 부자와 헤어진 후 고향으로 돌아와 술장수를 한다는 '전락의 구성'을 보여준다. 「麻藥」(『여성』, 1937. 11)은 마약 중독자인 남편이 약값을 구하기 위해 중국인에게 팔아버린 한 여인이 탈출하다가 매 맞아 숨지고 만다는 비극을 담고 있다. 이 세 작품은 매녀 모티프를 공통적으로 취하였다. 매녀 모티프는 대체로 희생자의 성격을 지니는 것으로, 가난하고 힘없는 집안이나 여성을 향한 작가의 연민이 표출되는 통로가 되기도 한다. 「母子」(『개벽』, 1935. 1)는 산으로 피신했다가 죽음을 당한 한 주의자의 부인이 시숙 내외로부터 쫓겨나 눈보라 치는 밤길을 방황한다는 여인의 수난기다. 그녀는 "우리는 아무리 잘 살려고저 하나 잘 살 수가 없다고 하던 남편의 말이 옳은 것같았다"고 하면서도 "아무데라도 가자. 그저 용정만 벗어 나자"고 속으로 외친다. 이처럼 작가 강경애에게 간도는 공포와 절망으로 가득 찬 감옥으로 비쳤다. 강경애의 「解雇」(『신동아』, 1935. 3)에서 늙은 하인은 평생 열심히 일한 대가로 받은 밭을 젊은 주인에게 빼앗기자 지나온 50여 년 동안 주인 영감의 말에 마춰되어 속아 살았다는 식으로 옛 주인도 원망한다. 강경애는 평생을 일만 하고 속고 착취당한 김서방의 경우를 제시하여 지주의 악덕을 고발한다. 「소금」 『인간문제』 「동정」 「해고」 「지하촌」 「마약」 등의 작품들은 하층민 여성이 주인공으로 연민의 대상이 되는 가운데 현실을 극복하려다가 죽음을 맞는다는 공통점으로 묶을 수 있다. 「소금」 「해고」 「어둠」 「모자」 「마약」 『인간문제』 등은 가진 자, 남자, 빼앗는 자에 대한 증오심을 표출하는 공통점을 내보인다. 계용묵은 벙어리 여성이 남자들로부터 천대받으며 사는 모습을 그린 「白痴 아다다」(『조선문단』, 1935. 5)를 발표했다. 김기림은 「어떤 人生」(『신동아』, 1934. 2)에서 남의집살이를 하는 함봉아내가 막내아들을 여의고 큰아들은 월사금을 못 내 학교에서 쫓겨오는 극한 상황을 설정했다.

박화성의 「洪水前後」(『신가정』, 1934. 9)는 홍수가 일어나는 장면과 사람들이 홍수에 맞서 싸우는 모습을 생생하게 묘사하고 있다. 홍수와 인간의 대립을 현실감 있게 연결한 점에서 홍수 모티프를 중심 모티프로 살려낸 당시의 다른 작품들과는 구분된다. 영산강 근처 영산리에서 대대로 살아온 송명칠은 홍수가 날 조짐이 보이자 아들 윤성이와 의견 대립을 보이게 된다. 아들이 매년 겪는 물난리가 끔찍하니 어서 이곳을 떠나자고 하자 아버지는 팔자론을 내세워 반대한다. 홍수는 운명론자이며 지주 편을 드는 아버지와 의지론자이며 반항적인 아들의 사고 차이가 드러나는 결정적 계기로 작용한다. 이 작품에서 주목해야 할 것의 하나는 땀이 배어나는 성실한 서술 태도이다. 박화성은 홍수가 일어 난 상황을 망원경적인 묘사 수법과 신문 기사체를 섞어 쓰고 있다.

장성(長城), 능주(綾州), 남평(南平), 화순(和順), 옥과(玉果), 곡성(谷城), 순창(淳昌), 담양(潭陽), 창평(昌平), 나주(羅州), 송정리(松汀里), 광주(光州) 등의 열두골물이 한대로합하야 나려가는길이되어있는 영산강의물은 시시각각으로 불어만갔다. (중략)
개산 시령산이며 운곡리뒷산등 높은곳에는 애기들을 업고 안고울며 부르짖는사람들의 힌옷그림자가 사나웁게 쏟아지는 비ㅅ발속에서 처참한광경을 곳곳이나타내고있었다.
나주정거장은 물에잠기고 기차선노는 끊어져 문명의 빛난무기도 누르고 붉은물결만은 이겨 낼수가 없었다.
삼도리, 길목구, 옥정, 신기촌, 광몰, 덕치, 강경골, 가마테, 영산리, 새올, 틋게리, 도총, 돌고래, 원촌이며, 금천면, 신가리등의 이재민들은 전부가다 농민인중에 가난한 상인들도 끼어있었다.
왕곡면옥곡리와 다시면 죽산리는 아주 전멸하여버리고말았다.[271]

박화성은 전라남도 지방의 크고 작은 지명들을 의도적으로 나열해놓아 홍수의 사실적 묘사를 더 잘 발휘할 수 있었다. 이렇듯 구체적으로 여러 지명을 나열해놓는 방법은 다른 소설에서는 찾기가 어렵다. 지명 나열식 방법은 장소애(場所愛)의 구현으로 민족애나 향토애를 입증해준다. 1년 후에 박화성은 나주와 영산 지방의 가뭄을 원인적 사건으로 설정한 「旱鬼」(『조광』, 1935. 11)를 썼다. 가뭄이 계속되는 것을 보고 회개하라는 미국

---

271) 『신가정』, 1934. 9, p. 17.

목사를 마을 농민들이 구타하는 일이 벌어진다. 이 소설은 굶주린 개들이 설사하는 어린애의 항문을 피가 나도록 핥고 주인공의 아내와 딸을 무는 섬찟한 장면을 제시하여 가뭄의 심각성을 일깨워준다.

박노갑의 「洪水」는 농민들의 울음과 탄식으로 끝나는 작품으로, 작중인물이나 사건에 대한 묘사도 의미부여도 제대로 되어 있지 않다. 홍수 앞에서 인간 세계가 완전히 무릎을 꿇은 것처럼 처리하고 있어 '패배의 플롯'에 들어간다.

해방 이전의 우리 소설에는 홍수를 제목으로 삼거나 홍수 모티프를 구속 모티프로 취한 작품들이 적지 않다. 이러한 작품들은 홍수형 소설이라고 명명할 수 있다. 이광수의 『무정』(『매일신보』, 1917. 1. 1~6. 14), 최서해의 「큰물 진 뒤」(『개벽』, 1925. 12), 한설야의 「洪水」(『동아일보』, 1928. 1. 2~6), 「洪水」(『조선문학』, 1936. 5), 이기영의 「홍수」(『조선일보』, 1930. 8. 21~9. 3), 『고향』(『조선일보』, 1933. 11. 15~1934. 9. 21), 차일로의 「洪水」(『신동아』, 1933. 9), 박화성의 「홍수전후」(『신가정』, 1934. 9), 김만선(金萬善)의 「洪水」(『조선일보』, 1940. 1. 10~1. 27) 등과 같은 작품들이 있다.

작중인물들이 대응하는 자세와 작품의 결말을 맺는 방법을 보면 각각의 작품들은 동일한 모티프를 사용하면서도 각각 다른 플롯을 설정한 것임을 알게 된다. 즉 이광수의 『무정』은 '교육의 구성the education plot'을, 최서해의 「큰물 진 뒤」는 '비극적 구성the tragic plot'이나 '전락의 구성the degeneration plot'을, 한설야의 「홍수」(1928)는 '시험의 구성'을, 이기영의 「홍수」는 '비극적 구성'과 '감상적 구성the sentimental plot'을 동시에 취한 것으로 정리된다. 그런가 하면 차일로의 「홍수」는 '비극적 구성'을, 이기영의 『고향』은 '감상적 구성'과 '비극적 구성'을, 박노갑의 「홍수」는 '비극적 구성'을, 박화성의 「홍수전후」는 '감상적 구성'을, 한설야의 「홍수」(1936)는 '비극적 구성'을 취한 것으로 볼 수 있다. 여기서 '감상적 구성'은 주인공이

불행의 위협으로부터 살아나와 나중에 가서는 행복하게 되는 과정을 공식으로 삼는다.[272]

최인준(崔仁俊)의 「暗流」(『신동아』, 1934. 9~12)는 6년 전에 서울로 유학 간 큰아들 철이 학비가 없어 공부를 그만두고 돌아와 어머니의 죽음을 맞고 21살 난 동생 룡이와 농촌 생활을 하겠다고 약속했으나 엉뚱하게 동생의 약혼녀 임순이를 탐내다가 뜻이 이루어지지 않자 자살한다는 좌절과 실패의 연쇄담이다. "겨울의 암류"를 설명하는 것으로 룡이와 임순이의 운명을 설명하고 있기는 하나 임순이의 부자연스러운 성격화를 드러내고 만다. 귀농 모티프가 신성사를 향하지 못하고 세속사로 치닫고 말았다.

백신애의 「彩色橋」(『신조선』, 1934. 10)는 농촌 총각 천돌이 며칠 동안 찔끔찔끔 오는 비를 원망하는 것에서 시작하여 결혼식 바로 전날 복순이와 그 아버지가 간밤 집중호우로 불어난 시냇물에 흔적도 없이 떠내려간 것을 보고 통곡하는 것으로 끝난다. 마을에 있는 조그만 냇다리를 오작교라고 하고 자신들을 견우와 직녀에 비기며 무지개 꿈을 꾸던 천돌이와 복순이의 사랑은 하루아침에 파국을 맞는다. 성냥장수를 집어던지고 단봇짐장수를 하여 한밑천 마련함으로써 홀어머니에게 효도하고 이곳저곳에서 신용이 두터웠던 천돌이의 처지와 함께 복순이를 향한 천돌이의 사랑의 마음도 공감을 산다. 백신애는 홍수 모티프를 재앙의 원인으로 설정하여 "아름다운 무지개, 복순이에게 장가들째 타고가려든 일곱가지 색무지개 그찬란한 다리를 하로밤사이에 나린몹쓸 비가 휩쓰러 영원히 흘너가버리고만것을 깨닷기는얼마후이엿다"[273]와 같이 비극적 플롯으로 처리하였다.

백신애의 「赤貧」(『개벽』, 1934. 11)은 이미 제목에서부터 창작 의도를

272) 졸고, 「'홍수'형 소설들의 동질성과 차별성」, 『한국현대문학사상연구』, 서울대 출판부, 1994, pp. 330~31. 플롯의 유형은 노먼 프리드먼의 유형론(졸저, 『소설신론』, 서울대 출판문화원, 2004, pp. 292~98)에서 취했다.
273) 『신조선』, 1934. 10, p. 126.

잘 드러낸 것으로, 매촌댁이 아들들과 며느리들을 먹여 살리기 위해 배고
픔을 참는 모습이 어머니의 희생정신을 일깨워준다. 둘 다 머슴살이하기는
하지만 큰아들은 술꾼이요 동네 건달로 소문난 것 때문에 둘째 아들은 머
슴살이로 15원을 모아 땅 사려다가 노름으로 날린 후 아예 노름꾼으로 나
선 것 때문에 매촌댁은 일 년 열두 달 남의 집 일을 거들어주고 찬밥이나
얻어먹으며 일개 늙은이로 대접받을 뿐이다. 큰아들이 벙어리인 마누라가
애를 낳자 자기 입으로 탯줄을 끊으면서 좋아하는 모습, 다음 날 굶어야
할 형편이기에 배고플까 봐 일부러 똥을 누지 않는 매촌댁의 모습 등은 강
경애의 「지하촌」이나 김유정의 「금」 「솥」 「만무방」과 같이 작가가 빈궁의
심각성을 일깨워주기 위해 설정한 엽기적인 장면을 떠올리게 한다.

　한인택의 「老先生」(『조선일보』, 1934. 12. 5〜15)은 악덕 지주의 몰락을
그렸다. 수재가 난 R읍의 참상을 취재하러 온 신문기자는 강원도 '원째마
을'의 어린 시절 서당 선생이자 마을 지주로, 빚 때문에 자기 집안의 땅과
집기를 빼앗고 내쫓아버린 박호장을 우연히 만나 복수심과 동정심 사이에
서 갈등하다가 용서하는 쪽으로 방향을 잡는다. 근 칠십의 나이로 여관을
전전하며 글씨를 써서 연명하는 신세로 전락하고 만 점 때문에 박호장은
용서받게 된다.

　이무영의 「山家」(『신동아』, 1935. 2)에서는 건강씨라는 인물이 부인이
아사하고 자식들이 집단 자살할 정도로 시련을 겪었음에도 불구하고 다른
사람에게 늘 점잖고 묵중한 자세를 취한다는 점에 무게를 두었다. 이무영
은 가난하고 외로운 노농의 모습을 「萬甫老人」(『신동아』, 1935. 3)과 「老
農」(『비판』, 1935. 11)에서 보여주었다.

　김소엽의 「廢村」(『조선문단』, 1935. 2)은 어촌인 포촌에서 가난을 이겨
내기 위해 주인공인 점순이와 순옥은 진남포의 정미소에서 쌀 고르는 일을
하고, 음전은 북간도로 이민을 가고, 금주는 서울의 술집으로 팔려 가는
등 제각기 다른 길을 걷는 모습을 제시하였다. 어촌 주민들은 "신작로"

"발동선" "벽돌집" 등으로 상징되는 웃마을의 근대화와 힌나루의 술회사와 쥐를 잡아먹으려고 늘 벼르고 있는 고양이로 비유되는 부자들 때문에 자신들이 가난해진 것으로 인식한다.

현경준의 「젊은 꿈의 한 토막」(『신인문학』, 1935. 3)은 고향에서 레코드가수이며 연극배우인 리경애에게 가수로서의 소질을 인정받은 최리종이 돈을 훔쳐가지고 상경하여 고학생 박수길과 가까이 하는 것으로 전반부를 이룬다. 최리종은 가수의 길을 포기한 채 종로 상점의 임시 종업원으로 일하던 중 박수길이 비밀 결사에 관계한 혐의로 평양서에 압송된 것 때문에 경찰서에서 조사받고 풀려나 넉 달 만에 다시 고향으로 돌아가게 된다.

엄흥섭의 「番犬脱出記」(『예술』, 1935. 7)는 개를 1인칭 화자로 한 우화소설이다. 소작인으로 지주에게 쫓겨나 방랑 생활을 하다가 고향에 돌아와 도둑으로 변한 유영감이 첫째 주인이었다. 지주인 최주사의 첩으로 '나'를 장난감으로 사들여 쇠줄로 꽁꽁 묶은 이가 둘째 주인이다. 최주사네 도둑질하러 들어온 첫째 주인 유영감을 잡으려 하는 지주 집 하인 박서방을 물어뜯은 것 때문에 보신탕 신세가 되려다가 그 직전 줄을 끊고 도망치는 것으로 끝맺음되었다.

최인준의 「二年後」(『신가정』, 1935. 9)에서 Y전문학교 졸업을 1년 앞둔 2년 전부터 영식은 당시의 귀농운동 경향에 따라 굴지의 지주인 친구 박건호의 권유로 시골에 내려와 계명 강습소를 재건하여 소작인의 아들들을 모아놓고 가르치는 일을 하게 된다. 강습소 재건이 친구 사이인 전문교생과 지주의 협조로 이루어졌다는 내용은 당시 농촌소설에서는 오히려 예외적인 것에 속한다.

그때의 영식이는 고귀한리상에 불타든 한젊은 귀농운동자이였다. 낫놓고 ㄱ짜도몰으는 수많은문맹들의 까마눈붙어 열어주자. 아는것이 힘이다 ─ 이렇게 문맹타파(文盲打破)를 급선무로 치켜들고나오든 귀농운동이 그당시의

서울사회 — 일부지식 계급사이에 일어났든 하나의공통된 불으지즘이었고
또는 그불으지즘이 어떠한색채를 띄었든간에 어떤세력을 가지고 흘러가는
하나의 경향임에는 틀님없었다. 영식이도 이러한경향을 가장 잘대표하고있
든 전문학생이었다.[274]

그러나 영식의 고귀한 강습소 교사 활동은 작년의 흉작으로 학생 수가 3
분의 2 이상 줄어들고 박건호도 보통 지주의 태도로 돌아가는 어려움에 봉
착한다. 그뿐 아니라 경성보육을 졸업한 누이 영애가 오빠 뒤를 따르겠다
고 무작정 시골로 내려오겠다는 어려움도 생긴다. 영식은 건호와 결별하고
강습소는 누이에게 맡기고 자신은 "그들과 같이먹고 일하고 그리고 — "
하고 결심한다. 최인준의 「暴陽알에서」(『조선일보』, 1935. 3. 21~4. 2)는
농민들의 배고픔과 고달픔을 그렸고 「며누리」(『신가정』, 1935. 12)는 상처
한 소작인이 좋아하는 술집 여자를 지주에게 빼앗긴 데서 오는 분노를 강
조했다.
　엄흥섭의 「숭어」(『비판』, 1935. 10)는 어촌 숭엇골에 사는 춘보가 가난
때문에 겪는 비극적 사건을 들려준다. 춘보는 숭어를 잡아 지주 김참봉에
게 상납하러 갔다가 거절당하고 고기가 이미 상해 팔지도 못하는 곤란한
지경에 빠진다. 어린 딸 옥순이는 상한 숭어찌개를 먹고 체해서 굶고는 배
가 하도 고파 부엌에 들어가 몰래 밥을 급히 먹다 숭어 가시가 목에 걸렸
으나 치료 한번 받지 못한 채 죽고 만다. 춘보는 숭어를 받지 않은 지주와
진료를 거부한 의원에게 복수하려고 했으나 미수에 그치고 만다. 「숭어」는
배고픔을 견디지 못해 쓰레기통에서 썩은 생선을 먹고 죽은 아이와 그 어
머니의 복수 행위를 다룬 최서해의 「박돌의 죽음」과 배고픔을 견디지 못해
떡을 계속해서 먹다가 죽은 소녀를 주인공으로 한 김유정(金裕貞)의 「떡」을

---

274) 『신가정』, 1935. 9, pp. 199~200.

연상하게 만든다.

이학인(李學仁)의 「새농사꾼」(『조선문단』, 1936. 1)은 『상록수』의 축소판이다. 귀농 지식인의 참된 입상, 실천적이며 타자 지향적인 지식인과 허명 지식인 사이의 괴리감, 지식인과 농민 사이의 거리감을 잘 보여준다. 이 소설에서 이혁은 『상록수』의 박동혁을, 김수록은 『상록수』의 백현경과 강기천을, 박영순은 채영신을 연상케 하며 농민 잡지사 사장이며 농학 박사인 박상직의 딸 영순이가 이혁과 결혼해서 농촌사업에 같이 투신하겠다고 한 끝대목은 『상록수』에서 애정과 동지의식이 어우러진 박동혁과 채영신의 관계를 떠올리게 한다.

김정한(金廷漢)의 「그물」(『문학건설』, 1932. 12)은 마름과 소작인의 갈등을 여실하게 그린 농민소설이다. 지주 박양산의 사음인 김주사는 소작인 또줄에게 5원을 빌려달라고 했다가 거절당한 것에 앙심을 품고 또줄이가서 말 반 마지기 논의 소출로 넉 섬을 바친 것을 보고 소출이 적다고 일부러 트집 잡아 지주 박양산을 부추겨 명년부터 논을 부치지 말라는 결정을 하게 만든다. 그동안 송또줄네가 경작했던 안골 논을 갑자기 김주사네가 논을 갈아 충돌하게 되자 또줄은 주재소에 끌려가 조선 순사로부터 소작권이 김주사에게 있다는 판정을 듣는다. 50원을 갖고 오면 춘삼이네 소작권을 넘겨주겠다는 김주사의 은밀한 제의를 거절한 송또줄은 김주사 아들들로부터 구타당한다. 그럼에도 송또줄은 굴복하지 않고 복수심을 다지는 것으로 그려져 소설은 열린 결말을 취하게 된다. 지주나 마름의 횡포를 구체적으로 제시한 점, 소작인이 끝까지 대들고 따지는 것으로 그린 점에서 작가 김정한의 끈질긴 저항정신이 드러나고 있거니와 「그물」은 1920년대 프로소설의 저항적 태도를 그대로 이어받은 것으로 볼 수 있다.

강경애의 「父子」(『제일선』, 1933. 3)는 야학 활동을 해온 홍철이가 붙들려 가자 평소 야학에 학생으로 참여했던 농민인 바위가 홍철의 소식을 궁금해하는 것으로 시작한다.

홍철이는 M포구에서는 업지못할 존재엿섯다. 아는것으로도 중학정도 이상이엿스며 더구나 청년들에게 더할수업는 신망을가지고 쑤준히 야학을계속해왓든것이다. 그러나 몃칠전 주재소로부터 돌연히 야학폐쇄명령을 나리는 길로 홍철의집을삿삿치뒤저보고나서 무슨 비밀서류등을 다수히 압수해가지고 홍철이를 압세우고 드러간후로 곳읍으로 호송하여놋쿠는 이쌔까지 아무런소식이 업섯든 것이다.[275]

바위는 야학에 적극 참여한 것 때문에 일본인 지주 전중으로부터 농장에서 쫓겨난다. 바위의 어려운 상황과 결연한 태도는 아버지 김장사를 답습한 것처럼 보이기는 하나 이 소설은 어부 김장사가 배를 두 척이나 난파시켜 선주로부터 쫓겨나 끼니도 못 이을 만큼 고생하는 것을 그리는 데 대부분의 지면을 할애하여 구성미를 놓치고 말았다. 분을 참지 못한 김장사는 결국 선주를 죽여 바위에게 도적놈의 아들이니 살인자의 아들이니 하는 오명을 남겨주게 된다. 그러나 「부자」는 "바위는 천천히 발길을 옴기며 내몸은 나개인의몸이안이다. ××회에 밧친몸이다. 그러면 그지령에의하여 움직일내가안이냐!………멀니 들려오는 바닷물결소리는 그의거름발을 짜라 차츰놉하가고잇다"[276]와 같이 바위의 활동을 기대하게끔 하는 열린 결말을 취하였다. 투쟁의 방법은 다르지만 반골 성향으로 부자를 묶어 어부와 농민의 저항정신을 강조하는 효과를 빚어내었다.

조벽암의 「農群」(『비판』, 1933. 3)은 백중날을 맞아 풍물패가 노는 모습을 구체적으로 그려낸 농촌소설이다. 몰인정한 김참봉 집 머슴인 칠성이, 칠성이가 좋아하는 리첨지 딸 입분이, 가난한 사람 잘 도와주고 호걸다운

275) 『제일선』, 1933. 3, p. 56.
276) 위의 책, p. 65.

기풍이 서려 있는 리첨지 등이 등장하면서 농촌이란 공간은 단순한 공간성을 벗어난다. 동학에 관여한 바 있으며 아들은 기미만세사건에 뛰어들어 희생된 리첨지의 삶은 '투옥, 부역, 출옥, 출분'으로 요약될 수 있을 정도로 결코 예사롭지 않은 인물이기 때문이다.

그가 동학이 민×에도 뒤로 얼마쯤충동을하엿는일도잇섯다는것이 여사로운 일은아니엿다

여하튼 리첨지는 근대조선의한팻말역(役)갓흔 경험을 암암리에 지내쳐왓다 (중략)

더욱히 리첨지아들이 쥐쏘랑지만한 머리쏘랑지를하랴가지고, 강습소니 야학당이니 제멋대로도라다니며 공부자나 하다가 스무살고개를 넘어스자 어려운 살림에 리첨지도 좀 편하야지려니하든것이기미년은 역시 리첨지에게도 아들을 일코마럿다 투옥(投獄) 복역(服役) 출옥(出獄) 출분(出奔)의쓰라린사정과 안타가운고비고비가 리첨지 수험솟에매달여희게하엿다

아들의우야무야중의 출분과 오즉남아잇는딸의입분이만으로 어려운여생을 재미를붓치고사는터이다[277]

이무영의 「오도령」(『조선문학』, 1933. 10)은 정생원 집 머슴인 오도령이 정생원 딸 여옥을 사모하다가 여옥이 시집가는 날 분을 삭이지 못하고 도끼를 들고 정생원에게 달려가는 것으로 끝난다. "오도령"은 반어법의 표현으로 볼 수 있을 만큼 바보소설로 구조화되게 한다. 이무영의 「牛心」(『중앙』, 1934. 7)은 소가 화자가 된 우화소설이다. 김덕성 영감은 아홉 식구를 먹여 살리기 위해 다 쓰러져가는 초가를 포목전 하는 중국인에게 잡혀 소를 사 기어이 마차 끄는 일을 시켜 이집 저집 품팔이한다. 그래도 빚을

---

277) 『비판』, 1933. 3. p. 89.

갚지 못해 집과 마차에 차압 딱지가 붙는다. '나'(소)는 우시장으로 끌려가 흥정 대상이 된다. 이때 주막집 앞에서 '나'의 씨를 받았던 암소가 도살된 것을 보고 '나'는 격분한 나머지 도살꾼을 들이받고 짓밟는다. 이런 결말은 복수 모티프를 끝 부분에다 배치하곤 했던 최서해라든가 이기영의 소설을 떠올리게 한다. 이무영은 소를 화자로 내세워 약자의 분노를 인상 깊게 표현하였다.

최인준의 「황소」(『동아일보』, 1934. 1. 1~6)에서 농민인 성만은 자신이 좋아하는 탄실이가 크리스마스 임박해서 서울에서 내려온 김목사 조카이며 고보생인 영수에게 반해 매일같이 예배당에 가는 것을 보고 황소처럼 참고 묵묵하게 지낸다. 그러다가 개학이 되어 탄실이가 영수에게 데려가달라고 매달리는 것을 보고 이번에는 황소처럼 분노가 폭발하여 두 남녀를 구타하게 된다. 농민인 성만을 황소처럼 일하면서 힘이 세고, 분노할 줄도 아는 존재로 그린 데 반해 서울의 고보생인 영수는 부드러운 감정, 퇴폐성, 명랑성, 허영을 지닌 존재로 그려놓았다.

박영준의 「模範耕作生」(『조선일보』, 1934. 1. 10~23)은 김길서라는 "모범경작생"을 마을 농민들이 냉소하고 비판함으로써 조선 총독부가 주도하는 농촌운동을 자연스럽게 거부하는 결과를 보인 작품이다. 김길서는 마을 전체에서 유일하게 보통학교를 졸업한 후 마을 진흥회라든가 조기회 회장직을 맡아 지주와 관리 중심의 농촌계몽운동을 대리 행사함으로써 "모범경작"이라는 말뚝이 논에 박히는 상을 받게 된다. 김길서는 어렵고 무서운 시국을 잘 깨달아야 한다고 했고 공산주의자들의 말에 현혹되지 말라고 충고했다. 그는 소작인들이 읍내 지주에게 대신 가서 소작료 감하를 건의해달라는 말을 외면하고 소작쟁의는 어불성설이라고 했다. 농민들은 길서가 일본 시찰단에 뽑혀 나가는 날 "모범경작생"이라는 말뚝을 뽑는 것으로 응징한다. 이광수의 『흙』, 이기영의 『고향』, 심훈의 『상록수』처럼 귀농 지식인들이 처음에는 마을 농민들에게 배척을 받다가 나중에는 일체감을 도모한다는 결말을 취한 것과는 대조적이다.

이동규(李東珪)의 「B村 揷話」(『문학창조』, 1934. 6)는 지주의 횡포와 소작인의 비굴함을 양비론의 시각에서 보았다. 지주이며 마을의 최고 세력가인 임서방이 소작인 천서 아내의 미색을 탐내 강제 통간한 후 번번이 자고 가는 것을 못 본 체한 대가로 천서는 땅도 더 얻고 돈푼도 더 얻어 쓰게 된다. 색의 장려, 단발 장려, 예의 장려, 조혼 금지, 사치 금지, 단연 금주 권장 등을 사업으로 하는 마을 진흥회의 간부들은 이를 문제 삼자고 했으나 회장인 송선생을 비롯한 몇 사람은 임서방의 세력에 눈치를 보며 덮어 두자고 한다. 임서방은 여름이 되자 수확이 더 많아질 것으로 기대한다.

엄흥섭의 「안개 속의 春三이」(『신동아』, 1934. 12)는 평소에 횡포를 일삼던 지주 김참봉이 별장을 짓고 연못을 만들어 마을의 시냇물에 고기가 씨가 마르게 되자 분노를 억누르지 못하고 별장에 방화한 혐의로 15년 동안 징역살이하고 나온 춘삼이가 고향 '숭엇말'을 찾아가는 도정을 따라갔다. 춘삼이는 광부, 목도꾼 등의 직업을 거치면서 여기저기 전전하다가 이 마을에 들어왔다. 춘삼은 의협심이 강하지만 마을 사람들에게 미친 사람 취급을 당한다. 결국 춘삼이는 외로움과 소외감과 회한에 빠져들고 만다. 엄흥섭은 이런 인물을 몰라주는 농민들을 은근히 비웃고 있다.

현경준(玄卿駿)의 「激浪」(『동아일보』, 1935. 1. 1~17)은 "함북어촌 스케치"라는 부제를 단 것으로 선주이자 공장주인 덕재에게 착취당하는 것을 배경음으로 깔아놓았고 사공들이 궂은 날씨에도 출어를 나갔다가 쌍둥이네 배가 돌아오지 못한 것을 중심사건으로 설정하였다. 선주 덕재가 성진에서 폭풍 경고 통지 온 것을 무시하고 배들을 출어시킨 끝에 쌍둥이네 배가 돌아오지 못한 것임을 알고 사공들은 덕재네 집으로 쳐들어간다. 마침내 어민들의 분노가 폭발하는 것으로 소설은 끝난다.

최인준의 「상투」(『신동아』, 1935. 5)는 허대감네 머슴이며 홀아비인 50대의 김첨지가 술에 취해 귀가하던 중 면직원에 의해 상투를 잘리고 분을 삭이다가 왜수건을 쓰고 죽었다는 이색적인 내용으로 되어 있다. 이때의 상투는 김첨지에게는 30대에 죽은 아내와의 정겨웠던 생활을 떠올리게 해 줄 뿐 아니라 "이땅의 표상(表象)"이 되었다. 김첨지의 삶은 자기의 표상인 상투를 뭇사람의 압력과 희롱에도 지켜온 것으로 요약될 수 있다.

(5) 노동자의 고난과 투쟁의 서사

1930년대 중반에는 노동자를 주인공으로 한 소설이 다수 발표되었다. 노동자소설은 노동자들의 저항을 중심 모티프로 취한 소설과 노동자들의 비참한 삶의 모습을 그리는 데 힘쓴 소설로 대별된다. 전자의 소설은 "소설은 이데올로기적 서술 양식"이라는 공식을, 후자의 소설은 "소설은 현실 반영의 서술 양식"이라는 명제를 성립하게 만든다. 1930년대 중반 노동자소설의 경우, 질과 양에서 모두 이북명(李北鳴)이 가히 대표적인 작가이다. 양의 면에서 이북명 다음가는 작가로 김남천, 엄흥섭, 김소엽 등이 있기는 하나 김남천은 1934년 이후 노동자소설을 써내지 않았고 엄흥섭과 김소엽 은 작품의 질과 양이 거리가 먼 결과를 보이고 말았다. 비록 1930년대 들 어 노동자의 존재나 노동자의 삶이라는 소재가 보편화되기는 했지만 성공 적으로 형상화한 작품은 그리 많은 편이 아니었다.

이무영의 「두 訓示」(『동광』, 1932. 5)의 주인공은 단순한 노동자는 아니 다. 주인공은 임금투쟁 사건으로 고무공장에서 해고되어 석 달 후 더 이상 팔 것이 없게 되자 『사회주의 대의』라는 책을 서점에 팔고 받은 5전을 들 고 중국집에 들어가 호떡을 5전 이상 먹은 것 때문에 파출소로 끌려가 뺨 과 정강이를 얻어맞고 구류를 살고 나온다. 『사회주의 대의』가 5전어치 호 떡 값으로 쓰였다는 것은 아이러니다.

한인택의 「不具者의 苦悶」(『비판』, 1932. 3)은 전기회사 공장 직공이 모 터에 치어 절름발이가 되어 거지로 전락한 과정을 그려내었고, 「적은 여 공」(『비판』, 1932. 4)에서는 한 달에 2원 50전 받는 함흥 제사공장 여공이 엄마가 보고 싶은 마음과 과도한 노동으로 인한 고통을 이기지 못해 밤중에 몰래 공장을 탈출하는 모습을 보여주었다.

이북명[278]의「窒素肥料工場」(『조선일보』, 1932. 5. 29~31)은 엽편소설과 콩트의 중간에 드는 것으로, 서사 공간에 비해서는 많은 직공들이 움직이는 편이다. 앞 부분은 유안 결정이 눈에 들어가 실명한 문호가 끌어가고 뒷부분은 친목회를 만들어 공장장에게 불려 가는 철호가 주도한다. 이 작품의 화두는 산업병과 친목회다. 낙숫물처럼 떨어지는 유산과 유안을 계속 씻어내야 한다든가 쇠가 썩는 냄새가 진동하여 직공들이 여러 가지 병을 심하게 앓는다는 충격적인 보고서가 되기도 한다. 전문적으로 노동자소설만을 썼던 작가답게 이북명은 이미 1930년대에 산업 재해의 문제를 제기할 수 있었다. 유안대와 유산팀이 한창 배구 시합을 하고 응원전도 치열한 그 시간에 철호는 불려 간다. 철호는 해고의 불안을 안고 간다고 했지만 작가 자신도 호출 이유를 분명하게 제시하지 않았다. 철호가 만든 유안친목회를 "살을압흐게하고 뼈를저리게하는그가운데서 스스로째달아진모음의 조고만싹"[279]이라고 긍정적인 해석을 하고 있기는 하지만 철호가 어떻게 될지는 알 수 없게 만들었다. 몇 편의 소설에서 보이는 열린 결말은 이북명이 당시의 현실을 충실하게 그려내는 데 힘썼음을 일러준다.

이무영의 콩트「世昌針」(『신동아』, 1932. 7)은 앞부분에서는 세계 경제

---

278) 함남 함흥 출생(1908), 함흥보통고등학교 졸업, 조선질소비료주식회사 흥남공장(흥남질소비료공장)에서 3년간 노동자 생활, 공장 내 친목회 사건으로 피검(1927), 처녀작「질소비료공장」발표 후 경찰에 피검(1932), 일본 잡지『文學評論』에「질소비료공장」을 번역 게재, 경찰에게 다시 피검(1935), 함흥에서 장진으로 이주(1937), 장진강 수력발전소 공사장에서 활동(1939), 조선프롤레타리아문학동맹 참여(1945), 북조선예술총연맹 참여(1946), 북조선노동당중앙위원회 위원(1948), 한국전쟁 시기 문화공작대원(종군작가) 활동(1950), 조선작가동맹 중앙위원회 소설분과 위원장(1954~56), 조선작가동맹 중앙위원회 부위원장(1958), 조선문학예술총동맹 위원회 위원(1961), 질병으로 사망(1988), 본명은 이순익(李淳翼)(남원진 엮음,『이북명 소설선집』, 현대문학, 2010, pp. 472~74 참고).
279) 『조선일보』, 1932. 5. 31.

정세와 일본 경제 정세 등을 서술하다가 뒤에 가서는 일본 철공장에 다니는 노동자 6명이 합숙하는 방에 빈대와 벼룩이 하도 많아 도배를 하게 되었다는 작은 서사와 싱거운 결말로 급전하고 말았다.

이북명의 「基礎工事場」(『신계단』, 1932. 11~12)은 공장소설, 노동자소설, 대화소설이 이상적으로 배합되었다고 할 수 있을 만큼 이름을 가진 노동자가 많이 등장하고 전문적인 공장 용어가 많이 나오고 대화 부분도 긴장감 있게 진행된다. 춘식이가 주동인물이기는 하지만 윤호, 봉원, 문군, 현구, 근호, 창열 등 여러 명의 노동자들이 등장한다. "어이또―마―께―(감아라)/식카리―마―께―/이래도―하로에―/칠십전―안―조―/식카리―마―께―"와 같은 소리로 서두를 떼고 우인치 · 파이프 · 분쇄기 · 유산가마 · 프란지 · 낫트 · 첸 · 이층다랏프 · 그랜연공부 등의 기계 용어를 다수 제시하여 독자들에게 실감을 안겨준다. 이런 특징들이 나타나게 된 데는 작가 이북명의 노동자로서의 직접 체험이 생생하게 녹아 있었기 때문이다. 이들은 끊임없는 대화를 통하여 서로 작업 능률을 올릴 뿐 아니라 정보를 나누고 애환을 같이한다. 새 공장을 만드는 현장을 사실적으로 묘사하는 가운데 병에 걸린 사람과 경력자들을 쫓아내면서까지 임금 부담을 줄이려는 회사 때문에 노동자들이 느끼는 압박감과 불안감이 배경 음악처럼 깔리고 있다. 「기초 공사장」은 「질소비료공장」과 마찬가지로 공장 노동자에 대한 아나토미에 닿고 있다.

아나키스트로 이름난 권구현(權九玄)의 「人肉市場點景」(『조선일보』, 1933. 9. 28~10. 10)은 철공소 직공으로 있다가 모종의 투쟁 혐의로 해고당한 한 노동자와 인육시장에 팔려 온 한 창녀가 동지의식을 갖게 되는 것으로 끝이 나 있다. 「폐물」(『별건곤』, 1927. 2)의 주인공 신문 배달부와 마찬가지로 「인육시장 점경」의 주인공도 못 가진 자, 짓눌린 자에 대한 일체감이나 가진 자, 누르는 자에 대한 증오심을 표출하는 단계에 머문다. 이 사회의 모순을 깨닫는 선에서 멈추었을 뿐, 개인적 차원이든 집단적 차원이든 투쟁 단계로 나아가고 있지는 않다. 1933년도에 이종명은 백화점 여점원이 해고당한 것에 양말을 훔쳐 앙갚음한다는 「阿媽와 洋襪」(『조선문학』, 1933. 10)과 문둥병 환자가 겨울에 추위와 굶주림을 견디지 못하고 죽자 그가 기르던 개도 죽는다는 「개잇는 風景」(『제일선』, 1933. 3)을 발표했다. 이태준은 「달밤」(『중앙』, 1933. 11)에서 소설가를 관찰자로 내세워 평생 소원이 신문원배달부가 되는 것인 보조배달부 황수건이 과거에 저지른 몇 가지 우행을 연민의 시선으로 소개했다.

안회남(安懷南)[280]의 「煙氣」(『조선문학』, 1933. 10)에서 "연기"는 화장장 굴뚝에서 나오는 연기로 죽음을 가리킨다. 장질부사에 걸린 아내를 병원에 입원시켰으나 남편은 공장에 나가야 하기 때문에 다른 사람들이 와서 간병했음에도 끝내 죽고 말아 화장장의 연기로 사라지고 만다. 김소엽의 「도야지와 新聞」(『조선중앙일보』, 1934. 1. 7)은 채석장에서 일하다가 바위에 깔려 죽은 아버지와 일본인 동네에서 흰 쌀밥 먹으며 깨끗한 우리에 사는 자웅 돼지를 비교하여 조선인 노동자의 비참한 신세를 음각시키는 효과를 가져온다. 백신애의 「福先伊」(『신가정』, 1934. 5)에서 14세에 시집간 복선이는 시집간 지 두 해 만에 남편 최서방이 정미소 일꾼으로 일하다가 기계에 치여 즉사하는 비극을 겪는다.

이원조(李源朝)의 「한 對照」(『신조선』, 1934. 9)는 소년 노동자를 주인공

---

280) 안국선(安國善)의 삼대독자로 서울 출생(1909), 가세가 기울어 경기도 용인으로 낙향(1918), 서울수송보통학교 입학 및 자퇴, 한성강습소에서 수학(1920), 휘문고보 입학, 김유정과 교유(1923), 휘문고보 퇴학, 학적부에는 질병 때문이라 적혔으나 본인은 유곽 출입 때문이라 밝힌 바 있음(1927), 『조선일보』 신춘문예에 「髮」 당선(1931), 개벽사 취직, 『제일선』 및 『별건곤』 편집(1933), 결혼 및 신변소설류 창작(1935~36), 일본 북구주 탄광으로 징용(1944), 귀국 후 조선문학건설본부 가담, 조선문학가동맹 소설분과 부위원장 겸 농민문학위원회 서기장(1945), 남조선인민대표자 회의 참석차 월북한 것으로 추정(1948), 한국전쟁 때 종군작가단 일원으로 서울에 출현, 당시 공식 직함은 남조선문학가동맹 제1서기장(1950), 전쟁 이후 행적은 불분명, 본명 안필승(安必承)(박헌호 엮음, 『안회남 선집』, 현대문학, 2010, pp. 262~64 참고).

으로 하여 서간체소설의 외형을 지닌 것으로, 목욕탕에서 일하는 소년이 잠을 쫓기 위해 노래를 불러 여러 사람들을 잠들지 못하게 한다. 같은 시기에 이태준은 시골서 보통학교를 중퇴하고 고아가 된 소년이 서울에 와 탑동공원에서 배고픔을 참고 밤잠을 자다가 쫓겨난다는 「點景」(『중앙』, 1934. 9)을 발표했다.

염상섭의 「불똥」(『삼천리』, 1934. 9)은 양반집 자손들에게 시선을 집중시키고 있다. 산꼭대기 바위 위에 세운 신흥촌 80여 가구가 땅임자의 이주 통보를 받고도 대책 없이 1년을 끌었는데 그때 이 동네 사람들로부터 소외당한 김판서 집 손녀딸이 카페를 쉬고 다니러 온 날 김판서 집 며느리가 실화하여 온 마을이 다 타버리고 만다. 작가는 화재가 일어난 현장과 불자동차까지 와서 진화하는 모습을 묘사하는 데 집중한다. 김판서의 아들 되는 김노인은 잘 탄다고 했다가 여러 사람들한테 욕먹는다. 일본 순사는 김판서 손자 김청년이 징역까지 살고 온 나쁜 사람이긴 하지만 불낼 사람은 아니라고 하면서 김판서 집을 다른 곳으로 이주시키려고 한다. 작가는 신흥촌 주민들의 일매진 태도와 사고를 재미있게 묘사하였는데 이 재미 속에는 비꼬는 태도가 감추어져 있다.

김기진의 「張덕대」(『개벽』, 1934. 11)는 18세부터 65세까지 금점판을 돌아다녔으나 재산과 처자를 다 잃어버린 장노인이 접무산 금광에서 갑자기 덕대일을 맡고는 감과 감 아닌 것을 구분하지 못해 나흘 만에 쫓겨난다는 이야기를 들려준다. 작가는 금점판 · 덕대 · 감 · 자박 · 버력 등과 같은 금광판 용어를 구사하면서 광부들의 형편을 구체적으로 그려내었다.

이북명의 「工場街」(『중앙』, 1935. 4)는 제목 옆에 "전편게재 특별장편소설"이 붙어 있고 작품 말미에는 "이小說은 第一部 「求職篇」 第二部 「工場篇」 第三部 「鬪爭篇」으로되어잇다. 이「工場街」는 그中第一部 「求職篇」이다. 그러나 第一部만으로서도 完全한 短篇小說이되리라고 생각한다"[281]라는 부기가 붙어 있다. 이북명의 야심 찬 계획과는 달리 「공장가」는 단편으로만 남았다. 창수라는 젊은이가 흥남 질소비료공장에 3년 동안 기다리다가 취직한다는 간단한 내용으로 되어 있다. 창수는 흥남 운중리에 있는 인부 공동 숙소에 기거하면서 군자라는 별명을 지닌 한철모를 만나 여러 가지를 배우게 된다. 원래 '나'는 K고등보통학교를 학비를 못 내서가 아니라 불량 모임에 가담한 것이 문제가 되어 퇴학당한 후 취직하려고 했으나 잘되지 않자 야학운동에 뛰어들게 된 것이다.

지금은 태양없는집에서 달력을 그리고 앉엇겟는H가 S농민조합창립 준비위원회를 결성하든날밤이엇다. 나도 그자리에잇섯다. 이S 농민조합창립준비위원회는 닷새만에 들켜나게되엇다. M라는──지금은죽엇지만──그때 구장의아들의 원고로탄로되엇다. 야학은 폐쇄되고 나는S농민창립위원회관게로서 고이 칠개월동안 ××밥을먹엇다. 나는 그후부터는 동무도없고 나의마음을 의지할곳도없고해서 점점우울증에 걸리게되엇다. 나는 로보트같은생활을 게속하엿다. 어머니는 조용한틈만잇스면 「나누어먹는 책」(좌익서적)을 읽지말것과 그런친구하고 절대로 교제하지말것을 주의시켜준다. 내가×××에잇는동안에 어머니는 변돈으로 사십원짜리 자봉기게를 사노앗다. 삭바누질을 시작하엿든것이다.[282]

농민집행위원회 관련 혐의로 7개월 동안 감옥 갔다 온 '나'는 인부 공동숙소에 있으면서 여러 가지 불편한 것이 있어도 참기로 하였다. '나'의 일과 중 하나는 질소공장 보급소 서적부에 들어가 『개조』라는 책을 보는 것이었다. 한철모는 일과 후에는 술과 노름에 빠지고 불만도 거침없이 털어놓는 꾸밈없는 노동자일 뿐, 고상한 사람도 투쟁적 인물도 아니다. 한철모

---

281) 『중앙』, 1935. 4, p. 141.
282) 위의 책, p. 133.

는 고향이 청진으로 열여섯 때 광산으로 들어가 일하던 중 동료의 아내와 간통한 것이 탄로가 나 쫓겨났고 그 후 일본으로 밀항하여 시모노세키, 오사카 등지의 철공소에서 일하다가 오사카 철공소의 파업에 참가한 것 때문에 쫓겨나 다시 고향 청진으로 들어오게 되었다. 그는 배운 것이 철공인지라 질소비료공장 지정 철공소인 장기조(長崎組) 철공장에서 수년간 계속 일하게 되었다. 거의 끝 부분에 가서는 '내'가 누이동생 임순에게 받은 편지의 내용이 소개되어 있다. 임순은 어머니 말씀이라고 하면서 돈 5원씩 안 보내도 좋으니 "나쁜 마음"을 버리고 "나쁜 마음"을 가진 사람들과 사귀지도 말라고 하였다. "나쁜 마음"은 불만이나 투쟁심을 가리킨다. 마침내 '나'는 흥남 질소비료공장으로부터 직공 채용 통지서를 받고 몹시 기뻐한다. '나'는 임순에게 "드디어 취직했다" "나쁜 마음을 버린 지가 오래다"는 답장을 써 보내고 나서는 깨끗한 숙박소를 찾으러 다닌다. 직공으로 취직되기를 3년 동안이나 기다린 것은 호구지책의 도모를 넘어서 자기 성취의 의미를 지닌다.

이북명의 「어리석은 사람」(『조선문단』, 1935. 8)에서 "어리석은 사람"은 세상 돌아가는 것을 잘 모르는 나머지 결국 동료들을 배신하게 되는 석돌을 가리킨다. 컴프레서공이면서 틈틈이 소설도 쓰는 '나'는 석돌이라는 후배 직공을 동생처럼 아끼지만 석돌은 노름과 술에 미친 사내였다. '나'는 석돌을 새 인간으로 만들기 위해 그를 토론회에 가입시켰으나 석돌은 토론회에 있는 윤우순이라는 여공을 사랑하다가 뜻을 이루지 못하자 홧김에 '회'를 고발하여 회원들이 다 붙들려 가게 만든다. 석돌의 밀고로 옥살이하고 나온 '나'에게 석돌은 용서를 빌러 온다. 석돌과 같은 인물은 이북명이 노동자의 삶이라는 소재에는 집착하되 노동자의 세계를 냉정하게 쏘아볼 줄도 안다는 판단을 하게 한다. 반은 지식인이요 반은 노동자인 '나'와 무지하고 이기적인 노동자인 석돌과의 거리는 당시의 엄연한 현실의 한 토막이었다.

양하든개안테 손을물니우고야 마렸구나 나는유리창으로 큰길을 내다보면서 이렇게탄식하였다. 여들명은즉일로해고 처분을받었다. 그리고창호와나와 우순의셋은 ×××로끌녀갓다. 잇흘많에석돌 우순이는 무사히나왔다. 그것을보니까 석돌은그다지상세하게일러 바치지안은 모양이다. 원래자기부터 무슨성질의모음인지 그것조차모르니까 그이상 더보고할재료가 없어슬것이다.[283]

백신애의 「顎富者」(『신조선』, 1935. 8)에서는, 턱만 길쭉하여 '택부자'란 별명이 붙은 32세의 농민 경춘이 방천 공사장에서 패장과 한패가 되어 작업량을 속이고 품삯 받는 것에 괴로워하던 중 폐병 앓는 아내가 오늘은 일 나가지 말라고 말렸음에도 나갔다가 돌아와 아내가 죽은 것을 알게 된다. 뒷부분은 현진건의 단편소설 「운수 좋은 날」을 연상케 한다. 경춘의 부모 형제와 자식이 모두 "사드락병"(폐병)으로 세상을 떠난 것에 이어 아내도 폐병으로 세상을 떠났고 경춘 본인도 폐병을 앓는 것으로 그려놓은 것은 1930년대 농촌 사회의 궁핍상을 강조하는 효과를 가져온다.

이북명의 「閔甫의 生活表」(『신동아』, 1935. 9)는 이농 모티프로 출발하여 귀농 모티프로 끝맺음하였다. 농촌 출신인 민보가 흉년이 들어 먹고살기가 어려워지자 N읍으로 나와 공장 직공이 되었으나 여전히 가난을 면하지 못한 나머지 다시 귀농하고 만다. 이농 모티프와 귀농 모티프에 분명한 이유를 달아주기 위해 민보가 가난에서 벗어나고자 극도로 내핍하는 모습이 묘사된다. 이북명은 몇 작품에서와 마찬가지로 이 작품에서도 특이한 형식을 보여준다. 아주 구체적으로 액수를 제시하면서 공장에서 받은 월급으로는 도저히 살 수 없다고 독자들에게 하소연한다. 이북명은 "고향에 10

---

283) 『조선문단』, 1935. 7, p. 34.

원, 쌀값 6원, 집세 2원, 술값 50전, 식료품 2원, 나무값 3원, 전등료 60전" 등과 같은 2월분 생활 예상표와 3월분 생활 예상표를 제시한다. 2월분 생활표와 3월분 생활표를 도표로 처리한 의도는 민보가 얼마나 살기 힘들어했는지 또 얼마나 내핍해가며 계획적으로 살았는지 강조한 데서 찾을 수 있다. 이 소설에서 또 한 가지 주목해야 할 것은 당시의 농촌 사정과 공장 사정을 잘 일러주는 인물들을 설정했다는 점이다. 시골에서 나무하러 다니면서 매달 월급 때면 아들에게 생활비를 타다 쓰는 아버지, 피도 눈물도 없는 지주 윤초시, 민보의 고향 친구이면서 운동하다가 감옥에 들어갔다 나온 서식, 민보의 공장 동료 충호 등과 같이 전형적인 인물들을 다 모아놓고 있다.

서식은 입이 무겁고 남이보기는 바보같았으나 자기할일은 틀림없이 순서있게 하고는 사이만있으면 독서를 하였다. 서식은 고독을 좋아하고 깊은 생각에 빠져있을때가 많았다. 재작년늦인 가을에 민보가 고향을 떠날때 서식은 민보의교편을 받아가지고 S야학교 선생으로 들어섰다. 그러다가 작년오월에 소관 H주재소에서 ××되여 이주일후에 H로 ××되었다. 민보가 아는 것은돌그것뿐이었다. 그다음에는 무슨일로 어떻게되었는지 도모지 알도리가 없었다. 그러다가 바로 열흘전에 민보는 신문지상에서 서식의 사진을 발견하고 놀랐다. 기사금일해금 「S농조관계자 십팔명 금일 송국」이라는 미다시로 굉장하게기사가실리여있었다.[284]

이러한 내용으로 서식이 신문에 나자 지주 윤초시는 서식의 아버지를 불러 소작권을 떼어버리고 대신 그 소작권을 자기 딸을 윤초시의 소실로 내놓은 황서방에게 준다. 민보 아버지도 윤초시로부터 아들이 월급을 타니

---

284) 『신동아』, 1935. 9, p. 195.

소작권을 내놓는 것이 어떠냐고 은근히 협박을 받는다. 매일같이 생활표를 들여다보고 사는 민보에게 잔업제 철폐와 일당 감하라는 충격적인 소식이 들린다. 민보는 고민하다가 때마침 아버지가 윤초시로부터 소작권을 떼였다는 소식을 듣고는 아버지의 권유대로 N읍을 떠나 귀농하기로 결심한다. 농촌 출신인 노동자가 농촌에서는 지주의 횡포를, 대처에서는 공장주의 횡포를 견디지 못하고 그때그때 이농과 귀농을 결행한다는 플롯은 유례를 찾기 힘들다.

김소엽의 「저녁」(『신인문학』, 1935. 10)에서 제강소 기수였다가 폐병에 걸려 1년 반이나 집에 누워 있던 명철은 형수로부터 쫓겨나 동창생이며 부잣집 아들인 진수에게 1백 원만 돌려달라고 갔다가 거절당한다. 부자의 횡포는 「萬狗山 스케치」(『중앙』, 1935. 3)에서도 잘 나타난다.

이북명의 「어둠에서 주은 스켓취」(『신인문학』, 1936. 3)에서 고등보통학교 학생 신분인 '나'는 H에 가서 N공장 직공 모집일만 손꼽아 기다린다. '나'는 형과 고리키의 영향을 받아 노동자를 자원하게 된 것임을 고백한다.

첫재로 지금은 붉은벽돌집좁은방에 쪼그리고앉어서 손톱을이로물어뜯으면서 과거를눈앞에 그려볼 나의형의 영향을많이받은 것과 둘재로 K중학을 나온나는 전문이상학교교육의 불필요를 깨닫고 꼴키-적 체험의필요를 느끼게된것과 애정관계에서 쓰라린상처를가슴에받고 크게깨다름이 있어서 그러한것이라고.[285]

결국 '나'는 노동자들이, 전표를 움켜쥐고 내주지 않으려는 감독과 투쟁하여 일부나마 전표를 받아내는 것을 보고 감동한다. 아무리 작은 것이라고 하더라도 노동자들이 느끼는 승리감이나 성취감은 노동운동의 씨앗이

---

285) 『신인문학』, 1936. 3, pp. 205~06.

될 수 있기 때문이다. 이때 노동자 대표로 나섰던 절름발이와 호형호제하는 사이가 된 '나'는 절름발이에게 일하는 법을 가르쳐달라 하고 대신 '나'는 절름발이에게 언문을 가르쳐주기로 약속한다. "어둠에서 주은 스켓취"란 무의식 속에 노동자 예찬을 꼭꼭 감추고 있음을 의미한다.

엄흥섭의 「그대의 힘은 弱하다」(『비판』, 1932. 1~2)의 제목은 그대의 힘은 약하니 다시 한 번 일어나라고 작가가 주인공에게 외치는 것 같다. P군은 비록 지금은 양젖을 짜고 배달하는 일을 하고는 있지만 왕년에 청년 운동가로 이름났던 존재이다. P의 부부는 교사 활영이의 집에서 방 하나를 빌려 살기는 하나, P가 초라해진 것을 본 활영은 처음과는 달리 냉담한 태도를 취한다. P는 친구이자 동지인 C, K와 함께 지붕 위에 널어놓은 양의 가죽을 보고 "오오 양은 죽엇다. 빨닐대로 빨니고 뜻길대로 뜯긴 양"이라고 하면서 이러한 양에게 자기를 동일시한다. P는 목장 생활을 한 지 8개월이나 되도록 목장 안의 노동자들과 아무런 조직적 활동을 하지 못한 것을 후회하면서 과거 생각에 젖게 된다.

P군은 그래도 자기의 투쟁력량이 비록긔분적이요 탁상(卓上)적이엿스나 팔개월전에잇서 「신간해소니 청총해소니로조농조의 확대강화」니를 부르지々며 한창 서슬을날니든 M천시대를 다시생각하엿다. 그리하야 지금의자긔를 비초여볼때 자기가 자긔도모르게 완전히 삶의노례(奴隸)가 되어바리고―타락해바리고 말엇다는것을 째닷지안을수업섯다.[286]

P는 아기가 병에 걸렸으나 돈이 없어 약 한번 제대로 쓰지 못하고 죽게 내버려둔다. 이 과정에서 지극히 냉담한 반응을 보였던 활영에게 절연장을 써 보낸다. P가 고향 친구이며 동지였던 오영근을 비롯한 40명이 ××××

---

286) 『비판』, 1932. 1, pp. 133~34.

××사건에 관련되어 붙잡혀 그 사진이 난 호외를 보고 동지 몇 명과 새로운 투쟁 의지를 가다듬는다. 이 소설은 "과연 그들은 엇더한 일을 할 것인가? (此間二行略) 지금의 P군은 너무도 약하다, 너무도 약하다"로 끝나고 있어 오히려 열린 결말로 반전될 가능성을 열어놓는다. 물론 이때의 열린 결말은 희망의 분위기로만 되어 있는 것은 아니다. 탈고 일자 바로 뒤에 붙어 있는 "부기(附記)"[287]를 보면 작가 자신도 어떠한 방향으로 끝을 맺어야 할지 알 수 없었던 것임을 확인하게 된다.

김남천[288]의 「工友會」(『조선지광』, 1932. 2)는 김남천이 평양 고무공장 파업[289]에 관여한 사실이 반영되어 있는 소설로, 임금 감하 조치에 노동자들이 반대 투쟁을 벌이는 것을 핵심 사건으로 삼는다. 「공우회」는 배경 면에서는 공장소설, 주인공 면에서는 노동자소설, 형태 면에서는 대화소설이 된다. 「공우회」는 노동자소설의 두드러진 특징의 하나가 대화체의 빈번

---

287) 위의 책, p. 137.
"이것은 내가쓰고 잇는 엇던長篇의 序曲에지내지안는다. 압흐로 P군을 중심하고 일어나는 사건을 우리들은 긔대하고잇다. 지금의 P군은XX력량이 얼마나 강력적으로 진전될지? 나는 또다시 續篇가운데에서 새로운 P군을 발견할수 잇슬줄안다"(作者).

288) 평안남도 성천군 성천면에서 출생(1911), 부친은 중농이며 공무원, 평양고보 재학 시 한재덕 등과 『월역』이라는 동인지 발간(1926), 도일하여 호세이 대학 예과 입학, 카프 동경지부가 발행한 『무산자』에 임화·안막·이북만과 함께 참여(1929), 귀국 후 신간회 해소 주장, 성천청년동맹 조직, 평양 고무공장 총파업에 참여하여 격문 제작(1930), 김남천이라는 필명 만듦, 좌익단체와 좌익신문 배포망 가입 이유로 학교에서 제적, 제1차 카프사건 때 '조선공산주의자협의회 사건'에 연루되어 2년의 실형을 받음(1931), 병보석으로 출옥 후 낙향(1932), 제2차 카프사건에 연루되어 피검되었으나 병보석(1934), 임화와 함께 카프 해산계 제출, 『조선중앙일보』 기자 입사(1935), 『조선중앙일보』 폐간으로 귀향(1936), 해방 후 조선문학건설본부와 조선문학가동맹 주도(1946), 월북하여 남조선인민대표자회의에서 최고인민회의 제1기 대의원으로 피선, 문예총 서기장(1947), 한국전쟁 시 문예총 서울지도부에서 선무 활동(1950), 북한의 특별군재에서 '반국가 변란죄와 미제 고용 스파이 혐의'로 사형 선고(1953), 가족과 함께 총살형(1955), 본명은 김효식(김재남, 『김남천—민족문학을 위한 삶과 작품』, 건국대 출판부, 1994, p. 110; 정호웅·손정수 엮음, 『김남천 전집 1』, 박이정, 2000, pp. 883~85 참고).

289) 평양고무직공파업은 1930년 8월 4일에서부터 25일까지 전개되었다. 동경에서 잠시 귀국해 있던 김남천은 이 파업에 참가하여 격문을 제작하여 파업을 촉구하는 효과를 가져왔다.

한 사용에 있음을 거의 처음으로 실증해주었다. 여러 여공들이 친목계 개선안에 대하여 또 남자 직공들이 평화고무축구단에 대해 의견을 나누는 장면이 대화체로 처리되어 있다. 소설의 한 형식으로서 대화체는 작중인물 사이의 교감이나 단합이라는 주제를 잘 뒷받침해준다. 이 작품은 공장 증축을 명분으로 하여 임금 감하 조치를 내린 공장주 명의의 게시문과 이에 반대하는 공우회의 건의문을 제시하는 것으로 결말을 처리한다. 실제로 김남천 자신이 파업 시 격문 제작에 관여했던 만큼 아래의 게시문이나 건의문과 같은 양식에 남다른 애착을 느꼈을 것이다.

직공제군에고하노라
우리공장이설시이래 너머나설비가 협착하야째째로직공을해고한적도잇섯고 업을일코굶어가는실업자를 흡수하지도못하여 일반로동자제군에게 항상 미안을금치못하엿노라. 이번에 이것을널리생각하야 새로히 공장을증축하고 다갓치빈궁한실업자의수용을수행하여 일대사회적으로공헌코자하노라! 이는 공장측의대손해를 무릅쓰고 감행하는바이니 선량한직공제군! 처지가다갓흔 로동자의생각을하야 회사의감행을도읍는 영단스러운운동동 잇기를바라노라 !
그럼으로 부득불 회사는제군에게 다음조건하나를 부탁하는바라!
一, 당분간 임금일활오부감하
一, 명십월십팔일부터시행함

一九三×, 十月十七日[290]

이러한 공고문을 보고 직공들은 격분하는 가운데서도 토론을 거친 끝에 다음과 같은 반박문을 내걸게 된다.

---

290) 『조선지광』, 1932. 2, pp. 67~68.

一. 당분간임금인하절대반대

一. 운동장에공장짓는것절대반대

一. 새로생긴평화고무직공의단체, 공우회단체계약을할일

一九三×年十月十八日

평화고무축구단 상호친목계 기타직공일동

우대표 공우회[291]

이와 같이 공장주 측의 통고문과 노동자 측의 반대 성명을 형식을 그대로 살려 제시한 것은 작가가 독자들에게 제대로 시비를 가려줄 것을 간접적으로나마 부탁했음을 의미한다. 처음부터 노동자 편에 서 있었던 작가 김남천은 노동자 측의 요구가 정당한 것임을 확신한다. 또, 통고문과 반박문을 게재해놓음으로써 「공우회」는 토론체소설로 구조화된다. 직접 서술보다 대화체를 많이 취한 것은 작가가 노동자들 사이의 교감이나 단합을 중시한다는 의미를 지닌다.

송계월의 「街頭連絡의 첫날」(『삼천리』, 1932. 3)은 주의자인 제사공장 여공이 점심시간을 이용하여 12시 20분에 종로 네거리와 황금정 네거리의 중간에서 남자 레포터로부터 레포를 받아 다시 공장으로 돌아오기까지의 과정을 1인칭 주인공의 시점으로 긴박하게 추적하는 형식을 취했다.

엄흥섭의 「溫情主義者」(『비판』, 1932. 3~5)에서 "온정주의자"라는 제목은 반어나 야유의 표현이다. 인쇄소의 젊은 사장은 직공들에게 설렁탕 한 그릇만 먹이고는 무보수로 야근을 시키면서 툭하면 "가치먹고 가치굶자는" 식의 가족주의를 내세운다. 자기네들을 기만하기 위한 가족주의에 대해 직공들은 모이기만 하면 불만을 토하고 비꼬곤 한다. 직공들은 젊은 사장이 내세우는 "가족적 스로강"에 마취되지도 말고 "온정주의에 깨끗이 리

---

291) 위의 책, p. 68.

용되지도 말자"고 다짐한다. 노동자들은 이렇듯 온정주의를 가장한 교활한 자본가는 말할 것도 없고 그들에게 약자로 이용되는 인텔리들도 믿지 않는다. 직공들은 자본가에게 효과적으로 대응하기 위해 조직의 필요성을 서로서로 일깨워준다. 사장이 월급 인하를 단행하자 직공들이 연서 날인하여 야업 반대, 온정주의 배척, 배당 실행, 휴일 실행 등을 요구하는 것이 중심사건의 하나가 된다. 직공들의 요구가 거센데도 온정주의자 사장은 조금도 흔들리지 않는 것으로 소설은 끝난다. 노동자들이 승리한 것은 아니지만 그렇다고 자본가가 무릎을 꿇은 것도 아니다. 노동자들의 저항을 중심 모티프로 취하면서도 이북명은 흥분하지 않고 현실을 냉정하게 바라보고 있다.

> 그들은 요구조건을들어주지안으면 일할수업다는것을 선언하고 일제히공동전선을 취햇다. 주인도 버틔엿다.「맘대로 해보구려! 누가답답한가!」
> 하로 이틀 사흘 공장의 긔게는 일제히쉬엿다. 주인은 버틔엿다. 신문에긔 사가낫다
> 『직공지급입용』(職工至急入用)이란 광고를 공장문밧게 부치엿다(此間五行略)[292]

제목 바로 옆에 "춘원 추천 소설"이라는 부기가 있는 박화성의 「下水道工事」(『동광』, 1932. 5)는 품삯을 거의 받지 못한 3백 명의 노동자들이 사기꾼인 중정 대리를 끌고 경찰서로 몰려가는 것으로 시작하여 이제는 노동자들의 투쟁적인 지도자가 된 서동권이 애인인 용희에게 편지 한 장 남기고 원대한 뜻을 펼치기 위해 떠나가는 것으로 끝난다. 서동권은 실제로는 도피 반, 희망 반의 심정이다. 박화성은 앞부분에서 서동권이 떠나갈 수밖

---

292) 『비판』, 1932. 5, p. 145.

에 없는 환경을 만들어놓고 있다. 실업 노동자들을 구제하기 위해 벌인 목포 지방의 하수도 공사에 각지에서 온 3백여 명의 노동자들은 중정이라는 자가 중간에서 자금의 절반을 횡령하여 거의 삯을 받지 못한다. 서동권이라는 젊은이가 나서서 경찰서장, 중정 대리, 북천 주임 등을 만나 담판을 짓고 마침내 일부나마 받아내는 성과를 거두게 된다. 「하수도 공사」는 전반부에서는 서동권이 중심이 되어 3백 명의 노동자들이 임금을 받아내는 과정을 따라가며 후반부에서는 서동권의 집안 배경과 용희와의 관계를 그려낸다. 여기에다가 동권이가 '정'이라는 인물을 지도자로 하여 점차 의식화된다는 내용을 덧붙이고 있다. 물론 소설의 전체 구도상, 「하수도 공사」가 하수도 공사 인부들의 집단 투쟁이라는 사건을 다룬 사건소설로 일관하지 못하고 서동권이라는 지도자적인 인물을 집중적으로 그린 인물소설로 빠져버린 것은 부정합의 경우가 될 수 있다. '정'은 서동권의 동향인이자 똑똑한 학교 선배로 사회과학 연구에 몰두하여 급진주의 사상을 가르쳐준 사상의 교사이며 저항적 태도를 매개해준 존재다.

목포에는 그간 세번쩨나 격문사건이 잇엇다. 메이데이와 반전데이와 국제 무산청년데이 이 세날을 기렴코저 시내 각 학교 공장과 각 요처에 과격한 선동 격문이 산포되엇다. 그 내용의 심각한 것이라든지 산포방법의 극히 교묘한 것이라든지가 재래 목포운동자의 소위가 아니고 타처에서 들어왓든 것이라는 소문이 돌앗다. 고등게에서는 혈안이 되어 표면운동자는 모주리잡다가 이십여일 혹은 십여일식을 검속 취조하엿으나 결국 헛일 밖에 되지 않앗든 것이다. 세번재 일이낫을 때에는 운동자 외에 외국에만 갓다 온 자이면 누구든지 잡아가는 통에 정의 친구인 김까지 검거되엇단 말을 정에게 들엇다. 그러자 구월십팔일에 정마저 잡힌 것이다.[293]

---

293) 『동광』, 1932. 5, p. 57.

서동권은 '정'의 남은 가족을 자주 찾아가 물심양면으로 도와주기는 했으나 운동권으로부터의 소외는 극복해내지 못한다. 동권은 계모와의 갈등 관계, 용희와의 사랑의 관계, 정이라는 인물과의 사제 관계, 하수도 공사 노동자들과의 굳건한 동지 관계 등 네 갈래의 인간관계를 보여준다. 이 중 노동자들과의 동지 관계가 원인적 사건으로 기능한다.

이북명의 「암모니아 탱크」(『비판』, 1932. 9)는 콩트 정도의 길이밖에 되지 않지만 열린 결말을 취한다. 거대한 암모니아 탱크를 청소하던 직공들이 암모니아 탄산가스 때문에 힘이 들어 자꾸 들락날락하는 것을 감독이 욕하고 다그치던 중 노동자 한 명이 질식하는 사건이 나자 화가 난 직공들이 감독을 탱크에 집어넣자고 떠들어대는 것으로 끝났기 때문이다. 직공들이 감독을 탱크 속으로 밀어 넣을지 그만둘지는 독자들의 상상력에 맡길 수밖에 없을 정도로 결말이 모호하게 처리되었다. 직공들이 과거와 현재의 박탈감의 포로가 될지 내일의 생존 의지에 매달릴지는 알 수가 없다.

「오월의 구직자」 「여직공」과 함께 유진오가 동반자작가인 근거가 되는[294] 「五月祭前」(『신계단』, 1932. 11)은 공장 노동자들이 메이데이 며칠 전에 삐라를 뿌리고 다니는 모습을 그리면서 끝에 가서 주인공이 적극적인 투쟁의 길로 나아가게 되는 것을 암시한다. 이 소설은 주인공의 면에서는 노동자소설이고 주의자소설이면서 형태상으로는 대화체소설이 된다. 작가 유진오도 노동자들의 단합 필요성을 분명하게 인식하고 있다. 대화체는 이러한 인식의 자연스러운 산물이다.

이북명의 「出勤停止」(『문학건설』, 1932. 12)는 병든 직공들을 포함하여 수백 명씩 무더기로 해고하는 회사 측에 기계 부수기, 벽에 낙서하기, 소리 지르기 등 여러 가지 방법을 써서 저항하는 직공들의 모습을 보여준다.

---

294) 안함광, 「작가 유진오 씨를 논함」, 『신동아』, 1936. 4, pp. 268~69.

그러던 중 변성 탱크가 폭발하여 7명이 행방불명되는 사건이 터진다. '출근 정지'라는 제목은 사용자가 사리를 위해 무단으로 노동자들을 몰아내는 행위를 표현한 것이다. 이 작품에서도 간부 회의 명의로 종업원에게 세계적인 불경기, 판매 부진 등의 이유를 대며 5백 명의 직공들을 해고하겠다는 게시문을 제시한다. 이러한 게시문 삽입 방법은 이미 김남천이 취한 바 있거니와 작가가 직접 체험한 바를 전달하는 것만큼이나 효과가 있다.

이동규의 「自由勞動者」(『제일선』, 1932. 12)도 노동자소설이요 주의자소설이다. 여관집 아들로 집안이 망해 도로 공사장 인부가 된 청년이 노동자들에게 책을 보여주면서 그들을 의식화하고 있기 때문이다. 청년이 노동자 단결론이라든가 자유 노동조합의 필요성을 강조하면서 보여주는 잡지의 제목은 복자 처리되어 알 길이 없다.

이북명의 「女工」(『신계단』, 1933. 3)은 "──공장의 기계는 우리×로돌고 ──수리조합보ㅅ돌은 ×물로찬다──제품창고 안"으로 시작하여 "어느새에 그들의팔과팔은 힘잇게마조씨엿다. 마조씨인채 그들은 큰길로々 나갓다 (以下─行略)"로 끝나고 있다. 청부 제도 반대운동 혐의로 잡혀간 창수를 그리워하는 정희에게 추근대다 실패한 감독이 직공 한 명을 구타하자 직공들이 들고일어나 청부 제도 취소, 대우 개선, 감독 파면 등을 요구하게 된다. 이 소설은 청부 제도라든가 감독의 횡포를 견디다 못해 수십 명의 노동자들이 큰길로 뛰어나가는 것으로 끝나고 있다.

창수는 일주일전에 선동죄로서 ××에×혀갓다.

나날이 심하여가는 무단해고 나날이강화되여가는 청부제도(請負制度)──이모양으로잇다가는 다죽어가지안을수업는자기들을생각하고 창수는 그반대 ××운동의 전제로서 화학독서회(化學讀書會)를조직할냐고 남녀직공들을 자기집에 모아노코 그준비위원회를조직하엿다. 그러나 어쩐자의밀고로 그잇흔날 점심시간에 창수는 사복한테쥐여갓다. 그러고 한아름이나되는창수의책

도 모도××에가저가고말엇다. 창수가희생이된후부터 직장은개판이엿다.[295]

「여공」의 작중인물들은 남녀 직공들과 공장 감독, 차석으로 나누어진다. 이 작품에서는 '영향을 주는 자influencer'나 '교사적 인물'이 독립해서 존재하지 않는다. 청부 제도를 반대하는 투쟁을 주도하다가 붙잡혀 간 창수라는 남자 직공이 실질적으로 교사 역할을 행사하기는 하지만, 창수는 어디까지나 공장 직공이었다. 그리하여 창수가 붙잡혀 가고 난 뒤, 그때까지 창수와 동지이자 연인 사이였던 여주인공 정희가 봉식과 함께 제2, 제3의 창수가 되고자 한다. 이러한 연결 과정은 대체로 필연구성으로 처리되었다고 할 수 있는 만큼, 중심사건이나 주변 사건이나 가림 없이 리얼리티를 획득한다. 경순, 나벌이, 봉선이 같은 여공들이나 창수, 봉식, 형칠이 같은 남공들이나 모두 피와 살로 존재한다고 볼 수 있다. 비록 잠깐 등장하기는 하지만 감독의 존재 방식도 개연성 위에 얹혀 있다. 작업 현장도 비교적 생생하게 묘사하며 남녀 직공들의 단합된 모습도 잘 그려낸다. 이 소설도 노동자소설, 주의자소설, 대화체소설이 어우러진 모습을 보여준다.

이북명은 노동자 체험을 한 문학적 지식인답게 글 읽는 행위나 글 쓰는 행위가 노동운동에서 적지 않은 효과를 가져옴을 인정하였다. 김남천이 문예구락부를 내세운 데 비해 이북명은 독서회를 내세웠다.

김남천의 「生의 苦悶」(『조선중앙일보』, 1933. 11. 1)은 엽편소설에 가깝다. 준형이라는 직공은 택수라는 투쟁적인 직공으로부터의 협조 부탁과 권사인 어머니, 교회 장로인 사장으로부터의 압력 사이에서 고민한다. 준형은 파업에 참가하기는 했으나 소극적인 태도를 취해 해고는 면했다. 그러나 해고당한 왕년의 동료들에게 부채감을 느낀 나머지 그들의 제의를 거절하기 어렵게 된다. 준형은 택수가 하는 일에 기본적으로 공감을 표시하면

---

295) 『신계단』, 1933. 3. p. 112.

서도 붙잡혀 가는 것이나 아닌가 하는 두려움에 젖어 산다. 준형이는 택수 쪽으로 기울고 있기는 하지만 택수의 제의를 끝까지 받아들일 것인지 여부는 알 수 없다. 이북명이라면 준형보다는 택수에게 무게를 주었을 것이다. 「생의 고민」은 김남천과 이북명의 현실인식의 차이를 짐작게 하는 근거가 되기도 한다.

김남천의 「文藝俱樂部」(『조선중앙일보』, 1934. 1. 25~2. 2)는 창성양말 공장의 작업 현장, 남녀 직공들의 문예구락부 모임, 작업 현장, 리원찬 해고 건에 대한 대책회의 등 크게 네 부분으로 구성되었다. 첫째 부분에서는 리원찬이라는 직공을 중심으로 노래를 불러가며 작업하는 모습이 그려지고 있다. 이 작품의 가장 큰 특징은 여러 차례의 노래 가사 삽입에서 찾을 수 있다. 그러나 이때의 노래는 단순히 작업의 능률을 올리기 위해서만 있는 것은 아니다. 특히 리원찬이 부르는 "공장에서 보는달은/웨저리도 파랄가/기름과 먼지에 ×뭇친/녀직공의얼골일세—/×××의 배떽이는/웨저리두 부를가/아마도 우리들×가/그속안에 가득찻네"[296)와 같은 노래는 분명 반항심을 담고 있다. 결국 리원찬은 창가를 불러 공장 안을 소란스럽게 만들었으며 가사가 상스럽다는 이유로 해고 조치당하고 만다. 이에 동료 직공인 동두가 회사를 향해 저임금에 시달리며 소음과 먼지 속에서 일하다가 중간중간 창가를 부르는데 그것이 무슨 잘못이냐고 이의를 제기한다. 공장 안에서 직공들이 부르고 듣고 하는 창가는 간접적인 반항의 수단이 된다. 창가 못지않게 문예구락부도 계몽의 기능이나 저항 수단이 된다. 일과를 마친 후에 갖는 문예구락부에서는 각자 시니 동요니 하는 장르를 택하여 작문해 갖고 와서 발표하고 토론한다. 아직 오지 않은 회원을 기다리면서 집주인 일룡은 신소설 「추월색」을, 형옥은 잡지 『신여성』을, 갑순은 아동 잡지 『별나라』를 읽고 있다. 일룡과 갑순은 일룡이 읽고 있었던 신소설

---

296) 『조선중앙일보』, 1934. 1. 26.

「추월색」에 대해 찬반 토론을 벌인다. 일룡이 「추월색」은 신식 소설이라고 주장하는 것에 반해 갑순이는 신소설이 판에 박힌 내용을 들려준다고 반박한다. 시작이 되자 각자 지어 가지고 온 시, 동요, 감상 등의 글을 읽는다. 직공들은 창작 실력을 배양하기 위해서만 아니라 또 심심풀이로 하는 것이 아니라 작게는 회사를 크게는 사회를 제대로 파악하기 위해서 문예구락부를 만든 것이다. 문예구락부는 반항의 수단이 되면서 동시에 현실인식을 계몽하는 장이 된다. 문학 작품이 현실을 파악하게 하고 현실을 바꿀 수 있는 힘을 지닌 것임을 적극적으로 설명한다.

이북명의 「午前 三時」(『조선문단』, 1935. 5)는 노사 타협의 가능성을 보여준 소설이다. 오전 3시에 교대한 후근자들이 졸음을 견디지 못해 몰래 숨어서 자다가 들켜 처벌을 받는 노동자를 보고 의논하여 졸린 사람은 교대로 식당에서 한 시간씩 자자는 아이디어를 내놓아 회사 측의 허락을 받아낸다. 대화체에 의지하여 사건 진행을 꾀한 이 소설도 공장 생활을 직접 해본 경험이 없는 작가는 쓰기 어려울 정도로 많은 공장 용어를 담고 있다. 쎈트르(원심분리기)·컴퓨렛슈어(압축기)·발프·벨트·포화기·쎈톨 바스케트·도록코(비료 수송차)·게지·쎈트르가이(삽 같은 것)·모액(암모니아와 유산이 화합한 액체) 등 여러 가지 전문 용어들이 나오고 있다.

함대훈의 「茶房 시베리아」(『비판』, 1935. 11)는 시베리아 태생의 젊은 과부인 소향이 운영하는 다방 시베리아에 '내'가 오랜만에 가서 들은 이야기를 소개한 것이다. 매일같이 일정한 시간에 혼자 다방에 와 신문을 읽고 차 한잔 마시고 가던 점잖은 신사가 용산 ××공장에 임금 인상 노동쟁의가 나자 쟁의단을 칭찬하고 사업주를 욕하였고 어느 날 새벽에는 형사들에게 쫓겨 다방으로 피신 온 것처럼 하여 소향의 눈에는 어김없이 노동자 편인 주의자로 보였으나 나중에 보니 쟁의단 주모자를 붙들어 가는 형사로 밝혀진다. 이렇듯 고등계 형사의 모습을 자세하게 그린 단편은 별로 없다. 하기야 소향이 좀더 날카롭게 주시했더라면 "말하자면 배운것두 별루없는 그이들이 어떻거면 그렇게두 단결을 잘하구 그오랜시일동안을 지속하는지 참말루 그들의 견인분발의 투쟁성에 대해선 제삼자의 입장에서두 감탄할 점이 많다겠지요 그러치만 그러한 과감한 집단적 그들의 투쟁이 성공이못 되구 아마쟁의단의 자금부족과 복직자 빈발루패북에 돌아갈것이라구 우수어린 얼굴로 말을하겠지요"[297]와 같은 그 사내의 말에 진정성이 결여되었음을 알아차렸을 것이다. 그 사내는 쟁의단의 운명을 잘 알고 있었으며 그 내용을 소향에게 암시했던 것이다.

노자영(盧子泳)의 「廢人」(『신인문학』, 1935. 8)은 경성제일고보 출신이며 경기도 관내 군청 세무원으로 전도양양한 경수가 전직 군수이며 50만 원 부자의 딸과 약혼하였으나 두 남녀 사이를 질시하는 자가 추적한 끝에 경수가 백정의 아들임을 폭로하여 파혼, 약혼녀의 자살, 경수의 정신병 발병 등과 같은 사태가 벌어지는 사연을 들려준다. 앞부분은 미치광이이자 폐인이 된 경수가 동소문 시장에서 횡설수설하기도 하고 행인들을 웃기기도 하고 도깨비라고 욕설을 퍼붓기도 하는 장면으로 채워져 있다. 전도양양한 청년의 억울함을 강조하려는 의미가 숨어 있기는 하나 파혼한 것 때문에 정신병에 걸리고 폐인이 되었다는 사건 설정은 다소 무리가 있다. 「山村」(『신인문학』, 1935. 10)은 먹고 살기 위해 중 노릇을 하는 박서방, 생활고로 가출한 부인을 찾다가 양잿물 먹고 자살한 정서방 등을 등장시켜 빈민들의 모습을 거짓 없이 보여준다.

---

297) 『비판』, 1935. 11, p. 107.

5. 1930년대 후기(1936~39) 소설의 갈래

(1) 장편소설과 현실 재현

(가) 소박한 리얼리즘의 의미와 반의미

『不連續線』(『매일신보』, 1936. 5. 18~12. 30)[298]은 염상섭 자신도 애정을 갖지 않은 것이기는 하지만 염상섭 연구자들이나 문학사가들로부터도 대체로 외면당해왔던 작품이다. 이 소설은 통속소설로의 매몰, 적극적 리얼리즘의 포기, 이데올로기의 진공 상태, 서사담론의 해이 현상 등의 기본 해석이 가능할 정도로 수준 미달이기는 하다. 읽고 음미할 만한 가치가 있는 사건의 설정이나 인물의 배치가 제대로 안되어 있다든가 플롯이 비경제적으로 꾸며져 있다든가 도무지 절제의 미학이 발휘되지 않았다든가 하는 문제점들이 있기는 하나 작가 염상섭의 전문적이면서도 능숙한 이야기꾼의 솜씨는 그대로 남아 있다. 의미 함량은 낮은 대로 이야기의 묘미가 있고 최소한의 현실 반영과 풍속 관찰이 확보되어 있어 중간소설로 볼 수 있다.

염상섭은 이미 『사랑과 죄』(『동아일보』, 1927. 8. 15~1928. 5. 4), 『이심』(『매일신보』, 1928. 10. 22~1929. 4. 24), 『광분』(『조선일보』, 1929. 10. 3~1930. 8. 2) 등의 중간소설middle-brow-novel에서 이념 포회적인 인물이나 사상범이 빚어낸 사건을 양념처럼 설정하여 자신이 쓴 작품들이 저급소설이나 통속소설로 격하되는 것을 회피하는 결과를 낳았다. 『불연속

---

298) 다음 논문들을 주목할 필요가 있다.

　　김경수, 「일제하 염상섭 장편소설의 귀결과 운명」, 『염상섭 장편소설 연구』, 일조각, 1999.

　　김성연, 「가족 개념의 해체와 재형성—염상섭 장편소설 『삼대』 『무화과』 『불연속선』을 중심으로」, 성균관대 인문과학연구소, 『인문과학』 44, 2009.

선』도 이런 범주의 소설로 추가할 수 있다. 『불연속선』이 저급소설로 떨어지는 것을 막아내는 작중인물로 여주인공 송경희와 단역에 불과한 강종묵을 들 수 있다.

(가) 「하―, 경희씨가 맑쓰·썰이신줄 알앗드면 진작…」하고 영호도 웃어버리랴니까, 「뭐요? 맑쓰·썰가튼것은 벌서 한세상전이야기 아닌가!」하고 경희는 놀라는소리를하면서도, 멀리 동경생각이 낫다. 영원히 다시는 만날리도업는 동경시절의 그 사람생각이 나는것이다. 그는 지금 칠년징역에서 사년이 남엇다. 그러나 나와야 다시는 맛날리도업는사람이다. 만일 자긔가 맑쓰·썰이라면 그것은 그사람의감화―라느니보다도, 영향이엇다. 그러나 지금와서는 그를 생각하는것도 큰고통이다.[299]

(나) 강종묵이란 삼년전에 동경에 마즈막 검거풍(檢擧風)이 이러날제 붓들려드러간사람이다. 조선인측의 유력한두목으로 리―드하야가든 ××대학경제과 학생이엇다. 그는 순진한고학생이엇다. 요새청년이 엇더한 것인지는 그새의경희로는 몰랏스나, 남들은 그를 요새청년은아니라고하얏다. 그는 웅변가요, 문필가이엇다. 천재라고도 일커럿다. 그리고 미남자는아니나 호매한청년이었다. 엇잿든 경희는 정신으로 물질로전력을폭쏘닷섯든것이다.[300]

송경희 주위의 사람들은 강종묵을 물심양면에서 도와주었던 것을 근거로 하여 그녀를 마르크스 걸로 보았다. 남주인공 김진수는 강종묵이란 존재가 경희의 내면에 깊숙하게 자리 잡은 것이나 아닌가 하고 의심한 나머지 그녀와의 결혼을 주저했다. 김진수도 비행사를 지망하지 않았더라면 지

---

299) 『매일신보』, 1936. 7. 1.
300) 위의 신문, 1936. 7. 27.

금쯤 자기도 강종묵처럼 마르크스주의자가 되어 감옥에 갇힌 신세가 되었을지도 모른다고 생각하였다. 실제로 그를 사모했고 또 운동 자금까지 대주었던 송경희의 기억과 말 속에서 강종묵은 비범한 인물로 존재한다. 송경희가 마르크스 걸이 아닌가 하는 의문도 주변 사람들의 추측과 소문의 통로를 밟아 나온 것이다. 특정 인물을 주위 사람들의 추측과 소문을 통로로 하여 존재하게 하는 방법은 이미 『무화과』에서 잘 구사된 바 있다. 강종묵의 비범함과 불행한 상황이 내비치는 (나)는 『불연속선』 전체에서는 거의 무시해도 좋은 분량이기는 하지만 작품 전체를 강렬하게 비쳐주는 부분이다. 일거에 『불연속선』을 억지로나마 읽을 만한 작품으로 끌어올리고 있다. 강종묵이란 존재 때문에 송경희가 단순한 폼페이다방 마담에 머무는 대신 이념이나 운동을 생각할 줄 아는 존재로 격상되었고 김진수의 포용력도 커질 수 있었다.

『불연속선』은 동경여자사범 노문과 출신으로 폼페이다방 주부로 있는 송경희와 비행사이며 부잣집 아들인 김진수가 여러 가지 혼사 장애를 극복하여 마침내 한 쌍이 되기까지의 과정을 그렸다. 김진수와 송경희의 관계는 김정임-최명호, 김정숙-조만성 등의 관계에 비해서는 순수한 편이다. 한때 "마르크스 걸"로 불리던 송경희는 김진수가 고등 교육을 포기한 비행사요 운전사임을 알면서도 가까이함으로써 이해관계를 초월한 면모를 보여준다. 김진수가 운전하는 택시를 타고 가다 교통사고가 나 병원에 입원한 것이 계기가 되어 김진수와 송경희는 가까워지게 된다. 송경희, 최영호, 이제하 등의 인물들을 기준으로 해서 보면 이 소설은 지식인소설이 되나 중심사건의 면에서 보면 연애소설이 될 수 있다. 이러한 젊은 남녀들의 연애가 『불연속선』의 수평선을 이루고 있다면 김진수와 아버지 김참서의 관계, 김진수와 생모의 관계, 김진수와 서모 사이 등의 가족 이야기는 수직선을 이룬다. 『삼대』가 남녀 사이의 애정 관계보다는 가족 간의 갈등에 훨씬 더 큰 비중을 둔 것과는 대조적으로 『불연속선』에서는 가족 간 갈등은 남녀 간의 애정 문제에 가려 잘 보이지 않을 정도다. 작가는 경성제대 법문과 출신인 최영호라든가 변호사 이제하를 등장시키면서도 황금욕의 포로로 묶어두고 있다. 김진수는 아버지 김참서에게 상속받은 거액의 재산을 불평하는 소리가 나오지 않게끔 누이와 어머니에게 공평하게 분배함으로써 황금욕이 없는 것처럼 보이지만 갑자기 주위 사람들로부터 큰 대우를 받으면서 돈의 위력을 실감하게 된다. 이 작품에서의 인간관계는 젊은 남녀 사이든 가족 사이든 돈이 최대 변수가 된 관계와 돈을 초월한 신뢰로 묶인 관계로 대별해 볼 수 있다. 김진수와 송경희 사이는 말할 것도 없지만 정숙과 조만성의 관계도 돈 때문에 맺어졌다 끊어졌다 하는 사이로 보기는 어렵다. 『삼대』와『무화과』가 돈으로 묶인 관계를 동지의식에 의한 관계로 막아낸다면『불연속선』에서는 신의로 묶인 관계가 방파제가 된다. 『불연속선』은 생략해도 좋을 부분을 생략하지 못했다든가 인물이나 사건의 경중을 헤아리지 못했다든가 하는 식으로 낭비된 소설임을 부정할 수 없다.

박태원의 『川邊風景』[301]은『조광』에 1936년 8월호[302]에서 10월호[303]까지 연재되었고 이듬해 『續 川邊風景』으로 다시『조광』에 1937년 1월호부터 9

---

301) 다음 논문들을 주목할 필요가 있다.

이재선, 「1930년대의 도시소설—『천변풍경』에 나타난 박태원의 작품세계」『문학사상』, 1988. 8.

한수영, 「『천변풍경』의 희극적 양식과 근대성」, 『문학과 현실의 변증법』, 새미, 1997.

김종구, 「『천변풍경』의 시련의 양태와 초점화 양상」, 『한국문학과 서사학』, 예림기획, 2002.

차원현, 「표층의 해석학—박태원의『천변풍경』론」, 『한국근대소설의 이념과 윤리』, 소명출판, 2007.

김외곤, 「박태원의『천변풍경』과 근대 도시 경성」, 『한국문학과 문화의 상상력』, 글누림, 2009.

302) "川邊風景"이라는 제목 옆에 "중편소설"이라는 이름이 보인다. 박태원은 이 작품을 처음에는 중편소설로 만들려고 했으나 한두 호 연재하면서 장편소설로 확대하려는 욕심을 가진 듯하다.

303) 『조광』 1936년 10월호 연재본 말미에 "작자후기-數年前붙어 計劃하여온 長篇의 一部로 이 小篇을 試驗하여 보았습니다. 이제 수히 幾回를보아, 長篇「續 川邊風景」을 製作하리라 스스로 期約합니다. ……丙子, 八月二十一日……"이라는 구절이 있다.

월호까지 연재되었던 작품이다. 다시 그 이듬해인 1938년에 단행본으로 나왔는데 여기저기 손질을 한 흔적을 남기고 있다. 단행본으로 나온『천변풍경』은 모두 50절로 짜여 있다. 연재본 중『조광』(1936. 10)의 제13절은 민주사가 낙선하고 난 후의 패배감과 관철동집이 젊은 대학생과 놀아나는 것을 짧은 길이로 그려놓았는데 이 중 전반부가 단행본의 제14절 "허실"의 전반부를 차지한다. 단행본 제14절 "허실"은『조광』연재본(1936. 10)의 제13절과『조광』연재본(1937. 2)의 제3절 "허실"이 결합되어 이루어진 것이다.『조광』연재본(1937. 2)의 제4절 "정경(情景)"은 단행본 13절 "딱한 사람들"로 나타났다. 연재본의 맨 앞줄 "밤도 어느듯 깊어 이미 열한 점이 넘었다. 그러나 여름의 카페는 이를테면 이제붙어가 한창인 것이다"(pp.407~408)가 단행본에 와서는 빠져버리고, 연재본에서는 "아, 아—스꾸리—"로 끝난 것이 단행본에 와서는 "멋떨어지게 외우고 외우고 하였다"(p.137)로 바뀌어 끝나고 있다.『조광』연재본(1937. 4)의 제12절 "임우비비(霖雨霏霏)"는 단행본 제23절 "장마풍경"으로 제목이 바뀌었다. 박태원은 연재본에서 중편을 늘려 쓴 것 같은 인상을 불식시키기 위해 단행본을 완전히 장편소설의 골격으로 바꾸어놓았을 뿐 아니라 앞뒤 연결을 좀더 매끄럽게 하기 위해 세세한 부분에 이르기까지 손을 보았다.

(가) 오즉 때를 맞난 카페와 마지막 손님을 보내고난뒤 점안은 치우기에 바쁜 리발소가 아즉 잠자지않고 있을뿐 더욱이 한약국집 함석 빈지는 외등 하나 달지않은 첨하밑에 우중충하고 또 언짢게 쓸쓸하다. (『조광』, 1936. 10, p.272, 제12절 소년과 여급)

(나) 다만, 광교모퉁이, 종로은방 이층에 수일 전에 새로 생긴 동아구락부라는 다맛집과 마지막 손님을 보내고 난 뒤, 점안을 치우기에 바쁜 이발소와, 그리고 때를 만난 평화카페가 잠자지 않고 있을 뿐으로, 더욱이 한약

국집 함석 빈지는 외등 하나 달지 않은 첨하 밑에 우중중하고 또 언짢게 쓸 쓸하다. (단행본, 제12절 소년의 비애)

(나)는 (가)에 한 문장 정도가 첨가된 것으로 구체적인 서술의 추가와 양적 증가가 오히려 리얼리티를 높여준다.

50절 가운데서 제8절 "선거와 포목전주인", 제9절 "다사(多事)한 민주 사", 제24절 "창수의 금의환향", 제27절 "여급 하나꼬", 제33절 "금순의 생활", 제39절 "관철동집", 제42절 "강모의 사상", 제47절 "영이의 비애", 제49절 "손주사와 그의 딸" 등의 소제목들은 인명을 드러낸 것으로 민주 사·창수·하나꼬·금순·관철동집 등의 여러 인물들이 『천변풍경』의 주 요 인물이요 초점화자임을 일러준다. 실제로 제2절은 재봉을, 제3절은 창 수를, 제5절은 이쁜이를, 제6절은 신전집을, 제10절은 하나꼬를, 제16절 은 금순이를, 제12절은 만돌 어멈을, 제23절은 점룡이를, 제27절은 기미 꼬와 하나꼬를, 제36절은 순동이를, 제45절은 최진국을 주인공이나 초점 화자로 내세우고 있다.

그런가 하면 제1절 "청계천 빨래터", 제2절 "이발소의 소년", 제11절 "가엾은 사람들", 제17절 "샘터문답", 제35절 "그들의 일요일", 제36절 "구락부의 소년소녀" 등은 여러 사람에 대한 소문을 전달하는 장소나 사람 들을 제시한다. 빨래터에 모인 여자들은 입에서 입으로 소문을 전하면서 대상 인물의 성격·외양·형편·고민거리 등을 구체화한다. 이 과정에서 신전집, 민주사, 만돌 어멈, 이쁜이, 기생 취옥이 등이 자연스럽게 성격화 된다. 한 인물의 성격 창조는 여러 사람들의 입과 귀만 빌리고 있는 것은 아니다. 다른 사람의 눈도 빌린다. 대표적인 예를 이발소 소년 재봉이에게 서 찾을 수 있다. 재봉이의 관찰을 통해 청계천변 사람들의 생활상, 신전 집의 몰락 과정, 민주사의 탈선과 욕심 등이 구체적으로 그려지고 있다. 기본적으로 대화에 의한 방법이 관찰하는 방법보다는 인물을 입체적으로 보게 만들기는 하지만 작가 박태원은 의도적이라고 할 만큼 처음부터 끝까지 미메시스로 일관한다.

『천변풍경』은 주인공을 누구로 잡을지 어려울 정도로 비중이 비슷한 여러 인물들의 이야기를 병렬적으로 제시한다. 『천변풍경』의 인물 제시 방법은 부채꼴을 연상케 한다. 작가는 30명이 넘는 인물들을 주역, 조역, 단역 등으로 나누는 대신 비중이 높은 인물과 낮은 인물로 대별한다. 민주사, 하나꼬, 이쁜이, 재봉, 창수 등이 빈번하게 등장하기는 하지만 금순, 기미꼬, 안성집, 점룡 모 등도 없어서는 안 될 존재다. 여러 인물들이 각자 주역이 되어 빚어내는 50개의 이야기는 얼핏 보기에는 독립된 에피소드 같기는 하지만 조금만 유의해서 보면 분명히 연관성이 있다. 부챗살을 접으면 청계천변 사람들은 누가 낫다고 할 것도 없이 욕망·운명·한 따위에 매달려 사는 장삼이사에 지나지 않는다. 이 소설에는 도박(점룡·민주사), 간통(민주사, 관철동집, 강석주, 최진국), 폭행(만돌 아비), 밀수(금은방 주인), 사기(안성집), 매춘(하나꼬, 기미꼬), 가출(금순) 등 인간을 악하게 만드는 행위들이 집합되어 있다. 이 중에서도 안성집-남학생, 민주사-안성집, 민주사-취옥이, 강석주-신정옥, 최진국-취옥이 등이 보여주는 불륜이 가장 큰 비중을 차지한다. 대체로 남성을 가해자·속이는 자·착취하는 자로 여성을 피해자·속는 자·착취당하는 자로 그린 것도 이 소설의 특징이 된다.

『천변풍경』은 너무 많은 인물들을 주요 인물로 내세운 때문인지 대상의 겉을 그리는 데 치중하여 보여주기showing의 본보기가 될 뿐 아니라 쇄말주의의 수준을 넘지 못하고 말았다. 보여주기는 대상의 본질적 국면을 외면할 수 있으며 쇄말주의는 대상을 왜곡해서 볼 수가 있다.

한설야의 『青春記』(『동아일보』, 1937. 7. 20~11. 29)[304]는 다음과 같은

---

304) 다음 논문들을 주목할 필요가 있다.

이야기를 들려준다. 동경서 온 김태호는 전람회에서 박용을 만나고("전람회"), 철수와 비슷하게 생긴 박은희를 통해 이철수를 그리워하며 비범한 인물로 상상한다("회상"). 태호는 박용의 누이동생인 박은희와 가까이 지내게 되며 박용 남매의 후원자인 홍명학의 누이동생 명순의 관심을 사게 된다("심방"). 병이 들었다가 퇴원한 김태호는 원산으로 놀러 가 은희에게 사랑을 고백하고 그 후 신문사에 취직하여 여기저기 취재하러 다니면서 민중의 참상을 목격한다("달밤"). 명학의 부인 정경이 병사하자 명순은 은희를 명학의 후처로 만들려고 하고 자기는 태호의 짝이 되려고 한다("갈등"). 압박감에 시달리는 은희는 태호와 약혼한 사이라고 선언하고 명순은 신문사 사장에게 태호가 주의자라든가 중상모략꾼이라고 무고하여 태호가 회사를 그만두게 만든다("삼곡선"). 몇 달 동안 소식이 없던 태호는 이철수와 함께 사회운동 하다가 체포된다. 명학은 서양으로 떠나고 박은희는 김태호의 고향인 원산의 요양소로 직장을 옮기고 태호를 끝까지 기다리기로 한다("극광").

『청춘기』는 문사이면서 기자 김태호, 의사 홍명학, 기자 정우선, 잡지 편집자 박용 등을 주요 인물로 설정하는 점에서 지식인소설이기는 하지만 박은희나 김태호 등을 둘러싼 삼각관계가 중심사건을 이룬 점에서는 애정소설이다. 한설야가 정작 쓰고 싶었던 것은 사상소설이나 지식인소설이었을 것이다. 사회주의 사상을 핵으로 한 한설야의 의식 세계를 대변하는 이철수는 김태호의 기억과 상상, 신문기자 정우선의 보도와 전달에 의해서만 존재할 뿐이다. 염상섭의 『무화과』의 주의자 김동국이 풍문으로 존재하는

정호웅, 「한설야의 『청춘기』」, 『장편소설로 본 새로운 문학사』, 열음사, 1993.
조현일, 「1930년대 후반 한설야 소설 연구—「홍수」 삼부작, 「임금」 연작, 「청춘기」를 중심으로」, 한성어문학회, 『한성어문학』 15, 1996.
강옥희, 「통속적 방식의 이념 지향」, 『한국 근대 대중소설 연구』, 깊은샘, 2000.
한수영, 「한설야 장편소설 『청춘기』의 개작과정에 대하여」, 문학과사상연구회, 『한설야 문학의 재인식』, 소명출판, 2000.

것과 같다. 김태호의 이력은 이론가로서의 문사 생활, 신문기자, 사상운동가로서의 정신으로 요약된다. 이철수는 한설야의 이상형이고 김태호는 한설야의 현실적인 모습이라고 할 수 있다.

이철수는 태호에게 "하나는 입을 한번 닫아물기만하면 철맹이로도 그입을 버리게할수 없을것같음이오, 또하나는 그가 백만군중의 앞에 나타나면 그들의 맘을 모조리 움지기게 할것같은 그것이다"[305)와 같은 풍모로 비치고 있으나 작품의 끝까지 그 실체를 드러내지 않는다. 『청춘기』에서의 김태호와 이철수의 관계는 『草鄕』(1941)에서의 기생 초향과 오빠의 관계로 재현된다. 물론 차이는 있다. 『초향』에서는 초향이가 상해에 있다고 하는 오빠를 찾으러 가는 것으로 끝이 나고 있다. 『청춘기』에서의 그리움이 이념을 같이하는 동지의식을 본질로 하는 것이라면 『초향』에서의 그리움은 어디까지나 혈육의 정에 기초를 두고 있다.

태호는 원산에서 철수와 같이 학교를 다닌 일이 있으나 광주학생사건 때 출학당하고 서울에 와서 1년간 사립 중학교를 다닌 일이 있다. 김태호의 이력은 이론가로서의 문사 생활, 신문기자, 운동가로의 전신으로 요약된다. 그는 직장이 없을 때는 하숙에 들어앉아 글을 읽거나 원고를 썼고 도서관에도 다녔다. 신문기자로 있을 때에도 "약소민족의 문예사"와 같은 논문을 쓰고 있었다. 그러던 그는 홍명순의 모략으로 신문사를 그만두고 은희에 대한 배신감으로 괴로워하다가 홀연히 사라져버리고 만다. 태호는 "머리를 스쳐가는 이상한 그림자"를 느끼기도 했고 "발밑의 대지가 가볍게 흔뎅거리고 주위의 벽이 바르르 떨리는 것같았다." 이러한 예사롭지 않은 감각은 태호가 더 큰 인간이 되기 위한 노력을 하고 있음을 뒷받침한다. 은희는 태호가 붙잡혀 간 소식을 알게 되었을 때 20년이면 어떠랴 하고 기다리기로 마음을 먹는다. 『청춘기』의 대단원은 은희가 오히려 희망을 갖고

---

305) 『동아일보』, 1937. 7. 27.

태호를 기다리기로 결심하는 것으로 그려지고 있다.

> 「그때는 만나고싶든 여러사람을 거기서 만날것이 아닌가」 그리며 은히는
> 태호, 철수, 철수어머니와 누의 그리고 우선이 태호의 주인마누라……이러
> 케 손을 꼽아 세여보앗다. 그것만으로도 속히 후련하고 또 맘튼튼한일이엇
> 다.
> 은히는 일즉 본일이 없는 극광(極光)이 아득한 하늘 저편에서 빛어오는것
> 같음을 깨달았다—
> 「어둠을 허치랴는 사람은어둠속에서도 빛을잡을수 잇는것이다.」
> 그는 차라리어둠을 사랑하리라 하엿다. 거기서 살리라하엿다. 그리며 이
> 때까지 광명속에서 살앗거니하고 생각한것이 얼마나어리석은 일이엿든지를
> 또한 깨달엇다.[306)]

사회주의니 급진이니 저항이니 하는 말은 일절 나오지 않지만 눈치 빠른
독자들은 태호가 어떤 이유로 감옥에 갔고 은희가 어떻게 변모할 것인지
짐작하게 된다. 태호의 그리움과 궁금증 속에서만 존재하던 급진주의자 이
철수가 국내로 다시 들어와 활동하다가 잡혔다든가 박은희가 김태호에 대
한 태도를 확실하게 하여 무한정 기다리겠다고 하는 것으로 결말을 맺은
것은 열린 결말이라고 하겠다. 이철수는 사라진 것이 아니라 숨어 있다가
다시 돌아온 것이다.

1920년대 중반부터 1930년대 중반까지 카프의 중심 멤버로 활약하면서
대표적인 리얼리스트로서의 자리를 지켜왔던 이기영은『新開地』(『동아일
보』, 1938. 1. 19~9. 8)[307)]에 와서는 순응주의자, 전향론자, 소박한 리얼

---

306) 위의 신문, 1937. 11. 29.
307) 다음 논문들을 주목할 필요가 있다.
　　　김경원, 「『신개지』의 동참 체험과 리얼리즘의 성취」, 한국현대문학회 엮음,『한국 근대 장

리스트로서의 면모를 노출하게 된다. 『신개지』는 주인공 강윤수가 물싸움하다가 상해 치사한 혐의로 옥살이하고 돌아오는 모습을 그린 "제2장 서울", 신흥 부자인 하감역 집안과 몰락 양반 유경준 집안을 비교한 "제3장 두 가정", 기생으로 팔려 간 금향이 윤수를 못 잊어 하는 내용을 들려준 "제6장 상사의 봄", 강윤수와 하상오 딸 월숙이가 가까워지는 과정을 보여준 "제10장 낚시질", 하감역네가 벌인 개간 공사, 하상오의 서자 영후의 민적 찾아주기, 윤수와 월숙의 의기투합을 중심 내용으로 한 "제15장 개간 공사", 금향이 만주로 떠나가고 월숙이 사회운동가로서 각성하는 모습을 그린 "제17장 신개지" 등 모두 17장으로 구성되어 있다. 『신개지』는 매녀, 출감, 근대화, 신분 상승, 양반 몰락, 금광사업 실패, 제방 공사, 야학, 만주 이주, 각성 등의 모티프들이 떠받치고 있다. 이들 가운데서도 하감역 · 하상오의 치부담, 유경준의 타락 · 실세담, 윤수와 월숙의 각성담 등 세 가지가 중심사건을 형성한다. 『신개지』는 근대화에 따라 신흥 세력으로 떠오르는 존재들의 모습을 그리면서 동시에 그 와중에 몰락하는 존재들의 모습도 잊지 않고 그려낸다.

달내골의 최대 지주이면서 금융조합, 관공서, 학교 등 관여하지 않는 곳이 없는 하감역은 원래 장돌뱅이로 온갖 장사를 거친 끝에 달내장에 좌처를 잡은 후 수단 방법 가리지 않고 돈을 벌어 부자가 되었다. 시대가 바뀌어 재산이 없으면 문벌도 유지하지 못하는 세상이 되자 사람들은 과거보다는 현재가 제일이요 하감역 같은 신흥 세력이면 그의 조상이 개뼈다귀면 아랑곳할 게 무엇이냐고 할 정도였다. 유경준 집안은 이 고을에서 가장 쩡

편소설 연구』, 모음사, 1992.

　　김한식, 「이기영 장편소설 『신개지』 연구」, 한국문학이론과비평학회, 『한국문학이론과 비평』 18, 2003.

　　김철, 「프롤레타리아 소설과 노스탤지어의 시공(時空)」, 동국대학교 한국문학연구소, 『한국문학연구』 30, 2006.

쩡한 양반이요 부자였으나 유경준이 시대를 잘못 인식하고 방탕했기 때문에 집안이 급격히 쇠퇴의 길을 걷게 되었다. 유경준은 처음부터 양반으로서의 길을 포기한 것은 아니었다. 양반으로서의 길을 제대로 못 걸을 바에는 표리부동한 잔반이 되기보다 철저하게 파탈할 작정이었다.

그러나 불행히 그는 어지중간한 시대에 태어나서 지나간시대를 직히지도 못하고 새시대를마질 준비도 없엇기 때문에 그는 모순에 가득찬 자기분열(自己分裂)을 느끼면서 애오라지 초조와 불안에 들떠잇다. 마침내 그는 벗어날 길을 방탕한 화류게로 준마와 같이 내다른것이다.[308]

작가는 이 두 집안의 몰락과 상승의 교차를 두 가족이나 한 마을의 이야기로 국한하지 않고 "과연 이 두 집은 시대의 거울이요 또한 그들은 신구세력의 전형적 대표인물로 볼 수 있다"고 확대 해석하였다.

1920년대 중반에서 1930년대 중반까지의 이기영 소설에서 자주 등장하던 주의자와 비교할 거리도 되지 않지만 『신개지』에서는 강윤수라는 주인공의 존재 방식을 주목할 필요가 있다. 윤수는 상해 치사 혐의로 징역을 살고 나와서는 더욱 착실하게 농사짓는 가운데 야학과 진흥회 사업도 열성적으로 꾸려나가는 것으로 그려져 있다. 윤수는 결코 지식인은 아니지만 자기가 놓여 있는 세상과 현실에 대해 깨어 있으면서 스스로 열심히 노동하여 의식과 노동력을 겸비한 인물로 묘사된다. 물론 과거 그의 소설 주인공들보다는 의식 수준이나 노동력이 다 떨어지는 것은 부인할 수 없다. 이 소설에서 윤수가 망중한을 틈타 낚시질을 즐기는 것은 때를 기다리는 행위로 해석할 수 있다. 『신개지』의 강윤수는 해방 후 월북해서 쓴 장편소설 『땅』의 곽바위를 잉태한 존재라고 할 수 있다.

---

308) 『동아일보』, 1938. 2. 22.

하월숙은 대지주의 손녀로 강윤수와 가까이하면서 경후처럼 그늘에서 지내는 사람이라든가 금향이와 같은 밑바닥 인생을 도와주려 한 점에서 『고향』의 안갑숙과 동일한 범주의 인물이 된다. 기본적으로 강윤수는 『고향』의 김희준보다 아는 것도 적고 역할도 축소되어 있다. 하월숙도 『고향』의 안갑숙보다는 영향력도 떨어지고 하는 일도 적은 편이다. 김희준과 강윤수의 차이, 안갑숙과 하월숙의 차이는 작중인물들이 스스로 빚어낸 것이 아니라 바로 카프 제2차 검거사건(1934)으로 옥고를 치르고 나온 이기영의 표현 자유의 감소에 기인한 것이다. 『신개지』의 강윤수는 오히려 김희준과 같은 지식인을 부정하는 면마저 보인다.

그는 도리혀 실천을 떠난 지식은 비웃고 싶엇다.
그러타면 자기는 지금 비록 가난한 생활을 하며 날마다품을파는 노동자라 할지라도 그것은 조곰도 남에게 부끄러울것이 없고 마음에 거리낄것이 없는 자족한생활이었다.
마치 그것을 독신자 생활과 같다 할까?
그의 생활은 신자가 되기전과 조금도 다를배 없건마는 그의 마음은 믿음의 낙을 발견한것과 같엇다. 따라서 신자는 자기만 믿는것으로 만족하지안코 다른 사람에게 신앙을 전하고 싶듯이 그 역시 자기가 체험하는 심신의 여유를 주위의 사람들과 동화하고 싶엇다.
그래그는 야학으로 진흥회로— 동리일이라면 조혼일이거나 구진 일이거나 발벗고 나서서 자기일보듯 꾀를 부리지 안코진심으로 열성을 다하고보니 동리사람들은 자연 그의뒤를 따러가지 안흘수없엇고 그것은 은연중 하감역집을 상대할 사람은 윤수밖에 없을것 처럼 그의 인금이 날나이커갓다.[309]

<hr>

309) 위의 신문, 1938. 8. 19.

강윤수가 이처럼 빈자와 약자를 위한 신념 포회자요 실천가로 서서히 변해가는 과정은 이기영의 과거 소설에서 쉽게 찾아볼 수 있다. 이기영은 이 대목에서 이념 탈색의 태도를 드러낸다. 야학 일과 진흥회 일을 열심히 하는 강윤수를『상록수』의 박동혁이나『고향』의 김희준과 동일한 범주나 비슷한 수준의 인물로 볼 수 있다면『신개지』는 소박한 리얼리즘에서 벗어나 거대 이데올로기의 대체 사상을 모색한 경우가 된다. 거의 끝 부분에 있는 "제15장 개간공사"에는 강윤수와 하월숙이 '개간'을 화제로 하여 의기투합하는 분위기로 토론에 가까운 대화를 나누는 장면이 나온다.

「잡초가 무성하기는 일반이겟지요……하여간 묵은 땅을 일구기는 힘드다마다요……나무뿌리와 돌자갈을 죄다 파내야 하니까요」
「그래요— 습관적 편견은마치나무등걸과바위와같이 깊이엉겨붙엇으니까요…그래 난 하라버지보구 그랫답니다.…할아버지 농장푸는것도 물론조흔 사업이요 중대한일이지만 그보다도우리집은 정신의황무지를 개척해야할필요가 더급하다구요! 그러니이번에 그것을 아주타파하자구요! 우리집 묵밭은 가시덤불과같으니 우선불을 지르자구….」
「그래서 월숙씨가 불을질럿읍니다그려」
하고 윤수는 무엇을 깨다름인지 두어번 고개를 끄덕인다.
「예—불은 내가 그댓지만 성냥은 윤수씨가 주섯지요?」[310]

이기영은 1935년 이후로 마르크시즘을 소설 표면에 드러내지 않은 그 자리에 주인공 강윤수를 계몽주의자, 개발주의자, 이타주의자로 등장시키고 있다. 강윤수는 현실 비판과 투쟁정신 같은 큰 것은 감옥에 놓고 나와서는 조그만 것이라도 고치거나 새로 만들겠다는 태도를 취하는 인물로 형

310) 위의 신문, 1938. 8. 20.

상화된다. 이러한 주인공의 변화는 이 소설을 단순한 전향소설로 몰아가는 것을 막아버리기도 한다. 강윤수가 보인 계몽정신과 근로 중시의 태도는 작가 이기영의 근로 중시 사상을 반영한다. 『신개지』는 그보다 2년 전에 나온 『인간수업』에서 그나마 거대 이데올로기의 대체 사상을 모색했던 태도에서 후퇴하고 만 것으로 볼 수도 있다. 강윤수나 하월숙같이 성격과 환경의 괴리를 의식하는 인물을 그리면서도 그들의 의식이 펼쳐지는 것을 억제하게 만들었다. 『고향』의 작가 이기영이 쓴 것이기에 『신개지』는 소박한 리얼리즘으로 후퇴한 소설이라고 할 수밖에 없다.

채만식의 『天下太平春』(『조광』, 1938. 1~9)[311]은 윤장의[312]가 인력거 삯을 안 주기 위해 인력거꾼과 싸우는 장면을 그린 "1. 윤장의영감귀택지도(尹掌儀令監歸宅之圖)", 윤장의가 악독하게 구두쇠 노릇 하며 치부하는 과정을 보여준 "2. 무임승차기술(無賃乘車奇術)", 윤용규가 돈을 지키다 화적에게 맞아 죽은 내력과 윤장의가 족보 조작, 양반 혼인, 고관 배출 의욕의 포로가 된 내력을 소개한 "4. 우리만빼놓고 어서망합사…", 손자 종학·종수, 서자 태식, 큰아들 내외 등 윤장의 자손들의 부정적인 천태만상을 그린 "5. 마음의 빈민굴", 윤직원과 큰며느리 고씨의 갈등상을 그리는 데 중점을 둔 "6. 대소전선태평기(大小戰線太平記)", 윤직원이 고리대금업으로 돈을 벌어들이는 모습을 그린 "7. 쇠가 쇠를 낳고", 윤장의의 첩질과 사회주의 혐오

---

311) 다음 논문들을 주목할 필요가 있다.

    김상선, 「채만식의 『천하태평춘』 고찰」, 『운당 구인환선생 화갑기념논문집』, 1989.

    정현기, 「『탁류』와 『태평천하』의 인물」, 『한국 현대소설 연구』, 새문사, 1990.

    송현호·유려아, 「한국 근대소설의 전통 예술 수용 양상: 『태평천하』의 서사구조와 서술 방식을 중심으로」, 『국어국문학』 108, 국어국문학회, 1992.

    이용남, 「『태평천하』의 서사론적 연구」, 『현대소설연구』 7, 한국현대소설학회, 1997. 12.

    정홍섭, 「채만식 풍자문학의 주제적·양식적 총괄—『天下太平春』」, 『채만식 문학과 풍자의 정신』, 역락, 2004.

    차원현, 「부르주아 자유주의의 심연—『태평천하』 읽기의 한 방식」, 군산대 채만식연구센터, 『채만식 중장편소설 연구』, 소명출판, 2009.

312) 성균관 향교의 우두머리로 直員이란 명칭과 비슷하다.

관을 드러내 보인 "8. 말러붙은 봄", 72세나 된 윤직원이 어린 기생들을 탐한 끝에 춘심이와 사귀게 되는 과정을 그린 "10. 실제편(失題篇)", 손자 경손이 할아버지의 애첩 춘심이와 가까이 지내 조손 간에 삼각관계가 벌어지는 "11. 노소동락", 종수의 계집질과 엽관운동의 추악한 모습을 보여준 "12. 주공씨행장록(周公氏行狀錄)", 윤장의의 악덕 지주로서의 모습을 그려낸 "14. 해저무는 만리장성", 일본 유학 중인 손자 종학이 사회주의운동 혐의로 체포된 소식을 듣고 윤장의가 노기와 절망에서 헤어나지 못하는 "15. 망진자(亡秦者)는 호야(胡也)니라" 등 모두 15장으로 구성되어 있다. 이 중에서 맨 마지막 장 "망진자는 호야니라"는 채만식 특유의 풍자정신과 아이러니 기법을 잘 보여준다.

윤장의영감은 시방 종학이가 「사회주의」를 한다는 그 한가지 사실이 진실로 드세던 부랑당패가 백길천길로 침노하는 그것보다 더 무서웠던 것입니다. 진(秦)나라를 망할자 호(胡＝오랑캐)라는 예언을 듣고서 변방을 막으려 만리장성을 쌓던 진시황 그는 진나라를 망한자 「호(胡＝오랑캐)가 아니요 그의 자식호해(胡亥)임을 눈으로 보지 못하고 죽었으니 오히려행복이라 하겠읍니다. "사회주의라니? 으응? 으응?" 윤장의영감은 곧 사람을 아무나 하나 잡어 먹을듯 포효(咆哮)를 합니다—집이 떠나가게 큰 소리로! "……으응? 그놈이 사회주의를 하다니! 으응? 그게 그게 참말이냐? 참말이여?"[313]

마지막 장면은 손자 종학에게 3천 석을 주려고 한 계획이 깨지면서 이 태평천하에 만석군 집 자식이 세상 망치는 사회주의 부랑당패에 참섭을 하다니 하고 윤장의가 울부짖는 것으로 채워진다. 작가나 다름이 없는 작중 화자는 독자에게 나지막한 소리로 그러면서도 핵심은 정확하게 찌르는 존

---

313) 『조광』, 1938. 9, p. 339.

대법을 취한다. 작품 내내 존대법으로 일관하는 것도 유례를 찾기 힘든 것으로 이런 서술 방법상의 특이성은 설득과 호소의 효과를 높여준다.

윤장의의 치부담이 작중에서 가장 큰 비중을 차지하기는 하지만 그의 선친 윤용규의 치부담이 훨씬 더 극적인 데가 있다. 윤용규는 원래는 날건달이었고 판무식꾼이었으나 출처가 모호한 돈 2백 냥을 종잣돈으로 착실히 살림을 일구어 부자가 되었다. 그는 화적 떼가 와서 감옥에 갇힌 자기 부하들을 마을 수령에게 뇌물을 써서 구하라고 강요하는 것을 거절했다가 맞아 죽고 만다. 그런가 하면 아들 윤장의는 양복청년이나 권총청년에게 여러 번 도둑질당한 적이 있다. 윤장의는 아버지의 재산을 "피로 낙관을 친 재물"이라고 표현한다. 화자는 윤장의를 비난하는 사람들을 향해 당신들이 잘못 생각한 것이라고 하듯 말한다. 화자가 다른 소설에서는 보기 힘든 존대법을 취하여 정중한 태도를 보여주는 것은 윤장의 영감에 대한 비판의 효과를 높여주기도 한다.

돈을 뭉으는데 무얼 어떻게해서 뭉았다는 거야. 윤장의영감으로는 상관할 배 있나요! 사실 ××라는 문자를갖다붙이려고 하면, 윤장의영감은, 거 웬 소리냐고 훌훌 뛸겝니다. 다 내가 부즈런하고 또 시운이 뻗쳐서 부자가 되었지 작인이며 체곗돈 쓴사람들이며 장릿벼 얻어다 먹은사람이며가 무슨 관계가 있느애서 말입니다.[314)

돈 모으는 과정에서 많은 사람들이 피눈물을 흘리게 만들었음에도 불구하고 조금도 윤장의가 반성할 줄 모르는 것을 화자는 비꼬는 어조로 들려준다. 아버지의 피살로 인한 원한은 윤장의를 자기도취의 울안에 가두고 만다. 이 원한은 나중에 가서 사회주의 증오론이라는 신념의 씨앗이 된 것

314) 위의 책, 1938. 2, p. 162.

이다. 윤장의는 자신과 아버지가 품었던 한을 풀어내기라도 하듯 거부가
된 후 거금을 들여 족보에다가 도금하는 일을 벌였고 계집질을 일삼았다.
첩질과 노름질하느라 매일같이 돈을 물 쓰듯 하는 아들과 경쟁하는 양상을
보인다. 이 두 가지 점에서 윤장의는 『삼대』의 조의관 영감을 떠올리게 하
거니와 자기 집안을 양반 가문으로 끌어올리는 데는 더욱 적극적인 태도를
취하였다. 윤두섭은 족보를 도금하고 장의라는 직함을 사들인 후 양반 혼
인을 하여 세 며느리를 양반집에서 데려왔고 윤씨 집안에서 경찰서장과 군
수를 내어야 한다고 노래를 부르다시피 하였다. 돈과 명예에다 권력까지
곁들여 완벽한 명가를 이룩해보자는 속셈이었다. 윤장의는 손자 종수에게
는 군수를, 종학에게는 경찰서장을 기대하여 특히 두 손자에게는 학비라든
가 운동비를 아낌없이 대주었다. 군수와 경찰서장의 두 자리는 윤씨 집안
을 빛나게 해줄 뿐 아니라 자기의 많은 재산을 잘 보호해주리라고 굳게 믿
었기 때문이다. 윤용규·윤두섭 부자가 화적 떼나 관리, 양복청년 등을 향
해 품고 있는 한과 손자들에게 거는 기대로 구체화된 권력욕은 윤장의를
친일분자와 사회주의 부정론자로 몰아가게 된다. 윤장의는 틈만 나면 사회
주의자들을 향해 독설을 퍼붓는다.

> 아 글시 누가 즈더러 부자루 못살래서 그리여? 누가 즈것을 뺏엇길래 그
> 리여? 어찌서 그놈덜이 그 지랄이여?……아 사람사람이 다 제각금 제가 타
> 구난 복대루 부자루두 살구 가난혜게두 살구 그러기루 다 하눌이 마련한 노
> 릇이구 타구난 팔짠듸……그레 남은 잘살구 즈덜은 못산다구 생판 남의 것
> 을 뺏어다가 즈이덜 창사구(창자)를 채우려드러? 응? 그게 될말잉가[315]

사회주의를 생판 남의 것을 빼앗아 자기네 창자를 채우려 드는 것쯤으로

315) 위의 책, 1938. 5. p. 143.

이해한 윤장의는 사회주의 증오론에서 일본 예찬론, 러시아 반대론, 천분론(天分論)으로 나아간다. 그는 손자 종학이 사회주의운동 혐의로 경찰에 붙잡혔다는 소식을 듣고는 "남은 수십만명 동병(動兵)을 허여서 우리 죄선놈 보호히여 주니 오죽이나 고마운 세상이여? 으응? 제것 지니구 앉어서 편안하게 살세상, 이걸 태평천하라구 허넌것이여"[316]라고 절규한다. 윤장의는 충격적인 소식을 접하고 즉각적인 반응을 보임으로써 자신의 인간관과 사회의식을 선명하게 드러내게 된다. 한 개인은 극한 상황을 통해 이데올로기를 분명하게 드러낸다는 이치를 확인할 수 있다. 채만식은 윤장의를 반사회적이며 비도덕적인 인물의 전형으로 그려냄으로써 사회주의자에 대한 윤장의의 공격을 막아내는 결과를 보인다. 그렇다고 해서 사회주의자를 전부로 보고 윤장의를 전무로 보았다고 할 수는 없다. 윤장의를 주인공으로 본다면 이 소설은 지주소설이자 악한소설이 되며 그 밖의 주요 인물들은 가족사소설을 구성한다.

김남천의 『世紀의 花紋』은 1938년 3월부터 10월까지 『여성』에 연재된 장편으로, 현재로서는 1938년 4월호분과 1938년 6월호분은 찾아볼 수 없다. 1938년 7월호에는 '전회까지의 이야기'가 소개되어 있다.

신문사 학예부 기자이면서 비평가인 송현도가 신춘문예 낙선작인 이경히의 「운종가(雲從街)의 풍기(風紀)」라는 작품이 아까워 『청년문학』에 실어야겠다는 결심을 하게 된 "1. 운종가의 풍기", 선배 이경히에게 후배 하애덕이 유부남인 김남수와의 관계의 문제점을 털어놓으며 상담하고 이경히는 신문사로부터 편지를 받게 된 "2. 자유연애담론(自由戀愛談論)", 하애덕이 김남수와의 관계에 대해 고민하다가 헤어지자는 말을 하게 되기까지의 과정을 그린 "5. 성실은 패배하다", 이경히에게 모욕당한 송현도와 김남수에게 배신당한 하애덕이 동병상련으로 급속히 가까워지게 되자 이경히가 이

---

316) 위의 책, 1938. 9, p. 340.

를 보고 질투심에 사로잡히는 "8.패배의 변", 김남수의 결혼 생활이 순탄치 못한 이유와 김남수와 하애덕이 만나게 된 사연을 적은 "11.애정사기", 김남수가 이경히에게 하애덕과 다시 가까워지도록 중재해달라는 부탁을 하는 "13. 키쓰문답", 이경히가 송현도와 결혼하기 위해 하애덕과 김남수의 사이를 중재했으나 하애덕은 이를 거절하면서 송현도의 아이를 임신한 것을 밝히는 "16.어머니의 권리", 송현도와 하애덕이 결합을 알리는 "17. 처녀 신생활 강령" 등으로 스토리가 정리된다.

『세기의 화문』은 작가 지망생이며 지성주의자인 이경히가 오만한 태도를 취하다가 원만하며 분방한 성격인 하애덕에게 송현도를 빼앗기는 과정을 그린 점에서 연애소설이라고 할 수 있다. 이경히는 김남수와의 관계 때문에 고민하는 하애덕에게 사랑제일론과 자유연애론을 펼치면서도 인텔리젠스는 "무엇보다도 크리티시즘, 강렬한 비판정신을 말하는"[317] 것이라고 설명하여 그 중요성을 역설한다. 그러나 이경히의 지성만능론이나 고상한 교양인으로서의 태도도 사랑의 감정과 질투심 앞에서는 더 이상 힘을 쓰지 못한다.

─이것이 사실일것같다. 이런것만이 사실일것같다. 아름답고균형잡힌 훌륭한젊은 육체를 마조앉치고 바람과 태양과 강물과 히롱하야 질거움을 느낄때만이 허위없고 허세가없고 사실고대로가 들어나는 아름다운 청춘의포-즈일것같다. ─이런것을 이경히의 허탈한 표정없는얼골은 말하고있지는아니한가. 사실 그는 청년의 건강한 센티맨탈을 지금 겨우 발견할수있는듯싶었다. 눈물로 한숨으로 이끄는 그러한감상(感傷)이 아니라 일종의 낙망적인 건강한 센티맨탈 (중략) 이 순간은 저 건강한 육체의 감상주의가갖어다주는 값비싼 청춘의 한페이지의 알범이아닐거냐.[318]

317) 『여성』, 1938. 3. p. 73.

지성주의자 이경히가 육체 · 감성 · 감상 등을 발견하는 식으로 변했어도 결국 패배자가 된 것, 하애덕이 그 육체로 김남수의 시선을 끌었던 것으로 그린 점에서 김남천은 지성이니 교양이니 하는 것의 한계를 지각한 것이 된다. 후반으로 갈수록 각 인물의 조건과는 별 관계가 없는 사건들이 벌어진다. 이경히는 특유의 지성만능주의를 포기해버린 채 질투심을 이기지 못해 잔머리를 굴리는 여성으로 전락하였고 송현도도 기자나 비평가로서의 지적인 모습은 보이지 않은 채 단순히 애정 행각에 몰두하는 젊은 남자로 묘사되었다. 이경히, 송현도, 김남수, 하애덕 사이의 관계가 요모조모로 복잡하게 파헤쳐지고 있다. 작중인물의 내면세계를 파헤치는 데도 힘써 심리소설의 형식을 남기기도 했다. 그런 탓인지 하나하나의 문장이 대체로 길게 처리되어 있다.

(나) 욕망과 해방에의 도정

한용운(韓龍雲)의 장편소설 『薄命』(『조선일보』, 1938. 5. 18~1939. 3. 10) 은 "유혹" "색주가" "결혼" "이혼" "말로" 등 5장으로 구성되었다. "유혹" 은 설악산 첫 어귀인 인제군 북면 가평리에서 계모의 구박을 받아가며 농사짓고 사는 장순영이 천품이 순량하고 의지가 굳었으나 친구 운옥의 꼬임에 빠져 송씨를 따라 원산까지 배를 타고 서울로 가는 것으로 이야기를 풀어놓는다. 그런데 배에서 발을 헛디디어 바다에 빠졌을 때 훗날 김대철로 이름이 밝혀지는 청년이 구해준다. 평양의 퇴기로 뚜쟁이인 송씨의 강압을 이기지 못한 장순영은 소리를 배운다. 여기서 한용운은 국악, 시조창 등에 대한 지식을 펼쳐 보였을 뿐 아니라 '님'의 다의성을 설명하기도 한다. "색주가"에서는 16세의 순영이 인천에 있는 홍숙자가 주인인 술집에 3년 있

---

318) 위의 책, 1938. 7, p. 28.

는 조건으로 7백 원에 팔려 가는 것으로 시작된다. 순영은 소리를 잘해 손님들에게 인기를 끌어 술집이 많은 돈을 벌게 해준다. 질투심이 강한 산월이로부터 도벽과 성병이 있다고 모략을 받아 월미도로 도망치기도 하였으나 진실이 밝혀진다. 불교 신자인 홍숙자가 설법을 듣는 것이 인상적으로 그려져 있다. 작가 한용운은 불교는 말할 것도 없고 「주역」에 대해서도 깊은 지식을 털어놓는다. "결혼"에서 순영은 월미도에 해수욕하러 갔다가 몇 년 전의 은인 김대철을 만나 급속하게 가까워지면서 금광 출원 자금 150원을 대주기도 하고 갑자기 뇌일혈로 죽은 송씨의 재산 2백 원을 받고 김대철과 결혼하게 된다. 한용운은 불교 신자인 홍숙자를 긍정적으로 그려놓았다. "이혼"은 김대철이 건달이요 사기꾼임을 드러내기 시작한다. 5년 후 대철이 금광업을 한답시고 집을 비우기 일쑤고 순영이 바느질품을 팔아 번 돈마저 다 가져간다. 순영은 애를 낳아 수복이라고 이름짓는다. 대철이 여자가 생겨 이혼 제의 편지를 보내자 순영은 재봉틀마저 팔아 돈 120원을 보낸다. 아들 수복이는 김대철이 술 먹고 들어와 소리치는 바람에 경풍을 일으켜 죽고 만다. "말로"는 이혼한 지 3년 후 아편쟁이가 되어 돌아온 김대철을 순영이 집에 데리고 와 부양하나 집세도 제대로 낼 형편이 안되는 순영은 아편을 끊지 못하는 김대철과 함께 걸인 행세를 하여 열녀 소리를 듣기도 하고 신여성들로부터는 비판의 소리를 듣는다. 변증법 박사라는 양장미인은 순영을 향해 "구도덕의 노예"니 "인도주의자나 타협주의자의 가면"이니 하는 비난을 퍼붓는다. 사직공원에서 만난 아편쟁이 운옥은 순영에게 용서를 빈다. 김대철도 죽으면서 광산사업은 새빨간 거짓말이라는 것과 순영이 원산에서 물에 빠졌을 때 환희사 여승이 10원을 줄 테니 구해달라고 해서 구해준 것이라고 고백하였다. 순영은 환희사에 찾아가 그때의 여승 정공스님이 입적하고 사십구재를 지낸 것을 알게 된다. 순영은 중이 되어 선행이라는 법명을 받는다. 안변 석왕사 덕암스님이 선행수좌를 위하여 설법을 하는 것으로 이 소설은 대단원의 막을 내린다.

물에 빠진 자신을 구해준 남자와 보은하는 의미에서 결혼하고 남자의 언행을 조금도 의심하지 않고 헌신적으로 내조하고 나중에는 거지 노릇까지 함께한 장순영이 불교정신을 가장 잘 구현한 인물임을 기리는 데 창작 동기를 두고 있다. 결국 한용운은 불교정신을 설득력 있게 설법하기 위해 소설 양식을 빌려 온 셈이 된다. 덕암스님은 장순영 즉 선행수좌를 위해 다음과 같이 말한다.

선행수좌는 과거부터 불연(佛緣)이 기픈 사람으로 이세상에서 위대한일을 행하엿다 세상 사람들은 선행수좌의 행한일이 어째서 위대한줄을모를것이다 세상사람들은 선행수좌가 사람갓지안흔 남편을 위하엿다든지 못나니 아편쟁이를 위하야 일생을 희생하엿다고 도로혀 선행수좌를 웃고 비평할른지는 모르는 일이다 그러나 그것은 결단코 그러치 아니하다 선행수좌가 김대철에게 행한일은 순전히 안해로서 남편을 위한것이라든지 판단이 부족하고 못생겨서 무의식적으로 복종을 하엿다던지 그러한 것은 아니다 선행수좌는 사람에게 가장 아름다운 순진한 보은(報恩)의 관념과 불행한 사람을 불상히 여기는 아름다운 덕으로써 자기도 모르게 행한것이다. 선행수좌는 무슨 종교적 수양이 잇다던지 학문적 지식이 잇는것도 아니어서 교양적(敎養的)으로 행한것도 아니요 또는 명예를 위한다던지 무슨 보응(報應)을 바라고서 한것도 아니다 다만 타고난 천품으로 행한것이다. 육체로나 정신으로나 도저히 참을 수업는 어려운 일을 능히 행한것이 얼마나 굿센 일인가 하물며 연약한 여자로서 장부도 행하기 어려운 일을 행하야서 반생(半生)을 히생한것이 얼마나 아름답고 참을성이잇는 일인가 사람이 일개인을 위하는것이나 사회를 위하는것이나 국가를 위하는것이나 대소의차이는 잇슬지언정 행하는 사람으로서 백절불굴 난행고행의 정신을 가저야 되는것은 마찬가지다 사람이 국가나사회를 위하야 히생한것이라고 더크고 개인을 위하여 히생한것이라고 더 적은 것은 아니다 그 결과만이 달라지는 것이요 행하는 원인 곧 행하는 사람의 히생적 정신은 똑같은것이다 그러한데 근일의 인정 세태를 보면 가련한일이 만치아니한가 당당한 대장부로서무슨 주의니 무슨 사상이니하고 천하 만세를 자기 혼자서 지도할드시 큰소리를 치다가도 어느 겨를에 찬재처럼 죽어져서 아침의 지사가 저녁의 천장부로, 어제의 주의자가 오늘의 반대주의자로변하여서 자기 일신의 이해와 고락만을 따라서 변하는 도수가 고양이 눈보다도 더 심하지 아니한가[319]

한용운은 작중인물 덕암스님의 입을 통해 장순영의 보은 관념과 희생정신을 높게 평가하면서 실천력이 없는 종교인, 목소리만 큰 주의자와 사상가, 희생정신은 갖지 않고 대가를 바라는 세태 등을 향해 꾸짖고 있다.

1930년대 전반기에 「그대의 힘은 약하다」(1932), 「憂鬱의 軌道」(1934) 등 여러 편의 지식인소설과 「안개 속의 춘삼이」(1934), 「허무러진 未練塔」(1934) 등 많은 농민소설을 썼던 엄흥섭은 1930년대 후반에 들어서면서 대중소설로 기울어졌다. 『幸福』(『매일신보』, 1938. 10. 31~12. 31, 1941년에 영창서관에서 단행본으로 발행)은 『人生沙漠』과 함께 대중작가로서 엄흥섭의 면모를 잘 확인시켜준다. 『행복』은 여류 화가 손보경과 잡지 『해동공론』 주간인 김성철이 여러 가지 시련을 겪은 끝에 서로의 사랑을 확인하는 것으로 또 각각 화가와 저널리스트로 성공하는 것으로 마무리된 작품이다.

손보경과 김성철은 황승일을 공동의 적으로 삼고 있다. 황승일은 해동제약과 해동공론사로 이루어진 해동문화주식회사 전무 취체역으로, 일본 유학 자금을 대준 것을 미끼로 손보경의 오빠 손재호와 짜고 손보경을 차지하려고 하였다. 해동문화주식회사가 매달 천여 원의 적자를 본다는 이유로 교양 잡지 『해동공론』을 폐간하는 바람에 김성철은 하루아침에 실업자가

---

319) 『조선일보』, 1939. 3. 11.

되었으나 손보경이 미술 전람회를 성공리에 개최하여 번 돈 3천 원 중 2천 원을 황승일에게 되돌려 주면서 두 남녀는 행복한 결말을 향해 달려가게 된다.

이처럼 『행복』은 손보경의 시련담으로 볼 수도 있지만, 왕년 사회주의자이며 교양지 『해동공론』의 주간인 김성철이 등장하지 않았더라면 『행복』은 주목할 필요가 없는 소설이 되었을 것이다. 김성철은 대학을 졸업한 후 딱딱한 철학론을 쓰는 한편, 대중 잡지 『해동공론』의 편집 책임을 맡아 "원고가 모지라면 어쩔수업시 손섭게쓴 극히 통속적(通俗的)이요 계몽적(啓蒙的)인 런애, 결혼, 리혼문제가튼것을 취급한문화시평(文化詩評)"[320]을 쓰기도 했다. 그러나 김성철을 중심으로 한 편집자들은 수지를 맞추려고 노력하기는 했으나 "한권이라두 더팔기위하야 대중의 저속취미를 자극하는 에로기사나 그로기사를 즐거히 실른 다른 대중취미잡지를 따러가기는 우리들의 양심은 차마용서하지 안엇"[321]다고 자부한다.

『해동공론』 폐간 방침을 들은 김성철은 해동제약이 돈을 벌게 된 가장 큰 이유는 『해동공론』이라는 선전 기관이 있기 때문이라고 하면서 반대 의사를 폈다. 이익 추구에 혈안이 된 사장과 품위를 잃지 않은 대중 잡지를 내려는 김성철의 대립이 김성철-손보경-황승일의 삼각관계에 중심사건의 자리를 내주면서 『행복』은 통속소설로 주저앉고 만다. 『행복』을 대중소설로 끌어내리는 요인은 삼각관계에서 손보경이 빠져나오는 과정이 필연성을 붙들고 있지 못한 점, 전체 구성이 긴밀도를 유지하지 못한 점, 김성철 · 손보경 · 황승일 등 주요 인물의 성격 창조가 제대로 되어 있지 않은 점 등에서 찾을 수 있다. 1930년대의 지식인과 예술가가 가진 자들로부터 억압당하는 모습을 작품 전면에 펼쳐놓은 점에서 이 소설이 지닌 문화사적

---

320) 『행복』, 영창서관, 1941, p. 48.
321) 위의 책, pp. 151~52.

자료로서의 가치를 확인하게 된다.

　이광수의 전작장편소설 『사랑』[322] (1938년 8월 상권 탈고, 1939년 4월 하권 탈고) 은 다음과 같은 내용을 담았다. 평양여자고보 영어 교사직을 사임한 석순옥이 박인원과 함께 수송동에 소재한 안빈 내과 소아과 의원 찾아가 간호사를 희망하자 안빈의 처 천옥남 허락 ("사모하는 이의 곁으로"), 순옥과 안빈 대화, 순옥과 허영 대화, "폐병환자의 정신작용연구"라는 제목으로 안빈 박사학위 논문 준비, 아모론과 아우라몬 검출을 순옥이 적극 도와 허영의 혈액 채취, 순옥의 혈액에서 아우라몬 검출 ("박사 안빈"), 안빈 의학박사와 문학박사 동시 취득, 천옥남의 내조, 허영이 안빈에게 순옥은 자기 애인이라고 주장, 안빈이 순옥에게 불교 강론, 천옥남 원산에서 요양 ("사랑이 비칠 때"), 옥남(43세)이 순옥(26세)에게 사후의 일 부탁, 순옥의 간병에 감격 ("쌍곡선"), 안빈은 처 옥남에게 불교 강론, 안빈과 옥남 대화, 순옥과 인원 대화, 허영과 순옥 오빠 석영옥의 대화, 순옥은 안빈을 괴롭히지 않기 위해 허영과의 결혼 결심 ("인연의 길"), 안빈과 옥남 대화, 옥남 죽음 ("죽음의 저쪽"), 순옥과 인원 대화, 안빈과 순옥 대화, 인원이 안빈의 집 살림 맡음 ("떠나는 길"), 순옥과 허영 결혼, 허영은 안빈을 향해 질투, 순옥과 영옥의 대화, 영옥과 허영의 대화, 안빈은 순옥 잊으려 애씀, 순옥 시어머니의 며느리 구박, 허영 신문사 사직하고 금광업 투신하고 사기당함, 순옥은 의사가 되기로 결심 ("첫날밤"), 순옥 의사 면허 취득하여 안빈 병원에 취직, 보통학교 훈도 출신 이귀득이 허영 아들 데리고 나타남, 안빈이 자비심으로 받아들임, 허영의 고혈압 ("수난"), 영옥과 허영의

---

322) 다음 논문들을 주목할 필요가 있다.
　　최정석, 「춘원 이광수의 대승불교사상 연구」, 동국대 대학원 박사논문, 1977.
　　구인환, 「이광수의 『사랑』」, 『한글새소식』, 1985. 10.
　　윤홍로, 「『사랑』의 해석」, 『동양학』 21집, 단국대, 1991. 10.
　　서경석, 「춘원의 『사랑』론」, 『대구어문논총』 14집, 1996. 6.

대화, 이귀득과 허영 가까워짐, 허영과 순옥 이혼, 이귀득 사망, 허영의 뇌일혈 발병, 순옥의 간병("사랑의 길"), 순옥 북간도 병원 근무, 안빈이 추진한 북한 요양원 준공, 이의사의 구애, 순옥 길림 출산, 유행성 감기로 허영 모자 사망, 순옥 귀국, 북한 요양원에서 요양, 간도 생활 6년, 다시 몇 년 후 안빈과 그 가족의 변화, 요양원 사업 지속 당부("사랑에는 한이 없다").

『사랑』은 주인공 면에서는 지식인소설, 의사소설, 문인소설이며 소재 면에서는 연애소설이며 사상소설이다. 서술 방법 면에서는 대화체소설이 주도하였으며 창작 의도 면에서는 계몽소설이며 종교소설이다. 플롯 면에서는 안빈과 순옥과 이선생의 정신적 성장 과정을 그린 성장소설novel of formation로 볼 수 있다.

명의로서 안빈의 첫 모습은 폐병 환자의 정신적 안정이라는 문제에 대한 집념 어린 연구 자세에서 찾을 수 있다. 그는 폐병 환자의 정신 작용의 항진 원인, 신체 조직이나 투병력의 소모 원인, 양분된 정신 작용의 억압 방법 등에 대해 탐구심을 지녀왔다. 마침내 안빈은 학위 논문이 통과되어 생리학으로는 의학박사 학위를 얻게 되고 심리학으로 문학박사 학위를 얻어 생리학의 신기원을 이룩했다는 찬사를 듣기도 했고 신문 지상에 학위 논문 내용이 소개되기도 했다.

그러나 그는 처음부터 의사의 길을 걸었던 사람은 아니었다. 그는 20대 초반에는 시와 소설을 써서 큰 이름을 얻었고 문예지『신문예』를 주관하여 문단에 큰 영향력을 행사하기도 하였다. 그러던 어느 날 그는 문득 "문학적 작품이라는 것이 대체 인류에게 무슨 도움을 주나? 도리어 청년 남녀의 정신의 배탈이 나게 하고 도덕의 신경쇠약이 되게 하는 것이나 아닌가?" "소위 시니 소설이니 하는 것을 쓰면서 중생이 땀 흘려 이룬 밥을 먹고 옷을 입는 것이 하늘이 무서운 것 같았다"[323] 하고 의문을 품고는 다시 의학을 공부하기로 결심한다.

"안빈은 모든 병자를 다 무료로 치료하고 싶었으나 그에게 그만한 복력이 없는 것이 슬펐다. (중략) 복혜구족(福慧具足)할 때에 비로소 대의왕(大醫王)이 되는 것이어서, 그때에야 중생의 마음과 몸의 병을 다 고칠 수 있다하거니와, 안빈은 이것을 믿는 것이"[324]기는 하지만 안빈이 적극적으로 나서서 사회봉사 하는 모습을 이 이상 찾기 어려운 것도 사실이다. 문사로서활동한다는 점에서 암시되고 있듯이 안빈은 사회봉사자이기보다는 사상가에 가깝다. 안빈이 특히 석순옥이 어려운 일에 처하면 곧잘 부처님 말씀을인용하여 충고하는 장면이 작중에서 자주 나타나는 데서 알 수 있는 것처럼 안빈은 법화경을 중심으로 한 불교에 가장 많이 기대고 있다. 한마디로작가 이광수의 사상적 추이를 그대로 반영한다. 이 작품의 끝 부분에 가서석순옥은 안빈에게 "저를 죽이고 너와 인연 있는 자를 사랑하여라. 무한히무궁히, 무조건으로—이렇게 저는 생각하였습니다. 저는 한량이 없으신선생님의 덕 중에서 이 한 가지를 배우는 것으로 일생의 목표를 삼고 살아왔어요"[325] 하고 안빈의 불교사상을 떠받들고 살아왔음을 고백한다. 안빈은 회갑을 맞아 자신이 의사로서 성공적인 길을 걸어올 수 있었던 것에 감사하는 마음을 표시하는 자리에서 부처님을 맨 앞자리에 내세운다.

"첫째로 우리가 시시각각으로 고마운 절을 드릴 분은 우리의 마음속에 사랑과 옳음의 씨를 주시고 이것이 돋아나도록 힘써주시는 부처님이시고—하느님이라든지, 원 이름야 무에라든지 말야. 우리 속에 사랑의 씨가 없었더면 우리의 지난 생활이 어떠하였겠나? 둘째로 우리가 시시각각으로 고마운절을 드릴 분은 우리 조국님이시고, 조국님이 아니시면 어떻게 우리가 질서있는 사회에서 살기는 하며 옳은 일은 하겠나? 그런데 우리가 조국님의 은

---

323) 한승옥 책임 편집, 『사랑』, 문학과지성사, 2008, p. 187.
324) 위의 책, p. 188.
325) 위의 책, p. 763.

혜를 느끼는 감정이 부족해. 셋째로는 부모시고, 넷째로는 중생, 즉 남님이 셔. 남님이란 말은 퍽 서투른 말이지마는 우리가 남이니 남들이니 하고 가볍게 생각하는 것이 큰 잘못이어든. 우리가 중생의 은혜 속에 살지 않나? 그러니까 남님이라고 불러야 옳을 거야. 이건 내가 발명한 말이 아니라, 부처님의 가르치심이야. 사대은[326]—네 가지 큰 은혜라고. 사람이 이 네 가지 큰 은혜만 잊지 아니하면 그것이 도야."[327]

부처님, 조국, 부모, 남님(중생)의 가르침과 은혜를 잊어서는 안 된다고 하는 안빈의 말은 그즈음 작가 이광수가 공식처럼 반복해서 하는 말이기도 하다. 이 소설은 작중인물의 성격이 앞뒤가 맞지 않는다든가 플롯 면에서 생략의 묘를 잘 살리지 못했다든가 하는 한계를 분명하게 드러낸다. 그런가 하면 화자가 적극 나서서 특정 인물에 대한 긍정적이거나 부정적인 감정을 유도한다든가 인물의 행동이나 성격을 묘사하는 데 리얼리티를 놓치는 경우를 자주 보인다든가 하는 문제점을 드러낸다. 이광수는 독자들을 평생 안빈을 완벽한 의사요 완벽한 인간으로 우러러보아온 석순옥처럼 만들려는 의도에서 출발한 것처럼 보인다. 석순옥에게 안빈은 사랑의 대상이기보다는 신앙의 대상에 가까우며 안빈은 피와 살이 아닌 뼈로 존재하고 초자아로 존재하는 경향이 짙다. 위에서 지적한 여러 가지 문제점들은 『사랑』이 의사소설로서 명작에 들어가는 길을 가로막고 말았다.

김남천의 『大河』[328] 제1부는 당시의 장편소설이 모두 신문연재소설의 형

---

326) 香山光郎, 「신시대의 윤리」, 『신시대』, 1941. 1, p. 32.
　　　"부처님께서는 사람은 四重恩을 졌다고 가르치셨다. 君恩, 父母恩, 衆生恩, 師恩이다. 그러므로 우리 衆生은 이 師恩을 생각하고 感謝報恩의 生活을 하는것이 正道라고 하셨다. 이 中에 제일 크고 中心이오 根本인것이 君恩이다. 天皇陛下의 無邊大恩이시다."
327) 『사랑』, p. 767.
328) 다음 논문들을 주목할 필요가 있다.
　　　정호웅, 「『대하』론—새로운 세계에 대한 열망과 그 한계」, 『문학정신』, 1990. 3.
　　　오양호, 「김남천의 『대하』론」, 『동서문학』, 1990. 5.

식을 취하는 것과 달리 전작장편소설로 되어 있다. 이 작품은 최재서가 발행인으로 있었던 인문사에서 1939년 1월 5일에 간행되었다. 2년여 후인 1941년 5월호 『조광』에 중편소설 「開化風景」을 발표하면서 후기에 「개화풍경」은 『대하』 제2부 「動脈」 중의 일 절이라고 밝혔다. 김남천은 "대하 제2부요, 연재소설"이라고 분명하게 명기된 장편소설 『동맥』을 『신문예』와 『신조선』에 1946년 7월호에서 1947년 6월호까지 연재했다. 『동맥』은 『대하』가 미완성 소설인 것처럼 완성을 보지 못했다. 이처럼 형식 면에서 『대하』는 장편소설, 미완성 소설, 전작소설, 연작소설 등의 규정을 받게 된다. 『대하』에 대해 세태소설, 가족사소설, 가족사 연대기소설, 풍속소설 등 공식화되다시피 한 규정은 『동맥』에 와서는 통용될 수가 없게 되었다. 『대하』를 이끌고 가던 계급 갈등, 신분 갈등이 『동맥』에 오면 종교 갈등으로 대치되고 있기 때문이다. 『동맥』은 종교소설, 사상소설, 토론소설의 골격을 취한다.

『대하』에서의 주요 갈등 관계는 박성권 집안-박리균 집안, 아버지 박성권-서자 박형걸, 형 박형준-동생 박형걸 사이의 관계에서 찾을 수 있다. 박성권 집안과 박리균 집안은 둘 다 '세력'에 동시에 접근함으로써 갈등을 일으키게 되었고 결국 이 싸움의 승리는 일찌감치 박성권 집안으로 돌아갔다. 아버지 박성권과 서자 박형걸의 갈등은 박형걸이 아버지에게 계속 접근한 반면 아버지는 계속 기피했기 때문에 빚어진 것이라 할 수 있으며 결과는 박형걸의 계속되는 탈선 행각으로 나타난다. 심지어는 부자간이 기생 부용을 놓고 암투를 벌이는 일까지 나타나게 된다. 박형걸의 탈선 행각은

김동환, 「1930년대 후기 장편소설에 나타나는 '풍속'의 의미」, 『관악어문연구』 15, 1990. 12.

송하춘, 「1930년대 후기 소설논의의 실제에 관한 연구—김남천의 『대하』를 중심으로」, 『인문논집』 35, 1990.

김외곤, 「『대하』와 「동맥」에 나타난 개화사상과 개화 풍경」, 한국현대문학회 엮음, 『한국근대 장편소설 연구』, 모음사, 1992.

문우성과 같은 계몽가를 만나면서 새로운 세계를 향한 동력으로 전환된다. 박형준과 박형걸의 형제 갈등은 직접 충돌로 나타난 것은 아니지만 쌍네라는 여종에게 둘 다 접근한 데서 발생한 것으로 이 갈등은 쌍네가 남편 두칠과 멀리 떠나버리는 것으로 자연스럽게 소멸되고 만다. 큰아들 형준을 실리주의자로, 정보부의 남편 형선이는 보수적인 소시민의 기질로, 막내이자 서자인 형걸은 "果斷性의피를받어, 時代의 戰線을긋는 社會的人物로 活動하게될것같다"는 식으로 평가한 견해[329]도 작품 그 자체를 정독한 결과라고 하기는 어렵다.

『대하』는 1906년경의 개화기를 시대적 배경으로 한 것인 만큼 옛것과 새것 사이의 관계를 기본 구조로 삼고 있다. 새것 쪽으로 기운 구체적인 양태는 차이가 있으나 작가 김남천은 박성권 · 박형걸 · 정봉석 · 최관술 · 문우성 · 나카니시 등 새로운 세계에 적극적으로 적응하거나 그를 적극적으로 이용하는 인물들을 그려 보이는 데 힘쓰고 있다. 동학 신자임을 자타가 공인하는 최관술마저도 이 고을에 개화경, 개화장, 양화 등의 새로운 물건을 처음으로 가져온 인물로 그려지고 있다. 김남천은, 박형걸은 "身分制度的序次別習俗에 反逆하고 開化思想에 共鳴 作品終末에서 집을버리고 出鄕"하는 것으로, 박형걸에게 큰 감화를 준 문우성은 "基督信者로 開化思想抱懷者"[330]로 그릴 계획이었다. 『대하』에서 옛것과 새것은 대립 현장을 드러내기도 하고 병행 또는 혼합의 경우를 보여주기도 한다. 그런가 하면 새것이 지배하는 분위기를 보여주기도 하고 반대로 옛것이 크게 기운을 얻은 경우를 제시하기도 한다. 옛것과 새것이 대립 관계를 이룬 것으로 박성권 집안과 박리균 집안의 알력, 박성권과 최관술의 가벼운 언쟁 등을 들 수 있다. 이때의 대립은 어디까지나 일시적이고 부분적인 다툼의 양상을

329) 안함광, 「문학의 주장과 실험의 세계」, 『비판』, 1939. 7. p. 73.
330) 「작중인물지」, 『조광』, 1940. 11. pp. 202~03.

보일 뿐이다. 『대하』에서는 박성권이 대표하는 실질주의와 박리균이 지키는 명목주의의 싸움이 새것과 옛것 사이의 대립을 가장 잘 상징해준다. 박성권은 갑오난리 때 병대를 장사하여 치부한 후 돈으로 위세를 구축한 터전에서 대대로 양반 가문이었던 것처럼 위장한다. 보잘것없는 열녀 비각이 상징하는 것처럼 박리균네는 껍질만 남은 형식주의와 전통에 매달리고 있는 것이며 이에 반해 박성권네는 무능하거나 타락한 아들들이 잘 일러주는 것처럼 진실이 빠져버린 실질주의에서 헤어나지 못한다. 박성권은 일본 제국주의의 도래에 의해 봉건제가 붕괴할 것을, 또 곧이어 중상주의 중심의 자본주의가 전개되리라는 것을 재빨리 간파하고 새로운 세계에 적극 대비하고 적응할 준비를 갖추어놓았다.

새것과 옛것이 병행이나 혼합의 양태를 보여준 예로, 단옷날 풍습에 운동회 행사가 가미된 것, 동명학교 학생들이 삭발 권유에 여러 반응을 보인 것, 학생들이 예수를 믿게 된 동기가 여러 가지로 나타난 것 등을 들 수 있다. 『대하』의 끝 부분(제15~16장)에서는 그네뛰기, 사자춤과 학춤, 씨름 대회 등의 단오절 행사에 이어 동명학교 대운동회가 열리는 것으로 묘사한다. 그런데 김남천은 대운동회 장면을 묘사하는 데 훨씬 더 많은 지면을 할애하였다.

『대하』에서 새것은 기독교를 통해 가장 잘 구현되었다고 할 수 있다. 평소에 서자로서의 불만을 삭이지 못한 나머지 여종 쌍네와 불륜의 정을 통한다든가 학교 공부는 뒷전으로 내팽개친다든가 하는 탈선 행각을 보여왔던 형걸도 문우성 교사의 가르침과 안내를 받고 새로운 삶 또는 깨어 있는 삶으로 나아가게 된다. 문우성 교사는 형걸의 고민을 다 듣고 난 다음 신분 차별, 적서 차별의 관념은 봉건 시대의 찌꺼기임을 일깨워주면서 비복 해방, 미신 타파, 조혼 제도 철폐, 생활 습속 해방 등의 사업에 몸을 바치는 것이 청년 남아의 할 일이라고 역설했다. 형걸이 남편이 있는 여종 쌍네와의 관계, 아버지 박참봉도 좋아하는 기생 부용과의 관계에서 완전히 한계를 느끼고 새로운 세계를 향해 집을 떠나가는 『대하』 제1부의 결말은 문우성 교사가 유도한 것이나 마찬가지다. 소설의 마지막 페이지에서 작가 김남천은 "문선생은 벌써 선도자의 지위에서, 수단을 조력해주는 원조자의 지위에 내려선 것"이라고 함으로써 형걸의 영웅적 면모를 부각하려 하였다.

김남천은 『대하』에서 큰 의미를 부여하는 가운데 풍속을 충실하게 재현하였다. 전통 혼례식, 단오절 풍습, 육계, 점술 등 전통적인 풍속이 잘 그려지고 있고 의상·두발·신발과 같은 경풍속도 다루어졌다. 김남천은 『대하』 탈고 후에 「풍속론」을 발표할 기회가 두어 번 있었다. 풍속에 대해 "한나라, 한社會, 한 階層의 政治나衣食住, 그리고 이것과 部數되는 婚姻, 「藝術」「禮儀」「職業」「信仰」「思想」"331)과 같은 뜻으로 정리했는가 하면 「모던문예사전」의 '풍속'에 대해서는 풍속은 경풍속과 중풍속으로 가를 수 있고 세태소설은 경풍속만의 피상적 관찰로 이루어진 것이며 중풍속은 제도, 의식, 습득감까지 연결되는 것이라는 요지의 설명332)을 한 바 있다. 『대하』에서 풍속을 재현했다는 것은 경풍속의 서술에 힘쓴 것을 의미하며 풍속의 의미화로 나아갔다는 것은 제도, 의식 등으로서 중풍속의 천착에 주력한 것을 뜻한다. 김남천은 새로운 시대, 새로운 사회에 관심을 집중한 나머지 또 풍속의 개념을 생산관계, 제도, 의식 등의 개념과 연결하는 데 힘썼던 나머지 풍속의 민족주의적 측면은 도외시하고 말았다. 『대하』에서는 외로우리만큼 유일한 동학교인으로 설정된 최관술은 몸에 걸친 경풍속과 정신 속에 있는 중풍속이 어울리지 않는 존재로 그려지고 있다. 형선의 결혼 후행을 갈 때 최관술은 매부인 박참봉의 말을 듣지 않고 개화경을 쓰고 검정 명주 두루마기에 발목까지 올라오는 구두를 신고, 반반히 깎은 머

---

331) 『조선일보』, 1939. 7. 6.
332) 『인문평론』, 1939. 10, pp. 123~25.

리 위에 국자보시를 올려놓은 신구 복식을 뒤섞은 모양을 하여 사람들의 웃음거리가 되었다. 이처럼 최관술은 경풍속과 중풍속이 어울리지 않고 어느 풍속에서나 신구가 어울리지 않는 혼란스러운 인물로 그려지고는 있지만 개화기의 전형적인 인물로도 볼 수 있다. 김남천은 날카롭게 세상을 파악하고 재빨리 변신할 줄 아는 박성권 같은 존재를 어느 정도 긍정은 하면서도 최관술과 같은 존재를 부정적으로 그리지는 않았다. 그러하기에 최관술은 『동맥』에 가서 비중이 커지게 된다. 『동맥』에 오면 최관술은 주인공 홍영구를 조종하는 존재로 부각되기 때문이다.[333]

채만식의 『金의 情熱』(『매일신보』, 1939. 6. 19~11. 19)[334]은 모두 11개의 장으로 구성되어 있다. 30대에 금광업자로 성공한 주상문이 문학을 공부하기 위해 동경 유학을 가려고 하는 동생 주상인에게 박절하게 구는 것을 보고 친구 서순범이 정신병자라고 하는 "1.一種의精神病者", '강자의 철학'을 제기할 정도로 오만방자하기 그지없는 주상문이지만 처제뻘인 은봉아를 향한 연애 감정을 안으로만 되새기는 "2.서투른戀愛織工"과 "3.새로운風俗圖其一", 상문이 서순범에게 금광일을 함께 하자고 제안하고, 계집장사로 악명이 높은 김봉식이 황룡금광을 주상문의 술수에 휘말려 헐값 2만 원에 넘기는 "4.盜賊의限界", 민변호사, 신의사, 기생 금주 등이 술자리에서 금광 좌담회를 벌이는 "5.새로운風俗圖其二", 서순범, 은봉아, 기생 난초, 주상문 등이 함께 타고 가는 청주행 열차 속에서 은봉아가 금광에 투신하겠다고 선언하는 "6.鐵잇는風景", 금광기술자 전택선이 주상문에게 분광을 얻어 채광하나 결국 실패하고 마는 "7.白骨動員", 소학교 교

333) 『대하』에 대한 보다 자세한 논의는 졸고, 「『대하』 1·2부 잇기와 끊기」, 『한국현대문학사상 연구』, 서울대 출판부, 1994, pp. 268~89에 있다.
334) 다음 논문을 주목할 필요가 있다.
　　공종구, 「'황금광 시대'에 대한 절반의 리얼리즘―『금의 정열』」, 군산대 채만식연구센터, 『채만식 중장편소설 연구』, 소명출판, 2009.

원 박정현의 아들 박윤식이 금 밀수를 하다가 잡히는 "8.投資엔밋지고駄馬지치다", 고가와 백가가 금광의 막장꾼으로 노다지를 훔치다가 막장이 무너지는 바람에 목숨을 잃고 마는 "9.「노다지」의 品行", 청주광이 몰락하면서 금광사업에 마음이 없어진 끝에 은봉아가 죽는 "11.구름의意志" 등과 같이 줄거리를 정리해볼 수 있다.

채만식은 이미 제목에서 1930년대 한국인들의 초상이 너 나 할 것 없이 비슷함을 암시한다. 이름하여 황금광이다. 긍정적인 면과 부정적인 면을 두루 지닌 것으로 그려지는 주인공 주상문부터 서순범, 은봉아, 기생 난초, 접주 박윤식, 강화 아씨, 해주 아씨, 김봉식, 민변호사, 신의사, 고가, 백가 등에 이르기까지 작중인물들 모두가 '황금에의 정열'을 갖고 있다. 1930년대의 한국에서 '황금에의 정열'은 흔히 미두광과 금광광으로 표현되었다. 황금광은 생존 본능의 수준에서 나타나는 경우도 있고 무한 욕망의 차원에서 구체화되는 경우도 있다. 먹고살기 위해 불가항력으로 금광을 쫓아다니거나 생활에 뛰어든 서순범, 은봉아, 전서방 같은 존재들이 전자에 들어간다면 기생 난초, 밀수꾼 강화 아씨, 해주 아씨, 박윤식, 인육장사로 소문난 김봉식, 본업에 등한한 채 금광업에 투신하는 민변호사, 신의사 등은 후자에 들어간다.

젊은 금광왕인 주상문은 상반된 두 얼굴을 지닌다. 순진한 기술자를 농락한다든가 인육장사 김봉식을 속여 헐값에 금광을 사들인다든가 시인 지망생인 동생의 유학 의지를 꺾어버리고 마는 냉정하고 잔인한 면이 있는가 하면 은봉아를 짝사랑하면서 속앓이하는 소심한 면도 보여준다. 산에 들어가면 교활한 분광업자들과 억센 광부들을 쥐락펴락하는 능력을 보이다가도 서울에 오면 의젓하게 점잔을 빼는 이중성을 보인다. 주상문은 친구인 서순범을 대리 광주로 앉히기 전에 우정이니 의리니 하는 것은 일찌감치 집어치우고 정확하게 주판질을 해내었다. 주상문은 고등학교 시절 두꺼비 선생이 "사람이 잘 나면 무엇을 옆에서 해다가 바치는 사람이 없더냐? 세상이 통으로 내 세상인걸" 하고 충고한 것을 떠올린다. 그러면서 이러한 말은 바로 자신을 설명하는 '강자의 철학'으로 통한다고 생각한다. 주상문은 금광업자로 성공하여 많은 돈을 벌게 되자 스스로 '지배자'로 자임하게 되었으며 덕대, 광부, 글방 훈장, 여러 교통기관의 운전자, 양복 직공, 시인 등의 기술자와 전문가가 자기를 도와준다고 생각하면서 필요한 때에 그들의 일의 결과를 받아서 쓰고 즐기면 그만이라는 범상치 않은 생활 철학을 갖는다. 시인도 직공으로 볼 정도로 안하무인인 만큼 그는 스스로를 영웅이라고 생각하는 지경까지 나아가게 된다. 그러면서 도둑질은 영웅의 한 속성이라고 자기를 합리화한다. 그는 성공한 사업가답게 세상을 내다볼 줄도 안다. 그는 앞으로는 쟁이의 세상이요 철(鐵)이 지배하는 세상이 올 것이라고 예견한다. 주상문은 은봉아와 서순범이 비웃는 것에도 아랑곳하지 않고 "철은 정복(征服)과 지배(支配)를 의미 하는 것"[335]이라고 주장한다. 이렇듯 앞날을 내다보고 나름대로의 예견력을 행사하는 인물은 채만식 소설에서는 찾기 힘들다. 예견의 내용이 맞든 안 맞든 관계없이 미래를 향해 서 있는 주상문과 같은 존재는 채만식 소설에서 큰 의미를 갖는다.

비록 나중에는 주상문의 부탁을 받아들여 대리 광주의 길을 걸어가기는 하지만 주상문의 황금만능주의, 기술자론 등을 견제해가면서 그런대로 중심을 잡아주는 이는 서순범이다. 중학을 졸업하고 함경북도 명천에 가서 보통학교 교원 노릇을 6년이나 한 후 돈을 모아 동경으로 유학 가 고학으로 간신히 학교를 졸업한 후 돌아왔으나 취직이 잘되지 않자 서순범은 "환멸과 아울러 울분이 가세를 하여, 심사는 그래서 더욱, 옥고 쎄쑤러저 가고 하지 안홀수가 업던것이다."[336] 서순범은 더 많은 돈을 벌고 싶어 금광에 투신하는 주상문, 민변호사, 신의사 들에게 품고 있었던 부정적 감정을

---

335) 『매일신보』, 1939. 9. 12.
336) 위의 신문, 1939. 8. 2.

342

나중에는 바꾸게 된다. 졸업 후 취직이 잘 안되어 환멸과 울분에 휩싸인다든가 나중에는 현실과 타협한다든가 하는 면에서 서순범은 「레디메이드 인생」이나 「명일」의 주인공을 떠올리게 한다. 민변호사는 변호사 폐업까지는 하지 않았지만 신의사는 아예 의사를 그만둔 것이다. 민변호사는 변호사는 이겨야만 사례를 받을 수 있고 아무리 잘못한 놈이라도 변호해야 하는 자기 신세가 불쌍하다고 하였고 신의사는 의술은 결국 독술(毒術)이요 천술(賤術)이라고 했다.

순범은 일찍이 그들 민변을 신의를 또는 상문을 향토적인 우정으로 혹은 인간성의 선량함을, 사랑은 하고 있섯다. 그러나 그들의 시정적(市井的)임을 단순한 의식주의 노예(奴隸)질이래서 경멸하고 존경치않햇섯다.
하던것을, 지금에 이르러서는 일변하여 경의(敬意)와 경이(驚異)의 눈으로 눈을섯고 다시금그들을 바라다 보지 안흘수가업섯다.
그들은 (낡은 「전설」의 고향을 가진 순범 저와는달러) 맹목적이요 무비판한것이 오히려 유리하여, 세기의 「사실」을 솔직하게 호흡하는 생리의 소유자 들이엇섯다.
그들은 그와가티 아무런 주저도 회의도 불안도 업시 안심하고 그 세기의 「사실」을 호흡하므로써, 그속에 먹음거 잇는 새로운 생명의 원소(元素)를 섭취해 가는동안, 생리는 장차오려는 세대(世代)에로 지양(止揚)이될것이엇섯다.[337]

처음에는 의식주의 노예로 생각되었던 민변호사나 신의사는 나중에 가서는 현실 적응력이 뛰어나고 황금욕이 큰 점에서 오히려 서순범에게 경이로운 존재로 비치기도 한다. "아무런 주저도 회의도 불안도 업시……원소

337) 위의 신문, 1939. 8. 24.

를 성취해 가는" 서순범은 주상문, 민변호사, 신의사를 "그들은 여태까지는 단지 시정적이요 장사아치 본새로 속악(俗惡)하다"고 경멸해왔으나 이제는 "그와 정반대로 이 새로운 세대의 생동(生動)하는 면 가운데 뚜렷하고도 무게 있는 개성(個性)의 그 하나임을 사실로써 인정을 하는" 방향으로 바뀌고 말았다.

마침내는 은봉아와 서순범마저도 "금의 정열" 패로 들어가버리고 만다. 은봉아는 처음에는 쉽게 이 판에 뛰어든 것처럼 보였으나 차츰 "이 바닥과 이 세대가 족히 잡스러운 생활을 시켜 줄 수 있는 바닥이요 세대가 아닌 것만 같아 보였고", "도무지 쌍스럽기 하인청이요 속되기란 술청의 탁발승이요 문화브로커를 빼놓고 나면 무인지경인 것같았다." 은봉아는 생활을 인정하는 가운데서도 자기 몸의 긍지를 생각하기도 했다가 마침내는 현실과 생활에 대해 허무감을 느끼는 쪽으로 귀결된다.

그러나 현실이란 전ㅅ방 머리에 나열 된 「쌤풀」이란것들은 개개이 다아 추잡하기 아니면유독한 「짜스」를 풍겨 내는것으로, 그 하나도 마음 내키거나, 취하여 가히 보람이 잇슴즉 한자가 잇지를 안핫던 것이엇섯다.

그리하여, 줄곧 두고 삭막히 궁리를 하다가는 버리고 모삭을 하다가는 버리고, 해 오는 동안에, 절망은 어느덧, 제 자신의 그와가튼 의욕 그것 조차가 두루 공연한 노릇이라는 것, 그래서 필경은, 접하고 감각하고하는 온갖 존재와 행위가 모주리 다아 추잡하기 아니면 무의미하게만 생각하도록, 그의 「니힐리즘」의 굴절각(屈折角)은 차차루 각도(角度)가 더벌어져 왓던것이다.[338]

은봉아를 죽음으로 몰아감으로써 주인공 주상문의 선하고 아름다운 세

---

338) 위의 신문, 1939. 11. 11.

계에 대한 동경이라는 반면은 무너진 셈이 된다. 금광에 투신했던 인물들은 거의 다 비극적인 결말을 맞는다. 소설이 더 길어졌더라면 서순범은 은봉아처럼 니힐의 터널을 통과하고 죽음으로 갔을지도 모른다. 니힐리즘을 경제제일주의와 욕망으로 가득 찬 인물들의 도달점의 하나로 내세운 점에서 니힐리즘은 이 소설에서 주요 모티프가 된다. 주인공 주상문에서 단역인 고가와 백가에 이르기까지 황금광이라는 1930년대의 보편적 초상을 보여주는 점에서 『금의 정열』도 『탁류』처럼 세태소설이 된다. 주상문과 나중에 그에게 동조하는 인물들을 주인공으로 한 점에서 악한소설로 볼 수도 있다. 『금의 정열』은 『탁류』와는 달리 금광에 대한 전문 지식과 전반적인 경제적 흐름에 대한 파악을 상상력의 터전으로 삼았다. 니힐리즘을 주요 모티프의 하나로 취했다고 해서 채만식의 전문 지식이 무색해지는 것은 아니다.

이 작품은 사금광 개발 경험이 많은 셋째 형과 넷째 형이 만주에서 분광권을 얻었을 때 채만식이 소오(小梧)에게서 2천 원의 빚을 내어 투자하면서 간접 경험했던 것을 살려 쓴 것인 만큼 금광에 대한 풍부한 전문 지식이 드러나 있다. 실제로 이 소설은 광구·수굴·트렌처·보링·물목·분광·청부꾼·덕대 등과 같은 금광의 구조, 가격 작업 내용, 종사자 등에 대한 전문 지식을 잘 보여준다.[339] 이 작품에서 또 하나의 서술 방법상 특징으로 장문주의와 묘사주의를 들 수 있다. 묘사적인 장문은 우리말에 대한 남다른 애정이 전제가 되어 뛰어난 구사력을 통해서 나온 것이다. 채만식은 작가는 민족어의 파수꾼이라는 잠언을 실천에 옮긴 작가다. 작중 주요 인물들은 화자에 동화된 때문인지 대체로 입심 좋고 익살맞게 표현하는

---

339) 채만식, 「金과 文學」, 『인문평론』, 1940. 2, pp. 92~96. 『금의 정열』의 제6장과 7장은 실제 사건을 반영해놓은 것이며 사금 채굴의 장면은 어느 금광에 가서 이틀 동안 견학한 후에 얻은 단편 지식을 살려 제시한 것이라고 하였다. 그리고 광부들의 숙어는 책을 보아 익힌 것이라고 고백하였다.

공통점을 보여준다.

한설야의 『마음의 鄕村』(『동아일보』, 1939. 7. 19~12. 7)[340]은 초향이란 기생의 비범함과 광산 졸부 박치호가 초향이에게 몸이 달아 있는 "군상(群像)", 초향 어머니의 생애와 초향과 오빠의 성장담과 초향이 김삼철에게 정조를 빼앗기고 상해에서 이우식에게 시달렸던 사연을 들려준 "꽃없는 시절", 인기 있는 기생으로서 초향의 생활과 어머니와 이후작의 관계를 밝힌 편지를 받는 "거리의 순례자", 권이라는 손님과 속내를 나누는 "기우", 경성은행 전무 하상오 등 여러 손님과의 관계를 그린 "소와 닭", 초향과 이후작과의 면담 내용을 소개한 "아버지와 딸", 초향과 권이 가까워지고 이후작의 양자의 더러운 욕망을 파헤친 "명암보", 초향이 이후작의 원조 의사를 거절하는 "찬 인정", 이후작의 사망 소식을 전해주는 "부음", 초향이 박치호, 한상오 등 난봉꾼 손님들을 골탕 먹일 때 박용주가 아버지 박치호의 돈 몇만 원을 훔쳐낸 것이 사건화되는 "거짓말 피리", 경찰서에서 초향이가 상해 시절에 만났던 사람들에 관해 조사받는 "후일담", 어머니 묘에 가서 하직 인사하고 오빠 있는 곳으로 가겠다고 하면서 초향이 주변 정리하는 "마음의 향촌" 등으로 구성되어 있다.

"마음의 향촌"이라는 제목이 암시한 것처럼 기생 초향이 상해에서 살고 있는 오빠 상기를 그리워하는 것이 가장 중요한 사건이 된다. 오빠 상기는 구체적으로 무엇을 하는지 또 어디에 살고 있는지 궁금증을 불러일으키는 존재로 되어 있다. 오빠 상기는 '큰일'을 하는 존재로 암시되는 가운데 가장 친한 친구 권에게 부탁하여 자기 여동생 있는 곳을 알아달라고 했으나 작가 한설야는 이 존재의 몸을 끝까지 보여주지 않는다.

초향은 비록 기생이긴 하지만 전문학교까지 졸업하고 영어와 중국어를 잘 구사하는 데다 보들레르, 도스토옙스키, 앙드레 지드까지 탐독하는 능

---

340) 1941년도에 박문서관에서 단행본으로 나왔을 때는 제목이 『草鄕』으로 바뀌었다.

력의 소유자로 그려져 있다. 기생 초향이 보통 기생과 다르게 그려지는 것처럼 이 소설에 등장하는 남성 지식인들은 대개 성 문제에만 관심을 기울이는 식으로 뒤틀린 모습을 드러낸다. 기생의 밝고 건강한 면과 지식인의 병들고 어두운 면이 블랙 코미디의 그릇 안에서 만나고 있다. 광산회사 사장, 은행 전무, 은행원 그리고 언론 문필 관계자 등은 기생 꽁무니나 졸졸 쫓아다니긴 하지만 초향은 어느 누구에게도 순순히 허락하지 않는다. 초향은 이들을 손님으로 맞이하면서도 그들을 골탕 먹이거나 속으로는 경멸하기조차 한다. 비록 기생의 몸이기는 하지만 초향은 오빠 상기와 동일화하여 다른 사람을 정복하고 싶어 하는 마음을 갖는다. 금광 졸부인 박치호가 아들 박용주와 초향을 가운데 두고 연적 관계에 있는 것으로 그린 것은 『대하』에서 박성권과 아들 형걸이 기생을 두고 연적 관계에 있었던 것처럼 당시의 성윤리가 난륜으로 흘러버린 일면이 있다. 초향을 지나치게 미화하고 남성 인물들을 지나치게 희화화함으로써 초향 오빠의 신비스러움을 확대하는 결과를 가져오고 있다.

「마음의 향촌」은 대화 부분이 지나치게 많이 나오는 점에서 대화소설이라고 할 수 있고 당시 유력자들의 타락상을 기생 초향이 초점화자의 역할을 맡아 그린 풍자소설이라고 할 수 있다. 한설야가 『황혼』 직후에 쓴 작품이라고 하기 어려울 정도로 수준이 낮은 통속소설임도 부정할 수 없다. 한설야는 동시대를 부정하는 점에서 독자들로부터는 긍정적인 반응을 사게 된다. 사상성도 약할뿐더러 구성력도 떨어지는 작품이기는 하나 이 작품은 당대의 지식인들을 비판적으로 그리는 점에서 또 작품에 현전하지는 않으나 힘을 행사하는 존재를 설정한 점에서 주목할 필요가 있다. 『청춘기』에서의 이철수처럼 『마음의 향촌』에서의 상기는 사라진 것이 아니라 숨어 있으면서 주요 인물들에게 때로는 아우라의 형식으로 자리 잡고 있거나 조종자로서 기능한다. 카프 제2차 검거사건 이후 작가의 저항성이 후퇴한 것처럼 주의자는 누이동생 의기(義妓)의 그리움 속에서만 존재하고 있다.

(2) 장편소설과 현실 극복기

(가) 저항적 인물의 투쟁담(『임꺽정』~『흑풍』)

홍명희의 『임꺽정』에서 "화적편"(『조선일보』, 1934. 9. 15~1935. 12. 24, 1937. 12. 12~1939. 7. 4, 『조광』, 1940. 10)은 "청석골" "송악산" "소굴" "피리" "평산쌈" "자모산성" 등 총 6장으로 구성되었으나 미완성으로 끝나고 말았다. "의형제편"과 "화적편"의 정사적(正史的) 배경은 황해도에 민란 발생(1557. 4), 임꺽정란 발생(1559. 3~1562. 1), 서림 체포(1560. 11), 임꺽정 형 가도치 체포(1560. 12), 임꺽정 일당 평산의 민가 30여 채 방화(1561. 7), 임꺽정 처형(1562. 1), 제주 목사 유배되어 온 보우 살해(1565. 6), 윤원형 삭탈관직(1565. 7) 등으로 정리된다.[341] 제1장 "청석골"은 임꺽정의 과도한 계집질을, 제2장 "송악산"은 청석골 두령들의 살인 행위와 관군의 추적과 임꺽정의 구출을, 제3장 "소굴"은 임꺽정 일당과 봉산 군수의 대립상을, 제4장 "피리"는 피리를 잘 부는 종실 서자 단천령과 임꺽정의 교유를, 제5장 "평산쌈"은 서림의 체포로 봉산 군수 살해 음모가 발각되어 관군과 일대 접전을 벌인 후 임꺽정 일당이 승리하는 것을, 제6장 "자모산성"은 오개도치만 남고 임꺽정과 두령들이 자모산성으로 입성하는 과정을 중심사건으로 한다. 물론 제6장은 정사에 기록되어 있는 것처럼 자모산성(구월산성)에서 임꺽정이 관군에게 잡혀 처형당하는 것으로 끝이 날 계획이었다.[342] 이 작품의 마지막 연재분이 실려 있는 『조

---

341) 이만열 엮음, 『한국사 연표』, 역민사, 1996, pp. 99~101.
342) 강영주, 『한국역사소설의 재인식』, 창작과비평사, 1991, p. 142.
　　"화적편에서 다루어진 사건들은 그 골격의 대부분이 사료에 의존하고 있다. 즉 '소굴'에서 임꺽정이 사기 행각으로 수령들을 농락한 사건과, '평산쌈'에서 평산 이춘동의 집에 모여 봉산 군수 이흠례를 살해하려 모의하고 살인과 방화를 자행한 사건 등은 『명종실록』에 기록되어 있다. 또한 '소굴'에 등장하는 가짜 금부도사 행세와, 임진나루에서 봉산 군수 윤지숙의 행차를 습격한 사건, '피리'에 등장하는 단천령 일화, 그리고 '구월산성'에서 다루어질 예정이었던, 임꺽정이 서림의 배신으로 구월산성에서 포살된 사건 등은 『기재잡기(寄齋雜

348

광』(1940. 10)에서는 청석골 출신의 도둑 오개도치 두령만 남고 일행 70명이 청석골을 떠나가는 것과 도중에 임꺽정의 부인이 딸을 낳고 다섯 두령이 선발대가 되어 자모산성 인근 동리 사람들의 협조를 받기로 약조받고 산성 안을 정비한 다음 이튿날 본진 60명이 들어오는 것으로 이야기가 전개된다. 제1장 "청석골"의 서두는 유달리 황해도에 도적이 많은 이유를 홍명회 특유의 박식한 역사적 지식에 의거하여 각색 공물이 많은 점과 평안도 변경에 수자리를 살러 가는 업무가 과한 것으로 요약했다. "청석골"에서 임꺽정은 자기 이름을 사칭하는 도적들을 혼내겠다고 상경해서는 한양의 유명한 도적 한치봉의 아들 한온의 안내로 장안 제일 기생 소홍을 차지하고 이어 양반집 딸 박씨녀, 원판서 딸을 첩으로 삼게 된다. 임꺽정은 두령들이 어서 서울을 떠나 청석골로 가자고 해도 말을 듣지 않을 정도로 호색한의 기질을 보인다. 이러한 임꺽정의 행태는 임꺽정을 의적의 이미지로 새긴 독자들을 당황하게 만들 수도 있다. 이런 사건이 있기 전에 작가 홍명회는 임꺽정의 이중적 성격을 제시하는 것으로 복선을 깔아놓는다.

대체 꺽정이가 처지의 천한것은 그의선생 양주팔이나 그의친구 서긔(徐起)나 비슷 서로가트나 양주팔이와가튼도덕도업고 서긔와가튼 학문도 업는까달게 남의 천대와 멸시를 우서버리지도 못하고 안심하고 밧지도 못하야 성질만 부지중 괴상하야저서 서로 뒤쪽되는 성질이 만헛다 사람의 머리버이기를 무 밋동 도리듯하면서 거미줄에걸린 나비를 차마 그대로 보지못하고 논바테선 곡식을 예사로 짓발브면서 수채에 나가는 밥풀한낫을 앗기고 반죽이 눅을때는 홍제원 인절미갓기도하고 조급증이 날때는 가랑닙에 불부튼것 갓기도하엿다.[343]

記)』에 언급되어 있다. 이렇게 볼 때 '화적편'에서 다루어진 큰 사건 중 허구에 의한 것은, '청석골'과 '소굴'에서 묘사된 임꺽정의 외도 및 그로 인한 파란과, '송악산'에서 묘사된 송아간 단오굿 정도로, 대부분의 사건이 문헌 기록에서 취재된 것임을 알 수 있다."

위 인용문은 임꺽정의 인물됨에 대한 단편적인 자료로 보이기도 하지만 『임꺽정』의 창작 의도가 개화기의 신채호류의 영웅대망론과는 다소 거리가 있는 것으로 판단하게 만들기도 한다. 홍명희는 영웅이나 초인을 그리는 것보다는 개인적 욕망에 충실하고 작은 일에 일희일비하기도 하는 인간다운 한 대도(大盜)를 그리려고 했다. 제3장 "소굴"에서 임꺽정은 여기저기 소굴을 많이 두는 것이 좋겠다는 서림의 조언에 따라 박유복과 배돌석을 평안도로 보내는 것으로 시작한다. 정부에서는 화적 토벌책을 마련하느라 연일 대책 회의를 연다. 한편 꺽정은 강원도로 갔다고 헛소문을 내고는 서울에 가서 첩들과 재미를 본다. 임꺽정은 기생 소홍에게 자신의 신분을 밝히면서 진짜 도둑놈은 따로 있다고 주장한다.

그러치만 내가 사십평생에 인ㅅ금으루 처다보이는 사람은 며츨못봤네 내속을 털어노쿠 말하면 세상사람이 모두 내눈에 깔보이는데 깔보이는 사람들에게 멸시천대를바드니 엇재 분하지안켓나 내가 도둑놈이 되구시퍼 된것은 아니지만 도둑놈된것을 조굼두 뉘치지안네 세상사람에게 만분의일이라두 분풀이를 할쑤잇구 또 세상사람이 범접못할 내세상이 따루잇네 도둑놈이라니 말이지만 참말도둑놈들은 나라에서 녹을먹여 길르네 사모쓴 도둑놈이 시굴가면 골골이 다잇구 서울오면 조정에 득실득실 만이잇네 윤원형이니 리량이니 모두흉악한날도둑눔이지 무언가 보우(普雨)가튼 까까중이까지 사모쓴 도둑놈틈에 끼어서 착실히 한목을보니 장관이지 이런말을 다하자면 한이 업스니까 고만두겟네[344]

343) 『林巨正 火賊編 一』, 을유문화사, 1948, p. 25.
344) 『林巨正 火賊編 二』, 을유문화사, 1948, pp. 190~91.

제5장 "평산쌈"은 임꺽정 일당이 나라의 공적으로 떠오르는 과정을 드러 낸다. 임꺽정의 부하인 두목들을 많이 잡아 죽인 리흠례가 봉산 군수로 부 임하는 것을 노려 원수를 갚자는 음모가 처남을 급히 구하러 가다가 체포 된 서림의 자백으로 발각된다. 임꺽정에 관한 온갖 정보가 정부에 들어가 자 위기를 느낀 왕은 마침내 임꺽정 체포령을 윤허하게 된다.

홍명희는 대하소설 『임꺽정』에서 조선 왕조사, 단오나 결혼식과 같은 풍 속, 조선의 지리 등에 대한 남다른 박식을 드러내었다. 그만큼 소설을 어 떤 서술 양식이라도 담을 수 있는 무한한 공간으로 파악했다. 대하소설을 제대로 서사 구조화하기 위해서는 실로 다양한 콘텐츠를 조화롭게 연결시 킬 줄 아는 능력이 요구된다. 임꺽정이라는 실존 인물을 주인공으로 내세 워 그를 제대로 형상화하려면 사실 기록에 바탕을 둔 역사서술과 상상력으 로 일구어낸 개인사서술을 포괄해야 한다. 홍명희는 이를 실천에 옮겼다.

한용운의 『黑風』(『조선일보』, 1935. 4. 9~1936. 2. 1)은 『後悔』(『조선 중앙일보』, 1936. 6. 27~9. 4), 『鐵血美人』(『신불교』, 1937. 3~4) 등이 미완성작인 데 반해 가장 먼저 발표된 완성작이라는 기록을 갖는다. 한용 운은 이 작품이 연재되기 바로 전날 "작자의 말"에서 자신은 소설가도 아 니고 소설은 쓰고 싶은 마음도 없지만 어떤 동기를 가지고 썼다고 한 다음, "이야기 중심은 중국 청조 말엽의 다사다난한 때 무명의 풍운아 왕한(王漢) 과 그의 애인에 있다"고 하였다. "외국사람의 이야기요 외국사회의 이야기 라, 나로서는 서투른 곳이 있지만……거기서도 우리의 생활을 찾아볼 수 가 없지 않습니다"고 한 것처럼 청나라 사회와 청인들을 통해 1920, 30년 대 한국 사회의 실상과 한국인의 참모습을 찾을 수 있게 하겠다는 의도를 드러내었다.

작중의 중국혁명당 당수 황흥(黃興)이 화흥회(華興會)를 결성한 것이 1903 년이며 광주 봉기에 실패한 것이 1911년쯤인 만큼 『흑풍』의 시간적 배경 은 1900년에서 1910년 사이가 된다. 『흑풍』은 30년 전의 중국을 공간적 배경으로 한 당대소설Gegenwartsroman에 가깝긴 하지만 다른 시대나 다른 장소를 통해 지금·이곳의 문제를 따져본 역사소설이기도 하다. 홍명희의 『임꺽정』이 조선 왕조 연산군~명종 때의 시간을 빌려 일제 치하 한국 민중의 고통을 일깨워준 것이라면 한용운의 『흑풍』은 청나라의 공간적 배경을 빌려 일제 치하 한국인의 고통을 살펴본 것이라고 할 수 있다.

서왕한이 주체가 된 중심사건을 보여준 "지주와 소작인" "구직" "강도" "미인계" "복수" "황사량" 등 12장으로 구성된 『흑풍』은 서왕한·호창순·이봉숙 등이 중심이 된 투쟁담과 서왕한·호창순·콜란·장소옥 등이 중심이 된 연애담으로 구성되어 있다. 물론 연애담은 후반부로 넘어가면서 투쟁담으로 흡수된다. 소작인 아들 서왕한이 중국, 미국 등을 오가며 온갖 시련을 겪은 끝에 혁명당의 중심인물로 자리 잡는 과정이 중심사건이 되고 있다. 서왕한은 지주 왕언석 폭행, 상해 부자 장지성 살해, 강탈한 돈 일부 빈민굴에 희사, 해적에게 피체, 유학생 친목회 가담, 혁명당 활동, 창순과 결혼, 콜란 죽음, 혁명당원 검거, 소강가에서의 은둔 생활, 적극적인 활동 권고 수용, 창순 자살 등의 사건을 거친 끝에 다시 혁명당에 가담한다.

서왕한은 많이 배우지는 못했으나 청조의 부패상에 분을 참지 못할 만큼 의협심이 강한 데다 4~50명의 장정을 한 손으로 대적할 만한 힘을 지닌 것으로 그려지고 있다. 남주인공을 영웅적 존재로, 여주인공을 자기희생적이고 애국적인 인물로 성공적으로 그려낸 점이 이 작품의 특징의 하나가 된다. 연애담이든 투쟁담이든 서왕한의 비범함을 부각하는 데 힘쓴 만큼 이 소설의 압권은 결말 부분에 있다고 할 수 있다. 끝 부분은 농사를 지으며 아내와의 사랑을 가장 큰 행복으로 생각하는 서왕한과 자기희생을 해서라도 국가와 민족을 위해야 한다는 아내 호창순의 토론으로 장식되어 있다. 혁명당에서는 몇 번이고 서왕한의 참여를 권하였다. 서왕한이 운동 자금이 없는 지금은 혁명할 시기가 아니라고 하자 호창순은 오히려 이렇게 지식과 문명도 약하고 가난하고 힘이 없을 때가 혁명의 시기라고 상반된 주장을 한다. 호창순은 사람으로 시기를 만들지 왜 시기를 기다리고 있는가, 청국이 부패하여 날로 기울어지고 4억 민생이 도탄에 빠진 이때야말로 혁명하기에 가장 좋은 때가 아닌가 하는 예리한 반론을 편다. 서왕한은 자기를 찾아와 국내 사정과 혁명당의 동향을 이야기해주며 혁명당 참가를 적극 권하는 이봉숙에게도 거부 의사를 전한다. 한술 더 떠 왕한은 아내 호창순이 자기의 최고 목적이라고 하면서 사랑론을 펼친다.

진정한 사랑은 그것이 곧 지기요, 행복이요, 이상의 실현입니다. 그러므로 사랑을 위해서는 부도 귀도 명예도 생명까지라도 돌아 보지 않는 것입니다. 사랑이라는 것은 정신과 육체가 부합되어야 되는 것입니다. 그러므로 애인이라는 것은 지기요, 동무요, 스승이요, 병을 고쳐 주는 의사요, 생명을 주는 공기요, 광선이요, 그외의 모든 것입니다. 진정한 사랑은 사람에게 있어서 시간도 되고 공간도 되는 것입니다. 나의 아내 창순은 나에게 있어서 그러한 모든 것입니다. 그러므로 나는 혁명보다 사랑입니다.[345]

이러한 사랑론을 들은 창순은 사랑이 중요한 것은 알지만 그것이 최고 목적은 될 수 없는 것이라고 한다. 창순은 칸트는 철학을 애인으로 삼고 청교도들은 종교를 애인으로 삼으면서 지냈다고 하면서 결국 사랑과 혁명은 병행할 수 있다는 논리를 전개한다. 서왕한은 사랑은 위대하고 신성하다고 하면서 사랑의 대상이 다를 뿐 사랑을 위하여 모든 것을 희생한 것은 똑같다고 하였다. 그는 "창순이가 곧 칸트의 철학이요, 맛치니의 이태리요, 청교도들의 종교처럼 서왕한의 애인"이라고 하면서 "나에게 창순이가 철학이요, 국가요, 종교요, 애인"인 만큼 사랑의 대상을 객관적으로 평가하는 것은 우스운 일이라고 하였다. 이러한 사랑론은 일찍이 시집 『님의

---

345) 『한용운 전집』 5, 신구문화사, 1974, p. 297.

침묵』의 "군말"에서 펼쳐진 바 있다. 서왕한이 사랑의 행위를 중시한 반면 호창순은 사랑의 대상을 중시한다. 마침내 호창순은 당신은 혁명에 대한 소질, 재능, 사상 등 모든 자격을 구비하였다고 하면서 당신은 마땅히 국가와 민족으로 운명을 같이해야 한다, 따라서 혁명에 성공할 때까지 여자를 사랑하지 말라는 요지의 유서를 남기고는 자살하고 만다. 원래 처음부터 창순은 서왕한에게 혁명 활동에 가담하라고 권하여왔던 터이다.

아무리 명분이 분명하지만 창순이 남편이 혁명사업에 뛰어들지 않았다는 이유로 자결했다는 것은 현실성이 약하다. 실제로 살인, 자살, 납치, 추적, 습격 등의 사건들이 빈번히 나타나고 있는 만큼 『흑풍』은 로망스적 요소가 많은 모험소설적 색채가 강하다. 호창순의 비장한 자기희생으로 결말이 난 서왕한, 호창순, 이봉숙 사이의 시국 토론이나 사상 토론이 없었다면 이 소설은 무게가 가벼워졌을 것이다. 현실 참여와 행동주의 그리고 대승정신을 강조하는 호창순을 자살로 몰아감으로써 『흑풍』은 사상소설로 올라서는 발판을 확실하게 마련하게 된다. 서왕한의 혁명 활동 참여를 둘러싼 끝 부분에서의 토론은 국내의 진보/보수 사이의 싸움을 떠올리게 한다. 이 소설은 서술 방법상 여러 가지 문제점을 드러낸다. 생략과 비약의 묘가 부족하다든가 대화가 많고 우연성을 남발한다든가 하는 것이 그것이다. 서왕한이 미국 유학을 가기 위해 배를 타고 가다가 해적을 만나 목숨을 빼앗길 뻔하다 그 해적 두목이 상해 빈민굴에서 서왕한에게 은혜를 입었던 인물이었던 덕분에 구원받는 것은 대표적인 우연이다. 유학생 친목회에서 알게 되어 연애하는 사이가 된 콜란이 서왕한이 일찍이 상해에서 살해한 장지성의 외딸이라는 설정도 자연스럽지 못하다.

(나) 대승적 지식인의 실천 보고서(『인간수업』~『탁류』)
이기영의 『人間修業』(『조선중앙일보』, 1936. 1. 1~7. 23)은 현호라는 젊은 철학도가 가출, 실천, 노동 등을 통해서 삼술주의(三術主義)와 자기창조론을 거쳐 마침내 노동주의로 귀착하기까지의 과정을 그린 소설이다. 이 소설은 주인공 현호가 철학병에 걸린 이유를 적은 "1.철학자", 현호의 논문 내용과 독립 과정을 그린 "4.인생의 빈집", 현호의 철학 내용을 소개한 "9.생명의 시련", 철학 잡지 『자기창조』의 출판 과정을 밝힌 "11.자기창조", 현호가 지게꾼 일을 하면서 노동을 직접 체험하는 "12.노동의 체험", 현호가 결국 옥희에 대한 사랑의 좌절로 인해 미치고 만 사연이 드러나는 "19.지나간 시절" 등 모두 23장으로 구성되어 있다.

동화은행 사장의 아들로 평생을 일하지 않고도 호의호식하며 지낼 수 있음에도 불구하고 현호는 동서양 철학의 연구에 지나치게 몰두한 나머지 신경병 치료를 받게 된다. 현호는 동서양 철학이 자기창조, 자기발견, 자기표현을 강조한 것을 자기 나름대로 파악한 후 실천이 제일 중요한 것이라고 깨달으면서 실천을 위해 가출을 결심하게 된다. 이러한 주인공 현호의 실천철학은 일찍이 작가 이기영이 깨달은 바이기도 하다. 한 인물의 사상은 그가 무엇을 부정하고 또 무엇을 긍정하는가를 파악하는 데서 정리될 수 있는 것처럼 현호는 관념철학, 두뇌철학, 건달주의, 쾌락주의, 기독교의 기도만능주의, 선조 대대로의 인순고식적인 생활, 육체노동 경시관 등을 부정하였다. 현호는 친구 임병찬이 쾌락주의에 빠져든 것을 비판하여 자신을 쾌락파를 쳐부수기 위한 고통파라고 자임하면서 "인간은 자기를 창조하기 위해 태어난 것"이라는 명제를 정립하게 된다. 현호가 두뇌와 관념과 이론을 중심으로 한 철학을 비판한 것은 손과 두뇌가 조화되는 철학, 자기창조의 철학을 제시하는 것으로 이어진다. 주인공 현호를 통해 작가 이기영이 가장 힘주어 비판한 것은 바로 이기적이고, 게으르고, 쾌락적이고, 관념적이고, 생산력이 없는 생활 태도다. 현호는 건달주의라고 이름할 수 있는 것에도 비판의 메스를 가한다. 조선 사람 중에는 "게으르고 짐되고 방탕하고 무절제한 생활을"[346) 하는 사람이 많다고 하면서 이러한 "무위방종한 본능적 타락적 생활"에 뿌리를 둔 철학을 건달주의라고 명명하였다.

이와같은 무위방종한 본능적 타락적 생활은 어느듯일종의 철학을건설하였으니 나는 그것을건달철학이라고 부르고 싶소 이건달 철학이 언제부터들어왔는지 모르나 우리 조선사람의 심장에는 벌서 뿌리깊게 박힌줄아오. (중략) 한데, 이 건달주의는, 인간의 기백(氣魄)을, 마취시키지오. 그것은 모루히네이상이겠지요. 과연 우리조선 안에, 이 건달주의에 중독된 사람이 얼마나, 많은지요! 서울 장안에는 얼마나 술집이 많은지요 그리고 도박장과 매음굴이 많은지요 놀음꾼이 얼마나많고, 알부랑자와 고등유민(高等遊民)들이 얼마나 많은지요 낙백한 인간(落魄한人間)들이, 참으로 얼마나 많은지요. 그래서 외국사람에게 조선사람은, 넋이없는민족이라는, 모욕을 당하지않습니까? 그렇읍니다 건달주의는 사람의 혼을 죽이는 독약이외다. 아편이상의 마취제외다. 당신들도이건달주의에 사로잡혀서 자살을 도모한줄로 나는 알겠소. 만일 그렇지않다면 당신들은 어떠한 궁지에 빠졌다할지라도 능히 그것을 뚫고나갈 용기와 자신이있을줄압니다.[347]

도박장 · 매음굴 · 노름꾼 · 알부랑자 · 고등유민 등으로 나타나는 건달주의에 대한 비판은 이기영이 과거에 발표한 「농부 정도룡」(1925), 「쥐 이야기」(1926), 「천치의 논리」(1926), 「민촌」(1927), 「원보」(1928), 「향락귀」(1930), 「서화」(1933), 『고향』(1933~34) 등에서 여러 방법으로 제시했던 부르주아 비판을 발전시킨 것이다. 현호는 모친 엘리사벳, 부인 순복, 친구 박의사 등의 만류와 반대에도 불구하고 집을 나와 사모관대 복장으로 종로에 나가 사람들을 대상으로 한 철학 강의, 철학 잡지 『자기창조』의 발간, 지게꾼 노릇, 도로공사 노동 등을 한다. 현호는 바로 이를 "인간

346) 『조선중앙일보』, 1936. 5. 15.
347) 위의 신문, 1936. 5. 15.

수업"이라고 일컫는다. 그러면서 의사 박정양, 박의사 여동생 경애, 제자 김천식 등에게 가두철학, 손의 철학, 손과 두뇌의 조화의 철학, 노동철학, 자기창조, 삼술주의 등을 강론한다. 현호가 나라는 나라끼리 사회는 사회 끼리 개인은 개인끼리 싸움이 계속될 때 인간수업을 할 필요가 있다고 하자 박의사는 현호가 현실에 뿌리내리지 못했다고 비판한다. 현호는 박의사류의 허무주의를 비판하면서 고상한 생활, 자기희생을 통한 자기창조의 생활을 역설한다.

또한 현호는 박의사 여동생 경애와 철학에 대해 이야기를 나누는 자리에서 삼술주의(三術主義)와 손의 철학을 강론한다. 삼술주의는 인애를 기초로 한 세 가지의 심적 요소 즉 지정의(知情意)를 말하는 것으로, 지는 학술로 정은 예술로 의는 기술로 구현된다는 것이다. 물론 지정의 자체는 새로울 것이 없다. 현호는 지정의가 통일과 조화를 이룰 때 인간은 자기완성의 가능성을 보이게 된다고 하였다. 현호는 두 손과 머리를 잘 이용해야만 삼술주의를 가장 잘 실현할 수 있다고 한다.

현호는 『자기창조』의 편집사원이자 영업사원인 김천식에게 그동안 수고한 대가로 수천 원 상당의 집을 양도하고 자기는 도로 공사장의 인부로 일하는 기행을 보인다. 현호는 인간이 만물의 영장이라는 근거를 노동에서 찾아야 한다고 인식한다. 노동주의는 작가 이기영이 농민소설과 노동자소설 가림 없이 초기작부터 강조해온 '일'의 사상, 근로의 사상을 완성한 것인 만큼, 『인간수업』의 현호는 『고향』의 김희준보다 이기영을 더 잘 대변하는 존재라고 할 수 있다.

노동은 생활을 창조한다 인간의 태고야만시대에서 오늘과같은 기계문명을 가저오고, 문화생활을가저온것은 정신적으로나 육체적으로나 오직 노동에서 결과한것이다.

재산이 무엇이냐?

그것은 노동의 축적이다. 학문이 무엇이냐?

그것은 정신적 노동의 결정이다.

예술은 무엇이냐? 그것은 노동의 변태이다

생활은 무엇이냐?

그것은 노동의 연속이다.

련애란 무엇이냐?

그것은 노동의 결합이다 정치란 무엇니냐?

그것은 노동의 정책이다

끝으로 철학이란 무엇니냐?

그것은 우주의무궁한 생명을 창조하고 인간의위대한생활을 창조하는—체계화한 노동을 이름이다.[348]

이기영은 인간에게 필요한 재산·학문·예술·생활·연애·정치·철학을 노동 행위와 그 결과로 보고 있다. 현호는 도로 공사장 인부로 일하던 중 불과 일주일 사이에 깨끗한 도로로 바뀌는 것을 보고는 새삼 노동의 위대함을 확인하게 된다. 『인간수업』은 철학자를 주인공으로 한 지식인소설, 손의 철학과 삼술주의 등을 골자로 한 사상소설, 실제 노동 체험의 내용을 비중 있게 설명한 노동소설이 중첩된 것이다. 이기영의 이전 소설들이 사상의 주체와 노동의 주체를 갈등 관계나 연대 관계로 놓고 보았던 것과는 달리 『인간수업』은 사상의 주체와 노동의 주체를 동일화했다. 철학자를 주인공으로 하여 신경증, 가출, 공사장 인부, 재산 양도 등의 기행을 보인 사건소설로 진행되다가 후반부로 가면서 일의 사상과 노동철학을 일깨워주는 웅변소설로 빠졌다. 이기영은 1925년에서 1935년까지는 사회학적 상상력으로 당대 사회와 개인을 살피고 형상화하였거니와 『인간수업』에

---

348) 위의 신문, 1936. 6. 10.

서는 철학적 상상력을 살렸다. 소설가 이기영을 지배했던 사회주의는 『인간수업』에 와서 변형, 축소되어 실천철학, 노동철학을 웅변하게 되었다. 이러한 실천철학, 손철학, 노동철학은 생계의 한 수단으로 취해진 것은 아니지만 유진오의 「오월의 구직자」, 이무영의 「창백한 얼굴」, 채만식의 「레디메이드 인생」 「명일」 등과 같이 하향이동 모티프를 제시한 소설의 연장선에 놓고 볼 수 있다. 1920년대에는 노동의 문제를 프로소설의 형태로 제기하는 데 힘썼거니와 1930년대에 와서는 노동의 문제를 어느 유파가 곰곰히 생각해야 할 철학의 수준으로 끌어올렸다. 이기영은 소설가로서는 다소 한계를 보이면서도 사상가로서는 독자적인 지평 타개까지 나아갔다.

한설야의 『黃昏』(『조선일보』, 1936. 2. 5~10. 28)[349]은 작가가 전주 사건으로 3년 형을 받고 1년 반을 복역한 뒤 1935년 12월에 석방되어 나온 직후에 나온 작품이다. 한설야는 이 작품을 연재했던 1936년에 「태양」 「임금」 「딸」 「철로 교차점」 등 작가의 가정과 일상성을 실감나게 파고든 단편소설들을 연이어 발표했다. 이런 작품들과 동시대에 발표된 『황혼』은 노동자의 문제를 소재로 한 점에서는 1930년대 전반기에 가깝고 프로작가로서의 시선과 태도를 유보한 점에서는 1930년대 후반기와 다를 바가 없다.

이 소설은 어떤 인물을 주인공으로 보느냐에 따라 여러 가지 소설 유형으로 나타나게 된다. 김경재를 주인공으로 삼을 경우 지식인소설이 되며 공장 직공 준식을 주인공으로 할 경우에는 노동자소설이 되지만 여순을 주인공으로 볼 경우에는 지식인소설이자 성장소설이 된다. 지식인이 공장 노

---

349) 다음 논문들을 주목할 필요가 있다.

권영민, 「『황혼』과 노동문학의 가능성」, 『문학사상』, 1988. 8.

차원현, 「『황혼』과 1930년대 노동문학의 수준」, 한국현대문학회 엮음, 『한국 근대 장편소설 연구』, 모음사, 1992.

이선영, 「『황혼』의 소망과 리얼리즘」, 문학과사상연구회, 『한설야 문학의 재인식』, 소명출판, 2000.

조남현, 「지식인소설과 노동자소설의 이중음―한설야의 『黃昏』론」, 『한국현대문학사상논구』, 서울대 출판부, 2002.

동자로 전환한 것을 성장으로 볼 수도 있지만 하향이동으로 볼 수도 있다. 『황혼』에서는 거의 끝 부분까지 경재·여순·준식 세 인물이 대등한 힘으로 작용한다. 작가가 지닌 지식인으로서의 이론 성향과 총체적 파악은 경재에게, 노동자로서의 투쟁 의지는 준식에게, 현실 타개나 현실 개조의 실천력은 여순에게 투사되어 있다. 경재는 '머리'를, 준식은 '가슴'을, 여순은 '손'을 대변한다. 작가는 작품 완성 이후의 고백문에서 여순에게 가장 큰 애착을 보낸다. 한설야는 「'황혼'의 여순」에서 여순은 "훨신 苦難에찬 地下道를 自己의 길로 擇하였다"든가 "麗順은 自身이 몸소取한 그生活과 스스로 싸우고 고민한다"든가 "그는 自己의갈길을 決心한날, 京在를 버리고 준식에게로 갔다"고 하면서 작중인물이 작가를 이끄는 결과가 빚어졌다고 고백하였다.[350]

김경재는 사업가인 아버지 슬하에서 여유 있게 성장하여 일본 와세다 대학 유학을 다녀왔으나 아버지의 사업체인 방직회사가 금광업자 안중서의 손으로 넘어간 후 공부도 하고 싶지 않게 되었고 "또 가령 읽는대야 거기서 현실에 들어맞는 소리를 풀어내기가 어렵고 따라서 무슨글 하나를 써낼 수가 업섯"고 급기야는 "무엇이 무엇인지 도대체 갈피를 출수가업다"[351]는 식으로 이론 지향적인 지식인으로서의 한계를 절감하게 된다.

김경재는 어찌하다가 안중서의 딸 현옥과 약혼하긴 하였으나 안중서의 비서로 취직시켜준다든가 읽을 만한 책들을 사다 주는 식으로 여순에게 큰 관심을 보인다. 경재는 여순에게 최소한 조력자helper로서의 역할을 한 것이다. 경재는 안중서 사장이 기계화, 인원 감소, 생산고 증대 등의 "새 방

---

350) 『조선일보』, 1936. 2. 16.
　　　"나는 오늘에와서 도리어 麗順에게 배우는바가 많다. 때로는 고마운 내 師表가 되여주기도한다. 가만히 그가결은 길을 생각는때 내길이 하－니 뵈여지는것이다. 한결같이 내길을 걸으리라－한 말이나 千言萬語 보다 오히려낫다"(p. 150).
351) 『황혼』, 영창서관, 1940, p. 30.

침"을 노동자들에게 강요하는 것을 가로막기도 했으나 노동자들에게서도 호응을 받지 못하는 외로운 처지에 떨어지고 만다. 여순마저 자기에게 다가오지 않는 것을 깨닫는 경재를 두고 화자는 아직은 시대적 양심과 청년다운 슬기가 있다고 부분 긍정한다.

마침내 경재는 제3자의 입장에서 노사 화합을 꾀한다. 준식·여순·형철 등 노동자 대표가 아홉 가지 요구 조건을 내걸고 사장실에 몰려 들어오자 경재가 이들을 대신해서 사장과 담판하였으나 사장은 구주대전 이후의 세계 공황, 원료 품귀와 원료고 현상, 공황의 원인으로서 생산과잉론, 노동 인원 감축 불가피론, 조선 제품 천대 현실론 등을 열거하여 노동자 대변인을 자임했던 경재의 말문을 닫아버린다.

그런데 경재 앞에서는 현하지변을 자랑하던 사장은 여순, 준식 등 노동자 대표들 앞에서는 갑자기 말을 더듬고 땀을 계속 닦는 약한 모습을 보이고 만다. 물론 이러한 심리 변화는 부자연스러운 것으로 비칠 수도 있다. 사장은 이미 패배자가 된 것이나 마찬가지다. 마침내 경재는 자신이 '황혼' 속에 서 있는 것을 절감하게 된다. 지식인인 경재가 황혼 속에 서 있는 것이라면 지식인에서 노동자로 전신한 여순이라든가 노동자들의 지도자인 준식은 '새벽' 속에 서 있는 것으로 대비된다. 이처럼 '황혼'을 '새벽'을 잉태한 어려운 시기로 암시한 점에서 『황혼』은 한설야류의 노동자소설이 된다. 실제로 『황혼』은 사장과 맞서 싸우는 모습도 제시하기는 하였지만, 노동자들이 작업하는 모습과 젊은 남녀들이 교분하는 모습도 자세히 그려놓고 있다.

여순과 동향인 준식은 소학교를 졸업하고 일찌감치 상경한 후 중학교 학생 대신 공장 노동자가 되어 다른 노동자들을 적극적으로 도와주며 리더십이 강한 면모를 보여주었다. 회사 측이 건강 진단 실시 뒤에 숨긴 음모를 파악하면서 야업 수당 지급, 휴식 시간 확대, 복지 시설 확대 등 현실 가능성이 높은 아홉 가지 처우 개선 사항을 사장에게 요구한다. 앞 시대의 노동자소설들이 지나치게 목적의식에 충실한 나머지 노동자들을 일면만 그렸다든가 선인으로 그리는 경향을 보였다든가 하는 한계를 분명하게 넘어선 편이다. 과거의 노동자소설에서처럼 공장 직공들은 열악한 작업 환경에 불평하고 사장이나 공장 감독과 대립하기도 하지만 남녀의 사랑 문제 때문에 고민하고 분노하고 타협하는 존재로 묘사되기도 한다. 1920년대 이기영, 한설야, 이북명, 송영 등의 노동자소설이 취해 보인 것과 같이 노동자들을 단순한 피해자로 묘사하는 경향, 피해자에서 투쟁적인 존재로 바뀌는 과정을 보여주는 경향에서 빠져나와 노동자들을 본능과 욕망을 지닌 존재로 그려낸 점이 이 소설의 특징의 하나가 된다. 사장-여순-경재, 경재-여순-준식, 여순-경재-현옥, 주임-정님-학수, 분이-준식-여순, 준식-복술-동필, 사장-정님-주임, 정님-사장-여순 등 실로 여러 가지 삼각관계가 공장을 뒤덮고 있다. 같은 노동자들 사이에서 또 평소 생활하는 과정에서 경쟁심 · 배신감 · 증오심 등이 감돌고 있다. 예컨대 3년 전까지만 해도 노동자들의 지도자 역할을 했던 동필은 진급이 안되자 준식과 그 동조자들에게 적대감을 드러내며 준식의 노동운동 방법을 강자 위주, 경거망동, 포용력 부족 등의 이유로 비판하였다. 물론 두 사람은 나중에는 서로 이해하고 동지가 되기로 한다. 그런가 하면 공장 주임, 직공, 사장 등의 남자들을 거치면서 쾌락과 이익을 좇는 정님이와 같은 여공도 등장하고 분이라든가 복술이와 같이 사랑의 고민에서 헤어나지 못하는 여공도 등장한다. 이 소설에서의 여공들 대부분은 의식이니 투쟁이니 하는 것보다는 남자 직공과의 사랑 문제에 더 크게 마음 쓰고 초조해하는 것으로 그려지고 있다. 여공들의 관심을 현실인식, 투쟁 방법 모색 등 이성적 문제에서부터 정욕 · 사랑 · 질투 등 정감적인 문제에까지 확산시키는 데서 한설야류 노동자소설의 큰 특징을 확인할 수 있다. 결국 여순이만이 의식 있는 여공의 자리를 지킨 것이라고 한설야는 외치고 있다.

이처럼 1930년대 후반부에 들어서서 한설야는 작중의 노동자들에게 이데올로그로서보다는 현실 기록자로서 접근하였으며 노동자들을 고정관념에 얽매인 시선으로 보는 방법을 지양하기도 했다. 한설야는 안사장이나 경재 또는 여순과 같은 주요 인물들을 그릴 때는 내면세계를 깊게 파헤쳐 들어갔으며 공장 노동자들의 모습을 그릴 때는 외면 묘사로 흐르는 경향을 드러내었다. 「과도기」「씨름」 등이 대체로 노동자들을 고상한 존재로 보았던 것과는 달리 『황혼』은 노동자들을 피와 살이 뛰고 욕망이 꿈틀대는 존재로 그려 보이고 있다. 『황혼』은 유진오의 「여직공」(1931), 송영의 「오수향」(1931), 이북명의 「여공」(1933) 등 1930년대 전반기의 어느 소설에 비해서도 노사 대립의 장면 설정과 문제 천착에서 모호성과 소극성을 더 분명하게 드러낸다. 앞의 작품들이 카프 해산 이전 시기의 발표분이고 『황혼』이 해산기 이후라는 점을 고려하면 이러한 대비는 쉽게 이해된다.

1920년대에 「인력거꾼」(『개벽』, 1925. 4), 「살인」(『개벽』, 1925. 6), 「개밥」(『동광』, 1927. 1) 등을 발표하여 경향작가의 대열에 들었던 주요섭은 중편소설 「未完成」(『조광』, 1936. 9~1937. 6)을 발표하였다. 이 작품은 원래는 중편소설로 만들려고 한 것이나 나중에 가서 장편으로 바뀌었다. 『조광』 1936년 9월호~11월호에는 중편소설이라고 표시하였으나 그 이후부터는 장편소설로 되어 있다. 20대 화가의 궁핍·사랑·예술정신을 유기적으로 연결시켜 그려놓은 「미완성」은 주인공 박병직이 가난으로 인한 고통, 한 여인에 대한 뜨거운 사랑, 사랑의 실패에서 오는 아픔, 예술가로서의 양심 등을 녹여 그림을 만든 것이 미완성으로 끝나고 말았음을 가리킨다. 박병직은 영순을 모델로 하여 "희망의 봄"이라는 제목으로 그림을 그려 선전에 특선하였고 부모의 반대를 무릅쓰고 결혼한다. 그러나 생활고를 견디지 못해 대중 잡지 표지화도 그리고 육체노동도 하던 중 보천교 교주 차경석의 초상화를 그려주기 위해 계룡산으로 들어간다. 박병직과 영순은 영순 아버지의 방해 공작으로 연락이 두절되고 마침내 헤어지고 만다. 「미완성」은 병직이 사랑에 실패한 채 20대에 세상을 떠나는 미완성의 생을 누렸던 것을 들려주는 데 목적을 두지는 않았다.

「미완성」은 당당하게 예술가소설의 대열에 들어간다. 영순에 대한 사랑을 예술혼으로 승화하여 "조선의 얼골"이란 그림을 구상한다. "추하고 약하고 악하고 더러운인생, 어둠의구렁텅이속에서 헤매고있는 인생이엇만 그들의 속속에는 광명을 향해서 부르짖는 내적힘이 숨어있다는것을 인식하고"[352] 자기 한 몸을 초개처럼 버려 희생을 아끼지 않는 그러한 용기가 숨어 흐르고 있다는 사실을 화폭 위에 나타내려고 하는 것이 이제 그의 일이요 사명이다.

박병직은 계룡산에 들어가서 "민족은 산의 아들"임을 깨닫게 되며 "산은 조선이요, 조선은 산이다!!"고 인식한다. "산은 조선사람을 품어 주었고 조선사람은 산에깃들여서살아왔다" 등과 같은 국토 예찬으로 돌변한다.[353] 그림이 잘 그려지지 않아 스스로 룸펜·부랑자·낙오자임을 자칭하여 알코올 중독에서 헤어나지 못하는 일재, 주의자인 오빠를 뒷바라지 하는 술집 여급 유리코 등을 주목할 수 있다. 계룡산에서 돌아와 구두 한 켤레를 사 가지고 왔으나 영순이 이미 다른 남자의 처가 된 것을 알게 된 병직은 술꾼 화가인 일재와 함께 어울린다. 병직은 영순의 배반을 두고 한 아내나 한 여성만의 배반이 아니라 인류에 대한 신념의 배반, 전 생활의 파멸, 모든 예술관의 분쇄로 확대 해석한다. 병직은 사랑에 실패하자 예술가로서 방황한다. 끝 장면은 주인공의 친구인 곽양만이 병직이 영순에게 남긴 구두를 주고 영순의 도움으로 병직의 무덤에 "못다 일우었다!" 이 여섯 자를 박병직의 비명으로 새기는 것으로 채워져 있다. 이처럼 비극적으로 결말을 처리하는 「미완성」은 애정소설이 예술가소설을 견인해 간 경우라고 할 수 있다.

---

352) 『조광』, 1937. 6, p. 85.
353) 위의 책, 1937. 4, p. 78.

엄홍섭의 중편소설 「情熱記」(『조광』, 1936. 11～1937. 2)가 1부라면 중편소설 「明暗譜」(『조광』, 1938. 3～8)는 2부에 속한다. 「명암보」제1편 끝부분에 "본편은 정열기 속편"이라는 기록이 있다. 「정열기」는 주인공 김영세 선생이 운동회가 끝나자 과로로 쓰러지고 채선혜가 문병 오고 두 남녀가 서로 사랑하게 된다는 것으로 끝나고 있고 「명암보」는 김영세가 채선혜와의 결혼을 상상하고 문서방이 김선생과 채선생이 결혼해야 학원이 잘 운영될 것이라고 소문내는 것으로 시작한다.

「정열기」와 「명암보」는 김영세라는 실력 있고 성실하고 희생적인 교사가 주인공인 교사소설이요 지식인소설이다. 김영세는 당국의 감시, 원장의 사리사욕, 채선혜의 배신, 경제난 등 여러 가지 시련을 겪으면서도 무산자 자녀를 열심히 가르치겠다는 생각에는 변함이 없다.

사실 영세는 이학원에 오기전 작년봄까지 평안도 어느고을 공립보통학교의 훈도로있었다.

불온한 사람들과 사괴어 논일이있다는리유로 실상은 자퇴가아니라 권고사직을 당한 영세였다.

영세는 설마 별일없는데 허가야내주겠지 하고 작년 이H학원에 오자마자 이력서를 당국에 제출했다.

한달, 두달, 석달이 지나도 아모말이없다. 영세는 저윽이 불안해왔다. 전에는 제출한제 한달 만에 허가가 나오곤 했다는 이H학원이 자긔가 와서 자긔의이력서를끼우자 허가가 나오지않으니 실로 우울하기 짝이없었다.

만일 당국에서 간접으로라도 무어라한다면 영세는 그날로 그만둘 각오가 있었것만 당국으로 부터는 작년 겨울내둥 아모런말이없었다.[354]

---

354) 『조광』, 1936. 11, p. 448.

"만일 당국에서 간접으로라도 무어라한다면 영세는 그날로 그만둘 각오가 있었것만"이라는 표현처럼 김영세는 영웅적인 인물로 그려지지 않는다. 그는 신념적 인물이기는 하지만 강한 인물은 아니다. 영세는 박봉임에도 주야간 학생들을 열심히 가르치고 학생들을 위해서 애를 쓰나 영세에게 끝까지 조력자로 남는 것은 학원에서 소사 일을 하는 문서방뿐이다. 홍철진으로부터 많은 돈을 끌어들이려고 채양을 홍철진에게 접근시키는 원장, 백화점 사장 아들로 동경 유학생 출신이며 미두와 중석광으로 수십만 원 졸부가 된 존재로 학원 신축 명분을 내세우며 채교사를 탐내는 홍철진, 김영세를 사랑하였으나 홍철진의 황금의 위력에 끌려 결국 김영세를 배신하는 채선혜는 모두 김영세와 대립한다.

이 소설은 원장, 홍철진, 채선생의 합동 전선의 위세에 눌려 사직서를 내놓고 문서방과 함께 학교사업을 하기 위해 서울로 올라가는 기차에서 마침 서울에서 내려오는 세 사람을 보는 것으로 끝나고 있다. 결말도 그렇거니와 작품 전반에 작가의 신중함과 성실성이 넘치는 점이 이 작품을 읽어보게 하는 하나의 이유가 될 것이다. 김영세가 문서방과 함께 학교사업 하러 서울로 간다는 결말은 당시의 독자들에게 기대감을 안겨주는 열린 결말이다. 대체로 사건 진행 속도가 너무 느린 점, 플롯이 제대로 안된 점, 대화체가 과다한 점 등의 문제점을 보이는 이 소설은 소재와 인물 면에서는 학교소설이나 담론의 면에서는 대화체소설이다.

이기영의 『어머니』(『조선일보』, 1937. 3. 30~10. 11)는 일이니 근로니 프롤레타리아니 하는 개념을 중시하는 이기영의 사상의 저변을 드러내었다. 이때의 저변은 남자의 배신, 아이의 유기, 가난 등의 시련을 겪은 인숙이라는 여주인공의 관념과 실천력을 통해 구성된다. 『어머니』는 인숙이 창규를 만나 버림받고 둘 사이에서 낳은 진영이를 부잣집 윤학구 집 앞에 버리고 덕근이라는 아들 하나 키우면서 온갖 고생을 하는 과정을 그린 소설이다. 지식인인 창규는 동경 유학 후 교사 노릇을 할 때에도 진영이를 농락하려 한 색마로 그려져 있다.

인숙은 사방을 둘러보아도 허위와 죄악으로 가득 찬 이 사회가 답답하게만 느껴졌으나 바로 이 답답한 현실을 통해서 새로운 자기를 발견하게 된다. 인숙은 아들 덕근이 은행에 취직하여 개성 지점으로 옮기고 난 후에도 삯바느질을 계속하였다. "진리는 성경책속에 잇는것이 아니라 실로산사람의 일상생활 속에 잇지안은가? 그리고 그것은 근로인의 생활에 잇지안은가?……"[355]라는 관념은 그녀를 지배한다. 근로사상을 기독교 교리 위에 두고 있는 인숙의 자세는 작가 이기영의 근로제일주의와 기독교 비판론을 반영한 것이다. 인숙이는 가을에는 인삼공장을 다니고 봄과 여름에는 삯바느질을 다니며 돈을 얼마간 모으기는 했으나 아들 덕근은 창피하니 육체노동을 하지 말라고 한다. 그러다가 덕근은 나중에는 모친을 생활은 투쟁이란 명제를 몸소 실천하는 존재로 인식한다.

이기영의 사상은 진영이의 오빠에서 출발하여 결국 애인이 되는 옥영과 애인에서 출발하여 나중에 오빠로 밝혀지는 덕근을 통해 나타나기도 한다. 옥영이 무료 병원 설립 계획을 밝히자 덕근은 이를 적극적으로 도와주겠다고 약속하였고 아들에게 이런 계획을 들은 인숙은 탁아소를 만들 결심을 한다. 작가는 인숙을 고난을 거쳐 진실한 생활을 얻고자 노력해온 존재이자 의식이 성장하는 존재로 형상화한다. 인숙은 부인향상회에 가입하여 연사가 정감록 · 보천교 · 백백교 등을 비판하면서 한국인의 미신 경향을 지적하는 연설을 듣고 감동을 받는다. 연사는 미신을 폭넓게 해석하여 당시의 부르주아적 삶의 태도를 용허하는 동양적 숙명론을 부정하기에 이른다.

여러분! 미신은 다만 무당이나 판수에게, 뭇구리를하고 점을 치는것만이 아닙니다 그런짓은 하지안코 비록, 문화주택에서 신식살림을 하며혀꼬부러

---

355) 『조선일보』, 1937. 8. 16.

진말을하고 시대의 첨단을 것는 모던 청년남녀라도 그의 인생관이 케케 묵어서, 동양적의 허름한 숙명관에 붓들려잇든지 그러치안흐면 무엇이냐, 소극적인 인생관에 붓들려서 자기한몸둥이나 편하게 잘살자는 향략주의자로서, 경박한 현실의 행복을 추구하는자들은 모두 미신에 사로잡힌 가련한 사람들이라할것이올시다.[356]

이때의 강연자가 작가 이기영의 대리화자임은 두말할 것도 없다. 그런가 하면 강연 내용은 작가 이기영의 소리이면서 동시에 당시 언론의 소리라고도 할 수 있다. 이기영은 이미 「박선생」(『별건곤』, 1926. 11), 「부흥회」(『개벽』, 1926. 8), 『고향』(『조선일보』, 1933. 11. 15~1934. 9. 21), 「비」(『백광』, 1937. 1) 등의 소설에서 기독교가 샤머니즘 형태로 받아들여지는 것에 대한 비판을 꾀한 바 있다. 윤옥영과 전덕근은 어려서부터 가깝게 지내왔거니와 학교 다닐 때 학생운동 관련 혐의로 옥고를 치른 경험도 함께한 바 있다. 덕근이는 나이도 어리고 혐의도 박약하여 거의 일삭이 가까워서 무사히 나왔다. 친구 명준, 대선과 이야기를 나누는 자리에서 니힐리스트라든가 "사닌이즘" 등의 사조가 언급된다. 이기영은 일본 유학 시절 조명희와 함께 바로 '사닌이즘'과 아나키즘을 징검다리로 하여 사회주의를 접한 이력이 있다. 이기영은 인숙·덕근·옥영 등 개인의 삶의 경우를 제시하는 데 역점을 두었지만 1930년대 후반 한국 사회의 한 분위기를 제시하는 데도 힘을 기울였다. 그가 제시한 공원은 당시 사회의 한 축도라고 할 수 있다. 공원에는 한동안 토지 매매에 미친 사람들로 들끓더니 지금은 금광광으로 온통 공원 안이 시끄러운 것으로 묘사되고 있기 때문이다. 이기영은 조선 사람은 금광과 미두밖에 할 것이 없다는 자조적인 소리가 높아졌음을 잊지 않고 지적하였다.

---

356) 위의 신문, 1937. 7. 28.

함대훈의 장편소설 『無風地帶』(『조광』, 1937. 7~1938. 1)는 12장으로 구성된 짧은 장편이다. "귀향"에서 김치호 노인은 묵은빚도 갚고 근년 의과대학 졸업반인 아들의 학자금도 보내기 위해 조개를 논을 팔아버리는데 아들 김준은 희영과 마을에 들어오면서 자신은 이곳에서 이상촌을 건설하겠다는 뜻을 밝히면서 아직 이곳은 무풍지대라고 한다. 이 소설의 제목 "무풍지대"는 미개척지나 미개간지라는 의미를 지닌다. 사실 김준은 당시 전 일본을 휩쓴 ××주의 사상에 물들어 의학부를 1년만 다니고 아버지 몰래 경제학으로 전과한다. 그는 와세다 대학에서 무산당 입후보 ××씨의 응원 연설회를 듣고 감동받고 천하를 논하려면 정치경제를 배워야 한다고 생각한 것이다. 친구 희영도 경제과로 전과를 했다가 부모의 반대로 다시 의과로 돌아갔다. 마을로 들어오며 두 사람이 나누는 대화에서 정지용의 시 「향수」가 인용되고 잭 런던, 막심 고리키 등도 언급되고 있어 두 사람이 농촌과 마르크시즘에 애착을 가지고 있음을 짐작하게 된다. 김준이 왔다는 소식을 듣고 마을의 병든 사람들이 찾아오기 시작하자 당황한 김준은 고향 R촌을 등지고 서울로 올라간다. "조합운동"에서 김준은 서울에 와서 신간회 동경지회가 자기네 그룹에 떨어지지 않고 반대파에게 넘어갔다는 비보를 접한다. 김준은 급진적이 아니고 온미하다는 비난을 받을 정도의 협동조합운동파였다. 작가는 여기서 협동조합운동파에 대해 장황하게 설명한다.

사실그들은 그런수완이 부족한반면 비교적 견실한분자들이였다. 그들은 세층 협동조합운동파(協同組合運動派)란 별명을 듣고있든 분자들로 동경서는 정치적투쟁에는 그리 이름을 얻지못하였다. 그때세력은 물론급진분자들의 회합인 일월회(一月會)였다. 그래서 그들은 이편에대해 소쁘르 운동이니 온미적 운동이니하고 비웃고 있었다.
사실 협동조합운동파들은 그운동으로 농촌을 구제하고 나아가서는 좀더

리상적인 사회를 건설하자는것인 만큼 한참 새로운 사조가밀려든 그때에있어서 더욱 그사조를 제일선에나서 받어드리고 그깃빨아래 운동하든 사람들로는 모—두 그들을 비란하였을것은 사실이었다. 그러나 그들은 그들의 정치경제적 식견으로써 그회를 결성하고 조선농촌의 갱생운동을 꾀하였다.

협동조합의 근본정신은 소비대중으로 하여금 즉접원산지에서 싼값으로 구입해다 싼값으로 쓰게하자는것이다. 그러고또 그조합원은 일인일구(一人一口) 주의로하야 현대자본주의 체계의 주식이나 합자회사처럼 그자본의 다소를 갖게하지않고 조합원이 균등하게 출자하여 균등하게 분배하자는것이었다. 그러기때문에이운동은 가장농민이많은조선에있어그중리상적이라는것이었다.[357]

협동조합운동을 전국적으로 전개하기 위해 김준은 경성본부 상무위원 일을 맡기로 하나 본부는 상임위원 김준이 혼자 지켜야 할 형편이다. 전국적으로 조합은 늘어만 가는데 본부에는 그것을 지도할 인물과 경제적 여유가 없어 준은 외로움을 느낀다. "일월회 게통의 ML당이 검거되고 그뒤를 이어여러가지 복잡한 사건이 뒤니어 발각되자 이협동조합은 인민대중에게 불온한 사상을 갖게하는것이라고 페쇄를당"[358]한 것에 따라 준이도 당국에 여러 차례 불려 갔다가 온다. 생활비와 본부 유지비를 마련하기 위해 책자도 내다 팔 정도였고 아버지도 더 이상 보조금을 보내지 않는다. 7백 호 정도 되는 어느 시골 여자청년회의 요청에 따라 김준은 "소비경제와 협동조합"이라는 제목으로 강연한 후 여자청년회 총무 박애희의 요청으로 며칠 더 묵으면서 조합 조직과 장부 조직 문제에 대해 지도해주며 박애희와 가까워지게 된다. "비보"는 김준이 아버지의 장례를 치르는 내용으로 되어

357) 『조광』, 1937. 7. p. 262.
358) 위의 책, p. 264.

있다. 그리고 경도에 있는 전문학교 경제과에 다니다가 병으로 중도 퇴학하고 야학을 경영하는 박애희에게 사랑을 느낀다. "지방정세"에서는 이웃 R읍의 청년회원들이 방문하여 여자전문교를 졸업하고 학생 때부터 문자보급운동과 가사실습운동을 전개한 민혜경을 지도해달라고 부탁한다. P읍에 가서 남녀 회원들에게 조합조직론과 계의 재조직론을 중심으로 연설을 하여 큰 호응을 받는다. "청춘송"에서 민혜경은 부인 야학과 부인계를 만들어 여성의 경제적 자립도를 높이고 권리 신장을 꾀하겠다는 결심을 한다. 김준의 고향에서는 마을 청년 희찬을 중심으로 공동경작운동을 전개하기로 하고 김준은 상경하여 애희와 저녁 식사를 하며 농촌운동 방법에 대한 토론을 벌이며 현재 농민들의 분열 현상과 퇴폐 현상을 지적하는 데 열을 올린다. 다음 날 숙소에 민혜경과 박애희가 동시에 찾아온다. "사랑의 축록전"에서 준은 동양적인 풍류성을 띤 애희와 모던하고 스마트한 명랑성을 지닌 혜경 사이에서 고민한다. 두 여자는 김준을 두고 치열한 경쟁을 벌인다. 김준은 희영과 소설가 친구와 같이 간 술집 명월관에서 문학, 영화, 연극에 밝은 강계 출신의 기생 춘심에게 반한다. "오해"에서 애희를 데리고 상품을 흥정하고 혜경이 입원한 병원에 갔다가 나오면서 춘심을 만났으나 면담을 거절하고 애희를 전송하는 등 준은 세 여자 사이에서 방황한다. 춘심이 자기 앞길을 지도해달라는 편지를 보내고 찾아와 제자가 되겠다고 한다. 춘심의 존재를 보고 혜경이는 시골로 내려가버린다. "여자소비조합"에서 김준은 박애희의 요청에 따라 낙동강 근처의 S읍에서 하는 여자소비조합 개업일에 참석하여 사람들로부터 칭찬을 듣는다. 전 조선 방방곡곡에 소비조합이 우후죽순처럼 생겨났으나 김준이 돌연 체포되면서 협동조합운동이 찬 서리를 맞게 된다. "기로"에서 혜경은 신의주에 있는 김준에게 차입을 하고 온다. 오희영이 보낸 편지에는 김준은 제×차 ○○ 당 사건에 전혀 관계가 없고 준과 아는 러시아 갔다 온 사람의 일기장에 준군을 만났다는 기록 때문에 조사받은 것으로 아무 혐의가 없으니 곧 나올 것이라는 소식과 협동조합 본부는 활동할 수 없게 될 것이라는 소식이 들어 있다. 아버지로부터 결혼하라는 압력을 받자 혜경은 서울 원남동에 있는 대학병원에 가 오희영을 만나 저녁 식사를 하며 여러 가지 문제를 의논한다. "연애와 우정"은 희영과 혜경은 영화 구경도 하고 저녁도 같이 먹으며 급속히 가까워진다는 내용이 들어 있다. 석간신문에서 기생 춘심이 기적에서 이탈하여 몇 달 동안 준에게 사식을 차입한 것과 춘심이 김준과 결혼하여 자기처럼 천대받는 계급을 위해 일해보겠다고 결심을 밝힌 기사를 본다. 혜경과 정월 초에 결혼하려고 하는 오희영에게 춘심이 찾아와 재산 2만 원을 투자하여 시골로 가서 땅을 사서 모범 농촌을 건설하겠다고 한다. "다시맞는 봄"에서 희영과 혜경은 강원도 S촌에 와서 가난과 병마에 시달리는 농민을 구제하고 이상 농촌 건설을 도모하기로 한다. 준은 석방되어 춘심과 같이 이 마을을 찾아와 이 마을을 이상촌으로 건설하기로 한다. "그들의 이상도"에서는 소비조합을 조직하여 상품을 사들여 싸게 팔 것, 조합원에게는 전부 실비로 시료할 것, 조합원의 경우 지주에게는 3할로 소작인에게는 7할로 할 것, 공동 경작을 할 것, 야학을 만들어 문자를 해득하게 할 것 등과 같은 이상도를 작성하였다.

소설이 끝나자 작가는 이 소설은 전편에 불과한 것으로 후편은 농촌갱생 편이 될 것이라는 부기를 달아놓았다. 협동조합운동론자가 운동가로서의 시련과 사랑의 갈등을 겪은 후 본격적으로 이상촌 건설에 돌입하게 되었다는 것으로 결말을 처리하기는 하였지만 이상촌 건설이 제대로 될지는 알 수 없다. 후편을 농촌갱생 편으로 만들 것이라는 계획을 보면 이상촌 건설의 현실화를 작가가 확신하고 있는 것은 틀림없다.

『濁流』(『조선일보』, 1937. 10. 12~1938. 5. 17)[359]는 세태소설의 모델로

---

359) 다음의 논문을 주목할 필요가 있다.
　　　이경훈, 「이중의 탁류—채만식의 『탁류』에 대해」, 『연세어문학』, 1990.
　　　우한용, 「시대의 희생제의를 읽어내는 방법」, 『탁류』 해설, 서울대 출판부, 1997.

평가되어왔다. 세태소설로 굳히는 것은 『탁류』에서 당시의 세상을 여실하게 묘사한 것을 가장 높이 평가하는 것을 의미한다. 세태소설이라는 규정은 정주사 같은 속물, 고태수나 장형보와 같은 사기꾼, 초봉이와 같은 무지한 자기희생자에게 지나치게 큰 비중을 둔 결과로 나온 것이다. 『탁류』는 채만식 특유의 감칠맛 나는 문체와 뛰어난 경제·사회 인식이 어우러져 나온 명품이다.

　모두 19장으로 구성된 이 작품은 사건의 전개가 끝까지 긴장감을 안겨줄 만큼 치밀하게 이루어졌다. 정주사가 인간 기념물로 내려앉는 과정을 그린 "인간기념물", 제중당 약국 점원인 초봉이의 모습과 주인 박제호와의 관계를 그린 "생활 제일과", 정주사 집안의 가난과 남승재의 내력을 소개한 "신판 홍보전(新版興甫傳)", 군산의 미두장 풍경과 고태수·장형보의 모습을 그린 "……생애는 방안지(方眼紙)라!", 고태수와 한참봉 김씨의 사통을 그린 "아씨 행장기", 장사 밑천 대준다는 약속을 믿고 초봉이 고태수와 결혼하기로 한 "천냥만냥", 고태수가 승재에게 매독을 치료하러 온 "외나무다리에서", 태수와 초봉의 결혼, 태수의 횡령 사건 발각, 간통 현장을 들킨 태수 피살, 형보의 초봉 겁탈 등의 사건으로 엮인 "태풍", 초봉이 제호와 동거하게 되기까지의 과정을 그린 "만만한 자의 성명은……", 장형보가 초봉이 낳은 딸 송희를 자기 아이라고 우기며 제호와 협상 끝에 초봉의 남편 노릇을 하게 되는 "슬픈 곡예사", 초봉이 보내온 돈으로 구멍가게를 차리고 미두를 하는 정주사네와 야학 활동과 빈민구료사업을 펼치는 남승재를 그린 "식욕(食慾)의 방법론", 자살하려던 초봉이 장형보를 살해하는 "내보살 외야차(內菩薩 外夜叉)" 등으로 구성되어 있다.

　「세태소설론」(『동아일보』, 1938. 4. 1~6), 「최근소설의 주인공」(『문장』, 1939. 9) 등을 발표했던 임화와 같은 동시대의 평론가와 그 후 문학사가의

이재선, 「『탁류』와 도시 군산의 징후학」, 『현대소설의 서사주제학』, 문학과지성사, 2007.

견해를 따라 세태소설로 규정한 것은 틀리지는 않지만 중요한 것을 외면하는 결과가 되기 쉽다. 세태소설이라는 유형은 정주사, 박제호, 고태수, 장형보, 초봉 같은 인물을 아우르는 힘을 갖기는 하나 남승재 같은 선량하면서도 이타적이고 미래 지향적인 인물을 음지로 몰아가 버릴 수 있기 때문이다.

『탁류』는 가족의 생계를 확보하기 위해 자기희생을 서슴지 않는 초봉을 중심으로 보면 전락의 플롯으로 된 여성소설이 된다. 장형보나 고태수를 중심으로 보면 고등사기꾼소설Hochstaplerroman이요 악한소설Schelmenroman이 된다. 초봉을 탐내고 이용하고 송희가 자기 딸이 아닌 것을 알고 가차 없이 차버리는 박제호, 딸의 미색을 이용하여 장사 밑천을 확보하는 정주사는 비도덕적 인물이요 속물의 범주에 넣을 수 있다. 초봉을 짝사랑했다가 계봉과 가까워지는 남승재를 중심으로 할 경우 『탁류』는 의사소설이며 지사소설이 된다.

초봉의 타락 원인은 무능한 아버지 정주사가 제공한 셈이다. 일찍이 정주사는 선비네 집안의 가도를 따지는 아버지의 덕에 사서삼경도 읽고 신학문도 했고 그 덕으로 23세에 군청에 들어가서 13년 동안 군서기를 다녔다. 그 후 얼마 안 되는 재산을 정리하여 이곳 군산으로 와서 은행, 미두중매점, 회사를 다니다가 미두꾼이 되었고 나중에는 하바꾼이 되었다. 『탁류』의 전반부는 정주사의 경제상 몰락 과정을 그렸고 이의 극복 과정에서 빚어진 정신적 타락을 보여주기도 했다. 정주사의 정신적 타락은 남승재를 사람은 똑똑하기는 하나 고아이면서 가난하기 때문에 사윗감에서 밀어내버린 데서 시작된다. 정주사는 그래도 교양이라는 것이 있어서 딸을 팔려는 속내는 드러내지 못한다. 초봉은 "모친에게서 결혼을 하고나면 태수가 장사미천으로 돈을 몇천원 대어주어서 부친이 장사가튼것을 하게한다는 그말을 듯고는 와락 태수한테 기울어저바렷다."[360] 그 후 초봉은 제호와 동거하기로 결심하면서 제호가 매달 주는 50원에서 절반 정도를 남겨 내려

보내 주리라고 계획하였고 원수보다 싫은 형보와 살기로 하면서 다달이 용돈으로 50원씩 손에 쥐여 줄 것, 친정도 먹고살게끔 한 끄트머리 잡아줄 것, 친정 동생들 서울로 데려다가 공부시켜주어야 할 것 등을 조건으로 내세운다. 초봉은 자신이 아무리 불행한 처지에 빠져도 친정 거두어 먹일 생각을 포기한 적이 없다. 정주사는 장형보가 초봉이를 통해 내려보낸 5백 원으로 구멍가게를 차려놓고는 미두장 출입을 하게 된다.

정주사의 몰염치 외에, 약국 주인 박제호의 교활함, 장형보의 악행, 고태수의 사기 등은 이 사회는 돈이 제일이요 욕망 충족이 삶의 절대적 가치라는 것을 입증해주는 존재들이다. "인간기념물" "……생애는 방안지라" "태풍" 등의 장은 채만식이 1930년대의 경제 흐름이나 경제 착취 구조에 대해 잘 파악하고 있음을 일러준다. 채만식은 이러한 장에서 특히 미두, 은행 등에 대한 남다른 지식을 유감없이 잘 털어놓았다. 채만식은 『탁류』를 통해 미두에 대해 당시의 작가들 가운데서 가장 지식이 많은 작가로 평가될 수 있었고 『금의 정열』에서는 가히 금광학 전공자로서의 수준을 보여줄 수 있었다. 가해자이든 피해자이든 제3자이든 『탁류』의 인물들은 모두 돈과 직접 관계가 있는 것으로 그려지고 있다. 정주사의 미두 참가, 은행원 고태수의 남의 수형 절취, 고태수의 하수인으로서 장형보가 보여준 수형 할인 등은 인물들이 적극적으로 경제 활동을 하고 있음을 보여준다. 남승재는 군산에서 야학 활동을 벌이고 무료 병원을 경영한다. S여학교의 교실을 오후와 밤에만 빌려서 보통학교도 못 다니는 애들을 모아놓고 조선어ㆍ일본어ㆍ산술 등을 가르쳐준다. 종일 굶는 아이들을 보면 있는 대로 돈을 털어 먹을 것을 사다 주기도 하였다. 병원에서 받는 월급 60원 중 생활비 10원, 약값 15원을 제한 나머지는 모두 학생들 먹이는 값으로 들어간다. 남승재는 돈이 없어 더 많은 사람을 도와주지 못하는 한계를 느끼면서

---

360) 『조선일보』, 1937. 12. 15.

불만과 우울에 휩싸여 지냈다.

　승재가 가난한사람의 병든것을 쪼차다니면서 돈 밧지안코 치료해준다는
소문이 요새와서는 좁다고해도 인구가 륙만명이 넘는 이 군산바닥에 구석구
석 몰으는데업시 고루 퍼젓고 그래서 위급한데도 어찌하지못하는 병자만 돌
아보아주재도 항용 열썩은 더된다

　그박게 종기야 가슴애피야하고 모여드는 사람은 유루 헤일수가 업다 큼직
한 종합병원 하나를 채리고 안젓서도 그 사람들을 골고루 만족히 치료해줄
는 업슬것 가탓다 그런것을 낫에는 병원일을 보아주고나서 오후와 밤으로만
그수응을 하자하니 도저히 승재의 힘으로는 감당해낼 재주가업섯다

　더구나 돈 그까짓 삼사십원을 가지고 그수탄 배고픈 사람들을 갈러 멕이
자니 마치 시장한 판에 밥알이나 한알갱이 입에다 너코 씹는것가터 간에도
차지안헛다.

　대체 조고만한 이 군산바닥이 이러할바이면 조선 전체는 어떠할꼬 이것을
생각해보앗슬때에 승재는 딱 기가 질렷다

　단지 눈에 띄이는 남의 불행을 차마 보지못해 제 힘잇는것 그를 도아주
고…도아주고 하는데서 만족하지를 안코 그불행한 사람들을 주체삼어 글러
루 눈을 돌리게된것은 승재로서 일단의 진경이라하겟다.

　그러나 그는 겨우 그 량(量)에로 눈이 갓슬뿐이지 질(質)을 알어낼 시각(視
覺)은 갓지를못햇다 가난과 무지와 병으로해서 불행한 사람이 만흔줄 까지
는 알엇서도 사람이 어째서 가난하고 무지하고 병에 지고 하느냐는것은 아
직도 모르든것이다 그러키때문에 승재의 지금의 결론은 절망적이다 —그
수태만흔 불행한 사람을 약삭발리 한두사람이 구제할수는 업는것이다 그러
니까 그래도 눈으로 보고서 차마 못해 돈푼이나 듸려 구제니 또는 치료니 해
주는것은 결국 남을위한다느니보다도 위선 제자신의 감정을 만족시키는 제
노릇에 지나지못하는 것이다.[361]

승재는 사회사업을 하고 있지만 사회주의에 동조하는 것은 아니다. 계봉이가 어디서 주워들은 '빈자와 부자 사이의 분배 불공평'에 대해 의아해할 정도다. 남승재는 의료 활동과 야학 활동을 하는 사이에 자연스럽게 1930년대 당시 조선의 비참한 현실을 파악하게 된다. 관념이 아닌 생활에서 출발한 남승재는 평소 시니시즘에 감응되어 있는 채만식 소설에서는 보기 어려운 인간형이다. 남승재는 이 소설 후반부에 가면서는 서울에 올라온 이후 친구가 차린 실비 병원에서 일하는 한편 계봉과 연애하나 첫 사랑 초봉에 대한 미련과 연민에서 헤어나지 못한다. 남승재는 군산에서는 실천적 존재로 서울에서는 가능성이 넘치는 존재로 형상화된다. 『탁류』에서 정주사·초봉·박제호·장형보·고태수 같은 인물들이 세속사를 드러내 보인 것이라면 남승재는 신성사의 한 줄기 빛을 제시한 인물이라고 할 수 있다.

(다) 생산과 개척의 기록(『무영탑』~『화상보』)

현진건의 『無影塔』(『동아일보』, 1938. 7. 20~1939. 2. 7)[362]은 현진건으로서는 첫번째 역사소설이며 완성된 소설이다. 『무영탑』 이후에 나온 「흑치상지」와 「선화공주」는 미완성으로 끝나고 말았다. 『무영탑』은 다음과 같은 화소로 구성되어 있다. 아사달이 불국사에서 석가탑을 만든다, 유종의 딸 주만이 아사달을 대면하고 사랑을 느낀다, 금시중의 아들 금성이 주만에게 접근하나 주만은 거절한다, 아사녀의 아버지 부석이 죽자 제자들이

---

361) 위의 신문, 1938. 4. 9, 13.
362) 다음 논문들을 주목할 필요가 있다.
 강영주, 『한국 역사소설의 재인식』, 창작과비평사, 1991.
 장양수, 「현진건 장편 『무영탑』의 민족주의 문학적 성격」, 『새얼어문논집』 13, 2000.
 양진오, 「현진건의 『무영탑』 연구」, 『현대소설연구』 19, 2003.
 황종연, 「근대소설에 나타난 신라─현진건의 『무영탑』과 이광수의 『원효대사』를 중심으로」, 『동방학지』 137, 2007.

위협을 가한다. 주만의 신랑감으로 경신이 등장한다. 아사녀가 불국사에 찾아왔으나 아사달을 만나지 못한 채 영지에 빠져 죽는다. 아사달은 대공을 마친다. 화형에 처해지던 주만은 경신에게 구제된다. 아사달은 아사녀가 죽은 것을 알고 영지(影池)에 빠져 죽는다. 아사달의 석가탑 건설, 아내 아사녀에 대한 그리움, 신라 귀족의 딸 주만의 아사달 사랑, 아사녀의 죽음, 김경신에 의한 주만 구출, 아사달의 자살 등의 주요 사건들이 보여주는 것처럼 『무영탑』의 주제는 사랑의 갈등이다. 아사달은 석가탑 제작에 대한 초인적 열정, 아사녀를 향한 그리움, 주만에 대한 사랑의 분출 사이의 역학을 잘 정리하지 못했다.

『무영탑』은 영지전설(影池傳說)³⁶³⁾이나 아사달전설(阿斯達傳說)을 소설화한 역사소설이요 설화소설이다. 동시대의 이광수, 김동인, 박종화 등이 영웅적 인물을 주인공으로 하여 정사나 야사를 제재로 한 역사소설을 쓴 반면 현진건은 비극적인 예술적 장인을 주인공으로 한 소설을 썼다. 『무영탑』은 역사소설이면서 장인소설(匠人小說)이라고 할 수 있다. 아사녀와 아사달의 사랑이건 아사달과 주만의 사랑이건 젊은 남녀 사이의 사랑이 큰 비중을 차지하는 점에서 『무영탑』은 애정소설로 볼 수도 있다. 장인소설적 요소와 사랑소설적 요소가 서로 부딪히기도 한다. 아사달은 대공장(大工匠)의 길을 걸어가려고 한 것이기에 아사녀와 부부로서의 생활을 누릴 수가 없었다. 아사달이 대공의 길을 걸어가지 않았다면, 다시 말해 석가탑 제작의 일을 맡지 않았더라면 아사녀와의 사랑이 비극적으로 끝나는 일은 벌어지지 않았을 것이다. 『무영탑』은 처음부터 끝까지 아사달의 예술혼이나 장인정신을 작중 사건의 근본적 원인으로 꼽았다. 아사달은 재주가 있었기에 주위 사람들로부터 사랑과 질투를 동시에 받아야 했다. 불국사의 중들도 아사달

---

363) 『신시대』 1942년 9월호에는 "영지" "황룡사의 김광정" "어밀레종" 등 세 가지 내용의 경주 전설이 소개되었는데 아사달을 일컫는 "영지전설"의 남자 주인공은 당나라에서 초빙해 온 이름 미상의 존재로 그려져 있고 아사녀도 당나라 여인으로 밝혀져 있다(p.96).

파와 반아사달파로 갈라지고 아사녀의 아버지이자 아사달의 스승이기도 한 부석의 제자들도 반으로 갈라지고 신라의 귀족들도 패가 나누어졌을 정도다. 작가 현진건은 석가탑의 완성을 위한 아사달 부부의 희생이라는 모티프를 설정한 만큼 아사달의 예술가로서의 기운을 중시하였다. 작가는 이를 "신흥(神興)"이라고 표현하였다.

그는 제 핏줄 가운대 제것아닌 무서운 힘이 용솟음함을 느끼엇다.

오래간만에, 참으로 오랜간만에 어마 어마한 신흥(神興)이 저를 찾아 온 줄, 그의 넋은 벌서 깨달은 것이다. 이흥이 오기를 얼마나 바래엿든고, 기다리엇든고, 이 "흥"이란한없이 곱고 한없이 사나웁고 철석 같이 믿부다가 바람 같이 변한다. 넓자면 왼 누리에 차고 잘자면 겨자알도 오히려 크다. 활달 할쩍엔 양양한 바다에 봄바람이 넘놀고 까다롭자면 시기하는 지어미도 물러앉을 지경이다. 그러고 갖은조화를 다 가진 듯, 고대여겨 잇는가하면 깜아득하게 살아지고, 분명히손아귀에 들엇거니하다가 돌아서면 간곳을 찾을길 없다. (중략) 바위덩이에나 지질린것같은 답답하고 캄캄한머리 가운대으렷이 한가닭 광명이 어릿거린다. 그실낱같은 빚줄이차차 굵어다가 떼구름을 쫓고 쑥 햇발이 불거지듯 갑자기 머리속이 환해지면 어느 모를 어떠케 갈기고 어디를 어떠케 쪼아야 될것도 따라서 환해지는것이엇다.[364]

현진건은 '신흥'을 설명하는 자리에서 자신의 역량을 다하여 미문을 구사한다. 여기서 신흥은 구체적인 형태로 그려지지는 않지만 그 위력은 잘 감지될 수 있을 정도로 강조된다. 신흥은 아사달 솜씨의 본질이면서 동시에 조선인의 본질을 캐고 조선인의 흥을 돋우는 데 절대적으로 필요한 것이기도 하다. 신흥은 석가탑을 완성시키는 에너지가 되면서 동시에 한국인

---

364) 『동아일보』, 1938. 8. 22.

예술정신의 핵심을 이룬다.

『무영탑』에는 아사녀-아사달-주만, 아사달-주만-경신, 아사달-아사녀-팽개 등과 같은 삼각관계가 나타나며 유종-금시중, 주만-금성, 경신-금성, 불국사 승려들-아사달, 아버지 유종-딸 주만, 아사달-팽개, 아상노장-불국사 승려들 등 직접 대립의 모습도 보인다. 그런가 하면 아사녀와 아사달에게 사기를 치는 콩콩, 아사녀를 겁탈하려 하는 팽개, 부여에서 온 아사녀에게 거짓말을 하여 운명을 뒤바꾸어놓은 문지기 등은 악인의 범주에 들어간다.

직간접적인 갈등은 없지만 대비해 보아야 할 존재들도 있다. 다보탑과 석가탑, 부여 석수의 딸 아사녀와 경주 거족의 딸 주만, 경주와 부여, 당학파와 국선도파 등이 바로 그것이다. 이 중에서 유종과 금시중이 각각 대표하는 국선도파와 당학파의 대립에 무게가 실려 있다. 팔월 한가위를 맞이하여 궁술과 검술 모임을 할 것을 의논하는 자리에서 유종과 금시중은 팽팽하게 대립한다. 금시중이 지금과 같은 태평성대에 살벌한 기운을 일삼는 것은 화길한 일이 아닐뿐더러 "상무지풍을 눌르시어 혈기 방장한 젊은 무리의 예기를 꺾으시고 성경현전에 잠심케 하시와 국가백년대계의 귀취를 밝히심이 좋을까 하나이다"고 하자 유종은 문무를 병행시킴이 치국의 대경대법이다, 삼한 통일의 위업을 달성하게 된 힘의 하나는 국선도에 있다, "무"는 국민의 원기이니 태평성대라 하여 "문"만 숭상하면 멀지 않은 장래에 큰 화를 입을 수 있다, "치"에서 "난"을 잊지 않고 "난"에서 "치"를 잊지 않아야 나라를 태산 반석에 올려놓을 수가 있다고 주장하였다. 작가는 이미 두 인물의 말하는 모습을 묘사하면서 "금시중은 얼굴 빛이 노리캥캥한 데다가 수염도 없어 얼른보면 고자로 속게되엇는데 이손 유종은 긴 수염이 은사실 처럼 늘어지고 너그러운 두 뺨에 혈색도 조흐니 풍신조차 정반대엿다"[365]와 같이 금시중은 되도록 깎아내렸고 유종은 호의적으로 그렸다. 이미 금시중은 유종과 사돈을 맺고 싶어 유종과 만난 자리에서 신라

의 술, 풍류, 음악, 경치 등을 무조건 낮추어 보면서 당나라 것이 무엇이
든지 좋다는 태도를 드러낸 바 있다. 유종은 민족주의자로 금시중은 사대
주의자로 그려지고 있다. 1920년대 단편소설에서 보여주었던 객관적 사실
주의의 태도는 이 소설에 와서 더 이상 보이지 않게 되었다. 유종은 자기
의 사윗감으로 "신라를 두 어깨에 질머질만한 인물, 밀물 처럼 밀려 들어
오는고리터분한 당학을 한손으로 막아내고, 지나치게 흥왕하는 불교를 한
손으로 꺾으며, 기울어저 가는 화랑도를 바로잡을 인물"[366]을 생각하면서
금성은 당학파인 것이 기본적으로 마땅치 않지만 외양도 병약하고 장부의
기상을 찾을 수 없다고 하였다.

어째서 현진건은 이처럼 고전소설이나 신소설처럼 작중인물의 편을 선
악으로 갈라 노골적으로 편드는 태도를 보인 것일까. 현진건은 신라를 조
선으로, 당학파를 친일분자와 같은 외세주의자로, 국선도를 민족주의자로
환치해서 보는 독법을 요구한다. 이러한 자기의 입장을 분명히 하기 위해
의도적으로 낡은 방법을 구사한 것이 아닌가. 현진건에게 국선도, 아사달
의 신기, 김경신의 지도자적 풍모 그리고 무영탑은 단순한 대상의 차원을
넘어서서 이념화 또는 신앙화의 대상이 된다. 『무영탑』은 예술가소설을 외
연으로 삼으면서 정치소설적 요소, 이념소설적 요소를 안으로 잡아 넣었
다. 『무영탑』에서 현진건은 정확하고 아름다운 문장을 과시한다. 언어로
그림을 그려내는 수법은 해방 이전 작가 중에서 일인자라고 해도 좋을 것
이다.

저 건너 언덕에 우뚝 우뚝 선 소나무들의 그 촘촘한 잎새로도 가느다단 빛
발이 주줄이 새여흐르다가 어느결에 그 밑둥이 환해지자, 그기름한 몸이 넙

---

366) 위의 신문, 1938. 9. 9.
366) 위의 신문, 1938. 9. 11.

쭈러기업드려 그림자못 이쪽 저쪽을 거의 가루질럿다. 물결은이난데없는 검은그림자에 놀래어 떠나 밀듯이 일렁 일렁 모혀들자 소나무는 물속에서 우쭐거린다.[367]

이렇듯 현란하고 다양한 수사법이 한자리에 모여 있는 문장은 『무영탑』 도처에서 쉽게 발견된다. 현진건은 설화소설 유형, 역사소설 유형, 장인주인공소설 양식과 함께 미문주의를 선택함으로써 우리 민족의 아이덴티티를 지킬 수 있었다. 현진건은 이미 1920년대 발표작 「빈처」 「고향」 등의 작품에서 볼 수 있는 것처럼 일어일물설(一語一物說)을 신봉하였다. 고유어의 적극 사용은 미문주의의 근거가 되며 미문주의는 의성어와 의태어의 적극 사용으로 나타나기도 한다. 『무영탑』에서는 찐덥잖다, 노박이로, 감때사납다, 능갈치다, 종주먹을 대다, 갸둥질을 치다, 산댓속이 빠르다 등 많은 고유어와 진둥한둥, 몬늘몬늘, 띠룩띠룩, 수멸수멸, 지르렁지르렁, 사르럭사르럭, 제글제글, 아리숭아리숭 등 많은 의성어나 의태어를 만나게 된다. 이 소설은 채만식의 장편소설과는 대조적으로 웃음기나 습기가 없는 점, 대화체가 많은 점, 묘사가 설명을 압도하는 점 등을 서술 방법상의 특징으로 한다. 묘사주의에 빠지다 보면 주관적 서술 태도를 지니기 어렵게 되어 『무영탑』은 사상소설로 나아가지 못하고 행동소설이나 사건소설의 색채가 짙어지고 말았다.[368]

김남천의 『사랑의 水族館』[369]은 1939년 8월 1일부터 1940년 3월 3일까

367) 위의 신문, 1939. 1. 28.
368) 졸고, 「현진건의 『무영탑』, 그 미문주의의 허실」, 『한국 현대문학사상 탐구』, 문학동네, 2001, p. 298.
369) 다음 논문들을 주목할 필요가 있다.
    김외곤, 「사상 없는 시대의 왜곡된 인간 군상」, 『한국근대리얼리즘문학비판』, 태학사, 1995.
    강진호, 「『사랑의 수족관』론」, 『한국근대문학작가연구』, 깊은샘, 1996.
    곽승미, 「김남천의 『사랑의 수족관』론—통속성과 주체정립의 의지」, 이화어문학회, 『이

지『조선일보』에 연재된 것으로,『대하』이후 첫 장편이다.『사랑의 수족
관』은『대하』가 전작 장편으로 발간된 지 1년 후에 나왔다. 23개의 소제목
가운데 3분의 2가량이 주요 인물들을 물고기에 빗대어 표현한 것이 특징
적이다. 이경히가 니시다구미 양덕철로 공사장을 방문하여 김광호를 첫 대
면한 것을 그린 "은어(銀魚)는 내 속에서"의 "은어"는 김광호를 표현하고
있고 "장경(長鯨)의 현실주의"에서 딸 이경히가 탁아소 사업 자금을 요구하
는 것을 선선히 받아들이는 이신국 사장은 "고래"로 형상화되었다. "미꾸
라지와 용과"에서 김광호는 "용"으로 표현되어 있다. 김광호, 양자, 현순,
김광신 등의 인물들은 "부어(鮒魚)가 사는 세계"에서의 "부어"로 비유되어
있다. 주인공 김광호는 은어 · 심해어 · 담수어 · 용 등과 같이 깨끗하고 맑
은 이미지로 표현된다. 친일 매판 자본가로 그려지는 이신국도 "고래"와
같이 큰 존재로 그려지고, 양재사로 일하면서 김광호를 사랑하는 강현순도
"방황하는 금붕어"로 그려지고 있다. 이처럼『사랑의 수족관』에는 우화소
설적이며 상징소설적인 요소가 들어 있다.

『사랑의 수족관』의 중심사건은 경도제대 출신으로 토목기사인 김광호와
대홍재벌 사장 이신국의 딸 이경히의 사랑, 김광호의 만주 전근, 이경히의
탁아소 설립 계획 등으로 비교적 단순하게 설정되어 있어 연애소설적인 색
채가 짙은 것임을 부정할 수 없다. 김광호와 이경히의 사랑을 극화하기 위
해 이신국의 첩 은주가 김광호를 유혹하고 중상하는 것, 강현순이 김광호
를 짝사랑하는 것, 이경히에게 이신국의 비서인 송현도가 결혼해달라고 치
근대는 것들을 주변 사건으로 덧붙였다. 그러나 단순한 연애소설로 몰아가

화어문논집』 18, 2000.
김한식, 「1930년대 후반 김남천의 창작방법론과 장편소설『사랑의 수족관』」, 한국문학이
론과비평학회,『한국문학이론과 비평』 10, 2001.
허병식, 「직분의 윤리와 교양의 종결—김남천의『사랑의 수족관』을 중심으로」, 한국현대
소설학회,『현대소설연구』 32, 2006.

기는 어려운 만큼 김광호, 이경희, 송현도,[370] 강현순 등 주요 인물은 '일'에도 몰두하는 모습을 보인다. 김남천은 이경희의 탁아소 사업 구상을 합리화하기 위해 인도주의자로 그리고 있고 이 바탕 위에서 자선사업을 계획하도록 한다. 경희는 대홍상사 · 대홍광업 · 대홍공장 등의 주식을 근거로 하여 또 아버지로부터 거액의 돈을 받아 직업 부인들을 위해 탁아소를 세울 계획을 구체적으로 추진한다. 이경희는 자기를 희생해가며 사회봉사에 힘쓰는 인물로 그려져 있다. 동기야 어찌 되었든 채만식의 『탁류』에서 남승재라든가 이기영의 『인간수업』에서 현호와 동일 범주에 넣을 수 있다.

이경희가 탁아소 건립 계획을 이야기하자 김광호는 이것이 얼마나 사회의 부정을 개정할 수 있으며, 사회 현실을 돌아보면 탁아소 건립 계획이 정의감을 갖는 것인가 묻는다. 김광호가 자선사업은 "마치 중태에 처한 문둥병 환자에게 고약을 부치고 잇는 거나 가튼거"[371]라고 하자 경희는 김선생은 니힐리즘이라고 반박한다. 김광호는 자신은 어떤 사상이나 주의를 가진 것이 아니라고 하면서 예컨대 죽은 형의 사회주의에도 공명하지 않는다고 하였다.

「어딘가 나의생각에는 형의 영향이 남아잇는것 가타요. 그것이 무엇인지는 모르나 여하튼 자선사업이나 그런것에 대한 냉담한 태도는 형에게서 바든 유산가치 생각됩니다. 그러나 나는 경희씨가 생각하는것처럼 약질의 허무주의자는 아닙니다. 나는 첫째 직업엔 충실할수 잇습니다. 나의 직업에 대하얀 무슨 까닭인지 모르나 그러케 기픈 회의를 품어 본적이 업는것 가타요. 무엇때문에 철도를 부설하는가? 나의지식과 기술은 무엇에 씨어지고 잇는가? 그런걸 생각한적은 잇습니다. (중략) 그러나 기술에서 일만눈을 사

---

370) 이경희와 송현도는 이미 김남천의 『세기의 화문』(『여성』, 1938. 3~10)에서 여주인공과 남주인공으로 등장한 바 있다. 이름만 같을 뿐, 전혀 별개의 성격을 드러낸다.
371) 『조선일보』, 1939. 11. 1.

회로 방향을 돌리면 나는 일종의 페시미즘(悲觀主義)에 사로잡힙니다. 나의 주위에도 만흔 인부가 들끌코 잇고 그중에는 부인네나 어린 소년들도 만히 끼어잇습니다. 직접 나와 관게를 가질때도 잇습니다. 그들의 생활문제, 아이들의 교육문제……나는 어찌할바를 모릅니다. 그러나 자선사업을 가치로써 인정할만한 정신적인 원리는 그가운데서 차자내지 못햇던 것입니다.」

「그러니까 허무주의는 아니라도 스켑티시즘(懷疑主義的)인건 사실이지오.」[372]

김광호에게 사상적으로 영향을 주었던 형 김광준은 본처를 버리고 카페 여급과 동거하던 중 급성 폐렴으로 사망하였다. "광준이가 이세상을살아 가는데 신념과 가치를 완전히 일허 버리게 되기는 아마도 작금 양년간이 아닌가 하고 생각되엇다"[373]와 같이 주의자 김광준은 급격히 몰락해버린다. 이에 반해 동생 김광호는 자기 직업에 회의를 품은 적이 없다고 하였다. 김광호는 사회주의자도 니힐리스트도 아니고 기술주의자(技術主義者)인 만큼 제3의 길을 모색한 것이라고 볼 수 있다.

이 소설의 끝에 가면 김광호는 만주 길림성 철도국에 가서 이경히에게 보낸 편지를 통해 철도·석탄·석유 등에 대한 전문 지식을 털어놓고 있다. 이 과정에서 김광호가 일본의 해군과 만철이 협력하기 위해 고심한 결과를 인정하여 일본질소와 같은 기업체의 만주 진출을 긍정적으로 본 것은 현실수리론(現實受理論)의 태도라고 할 수 있다. 김남천은 석탄 직접 액화법 이라든가 인조 석유 등에 대한 전문 지식을 털어놓기도 한다. 허무주의 모티프를 넘어서서 산업소설로 나아간 점은 작가가 현실 극복을 모색하고 있는 증거가 된다. 채만식과 이기영이 금광학으로 나아간 것과는 달리 김남

---

372) 위의 신문, 1939. 11. 1.
373) 위의 신문, 1939. 8. 19.

천은 공장산업학으로 나아가고 있다.

　이 소설이 여러 가지 문제점을 드러내고 있는 것도 사실이다.『사랑의 수족관』이라는 제목부터 내용에 이르기까지 단순한 보여주기에 머물지 않는다. 말하기의 방법을 취하여 긍정적 인물과 부정적 인물을 갈라내는가 하면 한번 긍정적 인물이나 부정적 인물에 속한 존재에 대해서는 계속해서 밀고 가는 버릇이 있다. 이런 것을 포함해서 묘사나 서술의 양에 비해서 사건 전개가 약한 점, 비중이 떨어지는 인물들의 언어와 행위에 대한 묘사가 많은 점, 신일성이 범한 일을 강현순이 이경히에게 다시 한 번 들려주는 것처럼 생략의 묘를 살리지 못하는 점, 주요 인물들의 음모와 모략을 조금 비현실적으로 처리한 점 등의 문제점은『사랑의 수족관』을 로망스로 끌어내리는 요인이 된다.『사랑의 수족관』은 이기영의『인간수업』『어머니』『대지의 아들』등과 마찬가지로 대화소설Dialogroman에 들어갈 만큼 대화 부분을 과다하게 많이 배치해놓았다. 대화소설은 작가가 제대로 말하지도 못하고 보여주기에 안주할 수도 없을 때 선택하는 제3의 길일 경우가 많다.

　유진오의『華想譜』[374]는『동아일보』에 1939년 12월 8일에서 1940년 5월 2일까지 연재되었다. 유진오는 전지적 관점을 조심스럽게 펼치면서도 작중인물에 대한 개입을 자제한다. 그럼에도 긍정적 인물군과 부정적 인물군이 쉽게 갈라지고 있다. 수원고농 중퇴로 중등실업학교 교원이며 오랜 각고의 노력 끝에 식물학자로 명성을 떨치게 된 장시영, 중등실업학교 교원으로 장시영의 이념적 파트너인 송기섭, 중등실업학교를 사회사업의 차원

---

374) 다음 논문들을 주목할 필요가 있다.
　　　조남현,『일제하의 지식인문학』, 평민사, 1978.
　　　김주리,「1930년대 후반 세태소설의 현실 재연 양상 연구─『탁류』『화상보』『사랑의 수족관』을 중심으로」, 서울대 석사학위 논문, 1998.
　　　윤석달,「유진오의『화상보』재론」, 한중인문학회,『한중인문학연구』25, 2008.

에서 세운 이태희, 중등실업학교 학생이며 사상운동을 벌이다 체포되는 조남두, 이태희의 딸로 동경제국여자전문학교를 나와 훗날 장시영의 부인이 되는 이영옥 등이 긍정적 인물군에 들어간다. 이에 반해 "예술가의 집"에 모이는 예술가들은 대체로 부정적으로 그려지고 있다. 동경음악학교 성악과 출신으로 독일 국립 베를린음악원에 있는 성악가 김경아, 재벌 아들로 경응대 이재과를 나왔으나 여성 편력에 골몰하는 안상권, 피아니스트 이복희, 이복희의 애인이며 소설가인 송관호, 소프라노 가수인 최애덕 등이 그들이다. 처음에 안상권은 김경아를 놓고 장시영과 연적의 관계를 보인다. 경아의 허영심을 자극한 안상권은 본처와 이혼하면서까지 김경아에게 구혼하였으나 이복희의 방해로 뜻을 이루지 못한다. 초라한 몰골에다 장래성마저 없어 보이는 장시영으로부터 이미 마음이 떠나 있었던 김경아는 안상권의 유혹을 이겨내지 못한 채 배신의 길을 걷는다.

이 소설은 학자, 교사, 교육사업가, 학생을 긍정적인 인물로 내세우고 있다. 긍정적인 인물들은 이 소설을 지식인소설로 이끌어가고 있다. 그런가 하면 성악가, 소설가 등 예술가들의 존재는 부정적으로 그려진 만큼, 이 소설을 예술가비판소설로 해석하게 만든다. 김경아는 파리, 밀라노 등 여러 곳을 거쳐 동경에서 독창회를 열어 대성공을 거둔 끝에 귀국하는 자리에서 제일성으로 "조선은 더럽고 초라하다"고 말한다. 김경아의 생활은 독창회, 축하 파티, 춤, 술, 사업 이야기로 짜인다.

유진오는 장시영과 김경아의 관계를 중심사건으로 설정했지만 참된 창작 의도는 연애소설보다는 지식인소설이나 사상소설을 만드는 데 있다. 장시영·송기섭·이태희·조남두 등의 이성과 행위를 합쳐놓으면 사상소설을 구축하게 되어 값싼 대중소설로 떨어지는 것을 막게 된다. 『화상보』는 장시영으로 대변되는 학자, 송기섭으로 구체화되는 비판과 봉사로서의 지식인, 이태희로 나타나는 상록수형 등 세 개의 기둥으로 떠받쳐지고 있다. 이 중에서 장시영같은 인물이 이전의 유진오 소설에서 거의 나타나지 않았던 것은 아이러니라 할 수 있다. 장시영은 경성중등실업학교 교원으로 자족하지 않고 수원고농 학생 시절부터 식물 연구에 내밀하게 남다른 정열을 바쳐왔다. 장시영은 조선 천지를 돌아다니며 5천 가지나 되는 식물을 채집하고 나아가서 지금까지 발견되지 않은 새 식물을 근 10여 종이나 채집하는 성과를 올리기도 한다. 그는 오랫동안 사랑했던 경아를 놓치고 어머니에게 불효하고 중등실업학교 일에 소극적인 태도를 보이면서까지 '식물 지도의 작성'이라는 꿈은 버리지 않았다. 개인적인 사랑을 희생하면서까지 정신적 노작을 만들어낸 점에서 『화상보』의 장시영은 『무영탑』의 아사달과 흡사하다. 장시영이 거의 모든 것을 희생해가면서까지 만든 연구 논문은 일본 식물학 잡지에 발표되어 일약 명성을 떨치는 결과를 맞는다. 그 소식은 "동맹통신"을 통해 "학계의 경이"라는 찬사와 함께 국내에 들어왔다. 마침내 장시영은 일본으로 건너가 일본의 식물학자들 앞에서 자신의 연구 결과를 발표하게 된다.

　종래 유진오의 소설에서 안타고니스트로 설정되었던 문인 · 사회과학도 · 행동주의자 · 이데올로그 등이 『화상보』에 와서는 식물학 전공의 자연과학도로 바뀌게 된다. 한마디로 유진오는 거대 이데올로기의 대안으로 식물학자를 제시한 셈이 된다. 식물학 전공의 지식인은 역사 · 사회적 상황에 초연하여 실력양성론에 대해서도 무관심한 태도를 취하는 것으로 볼 수 있다. 원래 시영은 무슨 일이든지 '주의'를 앞세우고 하는 것을 싫어해 '주의'라는 딱지를 붙이는 것은 옆에서 보는 사람이나 비평가의 일이지 행동하는 사람이나 생활인의 일은 아니라고 생각한다. 무슨 주의든지 그것이 단순히 개념으로 머물러 있지 않고 사람의 육체 속에 동화해버린다면 벌써 그 사람은 한 개의 생활인이기는 할망정 주의자는 아니라는 것이 시영 나름의 주장이었다. 장시영은 자연을 인간에 복종시키려는 발전론자들, 문명예찬론자들, 마르크시스트들을 직접 간접으로 부정해버린 것이 된다. 장시영보다 이론적인 송기섭은 자신의 태도를 현실주의로 보아야 하느냐

이상주의로 보아야 하느냐는 장시영의 질문에 결국 "현실"을 어떻게 보느냐가 문제라고 답한다.

현실이라구허면 보통 누구든지우리눈앞에잇는것, 누가보던지똑같은것 이러케생각허지만 다시생각해보면 현실이라는것두 우리의머리로 구성헌것이거던. 이거「칸트」철학같이 됏네만 그러키때문에 어떤사람은 돈이네 게집이네 권도네 이런걸 현실루 보는데 어떤사람은 그반대의것, 그런걸 깨트려부시는것을 현실루 본단말일세.

현실은실상은 하나밖에 없건만 사람의 생활태도에 따러 이러케 두가지가 된단말이야. 그럼 어떤게 정말 현실이냐 허는문제가이러나는데 이건 결국 역사루해결헐수밖에없을걸. 사람이 즘생허구 달른건 사람에게는 역사가 잇기때문이니까 역사에 관계없는현실은 인간적현실이 아니란말이야. 얼듯 생각허면 자네걸은 생활태도는 퍽 이상주의적인것 같지만 이러케 생각해보면 만일자네 연구가 우리의 생활을 현실적으로 개조하는데 공헌할수잇는것이라구하면 그런 의미에선 돈이네 게집이네 하는것 보다두 차라리 현실적이거든. 그러니까 보수적입장에서보면 이상과 현실은 대립하는게 되겠지만 역사적 입장에서 보면 좀더 높은계단에서 통일된다구난 생각헌단 말이야. 이상은현실속에 삶으로써 비로소 이상이 될 수잇고 현실은 이상을 제속에 품음으로써 비로소 현실이될수잇는게 아닐까?[375]

본래 송기섭은 노자주의자를 자칭하던 인물로 다른 사람과 대화할 때 즐겨 『도덕경』을 인용하는 버릇을 지녔다. 그는 늘 큰 것이라든가 근본적인 것을 생각하면서 시시각각으로 변화하는 것에 대해서 의연한 자세를 취하였다. 평소에 송기섭은 장시영에게 우의를 표하면서도 자신과 장시영은 결

375) 『동아일보』, 1940. 2. 11.

코 같을 수가 없다고 했던 만큼 두 사람의 관계는 화이부동(和而不同)이라고
할 수 있다. 장시영이 식물학자로 대성하여 모교인 수원고농으로 가게 될
것 같다고 하자 송기섭은 시골로 내려가 교육사업에 투신하겠다고 한다.
송기섭은 장시영이 식물학자로 인정받게 되었다는 소식을 듣고 다음과 같
은 반응을 보인다.

  허지만 말이야, 이것두 다자네가 자연과학을 선택한 덕택일세. 다른사람
  이 자네같은경우를 당햇으면 여기서 어디루 달어나버리거나 자살이래두 하
  거나 허는 수밖에는 아무도리없는데 자네일은 통속소설같이 피이네그려. 이
  게 꼭 소설이지 뭔가. 자네가음죽달삭두 못허도록 궁경에빠진때에갑자기 운
  이터이다니. 자네한테이런소설적구제의손을 펴주는것은 그러니 자연과학의
  덕택이란말이야. 자연과학은 어느정도 초시대적이기때문에 더러 이런수도
  잇는게아닌가. 철학이나 경제니 법률이나 그런걸 연구허는사람같애보게. 이
  혼란한 세상에서 성공이라니 어림두없는 소리지.
  양심을 팔어 메피스토가 되거나 그러치 안으면 백이숙제(伯夷叔齊)같이 산
  속으로 고사리나 캐어먹으러 들어가는수밖에[376]

송기섭은 인문학이나 사회과학을 공부해서는 성공할 수 없다고 하여 식
민지 체제의 억압 기제를 간접적으로 꼬집는다. 장시영 · 송기섭 · 조남두
사이의 토론은 주목할 만한 대목이다. 조남두가 여러 사람을 위해 자기 한
몸을 바치는 일은 누가 하느냐고 문제 제기하자 장시영은 사회 전체의 일은
정치가에게 맡기고 각자 자기 장기를 발휘하면 된다고 답한다. 제각기 자
기 할 일을 하는 것이 동시에 사회 전체를 위하는 일이라는 발상을 보인다.
장시영이 지금 내가 하는 일 이외에 다른 일을 할 자신이 없다고 하자 두

---

376) 위의 신문, 1940. 4. 11.

사람의 토론을 듣고 있던 송기섭은 세상 사람이 다 마이너스일 때에는 제로도 귀중하다는 제로인의 논리를 편다. 보잘것없는 인간이라도 같은 민족이나 동시대인에게 해가 되지 않는 인간이면 그런대로 존재 이유가 있다는 것이다. 플러스가 되어보겠다는 조남두의 주장에 제로도 마이너스보다는 나은 것이 아니냐고 송기섭은 응수하였다. 플러스를 자임하던 인물의 어두운 부분을 과거의 소설에서 곧잘 드러내 보였던 유진오이기에 제로의 논리는 대안은 될 수 없지만 최소한 고육지책으로 용인할 수밖에 없다. 유진오는 「넥타이의 침전」(『조선지광』, 1928. 3~4), 「밤중에 거니는 자」(『동광』, 1931. 3), 「김강사와 T교수」(『신동아』, 1935. 1), 「가을」(『문장』, 1939. 5) 등 과거 소설에서 대승주의를 지향하다가 이기적이거나 해로운 존재로 전락한 인간형을 계속 설정해왔다.

이효석의 전작장편소설 『花粉』(1939)은 총 9장으로 구성되어 있다. 모란봉 근처 산속의 별장 같은 "푸른집"의 여주인 세란의 여동생 미란이 초조를 하고, 고아이며 보헤미안인 단주가 영화사 사장 현마의 눈에 띄어 잡일을 하게 되고 현마는 단주와 동성애를 한다고 할 정도로 가까이한다. 단주와 미란은 영화관에 갔다가 비가 너무 많이 와 단주네 아파트에서 하룻밤을 같이 보낸다(제1장). 단주와 미란은 사랑의 불이 붙어 동경행 비행기를 타려는 것을 현마가 말린다. 새로운 개봉작 교섭 용무차 현마가 미란을 데리고 동경으로 간 사이에 세란과 단주는 거의 날마다 만난 끝에 성관계를 갖게 된다(제2장). 천재 소년 피아노 독주회에 간 미란은 미혹당해 형부 현마를 졸라 베히슈타인 회사 제조의 고급 피아노를 구입하는 과정에서 피아니스트 영훈으로부터 모욕적인 소리를 듣는다(제3장). 귀국 후 미란은 연구소에 나가 영훈으로부터 개인 교습을 받는다. 현마는 단주의 아파트로 가 동성애를 표시하나 서로 거부감을 갖게 된다. 미란의 마음은 단주를 떠나 영훈에게로 가버린다(제4장). 제자이며 한쪽 눈이 사시인 가야가 영훈을 사모하여 대화하는 과정에서 영훈은 구라파주의자와 우리 문화 부정론자의 태도를 보인다. 영훈은 미란과 대화를 나눈 자리에서도 구라파주의자의 면모를 보인다. 가야의 약혼자 럭비 선수인 갑재가 와 영훈에게 싸움을 걸자 영훈은 거리에서 자취를 감춘다(제5장). 식료품 무역상 구미양행 사장 만태와 죽석 부부의 권고로 관북 지방 주을에 있는 별장으로 현마 부부와 미란은 피서를 간다. 이미 그 피서지에 가 있었던 영훈은 미란과 해후하고 급속히 가까워진다(제6장). 단주는 이번에는 옥녀와 성관계를 맺는다. 별장에서 술에 잔뜩 취한 현마가 미란을 성추행하려 하자 미란이 탈출하여 평양으로 가 연구소에 몸을 숨긴다. 별장에 온 단주와 영훈은 미란의 행방을 놓고 티격태격 싸운다(제7장). 평양으로 돌아온 영훈과 미란이 재회하자 가야는 음독자살한다. 영훈과 미란은 구라파를 여행하기로 결심하고 중간에 하얼빈에 들르기로 한다(제8장). 단주와 세란이 목욕실에서 같이 목욕할 때 옥녀의 고자질로 나타난 현마가 던진 화병이 단주의 팔을 부러뜨리고 세란은 현마의 주먹에 맞아 한쪽 눈이 멀고 현마는 세란이 볼을 깨무는 바람에 볼이 째지고 옥녀는 쫓겨난다. 문병 온 미란에게 현마는 여행 경비 3천 원을 준다(제9장).

비슷한 시기의 소설에서처럼 예술에 대한 이효석 특유의 관심과 지식을 확인하게 된다. 쇼팽, 피아노의 구조, 베토벤의 생애, 전원교향곡, 차이코프스키의 교향악 등과 영화에 대한 지식이 자주 나온다. 이러한 지식이 적극 활용되지 않았더라면 이 소설은 성욕이 강한 남녀들의 간음담으로 떨어졌을 것이다. 가야와 미란의 지향점인 피아니스트 영훈과 단주와 현마가 다투어가며 추구했던 미란이 이 소설의 정신을 이끌어간다. 영훈과 미란이 구라파주의를 체현하기 위해 구라파 여행길에 오르게 되는 것으로 소설은 끝난다. 동성애 모티프마저 보여주면서 영화사업가 현마, 부인 세란, 영화사 종업원 단주, 하녀 옥녀를 단순한 성욕의 포로로 그려내었다. 작가는 피아니스트 영훈을 통해 "구라파주의"에 큰 의미를 부여한다.

그의 구라파주의는 곧 세계주의로 통하는 것이어서 그 입장에서 볼 때 지방주의같이 깨지않은 감상은 없다는 것이다. 진리나 가난한 것이나 아름다운 것은 공통되는 것이어서 부분이 없고 구역이 없다. 이곳의 가난한 사람과 저곳의 가난한 사람과의 사이는 이곳의 가난한 사람과 가난하지 않은 사람과의 사이보다는 도리어 가깝듯이, 아름다운 것도 아름다운 것끼리 구역을 넘어서 친밀한 감동을 주고 받는다. 이곳의 추한 것과 저곳의 아름다운 것을 대할 때 추한 것보다는 아름다운 것에서 같은 혈연과 풍속을 느끼는 것은 자연스러운 일이다. 같은 진리를 생각하고 같은 사상을 호흡하고 같은 아름다운 것에 감동하는 오늘의 우리는 한 구석에 숨어사는 것이 아니요 전 세계 속에 살고 있는 것이다. 동양에 살고 있어도 구라파에서 호흡하고 있는 것이며 구라파에 살아도 동양에 와 있는 셈이다.

영훈의 구라파주의는 이런 점에서 시작된 것이었다. 음악의 교양이 그런 생각을 한층 절실하게 해 주었는지도 모른다. 음악의 세상에서 같이 지방의 구별이 없고 모든 것이 한 세계 속에서 조화되고 같은 감동으로 물들어지는 것은 없다.[377]

영훈은 구라파 여행의 첫 행선지를 동경이 아닌 하얼빈으로 정한 이유를 그곳에 음악의 명인들이 많고 구라파 음악의 전통이 알뜰하게 살아 있다는 점을 들었다. 하얼빈만 가도 이국 정서를 자아내지 않는 곳이 없다고 하는 여행사 사무원의 안내를 들으며 영훈과 미란은 여행의 효능을 절감하게 된다. 이러한 절감은 작가 이효석의 것이기도 하다.

새 것에 대한 호기심, 모르는 것에 대한 원—그런 것이 보지 못한 외국에 대한 그리운 마음을 누구에게나 일으켜 주고 북돋아 주는 것인 듯하다. 사

---

377) 이효석, 『이효석 전집』 3권, 성음사, 1971, p. 147.

람에게는 태어난 고장이 영원한 고향이 아닌 것이요 고향을 한번 떠남으로써 새로운 고향을 찾고자 하는 원이 마음 속에 생기는 것인가보다. 외국을 그리워함은 고향을 찾아서 떠난 긴 평생 속에서의 한 고패요 향수(鄕愁)인 것이다. 영훈은 「아름다운 것」의 발견을 위해서 고향 밖을 그리는 것이나 근본 회포에 있어서는 사무원의 심중과 다를 것이 없었다.[378]

『노령근해』 이후 이효석 소설은 현재 있지 않은 세계나 저쪽 너머beyond there의 세계를 동경하는 특유의 창작방법을 구축해왔다. 『화분』의 예고편에 해당하는 소설로 특히 다음 두 편의 단편을 주목할 필요가 있다. 이효석의 「거리의 牧歌」(『여성』, 1937. 10~1938. 4)는 석 달 만에 과부가 된 후 대중가요 가수가 되기 위해 고향인 평양을 떠나 서울에 온 임영옥이 음악비평가 민수의 소개로 알게 된 미국 유학생 출신의 성악가 명호의 지도를 받은 끝에 방송국 신인 음악회를 통과하여 희망에 부풀어 있던 중 민수로부터 강간당할 뻔하고 이어 강남레코드회사 문예부장 윤주에게 요정에서 봉욕당했으나 동향인이며 소설가 지망생인 순도의 품으로 돌아간다는 수난사를 들려준다. 순도에게 돌아가는 과정을 자연스럽게 처리하기 위해 순도를 무뚝뚝하고 냉정하고 감정 표시는 잘하지 않으나 영옥과 윤주와 민수를 마땅치 않게 보는 존재로 그려놓았다. 방송국이나 레코드회사에 관계하는 남녀 존재들의 꿈과 욕망을 그려 대중예술가를 단순한 건달이나 성애주의자로 그리는 수준에서 벗어났다.

이효석의 「개살구」(『조광』, 1937. 10)는 남녀 사이의 치정을 다룬 소설이다. 오대산 속에 산줄기나 가지고 있던 김형태가 박달나무 수요 때문에 많은 돈을 벌어 마을 한복판에 5대째 내려온 살구나무 옆에 집을 짓고 서울에서 첩을 데려온다. 그 첩은 김형태가 면장운동 하러 집을 비운 사이

---

378) 위의 책, p. 258.

조합 서기인 형태 아들 재수와 정을 통하다가 들켜 김형태로부터 인두로 얼굴과 다리를 지지는 폭행을 당한다. 시간이 지나면서 화가 사그라진 김형태는 서울집을 다시 그리워하게 된다. 이효석은 첫째 첩 강릉댁의 탈출, 살구나무에 올라간 금녀가 둘째첩 서울집과 재수의 정사 장면 목격, 서울집을 향한 부엌데기 점순의 연민, 김형태에 의한 아들 재수 뭇매질, 김형태와 최면장의 경쟁심, 최면장 아들에 대한 시샘, 첩들을 향한 김형태 본처의 저주 등을 세밀하게 묘사하여 사건소설로서의 흥미를 돋우는 한편 심리소설로서의 가독성도 높이고 있다. 이효석은 인간에게는 황금욕이나 명예욕보다 성욕이 더 강한 것이라고 주장한다. 아버지의 둘째 첩과 본처 아들 사이의 난륜은 『화분』에 와서 여러 가지 치정사건으로 확대되었다. 이 소설에서도 주의나 사상에 관심이 많은 최면장 아들 학구가 간접적으로 등장하고 있어 주의자에 대해 작가가 무관심한 것이 아님을 알게 된다.

이기영의 『大地의 아들』(『조선일보』, 1939. 10. 12~1940. 6. 1)[379]은 조선인이 중심이 되어 만주 개양툰을 개발한 과정을 그려놓은 만주배경소설다. 수전 농사를 성공시킨 개척 과정을 그려낸 점에서 생산소설이 된다. 그런가 하면 황건오 아들 덕성과 석룡 딸 귀순과 홍승구 아들 황식 사이의 삼각관계를 만주 개척사 못지않은 비중으로 서술한 점에서 남녀사랑소설이 되기도 한다. 생산소설이나 이민소설 쪽으로 무게가 쏠려야 함에도 황건오와 김병호가 하얼빈에 가 벼를 팔 때 요릿집에 가 사기 당한다는 이야기가 장황해졌다. 덕성-귀순-황식 사이의 삼각관계에 대한 이야기도 과다하다. 그런가 하면 신학생 서치달이 마을 사람들을 모아놓고 하는 전도의

---

379) 다음 논문들을 주목할 필요가 있다.
　　권 유, 「민촌 이기영의 친일작품 연구」, 한민족문화학회, 『한민족문화연구』 4, 1999.
　　김성경, 「인종적 타자의식의 그늘」, 『민족문학사연구』 24, 2004.
　　와타나베 나오키(渡邊直紀), 「식민지 조선의 프롤레타리아 농민문학과 '만주'」, 동국대 한국문학연구소, 『한국문학연구』, 2007.

내용도 장황하다.

작중에서는 만주인들에 대한 비난을 아끼지 않고 있다. 조선인들이 만주 사람들이 쳐들어오는 것의 토벌을 호소하면 관리들도 비협조적인 태도를 취한다고 지적한다. 김노인이 작고한 지 사오 년이 지나고 만주사변이 터지던 바로 그 직후에 건오는 이 고장에 들어왔다. 관리의 학대가 심하여 비적이 관리인지 관리가 비적인지 모를 정도인 만큼 조선인은 호소할 곳도 의지할 곳도 없게 된다. 전도인 서치달도 조선인들이 수전을 개발하였는데 만주 사람들은 학대와 생명 위협을 일삼는다고 만주의 마적과 군인을 비난하였다. 이처럼 김노인, 황건오, 서치달 등 조선인들은 만주 개간의 가장 큰 어려움을 만주 비적과 관리의 횡포에서 찾는다.

서치달이 하기 방학을 맞아 전도 강연하는 장면도 지루할 정도로 길다. 서치달이 다니는 교회의 목표의 하나는 신학교에 농장을 건설하여 신학교 학생들이 모두 농사를 짓게 한다는 점에 있다. 조선의 교회가 선교사 중심, 형식 중심, 기독교 정신 박약으로 흐르는 것에 분개하여 몇몇 교인이 만주로 와서 새로운 교회를 세운 것에서 이 교회는 출발하였다. 농업국인 만주에서 농민을 구원하려면 교역자 자신부터 농사를 지어야 한다고 주장한다. 「부흥회」「박선생」, 『고향』 등 과거의 소설에서 기독교에 비판적이었던 이기영은 1930년대 말에 '일의 사상'과 기독교를 결합하는 변화를 보이고 있다.

서치달이 만주 이주 동포의 부동성(浮動性)을 지적하는 것으로 시작하여 "이곳을 제이의 고향으로알고 대대손손이 영주하는 가운데 아주 「대지의아들」이 되어서 이땅을 훌륭히 개척하는동시에, 농촌마다 우리의 천당을 건설하면, 얼마나 그것이 조켓습니까? 그리하자면 여러분은 우선 예수를 미드셔서 물심 양 방면으로 분투노력하시지 안흐면안되실줄압니다"[380] 하고

---

380) 위의 신문, 1940. 1. 17.

웅변하는 데서 "대지의 아들"론은 내용을 갖추게 된다. 기독교 신자가 되는 것이 대지의 아들이 되는 것의 전제라고 하였다.

서치달이 이론가라면 건오는 실천자의 면모를 보인다. 건오는 어려서부터 온갖 고생을 한 끝에 예지가 열려 남의 어려운 사정과 딱한 일을 보면 제 일처럼 나서는 태도를 갖추게 되었다. 건오는 농민들이 손수 지은 곡식으로 배불리 먹고 잘사는 바로 그곳이 천당이라고 생각한다.

가배절을 맞아 김노인 추모제를 지내는 자리에서 강주사는 "대지의 아들"론을 펼친다.

우리는 다만 구복을 채우기 위해서 이황량한 만주벌판을차저온것은 아니올시다. 그보다도 우리는 건실한 농민이 되기위하여 이동아의 대륙을 개발하는 만주국민의 한분자로서 개척민의 사명을 다해야할것이요 따라서 우리의 자자손손까지 이땅우에 번영하도록 위대한 목적을가저야 할줄압니다. 그것은 우리도 대지의 아들이 되고 제이의 고향을 이땅에서 찻자는것이외다.[381]

강주사는 조선인도 동아 대륙 개발을 하는 만주 국민의 한 분자가 되어야 한다고 웅변한다. 복술과 귀순은 개양툰을 떠나 봉천에 있는 덕성을 찾아가는 길에서 만주가 매우 넓어 앞으로 개척할 여지가 많음을 깨닫는다. 강냉이와 고량만 나는 이 땅에서 쌀은 대지의 아들이래도 맏아들이라고 하면서 "따라서 이 땅을 모두 논으로 푼다면 그것은 얼마큼 농장을 개척할 수 있을까? 누구의 손으로 건설할 것인가? 그것은 생각만 해도 가슴이 뻐근한 일이었다"[382]고 감격해한다. 『대지의 아들』은 열심히 일만 하면 잘살

---

381) 위의 신문, 1940. 2. 14.
382) 위의 신문, 1940. 5. 28.

수 있다는 낙관론, 일본의 만주국 정책 긍정론, 생산 장려론, 만주 이민 권장론 등을 펼치고 있다.

"대지의 아들"은 생산 촉진에 목표를 둔 것으로 일본에 타협이나 화해의 논리로 대면하려 한 것으로 볼 수 있다. "대지의 아들"론은 일본의 만주 개간 정책을 지지하는 친일적 태도라는 측면을 지니기는 하지만, 조선 농민의 생존 방안을 작가 나름대로 제시한 것이라는 의미를 지닌다. 비슷한 시기에 이태준은 단편소설 「農軍」(『문장』, 1939. 7)을 통해 군인들을 동원한 만주 토민의 끈질긴 방해에도 불구하고 조선 이주민들이 벼농사 개간을 해낸다는 성공담을 들려주었다.

(3) 주의자소설의 분화
(가) 전향 모티프 중심의 후일담

1930년대 후반기(1936~39)의 단편소설은 1930년대 전반기와 마찬가지로 주의자소설, 지식인소설, 소설가소설, 농민소설, 노동자소설 등으로 대별된다. 그런가 하면 기생, 여급, 들병이를 주요 인물로 내세운 소설과 사랑의 문제를 집중적으로 다룬 소설도 주요 갈래를 이룬다. 주의자소설은 사상운동, 사회단체운동, 노동운동, 소작운동에 뛰어든 인물을 다루었거나 그것 때문에 감옥살이하고 나온 존재를 주요 인물로 내세웠다.[383] 한설

---

383) 조선총독부 경무국 엮음, 『일제식민통치비사—일제하 조선의 치안상황』, 김봉우 옮김, 청아, 1986, pp. 28~30.
　　1938년 말에 조사한 "요시찰·요주의 인물의 사상동향"(표)을 보면 전국 13개 도에서 함경남도(1,590명), 전라남도(1,088명), 경기도(943명), 경상북도(630명), 평안남도(563명), 평안북도(544명), 경상남도(537명), 황해도(513명) 순으로 모두 7,790명으로 집계되었다. 이는 다시 '사변 전의 전향'(1,316명), '사변 후의 전향'(1,518명), '심경 불명'(2,915명), '비전향'(1,941명)으로 나누어진다. 전향자와 비전향자의 비율이 38 대 62가 된다. 1938년에 조사한 "재감 사상범 동정 조사"(표)를 보면 전국 22군데 형무소에 수감 중인 이들은 1,298명으로, 이 중 '사변 전의 전향'(349명), '사변 후의 전향'(427명), 심경 불명(322명), 비전향(200명)으로 나누어져 전향자와 비전향자의 비율이 60 대 40이 된다. '요시찰·요주의 인물'의 전향자/비전향자 비율이 '재감 사상범'의 비율과 반대가 된다.

야, 김남천, 송영, 이효석, 이기영, 박승극 등이 여러 작품을 발표하였다. 이효석을 제외한 작가들이 카프작가라는 공통점을 지닌 만큼, 주의자소설의 창작은 프로작가의 필요조건이라고 할 수 있다.

박화성의 「불가사리」(『신가정』, 1936. 1)는 아들들이 도 평의원, 의사, 변호사, 도청 주임으로 있는 전 호남은행 두취 창수노인의 환갑날 평소 "불가사리"로 불리는 막내아들 병훈이와 막내사위 학규가 잔치판을 뒤집어버리면서 형사 두 명을 구타하는 것을 중심사건으로 삼았다. 감옥살이했고 계속 경찰서에 불려 다니는 병훈이는 송도 불가사리를 자처하며 자기 집안을 망하게 할 것이라고 큰소리친다. 명문가를 이룬 아버지와 형들에 대한 반감이 병훈을 주의자로 몰았지만 반감의 원인은 밝혀져 있지 않다. 「불가사리」는 지배층 집안에서 주의자가 나온 것으로 꾸민 점에서 송영의 「능금나무 그늘」과는 대조를 이룬다.

한설야는 주의자소설을 가장 많이 남겼다. 한설야의 출옥 후 첫 단편소설 「太陽」(『조광』, 1936. 2)은 자전적 내용을 담고 있긴 하지만 1인칭 대신 3인칭을 사용함으로써 자기도취나 흥분 상태에서 빠져나오고 있다. 주인공은 감옥 안에서 "운동시간마다 될수 있는 대로 짧은 시간에 많은 분량의 태양광선을 가슴에 다저 넣을려고 애썼다"와 같이 자유를 갈망했다고 표백한다. 주인공은 고향 H에 돌아와서 계사를 바라보며 어느덧 자신을 닭에 비유한다. 아내가 닭을 단순히 생활 자산으로 보는 반면, 남편은 통제와 운명의 개념을 일깨워주는 존재로 보고 있다. 「딸」(『조광』, 1936. 4)은 주의자인 '그'가 감옥을 갔다 와 아내가 딸을 낳은 현실과 부딪히는 것을 중심사건으로 설정했다. 위로 아들이 셋이나 있음에도 할머니와 엄마는 딸을 낳은 것에 섭섭해하지만 '그'는 오히려 딸에게서 반항적 성격을 확인하면서 기뻐한다. 자식이 강한 성격이 있음을 확인하면서 만족해하는 태도는 훗날 발표된 「이녕」 「보복」 「술집」 등의 작품에서 재현된다. 「林檎」(『신동아』, 1936. 3)의 주인공 경수는 감옥에서 나와 하루하루 무욕 · 무력 ·

무위 속에서 보내던 중 넷째 아들 길호가 배고픔을 견디지 못해 강물에 떠내려 오는 사과를 주우려고 후미끼리를 무단 횡단하다가 역원에게 적발되는 사건을 계기로 현실에 뛰어들게 된다. 경수가 치수 공사장 인부들 가운데 여러 명의 옛 동지들이 섞인 것을 목격하고 "제머리에 남아있는 몇자의 글짜와 과거에가졌든 턱없이높은 자만(自慢)이 그를 가로막는외에 그무엇이 그가 그리로 가는것을 막으랴?"고 자의식을 통과한 다음 "맨밑바닥을 걸어가자! 거기서붙어 다시 떠나기로 하자!"[384]와 같이 하향이동을 결심하는 것으로 소설이 끝난다. 지식인의 하향이동 모티프로 결말 처리된 것은 과거 주의자가 다시 현실에 뛰어든 것이라는 의미도 지닌다. 주의자로 활동하다가 감옥에 갔다 온 후 룸펜으로 전락한 남편을 한심스럽게 바라보는 아내가 비중 있는 초점화자로 등장한 특징을 찾을 수 있다.

「임금」의 속편답게 「鐵路交叉點」(『조광』, 1936. 6)은 경수가 제방 공사장에서 의욕적으로 일하는 모습을 보여주는 데서 시작한다. 동네에서 한 아이가 빨래터에 가는 엄마를 뒤쫓아 가다가 후미끼리에서 기차에 치여 죽은 사건이 벌어지자 경수는 주민 대표들에 섞여 철도회사에 몰려가 충분한 보상과 후미끼리의 설치를 건의한다. 조철 당국은 한 달 후에 후미끼리방을 설치해주었다. 감옥 가기 전의 경수는 큰 것의 변화를 주장하다가 실패한 이론가였으나 출옥 후에는 작은 것의 변화를 실천에 옮기는 데 성공하면서 새로운 깨달음에 도달하게 된다.

그가 경험한바로는 이세상은 손을집고 머리를 조아리는것보다 발을 벗드되고 배통을 내미는것이 항상유리한 결과를 가저오는것이었다. 더욱이 권세와금력을 갖인축들은 정의감이 극히 박약하고 정의감이 없으면 따라서 약자를 동정하지 않을뿐안니라 도리혀 얕잡아 누르는것이 보통이다. 그러기때문

---

384) 『신동아』, 1936. 3, p. 212.

에 버티여주어야한다. 더군다나 이편저편하는 무릎에서는 때를혜아려 줏대를 세여봐야하는 것이다.[385]

송영의 「능금나무 그늘」(『조광』, 1936. 3)에서 김첨지의 셋째 딸 옥녀와 결혼한 우편국 사무원이면서 문학 지망생인 문성이는 10년 후에 "무슨 회에 들었다"는 혐의로 형무소에 들어가게 된다. 평소에 문성이는 아라사에 간 후 소식이 끊긴 김첨지 큰아들을 사상의 교사로 삼아왔다. 작가는 둘째 아들은 동경에 직공으로 가 있고 큰딸은 동경에서 공장 노동자와 살고 있고 둘째 딸은 중국에 매춘부로 팔려 갔다는 식으로 김첨지 집안의 참담한 분위기를 전하는 데도 힘썼다.

이주홍의 「餘韻」(『조선문학』, 1936. 9)은 자신을 "순량한 양"이니 "양은 털에 무든 진흙을 깨끗이 씻었다"와 같이 비유하는 부잣집 아들을 초점자요 관찰자로 내세웠다. 부유한 집 아들인 '나'는 친구이자 야학 교사이자 백정의 아들인 정군을 쫓아 활동하다가 같이 감옥에 갔으나 전향하고 금방 나와 정군과 장래를 약속한 봉희를 아내로 취하고 잡화상을 경영하며 딸도 낳고 재미있게 산다. 한편 정군은 2년 복역하고 출옥한 후 봉희가 '나'의 아내가 된 것을 알고 다시 주의자로서의 길을 떠나게 된다. 정군 입장에서 보면 친구와 약혼녀가 배신한 것이 중심사건이 된다.

이주홍의 「夜花」(『사해공론』, 1936. 10~1937. 5)는 금광 모티프, 절도 모티프, 간통 모티프 등을 연결해놓았다. 주인공 박윤서가 처자를 부양하기 위해 머슴살이하면서 안주인의 미모에 반해 고민하는 모습, 마름이며 광산주로 마을의 실력자 노릇을 하는 상칠에게 시달리면서 사기를 당하는 사건, 돈이 없어 갓난아기를 병사시킨 후 주막집 주모와 정을 나누는 정황, 일본에 가서 돈을 벌어 온 용호에게 14세 된 큰딸 금순이를 시집보내

---

385) 『조광』, 1936. 6, p. 168.

는 과정 등으로 구성되었다. 이 소설의 끝 부분은 윤서가 사위 용호와 술한잔 하며 두서없이 대화하는 장면으로 채워져 있다. 이 자리에서 윤서는자신이 그동안 살고 경험한 바에 비추어 사회주의자를 비난한다.

용호는 일본 내지에 잇는 조선 노동자들 이야기 노가다 부랑군 이야기 공장 이야기 혹은 수십 명씩 검속을 당한 조선 운동자들 이야기를 질서없이 짓그럿다.

「그래 이 사람 참 자네 말 맛드나 무슨 주의나 노시아가 엇던다 해도 그거다 소용잇는가. 그 놈들 밤낫 큰 소리만 탕탕해도 잡혀 드러가는군은 제들뿐이 아닌가. 으허허 그래 보게 또 내 말 좀 듯게!」(중략)

「작년 겨울에 우리 동네 약국 자근 아들놈캉 문실이 자식놈캉도 안 잡혀갓는가. 관청에서 보지 말나는 책 보다가 그리 됏다네 우리 동네에도 야학이 있어야 된다고 ○○○네 사랑방을 비운다 기름값을 모은다 하더니 글 배운 지 사흘 만에 금지를 당햇네그려. 우리 백성이 버도 그러쿠먼 되는가. 글세. 이 사람아 그 놈들 하는 말은 네 것 내 것 업다고 하더니만 올 여름에 젓먹이란 놈 압흘 때 외상 약 한 첩을 안 주데 그려. 그러니 그거 다 소용업는소리 아닌가」[386]

이주홍의 「玩具商」(『조선문학』, 1937. 1)은 "한때의 다른 젊은이들과 마찬가지로 인류의 행복이니 사회의 진보이니 하라는 직업은 다 팽개치고서군색한 제집안 형편을 돌보지 않었"[387]던 '그'가 아내와 함께 완구점을 내었다가 망하여 전방을 집주인에게 빚 대신 넘겨주면서 아내의 악착스럽고 몰인정한 성격과 대비시켜 단골손님이었던 어린이들의 동심의 세계를 좋게

---

386) 류종렬 엮음, 『이주홍 소설 전집』 제1권, 세종출판사, 2006, pp. 199~200.
387) 『조선문학』, 1937. 1, p. 83.

보게 된다는 이야기를 들려준다.

이무영의 「墳墓」(『조선문학』, 1937. 2)는 문명으로 온 세계를 휩쓸고 싶어 야학 일을 팽개치고 동경으로 가버린 택의 뒤를 이어 승택이 야학 일과 동리 복지를 위해 일하다가 폐병에 걸려 죽는다는 이야기를 통해 비장한 분위기를 전해준다. 택이가 동리 사람들과 학생들의 세번째 교섭을 받기 전에 동리를 떠나면서 "승택아! 나의 몸에도 흙을 덮어다오"[388] 하는 것으로 끝난 만큼 소설의 표제인 "분묘"는 택이의 이타적 정신의 죽음을 의미하기도 한다. 승택은 심훈의 『상록수』의 채영신을, 택은 박동혁을 떠올리게 한다.

최인준의 「友情」(『풍림』, 1936. 12)은 6개월 동안 감옥에 있던 '김'이 곧 서울로 갈 터이니 자기 겨울 양복을 보내달라는 편지를 받는 것에서 시작한다. 사실 '나'는 하숙비를 내기 위해 '김'의 겨울 양복을 전당포에 맡겼었다. 양복을 찾지 못한 채 서울역에 나간 '나'는 '김'이 봄 양복을 입고 초라한 모습으로 나오는 것을 보게 된다.

윤세중(尹世重)의 「明朗」(『조선문학』, 1937. 5)의 주인공 방석호는 과부인 어머니의 교육열로 전문학교를 졸업하고 결혼했으나 사상운동 혐의로 감옥 생활을 5년간이나 하고 출옥 후 지주로 양계사업 하면서 사회와 전혀 교제하려 하지 않는다. 그러나 어머니가 빚이 많아 땅이라곤 거의 남은 것이 없다. 석호가 사상의 동지이기도 한 고향 친구 변수철을 찾아가 친구들과 교제도 끊고 중이나 될까 한다고 하자 변은 실망한다. 다시 반전하여 석호가 변수철과 청년들 십여 명의 뜻에 따라 농촌에서 계몽운동 하기로 결심하는 것으로 이 소설은 끝난다.

변도 서울에 있었다. 한고향 사이인 관계로 한데뭉쳐 단녔다. 어디든지

---

388) 위의 책, 1937. 2, p. 118.

똑같이 갔다. 변은 이년반을 치르고 나왔다. 중앙에서 지방으로 라는 「못
토!」가 전부를 지배하든 시기 관게도 있었지만 충실이 이를위해 생각한다면
지방청년의 획득이 급무가 안일수없다. 변은 곧 나오자 집으로 돌아왔다.
자기도 연구하는 한편 동리 청년들 가르키고지도했다. 일자무식한 머슴 사
리하는 청년들은 언문을 먼저 가르키고 이야기를 들여주었다. 변의지반은
탄탄이 올려싸었다. 그들의 꿈은 언제나 강습소 천정을 뚫고 한울로 올나갔
다. 그들이 모이면 언제든지 그들로서도 알수없는 뜨거운 열이 활활 탔다.
변은석호오기를 기다렸든 것이다.[389]

조벽암의 「새 윤리의 一節」(『조선문학』, 1937. 5)은 지식인소설이자 주
의자소설로 주의자의 소외감을 문제 삼았다. 나, 이군, 성일영 등 세 명의
투쟁적인 인물들은 감옥에 갔다 온 후 오히려 주위 사람들에게 버림받는
공통점을 보인다. 이군과 '나'는 전라북도 내의 공업보통학교 교사로 있던
중 기질도 생각도 같아 같은 사건에 연루되었으나 '내'가 불기소 처분받은
데 비해 이군은 3년 징역을 받는다. 3·1운동 가담 혐의로 3년 징역을 살고
나온 성일영은 형제들과 아들로부터 버림받고 이선생은 사랑하는 여자에
게 버림받는다. '나'는 성씨 아들의 월사금과 학용품을 대주면서 아버지의
처지와 생각을 이해시키고자 한다.
　　현경준의 「조고마한 揷話」(『풍림』, 1937. 5)에서 아들이 사회주의자로
활동하는 까닭에 금융조합 이사에게 대부를 한 푼도 받지 못하는 김좌수는
어느 날 밤 아들이 며느리를 찾아와 집안일을 부탁하는 소리를 듣고 우려
한다. "몇해를 나려오면 무슨회니 무슨조합이니하고 떠돌아당기던 자식들
의 행동에 대하야 하로도 마음을 못놓고 애원하다 싶이 타일러온 늙은아비
들의 진정"[390]이라든가 "그 때문에 김좌수의 집안에는 날마다 흙신발자죽이

389) 위의 책, 1937. 5, p. 99.

딸새가 없고 심할때면 하로에 두 번세번은 흙투성이가 되고는 하였다"[391]
와 같은 구절은 김좌수 집안의 어려움을 잘 일러준다.

전무길의 「寂滅」(『동아일보』, 1937. 6. 3~7. 6)은 미완 소설임에도 제
시된 사건은 충분히 주목할 가치가 있다. 명성고보 4년생 인애와 순복은
천도교당에서 "사회생활의 근본힘은 물질이냐? 정신이냐?"라는 주제로
열린 토론회에 참석하여 물질이라는 입장에서 연설한 전문교생 박철에게
반해 서로 갈등을 빚는다. 박철은 인애네 집에 하숙하기로 하였는데 어머
니끼리 30년 전 친구인지라 박철의 마음은 급격히 인애에게로 기운다. 박
철의 친구이자 거부 이용호의 아들인 이춘식은 인애에게 관심을 갖고 박철
에게 자주 찾아와 회사를 같이하자고 제의한다. 개성에 있는 박철의 집에
찾아온 친구 김학수는 당국의 요주의 인물로 상해에서 가짜 의사 노릇 하
여 생활하는 처지로, 다음 날 이용호 집에 들어가 강도짓 하다가 체포당하
고 이에 연루되어 박철도 범인 은닉죄와 범죄 방조죄로 체포되어 감옥에
들어간다. 김학수는 "학생만세 사건때의일과 그후상해에서 지낸일의 조사
와 이번에 드러온 경로와 연루자가 잇고 없는 것과 또 리용호집에 드러갓
든 전말등"[392]을 두 달 동안 조사받는다. 박철이 영하 10도가 넘는 감옥에
서 2년 동안 고생하던 끝에 폐병에 걸려 병감으로 이송된 그 사이에 박철
네 집과 인애네 집은 모리배와 협잡배가 달라붙어 가산 탕진의 지경에 이
른다. 인애는 보석금 5백 원을 마련하기 위해 서울에 가 우연히 만난 이춘
식에게 정조를 팔고 천 원을 받아 박철을 석방시키게 된다. 중앙병원에
입원한 박철을 간병하던 인애가 갑자기 죽고 이어 박철도 죽고 만다. 이춘
식의 첩으로 들어갔던 순복은 이춘식 집에 화재가 나면서 사라지고 만다.
6년 형기를 마치고 석방된 김학수와 이춘식이 만나는 데서 작품이 중단되

---

390) 『풍림』, 1937. 5, p. 52.
391) 위의 책, p. 52.
392) 『동아일보』, 1937. 6. 18.

어버렸다.

김남천의 「妻를 때리고」(『조선문학』, 1937. 6)는 차남수가 자신이 감옥에 있을 때 옥바라지하고 생활비를 대주었던 허창훈 변호사가 아내 최정숙을 성희롱했다는 사실을 알고 부부 싸움을 벌이는 것을 원인적 사건으로 설정한다. 이 소설에서 주목해야 할 것은 아내 최정숙이 자기에게 손찌검한 남편을 향해 그동안 맺혔던 한을 다 토해놓는 장면이다. 그녀는 남수가 감옥에 있었던 6년 동안 본처와 시부모로부터는 전혀 인간 대접을 받지 못하였고 출옥 후 3년 동안에는 제대로 아내 대접을 받지 못했기 때문이다.

네가 뭘잘햇기에 내에게손을거니. 이놈아. 날죽여라. 죽여라. 자. 이걸로 날 찔러라. 응 이놈아.

야 사회주의자 참훌륭허구나 이십년간 사회주의나햇기에 그모양인줄안다. 질투심 시기심. 파벌심리. 허영심. 굴욕 허세 비겁. 인찌끼. 뿌룩커-네몸을 흐르는 혈관속에 민중을 위하는 피가 한방울이래도 남어서 흘러있다면 내목을 바치리라.

정치담이나 하구다니면 사회주인가. 시국담이나 지꺼리고 다니면 사회주인가 백년이 하루같이 밥한술못벌고십여년동안 몸을바친 제여편네나 때리야 사상간가. 세월이좋와서 부는바람에 우쭐대며 헌수작이나지껄이다가 감옥에다녀온게 하눌같애서 백년가두 그걸루 행세꺼릴삼어야 사회주의자든가[393]

아내의 폭언은 사회주의의 본질을 비판한 것이기보다는 당시 조선인 사회주의자의 행태를 비판한 것이다. 「처를 때리고」는 이보다 몇 달 후에 발표된 채만식의 「치숙」을 떠올리게 하지만 이처럼 부인이 주의자인 남편을 정면에서 조리 있게 비난하는 장면은 당시 다른 작가의 소설에서는 찾기

---

393) 『조선문학』, 1937. 6, pp. 25~26.

힘들다.

　김남천의 「춤추는 男便」(『여성』, 1937. 10)도 주의자의 부정적 모습을 보여주었다. 주의자 홍태는 감옥 갔다 온 후 본처와의 이혼이 제대로 처리가 안되어 후처 영실과의 소생인 혜라가 입학하지 못해 고민하고 있을 때 본처 소생인 아들로부터 상급 학교 진학 건으로 의논할 일이 있으니 시골에 와달라는 편지를 받고 죄책감을 풀기 위해 술집에 가 울다가 웃다가 하던 끝에 술에 취해 정신을 잃고 만다. '큰일' 하는 존재가 가정사 하나 똑바로 해결하지 못한다는 자의식을 뚫고 나오지 못한다.

　김이석(金利錫)의 「幻燈」(『단층』, 1938. 3)은 주의자로 감옥에 갔다가 소설가로 활동하는 '내'가 기생이자 유행가 가수인 란연이 방에서 간밤에 술에 취해 자다가 일어나는 것으로 시작한다. 작중 현재는 곧바로 '내'가, 신문기자였다가 주의자 혐의로 체포되어 공판정에서 전향을 선언한 후 지금은 금광을 경영하는 형재와 만나 술집과 오뎅집을 거친 끝에 극락관이라는 유곽에 가 형재가 창녀에게 트집 잡아 반지를 빼앗아 같이 달아나다 쓰러져 혼절한 '나'를 형재가 가까운 란연이네 집으로 옮겨놓은 것이다. '나'는 아침에 일어나 란연이와 양식당에서 양식도 먹고 음악회도 간다. '나'는 과거에 동지였고 애인이었고 나중에는 소설 「화옹(花甕)」의 주인공이 되었던 경희를 떠올린다. '나'는 행동하지 않는 절름발이 이데올로기를 붙들고 있으면서 끝내는 자기를 합리화하려는 자신을 교활한 존재라고 반성한다. 란연이와 같이 간 극장에서 아버지의 죽마고우였던 최선생을 만나 아버지와 '나'의 사이가 벌어진 이유를 제시하게 된다. '나'의 아버지는 경희의 동기동창 란수를 둘째 부인으로 얻고 '나'는 란수와 가까워져 아버지의 행복을 위해 탈가했던 것이다. '내'가 학생 시절 배웠던 기타를 치면서 란연이의 노래를 따라 하다가 우는 것으로 끝나는 이 소설은 다른 소설에서는 찾기 힘든 장문을 다섯 번이나 보여준다. 소설의 첫 문장은 무려 2백 자 원고지 8장 정도로 되어 있다. 이러한 장문 배치는 능숙한 소설 작법의 소산으로 볼 수 있다.

채만식의 「痴叔」(『동아일보』, 1938. 3. 7~14)에서 사회주의운동 혐의로 여러 차례 감옥을 드나든 아저씨는 일본인 가게에서 점원으로 있으면서 장차 가게를 물려받고 일본 여자와 결혼할 꿈을 갖고 있는 소년에게 바보니 무능력자니 파렴치한이니 하는 비난을 듣는다. 오촌 고모가 그 남편을 뒷바라지하느라 너무 고생하는 것이 꼴 보기 싫었던 소년은 일본인 주인의 반사회주의론에 길들여져 있다. 소년은 복은 하늘에서 내리고 사회주의는 부랑당이라고 주장하면서 사회주의 종주국인 아라사를 맹렬하게 비난한다. 소년은 "사회주의라더냐 막걸리라더냐" "그놈의 것 사회주의인지 지랄인지" "못된 놈의 풍습" 같은 욕설을 서슴지 않는다. 채만식이 부정의 정신과 냉소의 수법에 능한 작가였던 만큼 「치숙」의 주요 인물은 어리석다는 판단을 나누어 가질 수밖에 없다. 채만식은 적응주의자도 고운 눈으로 보지 않았지만 사회주의자도 신뢰하지 않았고 무식한 사람은 병적으로 싫어했기 때문이다. 소설·희곡·수필·평론 등 어느 글에서도 자조적인 데다가 타자성을 넓혀 보는 향성을 보였던 점을 고려하면 채만식은 적응주의자나 사회주의자나 사회주의 비판론자를 다 부정한 것이 된다. 『태평천하』의 지주 윤두섭과 「치숙」의 일본인 가게 점원인 소년은 채만식의 사회주의 비판론을 대변하기 위해 1938년에 태어난 작중인물이다.

강경애의 「검둥이」(『삼천리』, 1938. 5)는 7년 전 서대문 형무소에서 나온 뒤 간도로 이주해 학교 교사로 활동해온 K선생이 간도 출병 총소리, 교원들 이탈, 이른바 불온 학생들의 부단한 체포, 학생들의 도주 빈발, 좀처럼 해소되지 않는 빈궁 등의 악조건 아래서 무려 23년을 버틴 끝에 학교를 정상 궤도에 올려놓는 과정을 그려 보이고 있다. 「검둥이」에서의 교육사업 모티프는 이미 「번뇌」(『신가정』, 1935. 6~7)에서 나타난 바 있거니와 주의자가 전향하지도 않고 하향이동 하지도 않으면서 새롭고도 보람찬 삶의 전개에 성공한 경우가 된다. 강경애의 소설은 주의자를 주인공으로 한 것과 주의자를 지원한 존재를 주인공으로 설정한 것으로 대별된다. 전자의 작품으로는 「검둥이」「파금」「번뇌」「축구전」 등이 있고 후자의 작품으로는 「원고료 이백 원」이 두드러진다. 그런가 하면 「모자」와 「어둠」은 주의자의 유족을 주인공으로 내세운 경우가 된다. 「파금」「어둠」은 주의자가 사형당하는 것으로 끝을 맺고 「모자」에서는 전투 중에 죽은 것으로 그려져 있다. 이에 비해 「번뇌」와 「검둥이」는 주의자가 오래 감옥살이하고 나와 차세대의 교육에 투신하는 것으로 처리하였다. 「원고료 이백 원」은 주의자가 감옥에서 죽을병에 걸려 나온 것으로, 「축구전」은 여러 주의자들이 현재 수감 중인 것으로 그리고 있다. 이들 작품들 중 주의자가 된 배경, 출옥 후의 변신에 대해 가장 세밀하게 다룬 작품은 「번뇌」라고 할 수 있다.

이기영의 「설」(『조광』, 1938. 5)은 이기영으로서는 보기 드문 전향소설이다. 경훈이 감옥에 있었던 5년 동안 부인은 여러 가지 장사를 하였고 딸은 고무신공장에 다녔다. "그전에 자기와 한일자리에 섰든 사람들은 제각금 칠영팔락(七零八落)으로 딴세상을 헤매여 산다. 급박한 정세는 그들로 하야금 생활의 밑바닥을 뚫고드러가게 한모양이다. 이군과 오군은 명치정 미두 시장을 쫓어단니고 김군은 광산 뿌로카로 소문이나고 최군은 미곡 신판상을 경영하고 박영감은 토지중매를 하여서 개중에는 돈냥이나 뽕은사람까지 있다한다"[394]고 하는 식으로 이기영은 주의자들의 변화를 자연스럽거나 불가피한 것으로 보면서도 "칠영팔락"이라는 부정적 표현으로 일괄하였다. 경훈은 출옥 후 광산에 투신했다가 실패하고 나서 자조감과 증오심에서 벗어나지 못하였지만, 공장 직공과 회사의 관계 설정에서 대립보다는 협조에 무게를 두는 식으로 변한다. 이러한 인물형은 작가 이기영의 부분 긍정, 부분 부정의 태도가 낳은 존재라고 할 수 있다.

백신애의 「狂人手記」(『조선일보』, 1938. 6. 25~7. 7)는 동경 유학을 마

---

394) 『조광』, 1938. 5, p. 268.

치고 주의자로 활동하던 것을 중단하였으나 이번에는 바람을 피우게 된 남편에게 정신병 환자 취급받은 세 아이의 엄마인 여성이 하느님에게 호소하는 이야기 형식을 취하였다.

대체 이때려죽일놈의 하느님아 내가 그겨울어름을끄고 목욕하여 빌고빌고하여 몸건강하게 주의자를그만두게 해달라고햇드니 무슨심청으로 글세 몸도건강하고 주의자는 그만두엇다할지라도 사람을 이러케 변하게해주엇느냐말이다. 주의자할때는 그래도 내가 잡혀갈가바 그것만애를태웟지 지금가튼 이런말머리쟁이는 듯지안헛지요.
그이가티 마음이 바르고 굿세고 어디까지 정의를 사랑하던사람도 업섯는대 주의자를 그만두자 이러케 기맥히는말이나하는 인간이되고마니 딱한일이안입니까[395)]

여성 화자는 자기의 억울함을 하소연하기 위해 위의 인용문 첫머리에서 보이는 "대체 이때려죽일놈의 하느님아" 외에도 "글세 이얌통머리까지고 소견머리가 홀랑벗겨진 하느님아!" "에이 빌어먹을 개새끼같은 하느님아!" "네가 하느님이야? 도둑놈이지. 그만치 내가 정성을 드렸으면 조금이라도 효험을 보여주어야되지 않느냐?" 등 무지막지한 욕설을 서슴지 않았다. 물론 욕을 하고는 금방 용서를 빈다든가 하느님을 섬기고 의지하는 마음을 드러내기도 한다. 독신죄(瀆神罪)를 서슴지 않는 이런 고백체는 광인을 화자로 세운 것에 합당한 것처럼 보일 수도 있다. 정신병원에서 탈출하여 비도 피할 겸 다리 밑에 숨어 있는 '내'가 자식들을 보고 싶은 마음과 잡히면 어쩌나 하는 불안감 사이에서 헤매는 것으로 작품을 끝낸 것도 작가의 서술 기법의 원숙함을 보여준다. 이 소설은 바람피우는 옛 주의자에

---

395) 『조선일보』, 1938. 7. 1.

대한 원한을 드러낸 점에서 김남천의 「처를 때리고」(『조선문학』, 1937. 6)를 떠올리게 한다. 이선희의 『女人命令』(『조선일보』, 1937. 12. 28~ 1938. 4. 7)도 주의자인 남편을 긍정적으로만 그리고 있지 않다. 공대 전기과를 나와 평양 어느 공장의 기사로 일하면서 주의자로 활동한 혐의로 8년간 감옥살이한 김유원의 애까지 낳은 전문교 출신의 남숙채가 10년 만에 난도에 와 과거를 회상하는 것이 이 작품의 중심 내용이다. 회상의 내용에는 김유원이 다른 직업여성을 사랑한 일도 포함되어 있다.

이석훈의 「女子의 不幸」(『조광』, 1938. 8)의 남주인공은 ××회의 젊은 위원장인 준호다. 준호는 같은 회원이며 유부녀인 성애와의 연애에 몰두하여 "운동자의 타락의일보를 내어드된것"[396]으로 여론이 돌아 성애와 함께 제명 처분 당하고 만다. 준호는 10년이나 살던 K고을을 떠나 P씨의 후원으로 용산에서 책방을 운영하기도 한다. 역시 P씨의 주선으로 사립학교 교원이 된 성애와 준호는 자식들 문제 때문에 원만치 못한 관계를 이끌어간다. 사복 형사들이 서점에 와서 "나쁜 책"을 가져가고 성애 집에 다니러 온 준호를 붙잡아 가는 것으로 끝처리된다.

이주홍의 「冬燕」(『비판』, 1938. 8~1939. 2)은 서울고보 출신의 정님이 남편을 따라 시골에 가서 야학운동에 물심양면으로 과용하는 것을 원인적 사건으로 설정한다. 남편이 공금 횡령으로 면서기를 그만두고 미싱 외교원, 생명보험 외교원, 양계사업, 양조장 취직, 신문사 지국 경영 등의 일을 했으나 술집 여급을 두고 연적과 칼부림하며 싸우다가 붙잡혀 가는 사건이 그 뒤를 잇는다.

이효석의 「附錄」(『사해공론』, 1938. 9)에서는 왕년 주의자 운파가 술집에서 누군가 자기를 향해 "박동무"라고 부른 것에 과민 반응을 보이면서 싸우는 장면이 나온다. 운파는 자기를 조롱하는 기자에게 너나 나나 양심

---

396) 『조광』, 1938. 8, p. 116.

이 몇 푼어치나 되느냐고 반문한다. 운파는 옥에 갔다 온 후 우울증, 니힐리즘, 무기력증에 빠져서 삶의 의미를 찾지 못하고 있었던 차다. 그는 "정의의 역사적 고찰"이라는 방대한 논문을 쓰는 것으로 왕년 주의자로서 최소한의 자긍심을 지키고자 하였다. 「해바라기」(『조광』, 1938. 10)는 카프 문인을 주인공으로 한 소설이다. 운해는 5년 전에 "동무들과함께 전주를단여온"[397] 경력이 있으면서 지금은 60원짜리 잡지 편집자로 있고 각본 "부셔진 인형"을 쓰고 영화판을 따라 다닌다. 운해는 여교사와 선보았으나 퇴짜 맞고 중석 금광 캐는 사업에 도전하게 된다. 운해는 "사람있는눈치만나면 언제까지든지 웅크리고없드리는"[398] 두꺼비의 재주를 배우는 것이 살길이라고 주장한다. '나'는 운해에게서 두꺼비의 형용을 발견하며 운해가 두꺼비의 형용을 오래전부터 육체와 마음속에 지니고 있었을 뿐 아니라 아예 두꺼비의 철학을 지닌다고 하였다. 운해와 같이 중석 금광에 종사했으나 실패한 후 방어단원에 편입되어 등화관제 연습 때 여기저기 다니면서 소리를 치며 돌아다니는 일을 하는 석재는 비슷한 시기에 나온 김남천의 「포화」에서 김기범을 연상하게 한다.

　김남천의 「泡花」(『광업조선』, 1938. 11)는 사상 문제로 감옥에 갔다 온 후 회사에 다니던 박순일이 병가를 내고 휴양하던 중 회사로부터 퇴직 통고를 받는 것으로 시작된다. 바로 그날 박순일 집에는 평안도 친구 김기범이 국민복을 입고 전투모를 눌러쓰고 나타난다. 그는 전향자 대표로 사상보국연맹의 지부 설치에 관해서 타협하는 회의에 참석차 경성에 온 것이다. 박순일은 김기범과 점심 식사를 하고 헤어진 후 며칠 전에 전화로 주문했던 신간이 왔는가 하고 책방에 물어본다. 인물들은 답답하고 막막한 분위기에서 헤어나지 못한다.

---

397) 위의 책, 1938. 10, p. 236.
398) 위의 책, p. 236.

「사하촌」「항진기」「기로」 등과 같이 투쟁적 인물을 내세운 작품을 발표해 온 김정한은 「當代風」(『조광』, 1938. 12)이란 꽁트에서 젊은 시절에 주의자로 활동했던 경력이 있는 것 때문에 경찰서에 끌려가 조사받는 백화점 서무과장의 입장을 대변한다. 과거의 운동가와 현재의 운동관련자 사이의 내밀한 공감을 깔아놓은 점에서 김정한의 창작 의도를 짐작하게 된다.

정비석(鄭飛石)의 「이 雰圍氣」(『조광』, 1939. 1)는 단편소설임에도 이야기가 다소 복잡한 편이다. 80대 노인의 셋째 첩인 옥채를 구출하여 북경에 데리고 온 박병립은 아편쟁이로 전락하고 옥채는 모르히네 밀매업을 한다. 두 남녀가 동거하던 중 옥채는 돈 30원을 지갑에 넣어주고 심부름을 시켜 박병립을 밖으로 내보낸 뒤 도망쳐 김지준에게로 간다. 지준은 어떠한 인물인가. 대학을 중퇴하고 5년 동안 사회운동을 한 후 "소화 삼사년이후 사회운동이쇠멸기에 들어오자 그곳을나온"[399] 김지준은 고향에 갔다가 전과자라는 이유로 가족들에게 냉대받고 자기도 모르게 중국 북경 땅을 밟고 옥채와 사귀게 된다. 김지준은 북경에 와서 같은 동포들이 서로 싸우고 사기 치는 것을 보고 "여기온 사람들은 이름이조선인이지 그실은 고향을 잃어버린 종속없는 집씨들"[400]이라고 생각한다. 북경 거리를 거닐다가 중국인들을 보고 너희는 왜 사느냐고 묻고 싶어 할 정도로 냉소적이다. 김지준은 민회의 현서기로부터 거류민이 3천 명인데 97퍼센트가 모르히네 밀매업자이며 북경 사람 3분의 1이 아편 중독자이며 조선 사람도 3할가량이 아편 중독자라는 정보를 듣는다. 옥채는 고려여관 주인이며 민회의 실력자인 춘택영감에게 부탁하여 지준을 민회 서기로 취직시키는데 민회장은 지준의 출근 첫날 현재 일본의 대륙 진출이 중대사라고 전제한 다음, "김군같은 지식분자는 더욱자중자애해서 무식계급의 표범이되는동시 적극적으로

---

399) 위의 책, 1939. 1, p. 367.
400) 위의 책, p. 369.

국책에 순응해활동해주기를 바라는 바이오"[401]라고 훈시한다. 지준의 민회 생활은 오래가지 못한다. 김지준은 민회를 그만둔 다음 거의 매일같이 북경 거리를 쏘다니며 무질서와 퇴폐의 분위기를 맛보던 중 걸인이 된 박병립에게 1원짜리 지폐를 던져 주고는 이러한 조선인의 비참한 모습은 중국 대륙의 침체한 분위기 탓이라고 판단한다.

이 타성의 분위기가 언제야 소멸될것인가? 이땅은 마땅히 심판을 받어야할것만 같았다. 아니 그날이 이제 오래지않어 필연적으로 올것이다. 그날― 억센힘이있어 이땅을 뒤흔드는 그날 지준은 어떤 역할을해야 할것인가? 지준은 스스로 그것을 생각하며 지향없이지러가노라니 앞헤전신주에 붉은잉크로쓴 광고를 부치는 사나히가 있었다. 지준은 눈이 휘둥굴해지며 발을딱멈추고 광고를 바라보았다. 신문사의고시였다. 「일지충돌!」 노코구에서 일본군과 지나군이 정면충돌을 하였다는 것이었다.[402]

호외를 보고 지준과 옥채가 동시에 밝은 표정과 웃음을 짓고 가슴이 울렁거리는 느낌을 갖게 되었다고 하는 것으로 소설은 끝난다. 과거에 주의자로 활동하다가 감옥살이까지 하고 나와 전향한 김지준이 반중친일의 태도를 감추지 못하는 것으로 그려졌다.

한설야의 「歸鄕」(『야담』, 1939. 2~7)이 설정한 주의자 아들과 지주 아버지의 심각한 갈등 관계는 다른 소설에서 유례를 찾기 힘들다. 아버지 유단천은 아들 유기덕이 전문학교에서 출학당하고 문학에 뜻을 두고 운동단체를 열심히 돌아다니는 모습을 보고 파문을 결행한다. 옛날에 원을 지낸 아버지는 사내는 모름지기 벼슬을 해야 하고 정치를 해야 한다는 관념을

---

401) 위의 책, p. 372.
402) 위의 책, p. 378.

강요하나 아들이 '운동'에 미치고 '모임'을 죽자고 쫓아다니는 것을 보고 조상을 더럽히는 놈이라고 하며 집을 나가라고 한다. 헤어진 지 9년 동안 또 유기덕이 감옥살이하던 7년 동안 부자는 소식을 끊었다. 유기덕의 출옥 후 귀향은 부자 화해, 거액의 부채 해결 도모, 집안의 재건 방안 모색 등으로 이어지고는 있지만 작가 한설야는 밝은 미래를 던져주지 않는다.

귀향의 주체는 분명 아들 유기덕으로 되어 있으나 작가의 연민의 촉수는 개간사업과 금광사업에 뛰어들었다가 실패하고 몰락의 길을 걸어가는 아버지 유단천의 회한으로 가득 찬 내면을 열어 보이는 데 쏠리기도 하였다. 실제로 아버지 유단천이 거액의 빚 독촉에 시달리며 망해가는 모습을 그리는 데 많은 지면을 할애한다. 아버지는 아들이 귀향하여 농촌에서 살 것을 확인하고는 세상을 떠나기 얼마 전에 아들에게 속내를 털어놓는다. "대체 내가 걸어온길이 무엇인지도 알수없다. 아모것도 남은것이 없고 그럼즉하고 회고되는 일도 하나없다. 한때는 벼슬로 몸을 세우고 일홈을 날리랴하였고 늘그막에 와서는 사업에 남은 희망을 부쳤으나 결국 이루지못하고 말었다. 또 이루어졌대야 신통할건 없다"[403]고 무상감을 표출하면서 "네가 너의안락이나 일문일족의 번영을 위해서 세속에 아첨하고 명리(名利)에 골몰하지 안는것만은 나같은 사람으로 도저히 미칠수 없는일인가한다"[404]고 아들의 삶의 방식이 아버지와는 다를 수밖에 없음을 인정하면서 다음과 같이 비장하게 부탁을 한다.

너이들을 사람으로 깊이 믿느니만치 너이들이 너의들의 생각하는바를오로지 밟어나가기만 바랄뿐이다. 그렇면 그것이 가장 애비의뒤를 옳게 이어주는것이 되리라고 생각한다. 세속에 머리를 숙이고 물질에 련련(戀戀)해봐야

---

403) 『야담』, 1939. 5. pp. 143~44.
404) 위의 책, pp. 143~44.

아무것도 남을것없다. 있다면 그것은 결국 치욕과 더럼뿐일것이요 치욕과 더럼을 모르고지나는 가장 값없는 행복과 송장같은 평화일것이다. 너이들이 그런 행복과 평화로 애비를 즐겁게하고 사후의 애비를 빛나게해주기를 나는 바라지 안는다.[405]

너희 세대는 너희대로 가라든가 세속주의와 물질주의에 빠지지 말라고 한 아버지의 충고에 아들은 동감을 표시한다. 아버지가 남긴 한참봉 빚이라든가 조합 대출비를 갚기 위해 아들 기덕이 이 사람 저 사람 만나며 뛰어다녔으나 허사였다. 1930년대 말의 시대 상황은 당시 작가들에게 망해가고 몰락하고 노쇠해가는 존재들에게 더욱 큰 관심을 가질 것을 권하였다.

「태양」「임금」「이녕」「種痘」「摸索」과 같이 생활에 무능한 남편과 적극적인 성격의 아내를 대비한 데서 잘 나타나는 내면 표출은 심리소설의 한 경지를 열어 보인다. 1930년대 후반에 발표된 「태양」「임금」「철로 교차점」「귀향」「이녕」「술집」「종두」「태양은 병들다」「모색」「숙명」 등은 자전적 소설로 묶을 수 있는 것으로, 출옥 이후의 한설야가 주의를 포기한 생활로 나갈 수밖에 없는 입장을 보여준다. 이때의 소설 가운데 문제작이 많다는 사실은 소설 양식은 가난하고 힘든 삶을 기록할 때 성공하기 쉬운 법이라는 점을 일깨워준다.

한설야의 「報復」(『조광』, 1939. 5)도 힘에 대한 의지를 강조한 소설이다. 임시 고원이었다가 도둑 이발업을 하는 종태는 7살 된 딸 순이가 실종되자 다리 건너편에 있는 지나촌을 의심하면서 경찰서에 신고도 하여보고 친구들을 총동원하여 찾아도 보고, 점쟁이와 무당도 찾아보았으나 허사였다. 그는 아내에게 "이리를 낳아 사자같이 길러라"고 소리치기도 한다. 종태는 순이 대용으로 어린애를 도둑질해 온 것 때문에 감옥에 갇혀 순이를

---

405) 위의 책, p. 144.

만나는 꿈을 꾸나 이미 실성한 사람으로 찍히고 만다.

한설야의 「泥潭」(『문장』, 1939. 5)은 전직 기자이자 소설가였던 민우가 감옥을 갔다 온 후 아내를 포함한 이웃으로부터 소외당하는 모습과 소외감과 패배감을 맴도는 심경을 적절하게 배합한 소설이다. 민우네 집에 자주 놀러 오는 아낙네의 남편들은 한때는 민우처럼 "나랏밥술이나 조이 얻어 먹은 일들이 있으나" 지금은 이런 자리 저런 자리 마다하지 않고 가 있다. 연극하던 김은 자동차부에서 호각을 불고 있고, 청년회 패 중에서는 제일 똑똑하다던 박의선은 출옥 후 재판소 누구의 주선으로 도청 무슨 과에 취직하여 월급푼이나 받고 있고, 만수네 아버지는 시골 학교 교원으로 있던 중 무슨 일 때문에 밀려난 후 목공이 되어 자영업을 한다고 한다. 민우는 보호관찰소에 가서 취직 부탁을 하였으나 좋은 소식을 듣지 못한다.

　민우가 맘가운데 저울을 들고 정주에 모인 안악네들의 머리를 달아보기 시작한지 이미 이윽하되 저울추는 거이 움지김이 없다. 아무것도 없는것이나 일반이다. 그는 사막과같이 텅부인 공허감(空虛感)을 느끼는 한편, 사람의 지레를 진창으로 반죽해 주랴는 무서운 우치(愚痴)의 세계를 또한 본다. 그것은 지옥을 보는것보다 더싫고 미운 일이다.[406]

그러면서도 민우는 자식들에게 강해지고 악해져야 한다고 하고 멸시받지 말라고 한다. 민우가 자기네 집 닭을 물고 간 족제비를 잡으려다 놓치고 난 그다음 날 톨을 사러 나선다. 자기네 집 닭을 물고 간 족제비를 끝까지 쫓겠다는 것은 폭력적인 강자에 대한 증오심이 투사된 것으로 볼 수 있다. 민우는 현실이 진흙탕 같다는 느낌을 털어버리고 현실극복 의지를 갖는 변화를 보인다.

---

406) 『문장』, 1939. 5, p. 15.

이기영의 「燧石」(『조광』, 1939. 3)은 1인칭 주인공 시점을 취해, 사상범으로 감옥살이를 한 것으로 암시되는 '나'의 출옥 후 생활을 그린 점에서 자전적 후일담소설이라고 할 수 있다. '나'는 금융회사에 취직하였으나 실적을 올리지 못해 그만두고 학원 선생이 될 결심을 하면서 "성냥대신 부싯돌을 치듯이, 교육자의 정렬! 그것은 시정배의 돈버리와는 다르지않은가"[407]와 같이 생활에 무능한 자신을 합리화한다. 감옥 가기 전의 삶이 성냥이라면 출감 후의 삶은 부싯돌이라는 대조가 숨어 있다.

최명익(崔明翊)의 「心紋」(『문장』, 1939. 6)에서도 주의자는 사랑과 연민의 대상이 된다. "한때 좌익이론의 헤게모니를 잡았던" 현혁은 신병, 빈곤, 고독, 절망을 이기지 못한 끝에 자포자기하고 아편 중독자가 되었노라고 고백한다. 여옥은 여옥대로 '나'(김명일)에게 경성 시절 현혁을 알게 된 과정에서부터 하얼빈 시절 일개 아편 중독자 현혁을 떠나지 못하는 이유까지 다 털어놓는다. 현혁의 애인이었던 여옥은 현혁이 출옥한 후 5, 6년간 소식을 끊자 여급과 티룸 마담으로 전전하면서 평양에서 '나'를 만나 몇 달 동안 가까이 지내다가 현혁이 하얼빈에 있다는 소식을 듣고 가버린다. 평양에서 상처한 화가인 '나'와 다방 마담으로 그림 모델이 되어온 여옥의 관계가 참된 사랑으로 발전했더라면 여옥은 하얼빈으로 떠나가지 않았을 것이다. 현혁을 마약 중독에서 구해내기 위해 온갖 노력을 했던 여옥은 오히려 현의 궤변과 강제로 자신도 아편에 손을 대고 만다.

그것은, 역사적 결론의 예측이나 이상은 언제나 역사적으로 그誤謬가 증명되여왔고, 진리는 오직 과거로만 입증되는 것임으로, 현재나 더욱이 미래에는 있을수없다는 것이다. 그럼으로 사람의 생활은 그런 이상을 목표로한다거나, 그런 진리라는 관념의 률제를 받어야할 의무도 없을것이요 따라서

---

407) 『조광』, 1939. 3, p. 289.

엄숙하랄것도 없다는 것이다. 그뿐아니라 사람은 허무한 미래로 사색적 모험을 하기보다도 거짓없는 과거로 향하는것이 현명하다는 것이다. 그러기에는 아편연기 속에서 지난꿈을 전망하는것이 얼마나 황홀하고 행복스러운지 모른다고 하며 玄은 如玉에게도 마약을 권하였다는 것이다.[408)

작가 최명익은 전락한 주의자, 그를 위해 희생하였다가 환멸에 빠진 여인의 사연과 비밀을 모두 드러낸다. 「심문」은 키로, 칸바스우, 텃취, 오일, 뿌레익, 피스톨, 스피드, 스릴, 멜로듸, 모델, 떠블벨, 쏘푸트, 히쓰테릭, 휘쉬프라이, 스테익, 캬바레, 레스토랑, 땐스홀, 에로그로, 파노라마, 땐서, 뺀드, 째즈, 모루히네, 파마넨트, 아파트, 히로인, 로맨스 등 근대성과 서양이 느껴지는 외래어를 적극적으로 사용하였다.

최명익은 주의자소설을 이기영, 한설야, 김남천처럼 사건소설 · 시대소설 · 가족소설로 형상화하는 방법에서 벗어나 사랑소설, 심리소설로 형상화하는 방법을 취했다. 이기영, 한설야, 김남천, 유진오, 이효석 등이 후일담 형식으로 기운 것과 달리 송영, 박승극, 박화성, 강경애 등은 중계담 형식을 취했다.

김소엽의 「초라한 風景」(『조광』, 1939. 7)은 일종의 후일담소설로, 주인공 동식은 해외로 떠돌아다니다가 "대소롭지 않은일로 서울까지 붙잡혀와서 몇 달동안 졸경을 치고는 그여독으로 시름시름 뉘앓다가 종내는 그 무서운 펫병에 걸려" 5년을 고생하다가 지금은 식료품가게를 하면서 생활에 여유가 생기자 기생에게 빠져 지내기도 한다. 그러던 중 사환 아이 석호가 좁쌀을 훔친 것에 격분하여 해고하였으나 그 아이가 여섯 식구의 가장이라는 말을 듣고 부끄러움을 느끼고 5분 전에 헤어진 석호 모자를 찾으러 나간다.

---

408) 『문장』, 1939. 6, p. 35.

김영수(金永壽)의 「生理」(『조광』, 1939. 9~10)는 동경의 같은 극단원 사이의 사랑 이야기다. 영주는 동경에 음악을 공부하러 왔다가 좌익 계통의 극단으로 들어와 연출자인 욱이를 흠모하였으나 코가 너무 큰 얼굴 때문에 받아들여지지 않은 것을 욱이의 일기를 통해 알고 복수하려는 의미에서 한 번 성관계를 맺는다. 좌익 극단의 검거령 때문에 둘의 사이는 가까워지지 못했고 영주는 그 후 이 남자 저 남자를 전전하다가 과거에 자기를 강간하려 했으며 자동차 운전수인 단원 김가의 아이를 임신했다가 유산한다. 두 남녀는 겉멋이든 속으로든 주의자로서 출발한 것으로 묘사되었으나 곧바로 사랑의 번민을 앓는 젊은이로 형상화되었다.

> 욱이의 극단으로 말하면 당시의 축지극장의 유일한 조선말 좌익계통의 극단으로서 사상적으로는 얼마든지 진보적이었고 건전하였다고 할수 있지만, 일면 경제적으로는 조금도 여유가 없을뿐 아니라 극단내부의 경리나 계획이 불행하게도 약간의 권위조차 가지지 못하였던 때였으므로 그야말로 철저한 자각과 인식이 없이는 이 극단의 「멤버—」가 되려고는 하지 않았다.[409]

영주는 욱이보다 1년이나 늦게 극단에 들어왔지만 극단원들 사이에서는 "지극히 가긍한 소시민의 자손이었지만, 시대를 인식하고 역사를 이해하는 극히 진보적인 계급"[410]으로 인식되었으나 사랑에 실패하여 자포자기하게 된 것이다. 김영수는 신극단원인 남편과 소설가인 아내가 극심한 생활고 때문에 이혼하려다가 아이 때문에 포기한다는 「壁」(『조광』, 1939. 4), 알코올 중독으로 남편이 죽자 26세된 부인이 다방 카운터로 취직했다가 생계를 해결하기 위해 개가한다는 「喪章」(『문장』, 1939. 7)을 발표한 바

---

409) 『조광』, 1939. 9, p. 96.
410) 위의 책, p. 97.

있다. 「생리」는 이런 두 작품에 시대의식이 가미된 결과라고 할 수 있다.

(나) 투쟁 모티프 중심의 중계담

이북명의 「療養院에서」(『사해공론』, 1936. 2)는 주의자로 활동하다가 끝내 요양원에 가게 된 계순이 주의자로 이름난 허민의 아내요 제사공장 여공, 유치원 교사, 작가 등단의 이력을 거친 박애시 언니에게 요양원에 와 달라고 편지를 보내는 것으로 시작한다. 허민과 애시와 계순은 이념의 사제 관계를 보이며 허민과 애시, 유병조와 계순은 사랑하는 사이이며 허민과 유병조는 동지 관계다. 계순 아버지가 포목상을 하다가 망해 유병조네 사랑방에 살 때 계순은 물산 진열관 여사무원으로 근무하고 병조는 K고보 학생으로 학술 연구회의 멤버로 과학 서적을 탐독하고 서로 좋아하게 되어 계순이 월급의 일부로 병조의 뒷바라지를 한다. 병조는 졸업하여 절름발이인 자기 형 이름으로 C읍 N공장 직공으로 들어가 투쟁 활동을 한다.

> 게순은 그러면서도 시침이를똑따고 얌전하게 진열관으로 다니었고 병조는 공장복주머니에 손을찌르고 회호리바람을불면서 공장으로부즈런히 단였다 ×××뿌리는 비드러저가고 가지는점점퍼저가는 6년의봄이왔다. H읍에서는 ××제를앞두고요시찰인들의예비××이있었다. 그그물에걸닌 한공장노동자를××하든중 의외에도 제×차○○의비밀조직체가 탄로되였다. ××선풍이 일어나게 되었다. 그선풍은 몹시도 세차고 강하였다. 병조는이기미를 날사게눈치채리고 H로 도망하였다.[411]

계순이도 조사를 받았으나 죄도 크지 않았고 폐결핵 증세가 나타나 석방된다. 이때 나타난 이가 문성구라는 동지였다. 성구는 상업학교를 졸업하

---

411) 『사해공론』, 1936. 2, p. 152.

고 산업회사 서기로 취직하여 계순이를 돌보아주고 절이나 해변으로 데리고 가 요양하게 한다. 계순의 아지트가 발각되어 검거되자 성구가 변호사를 내세우고 보석시켜 S요양원에 입원시키게 된다. 계순의 몸이 조금 낫자 성구는 계순이를 데리고 Y읍으로 데리고 가 서적상을 내준다. 서적상은 동무들의 연락처이기도 했다. 두 남녀는 석왕사에 가 사랑을 나누었으나 성구는 계순의 친한 동창생 순자의 남편임이 드러난다. 그날로 계순은 Y를 떠나 H로 간다. 병조는 2년 징역을 받고 계순은 성구의 아이를 임신한 것을 알게 된다. 계순이 애시에게 위와 같은 내용을 밝히면서 문성구에게 아이를 주고 과거를 청산하는 것이 어떤가 묻자 애시는 일단 아기를 낳고 건강을 회복한 후 나중에 보자고 다소 냉담한 태도를 취한다. 함대훈의 「항구」(『사해공론』, 1936. 1)는 주의자를 옥바라지하는 술집작부를 주인공으로 내세웠다.

이북명의 「逃避行」(『조선문학』, 1936. 6)은 단편소설이긴 하나 중편소설 규모의 이야기를 담아내었다. 앞 부분은 본명이 박종태이고 동지들 사이에서는 박탄으로 불리는 주인공이 취직운동차 10여 군데에 편지를 보냈으나 신경에 있는 왕년 아나키스트인 동창생으로부터 간접적으로 거절하는 편지를 받고, 시골 아버지한테서는 너의 아들을 책임질 수 없으면 형에게 주라는 편지를 받고, 농민에게 토지를 무상으로 주어야 한다는 이론을 주장하고 다니는 박탄이 아버지가 신영감에게 거저 준 땅을 도로 찾아 팔려고 하고, 동창생이자 야학 사건에 연루된 동지였던 황철을 통해 H××사건의 리더인 철호의 해외 도피를 돕기로 한다는 사건이 설정되고 후반부에 들어가면 박탄의 이력이 순차적으로 소개된다. "Y고보오학년에 올라가자부터 학교공부는 집어치우고 좌익서적을 눈에띠우는대로 탐독하였"[412]고 아내와 함께 상경했다가 다시 S촌으로 내려와 S농조 조직 준비 공작에 연루되어 1

---

412) 『조선문학』, 1936. 6, p. 13.

년 체형을 받았고 당시 합법단체 H××의 멤버가 되어 활동하던 중 "192
×년가을! 전후하야 일어난 K제사공장파업과 Y고보학생사건에 관련하고
또다시 삼년육개월의 형을받았다."[413] 감옥에서 나와 평소 정겹지도 않았
던 아내와의 사이에서 아들 민을 낳고 룸펜 생활에 젖어들고 만다. 그는
낮에는 서점, 신문사에서 신문과 잡지 읽기, 잡담과 이론투쟁 등을 일삼다
가 저녁때면 술집을 찾아다닌다. 그는 자기 아버지가 영구히 부쳐 먹으라
고 신영감에게 준 모래밭 소유권을 주장할 때 어촌 C진 경찰서 고등계 형
사에게 붙잡혀 철호를 돕기 위해 어선을 구하려고 했던 것이 아닌가 하는
혐의로 조사받다가 19일 만에 풀려나온다. 철호는 이미 어선을 타고 밤에
조선 땅을 빠져나간 것이다. 박탄은 둘째 아이를 임신했다는 소식을 들었
으나 시큰둥한 반응을 보일 뿐이고 신영감으로부터 도로 찾은 땅을 처분하
여 마련한 420원으로 대중각서점을 내어 주위 사람들로부터 거의 좌익 서
적인 중고 서적 2백 권을 받고 동경에서 250원어치 책을 주문하여 진열해
놓았으나 좌익 서적은 전연 팔리지 않은 데다 경찰서로부터 비합법 출판물
이라는 이유로 많은 책이 몰수당하자 두 달 만에 단 50원을 받고 처분해버
린다. 탄은 남은 70원 중 20원을 아내에게 주고 아무도 모르게 H역발 북
행 열차에 몸을 실었다. 탄은 과연 어디로 간 것일까.

이북명의 「한 개의 典型」(『조선문학』, 1936. 10)은 사회주의자가 출옥한
후 고향에 가서 생활난을 타개하려 하나 실패를 거듭한다는 내용이다. 이
소설은 이북명 소설 가운데서 옥살이 모티프와 좌익 성향 모티프를 가장
분명하게 보여준 편이다.

재작년가을 상수는 T전문학교 이학견에서 모좌익단체에 가입하여 활동하
다가 출학을 맞은동시에 그해겨울을 차디찬 태양없는집에서 나랏밥을먹고

---

413) 위의 책, p. 14.

지냈다. 그이듬해 즉작년 이월에 일년반언도에 삼년간집행유예를받아가지
고 집으로돌아왔다. 전문학교에드느라고 상수는 논열마지기(한마지기는 백
이십평가량)를팔아서 모조리써버리였다. 집에돌아왔으나 할 일이라고없었
다. 한푼벌어 드려오는 사람은없고 돈쓸일은많고하니 집안은 네닭이붙어놓
은듯이 볼성사무랍게 되어들어갔다. 상수는 그러는가운데서도 좌익서적을
탐독하였다. 고향H에서는 상수를 몰으는 인테리는 없었다. 고향M고보의 경
향좋은 학생들을모아놓고 강좌도하여주었다. 그러나 일상상수의머리 한구
석에 찰거마리처럼 착착붙어다니는 고민이있었다. 그것은생활에 대한 위협
이었다.[414]

생활의 위협 때문에 좌익 서적 독서도 포기하고 미래에 대한 공상도 접
어버리고 문학 서적을 탐독하며 소설도 써보지만 잘되지 않고 그 후로
친구 따라 금광도 가보고 제분공장도 가보았으나 제대로 일은 풀리지 않
는다.

박승극의 「秋夜長」(『신인문학』, 1936. 1)과 「風景」(『신조선』, 1936. 1)
은 「색등 밑에서」(『신인문학』, 1935. 10), 「항간사」(『신인문학』, 1935.
12), 「화초」(『신조선』, 1935. 12)의 직후에 발표되어 주의자를 주인공으로
한 저항적 태도를 계속 유지하고 있다. 「추야장」은 김동인의 「태형」, 김남
천의 「물!」, 이광수의 「무명」 등과 같이 감옥 안을 공간 배경으로 취하였
다. 주인공 정철은 치안유지법 위반으로, 늙은 황동무는 농민조합 사건으
로 수감되었으며 창식은 공장 직공과 항만 노동자로 일하다가 수감되어 폐
병에 시달리고 있다. 이 외의 수감자로 동경 명치대 경제학과 출신이며 백
만 재산가 아들이긴 하나 사기죄로 들어온 "백만장자"와 폭력 · 상해죄로
들어온 알부랑자 "보전"도 있다. 주인공 정철은 「풍진」(『신인문학』, 1935.

---

414) 위의 책, 1936. 10, p. 25.

4~6)의 주인공 철식, 「화초」의 주인공 천호처럼 감옥 안에서도 이것저것 가림 없이 열심히 공부한다.

정철이는 그대로 눈만 껌벅껌벅하고 누어 시간을 헛되이보내는것이 무척 안타깝게 생각키울뿐이었다.

에스페란토는 이제겨우 원서(原書)를 보게되고 로시아말(露語)은 처음시작해서 「아 부카」(文字)를 배우는 중이므로 한시간이라도 빨리해서 로시아말의 원서를 보고싶었다.

그는 이런데와서라도 공부를 힘써해야 되겠다는마음에 어디까지나 독서에 힘써왔다. 문학, 철학, 어학에관한책을 주로읽었다. 책만 마음대로 드려올 수있으면 얼마든지 공부를잘할것같었다.

어떤때는 세월가는줄도 모르게 공부에 열중하는것이다.

월전 어떡한일로 이곳에있는사람들이 모두 중벌을받게되어 정철이도 이주일간 독서금지를 당하였다. 이주일동안이나 독서를못하게되니 신체의 괴롬도괴롬이려니와 제일 책이 보고싶어서 못백였다. 하다못해 감옥의 신문 「人」이나 잡지 「道」라도 넣어주었으면하는생각이 간절이났었다.

이렇듯 책을벗삼는터에 그대로 누어서있기란 참말 조바심이나서 견디지못할 일이었다.[415]

정철은 가을밤에 달을 보며 여느 사람들처럼 쓸쓸함과 슬픔을 느끼고 그것을 잊기 위해 러시아말 단어를 외우기도 한다. 정철은 면회 온 어머니를 통해 여자고보에서 늘 우등을 하고 책읽기와 글쓰기를 좋아하는 누이동생 정희가 경찰서에 붙들려 가 고문당하고 한 달 만에 나왔다는 충격적인 소식을 듣는다. 정철의 누이 정희는 「풍진」에서 철식의 아내, 「그 여인」에서

---

415) 『신인문학』, 1936. 1, p. 285.

"붉은저고리", 「색등 밑에서」에서 김종죽 등과 같이 애인이나 오빠에게 영향을 받아 의식화되었다는 공통점을 지닌다. 이 소설에서는 반전이 보이지 않는다. 정철이 동무들 소식을 궁금해하고 창식의 건강을 걱정하며 가을밤의 쓸쓸함을 느낀다는 식으로 담담하게 끝나고 있기 때문이다.

「풍경」은 기관차를 만드는 공장 노동자들이 일이 많아 주야를 가리지 않고 작업을 하면서도 계속 비밀회의를 열어 학습하는 모습을 보여준다. 직장(職長)이 로스케들의 국경 침범을 막기 위한 철도를 부설하는데 기관차 수요가 많은 것 때문에 부지런히 일하자 직공들도 열심히 일을 한다.

밤이다 이철도공장의 모터와 『에어』 소리는 방직화사의 웅웅웅거리는소리 피혁회사의 왈왈하는소리와 함께 잠자고잇는리넓듸넓은 이신흥도시에밤공기를 요란스럽게 흔들고잇다

방직회사에서는 언제든지 야업을하지만 평상시에 별도 야업을하지안턴 피혁회사에서까지 요새는 야업을계속하는것이다 구두 혁띄 배랑능 군수품이 철도공장의직공들이 맨들고잇는 기관차 화차 객차 교량등과한가지로 긴급히 수요(需要) 되는째문이다[416]

박승극의 「白骨」(『비판』, 1936. 3)에서 주의자 영식은 동지 상철이 감옥에서 나와 죽어 매장된 곳에 창고를 짓는다고 시신을 화장한 것에 격분한다. 불퇴출의 인물이기는 하지만 영식은 감옥에 있을 때 세운 계획이 출옥 후 자꾸 무너지는 것을 느끼게 된다.

그러나 생각하면 생각할수록 생이 아까운반면에 사(死)가 애처로웠다. 그렇다고해서 자기가밉고 또옳다고 인식하는 그진리(眞理)로운의식(意識)에 회

---

416) 『신조선』, 1936. 1, p. 105.

의(懷疑)하고 싶지는 않았다. 실천과의 부합. 이것이 문제인것이다. 삼년간의 유폐(幽閉)생활로부터 한거름발자옥을 '사회'에 내드디자 독방에서 작성된 광대한 계획은물거품처럼 사러저버리고 지금엔 한갓생명을 보전하기위한 고식적생활을하고있으며, 이로인하야 심경(心境)의 괴롬과 나약이 있을 뿐이고 때로는 의식(意識)의 침전(沈澱)을 제스스로도 깨다를수있지않은가?[417]

소설 유형론의 시각에서 보면 박승극의 소설은 「풍진」「그 여인」「화초」「추야장」「재출발」「떡」 등과 같이 주의자소설과 감옥소설이 겹친 것, 「재출발」「풍경」「떡」 등의 노동자소설, 「농민」과 같은 농민소설, 「색등 밑에서」와 같은 여급소설, 「항간사」와 같은 사기꾼소설 등으로 분류된다. 박승극의 「풍경」은 노동자를 주체로 하여 계속 투쟁하는 모습을 그린 점에서 지식인 주의자가 출옥 후 하향이동 하는 것을 그린 이기영의 「설」, 한설야의 「임금」, 김남천의 「포화」 등과는 분명히 대조가 된다. 「풍경」이 노동자소설의 형태로 중계 형식을 취한 것이라면 「설」「임금」「포화」 등은 지식인소설의 형태로 후일담 형식을 취한 것이기 때문이다.

19살 동경 유학생인 연순이 큰오빠와 문학을 같이 하고 사상운동을 같이 하던 남편이 관청을 다니던 중 종업원 친목회를 조직하고 활동한 것이 당국에게 사상운동으로 오해받아 쫓겨난다는 송영의 「숙수치마」(『조선문학』, 1936. 5)의 이야기는 「능금나무 그늘」과 전반부가 비슷하다. 사회단체들이 연합하여 기근 구제 강연회를 하러 지방에 가야 하는데 차비 10원이 없어 아내가 숙수치마를 잡혀 3원을 융통해 준다는 결말은 이 소설을 범작에서 빠져나오게 하는 힘을 발휘한다.

송영의 「女事務員」(『조광』, 1936. 7)은 특수 배달계원인 조선 청년 영로와 창구 근무하는 일본 여성 우에하라의 사랑이 중심사건을 이루는 것으

---

417) 『비판』, 1936. 3, pp. 81~82.

로, 영로는 "불온한 생각, 민족주의적 사상을 가진 조선사람들에 붙인 별명"[418]인 "만세사람"들이 서로 적대시하는 것을 막기 위해 또 우체국 내 일본인과 조선인의 차별을 해소하기 위해 백우회를 만든다. 남주인공 영로가 백우회 간사 일을 보다가 몇 년 후 동경으로 건너가 계속 노동단체 일을 하는 것으로 그려진 점에서 「숙수치마」와 마찬가지로 후일담문학의 틀을 벗어난 것이 된다. 이에 반해 일본 여성 우에하라는 우체국을 퇴직하고 명치정 카페 여급을 거쳐 일본 홋카이도 창기로 전락하고 만다. 「숙수치마」 「여사무원」의 주인공은 주의자로 계속 활동 중인 것으로 끝난다. 송영은 「文書」(『조선문학』, 1937. 1)에서 오성근이 20년 동안 자신의 전 재산을 털어 넣어 학생이 200명 되고 교사도 7명 되는 야학을 경영난으로 문 닫은 후 야학 재건에 실패하고 아내는 관련 문서를 휴지장수에게 팔아버린다는 실패의 서사를 보여준다. 「음악교원」(『조광』, 1937. 3)도 작곡을 많이 한 음악교원은 불온사상 혐의로 학교에서 쫓겨나 끼니를 잇기 어렵게 되고 노래를 잘했던 여학생은 여급이 된 몰락의 서사를 들려 준다.

함대훈의 「湖畔」(『조광』, 1937. 1)은 사건 내용에 비해 서술이 과다한 결과를 낳았다. 강반 마을 보통학교를 1호로 졸업하였으나 뱃사공 노릇을 한 원삼이는 2호로 졸업하였으나 역원인 아버지를 둔 방직공장 성심에게 출발점이자 도달점이 된다. 성심은 원삼이에게 사랑을 느끼긴 했으나 제일 고보생 세형의 유혹을 뿌리치지 못하고 서울로 따라갔다가 노리개가 되고 성병을 옮은 채로 전락하여 귀향한다. 그 사이에 원삼은 복수심을 품고 중학 강의록을 공부하고 동경 유학을 가 고학으로 W대 전문부 경제과에 입학 후 귀향하여 성심을 노동운동의 동지로 만든다. 원삼은 성심에게 "원료 + 임금 + 리윤 = 상품"이라는 공식과 "값싼 원료 + 값싼 임금 + 많은 리윤 = 상품, 값싼 원료 + 조곰 비싼 임금 + 조곰 냉기는 리윤 = 상품"이라는 공식

---

418) 『조광』, 1936. 7, p. 30.

을 제시하면서 노동자들이 착취당하는 현실을 일깨워준다.

강경애의 「어둠」(『여성』, 1937. 1~2)은 일본인 의사를 가해자로 조선인 간호사를 피해자로 내세운 특이성을 보인다. 간호원 영실은 주의자로 활동하다가 사형당한 오빠에 대한 그리움을 자기를 농락한 일본인 의사를 향한 복수심과 뒤섞은 나머지 정신이상자가 된다. 몇 년 전까지만 해도 영실은 큰일을 하는 오빠를 두었다는 자부심과 사랑하는 사람이 있다는 만족감에 젖어 있었다. 그러다가 오빠가 사형당했다는 기사를 보고 충격에 빠지게 되었으며 일본인 의사에 대한 사랑이 일시에 배신감으로 바뀌게 된다. 어느 날 밤 길을 떠나게 된 오빠는 매달리는 누이동생에게 생지옥을 벗어나기 위하여 싸우지 않으면 안 된다고 하고 떠나가버린 후 다시는 돌아오지 못한 것이다. 영실은 일본인이 기미년에 아버지를 앗아간 후 주의자인 오빠를 죽였고 이어 자기의 정조를 빼앗아 갔다는 피해의식에 젖어 있다. 일본인 의사는 처음에는 무료 환자를 오히려 정성껏 치료해주는 태도를 보였으나 시간이 가면서 점점 탐욕스럽고 비정한 존재로 바뀌어간다. 일본인을 복수심의 대상으로 설정한 것은 송영의 「여사무원」에서 일본의 우체국 여직원이 전락의 길을 걸어간 것으로 꾸민 것보다 적극적인 태도라고 할 수 있다.

윤세중의 「그늘 밑 사람」(『조선문학』, 1937. 2)에서 사상운동 혐의로 감옥에 6년 있는 사이에 폐병에 걸려 죽어가게 된 철호와 그의 절친한 친구인 '나'는 "판단력없는 민중에게 해독을" 주며 "이교도(異敎徒)적 행위와 언사를 자조"[419]하면서 나어린 젊은이들을 선동하는 사이비 주의자 '박'에 대한 복수심을 공유한다. '나'는 '박'이 쓴 글을 읽고 비난하는 글을 썼다가 잡지가 전부 통과하지 못하는 수난을 겪는다. '내'가 남산 주회(週回) 도로 공사장 인부가 되어 연명하는 동안에 철호는 조선 운동사를 집필하던 중

---

419) 『조선문학』, 1937. 2, p. 5.

죽고 만다. '나'는 철호가 써놓은 4백 매의 원고 뒤에 1919년부터 1934년 까지의 조선 운동사를 첨가하기로 하고 저녁이면 서적을 뒤적이고 원고지를 메우는 일을 한다. 한 달 후에 탈고하고 원고를 아내에게 넘겨주고 누구에게도 보여주지 말라고 신신당부하고는 영등포 쪽으로 가서 취직하고 오겠다고 집을 나서는 것으로 끝난다. 이 소설은 주의자 모티프, 옥살이 모티프, 폐병 모티프, 지식인 하향이동 모티프, 사이비 지식인 비판 모티프 등 지식인에 얽힌 모티프를 다양하게 교직하였다.

주요섭의 「북소리 두둥둥」(『조선문학』, 1937. 3)은 간도 이주 조선인의 고난과 투쟁상을 강조한 소설이다. 15년 전에 북간도에서 북소리를 출동 명령으로 듣고 남편이 싸우러 나간 날에 태어난 아들 인선이는 백화점 점원으로 일하던 중 북소리를 환청으로 듣고 아버지의 뒤를 따라 보통강을 건너 대티령으로 가버린다. 인선이의 어머니는 아버지의 혼에 씌어 아들이 여러 차례 기행을 보이는 것을 목격해오던 터였다. 이처럼 아들 인선이 대를 이어 북소리에 이끌려 싸우러 나간 것처럼 처리한 것도 이채롭기는 하지만 "북간도로 건너가서 번개처럼 찬란하고 떠도는 생활을 하다가 그만 총부리알에서 찬이슬이 되어버린 호협한사람이었다" "석달동안이나 총을 메고 사방으로 쏘다니다가 잠시 집에 들렸든남편" "북간도를 개척한 조선 사람의 생활에있어서 이 끊임없는 투쟁은 한 일과로 되어있었고"[420] 등과 같이 아버지를 묘사한 것도 성과라고 할 수 있다.

김남천의 「祭退膳」(『조광』, 1937. 10)은 의사소설로, 주인공은 순안의원 원장 최형준이 아니라 그의 동기 동창이며 의대 중퇴생 박경호라고 할 수 있다. 박경호가 소설 제목인 "제퇴선"으로 비유될 수 있는 인물이기 때문이다. 박경호는 의학전문학교 4학년 때 독서회 사건으로 징역 2년을 받고 학생인 점이 참작되어 집행 유예가 되기는 했지만 끝내 복교되지는 못한

---

420) 위의 책, 1937. 3, pp. 3~7.

다. 의사 면허증이 없는 박경호는 순안의원장 최형준의 배려로 조수로 근무하던 중, 장안에 유명한 기생 향난이 모르핀 중독에 걸린 것을 원장의 허락도 받지 않고 적극적으로 치료해준다. 그러나 단 한 사람이라도 제대로 치료해보자는 박경호의 양심적인 태도는 결국 수포로 돌아가고 만다.

이미「상해의 기억」「형」「전별」「송군 남매와 나」등 1930년대 전반기의 작품에서 동반자작가답게 주의자를 긍정적으로 다루었던 유진오는「受難의 記錄」(『삼천리문학』, 1938. 1, 4)에서 다소 다른 태도를 보인다.「수난의 기록」은 대학에서 연구원으로 있으면서 리카도와 조선 농업 문제에 대한 논문을 준비하는 세민이 사회주의 운동가로 세 번이나 감옥에 갔다온 후 폐인이 된 사촌 형 세호를 관찰하고 도와주는 것을 중심사건으로 삼는다. 병고와 굶주림과 핍박에 시달리는 세호는 남은 것은 절망과 몰염치라고 하면서 10원만 보내달라는 편지를 세민에게 보내오기도 한다. 진보적 학자 지망생 세민과 사회주의자 세호는 동반자작가와 프로작가의 거리를 가늠하게 해주는 지표 역할을 한다.「수난의 기록」과 이효석의「薔薇 病들다」(『삼천리문학』, 1938. 1) 그리고 최명익의「심문」은 과거 사회주의자의 출옥 후를 비참한 모습으로 그린 점에서 일치한다.

「混冥에서」(『조광』, 1939. 5)는 백신애가 말년의 심적 갈등과 심경을 여과 없이 드러낸 자전적 소설이며, S라는 주의자를 수신자로 하여 동지의식과 사랑을 호소한 서간체소설이다. 이 소설은 "1.귀먹은 자의 정적에서 외우는 독백"과 "2.천국에 가는 편지"의 두 부분으로 구성되어 있으나 전자의 독백이 훨씬 더 길게 처리되어 있다. 작중의 '나'는 이혼하고 방향전환했으나 가족애도 신념도 떨치지 못하는 상태에 있다.

이신기한 이밤의 정적은 마침내 '나'에게 '나'를 가저다 주었어요. 거즛과 갈등과 괴롬에 고달퍼진 나는 세상이 시끄러움속에서 혼명(混冥)하여저 '나'까지 잊어버리고 내가 남(他)인지, 남이 나인지도 몰으고 살어왔던가바요.

나는 나같은 약한자인지 지극히 강한 자인지 스사로 구별할수 없는 인간이기때문에, 세상의 시끄러움이 참을수없게 저주러웠어요. 아—무 시끄러움이 없는 고요한 가운데서 차근차근 내모양을 바라보기 원했어요![421]

'나'는 이혼한 여자라는 불명예를 벗어나기 위해 '일'을 더욱 열심히 하려고 한다. 어머니를 포함한 가족들이 '나'를 너무나 사랑하기 때문에 내게서 '일'을 빼앗아 가려는 것을 잘 알고 있다. '나'는 옛 동지 김과 김의 소개로 처음 대면한 일본인 주의자 S와 함께 고도 경주에 가게 되어 석굴암에 올라가는 길에서 S와 의미있는 대화를 나눈다.

"당신은 방향 전환을 한후의 감상이 어떠 했던가요?"라고 마치 나의 가슴을 투시(透視)하듯 이렇게 물었지요?
"나는 무한한 고독을 느꼈습니다. 큰단체에서 떠러저나온 나라는것이 얼마나 고독하며 얼마나 무가치하며 얼마나 외로운것인가를 알게 되었을 뿐입니다. 나에게서 그열열하던 의기가 살어저가는 비애를 느꼈읍니다"
나의 이대답은 진정한 고백이었읍니다.
"그런거랍니다. 단체적 훈련을 받어온 사람은 혼자 떠러저 나서면 개인적으로는 아주 무력한 인간이되고마는 것인가바요……."
당신은 이윽히 묵묵하며 뚜벅뚜벅 걸어갈뿐이 었습니다.
"그때의 우리가 표방하던 주의며 주장을 이제와서 어떠한것임을 말할필요는없는 것입니다. 다—맛 나는 당신에게 그때의 그열열하던 용기와 의기만을 다시 가지라는 충고를하고 싶을뿐입니다. 당신의 삶의 목표며 생각이 어떠한길을 향하여있다든지 그것은 잠간 그만두드라도 그저 그열열하든 용기를 어서 회복시키서요. 그러면 당신에게서 그괴롬이 살아저바릴 것입니다"

421) 『조광』, 1939. 5, p. 244.

라고 타일르듯 말하셨지요! 나는 이말을 듣고 내가삼한구석에서 무한한 학
대와 무시를 받으며 병드러있는 무엇이 그제야 고함을 치는듯 하였습니
다.[422]

다음 날 여러 사람들과 토론을 하는 자리에서도 S는 우리에게는 울 여유
도 없이 오직 맹진할 뿐이며 신념에 충실한 것이 어머니를 불안에서 구하
는 것이라고 하였다. 경주 여행을 마친 후 '나'는 두 번이나 우연히 기차에
서 S를 만나 이야기를 나눈다. 내가 그의 가르침대로 심신의 건강을 회복
하고 신념을 다시 추스르고 어머니도 '나'의 신념에 안심하는 정도가 되었
을 때 S의 죽음을 신문에서 보게 된다. "당신이 두고간 그맹열한 의기의
운전으로 죽엄의 경계선에 들어대일 순간까지 쉬지않고 달려가리다"[423]와
같이 의지를 다지는 것으로 끝난 이 소설을 발표한 지 두 달도 안 된 1939
년 6월에 백신애는 세상을 떠났다.

현덕(玄德)의 「綠星座」(『조선일보』, 1939. 6. 16~7. 26)는 예술가소설이
요 지식인소설이다. 동아사진관의 출사 전문 사진사인 박동민이 전차 감독
인 형이 몇백 원을 마련해 사준 사진 기계를 친구 김기환에게 빌려 주고
돌려받지 못해 같은 집에 사는 형과 형수에게 압력을 받는 것으로 시작한
다. 박동민은 김기환의 주선으로 극단 녹성좌 단원이 되는데 이 녹성좌의
책임자는 박동민이 동경에서 신문팔이할 때 같이 했던 이재수다. 이재수는
한 달에 5백 명의 구독자를 늘리는 비범한 능력을 발휘한 바 있다. 두번째
해후는 동경에서 조선인 중심의 좌익 계통 예술극단 단원으로 있으면서 사
상운동을 한 혐의로 이재수가 미결수 옷을 입고 경부선 기차를 타고 조사
받으러 갈 때 이루어진다. 이후의 부분은 이재수가 애인 최명회를 위해 쓴

---

422) 위의 책, pp. 251~52.
423) 위의 책, p. 265.

「광명을 등진 사람」의 내용과 연습 과정을 구체적으로 소개하는 데 역점을 둔다. 박동민은 집을 쫓겨나 녹성좌 연습실에서 자면서 여주인공 최명희가 폐결핵으로 비관하며 이재수가 그녀를 열렬히 사랑하는 것을 목격한다. 여러 단원들이 이재수의 연출력과 김기환의 자금 동원 능력을 의심한 나머지 나간다고 하자 박동민은 가고 싶은 사람 다 가라고 한다. 선각한 신여성 김혜자가 주의자인 남성을 따라 동경으로 만주로 돌아다니며 활동하다가 남자에게 배반당하고 낙향하여 교편을 잡다 다시 상경하여 여러 남성을 편력한 끝에 시료 병원에서 폐병에 시달리는 신세가 되자 옛날에 동료 교사였다가 극단을 이끄는 윤달성이 김혜자를 구하러 온다는 「광명을 등진 사람」의 내용은 「녹성좌」의 액자소설에 해당한다. 최명희는 김혜자로, 윤달성은 이재수로 나타난 것이기 때문이다.

장편 『潭流』의 한 부분이라고 하는 현경준의 「退潮」(『광업조선』, 1939. 12)는 주의자 집안의 몰락을 원인적 사건으로 삼았다. 3년간 감옥살이하고 나온 승호는 어촌인 고향에 돌아와 아버지의 전 재산과 실권이 덕재네로 넘어간 것을 알게 되자 덕재 아들 인규와 절교하고 덕재 딸 인숙과 파혼하고 복수의 칼을 갈게 된다. 그러나 승호의 복수심은 아버지의 만류로 상경 후 계속 공부하는 계획으로 대치되고 만다.

(4) 지식인소설의 급증과 상승
(가) 현실 적응의 다면성
1930년대 지식인소설을 많이 발표한 작가들은 이기영, 김남천, 엄흥섭, 유진오, 이효석, 채만식, 최명익, 이태준 등이다. 주의자소설이 주로 프로작가들이 제작한 것이라면 지식인소설은 프로작가에서 심리소설 작가까지 고루 지어낸 것이라고 할 수 있다. 1930년대 후반에 들어서면서 넓게는 리얼리즘 작가들 좁게는 프로작가들은 1931년과 1934년 두 차례의 수감 생활과 1935년의 카프 해소로 이데올로기의 무장 해제를 강요당하면서 니힐리즘으로 빠져들었다. 요한 고드스블롬Johan Goudsblom은 모든 지식의 타당성을 부정하는 이론적인 니힐리즘과 어떤 객관적인 도덕적 기준이나 가치도 존재하지 않는다는 실재적이며 윤리적인 니힐리즘으로 대별되는 니힐리즘은 중심의 상실, 무와의 조우, 권태로부터의 탈출 불능, 적합한 생활철학의 결여 등으로 설명된다고 하면서[424] 여러 학자들의 분류법을 인용 소개하였다. 일례로 헬무트 틸리케Helmuth Thielicke가 니힐리즘을 삶의 의미를 발견하려는 모든 노력을 포기하는 순진한 허무주의naive nihilism와 절망에도 불구하고 꾸준히 그 문제를 다루는 성찰적 니힐리즘reflected nihilism으로 나눈 것이 있다.[425]

엄흥섭의 「苛責」(『신동아』, 1936. 1)은 여성 지식인의 자기성찰소설이다. 여선생은 모범 교사요 요시찰 인물이며 독서광인 권선생이 자기에게 무심한 것에 화가 나 학원장에게 모함한다. 그녀는 쫓겨난 권선생이 철도노동자로 전신하게 한 것에 가책을 느낀다.

허준(許俊)의 「濁流」(『조광』, 1936. 2)는 향란이라는 기생 출신의 순이와 충동적으로 결혼한 군청 서기 정철이 충동적으로 결혼하고 계속 불화 상태로 지내는 것을 원인적 사건으로 설정하였다. 그는 자기가 세든 갖바치 집 딸이자 소학교생인 채숙과 마을에 있는 낭암대로 자주 산보를 나가면서 이런 자의식을 갖는다.

몸이 곤하면 곤할스록 엇전일인지 한쪽으로 맑어가는 정신에힘은 해결못한 채 무더놓은 과거의수많은 생각─ 사회, 개인, 생명, 시간, 생, 사 같은 이런어즈러운문제의 썩어진 뒤고리를물고 그의가슴에 파도를이르키는것이었다.

---

424) 요한 고드스블롬, 『니힐리즘과 문화』, 천형균 옮김, 문학과지성사, 1988, pp. 39~42.
425) 위의 책, p. 82.

그리고 새삼스러히 다시 해결할것도없고 또 해결할수있는것도 아니로되 그것은 또 모도가 의지(意志)라고 하는 한 큰 무덤에 입을막어 넉넉이 고이 매장할수가있었든것이었다. 왜그러냐하면 대상을가지지아니한 의지그것이 라하는것은 결국은 또무의지에지나지않는것이니까. (중략) 그렇다 그결심 ─ 그 큰 청명관이가 내게가치(價値)에대한 판단력을거부하였고 그럼으로 나 는 무능력한줄을알았고 나는 인생에 해태(解怠)한사람인줄을 알지않었는가. 그것을 안다고하는것은 얼마나 무서운일이냐! 그러고 대체 사람이 이것과 저것을 분명히 색별(色別)하여알면서 또 동시 그 구별점이 모호해가는 그런 허무를 사람은 엇떻게 하여야 하겠느냐! 그래서 맞나기도처음이오 보기도처 음 덩실덩실 벌어지와같이뒹구는 음분한 늙은 창부물웅우에 몸과마음과 돈 과 아수을것없이 다 맛기고 나를건저달라고하든 그것이 그것이 또 동시에내 결혼을 의미하였섰든 것이 아니냐.[426]

군청 서기 정철이 보여주는 자의식 과다는 기생 향란이와의 결혼에 대한 회의를 알맹이로 한다. 이런 서술 태도는 해방 후 발표한 「殘燈」에서 절정 을 이룬다. 철이 취중에 거액의 돈을 던지며 기생 향란을 아내로 삼은 것 도 자포자기 심리를 담은 허무주의적인 행태의 소산이다. 철은 지능이 떨 어지는 소녀 채숙과 손잡고 산보하면서 그 손을 때 묻지 않은 것에 의한 광명과 구원으로 생각한 적도 있다. 결혼한 직후부터 철은 아내는커녕 자 기 자신도 동정할 수 없고 건질 수도 없다는 자기비하에 빠져든다. 이러한 회의는 부부 관계 파탄의 원인이 되기도 하고 결과가 되기도 한다. 철의 아내 순이는 남편과 채숙의 사이를 의심하여 마당이 아주 넓은 이웃집으로 이사 간다. 이번에는 같은 세입자인 여선생과 자기 남편의 사이를 의심하 여 어느 날 여러 사람들 앞에서 발악하는 일이 벌어진다. 정철은 더 이상

---

426) 『조광』, 1936. 2, pp. 225~26.

견딜 수 없다고 판단한 나머지 퇴직금 위임장을 동봉한 편지를 써놓고는 떠나가버린다. 정철은 너도 더럽지만 나는 더 더러운 놈이라고 자학하는 글로 서두를 떼고 "역시 나를 구원하는것은 내 「해결성없는 지속(持續)」의 버릇일것이다"[427]라는 알아듣기 힘든 말을 한다. 정철은 자신이 하는 일은 모두 미봉책이며 임시방편이라고 판단하게 된다. 철이의 편지를 읽은 순이가 울다가 지쳐 잠이 들었다가 초저녁에 일어난 후, 여선생이 있는 방으로 부엌칼을 들고 쳐들어가는 결말은 전율을 느끼게 한다.

박태원의 「惡魔」(『조광』, 1936. 3~4)는 남주인공을 악마로 부르게 한다. 회사원인 학주는 아내와 아이들이 외갓집에 20일 동안 나들이 간 사이 동료 직원들의 꼬임에 빠져 공창에 갔다가 성병에 걸려 마침내 아내에게 옮겨 아내의 눈에서 고름이 나오는 것을 발견하게 된다. 질병에 대해 근심하고 공포에 떠는 모습을 여실하게 그려낸다. 인물이 고민하는 모습을 그릴 때 대체로 장문을 사용하는 박태원의 버릇을 드러내고 있는 만큼 심리소설의 한 일례가 된다. 박태원의 「手風琴」(『여성』, 1937. 11)에서는 두 달 전 상처한 30대 남자가 겨울밤 다방에서 위스키를 마시며 슬픔을 달래다가 우연히 동석한 젊은 여자와 사랑과 운명에 대한 대화를 나누는 장면을 만나게 된다.

이광수의 「萬爺の死」(『개조』, 1936. 4)은 일본어 표기 소설로, 세검정을 배경으로 50대 중반의 채석장 인부 최만은 여자를 10여 명이나 갈아치운 끝에 3년 전에 얻은 20대 중반의 여인이 끝내 젊은 남자와 도망가버리자 상심한 끝에 죽는다. 작가 이광수라고 할 수 있는 '나'는 무지하고 폭력을 행사하기 좋아하는 최만 노인의 간청으로 몇 차례 자문을 받아주고 최만 노인과 그 형제들과 양자 삼길의 행태를 관찰하고 인간은 부정하지만 죽음을 애도하는 태도를 보인다. 병감 체험을 살려 속악하고 비루한 존재들을

---

427) 위의 책, p. 241.

관찰한 점에서 「無明」(『문장』, 1939. 2)의 예고편이 되기도 한다. 이광수의 「무명」은 작가가 거의 극화되지 않은 1인칭 관찰자 시점을 취하여 병감에 수용되어 있는 여러 죄인들의 존재 방식과 극한 상황을 그려 보이는 데치중하였다. 토지 사기꾼들에게 거액의 돈을 받고 도장을 파주어 문서 위조범으로 들어와 폐결핵에 걸려 온갖 추태를 다 부리다가 죽어가면서 나무아미타불을 부르는 윤가, 민대감 집 마름으로 수십 년간 일하다가 마름을떼인 것이 분해 새 마름 집에 방화하고 들어와 병에 걸려 제일 먼저 병보석이 되어 나간 민가, 사기죄로 들어와 엉터리 의학 지식 과시, 거짓말,식탐 등의 행태를 보이다가 나중에는 『무량수경』을 읽는 척하는 정가, 패륜을 저지른 부자를 공갈 협박하여 1,600원을 갈취하고 감옥에 들어와 징역 2년을 받은 전직 신문기자 강가 등은 매일같이 음식 갖고 싸우거나 자존심 때문에 싸움질한다. 이 중에서도 윤가와 정가는 거짓말 잘하고, 잘난척하고, 교양 없다는 공통점을 보인다. 윤은 입만 열면 남의 험담 하고,늘 과식하여 하루에도 스무 차례나 똥질하는가 하면 정가는 밥에 모래, 쥐똥, 썩은 콩 같은 것을 섞어 만든 밥을 먹어보라고 권하는 엽기적 행태를보이기도 한다. 이 소설은 석방된 '내'가 가출옥한 간병부로부터 민가와 윤가가 죽고 강은 목수일을 하고 정은 위장병, 신장염, 늑막염 등이 겹쳐 고생한다는 소식을 듣는 것으로 끝맺는다. '나'는 감옥에 있을 때 불교에 크게 의지하는 모습을 보인다. '나'는 감옥에 이웃한 절에서 새벽에 울려오는종소리나 목탁 소리를 들으면서 "인생이 괴로움의 바다요, 불 붙는 집이라면 감옥은 그중에도 가장 괴로운 데다. 게다가 옥중에서 병까지 들어서 병감에 한정 없이 뒹구는 것은 이 괴로움의 세겹 괴로움이다. 이 괴로운 중생들이 서로 서로 괴로워함을 볼 때에, 중생의 업보는 「헤여 알기 어려워라」한 말씀을 다시금 생각하지 아니 할수 없었다"[428]고 생각하게 된다. 윤

---

428) 『문장』, 1939. 2, p. 30.

가와 정가도 죽을병에 걸려 고생하면서 불교에 의지하는 모습을 보이고
있다. 「무명」은 1930년대 조선의 현실을 병과 갈등과 이기심으로 가득 찬
"병감"에 비유한 것으로 볼 수 있다. 김동인이 1920년대 초에 감옥소설
「태형」을 썼다면 이광수는 1930년대 말에 「무명」을 썼다. "무명"은 인간
존재와 삶의 본질을 가리키는 불교의 개념이기는 하지만 당시 조선의 무
전망성을 비유한 것으로 볼 수도 있다.

정인택(鄭人澤)은 「髑髏」(『중앙』, 1936. 6)에서 일본에서 사상운동 혐의
로 옥고를 치르고 나온 후 폐인이 되어 "니힐을 쓰디쓰게 씹어삼키며" 동
경에서 동가식서가숙하는 한 조선 청년의 경우를 그려내면서도 어째서 고
향에 돌아가지 못하는지 설명하지 못한다. "일자리─직업─그런것은 「하
나님」보다도 허무(虛無)한 존재요, 종교보다도 기괴한 사상"[429]이라는 모호
한 자탄으로 끝낸다. 자조·무기력·허무주의·방랑벽·이론 성향 등에
서 헤어나지 못하는 1930년대 조선 청년 지식인들의 모습을 펼쳐낸 유항
림(兪恒林)의 「馬券」(『단층』, 1937. 4), 평소에 일정한 직업 없이 책이나 보
고 글이나 쓰면서 기생의 딸과 가까이 지내기는 하나 여전히 자의식 과잉
상태에서 벗어나지 못하는 한 젊은이를 주인공으로 한 홍구(洪九)의 「木馬」
(『조선문학』, 1939. 5) 등은 룸펜 인텔리를 주인공으로 내세우고 있다. 가
난 못지않게 '자유 없음'도 치명적인 요인으로 작용한다.[430]

조벽암의 「跛行記」(『신동아』, 1936. 7)에서 4년 전에 시골의 사립 고등
보통학교 교사로 온 37세의 상호는 혼자 살면서도 이제껏 자신이 걸어온
길을 후회하지 않는다. 그가 생각한 지식인의 여러 가지 가능한 도정은 당
시의 많은 지식인이 직면한 선택의 경우를 보여준다.

---

429) 『중앙』, 1936. 6, p. 170.
430) 졸고, 「한국현대소설의 저층」, 『한국현대문학사상연구』, 서울대 출판부, 1994, p. 367.

차라리 활달한 성격의 소유자로써 비록 감방에서 세월을 보낸다하드래도 자기의 굳은 의지와 희망과 목적이 확립한 사회혁명가다운 사나히가 되고싶었고 그렇지도 못하면 다른직업을하야 술과계집으로 순간순간의 향락일지라도 질겨보든지 하였으면 좋을것도 같았다. 그러면서도 현하정세에선 훈육의 길로 모든 모범의 표적의길로 걸어가는것이 그중 온당한길이라고 녁여질때에는 자기가 눈같이 깨끗하게도 녁여졌다.[431]

박화성의 「시드른 月桂花」(『조선문학』, 1936. 8)는 고아로 자라나 20세 때 어느 목사를 따라 조선에 온 지 30년이 된 미스 베인이 외로움과 허무감에서 헤어나지 못할 때 박집사 동생인 청년이 시든 월계화를 주면서 이 꽃도 햇볕을 쪼이고 물을 주면 싱싱하게 되는 것처럼 사람도 하느님 말씀만으로는 살 수 없다고 한다는 내용을 들려준다.

강노향(姜鷺鄉)의 「暮林」(『신동아』, 1936. 9)은 소설가인 '나'와 보통학교 출신이며 감옥살이를 하고 나와 요시찰 인물이 된 주의자인 최홍수와의 관계로 이끌어가다 끝에 가서 '나'와 애인 순자라든가 동기 난향과의 관계를 서술하는 데로 기운 구성상의 난조를 드러내었다.

채만식의 「明日」(『조광』, 1936. 10~12)은 「레디메이드 인생」(『신동아』, 1934. 5~7)의 증보판이다. 인텔리인 주인공이 열심히 구직운동을 하나 룸펜 신세를 벗어나지 못한다. 주인공은 점점 심사가 뒤틀린다. 자식을 학교에 보내지 않고 기술 교육을 시키는 결단을 내린다 등과 같은 화소들은 두 작품을 하나로 묶어준다. 인텔리의 무능이란 모티프는 단편 「貧 第一課 第一章」(『신동아』, 1936. 9)에서 재현된 바 있다. 「명일」은 지식인은 막노동하기가 어렵다는 점, 가난한 인텔리가 이 세상에서 가장 비참하고 만만하다는 점, 그리고 인텔리는 어느 세상에서고 소외되기 쉽다는 점 등을 현

---

431) 『신동아』, 1936. 7, pp. 306~07.

상론으로 제시한 후 '인텔리무용론'과 '교육무용론'을 외친다. 「레디메이드
인생」에서 룸펜 인텔리 P는 시골에서 올라온 아들을 학교에 보내는 대신
인쇄소에 취직시키고 「명일」에서 주인공 범수는 아들을 학교 대신 서비스
공장으로 데리고 간다. 기술 하나라도 확실히 익혀 절대 빈곤에서 벗어나
게 하자는 의도를 지닌 점에서 공통된다. 「레디메이드 인생」에서 인쇄소의
문선과장 A는 P가 자기 아들의 기술 교육을 부탁하자 "거참 모를 일이
요……우리같은 놈은 이짓을 해가면서도 자식을 공부식히느라고애를 쓰
는데 되려 공부 시킬줄 아는 양반이 보통학교도 아니맞인 자제를 공장엘
보내요?"[432]라고 하면서 이해할 수 없다는 표정을 짓는다. 「명일」에서 서
비스공장 최주임은 범수에게 "머리속에다가 학문만 처쟁여도 병신이지만
그 반대로 머리는 텅빈데다가 기술만 익혀손끝놀리는 재주만 지닌것도 마
찬가지로 병신이 아닙니까?"[433] 하면서 머리와 손의 조화가 이상적인 경지
임을 암시한다. 아들을 학교에서 공장으로 끌고 간 범수의 선택은 삶의 의
미를 발견하려는 노력이냐 아니면 포기냐 하는 상반된 해석을 낳게 한다.
안동수(安東洙)의 「幻覺의 거리」(『비판』, 1936. 3)는 일본 동경에 유학을 간
철수가 끼니를 잇기 어려운 나머지 사회주의 계통의 서적을 팔아가며 연명
하다가 공원에 앉아 쉬는 중에 일본 순사에게 잡혀가 조사받는다는 이야기
를 들려주어 조선 젊은이의 초라한 모습을 보여준다.

이기영의 「有閑婦人」(『사해공론』, 1936. 7)은 유명한 수학자의 아내이면
서 돈이 많고 영어도 유창하게 하는 피아니스트인 혜원이 셋째 아이를 낳
고 사회생활에 지장을 받게 되자 임신 공포증에 사로잡힌다는 사건을 제시
하여 유한부인을 냉소한 소설이다. 「寂寞」(『조광』, 1936. 7)은 과학자 지
망생이었으나 금광 부자인 아버지가 허락하지 않아 갈등하던 윤창규가 결

---

432) 위의 책, 1934. 7, p. 192.
433) 『조광』, 1936. 11, p. 183.

국 가업을 잇는 식으로 변한다는 내용을 담았다. 미술을 공부하고 싶었으나 부양 가족이 많아 인쇄소 사무원으로 일하는 박명호가 윤창규의 변화를 목격하고 놀란다.

이런 시대에서 무엇을 하겠나? 생활이 바작바작 말녀가는 사회에서 이러니 저러니 해야 다 소용없는 것인줄아네……그래서 나는 무엇보다도 시급한것은 경제적으로 실력을 양성할 필요가 있다고 생각하네……사람이란 대관절 먹어야만 사는노릇이니까……먹고나서 볼일이니까……그만큼 환경이 달너 진줄아네—"실력양성논!" 명호는 새삼스레 창규의 입에서 이런 말을 드를줄은 실노 천만의외였다.[434]

부르주아의 아들이 실력양성론을 외친다는 것은 오히려 자연스러운 일일 수 있다.

「古物哲學」(『문장』, 1939. 7)의 주인공 긍재는 "평론쪽이나 쓰는 것으로 행세거리를 삼았고" "전문을 나왔다는 간판으로써 문화인이라 자칭하고" "말로나 글짜로는 무지한 세상을 타매하고"[435] 하던 과거의 생활을 청산하고 고물상을 내어 "새 것이 헌 것 속에서 생기구 헌 것이 새 것 속에서 생긴다"는 고물철학을 실천에 옮기고자 한다. 긍재는 과거에 운동을 하던 윤걸에게 고물이라도 생활의 풀무간을 거쳐 나오면 새 물건 새 사람이 되는 것이라고 주장하면서 생활의 풀무간은 이론과 실천이 일치되는 행동이라고 설명했다. 「고물철학」은 노동·일·실천 등을 제일로 아는 사상을 사회주의 이념의 대체 사상으로 제시한 이기영의 장편소설 『인간수업』(『조선중앙일보』, 1936. 1. 1~7.\23)의 연장선에 올려놓고 보아야 한다.

---

434) 위의 책, 1936. 7, p. 242.
435) 『문장』, 1939. 7, p. 88.

정청산(鄭靑山)의 「醫員」(『풍림』, 1937. 1~5)은 한의와 양의, 의사와 무당의 대결을 소재로 하였다. 지주인 김문수 판서의 막내딸 무순이가 늑막염을 앓는 것과 동네 우물에서 악취가 풍기는 원인을 찾는 문제를 놓고 한의사 장직원, 무당 음전이, 양의 오철수가 경쟁하던 끝에 결국 양의 오철수가 무순이의 병도 고치고 동네 우물의 악취 원인을 투신한 시체에서 찾아낸다. 정청산은 조선 사회의 개인 질병에서 사회 문제에 이르기까지 서양 의술이 상징하는 과학적 사고가 해결해줄 것으로 믿고 있다.

구연묵(具然默)의 「幽靈」(『단층』, 1937. 10)은 교수인 아버지와 동경 유학 출신으로 독서로 소일하는 아들을 설정하여 전통과 외래 문물, 지식과 실천, 사회주의와 민주주의, 새것과 낡은 것 사이의 갈등을 표현했다. 영식 옆에 여러 수준의 친구들을 포진시켜 행동 · 지성 · 이기심 · 이타심 등의 개념을 표현했다. 영식은 "知識階級에는 知識階級의 취할길이 있다. 문제는 어느 階級에 陣營을 취하느냐에 걸렸다",[436] "理論을 유일의 피난처로 삼을 뿐이네"[437]라는 자의식을 갖는다.

이태준의 「浿江冷」(『삼천리문학』, 1938. 1)은 소설가인 '나'(=현)와 사업가이며 부회의원인 '김'과 보통학교 교사인 '박'이 오랜만에 평양에서 만나 회포를 푸는 장면을 보여준다. 술판이 무르익자 '김'은 '현'에게 비웃는 투로 방향전환을 하든가 팔릴 글을 쓰라고 하였고 이에 '현'이 발끈하면서 컵이 오가고 멱살을 잡고 하는 식의 싸움이 벌어진다. 「패강랭」은 소설가를 프로타고니스트로 설정한 소설가소설에도 포함시킬 수 있다. 「장마」(『조광』, 1936. 10)가 소설가인 주인공이 자기 과시에 빠진 사업가 친구에게 놀림받으면서도 소극적으로 대처한 것과는 대조적이다. 「농군」과 마찬가지로 대화소설의 외형을 취하면서도 긴밀한 구성을 유지하는 「寧越令

---

436) 『단층』, 1937. 10, p. 32.
437) 위의 책, p. 35.

監」(『문장』, 1939. 2~3)에서 젊어서 군수를 지냈던 영월 아저씨는 비록 사업에는 실패했지만 생활철학이 분명한 사람으로 높이 평가된다. 영월영 감은 평생을 금광사업에 투신하여 집안 재산을 다 말아먹고 조카 성익이 "고려청자 찻종 하나와 단계석 벼루 하나를 처분하여" 급히 7백 원을 만들어 주었음에도 불구하고 성익이 아버지의 대를 이어 처사 취미를 가진 것을 노골적으로 나무란다. 영월영감은 조선 사람들이 자연으로 돌아오려고 하는 것은 걱정이라고 하면서 "자연으로 돌아와야할건 서양사람들이지. 우린 반대야. 문명으루, 도회지루, 역사가 만들어지는데루 작구 나가야 돼……"[438) 했고 평생을 금광에 성공한 적은 없으면서도 금력이 있어야 물력은 말할 것도 없고 정신력도 생기는 것이라고 역설한다. 화자이면서 관찰자인 성익은 영월영감이 마지막으로 캐본 금광에서 금맥이 발견된 것처럼 속여 시장에서 노다지를 사 아저씨의 마지막 가는 길을 위로해준다. 이태준은 영월영감의 경우를 제시함으로써 인간의 삶의 허망함이라는 속성을 일깨워주고 있다.

현덕의 「두꺼비가 먹은 돈」(『조광』, 1938. 7)은 노마 아버지가 마을에서 양철집 학원을 세워 마을 사람들의 존경을 한 몸에 받았으나 동네의 세력 가 김오장이 자기네 집 뽕나무 밭을 결딴냈다고 하면서 학원을 나무광으로 쓰고 싶어 계속 심술부리는 것을 멱살 잡고 밀어버리는 사건을 들려준다. 아버지와 기동아저씨는 감옥에 갔고 1년 만에 먼저 나온 기동아저씨가 노마에게 준 백동전 한 닢을 잃어버렸다가 다시 찾게 된다는 동화 같은 결말을 맺고 있다. 노마는 백동전을 찾지 못했을 때 두꺼비가 먹었다고 거짓말을 했던 것이다. 소설 제목이 "두꺼비가 먹은 돈"이니 현덕은 노마의 잔꾀와 재치를 주목하게 만든 셈이다.

채만식의 「이런 處地」(『사해공론』, 1938. 8)는 은행 지점장 대리로 근무

438) 『문장』, 1939. 2, p. 96.

444

하는 '내'가 서울 사는 친구에게 본처에 대한 미움, 한쪽 다리가 불구이나 그림을 잘 그리는 아들 종태에 대한 익애(溺愛), 가정의 의미, 여러 첩에 대한 에피소드를 일방적으로 털어놓는 특이한 형식으로 되어 있다. 5세 연상의 부인에 대한 증오심은 '나'를 자포자기적이며 허무주의적인 삶의 태도로 몰아간 나머지 술과 아들 종태 이 두 가지만 있으면 산다고 고백하게 만든다. 채만식의 「이런 男妹」(『조광』, 1939. 11)는 중학교를 마치고 만주에서 3년 동안 있다가 귀국한 후 사립학교 교원으로 있으면서 학생들에게 고결한 정신을 강조하는 한편 월사금 독촉을 마다하지 않는 윤영섭을 주인공으로 한 "고결한 정신", 윤영섭의 큰여동생으로 인력거꾼에게 시집가 가난과 박해 속에 사는 "배고픈 정신", 윤영섭의 막내여동생으로 여급이 된 윤혜련이 오빠의 의절선언에도 집에 드나들며 오빠를 비웃는 "호강하는 정신" 등으로 구성되어 있다. 작가 채만식은 이들 남매에게 특유의 냉소를 보내고 있다.

"신인단편"이라는 부기가 붙은 허준의 「夜寒記」(『조선일보』, 1938. 9. 3~11. 11)는 면협의원, 금융조합장, 학교 평의원인 민보걸이 사진사 남우언의 아내 춘자와 사통하는 사건, 동생네 얹혀살면서 사기꾼 노릇 하고 사는 민보걸 형 민홍걸이 오히려 민보걸과 춘자의 관계를 악용하여 남우언에게 돈을 뜯어내려는 데 협조하지 않자 모함하는 사건, 남우언이 민보걸의 어린 딸이자 소경인 은실을 예뻐하여 오해를 사는 사건, 평소 변막증을 앓던 은실 엄마가 낙상하여 죽은 것을 민홍걸이 남우언과 은실 엄마가 전날에 만난 것을 근거로 해서 남우언이 일종의 자살 방조를 한 셈이라고 고소하여 남우언이 잠시나마 철창 신세를 졌다가 진상이 드러나 풀려 나오는 사건 등이 설정되어 있다. 감옥에서 나오지만 남우언은 홍걸에게나 아내 춘자에게나 복수심을 갖지 않는다.

가령 누구에게 보복할결심이던 누구를먹여살릴결심이던 어디로 못찌르고 가서 무엇을할결심이든간에—

그리고 그런것을 처음부터 전연 안가지는것은아니엿다.

허지만 가지는 그순간 부터 그것은 자기자신의 존재성과융합하야 한정업시 사념의새분자에로 분자에로 분렬하기를 시작하는것이엇다. 그리고 그여에환류(還流)해오는것이라고는 이무한량한 태만(怠慢)과 곤비(困憊)의 의식을 노코는 아모것도업섯든것이다. 자기가 이세상 모—든것에대하야 아모러한결심도 필요로하지안는 그러한뿌리기픈 연민의눈으로대하는것도 바야흐로 이러한시간부터이며 또 동시에 자기자신이 무한히 비참한존재인것을 깨닷는것도 이러한 때인 것이다 — 그리고 이비참한 생명이죽어서는안된다는생각을 하는까닭도 이러한태만과 곤비의 자세를가지고 이 무한히 흘러가는공간과 시간가운데 자기의부동하는존재성을 정치(定置)시키려는 그리고 거기 무슨 의미를 발견하려는그런 욕망에서인것이 분명한것이다.

허지만 어듸로라도 못짓르고나갈곳이업고 무엇을할것이업는 우울함이란 어듸비길데가업는것이다.

신도조코 악마도조흐니 그런것이잇서 휘둘리워살수잇는동안에는 사람은 얼마나 피곤한것을모르고죽으랴 그평온한것도피곤하지안흘것이오 그격렬한 것도피곤하지안흘것이라하엿다.[439]

허준은 별로 풍부하지 않은 사건에다가 인물들의 자의식을 덕지덕지 발라놓는 서술 방법을 취한다. 앞서 논한 「탁류」도 쉽게 읽히지 않지만 이 소설도 심리와 의식의 서술에 묻혀버린 사건의 뼈대를 추려내는 작업이 쉽지 않은 사례가 된다. 이보다 1, 2년 전에 발표되었던 이상의 소설을 읽을 때의 어려움에 못지않은 고통이 있다.

함대훈의 「紫煙」(『조광』, 1938. 10)은 극단배경소설이다. 좌익 극단 문

---

439) 『조선일보』, 1938. 11. 9.

학좌에서 공연하는 톨스토이의 「안나 카레니나」의 연출가인 '나'는 안나 역을 맡은 이혼녀 심은희와 가까워져 마침내 육체관계를 맺는다. 극단에서 '내'가 단원들에게 실망하는 이유나 심은희가 안나 역을 도중에 그만두는 이유가 분명하게 드러나 있지 않다.

유진오의 「어떤 夫妻」(『조광』, 1938. 10)에서 회사를 다니다 그만둔 인환은 처 희경이 그릴의 레지스터로 나가 일하는데 미인이라서 여러 손님들의 관심을 끄는 것을 마땅치 않게 생각한다. 남편이 앙드레 지드의 『문학과 윤리』의 한 대목에 줄 친 것을 보면서 희경이 왜 그곳에 줄 쳤나 하고 의아해하는 식으로 소설은 의외의 결말을 맺는다. 속편인 「痴情」(『조광』, 1938. 12)에서 희경은 S의 결혼 신청과 매니저 M의 집요한 공세에 시달리고 있음을 남편에게 그대로 털어놓고 남편은 남편대로 소설을 써 신문사에 보냈으나 무반응의 수모를 당한다. 술 마시고 새벽에 들어온 아내는 남편에게 뺨을 맞자 잠자리에서 반대편으로 돌아눕는다. 소재나 작가정신의 범속화를 감지하게 하는 소설이다.

"「金姸實傳」의 후일담"이라는 부제가 붙어 있는 김동인의 「先驅女(上)」(『문장』, 1939. 5)는 김연실이 일본으로 건너가 서양 문명을 피상적으로 접하고 문란한 이성 관계 끝에 아비 모르는 아이를 낳아 사도꼬에게 주어 버리는 사건으로 시작한다. 김연실은 작곡과를 1년 더 다니고 조선에 들어와 최명애와 고창범이 동거하는 집에 붙어 있던 중 고창범에게 접근하다 들통 나 명애와 대판 싸우고 집을 나와 동경미술학교 출신이며 평양 거부의 증손자인 김유봉과 사귀게 된다. 김동인은 신여성의 성적 방종을 단순한 가십거리로만 처리하는 대신 1920년대 초 문학잡지계의 흐름이라든가 민족자결주의의 수용에 따른 동경 유학생 사회의 변화라든가 이광수를 가리키는 것 같은 자유연애 문학의 출현 과정을 그려놓는 문단소설이자 모델소설의 형태를 취한다. 김동인은 다른 문인들을 비아냥거리는 데서 멈추지 않았다. 조선의 새 문학도를 『창조』를 가리키는 "시작파"와 『폐허』를 가리키는 "퇴폐파"로 나누어 그들이 기생의 환심을 사는 방법을 대비하고 있는 것과 같이 자기성찰도 꾀했다.

악덕 의사 고발소설이기도 한 한설야의 「술집」(『문장』, 1939. 7)에서 소설가인 주인공 한민은 둘째 아들이 배가 아픈 것을 견디다 못해 10여 군데 병원 문을 두드렸으나 많은 돈을 요구하며 수술하라든가 진찰도 제대로 해주지 않고 불친절한 태도로 나오는 것을 대하게 된다. 게다가 병실의 분위기도 시장판 같다. 한민이 아내와 아들을 병원에 둔 채 어느 카페에 들어가 술과 노래와 웃음소리에 젖어 있는 사람들을 보면서 "건강"을 실감하는 것으로 끝난다. 그는 아들이 입원한 병원을 향해 "에, 못 생긴 놈, 병에 지다니 병에……"라고 중얼거린다. 출옥 후 약자의 입장에 있는 한설야로서는 건강이라든가 힘에 대한 바람이 무의식처럼 깔려 있음을 입증해준다. 「태양은 병들다」(『조광』, 1940. 1~2)에서 악덕 의사를 고발하는 것처럼 당대 의사들의 고압적이고 배금주의적인 태도는 한설야에게 트라우마로 남아 있었다.

김남천의 「이리」(『조광』, 1939. 6)는 프랑스 배우 쟝 가방이 주인공인 영화 「페페 르 모코」를 구경하고 나온 소설가 '내'가 선악을 초월한 강렬한 성격, 악의 아름다움, 니힐에의 매력 등을 느낀다는 이야기와 기자 박군이 50세 가까운 계집장사와 호색한이 17세의 여자애를 두고 싸우다 체포된다는 기사를 쓴 것으로 구성되었다. 영화에서든 실제 사회에서든 강렬한 성격을 바라고 권태의 파괴를 바라는 것은 니힐의 반영이라고 할 수 있다.

김남천의 「길 우에서」(『문장』, 1939. 7)의 주인공 K기사는 26세로 고등 공업학교를 나와 토목 방면에 종사한 지 4년이 되었고 '나'(박영찬)와 사회주의운동 동지였던 친구의 종제이기도 하다. '내'가 K의 출장소 사무실에서 그가 사는 모습을 관찰하고 그의 생각을 들은 후 자라 세 마리를 선물로 받아 가지고 오다가 차가 급정거하는 바람에 유리병이 깨어져 자라가 흩어져버린다는 것이 중심 내용이다. K는 토목기사임에도 잡지 『개조』

『중앙공론』을 빠짐없이 읽고 변증법·괴테·하이네·푸앵카레 등의 책자들을 탐독하다가 이따금 자라를 뒤집어놓고 그 자라가 발딱발딱 뒤집는 것을 보는 것을 취미로 삼는다. K기사는 '나'와 그의 종형을 인도주의자로 몰며 어설픈 인도주의는 큰일을 하는 데 오히려 방해가 된다고 하면서 큰일을 위해서는 때로 사람의 희생을 각오해야 한다고 주장한다. K기사는 공식·방정식·정리 가운데서 뜨거운 휴머니티를 느낄 수 있다는 색다른 논리를 펼치기도 한다. 이처럼 김남천은 K기사란 특이한 인물을 통해 인문학적 사고와 자연과학적 시각의 통합을 새로운 대체 사상으로 제안하였다. 이어서 나온 「T日報社」(『인문평론』, 1939. 11)는 김광세가 광원에 투자해서 번 돈으로 9만 원을 만들어 T일보사 부사장 겸 경영자로 등장하는 과정을 그린 것으로 사건 진행이 더디고 쓸데없는 묘사나 서술이 많은 한계를 드러낸다.

최정희(崔貞熙)의 「地脈」(『문장』, 1939. 9)은 이효석의 「장미 병들다」와 마찬가지로 사회주의 대열에 뛰어들었다가 비참하게 살아가는 여주인공을 동정의 시선으로 묘사한다. 주인공 은영은 동경 유학 중 여름 방학 때 귀성하여 독서회에서 만난 홍민규의 영향을 받아 사회주의 이론서와 노동조합 조직론 같은 진보 서적을 읽게 된다. 은영은 동경으로 건너가지 않고 홍민규와 동거하여 아이까지 낳았으나 홍민규가 수감되어 옥사하자 생활 전선에 뛰어들게 된다. 은영은 낙원정 기생 김여화의 침모 노릇도 하고 전남 부호의 첩 부용이의 가정부 노릇도 하는 등 생계를 꾸려가느라 아이들과는 떨어져서 살게 된다. 남편 친구 이상훈으로부터 결혼 제의를 받고 새 남편이냐 애들이냐 고민하다가 애들을 더 불행하게 할 수 없다는 결론에 도달한다. 최정희는 이혼녀인 여성 소설가가 남편 집으로 보낸 6세 된 아들이 보고 싶은 마음과 가난에서 헤어나지 못하는 형편을 그린 일기체소설 「靜寂記」(『삼천리문학』, 1938. 1)를 발표한 바 있다.

김사량(金史良)의 「光の中に(빛 속에서)」(『문예수도』, 1939. 10)는 일본

을 공간 배경으로 한 일본어 표기 소설이다. S대학협회 시민교육부의 영어 교사 '나'(남선생)와 학생 중의 한 명으로 일본인 아버지와 조선인 어머니 사이에서 태어난 야마다 하루오는 아버지에게 칼에 찔려 어머니가 병원에 입원한 것을 계기로 서로 마음을 열며 같은 집에 살려고 한다. 평소 '나'는 남선생이 아닌 미나미로 불리는 것을 굳이 사양하지 않으면서 조선인임을 밝히지도 숨기지도 않는다. 바로 이 점 때문에 야마다 하루오로부터 또 자동차 조수에서 운전수가 된 이군으로부터 오해를 산다. '나'는 제국대학 학생들이 중심이 된 빈민구제단체에서 일을 하면서도 조선인임을 드러내지 않았었다. '나'는 야마다 하루오를 보면서 "일본사람의 피와 조선사람의 피를 받은 한 소년의 내부에서 조화되지 않는 이원적인 것이 분열되고 있는 비극을 생각했고" "아버지의 것에 대한 무조건적인 헌신과 어머니의 것에 대한 맹목적인 배척, 그 둘이 언제나 서로 싸우고 있을 것"[440]으로 조선인 입장에서 생각한다. 야마다 하루오의 아버지 한베에마저도 조선과 일본의 혼혈로 그려진 것처럼 이 소설에는 순수 일본인은 등장하지 않는다. 한국 계든 일본계든 조선의 피를 받은 사람들 사이의 일시적 갈등은 제시했으나 모두 서로 돕고 화해하는 존재로 결말 처리하여 조선인 혈통의 유대를 강조한 셈이 되었다. "빛 속에서"라는 표제는 야마다 하루오가 장래 희망을 무용가라고 하자 '내'가 하루오가 "무대 위에서 서로 엇갈리는 붉고 푸른 갖가지 빛을 쫓으며 빛발 속으로 춤추며 돌아가는 모습"[441]을 상상하며 환희와 감격에 빠지는 것을 통해 설명된다.

  (나) 니힐리즘에의 침강
    이효석의 「人間散文」(『조광』, 1936. 7)은 철학 연구자인 한 젊은이가 생

440) 임헌영 엮음, 『김사량 작품집』, 지만지, 2008, pp. 47~48.
441) 위의 책, p. 76.

계를 해결하기 위해 회사원으로 취직하여 서울을 떠나는 것으로 시작한다. 원래 주인공 문오는 카오스를 건지기 위해 철학을 선택하였으나 "도리혀 케오스의바다속에밀려들어가 팔다리를허부적거리는 격이되였다"[442]고 할 수 있는 형편에 놓이고 만다. 그런데 문오가 철학 연구자의 입장에서 바라본 서울의 길거리 풍경이나 회사원으로 취직하여 지방에 가서 본 거리 풍경은 다를 바 없는 것으로 나타난다.

> 문오의머리속은 날어난벌떼를 잡아넣은 것과도가티웅성거리고 어지럽다. 몷이도 지저분한 거리의산문이 전신의신경을 한데뭉아 짖니기고 란도질하야놋는다. 혼란의 아름다움을 노래하고 란잡의운치를 찬미하는 예술가튼것은 악마에게나 먹히워라. 단료하고 운치는없다하더라도 차라리 가지런한거리와 안정된규측과 정리된생활이 있어야할것이다. 최후적통일을 요구함은 사람의본성이요 생활을정리하랴함은 영원한과제였으나 정리와통일의 마즈막종점에 도달할날은 영원히없을것같다.[443]

문오는 "가지런한 거리" "안정된 규칙" "정리된 생활" "정리와 통일" 등으로 표현되는 총체성을 갈구는 하지만 그것이 쉽게 올 것이라고 생각하지는 않는다. 문오가 서울에서나 지방에서나 쉽게 발견했던 먼지는 이러한 규칙 · 정리 · 통일 등이 파괴되어버린 것을 좀더 강하게 표현한 것이다. 이효석이 "먼지"로 뒤덮인 세상을 제시한 것과 채만식이 "탁류"가 범람하는 현실을 제시한 것은 동일한 의미를 지닌다. 「石榴」(『여성』, 1936. 8)는 시골 학교 동창으로 둘 다 우수하고 애인처럼 지냈던 재희와 준보의 과거를 그리는 데 치중했다. 어머니도 없고 석류 그림이 있는 병풍도 없어지고

---

442) 『조광』, 1936. 7, pp. 270~71.
443) 위의 책, p. 270.

결혼도 실패한 채 모교의 교사로 그날그날 보내는 재희는 서울에서 이름난 소설가가 된 준보와의 어린 시절을 떠올리며 자기 집안의 몰락 과정을 더듬는다. 표제로 나오는 "석류"는 재희의 아버지가 다른 여자와 살림을 차리자 어머니가 병을 얻어 앓다가 세상을 떠난 아픈 과거를 떠올리게 하는 매개체가 된다.

이효석의 「挿話」(『백광』, 1937. 6)는 중학생 때는 같은 문학 동인으로 신문과 잡지에 투고하는 열정을 공유했고 대학생 때는 고리키를 숭배하면서 경제연구회원으로 활동했던 재도와 현보가 경제연구회의 해체를 계기로 서로 다른 길을 걷게 된다는 이야기를 들려준다. 재도는 경제연구회원들이 행동력은 없이 지나치게 자부심을 갖는 것에 환멸을 느끼는 한편, 이상주의적 사고와 태도를 버리고 법과에 편입하여 비록 고등문관 시험에는 실패하였으나 출세가 보장된 관리로 진출한다. 작가는 이런 과정을 서술하면서 "여기에 이르기까지에는 뼈를가는노력을 한것이니 그노력을하는동안에 인간의바탕이 붉은것에서 대뜸 검은것으로 변하였다. 너무도 큰변화이나 그러나 그의마음에는 조금도 꺼릴것이 없게되고 세상 또한 그것을 천연스럽게 용납하게 되었다"[444]고 재도를 부정만 하지는 않았다. 이에 반해 현보는 자신의 문학적 정열을 더욱 다져나가면서 "운동 속으로 풀숙뛰여들어가지는 못하였으나, 그가장자리를 빙빙돌아치면서 움즉이는모양과 열정들을 관찰하야 간신히 양심의양식을 삼었"[445]던 만큼, 심퍼사이저의 행태를 보인다. 재도가 적응주의자conformist의 길을 택한 데 반해 현보는 개조론자reformist가 된다. 작가 이효석의 과거는 현보가, 현재는 재도가 대변하고 있다. 이런 소재를 보다 완성된 서사 구조로 변형시키려면 주요 인물의 내면세계에 대한 서술이 보다 치밀했어야 했다.

---

444) 『백광』, 1937. 6, p. 140.
445) 위의 책, pp. 139~40.

이효석의 「幕」(『동아일보』, 1938. 5. 5~14)의 주인공은 재산의 대부분을 도서관에 기부한 선친의 뜻을 받들어 잡지를 간행하였으나 돈도 많이 없애고 문단에서 관심도 끌지 못하게 되자 자포자기하여 잡지를 폐간한 후 연일 술타령하는 신세가 된다. 세운은 기생 월매 앞에서 음독자살하다가 구출되어 소생하기는 했으나 자신을 어릿광대로 인식하면서 기회가 오면 자살을 또 시도하겠다고 결심한다. 「山精」(『문장』, 1939. 2)은 지식인들이 산행을 한 후 술 한잔하면서 삶의 원기를 느끼는 과정을 그렸다. 「一票의 功能」(『인문평론』, 1939. 10)은 기자와 교원을 거쳐 부회의원에 출마함으로써 정치가를 지망하는 법학사 건도와 "선거보다는 화단의 꽃이 더 소중하다"는 교원인 '나' 사이의 갈등을 원인적 사건으로 제시하였다. 건도가 부작용과 공허감이 뒤따르더라도 무엇인가 활동해야 한다는 현실 참여적인 태도를 보이는 데 반해 '나'는 결론이 자명한 일은 할 필요가 없다고 주장한다. "전에는 사상으로 행세했지만 지금에야 행세의길이 달러지지않었나"는 건도의 주장에 '나'는 "거리에서 꼭 행세를해야 값이있단말인가"[446]고 응수한다. "사상에 열중했을때와 의원을원하게된 오늘과의 먼 거리를 캐서는안될것이 시간의 거리와 변천의 고패에 착안함이 그를 충실히 이해할수있는 유일의실마리일듯싶으니말이다"[447]와 같이 시간과 정세에 따른 변화의 불가피성을 인정하기는 한다. 이효석이 자신의 변화를 합리화하려는 저의도 숨어 있다. 결국 건도는 '내'가 찬성표를 던지지 않아 부회의원에 낙선된 후 '나'와 설매의 충고를 듣고 동경 유학길에 오른다. 출세 지향·적응주의·현실참여론에 서 있는 지식인에 대한 시니시즘을 이끌어가는 주인공 '나'를 통해 작가는 무위론이나 니힐리즘을 드러낸다.

최명익의 「逆說」(『여성』, 1938. 2~3)에서 교장 후보에 오른 영어 교사

---

446) 『인문평론』, 1939. 10, p. 178.
447) 위의 책, p. 178.

문일은 옴두꺼비처럼 동면하기 좋아하여 "받들고 천국으로 갈 자랑도 지옥으로 짊어지고 갈 죄라도 없이 그날그날을 살아온 생활"을 꾸려가는 최소한의 참여주의자로 그려지고 있다. 「비 오는 길」(『조광』, 1936. 4~5)은 공장에서 박봉을 받고 사무를 보며 독서를 취미 겸 본업으로 삼는 지식인과 공장 주인, 사진관 주인, 어린 기생이 공통적으로 보여주는 속물적인 삶 사이의 거리를 중심사건으로 설정하였다. 어렸을 때부터 각기병을 앓고 있는 병일은 공장에 들어간 지 2년 동안 신원 보증을 대지 못해 "소사와 급사와 서사의 일을 한몸으로 치르"[448]는 대접을 받고 있으며 "하로도 변함없이 자기를 감시하는 주인의 꾸준한태도에 병일이도 꾸준히 불쾌한감을 느껴온것이었다."[449] 김병일은 자기 속내를 드러내지 않으면서 온순한 것처럼 보이기도 하지만, 최창학처럼 부자가 되는 것이 꿈이라고 하면서 김병일에게 사업하라고 충고하는 사진관 주인 리칠성을 속으로 "청개고리의 뱃가죽같은 놈!"이라고 여러 차례 욕한다. 돈을 많이 벌어 늙은 인력거꾼에게 우월감을 과시하는 어린 기생 란홍이를 목격하고는 "어릴때 손까락을 베였든 의액이풀닙"을 떠올리게 된다. 김병일은 "내게는 청개고리의 배ㅅ가죽만한 탄력도없고 의액이풀닢같은 청ㅅ기도 날카라움도 없지안은가?"[450]라고 패배자를 자인한다. 최명익은 3인칭 시점을 취해 김병일의 자의식을 자주 토로하고 있다. 김병일은 독서를 본업이요 유일한 낙으로 삼는 이유를 다음과 같이 털어놓는다.

(그러면 그렇게 책은 읽어서 무었하느냐고 뭇겠지만 나역시 무슨목적이 있어서 보는것은 아입니다하고는 어떻게 사라야 후회없는 일생을 살수있는가? 하는 즉 사람에게는 사람이란 무었인가? 하는 의문이 있다는것을 알고 나도 그것을

---

448) 『조광』, 1936. 4, p. 288.
449) 위의 책, p. 288.
450) 위의 책, p. 297.

아라보랴고 한적도 있었지만 지금은 고학도 할수없이된 병약한몸과 이년래로 주인에게 뫼욕을 받고있는 나의인격의 울분한 반항이—말하자면 모다 자기네일에 분망한 세상에서 나도 내생활을 위하여 몰두하는 시간을 가저보겠다는 것이 나의독서요) 하고 이렇게 말한다면 말하는 자기의 음성이 떨닐것이요 그말을 듣는 사진사는 반드시 하품을 할것이라고 생각한 丙—이는 하염없는 우슴을 웃고 나서[451]

사업 확장에 가슴이 부풀어 행복해하던 리칠성이 갑자기 장질부사에 걸려 죽는다는 결말은 병일의 승리를 확인시켜주기보다는 삶의 허망감을 불러일으킨다. 평양 서문의 구렁이가 현신하고 누각에 박쥐가 자주 출몰한다는 소식도 암울한 분위기를 돋운다. 주인공 김병일은 1930년대 한국 지식인들이 니체와 도스토옙스키에 크게 기대고 있었음을 대변해준다. 압축미, 긴밀한 구성, 세련된 문장, 상징적 수법의 활용, 대비 묘사 등 높은 수준의 서사담론을 보여주어 '나'의 이야기를 통해 '우리'의 이야기를 들려주게 된다. 「肺魚人」(『조선일보』, 1939. 2. 5~25)에서도 최명익 특유의 군더더기 없는 구성미와 상징성을 잘 확인해볼 수 있다. 농민의 아들로 교사 생활을 하다 폐교되어 실업자가 된 주인공 현일이 고양이가 죽자 쥐가 들끓어 쥐가 자기 몸으로 쏟아지는 꿈을 꾸는 것으로 시작하여 몸이 아파 1년 전에 퇴직한 친구 도영이 구렁이를 잡아먹고는 각혈하는 것으로 끝난다. 이것을 보고 현일은 이제 절망조차도 안 남았다고 하면서 죽어가는 폐어인에게는 물도 공기도 다 소용없다고 한다. 현일은 학교에서 수신학과 영어를 가르치다 수신과 교양이 부족하다는 이유로 교장으로부터 사직 권고를 받는다. 현일은 제자들로부터 존경을 받기는 하지만 교단에 서자마자 각혈한 때문인지 자신감을 갖지 못한다. 현일이 친구 도영에게 쥐 때문에 못

---

451) 위의 책, 1936. 5, pp. 372~73.

살겠다고 하자 도영은 덫 속에 갇힌 쥐가 할 일은 덫 속의 미끼를 먹고 사는 것밖에 없다고 체념 조로 말하며 스스로를 쥐에 비유하면서도 죽지 않고 사는 게 중요하다는 태도를 보이기도 한다.

최명익의 「無性格者」(『조광』, 1937. 9)에서 학교를 졸업하고 교사로 간 정일은 퇴근 후 다방과 술집을 전전하다가 이따금 서점에 들러 젊은 시절의 열정과 야심을 확인하곤 한다. 정일은 서점에서 이 책 저 책 보다가 "서가는 땀과피의입체(立體)인 피라밑트나 만리장성의 위관을 보는듯한 숭엄감과 기쁨을 느끼기도하였다. 그리고 자기도 이 문화탑에 한돌을 싸아보겠다는 야심을 갖었든것이 먼옛날일같이 회상되었다."[452] 정일은, 온갖 고생을 하며 자수성가하여 많은 돈을 벌었으나 위암에 걸린 아버지와 여의사를 지망했으나 결국 티룸 아리사의 마담으로 일하다가 폐병에 걸린 문주가 같은 날 세상을 떠나는 비극을 겪는다. 정일은 이 두 사람에게 아무것도 해주지 못하는 자신의 무능과 무력을 확인할 뿐이다. 아버지 만수노인은 살아생전에 아들을 향한 불만을 근본적으로 털어버리지 못하였다.

만수노인이 이렇게 화를내여 아들을 책망하는 이유는 丁一이가 조강지처를 소박할뿐아니라 귀한돈을 써가며 일껏「대학공부」까지 시켜놓은 아들이 가문을 빛낼 벼슬도 못하고 돈버리 잘되는 변호사나 의사도 못된바에는 명예랄것도없고 돈보리도 안되는 교사노릇을 고만두고 집에서 자기를 도우며 장사물리를 배우라는자기의말을듣지않고 초라하게 객지로 떠돌아 다니며 돈까지 가져다쓴다는것이다.[453]

최명익은 무력감 · 절망감 · 소외감 등에 휩싸인 채 하루하루 생존해가는

---

452) 위의 책, 1937. 9. p. 266.
453) 위의 책, p. 268.

지식인들의 모습을 더욱 충격적으로 보여주기 위해 '동·식물성에의 탁의'라는 방법을 쓰고 있다. 이것은 최명익 특유의 내면 회귀 성향과 심리주의가 가져다준 부산물로 보아도 좋다. 「역설」에서 옴두꺼비는 기본적으로 세상일에 나서기를 싫어하면서 안분자족하는 듯한 문일의 삶을 훨씬 더 분명하게 윤색해주며, 「비 오는 길」에서 체념론과 왕성한 독서 욕구가 겹쳐 있는 병일의 삶의 방식은 청개구리의 뱃가죽을 매체로 해서 생명력이 결핍된 것으로 새겨진다. 「폐어인」에서 교직을 강제 사임당한 후 극도로 심신이 쇠약해진 도영은 아무것이나 닥치는 대로 먹어치우려 하는 '쥐'로 자기 비하하기를 서슴지 않는다. 「심문」에서 과거에 이름난 사회주의 운동가였다가 여자에게 기대어 살아가는 아편쟁이로 전락한 현혁은 조롱에 든 '새'를 죽이는 '쥐'로 비유된다. 「비 오는 길」의 병일, 「무성격자」의 정일, 「심문」의 명일은 사랑하는 여인이나 가까운 사람이 죽어가는 것을 목격한 공통점을 지닌다.

이기영의 「十年後」(『삼천리』, 1936. 6)는 잡지사 기자로 월급은 쥐꼬리만 하고 일은 많은 김경수와 문선공으로 역시 죽지 못해 사는 인학이 10년 만에 우연히 만나 서로의 심정을 털어놓는 것을 중심사건으로 한다. 가난한 지식인과 노동자 사이에 공감이 이루어지고 있음을 보여준다. 이렇게 된 배경 요인의 하나로 노동자들에 대한 지식인의 몰이해를 자책하는 분위기가 작용한 것임을 지적할 수 있다.

황순원(黃順元)의 「거리의 副詞」(『창작』, 1936. 7)에는 규슈 출신이라고 속였다가 지진이 무섭지 않다는 바람에 조선인인 것이 들통 난 주인공 승구와 관찰자이긴 하지만 사는 방법이 다른 여러 조선 유학생이 등장한다. 아파트에 살면서 바와 홀을 자주 드나드는 웅, 구두닦이로 고학한 지은이, 승구의 중학교 동창으로 사기 치고 도둑질 잘하는 훈세가 등장한다. 웅과 지은은 빈부 격차를 보여주며 지은과 훈세는 선악의 양극을 보여준다. 문장도 짧고 전체 길이도 짧은 이 소설은 훈세가 승구의 망토와 사전 두 권을 갖고 달아난 것으로 끝난다.

최인준의 「쎄파트 主人」(『풍림』, 1937. 2)에서 기자인 '나'는 동창인 김이 경영하는 서울 시외의 농장에 놀러 간다. '나'를 초점화자로 하여 김이 전문학교 시절 커다란 풍채, 지독한 결벽증, 비범한 두뇌, 투르게네프를 탐독하여 "파사롭후"라는 별명 등의 특징을 지닌 것으로 묘사하였다. 그는 연상의 여인 원선생과 결혼하여 농장을 경영하며 안정되고 행복한 생활을 하고 있으나 다시 글을 써보겠다고 한다. '나'는 그 농장을 나서면서 셰퍼드와 주인인 '김'의 신세가 비슷하다고 생각한다. '나'는 지금은 안락 계층에 속하는 왕년의 니힐리스트를 속으로 비웃게 된다.

유항림(兪恒林)의 「馬券」(『단층』, 1937. 4)은 계모 아래서 자라나 중학교 때 독서회 사건으로 기소 유예된 경험이 있고 상처하고 도서관을 다니면서 문학과 철학 서적을 읽는 데 주력하는 만성과 친구 종서와 창세 등 세 사람 사이에 삶 · 죽음 · 현실 · 주관 · 절망 · 변증법 등을 화제로 하여 토론을 벌이는 장면이 중심을 이룬다. 이 소설은 당대 젊은 문학적 지식인의 내면을 추상적이며 관념적이며 이론적 형태로 열어 보인 특징을 지닌다. 만성은 동경 유학을 떠나기로 결심하기는 하지만 뚜렷한 희망이나 계획이 있는 것도 아니며 마치 요행을 바라고 마권을 사는 기분이라고 한다. 이때의 '마권'은 '운수'나 '운명'으로 바꿀 수 있다. 젊은 지식인들의 내면세계를 일기체와 토론체를 통한 의식의 흐름 수법으로 펼쳐 보였다. 유항림의 「區區」(『단층』, 1937. 10)는 최변호사의 소실로 가려하는 녹주의 진정한 사랑, 주의자로 집행유예를 받고 나온 친구와의 교유, 지식인으로서의 시대고 등으로 엮어진 연극배우 면우의 내면세계를 그리는 데 치중하였다. 이휘창의 「騎士唱」(『단층』, 1937. 4)도 연극배우 주인공 소설이다. 이 소설의 주인공은 인민좌 배우가 어머니의 위독 소식을 듣고 귀국했다가 어머니가 며칠을 끌자 배우로서의 초조감 때문에 광기를 보인다.

장편소설 『화상보』를 연재할 무렵에 발표했던 유진오의 「滄浪亭記」(『동

아일보』, 1938. 4. 19~5. 4)는 30대의 '내'가 7살 때와 16살 때 그리고 20
년 후 등 세 차례나 서울 서강에 있는 창랑정을 찾아가 느낀 바를 들려준
다. 작품이 진행되면서 창랑정은 옛날 정자에서 벗어나 몰락의 상징성으로
기능한다.

> 창랑정이란 대원군집정시대에 선전관으로 이조판서벼슬까지 지내든 나의
> 삼종증조부되는 「서강대신」 김종호가 세상이 뜻과 같지 안허 쇄국의꿈이부
> 서지고 대원군도 세도를 일케되자 자기도 벼슬을 내노코 서강—지금의 당
> 인정부근—강ㅅ가에잇는 옛날 어떤대관의 별장을 사가지고 스스로 창랑정
> 이라 이름붙인후 울울한말년을 보내든 정자이름이다.[454]

'내'가 7살에 갔을 때 대원군 시절 선전관과 이조판서를 지낸 삼종 증조
부 서강대신을 만난 일과 종근 형수의 교전비인 을순이와 뒷동산에서 놀았
던 것과 칡을 캐다가 옛 주인 정대장의 큰 칼을 파낸 것이 가장 기억에 남
는다. 이 부분에서 작가는 복선을 깔아놓는다. 즉 종근이가 대원군 시절
가장 강경한 양이배척파였던 완고파 할아버지의 고집스러운 결단에 따라
학교를 가지 못한 사건을 설정해놓았다. 서강대신을 포함하여 그 후 어른
들의 현실적 무능이 창랑정 몰락의 주원인이 된 데다 어른들이 차례차례
돌아가시자 "그때까지 들어앉어 한문책만 읽고잇던 종근형이 별안간 머리
를깎고 양복을입고 기생오입을 시작"[455]한 것이 창랑정 몰락을 재촉하였다.
작가가 앞부분에서 국내 시인, 도연명, 괴테 등의 시구를 인용하면서 향수
론 · 휴식론 · 고향론 등을 펼쳐 보여 "창랑정"은 힘없는 것, 낡은 것, 사
라진 것에 대한 향수를 의미하게 된다. 창랑정은 옛날에는 권화의 상징이

---

454) 『동아일보』, 1938. 4. 20.
455) 위의 신문, 1938. 5. 4.

었기에 그 몰락은 몇 배 더 큰 허무감을 안겨준다. "창랑정은 지금은 흔적
도없이 없어젓다. 없어젓기때문에 창랑정은더한층 내향수를 자어내는것이
다"[456)라고 한 것처럼 사라진 것은 몇 배 더 그리움을 불러일으킨다. 30대
중반이 된 '내'가 창랑정 꿈을 세 번이나 꾸고 봄날 일요일에 당인리행 기
차를 타고 찾아가 창랑정은 없어지고 공장이 들어선 것을 목격하는 것으로
끝맺음된다. 옛것과 우리 것이 새것과 세계적인 것으로 대치되면서 겪게
되는 서글픔과 허무감은 이태준의 「패강랭」이라든가 「석양」을 떠올리게
한다.

채만식의 「少姜」(『조광』, 1938. 10)은 여동생이 전화의 발신자이고 언니
가 수신자가 되어 여동생 남편의 기행과 기태를 여동생이 일방적으로 하소
연하는 소설이다. 언니는 듣기만 하는 형식으로 되어 있어 대화체보다는
고백체에 가깝다. 그런데 이 작품은 작은 활자체로 "男兒여든 모름지기 未
伏날 冬服을 떨처 입고서 鐘路 네거리 한복판에가 버티고 섰어 볼지니……
외상전 싸전 가개 앞을 闊步해 볼지니……"[457)와 같이 서론 비슷하게 열어
젖혀 동생 남편의 기행과 용기를 요약 제시한다. 동생 남편은 의사인 윗동
서를 향해 "세상이 곤두 서건 인간이 도야지가 되건 감각두 못허구 거저
맛 있는 음식에 좋은 옷 편안헌 집에서 호박 같은 마나님이나이뻐허구 그
런것 밖에는 아무것도 모른다구"[458)라는 이유로 하등 동물이라고 비아냥거
린다. 남편은 여름에 동복 입었다고 펄펄 뛰는 아내에게 "세상이 곤두 서
는데 태평이면서 옷좀 거꾸로 입은 것은 저리 야단이냐"고 하면서 천민!
속물!이라고 독설을 퍼붓는다. "눈동자가 옳게 백힌 놈은 이 짓 못해 먹겠
다"는 이유로 신문기자를 그만둔 남편의 아내가 친정 언니에게 하소연하는
형식을 취한다. 남편은 분명한 이유도 없이 신문사를 그만두고 책과 신문

---

456) 위의 신문, 1938. 4. 29.
457) 『조광』, 1938. 10, p. 285.
458) 위의 책, p. 286.

뒤지기, 드러눕기, 웃지도 말하지도 않기 등으로 소일한다. 남편은 모든 사람들을 향해 '속물' '도야지'라고 비웃으며 염인증의 증세를 내보이는가 하면 삼복더위에 두툼한 겨울옷을 입고 종로 네거리에 나가 한참 서 있는 기행을 보이기도 한다. 이러한 기상(奇想)과 기행은 근본적으로 세계와의 불화에 기인한 니힐리즘에서 발화한다. 그런가 하면 외상값이 20원쯤 되는 싸전을 피해 일부러 먼 길을 돌아가는 소심함을 보이기도 한다. 아내는 정신병 증세를 보이는 남편을 이해하기도 했다가 원망도 했다가 끝에 가서는 차라리 미쳐버렸으면 하는 심리를 보이기도 한다.

> 옳아 언니 시방 하는말이 맞었어. 나두 실상 그렇게 짐작은 했다우. 그러니 말이지, 사내 대장부가 어찌 그대지 못낫누? 이건 과천(果川)서 뺨맞구 서울 와서 눈 홀기기아니우? 제엔장 마질, 차라리 뛰처나서서 냅다 한바탕……응? 그럴것이지, 그렇잔우.[459]

아내는 언니에게 하소연하다 보니 남편이 무엇 때문에 신문사를 그만두었고 하루 종일 공상과 궁리만 하는 폐인이 된 것인지 정확하게 알지 못한다. 아내도 남편처럼 하고 싶은 말을 하지 못하고 끙끙 앓기만 한다.

채만식이 「紙虫」(『박문』, 1939. 8)이라는 수필에서 완성한 원고는 130매인데 파지는 무려 640매나 되었다고 고백한 「敗北者의 무덤」(『문장』, 1939. 4)은 주인공 종택이 더 이상 "불합리의 간접교사"를 하고 있을 수가 없다고 하면서 잡지사를 그만두는 것으로 시작된다. 아내 경순이 외국 여행을 권유하였으나 종택은 '풍랑' '무위무능' '거추장스러운 자기분열'은 계속될 것이라는 이유로 거절한다.

---

459) 위의 책, p. 299.

그러니 가사 양행을 한다고 했짜 산을 뽑아 짊어지고 올배 아니며 요술 둔
갑을 익혀가지고 올배 아니며, 무기력한 인간이기는 오나 가나 일반이 아닐
것이냐 (중략)

그러니, 양행이나 하여 견문이며 학문쯤 조고만치 더 얻어가지고, 한 이
삼년만에 돌아온댓짜, 백년을 가고도 남을 풍낭인걸, 종시 무위무능(無爲無
能)하기는 일반일게 아니냐.

결국 그러므로 그 거추장스런 자기분렬은, 오늘 여기서도 짊어지고 있어
야하고, 내일 양행(─을 한다면)거기서도 짊어지고 다녀야하고 그리고 모레
돌아와서도 끝끝내 짊어지고 살아야 할 것이 아니냐.⁴⁶⁰⁾

양행 이야기가 나오고 두 주일 후 마호메트의 초청을 받아 아라비아로
여행 가는 공상도 했던 종택은 아현터널 앞에서 제2호 급행열차에 몸을 던
져 죽고 만다. 아내 경순은 슬픔을 억누르면서 잘 살아야 한다는 다짐을
한다. 종택의 손위 처남으로 폐병을 앓고 있는 경호는 종택의 선택을 누구
보다 긍정적으로 본다. 종택의 30년 친구이기도 한 오빠 경호는 누이동생
경순에게 아기를 잘 키우라고 하면서 진리의 어머니가 되어야 한다고 충고
한다. 경호는 경순이 남편의 무덤 앞에서 아들을 내 강아지 하면서 예뻐하
자 생명이니 창조니 하는 말에 허무감을 느낀다. 경호는 30년 친구이자 매
제인 종택은 자살했고 자신은 폐결핵에 걸려 죽어가는 신세가 되자 이런
허무감에서 헤어나지 못하게 된다. 뒷부분으로 가면서 아들 세대에 대한
기대와 아버지 세대에 대한 연민이 교차하면서 오빠와 누이의 대화가 과다
하게 펼쳐져 작품 앞부분에서의 긴장도가 떨어지게 되었다. 작중인물들의
심리 전환을 따라가는 작가의 힘과 그를 언어화하여 공감을 안겨주는 능력
은 무르익어가고 있다. 경순이 아가에게 들으라고 하는 것처럼 토해내는

---

460)『문장』, 1939. 4, pp. 35~36.

슬픔과 절망을 언표한 마지막 대목은 가히 절창이다.

「저외갓집 큰아버지처럼 몸두 비트을 비틀, 사상두 비틀비틀 그런 이두 마알구, 또오…괴롭다구우 괴롭다구 몸부림을 치다가 애꾸진 기관차나 디리받구 그야단을 낸 느이 아버지처럼 그렇게 사상에 잡혀서 죽구마는 이두 마알구…응? 아주 버저엇허게 진리에, 진리에 사는 대장부…응? 그렇지 이?」

반발 끝에, 공박삼어 말을 하는동안 그러나 회포는 도리어 반대로, 그와 같이 돌아간 남편에게 새로워지는 불상한 정에, 몸과 혼이 구할수 없는 절망에 빠진 동기간에게 대한 련민의 정에, 어느듯 고요한 애수가 가슴으로 서리여 들고 있었다. 그뿐 아니라 (때와 자리가 마침 그럼직한 소치도 있겠지만) 남편은 그리하여 가고서 오지못하고, 그런대루 믿엄이요 위안이요 해야할 오래비는 저렇듯 건강과 기개가 부실하여 저무는 해와같이 한심하고, 한 것을 생각하면 나의 외로움이 새삼스럽게 몸에 사모치는것 같았다.[461]

채만식의 「摸索」(『문장』, 1939. 10)은 여자전문학교 졸업을 앞둔 옥초가 가사, 동경 유학, 여류 문사, 교원, 부인 기자, 여사무원 등 여러 길을 놓고 고민하는 모습을 그린 소설이다. 그러나 옥초는 자신이 어떤 직업을 갖든지 제대로 하지 않으면 학문에 대한 모독이라는 생각을 갖게 된다. 채만식으로서는 여성 지식인을 진지하게 긍정적으로 그린 편이다. 옥초는 주체인 인간과 객체인 학문을 테제와 안티테제로 놓고 새로운 현실의 창조를 진테제로 놓고 본다.

학문은 그러나, 결단코 그처럼 잔망스럽거나 무의미한 악용을 당할것이

---

461) 위의 책, p. 56.

아니라, 그는 마땅히 주체(主體)인간과의 유기적인 협력 아래서, 그의(主體의) 새로운 행동의 창조에(더부러 참예하는) 적극적인 동력이 되여야 할것이었다. 옥초에게 준비가 되여져 있는, 학문의 사명에 대한 관념이란것은 바루 그러한 즉, 주체 인간과 객체학문과의 유기적 화합(混合이아니라 化合)에서 지양이 되는 제삼의 행동인 새로운 현실의 창조……, 라는 한 개의 명제이었던 것이다.

옥초는 이(눈 높은)명제를 바뜰어 들고, 일변 백지로 일단 돌아가 (돌아 간 줄로 역이고서) 더 넓리, 더 깊이 생활현실을 탐삭하노라새로히 탐삭을 시작했었다.[462]

그러나 옥초는 모색의 단계에서 멈추고 만다. 채만식은 1930년대 말에 와서 쓴 일련의 지식인소설에서 말하기의 극상인 관념적이고 사변적인 서술 태도를 두드러지게 보여주었다. 채만식은 당시 여성 지식인의 내면세계를 파헤치려 한 것이기보다는 옥초라는 인물을 매개로 자신의 지성관을 드러내 보이고자 한 것이었다.

마침내 옥초는 아무래도 새루 한벌 해입었어야 할 새옷을 해입지 못하고서 낡은 교복을 그대루 입은채, 졸업하는 교문을 나서고 마랐었다. 그러면서 그는 혼자 말했다. 세계는 상식과 습관과 값 헐한 욕망이 왕노릇을 하고 있고, 개성은 지혜로 더부러 생리의 종노릇을 하고있고 하더라,고.

이, 「니힐」한 색채를 드리운 독설(毒舌)은 일변, 그의 명제를 현실화 시킬 소위 창조적 생활이라는것을 얻어낼수가 없더라는 의미가 (제자신은 의식을 하고않고 간에) 간접적으로는 포함이 말이었었다.

옥초는 그러나 결코, 정면으로 그 최종적 결론을 내리지 않고서 언제까지

---

462) 위의 책, 1939. 10. p. 85.

던지 미루어 나갈 권리를 스스로 보류했다.[463]

동경 유학 가서 중국 철학, 정치경제를 공부하고 귀국 후 읍회 회원 노릇 하다가 결국 협잡꾼이자 약장수 같은 인간이 된 상수가 나타나자 옥초가 실망하여 결혼을 포기할 생각을 하면서 해방감을 만끽하는 것으로 종결된다. 이 소설에도 포즈, 테마, 콘디슌, 포퓨라리티, 리아리스트, 밋슌, 디렘마, 테스트, 버스, 카페, 엑스타시, 이데아, 캐맬레온, 이데올로기, 니힐 등의 많은 외래어가 나온다.

옥초는 "이방은 이 햇볕과 이 한가러움이 천하 제일이다!"[464]라는 무위론에 도달하였다. 채만식은 「모색」에서 옥초에 대한 이야기에서 출발하여 학문의 사명과 학자의 태도, 현실, 생활, 여성 지식인의 길 등의 문제에 대한 수준 높은 사회담론으로 접어들고 있다. 채만식은 어째서 니힐리즘인가를 설명하는 데 주력했다. 그는 1938년에 들어서면서 지식인을 주인공으로 할 경우 대체로 니힐리즘의 포로로 만들었는데 옥초도 그 포로 중의 한 명이다. 「소망」「패배자의 무덤」「모색」「懷」「冷凍魚」 등 니힐리즘 모티프를 전체적으로든 부분적으로든 다룬 소설을 보면 니힐리즘은 채만식이 즐겨 써왔던 시니시즘 · 아이러니 · 독설 등의 수법에 비해 소극적인 대응 방법의 소산이라고 하기가 어렵다. 거대한 현실에 맞서 싸우다가 급기야 갖게 된 광증(「소망」), 자살(「패배자의 무덤」), 무위론(「모색」), 현실 탈출 시도(「냉동어」), 자기비하(「상경반절기」) 등은 자기희생도 각오하는 시니시즘을 내포한다.

채만식의 「上京半折記」[465]는 반년 만에 서울로 기차 타고 서울로 가기 위

---

463) 위의 책, p. 87.
464) 위의 책, p. 91.
465) 1962년 11월호 『신사조』에 실린 유고다. 자전적 소설의 성격이 강한 이 소설의 끝 부분에 "나이는 사십도 채 못되었으면서 환갑이 지난 만큼이나 생리는 바스러졌다"와 같은 구절이

해 개성역에 나갔다가 동시대 조선인들을 관찰하고 자신을 성찰하면서 도로 집으로 가기까지의 과정을 서술한 것이다. 표를 사고 기다리고 개찰하는 과정에서 무질서한 모습을 보고 초점화자는 조선인을 부정한다. 중늙은이가 젊은이 앞으로 새치기하다가 걸려 서로 싸우는 모습을 보고 인정 없는 젊은이와 이기적인 늙은이를 비판하는 양비론을 취하면서 "이 땅 백성들의 자랑스럽지 못한 성습"을 들먹거리고, 앞줄에 있는 사람에게 뒤에 있는 사람들이 돈을 모아 슬며시 표를 부탁하는 암체 같은 행태를 보고 이기주의를 지적하면서 반도 백성들의 종족 근성을 들먹거리고 "질적 변화는 없다"고 평한다. 개찰의 통고를 듣자마자 그동안 두 줄로 섰던 사람들이 줄이 다 없어지고 온통 난장판인 것을 보고 비판하다가 "무릇 이 땅 백성들이란 천 년 이천 년을 진실로 호통과 박대와 그리고 몽둥이와 이 세 가지 것 밑에서만 살아온 종족"[466]이라고 혹평하면서 "어느 해가에 남과 명일을 생각할 겨를이 없고, 저 한 사람과 오늘 당장만 편하고 무사하면 그만이요 안심인 것이다. 승하는 놈을 꺾고 없애야 저한테 유리하겠으니 달리 강한 놈에게 빌붙어야 하고 그것이 사대사상의 근원인 것이다"[467]와 같이 논리의 확대를 꾀한다. 채만식은 개성역에서의 난장판 현장과 무질서 심리를 "편벽되고 불순하고 오만하고 독선적이고 그리고 나만 우선만 좋자고 남이나 뒷일은 상관치 않고"[468]와 같이 정리하면서 개성역을 나와 담배와 수면제를 많이 사 가지고 집으로 돌아가면서 "나에게는 병과 쇠한 건강과 기력 없는 마음이 남았을 따름"[469]이라고 자탄하면서 이럴진대 "피" 즉 민족성이니 종족성이니 하고 탄식해서 무엇을 하자는 말이냐고 자책한다. 비

있어 1930년대 말에 탈고된 것임을 짐작하게 된다.
466) 채만식, 『채만식 전집 7』, 창작과비평사, 1989, p. 510.
467) 위의 책, p. 510.
468) 위의 책, p. 514.
469) 위의 책, p. 515.

록 마음속에서만 이루어진 것이긴 하지만 종족 비판은 다 자신의 쇠약한 신경의 과민한 착각에서 온 것이라고 판단한다. 이보다 20년 전에 나온 이광수의 「민족개조론」을 연상케 하는 자민족부정론은 자기비하 심리의 소산이라고 할 수 있다. 채만식의 자민족부정론은 윤리적 니힐리즘에 속한다.

유진오의 「가을」(『문장』, 1939. 5)은 "또는 기호의 산보"라는 부제가 달린 것처럼 당대 지식인의 삶의 방법에 대한 종합적인 보고서라고 할 수 있다. "하처추풍지/소소송안군(何處秋風至/蕭蕭送雁羣)"(劉禹錫), "아심묘무제/하상공배회(我心渺無際/河上空徘徊)"(呂溫), "모운천리색/무처불상심(暮雲千里色/無處不傷心)"(荊叔), "일모비조환/행인거불식(日暮飛鳥還/行人去不息)"(王維)과 같은 네 개의 한시가 소제목으로 기능한다. 네 가지의 이야기로 구성되어 있는데, 첫째 이야기는 동경 유학생 출신으로 젊었을 때 운동하다가 감옥 갔다 와서는 잡화상 · 약장수 · 헌책사 등을 해보았으나 모두 망해 귀향하여 간이학교 선생이나 하겠다고 하는 경석이를 송별하는 모임을 중심 무대로 한다. 이 자리에는 주인공 기호 이외에 광업으로 성공한 동균, 신문기자 이빈, 광산 브로커 상두, 잡지사 경영자 민수 등이 참석한다.

기호는 몇 해를 두고 오후면 열이 오르고 도한(盜汗)을 흘리는 지병을 갖고 있다. 기호는 경석을 향해 "무슨운동을 햇다느니보다도 운동에 이해를 갖고 운동을하는 사람들과 친분이잇는까닭으로 철창속구경까지 햇다고해도 틀님이없는 그런인물이다"[470]와 같이 심퍼사이저 수준으로 놓고 본다. 둘째 이야기는 송별회 날 숙취로 입맛도 없고 두통도 심한 기호가 벽장 속에 있는 오래된 원고 뭉치를 꺼내 젊었을 때 자신이 썼던 소설 · 평론 · 희곡 · 일기 등을 통람하다가 도로 집어넣는다는 내용으로 되어 있다. 셋째 이야기는 집을 나와 운니동에 사는 친구 홍림의 집을 방문하여 마침 클래식 감상에 젖어 있는 홍림과 잠깐 어울린다는 내용으로 되어 있다. 홍림은

---

470) 『문장』, 1939. 5, p. 50.

동경 미술학교 학생 시절에는 미술 평론도 쓰고 좌익단체에도 가담해보았으나 서울에 와서는 모든 예술 방면에 다 관여하면서 골동품 수집 취미를 갖고 있는 교양 속물로 그려지고 있다. 마지막 이야기에서 기호는 홍림 집을 나와 우연히 만난 태주에게 이 술집 저 술집 끌려다닌다. 태주는 열혈 청년이란 과거를 청산하고 만주 북지를 돌아다니며 밀수 · 아편 · 계집 장사에 손을 대어 많은 돈을 벌고 "황군의 어용상인 노릇을 한다"는 소문이 들리는 제일 타락한 존재다. 술에 잔뜩 취한 기호는 옛날 자기 집 행랑채에 살았던 수남 아범이 끄는 인력거를 타고 집에 도착해서는 수남 아범에게 거액인 10원을 준다.

「파악」의 신태호나 「넥타이의 침전」의 '나'와 같은 범속한 소지식인으로 형상화된 주인공 기호는 홍림과 같은 존재를 경멸하면서도 부러워한다. 기호는 과거나 회상하면서 무력감을 느끼는 허무주의자로, 홍림은 저항적 태도에서 도피주의로 전신한 인물로, 경석은 주의자로 출옥 후 현실 적응에 애썼으나 실패한 존재로, 태주는 돈은 많이 벌었으나 속악하게 변신한 존재로 그려지고 있다. 박노갑의 「蒼空」(『문장』, 1939. 6)도 여러 가지 삶의 경우를 생각해보고 있다. 농촌에서 창공을 보는 것이 취미인 상민은 금광하다가 졸부가 된 친구, 서재파였다가 돈벌이하러 나선 친구, 회사에 취직한 친구, 쌀가게를 낸 친구 등을 떠올리며 무력감에 젖게 된다. 사립학교 여교원이 여자관계가 복잡한 금광 부호를 거부하고 가난한 소설가를 택한다는 「靑春」(『여성』, 1938. 12)를 써내었던 것처럼 박노갑은 소설가로서 자기를 부정하고 있지는 않다.

이광수의 「꿈」(『문장』, 1939. 7)은 수필과 구분하기 힘든 자전적 소설로, 사건은 없고 죽음에 대한 공포심을 부각한 소설이다. 주인공은 11살 난 아들을 데리고 여름에 바닷가에 놀러 가 그리운 사람을 만나 쫓아간 끝에 공동묘지로 가는 꿈을 꾸고 소스라쳐 새벽에 일어나 자신을 "썩은 혼"이라고 반성한다. 그리고 관세음보살을 염불하며 부처님 말씀에 매달리게 된다.

"○○君 나는 이 집을 팔았소. 北漢山밑에 六年前에 지은 그집말이오. 오늘이 집값 끝전을 받는 날이오"[471]라고 시작하여 부처님의 자비와 은혜와 진리가 영원불변함을 역설하며 "나는 기쁨으로 이삿짐을 싸려하오"[472]로 끝내어 외양은 서간체소설이나 중간의 내용은 자신의 심정과 신앙을 고백한 고백체소설인 「鬻莊記」(『문장』, 1939. 9)에서는 48세 된 이광수가 불교 『법화경』에 심취하게 된 내력, 이사하지 않을 수 없는 사정, 자연과 합일된 생활에 대한 자족감의 토로 등을 들을 수 있다. 이광수는 43세에 아들을 잃은 것을 계기로 지난 15년 동안 벌여왔던 민족주의운동이 피상적이며 도덕적 개조운동이 무력하다는 것을 깨달았다고 고백을 시작한다. 15년간 소설가 · 사상가 · 지도자를 자처하며 벌인 활동이나 남달리 지키느라 애쓴 도덕률이 결국 탐욕 · 더러움 · 번뇌에서 빠져나오지 못한 것이라고 한 점에서 이광수의 불교 귀의는 예견된 것이나 다름없다. 불경의 명구가 자주 인용되는 가운데 고시조라든가 플라톤 · 예수 · 쇼펜하우어 등의 말도 인용된다. 작중 내내 불교의 중심 개념을 소개하다가 맨 끝은 기독교 시편을 인용하여 기쁨과 노래밖에 무엇이 있겠느냐고 하여 근심과 걱정을 털어버리라고 함으로써 앞부분의 비관론과 염세론을 스스로 뒤엎는 결과를 가져온다. 이 소설은 이광수의 도덕론과 민족주의론을 중심으로 한 과거와 불교를 중심으로 한 현재와 '사랑'의 철학을 요체로 한 미래를 다 담아내었다. 이광수의 사상가로서의 궤적을 살펴보는 데 중요한 자료가 된다.

김동리(金東里)의 「두꺼비」(『조광』, 1939. 8)는 "능구렁이에게 먹히는 두꺼비의 이야기를 듣든날 종우(宗祐)는 첨으로 각혈(咯血)이란것을 하게되었다"[473]로 시작하여 그의 머릿속에 피 묻은 수레바퀴가 돌아가는데 "그피에서는 결핵균을 가득이 갖인 두꺼비새끼들이 무수히 준동하고 있었다"[474]로

---

471) 위의 책, 1939. 9, p. 3.
472) 위의 책, p. 36.
473) 『조광』, 1939. 8, p. 344.

거의 마무리되어간다. 두꺼비가 폐결핵과 시대고를 동시에 앓고 있는 주인공 종우를 비유하는 것임은 부정할 수 없다. 종우가 시골 술집에 있는 정희를 삼촌에게 빌린 거액의 돈으로 구해내는 것이 일차적인 주요 사건이 되었는데 한종우는 정희에게 무슨 애정이나 야심이 있었던 것은 아니었다.

당초 그가 정희의 몸값을 치러준다 어쩐다 한 동기가 그냥 그의 센치멘탈리즘이요 일시의 주흥 밖에 아무것도 안이었다. 그지음 그가 일을보고 있든 준남(俊南) 학원이 인가 취소가 되고 이와전후하야 그의 벗들이 대개 전향이란것을 하게 되어 일시에 생활의 이데―가 뒤집힘을 보고 겪고 난 그는 거기서 인생의 모든 허랑한 경영과 아울러 아픈 멍에를 깨닫고 여기저기 닥들리는 족족 술을 퍼먹고 구을든 판에 그러한 술자리에서 그러한 정희를 보았든 것이요. 그러한 정희들의 죄악과 운명에 쉽사리 자기의 슬픔을 한번더 보게 되었든것 뿐이었다. 그러나 한번 정희를 데려 내온뒤 술이 깨이고 생각하니 한개의 생명을 건졌다는, 착한 일을 했다는쾌감보다도 자기의 경솔에 대한 후회가 앞섬을 보았다.[475]

이처럼 철학도인 한종우는 막다른 골목에 서 있는 심정을 정희의 구출에서 보상받고는 곧장 후회한다. 이 소설에서 한종우는 한편으로는 정희를 통해서 또 한편으로는 삼촌을 통해서 자신의 사상을 검증하게 된다. 그의 후견인이었던 삼촌은 "열렬한 소승주의(민족주의)자요 또 예수교인"이었다가 옥중에서 죽은 형님의 뒤를 이어 신문사와 학원을 맡게 된다.

그것이 근년에 이르러 신문사의 폐간과 학원의 인가 취소를 전후하야 소

---

474) 위의 책, p. 356.
475) 위의 책, p. 347.

위 그러한 소승적 견지에서 활달한 대승적리상으로 전향을 하게 된것이었다. 그 대승주의의 실천으로는 본부의 모씨의 추천으로 C불교 학교의 시간일(講義)을 보게 된것과 또 총후불교 무슨 연맹의 위원의 한사람이 된것이 밖에 더욱 그의 면목이 약여한 실천은 례의 정히사건에있어 종우의 뜻에 찬동하야 돈몇천원을 던진것이다. 삼촌의 박애주의(대승주의)를 조졸찬이 생각하는 종우로서는 이몇천원의 돈이무엇보다도 제일 견디기 어려운 가슴의 정처가 안될수 없었다[476]

삼촌은 석가모니와 예수를 들먹거리면서 대승주의의 정당성을 설명하기도 하고 소승적 견지를 버려야 결핵도 낫는다고 하기도 하고 "자기의 대승주의를 의심하는듯한 눈치인 조카에게 자기의 전향이 결코 변절이나 이심(二心)이 안이라 그것은 정당한 발전이요 위대한 비약임을 확인 식히려는 것이었다."[477] 이 소설에서는 삼촌이 대승주의란 말을 여러 차례 반복해서 정당화하고 주입하는 것으로 나타나는 만큼 친일분자를 향한 간접적인 부정을 표시한 것이라고 할 수 있다. 정희는 시골 술집에서 나왔지만 부모가 남의 소실을 가라고 강요하는 바람에 서울로 도망치다시피 온 것이나 한종우가 냉담한 반응을 보이자 종로 어느 카페 여급으로 다니다가 다시 시골로 내려가는 것으로 끝나고 있다. 이 소설은 철학도 한종우를 주인공으로 한 점에서 지식인소설이요, 정희를 주요 인물로 보면 여급소설이요, 대승주의자인 삼촌이 문제적 인물이 된 점에서 전향소설이 된다. 그런가 하면 두꺼비라는 존재를 주목하면 상징소설로도 될 수 있다. 한종우는 해방 후 단편소설 「輪廻說」(『서울신문』, 1946. 6. 6~26)에서 그대로 프로타고니스트로 등장하여 해방 직후의 정세 변화에 발맞추어 대승주의를 표방하는

---

476) 위의 책, p. 349.
477) 위의 책, p. 353.

좌익 세력을 향해 비판적인 시선을 보내게 된다.

이석훈의 「暴風雨의 밤」(『야담』, 1939. 9)도 김동리의 「두꺼비」처럼 지식인이 불우한 여성을 구출하는 행위를 중심 모티프로 취하였다. 동경에 유학 중인 주인공은 신경쇠약 치료차 고향 S섬에 갔다가 빚에 팔려온 최참봉 첩을 폭풍우가 몰아치는 날 밤에 작은 배에 태워 탈출시키면서 행복감에 젖게 된다.

(5) 소설가의 고뇌의 표층화

1930년대 후반기 소설가소설은 지식인소설의 갈래에 포함시키기에는 작품이 다소 많은 편이다. 자전적 소설을 쓴 작가들은 많은 데 비해 성공적인 소설가소설은 드물었던 것이 사실이다. 자전적 소설이긴 하지만 소설가를 단순한 관찰자로 설정한 경우가 많은 점도 그 이유의 하나가 된다. 그만큼 작가로서의 자기해부나 자기성찰을 꾀한 작품도 드물었다.

박태원의 「距離」(『신인문학』, 1936. 1)는 세 딸들이 모두 기생인 안집과 어머니가 봉투를 만들고 형수가 바느질해서 겨우 먹고사는 셋집이 집세 문제를 놓고 크게 싸우는 것을 그리는 가운데 20대 문학 지망생의 무기력과 부끄러움으로 얼룩진 내면이 살짝 고개를 내밀고 있는 작품이다. 「芳蘭莊主人」(『시와 소설』, 1936. 3)은 한 젊은 화가가 방란장이란 카페를 차려 문인 친구들의 도움을 받아가며 영업을 했으나 여급에게 월급도 제대로 주지 못하는 형편이 되자 고민하는 모습을 그려놓았다. 가난과 무기력이 상호 원인이 되는 심각한 상황을 만나게 된다. 이렇듯 심각한 상황은 마라톤 문장을 만났을 때 효과적으로 실체를 드러낸다고 확신이나 한 듯이 박태원은 2백 자 원고지 40장 정도의 분량으로 되어 있는 이 작품을 아예 한자투성이인 한 개의 문장으로 만들어내는 유례를 찾기 어려운 태도를 취한다. 이 작품은 "그야 主人의 職業이 職業이라 決코 팔리지 않는 油畵 나부랭이는 제법 넉넉하게 四面 壁에가 걸려 있어도, 所謂 室內裝飾이라고는 오직 그뿐으로, 元來가 三百圓 남즛한 돈을 가지고 始作한 장사라"로 시작하여 "무엇이라 쉴사이 없이 쫑알거리며, 무엇이든 손에 닷는대로 팽겨치고, 깨트리고, 찢고, 하는 中年婦人의 狂態앞에, '水鏡先生'은 완전히 萎縮되어, 連해 무엇인지 謝過를 하여가며, (중략) 芳蘭莊의 젊은 주인은 좀더 오래 머물러있지 못하고, 거의 달음질을 쳐서 그곳을 떠나며, 문득, 黃昏의 가을 벌판우에서 自己 혼자로서는 아무렇게도 할수 없는 孤獨을 그는, 그의 全身에, 느꼈다……"로 끝나고 있다.

한인택의 「解職辭令」(『신동아』, 1936. 2)에서 주인공 명재는 소설가로 활동하면서 은행원으로 신분을 속이고 셋방에 들었다가 사기죄로 경찰서에 가기 직전 할 수 없이 경술의 숙부인 김참서의 소개로 S제사에 입사한다. 경술은 죽마고우인 명재에게 늘 짓눌리고 맞고 자랐으나 지금은 아버지 회사에서 전무로 있을 만큼 지위가 당당하다. 자존심이 센 명재는 공장에 직접 나가 노동자들의 생활에 공감하여 직공 대우 개선과 공장 설비 확충안을 기안으로 올리게 된다. 기어이 명재에게 형사가 찾아오는 것으로 끝난다.

한흑구의 「暗黑時代」(『사해공론』, 1936. 3)에서 보들레르의 시를 탐독하면서 톨스토이 · 니체 · 쇼펜하우어 · 데카르트의 철학에 바탕을 두고 장편 서사시 "태양없는 세계"를 쓰고 있는 K는 소설가 A와 가까이하며 시대를 온통 암흑 속으로 파악한다. K는 29세로 전문교 문과를 졸업했으나 고향 평양에 와 직업을 잡지 못해 아내가 친정에서 가져온 양식과 돈으로 2년 동안 겨우 생활하다가 중간에 사랑하는 아들을 여의고 서울로 떠나려다 아내가 임신했다는 이야기를 듣고 다시 주저앉게 된다. 「人間이기 때문에」(『백광』, 1937. 1)에서도 문인 지망생의 가난을 다루었다. 「암흑시대」를 발표했던 그때에 한흑구는 『신인문학』(1936. 3)에 「在米六年間追憶片片」(pp.117~21)이란 수필을 발표함으로써 자신의 소설에 대한 이해를 늘렸다. 이 수필은 소설에 대해 부차적 텍스트나 발생 텍스트로 기능한다.

송영의 「아버지」(『중앙』, 1936. 3)에서 소설가인 만식이 "압수되는 소설" "말썽나는 소설"만 쓰다가 감옥에 가자 아버지 서주사는 아들이 남기고 간 원고를 팔아서 먹고사는 방법을 취하게 된다. 서주사는 과거에 출판사에도 있으면서 한문 고서를 번역했다든가 이인직이나 이해조를 흉내 내어 소설을 썼던 경험이 있다. 서주사는 아들이 남기고 간 원고를 보면서 "그녀석은 밤낮쓴다는것이 직공이고 잡혀가고 팔려가고 야단치고 하는것 뿐인가―요새 소설쓴다는놈은 보이는게 청승맞고 구저분한 가난뱅이밖에 없는모양인가 봐"[478] 하고 비판하기도 한다. 송영은 소설 속에서 프로작가로서의 자기비판을 꾀한 셈이다.

김소엽의 「딱한 子息」(『비판』, 1936. 3)은 부유하고 현실을 외면하는 문인들과 절연하고 면서기라도 가라고 하는 어머니의 말을 거절하고는 가난한 시골 학교 교사로 남기로 하는 주인공을 그린 것이다. 「서울」(『조선문학』, 1936. 8~9)은 시골 사는 작가 지망생이 서울에 와서 기성 소설가와 평론가에게 기만당한다는 이야기를 들려준다. 주인공은 잡지사에 투고한 소설 원고 "마음의 유랑"을 잘 보아달라고 술자리를 마련하고는 빈털터리가 되었으나 다음 날 잡지사가 있는 화장실에 가서 코피가 나 닦으려다 휴지가 바로 자기의 원고임을 알게 된다.

송영의 「仁旺山」(『중앙』, 1936. 8)에서는 관리이면서 문호를 꿈꾸는 박용철보다는 애 셋을 낳고 가난하게 살면서 전업작가로 고생하는 재현에게 점수를 더 준다. 그리고 두 사람이 근로문학단체인 황금탑에서 적극적으로 활동하던 시절을 떠올리고 있다. "그뒤에 어떤 커다란 일이 발각이되어서 근로문학패들도 대부분헤어져버리게 되었다. 혹은 해외로! 혹은 시골로! 혹은 직업장소로!"[479]와 같은 대목은 이기영, 한설야, 김남천 등 프로작가

478) 『중앙』, 1936. 3, p. 274.
479) 위의 책 1936. 8, p. 245.

들의 존재 방식과 그들 작품 속 주인공의 존재 방식을 압축적으로 전달해 준다.

이석훈의 「灰色街」(『조선일보』, 1936. 5. 8~29)에는 지금은 돈 있는 아내를 만나 살지만 옛날에는 여관방을 전전하며 끼니조차 제대로 잇지 못했던 극작가 성해, 제법 이름난 소설가로 매달 60원 벌지만 매일같이 바와 다방을 전전하며 술과 계집질에 탕진하고 툭하면 월급쟁이인 '나'(학주)에게 돈을 빌려 가는 최군, 프로소설가로 감옥살이하고 나온 규철, 신진 소설가 사헌, 시인 R 등이 등장한다. '나'는 이러한 문인들의 생활상을 지켜보는 관찰자에 지나지 않는다. 주요 인물의 한 명인 최군은 "바·로라"의 여급 나미꼬, "바·노뽀이미르"의 여급 니나와 가까이하였다. 나미꼬는 일본 동경에 있는 바의 출신이긴 하지만 전문교 출신이며 니나는 "피죤"이란 별명처럼 얌전하고 새침데기였다. '나'는 최군과 가장 가깝기는 했지만 규철의 경우에 대해서도 긍정적으로 보고 있다. 처자가 있는 규철이 감옥에서 나와 애인 메례가 약혼자에게로 가버릴까 봐 전전긍긍하는 것도 이 소설의 중심사건의 하나가 된다. '나'는 규철에 대해 "누구나 인테리로서는 공통한 세기(世紀)적불안과 우울이잇는때이지만은 규철이에게는 그것이 더 한층 절실하엿다"[480]고 이해한다. '나'는 자신을 포함하여 친구인 문인들이 모여 사는 이 거리를 회색의 거리라고 부르며 생활난이나 애정 문제로 인한 고민은 이 회색의 거리에 사는 주민에게 공통사라고 해석하며 회색의 거리 주민은 자살 충동을 갖지 않은 사람이 별로 없을 정도라고 암시하기도 하였다.

현재 펫병으로 신고하는사헌이나 가난에쪼들리는 로총각의최군이나 조혼(早婚)의 폐해를 몸으로써 통절하게 경험하고잇는 규철이나 모두 한가지로

---

480) 『조선일보』, 1936. 5. 14.

이러한 꿈을 가젓지만은 그런꿈을 가젓다는리유가 보통사람들보다 한가지더
한 고민을 갓게하는것이다. 조흔작품을 쓰지못하는 고민 쓸능력이 잇더라도
시대의 고민 압력에 부듸처하염업시 펜을 던지지 안흘수업는 고민—특히 프
로레타리아작가의 규철이는 그가 감옥에서나온이래 근일년이나 작품하나 내
어노치안코 잇는것으로도 알일이지만 이러한 사회정세아래서는 자기량심에
부끄럽지안혼작품을 내어노키가 어려우매 중간층에 속한 내나 최군이나 사
헌이보다는 훨신 더 고민이심각한것이엇다.[481]

최군은 신세를 한탄한 자신의 글을 본 부르주아 미망인이 자기 집에 와
있으라고 하여 가서 살다가 얼마 안 있어 쫓겨나 여러 군데의 바와 술집을
전전하게 되었고, 규철은 애인 메례를 약혼자가 시골로 끌고 가버리고 자
기 조강지처가 상경하는 일을 겪었다. 최군과 나와 규철이 폐병으로 각혈
한 사헌을 문병하러 가다가 석간신문에 노보이 미르의 여급 니나가 폐병과
실연 끝에 칼모친을 먹고 자살했다는 기사가 난 것을 보게 되고 이 소설은
끝이 난다.

이태준의 「가마귀」(『조광』, 1936. 1)는 친구네 별장에 가 있던 작가가
고독을 맛보며 까마귀 소리를 듣고 폐결핵을 앓는 처녀를 만나면서 죽음에
대해 깊이 생각해보는 기회를 갖게 된다는 이야기를 들려준다. 폐결핵을
앓고 있는 처녀는 까마귀는 죽음을 일깨워주는 흉조이며 사후에도 계속 쫓
아올 공포의 새라고 주장한다. 그는 여자의 공포심을 덜어주기 위해 활을
쏘아 까마귀를 죽인다. 까마귀를 죽이는 장면, 그 처녀가 까마귀 뱃속에
부적과 칼이 들어 있는 꿈을 꾼 것, 약혼자가 처녀가 각혈한 피가 담긴 컵
을 들이켜는 장면은 그로테스크한 분위기를 가중시킨다. 이태준은 그녀가
죽기 직전에 느낀 슬픔과 상실감과 공포심을 채식하기 위해 철학자 "토로"

---

481) 위의 신문, 1936. 5. 22.

의 말과 에드거 앨런 포의 시 「레이번」을 인용한다. 한인택의 「무덤」(『사해공론』, 1936. 10)도 젊은 여성이 폐병으로 죽는 것으로 끝맺음하였다. 폐병에 걸린 소설가가 정양차 동해안의 용골로 갔다가 이미 폐병으로 죽은 친구의 누이동생의 폐병 치료차 용골 방아나루에 와 있는 것을 알게 된다. 주요인물들이 모두 폐병에 걸린 김소엽의 「萬狗山 스케치」(『중앙』, 1935. 3)와는 달리 「무덤」은 비극적 분위기를 고조시켰다.

이태준의 「장마」(『사해공론』, 1936. 10)는 『조선중앙일보』에 재직했던 당시의 서울을 무대로 하여 작가 자신의 일상성과 그 저변에 흐르는 억압관념을 그려내었다. 무력감 · 우울증 · 소외감 등이 주조음이 되는 것처럼 장마는 작중 작가의 내면의 기상을 가리킨다. 1인칭 주인공 화자 시점을 취하는 이 소설에서는 낙랑다방이 문단의 축도로 기능하고 있고 이상 · 구보 · 석영 · 노산 · 빙허 · 수주 등의 실명이 등장한다. 구인회의 일원인 박태원이 자전적 성격을 살려 「소설가 구보씨의 일일」을 썼고 이태준은 「장마」를 썼다. 「소설가 구보씨의 일일」에서도 나타났거니와 작중 소설가가 사업하는 동창생이나 문학을 잘 모르는 친구로부터 느끼는 소외감은 훗날 「패강랭」에서 재현된 바 있다.

계용묵의 「苦節」(『백광』, 1937. 6)은 소설가로 활동하였으나 돈벌이는 신통치 않은 우제가 "××사건의 선풍까지 부러 동반자 작가의 한 사람으로 휩쓸어 드러가지 않을믈 면치못해, 게다가 삼년의 징역을 또한 츠리고 나오니"[482] 집안이 엉망인지라 귀향을 결심하는 것으로 시작된다. 귀향한 후 소설도 안 쓰고 농사도 안 짓고 빈둥빈둥하다가 만주로 가서 은 밀수, 모르핀 장사하다가 양심에 걸려 귀향하고 본즉 마누라는 셋째 아들을 낳았다고 한다. 우제가 기뻐하는 대신 인생은 고해라고 탄식한다는 결말은 너무 평범하게 처리되었다. 1930년대 말의 계용묵 소설로는 폐결핵을 치료

---

482) 『백광』, 1937. 6, p. 158.

한 후 귀농과 상경을 거듭하면서 방황하는 지식인을 그린 「流鶯記」(『조광』, 1939. 2), 한쪽 눈이 소경인 소설가가 인류의 앞날과 자신의 미래를 비관한 나머지 약혼녀에게 약간의 재산을 남기고 어디론가 사라져버린다는 「캉가르의 祖上이」(『조광』, 1939. 5) 등이 주목할 만하다.

　김동리의 「술」(『조광』, 1936. 8)은 방세가 여러 달 밀려 심하게 독촉받는 문학적 지식인이 자신을 "구데기"라고 욕하면서 감옥 갔다 온 친구들이 알코올 중독, 아편쟁이, "사냥개" 등으로 변해버리는 것을 목격하면서 방황 심리와 절망감에서 헤어나지 못하는 것을 그리고 있다.

　노자영의 「歎息의 門」(『신인문학』, 1936. 10)은 부모가 물려준 적지 않은 재산을 문학 연구니 문학 잡지 발행이니 하는 데다 탕진해버리고 가난뱅이가 된 박철이 취직자리를 부탁하러 다니다가 옛날 문우와 신문사 사장에게 냉대받고 탄식한다는 내용으로, 문학적 지식인의 현실 인식 결여를 드러낸 것이라고 할 수 있다. 이주홍의 「하이네의 안해」(『풍림』, 1936. 12)는 소설가인 병구가 요양하러 시골에 가 있는 집의 딸을 좋아하던 중 딸의 어머니의 유혹을 받고 관계를 맺은 것을 그 집 딸이 알고 충격을 받아 가출해버리고 자칭 하이네의 시인이라고 한다는 내용의 범작이다. 안동수의 「遺産」(『풍림』, 1937. 4)에서는 소설가이면서 잡지사를 경영하기도 하는 손자에게 돈 많은 할아버지가 많은 유산과 함께 수많은 고서를 물려준다. 「距離」(『비판』, 1938. 8)는 평론사에 근무하는 소설가의 집안에서 가족들이 겪는 빈궁과 사무실을 감도는 빈궁과 절망을 그렸다. 편집실에 있는 사람들의 별명을 서로 서춘풍(徐春風), 박우울(朴憂鬱), 김불출(金不出), 민만풍(閔漫風), 최사실(崔寫實), 신돈병(辛敦病) 등으로 부르면서 잠깐이나마 웃는 데서 오히려 쓴맛을 확인하게 된다. 민군과 '나'는 길거리에 나와 여인들의 모습을 에로틱한 시선으로 보면서 이 시대를 활력 있게 사는 방법에 대해 의견을 나눈다.

　이동규의 「神經衰弱」(『풍림』, 1937. 4)은 전형적인 문인소설이요 문단소설이다. 약국을 경영하는 아버지로부터 사상운동 하고 감옥까지 갔다 왔는데도 방황하느냐는 꾸지람을 들은 주인공은 좌익 잡지사 대중평론사를 찾아가고, 과거에 근우회 집행위원으로 있었던 경숙 여사를 만나 방철악이 사상 전향자 단체인 국민회에서 활동한다는 소식을 듣고 격분하고, 희철이가 문학으로 전향했다는 소식을 듣고 화를 내고, 시대문학사에 들러 여러 친구들과 함께 진실한 문학의 길, 조선의 현실, 문학의 사명, 원고료, 종교심 등에 대한 이야기를 나눈다. 이렇듯 바쁘게 돌아치는 '나'는 결국 병원에 가서 신경쇠약이라는 진단을 받는다. 이봉구(李鳳九)의 「밤車」(『풍림』, 1937. 5)는 아내를 폐병으로 잃고 이어 아들을 잃고 자신도 점점 병약해져가는 김군이 '나'에게 보낸 편지가 중심 내용을 이루고 있다. 이 소설에는 모파상 · 보들레르 · 지드, 투르게네프의 소설 『아버지와 아들』 등이 거론되어 있으며 '나'의 처남이 일찍이 백조파 시인이었던 것으로 서술한다. '나'는 백조파를 로맨티시즘 · 악마파 · 심포리즘 · 예술지상주의 등으로 규정한다.

안회남의 「香氣」(『조선문학』, 1936. 6)는 다니던 회사를 그만두고 구루마꾼이나 지게꾼이 되어 실생활을 몸으로 파고들어가 풍부한 문학의 소재를 얻어 신변소설을 청산하겠다는 주인공의 의지를 내보인 작품이다. 안회남 자신의 고민을 반영한 자전적 소설의 색채가 짙다. 신변소설의 수준을 넘어 동시대의 사회와 삶을 깊이 있게 그려보겠다는 안회남의 작가로서의 사명감은 김유정을 주인공으로 한 「謙虛」(『문장』, 1939. 10)와 아버지 안국선의 전기소설인 「瞑想」(『조광』, 1937. 1)에서 잘 나타난다. 「명상」은 안국선의 진도에서의 귀양 생활, 『야뢰』 발간기, 「금수회의록」의 높은 판매고, 어머니 한 분만을 위한 소설 「발섭기」 「묘염라전」 창작, 탁지부 시절, 금광 미두 사업 망한 일, 기독교 귀의, 집안 몰락 등과 같이 안국선에 관련된 새로운 사실을 들려주기도 하였다. "김유정전"이란 부제가 붙은 「겸허」에는 지각과 결석이 잦은 유정의 휘문학교 생활, 유정의 집안 내력,

어머니 생각, 기생에 대한 짝사랑, 유정 형의 횡포와 정신이상 증세, 사직
동 누님 집에서의 생활, 회남과 유정의 교유, 선조의 죄를 씻자는 의미에
서의 야학운동, 창작 활동, 유정의 폐병 원인, 광주군에서의 임종, 이상과
의 관계, 김유정의 좌우명 "겸허", 어머니 사진 품고 임종 등의 내용으로
되어 있다.

그러나 지금 내가 어느 생각을 한가지 하고 있는것 처럼, 그는 자기의 운
명의 모양을 잘 보아 안다 할 수 있을는지. 유정이가 문학을 하려니까, 애처
럽게 폐병에 걸리었다고 보겠지만, 유정의 병은 유정의 문학보다 훨씬 먼저
있던것이 아닌가 하는것이다. 연애에 실패하고, 사업에 실패하고, 마지막으
로 문학에 정열을 쏟아놓으려니까, 병과 주검이 눌러 덮었다는것보다 병과
주검의 그림자에 벌써부터 엄습을 당하여있는 그가 그 속에서 고야니 허덕
지덕 사랑이다, 농촌교육이다, 예술이다 하고 앙탈을 했던것이 아닐러냐.
즉 그것은 裕貞이 병상에 눕기 이미 오래 전서부터 작정되었던것이요, 우연
적인것이 아니라, 피치 못할 운명적이었던것이라고 생각된다.[483]

이상(李箱)도 "소설체로 쓴 김유정론"이라는 부제가 붙어 있는 「金裕貞」
(『청색지』, 1939. 5)을 썼다. 김기림·박태원·정지용·김유정을 각각 주
인공으로 하여 네 편의 소설을 쓰겠다는 계획을 밝힌 다음, "김유정편"이
라는 제목 아래 김유정의 특징을 겨울에는 모자보다 벙거지를 쓰기 좋아하
고 술이 취하면 곤지곤지 형용 내고 싸우기 좋아하는 식으로 완전히 딴사
람이 되고 노래하기 좋아하고 폐가 아주 나쁘다 등 네 가지로 요약했다.
이 소설은 띄어쓰기는 제대로 했지만 街衢, 山鳴谷應, 珍無數, 豁然, 杳然,
叩頭百拜, 無可奈何 등 한자어를 많이 쓰고 있어 문체상으로는 오히려 후

---

483) 『문장』, 1939. 10, p. 61.

480

퇴한 것이라고 할 수 있다.

최정희의 「凶家」(『조광』, 1937. 4)는 신문기자이면서 소설가인 '내'가 친정어머니, 형제, 아이와 함께 공간도 넓게 쓰고 경치도 좋고 집세도 싼 집에 세 들어 갔다가 그 집이 흉가로 소문난 집임을 알고 불안과 공포심에 빠진다는 내용을 들려주었다. 그 집에 이사 오고 난 후 20일쯤 지났을 때 폐결핵 진단을 받고 심신이 쇠약해진 탓인지 그녀는 달빛에 비친 감나무 그림자라든가 방 안에 있는 탈바가지를 보고 무의식 속에 있는 공포심을 건져 올리게 된다. 이런 공포심을 갖게 된 데는 과거 그 집 주인이 몇 년 동안 과수원을 경영하다가 과로사했고 안주인은 미쳐 옛날 살던 그 집에 와서 소리소리 지르고 한다는 이야기를 들은 데서 온 충격이 작용한 것이다. 어머니가 '내'가 폐병을 앓고 있는 것을 모른 채 몸살로 알고 약을 지어 올 만큼 '나'는 공포심과 불안감에다 외로움을 느낀다. 이기영의 「돈」(『조광』, 1937. 10)은 돈이 없어 갓난애가 치료도 받지 못하고 죽고 마는 상황을 설정한 점에서 자전적 소설이다. 이 작품은 1930년대 당시 소설가로서 창작정신의 가장 큰 장애물이 가난임을 읍소하였다.[484]

이무영의 「乳母」(『신동아』, 1936. 7)는 『논단』이라는 학술잡지사의 편집사원으로 있는 박순영 집의 유모를 관찰 대상으로 삼으며 문학적 지식인으로서의 '나'와 아내의 갈등을 열어 보이기도 하고 '나'의 고민을 털어놓기도 한다. 『논단』의 발행인이 적자를 더는 감당할 수 없다고 하면서 대중 잡지로 고쳐보겠다고 대안을 제시하면서 40원짜리 월급쟁이인 '나'의 고민은 시작된다. 양심 때문에 잡지사를 그만둔다고 하면 아내는 틀림없이 반대할 것이다. 그러면서 '나'는 병든 자식에게 젖을 물리고 오느라고 '내' 자식에게는 소홀한 유모의 입장을 비로소 이해의 눈길로 바라보게 된다. 「敵」

---

484) 이기영, 「무노변기(無爐邊記)」(『조광』, 1937. 1), p. 200.
이기영은 1936년을 돌아보는 자리에서 삼남 지방에 홍수가 난 것, 아내가 맹장 수술 받은 것, 어린 자식이 뇌막염에 걸려 죽은 것이 가장 기억에 남는다고 하였다.

(『청색지』, 1938. 8)은 동경에서 M이라는 소설가의 집에서 작가 수업을 할 때 하녀로 있는 노파가 "젊은 것"을 모두 "적"으로 여긴다는 이야기를 들려준 자전적 소설이기도 하다. 노파는 조센진보다도 젊은이를 더 미워하는 태도를 드러낸다. 노파는 의사가 젊다는 이유로 투약을 거부하고 더 살 수 있는 길을 포기하고 죽는 기행을 보인다. 이무영의 「傳說」(『삼천리』, 1938. 10~11)은 소설가 서준구가 동경에서 알았던 서점 주인 함이 귀국하여 서점을 내고 "와룡"이라는 잡지를 내던 중 의남매 용자를 소개해준 후 둘이 가까워졌다가 용자가 H시의 거부와 결혼하는 것이 전반부의 이야기를 이룬다. 서준구는 H시로 강연하러 갔다가 용자가 다른 사람의 이름으로 친 전보에 따라 함흥 근처의 호숫가에서 은밀하게 만나 사랑을 확인하고 입맞춤한다. 그러고는 각자 갈 길로 가자고 하면서 견우직녀 같은 전설이 되자고 약속하는 것이 후반부의 이야기를 이룬다. 「어떤 안해」(『문장』, 1939. 12)는 "훌륭한 문예평론가인데만 그치지 않고 수년내로 향가에 관한 논문을 발표해서 소장학자로서도 장내가 기대되는 장진수는 설혼 세 살에야 총각을 면했다"고 시작된다. 남원 굴지의 유력자요 면협의원, 학교 평의원, 남원 ××회사 감사역의 딸로 전문학교 출신인 인애는 남편을 무솔리니나 로마 교황보다도 위대한 존재로 보았다. 그러나 남편은 "배금사상과 현대청년의 타협"이란 논문을 써서 신문에 발표한다 하고는 낮에는 잠만 자고 밤이면 길거리를 쏘다니는 생활을 하고 친구들만 만나면 다른 문인들을 비난하기에 바쁘다. 결국 인애는 현진건의 「빈처」의 아내처럼 전당포에 들락날락하며 연명하기에 바쁜 생활을 하게 된다. 당시에 활발하게 창작 활동을 했던 만큼 이무영이 게으르면서 동료 작가 비판하는 데 열을 낸 작가들을 비판하는 것은 당연하다.

정비석(鄭飛石)의 「低氣壓」(『비판』, 1938. 5)은 소설가가 자신이 살고 있는 시대를 저기압으로 보면서 소설이 잘 안 써지는 고통과 아내와의 거리감에 시달린다는 내용으로 되어 있다. 소설가인 '나'는 예술과 정치의 관계에 심각한 관심을 갖고 있음을 드러낸다. 좌익 평론가 S가 전향하여 "순수 예술"로 돌아간 용기에 놀란다. '나'에게 "병적"이라고 한 것에 격분하여 '내'가 아내의 뺨을 때리는 것으로 이 소설은 끝난다. 정비석의 「憧憬」(『조광』, 1938. 6)은 폐병을 앓고 있는 소설가가 2년 전에 다른 남자와 결혼했다가 실패하고 돌아온 여인의 집요한 사랑 공세를 받을 때 그 조카가 막아낸다는 내용으로 되어 있는 만큼, 소설가의 상황 처리 태도가 「저기압」에 비해 소극적이라고 할 수 있다. 최인욱의 「月下吹笛圖」(『조광』, 1939. 4)는 경주의 한 절에서 폐병으로 죽어가는 여성화가로부터 "월하취적도"라는 그림을 받은 소설가가 연민과 사랑을 느낀다는 감상적 결구를 취하였다. 딸의 병을 고치려고 여승이 되어 밤마다 목탁을 두드리는 어머니의 모습이 더욱 인상적이다. 김남천의 「이런 안해(或은 이런 男便)」(『농업조선』, 1939. 4)는 시골 순회 극단에서 일류 흥행 극단으로 옮겨 갔다가 배우가 되어 첫 시사회를 하게 된 21세의 이난주가 남편에게 무표정하다고 대들다가 맞는다. 무명 극작가요 각본 작가인 남편은 동양극장과 부민관 무대에 오를 때부터 아내를 만인의 노리개로 인식하여 질투심과 의심과 불안감에 휩싸여 지낸다. 남편인 '나'는 보통 2시에 들어와 오전 내내 자는 아내가 간밤에 누구와 어울리고 어떤 일을 하는지 모른다. 이 소설은 이상의 「날개」와 달리 아내가 내 머리맡에 설렁탕 값을 놓고 연필로 가짜 용무를 써놓은 메모지를 보고 '내'가 "문화영화론" "키네마순보"를 찢어버리고 삼면경에 주전자를 내던지는 것으로 끝난다. 배우소설, 부부소설, 심리소설의 중층 구조를 보여주는 이 소설에서 주인공 '나'는 본심을 독자에게만 열어 보이고 있다.

김남천의 「綠星堂」(『문장』, 1939. 3)은 프로작가로 감옥살이 하고 나와 평양에서 녹성당 약국을 경영하다가 장질부사로 세상을 떠난 박성운의 수기를 김남천이 각색이나 개작하여 소설로 만든 독특한 형식을 지닌 것이다. 이 소설은 1934년도 평양 서문통 거리를 배경으로 삼아 녹성당 약국인근의 상가를 치밀하게 묘사하는 데 역점을 둔 후, 약국 주인 박성운이 개점 직후에 겪는 고통의 내용을 들려주는 것으로 마무리하였다. 옛날에는 동지였으나 룸펜이 되어 툭하면 손을 벌렸던 철민은 박성운이 약국을 개업하자 이번에는 성병 치료약까지 포함해서 온갖 약을 그냥 달라고 하고, 중학 동창인 신문지국 기자 최경호는 현금을 줄 테니 약을 보내달라 하고는 약값을 주지 않은 채 어디론가 사라져버렸고, 어떤 모르는 청년은 찾아와 "문화적 욕망"이니 "예술적 가치"니 "사회적 가치"에 대한 설명을 해달라고 한다. 「녹성당」은 박성운이 청년과의 약속을 지키기 위해 부인의 잔소리를 못 들은 체하고 가게를 나서는 것으로 끝난다.

엄흥섭의 「黎明」(『문장』, 1939. 7)은 원고료 한 푼이 아쉬울 정도로 가난해도 함부로 소설을 쓸 수 없다는 남편의 심정을 잘 이해해주는 아내의 심정을 그려 보였다. 홍구의 「獨白」(『비판』, 1938. 12)은 "어머니에게 드리는 말슴"이라는 부제가 붙어 있는 것처럼 문인이며 전주 사건에 관련되어 옥고를 치른 큰아들이 발신자이며 어머니가 수신자인 서간체소설이다. 여기서 어머니는 큰아들의 옥살이뿐만 아니라 작은아들의 실성 때문에도 괴로워하는 것으로 그려지고 있다. 형은 동생이 실성한 원인의 하나를 일찍이 학생 때부터 경쟁심이 강하여 루소·베이컨·실러·위고·톨스토이 등의 문학과 사상서를 탐독한 것으로 파악한다. 동생의 실성은 채만식의 「소망」「패배자의 무덤」 등에 나타나는 광인과 동일 범주에 넣을 수 있다.

이효석의 「鄕愁」(『여성』, 1939. 9)는 자전적 소설이다. 대동강변의 30평짜리 집에 살면서 부부지간에 더러 영화 구경도 하고 외식도 하긴 하나 감질나는 소시민 생활을 할 수밖에 없는 아내는 시골 친정집에 가서 정양도 하고 오빠가 약속한 돈 10만 원도 받아 온다고 가서는 한 달도 못 되어 되돌아온다. 작가 이효석이 극화되지 않은 작중의 '나'는 아내가 친정에 다니러 가기 전부터 이 세상을 되도록 아내 편에서 바라보고 생각하는 자세를 취하면서도 자신의 문학적 상상력이 생성되고 유지되는 왕국이 있음을 고백한다. 아내에 대한 사랑은 사랑이고 일은 일이라는 것이다.

안해의 알뜰한 애정을 받으면서도 그밖에 또 무엇을 자고쓰군하는것이다. 집에들어서는 범사에 봉건왕이요 폭군노릇을 하면서마음속에는 항상 한없는 꿈과 욕망을 준비해가지고는 새로운 박 세상을 구해 마지안는다 참으로 그 리마의 발보다도많은 열가닭 백가닭이 마음의촉수를 꾸미고 그 은실금실의 끝끝마다 한개의 세상을 생각하고 손닷지안는 먼데것을 그리워하고 화려한 무지개를 틀어본다. 그 자기의 마음세상속에 안해는 한발자곡도 못들어서게 하고 엄격하게 파수보면서 완전히 독립된 왕국을 몰래 다스려간다. 일생에 있어서 가장가까운 안해가 그 왕국에서는 가장 먼것이다. [485]

막상 아내가 친정으로 가자 집에 일하는 아이가 있기는 하지만 불편하기 짝이 없어 새삼 아내의 소중함과 빈자리를 느끼게 되어 "안해란 상위의 찌 개그릇이요 책상위의 옥편이라고 할까" [486] 와 같은 신선한 비유를 얻게 된 다. 이 소설의 압권은 이효석 소설 특유의 아포리아인 "향수"와 "동경"을 먹고 싶은 것과 보고 싶은 것을 마음대로 할 수 있을 것이라는 아내의 기대 에 찬 친정행과 전보를 치고는 그날로 행한 귀가를 통해 확인한 대목이다.

향수에 복바처 고향을찾은그에게 그리운것이 또 무엇이었든가. 향수란 결 국 마즈막만족이없는 영원한 마음의작란인것인가. 말할것도없이 안해는 고 향에서 두 번째의향수 — 도회에대한 향수를 늣긴것이다. 도회가 요번에는 고향같이만 보였을것이 사실이다. 싀골로 떠날때와 똑같은 설네고 분주한심 정으로 집을떠나 삼십평의 조촐하고 알맞은 안식처로 보였을것이다. 모든

---

485) 『여성』, 1939. 9. pp. 90~91.
486) 위의 책. p. 94.

것이 — 뜰의 꽃한포기까지가 새롭고 귀하고 신기한 것으로 보였을것이다. 집안의 구석구석이 쇠골보다 나은곳으로 보였을것이다. 물론 한해를 살아가 는동안에 피곤해지면 또 쇠골이 그리워질것이요 쇠골로갔다가는 다시 또 이 곳을 찾을것이요향수는 차례차례로 나루를찾은 나룻배같이 평생동안 끝일바 를 모르는것이다.[487]

이효석은 향수를 특정 존재나 장소나 시간에 대한 그리움이기보다는 시 공간이나 존재에 얽매이지 않고 다른 시공간과 존재에 대해 느끼는 본능적 인 그리움이라고 풀이한다. 그의 소설에 자주 나타나는 예술가들과 예술 행위, 러시아와 구라파에 대한 동경은 바로 이러한 향수관의 구체적인 증 거들이다.

석인해(石仁海)의 「七夕」(『조광』, 1939. 9)에는 "悲戀小說"이란 표기가 붙 어 있다. 서울에서 문인으로 활동하는 노총각과 지금은 시골에서 면협의 원, 금융조합 감사, 학교 평의원인 남편의 힘으로 재산도 꽤 모은 곱실이 가 해마다 칠석날에 임해산 약수터에서 만나 과거를 회고하며 "일년의 생 산활동에 동력을 마련키 위함"[488]이라고 한 것처럼 한 해의 피로를 씻고 재 충전한다. 칠석날의 만남은 "야위고 흰손을높이들어 도지개를치며 크게웃 고 징굿이쥐인 주먹은 과거의진부한 생활을 으깨리고 명랑한 생활을 건설 할힘도 용소슴치거니 다시롭기이를데없다"[489]와 같이 재충전 장치로 의미 화된다. 「칠석」은 많은 장문으로 집성되어 있을 뿐 아니라 뛰어난 묘사력 을 자랑하고 있다.

억개와 억개가 맞비벼질때 훈훈한 여인에체온은 내신경을 까불려 이여인

---

487) 위의 책, pp. 94~95.
488) 『조광』, 1939. 9, p. 324.
489) 위의 책, p. 331.

486

의 여름내 그슬린 얼굴에서 잔 실금을 연한 화장속에찾아내게하고 팔이며 손에서까지 인제 선늙은축이란것에 머지않은 그들이갓는 독특한 야드르르하면서도 품있는 그혈색속에나는 처녀 열여덟의 몽상적이며 정열적인 청초하든 그모습이 영절스러움에잠자든 신경은 야곰야곰 과거를들추고 악치듯모라세는 격정에 숨결이 거츠러짐을느끼자 나는흥분에 이는경련을 가눌수없는 이순간이엇지 딱하든지몰랏다.[490]

개인의 심리를 대상으로 한 섬세한 묘사력은 박태원에서 허준과 최명익으로 이어지는 대열에 석인해도 들어가게 만든다.

(6) 농민소설과 현실 인식의 실험실
(가) 치열한 '보여주기'의 실천
농민소설은 이념이나 유파를 초월하여 여러 작가들이 고루 발표한 것을 볼 수 있다. 농민소설을 여러 편 남긴 작가로 이기영 · 한설야 · 김남천 등 프로작가들, 박노갑 · 박화성 같은 리얼리스트들, 김유정 · 채만식 · 이태준 · 이효석 · 김동리처럼 창작 기법이 뛰어난 작가들을 들 수 있다. 1930년대의 작가들에게 농촌은 최대의 문제적 공간이요 심각한 현실의 축도였다.
김유정[491]은 폭력, 노름, 들병이, 형제 갈등, 금광 등 시대성이 배어 있는 모티프를 반복 제시하였다. 「소낙비」「솥」「아내」「정조」(『조광』, 1936. 10) 등의 단편은 끼니를 이으려는 뜻에서 혹은 노름 돈을 마련하기 위해 남편이 아내에게 들병이를 권하는 장면을 제시한다. 「따라지」「만무방」

---

490) 위의 책, p. 330.
491) 강원도 춘천부에서 출생(1908), 조부는 춘천 의병의 지원자이며 대지주, 서울 재동공립보통학교 졸업(1923), 휘문고등보통학교 졸업(1929), 연희전문학교 입학 후 제명, 춘천 실레마을에서 방랑 생활(1930), 금병의숙 설립, 처녀작 「심청」 발표(1932), 폐결핵 진단(1933), 경기도 광주군 중부면에 있는 매형 집에서 사망(1937), 아명은 멱설이, 김나이(유인순, 『김유정을 찾아가는 길』, 솔과 학, 2003, pp. 406~09 참고).

「생의 반려」(『중앙』, 1936. 8~9) 등과 같이 생계 문제 때문에 형제 관계
가 뒤틀린다는 사건담도 있다.

「심청」(『중앙』, 1936. 1)에서 무위무능한 주인공은 종로로 산보를 나가
돈 한 푼이라도 적선하라고 졸라대는 거지들을 보고는 "땅바닥의 쇠똥말똥
만 칠게 아니라 문화생활의 장애물인 거지를 먼저 치우라. 천당으로 보내
든, 산채로 묶어 한강에떠우든……"[492] 하는 극단적인 주장을 펼친다. "팔
팔한 젊은 친구가 할일은 없고 그날그날을 번민으로만 지내곤하니까 나종
에는 배짱이 돌라앉고 따라 심청이 곱지못하였다. 그는 자기의 불평을 남
의 얼골에다 침 뱉듯 뱉아붙이기가 일수요 건뜻하면 남의 비위를 긁어놓기
로 한 일을 삼는다. 그게 생각하면 좀 잣달으나 무된 그 생활에 있어서는
단하나의 향락일런지도 모른다"[493]와 같이 가학증의 자기중심적 기능을 나
사 돌아가듯이 파헤치고 있다. 종각 앞길을 가로막고 있던 열댓 살 된 거
지와 네 살쯤 된 거지는 그의 고보 동창생인 나리에게 쫓겨나 골목으로 들
어가버린다. 그는 나리를 보고 착잡해한다.

세월이란 무엔지 장내를 화려히 몽상하며 나는 장내 「톨스토이」가 되느니
「칸트」가 되느니 떠들며 껍적이든 그일이 어제 같건만 자기는 깍 주체궂은
밥통이 되었고 동무는 나리로—[494]

거지소설과 심리소설과 도시소설의 합성판이다. 삶의 실패로 인한 불안
감을 힘없는 사람을 속죄양으로 삼아 치유하는 태도는 같은 작가의 「따라
지」「생의 반려」「형」 등에서 찾아볼 수 있다. 「산ㅅ골 나그내」(『제일선』,
1933. 3)에서 산골 주막에 찾아든 젊은 여자를 며느리로 삼았으나 며칠 안

---

492) 『중앙』, 1936. 1, p. 227.
493) 위의 책, p. 226.
494) 위의 책, p. 228.

되어 그녀는 밤중에 옷가지를 훔쳐 달아나고 만다. 그 여자에게는 거지 신세가 되기는 했지만 정든 남편이 있었다. 두 남녀는 옷가지를 재산으로 삼아 도망간다. 그야말로 비극과 희극이 대등하게 결합된 인물이라든가 사건을 설정하는 김유정 특유의 창작방법이 거의 첫선을 보인 것이다. 「총각과 맹꽁이」(『신여성』, 1933. 9)는 덕만, 뭉태와 같은 젊은 농민들이 새로 온 들병이의 환심을 사기 위해 술집에 모이는데 덕만이는 다리 놓아주겠다는 뭉태의 말만 믿고 술도 사고 안주도 자기네 집 닭으로 가져갔으나 뭉태는 자기 실속만 차린다. 덕만은 밤새 술만 먹고 허탕만 친 셈이다. 이 소설은 "그러나 맹쏭이는 여전히 소리를 즐어올린다. 골창에서 가장 비웃는듯이 음충맞게 「맹―」 던지면 「쏭―」하고 간드러지게 밧아넘긴다"[495]와 같이 맹꽁이가 어리석은 덕만이를 비웃는 듯한 소리를 내는 것으로 끝나고 있다. 이 소설은 이렇듯 실소를 자아낼 에피소드를 들려주는 데서만 끝나는 것은 아니다. 순박한 농민들의 남루한 현실의 단면을 제시하는 데까지 나아간다. 희극적 장면의 설정으로 비극을 이끌어내는 수법을 확인할 수 있다.

가혹한 도지다. 입쌀석섬 버리 · 콩 · 두대의소출은 근근댓섬. 논아먹기도 못된다. 번듸 밧이아니다. 고목느티나무그늘에 가리어 여름날 오고가는 농군이쉬든 정자터이다. 그것을 지주가 무리로 갈아도지를노아먹는다 콩을 심으면 입나기가 고작이요 대부분이 열지를 안는것이엇다. 친구들은 일상덕만이가사람이 병신스러워하고 이밧을 침배타비난하엿다.[496]

「소낙비」(『조선일보』, 1935. 1. 29~2. 4)에서는 인제에서 농사를 짓고 살았으나 빚 때문에 19세 된 아내를 데리고 야반도주한 춘호는 이 마을에

495) 『신여성』, 1933. 9. p. 133.
496) 위의 책. p. 128.

와서 적응하지 못하고 노름판으로 빠진다. 노름 밑천이 없어 아내에게 2원을 마련해 오라고 며칠 조르다 마침내 폭력을 행사한다. 평소에 도라지 캐고 보리방아 하던 아내는 이주사와 만나 관계를 맺고 2원 받아낼 약속을 하게 된다. 춘호는 이런 아내가 어여쁠 뿐이다. 김유정은 춘호가 처음부터 노름꾼이 되고자 했던 것은 아니라고 변호한다. 간통에 대한 분노라는 상식적인 반응이 노름 밑천 마련으로 인한 기쁨에 덮이고 만 것이다. 춘호는 자신의 형편을 상식도 뛰어넘을 수 있는 극한 상황으로 본 것이다.

춘호는 아즉도 분이 못풀리어 뿌루퉁헌이 홀로안젓다. 그는 자긔의 고향인 인제를 등진지벌서 삼년이 되엇다. 해를 이어 흉작에농작물은 말못되고 딸아 빗쟁이들의 위협과악마구니는 날로 심하엿다. 마침내 하릴없이 집, 세간사리를 그대로 내버리고 알몸으로 밤도주를하엿든것이다. 살기조흔 곳을 찾는다고 나어린 안해의 손목을 이끌고 이산저산을 넘어 표랑하엿다. 그러나 우정 찾어들은것이 고작 이 마을이나 살속은 역시 일반이다. 어느산골엘가 호미를 잡아보아도정은 조그만치도 안붓헛고 거기에는 오즉 쌀쌀한 불안과 굶주림이 품을벌려 그를 맛을뿐이엇다. 터무니 업다하야 농토를 안준다. 일구녕이 없으매품을 못판다. 밥이 업다. 결국엔 그는 피폐하야가는 농민사이를 감도는 엉뚱한 투긔심에 몸이 달떳다. 요사이 며칠동안을두고 요넘어 뒷산속에서 밤마다 큰 노름판이 버러지는 기미를 알앗다. 그는 자기도 한목 보려고 끼룩어렷으나 좀체로 미천을만들수가 업섯다.[497]

김유정은 "빗쟁이들의 위협과 악다구니"라든가 "터무니없다 하여 농토를 안 준다"와 같이 춘호를 감싸는 태도를 취한다. 일거리가 있었고 부쳐 먹을 땅이 있었더라면 춘호는 노름판에 기웃거리지 않았고 그러면 아내에게

---

497) 『조선일보』, 1935. 2. 2.

매춘을 강요하는 짓은 하지 않았을 것이다. 김유정의 단문주의(短文主義)는 극한 상황과 극단적 사고를 더욱 효과적으로 전해준다. 비슷한 시기에 현동염(玄東炎)은 남편의 노름빚을 술집작부 출신 아내가 빚쟁이에게 몸을 주고 갚아버린다는 「山 비둘기」(『조선문단』, 1935. 4)와 백삼포라는 삼 깎는 공장에 출근하다가 인파에 휩쓸려 쓰러진 엄마를 살리기 위해 딸 갑성이 밤에 삼을 훔치러 갔다가 간수에게 붙잡혀 정조를 빼앗기고 왔지만 정작 엄마는 죽고 만다는 「夢」(『신동아』, 1935. 3~4)을 발표하였다. 「산 비둘기」는 김유정의 「소낙비」를, 「삼」은 김동인의 「감자」를 떠올리게 한다.

「노다지」(『조선중앙일보』, 1935. 3. 2~9)도 긴장감 넘치는 독법을 요구한다. 작년에 잠채를 하러 갔다가 분배 문제 때문에 꽁보가 동료들에게 맞아 죽을 뻔한 것을 더펄이가 구해주자 꽁보는 더펄이를 형으로 부르고 이미 충주로 시집가 아이까지 낳은 누이를 색시로 준다고 약속하고 이 마을에 잠채하러 온다. 꽁보가 노다지 하나를 캐고 더펄이가 두 개를 캐었을 때 공교롭게 동발이 무너져 더펄이가 흙더미에 깔려 꼼짝 못하게 되자 꽁보는 노다지를 모두 갖고 도망가버린다. 감석과 노다지 앞에서는 의리고 인심이고 없는 에피소드를 제시하여 상식이나 인정의 희생을 실감케 한다. 금을 캐러 동굴에 들어가 더펄이 뒤를 따르며 꽁보는 "이게 지랄인지 난장인지. 세상에짜정 못해먹을건금점빼고다시업스리라. 금이 다 무언지, 요즛을꼭해야한담. 게다 건뜻하면 서로 뚜들겨 죽이는것이 일. 참말이지 금쟁이치고 하나 순한놈 못봣다"[498]고 하지만 노다지 앞에서 돌변한다.

"금점이란 헐없이 또 난장판이다"로 시작하는 「금」(1938)의 앞부분은 금을 숨겨 가지고 나오는 수법의 다양함과 이를 지키는 감독의 눈길과 욕망을 묘사한다. 이덕순은 자기 발을 자해하고 거기에 감석(금광석)을 붙여 가지고 나와 집에 가서 다시 자기 발을 내려치고는 천 원 상당의 감석을

---

498) 『조선중앙일보』, 1935. 3. 7.

찾아낸다. 덕순은 자기를 업고 온 동료가 감석을 돈으로 바꾸어 오겠다고 들고 나가는 것을 보고 반신반의한다. 동료는 제 몫이 덕순의 반밖에 되지 않는다고 불만이다. 덕순이 아프다고 계속 비명을 지르는 것으로 이 소설은 끝난다. 덕순의 극단적인 행동은 실소와 연민이 뒤섞인 독자 반응을 사게 된다. 「金따는 콩밧」(『개벽』, 1935. 3)은 「노다지」처럼 금에 대한 욕심을 중심 모티프로 내세웠다. 콩밭을 가는 소작인 영식은 금점꾼 수재가 하도 졸라대는 바람에 지주의 허락도 받지 않고 콩밭을 뒤엎고 땅을 팠으나 끝내 금맥을 찾지 못한다. 영식은 "농토는 모조리 떨어질것이다. 그러나 대관절 올 밭도지 베두섬반은 뭘로 해내야 좋을지. 게다 밭을 망첫으니 자칫하면 징역을 갈는지도 모른다"[499]고 불안감에 빠진다. 수재가 금맥이 잡혔다고 거짓말하고 오늘 밤 도망가야겠다고 생각하는 것으로 소설은 끝난다. 콩밭에서 금을 캐내려다 실패한 두 농민의 경우를 들려주어 금광 바람이 광풍처럼 될 수밖에 없었던 배경을 농민의 시각에서 서술한 결과를 빚는다.

시체는 금점이 판을 잡앗다. 스뿔르게 농사만 짓고잇다간 결국 빌엉뱅이 밖에는 더못된다. 얼마 안잇으면산이고 논이고 밭이고 할것없이 다 금쟁이 손에 구멍이 뚤리고 뒤집히고 뒤죽박죽이 될것이다. 그때는 뭘 파먹고 사나. 자 보아라. 머슴들은 짜위나한듯이 일하다말고 혹닥하면 금점으로들 내빼지 않는가. 일군이 없어서 올엔농사를질수없느니 마느니 하고 동리에서는 떠들석하다. 그리고 번동 포농이쫓아 호미를 내여던지고 강변으로 개울로 사금을캐러 다라난다.[500]

---

499) 『개벽』, 1935. 3, p. 54.
500) 위의 책, pp. 56~57.

「떡」(『중앙』, 1935. 6)에서 아버지는 딸이 배고프다고 칭얼거리기만 하면 때리곤 하였고 이에 질세라 딸은 마음속으로 "죽은 안 주고 때리기만 한다. 망할 새끼 저만 처먹을랴고 얼른 죽어버려라. 염병할 자식"하고 독기를 품는다. 이웃 생일 집에 가서 딸이 그동안 곯은 배를 채우느라 과식한 것이 탈이 나 사나흘 몹시 앓게 된 것을 보고 아버지는 그 귀한 음식을 체하도록 처먹을 줄만 알았지 아비 한 쪽 갖다 줄 생각이 없었냐고 하며 온갖 욕설을 퍼붓는다. 굶주림은 이처럼 인륜을 위협하거나 파괴할 수 있음을 일깨워주었다. 「산골」(『조선문단』, 1935. 7)은 "산" "마을" "돌" "물" "길"과 같은 소제목으로 구성되어 있다. 씨종의 딸 이뿐이는 자기와 정분이 났으나 서울로 가 소식 한 자 없는 도련님을 기다리며 자살할 생각까지 하게 되고, 이뿐이를 좋아하는 석숭이는 대필한 편지를 부치려고 하나 이뿐이는 끝내 나오지 않는다. 「춘향전」의 패러디와 밀고 당기는 남녀의 사랑 모티프가 결합되었다.

「솟」(『매일신보』, 1935. 9. 3~14)은 농민 근식이가 들병이 계숙에게 홀딱 빠져서 그녀의 환심을 사기 위해 솥·맷돌·함지박 등 자기네 집 살림살이를 가져다주었으나 계숙이는 마을에 나타난 남편과 함께 도망가게 되며 근식은 때마침 나타나 솥을 찾아가려는 아내 때문에 황당해한다는 이야기를 들려준다. 솥을 짊어지고 남편과 함께 뒤도 안 돌아보고 도망가는 계숙이 내외를 향해 근식의 아내가 왜 남의 솥을 빼앗아 가느냐고 고래고래 소리를 지른다. 이 소설의 표제 '솥'은 근식 부부의 사랑을 상징하는 물건이기도 하다. 마을의 일부 젊은 남자들이 들병이 때문에 일을 손에서 놓은 채 방황하자 농민회 회장은 계숙에게 와서 동리를 위하여 떠나달라고 한다. 근식은 계숙이가 뭉태를 금방 보내지 않고 오랫동안 수작한다고 생각한 나머지 갑작스레 들병이란 존재를 부정하게 된다. 다음과 같이 근식이가 계숙이를 향해 속으로나마 모질게 욕하는 대목은 초고에는 없는 것으로 「솟」에 와 추가된 것이다.

모진 눈보래는 가끔식 목덜미를 냅다 갈긴다. 그럴적마다 저고리동정으로 눈이 날아들며 등줄기가 선쭉선쭉하엿다. 근식이는 암만 기다려도 쇄가 되엿스런만 불러 드리지를 안는다. 수군거리든 그것조처 끈히고 인전 굵은 숨소리만이 흘러나온다.

그는 저도 까닭모르는 약이 발부터서 머릿끗까지 바싹 치솃첫다. 들 이란 더러운 물건이다. 남의 살림을망처노코 게다 가난한 농군들의 피를쌜아먹는 여호다 하고 매우 쾌쾌히 생각하엿다. 일변 그러케까지 노해서나갓는데 안해가 지금쯤은 좀풀엇슬가 이런 생각도 하야 본다.[501]

이 대목은 김유정 소설 특유의 인물이며 상징체이기도 한 들병이에 대한 작가의 기본 인식을 드러낸다. 실제로 김유정은 이 대목에서나 들병이관(觀)을 분명하게 보여주었다. 김유정 사후에 가장 먼저 발표되었던 「정분」이 들어 있는 1937년 5월호 『조광』에는 "이 小說은 故金裕貞이 昭和九年에썼든 것으로 匡底에 넣어두고 發表치않은것을 本紙에서 發見하여 이제 君을 匡悼하는〇味로 실는 것이다. 아까운 君의 夭折이 朝鮮文壇에 큰損失은 말할것도 없거니와 이제 君의 早死에對해 깊이 哀悼를不禁하는바이다"[502]라는 "記"가 실려 있어, 나중에 발표된 「정분」이 앞서 발표된 「솥」(『매일신보』, 1935. 9. 3~14)의 초고가 아닌가 추측하게 한다. 「정분」에서의 은식과 옹태는 「솥」에 가서는 근식과 뭉태로 바뀌어 있다. 「솥」에 오면 접속사라든가 부사가 크게 늘어났고 문장도 조금씩 길어졌다.

「만무방」(『조선일보』, 1935. 7. 17~30)에서 형 응칠은 빚 54원을 갚을 길이 없어 빚잔치를 하고는 그길로 처자와 각자도생하나 도박죄와 절도죄

---

501) 『매일신보』, 1935. 9. 7.
502) 『조광』, 1937. 5, p. 111.

로 세 번이나 감옥에 가게 된다. 응칠은 동네에서 사고만 났다 하면 주재소로부터 오라 가라 하는 소리를 들을 지경이 되었다. 이에 반해 동생 응오는 마을에서 누구나 인정하는 모범 농민이었으나 병든 아내를 의원에게 한 번도 보여주지 못하고 자리에 누워만 있게 할 정도로 가난하자 추수를 하지 않고 버틴다. 추수를 하면 이 사람 저 사람에게 다 빼앗길 걸 무엇하러 벼를 베느냐는 것이다. 응오가 밤중에 몰래 벼를 베려다 형에게 들켜 흠씬 두드려 맞는 것으로 이 소설은 끝난다. 응오가 "그러나 캄캄하도록 털고나서 지주에게 도지를 제하고, 장리쌀을 제하고 색초를 제하고보니 남는것은 등줄기를흐르는 식은땀이 잇슬 따름"[503]이어서 추수를 하지 않을 때 형 응칠이는 지주에게 사정하여 "올농사는 반실이니 도지도 좀감해주는 게 어떠냐"고 하자 지주는 다른 작인들의 버릇까지 잘못될 수 있겠다고 하여 거절했고 이 과정에서 응칠이는 지주에게 주먹을 날린다. 밤중에 벼가 자꾸 없어지자 형 응칠이는 동생을 돌보아준다고 벼를 지키는 일을 자임한 것인데, 응오가 벼를 몰래 베어 가려다 형에게 들키게 되자 "내 것 내가 먹는데 누가 뭐래?" 하고 억지를 썼고 형은 몽둥이로 동생을 두드려 팬다. 그러고는 쓰러진 동생을 등에 업고 언제나 철이 날 것인가 하고 한숨을 내쉰다. "만무방"이란 별명은 형 응칠에게 부여된 것이긴 하지만 동생 응오도 형이나 지주의 시각으로 보면 "만무방"에 해당된다.

「봄·봄」(『조광』, 1935. 12)은 4년 전에 들어와 돈 한 푼 안 받고 일한 '내'가 점순이 아버지에게 점순이와의 성례를 졸랐다가 욕을 듣는 것으로 시작하여 점순이 아버지의 급소를 잡고 약속을 받아내는 현장에서 점순이 모녀에게 공격을 받으며 작중 내내 은근히 충동질한 점순이의 행태가 이해되지 않는다는 표정을 짓는 것으로 끝난다. 독자들은 희극적인 행위의 묘사에 시선을 둔 나머지 중요한 것을 간과할 수 있다. 원래 점순이의 아버

---

503) 『조선일보』, 1935. 7. 20.

지, 즉 '나'에 의해서 작품 내내 "장인님"으로 불리는 봉필영감은 냉혹한 마름으로 소문난 존재였다.

> 조고만 아이들까지도 그를 돌아세놓고 욕필이(번 이름이 봉필이니까) 욕필이, 하고 손가락질을 할만치 두루 인심을 잃었다. 허나 인심을 정말 잃었다면 욕보다 읍의 배참봉댁 마름으로 더 잃었다. 번이 마름이란 욕 잘하고 사람 잘치고 그리고 생김생기길 호박개 같애야 쓰는거지만 장인님은 외양이 뚝됐다. 작인이 닭마리나 좀 보내지 않는다든가 애벌논때 품을 좀 안 준다든가 하면 그해 가을에는 영낙없이 땅이 뚝뚝 떨어진다. 그러면 미리부터 돈도 먹이고 술도 먹이고 안달재신으로 돌아치든 놈이 그땅을 슬쩍 돌라안는다. 이바람에 장인님집 빈 외양간에는 눈깔 커다란 황소 한놈이 절로 엉금엉금 기여들고 동리사람은 그욕을 다 먹어가면서도 그래도 굽신굽신 하는 게 아닌가—[504]

원래 봉필이는 큰딸의 사위 후보를 열네 명이나 갈아치웠고 '나'는 점순이의 셋째 후보가 되는 셈이다. 봉필이는 사위 후보들에게 딸을 줄 것처럼 암시하여 수년 동안 일을 공짜로 부려먹는 수법을 써서 치부한 인물이다. 김유정의 소설에서 악덕 지주는 「봄·봄」에 앞서 「애기」에 등장한 바 있다. 「애기」(『문장』, 1939. 12)는 탈고 일자가 1934년 12월 10일로 되어 있어 1930년대 중반 소설로 보아야 한다. 도망가버린 전기회사 직원의 애를 임신한 딸을 데려가기만 하면 50석 땅을 주겠다는 아버지의 말에 인쇄소 직공 출신인 필수가 의사를 사칭하고 결혼했으나 장인은 약속을 지키지 않고 아내는 시부모 봉양도 제대로 하지 않고 집안을 난장판으로 만든다. 두 남녀는 서로 거짓말한 것이 들통이 나긴 했지만 이미 정이 들어 헤어지지

---

504) 『조광』, 1935. 12. p. 325.

못한다. 필수가 아내의 요구대로 아기를 다방골로 버리러 갔다가 도로 안고 오는 것으로 이 소설은 끝난다. 화자가 존대법을 사용하여 정중한 태도로 이야기를 풀어가는 이 소설은 남녀노소를 막론하고 정상적인 인물이 나타나지 않다가 끝에 가서 기아가 되거나 얼어 죽을까 봐 제 피가 섞이지도 않은 아기를 도로 데리고 오는 필수를 양심적인 인간으로 되돌려놓는 반전의 수법을 취하였다.

"들 이 哲學"이라는 부제가 붙은 김유정의 수필 「朝鮮의 집시」(『매일신보』, 1935. 10. 22)와 부분적으로 흡사한 내용을 보여주고 있는 「안해」(『사해공론』, 1935. 12)는 내레이터가 자기 수준대로 아내의 외양과 행동을 묘사하여 실감을 더해준다. 남편은 아내를 들병이로 내보내기 위해 노래를 가르쳐주던 중 아내가 술상을 차려놓고 뭉태란 놈과 수작을 벌이는 것을 보고 자칫 남자와 눈이 맞아 달아날 수도 있겠다 싶어 들병이는 그만두고 아들이나 열다섯 명 낳아 그 아들들이 돈 벌어 온 것을 모으면 큰 부자가 되겠다는 공상에 젖는다. 같은 시기에 발표된 「봄과 따라지」(『신인문학』, 1936. 1)는 10살 된 따라지가 종로 우미관 옆 난전에서 양복쟁이 · 뾰족구두 · 신여성 등 여러 사람을 쫓아다니며 빌어먹는 모습을 묘사한 것으로, 거지의 모습에서 오히려 여유와 유머와 낭만이 느껴지게 된 이유의 하나로 음악성 넘치는 문장을 들 수 있다. 깍정이는 집요하리만큼 짓궂게 굴다가 어느 신여성에게 귀를 붙잡힌 채 질질 끌려간다. 「가을」(『사해공론』, 1936. 1)은 농민 복만이가 아내를 일금 50원에 소장수 황거풍에게 파는 것을 원인적 사건으로 삼고 있다. 황거풍과 며칠 같이 살던 복만이 아내는 사라지고 복만이도 간 곳이 없다. '나'는 구전 한 푼 안 받았지만 매매 계약서를 써준 것 때문에 황거풍에게 사기단의 일원으로 오해받게 된다. 황거풍은 복만이 아내를 앞장세워 술집을 내려고 했던 것이다. 부부 사기단의 행태를 보이는 복만과 그 아내의 전형은 「산골 나그네」와 「솥」에서 나타난 바 있다.

「두꺼비」(『시와 소설』, 1936. 3)는 학생인 '내'(이경호)가 기생 옥화의 환심을 사기 위해 두꺼비(옥화의 남동생)에게 편지를 맡기면서 두꺼비를 데리고 극장·카페·기생집으로 다니며 비위 맞추는 것으로 시작된다. 두꺼비는 자기대로 옥화의 수양 조카딸 채선이와 사랑을 나누고 채선이의 몸을 버려놓는다. 옥화에게 매를 맞은 두꺼비는 둘이 못 살면 죽는 게 낫다고 하여 채선이와 함께 약을 먹는다. 두꺼비는 무려 7명이나 그런 식으로 하였다. '내'가 쓴 편지는 옥화에게 단 한 통도 전달되지 않았다. 채선이가 피를 토하자 옥화와 그 어머니는 법석을 떨며 병원으로 가고 두꺼비는 방 한쪽에 팽개쳐지고 '나'는 광화문통으로 나와 "만물이 늙기만 기다린다"고 한다. 두꺼비는 「봄·봄」의 마름 봉필이 나이가 젊어져 도시에 나타난 형상이라고 할 수 있다. 「동백꽃」(『조광』, 1936. 5)에는 「봄·봄」의 마름과는 대조가 되는 마름이 나타난다. 마름인 점순이 아버지는 3년 전에 이 마을에 들어온 '나'의 부모에게 땅을 부치게 해주었고 집터를 빌려 주어 집을 짓게 해주고 양식도 꾸어 주는 등 온갖 은혜를 베푼다. '나'의 부모는 시혜와 수혜라는 기본 관계가 파괴되면 안 된다는 조심성 속에서 산다. 점순이와 일을 저질렀다간 땅도 떨어지고 집도 내쫓긴다는 조심성이 작용하여 '나'는 점순과 거리를 두려 했으나 점순이는 성적 호기심으로 '나'에게 접근한다. 밀고 당기는 이러한 관계는 닭싸움이라는 대리전을 거치면서 사랑의 관계로 급속히 반전하게 된다. 이 소설은 푸드득, 아르릉거리다, 기를 복복 쓰다, 콕콕 쥐어박다, 격실격실, 비슬비슬 같은 의성어·의태어를 과다하게 사용하고 덩저리, 쌩이질, 얼병이, 암팡스럽다, 삭정이, 싱둥겅둥, 감때사납다 같은 고유어와 방언을 적극 활용하여 내용과 형식 면에서 토속성을 높인다. 다음과 같은 작중의 끝 대목은 절정과 반전을 포함한 구성미와 희극적 효과를 잘 보여준다.

「이놈아! 너 왜 남의 닭을 때려죽이니?」

「그럼어때?」하고 일어나다가

「뭐 이자식아! 누집 닭인데?」하고 복장을 떼미는 바람에 다시 벌렁 자빠
졌다. 그러고나서 가만히 생각을 하니 분하기도 하고 무안도스럽고 또 한편
일을 저질렀으니 인젠 땅이 떨어지고 집도 내쫓기고 해야 될는지 모른다. 나
는 비슬비슬 일어나며 소맷자락으로 눈을 가리고는 얼김에 엉, 하고 울음을
놓았다. 그러다가 점순이가 앞으로 다가와서 「그럼너 이담부텀 안그럴테
냐?」하고 무를 때에야 비로소 살 길을 찾은듯 싶었다.[505]

김유정은 마름 집 딸과 소작농 아들의 미묘한 관계를 설정하면서도 계급
대립으로 발전시키는 대신 화해의 관점을 취하였다. 「貞操」(『조광』, 1936.
10)는 주인이 술에 취해 못생긴 행랑어멈을 건드린 것이 원인적 사건인 작
품으로, 행랑어멈과 그 남편은 주인에게서 장사 밑천 2백 원을 받아 나가
는 결과를 빚어낸다. 이 소설은 부부사기꾼소설이라는 점에서 「산골 나그
네」「솥」「가을」 등과 하나로 묶을 수 있다. 농민의 시련은 도시에 가서도
계속된다. 「땡볕」(『여성』, 1937. 2)에서는 도시로 옮겨와 지게꾼을 하는
사내가 계속 배가 아프다는 아내를 데리고 대학병원에 가 뱃속에서 아이가
죽어 일주일 안에 수술받지 않으면 죽는다고 하는 진단을 받지만 돈 한 푼
이 없어 수술할 생심을 내지 못한다. 한여름 땡볕 아래 지게에 얹혀 가는
아내는 얼음과자와 왜떡을 먹으며 장난치듯 유언을 남긴다. 이러한 끝 장
면은 김유정 소설이 빚어낸 희극미는 몇 배의 비극적 감정을 매개하는 것
임을 입증해준다.

김유정의 소설에 나타나는 폭력은 여러 모습을 지닌다. 가령 「따라지」
(『조광』, 1937. 2)에서 옆방 여자들이 "톨스토이"라 부르는 소설가 지망생
은 공장 여공인 그 누이에게 툭하면 "밥을 얻어 먹으면 밥값을 해야지. 늘

---

505) 위의 책, 1936. 5, p. 280.

부처님같이 방구석에 꽉 앉었기만 하면 고만이냐?"라는 잔소리를 듣는다.

「웨 내가 이고생을 해가며 널 먹이니 웅 이놈아?」

헐없이 미친 사람이 된다. 아우는 그래도 귀가 먹은듯이 잠자코 앉었다. 누님은 혼자 서서 제몸을 들볶다가 나중에는 울음이 탁 터진다. 공장살이에 받는 설음을 모다 아우의 탓으로 돌린다. 그러면 할일없이 아우는 마당에 나려와서 누님의 어깨를 두손으로 붓잡고

「누님! 다 내가 잘못했수 그만두」

하고 달래지 않을수 없다.[506]

누나의 포악과 폭언에 시달린 나머지 「따라지」의 "톨스토이"가 무기력 증세와 우울증을 보인 것과 비슷하게 「生의 伴侶」의 남주인공 명렬은 기인 증에서 헤어나지 못한 나머지 마적이 되고 싶다는 공상에 쫓기도 한다. 명렬은 술주정뱅이며 난봉꾼인 형에게 툭하면 폭언을 듣고 매 맞고 살아야 했다. 「생의 반려」에서 폭력적이고 가학적인 형의 모습은 「형」에서, 신경 질적이고 폭언을 잘하는 누나의 모습은 「따라지」에서 재현되었다. 「따라지」에서는 사직골 꼭대기 초가집에 제복공장 여직공과 그 남동생, 버스걸과 병든 아버지, 두 카페걸 등이 세 들어 살면서 한결같이 제때 집세들을 내지 않자 집주인이 "톨스토이"네 방 세간부터 들어내려 한다. 이에 아키코라는 카페걸은 주인마누라와 맞서 싸우는 도중 일본 순사가 와도 눈 하나 끔쩍하지 않는다. 김유정 소설에서는 이미 「夜櫻」(『조광』, 1936. 7)이 여급을 주인공으로 내세웠다. 경자, 영애, 정숙 등 세 여급은 10시까지 들어오라는 주인의 허락을 받고 창경원에 가 밤벚꽃놀이를 즐기면서 손님 대하는 법을 듣고 영애와 경자는 언쟁을 하고 영애는 남학생들에게 히야까시

---

506) 위의 책, 1937. 2, pp. 306~07.

를 당하면서도 즐거워한다. 중심사건은 정숙이 전직 순사인 남자와 살다 이혼한 후 데리고 살던 네 살 된 딸을 잃어버리고 자나 깨나 그리워하다가 창경원 유원지에서 우연히 부녀간을 만난다는 내용으로 되어 있다. 이 소설이 더 길게 씌어졌더라면 정숙이 사직골 사는 옛 남자를 찾아가 딸을 찾아오거나 옛 남편과 재회했을 것이다.

「兄」(『광업조선』, 1939. 11)은 구두쇠인 아버지와 난봉꾼인 아들 사이의 갈등을 원인적 사건으로 제시한다. 병에 걸린 아버지가 형에게 집안일을 다 맡겼을 때 형은 정성껏 아버지를 간병하였으나 형이 다른 여자와 약혼하고 조강지처를 내보내려는 것을 아버지가 들어주지 않고 돈 한 푼 주지 않자 그때부터 아버지한테 온갖 패악을 부리고 또 아버지에 대한 반감을 누이동생들에게 전치하여 걸핏하면 주먹질을 한다. 아버지는 아버지대로 젊었을 때 바람을 많이 피워 병을 얻은 것이기에 아들이 자기의 전철을 밟는 것을 막고자 한 것이다. 아버지가 최후 수단으로 양자를 데리고 오자 형은 '나'에게 아버지의 저금통장을 빼내 오라는 심부름을 시키는 한편 누이들을 구타하는 것도 멈추지 않는다. 아버지는 죽기 직전 그야말로 사력을 다해 형에게 칼을 던지기까지 한다. 형은 단지(斷指)하여 피를 아버지의 입에 넣으려는 마지막 효도를 시도하였다. 아버지 상중에 철궤에 든 돈 50원이 없어지자 형은 누이동생들을 호출하여 폭행한다. '나'는 범인을 알지만 입을 다물었다. 김유정 소설은 자전적 소설의 성격이 강하긴 하지만 그중에서도 「형」이 김유정의 심층 심리 형성 배경을 가장 잘 일러준다.[507]

박화성의 「故鄕 없는 사람들」(『신동아』, 1936. 1)에서 평남 강서농장으로 이주해 간 전라남도 불암리 주민 4백 명 주민들은 인심 사납고 물가 비싸고 희망이 없어 다시 고향으로 돌아가려 했으나 남아 있는 고향 사람들

---

507) 졸고, 「저항성의 협주와 현실 반영의 차별화」, 『한국현대문학사상의 발견』, pp. 47~48.
김유정 소설은 폭력, 들병이, 도둑질이나 속이기, 노름, 부부 공모, 금점판 등의 반복 모티프를 보여준 것으로 나눌 수도 있다.

에게서 홍수와 가뭄 때문에 공장이나 타지로 떠나는 사람들 천지이니 돌아오지 말라는 답장을 받는다. 4백 명 주민들은 하루아침에 "고향없는 사람들"이 되고 만 것이다. 백신애의 「가지 말게」(『백광』, 1937. 6)는 가족 전체가 만주로 가는 집에 친구들이 모여 송별회를 하며 가지 말라, 가야 한다고 하다가 한바탕 울음바다가 되는 장면을 설정하여 탈향의 고통을 강조하는 효과를 갖는다.

강경애의 「地下村」(『조선일보』, 1936. 3. 12~4. 3)은 칠성이 엄마와 칠성이 동생과 같은 병자와 소경인 여주인공 큰년이와 소아마비에 걸려 다리를 저는 칠성이 같은 불구자를 내세워 비참한 농촌 현실을 그려내는 방법을 취했다. 병자와 불구자를 대상으로 한 초상화를 그려 1930년대의 피폐한 농촌 풍경을 제시하였다. 강경애는 전직 공장 노동자였다가 기계에 쏠려 다리병신이 된 50대의 사내와 동냥하러 갔다가 개에 물린 칠성이의 대화를 통해 비판적 리얼리즘에 도달한다.

> 「아니우. 결코아니우. 비록 우리가이꼴이 되어 전전 걸식은 하지만두. 웨 우리가 이꼴이 되엇는지나알아야 하지안소……내다리를꺽게 한놈두 친구를 저런병신으로 되게한 놈두 다누구겟소 알아 들엇수? 이친구」
> 사나히의 이가튼 말은 칠성의 뼈끗마다 짤짤 저리게 하엿고, 애꾸진 하늘과땅만 저주하던 캄캄한속에 어떤 번쩍하는 불빗을 던저 주는것 가트면서도 다시 생각하면 아찔해지고 팽팽돌아간다. 무엇인가 뭇고 십허 머리를 번쩍 들엇스나 입이 깍붓고 만다. 그는 시름업시 저하늘을 물끄름이 보앗다.[508]

마을 여기저기 동냥하러 다녀 집안을 꾸려가는 칠성이는 옆집 사는 소경 처녀 큰년이를 사모하여 환심을 사기 위해 노력하였으나 큰년이가 이웃마

---

508) 『조선일보』, 1936. 3. 31.

을 안보령에게로 시집가버리는 바람에 끝내 뜻을 이루지 못한다는 이야기와 칠성이 엄마는 치질로 남동생은 눈병으로 고생하고 여동생은 병이 들었음에도 약 한번 먹지 못한 채 고생한다는 이야기를 병치하고 있다. 전율과 충격을 안겨주는 이 소설의 마지막 장면은 최서해의 「홍염」(1927), 「박돌의 죽음」(1925), 김팔봉의 「붉은 쥐」 못지않은 극적 효과를 안겨준다.

애기는 언제 그헌겁을 찌젓는지 반쯤헌겁이 찌저젓고 그리로부터 쌀알 가튼 구데기가 설렁설렁 내달아오고잇다.

「아이구머니. 이게 웬일이냐 응 이게웬일이어!」

어머니는 와락 기어가서 헌겁을 잡아제치니 쥐가죽이 딸려 일어나고 피를 문구데기가 아글바글 떨어진다.

「아가 아가 눈떠 눈떠라. 아가!」

이가튼 어머니의 비명을 드르며 칠성이는 「엑!」소리를 지르고 우둥퉁퉁 박그로 나와버렷다.

비는 좍좍 쏘다지고 바람은 미친듯모라치는데 가다가 우르릉 쾅쾅하고 하늘이 울고 번개ㅅ 불이 제멋대로 쭉쭉 거나가고 잇다.

칠성이는 묵묵히 저하늘을노려보고잇섯다. (끗)[509]

칠성이는 부잣집에 동냥하러 갔다가 개에게 물려서 생긴 상처를 먼지로 바르고, 칠성이 남동생 칠은이는 눈병이 생기자 오줌을 눈에 바르고, 갓난아기인 여동생 영애는 머리에 종기가 나자 쥐가죽을 붙였다가 오히려 그것이 악화되어 죽고 만다. 이처럼 「지하촌」은 비슷한 시기의 소설에서 가장 그로테스크하다고 할 정도로 인물 묘사를 함으로써 병자소설의 전형이 된다.

---

509) 위의 신문, 1936. 4. 3.

엄홍섭의 「過歲」(『조광』, 1936. 4)는 소작인이었다가 나무장수가 된 김 첨지가 해가 바뀌면서 새로운 결심을 하는 것으로 시작된다. 5년 전에 일본 규슈 탄광으로 자원해 갔으나 돌아오지 않는 아들 복술을 더 기다리지 않기로 결심하고 그동안 권주사네 하녀 노릇 해오던 복희의 손등이 여기저기 터진 것을 보고 이제는 그 집에 보내지 않기로 한다.

엄홍섭의 「힘」(『조광』, 1936. 5)은 농민들의 비참한 삶의 원인이 모종의 힘에 있음을 암시하였다. 홍수를 맞아 생활 근거를 잃어버린 마을 사람들이 만주, 서울, 함경도, 경상도 등지로 떠나갈 때 주인공 윤보는 수해와 한재에 쫓기는 빈민들을 구제할 목적으로 세운 강원도 개척사업 공사장에서 구루마로 재목을 운반하는 일을 하게 된다. 그러나 윤보와 그 단짝인 만수는 워낙 품삯이 박한 데다가 감독의 횡포도 심해서 돈을 전혀 모으지 못한다. 두 사람은 두 차례나 탈출을 시도했지만 이미 낌새를 알아차린 감독에게 붙잡혀 도로 주저앉고 만다. 제목의 "힘"은 작게는 악질 감독의 횡포를, 크게는 불법을 자행하는 지배 세력의 권력을 가리킨다.

한인택의 「오빠」(『신동아』, 1936. 5)에서 여주인공 옥분은, 동경 유학을 마치고 귀향하여 면서기 취직 권유를 물리치고 돈 벌러 만주로 가버린 애인을 못 잊어 오정 때만 되면 우물 뒤에 있는 언덕에 올라가 기다린다. 최인준의 「春蠶」(『조선문학』, 1936. 6)에서는 누에를 키우는 데 독력으로 혼신의 힘을 다하는 대선 어머니와 같은 적극적이고 강인하고 끈질긴 한국 농민의 상을 만날 수 있다. 최인준의 소설 중에는 두드러지게 묘사가 치밀하고 구성이 단단한 편이다.

김동리의 「山祭」(『중앙』, 1936. 9)는 태평이영감의 죽음으로 시작되는 작품으로, 태평이영감의 삶이 완전히 자연과 하나가 된 순박한 삶이었음을 그려내어 풍수지리 사상을 잘 드러낸다. 이태준의 「鐵路」(『여성』, 1936. 10)는 송전에서 물고기를 잡아 생활하는 철수가 여름 방학마다 별장에 오는 처녀를 사모하여 처녀가 요구하는 생홍합을 힘을 다해 따다 주는 노력을 보이기는 하나 처녀가 너무 무식한 것이 드러나자 관심을 접는다는 반전을 보인다. 김소엽의 「누님」(『조선문학』, 1936. 11)의 주인공 남순은 어렸을 때 이웃집 삼봉이가 쏜 화살을 맞아 애꾸눈이 되어 학교도 쫓겨나고 주위 사람들에게 놀림감이 되었다가 시집을 갔으나 소박맞아 식모살이, 여공살이, 제지공장 건설 현장의 밥집 일 등을 하게 된다. 친정아버지가 임종하면서 사위에게 딸을 다시 데리고 살겠다는 약속을 받아낸 것도 무위로 돌아가고 만다. 누님의 기구한 삶으로 인한 아버지의 한은 연민을 자아내게 한다.

이선희(李善熙)의 「計算書」(『조광』, 1937. 3)에서 다리가 불구인 부인은 남편이 자기에게 무심하고 바람피우는 것을 고민한 끝에 이혼에 따른 계산서를 작성하고 만주로 떠나간다. 만주 이주 모티프를 설정한 소설 대부분이 가난 극복을 목표로 하는 것과 대조적이다. 채만식의 「어러죽은 모나리사」(『사해공론』, 1937. 3)는 몸뿐만 아니라 마음도 불구인 농민의 딸을 주인공으로 세웠다. 소경이 된 오목이는 5년 동안 일본과 부산의 공장을 떠돌아다니며 헛바람이 들어 돌아온 금출이를 사모한 나머지 부모 강요로 다른 남자에게 시집가기 전날 금출네를 가다가 쓰러져 동사하고 만다.

이봉구의 「木花」(『비판』, 1938. 4)는 갱생부락 용안골 농민들이 아내들이 아침에 나가 밤늦게까지 일하고 밥 얻어 온 것으로 연명하기 바쁜 지경인데도 관청에서 자꾸 목화를 심으라고 하는 것이 원인적 사건이 된다. 덕삼이는 목화를 심지 않고 보리를 심었다가 관청에 불려 가 혼나고 서약서를 쓰고 나온다. 목화 농사는 잘되었으나 농민들은 진 빚이 많아 모두 차압당하고 만다. 덕삼이 처는 향기가 넘치고 탐스러운 목화밭 앞에서 못 가진 자의 설움에 마냥 통곡한다.

제가심고 제가길러가귀쓰나 마음대로 하지못한다는게 알고도모를 새로운 「법률」의표시엿다. 해마다 밀니여넘겨오든빗이며 보리한말 가라보지 못한덕분에 장리보리가 덩치가되여섯내 이런슬픔을 매저노핫다.

　밤이면 안해가 목화밭에서 패말을붓잡고 쎄저린통곡을 내노흠은제가 길러 쓰되 제마음대로 한송이　거보지못하는 서름속에서 나오는것이리라.

　용안골을싸고돈 들밭에는 목화가 터질대로 터저나와 달밤이면 함박눈이 싸혀나리는것가튼 곱고도 아름다운 꽃밭을 이루워쓰며 목화꽃의 그윽한 향기들을 넘쳐마을로 수며드려 집집마다 자최업는실망이 새어나오는어느소슬 한달밤[510]

　비슷한 시기에 이효석은 메밀꽃에서 사랑의 에피소드를 만들어내어 「모밀꽃 필 무렵」(『조광』, 1936. 10)을 써내었으나 이봉구는 아름답기 짝이 없는 목화밭에서 농민들의 피눈물을 목격했던 것이다. 「모밀꽃 필 무렵」은 허생원과 성서방네 처녀의 재회라는 소설의 결말 이후의 장면을 독자의 상상에 맡겼다. 달빛이 쏟아지는 모밀꽃 밭과 과거를 미화하는 허생원의 심사, 늙어서도 암내를 쫓는 나귀와 과거를 잊지 못하는 허생원, 허생원과 조선달의 친구 사이, 작중 대화 부분과 지문 부분의 비슷한 비중 등과 같이 이 소설은 조화와 동화의 미학으로 구조화되었다.

　현덕의 「驚蟄」(『조선일보』, 1938. 4. 10~23)에서 노마 아버지는 몸이 아프게 되어 그동안 갈던 논을 여러 사람이 탐내던 끝에 홍서가 차지하게 되자 아내와 홍서의 사이를 의심하게 된다. 노마 아버지의 외로움을 깊이 있게 그린 심리소설이다.

　김남천의 「美談」(『비판』, 1938. 6)은 여종의 몸에서 태어난 박완수가 근면 성실한 소작인으로 소문나 물지게꾼과 사돈을 맺었으나 금광에 미쳐 마침내 아내와 며느리까지 강가 금 캐는 곳에 내보냈다가 금광 폭약이 터져 사망하는 사건소설이다. 「鐵嶺까치」(『조광』, 1938. 10)는 무엇 하는 사람

---

510) 『비판』, 1938. 4. p. 127.

인지 밝혀지지 않은 '내'가 양덕 역에서 성천행 기차를 타고 가는 도중에 만주 철령에 있는 아들을 만나러 가는 노인과 과부인 맏며느리와 대화를 나누다가 사과 봉지를 주고 신성천에서 내리면서 잘 갔다 오라고 인사한다는 만주이민소설이다. 「장날」(『문장』, 1939. 6)은 서두성이라는 20대의 농민이 평소 미색으로 소문난 그의 아내가 소의사인 김종칠과 통정한 것으로 오해한 끝에 김종칠을 찔러 죽이려다 오히려 자기가 죽는 것을 원인적 사건으로 세우고 있다. 「장날」은 "소거간이 사법주임에게 본 대로 하는 이야기" "의사가 만든 해부검사, 진단의 보고기록 중 한 두절" "서두성이와 같은 오래에 사는 송관순이의 참고 심문서" "병원에 누운채 김종칠이 사법주임에게 하는 고백담" "서두성의 아내 보비의 에누리" "무당의 입을 빌려 서두성이 하는 이야기" 등으로 구성되어 있다. 증언, 해부 보고서, 참고 심문서, 고백담, 굿 등 여러 가지 양식이 종합되었다. 비중이 비슷비슷한 초점화자가 여러 명 등장하는 셈이다. 해방 이전 우리 소설에서 「장날」과 같은 서술 방법으로 구성된 예를 찾기란 쉽지 않다. 「장날」은 단편소설임에도 '소설은 다성악적 서술 양식'이라는 바흐친류의 명제를 입증해주는 결정적인 자료가 된다. 소설 「장날」보다 조금 앞서 평론 「현대조선소설의 이념—로만개조에 대한 일 작가의 각서」(『조선일보』, 1938. 9. 10~18)에서 종합문학론으로 로만개조론의 대안을 제시한 김남천은 새로운 양식의 소설을 스스로 써내었다.

채만식의 「쑥국새」(『여성』, 1938. 7)는 미럭쇠라는 나무꾼이 점례의 사랑을 물리치고 남순이를 좋아하여 납채 30원을 갚아주고 결혼했으나 남순이는 처녀 때부터 사랑하던 종수와 정을 통한 것이 들통 나 자살한다는 비극적 플롯을 취했다. 미럭쇠는 배신한 남순이를 혼낸다고 하면서도 술로만 분을 삭였는데 남순이가 자살하고 만 것이다. 미럭쇠는 남순이의 묘에 가 과거를 회상하면서 남순이가 쑥국새로 환생했으면 하는 생각에 젖기도 한다. 미럭쇠는 마냥 착한 것인가 아니면 어리석은 것인가 작가는 묻고 있다.

최명익으로서는 예외적이라 할 수 있는 농촌소설 「봄과 新作路」(『조광』, 1939. 1)는 열다섯에 같이 시집온 유감이와 금녀가 하루에 두 번씩 거의 같은 시간에 우물가에 와 기름 묻은 손과 머리를 씻고 가는 자동차 운전수로부터 농락당하는 것을 중심사건으로 설정하였다. 유감이 남편 춘삼이는 소박한 농부로, 자동차 운전수에게 여러 가지 피해와 모욕을 당했고 두 살이나 어린 신랑과 사는 금녀는 운전수의 꼬임에 빠져 성관계를 맺고 성병을 얻어 죽고 만다. 마을 사람들은 금녀가 운전수와 관계 맺은 일을 모르고 있으니 금녀를 죽음으로 몬 병의 이름도 모른다. 이 작품에서도 최명익은 작중인물이나 사건을 효과적으로 성격화하기 위해 동물의 존재에 탁의하는 방법을 썼다. 금녀가 죽기 전날 송아지가 아카시아나무를 먹고 죽은 사건이 난다. 금녀의 상여를 따라가던 한 농민이 "이전에 없든 병두 다 서양서 건너왔다거든"[511] 하고 말하고 춘삼이가 "그놈의 병두 자동차 타구왔다든가?" 하고 응수하는 부분은 "신작로"로 상징되는 근대성과 서양풍이 병원체(病原體)로 작용하고 있음을 보여준다.

　이북명의 「七星巖」(『조선문학』, 1939. 3)은 시련이 많은 순박한 농민의 모습을 제시했다. "곰"이라는 별명의 농민 명찬은 10년 전에 부모와 약혼자 순돌을 잃고, 몇 년간 박창근의 데릴사위로 화전을 천 평 이상 만들 정도로 열심히 일하면서 아내 귀인순을 극진히 사랑했으나 또 물난리와 산사태로 귀인순 일가를 다 잃고 만다. 그는 매일 칠성암에 올라 그리워하다가 몇 년 후 재혼한다.

　이기영은 「少婦」(『문장』, 1939. 4)를 응백의 아내 상금이 구장 아들 태수와 야반도주하다 실패한 사건이, 그 속편인 「歸農」(『조광』, 1939. 12)은 상금의 남편 응백이 서울서 학교를 졸업하고 귀향하여 선비 농사짓는 관실에게 가르침을 받은 끝에 서울로 유학 가 여학생과 사귀면서 상금과 이혼

---

511) 『조광』, 1939. 1, p. 292.

하겠다는 결심을 전하는 사건이, 「權書房」(『가정지우』, 1939. 5)은 부지런한 것으로 소문난 농부 권서방의 아내 음전이가 자의로 산감의 첩으로 가버리는 사건이 이끌고 가도록 하였다. 이처럼 이기영은 농민을 주인공으로 하여 주로 빈궁소설이나 지주-소작인 대립소설로 만들어내던 태도에서 남녀사랑소설로 방향을 바꾸었다. 남녀 사이의 애정 문제에 대한 관심은 이미 『고향』에서 다양하고도 비중 있게 나타난 바 있다.

최태응(崔泰應)의 「바보 용칠이」(『문장』, 1939. 4)에서는 용칠이의 아내 필녀가 목화를 도둑질하러 갔다가 숙근이에게 들켜 무마하는 조건으로 관계를 맺은 후 자주 만나는 사이가 된 것을 남편 용칠이가 알고 숙근에게 필녀 몸값으로 5백 냥을 요구했다가 당장 돈 마련이 어렵다는 말을 듣는다. 용칠이는 필녀를 친정으로 데리고 가서 남겨두고 오려 했으나 처갓집으로부터 대접을 잘 받고 난 후, 마음이 달라져 필녀를 데리고 멀리 다른 곳으로 이사 가게 된다. 작가는 용칠이가 정말 바보인가를 묻고 있다. 농촌을 배경으로 하여 아내의 간통을 원인적 사건으로 설정하였으나 아내를 용서하고 사랑하는 것으로 매듭지은 소설이다. 최태응의 「봄」(『문장』, 1939. 9)은 숯을 굽는 사내가 몇 년간 돈을 모아 팔려간 부인을 찾아온다는 미담을 들려준다.

김동리의 「찔레꽃」(『문장』, 1939. 7)은 막내딸인 순녀가 시집을 가서 애를 둘 낳고 2년 전 만주로 간 남편을 찾으러 마을을 떠나간다는 슬픈 이야기로 되어 있다. 이북명의 「野會」(『동아일보』, 1939. 7. 28~8. 18)는 중국 사람이 인간의 육체 서른여섯 군데에 붙여 만든 것으로 꿈꾼 내용을 해석하는 것에서 시작하는 독특한 도박인 야회에 직업과 빈부를 막론하고 온 마을 사람들이 빠져든 현상을 그리면서 함흥의 한 거상으로 H동리에 와 술집을 내어 많은 돈을 번 한재주가 야회에 미치자 그 아들과 딸이 주재소에 일러 붙잡혀간다는 것으로 마무리지었다.

(나) 비판적 리얼리즘에의 도달

　계용묵의 「墻壁」(『조선문단』, 1935. 12)에서 백정을 대물림하는 집안의
부인은 남편의 삼년상을 치른 후 생전에 남편이 사용했던 곱장칼을 산속
에 묻고 아들과 딸을 데리고 40리 밖의 마을로 이주하여 마을 사람들과
어울려 지내려고 노력한다. 그러나 마을 사람들이 자기네 신분을 눈치채
고 따돌림하는 것으로 판단하고는 다시 먼 곳으로 이주하게 된다. 실제로
백정의 후손을 주인공으로 삼은 소설이 드문 점에서 「장벽」은 자료적 가치
를 확보하게 된다.

　이효석의 「粉女」(『중앙』, 1936. 1~2)는 명준·만갑·천수·상구, 중국
인 왕가 등 여러 남자와 성관계를 맺는 분녀를 여주인공으로 설정하면서도
정작 남성 인물들을 단순한 성욕의 포로로만 그리는 데서 만족하지 않고
시대적 성격이 분명한 존재로 그리는 데까지 나아갔다. 묘포에서 일하다가
만주로 가 금광을 얻어보겠다고 간 명준이나 학교 모범생으로 독서회 활동
을 하다가 분녀에게 불온서적을 맡기고 감옥으로 간 상구는 시대적 부호로
볼 수 있다. 끝에 가면 분녀는 만주에서 돌아온 첫 남자인 명준에게 돌아
갈 듯한 암시를 남긴다. 「山」(『삼천리』, 1936. 1~3)은 칠팔 년 김영감 집
에서 머슴 살면서 사경 한 푼 받은 적이 없는데도 김영감 첩과 수상한 짓
을 한다는 혐의를 쓰고 쫓겨난 중실이 산속에서 마음을 달래는 장면을 비
중 있게 보여준다. 중실이 장에 가서 나무를 팔고 다시 산속으로 들어와
이웃집 용녀를 데리고 올 상상을 하며 하늘의 별과 동화되는 것을 느끼는
것으로 끝나고 있어 시적 소설의 가능성을 열어 보인다. 「들」(『신동아』,
1936. 3)에서는 이효석이 「산」과 같은 여러 소설에서 자연에 빠져드는 장
면을 과다하게 설정한 심리적 배경이 밝혀진다. 자연을 예찬하고는 있으나
이효석을 단순한 전원주의자로 보기는 어렵다. 이효석은 자연에 가까이 함
으로써 머리를 식히거나 현실 해결 방법을 암시받고자 하는 발상법을 취한
다. 주인공 '나'는 불온서적을 읽은 혐의로 학교에서 쫓겨나 고향에 와서 문

수를 의식화하기 전에 들을 발견하고 자연의 형이상학에 눈을 뜨게 된다.

　자연과 벗하게됨은 생활에서의 퇴각을 의미하는 것일까. 식물적 애정은
반다시 동물적열정이 진한곳에 오는것일까. 학교를 쫓기우고 서울을 물러오
게 된까닭으로 자연을 사랑하게 된 것일까. 그러나 동물들과 골방에서 만나
고 눈을기워 거리를 돌아치다 붙들리고 뛰다 잡히우고 쫓기우고- 하였을 때
의 열정이나 지금에 들을 사랑하는 열정이나 일반이다. 지금의 이기쁨은 그
때의 그기쁨과도 흡사한것이다. 신념에 목숨을 받히는 영웅이라고 인간이상
이 아닐것과같이 들을사랑하는 졸부라고 인간이하는 아닐것이다. 아직도 굳
은신념을 가지면서 지난 날에 보던책들을 들척어리다가도 문득 정신을놓고
의미없이 하늘을 우러러보는 때가많다[512]

　주인을 미친개로부터 보호하기 위해 미친개를 물어 죽이고 자신도 광견
이 되어 개백정에게 잡혀 죽은 개를 "황공"으로 부르게 되었다는 심훈의
「黃公의 最後」(『신동아』, 1936. 1)는 인간세계에 불신과 배반의 풍조가 짙
게 깔려 있음을 반증한다.
　김정한(金廷漢)[513]의「寺下村」(『조선일보』, 1936. 1. 9~23)은 1930년대의

---

512) 『신동아』, 1936. 3, pp. 214~15.
513) 1908년에 경상남도 동래군에서 출생, 중앙고보 입학(1923), 동래고보로 전학(1924), 조
　　분금과 결혼(1927), 동래고보 졸업 후 양산대현공립보통학교 교원 취임(1928), 동경 와세
　　다 대학 부속 제일고등학원 문과 입학(1930), 『조선시단』『신계단』 등에 시와 단편소설
　　「구제사업」 발표(1931), 귀국 후 양산 농민봉기사건에 연루되어 피검(1932), 남해공립보
　　통학교 교원 취임(1933), 교원직 사직하고『동아일보』 동래지국 운영하던 중 치안유지법
　　위반으로 피검, 붓을 꺾고 경남도청 상공과 산하 면포조합 서기로 취직(1940), 해방 직후
　　건국준비위원회 경남지부 문화부 책임자로 활동(1945), 문학가동맹 및 문화단체총연합회
　　경남지부 부지부장으로 활동(1946), 부산대학교 조교수로 발령(1950), 5·16으로 학교에
　　서 물러났다가 복직(1965), 한국문인협회 및 예총 부산지부장(1967), 자유실천문인협의
　　회 고문, 민주회복국민회의 대표위원(1974), 민족문학작가회의 회장(1987), 1996년에 부
　　산에서 사망, 아호는 樂山(강진호 편저, 『김정한』, 새미, 2002, pp. 309~12 참고).

성동리 보광사에 딸린 마을을 배경으로 하여 농민들이 승려 신분인 지주의 횡포와 가난과 가뭄 등 삼중고에 시달리는 모습을 그려내는 데 치중하였다. 앞부분에서부터 이러한 비극성은 지렁이 한 마리에 새까맣게 달라붙은 개미 떼, 기둥이 뒤틀리고 문이 돌아가버린 오막집, 배배 뒤틀린 고목, 배고파 울다 목이 쉰 어린애, 류머티즘이 고질병처럼 되어버린 노인 등과 같은 존재에 의해 실감이 큰 상징성realistic symbol을 획득한다. 이 작품은 당시에 드문 비판적 리얼리즘을 보여준다. 치삼노인의 아들 들깨는 극심한 가뭄에 물을 자기네 논에만 대려고 하는 지주 승려들과 싸우는 저항적 태도를 잘 보여준다. 들깨는 중에게 반항을 하면 가차 없이 절논을 떼이고 마는 현실을 잘 알면서도 중간에서 자기네 쪽으로 물을 대는 중들과 싸우기를 마다하지 않는다. 류머티즘으로 고생하는 치삼노인은 아들 들깨가 보광사 중들과 면장을 욕하자 "자긔들이 부치는 절논중 제일물조은 두마지기는 자긔가 젊엇슬때, 자손대대로 복 밧고 극락간다는 중의 꼬임에 속아서 그만 불전에, 아니 보광사(普光寺)에 시주한 것이기 때문이다"[514]와 같이 젊은 시절 자신의 어리석음을 떠올린다. 김정한의 소설을 만드는 동력은 부당한 부자·권력자·지배자들을 향한 반감에서 찾을 수 있다. 성동리의 유력자 쇠다리주사, 면서기이며 농사조합 평의원인 진수, 주재소의 고자쟁이인 이시봉 등도 중지주 편을 들어 농민들을 협박하고 착취하는 존재로 그려지고 있다. 기운 세기로 이름난 고서방마저도 중들과 싸우는 와중에서 중들의 편을 드는 조합 서기 기봉이로부터 얻어맞고 주재소로 끌려가게 되자 자존심이나 창피함을 팽개치고 용서를 빌면서 땅이 떨어지는 것이 아닌가 하는 불안감에 휩싸이게 된다. 매 맞는 현재의 고통보다도 앞날의 굶주림에 대한 공포가 더 크다. 지주 승려들이 있는 보광사에서 간평을 나와 과도한 세금과 비료 대금을 부과한 것에 마을 농민들은 집단적으로 연기

514) 『조선일보』, 1936. 1. 8.

신청을 하였지만 기어이 차압 딱지가 붙고 만다. 이 소설의 결말은 들깨·철한이·또쭐이 등 농민들이 차압을 취소하고 소작료를 면제해달라는 건의를 하기 위해 보광사 쪽을 향해 쳐들어가는 것으로 처리된다. 「그물」에서와 마찬가지로 김정한은 농민들에게 좋은 일이 생기리라고 낙관하고 있지는 않다.

김정한의 「옥심이」(『조선일보』, 1936. 6. 18~7. 1)는 문둥병에 걸려 움막에 따로 사는 남편과 자식을 버리고 옥심이 공사장의 안십장과 애정도피했다가 얼마 후에 자식이 보고 싶어 다시 돌아온다는 줄거리로 되어 있다. 백암사로 통하는 신작로 공사장에 백암사 소작인들이 강제 동원되어 노동하는 모습이 첫 장면을 장식한다. 두미산 넓은 들판이 거의 다 백암사 승려의 토지가 되어버렸기 때문에 소작인들이 그 눈치를 보지 않을 수가 없게 되었다. 옥심이가 안십장과 도망갔을 때 옥심이 시아버지 허서방은 10년이나 부쳐오던 절논의 소작권을 박탈당하는 조치를 받게 된다. 「옥심이」의 메인 스토리는 옥심이의 탈선과 귀가로 요약될 수 있긴 하지만, 「그물」과 「사하촌」에서 필수 모티프의 기능을 보여주었던 승려 지주의 횡포를 자유 모티프로 처리해 보여준다. 「사하촌」이 지주와 소작인의 대결담으로 귀결된 데 반해 「옥심이」는 지주를 향한 소작인의 저항은 설정하지 않았다.

「抗進記」(『조선일보』, 1937. 1. 27~2. 11)는 두 가지의 큰 갈등을 보여준다. 뜻을 같이하는 박첨지와 둘째 아들 두호가 사회주의자를 자처하는 큰아들 태호를 비판하는 것이 하나의 갈등이라면 두호가 자기네 논의 소작권을 빼앗으려는 마름과 맞서 싸우는 것이 다른 하나의 갈등이다. 이 소설의 제목은 박첨지 부자와 사음의 갈등을 암시하는 것으로 볼 수 있지만, 부자간의 사상 갈등과 형제간의 이념 갈등을 드러내는 데도 큰 비중을 두었다고 할 수 있다. 둘째 아들 두호가 소작권 반환 요구를 묵살해버린 채 수십 명의 야학 후원회원을 동원하여 모내기를 강행하는 사건, 행패를 부리는 사음을 두호가 뿌리치는 사건은 몇 년 전에 발표되었던 「그물」에서 볼 수 있었다. 작중화자가 "사음녀석"이라고 여러 번 부르는 것과 같이 작가 김정한은 노골적으로 소작농의 편을 들고 있다. 「항진기」는 지주나 사음 외에 다른 인물도 적으로 설정한 점에서 「그물」「사하촌」「옥심이」와는 다르다. 『조선일보』의 1937년 2월 4일분을 보면 당시에 열심히 농사를 짓는 농민들의 타자적 존재에 '주의자'도 포함되어 있음을 알 수 있다. 가사든 농사든 나 몰라라 하고 자나 깨나 사상 타령만 하는 형 태호를 향해 동생 두호는 가산을 망쳤다든가 입으로만 주의자 행세를 한다고 비난한다. 이에 형은 봉건적 인식의 소유자라고 동생을 질타한다. 두호가 "레닌의 조직론만 읽으면 만사가 해결되는 줄 아오? 조직업시는 아무 일도 못한다고 노상 한탄만 햇지, 이 지방을 위해서 무슨 조직체 하나 맹글어봣소?"라고 날카롭게 찔러대자 태호는 지방 정세가 허용하지 않은 것을 어떻게 하느냐고 자기 한계를 드러낸다. 그러자 두호는 제발 햄릿 같은 인물은 되지 말라고 경고한다. 큰아들 태호는 동생에게만 시달리는 것이 아니다. 아버지로부터는 취직하든가 농사일을 도와주든가 하라는 잔소리를 수없이 들어오던 차였다.

취직자리를 구해보라고 그처럼 타일러도 도모지 그럴 넘도 안먹고, 그러타고 집안일이나 거덧느냐하면 그것도 하지안코 밤낮 펀둥펀둥 잣바저놀면서 남이 붓끄러우니깐 괜히 두삼이나 차저다니며 ××주의니 뭐니하고 시시덕거리니 그게 어듸 될말인가! 에이 참 더러운 꼴을 다 보겟네. 괜히 두삼이본을 바다가지고서……이놈아 그래 두삼이가 무슨 ××주의를 하드냐? 술이나 처먹고 갈보무릅을 베고 누어서 네말맛다나 축음기소리에 눈물흘리는 그것이 ××주읜가? 갑싼 눈물! 그냥 놀고 처먹을랴니 남부끄러워서 하는 부자집 자식들의 그 엄청난 잠꼬대! 어느놈이 그것을 ××주의라고 하디? 참말로 공산주의자가 듯는다면 배를 안고 나잣버질것일세[515)]

박첨지와 두호가 장마통에 쓰러져 누운 보리를 거두어들이느라고 비지땀을 흘리는 바로 그 시간에 태호와 칠촌 아저씨와 농촌지도원 영애는 뱃전에서 음주가무하는 행태를 보인다. 결국 동생 두호는 승리자로, 형 태호는 패배자로 귀착된다. 형은 동생에게 보낸 편지 속에서 "공상가"인 자신은 "생활의 인" "실행의 인"인 동생을 본받아 취직하겠다고 하였고 영애도 동생을 그리워한다고 고백하였다. 김정한은 큰 것을 꿈꾸는 주의자보다는 조그만 일이라도 열심히 하는 농민의 손을 들어주었다.

「岐路」(『조선일보』, 1938. 6. 2~22)는 술장수 생활을 청산하고 두보 부부가 개골로 와 죽마고우였던 만식의 도움으로 수도 저수지 공사장 석수장이 일을 하다가 사용자 편에 있는 만식과 삯전 문제로 사이가 갈라지는 것이 원인적 사건으로 설정된다. 두보가 저수지 언막이 파괴 혐의로 감옥에 갔다 온 사이에 아내 은파는 만식의 유혹에 빠져 같이 도망가다가 아들 일남이가 눈에 밟혀 다시 돌아왔으나 일남이는 이제 막 출옥한 아버지 두보가 어디론가 데리고 가버린다. 만식은 처음에는 두보에게 원조자가 되었으나 시간이 가면서 대립자가 되었고 나중에는 두보의 처를 데리고 도망갈 정도로 원수가 되었다. 두보가 감옥에 가기 전 두 사람은 격렬한 토론을 벌였었다. 두보가 노동자를 대변하여 "귀신이야 아니지만, 바로 노동기게지. 인간으로선 이미 신단지햇고, 그저 기게로서만 산 셈이지!"라고 하자 만식은 현재 상태에 만족해야 한다고 응수했다. 다시 두보가 "그건 바로 니-체가 말한바와 가티 현실회피의비겁한 노예주의거던. 아무리 경우가 딱하기로니 인간까지야 버릴수 있나온—" 공격하자 만식은 "자네도그따위 니-체니 인간성이니들어허내던지고서 절박한 현실부터 다시 리해해야될걸세"[516]와 같이 '현실'을 들먹거리며 "플타크"의 영웅전을 읽어보라고 되받

---

515) 위의 신문, 1937. 2. 3.
516) 위의 신문, 1938. 6. 12.

아쳤다. 노동자인 두보가 니체를, 사용자 편에 있는 만식이 플루타르코스를 각자의 삶의 교과서로 내세운 것은 다소 부자연스럽긴 하지만 1930년대의 노사갈등을 새롭게 보게 하는 효과가 있기는 하다.

박노갑은 1930년대 후반과 1940년대 전반기에 걸쳐 「둑이 터지든 날」(『사해공론』, 1936. 1), 「마을의 移動」(『조선중앙일보』, 1936. 1. 31～4. 10), 「春甫의 得失」(『조선문학』, 1936. 10) 등 많은 농촌소설을 써낸 기록을 갖고 있다. 「마을의 이동」은 "갈리기 전" "갈림 1-9" "합한 뒤"로 구성되어 있는데 상순·춘명·동명·덕천·종천 등 여러 농민이 소작지 문제, 상권 문제, 양식 꾸어 오는 문제 등 때문에 의가 갈려 지내다가 나중에 화해하여 금점꾼의 길을 떠나는 과정을 보여준다. 이 소설은 갈림 1(상순과 성삼), 갈림 2(상순과 종천), 갈림 3(성삼과 춘명), 갈림 4(종천이와 춘명이), 갈림 5(상순아낙과 동명아낙), 갈림 6(성삼과 덕천), 갈림 7(동명과 춘명), 갈림 8(종천아낙과 덕천아낙), 갈림 9(덕천과 동명) 등으로 구성되었다. 물론 금점꾼의 길이 희망에 넘치고 자발적으로 선택한 것은 아니다. "수침 짓는 놈뿐인가. 촌놈 먹을 것 없는 놈은 그 밖에 갈데 있겠나! 차비나 톡톡히 있으면 도회지 공장에도 간다데만, 촌놈이 대도회지에서 가서 붙는 놈이 몇이나 되겠나! 공장도 꼭꼭하고 자리가 없다데. 만주를 가려도 관청반련이 있어야 하고…"[517]라는 동명의 말은 농민들의 형편을 잘 대변해준다. 「춘보의 득실」은 장에 가는 길에 돈 백 원이 든 지갑을 주운 농민 춘보가 가난과 양심 사이에서 갈등을 겪고 있음을 보여준다. 춘보는 돈을 갖고 멀리 도망갈 생각도 해보았고 울타리를 칠 생각도 해본다. 그러다가 지갑 임자가 찾아와 자기 논을 반 갈라주겠다는 말을 하자 지갑을 도로 내주었으나 끝내 지갑 주인은 돌아오지 않는다. 작품 제목과는 달리 춘보는 잠시 공상에 빠졌을 뿐 얻은 것도 없고 양심도 잠깐 잃어버린 꼴이 되고

---

517) 『박노갑 전집 2』, 깊은샘, 1989. p. 80.

만 것이다. 박노갑은 이들 작품들을 통해 당시 농촌을 배경으로 하여 농민들의 삶의 문제점을 고루고루 들추어냈고 고유어와 방언을 적극 구사함으로써 실감을 높이는 결과를 가져왔다.

한인택의 「黑點」(『조선문학』, 1936. 5)에서 '흑점'은 마을의 가장 큰 부자요 강습소 설립자이고 면협 의원으로 형의 재산을 가로채고 조카 경희를 미친 여자로 몰아간 조선달을 비유한 것이다. 이 동네에 강습소 교사로 온 지 얼마 안 된 영수는 서울에서 감옥에 두 번이나 갔다 온 사이에 친구의 아내가 되었다가 과부가 된 경희를 보호하기 위해 경희와 영수를 마을에서 내쫓으려는 조선달을 폭행한다. 영수가 감옥 생활을 한 이유는 명시되지 않았다. 한인택의 「앵도나무」(『조광』, 1937. 12)는 감옥에서 나오자 동경으로 유학 간 용호의 18세 된 보통학교 출신의 여동생 경난을 내레이터로 설정하였다. 어려서부터 오빠에게 힘으로나 공부로나 꼼짝 못했던 곽참봉 아들 명칠은 방학 때 고향에 와서 경난에게 동경 유학 가라고 하면서 청혼한다. 용호는 편지를 통해 명칠의 사기성을 조심하라고 타이른다. 명칠은 경난이네 앵두나무에 새가 많이 오는 것을 잡겠다는 핑계로 공기총을 들고 오기도 하고 경난을 범하려다 경난의 고함 소리에 뜻을 이루지 못한다. 비록 아버지가 심고 오랫동안 물질적으로도 도움을 주었던 앵두나무이지만 명칠이 오는 것을 근본적으로 막아내기 위해 경난은 앵두나무를 베어버리고 영문을 모르는 어머니에게 얻어맞는다.

한인택의 「漁火」(『조광』, 1937. 8)는 밑바닥이 뚫린 항아리에 물을 넣는 것은 인생의 모순이라고 하면서 "밑빠진 항아리를 천쪼각 만쪼각으로 깨뜨려버릴 열정과 노력이 있어야된다. 그러한 열정과 노력이 있어야 모순된 생활을 청산할 새로운 방정식을 창조하는 푸로로그가 되는까닭으로—"[518] 와 같은 새로운 정어리공장 노동자의 계몽 내용을 앞부분에 배치한다. 수

518) 『조광』, 1937. 8, p. 174.

돌과 칠성바위가 주동이 되어 "석도은어 공동판매소"를 만들고 난 후 결국 "그이튿날밤도 그다음날밤도 청용봉밑 해변가에는 고기잡이 횃불들이 송이 송이 넘놀고 그들이 애를써가며 잡은 은어는 그들의 손으로 조금도 지장이 없이 잘파리였다"[519]와 같은 변화가 나타나게 된다. 마을 어민들은 일치단결하여 혜산을 비롯한 여러 시장으로 은어를 직접 팔러 나갔던 것이다. 한인택의 「災怨」(『농업조선』, 1938. 7)에도 악덕 지주에 반항하는 소작인이 등장하고 있으나 이때의 소작인은 지주에 대한 반감과 늙고 병든 아버지를 모시고 살아야 하는 적응 심리를 동시에 지닌다. 주인공 명칠은 수재가 났을 때 지주 곽참봉의 제방 때문에 형제들이 희생당하고 아버지는 자살하려고 강물에 몸을 던졌다가 눈이 머는 일을 겪는다. 명칠은 지주의 잘못을 지적하며 대드는 상수에게 비겁한 인간이라는 욕을 들으면서 따귀를 맞는 수모를 겪는다. 명칠에게는 수재로 인한 원한은 내면에 쌓여 있을 뿐이다. "명칠이 자신도 물론 무능과 순종으로살어가는 그들중의 한사람이엇스나 자기의 개성을 죽여 가면서까지 먹을것을위하야 굶주린창자를 위하야 허덕이는 동내사람들이 한편으로는 가엽게 뵈엿고 한편으로는 끝없이 미웟다"[520]는 구절은 명칠의 이중 심리뿐 아니라 당시 대다수의 농민 심리를 대변한다.

한인택의 「天才와 惡戲」(『조광』, 1938. 10)는 유치원 보모인 여성 화자가 남편을 "천재"라고 부르고 시아버지는 완고하고 호령 잘 치는 양반이라고 비판하는 데서 시작한다. 남편이 아버지의 고집을 꺾고 서울로 가 중학교 과정을 마친 후 동경으로 갔으나 학교보다는 온천이나 해수욕장을 돌아다니다가 법학사가 되어 돌아온 것임에도 아버지는 장원 급제했다고 잔치를 벌인다. 남편은 시골에서 인쇄소를 경영하고 면협 의원도 하면서 서울

---

519) 위의 책, p. 188.
520) 『농업조선』, 1938. 7, p. 84.

가서 기생첩을 얻어 왔으나 그 기생은 한 달도 못 되어 서울로 가버린다. 결국 남편은 가까이했던 주막거리 색시 옥향이가 자살한 것을 계기로 이혼하게 된다. 화자는 남편의 행위를 비꼬는 투로 "천재적인 악희"라고 부른다. 처음부터 남편의 천재적인 난봉은 돈이 없으면 되지 않는 것이었다. 아내는 돈＝학력＝양반이라는 도식을 세우고 있다. 한인택의 「春怨」(『조광』, 1938. 4)에서 남편 용돌에게 50원을 받아 친정 부모를 북간도로 보낸 분섬은 병든 시어머니를 극진히 간호한다. 용돌이 노름과 계집질에 미치자 분섬은 가출하여 서울로 가 식모살이 하다가 어느 날 신문에서 용돌이 술집 여자를 살해했다는 기사를 보게 된다.

　한설야의 「洪水」(『조선문학』, 1936. 5)는 이미 같은 제목으로 발표된 바 있는 「홍수」(『동아일보』, 1928. 1. 2~6)와 비슷한 이야기를 들려준다. 1928년 작 「홍수」에서는 되놈의 동이 인재를 빚어내었던 것처럼 1936년 작에서는 일본인 지주 사사끼의 동이 조선인 김갑산동의 농민들을 인재로서의 홍수 속으로 몰아넣는 결과를 빚어낸다. 김갑산동의 농민들은 일본인 지주 앞에서 자포자기 상태에 빠지고 만다. 홍수 모티프는 제 땅이 없는 농민들의 가난과 절망을 부각시켜주는 매개체가 된다. 한설야의 「부역」 (『조선문학』, 1937. 6)[521]은 지주 김갑산의 건부역 강요로 마을 농민들이 나오긴 했으나 대가를 바라는 문제로 신구 세대가 대립하는 분위기를 제시하였다. 한설야는 방둑 보수 공사를 구체적으로 묘사하거나 사사끼 교장이 기술에게 갱생 부락과 모범 부락 건설이 대세라고 하면서 농촌 문제를 상세하게 열거하게 한다.

　　교장선생은 농촌에서자란 자기보다도 더소상히 농촌사정을 설명하드라는

---

521) 『조선문학』, 1937. 6, p. 19. "作者附記-이것은 中篇「濁流」의 第二部다. 이것으로도 떠러진한개의 短篇이될줄아나, 第一部「洪水」(朝鮮文學, 昨年 五月號)와 다음篇을아울러보기를 바란다."

말도 하였다. 선생이 지금 갱생부락 모범부락이 실행하고있는 여러가지일을 낱낱이헤아리는데에는 입을 딱버리지 않을수없드라고도 말하였다. 선생은 그부락인민들의 추경여행(秋耕勵行), 축산여행(養鷄, 養犬), 퇴비증산(堆肥增産), 앙판정지개량(秧板整地改良)과양상보급(揚床普及), 정조식(正條植) 등 농사개량에관한것과 부업(蠶業, 林業, 水産, 農産加工, 藁太, 運搬), 연료비림조성(燃料備林造成), 해조채취(海藻採取) 등 부대사업에관한것과 의례준칙실행(儀禮準則實行), 색복착용(色服着用), 절주절연(節酒節煙), 허례폐지(虛禮廢止), 미신타파, 근검저축, 부여자근로(屋外勞動, 機業勵行), 온돌과부엌개량, 부차근절(負債根絶) 등 생활개선에관한것과, 납세기일엄수, 자력갱생, 지방진흥, 국기게양엄수, 경노(敬老)사상등 정신작흥에관한것을 낱낱이 들어가며 설명하드란말을 길다랗게 느려대었다.[522]

「山村」(『조광』, 1938. 11)은 「부역」에서 예고되었던 것처럼 김갑산동이 사사끼 교장에게 넘어가면서 기술이네의 소작권도 박탈당하는 과정을 구체적으로 보여주었다. 사사끼동은 비상시국을 맞아 "국난타개 생업보국의 제일선에 설 모범청년을 양성하는 것"을 목표로 삼고 사업을 벌여 일시에 많은 돈을 벌어들인다. 한설야는 1930년대 후반에 들어서면서 일본인의 체계적이며 과학적인 영농 방법의 유입 때문에 재래의 조선 농촌이 해체되는 과정을 서술하는 데 힘을 쏟았다. 1930년대 후반만을 보면 이기영보다는 한설야가 조선 농촌을 심도 있게 또 심각하게 바라본 것이라고 할 수 있다.

현경준의 「鄕約村」(『비판』, 1936. 5, 7, 9, 10)에는 "그늘진 내 고향의 스켓취"란 부제가 붙어 있다. 보통학교 모범 지도생인 금석은 구장과 교장과 향약장의 말을 잘 들어 구장의 사위 자리와 금융조합 서기 자리를 보장받

---

522) 위의 책, p. 15.

은 것처럼 인식되었다. 향약회 설명회에서 향약의 기능과 향창의 기능을 설명받기는 하나 마을 농민들은 향창을 저축계 비슷한 것으로 이해한다. 향창 설치 문제에 이어 마을의 풍기 문제가 논의된다. 향약장은 다음과 같이 설명한다.

근자에 와서는 우리동리두 퍽 풍긔가 좋게 됐다구 나는 생각하오. 이전처럼 제애비나 동네이상을 몰나보는놈들은 거진 없어지고 인제사 동네가 동네답게 됐단말이오 그리구 청년후련회라던지 진흥회같은것이 차츰 일어나서 풍긔숙정이며 부업장려 비료장려 이런것들이 연달에 생겨나서 우리동내두 인제는 자력갱생의 길을 밟게 됐으니 이얼마나 좋은일이오?[523]

금석은 몇 해 전 마을을 휩쓸었던 "폭풍"을 떠올린다. 청년들은 대부분 휩쓸려 산에서 산으로 피신하여 다니고 매부 동수는 결국 산중에서 병사하고 마을 실력자들은 그 청년들을 받아들이지 말라고 했던 그 "폭풍"이었다. 구장은 금석을 데리고 향곡을 거두기 위해 상하촌 집집을 돌아다니며 향곡을 내지 않는 사람은 주재소에 명단을 적어 내겠다고 협박한다. 마을은 풍년이 나도 활기가 없고 마을 사람들은 약장, 구장, 교장 등의 협박을 현실로 받아들이면서도 젊은이들이 제기한 "사회모순론"도 인정한다. 일본 유학 갔다가 5년 만에 날건달이 되어 돌아온 약장의 아들과 구장의 딸이 통혼하게 되면서 금석은 배신감을 느끼고 충성의 끝이 허망하다는 것을 깨닫는다. 마을의 투쟁적인 젊은이들이 잡혀간 것이 약장과 구장의 밀고 때문이라는 것을 알고 금석이 구장의 멱살을 붙잡다 기절하는 것으로 소설은 끝난다.

이근영(李根榮)의 「農牛」(『신동아』, 1936. 6)는 서생원의 볼기를 치고 있

___
523) 『비판』, 1936. 7, p. 112.

는 지주 윤판서 집에 마을 농민들이 쳐들어가 서생원을 구출해내는 것으로 결말을 처리한 점에서 저항 모티프를 중심 모티프로 취한 것이 된다. 홍구의 「두레굿 놀든날」(『비판』, 1936. 3)은 추석날 술 마시고 장구 치고 춤추며 노는 두레굿날을 작중의 현재로 삼고 경수와 양임이가 부부가 되는 과정을 과거로 서술한 것으로, 농민들의 단합과 교감을 잘 감지하게 만든다.

이기영의 「비」(『백광』, 1937. 1)는 농민소설이자 기독교 광신자 비판소설이다. 홍수가 났는데도 오속장이 기도와 찬송가로만 대처하다가 논이 물에 잠긴 것에 절망하고는 과음하다가 죽는다는 것이 중심사건이다. 머슴 출신인 오속장은 모든 일을 기도와 찬송가로 처리하고 성서에 있는 대로 실천하고자 했다. 처자들 이름도 모두 수잔나, 요한 하는 식으로 성경에 나와 있는 이름으로 지었다. 이기영이 어떤 의도에서든 성경을 여러 차례 정독하였음을 암시하는 것이 이전의 기독교 비판소설과 다른 점이다. 이미 이기영은 「농부 정도룡」(1926), 「박선생」(1926), 「부흥회」(1926), 「산모」(1937) 등의 단편소설들과 장편소설 『고향』(1933~34) 등을 통해 농촌에서 빚어지는 난제들을 종교적인 방안으로는 제대로 해결할 수 없다는 주장을 한 바 있다. 「麥秋」(『조광』, 1937. 1~2)는 지주의 횡포와 지주 아들의 악행을 보고 소작인들이 불만을 토하는 것을 중심사건으로 설정하였다. 이 소설에 나타난 지주 아들 악행 모티프와 두레 모티프는 이기영의 소설에서 반복되는 모티프에 해당한다. 이기영의 그 어느 소설보다 두레 모티프를 공들여 의미화하고 있다.

이렇게 공동으로 일을해보니 훨씬 쉬운것같다. 일이 것전하게 치워지고 일꾼들의 기분도 전에 없이 유쾌해서 단합해지는 것같엇다. 〔……〕 그것은 제일 외롭지가않고, 어딘지 모르게 믿음직한 힘이 뭉처 있는 것같기도 하였다. 그들의 이러한 기분은 자연히 한데 어울려지고 절망의 탄식에서 갱생의 히망을 부둥켜안꼬싶은 공통된 의식이 막연하나마 그들의 감정의 밑바닥을

522

흐르고있었다. 그들의 공통한 사정은 오직 자기들의 손으로만 운명을 개척할수 있을것같이 생각되었다.[524]

두레의 힘과 가능성은 일찍이 단편소설 「홍수」와 장편소설 『고향』에서 제시된 바 있다. 고리대금업과 여성 편력 등의 행위를 일삼는 부정적 인물로 그려진 지주 아들 영호의 전형은 「민촌」의 박주사 아들, 「아사」의 최주사 아들에게서 찾을 수 있다.

이북명의 농촌소설 「답싸리」(『조선문학』, 1937. 1)는 농민들과 사업자의 갈등을 집요하게 추적하였다. 동네 사람들이 홍수 걱정하는 것에 아랑곳하지 않고 방천에 답싸리와 호박을 심던 호룡영감은 아들이 다니는 백화점 주인의 말이 답싸리 밭을 망친 것에 항의하다가 주인이 데리고 다니는 셰퍼드한테 물린다. 동네 영감들이 개한테 물린 데는 개고기를 먹어야 낫는다고 하자 셰퍼드를 붙잡아 와 먹은 일을 호룡영감 아들 경덕이는 백화점 주인 아들 창수에게 이실직고한다. 백화점 주인이 힘을 상징하는 존재가 되고 있거니와 호룡영감과 아들 경덕은 그 힘에 대해 저항과 적응이라는 대조적인 태도를 보인다.

채만식의 「정자나무 있는 揷話」(『농업조선』, 1939. 1)의 중심사건은 16세 때 마을을 떠나 3년 징역을 살고 10년 만에 돌아온 관수가 구렁이가 산다는 정자나무 구멍을 돌멩이로 틀어막고 마을을 떠나는 것으로 되어 있다. 관수를 좋아하는 을녀도 마을 처녀 몇 명과 함께 전주 공장으로 떠나간다. 관수는 정자나무를 생명이 없고, 기운이 없고, 긴장이 없고, 꿈속에서 헤어나지 못하는 농촌의 상징물로 파악한다. 비록 관수는 세계사적 인물의 수준에는 미치지 못하지만 생명을 찾으러 고향을 떠나간다.

김동리의 「黃土記」(『문장』, 1939. 5)는 금오산과 수리재에서 뻗어 내린

524) 『조광』, 1937. 2, p. 112.

황토마을에서 상룡설 · 쌍룡설 · 절맥설 등의 전설로 만들어진 겉 이야기를 배경으로 삼고 덕쇠와 득보의 대결담으로 요약되는 속 이야기를 중심 사건으로 삼았다. 과거의 이력이나 현재의 행태를 볼 때 덕쇠와 득보의 대립은 분이나 이설과 같은 여성을 둘러싸고 벌어지는 단순한 애정 갈등으로 보이기 쉽다. 황토골에서 자라 육십 평생 외지로 나가본 적이 없는 덕쇠와 과거에 살인과 간통을 저지르고 쫓겨 다니다가 황토골까지 굴러들어온 득보의 처절한 싸움은 이유가 분명치 않은 한계를 보이기도 한다. 굳이 토종과 외세의 대결이라고 상징화하면 작품의 격이 높아질 수도 있다.

(7) 노동자소설의 감소와 작가정신의 위축

일찍이 「기름무든 헌겁을 줍는 사람들」(『제일선』, 1932. 9)에서 신의주 임시 군용 비행장이라는 낯선 공간을 설정하여 비행장을 닦는 노동자들의 모습을 그린 강노향은 1936년에 중국을 배경으로 하여 제대로 뿌리를 내리지 못한 디아스포라의 신세가 된 조선인들의 모습을 그린 일련의 소설을 발표하였다. 「집웅밑의 新秋」(『신인문학』, 1936. 1, 1936. 3)에는 중국 상해 신서구리를 삶의 터전으로 하여 알코올 중독자, 무직자, 헤로인 밀매자, 넥타이 행상, 밀매음녀, 인쇄소 외교원, 집값 못 내 출분한 청년 등 계속 방황하는 디아스포라로서의 조선인들이 나타난다. 이들은 동포애를 나누고 있긴 하지만 하루하루 술, 도박, 마약, 폭행, 매춘에 젖어 살 뿐 내일을 기약하지 못한다. 「港口의 東쪽」(『조광』, 1936. 11)은 상해에서 공동조계 공부국 경부인 미국인 집에 하인으로 있던 중 매춘부 출신인 조선인 아내를 빼앗기고 할 수 없이 고향으로 돌아온다는 비극적 결말을 제시하였다. 강노향은 「白日夢과 船歌」(『조광』, 1936. 6), 「佛蘭西祭前夜」(『조광』, 1936. 7), 「저무는 故鄕」(『조광』, 1936. 8) 등과 같은 연작소설을 발표했다. 「백일몽과 선가」에서는 대촌의 어부인 서해 아버지와 창준의 아버지가 폭풍우에 희생당하자 야학 선생 상윤의 소개로 창준과 서해 모녀가 상해로 이주한다. 「불란서제 전야」는 상해에 가서 서애는 댄서가 되고 상윤의 소개로 수평환 수부가 된 창준은 마닐라로 가던 도중에 뇌일혈로 급사한다는 내용을 통해 삶의 뿌리가 드러나버린 조선인의 실상을 보여준다. 「저무는 고향」은 폐결핵에 걸린 서애가 비참한 몰골로 결국 고향으로 돌아온다는 결말을 취하였다.

이북명(李北鳴)의 「救濟事業」(『문학』, 1936. 1)은 문예구락부 사건에 연루되어 석 달이나 나랏밥 먹고 나온 노동자 영호와 친구 동창이 H읍 궁민구제사업 수도 공사에 참여했다가 십장이 노동자들 임금을 떼먹고 달아나자 80명 인부를 대표하여 장기조(長崎組) 감독과 협상하여 전보다 3전이 더 많은 일당을 받기로 한다는 노사협상 성공담이다.

이북명의 「어둠에서 주운 스케치」(『신인문학』, 1936. 3)에서 주인공 '나'는 K중학을 나와 "전문이상 학교교육의 불필요를 깨닫고 꼴키적 체험의 필요를 느끼게 된 것과 애정관게에서 쓰라린 상처를 가슴에 받고 크게 깨다름이 있어서"와 같은 이유로 노동자를 지망하여 하향이동이라는 결과를 낳는다. '그'는 H시에 있는 N공장에 들어가기 위해 기다리고 있던 중 일군의 노동자들이 공장 감독 집에 쳐들어가 밀린 임금을 받아내는 것을 목격하고 그들과 어울려 술집에 간다. '내'가 노동자를 지망하는 동기의 하나를 투쟁하다가 감옥에 가 있는 형의 가르침에서 찾을 수 있는 만큼 노동자 지망 이유 면에서는 채만식의 「명일」, 한설야의 「임금」 「철로 교차점」 등과 분명한 대조를 보인다.

한인택의 「그 男子의 半生記」(『조선문학』, 1936. 8~9)는 행랑아범인 아버지를 발길로 차 죽인 자의 다리를 부러뜨린 죄로 3개월간 감옥살이한 후 채석장에서 일하던 중 전과자라는 이유로 쫓겨난 어느 노동자의 경우를 그려 보였고 「크러취의 悲歌」(『조광』, 1936. 12)는 전차에 치여 다리를 절단하고 받은 보상금을 아내와 옛 동료가 들고 도망가버린 후 크러취를 집고 다시 원남동 인쇄소에 일하며 재기 의지를 불태우는 인쇄공을 그려내었다.

이북명의 「煙突男」(『비판』, 1937. 3)은 한 노동자가 술내기로 공장 굴뚝에 올라가 "공장의 기계는 우리피로 돌고 수리조합붓돌은 내 눈물로 차네"라는 아리랑 노래를 불렀다가 소요를 주동한 것으로 오인되어 회사로부터 해고 처분 받고 경찰서로 끌려간다는 이야기를 들려준다. 여기서 연돌남(煙突男)이란 공장 굴뚝에 올라간 남자라는 뜻이다. 이 소설은 N공장지대의 노동자들이 압박받는 모습을 잘 그려놓았다.

김유정의 「따라지」(『조광』, 1937. 2)는 사직골 꼭대기를 배경으로 하여 소설가 수업을 하는 자칭 톨스토이와 제복공장의 여공인 그의 누나, 버스걸인 딸과 다 죽어가는 아버지, 카페걸 영애와 아키코 등 세 가구의 일상을 그려낸다. 「따라지」는 도시빈민소설이 소설가소설이나 노동소설이나 여급소설과 겹쳐서 나타날 수 있음도 보여주었다. 안회남의 「魍魎」(『풍림』, 1937. 2)은 제면공장 직공인 '그'가 솜에서 나는 먼지가 코와 입으로 들어가는 것을 끝까지 견디다가 기절하고는 해고당해 배고픈 나머지 어느 개를 따라 요릿집 뒷문 쓰레기통을 뒤진다는 사건담으로 1920년대 최서해의 「박돌의 죽음」을 떠올리게 한다. 이미 '그'는 인간으로서의 품격을 상실당해 일종의 낮도깨비로 변하고 만 것이다.

채만식의 중편소설 「停車場 近處」(『여성』, 1937. 3~10)는 밀도 있는 구성 방식을 취하지 못해 공감 획득에 실패하였다. 정거장 근처에서 지게꾼을 하는 덕쇠에게 술집 주인인 춘삼이가 사기를 쳐 덕쇠는 1년간 대여하는 조건으로 알고 1백 원을 받고 아내 이쁜이를 술집으로 내보낸다. 덕쇠는 노름으로 1백 원을 다 잃고 김덕대는 춘삼에게 180원을 주고 이쁜이를 데리고 도망간다. 덕쇠가 정거장 앞 금점판에서 일하던 도중 노다지를 삼킨 것을 최덕대가 피마자기름을 여러 번 먹였으나 기대에도 불구하고 노다지는 끝내 나오지 않는다. 이 소설에는 1930년대 농촌소설이나 도시빈민소설에서 자주 보이는 매녀 모티프, 노름 모티프, 사기 모티프, 사금 캐기 모티프, 간도 이주 모티프 등이 모여 있다. 노다지를 삼키는 엽기적인 행위는 김유정의 「금」을 떠올리게 한다.

이기영의 「慘敗者」(『광업조선』, 1938. 2)는 한 청년이 은행원을 그만두고 광부가 되어 나중에 광주까지 되었으나 사업에 실패하여 광산을 정리한다는 흔한 내용으로 되어 있으며 「대장깐」(『조광』, 1938. 10)은 가난하고 무식하지만 대장장이를 천직으로 알아온 사천이가 공부시켜준 처남이 학생 사건으로 옥살이하고 나오자 자기 재산을 다 주어 용기를 북돋아준다는 미담을 들려준다. 「苗木」(『여성』, 1939. 3)에서는 인쇄공을 하는 가장의 집에 무사분주한 채 허풍만 떠는 금광 아저씨라든가 무위무능한 시골 아저씨가 군식구로 붙어 사는 것에 아들 영수가 마땅치 않게 생각하면서 부모를 봉건사상에서 헤어나지 못한다고 비판한다. 이에 아버지는 두 사람을 잡초라고 하면서 잡초를 거름으로 삼아 묘목을 키울 수 있는 지혜를 일러준다. 아들은 아버지 말을 수긍하며 참기로 한다.

윤세중의 「愛髮家」(『조선문학』, 1939. 3)는 공사 사무소 사무원으로 있으면서 늘 장발을 하고 다니는 김오가 사장으로부터 머리 깎으라는 지시를 받자 이발소에 가 중머리를 하고 와서는 사무소를 그만두고 이웃 철도 공사장 인부로 일하게 된다는 내용으로 사무원의 반항 심리를 주목하게 한다. 김오는 사무소 안의 소년 급사 영득이의 맑은 영혼에게서 배워 반항정신을 키우게 된 것이다. 박태원의 「陰雨」(『문장』, 1939. 10)는 연하의 남편은 공장에 다니면서도 책읽기를 좋아하였으나 연상의 부인은 툭하면 친정 출입이 잦고 행실이 좋지 않은 것으로 그려놓았다. 남편은 어느 날 아기가 관격이 나 아내를 찾으러 처갓집에 갔다가 아내가 외간 남자와 같이 있는 것을 보고 발길을 돌린다.

도시빈민을 주요 인물로 다룬 소설들도 주목할 만하다. 이기영과 김유정은 농촌소설을 많이 썼으면서도 도시빈민을 주인공으로 한 소설도 많이 썼다는 공통점을 지닌다. 김유정이 고유어 사랑, 수준 높은 구성력, 희극적 효과를 통한 비극적 감정 고조 등의 특징을 보여주었다면 이기영은 서사

구성력은 다소 떨어지긴 하지만 농민과 빈민에 대한 연민, 실천철학과 노동철학 확립 등의 특징을 지녔다고 할 수 있다.

유진오의 「黃栗」(『삼천리』, 1936. 1)은 두루마기를 입고 수염을 길게 기른 노인이 서울에 와서 밤을 팔기 위해 전전하였으나 하나도 팔지 못하고 돌아간다는 내용으로 되어 있다. 안회남의 「憂鬱」(『중앙』, 1936. 4)은 친구들이라든가 누이동생이라든가 하는 이웃으로부터 돈을 많이 뜯겨 안경을 맞추지 못하게 된 상사 회사원을 그리고 있다.

주요섭의 「醜物」(『신동아』, 1936. 4)에서는 언년이라는 천하의 추물이 시골에서 혼인했으나 소박맞고 서울에 올라와 열일곱 집을 가정부로 전전하다가 덥석부리 물지게장수한테 강간당하고 자기하고 똑같이 못생긴 딸을 낳아 살의를 느끼기까지 했으나 기대와 사랑을 갖고 기르기로 한다. 정비석의 「妖魔」(『삼천리』, 1939. 1)는 주요섭의 「추물」과는 반대로 회사원 집의 애보기가 자기의 처녀성을 빼앗아 간 회사원을 칼로 찔러 죽이는 복수담의 형태를 취했다.

송영의 「솜틀거리에서 나온 消息」(『삼천리』, 1936. 4)은 제자 중 한 명이 1년 전 감옥에 간 야학 선생에게 보낸 편지 형식을 취하였다. 야학은 해체되었고 현저동과 공덕리 산 일대의 솜틀거리에 살았던 학생들은 고무공장으로, 전매국으로, 기생으로, 일본인 첩으로 뿔뿔이 흩어져 갔다는 소식과 순녀가 폐병으로 골골하다가 만주 창기로 팔려 갔다는 소식을 전한다. 선생님이 계실 때는 조선말 동요만 가르쳐주더니 요새 와서는 국어 창가만 가르친다는 가시 돋친 소식을 전하기도 한다. 비극적인 초상화를 그려냄으로써 절망적인 풍경화를 제시하는 방법을 보여주었다. 이 소설은 야학 모티프를 가장 의미 있게 살려낸 경우로 볼 수 있거니와, 그후 송영은 「兒童」(『박문』, 1940. 2)이란 수필에서 아이들의 세계에 대한 각별한 사랑과 지하촌의 야학교사 체험이 많은 작품을 낳은 동력이 되었다고 고백하였다.

박화성의 「春宵」(『신동아』, 1936. 6)는 채소장수인 양림 어머니가 5남 1
녀 중 두 아들은 어려서 죽고 큰아들이 회사 소사로 다니던 중 무슨 주의
니 운동이니 하다가 잡혀 징역 1년을 받는 일을 겪은 데다 막내딸 양림이
똥통에 빠져 죽는다는 비극적 플롯을 취했다.

안회남의 「黃昏」(『신동아』, 1936. 7)은 처음 세 단락과 마지막 세 단락
이 일치하는 수미쌍관법을 취했다. 분이는 서울로 도망간 남편을 찾아 어
린 딸을 친정에 맡기고 서울에 가 어느 지주 집의 안잠자기로 있던 중 주
인의 요구를 거절하여 쫓겨났고 노동자들을 상대로 떡장사 하다가 십장에
게 몸을 더럽히고 장사도 망친 끝에 성병에 걸려 거지가 되어 다시 고향으
로 가던 중 산속에서 횡사한다.

김유정의 「옥토끼」(『여성』, 1936. 7)는 신당리를 배경으로 한 빈민소설
이다. '나'와 연초회사 여공인 순이는 서로 좋아하는 사이이기는 하지만
'내'가 무직자인 탓에 순이 집에서 혼인 허락이 떨어지지 않는다. 이럴 즈
음에 집에 우연히 들어온 옥토끼를 잘 기르라고 순이에게 맡겼으나 얼마
안 있다가 순이 아버지는 순이를 몸보신시키기 위해 옥토끼를 잡아먹는다.
토끼를 내놓으라는 '나'의 말에 순이가 전에 신표로 받았던 지갑을 내놓자
'나'는 지갑을 도로 주고 집에 와 순이는 이제 영락없이 내 것이 되었다고
판단한다. 서로 좋아하는 남녀가 밀고 당기는 모습은 「봄·봄」 「동백꽃」
등에서 볼 수 있었다.

이북명의 「暗夜行路」(『신동아』, 1936. 9)는 제련소가 있는 동네를 배경
으로 하여 많은 사람들의 대지료를 중간에서 사기 쳐 먹는 고주사라든가
오전갈보 등의 악인, 단돈 80원에 딸을 팔아먹은 순남이 부모처럼 어리석
은 존재들, 신문사 지국 배달부로 친목회 활동을 활발하게 하면서 마을 사
람들을 선동하여 고주사를 응징하는 삼덕이와 같은 투쟁적 인물 등 세 부
류 사이의 관계를 그려낸다. 삼덕은 보통학교 4년 중퇴자이지만 신문팔이
하며 신문을 탐독하여 지식을 쌓으면서 성장하는 인물로, "어둠"에 덮인

제련소 동네의 한 불빛과 같은 존재가 된다.

이동규의 「어느 老人의 죽엄」(『조선문학』, 1936. 11)은 구두쇠소설이다. 장단에서 서울에 올라와 술장수로 지독하게 절약해서 5만 원을 모았으나 세 자녀를 보통학교에도 보내지 않고 마지막에는 병원비도 아깝다고 하면 서 치료도 제대로 받지 못하고 죽은 노인을 보며 소설가인 '나'는 "지금 이 사회에서는 얼마나 아까운 천재와 귀중한 두뇌가 돈모으는일에 소비되고 있는가?"[525] 하고 무능한 자신을 합리화하며 탄식한다.

김유정의 「슬픈 이야기」(『여성』, 1936. 12)는 장문주의와 묘사주의로 된 빈민소설로 폭력 모티프를 중심 모티프로 한 소설에 들어간다. 옆방에서 제 아내를 매일 때리는 남편에게 따졌다가 그 덩치 큰 처남이 경고하자 '나'는 그 집을 나오기로 한다. 제 마누라와 '나'의 관계를 의심까지 하는 남편은 13년 동안 전차 운전수로 있다가 감독으로 승진도 되고 아내 덕분 에 8백 원 돈도 모으고 살 만하니까 그 아내더러 나가달라고 매일같이 꼬 집고, 찌르고, 콕콕 쥐어박는 잔인성을 보인다. 이제 여학생 장가 좀 가야 겠다는 이유를 댄다. 이 소설은 김유정 작품에서는 예외적이라고 할 정도 로 장문들로 채워져 있다.

이 신당리는데는 번시라 푼푼치 못한 잡동산이 만이 옹기종기 몰킨 곳으 로 점잔한 짓이라고는 전에 한번도 해본 일없이 오즉 저잘난 놈이 태변일진 댄 감독 됐으니까 여학생 장가좀 들어보자고 번처더러 물러서 달라는것이 별루 이상할게 없고, 또 한편 거리에서 말똥만 굴너도 동리로 돌아다니며 말을 드는 수다쟁이들이매 밤마다 대가벽틈으로 눈을 디려정고 정신없이 서 있어서 저 남의 게집 보고 조갈이 나서 저런다는것쯤 노해서는 아니 되겠 지만 그래도 조곰 심한것 같다.[526]

525) 『조선문학』, 1936. 11, p. 147.

김동리의 「어머니」(『풍림』, 1937. 1)에서 다리병신인 5살 난 실근이의 엄마는, 5년 전에 일본 오사카로 갔으나 2년 전부터 소식이 없는 남편을 포기하고 동네 외간 남자와 정을 통하고 귀남이를 낳았고 그것에 시아버지는 충격을 받아 세상을 떠난다. 그런데 이게 웬일인가. 죽은 줄만 알았던 남편으로부터 한 달 후 귀국할 것이라는 편지를 받게 되자 실근이 엄마는 고민하던 끝에 자살의 길을 택한다. 홍구의 「流星」(『비판』, 1937. 2)은 젊어서 힘세고 술 잘 먹고 계집질 잘하던 김순례가 50대에 딸 눌레를 보았으나 아내는 죽고 자신은 석수로 일하던 중 굴러오는 돌에 다리 한쪽을 잃는다는 비극적인 이야기를 들려준다. 동냥을 하던 눌레가 납치되다시피 하여 두 달 동안이나 이첩지네 살다가 돈을 훔쳐 내와 술집을 내었으나 잘 안되자 부녀는 동반자살하고 만다.

이태준의 「福德房」(『조광』, 1937. 3)의 가장 중요한 원인적 사건은 중개업을 하는 안초시가 일본을 오가며 공연하고 무용 연구소를 낼 정도로 성공한 딸 경화에게 황해 연변에 제2의 나진 축항 용지 매수에 출자하라고 하는 데서 찾을 수 있다. 딸은 신탁회사에서 3천 원을 빌려 아버지 말대로 땅을 사고 오륙만 원이 되기를 기다리나 개발 계획은 소문으로 끝나고 만다. 딸이 파산지경에 이르자 안초시는 미안한 마음에 집에도 못 가고 계속 복덕방 가게에서 자다가 죽고 만다. 참의로 다니다가 합병 후에 가옥 중개업을 하여 한동안 재미를 보기는 했으나 이제는 현상 유지에 급급해진 서참의, 복덕방에 매일같이 나와 대서업 공부를 하는 박영감 그리고 안초시 등 세 노인은 식민통치의 도래, 물질주의의 대두, 유교적 가치관의 균열과 같은 시대의 변화에 적응하지 못한 모습을 보여준다. 안초시의 소외감은 당시 노인들의 형편을 대변한다.

---

526) 『여성』, 1936. 12. p. 25.

초시는 늙어가는것이 원통하였다. 어떻게해서나 더늙기전에 적게 돈만원이라도 부뜰어가지고 내손으로 다시 한번 이세상과 교섭해 보고싶었다. 지금 이꼴로서야 문화주택이 암만 서기로 내게 무슨 상관이며 자동차 비행기가 개미떼나 파리떼처럼 퍼지기로 나와 무슨인연이 있는것이냐. 세상과 자기와는 자기손에서 돈이 떨어진, 그 즉시로 인연이 끊어진것이라 생각하였다. 「그러면 송장이나 다름없지 뭔가?」[527]

이처럼 1930년대 후반에 들면서 이태준은 낙오하거나 노쇠해가는 존재에 관심을 기울이게 된다. 이러한 작가적 관심은 삶은 허망한 것이라는 니힐리즘을 불러오게 된다.

이기영의 「産母」(『조광』, 1937. 6)에서 나무 배달꾼인 남편은 따뜻한 겨울을 맞아 장작이 팔리지 않자 집세를 제대로 못 낸 것 때문에 산달이 다된 아내와 함께 쫓겨난다. 아내가 공원에서 출산하자 많은 사람들이 도와주어 인정미를 느낀다. 이런 인정미는 옛날 주인집으로 와서 안방에서 울려 나오는 찬송가 소리를 들으며 주인의 처분만 기다리는 형편 앞에서 무색해지고 만다. 여기서 기독교신자를 비판한 대목을 보게 된다.

홍구의 「女」(『비판』, 1937. 7~8)는 사랑을 쟁취하기 위해 적극적인 태도를 취하는 여성을 그린 것으로, 여고생 때 감옥에 갔다가 '나'의 남동생의 메모를 갖고 온 것이 계기가 되어 회사원인 '나'와 알게 된 김영애는 '나'와의 사랑을 이루기 위해 자살 소동·동거·낙태 등의 일을 겪은 끝에 아들딸을 둔 엄마가 된다. 장혁주의 「旅行小話」(『삼천리문학』, 1938. 1)는 일본에 간 조선 여인이 남자 동포에게 팔려 갈 뻔하다 동포에 의해 구출된다는 이색적인 사건을 설정하였다.

---

527) 『조광』, 1937. 3, pp. 73~74.

장덕조의「入院」(『삼천리문학』, 1938. 4)은 큰아이가 디프테리아에 걸려 입원한 2인실에서 옆 침대의 환자와 그 가족이 병원의 규칙을 무시하고 행패를 부려 갈등을 보인다는 병원 배경 소설이다. 안회남의「그날 밤에 생긴 일」(『조광』, 1938. 4)은 20대의 한일제면소 직공이 40대의 지배인을 몽둥이로 때리게 된 사연을 경찰서에서 진술하는 형식을 취하였다. 지배인은 서대문통 포목상조합 서기 출신으로 교활하고 사기 잘 치고 남의 계집을 잘 후리는 존재로, 한일제면소 지배인으로 있으면서 직공들의 임금을 착취하고 남녀 가림 없이 모욕 주고 구타하는 악행을 보여왔다. 주인공은 지배인이 자기의 약혼녀 여공을 겁탈하려는 것을 목격하고 분노가 폭발하여 몽둥이로 이마를 때려 실신시킨 것 때문에 경찰에 붙들려 간다.

　　이동규의「鬱憤의 밤」(『광업조선』, 1938. 6)은 사기꾼소설이다. 결혼 2년 후 23세의 혜영은 금광업을 하다가 금광 사기죄로 감옥에 들어간 남편을 구해주겠다고 온 남편 친구 권오병에게 운동비 명목으로 돈 2백 원을 주고 거의 매일같이 오는 권오병에게 술대접하다가 기어이 몸을 더럽히게 된다. 현경준의「密輸」(『비판』, 1938. 7)는 두만강 가에 있는 만주국 입구 국제 도시를 배경으로 하여 조선 사람들이 세운 소학교 학생들이 밀수를 자주 하여 만주국 세관 관리들에게 교사들이 수시로 수모를 당한다는 보기 드문 사건을 설정한다. 가장 모범생인 영순이가 밀수하다가 걸려 문제가 되어 장기 결석하자 K교사는 가정 방문하게 된다. K교사는 영순 어머니가 앓아누워 있는 것을 보게 되었고 영순 아버지는 "큰 일을 위해 몸을 바친다구 하면서" 떠나간 지가 벌써 열두 해가 됐다는 것을 알게 된다. 영순이 학교에 자퇴원을 내고 마는 것으로 소설은 끝난다. 불법인 밀수 행위를 조선인의 입장에서 다룬 소설이다. 현경준의「벤또 바고 속의 金塊」(『광업조선』, 1938. 8)는 도문에 사는 인쇄소 식자공이 자기도 모르게 벤또 바고 속에 넣어 가지고 온 금괴가 없어진 것에 충격을 받아 광인이 된다는 이야기를 들려주었다.

이효석의 「空想俱樂部」(『광업조선』, 1938. 9)는 문학 하겠다고 하는 청해, 비행사 되기를 꿈꾸는 백구, 광산업을 꿈꾸는 운심 등 실직자들이 공상구락부를 만드는 데서 시작한다. 모두 운심의 광산 일이 잘되기를 빌지만 운심이 광맥이 없다는 것을 알게 되는 것으로 끝난다. "공상구락부"라는 표제 자체가 이효석 소설의 본질적 국면을 열어준다.

현덕의 「골목」(『조광』, 1939. 3)은 갈등·시기·모함으로 얼룩진 도시빈민들의 삶의 모습을 치밀하게 관찰하였다. 현덕은 룸펜 인텔리이면서 이웃에게는 회사원인 것처럼 속이는 건넌방 집 남자 김, 늘 남의 시선을 의식하면서 허세를 떨고 사치를 부리는 김의 아내, 고무신을 걸어 회사에 가져다주는 중도위 노릇 하는 아들과 그 어머니, 푸른 대문 집에 살면서 축음기를 크게 틀어놓고 초가을부터 땔감을 쌓아놓고 사는 식의 자기 과시를 일삼는 첩 등 여러 도시빈민의 초상화를 그려내었다. 현덕의 「두꺼비가 먹은 돈」(『조광』, 1938. 7)에서 학원을 경영하며 마을 사람들의 존경을 한 몸에 받다가 세력가 김오장을 욕보인 것이 화근이 되어 감옥에 간 노마 아버지도 적극적이며 반항적인 존재라고 할 수 있다. 노마 아버지와 김오장 사이의 대립, 노마 아버지와 기동 아저씨의 징역살이, 기동 아저씨의 출옥 등의 사건이 설정되지 않았더라면 이 소설은 동화로 읽혔을 것이다. 노마가 기동 아저씨에게 받은 백동전 한 닢을 잃어버렸다가 다시 찾기까지의 과정을 메인 플롯으로 삼고 있기 때문이다. 현덕이 들려주고 싶었던 것은 노마가 돈을 되찾았다는 이야기가 아니다. 동화적인 플롯 속에 큰 서사의 요소를 감추어놓는 방법을 취했기 때문이다.

현덕의 「잣을 까는 집」(『여성』, 1939. 4)은 10년 동안 채석장에서 석수로 일하던 옥이 아빠가 실직하자 아내가 잣을 까서 시장에 내다 팔아 연명한다는 내용에서 시작한다. 옥이는 일부러 구슬을 굴려 아랫집에 몰래 들어가 구슬 주우러 온 척하고 잣을 몰래 먹다가 들켜 엄마끼리 싸우게 만든다. 옥이 엄마는 남편에게 식량을 구해 오라고 들들 볶는다.

김정한의 「그러한 男便」(『조광』, 1939. 6)은 소학교밖에 나오지 못한 한 사내가 군청 고원으로 있으면서 하숙집 딸과 결혼하여 사서삼경에 몰두하고, 조카를 데려다가 공부시키고, 부모 공양도 잘했으나 직장에서 상사와 대립하고 가출하여 눈 많이 내린 날 둠벙에 빠져 죽는다는 사연을 아내가 내레이터가 되어 들려준 것이다. 학력이 모자람에도 수신제가까지는 잘했으나 사회 적응에는 실패한 인물의 경우를 제시하였다.

박노갑의 「秋風引」(『인문평론』, 1939. 11)은 3대째 농민이었던 창리가 빚 때문에 집을 팔고 상경하는 것으로 시작한다. 서울에 와 아내는 참빗 팔러 다니고 창리는 품 팔아서 사는데 공원에 나가서 자다가 정조 도둑질 하는 놈 때문에 놀라 경찰서에 갔다가 온 후 두 부부는 어디로 갈지 모르는 신세를 한탄한다. 순박하나 힘없는 농민의 삶의 뿌리가 뽑히는 과정이 잘 드러나 있다.

(8) '여급' 존재의 서사화 방식의 다양성과 다의성

1930년대 후반 들어 기생, 여급, 카페걸, 작부, 들병이 등을 주인공으로 설정하거나 주요 인물로 내세운 소설들이 급증하는 현상이 나타난다.

"찾어온 여인네" "만단사연" "봄" "넘을 수 없는 개천" "내처 걷는 길" 등과 같은 소제목으로 짜여진 김남천의 「少年行」(『조광』, 1937. 7)은 7년 전에 부모 형제 버리고 평양을 거쳐 상경하여 서울 종로에 있는 녹성당 약방 사환으로 있는 18살 봉근이가 시골 기생으로 순천 · 안주 · 정주 · 개천 등을 떠돌다 서울로 와 술집 차릴 생각을 하는 누나 봉희와 재회하여 기생 연화와 가까워지고, 왕년 사회주의자로 금광업자가 된 박병걸과 알게 되나 갈등을 느낀다는 내용으로 되어 있다. "만단사연"이란 소제에는 봉희가 남동생 봉근에게 7년 동안 지내온 과정, 부모 소식, 냉병 걸려 고생한다는 사정을 전한 편지가 담겨 있다. 「男妹」(『조선문학』, 1937. 3)는 봉근을 관찰자로 하여 누나 봉희가 금광 하다가 망한 의붓아버지 학섭에 의해 기생으로 팔려 가 부모와 갈등을 일으키면서도 남동생 봉근을 사랑한다는 내용을 담았다. 봉근은 기생인 누나가 부모가 강요하는 다른 남자와는 자지 않고 세무서원 윤상만 대하는 것을 보고 우러러보았다가 나중에 다른 남자와 자는 것을 보고 모두 더럽다고 한다. 봉근이는 친구들에게 "매부 한다스"라는 놀림을 받고 분을 삭이지 못한다. 「누나의 事件」(『청색지』, 1938. 6)은 아편쟁이 모친과 폐인인 부친의 강요로 시골 기생이 된 수향이 누나가 조합 돈 천여 원 문서 횡령 혐의로 송국된 대서쟁이 임재호의 아이를 임신한 사건을 설정한다. 김씨네 집에 가서 김씨 집 아기인 것처럼 하라는 것을 누이가 거절하자 아버지는 "네년도 재호놈하고 같이 감옥소가라"고 한다. 「무자리」(『조광』, 1938. 9)에서는 경성부 관철동에서 기생 하며 다달이 20원씩 송금하는 누나를 믿고 경성제일고보 진학을 꿈꾸던 남동생 김운봉이 아편쟁이 아버지가 급사하여 장례를 지내러 온 누나 담홍이 형편없는 인간의 아기를 배고 다시 서울에 갈 생각을 하지 않게 된 것을 알게 되어 진학의 꿈을 버리고 취직할 것을 결심한다. 기생인 누나의 이름이 다르고 부모의 외양이 다르고 남동생 이름도 다르기는 하나 내용을 보면 발표 순서에 관계없이 「남매」「누나의 사건」「무자리」「소년행」이 연작의 관계를 이룬다.

　　김남천의 「5월」(『광업조선』, 1939. 5)은 보통학교 6년생인 학구가 친구 광수가 전람회 출품 준비하라고 준 1원을 아편쟁이인 아버지에게 주는 것을 중심사건으로 한다. 여기에 상무계의 돈을 횡령한 사법서사 임재호가 누나인 기생 수향과 같이 평양으로 도피한 것을 걱정한다는 사건이 주변 사건으로 설정되어 있다. 학구 아버지는 아편 맞는 데 필요한 돈을 구하기 위해 둘째 딸 학원이마저 기생으로 팔자고 주장한다. 「巷民」(『조선문학』, 1939. 6)은 작품 말미에 "단편 「5월」의 제2부를 이르는 단편이다"라는 부기가 붙어 있다. 본명이 학희인 기생 수향이 기생 채월과 대낮에 술 먹으며 신세타령하는 것, 평양으로 도망갔던 임재호가 붙잡혀 와 감옥에 가자 그 어머니가 수향이 어머니에게 와서 싸움을 거는 것이 중심사건이다. 재호 어머니가 아들이 번 돈이 모두 기생 수향에게 들어갔고 다시 그 돈은 수향 아버지의 아편을 사는 데 들어갔다고 믿은 데서 싸움이 시작된다. 수향 아버지 관솔은 객줏집 하다가 망해서 아편쟁이가 된 사연을 지녔다. 「어머니」(『농업조선』, 1939. 9)는 작품 말미에 부기되어 있는 것처럼 「오월」「항민」에 이은 제3부작이다. 상무계 공금을 횡령하고 도망갔다가 평양에서 붙잡혀 돌아온 임재호의 모친이 평소 임재호와 친하게 지냈던 박순사라든가 사법주임 윤경부를 찾아가 편의를 봐달라고 했으나 거절당한다. 윤경부는 임재호의 여죄를 일깨워준다. 임재호는 보통학교를 졸업하고 대서 면허 시험에 합격한 후 김주사의 추천을 받아 자리도 잡고 결혼하고 어머니도 잘 모신다. 이 고을에서 으뜸가는 재산가인 김주사는 아들이 없어 기생 수향에게 관심을 두기도 했으나 임재호가 가까이하는 바람에 포기한 일이 있었다. 임재호 어머니는 어느 한 사람의 도움도 받지 못한다. 말미에 제4작임을 밝히고 있는 「端午」(『광업조선』, 1939. 10)는 학구라는 이름이 있음에도 수향이 오래비라고 불리는 학구가 선생님들이 수향이를 경멸하는 말을 듣고 운다. 학구는 공부는 수석이지만 단옷날 씨름대회에 나섰다가 힘이 센 박재장의 아들에게 지고 만다. 「단오」는 아버지는 폐인이고 누나는 기생이고 어머니는 영악한 집안 분위기를 다시 한 번 보여준다. 수향이가 고깃국을 먹고 나서 구역질하자 어머니는 재호의 아이를 잉태한 것이라고 직감하는 것으로 이 소설은 끝난다. 결국 김남천은 「오월」「항민」「어머니」「단오」 등 작중인물도 같고 사건도 연결되는 연작소설을 중편 내지 장편의 골격으로 쓴 셈이 된다. 박화성의 「溫泉場의 봄」(『중앙』, 1936. 6)은 남편에 의해 돈 많은 영감에게 팔려온 여인을 주인공으로 설정하였다.

나혜석(羅蕙錫)의 「玄淑」(『삼천리』, 1936. 12)은 시대에 뒤진 한주국종체를 취했다. 같은 여관의 옆방에 사는 그림 모델이자 카페 여급인 현숙, 석 달 전에 상경하여 선전을 준비하는 청년 L, 바이런 숭배자를 자처하는 노시인 사이의 삼각관계를 그린 것으로 결국 현숙은 끽다점을 내는 데 필요한 돈을 마련하기 위해 노시인을 따돌리고 L과 반년간 동거하기로 약속한다는 내용으로 되어 있다. 이어 나혜석은 여성이 미색을 이용해 이익을 취하는 것을 여관집 딸과 투숙객 사이의 지저분한 관계로 구체화한 「어머니와 딸」(『삼천리』, 1937. 10)을 발표하였다.

염상섭의 「失職」(『삼천리』, 1936. 1~2)에서 아내가 카페 여급을 나가고 자신은 딸을 기르며 집안 살림하던 덕창이 어렵게 취직한 회사를 나가기로 할 때 아내 분이가 유서를 남기고 가출하는 일이 벌어진다. 덕창이 카페 주인의 고발로 경찰서에 가서 연이틀 조사받고 회사를 그만두는 과정을 소상하게 보여준다. 분이는 시골 늙은 부자의 농간에 휘말려 시골 유곽으로 끌려들어갈 뻔하다 탈출한다. 결국 분이는 여전히 카페로 나가고 덕창이는 집에서 살림하는 옛날로 돌아가게 된다. 여급소설과 룸펜소설이 색다르게 결합되었다.

이석훈의 「情夫」(『여성』, 1936. 6)는 회사원 철이 처를 속이고 기생 향심은 남편을 속이며 서로 만난다는 이야기를 들려주고 있고, 한인택의 「脫出以後」(『신동아』, 1936. 9)는 타이피스트였던 월계가 첩 생활, 카페 여급, 귀향, 농사, 야학운동 하는 과정을 그려 보였고, 윤기정의 「二十圓」(『풍림』, 1936. 12)은 대화소설·친구소설·윤리소설의 결합체로 한 가난한 친구 K가 자기가 데리고 살던 카페 여급을 의사에게 매춘부로 소개하고 20원을 달라고 하자 중간에 있는 친구 C가 K를 때리고 망신을 준다는 에피소드를 들려주었다.

정비석의 「거문고」(『조광』, 1937. 8)에서는 25세인 기생 청매가 모친을 여읜 슬픔을 잊기 위해 거문고 연주에 몰두한다. 때마침 지나가던 퉁소 부는 소경 안마장이 윤수가 그 소리에 반해 통성명을 하고 가까워진 후 결혼하여 3년 동안 잘 살았으나 권태기를 맞게 된다. 윤수는 북쪽을 향해 떠나가고 청매는 후회한 끝에 거문고를 태워버린다. 이 소설에는 시조가 3수

나오는데 모두 노산 이은상의 시조임을 작품 부기에 밝히고 있다.

이상(李箱)의 「蜘蛛會豕」(『중앙』, 1936. 6)의 사전적 뜻은 "거미가 돼지를 만나다"로 풀이된다. 아내를 빨아먹는 거미로 판명된 '그'는 바로 양돼지라는 별명의 카페 R회관 전무를 알게 된다. 남편 '그'로부터 "인(人)거미"로 불리는 아내는 남편을 외풍 하나도 못 가려주는 담벼락으로 본다. 아내는 한 번 가출했다가 귀가했는데 또 언제 나갈지 모른다. '그'가 크리스마스 날 A취인점 직원 오군과 만났을 때 아내가 여급으로 있는 카페 R회관 주인인 뚱뚱한 신사와 만나 인사를 했으나 그 뚱뚱한 신사는 그냥 웃기만 하고 나간다. '그'는 아내를 카페에 맡기고 돈 1백 원 빚을 낸다. 1백 원을 못 갚은 '그'는 뚱뚱한 신사에게 반응도 없는 인사를 한 것은 모욕이라고 느끼면서 자신은 거미이지만 아내도 거미라고 생각한다.

거미—분명히그자신이거미였다. 물뿌리처럼야외들어가는안해를빨아먹는 거미가 너 자신인것을깨달아라. 내가거미다. 비린내나는입이다. 아니 안해 는그럼그에게서아무것도안빨아먹느냐보렴—이파랗게질린수염자죽—퀭한눈 —늘신하게만연되나마나하는형영없는營養을—보아라. 안해가거미다 거미 아닐수있으랴 거미와거미거미와거미냐. 서로빨아먹느냐. 어디로가나. 마조 야외는까닭은무엇인가.[528]

'그'는 자신을 아내를 착취하는 거미라고 반성하는 듯싶더니 곧장 아내도 거미로 끌어들임으로써 자기 합리화하게 된다.

금긋듯이안해는작아들어갔다. 쇠와같이독한꽃—독한거미—문을닫자. 생명에뚜껑을덮었고 사람과사람이사괴는버릇을닫았고그자신을닫았다. 온갖벗

---

528) 『중앙』, 1936. 6, p. 233.

에서—온갖관계에서—온갖희망에서—온갖慾에서—그리고온갖욕에서— 다 만방안에서만그는활발하게발광할수있었다. 미억핥듯핥을수도있었다.[529)

'그'는 다시 아내를 연민의 시선으로 보면서 방에 칩거하기로 결심한다. 「지주회시」의 '그'는 「날개」에서 '나'의 선배가 된다.

'오'는 R카페 3층 홀에서 열리는 망년회를 준비하기에 바쁘다. 이야기는 가까운 과거로 돌아간다. 지난봄 5월에 인천 K취인점 사무실에 있었던 '오'가 1백 원을 빌려주면 석 달 후에 3백 원 돌려주겠다고 해놓고는 한 달도 못 돼 서울로 올라왔는데 1백 원 다 털어먹은 '그'는 계속 자는 중이었다. 5월에 집을 나갔다가 여름이 가기 전에 "왕복엽서모양으로안해가초조이돌아왔다. 낡은잡지속에섞여서배곯아하는 그를먹여살리겠다는것이다."[530) 아내는 자꾸 말라감에도 '그'는 아내에게 받은 돈을 갖고 풍만한 여급 마유미를 찾아간다. 마유미로부터 여급의 생활이 "저를 빨아먹는 거미를 제손으로 기르는 세음"이라고 들은 그는 아내가 자신을 먹여 살리느라 애쓰는 걸 알면서 자학하기도 한다. R카페의 쿡은 '그'의 아내에게 왜 이렇게 말랐느냐고 했다가 당신은 왜 그렇게 양돼지 모양으로 살이 쪘느냐고 대드는 것에 화를 내고 '그'의 아내를 발길로 찬다. 아내는 층계에서 굴러떨어지고 그들은 경찰서로 불려가 조사받는다. '그'는 카페 주인의 화해 제의를 받아들인다. 실은 '그'는 카페 주인에게 2백 원을 빌리고 아직 150원을 갚지 못한 약점이 있다. 다음 날 또 경찰서에 출두한 아내는 오씨가 주었다고 20원을 내놓는다. '그'는 20원을 갖고 마유미에게 가서 10원은 술값, 10원은 팁으로 준다. '그'가 "안해야 또한번전무귀에다대이고 양돼지 그래라. 거더차거든두말말고층게에서나려굴러라"[531) 하는 것으로 소설은

---

529) 위의 책, p. 233.
530) 위의 책, p. 235.
531) 위의 책, p. 242.

끝난다. '그'는 내놓고 말은 못 하지만 속으로는 계속 "거미" 짓을 하기로 한 것이다. 표기법상의 가장 큰 특징으로 문장과 문장 사이는 띄어쓰기를 했지만 단어와 단어 사이는 다 붙여 쓴 점을 들 수 있다.

이상의 「날개」가 처음 발표되었던 1936년 9월호 『조광』의 196~97쪽에는 "이상 작·화(李箱 作·畵)"라는 표시가 있고 두 페이지 상단에 걸쳐 비행 물체 같은 그림이 있다. "Allonal"이란 약명이 나와 있고 이 약명은 병 속에 12개와 100개가 담겨 있다는 표시가 된다. 그리고 "이상"을 가리키는 I E S A N G이란 글자도 나와 있다. 206페이지와 207페이지 중단에 걸쳐 주인공이 누워 있고 그 위에 ASPIRIN과 ADALIN이 교대로 3번씩 나와 있는 띠가 제시된다. 그런가 하면 196~97쪽 하단에 "「剝製가 되어버린 天才」를 아시오? 나는 愉快하오. 이런때 戀愛까지가愉快하오"로 시작하여 "十九世紀는 될수잇거든 封鎖하야버리오. 도스토에프스키精神이란 자칫하면 浪費인 것갓ㅅ오"를 지나 "아니—女人의全部가 그日常에잇어서 개개 「未亡人」이라는 내 論理가 뜻밖에도女性에대하야冒瀆이되오? 꾿 빠이"와 같이 끝난 작가 노트가 나와 있다. 천재라는 자의식, 여성이나 연애에 대한 관심, 도스토옙스키 정신으로 표현된 19세기 부정의 시각, 상호텍스트성 등 이상 소설의 특징을 암시해준다. 작중의 '나'는 기행(奇行)을 보이면서 동시에 아내의 기행을 관찰하는 초점화자의 역할까지 맡고 있다. "나는 꾸즈람이 무서웠다는이보다도 성가셨다. 내가 제법한사람의사회인의 자격으로일을해보는것도, 안해에게 사살듣는것도. 나는 가장게을는 동물처럼 게을는것이 좋았다. 될수만있으면 이 무의미한인간의탈을 버서버리고도싶었다. 나에게는 인간사회가 스스로웠다. 생활이스스로웠다. 모도가서먹서 먹할뿐이었다"[532]와 같이 이상으로서는 잘 쓸 것 같지 않은 "인간사회" "생활" "사회인" "무의미" 등과 같은 말이 나타난다. 이런 화자가 갑자기 바

532) 『조광』, 1936. 9, pp. 200~01.

보인 척하는 것은 아무래도 부자연스럽다.

　이 대목 직후 '나'는 아내의 직업도 모르고 아내를 찾아온 내객과 무엇을 하는지도 모르고 아내에게 왜 돈이 많이 모이는지에 대해서도 모른다고 한다. 그뿐 아니라 아내가 왜 '나'에게 돈을 놓고 가는지도 의문이라고 하여 갑자기 모자란 사람처럼 말하고 행동한다. '나'는 이성적인 자아와 수준 이하의 자아를 동시에 내보이고 있다. 아내가 밤에 외출한 틈을 타 몰래 밖으로 나온 '내'가 돈을 한 푼도 쓰지 않았다고 한 것을 보면 '내'가 자신의 행위에 담긴 기본 의미는 깨닫고 있다고 해석할 수 있다. '나'는 옆방에서 아내가 하는 소리는 한마디도 놓쳐본 적이 없다고 하였다. 내 귀에 거슬리는 소리가 있어도 그런 소리가 내 귀에 들렸다는 이유 한 가지만으로도 안심하는 태도, 돈을 쓰고 싶어 외출을 한다든가 5원을 주고 아내 옆에서 잤다든가 돈이 없어 울었다든가 하는 행위, 외출했다가 밤늦게 돌아오는 길에 비를 잔뜩 맞고 아내가 정사하는 것도 모르고 노크도 안 하고 그 방을 지나간 행동 등은 일관성이 결여된 것으로 최소한 화자와 초점화자의 거리를 드러내고 만다.

　감기 들어 약 먹고 계속 자면서 외출을 하지 않았는지 한 달이 지났을 때 '나'는 아내가 감기약 아스피린 대신 수면제 아달린을 주었음을 알게 된다. '나'는 아스피린과 아달린을 교대로 외우다가 중간에 "맑스"와 "말사스"를 집어넣는다. "맑스"와 "말사스"는 당시 지식인들 사이에서 상식처럼 통용된 존재였다. 나는 외출하고 다시 집에 들어가 아내와 내객이 같이 있는 방문을 무심히 열었다가 아내에게 멱살을 잡히고 만다. 아내는 밤새 들어오지 않은 '나'를 의심하는 소리를 한다. '나'는 억울하다고 하면서 아내에게 살인 혐의를 품어보기도 한다. 나는 있는 돈 몇 원 몇십 전을 다 털어 주고 나와서는 경성역 홀 커피를 마시러 간다. 돈이 없는 걸 알고는 여기저기 쏘다니다 미쓰꼬시 옥상으로 올라간다.

나는 거기 아모데나 주저앉어서 내 살아온 스물여섯해를 회고하야보았다. 몽롱한기억속에서는 이렇다는아모 제목도 불그러져나오지안았다. 나는 또 내자신에게물어보았다. 너는 인생에 무슨욕심이있느냐고. 그러나 있다고도 없다고도, 그런 대답은 하기가싫었다. 나는 거이 나 자신의존재를 인식하기조차도어려웠다.[533]

미쓰꼬시 옥상에 올라선 순간 '나'는 이상이 된다.

우리부부는 숙명적으로 발이맞지않는 절늠바리인것이다. 내나 안해나 제 거동에로 킥을부칠필요는없다. 변해할필요도없. 사실은 사실대로 오해는 오해대로 그저끝없이 발을 절뚝거리면서 세상을 거러가면 되는것이다. 그렇지 않을까?[534]

이렇게 자신의 삶을 인식하고 부부 관계를 검토하는 것은 '내'가 비정상이기보다는 정상에 가까운 존재임을 뒷받침해준다. 이상이 3인칭 관찰자 시점을 설정했더라면 모순이나 작위성은 줄어들었을 것이다.

그의 시에서는 자주 볼 수 있지만 시대에 맞지 않게 국한문혼용체를 쓰고 있는 「逢別記」(『여성』, 1936. 12)에서 이상은 23세 때 각혈하여 B라는 온천으로 갔다가 장구 소리 나는 집에 가서 21세 된 금홍을 만난다. 금홍은 16세에 머리 얹어 17세에 딸을 낳고 그 딸이 돌 안에 죽은 경험을 한 기생이었다. 둘이 동거하는 사이에 '나'는 두 남자를 소개하였다. 백부님 소상 때문에 귀경하기 위해 금홍이에게 10원 지폐를 한 장 주고 1차 이별 후 경성에서 다시 만나 1년 반 동안 부부로 동거하였으나 금홍은 예전 생

533) 위의 책, pp. 213~14.
534) 위의 책, p. 214.

활에 대한 향수를 이기지 못해 여러 남자들과 관계를 맺었고 '나'는 기어이 내 방까지 개방하였으나 아무 죄 없이 때리는 금홍이가 무서워 사흘 있다가 들어가니 금홍이는 이미 가출한 상태다. 이것이 2차 이별이다. 두 달 후 다시 돌아왔다가 이번에는 '나'의 제의로 헤어졌으니 이것이 3차 이별이다. 내가 중병에 걸려 엽서를 보내어 금홍이 다시 돌아와 나를 벌어 먹였다가 다섯 달 후 홀연히 외출하였으니 이것이 4차 이별이다. '나'는 21년 만에 집으로 돌아갔다. '나'는 여성은 다소 매춘부의 요소를 품고 있으나 매춘부에게 은화를 줄 때는 매춘부로 생각한 적이 없다는 여성관을 지녔다. "나는 몇篇의小說과몇줄의 詩를써서 내 衰亡해가는 心身우에 恥辱을倍加하얏다"[535]는 자의식을 품은 이상, 이상이 경성을 떠나고 싶다는 생각을 하는 것은 당연하다. 이상은 이 땅에서 생활하기가 어렵다고 판단하여 만나는 사람들한테 동경으로 가겠다고 하였다. 친구들에게 호언하고 공포(空砲)를 늘어놓으며 술 먹고 있을 때 누가 알려주어 동생 일심이네 있는 금홍을 만나게 되었다. 금홍이는 초췌하게 변했다. '내'가 아직 장가를 가지 않았다고 하자 금홍이가 목침을 던진다. 밤새 술을 먹으며 나는 영변가를 불렀고 금홍이는 육자배기를 부른다. 두 남녀는 이생에서의 영이별(永離別)이라는 결론으로 밀려간다. 이 소설은 '내'가 처음 듣는 노래를 금홍이가 하는 것으로 끝난다. 노래 가사는 "속아도꿈결 속여도꿈결 구비구비뜨내기世上 그늘진心情에 불질러버려라云云"[536]으로 되어 있다. 콩트 분량에 중편 규모의 이야기를 담아놓은 듯 고도로 압축되어 있기는 하나 소설인지 수필인지 구분이 되지 않는 것도 사실이다. 「봉별기」는 「날개」의 내용 중 여러 부분이 반복된 점에서 「날개」의 후속작이라고 할 수 있다. 금홍이 기생 생활에 대한 향수를 지닌 것, 작중인물 이상이 금홍의 남자관계가 문란한 것

535) 『여성』, 1936. 12. p. 46.
536) 위의 책, p. 46.

을 외면하며 심지어는 금홍이를 무서워하는 것, 금홍이 떠났다가 다시 돌아오는 것 등이 「봉별기」에서 반복된다. '나'와 금홍의 관계의 기록이라는 면에서 「날개」가 각론이라면 「봉별기」는 총론이 된다. 「지주회시」「날개」「봉별기」「동해」「종생기」「환시기」 등은 기본적으로 삼각관계 모티프로 묶인다.

이상의 「童骸」(『조광』, 1937. 2)는 "觸角""敗北시작""乞人反對""走馬加鞭""明示""TEXT""顚跌" 등 7개의 소제목으로 구성되어 있다. "촉각"은 내 옆에 여인이 누워 있다, 여인이 칼을 꺼내 '나쓰미깡'(여름귤)을 깎아 둘이 같이 먹는다, '나'는 서도 사투리로 임(姙)이에게 청혼한다, 임이는 윤에게서 오는 길이다, '나'는 임이의 왼손 무명지에 붓으로 결혼반지를 그려준다 등과 같은 화소로 구성된다. "패배시작"은 간밤에 결혼한 신부가 없다, 신부가 양장과 단발로 나타난다, '나'는 지난여름에 윤의 사무실에서 임이를 처음 보았다, '나'는 배고프다고 했고 신부가 식량과 땔감을 구하러 나간다, 임이가 목장에 가서 우유를 가지고 온다 등과 같은 행위로 짜여 있다. "걸인반대"는 신부 임이를 버리고 싶다는 '나'의 본심을 살짝 드러내 놓는다. "주마가편"은 임이가 은행에서 10원을 전부 10전짜리로 바꾸었다, '나'와 임이가 윤의 집을 방문하나 윤은 없다, 나중에 윤의 집에서 윤과 만나 임이를 내 아내라고 소개하자 윤이 냉소하고 '나'는 민망하여 더티독이라는 장난감을 갖고 논다 등과 같은 행위로 구성되어 있다. "명시"는 '나'는 여자에 대해 갑자기 회의가 치민다, '나'는 윤과 임이의 육체를 노골적으로 언급하면서 다툰다, 임이는 두 남자에게 다 정조가 따라붙은 것이라고 하면서 싸우지 말라고 한다, 윤과 '나'는 악수하지 않는다, 윤은 여자를 정복하면 더 이상 미련은 갖지 않는 성격이라고 주장한다, 윤은 나에게 10원을 주며 T군에게 한잔 사주라고 하고 자기는 임이를 데리고 영화 구경 가겠으니 좀 빌려달라고 한다, 임이가 10전짜리들을 내놓으며 거절하나 결국 두 남녀는 단성사로 간다 등의 사건으로 구성되어 있다. "TEXT"

는 정조·연애·불장난·육체·본능 등에 대해 임이와 토론하는 것 같은 장면을 보여준다. 이상 특유의 잠언 토로벽이 노출되어 있는 부분이기도 하다. "전질"은 '내'가 자살을 생각하고 언어 탕진, 정신 공동, 사상 빈곤을 느낀다, T군은 '나'에게 외국으로 가서 살라고 권한다, '나'와 T군은 단성사에서 나오는 윤과 임이를 만난다, 임이와 윤은 어둠 속으로 사라져버린다, 나는 실연한 셈이 되어버렸다, T군이 나에게 칼과 동시에 나쓰미깡을 쥐여 주자 나는 눈물을 흘린다 등과 같은 사건으로 구성되어 있다. 이 소설은 내용 면에서는 실연소설이며 형식 면에서는 대화체소설과 실험소설이라고 할 수 있다. 낯설게 하기를 위해 슈-트케스, 나쓰미깡, 스카트, 슬맆, 듀로워-스, 카스텔라, SOUVENIR, DOUGHTY DOG, 스프링, 그레이하운드, 텐스, 이데올로기 등과 같은 외래어를 내보였다.

「終生記」(『조광』, 1937. 5)는 말미에 1936년 11월 20일에 탈고한 것으로 밝혀져 있다. 이상이 동경으로 건너간 것이 1936년 10월이었던 만큼, 「종생기」는 동경에 도착한 직후에 쓴, 우리 소설사에서는 유례를 찾기 힘든 유서소설이 된다. 그는 「종생기」에서는 "1937년 3월 3일 미시"에 죽는 것으로 묘지명을 작성하였는데 실제 세상을 떠난 것은 26세 6개월인 1937년 4월 17일에 동경제대 부속병원에서였다. 이상의 예견력과 신통력은 비극적인 것이긴 하지만 입증된 셈이 된다. 이 소설은 이상의 2차적 자아인 '내'가 변동림을 모델로 한 여주인공 '정희'에게 배신당한 것을 중심사건으로 세우면서 환멸의 결말을 취한다. 사랑하는 여인에게 배신당함으로써 "산호채찍"으로 비유될 법한 고결하고 가치 있는 죽음의 의미가 배가된다. 삶을 일거에 승화시켜줄 것으로 보이는 종생 충동이 없었더라면 작가 이상은 모멸감에서 헤어나지 못했을 것이다. 세번째 여인인 변동림과의 관계가 파국으로 치닫는 것을 드러내 보인 점에서, 희롱당한 것에 분을 참지 못한 나머지 정희를 향해 악담을 퍼붓는다는 점에서 고백체소설이라고 할 수도 있다. 자신을 배신한 여인을 마구 욕하는 속악한 행동을 보이면서도 "산호채찍"으로 비유되는 비범한 종생 의지를 강화한다. 「종생기」는 행동과 의식이 서로 맞지 않는 이상의 모순을 더욱 부풀리고 있다.

이 소설은 정희가 '나'에게, '내'가 정희에게 서로 편지를 통해 애브젝션 abjection을 행사하는 동기를 부여한다. 정희가 내게, 유부남 S가 정희에게 사랑을 호소한 편지는 몇 줄 안 되지만 중심사건의 흐름을 뒤바꾸어놓을 정도로 기능한다. 화자와 주인공과 작가 이상을 구분하는 것이 쉽지 않을 정도로 텍스트 밖에서는 작가 이상이 경험적 자아가 되었던 것이 텍스트 안으로 들어오면서 '나'는 경험적 자아와 서술적 자아를 다 행사하게 된다. 이따금 '나'는 사라지고 대신 작중인물 이상이 나타나기도 한다. 그동안 사귀었던 남자들을 다 정리했다고 하면서 정희가 3월 3일 오후 2시에 동소문 버스 정류장에서 만나자는 편지를 "이상 선생님" 앞으로 보내온 것에 이상이 "설마가 사람을 죽이느니"라는 반응을 보이자 정희는 토라진다. 다시 '나'는 "패배한 체" "실심한 체"하면서 걸어가던 도중 "일세의 귀재 이상은 그 통생의 대작 「종생기」 일편을 남기고"라고 시작되는 묘비명을 그야말로 번개처럼 떠올리게 된다. 다시 정희로부터 당신에게 식상이 되었다는 소리를 듣고 기진맥진한 '나'는 이상에게 "이상, 당신은 세상을 경영할 줄 모른 말하자면 병신이요"라고 망신을 준다. 극도로 신경이 날카로워지자 한 개인의 내면에서 하나의 자아가 다른 자아를 비난하는 자아분열증을 보인다. '나'는 정희가 S로부터 받은 편지를 발견하고는 "나는 속고 또 속고 또 또 속고 또 또 또 속았다"처럼 분을 삭이지 못한 나머지 정희가 매춘 행위 하는 것을 상상하게 된다. 그래도 화가 풀리지 않자 "나는 이를 간다. 나는 걸핏 까무러친다. 나는 부글부글 끓는다"고 토로하면서 여성 혐오증에 빠져든다. 작가 이상은 배신감이나 실망감에 빠질 때마다 '나' 대신에 '이상'을 배치하는 버릇이 있다. '나'는 어려울 때면 '이상'에게 구조를 청하곤 한다. 이처럼 작중 '나'의 '이상'으로의 대치는 자의성 못지않게 필연성을 지니기도 한다.

속뜻을 알기 어려운 "郤遺珊瑚"와 같은 첫 부분은 「종생기」의 주제에 본질적으로 관여하는 기능을 갖는다. "산호채찍"은 명예라든가 가치를 의미하는 것으로 우선 해석할 수 있다. "내 지중한 산호편" "그 소문 높은 산호편" "물화적 전생애를 탕진해 가면서 사수하여 온 산호편" 같은 구절에서 볼 수 있는 만큼 '산호편'이라는 말은 이 소설의 핵심 기호가 된다. 이상은 과거 발표작에서 즐겨 취하던 상호텍스트성을 이 소설에서는 더욱 적극적으로 구사하였다. 톨스토이의 삶, 햄릿, 프랑스의 인상파 화가 코로, 모파상의 소설 「지방 덩어리」, 이백의 시, 도스토옙스키의 『카라마조프의 형제』 등이 바로 그것이다. 도스토옙스키를 "미문과 절승경개를 쓴 듯 만 듯한 구렁이같은 작가"로 파악하는 점에서 이상은 「날개」에 암시된 것처럼 도스토옙스키에 심취했다. 그런가 하면 이상은 「종생기」를 썼을 때 36세에 자살한 일본 작가 아쿠타가와 류노스케(芥川龍之介)를 의식했던 만큼 역시 「날개」처럼 천재의식을 견지했다. 「종생기」는 금홍과의 관계를 다룬 「날개」와 「봉별기」, 변동림과의 관계를 다룬 「失花」 「동해」 등과 마찬가지로 수필인지 사소설인지 구별되지 않는 면이 있다.[537]

이상 사후에 발표되었던 「幻視記」(『청색지』, 1938. 6)는 띄어쓰기가 제대로 되어 있고 고유명사를 중심으로 한자가 조금 섞여 있는 콩트 정도의 길이에 불과한 소설이다. 물론 "讀파" "新판" "設계" "窮상" "光주" "古物"처럼 기이하게 쓴 것도 있다. 단어 하나, 문장 한 줄을 단순히 이야기를 전달하는 수단으로만 여기지 않았다는 의미가 된다. 송군이 자기 부인 순영이가 고리키 전집을 통독했다는 자랑을 늘어놓는 것으로 서두를 장식한다.

---

537) 최재서, 「故李箱의 예술」, 『조선문학』, 1937. 6, pp. 127~28.
 1)전통적인 성격 묘사나 플롯을 전연 가지고 있지 않다. 2)주관적일 뿐 아니라 실로 주관과 객관의 구별을 가리지 않는 곳이 많이 있다. 3)현실을 너무도 알알이 인식하였기 때문에 그 가치를 그의 예술 안에서는 대수롭지 않게 여겼다. 4)시와 소설을 결합한 점이 이상 소설의 가장 특이한 점이다 등의 특징을 보인 점에서 이상의 소설은 실험적이라고 하였다.

이 소설은 아내가 무단가출했다가 다시 4년 후에 재가출하는 그 사이에 바 '모록코'의 여급인 순영이가 자살을 시도한 송군에게로 넘어가버리기까지 의 과정을 빠른 템포로 따라가고 있다. 삼천포에서 돌아가게 될지 지체하 게 될지 모른다는 편지를 했고 십 중의 다섯은 돌아올 것 같은 아내를 "예 라 자빠져서 어디 오나안오나 기대려보자꾸나—싶어서 나는 저녁이면 尹 을이용해서는 순영이있는 빠—모록코를 부리낳게 드나들었"[538]고 순영 이의 동정심을 끌기도 한다. 순영이가 광주로 갔다 반년 만에 돌아온 그 사이에 집으로 돌아온 아내를 사랑하지 않으면서도 전의 열 배나 사랑할 수 있었다. "내 순영에게향하야 잔뜩골문애정이 이에 순영이도라오기전에 터저버린것"[539]이라고 해석했다. 아내는 이런 나를 넘보았고 반년 만에 돌 아온 순영이는 내 얼굴에 침을 뱉었다. 4년 후 아내가 두번째 가출하자 순 영이가 일터를 옮기는 데마다 쫓아다니면서 송군의 "고독을 빌리거나" "불 행을 이용하여" 순영이의 사랑을 사고자 했다. 순영이 송군에게로 기울어 지는 것을 알게 된 '나'는 동경으로 가버리고 싶다고 했다. 자살을 시도했 다가 의전병원으로 실려 간 송군을 밤새 간병하고 두 남녀가 급속히 가까 워진 것을 본 '나'는 송군을 원망하는 소리를 내뱉기도 하고 못난이라고 자 책하기도 하고 구역질을 느끼면서 동경으로 가버리겠다고 다짐한다. 이 소 설은 고리키의 희곡 「밤 주막」의 주제 음악 가사 "太昔에 左右를 難辨하는 天痴있더니/그 不吉한子孫이 百代를 겨끄매/이에 가지가지 天刑病者를 낳 았더라"[540]를 맨 앞에 배치하여 '내'가 좌우를 가리지 못하는 못난이임을 강 조한다.

이상의 「失花」(『문장』, 1939. 3)는 "사람이 秘密이 없다는 것은 財産없 는것처럼 가난하고 허전한 일이다"와 같은 단 한 문장의 아포리즘을 제시

---

538) 『청색지』, 1938. 6, p. 59.
539) 위의 책, p. 60.
540) 위의 책, p. 58.

한 "1"에서 시작하여 신주쿠 노바에서 새벽까지 맥주 마시고 숙소로 돌아온 이상이 부디 서울로 돌아와달라는 김유정의 편지와 연(姸)이의 편지를 받고, 전날 C양에게서 받은 흰색 국화 한 송이를 잃어버렸음을 확인하면서 "사람이—秘密 하나도 없다는것이 참 財産없는 것 보다도 더 가난하외다그려! 나를 좀 보시지오?"와 같이 끝맺음한 "9"로 막을 내린다. "2"에서 이상은 C양이 강의 듣고 온 영문 연애소설의 내용을 전하는 것을 들으면서 서울에서의 연이와의 사랑을 떠올리기도 하고 동경에 온 것을 후회하기도 하고 "3"에서는 연이와 S의 관계를 고문하듯이 캐물었던 일을 회상해낸다. "4"에서는 이중생활 하는 C양으로부터 영문과 재학생인 연이가 이성관계가 문란한 생활을 했던 것을 떠올린 후 이상이 국화 한 송이를 받아가지고 나왔고 "5"에서는 이상이 연이와 헤어지는 장면을 보여주었고 이상이 10년 동안 계속 자살의 방법을 강구했음을 들려준다. "6"은 진보초(神保町) 스즈란도(鈴蘭洞) 고본 야시(古本夜市)에서 20전을 주고 타임스판 상용 영어 4천 자를 사고 법정대 학생 Y군을 따라 엠프레스찻집을 거쳐 신주쿠(新宿)의 카페 노바로 간다는 이야기를, "7"은 동경으로 건너오기 전 김유정과 마지막으로 만난 자리에서 나눈 처절하면서도 의미 깊은 대화의 내용을 들려준다. "8"은 이상이 어느 제일고보생과 자신의 슬픈 표정에 대한 이야기를 나누고 여급 나미꼬에게 연이와 동일시하여 의심의 말을 던지는 카페 노바의 한 컷을 보여준다.

"실화"라는 표제는 조선에서의 연이와 비슷하기도 하고 또 연이와의 과거를 계속 떠올리게 하는 C양이 이상에게 준 백색 국화 한 송이를 야시, 찻집, 술집을 거치는 사이에 잃어버리고 만 사건을 통해 일차적 의미를 획득하게 된다. 더 깊은 의미를 찾기 위해서는 이상이 동경을 무대로 한 마지막 작품 「실화」에 와서는 여유를 갖지 못한 채 자신을 발가벗겨 보인 점을 고려할 필요가 있다. 이상은 동경에 와서 "發狂 할것같은 心情" "어쩔작정으로 여기왔나?" "貧困을 팔아먹는 재조" "내 東京生活이 하도 寂寞해

서 "나는 形骸다" "나는 오즉 내―痕跡일 따름이다" "슬픔" "十二月二十
三日 아침 나는 神保町陋屋속에서 空腹으로 하야 發熱하얏다" 등과 같이
표현된 감정과 의식의 포로가 되었다. "실화"라는 표제는 이러한 감정이나
의식과 연결되어 있는 것으로 보아야 한다.

「실화」가 기본적으로 동경에서의 현재와 경성에서의 과거를 쉴 새 없이
변형시킴으로써 두 곳에서의 삶이 결국 하나일 수밖에 없다고 암시한 것처
럼, 맨 앞과 맨 뒤를 포함해 세 번이나 나오는 "비밀＝재산"이라는 아포리
즘은 연이와 C양, 이상과 김유정이 동질적임을 일깨워준다.

「실화」와 이전 작품들 사이의 두드러진 차이점의 하나로 「실화」가 이상
의 심경과 상황을 잘 드러내기 위해 상호텍스트성을 적극적으로 구사한 점
을 들 수 있다. 영화 "Adventure in Manhatan", 모차르트의 41번 「목성」,
정지용의 시 「까페프란스」「해협」「말」, 소설가 구보, 김유정, 고리키의
「나드네」, 노라, 콜론타이 등을 인용하거나 거명하였다.

「斷髮」(『조선문학』, 1939. 4)은 유고로 된 소설이다. 소녀 선(仙)이와 연
(衍)이라는 '그'와의 애정 관계를 각자 자존심을 살려가며 당겼다 밀어냈다
하는 과정을 심리소설의 수준으로 그려내었다. 그가 염세주의자인 척하는
이런 태도는 게으른 성격의 표현이며 남의 염세주의를 우습게 아는 "아리
아욕(我利我慾)"의 염세주의였다. 그는 정사(情死)를 의미하는 "A double
suicide"를 제의하였으나 선이는 "불행을 짊어지고 살아가는 것이 제게는
더없는 매력입니다" 하며 거절한다. 후반부에서는 소녀의 오빠에게 애인
이 생겨 소녀에게 무관심해지자 그는 소녀에게 의도적으로 거칠게 대한다.
동경에 갈 것이라는 소녀의 말을 듣고 그는 기념사진을 찍자고 제의한다.
소녀는 그의 스탬프에 침을 뱉는다. 그는 "요컨댄 우리들은 숙망적으로 사
상, 즉 중심이있는 사상생활을 할수가없도록 돼먹었거든. 知性―흥 지성
의 힘으로 세상을 조롱할수야 얼마든지있지, 있지만 그게 그사람의 생활을
「리-드」할수있는 근본에있을힘이 되지않는걸 어떻거나?"[541] 하면서 서로

어울릴 수 없음을, 사상 생활은 지성만으로 이루어지는 것이 아님을 강조한다. 소녀의 오빠는 소녀는 동경에 가지 못하니 그에게 잘 부탁한다고 말한다. 그가 동경에 같이 가자고 제의한 편지를 받고 선이가 "衍을 마음에 드는 좋은 交手로하고 저는 衍의 유쾌한 강의를 듣기로 하렵니다"라는 내용과 연의 제의를 받고도 흥분하지 않는 자신이 미워 단발했다는 내용을 답장으로 만들어 보내는 것으로 이 소설은 끝난다.

들병이 모티프를 공통적으로 내보인 김유정의 「총각과 맹꽁이」(『신여성』, 1933. 9), 「소낙비」(『조선일보』, 1935. 1. 29~2. 4), 「솥」(『매일신보』, 1935. 9. 3~14), 「아내」(『사해공론』, 1935. 12), 「정조」(『조광』, 1936. 10), 여급 모티프를 보인 「야맹」(『조광』, 1936. 7), 「따라지」(『조광』, 1937. 2)의 연장선에 이상의 「날개」(『조광』, 1936. 9)를 올려놓고 보면 독자들이 받는 '낯섦'의 정도는 반감될 수도 있다.

박태원의 「悲凉」(『중앙』, 1936. 3)은 25세 된 룸펜 인텔리 승호가 23세 된 카페걸 영자와 동거하며 점점 타락해가는 영자를 보면서도 헤어지지 못하는 무력감을 드러내 보이고 있고 「陣痛」(『여성』, 1936. 5)은 아파트 위층에 사는 댄서인 "그여자"를 사모하며 종종 폐병 약을 사다 주던 '그'가 마침내 "그여자"가 임신 중인 것을 알게 되어 실망하는 것으로 끝난다. 「聖誕祭」(『여성』, 1937. 12)는 부모와 여동생을 부양하기 위해 여급 노릇을 하던 영이가 자기를 버린 전기상회 주인의 아기를 낳고 삯바느질하며 살아간다는 내용으로 되어 있다. 이 소설들은 작가 박태원이 여급의 존재를 도덕적 상상력 대신 연민과 이해의 눈으로 바라본 것이라는 판단을 갖게 한다.

안동수의 「貞操」(『광업조선』, 1938. 5)는 동광광업회사 사원직을 그만두고 나와 금광사업을 하였으나 실패하고 폐병 환자가 된 인호의 부인 영자가 남편의 병을 치료하기 위해 바걸이 되어 여러 남자들에게 인기를 끌게

---

541) 『조선문학』, 1939. 4, p. 10.

되자 만월루 기생으로 가면서 전지 요양 가 있는 남편에게 7백 원짜리 소절수를 보낸다는 희생담이자 타락담이다. 금광 모티프, 폐병 모티프, 여급 모티프, 기생 모티프 등이 결합된 소설이다.

현덕의 「남생이」(『조선일보』, 1938. 1. 8~25)는 어촌에서 노마 어머니가 들병이로 나선 것 때문에 노마 아버지는 폐병과 배신감과 무력감에 빠진 끝에 죽는다는 이야기를 들려준다. 과거에 노마 아버지는 마름 김오장에게 대들어 다른 소작인들은 형편이 나아졌으나 자기는 쫓겨나 서남면으로 들어와 처음에는 선창에 나가 소금을 져 나르는 노동을 잘 해내었지만 과로하여 폐병에 걸리고 만다. 노마 아버지는 집에서 병을 앓고 노마 엄마는 쓰레기꾼으로 일하던 중 인물이 좋아 뭇 남성들 사이에서 인기가 높아지자 들병장수로 나서게 된다. 털보와 이발사인 바가지가 노마 엄마를 끈질기게 쫓아다니는 것을 자세하게 기술하였다. 이 소설의 표제인 "남생이"는 중병을 앓고 있는 노마 아버지를 위해 영이 할머니가 무병장수를 기원하고 부적을 잔등에 붙인 남생이를 가리킨다. 노마 아버지는 그 재를 정화수에 타서 먹으라는 부적을 벽에 붙여놓고 바라보다가 노마가 나무 올라타기에 성공한 그날 죽고 만다. 여기서 노마 아버지나 어머니는 이중적 태도를 보인다. 어머니는 아버지나 노마에게는 쌀쌀맞게 굴면서도 외간 남자들에게는 있는 대로 애교를 떨고 노마 아버지는 마누라 앞에서는 아픈 척하다가 마누라가 나가면 이불도 스스로 개고 노마와 이야기도 잘하는 이중적인 태도를 보인다. 이 소설은 치밀한 심리 분석, 고유어의 적극적 활용, 노마 아버지·영이 할머니·노마·바가지 등 여러 인물들을 초점화자로 살린 점 등이 장점으로 기능했다. 김유정의 「소낙비」 「솥」 「아내」와 이상의 「날개」 「봉별기」에서의 남성 인물과는 달리 「남생이」의 노마 아버지는 아내의 탈선을 용인하지도 용서하지도 않은 채 세상을 떠나게 만든 것도 개성적이다.

김동리의 「率居」(『조광』, 1937. 8)에서 재호는 17살 때 좋아하는 소녀가 있었으나 양가 부모가 반대하여 3년 전에 집을 나와 혜룡선사 아래서 수계 상좌가 되어 솔거를 의식하면서 불화를 그리는 데 힘쓴다. 그는 벽에 붙은 솔거를 떼어 불사르고 무의식 속에서 솔거를 보게 되어 솔거로부터 자기는 살아 있다는 환청을 듣는다. 재호는 암자를 나와 고향으로 가면서 소년을 길러보겠다는 결심을 하게 된다. 「솔거」와 「剩餘說」(『조선일보』, 1938. 12. 8~24)과 함께 "운명의 발전이고 변모인즉"같이 읽어달라고 작품 말미에 부탁한 김동리는 「玩味說」(『문장』, 1939. 11)에서 누이의 딸 정아와 자기의 양자 철을 결혼시킨 화가 재호도 30대 중반의 기생 출신 여자와 결혼하여 행복한 시간을 보낸다는 이야기를 들려주었다. 정아와 철이 아기를 데리고 와 정원에서 사진 찍으러 온다 하여 부인이 잔치를 준비한다. 행복감과 만족감이 잔잔하게 깔려 있다. 정인택의 「못다핀 꽃」(『여심』, 1939. 1)은 동해안 장전항의 한 여급이 그 지역 명망가의 외아들이 자기를 사랑해 물심양면으로 무리하자 그 청년의 앞길을 생각해 서울로 도망가기로 결심한다는 것처럼 여급을 긍정한 소설이다.

이주홍의 「下宿 매담」(『비판』, 1937. 2)은 가회동에 있는 하숙집 주인인 채봉이 24세 된 기생 출신으로 요정 지배인과 결혼하였으나 남편이 바람 피울 동안에 잡지사 편집장인 양선생과 가까워져 남편이 정신을 차리고 돌아오게 만든다는 반전을 보인다. 남편은 만주에 있는 회사의 전무로 가게 된다. 이주홍은 남자 심리 분석에 능한 면을 보여준다.

이선희의 「賣笑婦」(『여성』, 1938. 1)는 16살부터 28살까지 집안 식구를 벌어 먹인 기생 채금이 공장 노동자인 오라비를 비롯한 집안 식구들의 냉대와 경멸 속에서 진정한 사랑을 모색하고 급기야 남의 아내 되고 정절부인 되는 것이 여자의 제일 좋은 팔자라고 인식하는 과정을 그린다. 박영희의 「伴侶」(『삼천리』, 1937. 1. 5/『삼천리문학』, 1938. 6)는 기생의 시련담으로, 돈은 모았으나 폐병에 걸린 기생이 호감을 가진 남자들로부터 사기 당한다는 결말을 보여주었다.

이석훈의 「嫉妬」(『백광』, 1937. 5)는 어부 칠성이가 갈보물림 산월이와 동거하면서 의처증에서 헤어나지 못하던 중 특히 조합 최서기와의 관계를 의심하여 한바탕 싸우고 난 후에도 분이 풀리지 않자 죽이러 간다고 하는 것으로 끝난 소설이다.

「天使와 散文詩」(『사해공론』, 1936. 4)에서 여급들의 내면 세계를 긍정적으로 그린 바 있는 이효석의 「聖餐」(『여성』, 1937. 4)은 처음부터 끝까지 여급 보배를 초점화자로 하여 신문기자 준보와 끽다부의 종업원 민자가 결혼한다는 소식을 듣고 느끼는 복잡한 감정을 섬세하게 묘사하였다. 그러나 민자가 폐렴에 걸려 고생할 때 보배와 준보는 술에 잔뜩 취한 후 자연스럽게 관계를 갖는다. 보배가 뒤숭숭한 괴로움에 젖는 것으로 몰아가는 이 소설의 제목은 보배의 남성관과 애정관을 반영한 것으로, 한 사람 한 사람 대할 때마다 항상 환상의 잔칫상을 벌이듯이 정성을 다한다는 것이다. 아무리 귀한 진미라도 시간이 지나면 기억이 사라진다는 파악은 보배의 몫이 아니라 작가 이효석의 몫이다. 독자들이 예상한 대로 이효석은 여급 보배를 철학이나 깊은 생각을 지닌 존재로 그려놓았다. 보배는 준보를 정복한 후 새것 예찬론에 빠지다가 새것 추구가 갖는 악덕과 위험을 깨닫기도 한다.

강노향의 「夜宿」(『조광』, 1937. 7, 9)은 대학에서 문학을 전공하는 개운여관 집 아들 성민이 얼굴이 제일 예쁜 애선을 사랑하여 온갖 찬사를 늘어놓고 환상을 갖다가 임질에 걸려 아버지에게 쫓겨난다는 이야기다. 「항구의 동쪽」(『조광』, 1936. 11)의 조선인 매춘부 아지는 「항구로 가는 길」(『여성』, 1937. 6)에 다시 등장하였다. 경북 산골 머슴에게 팔려간 아지는 마을의 여러 여자들을 따라 항구로 몸팔러 가려다가 진정하고 남편에게로 돌아간다.

정비석의 「雜魚」(『인문평론』, 1939. 12)는 카페 여급들의 생활상과 고민을 그린 소설이다. 남성 인물로는 북지에서 백만금을 잡고 돈을 물 쓰듯

하는 한량 김태웅이 등장하고 여급으로는 김태웅의 아이인지 누구의 아이인지 모를 애를 임신하고도 앞날에 대해 별 고민하지 않는 쯔바끼, 자의로 임신했으면서도 약을 먹고 낙태할 계획을 실천에 옮기는 히도미, 아직 10대고 여급 된 지 석 달밖에 되지 않았는데도 김태웅과 성관계를 맺는 사나에, 대학 중퇴하고 소설 쓰는 병보를 먹여 살리면서도 병보 아버지로부터 두 사람의 관계를 정리하라는 편지를 계속 받고 고민하는 사유리 등이 등장한다. 「잡어」의 주인공은 생각이 깊고 얌전한 사유리라고 할 수 있다. 히도미를 전송하러 나간 사유리가 우연히 만난 김태웅의 농담 섞인 텐진행 동행 제의를 받아들여 기차에 올라서는 결말 부분은 독자에게 당혹감을 안겨주기까지 한다.

병보의 장님같은 순정을 도저히 감당해낼수없는 짐으로 느꼈고, 히도미를 영영 잃어버렸고, 쯔바끼의 세계에조차 환멸을 느낀 지금에 사유리는 오직 태웅의 세계에 휩쓸려보는수 밖에 딴 도리가 없어보였다.

태웅의 세계 — 병보의 세계에서 출발하여 사유리, 히도미, 쯔바끼의 세계를 거쳐서 비로소 도달할수 있는, 추악조차가 꽃포기처럼 아름답게 빛나는, 그것은 인간정신이 도달할수있는 최고의 세계, 극치의 세계가 아닐까.

오래동안 고민하면서 찾아내려고 애쓴것은 결국 그세계가 아니었던가.

병보가 서있는곳이 인간정신의 아름다움의 최고봉의 하나라면 태웅이가 짚고있는곳도 확실히 다른 한개의 최고봉임에 틀림없어 보였다.

히도미 쯔바끼의 세계는 결국 그중간이요 내려다보이는 고르체기에 지나지 않아보였다.

단숨에 이봉에서 저봉으로 뛰어건느다가 떨어져 죽는한이 있더라도 지금의 사유리는 그길을 밟을수밖에 없다고 느껴졌다. 이미 몸은 벼랑우에 닦아선 각오였다.[542]

카페 여급들의 삶의 방식은 그들과 관계를 맺고 있는 남자들의 삶의 방식을 비쳐주며 다시 남자들의 삶의 방식은 조선인들의 삶의 방식을 비추는 면영이 되고 있다. 김동인은 한 카페 여급이 그녀의 육체만 탐한 남자로부터 버림받는다는 「街頭」(『삼천리문학』, 1938. 1), 온천지대 양덕군의 대탕지 여관에 돈 벌러 갔다가 못생기고 뚱뚱한 외모 때문에 손님이 오지 않자 여관의 잡역부가 되어 일하나 빚만 쌓여가는 작부를 그린 「大湯池 아주머니」(『여성』, 1938. 10~11)를 발표했다. 박노갑은 금강산 술집 작부가 탈출에 실패하자 만폭동에 빠져 죽은 사연을 5년 전의 손님의 꿈에 나타나 들려주는 독특한 형식을 취한 「芳魂」(『조광』, 1939. 12)을 발표했다.

---

542) 『인문평론』, 1939. 12, pp. 190~91.

제 6 장

1940년대 전반기와
한국 작가의 대응 양상

1. 총론

1940년에서 1945년 8·15 해방까지의 주요 사건으로는 다음과 같은 것들을 추려낼 수 있다.[1]

창씨개명 실시(1940. 2. 11), 한국국민당(김구), 조선혁명당(이청천), 한국독립당(조소앙)이 통합하여 한국독립당 창립(1940. 5), 충칭(重慶)으로 이전한 임시정부 한국광복군 창설(1940. 9. 17), 총독부, 국민총력연맹을 조직하여 황국신민화운동 전개(1940. 10), 조선문인협회 주최 강연회 평양에서 개최(1940. 1), 『조선일보』와 『동아일보』 폐간(1940. 8. 10), 조선문인협회 전국 주요 도시에서 문예보국 강연회(1940. 11), 조선사상범예방구금령 공포(1941. 3. 10), 소학교를 '국민학교'로 바꾸고 조선어학습 폐지(1941. 3. 31), 『문장』과 『인문평론』 폐간(1941. 4), 수양동우회 사건 상고심에서 36명 전원 무죄 언도(1941. 11), 친일문예지 『국민문학』

---

1) 이만열 엮음, 『한국사연표』(개정판), 역민사, 1996, pp. 264~75.

창간(1941. 11), 미국과 일본 개전에 따라 임시정부 대일 선전포고(1941. 12. 9), 친일 잡지 『신시대』『춘추』 창간, 조선인에 대한 징병제 시행(1942. 5), 신임 총독에 고이소 구니아키(小磯國昭) 부임(1942. 5), 노기남 한국 최초의 주교로 서임(1942. 9), 조선어학회 사건(1942. 10), 전국 121개소에서 청년특별연성소 입소식 거행(1942. 12), 보국정신대 조직(1943. 1), 총독부 학도전시동원체제 확립(1943. 7), 학병제 실시(1943. 10), 카이로 선언(1943. 11), 시인 이육사 북경에서 옥사(1944. 1), 총동원법에 의하여 전면 징용 실시(1944. 2), 주기철 목사 순교(1944. 4), 한용운 사망(1944. 5), 임정 30여 개국 연합국에 정부 승인 요청(1944. 6), 신임 총독에 아베 노부유키(阿部信行) 임명(1944. 7), 여자정신대 근무령 공포(1944. 8), 여운형 지하단체 건국동맹 조직(1944. 9), 임시정부 일본과 독일에 선전포고(1945. 2), 얄타 회담(1945. 2), 일본 천황 히로히토 무조건 항복 방송(1945. 8. 15).

1940년에는 약 130여 편가량이 발표되었다. 정비석은 『삼대』(『인문평론』, 1940. 2) 등 10편으로 가장 많은 작품을 발표하였다. 정인택은 「연연기」(『동아일보』, 1940. 3. 7~4. 3) 등으로, 박노갑은 「무가」(『인문평론』, 1940. 2) 등으로, 이무영은 「흙의 노예」(『인문평론』, 1940. 4) 등으로, 이석훈은 「백장미 부인」(『조광』, 1940. 1~6) 등으로, 김동리는 「동구 앞길」(『문장』, 1940. 2) 등으로, 채만식은 「냉동어」(『인문평론』, 1940. 4~5), 「회」(『조광』, 1940. 12) 등으로, 김사량은 「낙조」(『조광』, 1940. 2~1941. 1) 등으로 5편 이상을 발표하였다. 김동리는 양과 질의 비례를 모범적으로 이루어내었다. 1939년부터 매년 5편 이상 발표한 이석훈은 1942년과 1943년에 일본어 소설을 근 20편 발표하였다. 이어 김남천은 장편소설 『낭비』(『인문평론』, 1940. 2~1941. 2)와 「경영」(『문장』, 1940. 10) 등을, 김영수는 「해면」(『문장』, 1940. 5) 등을, 한설야는 「태양은 병들다」(『조광』, 1940. 1~2)와 장편소설 『탑』(『매일신보』, 1940. 8. 1~1941. 2. 14) 등을, 이기영은 장편소설 『봄』(『동아일보』, 1940. 6. 11~8. 10, 『인문평론』, 1940. 10~1941. 2) 등 장편소설을 포함하여 5편 이상을 써냈다. 이 가운데 한설야는 성공작의 확률이 가장 높았던 작가였다. 「음우」(『조광』, 1940. 10)의 박태원, 「탁류를 헤치고」(『인문평론』, 1940. 4~5)의 안회남, 「추산당과 곁사람들」(『문장』, 1940. 10)의 김정한, 장편역사소설 『다정불심』(『매일신보』, 1940. 11. 11~1941. 7. 23)의 박종화, 장편소설 『녹색의 탑』(『국민신보』, 1940. 1. 7~4. 28)과 『창공』(『매일신보』, 1940. 1. 25~7. 28)의 이효석, 「인맥」(『문장』, 1940. 4)의 최정희, 「주붕」(『문장』, 1940. 7)의 유진오, 「난제오」(『문장』, 1940. 2)의 이광수 등은 3편 이상 작품을 발표한 작가에 들어간다. 김정한은 과작의 작가이긴 하지만 1936년에서 1940년까지 발표작＝문제작이라는 기록을 남겼다. 안수길, 엄흥섭, 장덕조 등도 각각 3편씩을 발표한 작가군에 속한다. 이태준, 계용묵, 석인해, 이북명, 이선희, 장혁주, 최태응, 백철, 유항림, 김소엽, 박계주, 박영준, 박영희, 방인근, 이근영, 조용만, 지하련, 최인욱, 최인준, 힘대훈, 홍효민 등도 1~2편의 소설을 발표하였다.

　1941년에는 발표작이 1백여 편 정도로 격감한다. 「눈 오던 날 밤」(『인문평론』, 1941. 2) 등을 쓴 박노갑, 「채가」(『문장』, 1941. 4) 등을 쓴 박태원이 10편 가까운 작품을 발표하며 가장 활발하게 활동하였다. 박태원은 자전적 서사에서 벗어나려는 시도를 보였다. 안회남은 「노인」(『문장』, 1941. 2) 등으로, 정인택은 「단장」(『문장』, 1941. 2) 등으로, 채만식은 「근일」(『춘추』, 1941. 2) 등으로, 김동인은 장편역사소설 『대수양』(『조광』, 1941. 2~12) 등으로, 석인해는 「해수」(『문장』, 1941. 2) 등으로, 계용묵은 「이반」(『문장』, 1941. 2) 등으로 5편 이상의 작품을 발표하였다. 많은 작품을 발표한 1934년부터 1941년까지 김동인의 발표작은 당대소설과 역사소설로 나누어진다. 「맥」(『춘추』, 1941. 2)의 김남천, 「생명선」(『가정의

벗」, 1941. 3~8)의 이기영, 「두견」(『인문평론』, 1941. 4)의 한설야, 「천맥」(『삼천리』, 1941. 1~4)의 최정희, 「길」(『춘추』, 1941. 6)의 현경준, 「젊은 아내」(『춘추』, 1941. 2)의 유진오, 「최기성씨」(『문장』, 1941. 2)의 김영수 등은 이 해에 3~4편의 작품을 발표한 작가에 해당한다. 「누이의 집들」(『문장』, 1941. 2)을 쓴 이무영과 「애견가의 수기」(『춘추』, 1941. 6)의 이석훈, 「북경의 기억」(『문장』, 1941. 1)의 조용만 역시 3~4편의 소설을 써냈다. 1~2편을 발표한 작가로는 「라오콘의 후예」(『문장』, 1941. 2)의 이효석, 「유치장에서 만난 사나이」(『문장』, 1941. 2)의 김사량, 『봄의 노래』(『신시대』, 1941. 10~1942. 6)의 이광수, 장편소설 『사상의 월야』(『매일신보』, 1941. 3. 4~7. 5)의 이태준, 「가을」(『조광』, 1941. 11)의 지하련, 「장삼이사」(『문장』, 1941. 4)의 최명익, 「습작실에서」(『문장』, 1941. 2)의 허준, 「별」(『인문평론』, 1941. 2)의 황순원 등이 있다. 박계주, 이근영, 김동리, 김정한, 박영준, 엄흥섭, 이선희, 임서하, 임영빈, 임옥인, 장혁주, 현진건 등도 1~2편의 작품을 발표했다.

1942년에는 50편이 약간 넘는 작품이 발표되었다. 1942년은 이태준의 해라고 할 수 있다. 이태준은 장편소설 『별은 창마다』(『신시대』, 1942. 1~1943. 6), 「석양」(『국민문학』, 1942. 2), 「사냥」(『춘추』, 1942. 2), 「무연」(『춘추』, 1942. 6) 등 6편을 발표했으며 대부분 문제작으로 평가되었다. 이어 이효석은 「황제」(『국민문학』, 1942. 8) 등으로, 유진오는 「남곡선생」(『국민문학』, 1942. 1) 등으로, 채만식은 장편소설 『아름다운 새벽』(『매일신보』, 1942. 2. 10~7. 10) 등으로 3~4편가량의 작품을 발표하였다. 1940년대 들어 유진오는 작품을 적게 발표한 것은 아니지만 대체로 범작이었다. 「농무」(『국민문학』, 1942. 11) 등을 쓴 정인택, 「시」(『조광』, 1942. 4) 등을 쓴 계용묵, 「문서방」(『국민문학』, 1942. 3) 등을 쓴 이무영 역시 3~4편을 발표한 작가군에 포함된다. 이 중 이효석은 1940년부터 1942년까지 조선어로든 일본어로든 꾸준히 창작 활동을 하였다. 계용묵도

1940년대 들어 근 15편을 발표하였다. 1~2편을 발표한 작가로는 「빙원」(『춘추』, 1942. 7)의 이북명, 「등불」(『국민문학』, 1942. 3)의 김남천, 「혈」(『국민문학』, 1942. 1)과 「영」(『국민문학』, 1942. 12)의 한설야, 장편소설 『동천홍』(『춘추』, 1942. 2~1943. 3)의 이기영 외에 박노갑, 이석훈, 최인욱, 김동인, 박영준, 박태원, 안수길, 이근영, 지하련, 최태응, 황순원 등이 있다.

1943년 발표작은 전년의 절반밖에 되지 않는다. 양으로 보면 1943년은 이무영의 해라고 할 수 있다. 이무영은 농민소설을 6편이나 발표했고, 안회남은 4편을, 정비석, 계용묵, 정인택은 3편을 발표했다. 안회남은 1936년부터 1945년까지 매년 4~8편을 발표하는 필력을 과시하였으나 저급소설, 소설가소설, 농민소설 등으로 분류될 정도로 소재가 제한적이며 문제작도 적은 편이다. 2편을 발표한 작가로는 김사량, 박계주, 이주홍 등이 있고, 1편을 발표한 작가로는 「어떤 아침」(『국민문학』, 1943. 1)의 김남천, 중편소설 「광산촌」(『매일신보』, 1943. 9. 23~11. 2)의 이기영, 「석교」(『국민문학』, 1943. 1)의 이태준, 「보도연습반」(『국민문학』, 1943. 7)의 최재서 등을 들 수 있다. 이기영은 1940년대에 근 15편의 소설을 발표했으나 문제작은 그리 많지 않다. 그 외에 김소엽, 박노갑, 석인해, 안수길, 이근영, 이효석, 장혁주, 채만식, 한설야 등도 1편씩 발표했다.

모두 15편 정도가 발표된 1944년에는 역사소설 「성암의 길」(『조광』, 1944. 8~12)의 김동인, 『여인전기』(『매일신보』, 1944. 10. 5~1945. 5. 16)의 채만식, 「사십 년」(『국민문학』, 1944. 1~)의 이광수, 「수석」(『국민문학』, 1944. 1)의 최재서, 「각서」(『국민문학』, 1944. 7)의 정인택 등이 2편을 발표했고 박계주, 안수길, 엄흥섭, 이북명, 이주홍, 조용만 등이 1편을 발표했다. 1945년 해방 이전에는 윤백남의 「벌통」(『신시대』, 1945. 1), 최재서의 「민족의 결혼」(『국민문학』, 1945. 2) 등이 발표되었다.

1940년에는 정비석이, 1941년에는 박노갑이, 1942년에는 이태준이,

1943년에는 이무영이, 1944년에는 김동인, 채만식 등이 가장 많은 작품을 발표하였다. 1940년에서 1945년 해방을 맞을 때까지 박노갑, 채만식, 이무영, 정인택, 정비석, 박태원, 이석훈 등이 10편이 넘는 소설을 발표했고, 그 뒤를 이어 한설야, 이효석, 이태준, 유진오, 김동인 등이 10편 가까운 소설을 발표했다.

2. 장편소설과 '신체제'에 대한 응전의 양상
   (자기성찰/대일협력/개척의 서사)

1940년대에 들어서면서 김동인, 박종화, 이기영, 채만식, 김남천, 박태원, 장혁주, 김사량 등이 2편 이상의 장편소설을 발표했다. 박종화의『前夜』(『조광』, 1940. 7~1941. 10), 김동인의『大首陽』(『조광』, 1941. 2~12), 현진건의『善花公主』(『춘추』, 1941. 4~6, 8~9)와 같은 역사소설이 많이 발표된 점, 채만식의『젊은 날의 한 句節』(『여성』, 1940. 5~11), 김동인의『殘燭』(『신시대』, 1941. 2~10)과 같은 미완성 소설이 적지 않았던 점, 박태원의『女人盛裝』(『매일신보』, 1941. 8. 1~1942. 2. 9), 엄흥섭의『人生沙漠』, 이태준의『幸福에의 흰손들』(『조광』, 1942. 1~1943. 1), 김남천의『구름이 말하기를』(『조광』, 1942. 6~11), 이기영의『生活의 倫理』(성문당, 1942)와 같이 수준 이하의 작품들이 문제작보다 훨씬 많은 점이 1940년대 전반기 장편소설의 특징이라고 할 수 있다.
   이효석의『蒼空』(『매일신보』, 1940. 1. 25~7. 28, 1941년 박문서관 발간 단행본은『碧空無限』으로 개제)은 음악평론가이면서 문화사업가인 주인공 천일마가『현대일보』사장의 부탁으로 교향악단 초빙 교섭차 하얼빈행 기차를 탔을 때 여배우 최단영이 쫓아가는 "제1장 꽃묶음", 천일마가 카바레 댄서인 러시아 여성 나아자와 재회하는 "제4장 대륙의 밤", 카바레 · 영화관·호텔·경마장 등을 배경으로 한 천일마와 나아자의 연애담과 최단영과 김명도 사이의 불안한 교제 과정을 병행시킨 "제5장 아킬레스의 비상"과 "제6장 향연", 하얼빈 교향악단이 서울에 와 연주회를 성공리에 개최하는 "제11장 뮤으스의 선물", 천일마의 사랑을 구하는 데 실패한 단영이 자살을 시도하는 "제12장 비가", 천일마의 첫사랑인 남미려와 혜주와 단영이 녹성음악원 설립에 뜻을 모으는 "제14장 생활설계", 기생 청매와 김종세 기자, 배우 단영과 소설가 문훈이 새로운 짝으로 태어나는 "제15장 여담" 등 모두 15장으로 짜여 있다.

『창공』에서 시평과 음악 평론을 쓰는 문화사업가 천일마가 부잣집 아들이며 법학사 출신인 유만해와 결혼한 남미려에게 버림받은 아픔을 극복하고, 영화배우 최단영의 끈질긴 유혹을 물리치고, 댄서인 러시아 여자 나아자를 선택한 데는 그 나름의 인생철학이 크게 작용했다. 천일마는 만주의 신문기자인 한벽수의 말처럼 해바라기형의 나아자에게 "햇빛"이 되겠다고 자임한 것이다. 햇빛과 같은 남자를 지향하겠다는 것은 장편소설 『화분』에 이어 『창공』에서 강조된 "구라파에의 향수"와 연결된다. 일마의 친구인 의사 박능보와 소설가 문훈은 천일마가 나아자와 결혼하기로 결심한 것을 현대 문명의 발상지인 서쪽 나라를 향한 "향수의갈ㅅ증을채우고 쭘을 수입한것"[2]이라고 해석하였다. 이러한 두 친구를 향해 은파가 반감을 드러내며 "쓸갓잔은 서양숭배 그만들돼요" 하면서 "서양이라면사족을 못펴구? 야만인의 추태"라고 하자 소설가 문훈은 "누가 서양을숭배하나 아름다운것을숭배하는것이지 아름다운것은 태양과가티 절대라나 서양의것이든 동양의것이든, 아름다운것 압헤서는사족을못써두조쿠, 업드려백배천배해두조커든"[3] 하고 심미주의적 태도를 드러낸다. 이때의 소설가 문훈이 작가 이효

2)『매일신보』, 1940. 4. 25.
3) 위의 신문, 1940. 4. 27.

석의 대변인임은 두말할 것도 없다.

　1930년대까지의 소설들에서 말하기보다는 보여주기, 내면 탐색보다는 외면 묘사에 치중했던 이효석이 천일마가 친구들과 대화를 나누는 자리에서 행복, 현대인의 이상, 이국정서 · 승부 · 운명 · 사랑 · 즐거움 · 아름다움 · 열정 · 결혼 등을 화제로 삼게 한 것은 작가의식의 변화나 발전이라고 할 수 있다. 천일마와 친구들이 아름다움을 절대적 가치로 놓은 것과 녹성음악원 결성 모임에서 여러 남녀가 음악을 예찬하는 것은 같은 의미라고 하겠다. 김종세 기자는 "음악의 일반화 민중화 생활화를 목표 삼"자고 하면서 "음악에서 밧는 순간의 령감은 사상가의 백가지의 리론보다도 더 즐겁고 효과적이요 강렬한것" "즉밥보다두 옷보다두 사랑보다두 야심보다두 음악이조흔것이구 그것이잇스면 적어두 일정한 순간 모든것을 니즐수가 잇겟단말요"[4]라고 음악 예찬론을 펼친 것은 이효석 나름대로 닫힌 시대에서의 출구를 모색한 결과가 된다. 천일마를 여러 여성의 사랑을 받고 있고 문화사업을 단숨에 성공시킨 문화 영웅으로 양각하기 위해 유만해를 희극적으로, 박능보와 문훈을 다소 단순한 인물로 그려낸 로망스적 터치가 군데군데서 드러나 있다.

　이효석의 『綠色의 塔』(『국민신보』, 1940. 1. 7~4. 28)[5]은 영문학 교수 지망생인 조선인 안영민이 연적 하나이의 지능적 방해, 요코의 오해와 자살 시도, 안영민의 낙향, 민자작 딸 민소회의 집요한 구애 등의 시련을 겪은 끝에 심리학 조교인 마키의 여동생 요코와 결합하게 되고 전문교 교수로 나아가기까지의 이야기를 들려준다. 영문학 강사 예정자 안영민, 심리학 조교인 마키와 요코 남매, 일본 문학 전공자 하나이 등이 보트놀이를

---

4) 위의 신문, 1940. 7. 12.
5) 다음 논문을 주목할 필요가 있다.
　　김양선, 「일제 말기 국민문학의 존재양상―이효석의 『녹색 탑』을 중심으로」, 『어문연구』 34, 2006.

하던 중 물에 빠져 옷이 젖은 영민이 마키 남매 집으로 간다. 만데츠에 근무하던 아버지의 별세로 요코는 동경의 상급학교를 가는 대신 전공과 2년 수료 후 집에 있다. 영민은 가을까지 주임교수에게 「데어드레의 전설에 대한 연구」라는 소논문을 제출하고 강사 자리를 약속받는다. 어느 날 민자작의 첩과 그의 딸 소희가 불시에 영민을 방문한다. 영문학 주임교수 시마를 방문하고 강의 자리 약속을 확인한 후 영민의 승진 축하 모임이 열린다. 요코가 일본인 하나이와 조선인 영민을 두고 고민한 끝에 영민을 선택한다. 요코는 영민에게 '정열'을 요구한 데 반해 영민은 예지, 반성, 사려 등을 내세운다. 영민이 자기와의 사랑보다 출세에 더 급급해하는 것으로 오해하고 자신의 절망을 알리는 편지를 써 보낸 요코는 영민에게서 "요코 씨마저 나를 오해한다면 나는 더 이상 할 말이 없어. 예지라는 표현이 잘못되었다면 얄팍한 구라파식 교양 탓이라고 생각해줘"라는 답장을 받고 자살을 시도한다. 자살은 실패로 끝났지만 하나이의 제보에 의해 요코의 음독 자살 시도가 신문에 보도되자 영민은 파렴치한으로 몰려 강사 자리를 취소당하고 만다. 영민의 집안은 대대로 학자가 나온 집안으로, 영민의 아버지는 경서나 읽으면서 유유자적하게 세월을 보내던 중이었다. 낙향해 있을 때도 영민은 요코에게 계속 편지를 보냈으나 무반응이었고 대신 민자작의 딸 소희의 구애 공략은 더욱 심해진다. 영민에게 거절당한 소희는 영민을 경멸한 끝에 복수하기로 마음먹는다. 요코가 외삼촌에게 이끌려 동경으로 가자 영민은 영민대로 하나이는 하나이대로 동경으로 달려간다. 수혈해준 것을 계기로 요코는 영민에게 다시 마음을 열어 보이고 마침내 결혼을 약속할 무렵 영민은 시마 교수로부터 S전문교 교수로 가라는 편지를 받게 된다.

소희가 자주 찾아가는 영사관의 스미스 부인이 식물학자로 틈틈이 식물을 채집하여 일정량이 모이면 본국으로 보내어 마침내 잡지에 수록된다는 것은 유진오의 『화상보』의 주인공 장시영을 떠올리게 한다. 영민과 요코를 태운 배가 부산 부두에 닿았을 때 출항 준비 중인 요코하마행 배에 한복 입은 소희와 스미스 일본 영사 딸 앨렌이 타고 있는 것을 보게 되는 장면은 이광수의 『무정』이나 『흙』의 차중기연을 연상케 한다. 영민이 일본 여자 요코와 결혼하기로 되어 있고, 일본인 요코의 오빠인 친구 마키와 더할 수 없는 우정을 쌓고, 일본인인 시마 영문과 주임교수의 추천을 받아 전문학교 교수로 가게 되는 것은 친일적 발상이요 구성이라고 하지 않을 수 없다. 영민에게 우호적인 인물은 모두 일본인이기 때문이다. 두 남녀가 배를 타고 현해탄을 건널 때 "뭐든 사람이 생각하기에 달렸어. 넓다고만 생각하니까 얼토당토 않은 착오가 생기는 거야. 실제로 우리를 방해한 것은 이 해협이었어. 불온한 해협이지. 그러나 좁다고 무시하고 두려워하지 않았기 때문에 우리는 그것을 극복할 수 있었어"[6]와 같이 내선 일체를 지지하는 발언을 한다. 『녹색의 탑』의 끝은 결혼식을 올린 지 한 달 후 영민이 한복 입은 요코와 함께 비원에 가서 일체감을 느끼는 것으로 마무리된다. 영민은 한복 입은 요코를 보고 여동생과 걷는 것 같다고 하면서 "말하자면 우리들은 서로 아무것도 다를 게 없었어. 혈액형도 같고, 지금 입고 있는 옷도 같아. 다른 것은 단지 집단일 뿐이야. 전통일 뿐이라고" 하며 내선일체론과 동조동근론을 인정하는 발언을 한다. 느슨한 구성이라든가 주요 인물의 부자연스러운 심리 전개, 영민의 낙향과 동경행의 불분명한 이유 제시 등과 같은 서술 방법상의 문제도 드러난다. 작가정신의 동요가 기어이 서술 방법의 불안정을 불러왔다.

　　김남천의 『浪費』(『인문평론』, 1940. 2~1941. 2)[7]는 미완의 장편소설이

---

6) 『문학사상』, 2004. 2, p. 203.
7) 다음 논문들을 주목할 필요가 있다.
　　권오현, 「김남천의 지식인소설 연구—작품 『浪費』, 「經營」 「麥」을 중심으로」, 한국어문연구학회, 『한국어문연구』 6, 1991.
　　김 철, 「'근대의 초극', 『낭비』 그리고 베네치아」, 『민족문학사연구』 18, 2001.
　　공임순, 「자기의 서벌턴화와 코스모폴리탄이라는 이념형」, 『상허학보』 14, 2005.

다. 여름을 맞아 이관형 아버지 이규식 소유의 별장과 일본인 상인 야스다가 경영하는 별장에 놀러 온 여러 남녀들을 세세히 묘사하는 데서 시작하여 이관형이 가사이 지도교수 집을 방문하여 이관형이 쓴 논문에 대한 이야기를 나누며 술 한잔 하는 장면을 보여주는 것으로 끝나긴 하였지만, 작가 김남천이 말하고자 하는 바가 분명히 드러난 셈이어서 미완성작이라는 사실은 큰 문제가 되지 않는다. 크게는 지식인소설과 남녀애정소설이 교직되고 있는 이 작품에서는 주인공인 27세의 영문학과 대학원생 이관형이 소제목을 "헨리 젬스에 있어서의 심리주의와 인터내슈낼 시튜에슌"으로 잡고 본제목을 "문학에 있어서의 부재의식(不在意識)"으로 정한 강사 채용 논문을 작성하고, 지도받고, 심사받는 과정만 추려 보아도 작가 김남천의 창작 의도를 파악할 수 있다. 부재의식을 심리적인 문제로만 국한했어야 하는 것이 아닌가 하는 가사이 지도교수의 지적을 받고 이관형은 "부재의식"은 "기성관습(既成慣習)에 대한 어떤 개인의 심정상(心情上)의 부조화로부터 일어나는 의식상태"[8]라고 마음속으로 정리하면서 "헨리 제임스의 부재의식은 미국적 관습이나 구라파적인 관습에나 조화될 수 없는 괴리감에서 비롯된 것"이라는 결론에 도달하였다. 이관형이 "푸로이드의 리비도-도, 또는 이십세기에 들어와서 갈턱까지 가본 죠이쓰의 심리적세계도 결국은 이러한 사회적인데 구경의 원인을 둔 부재의식이 아니랄수는 없을것이다"[9]라고 주장한 것은 사회의식은 심리의 모태라는 기본 인식에서 나온 것임을 확인해준다. 김남천은 심리주의 방법의 한 선구적 존재인 헨리 제임스의 부재의식이 사회적 부적응에서 온 것이라고 주장하는 문학 연구자 이관형을 내세워 당시 한국의 젊은 지식인들의 좌절 경향과 폐쇄 심리를 파헤쳐 보이고 있다. 『낭비』를 전향소설로 부를 수 있다면 그 근거의 하나는 리얼

---

8) 『인문평론』, 1940. 11, p. 145.
9) 위의 책, p. 145.

리스트인 김남천이 헨리 제임스와 프로이트에 관심을 가진 영문학자를 주인공으로 내세운 데서 찾을 수 있다.

『낭비』에는 별장을 일시적인 무대로 하는 여러 남녀 관계가 병치되어 있다. 명치정 청의양장점 마담 문난주는 이관형에게 접근했다가 6살 연하라는 것을 알고 마음을 바꾸었고, 이관형은 여동생 관덕의 후배인 이화여전 가사과 학생 김연에게 관심을 가졌었고, 관형의 남동생이자 독일 문학을 공부하러 일본에 유학 가기로 되어 있는 관국은 여류 작가 한영숙과 가까이 지낸 적이 있고, 관형의 외삼촌이며 영화업을 하는 윤갑수는 동양은행 본점 지배인 백인영의 애첩 최옥엽과 애정 행각을 벌이고, 관형의 여동생 관덕은 비행사 구웅걸과 약혼하고, 관형이 한때 짝사랑했던 김연은 갑자기 김관수와 결혼한다. 장편소설 『낭비』의 주인공 이관형은 단편소설 「경영」의 여주인공 최무경과 그 속편인 단편소설 「맥」에서 만나 식사를 같이 하면서 오시형이 던지고 간 동양학, 다원사관, 보리의 운명론 등을 화제로 하여 오시형과는 분명 거리가 있는 의견을 개진한다. 이관형이 중언부언하는 구라파 위기론은 일본의 전쟁 명분론에 대한 반론을 일시적으로 덮어버리는 효과를 갖는다.

김사량의 『落照』(『조광』, 1940. 2~1941. 1)[10]는 합병에 훈공을 세운 아버지 윤대감이 피살된 후 남작이 된 윤성효가 작첩(作妾)에 몰두하고 방적회사 경영의 사업가로 전신하는 과정과 윤남작의 첩 해주집과 김천집이 끊임없이 대립하는 과정이 겹쳐 있다. 기생이었던 어머니 산월의 자살, 김천집의 양녀인 귀애 누나와의 사랑, 사상가의 아들인 석순철과의 교유, 복란과의 결혼 등을 겪어내는 가운데 수일이 성장하는 과정이 작가가 가장 들

10) 다음 논문들을 주목할 필요가 있다.
　　최시한, 「암흑기의 가정소설 『낙조』 연구」, 배달말학회, 『배달말』 22, 1997.
　　임형모, 「김사량의 초기 한글 소설 연구—해방 이전을 중심으로」, 국제한인문학회, 『국제한인문학연구』 3, 2005.

려주고 싶은 이야기였을 것이다. 『낙조』는 윤남작, 김천집, 해주집 등 비중이 큰 인물들은 대개 부정적으로 그리고 있으며 윤수일, 석순철, 귀애 등 비중이 작은 젊은 인물들에 대해서는 장차 예사롭지 않은 인물이 될 것이라고 암시하고 있다. 『낙조』가 제2부로 나아갔더라면 윤수일은 말할 것도 없고 석순철이나 귀애도 긍정적인 인물로 그려졌을 것이다. 작품 속의 비중으로 보면 단역이나 다름없는 석순철은 망명객으로 있다가 형무소에 가 있는 아버지의 뒤를 따라 "사상가"가 되겠다고 하면서 "思想家는 第一 장하구 힘이세니깐나쁜사람은얼마든지 혼을내워"[11]라고 말한다. 석순철이 "사상가"를 희망한다는 말을 아들을 통해 들은 산월은 사상가를 "漠然하나마 그것은 아마 自己를 못살게한 尹大監따위를 처물리려는 사람들의 名稱이거니 하고 生角한다."[12] 산월은 평양에 살고 있었을 때 대성학교 출신들의 연설을 빠지지 않고 들었던 과거가 있다.

『낙조』는 앞으로 사회에 크게 기여하는 인물들을 예비해둔 점에서 주목할 만하다. 1부는 "낙조"로 끝났지만 2부나 3부는 "여명"으로 닿아 있음을 암시한 것만으로도 작품의 소임은 다한 것으로 해석할 수 있다. 끝부분은 윤대감이 해주집의 정부인 김백이 "붉은 표지의 헌 잡지"를 읽는 것을 보고 깜짝 놀라는 장면으로 채워졌다. 작가 김사량은 "그러므로 이小說이 조금이라도 朝鮮社會의 展開를 背後에둔以上 우리도 지내온 過去한世代에 흔히나타나던 不可不男爵과같이 들을수밖에 없는것이다"[13]라고 하여 사회주의의 도래가 분명한 역사적 현실이었음을 인정한다. 김백으로부터 사회주의의 골자인 자본주의 발전 과정론, 무산계급론, 소작쟁의 등의 개념에 대한 설명을 들은 윤남작이 불안감을 갖게 되면서 『낙조』는 끝난다.

이태준의 『青春茂盛』(『조선일보』, 1940. 3. 12~8. 10)[14]은 목사이자 교

---

11) 『조광』, 1940. 5, pp. 108~09.
12) 위의 책, 1940. 6, p. 57.
13) 위의 책, 1940. 12, p. 307.

사인 원치원을 상대로 학생인 고은심과 최득주가 경쟁하다가 고은심은 사회학 교수가 되어 결혼하게 되고 온갖 고난을 거친 최득주는 원선생과 자선사업을 같이 하게 된다는 줄거리로 되어 있다. 원선생이 득주를 경제적으로 도와주나 득주가 언니의 알선으로 기생질 하면서 퇴학시켜달라고 하는 "불나비", 은심이 좋아하는 원치원이 학생들에게 생식, 미, 행복 등을 강조하는 "우문현답", 학교를 그만두고 바걸로 간 득주를 원선생이 찾아가 설득하고 지원책을 강구하는 "독한 향기", 재입학이 허용된 득주가 원치원과 은심 사이를 방해하는 "화원에 오는 것", 원치원이 은심에게 사랑을 고백하는 편지를 보내고 동경으로 가는 "원치원의 걷는 길", 은심이 보스턴에 있는 사촌 오빠의 소개로 쪼오지 함이란 미국 청년을 만나러 미국을 향해 출발하는 "고은심의 걷는 길", 배편 사정으로 떠나지 못한 은심과 원치원이 한방에서 정욕을 참으며 부부처럼 같이 지내는 도중에 미국에서 쪼오지 함이 찾아오는 "파도는 육지까지", 서울에 다 같이 와서 쪼오지 함이 은심을 치원에게 양보하고 미국으로 떠나가는 "사나이와 사나이", 최득주의 바걸 생활을 그린 "최득주의 걷는 길", 최득주가 윤천달의 수표를 훔친 죄로 감옥에 갔다가 윤천달의 소 취하로 출옥하는 "죄와 벌", 득주로부터 백 원을 지원받은 원치원이 금광업자로 성공하는 "막연한 두 사람", 원치원이 간척사업에 투자하여 50만 원의 재산가가 되어 득주에게 10만 원을 주고 다시 치은광산을 차리는 "밤마다 아침은 운다", 득주는 재락원 사업을 벌이고 원치원은 적극적으로 문화사업을 전개하면서 고은심과 결혼하여 고아 9명을 데리고 사는 "꿈은 열리다" 등 『청춘무성』은 모두 21장으로

14) 다음 논문들을 주목할 필요가 있다.
    이명희, 「이태준 장편 『청춘무성』고」, 『어문논집』 3, 숙명여대 한국어문학연구소, 1993. 2.
    김종균, 「이태준 장편소설 『청춘무성』 연구」, 『논문집』 29, 한국외대, 1996. 6.
    강옥희, 「페미니즘과 계몽주의」, 『한국 근대 대중소설 연구』, 깊은샘, 2000.
    송인화, 「이태준의 장편소설에 나타난 계몽과 여성의 관계—『청춘무성』을 중심으로」, 영남대 인문과학연구소, 『인문연구』 49, 2005.

짜여 있다. 원치원 선생은 학생들에게 "삼림의 철인, 삼림의 성자 토로오"를 소개하면서 동양인의 전원 취미와는 다른 정신문화 생활을 일깨워준다. 그는 물질문명에서 퇴보해야 하고 정신문화에서는 전진해야 한다는 이론을 편다. 원치원은 일본에서 고은심과 같이 지내게 되었을 때 동서양 비교론에 대해 토론을 벌인다. 원치원은 오늘날 서양이 조선에 예수교, 교육, 건축, 의복, 음식 등을 가져다주긴 했지만 서양 문화가 오지 않았다고 하더라도 동양은 동양대로 현대를 건설했을 것이라고 하였다.

「아무리 양복을 입구 자동차를 타두 가정에구, 사회에구, 독자(獨自)의 성격(性格)이 있어야 할겁니다. 인류의 이상이 코스모폴리탄(世界主義者)에 있다는덴 난 반댈뿐 아니라 그렇게 될 리두 영원히 없는겁니다. 에스페란토(世界共通語)를 보시죠. 그 말로 무슨 훌륭한 문학이 어디 나옵니까? 개인이구, 단체구, 파산된 성격 우에 건설된 문환 영구히 향기없는 가화문화(假花文化)인걸 면치 못할겁니다.」

「가화!」

「언제 하와이나 로샌젤스 같은데 가보심 대뜸 느낄겁니다. 난 전에 상헬(上海)가서 거기서 조선사람들의 반 서양식 생활을 보구 그 모두가 임시생활 같구, 모의(模擬)생활갓구, 찬바람이 돌구, 군물이 도는 부조화(不調和)의 고민을 이내 느낄 수 있었습니다」[15]

원치원의 동양자족론과 조선개성론은 미국 청년 쪼오지 함에게 잠깐이나마 마음이 쏠려 있었던 고은심에게 조선 여성으로서의 자존심을 불어넣게 된다. 바걸 생활을 해온 득주는 윤천달의 수표를 훔친 죄로 감옥에 있을 때 변호사와 만나 이런 이야기 저런 이야기 하던 도중에 화류계를 한

15) 『청춘무성』, 박문서관, 1940, pp. 320~21.

실상으로 인정하고 화류계 사람들에게 진정한 복음을 전달해준다든가 그들의 권익과 발전을 위한 상담을 해주는 진실한 자선가나 교화기관은 없다고 호소한다. 득주는 화류계에 있는 여자들을 위한 회관 건립 기금을 마련하기 위해 돈을 훔쳤던 것이다. 득주는 근대식 채광사업으로 짧은 시간에 많은 돈을 번 원치원에게 돈 10만 원을 받아 우선 일본과 중국을 돌아다니며 직업여성을 상대로 한 여러 기관을 시찰한 후 국내에 와서는 종로·영락정·명치정에다 카페를 차려 직업여성들과 유기적 관계를 맺는 일을 벌였다. 그리고 삼각정 천변에 2백 평 터를 사서 여자 무료 직업 소개소, 직업여성 인사 상담소, 고아와 사생아 응급소, 직업여성 무료 진찰소, 도서 열람실, 유희실, 수욕실, 재봉실, 기숙사 등이 들어선 3층 양관을 짓고 '재락원(再樂園)'이라는 이름을 붙였다. 재락원 사업이 널리 알려지면서 구경 오는 사람들이 많아졌고 사회학 교수가 된 은심이도 학생들을 데리고 견학을 오기도 하였다. 원치원은 원치원대로 영화계·연극계·잡지계·스포츠 분야 등에서 이상을 실현하기 위해 특히 청년층이 요구하는 사항들을 검토하고 지원하는 문화사업을 펼치기로 하였다. 어떤 사회 원로의 요구에 따라 2백만 원을 주어 1백만 원으로 연구실·독서실·오락실·대강당 등의 시설이 있는 문화관을 짓게 하고 나머지 1백만 원으로 계속 지원사업을 해나가기로 하였다.

이렇게 한봄에 심은 씨들처럼, 한꺼번에 전사회(全社會)에 솟아오르는 원치원의 록지대(綠地帶)는 일년 뒤에는 일시에 꽃이 피었다. 극장이 낙성이 되고, 영화 촬영소가 낙성이 되고, 경기장이 낙성되었고, 문화관이 낙성 되고, 무료의료관이 낙성 되고, 출판사업이 이미 일주년 기렴호(紀念號)들이 나오게 되고, 각 전문학교에서들은 새 졸업생들 중에서 치은장학금의 해외 유학생들이 파견되었다. 사회는 어느 방면에서나 원치원 예찬의 소리가 물끓듯 하였다.[16]

이태준이 공을 들여 구체적으로 서술하고 있기는 하지만 카페걸 최득주의 재락원 설립과 운영이라든가 목사와 교사 출신 원치원의 엄청난 규모의 문화사업 부분은 아무래도 몽상적인 이야기에 가깝다. 이러한 문화 중심의 사회사업담은 풍요하고 고급스러운 이상 세계에 대한 이태준의 갈망이 빚어낸 것으로 문화 영웅을 주인공으로 한 소설로 볼 수도 있다.

유진오의 장편소설 『憂愁의 뜰』(『여성』, 1940. 8~12)은 주의자 출신의 소설가 현호를 발신자로 하고 문화학원 영문과 1년생인 최향남을 수신자로 하여 사랑을 고백한 서간체소설로 앞부분은 이 작품이 사상적 갈등이나 시대고를 담은 소설로 나아갈 것처럼 보인다. 그 근거는 다음과 같다.

> 열릴곱살 되든해부터 그러니까 이럭저럭 십년이나되는동안 학업도 가정도 돈도 사랑도 모든 것을 내팽개치고 젊은 정렬을 바치어오든 나의 신렴이 회오리바람에 락옆닢 몰리듯 하로아침에 문어저버렸으니 어찌 기맥히는 노릇이 아니겠오.
>
> 물론 그런때에 절망하고 안하는것은사람될나름에도 달린것이라 파국이오자 동무들은 혹은 하룻밤동안에 새로운 신렴을 바꾸어 맨들어갖이고 씩씩하게 그길로 나가기도하고 혹은 곳광이를 둘러메고 금나는 산골작을 찾어들어가기도하고 혹은 수판을들고 종노네거리로 나서기도하는것이었오.[17]

이 인용문은 1년여 전에 발표되었던 같은 작가의 「가을」(『문장』, 1939. 5)의 줄거리를 압축해놓은 것처럼 보인다. 문학을 전공하는 현호는 "헛되이 지내버린 청춘과 지나친 시련에 좀먹힌 건강과 동무 아니 사람에게한

---

16) 위의 책, p. 616.
17) 『여성』, 1940. 8, p. 47.

불신과 그리면서도 어느 구석에선가 아직도 푸석푸석 연기를 올리고있는 타고남은 정렬의 끄트러기와—자 그리고보니 나에게 남은것이 무엇이있었겠오"[18]와 같이 허무주의에 빠진다. 한때 현호는 붓대를 꺾고 "권태와 아편과 창부"를 따라 만주에 가서 그 스스로 "인공낙원"으로 부르는 아편 굴에 들어갔던 적도 있다. 다시 서울로 돌아와 여름에 몽금포로 피서를 갔다가 중학교 동창생 박대룡과 동경 유학생 김기득과 함께 온 최향남을 첫 대면한 순간부터 사랑을 느끼게 된다. 제1회 후반부터 5회분까지 현호는 조심스럽게 최향남에게 접근하고 가까워지는 내용을 서간체로 기술한다. 중학교 때 학교와 학생이 충돌했을 때 담임 선생님의 강요를 받고 박대룡이 주모자의 이름을 대는 것을 보고 사건에 끼어들지도 않았던 모범생 현호가 자퇴한 사연, 현호가 최향남과 문학이나 영화를 중심으로 한 대화를 나누는 장면이 들어 있다. 사건 내용도 평범하고 사건 전개도 더디고 대화의 비중도 커진 나머지 소설 미학이 불안감을 보이게 되었다.

한설야(韓雪野)의 『塔』(『매일신보』, 1940. 8. 1~1941. 2. 14)[19]은 "귀향"에서 "사랑"에 이르기까지 13장으로 구성되어 있다. 나중에 상제로 이름이 바뀌는 용룡이 등장하고 러일전쟁을 겪은 후 우길네가 관북 지방 나군터에 자리 잡는 과정과 우길 할아버지 박급제가 부정축재자로 처벌받고 자결하는 내력과 우길 아버지 박진사가 닥치는 대로 매관매작을 하여 민요를 만나 곤욕을 치르는 내력이 소개된 "제1장 귀향", 할머니와 어머니의 구박을 받으면서도 7살 된 우길을 자식처럼 잘 돌보아주는 17세의 게섬이가 태어난 내력을 들려준 "제2장 봄과 함께", 박진사가 재산욕을 키워가며 큰아들

---

18) 위의 책, p. 47.
19) 다음 논문들을 주목할 필요가 있다.
　　박홍배, 「『탑』 연구―한설야의 변증법적 세계관」, 한국어문교육학회, 『어문학교육』 15, 1993.
　　윤영옥, 「한설야의 『탑』에 나타난 근대성과 여성」, 한국언어문학회, 『한국언어문학』 47, 2001.

수길은 상무로, 둘째 아들 우길은 상도로 관명을 정하고 수길의 혼처를 최참봉 집 딸로 정하는 "제3장 아버지와 아들", 수길의 혼례 장면을 그린 "제4장 잔치", 배뱅이굿·웃과점·불쌈 등 풍속을 자세히 묘사하고 러일전쟁 당시 아라사 군인들의 횡포를 그린 "제5장 색시들의 풍속", 우길이 게섬 대신 게월에게 호감을 갖는 "제6장 단발", 박진사가 북청에 가 폭도 선무대원으로 활동하던 중 탈출하여 집에 와 있다가 일본 헌병에게 붙잡혔으나 석방된 것을 계기로 일본군과 친해진 후, 의병 선무의 공로로 삼순 군수가 되어 홍범도 부하들에게 살해당할 뻔한 "제7장 아버지", 우길 여동생 귀순이 시집가고 게섬이와 상제가 사귀는 "제8장 황혼이 지를때", 게섬이 자기를 임신시킨 상제가 도망가자 실성한 나머지 여기저기 방화하는 "제9장 귀화", 딸을 낳자마자 다른 곳에 빼앗긴 게섬이 끝내 정신병이 악화되어 사망하는 "제10장 마음의 싹", 할머니는 세상을 떠나고 우길은 15세가 되어 경성고보로 가 서모를 만나고 공부보다는 영화에 빠지는 "제11장 유학", 박진사가 자신의 소유인 이원철광의 값이 오르자 은행 두취 송병교에게 대출을 받아 개간사업을 벌이고 농사를 지었으나 망하고 광산 값도 폭락하자 송두취의 빚 독촉에 시달리면서 배신감을 갖고, 상도는 19살이 되어 의전에 입학한다는 "제12장 승패", 집안 형편이 어려워지자 함경도 황부자 집에 가정교사로 들어간 상도가 아버지도 찬성으로 돌아선 송병교 넷째 아들과의 혼담을 막아주고 계속 공부하게 해달라는 내용의 편지를 누이동생 이순이가 보낸 것을 받고 집으로 가서 아버지와 다투고 이순이를 데리고 가출하는 "제13장 사랑"으로 구성되어 있다.

『탑』은 7세에서 20대 초반에 의학전문학교 3학기를 다닐 때까지 우길의 성장 과정을 그린 점에서 성장소설이라고 할 수 있고 할머니-아버지 박진사-수길·우길·귀순·이순 등 4남매의 집안 역사를 그린 점에서 가족사소설이라고 할 수 있다. 이때의 가족사는 1904년경에서 1919년까지를 시간적 배경으로 한 한국사의 축도가 된다. 그런 만큼 『탑』은 러일전쟁, 의

병, 풍속 등의 에피소드를 들려주는 데 힘쓴 역사소설로 볼 수도 있다. 『탑』은 발표 시기나 발표 매체 면에서 기본적으로 부일(附日)의 태도를 취한 만큼 아라사 군인들의 횡포를 반복해서 그리고 있고 차도선·홍범도·최문환 등을 두목으로 한 '폭도'들의 활동상을 부정적으로 그려낸다. 수비대라든가 토벌대를 긍정적 존재로 그리는 대신 의병이나 독립군을 '폭도'라는 이름을 씌워 부정적으로 그려낸 것은 「은세계」나 「금강문」과 같은 신소설에서 볼 수 있었던 것이었다. 신소설이 당대소설의 형식을 취한 것이라면 『탑』은 역사소설의 형식을 취한 것이 다르긴 하나 시각은 유사한 결과를 빚어내었다. 박진사는 선무반에 가서 북청수비대가 차도선과 그 부하를 향해 보낸 효유문(曉諭文)을 작성하는 일 정도를 맡았다. 효유문 앞에서 차도선은 꿈적도 하지 않았다.

여게서 선무와 효유는 다시 수지로 돌아가고 북청수비대에서는 이듬해(명치사십일년) 이월말에 이르러 보병과 기병각일중대에 산포(山砲) 세개를 내여 풍산으로 처들어갔다. 그리자 저들 일당은 갑산과 단천방면으로 도망해버렸다. 그러나 그 추격이 더욱 급해지며 차도선은 일당 이백오십병을 이끌고 풍산군 신풍리 헌병분견소에와서 귀순할 것을 말하였다.[20]

한설야는 박진사라는 긍정하기 어려운 인물의 시각을 빌려오기는 했지만 아라사 군인들과 차도선 일당이라든가 홍범도 일당을 다 같이 '적'의 범주에 밀어 넣었다. 이제마가 최문환 난을 평정했다든가 홍범도가 부하들을 보내 박진사를 살해하려고 한 사건을 설정한 것은 '폭도'의 부정적 이미지를 강화하는 결과를 가져온다. 우길은 누이동생 이순이가 강제 혼사를 막아달라고 하면서 계속 공부할 수 있게끔 도와달라는 편지를 받고 새로운

20) 한설야, 『탑』, 매일신보 출판부, 1942, p. 254.

생각을 하게 된다.

　그는 거듭거듭 제마음에 다짐을 두었다. 그는 쌓이고 쌓인 무엇이 가슴에서 연성 폭발하려는 것을 느꼈다. 그것은 단지 아버지에 대한 것만도 아닌 듯 하였다. 이때와 이땅에 대해서 그는 어지러운 역청(瀝靑)과 같은 거믄 그림자를 지질히 끌고 이땅의 절믄 세대(世代)를 짓밟고 나가랴는 낡은 역사의 마지막 장을 제손으로 쥐어 찟고 싶었다.[21]

　그런데 『탑』은 신문 연재본과 단행본이 약간의 차이를 보이고 있다. 연재가 끝난 이듬해인 1942년에 나온 단행본에서는 연재본 3회분이 줄어든 것으로 나타난다. 즉 단행본에서는 상도가 위 인용문과 같이 새로운 결심을 하고 집으로 가서 아버지의 뜻을 꺾으려다 실패하고 이순이를 데리고 가출해버리는 것으로 끝난다. 이와 달리 신문 연재본은 상도가 이순이를 데리고 서울로 와 친구 집에 하숙하면서 학교도 더 나가지 않고 오로지 이순이를 보호하고 공부를 가르치다 3월 중순에 감옥에 붙들려 가 아버지를 면회하는 자리에서도 이순이 있는 곳을 대주지 않고 부자 관계를 끊겠다는 독설을 뱉는 것으로 되어 있다. 박진사가 어째서 감옥에 가게 되었는지는 밝히지 않고 있다. 박진사는 이순이를 찾아내 송두취의 넷째 아들과 결혼시킨다는 조건으로 새롭게 대출을 받아 개간사업을 진행하고 있었던 것이다. 결혼이 성사되지 않으면 박진사는 빚 독촉에 시달리고 자칫 파산할 지경이었다. 상도는 감옥에 오기 전에 이순이를 데리고 있으면서 자신은 진로를 의학에서 문학으로 바꾸고 약자를 도우며 살겠다는 생각을 하게 된다.

---

21) 위의 책, p. 601.

상도는 이재부터 더욱 호강하는사람을 경멸하고 근로하는사람이 신성하다는 막연 하나마 한개의 신념을 가지게되엿다

그것은 그가일즉 게섬이와그의주검을 가장불상히 생각하든 그생각과 또는 권세업는 백성들을 핵민해서 세도하든 아버지에게 대한 막연한 반감속에서 상도자신도 모르게 자라난 생각이엿다

남을 속이지안코 누르지안코 그대신 힘업는사람들을 도아주는것이 가장거룩다고 그는생각하엿다 상도는 마음으로나마 어릴쩍으로부터 게섬이를 가엽게생각한그맘이 자기에게는 가장귀엽고 바른 생각이엿다는것을 이제 새삼스레 의식하엿다 게섬이가죽엇슬째 사랑뒤싼에가서 울든그맘이 쯧내 자기의일생을 지배하리라고도 미덧다

그리고그째 벌서 자기는 제집과결별한사람이라고 생각하엿다 어찌생각하면 그것은대단히 장쾌한일이엿다[22]

"후보초시"라는 말을 만들어낼 정도로 매관매직으로 많은 돈을 번 아버지, 자원한 것은 아니지만 폭도 선무대에 들어가 활동한 공로로 군수까지 지낸 아버지, 딸을 강제 결혼시켜 사돈에게 개간사업비를 얻어내 조상 대대의 숙원사업을 이루려는 아버지를 상도는 청산해야 할 봉건주의적 인물로 파악한 것이다. 아버지를 극복하거나 타도해야 할 대상으로 여기는 상도의 저항적 태도는 오히려 신문 연재본에서 보다 적극성을 지닌 것으로 그려지고 있다.

이기영의 『봄』(『동아일보』, 1940. 6. 11~8. 10, 『인문평론』, 1940. 10~1941. 2)[23]은 모두 20개의 소제목으로 구성되어 있다. 이기영의 어린

---

22) 『매일신보』, 1941. 2. 11.
23) 다음 논문들을 주목할 필요가 있다.
   오성호, 「닫힌 시대의 소설―이기영의 『봄』에 대하여」, 『봄』, 풀빛, 1989.
   서경석, 「자전적 소설의 한 유형―이기영의 『봄』론」, 『문학정신』 45, 열음사, 1990.

시절을 거의 그대로 재현해내는 유석림이 회상하는 방법을 취한다. 석림 어머니가 세상을 떠나자 그동안 서울에서 살았던 아버지 유춘화가 급거 귀향하는 "제1장 민촌", 유선달이 명색이 잔반임에도 중인 이하의 사람들과 파탈하며 생활하는 "제3장 서당", 유선달이 남술 처와 재혼하고 학교 설립에 뜻을 갖게 되는 "제7장 분가", 사금광이 터지자 방깨울마을이 타지 사람들도 많아지고 크게 달라지는 "제8장 사금광", 가코지에 있는 지주 안참령 집의 분위기를 열어 보인 "제10장 고담", 유선달과 신참위와 윤군수 등이 힘을 모으고 마을 유지들의 힘을 빌려 사립 광명학교를 설립하는 "제12장 입학", 일어 교사인 중산 선생, 체조 교사인 신참위 등 여러 교사가 열성적으로 학교를 운영하는 "제13장 중산선생과 백골", "석림이 14세에 선바위골 정씨네 딸과 결혼하자 스스로 단발하는 "제14장 조혼", 외상 술값, 학교 기부, 금광 투자 등으로 빚에 몰린 유선달이 집을 정리하고 가코지로 이사하는 "제20장 이사" 등이 메인 스토리를 만들어낸다.

유선달은 정치적 야심을 품고 상경하여 신판서 집 문객으로 있으면서 관립 무관학교에 입교하였던 차에 보름이 안 되어 아내의 부고를 받는다. 이처럼 『봄』은 석림의 아버지 유춘화의 야심이 꺾이는 것으로 시작된다. 아내의 장례를 치르고 나서 유춘화는 상민과의 파탈, 남술 처와의 재혼, 금광 투자, 사립학교 설립 가담, 거액의 빚으로 인한 몰락, 안참령 집으로 이사 등과 같은 인생 역정을 보여준다. 이기영은 유선달이 마을에서 상하, 노소를 가리지 않고 신망이 두터운 존재로 그리고 있다.

해가 어슬핏해지며 마을의 젊은 축들은 풍물을 들고나서 치기시작했다. 그들은 기폭(旗幅)을 달아들고 우선 유선달집으로 와서 한바탕 놀어붙이는 판이였다. 여름한철 모심고 논밭을 맬때에는 물론이요, 정월이나 추석같

이성렬, 『민촌 이기영 평전』, 심지, 2006.

은 이런명절때에 그들은 풍물을 치고노는 것이 유일한 오락(娛樂)이다. 더욱 유선달이 내려온뒤로 그들의 농악(農樂)의 신명은 더 하였다. 그것은 유선달이 장려(奬勵)하기 때문이였다. 호탕히 놀기를 좋아하고 술을 좋아하는 유선달은 이런자리에도 풍치를 내여서 그들과 한좌석에 놀기를 끄려하지않았다. 그는 상중하 계급을 막론하고 파탈을 하고 놀기때문에 누구나 유선달을 싫다는 사람은 없었다. 그렇다고 체면을 잃는일이 없었고, 그것은 더욱 유선달을 존경하게 만드렀다.[24]

『봄』에서는 개화운동 모티프, 금광 모티프 등이 원인적 사건으로 기능한다. 개화운동 모티프는 이기영의 실제 부친 이민창의 사립 영진학교 설립 과정을 재현해내는 단초가 되었다. 작중에서 유선달은 유명한 개화운동가 신참위라든가 윤군수와 뜻을 모아 읍내 부자들한테 의연금을 받아내 사립 광명학교를 세운다. 교주인 신참위는 체육 교사를 자처하면서 국민체육 진흥론에 바탕을 둔 부국강병론을 주장했고 유선달은 무관학교 입교와 대한협회 회원 경력을 소유한 인물답게 교육입국론을 펼친다. 이렇듯 여러 사람이 무임금 교사를 자원하여 희생적으로 일했음에도 학교는 끝내 재정난에 봉착한다. 개화 바람을 맞아 부싯돌이 성냥으로, 엽초가 궐련으로 바뀌면서 방깨울 사람들이 사는 방법은 조금씩 달라지다가 신혈이 터지면서 급격한 변화를 겪게 된다.

돈이 흔한대신 풍기가 문란해졌다. 팔도모산지배가 다모힌 금점꾼 중에는 사실 별잡놈이 다있었다. 그리고 아무리 경기가 좋아졌다 하더라도 그것은 금점꾼이나 연상들의 놀음이다. 그다음에 중간 이익을 보는사람은 약간의 장사치와 음식점이 있을뿐이요, 그밖에 정작 토백이 촌사람들에게는 부황한

---

24) 『인문평론』, 1940. 11. p. 124.

물이나드렀을 뿐이지, 아무 소득이 없는것이였다.[25]

술판, 노름판, 싸움판이 벌어지면서 재래의 질서와 전통적인 사고가 파괴되기 시작했지만 이기영은 이러한 변화를 부정적인 시선으로만 보지는 않았다. 동학군을 맞았을 때도 청빈한 잔반(殘班)이었기에 봉변을 면할 정도였으니 세상이 바뀌는 것을 나쁘게만 볼 리는 없다. 작품 끝부분에서 석림은 초점화자가 되어 "세상사와는 너무도 거리가 먼 한문타령과 양반이야기가 절반이상이다. 그밖에는 정감록을 되푸리하고 십승지(十勝地)의 피난처를 다시없는 이상향(理想鄕)으로 점두록 지껄이면서, 짜장 세상은 어떻게 변해가는지모르는 화상들 이엿다"[26]와 같이 안참령 집안의 분위기가 수구와 귀족 중심으로 흘러가는 것으로 묘사한다. 이렇듯 고전적 세계, 양반 중심주의, 한문 문화 등에 대한 부정적 태도에서 작품 표제인 "봄"의 속뜻을 짐작할 수 있다. 기껏해야 세태소설밖에 쓸 수 없는 객관적 정세가 되자 이기영은 자신의 어린 시절을 돌이켜보는 자전적 역사소설로 방향을 바꾸었다. 그러면서 아버지 세대가 주역이 된 개화기의 시대적 풍경을 성실하게 그려내기도 했다. 결과적으로『봄』은 작은 서사로서의 정밀성을 갖추기는 했으나 큰 서사로서의 안목으로는 나아가지 못했다. 이기영이『봄』에서 어린 시절의 자신을 아버지의 삶의 관찰자로 설정하여 긍정과 부정의 시선을 고루 취한 반면, 이태준은 자전적 소설『사상의 월야』에서 자신을 아버지의 못다 이룬 사상의 승계자로 설정했다.

이광수의「그들의 사랑」(『신시대』, 1941. 1~3)은 미완성작이라는 이유하나만으로 외면해서는 안 되는 문제작이다. 1940년대 이광수의 친일적 태도가 본격적으로 드러나기 시작한 소설이라는 의미도 있다. 1941년 1월

---

25) 위의 책, 1940. 10, p. 235.
26) 이기영,『봄』, 대동출판사, 1942, p. 547.

호에는 전형적인 천황주의자인 일본 지식인 니시모도 박사가 조선인 제자 이원구를 회상하는 장면이 나온다. 의학과 일본학 그리고 한학을 겸비하고 있으면서 특히 영국을 증오하고 독일 철학자 피히테를 존경하는 니시모도 박사가 아침 신문을 통해 반도 출신 마끼하라 가쯔지(牧原藤治) 박사가 가솔린 대용 액체연료 발명의 공적을 남겼다는 기사를 읽고 마끼하라의 본명인 이원구(李元求)를 떠올린다는 "박사의 서재", 1928년경 부친을 여의고 어렵게 공부하던 이원구가 젊은 이학자 니시모도 마사오의 일련종 사상의 영향을 받아 조선 사람을 일본인의 동포로 끌어들이려는 다다시의 노력을 그려낸 "동포", 자기 집에 가정교사로 와 함께 살자는 다다시의 끈질긴 제안을 끝내 수락하는 "진정", 다다시의 집 즉 니시모도 박사 집안의 규칙적이고 예의 바른 생활상을 그린 "기다릴테야요" 등으로 구성되어 있다.

제1회가 끝난 다음에는 "굳은 신념과 희구로써 시작한 이 이야기는 차호부터 과연 당면한 시국적 장면을 전개한다. 기대하시라"와 같은 광고문이 붙어 있다. 젊은 이학자(理學者) 니시모도는 자기를 따르는 학생들을 향해 조선에 와 있는 내지인은 "조선동포를 이끌어서 천황의 백성을 만드는"[27] 사명을 가져야 한다고 가르친다. 니시모도는 "조선동포를 이끌어서 천황의 충성된 신민이 되게하는 일"은 일본인 모두가 지닌 사명이라고 하면서도 조선에 와 있는 일본 대학생에게 가장 큰 기대를 갖는 것이라고 하였다.

그런가 하면 제2회(1941. 2)는 제목과 본문 사이에 "靑年理學博士 李元求, 아니 목원등치의 걸어온길은, 오늘 우리가 當面한 問題 바로 그것이다. 春園의 力篇. 信念과 理念으로 써내는 新時代小說. 우리마음속에 介在한 옛觀念을 깨뜨려주는好作品"[28]이라는 큰 활자의 광고문이 들어 있다. 여름 방학을 맞아 고향 당진으로 귀향하여 농사지으며 당시 농촌에 매녀가

27) 『신시대』, 1941. 1, p. 155.
28) 위의 책, 1941. 2, p. 260.

성행한다는 "고향", 원산에서 다다시가 편지와 돈 50원과 선물을 보내면서 원산으로 놀러 오라는 것을 거절한 답장을 보내고, 다다시의 누이동생 미찌꼬를 그리워하나 미찌꼬는 내지인이며 상류 계급이며 주인댁 아씨라는 이유로 안 된다고 하면서 내적인 갈등을 그린 "젊은 마음", 개학이 되어 마을의 몇몇 여자가 따라가겠다는 것을 뿌리치고 다시 서울로 올라간다는 "작별", 다다시는 이원구에게 접근하나 아버지 니시모도는 멀리하는 식으로 대조적인 태도를 보이는 "진심"으로 구성되어 있다. 다다시는 이원구에게 민족성이라든가 역사를 크게 생각하지 않으면 일본인과 조선인은 조금도 다를 게 없다는 논리를 펼쳐 이원구를 일본인 쪽으로 끌어들이려는 데 반해 아버지 니시모도는 이원구가 과연 일본 천황에게 충성심을 보여줄 수 있는가 하고 의심한다.

제3회는 원구가 다다시 집에서 일도 열심히 하고 일본식 예절도 열심히 배우면서 조선 사람의 무예절, 불성실, 더러움을 깨닫는다는 "단란", 원구가 경성제대 예과의 조선 학생들로부터 소외당하면서 일본과 조선에 큰 차이가 있음을 인식한다는 "새 출발", 단풍철 일요일에 북한산에 피크닉 갔을 때 조선인 학생들 앞에서 일본을 조국이라 하여 집단 구타당한다는 "백대 일"로 구성되어 있다.

이광수는 주인공 이원구를 초점화자로 하여 다음과 같이 조선인을 비판하고 부정한다. 이원구는 자기가 니시모도 박사 집에서 기거하는 것을 문제 삼거나 비판하는 조선 학생들을 향해 "그릇된 민족주의의 관념"이라고 하였고 이런 관념은 광주학생사건을 계기로 하여 심각해졌다고 판단하였다.

그들은 천황폐하의 크신 뜻을 아직 이해하지못하였다. 천황폐하께서는 조선백성을 본래 일본민족과 꼭 같으신 인자하심으로 대하시는 줄을 깨닫지못하였었고, 또 일본민족이 새로 조선사람에 대하여서 동포의 정과 의를 가지려는 것을 느끼지못하였었다. 그래서 일본나라를 내 나라로 생각하는 감정이 솟지못하였다.

　그러하기 때문에 당시 청년들은 스사로 피정복자로 알고 식민지의 토인으로 알아서 이것을 불평하게 알고 가슴아프게 알았었다. (중략) 만일 그때부터 그 청년들이 우리는 천황의 적자요 일본나라의 신민이라는 자각과 감격을 가졌던들 조선사람은 더많은 진보와 행복을 얻었을 것이다.[29]

　원구는 니시모도 박사의 집에 기거하면서 일본인의 예법을 배우려고 애쓰는 과정에서 일찍이 이광수가 「민족개조론」(『개벽』, 1922. 5)에서 조선인의 단점으로 열거했던 항목을 되풀이하는 태도를 보인다. 이원구는 북한산에 단풍놀이 가서 경성제대 예과에 다니는 조선인 학생들 앞에서 광주학생사건을 부정한 다음, 일본이 내 조국이라는 요지의 연설을 비난의 소리를 들으면서도 감행한다. 마침내 이원구는 조선인 학생들에게 집단 구타당한다.

　원구는 일동의 얼굴에 불온한 빛이 떠도는 것을 보았으나, 이미 마음에 작정한 바가 있는지라 태연하게 말을 계속하였다.
　「우선 광주학생사건을 보시오. 그것이 어떻게 조선 청년 전체에게 불행을 주었는가. 수백명학생은 지금 철창에 들어 있소. 설사 그들이 사회에 나오더라도 그들은 나라의 죄인으로 여러 가지 자격과 자유를 잃을 것이오. 또 이런 어리석은 일이 있기 때문에 조선청년은 더욱더욱 국가의 신임을 잃어서 엄중한 감시밑에 있게 될 것이오. 다행히 이 어리석은 군중심리가 이미 진정이 되었거니와」
　(중략)
　「만일 그것을 현명한 의기라고 하기를 제군이 주창한다고 하면 제군은 다

29) 위의 책, 1941. 3, p. 298.

만 나라에 대하여서 비국민일뿐더러, 조선민중을 독살하는 자라 하는 것이
오.」

「무엇이 조선민족을 독살을 한다?」

「그렇소 독살이오. 제군이 만일 진정으로 조선민중을 사랑한다 하면 광주
학생사건에 나타난 그러한 잘못된 감정을 하로 바삐 청산해야 할 것이오.」

「청산하고는 어찌하란 말이냐?」

「청산하고 우리는 순순히 일본국민의 길을 걸어나아가야 할것이오. 여러
분은 날더러 반역자라 하시거니와, 지금의 태도를 고치시지아니하시면 여러
분이야 말로 용서할 수 없는 반역자오, 죄인이오. 그리고 조선민족을 죽이
는 자들이오」

하고 원구는 자못 격하였다.

이 때에 서너 청년이 대어들어서 원구를 권투의 어퍼컽으로 쥐어질러 넘
어트리고 죽어라하고 발길로 질렀다. 불의의 습격을 당한 원구는 응할 여가
가 없었다.

대 혼란이 일어났다.[30]

3회분이 게재되고 난 다음에 "아연 사회각방면에 주시와 문제가 된 이
작품은 이제 본무대로 전개되어간다. 형극의 길도 신념 앞에는 두려움이
없다. 청년 이원구에게 닥친 제이의 시련, 제삼의 시련……차호를 기다리
시라"와 같이 부기된 광고문도 '잡지『신시대』＝작가 이광수＝주인공 이원
구'와 같은 등식을 만들게끔 한다.

이태준의 『思想의 月夜』(『매일신보』, 1941. 3. 4~7. 5)[31]는 이태준의 장

---

30) 위의 책, pp. 302~03.
31) 다음 논문들을 주목할 필요가 있다.
　　이익성, 「『사상의 월야』와 자전적 소설의 의미」, 한국현대문학회 엮음, 『한국 근대 장편소
　　설 연구』, 모음사, 1992.

편소설 가운데서는 가장 높은 평가를 받아왔다. 연재를 끝내면서 이태준은 "상편 종"이라고 표기하였다. 주인공의 모든 것을 신중하게 생각해야 한다고 하면서 우선 상편을 마치고 쉴 필요가 있다고 하였다. 이태준은 『사상의 월야』를 자전적 소설로 이루어내면서도 주인공 이송빈이 아버지의 개화사상을 이어받으려 한 것으로 그리고 있다. 이송빈의 아버지 덕원감리는 다음과 같이 그려진다.

덕원감리란 개항원산(開港元山)의외교행정관이라 아라사영사관에는 전날에 면분이잇다. 아라사배만 어더타면 우선 「우라지오스도크」로 갈수잇고 거기 가서는 구라파직계의 문명을 시찰 하면서 한편사방에 흐터져잇는 동지들과 연락해가지고는 서울의 완미한 세력권에서 멀리쩔어저잇는 서북간도일대(西北間島一隊) 중심으로 거기널려잇는 조선사람들을 모아 가지고 일본의 유신과 상응하는 이곳유신을 일으킬 큰뜻을 이감리는 그 응혈진 가슴속에기피품엇던것이다.[32]

덕원감리였고 개화주의자였던 송빈 아버지는 의병에 의해 피살된다(제1장 첫달밤). 웅기만에서 할머니가 음식 장사를 할 때 어머니는 세상을 떠난다(제2장 첫항구). 누나 송옥은 결혼하고 송빈은 봉명학교를 1등 졸업한다(제4장 푸른산은 가는 곳마다). 송빈은 원산에서 객줏집 사환 노릇 하고 윤수 아저씨는 도망꾼 신세가 된다(제5장 사람도 여러 가지). 송빈은 서울로 와 공영상회에 취직한다(제6장 서울). 송빈은 고학하며 문학 공부에 전념한다(제7장 로오스 까아든). 은주는 다른 남자와 결혼하고 송빈은 학교

이상갑, 「『사상의 월야』 연구」, 『이태준 문학 연구』, 상허문학회, 깊은샘, 1993.
양문규, 「『탑』과 『사상의 월야』의 대비를 통해 본 한설야와 이태준의 역사의식」, 『이태준 문학의 재인식』, 소명출판, 2004.
32) 『매일신보』, 1941. 3. 7.

에서 스트라이크를 일으킨다(제9장 사랑의 물리). 동맹휴학 주도하여 퇴학당한 후 도일한다(제10장 현해탄). 동경에서 공부할 때 후원자였던 미국인 교수와 결별한다(제11장 동경의 달밤들).

마지막 장인 "동경의 달밤들"에서는 동경에 가서 신문배달부로 일하던 중 미국인 베닝호프 교수를 만나 집안일을 도와주고 지내다가 송빈은 과학이 종교나 미신보다 훨씬 중요하다고 깨닫게 된다. 베닝호프 교수는 스코트홀 강당을 사용하는 태도를 관찰한 후 조선 학생들을 부정적으로 보게 된다. 조선 학생들은 집회 때 대체로 싸우고 부수기를 좋아하고 강당 안을 흙 묻은 구둣발로 마구 휘젓고 다니며 피우던 담배도 아무 데나 버리고 가래침도 아무 곳에나 뱉는다는 이유였다. 때마침 조선 학생들이 강당 사용을 신청하자 베닝호프 교수는 아들 같은 송빈의 간곡한 요청에도 불구하고 완강하게 거절한다. 베닝호프가 송빈에게 와세다 대학 전문부 정경부를 졸업하면 미국에 보내줄 테니 다른 데 가지 말고 오직 예수만 착실하게 믿으라고 제의하자 이번에는 송빈이 거절하고 그 집을 나오기로 한다. 송빈이 조실부모하고 거의 고학으로 학교를 마치고 동경 유학을 가 이제 막 조선의 청년 지식인으로서 민족주의적 신념을 보이기 시작할 때 소설이 끝난 만큼 『사상의 월야』는 이태준의 자전적 성장소설이라고 할 수 있다. 그것도 이송빈의 앞날이 궁금해지고 기대되는 성장소설이다. 해방 이전 『매일신보』 연재본은 이송빈이 미국인 교수의 조선인 차별 태도에 반항하여 민족감정을 표출한 것으로 끝난다. 자전적 성장소설로 묶이는 한설야의 『탑』, 이기영의 『봄』, 이태준의 『사상의 월야』에서 젊은 주인공이 미래를 예비하고 기약하는 힘이 가장 분명하게 드러나는 것은 『사상의 월야』라고 할 수 있다. 『탑』은 아버지 이야기와 아들 이야기가 비슷한 비중으로 섞인 것으로, 『봄』은 아버지 이야기로 기운 것으로, 『사상의 월야』는 완전히 아들 이야기로 짜여진 것으로 볼 수 있다.

이태준의 『별은 窓마다』(『신시대』, 1942. 1~1943. 6)의 주요 사건은 다음과 같이 정리할 수 있다. 일본 구니다찌 고등음악학원에 다니는 한성피혁회사 사장 딸 한정은은 동경 지점장 윤정홍으로부터 매달 학비 백 원씩 받아온다. 고공에 다니면서 동경 지점에서 통신일을 하는 어하영을 처음 보고 호감을 갖는다. 정은의 가정교사로 명치대 상과를 졸업하고 한사장의 비서가 되어 집안일까지 총찰하는 주익형은 정은과 결혼하고 싶어 하나 정은은 냉담한 반응을 보인다. 주익형의 압력과 회유에도 불구하고 정은과 하영은 경성과 동경을 오가며 계속 교제한다. 지나사변 후 군수품의 하나인 피혁의 소비가 급증하자 피혁업은 단순화 · 강화 · 반관반민화하고 마침내 한성피혁회사는 해체되기에 이른다. 정은은 음악 · 그림 · 미 · 건축에 관심을 가져왔던 터다. 일본의 시구정리(市區整理)의 큰 공사장에서 일하는 하영은 일본식 목조 건물을 예찬하면서 내 손으로 동네 하나만이라도 지었으면 하는 꿈을 갖고 있기는 하지만 윤정홍의 압력과 설득으로 결국 두 사람은 헤어지고 만다. 1년 후 두 남녀는 재회하였으나 동업자로 만난 것이다. 정은은 건축학으로 전공을 바꾸어 아름답고 튼튼하고 능률적인 새 동리운동을 제시한다. 정은은 경성 근교에 3만 평 땅을 마련하고 하영의 동의를 얻어 "꿈의 도시"라는 제목의 설계를 실현에 옮기는 사업을 벌이게 된다.

거의 2년 전에 발표되었던 이태준의 『청춘무성』이 작품 끝 부분에 가서 원치원 목사와 카페걸 출신의 최득주가 빈민, 불우여성, 고아, 가난한 청년 야심가들을 위한 사회사업을 펼친다는 이야기를 들려줌으로써 일거에 통속연애소설에서 빠져나올 수 있었던 것처럼 『별은 창마다』도 한정은과 어하영의 꿈의 도시 건설사업 공동 추진이란 내용으로 반전함으로써 최소 중간소설의 수준을 확보하게 된다. 이태준은 이렇듯 미래 지향적이고 생산적인 사업 내용을 제시하여 장편 『별은 창마다』를 살릴 수 있었고 동시대인들에게 꿈을 줄 수 있었다. 이태준의 『청춘무성』과 『별은 창마다』는 일제의 암흑기를 돌파하는 방안으로 다방면의 적극적인 사회사업 계획으로 구체화된 이상주의와 꿈의 도시 건설 계획으로 구현된 건설주의를 제창하였다.

　이기영의 『東天紅』(『춘추』, 1942. 2 ~ 1943. 3)은 장일훈이 동경 유학을 마치고 귀국하여 옥림광산으로 들어가는 것으로 시작하여 서울성모병원에서 퇴원해 붉게 물든 새벽하늘을 바라보면서 끝난다. 일훈은 일본 경도로 유학을 가 여섯 해 동안 신문 배달도 하고 공장도 다니면서 대학 예과를 마치고 귀국한 후 그런대로 유족했던 집안이 몰락했음을 알게 된다. 그는 생활에 눈을 뜨고 현실에 귀를 열지 않을 수 없었다. 그는 큰 뜻을 이루기 위해 앞서 나가는 생활을 한다는 자부심을 갖고 자신을 예수나 석가모니와 비교하기도 하고 도스토옙스키의 『죄와 벌』의 주인공 라스콜리니코프의 흉내를 내는 과대망상증을 보이기도 한다. 이기영으로서는 사건소설에서 성격소설로 넘어가는 변화를 보였지만 지식인인 주인공이 과대망상증을 보인 점에서 장일훈은 『인간수업』의 현호와 한 줄에 세울 수 있다. 장일훈이 작중의 주요 공간 배경인 옥림광산에 온 것은 단순히 돈을 벌기 위한 목적 때문만은 아니었다.

　당초에도 말한 바 있거니와, 그가 광산일을 해보자한것은 단순한 자기일신의 영달을 꾀하자는 노릇이 아니였다. 보다는 과거의 모순된 생활에서 시대양심을 올바로 붙들고 건실히 살 길을 찾어 몸소 그것을 실천해 보자는데, 그의 이상이 불리고 있었든 것이다.
　그럼으로 그는 자기 한몸뿐 아니라, 주위의 사람들로 하여금 그와같은 생활 환경을 만드러 보자는 것이, 그의 원대한 목적이었다.
　—자연과 생산력(生産力)—이 두가지가 한데 결합되는 중에, 인간의 참으로 아름다운 생활이 건설된다는 신렴을 사실로써 훌륭히 나타내 보자는 것이다.[33]

옥림광산의 유래도 흥밋거리가 된다. 다년간 광부로 쫓아다녔던 황해도 사람 김사문은 낭비가 미풍인 금점판의 모델이 될 만한 인물이다. 낭비벽 못지않게 무식이 문제가 되어 실패를 거듭했던 김사문은 장일훈에게 주인 자리를 내주게 된다. 장일훈은 일단 광부로 적응한 다음, 일부 방해자들도 있었지만 절주운동·저축조합·야학운동을 성공적으로 전개한다. 이광수의 『흙』의 허숭이나 심훈의 『상록수』의 박동혁이 일부 농민들의 방해를 받았던 것처럼 처음에는 장일훈도 광부들의 저항을 받는다.

그는 사실 그들과 가치 웃고 가치 울고지낸다. 한솥에 밥을 먹고, 한자리에서 잠을 잔다. 그리면서도 그는 그들의 속악한 취미에 동화되지않고 도리여 그들을 한걸음 고상한 취미로 끌어 올렸다.
우선 그는 그들에게 독서의 취미를 넣어주고, 사색(思索)의 문을 두뇌속에 열어주었다. 그리고 건전한 인생관과 과학의 세계를 개척해 주었다.
이렇게 밤낮으로 그들과 침식을 함께하면서 한마디와 한글짜씩 지식을 가르치고, 오직 향상의 일로를 밟어갔다. —그것은 물질적으로나 정신적으로나 그러하였다. 한편으로는 저축을 한편으로는 지식을 싸아나가기 때문이다.[34]

이기영의 소설 가운데서도 설득력이 떨어지는 이 소설은 장일훈에게서 가장 많은 도움과 혜택을 받은 인물로 술집에 팔려 간 유금남이란 여성을 내세워 장일훈을 고귀한 원조자로 설정하였지만 동시에 장일훈에게 1천 원이나 되는 거액의 포상금을 주면서 도와주는 인물로 고산이라는 일본인 자본가를 설정하였다. 장일훈은 시혜자와 수혜자의 두 가지 얼굴을 지니게

33) 이기영, 『동천홍』, 조선출판사, 1943, pp. 156~57.
34) 위의 책, p. 314.

된다. 『동천홍』이 일본인 자본가 →조선 지식인→조선 빈민과 같은 지원의 수수 관계를 설정한 것은 이기영이 일본에 협조적이었음을 입증해준다.

이광수의 장편소설 『元曉大師』(『매일신보』, 1942. 3. 1~10. 31)는 진덕여왕의 치적과 위중함과 진덕여왕과 원효의 관계를 그린 "諸行無常", 왕의 승하와 원효의 슬픔과 대안대사와의 만남을 그린 "煩惱無盡", 요석공주와 3일간의 동거가 중심사건이 된 "破戒", 원효의 방랑을 그린 "瑤石宮", 사사마와 아사가를 만나 강아당에서 강아마 수행을 한 것을 그린 "容神堂修鍊", 원효의 거렁뱅이 생활과 두타행의 실천 과정으로 돌림병 환자를 구제한 "放浪", 홍수로 인한 이재민과 고아를 구제한 원효의 중생 구제사업을 그리는 데 중점을 둔 "再會", 원효가 거지 두목이 되어 불도를 드러낸 것과 요석과 아사가가 비구니가 된 "道場" 등으로 구성되어 있다. 이광수는 "작자의 말"(『매일신보』, 1942. 2. 24)에서 원효를 신라가 낳은 가장 큰 사람이요 고승이요 성승이라고 칭송하고 세계적 위인이라고 평가하면서 원효가 요석공주로 하여 파계한 것은 큰 사건이요 오늘날까지 해답을 찾지 못한 문제라고 하였다. 이광수는 원효의 "인간으로서의 고로와 성자로서의 수행을 그려보고 싶다"고 하였다. 이광수는 승만경의 삼대원 십대수, 화엄경 십지품의 십대원, 법화경 방편품, 아미타경, 열반경, 반야경, 화엄경소, 관음경, 대승기신론, 금강삼매경 외에 김대문의 『화랑세기』, 최치원의 『난랑비서』, 원광의 세속오계, 중국인 찬영의 『송고승전』 등을 인용하여 원효의 고승으로서의 풍모와 불교에 대한 깊은 이해를 과시하였다. 오월 단오와 관계있는 수리, 사라신, 수리놀이, 신라의 중요한 신을 총칭한 거느리시와, 백제의 가나다, 부여의 가사바라, 고구려의 가마나사, 원효의 아나기/오나가/엉야/잉아/오냐/아냐 등 여러 가지 발음, 화랑의 어원인 방아랑아/방랑아, 방아라 방아라 노래, 방아신과 상아신, 원효가 백성들과 함께 극락세계를 생각하며 부른 강강 상아라 등의 어원 풀이를 통해 우리 민족 민간사상의 뿌리를 밝혀낸 것도 과학적 근거의 여부를 떠나 일대 성과라고 하지 않을 수 없다.

이광수는 『원효대사』에서 원효대사의 비범한 면모, 신라의 정치사, 신라를 중심으로 한 우리 민족의 풍습과 정신과 신앙 등을 그렸다. 원효대사의 비범한 면모를 그리기 위해서는 불교에 대한 깊은 이해와 신라 당대의 정치적, 문화적 분위기에 대한 관찰을 수반할 수밖에 없다. 원효가 고승이 되기까지의 시련, 고난, 수행 등을 실감 있게 제시하기 위해서는 불교를 공부할 수밖에 없고 신라사를 공부하지 않을 수 없다. 원효는 승려이면서 신라인이기 때문이다. 그런데 이 과정에서 이광수는 불교사상을 전달하는 데로 기울고 말았다. 원효를 그리기보다는 자신이 불교에 얼마나 많이 심취하고 해박한가를 드러내는 데 힘썼다고 할 수 있을 정도다. 원효는 뱀복의 무덤 앞에서 4백 명의 대중을 상대로 설법하기 전에 긴 노래를 부른다. 이 노래는 인과응보, 업보, 생사고락, 성인, 공덕, 팔만대장경, 중생, 부처님, 보시, 정진, 무애삼매, 육도, 은혜, 개유불성, 삼독, 오욕, 윤회, 번뇌, 염불 등의 중심어를 일깨우는 가운데 "어버이 크신 은혜/모른 이 잇스리만/스승의 고마우심/아는이 그 뉘런고/부처님이 본사(本師)시고/보살님네 대사로다/한가지를 배왓서도/스승공경하엿스라/나라님 아니시면/어느 싸에 발부치리/효도인들 어이 하며/불법인들 닥글소냐/그러매로 군사부(君師父)는/일체라고 일럿도다/임금께 충성할제/목숨을 앗길소냐"[35]와 같이 사중은(四重恩)을 갚는 것이 참다운 불교정신이라고 했다. 부처님 · 나랏님 · 부모님 · 스승님의 은혜를 갚아야 극락을 바랄 수가 있다고 하였다. 불교정신을 사중은 보답의 태도로 확대하거나 연결 짓는 태도는 불교에의 귀의를 내비친 1930년대 말의 소설에서부터 나타났다. 원효를 신라의 통일 대업과 연결 짓는다든가 당시 신라의 정치철학과 연결 짓는 것은 특정 위인에 대한 신앙적 접근 습벽으로 나타나곤 하는 이광수 특유의 태도의

35) 『매일신보』, 1942. 9. 16.

산물이라고 할 수 있다. 그 함의를 생각하면 '사중은'론은 『원효대사』와 친
일문학을 이어주는 다리가 된다.

이무영의 장편소설 『鄕歌』(『매일신보』, 1943. 5. 3～9. 6)는 지주와 자
작농의 자존심 대결에서 시작된다. 팔선동 윗말은 원주민이요 아랫말은 을
축년 장마에 김해 포구 삼랑 등지의 이재민들이 북으로 오다가 정착한 곳
이다. 팔선동의 대지주이며 토반인 성낙중이 이주민을 반대하는 것에 농군
인 엄달근이 반대하면서 둘은 원수지간이 된다. 엄달근은 자작농으로 착실
히 재산을 모았으나 큰아들 대섭이 금광판으로 몰려다니다가 재산을 탕진
한 이후로 성낙중에게 짓눌리는 신세가 된다. 5년 전에 성낙중이 차압을
들어왔다. 엄달근의 둘째 아들 준섭은 고향을 떠나 서울과 간도 일대를 헤
매며 소설가가 되려 했고 만주에 가서는 계몽사업을 하려 했으나 다 실패
하고 낙향하고 만다.

만주사변이 진정이 되어 일·만 두 나라의 백년래의 뜻있던 왕도낙토(王道
樂土)가 건설은 되었으나 벽지에서는 아직도 비적이 출몰할 동안이다. 준섭
이는 혹은 이민들의 자녀를 모아놓고 가나다를…그리고 아라비아 숫자도 가
르쳤고, 어떤 때는 자위복단에 총을 메고 토성도 지켰으며 또 어떤 때는
말·소로 화신을 해서 비적 토벌대의 짐을 지고 밀림지대를 강행한 일도 있
었다.[36]

이 소설에서는 머슴이 상전의 딸을 사모한다는 모티프도 중심 모티프로
기능하고 있다. 성낙중의 머슴 정도령은 성낙중이 열심히 일하면 자기 딸
명옥을 주겠다는 것으로 착각하고는 명옥의 구두 한 짝을 감추어놓고 애지
중지한다. 서울에 가서 이화학교를 졸업하고 귀향한 명옥은 춘궁기의 농민

---

36) 『이무영 문학전집 2』, 국학자료원, 2000, p. 24.

들에게 자기네 집 쌀창고를 열어 형편 좋을 때 갚아도 좋다는 조건으로 쌀을 나누어 준다. 이 사건으로 준섭은 성낙중에게 더 큰 오해를 받긴 하지만 성낙중의 딸 명옥을 더욱 긍정적으로 보게 된다. 명옥은 아버지가 자기네 집보다 훨씬 부자인 읍내 조참봉 댁 자제 용훈과의 결혼을 강권하는 것을 듣지 않고 준섭을 포함한 동네 몇 사람들과 장자늪 보 공사와 학술 강습소 신축을 추진한다. 명옥으로부터 2만 원 대출 건을 부탁받은 장터 금융조합 이사 유종태는 친구인 조용훈에게 명옥의 이상촌 건설을 긍정적으로 설명한다.

"한편 수리조합을 경영하면서 수세의 일부를 떼어 학교를 경영하되 낮에는 학령 아동을 교수하고, 밤에는 부인과 노인들에게 한글강습을 시키되 삼개월씩 나누어 만 이태 동안에 한 사람도 글자를 이해 못하는 사람이 없도록 할 것과 자작농 창설과 고리채를 쓴 사람들의 부채 정리, 하여튼 어떻게 계획이 큰지 모르겠데. 만일 그대로만 나간다면, 오 년 후엔 훌륭한 이상촌이 될 걸세."[37]

금융조합이 해 준 대출은 실은 용훈의 돈이었다. 용훈은 자기 땅을 처분하여 받은 돈과 누님으로부터 빌린 돈 등을 합쳐 마련한 1만 원을 유종태에게 건네주었고 다시 유종태가 명옥에게 전달한 것이다. 명옥이 중심이 되어 추진한 팔선동 개발사업은 이웃 마을에 소문이 나 일대 혁명이요 혁신이라는 평가를 받게 된다.

그들은 이래 인류가 태반이 새로운 질서를 건설하기 위해서 싸우고 있다는 사실조차도 모르는 채 살아왔고, 중일전쟁이 몇 해째 나건만 그들은 어

---

37) 위의 책, p. 127.

째서 싸우지 않으면 안 되느냐는 것을 제대로 아는 사람은 거의 없다 해도 과언이 아니다. 그러고 보니 자연 전황(戰況)에 어둡고, 어찌해야만 조선백성이 잘 살아가는 길인지도 모르는 채 그날그날을 살아왔다. 그들이 안다는 것은 오직 살기가 점점 더 어려워지고 있다는 것뿐이다.[38]

일본에의 충성을 은근히 부추긴 면장의 연설이 끝나자 주재소 좌등부장은 준섭의 통역을 통해 명옥을 칭찬하면서 총후국민으로서의 각오를 촉진하고 언제쯤이나 국어(일본어)로 연설할 수 있을지 모르겠다고 하였고 준섭은 그런 날을 하루바삐 맞기 위해 강습소 건축을 서두르게 된 것이라고 한다. 면장은 준섭에게 지원병 적령자에게만이라도 단기 강습은 마치게 해달라고 한다. 2백여 명의 근로봉사대가 매일같이 근동에서 모여들어 장자늪의 수로 공사도 빠르게 진척된다. 장자늪 축보 공사를 두고 조준식과 성낙중은 이권을 댓가로 기부금을 내놓으면서 치열하게 다툰다.

자기를 약올리는 것으로 생각하고 용훈을 늪에 빠뜨린 일을 저질러 정도령이 살인미수죄로 감옥에 갔다가 10개월의 복역을 마치고 돌아온 사건, 첩들의 농간으로 전 재산을 날려버린 채 거지가 된 성낙중, 조용훈이 주도하여 아버지한테 얻은 팔선동의 2백여 두락을 지원자에게 20여 년간 무이자로 분할하는 것으로 시작된 자작농 건설, 성낙중에게도 자작농 자격을 주고 구장으로 모시자는 엄달근의 제의, 조용훈과 진순의 결혼, 조용훈과 명옥이와 준섭이 석방되어 나온 정도령을 장가보내기로 한 일로 매듭지어진다. 명옥은 심훈의 『상록수』의 채영신의 진정한 후배라고 할 수 있다.

이기영의 중편소설 「鑛山村」(『매일신보』, 1943. 9. 23~11. 2)[39]은 광부

---

38) 위의 책, p. 143.
39) 다음 논문들을 주목할 필요가 있다.
　　조진기, 「일제말기 국책의 문학적 수용—이기영의 광산소설을 중심으로」, 한민족어문학회, 『한민족어문학』 43, 2003.

형규와 아내 은주와 동네 처녀 선광공 을남의 좋은 관계와 5년 전 이 마을에 광산촌이 형성된 사연을 그린 "교대시간", 글방도령인 형규가 작년에 이 광산촌으로 자원하여 들어온 내력을 적은 "글방도령", 아연광으로 유명한 강원도 옥동광산의 모습과 역사를 그리고 희유 광물에 대한 지식을 늘어놓고 농업과 광업을 비교한 "희유원소광(稀有元素鑛)", 을남의 내적 갈등과 번민을 그린 "언약", 을남의 부모가 을남과 형규 사이를 의심의 눈초리로 보는 "어머니의 마음", 노동예찬 사상을 밑바닥에 깔아놓은 가운데 광부들의 작업 현장, 형규와 을남이 사이를 의심한 광부들의 오해가 풀리는 과정을 그린 "증산주간", 이동극단 협률사의 모성애를 강조하는 「사랑의 힘」이란 극 공연을 하게 되는 "위안회", 연극의 내용을 소개하고 형규가 기한이 다 되어 고향으로 가버리는 "길" 등으로 구성되어 있다. 농촌과 도시에서 두루 살아온 기혼자 형규가 광산 징용에 자원하여 강원도 광산촌에서 모범적으로 광부 생활을 하던 중 여공인 을남과 가깝게 지내다가 3년 기한이 다 되어 고향으로 가버린다는 줄거리로 요약할 수 있다.

처녀 을남이가 유부남 형규를 짝사랑하던 중 형규가 아내와 함께 광산을 떠나버리자 낙담하는 것으로 끝맺기는 하지만 연애는 지엽적 사건으로 그려져 있다. 형규는 사랑의 문제보다는 빈곤 퇴치, 산업입국, 전쟁 협조 등의 문제에 더 부심한다. 이 점에서 「광산촌」은 단순한 광부소설보다는 당시의 국책에 협조하는 생산소설에 포함시킬 수 있다. 광부의 입장에서 보면 『동천홍』의 장일훈보다는 「광산촌」의 형규가 더욱 깊숙하게 광산으로 들어온 것이 된다. 이 소설을 통해 자주 강조된 근로중시 사상, 노동 예찬, 노동영웅론 등은 장편소설 『인간수업』 이후에 더욱 굳게 확립된 이기영 사상의 심화라고 할 수 있다. 『인간수업』이 프로문학의 연장선에 놓이는 것

이원동, 「이기영의 생산소설 연구」, 한국어문학회, 『어문학』 85, 2004.
이경훈, 「만주와 친일 로맨티시즘」, 한국근대문학회, 『한국근대문학연구』 4, 2003.

이라면 「광산촌」은 일제와 대동아전쟁에 대해 호응하는 태도를 드러낸 것이 된다. 형규는 농사를 지으면서 통신중학을 마친 후 구장의 권고로 광산 징용을 나가기로 했을 때 "어머니 우리들은 나라를위하여 병정이될몸입니다 한두해쯤 광산일을 가는것이 뭬그리대단할것잇겟세어요"[40]라고 오히려 모친을 위로한다. 이기영은 주인공 형규의 입을 빌려 "전쟁은 파괴인 동시에 건설을 가져온다. 그것은 엄청난 소비인동시에 또한 거대한 생산력을 갖게한다. 따라서 전쟁의 규모가 크면 클수록 모든 국력을 집중하게 된다. 금차 대동아 전쟁과갓치 일억국민의총동원"[41]이라고 하여 궁극적으로는 대동아전쟁의 필연성과 효과를 선전한다.

이 소설은 광부들을 "그들은 시장이반찬이요 로동이 반찬이다. 과연 지금 이들은 기갈에서 배를 채우고 피로에서 휴식을 얻었다"[42]와 같이 "노동의 영웅"으로 그려냄으로써 『인간수업』의 연장선에 서게 된다. 「광산촌」은 작중인물들의 생각과 행위의 주요 통로로 대화체를 취하였다. 광산과 광물에 대한 지식을 강의록처럼 제시하는 서술 태도도 작품 구성미를 가로막는 것이 될 수 있다. 「광산촌」은 이기영의 작품들 가운데서도 저급의 미적 수준에 머물고 있기는 하지만, 일본 국책에 협조하는 동시에 사회주의적 이념을 살려낸 소설로 평가된다. 형규가 광부로 일하는 것은 근로사상론이 구체화된 것으로 볼 수 있지만 광부로 일하는 목표는 친일적 태도로 착색된 것으로 보인다.

안회남(安懷南)의 『風俗』은 『조광』 1943년 12월호부터 1944년 2월호까지 연재되었다가 중단된 장편소설로, 이 소설은 일본인 수석 면서기 나까무라가 자전거를 타고 다니며 각 부락은 전쟁에 필요한 쇠붙이를 더욱 열심히 거두라는 내용의 공문을 돌리는 것으로 시작한다. 군수, 면장, 부면장 등

---

40) 『매일신보』, 1943. 9. 30.
41) 위의 신문, 1943. 10. 20.
42) 위의 신문, 1943. 10. 25.

이 총동원되어 사람들을 모아놓고 "여러분이 내놓는 금속으로 우리는 군기를 맨들어서 저 무섭고 미운 미국놈 영국놈을 쳐부수는 것입니다"[43]라는 취지의 연설을 한다. 마을 사람들은 목숨도 내놓으라면 내놓을 판이라고 하면서 군소리 없이 협조하였다.

무엇이든지 나라것이지 제자신 개인의것은 없다하는 간단한말과 단순한 이논속에 은연중 그들 농민들은 개인주의(個人主義)와 자유주의(自由主義)를 포기(抛棄)하고 집단주의(集團主義) 국가주의(國家主義)에로의 지향(志向)을 소박한 형태로써나마 표시하고 있는것이다. 이런것으로 보면 시골농민들은 가장 헐고 완고한것같으나 또 일면 제일 새롭고 예리하기도 하다. 그들의 관념(觀念)과 관념을 막고 있는 장벽이란 오직 사회적(社會的) 생활제도(生活制度)의 압력뿐으로 이것의 변천여하에 딿아 그 관념의 장벽은 얼마든지 얇어갈수 있는것이다. 무두리에서도 금속은 그야말로 있는대로 걷히었다.[44]

그런가 하면 주재소장 고다마는 주재소에도 학교에도 감시초대에도 종이 있으니 동네의 징은 내놓지 않아도 된다는 식으로 말하여 자비를 베푸는 존재로 그려진다. 이처럼 『풍속』은 농촌을 배경으로 1930년대 말에 접어들면서 전쟁 물자 공출과 식량 배급제에 적극적으로 협조하는 분위기를 그려 보인다. 면장, 부면장 등이 일제에의 협조를 독려하는 장면을 길게 배치하면서 농민의 반응은 최소화하여 제시하는 방향으로 그려냄으로써 무갈등 구조에 다가가고 있다.

채만식의 『女人戰記』(『매일신보』, 1944. 10. 5~1945. 5. 16)[45]는 『조광』

---

43) 『조광』, 1943. 12, p. 123.
44) 위의 책, p. 123.
45) 채만식은 이미 『신시대』 1941년 7월호(pp.50~73)에 전투에 참여했던 일본군 草葉 대위의 수기 「노로고지」의 일부를 번역하여 "전쟁소설 혈전"이라는 이름으로 발표한 바 있다.

1943년 3월호부터 10월호까지 발표되었던 「어머니」를 포함한다.[46] 「어머니」는 해방 후인 1947년에 「여자의 일생」으로 개제되면서 내용도 추가되었다. 『여인전기』는 "계절의 젊은이들" "모시에 어린 추억" "인생 제2관" "사랑있는 둥우리" "바늘" "이령산(爾靈山)" "새 출발" "위기" "의(義)" "낙상" "시련" "불여의" "혈육" 등 13장으로 이루어져 있다. 제1~2장은 진주와 문주 모녀가 출전한 철이에게서 받은 편지의 내용을 소개하는 데 역점을 두었고 제3~5장은 진주가 엄하고 잔인한 시어머니를 만나 구박과 모함을 받은 끝에 친정으로 쫓겨난다는 내용의 이야기로, 바로 「어머니」의 내용을 또 그것을 그대로 반복한 「여자의 일생」을 재생해놓은 것이다. 제6~7장은 러일전쟁 때 임경식 중위(진주의 아버지)가 전사하기까지의 과정을 그려놓았다. 제7장에서 13장까지는 남편 준호를 서울에서 우연히 다시 만나 아들과 딸을 낳고 살았으나 얼마 안 되어 준호가 폐결핵에 걸려 죽은 후 진주가 온갖 유혹과 고생 속에서 남매를 키우던 중 시어머니가 세상을 떠나면서 물려준 재산으로 집안을 잘 일구어 아들은 학병으로 출전하고 딸은 의전에 다닌다는 내용을 들려준다. 이 작품은 진주가 아버지와 일본 여성 사이에 태어난 남동생 무일 일본군 중좌와 만나 한 핏줄임을 확인하는 것으로 끝난다. 생후 처음 만나는 것임에도 조선 여인 진주와 일본인 무일 중좌는 계속 같이 자란 남매처럼 서로 친밀하게 느낀다는 식으로 묘사되었다.

"여인전기"라는 제목에는 일본이 전쟁을 일으킨 것을 지지하거나 용인하

---

46) 다음 논문들을 주목할 필요가 있다.
　　이선옥, 「우생학과 제국주의의 성정치―채만식의 『여인전기』와 이기영의 『처녀지』」, 김재용 외, 『친일문학의 내적 논리』, 역락, 2003.
　　한지현, 「채만식 문학의 친일성―『여인전기』에 나타난 친일성의 정체」, 광운대 인문사회과학연구소, 『인문사회과학논문집』 36, 2005.
　　심진경, 「통속과 친일, 이종동형의 서사논리―『여인전기』론」, 『한국문학이론과비평』 30, 2006.

는 것이 암시되고 있다. 채만식은 진주를 초점화자로 하여 "일본여성은, 사랑하는 아들을 나라에 밧첫스되, 조금도 미련겨워하며 슬퍼하는등 연약한 거동을 함이 없이 가장 늠름하기를 잇지아니하는 천품이＝정신이 잽히기에 이르렀다"[47]와 같이 일본 여성을 칭송하고 이어 조선 여인들은 "여러 백년을 나라와, 나라 위할 줄을모르고, 오직 자아본위(自我本位), 가정본위(家庭本位), 오직 일가족속본위(一家族屬本位)로만 살아온 조선백성은, 짜라서 어머니들의 군국에 대한 정신적준비랄것이 막상 충분치가 못하엿다"[48]고 낮추어 보았다. 아들 철이의 편지에도 일본군으로서의 자긍심이 넘쳐흐르고 있다. 진주의 아버지 임경식 중위는 러일전쟁 때 자원하여 자기는 조선 사람이지만 마음의 나라는 일본이라고 길전 소장 앞에서 털어놓는다. 임경식 중위의 선친은 구한말 때 유신운동단체의 일원으로 갑신정변 직후 김옥균을 따라 일본으로 망명한 존재였다. 임중위 아버지는 어린 아들을 데려다 일본식 교육을 시켰고 육군 유년학교에 입학시켰다. 임경식은 육군사관학교를 졸업하고 일본군 장교로 임관하여 러일전쟁에 참전하게 된 것이다. 진주는 "고 임경식 중위의 자당 전에 삼가 한 장 글월을 올리나이다"로 서두를 떼고 임경식 중위의 애국심과 희생정신을 높게 평가한 일본군 사령관 내목 장군의 편지를 가보로 여기고 있다. 일본이 주장하는 동조동근론의 자료로도 쓰일 법한 이 작품은 해방되기 바로 직전에 채만식의 작가정신이 급격하게 무너지고 있음을 보여준다.

안수길(安壽吉)의 장편소설 『北鄕譜』(『만선일보』, 1944. 12. 1～1945. 7. 4)의 내용은 다음과 같이 정리된다. 만주 마가톤의 와우산 기슭의 북향목장은 홍수 때문에 1만 원 이상의 적자를 낸 인부들이 동요하고 목장주 정학도는 석 달째 투병 중이며 친자식처럼 양육된 오찬구는 정학도에게 목장

---

47) 『매일신보』, 1944. 10. 9.
48) 위의 신문, 1944. 10. 9.

과 학교와 도장 그리고 외딸 애라를 맡긴다는 이야기를 듣는 "봄눈은 오건 만", 정학도가 친구이자 참모인 이기철에게 3개년 계획의 도장 설계도를 제시하며 북향도장의 정신을 강조하고, 서울에서 학교 다니는 애라에게 만 주로 오라고 편지하는 "도장설계", 정학도가 주주 회의에서 더 이상 투자 할 수 없다는 냉담한 반응에 충격을 받아 66세로 세상을 떠나는 "깨끗한 일생", 오찬구가 몸살이 나자 국민교 여교원인 석순임이 간병해주는 "석순 임이", 애라가 일본 유학을 포기하고 서울 덕화전문학교에 입학하기로 되 었다고 하며 친구를 사위로 맞으려는 어머니의 뜻을 받아들이지 않는 "모 녀", 애라를 전송하는 역에서 친구가 현공서에서 같이 근무했던 일본인 사 도미 마끼히도를 조우하는 "운명의 날", 신문지사장 마준영이 사촌 처남이 며 소설가인 현암의 존재를 알려주며 석순임과의 결혼을 권유하는 "친구의 집에서", 박병익이 목장의 소유권을 차지하려는 속셈을 내보이고 사도미 가 친구에게 관청에 들어와 목축 장려사업을 같이 하자고 제의하는 "유 혹", 북만주를 무대로 금광업을 하여 치부하고 여러 명예직을 갖고 있으며 모략가이며 수완가로 연변 탄광사업 확대차 목장을 담보로 하려는 박병익 을 그린 "병익이란 사람", 수석교사 최대봉이 길림에 있는 협화회 청구분 회로 자리를 옮기고 현암이 학교일을 맡기로 하는 "먼길로 가는 동행", 현 암의 교사 생활과 선구 개척민의 고투사를 쓰는 개척민작가로서의 활동상 과 포부를 그린 "학교", 오찬구가 경찰서에 목장과 도장의 관련 서류를 갖 고 나가 북향정신을 설명하고, 박병익에게 부정 대출한 홍지배인이 피검되 고 이기철은 집을 팔아 5천 원을 마련하고 마준영을 중심으로 목장 살릴 돈 2만 원을 모금하는 "새 구상", 정학도가 살아생전 만든 고성회의 내용 을 소개하고 한명식과 강서방과 현암과 찬이 등이 소액이긴 하나 목장 재 건 기금을 내는 "거듭하는 감격", 한명식의 총지휘로 모내기를 하고 학도 의 '벼의 혼' 정신이 일깨워지고 윤룡근 명의의 3천 5백 원짜리 전보위체와 저금통장이 오는 "모내기", 윤룡근의 정체를 알아보나 확인하지 못하는

"익명의 독지가", 익명의 독지가가 보낸 돈이 결정적 기여를 해 북향목장 재건에 성공하고 여러 사람들이 맡은 바 일을 열심히 하게 되고 친구가 육 패부락으로 현암을 찾아가 조선 사람의 등불이 될 대작을 써달라고 하는 "재출발", 애라가 행방불명되었다는 "애라의 행방", 정애라가 전문학교를 그만두고 빅터 축음기 회사와 계약을 맺고 유행가수가 되어 조선의 종달새 성악 발표회를 부민관에서 갖는 "조선의 종달새", 익명의 독지가는 바로 애라임이 밝혀지고 마준영이 가수 생활을 계속하겠다는 애라의 뺨을 때리 는 "딸의 도리" 등의 내용으로 정리된다.

안수길이 장편소설 『북향보』를 왜 썼는가 하는 것은 호세이 대학 예과를 중퇴하고 문단에서는 개척민작가 또는 만주의 농민작가로 불리는 현암 김 철수의 작가정신과 창작 계획을 밝힌 데서 확인할 수 있다. 소년 시절을 만주에서 보낸 그는 만주에서의 "부조개척민의 고투사"를 써서 후진으로서 의 감사 표시도 되고 만주 이주 동포에게 선진자의 고난을 알리는 역할도 되는 것이라고 하여 장편소설 『동트는 대지』를 썼다. 현암은 "부조가 괭이 와 호미로 한일을 붓과 원고로서해야 된다는 생각"이 "문학인의 만주개척 에 다하는 이바지"[49]라고 생각한 것이다. 만주 개척의 정신은 정학도가 주 도한 북향목장 건립과 학교 운영과 북향도장 건립 계획으로 구체화되었다.

    찬구는 북향목장을 설치할때 친히 쓴 취지문(趣旨文)을 그때 문득 생각하 고 부연하게 말하엿다.
    「……건국전(建國前)을 선구시대(先驅時代)라한다면 그때에는 이곳에 살림 터를 마련하려고 부조(父祖)들이 피와 땀을 흘린 시대라고 할수잇을것이고 오늘날은 그피로어든 터전에다가 우리의뼈를 묻고 그리고 우리의아들과손자 와 그리고 증손자(曾孫), 고손자(高孫子)들을 위하여 영원히 아늑하고 아름다

---

49) 최삼룡 편, 『재만조선인 친일문학 작품집』, 보고사, 2008, p. 363.

운 고향을 이룩하지안흐면 안될 시대라고 생각하시어 그 아늑하고 아름다운 고향을 만드시자는것이 선생의 뜻인줄압니다.」[50]

정학도가 죽기 전에 이기철과 북향도장 계획서를 다듬는 자리에서 북향도장의 강령을 북향정신에 입각한 농민도 아래 지행합치의 실천적 교육을 실시하여 실천궁행하는 모범적인 인재를 양성하는 것이라고 하자 그의 오랜 동지인 이기철은 북향정신이니 농민도니 하는 것이 추상적이라고 한다. 정학도는 특히 만주에 와서 새로 고향을 만들려면 무엇보다도 확고한 지도정신이 있어야 한다고 했다.

사도미가 선계가 만주국에 이바지한 것은 수전 개간과 수전 경작에 의한 식량 기여에 있다고 하면서 조선인은 대체로 농민을 푸대접하는 경향이 있음을 지적하자 오찬구는 마음속으로 "아편 밀수, 야미도리히끼, 부동성, 몰의리, 무신용, 불건실, 무책임" 등과 같은 조선 사람의 결점으로 정평이 난 것을 사도미가 언급하는 것이 아닌가 하고 착잡해한다.

박병익이 정학도를 팔면서 북향정신이니 어쩌니 하는 것을 수상하게 생각하고 내사 중인 경찰서원이 오찬구를 소환하여 북향정신이 무엇이냐 하고 묻는 자리에서 "부동성이만흔 조선농민으로하여금 한농촌에 정착케하여 농업만주에 기여케함은 건국정신에 즉한것이요 제사는고장에 애착을 부침으로서 일로증산에매진하여 곁눈을 뜨지안케하는것은 농촌사람의 생각을 온건히하고 똑바른길로 인도하는일"[51]이라고 설명한다. 뒷부분으로 가면서 오찬구의 존재가 미미해지고 오찬구와 석순임의 관계를 중심으로 한 애정소설적인 요소도 약해졌지만 북향정신의 전도사인 오찬구가 주인공임은 부정할 수 없다. 오찬구는 여러 사람들을 규합하여 학교 재건과 목

---

50) 위의 책, p. 227.
51) 위의 책, p. 373.

장 재건이라는 북향정신의 한 목표에는 도달하지만 그 과정에서 일제에의 협조라든가 조선인으로서의 자기비하와 같은 한계를 드러내기도 한다.

3. 지식인의 존재 방식

(1) 자기성찰과 허무주의

1930년대에 이어 1940년대 전반기에 주목할 만한 지식인소설이나 소설가소설이 꾸준히 나오게 된 가장 큰 이유로 전시 동원체제에 따라 더욱 혹독해진 검열 제도 때문에 작가들이 신변소설로 빠져버린 점을 들 수 있다. 자기서사는 암흑기를 맞은 작가의 효과적인 출구가 될 수 있다.

최인욱의 「落花賦」(『조광』, 1940. 1)는 인생무상감에 귀착하는 한 젊은 소설가가 교유하는 여러 친구의 경우를 제시하는데 힘썼다. 불교에서 경영하는 학원이 폐쇄되어 교사직을 그만둔 소설가 최군은 파계하고 결혼하려는 승려 박군, 일확천금을 꿈꾸며 사는 국방복 입은 청년 실업가 김군, 폐병에 걸려 고생하는 승려 성환 등과 교유하는 가운데 선친의 한시와 시조를 통해 인생무상을 절감한다.

이석훈(李石薰)의 「白薔薇夫人」(『조광』, 1940. 1~6)은 윤장식이 남긴 글을 친구인 소설가가 정리한 형식을 취했다. 오사카신문 강원 지국 기자인 22세의 윤장식은 미국인 선교사 딸 마아가레트가 귀국해버리자 쓸쓸해한다. 본사의 명에 따라 북부 강원도 이민촌 탐방을 가기 위해 세포를 거쳐 난곡을 지나 이민촌 근처 주점에서 백장화라는 17세 미인을 보고 반해버린다. 이민촌은 수재를 만난 영월 화전민들의 집단촌으로 그곳 구장인 백초시 영감은 백장화의 백부다. 윤장식은 일주일 안에 7백 원을 갖고 와 몸채를 갚아주고 함께 살 것을 맹세하고 평양 양말직조회사와 고무공업회사 중역인 아버지에게 가 사업 자금이라고 속이고 3천 원을 받아내어 약속 날짜 사나흘 뒤에 난곡으로 갔으나 이미 장화는 금광 부자의 첩으로 가버렸다. 윤장식은 김화에서 1년 동안 장사하다가 사업에 뜻을 접고 동경 T음악학교에서 성악을 공부하고 귀국하여 도미 고별 음악회 무대에서 관객석에 있는 백장미 부인을 만나 혼도한다. 대학병원에 입원해 있을 때 백장미 부인은 편지를 보낸 후 문병을 온다. 그리고 자신이 금광 부자 곽기서의 여러 첩의 한 명이 된 내력을 설명한다. 백장미가 백천온천에까지 찾아와 하루를 지내던 윤장식은 곽기서에게 붙잡혀 광산촌에 감금되어 지내던 중 술집 여자 향란의 도움으로 탈출하게 된다. 윤장식은 서울에 와 우이동에 있는 백장미를 만나 서울로 데리고 와 동거하면서 명예도 잃고 사회에서 매장된 채 백장미의 금시계 등을 팔아 연명한다. 백장미는 생활고를 이기지 못해 안승구란 호색한에게 화대로 5백 원을 받아온다. 윤장식의 수기는 여기서 끝난다. 친구인 소설가가 들려준 후일담에 의하면 윤장식은 안승구를 칼로 찔러 죽이고 종로 경찰서에 자수하여 15년을 언도받고 복역 중 2년 후에 폐병으로 옥사한다. 백장미는 윤장식의 시신과 함께 평양으로 돌아오던 길에 대동강에서 투신자살하고 만다. 남주인공 윤장식의 이력과 행적은 시대나 사회와 연결될 법하나 술집 여자와의 사랑 이야기로 빠지고 말았다.

이광수의 「亂啼鳥」(『문장』, 1940. 2)는 소설가소설이다. 산부인과 의사인 아내가 지병인 관절염이 악화되어 입원하고 병원 문을 닫게 되자 살림이 곤궁해진 '나'(C선생)는 원고를 팔기 위해 잡지사 주인을 만났으나 거절당한 후, 문인 생활 하다가 광산업으로 부자가 된 사람, 라디오소설도 쓰면서 매월당을 존경한다는 자칭 허무주의자인 시인 등을 길거리에서 조우한 끝에 선학원에 가 SS선사를 만나 불교 이야기를 나누고 집으로 돌아온다. 이광수의 창작 의도는 바로 SS선사와 만나 나눈 대화의 내용을 전한 데서 찾을 수 있다. 선사가 서산대사가 남화경을 읽고 지은 오언절구 "가석남화자 상린작얼호 요요천지활 사일난제오(可惜南華子 祥麟作孽虎 寥寥天地闊

斜日亂啼鳥)"를 들려준 것을 '나'는 자기 자신을 가리키는 것으로 해석한다. 자기 자신을 석양에 까악까악 하는 까마귀로 비유한 것은 자기비하의 표시일 수도 있으며 허무한 심사를 드러낸 것으로 볼 수도 있다.

한설야의 「摸索」(『인문평론』, 1940. 3)은 생활력이 없는 소설가가 가정과 문단과 집 밖의 여러 공간에서 수시로 무력감, 소외감, 열등감, 만성피로증, 소심증 등을 느끼며 산다는 내용으로, 당시 대다수 작가들의 형편을 대변한 것으로 볼 수 있다.

또 이런때일수록 그는 무엇인지도모르게 맘속에 튼튼히 믿어지는것이 있다. 그것이 있는이상 어떤 마당에 나가든지 버티고 살아갈것같다. 그러고보면 죽어도 좋다고 생각하는것도 구경 튼튼히 믿어지는 그엇인가를 믿고 기대하는데서 온것인지도 모른다. 즉 주검이라도 무시하고 짖굿이 살아갈수있는 심리의 한단면(斷面)인지도 모른다. 죽어도 좋다고 생각하면 아무세상에서도 활개를 크게 펴고 살수있을상싶었다.

정말 그는 한번 맘나는대로 팔다리를 죽펴고 살아보고싶었다. 하나 이렇게 기를 펴고 살아보고싶다는 그것이 이미 그렇게 해낼수없다는것을 증명하는것이 아닐가.

사실 그는 날마다 주위의 중압에 눌려서 제몸과 정신이 뿌리를 잃은 나무처럼, 또는 줄에서 떨어진 고지박처럼 말르고 시들어가는것을 느낀다. 이러한것이 없어지고 이러한것을 느끼지않아야 기를 펴볼것인데 집안에 있어도 그러려니와 나서기만하면 담박 질식할듯이 숨이 막힌다. 또 부대껴서 백이지못할지경이다. 그것은 무슨 세상풍파라든가하는 그런 말로 서 표현할 그런따위는 아니다. 그보다 좀더 쏙쏙드리 머릿속으로 또는 골수로 시며드는 그런것이다. 그러니까 그것은 오늘처럼 골수나 머릿속이 이렇게 허전해서는 도저히 막아낼수없는것이다.

남식은 자기의 너무도 약함을 다시금 느끼지않을수 없다. 그러기때문에

610

무엇인지모르게 맘속에 믿어지든 그것마자 멀리 또 아득히 살아지는것같다. 그멀리뵈는 무엇을 좀더 가까이 잡아다가 자기의것을 만들어보랴하나 그러면 그럴수록 접혀지지않는 난감한 생각만 더해질뿐이다. 눈앞은 가믈가믈해지고 맘은 더욱 초조해진다.

그것은 언제든지 잽혀지리라고 믿고 그잽혀지는 날을 기다리자니 마치 온 하늘의 별을 세는것같이 지루한 일이었다. 그래서 이리도 못하고 저리도못하는 안타까운날만 속절없이 오고가는가운데서 그날그날을 자고깨는것이었다.[52]

남식은 바로 작가의 분신이기에 「모색」은 생활력이 없는 소설가의 내면을 이모저모로 잘 파헤친 경우가 된다. 서양과 문명을 부정하는 광인, 생활력이 강하고 싸움 잘하고 신문연재소설이나 통속소설에 재미 붙인 아내, 출세하는 친구 K군 등은 주인공 남식의 자의식을 촉진하는 존재가 된다. 남식은 부고 편지봉투 5백 매를 써주는 아르바이트를 하면서 스스로 구질구질하고 어둡고 좁고 초라한 세상에 처박혀 있다는 생각에 젖는다. 한설야는 1930년대 말에 발표한 소설에서부터 자신이 자꾸 작아지고 초라해지고 비참해지는 모습을 자주 그려 보여왔거니와 「모색」은 이러한 작품 경향에 포함된다. 사상운동 혐의로 감옥에 갔다 온 문학적 지식인이 두번째 결혼한 자기의 아내와 여러 가지로 자기보다 훨씬 낫다고 생각하는 친구 사이를 의심한다는 사건을 설정하는 한설야의 「波濤」(『신세기』, 1940. 11)도 이 계열에 집어넣을 수 있다.

한설야는 「평범」 「그 전후」 「합숙소의 밤」 등 1920년대 발표작보다는 「술집」 「종두」 「태양은 병들다」 「숙명」 「파도」 「두견」 「세로」 등 1940년 전후 발표작에서 능숙한 표현을 과시한다. 이때의 능숙한 표현은 표현 기교

---

52) 『인문평론』, 1940. 3, p. 129.

의 증대, 어휘의 확대, 고유어에의 집착, 정밀한 묘사 경향 등을 포함한다. 1930년대 후반에서 1940년대 전반 사이에 발표된 한설야의 작품들은 작가의 좌익사상의 패배 또는 후퇴를 일러준다. 흔히 전향소설로 일컬어지듯이 패배주의와 원숙한 표현이 공존하는 1940년 전후 한설야의 소설들은 이데올로기 표출 의지와 문학적 표현력은 역상관의 관계에 놓일 수도 있음을 입증해준다.[53]

채만식의 단편소설 「巡公있는 日曜日」(『문장』, 1940. 4)의 주인공 서당 선생은 순검 시험을 봐서 합격한 후 몇 달 다니다가 작파한 것 때문에 망신당한다. 화자인 '나'의 어렸을 적 독서당 선생인 문오선생은 순검을 다니다가 그만두고 돌아와서는 '나'의 할아버지로부터 한바탕 비웃음을 산다.

김정한(金廷漢)의 「落日紅」(『조광』, 1940. 4~5)의 메인 플롯은 산골 분교를 6년 전에 와서 세운 박재모 교사가 끝내 교장 발령을 받지 못하고 갈고지 간이학교 교사로 쫓겨 가는 것으로 정리된다. 과거에 학생들을 괴롭혀 배척당하고 여학생 한 명을 농락한 것 때문에 다른 학교로 쫓겨 가 있던 요다 사부로가 교장으로 오기로 된 것이다. 고구마밥으로 연명하고 아내는 삯바느질하는 가난 속에서도 박재모가 아들딸들을 사랑하는 장면을 유달리 길게 배치한 것은 요다 사부로의 사악한 삶의 태도를 음각시키는 효과를 갖는다. 김소엽은 전직 교사의 현실 적응 실패담인 「갈매기」(『조광』, 1940. 4~5)와 두 룸펜이 초라한 동상과 화려한 동상을 보고 동상의 인물들이 실제로는 정반대의 생애를 누렸음을 확인하는 「閑郊記」(『문장』, 1941. 2)를 발표하였다.

김영수(金永壽)의 「海面」(『문장』, 1940. 5)은 젊었을 때 과격사상 연구단체에서 활약했다가 이름 없는 소설가로 활동하는 남편에게 아내가 실망한

53) 졸고, 「한설야 사상의 하강과 언어 표현력의 상승」, 『한국 현대문학사상 탐구』, 문학동네, 2001, pp. 317~18.

다는 상황을 설정하였고, 엄흥섭의 「조그만 快感」(『여성』, 1940. 6)은 자신이 쓴 소설에 감화받아 인생을 새로 개척했다는 기생의 고백을 듣고 쾌감을 느끼는 소설가를 내세웠다.

안회남의 「少年」(『조광』, 1940. 10)은 학교 간다고 하고 산으로 가서 권투선수가 되겠다고 훈련하는 형근이와 도스토옙스키의 『악령』 같은 고전을 여러 차례 읽으면서 문학가가 되겠다고 하는 모범생 원식이의 교우 관계를 그렸다. 형근이는 수업료를 산속에 묻어놓고 여차하면 들고 튀겠다는 엉뚱한 생각을 한다.

정인택(鄭人澤)의 「憂鬱症」(『조광』, 1940. 9)은 작품 말미에 "졸작 「業苦」와 倂讀 해줄때 더욱 多幸이다……作者附記"라는 부탁을 달아놓았다. 1년 동안 다방 일을 하다가 아내가 다른 남자와 눈이 맞아 가출해버리자 '나'는 다방을 팔고 두문불출하고 잠만 잔다. 신문기자 박군이 와서 동경으로 가자고 하면서 자신은 바 릴리의 여급 순자와 '나'의 누이 순희 사이에서 고민하고 있다고 털어놓는다. 결국 순희는 만주로 가버리고 어머니는 시어머니를 모시고 살며 집세를 달라고 한다. 이 소설은 "로버트 빠아튼"의 "우울증에 대한 의학적 정의"를 몇 줄 인용하는 것으로 시작하여 독자들을 적극적으로 이끌어 들이려고 했으나 이야기의 내용이 논의의 진지성을 따라가지 못하는 한계를 남기고 말았다.

이기영의 「간격」(『광업조선』, 1940. 9, 11, 12)은 미완 소설이기는 하지만 주제의식은 강한 소설이다. 폭풍우 같은 청년 시절을 보내고 난 후 서점을 운영하며 약해지거나 꿈이 없는 것을 탓하는 민수, 민수와 동업자로 출발하였으나 금전 문제로 갈등이 생겨 결별한 박군, 서점에서 급사로 열심히 일하다가 몇 년 전에 동경 유학을 갔으나 중도에서 돌아온 영준 등이 등장한다. 9월호는 민수에게 초점을 맞추었고 11월호와 12월호는 영준에게 초점을 맞추었다. 서점을 그만두고 매일같이 도서관에 나가 독서와 창작으로 소일하는 영준의 모습은 바로 1920년대 전반 등단하기 직전의 이기영 자신의 모습을 반영한 것인 만큼 자전적 성격이 강한 소설이다.

박태원의 「淫雨」(『조광』, 1940. 10)는 돈암동에 새로 지은 집이 장마 때 지붕이 새고 건넌방의 바람벽으로 물이 줄줄 흘러내리는 소설가 '나'의 상황을 그려놓았다. 그럼에도 아내는 건넌방에 있는 책상과 집기와 문구를 마루에 내놓으며 원고를 쓰라는 무언의 압력을 가한다. 박태원은 "붓을 들어도 도무지 쓸 것이 없는 근래의 나였다"[54]와 같이 작가로서의 한계를 느끼기 시작한다. 장마로 지붕에 물이 새서 마루 분합을 열어놓고 잤다가 양복 등을 도둑맞은 소설가의 우울한 내면을 그린 「偸盜」(『조광』, 1941. 1)는 「음우」의 속편의 성격을 갖는다.

이석훈의 「流浪」(『인문평론』, 1940. 6)은 부제가 "일명(一名) 이(異)룸펜 씨(氏)"로 되어 있다. '나'의 친구 이룸펜은 나만 만나면 내일 만주 농장으로 가게 되었다든가 만주에서 엊그제 나왔다고 하면서 거짓말하곤 했다. 그는 원래 신문사 지국을 경영하였으며 젊었을 때는 당시의 이름난 사회주의자 김철을 사칭하였고, 하숙집에는 레닌 · 마르크스 · 크로포트킨 사진을 붙여놓기도 하고 난과 죽의 묵화를 붙여놓고 자기가 그린 것처럼 허풍을 떤다. 그는 당대에 지식인이면 사회주의자이어야 하고 난과 죽을 칠 줄 알아야 한다는 상징 조작이 있었음을 입증한다.

조용만의 「初終記」(『문장』, 1940. 7)는 동경 유학생 출신으로 징역살이도 했던 신문기자 득수가 국방복 입은 청년이 ××회의 월례회에 참석해 달라는 요구를 거부하는 것으로 끝처리했다. 「旅程」(『문장』, 1941. 2)은 신문기자와 조선은행 대련지점 행원이 인천에서 북지로 가는 배에서 팔려가는 10대의 조선 여자들을 목격하고 뜨거운 연민을 갖는다는 결말을 보여주었다. 「여정」은 1920년대 초 염상섭의 「만세전」을 떠올리게 한다.

채만식의 「懷」(『조광』, 1940. 12)는 소학교와 간이농업학교 때 만났던

---

54) 『조광』, 1940. 10, p. 316.

인상 깊은 선생들과 중학 시절 축구선수였던 것을 회상한다. 사십도 안 되어 겉늙었다고 핀잔하는 김군에게 '나'는 인생 사십이 크게 지루한데 가난과 병이 서로 떨어지지 아니하고 의지할 곳 없어 자연 인생이 부질없고 지루한 생각만 든다고 하였다. 작가 자신임이 틀림없는 '나'는 이 소설의 끝부분에 가서 "객래문아흥망사 소지노화월일선(客來問我興亡事 笑指蘆花月一船)"이라는 시구를 인용해가며 이러한 달관의 경지를 일찍부터 부러워했다고 고백한다. 이런 경지는 허무주의와 맥이 닿는다.

채만식의 「四號一段」(『문장』, 1941. 2)은 현재 46세인 박주사가 대지주인 아버지로부터 물려받는 재산을 부동산 투기를 해서 치부하기까지의 이야기와 박주사가 가까이한 기생 옥진이가 사랑하는 남자가 따로 있으나 결혼하기 어려워 고민하다가 자살했다는 기사 때문에 망신당한다는 이야기를 들려주고 있으나 채만식 소설 가운데서는 타작이라고 하지 않을 수 없다. 동경 유학을 중도에서 그만두고 귀국한 박주사의 장서 목록을 장황하게 묘사함으로써 모순된 내면을 드러내어 진지한 작품으로 나갈 것으로 기대하게 하였으나 후반부로 갈수록 박주사 아버지의 분재 과정과 박주사의 부동산 투기 과정에 대한 서술로 빠져버려 산만한 작품으로 남고 말았다.

최정희(崔貞熙)의 「天脈」(『삼천리』, 1941. 1, 3, 4)에서 주인공 연이(蓮伊)는 두번째 결혼한 의사 허진영이 전 남편과의 소생인 진호를 구박하는 것을 견디지 못하고 이혼하고는 위자료 조로 돈 3백 원을 받아 소학교 시절 은사 성우선생이 경영하는 옥수정 보육원에 가서 아이들을 위해 헌신적으로 노력하나 성우선생을 사랑하는 외로움을 이겨내지 못한다. 아동들과 여인의 내면세계를 잘 파헤치기는 했으나 구성이 치밀하지 못한 한계를 드러내는 것도 사실이다. 같은 여성작가 김명순은 고아원 사업하는 사람을 긍정적으로 그린 「고아원」(『매일신보』, 1938. 4. 3), 동경고아원에 있는 미국소녀가 탈출 결심을 하는 「고아의 결심」(『매일신보』, 1938. 5. 29), 미국인 고아와 일본인 고아가 입양되어 행복하게 산다는 「고아원의 동무」(『매일신보』, 1938. 6. 26)를 발표했다.

유진오의 「젊은 안해」(『춘추』, 1941. 2)는 두 아이의 엄마이나 아직은 26살인 아내가 회사원인 남편 김성기가 같은 회사의 타이피스트 이마미와 가까이 지내는 것을 눈치채고 이마미를 만나 그녀로부터 교제하지 않겠다는 약속을 받고 돌아오면서 젊음의 무서움을 느낀다는 범작이다.

김동인의 「집주름」(『문장』, 1941. 2)은 김연실이 문청 김류봉과 동거하는 것으로 시작하여 15세 때 국어를 가르쳐주던 측량쟁이로 이제 집주름 꾼이 된 첫째 사내와 우연히 만나 다시 살게 되는 것으로 끝이 난다. 김연실은 여류 문사 행세를 하지만 작품 하나 제대로 쓰지 못하고 살림은 점점 쪼그라드는 모습을 보인다.

전직 신문기자가 다방, 술집을 전전하며 마누라 흉이나 보는 모습을 그린 「範疇」(『문장』, 1941. 1)를 발표했던 김영수는 「崔基成氏」(『문장』, 1941. 2)에서 전직 잡지사 주필의 자존심과 허세를 일상성의 서술을 통해 잘 파헤치고 있다. 최기성의 자존심과 허세는 전혀 근거가 없는 것은 아니다.

新文化社는 지금은 이미 없어진 회사지만, 몇달전 까지만 하더라도 민중의 맨 앞장을 서서, 스스로 정신문화의 창조와 지도를 외치던 당당한 권위있는 월간잡지사였다. 그곳에 주필로 있던 崔基成氏 역시 한동안은 文化時評으로 指導論文으로 예리한 붓끝을 휘두르던 맹장이었다.[55]

퇴직 후 요릿집 지배인이라든가 신문사 정치부 보통 내근 기자로 오라는 제의를 거절하기는 했으나 후회가 없는 것은 아니었다. 그는 아침이면 옛날 신문화사 주필 시절처럼 검은 양복으로 정장하고 모자도 쓰고 가슴 앞

---

55) 『문장』, 1941. 2, p. 367.

에 굵은 은시곗줄로 장식하고 점심은 P호텔에서 먹고, 서점을 한 바퀴 둘러보고, 백화점도 가보고, 그러다가 금테 안경을 쓰고 노란 여우 목도리를 한 아내를 멀리서 보면 얼른 피하기도 하고, 저녁이 되면 돈이 없어 보신각 뒤 선술집으로 들어가려다 아는 이를 만나면 구경 왔다고 평계 대고 얼른 그 자리를 뜬 다음, 어디로 갈 거냐고 자신에게 물어본다.

속과 거죽을 전연 다르게 장식하려고 온갖 노력과 위엄을 가추려는 자기가, 그는 밉고 비굴하게만 생각이 들어 한시도 편한 적이 없었다. 당장 집안의 살림 한가지라도 꿀리어 들어감을 뻔히 보면서도 왜 자기는 남들같이 아무데나 파고 들어가지를 못하나. 그까짓 체면은 뭐고 명예는 뭐란말인가. 이렇게 왼종일 거리로 싸다닌댔자 결국 소득이 뭐란말인가.[56]

최기성은 한 자아가 다른 자아를 미워하고 천박하게 보는 간극을 분명하게 드러내 보인다.

이태준의 「토끼이야기」(『문장』, 1941. 2)는 1930년부터 1940년 초까지의 결혼 생활과 문학 활동 그리고 궁핍상을 서술한 자전적 소설이다. 현은 날마다 신문소설을 써내는 것보다 구속감이 적을 것 같고 "시대가 메가폰으로 소리쳐 요구하는 명랑하고, 건실한 생활"일 수도 있는 점에서 퇴직금으로 토끼를 사서 기르기로 결심한다. 현은 토끼를 기르기 시작하면서 독서도 마음껏 하고 작품 구상도 할 수 있게 되었다. 그러면서 "한 사상의 신속한 선전은 또 한사상의 신속한 종국을 가져오기도 한다. 예전사람들은 일생에 한번이나 겪을지 말지한 사상의 날리를 현대인은 일생동안 얼마나 자조 겪어야하는가"[57]와 같이 자신이 살고 있는 시대와 사회가 얼마나 '사

---

56) 위의 책, pp. 369~70.
57) 위의 책, p. 457.

상의 난리'를 심하게 겪고 있는지 탄식한다. 현은 더는 어쩔 수 없다는 패배주의를 의식의 저변에 깔아놓게 된다.

임서하(任西河)의 「德性」(『문장』, 1941. 3)에서 소설가 지망생인 '나'는 가정교사로 연명하나 사랑하는 여급 미경이를 하얼빈으로 떠나보내고, 전문교육을 받았으나 생계 때문에 토목 청부업자가 된 형은 빚만 계속 늘어가는 데다가 어린 아들이 죽는 비극을 겪고, 폐인이었던 아버지도 죽고 말아 절망에서 헤어나지 못한다. 그런데도 형은 '나'만 보면 충고하고 싶어 하여 말다툼하기 일쑤다. 가난 · 절망 · 실연 · 허무감에서 벗어나지 못하는 소설가 지망생의 분위기가 잘 그려져 있다. 허무주의, 공리주의, 휴머니즘, 앙드레 지드, 구라파적 지성, 폴 고갱 등과 같은 구체적 사조나 인명에 관심을 가지면서 전반적으로 독서의 중요성을 강조하지만 '나'는 허무주의에서 벗어나지 못한다.

　　책한권은 으레히 쥐고 다니면서 책이 헐어질때 까지도 언제나 틈이없어 못본다는 형이나 얼마든지 독서할 여유가 있으면서도 일부러 보지 않으려는 나나 결국 같다고 생각하면서도 어느길이 옳은 길인지 다 가치 방황하나 서로 만나면 제고집이다.
　　요즘와서는 유달리 나는 책과 멀어지고싶고 책 빌리기를 싫어하는 그에게도 말없이 결딜수가 있었다.[58]

한설야의 「世路」(『춘추』, 1941. 4)는 작품 안에서 유일하게 이름을 가진 신문기자 형식이 신문사로부터 해직 사령 편지를 받은 것으로 시작하여 해직 사령을 받기까지 신문사 내 갈등상을 소상하게 그리고, 형식의 가족이 시골로 떠나가며 인왕산 밑 가난한 동네의 인심을 잊지 못하고 전차에서

---

58) 위의 책, 1941. 3, p. 70.

동료 B의 외면을 목격하고 "알수없는 강심과 히망이 유연히 몸속에서 솟는것을 느꼈다"[59]는 것으로 끝난다. 미천한 사람으로 오십이 넘어 치부하여 신문사를 인수한 사장은 신문사 인수에 앞장섰던 전 편집국장 H파를 제어하기 위해 총무국 차석 M의 일파를 이용한다. M의 소개로 들어온 사원들은 "거개다 무슨 단체니 콩밥이니 하는 맛들을 겪어본 기꼴 있는체 하는 위인들"[60]이었다. 사장은 외부에서 영입한 A에게 부사장과 편집국장을 주고 H는 전무로 앉혔다. A는 자타가 공인하는 조선 제일의 실력자로, M파는 A파를 경계의 눈초리로 보았다. 설날 회식 자리에서 M의 부하인 R이 술에 취해 H에게 신문을 몇 사람의 사교 기관이나 친목회 같은 데 넘겨야 옳으냐고 따진다. 이것 때문에 R은 편집부장이 된다. 사장은 대신 M을 A파가 장악한 영업국 차석으로 좌천시킨다.

그러나M파는 거개가다아 사회니 이론이니 과학이니 철학이니하고 무슨 일이든지 다기고 따지고하는품이 사장이라고 언제 모슨일에든지 고지식하게 순종할 위인들이 아닌것이다. 또 항상 낡은것을 싫어하고 자꾸 두드려부셔 새것을 만들기만 위주하고 사람의 장처보다 단처를 먼저 짚어내는 말성꾼들이여서 사장은속으로 「그리게 콩밥들을 먹은게지」하고 한편으로 늘 위험시 하였다. 그런데 그위험성이 H를 쫓는데 이용되었은즉 이제는 당분간 필요가 없는것이 되어 도리혀 경원과 견제를받게쯤된것이다.[61]

신문사 내분과 장래 불안의 주원인으로 찍혀 은근히 퇴진을 종용받은 H의 송별회가 있는 날 또 깐족거리는 R을 형식이 뺨을 갈기는 일이 터진다. H는 송별사에서 평생을 공정하게 일해온 A씨와 잘 협조해서 일하고 부질

---

59) 『춘추』, 1941. 4, p. 83.
60) 위의 책, p. 55.
61) 위의 책, pp. 71~72.

없는 당파성이니 종파성이니 하는 것은 버리라고 부탁한다. 이 소설은 인물들 사이의 갈등 관계를 복잡하게 설정한 만큼의 이야기의 의미를 던져주고 있지 못하다.

이무영의 「勝負」(『인문평론』, 1941. 4)는 소설가소설이요 자전적 소설이다. 주인공 '그'가 종로에서 육칠십 리밖에 안 되지만 궁벽한 곳으로 옮겨가 기르기 시작한 개 점둥이가 옆집 개 흰둥이에게 밤낮 지고 살았으나 점둥이가 야견박살대에 끌려간 후 이웃 마을 만주 이주 예정자가 자청해서 준 유럽 명견 할트가 흰둥이를 압도하여 "제힘으로는 감히 엄두도 못 내고 남이 제 적을 처주는요행을 기두르는다는 것은 분명히 비굴한 일에 틀림이 없었다"[62]고 느끼면서도 '그'의 부부는 만족해한다. '그'는 딸이 흰둥이 집 딸에게 눌려 지내는 것을 자신의 패배감과 개 점둥이의 패배와 다 연결지어 생각한다. '그'는 자기 자신, 자식, 집 안의 짐승은 "세대의 체박휘"에 뛰어올라야 한다고 각오를 다진다. 이무영은 집 안에 개를 기르지 않으면 무서워서 못 살 벽촌에 들어오는 순간 패배감과 소외감에서 헤어나지 못했다. 1년여 전에 발표했던 「제일과 제일장」이나 「흙의 노예」의 귀농 동기와 결과론보다 심각한 어조의 거대담론이 울려나오고 있다. 1940년 전후에 발표된 이무영의 그 어떤 작품보다 시대적 분위기를 예리하고 깊이 있게 파헤쳐내고 있다.

사실 안해가 보고 있듯이 그는 생존경쟁의 패부자였다. 소위 학문이라는 것이 그를 그렇게 만들었는지 문학이 그에게 퇴폐적인 소극적 정신만을 길러 주었는지 그 원인은, 어디 있든간에 그가 삘딩 같은 건물에서까지 일종의 압박을 느끼게 된것만은 사실이었다. 전 세계 인류가 총과 칼을 들고 세계를 재건하고 있는 사상(事象)이며, 그 기개며, 그 규모에 압박을 느끼는 것

---

62) 『인문평론』, 1941. 4, p. 186.

620

은 더 말할 나위도 없지마는 한대의 대포며 한개의 탄환, 아니 몇장의 지폐에까지 압력을 느끼고 푸로페라처럼 핑핑 돌아가는 인류역사의 현기증을 느낀채 지금과 같은 벽촌으로 은퇴를 한것이었다. 생활과 문명을, 그리고 과학을 정복하고 그우에 새로운 생을 설계하는 대신 문화를 버리고 과학문명과 절연하는것으로서 원시적인 생을 되 찾어 거기에서 생의, 자위를 얻잔 것이 아니었든가?…흙에의 집착이라든가 노동의 신성 전원의 환희, 이런것으로서 자기의 은퇴를 설명하는것이면서도 또 사실 그러한 의욕의 타고 있으면서도 그가 눈이부시게 돌아가고 있는 역사의 박휘우에 채 미처 올러서지 못했든것만은 부정할수가 없었다. 역사의 박휘가 돌기시작하기전에 자리를 못 잡은것이 아니라면 자리를 잡기는 했었으나 그 속력이 너무도 지나치게 빨라서 현기증을 일으키고 굴러 떨어진 셈이었다.

그래서 그에게는 굳은 신념은 있었다. 해전에서 패한 군인이 육지에서의 복수전을 꾀하듯이 포도에서 패한 생활을 흙에서 찾어 보자는 의기도 있었으나 안해의 눈으로 볼때는 자기 남편은 언제나 숙명적으로 패부자 노릇만 하도록 운명지어진것 같이만 보여저서 견딜수 없는것이었다.[63]

옆집 개 흰둥이, 야견박살대, 궁벽한 촌 등으로 구체화되는 폭력이 안겨주는 공포와 패배감은 소설가의 내면에서 시대가 안겨주는 암울함과 상승작용을 하고 있다.

현경준(玄卿駿)의 「길」(『춘추』, 1941. 6)은 만주를 배경으로 국민교 교사인 연식이 담임 반 학생 인규가 사흘째 결석한 이유를 알기 위해 가정 방문을 갔다가 인규가 그동안 술집 하는 누이 밑에서 우울하게 지낸 것을 알게 된다. 인규는 제 힘으로 살겠다 하고 목단강 방면으로 가버린 것이다. 그 후 영식과 인규 누나 영춘은 이성으로 가까워진다. 영식은 영춘(춘옥)

63) 위의 책, p. 180.

에게 빠지면서 교육자 생활에도 염증을 낸다. 영식이 서울에 있는 외삼촌 장례를 치르고 온 사이에 춘옥은 인규를 찾으러 목단강 쪽으로 가버린다. 영식도 춘옥(영춘)의 편지를 보고 교사직을 사직한다. 앞부분은 늘어지고 뒷부분은 급속하게 진행하는 구성상의 결함을 드러낸다.

채만식은 「집」(『춘추』, 1941. 6)에서는 주인공이 안양으로 이사 가서 물난리 만난 내용을 사건은 거의 없이 묘사 위주로 펼쳤는데 속편인 「挿話」(『조광』, 1942. 7)에서는 안양의 자기 집을 팔고 동교로 옮겨와 한 달에 9원씩 집세를 내가며 살게 된 사연을 소개한다. 채만식은 그동안 잘 쓰지 않았던 회상의 수법을 써서 어렸을 때 보았던 칠월 백중과 정월 보름의 풍속을 자세하게 묘사한다. 채만식이 하고 싶었던 이야기는 '두레' 풍습이었다. 장편소설 『고향』에서 보이는 것처럼 '두레'에 대해서는 이기영이 가장 정통하다고 할 수 있으나 「삽화」에서 채만식이 제시한 '두레론'이 훨씬 더 자세한 편이다. 채만식은 두레의 조직, 두레의 성격, 두레의 역사, 정월 보름날 두레의 기(旗)맞이 등에 대해 상세하게 논했다.[64]

박태원의 「財運」(『춘추』, 1941. 8)은 월 3백 원 정도를 버는 소설가 '내'가 물지게꾼으로 고용한 행랑아범이 철원에서 머슴 사는 큰아들이 가져온 남양 물부리를 절반쯤 팔면서 살림 좀 피는가 싶더니 순경한테 얻어맞고 더 이상 장사를 할 수 없게 되자 나머지 물부리는 큰아들이 도로 가지고

---

64) 『채만식 전집』 8권, 창작사, pp. 218~19.

  "두레는 소작농, 삯일꾼(농업노동자), 머슴 이런 사람을 세포로 한 자연발생적인 원시적 촌락 조직체다. 공원이니 각총(角總)이니 등속의 몇몇 소임이 있어, 전체를 지휘 통솔하고 가끔 징을 쳐서 전원이 모여가지고 사발통문한다. 꽤 엄한 불문율이 있고, 만약 그를 범한 자는 방축, 볼기맞기, 종아리맞기 따위의 형벌을 받는다. 두레는 그러나, 소위 계급적인 성질을 띤 것은 아니다. 동헌(東軒)과 향교와 노소와 사정(射亭)에 대하여 절대 순종이요 겸손한다. (중략) 두레에는 반드시 풍장(農樂)과 기(農旗)가 있다. 기는 두레를 표시하고 대표한다. 기는 두레의 수호요 존엄이다. (중략) 농촌진흥회를 거쳐, 다시 애국반으로, 두레는 자연해소가 되었다. 존재의 필요도 물론 없어졌다. 그러나 농촌오락이 긴히 요구되는 이때니, 정월보름의 '기맞이'(旗會)며, 추석의 '난장'과 더불어, '술멕이' 같은 것은, 과히 자숙을 잃지 않을 정도에서 장려가 되어도 무방할 것이다."

가기까지의 과정을 관찰한 소설이다. 행랑어멈이 터주를 모셔다 놓고 우물에 정화수 떠다 놓고 비는 것이 자기네는 유리하고 주인네는 불리하다는 생각을 너 나 할 것 없이 갖고 있다. 우연의 일치인지 행랑채가 살림이 좀 피어날 때에 소설가네는 수입이 표 나게 줄어드는 일이 빚어진다. '나'는 스스로를 매문 문사라고 하면서 "뜻 있는 작가라면, 자기의 작품활동을 원고료수입의 다소로써 계산하여 마땅할 것이랴? 나는 때로 그러한 것을 생각하고, 마음이 서글펐던 것"[65]이다. 양적 비중으로 보면 빈민소설이라고 할 수 있으나 이러한 빈민에 대한 동정과 이해가 소설가로서의 비애와 상통하는 점에서는 소설가소설이라고 할 수 있다.

이효석의 「日曜日」(『삼천리』, 1942. 1)은 소설가소설이다. 소설가 준보는 마감 일자를 넘겨 단편소설 한 편을 겨우 완성하여 우체국에 가서 부치고는 생기와 화려함으로 넘치는 거리를 구경하고 친구와 호텔에서 양식으로 저녁 식사를 하고 집으로 돌아와 자식들에게 우유를 먹이고 공부시키면서 아이들 세상의 행복을 소설로 쓰기 위해 책상 앞으로 다가간다. 친구가 식사하는 자리에서 애인 음악가의 죽음을 기다린다는 말을 하자 준보는 1년 전에 죽은 아내를 문득 떠올린다. 작가 이효석을 가감 없이 보여준 준보는 "상식과 악의에 대한 항의, 사랑의 자유의지의 옹호"를 내용으로 한 소설을 썼고 친구와 저녁 식사를 하는 자리에서 행복을 화제로 삼았던 것이다.

  "우유를 입안에 갔뜩 먹음을때 ― 모찰트의 소나타를 들을때 ― 하늘의 비눌구름을 우러러볼 때 ― 아름다운 이의 서선을 바들때 ― 청바든 소설원고를 다 썼을때 ― 이런것이 행복이라면 난 어느날보다도 오늘 그모든행복을 한거번에 맛본듯두하네."[66]

---

65) 『춘추』, 1941. 8, p. 222.

일상의 자잘한 일에서 행복을 맛본다는 것은 이효석 특유의 감각주의나 현세 중심주의로 볼 수 있겠지만 그만큼 지식인으로서 역사나 시대로부터 만족감을 얻지 못한다는 데서 오는 니힐리즘을 역설적으로 표현한 것일 수도 있다. 이효석은 아내가 죽어갈 때의 자신의 고통과 아내 사후의 허무감과 고독을 분명하게 들려주었다. 준보는 자살까지 생각해보면서 "고독은 사람을 귀족으로 만드는 것이 아니라 거지로 만들었다"[67]고 토로하여 고독의 그늘을 강조한다.

이효석의 「풀잎」(『춘추』, 1942. 1)은 작품 분량에 비해 이야기는 간단한 편이다. 아내를 잃은 지 1년이 되어가는 소설가 준보가 음악가 옥실과 사랑을 나누면서 주변 사람들과 일반 사회로부터 조소와 질시와 비판을 받는다는 내용이다. 두 남녀가 사랑의 대화를 나누는 장면과 벽도와 주빈이라는 친구를 비롯한 주변 사람들의 걱정과 야유를 그리는 데 비슷한 비중을 두었다. 옥실이 보름 동안 동경으로 가 집을 정리하고 오겠다고 떠나는 것으로 소설은 끝난다. "시인 월트 윗먼을 가졌음은 인류의 행복이다"라는 부제처럼 준보는 평소에 불편하거나 불안할 때는 시를 읽었다고 하면서 옥실의 요구에 따라 휘트먼의 시를 읽어준다. 평생 동안 곤란과 비방 속에서 변함없이 사랑한 사람을 볼 때 머리가 숙여진다는 휘트먼의 시구를 듣고 옥실은 준보를 사랑하기로 마음을 굳힌 것이다. 토스카, 라보엠, 마담 버터플라이, 도스토옙스키, 지드, 신곡, 햄릿, 젊은 베르테르의 슬픔, 예이츠, 하이네, 셸리 등 많은 인물명과 작품명은 이효석 소설에 영향을 준 존재들을 짐작하게 한다. "선생님의 소설 대개 다 읽었어요. 제 마음의 세상이 얼마나 넓어졌는지 모르겠어요. 생활감정두 꼭 제 비위에 맞구요. 유

---

66) 『삼천리』, 1942. 1, p. 150.
67) 위의 책, p. 193.

레니, 관야니, 미란, 세란, 단주, 일마, 나아자, 운파, 애라 ― 인물들의 모습이 지금 눈앞에 선히 떠올라요"[68]와 같은 옥실의 고백은 준보가 이효석 자신임을 일러준다. 「일요일」이란 소설 안에서 준보가 썼다고 하는 소설은 바로 「풀잎」이었다. 이렇게 보면 「풀잎」이 전편이요 「일요일」이 후편이 된다.

이태준의 「사냥」(『춘추』, 1942. 2)에서 주인공 '한'은 잡무에서 벗어나 대서업자인 친구 '윤'의 주선으로 기차로 월정리에 가 사냥을 한다. 사흘 동안 노루, 산돼지, 꿩 등을 사냥하는 모습과 사냥, 식사, 휴식, 화투 등으로 시간 보내는 모습을 묘사하였다. 사냥꾼들이 잡은 멧돼지로부터 간밤에 누군가 피와 쓸개를 빼 가자 늙은 포수가 범인을 색출하지만 끝내 범인을 찾지 못한다. '윤'이 젊은 시절 민중을 위해 의분을 느끼고 운동했다는 것에 회의를 품고 지금은 그저 그렇게 산다고 하는 것으로 소설의 서두를 열었다. 다음 대목은 당시 지식인들이 절망과 포기를 밑바닥에 깔고 살고 있음을 확인시켜준다.

> 학창을 처음 나와서는 그들을 위해 의분도 느꼈으나 자기하나의 의분쯤은 이른바 홍로점설(紅爐点雪)에 불과하였고, 그런 모리배들만의 촌읍사회에 끼여 일이년 생계를 세우는 동안, 어느틈엔지 현실에 영리해졌다는것이요, 그 덕에 오늘에 이르러 사무실을 문을 닫고 이렇게 삼사일씩나와 놀아도집에서 조석걱정을 않게쯤되었노라 실토하였다.[69]

이태준의 「夕陽」(『국민문학』, 1942. 2)은 이태준의 분신인 소설가 매헌이 여름에 경주 관광을 갔다가 고완품 상회 여점원이며 일본 도시샤 대학

---

68) 위의 책, p. 203.
69) 『춘추』, 1942. 2, pp. 153~54.

중퇴생인 타옥과 알게 되어 그 후 경주와 부산 해운대에서 플라토닉 러브를 나눈다는 내용으로 되어 있다. 여관에서 매헌이 잠든 사이 타옥이 일본에서 오는 약혼자를 맞으러 부산으로 간다는 편지를 써놓고 떠나버리는 것으로 끝부분은 장식된다. 두 남녀가 경주의 이곳저곳을 다니며 공감하는 말은 "니힐"과 "석양"이었다. 매헌이 타옥과 오릉이라든가 영지를 보고 니힐이란 단어를 떠올리며 타옥에게 주는 부채에 이의산의 석양시 "석양무한호 지시근황혼(夕陽無限好 只是近黃昏)"이란 글귀를 써주면서 길지 않은 석양과 곧 닥칠 황혼을 떠올리는 것은 허무감의 환기라고 볼 수 있다. 이 소설의 끝은 "파도소리는 어제와 다름 없었다. 타옥의 말대로 파도소리는 유구스러웠다. 석양은 해변에서도 아름다웠다. 그러나 각각으로 변하였다. 너머나 속히 황혼이 되여버리는 것이였다"[70]와 같이 장식되어 있다. 생각보다 빨리 온 타옥과의 이별은 석양은 참으로 짧은 것이며 인생은 무상한 것임을 더욱 깊이 새기게 해준다. 석양을 이별이나 허무로 연결짓고 있는 것을 보면 일본 제국의 멸망을 예감하게 하는 역사 허무로 새겨볼 수도 있다.

이석훈의 「再出發」(『문장』, 1942. 2)은 배우소설이다. 처자가 있는 신극 배우 '나'는 장안에 소문난 자작의 제2부인인 경히와 5년 동안 동거하다가 여급과 가까이하고 경히는 다른 신극 배우와 가까워지면서 파국을 맞는다. 둘이 동거하고 있을 때 '내'가 연극단을 하나 갖는 것이 소원이라고 하자 경히는 당신은 지적인 노력을 너무 하지 않으며 예술가로서의 자긍심도 정열도 없다고 비판하면서 들어주지 않는 것도 하나의 이유로 작용한다.

이태준이 「사냥」과 「석양」에 이어 발표한 「無緣」(『춘추』, 1942. 6)에서 송전, 인천, 동대문 밖 중랑천, 소래 저수지, 망우리 고개 넘어 수택리 등을 다니며 낚시질을 하는 '나'는 "시정에서 부리던 얌치와 악지와 투기를 그냥 가지고 오는 사람이 거의 전부"[71]인지라 애써서 조용한 낚시터를 물

---

70) 『돌다리』, 박문서관, 1943, p. 207.

색한 끝에 강원도 동주 땅 산촌의 용못을 떠올린다. 용못은 외조부가 즐겨
낚시하던 곳으로 처사의 풍모를 보이는 금학산과 선비소를 떠올리게 하나
실제로 가보니 그사이 많이 변하고 말았다. '나'는 호상루란 누각에 올라
영창 바로 옆에 한퇴지의 글을 외조부가 쓴 글씨 중 "기거무시 유적지안(起
居無時 惟適之安)"을 되새기며 자연도 사람을 따라 변하는 것임을 깨닫는다.[72)]

(2) 전향과 친일적 행태

전향은 간단히 설명될 수 있는 용어나 개념이 아니다. 혼다 슈고(本多秋
五)가 「전향문학론」에서 공산주의자가 공산주의를 포기하는 것(협의), 진
보적인 합리주의 사상을 포기하는 것, 사상적 회전 현상 일반을 가리키는
것(광의) 등과 같이 세 가지로 정리한 경우[73)]가 있는가 하면 구보카와 쓰
루지로(窪川鶴次郎)가 「전향문학론」에서 전향을 국가 권력에 굴복하는 것,
계급적 배반을 의미하는 것, 일본의 3 · 15사건(1928)과 4 · 16사건(1929)
처럼 프롤레타리아 운동에 대한 검거 · 고문 · 학살 · 투옥 과정에서 생긴
것으로 설명한 경우[74)]도 있다. 그리고 쓰루미 슌스케(鶴見俊輔)가 「전향의
공동연구에 대하여」에서 전향의 상황과 관련한 구분을 꾀하여 ① 상황 내
부에서 주체의 위치에 따른 구분(예: 개인의 전향, 민족의 전향), ② 행위
의 성격에 의한 구분(예: 완전동조형, 사상침체형), ③ 의식에 의한 구분
(예: 자각형, 이론형), ④ 강제력의 종류에 의한 구분(예: 징역, 사회적 제
재), ⑤ 권력의 종류에 의한 전향의 구분(예: 국가, 부락 공동체), ⑥ 전

---

71) 『춘추』, 1942. 6, p. 138.
72) 1943년 12월에 박문서관에서 발행된 이태준 소설집 『돌다리』에 실린 「무연」의 끝 대목은 잡
    지 발표분에는 없던 "한 사조의 밑에 잠겨 산다는것도, 한 물 밑에 사는 넋일것이었다. 상전
    벽해(桑田碧海)라 일러는오나 모든게 따로 대세의 운행이 있을뿐, 처음부터 자갈을 날려 메
    꾸듯할수는 없을것이다"(p. 21)라는 구절로 채워져 있다.
73) 노상래 편역, 『전향이란 무엇인가』, 영한, 2000, pp. 61~62.
74) 위의 책, pp. 76~80.

향 전과 전향 후를 비교한 구분(예: 급진-보수형, 반동-급진형) 등을 제시한 것[75])과 같이 전향의 문제를 폭넓고도 깊게 살펴본 것도 있다. 1938년 6월 20일부터 3일간 좌우익 전향자들이 모여 동경 법조회관에서 열었던 '시국대응 전선사상 보국연맹'(약칭: 사보연맹)에 권충일과 박영희가 조선의 대표로 참석하고 온 후 1938년 7월 24일 부민관 강당에서 13도의 전향자 대표 2백여 명이 참가한 가운데 사보연맹 결성식이 있었는데, 사보연맹은 비전향자의 포섭, 군인 원호행사, 사상보국 등에 힘썼으며 1940년 12월 28일에 발전적으로 해소되었다.[76]

전향 후 분명하게 친일의 길을 걸은 박영희의 「明暗」(『문장』, 1940. 1)은 신문사를 배경으로 한 소설이다. 경영난에 봉착한 동성일보사를 살리기 위해 사회부장 김정식은 새로운 경영주가 나설 때까지 대리 경영했으나 실패하고 만다. 김정식은 모 부호의 첩으로 혼자 사는 희숙에게 빚 천 원을 끌어다 쓰고 갚지 못해 심하게 압박감을 느낀다. 서대문 형무소에서 5년간 복역하고 나온 리우필에게 미리 돈을 받고 신문사 지국을 허락해주었으나 신문을 발행하지 못해 결국 사기 치고 만 셈이 되었다는 죄의식도 지니게 된다. 김정식과 리우필은 사회운동 하던 사람이라는 공통점을 지닌 만큼 「명암」은 돈, 생활, 기업 앞에서 신념이니 투쟁 경력이니 하는 것은 별 소용이 없음을 웅변한 것이 된다.

1930년대 후반에 비하면 또 지식인소설에 비하면 이 시기 소설가소설은 양도 감소하고 질도 떨어지는 편이다. 김남천의 「俗謠」(『광업조선』, 1940. 1~5)에서 주인공 김경덕은 동경 사립대 1학년 중퇴로 사회운동 한 이력이 있고 현재는 평론가로서의 붓을 꺾고 대흥도서주식회사 출판부에서 역사적 인물의 카드를 정리하는 일을 한다. 사라센 술집의 여급을 둘러싸고

---

75) 위의 책, pp. 149~51.
76) 임종국, 『실록 친일파』, 돌베개, 1991, pp. 202~03.

아세치링 발생장치 주식회사 취체역인 친구 홍순일과 라이벌 관계에 놓인다는 것이 주요 사건이다. 시대소설적인 의미는 있으나 구성력은 약한 편이다.

정비석(鄭飛石)의 「三代」(『인문평론』, 1940. 2)는 당대 지식인들의 삶의 자세를 적응주의자와 부적응주의자로 대별하는 시각을 견지한다. 아버지로 대표되는 보수적인 정치적 엘리트형, 경세가 보여준 것처럼 왕년 주의자이면서 출옥 후 룸펜으로 살아가는 지식인형, 동생 형세가 보여주는 것과 같은 현실주의자요 운명론자 등 세 가지 유형 사이의 거리가 분명히 감지되고 있다. 이 세 인물은 각각 자신의 삶의 자세를 강변하는 태도를 취한 공통점을 보인다. 지식인으로서의 양심과 지성을 지키려 하는 형 경세는 문명 · 변화 · 현실 · 승리 등의 개념을 신봉하는 동생 형세의 눈에는 답답하고 무기력하고 고지식한 인간으로 비칠 수밖에 없다. '운명'이라는 말에 대해 상반된 태도를 보이는 데서 두 형제의 삶의 방식의 거리를 헤아릴 수 있게 된다. 동생이 "운명이란말은 사람의 힘으로는 어떻걸수없는 운동의 론리를 말하는 것"인 만큼 "운명을 부인한다는말은 동시에 변증법을 무시하는 말이라고 해도 과언은 아닐겝니다"라고 하자 형은 "그렇다면 이 세상엔 지식과 노력의 필요가 없을게 아니냐?"고 응수하고 다시 동생은 "주어진 운명의 권내에서 그것을 잘 이용해가는덴 지식이 절실히 필요하겠지요"[77]라고 하면서 오늘 하루하루를 즐겁고도 보람 있게 사는 것이 최선이라고 한다. 동생은 장래의 일은 아무도 모른다는 불가지론을 편다. 「삼대」는 체제 외적이며 부초적인 지식인floating intelligentsia의 길을 걸어가는 형은 홀연히 사라지는 것으로, 체제 내적이며 기능주의적 지식인의 길을 걸어가는 동생은 약혼녀와 함께 북지의 지사로 나아가는 것으로 마무리된다. 형 경세의 증발은 당대 지식인들 사이에 미만하던 니힐리즘을 실천에 옮긴 것

---

77) 『인문평론』, 1940. 2, p. 157.

이라고 할 수 있다.

정비석의 「孤高」(『문장』, 1940. 3)는 "춘파선생말년기"라는 부제가 붙어 있는 것처럼 젊었을 때 동경, 상해 등지를 돌아다니며 사상운동을 펼쳤다가 고향으로 돌아와 은둔 생활을 하는 춘파선생의 면모를 그리는 데 초점을 맞춘 것으로, 왕년 주의자였다가 고향에 돌아와 계몽운동가로 활동하기는 하나 입만 뜨면 돈타령을 하는 김석호를 소설가인 화자가 나무라는 장면도 나온다.

정비석의 「第三의 友情」(『조광』, 1940. 5)은 잘살던 집안이 망해버리고 1년에 1백 원을 벌까 말까 하는 소설가 김형각과 월사금 낼 돈이 없어 같은 반 학생의 지갑을 훔친 죄로 퇴학당하고 동경으로 건너가 대학을 졸업하고 고문에 패스하여 검사가 된 오창석이 우연히 만나 요릿집에서 기생 진홍과 부호 안승호와 동석하는 것으로 시작한다. 가난뱅이 소설가 김형각을 좋아하는 기생 진홍을 안승호나 오창석이 탐내는 터였다. 그 후 김형각은 창석과 다시 만난 자리에서 양심·법률·성공 등에 대해 토론하기도 하였으나 창석에게 밀리는 분위기였다. 진홍을 단순한 색욕의 대상으로 볼 뿐이라는 오창석의 말에 김형각은 그 애 몸에 손가락 하나라도 대면 가만 놓아두지 않겠다는 말을 하며 분노를 표시한다. 집에 불이 난 진홍에게 안승호가 5백 원을, 오창석이 2백 원을 보내준 것에 형각이 아무런 비난도 하지 않자 진홍은 크게 실망한다. 그 후 진홍이 안승호를 따라 도피한 사건이 신문에 보도된다. 처음부터 창석은 진홍을 범할 생각은 없었다고 한다. 오창석은 자네 같은 사람 천만 명보다 발자크의 외제니 그랑데 같은 사람 하나가 필요하다고 하면서 돈 모을 공부를 해서 "나리낑보국(成金報國)"할 생각을 하라고 충고한 다음, 조선이 무대가 너무 좁아 자신은 만주 신경으로 가기로 했다고 하면서 나중에 신경에 오면 돈벌이를 알선해주겠다고 약속한다. 1940년대 들어서면서 물심양면에서 극도의 무력감을 느끼는 소설가의 모습을 잘 새겨놓았다.

석인해(石仁海)의 「彷徨」(『조광』, 1940. 8)은 젊은 시절 주의자로 활동하던 영재가 국경 근처에서 "기생 아비"로 생계를 꾸려가며 매일 무기력과 방황 심리에서 헤어나지 못하는 가운데 옛날 동지요 친구였던 존재들의 삶의 방법을 지켜보기도 한다. 흑룡강과 목단강 일대를 떠돌아다니면서도 앞으로 열심히 살아보겠다는 각오를 암시한 바를 편지로 전해 온 친구 일호를 만나러 가는 것으로 「방황」은 마무리된다.

영원이 질머저야 할 허물! 한번이니 제대로 돌릴수없는 마음의 상처……
그러나 그것은 뉘우칠 것도 반성할 거리도 아니었다. 그것은 완전이 인생의 실패였기 때문이다. 끝내는 역사의 수레바퀴를 앞으로니 뒤로니 건드리지 못하게 거세된 오늘의영재, 오즉 파란 가을 하늘이나처럼 그런 횅뎅한 공허만이 가슴을 뷔여잡는다.
이런 따분한 분위기에 휩쓸려옴이 벌써 일년이다.[78]

과거의 주의자 허(許)가 목단강시에서 여관사업을 하게 한 중학 시절 은사의 부인을 사랑하게 된 것을 번민하던 끝에 결단을 내려 끊는 것으로 끝맺음 한 석인해의 「愛怨境」(『조광』, 1939. 7)에서도 허의 과거는 "한때 희고 긴팔을 뽐내가며 떠들던 고비도 지났음에 역사의 수레박휘를 뒤로도 앞으로도 움직일 아모런 역활도 할수없이 거세(去勢)당한채 그야말로 자기(自棄)도 자살(自殺)도아닌 고독한 신세가 동으로 서으로 지표없이 헤매일 때"[79]와 같이 「방황」에서의 영재와 비슷하게 서술되어 있다. 옛날에 같이 활동했던 아내도 이제는 "기생의 수양어미"가 되어 생활을 꾸려가며 영재와 늘 티격태격한다. 영재에게는 계집과 술독에 빠져 하루하루 재미나게 살려고

---

78) 『조광』, 1940. 8, p. 75.
79) 위의 책, 1939. 7, p. 309.

하는 상수, 수시로 만주를 오가며 사업가와 브로커 노릇을 하여 많은 돈을 벌고 가끔 국내에 와 기생들에게 요란하게 돈 쓰고 가는 필현, 그리고 영재와 비슷하게 방황하는 일호가 있다. 술자리에서 필현은 마적, 도적, 아편쟁이가 뒤끓는다는 식의 만주에 대한 부정적 관념을 벗어버리라고 하면서 "그곳에도 바야흐로 건설과 질서가 수립되며 있단 말일세, 실로 무한정으로 매장되어있는 처녀지인 보고(寶庫), 이것을 개척하는데 우리젊은힘이 얼마나 필요한가를 깨달아야될줄아네"[80]와 같이 자기를 합리화한다. 그러나 필현은 자기 합리화만 하는 것은 아니다. 과거 열혈 청년들의 그 후 모습이 여러 가지로 그려지고 있는 점에서 「방황」은 후일담소설[81]이라고 할 수 있다. 석인해는 제목처럼 계속 번민하고 방황하고 무위론에 젖어 있는 존재를 긍정적인 시선으로 보고 있다.

김남천의 「經營」(『문장』, 1940. 10)은 사상범으로 감옥에 가 있는 오시형이 애인 최무경이 옥바라지하고 보증을 서 병보석 된다는 이야기와 과부인 무경 어머니가 결혼을 전제로 정일수와 교제한다는 이야기가 나란히 간 작품이다. 이 소설에서 이제 동양은 다원사관의 시각에서 새롭게 보아야 한다는 주장이 고개를 내민다. 오시형은 마르크시스트로 감옥에 갔다가 전향 선언을 하고 석방된 후 구라파 중심의 세계 일원론을 비판하면서 "동양

---

80) 위의 책, 1940. 8, p. 86.
81) 박영희, 「현대조선문학사」, 김윤식, 『박영희 연구』 부록, 열음사, 1989, p. 270.
　　박영희는 '카프 이후'에의 대응 방법으로 1930년대 소설을 '의식소설'과 '무의식소설'로 대별하여 논하는 자리에서, 최재서가 「현대소설과 주제」(『문장』, 1939. 6)를 통해 「後日譚文學」을 논한 것을 인용하여 "어떠한 문학의 정체가 먼저 있었고 그 후에 이야기를 계속한다든가 혹은 삽화적인 이야기를 할 때와 같은 태도를 의미한 것"이라고 정의한 후, 바로 이러한 계열의 소설에서 다음과 같이 새로운 경향이 나타난다고 하였다.
　　첫째로, 政治主義의 政策的인 創作方法에서 완전히 離脫하여 現實에 대한 작가의 자유스러운 觀察이 시작된 것
　　둘째는 煽動性에서 感染性으로 옮기어 온 것
　　셋째는 宣傳的인 데서 描寫로 옮기어 온 것
　　넷째는 主人公의 意識性이 人間性으로 統一되려는 것.

이란 하등의 역사적 세계도 아니었고 그저 편의적으로 부르는 하나의 지리적 개념에 불과했었단 말입니다"[82] 하는 식으로 동양이 타자성으로 취급받아온 점을 상기시키면서 다원사관의 정당성을 역설한다. 이런 주장은 일본이 전쟁을 일으킨 명분으로 내건 대동아공영권론을 수리한다. 오시형은 출옥 후 사흘 있다가 평양시 부회의원이며 상업회의소 간부인 아버지를 따라 평양으로 내려가 무경을 당황하게 만든다. 「경영」은 무경이 이제부터라도 작게는 방을 크게는 직업을 전부 자신을 위하여 가져야겠다는 각오를 새롭게 다지는 것으로 끝난다. 「麥」(『춘추』, 1941. 2)이 시작되자 어머니는 시집가버리고 그동안의 최무경과 오시형의 관계, 오시형 부자의 갈등, 최무경 모녀의 갈등 등의 내용이 밝혀진다.

그러나 오시형이가 출감하면서 동시에 연달어서 뜻하지 않았던 사건이 튀어 나왔다. 우선 오시형이는 그전에 포회했던 사상으로부터 전향을 하였었다. 그의 전향의 이론을 그 자신의 설명으로 들어보면 경제학으로부터 철학에의 전향이오 일원사관(一元史觀)으로부터 다원사관(多元史觀)에의 그것이라 한다. 이러한 결과로하여 학문상으로도 달한것이 동양학(東洋學)의 건설이었고 사상적으로도 세계사의 전환에 처하여 시시각각으로 변하는 국제정국에 대처해서 하나의 동양인으로서의 자각이 있어야 한다는것이었다. 그러나 사상이나 학문태도가 변하였다던가 전향하였다고 하여서 그들의 사이에 어떠한 틈이 생길리는 없는것이었다. 본시 최무경이는 오시형이가 어떠한 사상을 품게 되던 그런것에는 깊이 개의치 않는 것이라고 믿어 왔고 또 그러한것에 대해서 깊이 천착하고 추궁할만한 준비나 여유가 없다고 생각해 왔었다.[83]

---

82) 『문장』, 1940. 10, p. 33.
83) 『춘추』, 1941. 2, p. 308.

오시형은 최무경에게 보낸 편지에서 동시대 지식인들의 비판주의적 성향의 문제점을 지적하면서 "자기자신에 대한 비판만 되풀이하고 있으면 그것은 곧 자학(自虐)이 되기 쉽겠습니다" "외부환경(外部環境)에 대한 순응에 떠러지는 한이 있다 하여도 나는 지금 나의 가슴속에 자라나고 있는 새로운 맹아(萌芽)에 대해서 극진한 사랑을 갖지않을수는 없었습니다" "새로운 정세속에 나의 미래를 세워놓기 위해서" "비판해 버리기만 하는 가운데서는 창조는 생겨나지 않을 것이기 때문"[84] 등과 같은 인식을 표출하였다. 오시형이 비판정신을 포기한 것은 작가 김남천이 비판적 리얼리즘을 포기했다는 의미가 된다. 비판정신을 포기한 그 자리에 "창조정신" "새로운 맹아" "새로운 미래" 등을 세워보겠다는 오시형의 결의는 현실에의 굴복이나 현실과의 절충을 뜻한다. 김남천은 오시형이라는 인물의 설정을 통해 거대하면서도 반항적인 이데올로기의 대체 이념을 어디에서 찾아야 할 것인가 고민하고 있음을 드러낸다. 아시아를 유럽과 마찬가지로 세계사의 한 축으로 생각하는 다원사관은 공존의 논리를 본질적 특징의 하나로 삼는 생태론적 발상의 하나로 볼 수 있거니와 이런 생태론적 발상은 친일적 태도를 호도하는 명분으로 이용된다. 이러한 굴복이나 절충을 합리화하는 태도는 운명론으로 이어지게 된다.

「경영」의 속편인 「맥」은 『낭비』에서의 이관형과 최난주를 등장시켜 독자들을 놀라게 만든다. 최무경은 야마도 아파트 입주자인 이관형과 저녁을 같이 먹은 후 토론을 벌인다. 먼저 최무경은 자신과 오시형을 갈라서게 만든 것이 오시형이 감옥에서 품게 된 동양학이라고 생각한 때문인지 동양학이 성립될 수 있느냐고 묻는다. 이관형은 구라파로부터 근대를 수입한 이래 어떤 학문이든 구라파적 방법론으로부터 한 발도 나갈 수 없다고 한다.

---

84) 위의 책, pp. 312~13.

동양학도 조선학도 예외가 아니라는 것이다. 자칫 동양학은 애매하고 알맹이가 없는 것이 되기 쉽다고 하였으며 서양은 세계를 건질 정신은 구라파에 있다고 보며 동양을 정신으로 보지 않고 위안거리로 본다고 한다. 이관형은 동양의 발견이나 독립 의지의 표출로 해석한 다원사관에 대해서도 부정적이었다. 이관형이 반 고흐의 말을 인용하여 "인간의 역사란 저 보리와 같은 물건이다. 꽃을 피우기 위해서 흙속에 묻히지 못하였단들 무슨 상관이 있으랴 갈려서 팡으로 되지 않는가. 갈리지 못한놈이야말로 불상하기 그지 없다할것이다"[85]고 하면서 해석의 자유가 있다고 하였다. 그러나 이관형은 절대적인 구라파주의자는 아니었다. 그는 구라파의 위기도 잘 인식하고 있다. 이관형은 우리가 받아들인 구라파의 근대는 이미 그때부터 노후하고 위기에 빠진 것이었다고 하면서 우리의 근대는 아직 시작도 하지 않았는데 구라파는 이미 막다른 골목에 와 있는 암담하기 짝이 없는 형상임을 역설한다. 「맥」에서 이관형을 통해 제시된 냉철하고 비판적인 구라파 통찰론이 끝 지점에 있는 것이라면 『화분』과 『벽공무한』에 나타난 이효석의 구라파 동경론은 감각적이며 서론적인 성격을 지닌 것이라고 할 수 있다. 오시형이 재판을 받으면서 자신의 동양사관과 다원사관을 역설한 것은 이관형의 반론과 마찬가지로 구라파를 따라가야 하고 일본을 받아들여야 하는 당대 한국 지식인들의 고민을 일깨워준다.

제의 사상적인 경로를 보면 딜타이의 인간주의에서 하이덱겔로 옮아갔다는 느낌이 듭니다. 하이덱겔이 일종의 인간의 검토로부터 힛틀레리즘의 예찬에 이른것은 퍽 깊은 감명을 주었습니다. 철학이 놓여진 현재의 주위의 상황으로부터 새로운 문제를 집어올린다는것은 최근의 우리철학계의 하나의 동향이라고 봅니다. 와주찌(知辻)박사의 풍토사관적관찰이나 다나베(田邊)박

---

85) 위의 책, p. 343.

사의 저술이 역시 국가 민족 국민의 문제를 토구하여 이에 많은 시사를 보이고있습니다. 제가 과거의 사상을 청산하고 새로운 질서건설에 위기를 느낀 것은 대충 이상과같은 학문상 경로로써 이루어 졌습니다.[86]

이관형은 주로 딜타이와 하이데거를 거론하고 오시형은 이들 철학자 외에 니체 · 키르케고르 · 베르그송 · 지멜 · 오르테가 이 가세트 등을 탐독한 흔적을 남기고 있는 것처럼 김남천은 당시 한국 지식인들이 처한 상황을 사상소설적인 형태를 통해 잘 설명해내었다. 「맥」을 단순히 전향소설로 규정하는 것은 김남천의 사고의 한 축을 대변하는 작중인물 이관형의 논리와 주장을 외면한 데서 나온 결과라고 할 수 있다. 「경영」의 주인공은 분명 오시형이지만 「맥」의 주인공은 이관형이 될 수도 있고 오시형이 될 수도 있다. 바로 이런 점이 「맥」을 1940년도 최고의 토론소설이요 사상소설로 밀어올리는 힘이 된다.

한설야의 「宿命」(『조광』, 1940. 11)에서는 왕년 주의자로 활동했다가 공장에 다니긴 하나 성실하지 않은 남편을 보고 닭을 키워 생계를 이끌어가는 아내가 남편의 게으르고 소극적인 성격을 원망하면서 '숙명'이란 말을 떠올린다. 이때의 '숙명'은 옛부터 조선인들이 자주 썼던 '팔자'라는 말과 다른 바가 없다.

유항림(兪恒林)의 「弄談」(『문장』1941. 2)에서도 동경 유학생으로 크리스천이면서 학교도 그만두고 "조선인극단"에 관여한 혐의로 3년 동안 감옥에 갔다 온 후 돈 버는 데 혈안이 된 정일, 지식인의 한계를 자각하면서도 누구에게나 비판과 독설을 서슴지 않는 소설가 영배, 삶이나 예술이나 다 의미가 없다고 자살해버린 성준 등 여러 지식인상을 만날 수 있다. 유진오의 「가을」의 지식인들이 개별성 사이의 편차가 큰 다양성을 드러낸 데 반

---

86) 위의 책, pp. 348~49.

해 「농담」의 지식인들은 패배의 지식인으로 일관된다. 영배는 정일을 마르크시즘으로 안내하였고 "자신은 역시 일신의 문제를 어떻게도 할수없어 의혹의 눈으로 그 주위를 배회하고 동반자적 작가라는 심히 꺼림측한 존칭도 받아 보고 정치문학이라는데 일체 신임을 가질수없어지며 (중략) 요즘 와서는 주지적 경향이니 능동적 휴-마니즘이니 하는 문학태도가 수입 되면서 자기를 그런 유행의 참피온으로 끌어 낼려는 쩌날리즘을 비방할려는게 아니라 결국 선두에 나서기 두려웁기도하고 무엇보다 자기의 정신이 너무도 오탁해 있음을 느껴 흔히 절망적인 감상에 잠겨 있는 자신을 정일과 비교할사록 맴돌이를하고난뒤 같이 머리가 아찔아찔해지는 느낌"[87]에 빠지곤 한다. 영배는 정일과 같은 전향론자로, 성준과 같은 니힐리스트로 볼수도 없다.

채만식의 「冷凍魚」(『인문평론』, 1940. 4~5)는 "……바다를 향수(鄕愁)하고, 딸의 이름 징상(澄祥)을 얻다"라는 부제를 보면 중견 소설가요 문학잡지 『춘추』의 주간인 문대영이 자신을 "냉동어"로 여기고 무언가 현실 저너머에 있는 세계를 그리워하면서 딸의 이름을 '징상'이라고 지었음을 알게 된다. "大永은 그자신이 소위, 세대의 「룸펜」으로 제코가 석자나 빠저가지고는 「삐뚜러진 빈집(廢屋)에서 거주를 하고있는」 터이매, 모든 사물에 대하여 좀처럼 흥미와 관심이 일지도 않는 형편"[88]과 같이 룸펜, 폐옥 거주, 무관심의 태도로 성격화된다. 영화 관계자 김종호가 자기가 만든 영화에 출연시킬 일본 여배우라고 하면서 스미꼬(澄子)를 데리고 왔을 때 처음에는 시큰둥한 반응을 보이다가 여자의 고혹적인 태도에 무너진 옛사람들의 경우를 떠올리며 33세의 유부남 문대영은 23세의 스미꼬에게 관심을 갖기 시작한다. 대영은 스스로를 "묵은 책력"으로 자인하면서도 스미꼬와의

87) 『문장』, 1941. 2. p. 319.
88) 『인문평론』, 1940. 4. p. 103.

연애 감정을 부정하지 않는다. 문대영은 한글 통일안을 갖고 편집부의 박과 김이 계속 논쟁을 벌이는 것을 보고는 자기의 정체성을 생각하게 된다.

朴처럼, 긍정하는 현실과 세계를 가지지 못한것은 물론, 모주리 죄다 비정은 하는것이나 그렇다고 해서 金처럼 현실적인 이 지구를 위한 비정인것이 아니라, 화성을 욕망하는 비정이니, 인간세상에선 용납지 못할 유령(否定)인것이다.

신념이야 오죽 오만하며 찬란한고!

그러나 아무리 산을 뽑잘 신념인들, 대지의 현실을 딧고서지 못한 이상, 즉 생활이 따르지 못한 이상, 그는 결국 남의 집 식객이요 걸인에 지나지 못하는것…….

그리하여 좌우에서는, 바람소리가 휙휙 날만침 사실이 세찬데, 제 앞은 보면 회색의 안개가 자욱하고, 등뒤에만 옛양식의 고성이 구중중 섰을 따름……[89]

문대영은 스미꼬와 대화를 나누는 자리에서 문학 하는 것에 대한 회의를 내보이면서 문학이라는 것이 유령 같고 현실성이 없고 무의미하게 느껴진다고 하였다. 이런 회의의 한 이유로 현실은 전투기같이 재빠르게 변하는데 문학은 그 현실의 정통을 캐치할 근력이 없다는 점을 들었다. 대영이 조선 지식인답게 보신각을 부분 긍정하는 것에 반해 스미꼬는 보신각 철거론을 펼친다. 스미꼬의 보신각 철거론에 화가 난 문대영은 스미꼬의 얼굴이 거울처럼 비치는 게 불쾌해서 철거론을 펼치는 것이 아니냐고 빈정거리듯 반문한다. 스미꼬는 종로 거리를 지나가면서 흰옷 입은 조선 사람들을 보고 왜 못 견딜 정도로 걱정스러운 표정을 짓고 가느냐고 꼬집는다. 대영

---

89) 위의 책, p. 125.

과 좀 가까워지자 스미꼬는 18세에 조선 남자와 연애를 하고 살림을 차리고 아편쟁이가 되었다가 다시 부모 품으로 돌아왔으나 그 조선 남자가 돈을 달라고 협박하고 폭행했고 수양살이 하고 와서 부모가 결합시키려는 것을 거절하자 쫓겨났다고 고백한다. 문대영은 박과 김이 이번에는 뜻이 맞아 슬며시 '사실수리론(事實受理論)'을 제시하는 것에 은근히 반대한다. 자기를 궤변이라고 하고 불건강이라고 하고 절름발이라고 하더라도 그것 자체가 실제가 아니냐고 하면서 "그것까지는 좋아!……. 그렇지만 사실을 갖다가 사실대루만 보구, 사실대루만 받아 들여선 못쓰는 법이어든! 그건 학문적으루는 상식의 노예요, 생활적으루는 천박한 모리배(謀利輩)의 짓이지 적어두 세대의 소위 담당자루 앉아서 감희 취할 길은 아니어든!……"[90] 하고 두 사람을 꾸짖는다. 문대영은 스미꼬와 동경으로 애정도피 할 계획까지 세우고 고민하다가 포기하는데 스미꼬는 장문의 편지를 남기고 대륙으로 떠나간다. 바로 이 대목에서 이 소설이 시국에 협조적인 태도를 취하고 있음을 찾아볼 수 있다.

아까 새벽에 분상 돌아 가신 후 이내, 그생각으로 시간을 지우다가, 종시 결단이 없이, 조금 일추, 아무런 역엘 나오지 않았겠어요! 했더니, 우리 둘이 동경으로 가기로 언약을 한 시간보다 三十분 앞서, 세시 十五분, 대륙을 향해 떠나는 차가 마침 있겠죠! 그걸 보고서야 문득, 비로소 결심을 했어요, 오냐 기왕이니 대륙으로나 가 보리라, 고.

슬퍼도 미련겨워도, 자랑과 행복 속에 사랑을 보전하겠으니 좋고, 아울러 그곳에다가 아편을 버릴 수가 있을른지도 모르니 막상이겠어요.

요전날 밤, 분상도 이야기를 하신 대루, 日淸 日露 전역때부터 더는 풍신수길, 또 더 그이전부터 전해 내려오던 일본민족의 유구한 민족적 사명이요,

---

90) 위의 책, 1940. 5, pp. 143~44.

그래서 한 거대한 역사적 행동인 중원대륙의 경륜……, 이는 누가 무어라고 하거나, 현 세대를 전제로한 인간정렬의 커다란 폭팔인것 같아요.

스미꼬 이길로 거기엘 가서, 보고 대하고 접하고 하겠어요.

새로운 건설을 앞 둔, 무서운 파괴가 중원의 천지에 요란히 전개 되고 있는 그 어마어마한 무대와 행동을…….

스미꼬와 혈통을 더부러했고 동시에 한사람 한사람의 인간인 그네 씩씩한 장정들이, 그렇듯 세기적인 사실의 행동자로써 늠늠히 등장을 했다가, 끊임없이 시뻘건 피를 흘리고 넘어지는, 그 핍절하고도 엄숙한 사실을……, 스미꼬 즉접 목도를 하고 접하고 할때에, 진정으로 한조각의 붕대를 동여주고 싶은 마음이 울어 날것 같아요. 반드시 어떤 흥분과 감격을 느끼고래야 말 것 같고, 아편의 독을 잊어버릴것 같아요.

방금 라우드 · 시피-커-가 대륙행의 개찰을 고하는군요!

봉해서 포스트에 디렀드리고, 인전 가겠어요.[91]

20세도 되기 전에 가출하여 조선 남자와 동거했었고 아편 중독 환자였던 평범하기 짝이 없는 한 일본 여자가 애정 행각의 끝자락에서 조국과 동포와 전쟁에 적극 참여하는 변신을 꾀하고 있음을 보게 된다. 스미꼬의 이런 태도는 전형적인 지식인인 문대영이 시니시즘 속에 반쯤은 조국 포기를 내포하는 태도와 대조적이다. 스미꼬와의 연애나 도피 계획 속에는 일본에 대한 거부 심리도 포함되어 있지만 조선에 대한 포기 심리도 분명하게 들어 있는 것이다. 심리소설 · 소설가소설 · 애정소설 · 액자소설 등의 결합체인 「냉동어」에 장문이 빈번하게 나오는 것은 작가 채만식이 말이 많아졌다는 것을 의미하지만 당시의 지식인들이 시대고에 침잠해서 살았다는 것을 입증해주기도 한다.

---

91) 위의 책. p. 176.

따라서, 가령 이번 일로 하더래도, 무어 조선의 각반 예술이라더냐 영화
라더냐 관심이네 연구네 하던 소리는 정녕 김종호의 어짓바른 고안일테고,
당자는 (어찌 된 내력은 모르겠으나) 십상, 마음이 울적한 나머지 구경 사마
놀기 겸, 미지의 세계래서 거저 와 보느라고 와 본것이겠는데, 자연 사정이
며 형편을 모르는 만침, 또 지리에도 생소하고 하여, 전자에 우연한 안면이
있었거나 혹은 누구의 (무책임한) 소개로, 저 살뜰한 안내자를 찾았던 모양
같으고, 한것이 시방 아무 영문도 모르고서 저렇듯 덤덤히 끄들려 다니며
애꾸지 꼭두각씨 노릇을 하는 참이고……, 이렇게 인식을 시정할수까지 있
었다.[92]

대영과 스미꼬의 연애를 중계방송하듯이 대화체로 길게 처리하면서 구
성의 긴밀도가 떨어진 것이 사실이다. 그러면서 대영의 내면세계에서도 진
지한 분위기가 다소 휘발되고 있다. 지식인들이 등장하는 소설이라 그렇기
는 하겠지만 데마, 보이코트, 프로버빌리티, 폴리티칼, 노스탈쟈, 애브노
말 등과 같이 영어를 많이 사용하는 점도 이 소설의 한 특징이 된다. 주인
공 문대영은 전형기를 맞은 한국 문인들이 내보이는 암울감 · 회의론 · 허
무주의의 인간 지표가 되고 있다. 채만식은 문대영이라든가 문대영 주변
문인들의 입을 통해 그 특유의 풍자와 냉소를 행사한다. 이 과정에서 당시
의 문학 · 영화 · 의복 · 건축술 등이 비판되고 있다.

　채만식은 1940년대에 들어서면서 자신의 소설에 대해 회의를 표시했다.
「近日」(『춘추』, 1941. 2)에 오면 그즈음 자신이 쓴 소설 「懷」「宗氏」「荷
重」 등에 대해 "작품이 부지럽시 신변잡사로 기울고 있었다. 일찌기 돌려
다 본적도 없고, 돌려다 보려고도 않던, 소위 사소설에의 접근이었다"[93]고

---

92) 위의 책, 1940. 4, p. 108.

자기해부했는가 하면 "마침내 그러다간 한걸음 더 나가서, 지극히 비속한 시정잡사와 항다반의 인정미담인 표정을 해가지고 스스로 문학 가운대 등장을 하고잇는것이다. 신변잡사와 사소설이 문학의 정도가 아니요 가히 삼가야 할것이거늘, 본디 니힐한 병폐가 있는 내가 또한가지 사도에 탐혹을 하다니, 생각하면 한심한 노릇이다"[94]와 같이 자기비판을 아끼지 않았다. 그만큼 채만식은 소설은 허구라는 인식을 확고하게 지니고 있었다. 「근일」은 개성에서 형제들과 한집에 지내며 금광 공사판 등 하는 일마다 실패하는 형들 식구들까지 먹여 살리느라 건강을 해쳐가며 소설 쓰는 자신을 그렸다. 원고료를 벌기 위해 소설을 마구 쓰다 보니 신변잡사의 수준을 넘지 못했다는 자괴감은 허무주의를 불러오게 되었다.

현경준의 「流氓」(『인문평론』, 1940. 7~8)은 만주국에서 다섯 곳에 특수부락을 설치하여 아편 중독자, 밀수업자, 도박 상습범, 사기 횡령범 등과 같은 조선인들을 수용하여 감시하면서 개전시키는 곳을 공간 배경으로 삼은 특이한 소재의 소설이다. 부락은 만주국의 명령으로 영사관 경찰서의 손을 거쳐서 1937년에 건설되었다. 작가는 만주국의 이러한 취지를 긍정적으로 해석하였다.

한사람의 국민이라도 좋다.
신흥국가에서는 한사람이라도 건저내서 바른 국민을 맨들려고 이을 악물고 달려들었다.
더구나 그 빛을 잃고 밑구렁에서 헤매는 그들에게는 무엇보다도 아까운것이있다.
그 아까운 보물때문에 위정당국도 번연히 무모에 가까운 일인줄 알면서도

93) 『춘추』, 1941. 2, p. 288.
94) 위의 책, p. 289.

과감하게 실지시험에 착수하게 된 것으로서, 그것은 닮음이 아니라, 그들의 지식과 인재였다.

비록 락오는 되었을까망정 한때는 모두다 리상을 품고 혁혁한 앞날을 바라고 매진하던 그들이다.

그들속에는 기술자도 있고 정치운동자도 있고, 예술가도 있고, 종교가도 있고 의술가도 있고, 교육자도 있고, 각칭을 망라하여 있다.[95]

「유맹」에서는 자위단원인 아들 순동이 아편 중독자인 아버지의 외출을 통제하면서 실랑이하는 장면, 순동의 아버지 명모와 그 친구 득수가 아편 값 때문에 명모의 딸 순녀를 중국인에게 팔아넘기려고 하다가 명우에게 저지당하는 장면, 일본 유학 시절 어머니 초상화로 입선한 경력이 있는 명우의 사연, 명우를 향한 순녀의 사랑 섞인 보은, 배급된 쌀을 아편과 바꾸려다 보초에게 들키자 그길로 규선·성오·병철이 탈주하다가 체포되는 과정, 보도소 소장이 명우에게 규선과 함께 개심할 것, 순녀와 결혼할 것, 어머니를 모시고 올 것 등을 제안하는 과정, 규선이 개전에 자신이 없다고 하면서 요양소로 떠나자 그 부인이 자살하는 사건 등을 볼 수 있다. 박영준의 「無花地」(『문장』, 1941. 2)는 만주 조선인 유지의 문란한 여자 관계를 그려내었다.

허준의 「習作室에서」(『문장』, 1941. 2)는 조선 유학생 남목(南牧)이 일본에 가서 세 든 집의 주인 할아버지 제이다꾸 나모노의 생사의 철학을 접하면서 식민지 지식인의 시대고에서 비롯된 절망감과 허무감을 더욱 짙게 느끼게 되는 것으로 끝맺는다. 서간체소설과 사상소설과 대화소설 그리고 장문주의가 결합하면서 「습작실에서」는 깊이를 더해간다. 일본 노인의 인생고와 조선 청년의 시대고는 서로 대비되면서 동시에 상승 작용을 일으키기

---

95) 『인문평론』, 1940. 7, p. 123.

도 한다. 노인은 쓸쓸하게 죽고 '나'는 슬퍼한다.

임영빈(任英彬)의 「어느 聖誕祭」(『문장』, 1941. 2)는 미국에 간 조선 유학생이 성탄 휴가를 맞아 룸메이트 햇첼네 집에 여러 차례 히치하이킹을 통해 가서 그곳 사람들과 잘 어울리고 게임을 하는데 조선 유학생 '내'가 여러 차례 걸리자 처음에는 노래를 안 하면 "대일본 남아의 기상(男兒의 氣想)에 개칠을 하는짓"[96]이라고 생각한다. '나'는 기숙사로 돌아오는 길에 일본인이냐 중국인이냐 하고 물어본 것에 분노를 느낀다. 동양을 우리로, 아메리카를 타자로 여기게 된다. 동양인은 동양인끼리 살아야 하고 "일본의 국위를 알려주어 그런 건방진 행위를 못하게 할 필요가 있다"[97]고 한다. 작중의 '나'는 일본이 내세운 대동아공영권론을 실행하는 인물이 된다.

정인택의 「扶桑館의 봄」(『춘추』, 1941. 3)은 학생 신분인데 결혼을 서두르는 아버지에 대한 반감으로 주인공이 돈 5백 원을 훔쳐 동경으로 가는 데서 시작한다. '나'는 동경에 있는 하숙집 부상관에 들어가 메이지 대학 졸업생으로 고문을 준비하는 아사오와 와세다 대학 졸업생으로 작가 지망생인 무라이와 삼총사라고 할 정도로 가까이 지낸다. 그러면서도 '나'는 하녀 하마에를 좋아한다. 아사오는 혼인 문제로, 무라이는 설 쇠러 고향으로 간 사이에 '나'는 고적함을 느끼면서도 하마에가 학교에 꼭 입학하고 부상관에 오래오래 있어달라는 메모를 남겨놓은 것을 보고는 감격한다.

조용만(趙容萬)의 「晩餐」(『춘추』, 1941. 7)은 조선인 전문교생과 일본인 전문교생의 친분을 그린 친일 지식인소설이다. 전문교 예과 2년생인 조선 학생 득수는 친구인 일본인 학생 데라모도가 국문학회 전공 준비에 열심인데 반해 학교에도 잘 가지 않는 무기력증을 보인다. 데라모도는 계모 손에 득수는 의붓아버지 아래서 자란 공통점을 지니고 있기에 친해진다. 데라모

96) 『문장』, 1941. 2, p. 29.
97) 위의 책, p. 36.

도의 이복동생 루미가 경성으로 와 타이피스트로 취직하고 자취하는 집에 득수도 같이 산다. 루미는 득수에게 호감을 갖고 결혼할 생각까지 있으나 루미의 생모가 신장병으로 위독하다는 전보를 받고 귀국해버린다. 마지막 저녁을 먹고 떠나가는 루미의 모습을 득수가 쓸쓸하게 바라본다는 결말을 취한다.

정비석의 「寒月」(『국민문학』, 1942. 2)에서는 서울 사는 한 만화가가 10년 만에 딸을 데리고 귀향하기 위해 평택에서 버스로 갈아타고 가던 중 버스가 고장 나 승객 23명이 모두 새 버스가 올 때까지 한 주막에서 기다리며 여러 사람들과 이야기를 나누게 된다. 만화가는 이것도 좋은 체험이라고 생각하고는 저번 홍콩이 함락되었을 때 "일본인 잔류민(殘留民)들이 우리처럼 좁은 방에 모여서 침착히 영미인의 박해와 싸워나간 사실까지를 실례로 들어가면서 대동아공영권을 확립하려는 우리에게는 이런 경험이 절실히 필요하다는 것을 역설하"[98]면서 일본인과 대동아전쟁을 찬양하는 발언을 한다. 정비석의 「早春」(『문장』, 1942. 5)도 일본을 찬양한 소설이다. 보통학교를 졸업하자 회사 급사가 된 소년이 일본이 싱가폴 함락시 교장선생님이 일본국민된 자가 가야 할 곳은 바다라는 말을 떠올리고 미나미 총독, 히틀러, 무솔리니가 모두 고학생 출신임을 깨닫고는 회사를 그만두고 서울로 가버린다는 독특한 내용으로 되어 있다.

임서하(任西河)의 「聖書」(『춘추』, 1942. 3)에는 영어 교사 하다가 미국에 신학 공부하러 간 아버지, 어부로 일하다가 서울의 기독교병원에 와서 의사 조수 하는 형기, 어부를 그만두고 권투를 배워 미국도 제패해보겠다는 동생 형진, 심장병에 시달리는 어머니 등이 등장한다. 형기는 병원 생활에 적응하는 데 실패하고 형진은 권투에 지고 다시 청진으로 돌아가려 하는데 일본이 미국에 선전 포고한다. 형기는 아버지에게 보낸 편지에서 아메리카

---

98) 『국민문학』, 1942. 2, p. 144.

의 생활·문화·풍속·전통을 저속한 것이라고 비난함으로써 반미 감정을 드러낸다. 이 소설의 제목인 성서는 청진에서 서울 올 때 김목사가 기독교를 열심히 믿으라고 하는 뜻에서 준 것이다. 김목사와 아버지는 젊은 사람들에 의해 광신자로 몰린다.

박계주(朴啓周)의 「乳房」(『조광』, 1943. 2)은 남원 공략전과 태원성 함락 과정에서 혁혁한 무공을 세운 김석원 부대장이 들려준 이야기로, 김석원이 인솔하는 부대의 유일한 조선인 병사가 부상을 당해 듣지도 보지도 못해 어머니도 못 알아보자 그 어머니가 젖을 꺼내어 먹여 알아차리게 한다는 감동적인 내용이긴 하나, 친일본적인 인물 설정이 한계로 남는다. 「딸따리 族」(『조광』, 1943. 2)은 간도로 와 거지로 사는 강동영감이 들려준 이야기를 적은 것으로, 구한말 시절에 시베리아에서 포수로 여기저기 다니다 만난 딸따리족에게 감자를 주고 얻은 금덩어리로 잘살다가 공산당에게 다 빼앗겼다는 내용이다. 박계주의 「오리온 성좌」(『조광』, 1943. 3)는 '내'가 작가로 성공하길 바라는 아내의 헌신, 가난의 고통, 아기의 죽음, 중국 한커우 지방으로의 이주, 정미소 경영, 하숙집 딸 서연과의 사랑, 귀국 등의 사건으로 이어졌지만 이 소설의 부제가 "무기없는 병정"인 것처럼 '내'가 적기의 내습을 감시하는 방공감시 초소에서 일하게 되어 국토 방위를 위해 또 동포의 피해를 막기 위해서 일하는 것에 자부심을 느끼는 것에 서술 초점이 맞추어져 있다.

정인택의 「東窓」(『조광』, 1943. 7)은 경성에서 회사원 생활을 하던 중, 병에 걸려 의사의 말에 따라 정양할 겸 기차로 다섯 시간, 버스로 두 시간 걸리는 벽촌으로 처자를 데리고 온 남자가 새로운 삶에의 의욕을 다진다는 내용으로 되어 있다. 그런데 이 과정에서 '나'는 일본 해군 제1차 특별 공격대에 대한 이야기를 들으며 군신으로 추앙되는 사람들이 자기보다 나어린 20대임을 알고 부끄러움을 느끼고, "國家가 손이 모자라 쩔쩔매는 이러한 時代에 나 혼자서만 療養하십네 하고, 無爲徒食할 수는 도저히 없었던 것"⁹⁹⁾이라고 반성하고 이제까지의 서울 생활을 청산하고 "眞實로 國民다운 生活을 다시 한번 建設해 보리라고"¹⁰⁰⁾ 다짐하는 것으로 그려지고 있다. 주인공이 각성하는 내용이 공감을 사기는 어렵지만 이 소설은 일단 각성의 플롯에 얹혀 있다.

정인택의 「검은 흙과 흰 얼굴」(『조광』, 1942. 11)은 소설가 철수가 만주의 조선인 개척지를 시찰하고 작품을 써달라는 조선이주협의회의 부탁을 받고 개척지에 갔다가 3년 전에 헤어지고 그곳에서 교편을 잡고 있는 약혼자 혜옥을 우연히 만나기는 하나 잠시 놀랐다가 담담해하는 것으로 끝난다. 주인공 철수의 마음이 개척민에게 쏠려 있는 것으로 그려지고 있어 친일의 메시지가 전해진 것이라고 할 수 있다. 정인택의 「鵬翼」(『조광』, 1944. 6)은 조선인 의용군이 일본을 위해 싸우다 죽는 과정을 그린 전투소설이다. 반도 선산 출신의 공군 조종사인 무산(武山, 본명 崔鳴夏) 중위는 1941년 12월 22일에 출동 명령을 받고 말레이시아로 가면서 영국군과 맞서 싸워 전과를 올리다가 1942년 1월 17일에 적도에 있는 파칸발 비행장을 공격하던 중 피격당해 네덜란드 병사와 싸우다가 자살한다. 이 소설은 무산 중위는 대위로 진급하였고 반도출신 장교로 두번째 수훈갑의 훈장을 받았다고 추서 내용을 밝히면서 끝난다.

이주홍의 「내 山아」(『야담』, 1943. 8)에서 표제인 "내 산아"는 남자를 헌신적으로 사랑하다가 미친 여자가 매일 산에 올라 외치는 소리를 적어놓은 것이다. 사립학교 교원 안명호는 겨울 방학을 맞아 자기 반 학생 룡이 있는 지리산에 찾아가 며칠을 머무는 중 집주인의 질녀 혜련이를 알게 되면서 야학 활동을 하게 된다. 혜련이는 유부남을 사랑하여 그의 금광사업을 희생적으로 돕다가 배신당하고 술과 무절제한 생활로 미치광이가 되어

99) 『조광』, 1943. 7, p. 156.
100) 위의 책, p. 157.

매일같이 산에 올라가 어머니의 혼을 불러낸다는 의미로 "내 산아" 하고 외치곤 한다. 개학이 되어 안명호가 학교로 돌아가게 되자 안명호의 야학 활동은 혜련이가 이어받아 하는 것으로 소설이 끝난다. 그런데 작가는 안명호가 야학 활동을 하게 된 동기로 애국심으로 드러나는 적극적인 시국 인식을 슬며시 제시하였다.

얼마 전까지만 해도 사회생활에서 고립한 산간의 화전민들이나 혹은 해상에서 해상으로 일생을 파도와 풍우로 더부러 마치는 고기잡이들은 분명 이 나라의 피를 타고난 백성임에도 불구하고 국민의식에 있어선 흡사히 조국을 모르는 유목민의 그것에 가까웠든 것이다.

그러나 일조 역사적인 우국의 종소래는 바늘끝 하나 세울 곳도 빼놓지 않고서 이 나라의 판도 전체에다 울려 배게 하였다.

당당히 결전 체제에 대오를 같이하여 청년이 일사분연 조국을 지키려 나가는 오늘날의 화전민은 특수문화 연구로서의 로맨틱한 대상을 벗어나 막연한 시국인식자들에 일격을 가한 다음 실로 명호로 하여금 또 감격적인 결심을 하기에 족하였다.[101]

안명호가 내려오기 전에 이 마을에서 야학을 맡아보던 청년이 지원병으로 나가는 바람에 야학이 중단된 상태에 있었다는 것이었다. 안명호가 이런 청년의 지원병 선택을 "시대청년들의 자기향상욕"으로 해석한 데서 안명호의 사실 수리적인 태도는 자연스럽게 드러난다.

이주홍의 「地獄案內」(『동양지광』, 1943. 12~1944. 1)는 이주홍의 친일적 태도가 강고해진 나머지 미국을 적대시하게 된 일문 소설이다. 루스벨트 대통령이 지옥의 사자에게 붙들려 등활지옥(等活地獄), 중합지옥(衆合地

---

101) 류종렬 엮음, 『이주홍 소설 전집』 제1권, 2006, p. 406.

獄), 무간지옥(無間地獄) 등 아홉 가지의 지옥을 목격하고 진짜 루스벨트와 가짜 루스벨트를 만나게 하여 미·소·중 중심의 국제 세계는 전부 더럽고 황당하고 기우는 국가로, 일본은 승전국가요 이상국가로 기록한다. 소련을 경계하는 시선으로 또 임서하의 「성서」(『춘추』, 1942. 3)처럼 미국을 부정적인 시선으로 보는 태도를 취해 일본을 칭송한 친일소설이다.

(3) 양심적 지식인의 입상

김동리(金東里)의 「昏衢」(『인문평론』, 1940. 2)는 담배쟁이로 불리는 시골 학교 노인 선생이 딸을 술집에 팔아먹으려는 노동자 학부형에 맞서 싸운다는 사건을 설정한다. 이 소설은 교사의 정의감, 노동자의 매녀, 지식인의 허무주의 등의 화소가 이끌고 간다. 김동리는 비슷한 시기의 다른 소설에서와는 달리 주요 인물의 의식 세계를 직접 서술하는 방법을 취했다. 김동리는 인물이 고민하는 모습을 주로 장문으로 처리하는 방법을 썼는데 이 작품도 예외는 아니다. 김동리의 「오누이」(『여성』, 1940. 8)는 둘 다 주의자인 오누이의 미묘한 감정을 파헤치는 데 초점을 맞춘 소설이다. 부모를 잃고 삼촌 밑에서 자란 오누이는 주의자로 함께 활동하다가 감옥에 갔다가 온 후 "그곳서 나온 振九는 그야말로 세기의 물결을 표증하는 권태와 라타와 무위의 연기 속에 그날그날을 질식하여갔고 眞淑은 眞淑대로 오빠의 불행 세계의 불행을 모다 제것이나 같이 저이 불행과 슬픔을 가장하는 몸이 되어 있었다"(p. 98). "권태와 라타와 무위"라는 말이 암시하고 있는 것처럼 과거의 주의자는 감옥에 갔다 온 후 니힐리즘에 빠져들고 만 것이다. 입원해 있는 오빠가 친구이자 동지인 윤식과의 결혼을 종용했지만 진숙은 끝내 오빠를 떠나지 못할 것처럼 암시하면서 소설은 끝난다. 진구는 애인 정희가 만주에서 아편 중독자가 되었든 청루에 있든 문제가 아니라고 할 정도로 온통 누이에게만 관심을 쏟는다. 김동리는 역사사회적인 의미가 큰 주의자를 누이동생에만 관심을 둔 존재로 몰아가 의도적이든 아니든 큰 서사로서의 가능성을 살려내지 못하고 말았다.

현경준의 「夜雨」(『동아일보』, 1940. 5. 10~6. 2)는 후일담소설이다. 5년 만에 출옥한 주의자 인호는 생명보험회사 외교원도 해보고 문학 수업도 해 보다 병 치료차 여급 출신 아내와 귀향했으나 배다른 동생들의 냉대를 받고 다시 어떤 항구로 이주한다. 방랑하다 재차 귀향했으나 식구들과의 갈등을 이기지 못하고 아버지에게 돈 백 원 받아 다시 아내에게 온다. 인호는 현실에 적응하지 못한 채 매일 방황하고 인텔리의 말로에 대해 방향을 잡지 못한 채 술 중독에 빠지고 "강한힘으로 오늘날을 무기력을 재차버리고새로운 명일을 포착해야한다"[102]고 느끼기도 한다. 과거에 인호와 연적이었고 배신 행위를 하여 동지들이 체포되게 만들었고 카페를 운영하는 곽영철은 인호에게 아내 영희를 카페에 내보내라고 청한다. 평소에 많은 도움을 주었던 친구 승규는 인호의 말을 듣고 그의 뺨을 갈긴다. 카페로 출근하는 아내를 데리고 온 인호는 "내자신 다시 밑바닥으로 들어가서 오늘날의 고난을 뚫코 나가는 것이 그얼마나 위대하고도 신성한 일이냐?"[103]고 새로운 각오를 하면서 빗속에 아내의 손을 꼭 붙잡고 승규의 집으로 간다.

김이석은 「공간」(『단층』, 1940. 6)에서 요정기생이 된 란연이와 동거하는 소설가 지망생이 좋은 소설을 쓰기 위해 노력하는 과정을 밀도 있는 심리소설로 담았다. 이휘창의 「閑日」(『단층』, 1940. 6)은 동경에서 구라파어를 공부하는 조선청년이 친구가 북지로 가며 준 로마제국장군 아그리파의 석고상을 다른 사람에게 줘버리고 또 일본 마루야마 부인의 구애를 거절한다는 이야기를 들려준다. 아그리파와 마루야마 부인이 파시즘 국가의 소유라는 점이 거절의 숨어 있는 이유로 작용한 것이다.

김동리의 「다음 港口」(『문장』, 1940. 9)는 부농의 딸이 아버지의 동경

---

102) 『동아일보』, 1940. 5. 19.
103) 위의 신문, 1940. 6. 2.

유학 반대와 계모의 박대와 약혼자 박군의 죽음에 상처를 받아 가출하는 것을 원인적 사건으로 설정한다. 그녀는 부산 영도에서 카페 여급으로 있다가 친척 오빠 '나'의 설득으로 귀가하지만 은행원과 결혼하기 직전 다시 가출한다. 「다음 항구」는 중국 다롄(大連)에서 '나'에게 자신은 상해, 칭다오, 타이구(太沽), 잉커우(營口) 등으로 가 자유롭게 살겠다고 편지를 보내는 것으로 끝난다. 중국행이 자유로운 삶의 모색이라는 것은 당시로는 일반적 이유가 될 수 없다.

김남천의 「어머니 三題」(『조광』, 1940. 11)는 어머니가 시집 올 때 갖고 온 패물을 큰며느리에게 주려 하나 의대생인 큰아들이 시대에 뒤지고 값싼 것이라는 이유로 거절하는 바람에 실패하는 "은패물", 큰아들이 학부 2학년 여름 방학 때 고향 천도교당에서 "당면한 내외정세와 의학도의 사명"이란 제목으로 연설한 것을 어머니가 남편과 며느리 몰래 듣고 돌아와 자랑스럽게 생각하는 "연설회", 큰아들이 학부 3학년 때 여름에 경찰에 체포되어 평양으로 압송되려 할 때 어머니가 아침밥을 먹여 보내려고 경찰에게 조르는 "우중출향"으로 구성되어 있다. 이 세 가지 이야기를 꿰뚫는 것은 어머니의 무한한 아들 사랑이다. 어머니의 사랑은 아들이 위기에 빠질수록 더해가는 것이라는 초시대적 이치를, 또 아들은 돈과 영예가 보장된 의사의 길을 버리고 대승적 지식인의 길을 걸어간다는 시대의 단면을 보여주고 있다.

계용묵(桂鎔默)의 「戲畫」(『문장』, 1940. 10)는 문단비판소설이다. 소설가 정암이 문단에서 호평을 받은 소설 「우정」이 평론가이자 친구인 천양의 아내와의 간통을 모델로 한 것이라고 고백하자 이번에는 천양이 정암의 「우정」이 졸작임에도 좋은 작품이라고 치켜세웠다고 고백한다. 이 무렵 계용묵은 계속 문인소설을 썼다. 국내에서 잡지낼 자금을 마련하기 위해 북만주로 가 시체 처리업, 요리업 등을 하며 돈을 벌었으나 중국인에게 속아 오히려 아내에게 돈 좀 보내달라고 하는 남자를 그린 「신기루」(『조광』,

1940. 12), 가난한 시인이 아들이 시를 쓰는 것에 반대하여 발레리, 보드 렐르의 시집을 태워버린다는 「詩」(『조광』, 1942. 4)를 발표하였다.

액자소설의 형식을 취하는 김사량의 「留置場에서 만난 사나이」(『문장』, 1941. 2)의 주인공 왕백작은 조선 도지사의 아들로 얼마든지 편하게 살 수 있음에도 어떤 사상범이 걸려들었다 하면 거기다 중요한 것처럼 보이는 편 지를 써 보내 일부러 그 사건에 연루되는 기행을 저지르곤 한다. 일본 경 찰들은 왕백작에게 궁여지책으로 아나키스트란 혐의를 뒤집어씌운다. 왕 백작은 큰 소리로 울고 싶어 일부러 이민 열차에 오른다고 하였는데 결국 기차 안에서 심장마비로 숨지고 만다. 왕백작은 당시의 소설에서는 보기 힘든 광인이요 기인이긴 하지만 양심적인 인물임도 부정할 수 없다.

정인택의 「短章」(『문장』, 1941. 2)은 병원을 배경으로 한 의사소설로, 수암(水癌)에 걸린 아들이 투병하다가 소생하지 못한 것을 목격하는 부모의 애타는 심정을 묘사하였다. 환자를 관비로 처리하겠다고 하면서 죽으면 시 신 기증을 약속하게 한 젊은 의사가 관비 환자니 강심제 주사를 놓아주지 못하겠다고 한 태도를 사과한 후 환자의 아버지와 의사가 서로 흉금을 털 어놓고 대화하게 된다.

이효석의 「라오코윈의 後裔」(『문장』, 1941. 2)는 실력 있는 화가지만 생 계 때문에 신문사 삽화가로 일하는 마란이 소설 삽화가 그려지지 않아 낑 낑대다가 뱀을 팔러 온 땅꾼이 뱀에 물려 고통스러운 표정을 짓는 것을 보 고 그 얼굴을 그려낸다는 에피소드를 들려준다.

이기영의 「生命線」(『가정지우』, 1941. 3~8)은 서사, 대화, 웅변으로 확 연히 나눌 수 있을 정도로 구성이 불안한 편이다. 오락잡지사 기자를 거쳐 인쇄소에서 일하던 문학도 권형태는 귀농의 결단을 내린다. 그는 늑막염을 앓은 것을 계기로 생명의 소중함을 깨닫게 되었고 진정한 생명이란 무엇인 가 하는 질문을 하게 된다. 권형태가 인쇄소에서 고생하는 모습부터 귀농 후 마을 사람들에게 모범촌 건설론을 연설하는 장면에 이르기까지 디테일에 대한 집착으로 작품 전체의 구성미가 제대로 갖추어져 있지 않다. 권형태가 역설하는 "흙의 주인론"은 "대지의 아들론"을 반복한 것으로 볼 수 있다.

한설야의 「杜鵑」(『인문평론』, 1941. 4)은 "두견"이라는 표제를 쓴 것처럼 초점화자인 유세형이 안민의 부고를 들었을 때와 장례를 치르고 난 다음 두견새 소리를 들었다고 하면서 슬픔을 강조한다. ×××학회의 한 사람으로 30년 동안 적공한 원고를 10년 후배인 유세형에게 남긴 안민은 어떠한 인물인가.

하나 안씨의선성은 이미 들은지 오란터이다. 그가 청빈(淸貧)한 선비인것도 또 결곡한 지조를 가진 사람인것도 잘아는터이다.

그때부터도 안씨는 ×××학회의 중진으로 이름이 높았다. 그러니까 물론 한글은 말할거없고 그외에 사학(史學)에 대한 조예도 깊었다. 본시 그는 근대교육을 받은 일은 없고 순전히 독학으로 일가를 이룬만치 그학문은 놀랄만한 각고(刻苦)의 정신으로 한것이였다.

그래 당시 ××학당 학생들은 학문적으로 안씨를 존경하였을뿐아니라 그정신에 대해서 더욱 숭배하였다.

그는 ××학당의 자랑이였을뿐아니라. 당시 서울 교육계의 의표라고 남들이 일러왔다. 그래서 이름난 학교에서 그를데려가려고 여러번 교섭하였으나 그는종시 움지기지않었다.

사실 그때××학당은 거이 무보수나 달지않었다. 학생들에게서 월사금을 받은것도 아니오 무슨 기금이 있는 것도 아니오 순전히 유지의 기부로 경영해갔으므로 그기부가 없는때에는 선생들이 맷달이고 돈한푼 구경할수없었다.

그가 ××학당사무실탁자에 기대여 오래도록 일지않었으나 아무도 그를 깨려하지않었다.[104]

안민은 봉사정신이 강한 교사이면서 배고픈 것을 참아가며 학문을 탐구하는 학자이기도 했다. 학당이 폐쇄되자 안민은 S여학교 교사로 간다. 한 여학생이 난로를 쬐다 치마에 불이 붙어 사망한 사건이 벌어지자 교사를 신축해달라는 진정서를 내게끔 뒷조종한 혐의를 스스로 인정하고 주모 학생을 처벌하지 말아달라는 제의를 하였으나 받아들여지지 않아 사표를 내고 오로지 학회 일에만 전념한다. 얼마 안 있어 학회도 부득이한 사정으로 문을 닫았고 안민은 신경쇠약에 시달리면서 자살을 시도한 적도 있었다. 안민이 정신이 이상하다는 소문까지 돌았으나 유세형만은 이를 부정하고 안민은 어디까지나 "골샌님"이요 "유표한 사람"일 뿐이라고 하면서 오히려 세상이 미친 것이라고 주장한다. 드물게 보는 학자소설이요 선비소설이다.

유진오의 「南谷先生」(『국민문학』, 1942. 1)은 진실한 의사의 상을 보여준다. 본명이 강춘수인 남곡 선생은 의생 면허는 없지만 괴팍하고 청렴하고 양의를 우습게 아는 고집쟁이 한의사다. 수동네와는 부모 대부터 가까워 수동의 누이와 어머니가 남곡선생에게 치료받은 적이 있었다. 딸 마리가 대학병원에 장질부사로 입원하자 수동이 몇 년 만에 찾아가 치료를 부탁하였으나 거절당한다. 그런데 남곡선생은 비 오는 날 밤에 느닷없이 찾아와 마리를 고쳐주고 간다. 얼마 후 남곡선생이 감기에 걸려 죽고 마는 일이 생긴다.

김남천의 「등불」(『국민문학』, 1942. 3)은 작품 서두에서 절반은 사실이요 절반은 허구라고 밝혔고 주인공을 장유성으로 명명한다고 했지만 자전적 소설임을 부정하기 어렵다. 이 작품은 다섯 가지의 소제목들 중 네 가지가 서간체로 되어 있는 것처럼 서간체소설임이 틀림없다. 원고 청탁해준 인문사 주간에게 창작의 어려움을 털어놓으면서 「등불」은 사실과 허구가 반반이라고 주장한 "인문사 주간 족하", 농장을 경영하는 동료 문인에게

104) 『인문평론』, 1941. 4, p. 158.

보내는 회신에서 회사 내에서의 업무를 자세하게 소개하면서 회사일이 소설 쓰는 일보다 결코 가치가 떨어지는 것이 아님을 강조하는 한편으로, 한국 작가들의 근본적인 어려움을 일깨워준 "김군에게 보내는 회신", 회사를 대표해서 파출소 순사에게 열심히 용서를 빌었을 만큼 자신이 변질되었음을 고백하는 잡지사 기자인 문우에게서 우리 소설의 동향에 대한 정보를 들으면서 최근 자신이 주체재건론·모럴론·풍속론·장편소설론을 거친 후 휴식기에 접어들었음을 털어놓은 "문우 신형께 붓치는 글", 대흥삐루 사장으로 '나'를 회사에 취직시켜준 촉탁보호사인 구니모도 쇼오껜(이창현)을 만나 보호관찰법에 따라 형식적인 환담을 나눈 "촉탁보호사 구니모도 쇼오껜씨와 나", '나'의 어린 아들과 딸에게 옷과 양말을 사서 보내준 누님에게 감사의 말을 전하면서 이제는 가족을 위해 희생하며 살겠다는 각오를 밝힌 "누님 전상서"로 구성되어 있다. 네 통의 편지의 발신자, 즉 작가 김남천은 자신의 작가로서의 공적이며 사적인 한계를 인정하면서도 소설 양식과 동시대 작가에 대한 애정도 계속 지켜갔다. 자신에 대해서는 겸손의 목소리를 내면서도 한국 소설과 작가들에 대해서는 자긍심의 목소리를 내는 이중적 태도를 유지하고 있다. 이런 이중적 태도는 소설사적 인식을 열어준다. 1940년대 전기의 작단의 흐름에 대한 다음과 같은 서술은 그 좋은 예다.

「쓰는 분들은 대체로 어떤것들을 주제로 삼고들 있는지」

나는 오랫동안 잡지에 나는 동료들의 작품을 구경하지 못한 때문에 그러한 미안스러운 질문을 하였습니다.

「소극적인 인생태도를 가지고 오든 분은 역시 애조나 실의(失意)나 쇠멸의 성조같은것을 그전처럼 취급하고 있지만 그것으로 어느때까지 쓸수 있을런지오, 또 시대적인 감각을 가졌다는 분들은 모두 시국편승이라고 욕먹어 마땅할 천박한 테마로 일시를 호도하는 현상이지오. 가장 딱한것은 내선일체의 이념을 작품화한다고 곧 내선인간의 애정문제나 결혼문제를 취급하는 태돕니다. 이런 주제는 퍽 흔합니다. 되려 일상생활에서 출발하는 편이 자연스럽고 시국으로 보아도좋을것인데. 그러니까 아직 시대와 겨누어서 하나의 확고한 작품세계를 발견했다고 볼작가는 없는 셈이지오」(p.116)

이석훈의 「生活의 發見」(『야담』, 1942. 6)은 문인으로 회의와 무력감에 젖은 정수가 10년 전에 2, 3년 살며 계몽운동 했던 경원선 끝자락의 S섬에 가 고난을 헤쳐가고 노동에 시달리면서도 운명에 순응하고 화평한 표정을 짓는 어부를 만나 자신은 이제껏 "생활"을 갖지 못했다고 자평하고 앞으로 열심히 생활하겠다는 각오를 다지는 내용을 들려준다.

전차를타고 커피-를마시고 영화를본다고 그것이 곧 생활은아니라하였다. 자기가 이즘와서더욱 文學에 실망을느끼고 人生에회의를 가지는것은 生活이 없기때문인것을 알았다. 生活을 갖지못하고, 현실과유리하야 관염속에서만 살기 때문에 공상적이되고 자기라는것을 똑바로 인식못하고, 허공에 둥둥떠서 갈팡질팡 하는것이라하였다. (중략) 근면과 노력과 그리고 만족하는생활 그것이 참다운 인생의생활이다.[105]

평범하기 짝이 없는 생활론이며 인생론이긴 하지만 현실을 내세우고 근면과 자족감을 권한 점에서 이석훈의 친일 성향의 조짐을 발견하게 된다.

1940년대에 들어서 김동인은 최영장군과 우왕을 프로타고니스트로 이성계를 안타고니스트로 한 「殘燭」(『신시대』, 1941. 2~10), 수양대군을 긍정적으로 재조명한 「大首陽」(『조광』, 1941. 3~12), 의자왕을 주인공으로 한 「白馬江」(『매일신보』, 1941. 7. 9~1942. 1. 31), 늙고 병든 을지문덕이 어

---

105) 『야담』, 1942. 6, p. 65.

떤 젊은이로부터 충성어린 대접을 받는다는「糞土의 主人」(『조광』, 1944. 7) 등을 발표했다. 이외에 홍콩을 배경으로 하여 부패와 아편 중독에서 헤어나지 못하는 관리들의 모습을 그린「阿芙蓉」(『조광』, 1942. 2), 일본의 이백으로 불리우며 명치유신을 가져온 시인 아나가와 세이강(深川星巖)의 생애를 기술한「星巖의 길」(『조광』, 1944. 8~12)을 발표했다. 일찌기「젊은 그들」과「운현궁의 봄」에서 구현되었던 영웅사관은 여러 역사적 인물들과 사건들을 재해석하는 태도로 이어진 끝에 근대의 중국과 일본을 냉철하게 바라보는 작가적 시선에 도달하게 된다.

4. 농민 · 노동자소설의 퇴조와 단선화

1940년대에 들어서면서 이기영, 이무영, 박노갑, 이근영, 석인해, 김정한 등 여러 작가들이 집중적으로 농촌소설을 발표하였다. 이 중 박노갑이 가장 많은 농촌소설을 발표하였다.

김동리의「洞口 앞길」(『문장』, 1940. 2)은 양주사의 셋째 아들을 낳은 순녀가 보름 후 친정엄마 생일에 갈 것을 고대하는 것으로 시작하여 마침내 셋째 아들을 업고 친정에 가는 것으로 끝난다. 순녀는 병든 아버지와 오빠들과 조카들을 위해 논 다섯 마지기에 팔려 가 이내 아들 둘을 낳아주었으나 본처에게 다 빼앗기고 만다. 순녀의 가장 큰 관심은 친정도 살림도 섹스도 아닌 두 아들에 있다. 순녀는 두 아들을 데려오려다가 본처의 완강한 저지로 실패하고 만다.

이기영의「鳳凰山」(『인문평론』, 1940. 3)에서는 흠집 있는 가지만 골라 붙고 원나무의 진액을 빨아먹고 사는 "저으사리"(겨우살이)처럼 부르주아는 빈자와 약자를 뿌리째 착취한다는 주장을 들을 수 있다. 치수 내외는 가난의 원인을 어머니의 오래된 병에서 찾기보다는 저으사리와 같은 부르주아의 존재에서 찾는다. 어머니가 세상을 떠난 후 치수는 노자로 돈 5원만 취한 채 아버지와 처자를 남겨두고 만주로 떠나간다. 이기영은 1940년대에 들어서서 만주 이주행을 조선 농민의 가난 타개책의 한 방안으로 제시하였다. 이기영의 「왜가리」(『문장』, 1940. 4)는 왜가리촌 마을 사람들을 덮친 비극을 그렸다. 보비를 포함한 다섯 명의 마을 처녀는 서울에 있는 술집으로 각각 30원씩에 팔려 갔고 보비 아버지를 포함한 마을 남자들은 함경북도 무산 철도 공사장에 일하러 갔다가 돈도 제대로 벌지 못하고 돌아온다. 왜가리뜸 이참봉 딸을 건달로 이름난 읍내 윤주사 아들에게 중개한 공으로 최순달은 마름일을 맡게 된다. 지주보다는 마름 최순달의 벼락출세와 횡포를 그리는 데 중점을 둔 점에서 이 소설은 이기영의 『고향』을 떠올리게 한다. 이기영의 「아우」(『조광』, 1940. 12)는 8년 전의 발표작 「養蠶村」(『문학건설』, 1932. 12)의 속편이면서 수정본이다. 「양잠촌」에서는 조선 농민들의 가난의 원인이 누에를 치라고 명령하는 관청과 일본인 묘목장수들에 있음을 분명히 밝히고 끝에 가서 박서기와 여자 기수가 음전이네 집에 와 양잠업을 지도하는 것에 은근히 불만을 드러낸 것을 묘사할 정도로 조선 농민 편을 든 것과 반대로 「아우」에서는 오히려 조선 농민들의 게으름을 탓한다. 두 작품의 이러한 차이는 1930년대 후반에 들면서 표현의 자유가 더욱 위축되었음을 암시한다. 여기수가 누에를 깨끗하게 해주어야 병이 나지 않는다고 하자 「양잠촌」에서는 음전 아버지가 "그러치요만 사람이 이런데서 하는대야 엇더케 더 정하게 할수잇서야지요 모르고못하는것도 잇겟지요만 번연히 알고도못한답니다!"[106] 한 것과 달리 「아우」에서는 음전 아버지가 용서를 구하고 변명하는 것으로 묘사한 후 내레이터가 "사실 그런 말은 들어도 싸다. 아무리 바쁘드라도 그런것쯤 만들 시간이 없다는건 거짓말이다. 그러나 그들도 역시농민의 오랜 인습에 젖어서 옛날습관

---

106) 『문학건설』, 1932. 12, p. 7.

을타파하고 새로운 형식을 생활 가온데 집어넣기는 어려웠다"[107)]고 조선 농민을 비판하는 쪽으로 기울고 있다. 「아우」의 남주인공 갑성은 일본 유학 가서 소식이 없는 형의 식구들을 돌보기 위해 음전과의 정혼도 포기하였으나 갑성이가 형수와 좋아 지낸다는 괴소문이 떠돌자 형수를 친정으로 보내고 자신도 방랑길에 오른다. 남녀 간의 사랑보다도 형제간의 인정과 의리를 더욱 짙은 것으로 그려놓았다.

박노갑의 「霧街」(『인문평론』, 1940. 2)는 농민이 서울살이를 관찰한 소설이다. 관중이라는 농민은 사무원을 보는 만수 아들, 석탄 배달부를 하는 송참봉 아들, 서울에 와 사기를 당한 경수 아버지와 팔봉이 아버지, 길에서 반지 든 봉투를 주운 사람에게 반지 값을 나누자고 한 중절모 쓴 사내 등을 목격하고 동향인 이주사 아들을 만나 갈 곳이 없다고 하면서 서울은 안개가 낀 거리임을 암시한다. 박노갑의 「飽說」(『인문평론』, 1940. 7)은 망건을 만들어 많은 돈을 번 숯골 영감이 못난 아들을 둔 것이 한이 되어 똑똑한 손자가 태어나기를 바랐으나 그를 보지 못하고 죽는다는 이야기를 들려주고 있고, 「눈오든 날 밤」(『인문평론』, 1941. 2)은 성실하고 근면한 농민이 지주의 눈에 들어 농사도 크게 짓고 결혼하고 치부하였으나 회갑잔치 끝내고 폭설이 내리는 날 돌아가신 어머니를 그리워한다는 내용을 들려주었다. 「他心」(『춘추』, 1941. 11)은 진첨지 집 머슴인 순돌이가 사모하던 첨지의 딸 영이가 딴 곳으로 시집가자 하루 종일 술에 취해 지낸다는 내용을 제시한 점에서 나도향의 「벙어리 삼룡」을 떠올리게 한다. 박노갑의 「未完說」(『문장』, 1941. 2)은 「포설」을 제목만 바꾼 것으로 내용은 동일하다. 「白日」(『국민문학』, 1942. 2)은 시대고를 앓는 지식인이 귀농하는 것으로 결말을 맺었다.

이무영의 「흙의 奴隷」(『인문평론』, 1940. 4)는 「제일과 제일장」의 속편

---

107) 『조광』, 1940. 12, p. 287.

으로 주인공 수택이 기자와 소설가로 활동하다가 도회지 생활에 염증을 느낀 나머지 귀농한 후 농촌 생활에 적응하는 과정을 구체적으로 보여준다. 대를 이어 평생 농민으로 살아온 수택 부친은 농촌에 쉽게 적응하지 못하는 아들을 보고 역정을 내며 사람은 흙과 하나가 되어야 인정도 많고 넓은 인간이 될 수 있다고 가르친다. 수택이 농촌으로 돌아왔을 때 아버지는 농민의 생활은 밖에서 보는 것과는 달리 신선의 생활이라고 강변한다. 자의로 귀농한 것임에도 수택이 '퇴화'라든가 '패배자'라는 의식에서 벗어나지 못했으나 얼마 안 있다가 극복할 것이며 아버지의 가르침대로 흙과 하나가 될 것이라고 독자가 추측하게 만드는 것으로 소설은 끝나고 있다. 「安達小傳」(『조광』, 1940. 10)은 생계 걱정을 지나치게 하여 '안달'이라는 별명을 얻은 한 책상물림 농민의 경우를 들려주어 「흙의 노예」에서 제시된 낙관주의를 무색하게 만든다. 이무영의 「누이의 집들」(『문장』, 1941. 2)은 원고 청탁하고 선금까지 보낸 S형을 수신자로 한 서간체소설로, 서울에서 차로 여덟 시간 걸리는 단양 근처의 큰누님 집을 찾아 그 가족이 고생하며 사는 모습을 그려낸 농촌소설이다. 누님은 자신들이 소처럼 일하고 새처럼 먹었다고 표현하고 매형은 완전하게 물욕을 초월한 사람처럼 말하는 것을 듣고 작가이자 발신자는 "불안과 초조와 반항과 비관 악지를 박박 써가며 친구를 속이고 그러고도 오히려 부족해서 남을 헐뜯고 자기를 모욕하여 살아온 과거"[108]를 되돌아본다. 소학교 졸업반인 아들이 써서 벽에 붙인 좌우명들과 아버지에 대한 일시적인 반항을 보여줌으로써 작가는 미래 세대에 희망을 가지라고 하는 듯하다.

이무영의 「원주ㅅ댁」(『춘추』, 1941. 3)은 고리대금업자 아버지에게서 3백 원 재산을 물려받은 40대 젊은 지주 원주댁 윤구가 방적공장 여공, 식당 여종업원 출신인 금봉이를 첩으로 얻어 처첩 갈등에 시달리던 끝에 첩

---

108) 『문장』, 1941. 2, p. 388.

의 손을 들어주는 것으로 끝난다. 지주비판소설이라고도 할 수 있을 만큼 윤구는 소작인에게 제왕으로 군림하면서, 지식인과 월급쟁이를 가장 경멸하고, 재산을 지키는 데만 골몰하고, 집안에만 처박혀 있고, 사회 활동도 전혀 하지 않는 인물로 그려져 있다. "궁촌 제7화"라는 부제가 붙은 이무영의 「文書房」(『국민문학』, 1942. 3)의 앞부분은 10년 전에 조강지처를 잃고 연이어 재취를 여읜 문서방이 슬픔을 억누르며 아들딸의 도움을 받으며 열심히 농사를 짓는다는 내용으로, 뒷부분은 "오십 평생의 흙생활에서 빚어진 하느님에 대한 신앙"을 이웃과 나라로 확대하며 틈만 나면 자식들에게 나라 사랑을 가르친다는 내용으로 짜여졌다.

　　그에게 잇어서 하느님은 반드시 한울에만 잇는것은 아니었다. 면서기도, 주재소 순사도 그에게는 하늘이엇다. 금융조합 서사도 그에게는 극진히도 고마운 하늘이엇다. — 아니 동리 구장도 그에게는 범할수없는 하늘이엇고 진흥회장도 그에게는 하늘이엇다. 진흥회 사환아이, 동리 소임의 말도 그에게는 바로 하느님의 명령이엇다.

　　그가 지금 짤는 가마니도 기실은 동리 소임의 명령을 받앗든것이다. 여편네도 없는 호라비 살림에 가마니 백개란 좀 과한 짐이엇다.[109]

　　이쯤 되면 문서방은 철저한 노예근성의 소유자라고 할 수밖에 없다. 1920년대에 경향문학자를 이상적인 작가로 생각했고 동반자작가를 자임했던 이무영으로서는 전향이라고 할 수 있는 변화를 보이고 있다.

　　석인해의 「山魔」(『인문평론』, 1940. 5)는 고향 범골에서 화전민과 금점꾼 일을 보는 명도가 7년 전에 아내를 잃고 재취한 순탄이와 그녀의 간부인 허감독이 명도의 전처 소생 복실이를 범한 일을 겪은 후 고향을 떠난다

---

109) 『국민문학』, 1942. 3, p. 98.

는 내용으로 되어 있다. 제목 "산마"는 아무리 노력해도 주인공 명도가 막아낼 수 없는 악마라든가 운명이라든가 현실의 힘을 의미한다. 「산마」는 풍부한 어휘력을 바탕으로 뛰어난 묘사력을 보여줌으로써 석인해라는 작가를 재평가하게 만든다.

　　탄실은 곰비암비 생각하니 분했고, 분이날사록 맹문이 터지게스리 악이올랐다. 이통통증을 어이하잔말이냐, 몽탕 풍지박산을 만든다고 바득바득 이를 갈아부쳤다. 어느새 파방이 났기로 아쉴것없건만 한찮게스리 거줄찬등신이 끄뻑하는법없이 대구살기로만 주변이니, 인제 네나없이 걱구러지기를 바랄게 아니라, 내이편이 대들어 골탕을 먹이고 대가풍을 하고볼말이다. 악에 뻗힌 강심사리니 밤낮으로 콩팥칠팔 하게 메냐, 야단하면 방을불을법이지, 제배것 얌얌이대다 달굼질을겪이로니 대수냐고, 이런 야살스러운 궁리빼고 더없는 사품에, 악마가 속속들이 좀스런 마음속으로 쑤시고들어, 아쉬운청춘을 노래하라, 나이탁시 아직좋으니, 다섯폭치마가 좁다고 휘벌리고 본말룬, 계집은 됨박팔자랐으니 가루지나 세루지나 에서야 드세랴고, 만양으로 꾀송거림에 오금이 근실거리고 좀이쑤셔, 이내 골머리를 내저으며, 아니아니 한시가 지새운터에 허감독이 찾아들기를 조릿조릿 기대릴게 멘가고, 그 오는쯤을 가늠보아 몬저들레일게라며, 순탄은 삽작문을 힝하니뒤에둔다.
　　악지세인듯 하면서도 삐집고보면 허실부실한게 사나이 조련질이다. 요가 사리가반반한계집이면, 꾀꾀로 느물러 버려놓기가 일수라. 제노라구 히짜를 빼는판이니 능글찬 간사위가 어련하랴만, 제아무리 천하없어도 후려넣는 손속이 가진각색이기로, 저쯤이야 횃대에 동저고리로, 얼추농간에도 넘어진다고 야리가난판인데, 벼룻길에서 마침가락 딱 맞우쳤다.[110]

---

110) 『인문평론』, 1940. 5, pp. 125~26.

고유어를 적극 구사하는 묘사력의 수준은 염상섭, 채만식, 한설야, 김유
정 등 이름난 작가에게 결코 뒤지지 않는다.

김정한의 「秋山堂과 곁사람들」(『문장』, 1940. 10)은 재산이 엄청나게 많
은 한 승려가 양자를 들여 재산을 끝까지 지키려고 몸부림치는 것을 그렸
다. 백련암의 주인인 추산당이 중병에 걸려 임종이 가까워오자 주위 사람
들은 재산에 관심을 갖기도 하고 기대를 걸기도 한다. 종조 추산당이 학비
를 대주어 동경 유학까지 다녀온 명호는 이렇듯 추산당 사후의 분재에 관
심을 표시하는 애첩 묘련이라든가 양자 구룡이를 비롯한 승속 간의 수많은
친척에 섞이기 싫어 의도적으로 문병을 가지 않다가 추산당의 부름을 받고
가서는 재산 때문에 온 것처럼 보일까 봐 일부러 오지 않았다고 되바라진
소리를 하여 추산당의 분노를 사고 아버지 강첨지에게는 뺨을 맞고 쫓겨난
다. 추산당은 주위에 있는 사람들을 향해 도적놈, 더러운 놈을 연발하다가
"토지대장"을 꽉 거머쥐고는 숨을 거둔다. 인부들이 화장을 한 후의 재를
정리하면서 추산당의 두개골에서 금니를 빼 가기 위해 서로 다투는 충격적
인 장면도 볼 수 있다. 김정한은 명호의 눈을 통해 대처승 추산당뿐 아니
라 추산당 곁에 모인 사람들을 승속(僧俗), 남녀, 노소를 가리지 않고 부정
적으로 그려낸다. 농촌은 단순한 배경이 되었을 뿐 실제로는 사이비 승려
와 신자를 비판한 소설이다. 김정한은 4년 전에 발표했던 단편소설 「사하
촌」에서 지주 승려에 대한 부정적인 묘사를 꾀했거니와 「추산당과 곁사람
들」에서도 이런 자세를 유지했다. 승려의 부정적인 모습을 제시한 점에서
1930년대 말에 불교사상을 자신의 사상의 뿌리로 재배하였던 이광수나 김
동리와는 대조적인 태도를 취한다.

김정한의 「묵은 자장가」(『춘추』, 1941. 12)는 방학이 되어 종조부가 있
는 청운사에 가 있던 승제와 경제 형제가 장질부사 유행을 맞아 겪는 고난
을 그린 것으로, 경제가 단순히 눈병 난 것을 가지고 중이며 애들이 염병
환자라고 따돌리는 것을 승제가 극복한다. 처음에 두 형제는 절에서 쫓겨

나 어머니에게 갔다가 어머니가 장질부사를 앓고 있어 다시 절로 왔다가 개학이 다 되자 어머니를 찾아가는 것으로 끝난다. 아버지는 무슨 까닭으로 집을 떠나 어디로 갔는지는 알 수 없으나 승제의 그리움의 대상이 된다.

이근영의 「故鄕사람들」(『문장』, 1941. 2)은 농민 30명이 홋카이도 석탄 광부로 돈 벌러 가기 위해 떠나기 전날 송별회 하는 모습을 그려놓았다. 「崔고집 先生」(『인문평론』, 1940. 6)에서 최고집으로 불리는 최하원은 감사의 손자요 군수의 아들이긴 하나 면장도 구장도 마다하고 서당 훈장으로 있으면서 손자의 학비도 못 댈 정도로 청빈하게 지냈다. 그러면서도 그는 이웃 사람들의 존경을 받으며 마을의 판관 노릇을 하다가 평소 난봉쟁이였던 큰아들이 강주사 첩과 통정하다가 들켜서 맞아 죽은 것을 창피하게 여겨 만주로 떠나가게 된다. 「밤이 새거든」(『춘추』, 1941. 9)에서는 머슴 출신의 50대인 권수가 위암에 걸려 공동묘지 입구에 움막을 짓고 죽음을 기다리는 중에 옛날에 권수의 전 재산 120원을 갖고 달아난 동거녀 동지메집을 천복이가 데려와 동지메집의 사과를 받아들이고 죽을 때까지 같이 있기로 한다.

안회남의 「벼」(『춘추』, 1941. 3)에서 젊은 지주 재은이는 소작인들로부터 대접을 잘 받자 시골에 와서 큰집 짓고 살아볼까 하다가 끝내 서울을 잊지 못한다. 벼 품종, 농지 종류, 농사 개량법, 추수 방법 등에 대한 전문 지식을 드러내고 있긴 하나 이야기의 내용에 비해 분량을 길게 처리한 미숙성이 엿보인다. 「兄」(『신시대』, 1941. 3)에서 '나'보다 열 살이나 위인 형은 아버지가 물려준 많은 재산을 술 · 계집질 · 노름으로 탕진하고 게다가 의처증으로 아내를 죽음으로 내몰기도 한다. 서울의 상점에서 일하는 '나'는 아내의 편지를 받고 내려가 형이 제수를 의심하는 것을 듣고 형과 의절하고 상경한다. 어느 날 형이 찾아와 집과 산을 판 돈 중 일부를 주면서 자기는 자식들과 함께 만주로 이민 가겠다고 한다. 이 작품은 김유정의 「형」과는 달리 형이라는 존재가 끝에 가서 연민을 자아낸다.

현경준의 「寫生帖 第三章」(『문장』, 1941. 1)은 조선 각지에서 만주로 들어가는 세관의 조사가 엄격한 것을 그리면서 금순이와 오빠, 아버지가 밀산까지 가는 차표가 없어 쩔쩔매다가 동족 젊은이에게 속아 딸 금순이만 빼앗기고 도로 조선으로 돌아온다는 충격적인 이야기를 들려준다.

김동인의 「어머니」(『춘추』, 1941. 4)는 「곰네」를 개제한 것으로, 얼굴이 못생기고 남자같이 힘이 센 곰네가 10대에 부모를 다 잃은 후 결혼하여 아기도 갖고 착실하게 일하여 돈도 좀 모았으나 남편의 노름질로 빈털터리가 된다. 곰네가 거지 아이를 자기 집으로 데리고 가는 것으로 끝났으나 각성의 플롯은 보여주지 못하였다. 착하고 근면하고 자기희생적이긴 하지만 무지한 존재에 대한 작가 특유의 냉소벽이 드러나 있다.

김사량의 「지기미」(『삼천리』, 1941. 4)는 구한말 장교 출신으로 일본 시바우라에서 일하는 노동자들의 밥집의 일을 도와주면서 툭하면 "지기미" 하고 욕 잘하는 노인을 그려 보였다.

이효석의 「山峽」(『춘추』, 1941. 5)은 남안리 최고 부자 공재도가 원주 문막으로 소금받이 하러 갔다가 젊은 색시를 데리고 오는 것으로 시작하여 이듬해 다시 소금받이를 하러 떠나는 것으로 끝난 소설이다. 공재도의 입장에서 보면 희망과 기대로 시작하여 비극과 환멸로 끝난 것이다. 이 시작과 끝 사이는 공재도와 원주댁의 혼례, 공재도의 종제 공재실의 아들 입양 약속 파기, 재도의 치부 내력과 야심, 본처 송씨와 원주댁의 싸움, 송씨 간수 음독자살 기도, 조카 안중근에게 공재도의 불임 능력 폭로, 판수의 말대로 송씨 임신 목표로 중근을 수행하고 월정사행, 마을로 돌아온 후 중근의 침울한 생활, 재실 심마니 일을 하러 탈가, 석 달 후 송씨 임신하여 귀향, 원주집 남편 대장장이가 원주집은 이미 자기 아이를 임신 중이었다고 폭로, 중근은 분이와의 결혼 거부하고 이향, 송씨가 낳은 아들 한 달 넘어 사망, 공재도의 의혹, 송씨가 재실의 아내에게 아기의 아버지는 중근이었음을 고백 등과 같이 기만과 폭로로 이어지는 사건들로 채워져 있다. 공재도 누이의 아들로 일찍이 고아가 된 장사 안중근이 가장 빈번하게 초점화자로 나선다. 공재도, 공재실, 송씨, 안중근, 원주집, 원주집 남편 대장장이 등은 가난을 벗어나기 위해 또 현 지위를 유지하기 위해 악행을 서슴지 않는 공통점을 지닌다. 모든 주요 인물이 악행 경연 대회라도 여는 것처럼 보이는 점에서 「산협」은 악인소설로 부를 수도 있다.

채만식의 「강선달」(『야담』, 1942. 2)은 세 아들을 두고 농사를 크게 짓는 강선달이 서울 막내아들네 와서 효도 받고 대접받는다는 평범한 사건을 설정하였다. 막내아들 삼준은 10여 년간 종적이 묘연하던 중 5년 전에 제 엄마 장례식 때 나타난다. 인쇄소의 기계과장으로 부인은 구멍가게를 내어 돈을 많이 번 것이다. 주무시고 가라는 것을 뿌리치고 농촌에 가서 마누라 무덤가에 가 자신의 현실을 긍정적으로 받아들인다.

이태준의 「돌다리」(『국민문학』, 1943. 1)의 중심사건은 지주이며 농민인 아버지와 서울에서 병원을 확충하는 데 필요한 자금을 구하기 위해 땅 팔기를 요구하는 의사인 아들의 갈등에서 찾아야 한다. 원래 창섭의 아버지는 절용하고 남은 돈이 있으면 논과 밭을 정비하고 동네 길을 닦는 데 써 왔다. 창섭의 아버지는 땅을 버릴까 봐 소작을 주지도 않았고 추수 후에는 땅을 깨끗하게 관리했다. 아들 창섭의 병원 확장 계획을 들은 아버지는 "땅이란걸 어떻게 일시이해를 따져 사구 팔구허느냐? (중략) 땅이란 천지만물의 근거야"[111]라는 이유로 거절한다. 창섭의 아버지는 자연 환경과 개발을 반대 개념으로 인식한다. 창섭 아버지가 동네를 지키기 위해 자기 돈과 노력을 들여 만든 '돌다리'는 결국 마을, 자연, 전통 등의 지킴이라는 상징성을 지니게 된다. 「돌다리」에서의 창섭 아버지는 이무영의 「제일과 제일장」에서 흙 예찬론을 펴는 수택 아버지와 같은 존재라고 하겠다. 유토피아 지향의 개발과 건설의 모티프를 중심 모티프의 하나로 제시한 장편소

---

111) 이태준, 『돌다리』, 박문서관, 1943, p. 221.

설 『청춘무성』과 『별은 창마다』를 바로 직전에 발표했던 점에서 이태준은 아버지의 편만 들어주었다고 볼 수 없다.

김남천의 「信義에 대하여」(『조광』, 1943. 1)는 소학교 때 이야기를 잘해 주던, 지금은 만주에 가 있는 신성구 선생이 수업시간에 해준 이야기가 내화를 구성하고 있다. 신선생은 12살 때 여름 방학을 맞아 50리 떨어진 삼밭에 있는 백부네 집에 가서 사흘 동안 잘 놀고 오다가 산속에서 갑자기 폭우를 만나 박집사댁이 하는 주막으로 피신하여 하루 대접을 잘 받았는데 자다가 재작년에 빚 때문에 야반도주했던 박집사와 그의 아내 사이에 두런두런하는 소리를 듣게 된다. 박집사는 신선생 집에도 2천 냥가량 빚지고 있었다. 다음 날 새벽에 박집사는 집을 떠나갔고 박집사댁은 비밀로 해달라고 신신당부한다. '나'(신선생)는 비밀로 했고 박집사는 그 후 2년 만에 나타나 빚을 반 정도 갚게 된다. 신선생은 학생들에게 부모에게 사실 이야기를 하는 것이 옳으냐 박집사 댁과의 약속을 지키는 것이 옳으냐 하고 질문한다. '나'(수암)는 이야기를 하지 않기를 잘했다고 생각한다.

이주홍의 「晴日」(『야담』, 1944. 4)은 상배한 공상가이며 40대의 화전민인 운초가 재혼하는 날 아침에 산에 올라 첫째 처자와 자연을 사랑했던 과거를 돌아보며 현실에 감사하는 마음을 되새긴다는 것으로, 운초는 8년 전에 광산업을 하는 친구를 따라 이 마을로 들어왔다가 친구가 손을 떼는 바람에 할 수 없이 이 마을에 주저앉게 된 것으로 "본시 광이란 물건은 금이 나는 것보다는 꿈이 많이 나는 곳"과 같이 금광 열풍을 나쁘게만 보지는 않는다.

안수길의 「圓覺村」(『국민문학』, 1942. 2)은 조선인 만주개척민소설이다. 산판 일꾼 출신인 리원보는 원각교 이상촌 건설 현장에 가서 생활하던 중 아내 금녀와 간통한 협잡꾼 한익상을 도끼로 쳐 죽이고 아내를 데리고 마을을 떠난다. 이 소설 끝에는 "건국전, 만주에 잇서서의 반도인 선구개척민의 생활을 발굴하는 일련의 작품 중의 한 편"이라는 글이 붙어 있다. 「土

城」(소설집 『북원』, 1944. 4)은 전처 소생인 학수와 후취 소생인 명수가 다투는 것으로 시작한다. 자위단 부단장인 명수는 동복 형인 치수의 원수를 갚기 전에는 떠나지 않겠다고 하면서 아버지와 같이 계속 농사를 짓겠다고 하고 학수는 간도에 들어와 상업으로 성공하겠다는 생각을 갖는다. 학수는 작부 퇴물과 국자가에 살림을 차리고, 땅을 잡혀 남에게 돈을 빌려 주었다가 은행으로 땅이 들어가버려 순소작농으로 떨어진 아버지는 수전의 회수를 목표로 열심히 일한다. 룡정중학생 명수는 학교를 그만두고 아버지 옆에서 농사를 짓는다. 사변이 터지고 패잔비의 침입으로 집도 다 타버리고 치수는 죽는다. 학수는 운수업을 하면서 밀수에 손댔다가 망하고 결국 도망꾼 신세가 된다. 이때 만주국이 건설되면서 농민들을 대상으로 국유지와 주인 없는 땅의 경작과 개간의 허용, 소작료 3할, 무담보의 저지대금 방출 집단부락 건설, 군경의 지도 아래 자위단 조직 등의 조치가 이루어졌다. 이런 조치는 구원의 빛처럼 다가온다. 조선 총독부에서 회사를 통하여 자작농을 창정하여 명수의 아버지는 15년 안에 연부금을 다 바치면 토지 문권을 가질 수 있는 조건을 받아들여 자작농 창정에 들었고 명수는 농사에 열중하는 한편 자위단원이 된 것이다. 트럭이 비적의 습격을 받아 불에 타버리고 중상을 당한 학수는 여관사업의 자금을 마련하기 위해 명수에게 나타나 아편 두 덩어리만 달라고 하는 것을 명수가 거절하자 뺨을 때린다. 학수는 아편을 넣은 통조림을 축음기의 태엽을 꺼내고 그 속에 숨겨 신징(新京)행 직행 기차를 타고 가다가 무장한 영사관 경관에게 압수되고 만다.

　반만항일의 완매한꿈을 채못깨이고 처처에 준동튼 패잔비도, 황군장병과 경관대와 자위단의 주야겸행의 토벌로 아울러 협화특별공작대(協和特別工作隊)의 선무공작(宣撫工作)으로 일편 섬멸되고 일편 귀순하여 거의 그자취를 감초였으나 최후까지 벌인것이 왕덕림(王德林)일파였다.

　그들이라하여도 오지밀림중에 패주하여줌언한 토벌대의공격에 자멸의날

668

을 기대리고 있을다름이었으나 여름 곡초가 무성한때를 이용하여 식냥약탈의 최후의발악으로 간도성일대의 벽촌을 번그럽게하였다.[112]

왕덕림 일파의 습격이 있자 토벌대가 들어왔고 조선인 농민들은 비적의 침입에 대비하여 토성 수축에 전력을 기울인다. 학수는 동생의 결혼 자금을 빼내기 위해 마을에 접근하던 중 비적들과 자위대원들이 서로 총질하는 통에 전신에 총을 맞고 죽는다.

이 작품은 신흥 국가 만주국의 정책에 협조하는 명수와 그 아버지 같은 사람들을 프로타고니스트로, 학수와 같이 비협조적인 인물을 안타고니스트로 설정함으로써 만주국의 정책에 적극 협조하거나 호응하는 것이 조선인의 살길이라는 인식을 주입시킨 셈이 된다.[113]

1940년대에 들어서면서 노동자소설은 숫자도 현저하게 줄어들고 질도 크게 떨어지고 말았다. 유진오의 「봄」(『인문평론』, 1940. 1)은 어린 아들이 전염병 성홍열에 걸려 제국대학병원 전염병동에 입원하여 호전되는 과정을 그리면서 방에 둔 쓰끼소이가 손버릇도 나쁘고 남자관계도 좋지 않은 것을 관찰하는 쪽에도 비중을 두었다. 창경원 밤벚꽃놀이의 풍속도 소개하고 자식을 전염병동에 둔 부모의 심정도 여실하게 그려내었다.

한설야의 「太陽은 병들다」(『조광』, 1940. 1~2)는 악덕 의사를 고발한 소설이다. 이 소설 속에 등장하는 공의, 제생병원 최선생 등 세 명의 의사는 공정하다든가 정직하고 돈에 무관심하다든가 하는 평판과는 달리 힘센

---

112) 최삼룡 편, 앞의 책, pp. 161~62.

113) 정인택은 "「半島開拓民部落風景」中의 하나"라는 부제가 붙은 「沃土의 表情」(『신시대』, 1942. 10, pp. 118~24)에서 반도인 개척민이 五族協和, 王道樂土의 기치를 내건 신흥 만주국 개척사업의 중책이 될 것으로 큰 기대를 걸면서 신규 개척민은 80만 旣住半島農民과 잘 협조해야 할 것을 당부하고 만주 개척사업을 "八紘一宇의 정신으로 일관되어야 하는 聖業"(p. 121), "민족협화의 중책으로서 고도의 생활양식을 만주의 기후와 풍토에 맞게 새로히 창조하는 동시에 원주민을 지도하야 신 농촌문화를 건설할 책임을 짊어지는 것"(p. 122) 등과 같이 설명하였다.

불의의 존재들과 은밀하게 결탁한다. 약자 편에 서서 약자가 부당하게 입은 피해를 폭로하려는 창작 의도를 지니고 있었던 것은 프로작가인 한설야로서는 자연스러운 일이다. 요릿집의 주방일을 솜씨 좋게 해내어 보다 좋은 요릿집으로 가기로 한 주인공은 주인에게 따귀를 맞고 고막이 터지는 피해를 받았음에도 그것 하나 제대로 규명해주는 의사를 만나지 못한 채 뇌막염이라는 전염병 환자로 몰려 개죽음당하고 만다. 근 15년 전에 최서해가 「박돌의 죽음」에서 박돌의 모친을 통해 뱉었던 한과 분노를 한설야가 명우 어머니를 통해 토해내고 있는 것이다. 「태양은 병들다」는 아내가 들은 이야기를 소설가인 '내'가 변호사나 된 듯이 쓰는 형식을 취했다. 제목에 있는 "태양"은 명우 어머니가 정화수를 떠놓고 "물귀신도 사춘보다 낫다거니 하누님이야 태양같은 하누님이야 골백 의원보다 낫겠지. 의원이 다 뭐랴"[114]와 같이 아들의 완쾌를 비는 대상인 하누님을 가리킨다. '나'는 이 사연을 다 전달하고는 이런 원통한 사연이 얼마나 많겠냐고 하면서 "하늘이나 신이 사람의 말을 듣지못하고 들어주랴하지안는것은 현대에와서는 너무도 분명한 사실이다. 그러면 대체 사람은 이것을 어데다가 기우려는가. 그러나 역씨 사람에게 향해서밖에 말할데가 없다"[115]와 같이 현대에 와서는 신이나 하느님의 존재가 약화된 만큼, 인간 사이의 소통이 더욱 긴요해졌음을 깨닫게 된다. 「아들」(『삼천리』, 1941. 1)은 공장노동자가 그 아들이 중학교 입학시험을 포기하고 전기상회에 취직한 것을 반대하고 계속 공부하라고 하지만 아들이 끝까지 말을 듣지 않는다는 부자갈등담이다.

현덕(玄德)의 「群盲」(『매일신보』, 1940. 2. 24~3. 29)은 사기꾼소설이다. 만수산 아랫동네 무허가촌 사람들을 괴롭히는 존재가 여럿 등장한다. 땅을 팔았다고 하여 무허가촌 사람들에게 10원씩만 주고 내쫓는 지주, 이런 지

---

114) 『조광』, 1940. 1, p. 379.
115) 위의 책, 1940. 2, p. 355.

주의 악행을 감언이설로 대행하고 주막 주인 덕근이 데려다 기른 딸 점숙이를 팔라고 중개하는 만성, 점숙이와 함께 돈 천 원을 가로채고 목단강 쪽으로 달아나버린 만성 동생 만수 등 뛰는 놈 위에 나는 놈 있다는 식의 악인과 악행이 속출한다. 제목은 사기 당하고 피해 당하는 무허가촌 사람들을 주체로 하는 식으로 잡혀 있으나 내용은 가해자 중심으로 되어 있다. 박노갑의 「百年今日」(『문장』, 1941. 1)은 도시빈민소설이다. 39세의 남자는 섣달 그믐날에 새로운 마음으로 살기 위해 이발하려고 했으나 양복점 주인, 나무장수, 반찬가게 주인으로부터 외상값 독촉을 받고 집주인으로부터 집세 독촉을 받을 생각을 하며 불안감에 휩싸인다. 그러면서도 아무리 어렵고 힘들어도 "오늘, 오늘은 대체 어느날이냐. 백년의 오늘이다. 천년을 만년을 두고 제각기 누릴 수 있는 오늘이란다"[116]와 같이 마음의 평정을 찾는다. 이러한 "백년금일"의 심정은 허무주의의 다른 표현이라고 할 수 있다. 박태원의 「四季와 男妹」(『신시대』, 1941. 1~2)는 제목 그대로 봄·여름·가을·겨울에 일어난 일을 엮어놓은 것으로 형식상으로는 대화소설이며 저급소설이고 내용상으로는 빈민소설·인정소설·모성소설이다. 성북동에서 14세 된 절름발이 딸을 둔 옥순 엄마가 폐병을 앓으며 삯바느질로 조금씩 영자네 빚을 갚는다는 것이 '봄'의 이야기고 옥순 엄마가 인쇄 외교원인 아들을 빚을 내어 결혼시켜 17세 된 며느리를 얻는다는 것이 '여름' 이야기다. 과로하는 옥순 엄마를 보고 영자네가 호의를 갖고 옥순이를 데리고 있으려 하지만 옥순 엄마가 반대한다는 것이 '가을' 이야기이고 마침내 옥순 엄마가 옥순이를 잘 부탁한다는 유언을 남긴 것을 지키는 뜻에서 옥순 오빠가 올케의 구박 때문에 영자네 간 옥순이를 도로 찾아온다는 것이 '겨울' 이야기로 되어 있다.

안회남의 「봄이 오면」(『인문평론』, 1941. 4)은 '나'의 집 아랫방에 사는

---

116) 『문장』, 1941. 1, p. 46.

친척 동생이 '나'의 주선으로 백화점 점원으로 몇 년 다니다가 해고된 후 연탄 제조소에 닷새간 다니다가 그만두고 다시 '나'는 나대로 '그'는 그대로 취직자리를 알아보나 잘되지 않자 '그'가 다시 연탄 제조소로 나가게 된다는 이야기다. '그'는 사람이 주변머리가 없고 쌀쌀맞아 그렇지 부정 한번 저지른 일이 없는 데 반해 백화점 주인이나 연탄 제조소 주인이 약간 사기성을 갖고 경영하는 것으로 그려져 있다. 채만식의 「病이 낫거든」(『조광』, 1941. 7)은 「童話」(『여성』, 1938. 3)의 속편으로, 부모에게 효도하기 위해 4백 원을 모을 작정으로 전주의 공장에 취직했던 업순이는 2년 가까이 있다가 결핵을 얻어 집으로 돌아와 부모의 사랑을 받는다. 소설의 표제는 업순이에게 "병이 낫거든 시집가라"고 아버지가 한 말을 가리키는 것으로 딸의 행복을 비는 부정을 새겨본 것이다. 유진오의 「鄭선달」(『춘추』, 1942. 2)은 육칠 년 전까지 김참봉네 집 행랑채에 있다가 독립한 정선달이 노예 근성을 청산하지 못하고 지내는 모습을 그렸다. 술에 취한 정선달은 아들의 만류에도 불구하고 김참봉 아들 김형주 집 공사장에 와서 높은 데 올라갔다가 헛발을 디뎌 죽는다.

이북명(李北鳴)의 「兄弟」(『야담』, 1942. 3)는 "근로소설"이란 부기가 붙은 작품으로, 8년 전에 아내를 잃은 두근이는 아들 셋과 함께 동골 수전 공사판에서 일한다. 두근의 부탁으로 최선달이 중신을 서 동네 술집 부엌데기로 있던 여자와 큰아들 명칠은 삼 부자에게 돈을 빌려 결혼한 후 두 동생으로부터 돈 갚으라는 압력을 받는다. 심술을 부리던 삼 부자는 뿔뿔이 흩어진다. 얼마 후 두 동생은 근로보국대원으로 뽑혀 연포로 가게 되었다고 인사하러 와서는 지난날의 잘못을 뉘우친다. 동생 명팔은 "보국대라는 것은 나라에 충성을 다하는 뜻으로 각동리에서 한사람 두사람씩 뽑아서 두어 달씩 공장에가서 일하는것이지우"[117]라고 자긍심에 찬 어조로 설명한다.

---

117) 『야담』, 1942. 3, p. 117.

애국심에 형제 갈등을 해소했다는 의미가 부여되었다.

이북명의 「氷原」(『춘추』, 1942. 7)은 애국심 즉 일본에 대한 충성심의 면에서 「형제」보다 적극적인 태도를 보인다. K고공 기계과를 졸업하고 C수력발전소 사무소 기계계 사원으로 입사한 최호는 사수의 저수지 제2 언제 일수문을 목조에서 철재로 개조하는 일을 책임지고 하라는 명을 받고 내려온다. 최호는 이번 공사에서는 어느 정도의 희생과 비극을 각오하지 않으면 안 될 것이라고 하면서 기술 문제보다는 마음의 단결이 더 큰 일이라고 생각한다. 최호는 "일심정력으로 국가를 위한건설에 참가해야만될것이다. 그러자면 나의 전기보국이참된뜻을 노동자들에게 이해식혀주도록 힘써야한다"[118]와 같은 목적의식을 갖고 50명의 발구꾼 앞에서 일본이 일으킨 대동아전쟁을 지지하는 훈시를 한다.

「여러분 삯전도 삯전이겠지만 우리에게는 돈보다도 더 값있고 성스러운 단결의 정신이있어야할것입니다. 우리나라는지금 남에서북에서 강적을 물리치면서 싸우지않습니까! 총후의 국민인 여러분은 제일선 에서싸우고있는 용감한장졸들의 마음을 본받어서 「나」라는것을버리고 이번이공사에 일심합력해주시기를 바랍니다.」[119]

「암모니아 탱크」(『비판』, 1932. 9), 「공장가」(『중앙』, 1935. 5), 「現代의 序曲」(『신조선』, 1936. 1) 등 프로소설의 연장선에서 저항적인 노동자소설을 꾸준히 써왔던 이북명은 「형제」나 「빙원」에 와서 한 가정의 생계를 책임진 조선 노동자를 일제의 총후 국민으로 바꾸려 한 큰 변화를 보인다.

김남천의 『구름이 말하기를』(『조광』, 1942. 6〜11)은 미완 장편소설이

---

118) 『춘추』, 1942. 7, p. 182.
119) 위의 책, p. 182.

다. "출향(出鄕)의 노래" "바람 속에 서서" "매마른 갈대" "뜻은 다 가치 높으되" "축승(祝勝) 날밤" "별있는 곳을 향하여" "거리의 도장(道場)" 등의 소제목으로 구성되어 있다. 성천의 우체국 직원 웅호는 서울에 가 수백 광구를 지니고 출판사를 경영하면서 사회사업에도 관심 있는 동향 선배 박종호를 찾아가 며칠 동안 그 집에 묵으며 그 아들 박영운과 대화를 나눈다. 영운은 웅호에게 "노력하는 것이 행복"이라는 알 듯 말 듯한 이야기를 한다. 웅호는 "씻은 듯한 가난, 일찍이 아버지를 잃고 계부된 사람이 아편쟁이, 동생은 기생, 보통학교 밖에는 출신경력이 없고—이런 환경 속에 놓여 있는 수물세살 소년에게도 행복이 란것이 있을수 있다면 그것은 노력, 그 가운데 밖에는 있을턱이 없는것인지 몰은다"[120]와 같이 암담한 상황에 놓여 있다. 형이 다니는 아연 광석 제련소에 다니나 가수가 되는 것이 꿈인 동향 친구 오길수가 찾아오자 웅호는 육체노동 하는 취직자리를 알아봐달라고 부탁한다. 성천에서 우체국 직원으로 지낼 때의 웅호는 학력은 보통학교에서 끝났지만 성경·불경, 서양 문학 등을 탐독하여 교양을 쌓았고 마침내 "일체를 버리자, 사신(捨身)의 때가 왔다"고 하면서 상경을 결심한 비범성을 보이기도 한다. 길수의 소개로 웅호는 본정통에 있는 북천 삐꾸라 이또공업소에 취직하게 된다. 신식으로 꾸며놓은 약간 큰 규모의 대장간으로 직공이 여섯 명가량이다. 웅호는 공장에 들어서면서 자신이 지금 어느 시대에 살고 있는 것인지를 깨닫게 된다.

신식으로 꾸민 대장간의 다소 큰것—그런 생각이 펀뜻 그의 머리를 슷쳐갔다. 광산 제련소 같은데서 공장이라는 개념을 길렀던 그에게 과시 이 수공업적인 적은 시설은 참말로 솜트는 집이나 대장간 정도로 밖에 생각되지 않었든것 같다.

120) 『조광』, 1942. 8, p. 198.

까맣게 꺼슬고 더럼이 탄 바람벽에는 천정과 잇대어서 일장긔, 황국신민의 서사, 사업장소설치허가서의 세 액면이 쭈루루니 걸려 있고, 다소 어울리지 않는 표어였으나 생산확충, 근로보국의 두 문구가 기둥우에 흰 종이로 반뜻이 써서 붙이어 있다. (중략) 일정시간 뒤에 다시 핸들을 둘러 긔계를 풀고 아까 넣었던 가다와 새것을 바꾸어 넣었다. 금시 따거운 폰스의 입술에서 떨어져 나온 가다를 열면 그 속에서 캽브가 톨랑톨랑 쏟아저 나왔다. 고것의 하나를 들어서 손끝으로 완롱하듯 하며, 「이것을 비오로닉크캽브라고 해서, 흔히 약병마개 같은 데로 쓰이지만, 가다에 따라서는 화장품, 구리무병이나 향수병마개나 자유자재로 만들어 지는겁니다. 혼합에 따라서 퍼런 것도 자주빛도 되지만」 수공업의 영역을 넘지못했으나 가루가 들어가서 캽브가 돼서 나오는것이 따는 신기하고 그럴듯하였다.[121]

김남천이 공장·기계·약품 등에 대해 전문 지식을 과시한 점은 작가로서의 넓이를 입증해준다. 이러한 전문 지식은 이미 『사랑의 수족관』(『조선일보』, 1939. 8. 1~1940. 3. 3)에 나타났던 것처럼 이데올로기에 대한 관심이 산업에 대한 관심으로 대치되고 있는 증거가 될 수 있다.

여급소설로는 김남천의 「속요」(『광업조선』, 1940. 1~5), 안회남의 「탁류를 헤치고」(『인문평론』, 1940. 4~5), 「어둠 속에서」(『문장』, 1940. 7), 정인택의 「연연기」(『동아일보』, 1940. 3. 7~4. 3), 「우울증」(『조광』, 1940. 9), 이효석의 「합이빈」(『문장』, 1940. 10), 최명익의 「장삼이사」 (『문장』, 1941. 4), 석인해의 「재생」(『야담』, 1942. 1) 등이 있다.

안회남의 「濁流를 헤치고」(『인문평론』, 1940. 4~5)는 처자가 있는 소설가 광이가 첫 남편과 헤어지고 딸 하나를 데리고 살면서 밤이면 술집에 나가는 여급 순이로부터 진심과 희생정신이 어린 뜨거운 사랑을 받게 되나

---

121) 위의 책, 1942. 11, pp. 182~83.

끝내는 한 가장으로서 가질 법한 죄책감에 짓눌려 처자 쪽으로 발길을 돌리고 순이도 담담한 마음으로 자기 주변을 정리하고는 만주국 목단강 쪽으로 이주해버리는 것으로 끝을 맺었다. 「탁류를 헤치고」는 「에레나 裸像」 「溫室」 「煩悶하는 잔룩 氏」와는 달리 여성 인물의 입장에 서거나 옹호하는 쪽으로 기울고 있다. 「어둠 속에서」를 통해서는 종로를 무대로 한 건달패들의 거칠기 짝이 없는 행태, 깡패를 기둥서방으로 삼고서 하루하루를 비참하게 살아가는 한 카페걸의 운명을 목격하게 된다. 두 작품에 나오는 인물들은 대개 알코올 중독, 절도, 폭행, 간통 등과 같은 광태와 비윤리성을 드러낸다. 안회남은 겉에 드러난 행태를 그려내긴 했으되 이러한 행태가 빚어지게 된 이유를 파헤치려 한 노력은 별로 보여주지 않았다.

정인택의 「戀戀記」(『동아일보』, 1940. 3. 7~4. 3)는 아내의 지극한 사랑을 그렸다. 동경 유학을 다녀온 한 윤군이 주변의 반대를 무릅쓰고 결혼했다가 폐병을 앓게 되자 그 아내는 기생으로 나가 돈을 벌어 남편의 뒷바라지를 하게 된다. 기생 김춘홍은 자신의 신세를 슬퍼하는 기색을 드러내지 않았지만 정작 남편 윤군이 죽자 남편 따라 죽기 위해 어디론가 사라져버린다는 결말을 보여준다. 「연연기」와 「동요」(『문장』, 1939. 7)의 앞에서는 「迷路」(『문장』, 1939. 7)는 남녀 간의 사랑은 모든 것을 뛰어넘을 수 있는 것임을 웅변한다. 「業苦」(『문장』, 1940. 7)는 결핵에 걸려 백천온천에서 요양할 때 알게 되어 결혼한 여인이 가출했다 3개월 후에 돌아오자 남편이 목을 조르다 기절한다는 내용으로, 이상의 「봉별기」를 떠올리게 한다. 「旅愁」(『문장』, 1941. 1)는 조선 남자와 일본 여자의 사랑을 그린 것으로 조선 남자는 병들고 일본 여자는 집안 형편에 묶인다. 김군의 친구가 유고를 정리하고 김군의 일기를 소개하고 있어 액자소설, 일기체소설, 서간체소설 등이 중첩된다. 소제목이 작자의 말 + 일기 제1 + 일기 제2(동경시대의 일기) + 서소문정 시대의 일기 + 박군의 부인에게서 온 편지의 일절 + 節子라는 유미에의 동무에게서 온 편지의 일절 + 일기 제3 등으로 되어 있다. 폐병을 앓고 있는 김군은 유미에와 가까워져 그런대로 행복하게 살았으나 급격히 몰락해버린 친정을 구하기 위해 갑자기 일본으로 돌아가버린 유미에로부터는 편지 한 통도 없다. 유미에는 전락하고 김군은 폐병 악화로 숨지고 만다. 「蠢動」(『문장』, 1939. 4)과 「미로」와 「여수」는 외형상으로는 이름이 같은 '나'와 유미에를 똑같이 설정하고 있지만 유미에는 작품마다 성격이라든가 가족 관계가 달라서 동일한 인물로 보기 어렵다. 임옥인(林玉仁)의 「前妻記」(『문장』, 1941. 2)는 금슬 좋게 지내던 부부가 아기를 낳지 못해 헤어지고 전처가 새장가를 가서 아들을 낳은 전 남편에게 편지를 보내는 형식을 취한다. 발신자는 패물을 처분해 땅을 사고 교사로 취직하여 생활의 안정을 취하여 위자료는 한 푼도 필요 없다고 한 것으로 끝맺는다. 전처의 내면의 바닥에는 사랑이 흐르고 있다.

최명익(崔明翊)의 「張三李四」(『문장』, 1941. 4)는 멀리 달아났다가 붙잡힌 '여인'과 그 '여인'을 붙잡아 기차를 타고 데리고 가는 색시 장사꾼인 '중년 신사', 그리고 그들 옆자리에서 속사정은 아무것도 알지 못하면서 한마디씩 참견했다가 술 한잔 얻어먹고 하나둘 이 역 저 역에서 내리는 동승객들을 대상으로 하여 스냅사진을 찍고 있다. 색시 장사꾼인 중년 신사가 내리고 그 아들이 올라타 '여인'의 뺨을 여러 차례 때리자 여인은 피와 눈물을 닦으러 변소에 간다. 이때 '나'는 그 여자가 자살하는 상상을 했으나 소설은 환상이 깨지는 것으로 결말 처리되었다. 자신의 다른 작품에서와 마찬가지로 최명익은 뛰어난 심리 분석을 구사하고는 있지만, 피사체로서의 '장삼이사'에게 충실하기보다는 그들 '장삼이사'의 삶의 모습을 살피고 헤아리는 사진사에게 더 충실한 결과를 낳은 것은 민중보다는 작가 자신이 속한 지식인의 입장에 더 충실했기 때문이다. "중년신사" "당꼬바지" "가죽짜켈" "곰방대 노인" "젊은 여인" "촌마누라" "갭쓴 젊은이" 등으로 불릴 뿐 구체적 이름을 얻지 못하는 작중인물들은 '나'로부터는 동정심을 사지 못한다. 이러한 반감이나 거리감은 이미 「비 오는 길」 「무성격자」 「폐어인」에서 분명하게 나타난 바 있다. 1920년대 현진건의 「고향」에서 화자가 피사체에게 보인 연민이나 염상섭의 「만세전」에서 보인 울분은 찾기 어렵다.

5. 일본어 표기 소설과 '국민문학' 참여

(1) 한설야 · 김사량 · 이효석의 소설

한설야의 『大陸』(『국민신보』, 1939. 6. 4~9. 24)[122]은 긴 중편이자 짧은 장편 길이의 소설이다. 조선인 편에서 개간사업을 하고 학교를 설립한 아버지를 둔 하야시 가즈오(林一夫)는 두도구(頭道溝)의 조집오(趙輯伍) 노인을 찾아가 삼도구 토산자 금광 개발에 도움을 줄 것을 요청하는 과정에서 상해 여학교 출신인 조노인 딸 마려를 만난다. 하야시와 이성천이 오야마 히로시(大山博)에게 송화강 유역과 노야령 일대의 전황을 설명해준다. 아버지는 만몽모직 이사회 회장이고 형은 일본군 대위인 오야마는 때마침 삼도구에 마적이 내습하자 하야시와 함께 조선인들을 위해 싸운다("처녀지"), 조마려는 하야시의 주선으로 만몽모직회사에 취직한다. 오야마의 아버지 일행이 신경에 가는 도중 댄스홀에 가 장작림 장군 쪽 첩자인 유오락이 다른 나라를 모두 비판하면서 세기의 희망은 일본뿐이라고 하는 말을 듣는다. 유오락의 임무는 국제연합 조사단에 일본을 나쁘게 볼 자료를 보내는 일이

---

122) 다음 논문들을 주목할 필요가 있다.

김재용, 「한설야 「대륙」과 우회적 글쓰기」, 『저항과 협력—일제말 사회와 문학』, 소명출판, 2004.

김윤식, 「글쓰기로서의 만주제국의 문학적 현상」, 만주학회, 『만주연구』 5, 2006.

와타나베 나오키(渡邊直紀), 「식민지 조선의 프롤레타리아 농민문학과 '만주'」, 동국대 한국문학연구소, 『한국문학연구』, 2007.

고명철, 「동아시아 반식민주의 저항으로서 일제말의 '만주 서사'—이태준의 「농군」과 한설야의 「대륙」을 중심으로」, 한국문학회, 『한국문학논총』 49, 2008.

다. 오야마와 유오락은 춤을 춘다("봄"), 장작림 장군이 2대에 걸쳐 간도 이주 조선 농민을 착취한다. 하야시와 이성천은 토산자에서 사금 채굴사업을 시작하고 사금 채굴장을 오야마 가족이 방문한다("사선을 넘어서"), 동경의대 출신인 유키코라는 약혼녀가 있음에도 오야마 히로시는 조마려를 사랑하게 된다("꿈틀대다"), 유키코와의 갈등이라든가 사장의 압력에도 불구하고 오야마는 조마려를 단념하지 못한다("책동"), 오야마 겐지는 유키코와 파혼하면 집안이 망한다고 하면서 마려에게 떠나달라고 한다("슬픈 입술"), 이별의 편지를 남기고 떠나간 마려를 찾기 위해 오야마는 신경행 열차를 타고 추적하였으나 실패하고 오야마 겐지는 마적에게 납치당한다("실종"), 협상금을 갖고 마적 두목 왕쾌퇴에게 갔던 오야먀 히로시도 납치당한다. 오리엔탈 클럽의 댄서로 취직하여 유오락에게 인정받은 마려는 신문에서 오야마 부자 납치 사건을 본다("인질"), 유오락은 오야마 부자 석방금 2만 원도 가로채고 오야마의 형 오야마 대위도 잡을 계책을 세운다. 마려는 유오락과 한패가 되기는 하였으나 오야마에 대한 애증으로 갈등하던 끝에 어려서부터 잘 아는 사이인 왕쾌퇴를 직접 만나 협상한 끝에 오야마 부자를 구하게 된다("미끼"), 탈출 과정에서 장작림 부하인지 왕쾌퇴 부하인지 모르는 적군과 전투를 벌이던 중 오야마 히로시는 부상당한다("태풍"), 유키코가 용정 도립병원에 있는 히로시를 치료한다. 문병 온 마려에게 사랑을 양보한 유키코가 봉천으로 돌아가면서 히로시에게 마려와 얼른 결혼하고 대륙에서 불쌍한 사람들을 위해 큰일을 하라는 편지를 보낸다("대륙의 등불"), 유키코의 편지를 보고 오야마와 하야시는 병원 건립, 개간사업 등에 착수하여 대륙을 밝히는 등대가 되자고 다짐한다("유키코로부터").

『대륙』은 아예 일본인 예찬으로 서두가 열린다. 청년 하야시의 기억 속에 존재하는 아버지 하야시는 일찍이 간도로 건너와 20년을 하루같이 조선 복색을 하고 용정시에 소학교와 중학교를 세우면서 오로지 조선인을 위하는 태도를 취했다. 하야시는 조집오 노인을 만나서 협조를 구할 때에도 돈을 벌기 위해 토지 개간이나 금산에 손을 대는 것이 아니라 생업이 없어 곤란을 겪는 사람들에게 일자리를 제공하기 위해서라고 하였다. 개간사업, 학교 설립사업, 전투 참가 등의 활동을 하는 하야시 부자와 오야마 히로시는 조선인을 위하는 일본인으로, 약혼자 오야마 히로시를 조마려에게 양보하는 여의사 유키코는 중국인을 위해 일하는 일본인으로 그려진다. 작중 일본인들은 남녀노소를 막론하고 대동아공영권론을 합리화하고 실천에 옮기는 대승적이고 희생적인 존재들로 형상화되었다. 일본의 대륙 진출을 합리화하고 일본인을 긍정적으로 바라보게 하는 이 소설의 창작 의도는 뒷부분에 가서 확연하게 드러난다. 병원에 있는 오야마와 문병 온 하야시는 대륙 예찬론과 신일본인론을 펼친다.

그렇게 말하고 오야마는 잠깐 쉰 뒤에 하야시에게 말했다. 그것은 마려에 게보다는 하야시에게 해야 할 말이었다.

"유키코뿐만 아니라 원래 대륙이 우리에게 고마운 것은 위치가 유리한 곳에 있다는 점만이 아니다. 오히려 그것보다 나는 일본인의 성격개조를 할 수 있는 새로운 무대나 도장으로서 대륙을 예찬하고 싶다. 확실히 시대는 새로운 성격을 요구하고 있다. 여기에 오면 다른 어디에 있을 때보다 우리들은 일본이라고 하는 것을 확실하게 보게 된다. 확실히 대개조가 필요하다. 호흡이 너무 작고 선이 너무 얇아."

"맞아. 우물 안에 있으면 어디까지나 바깥세상을 모르는 법이지. 우리들 대학시절에는 자네 동급생들까지 우리들을 만주 고로하고 불러 이단자, 아니 아니 심한 녀석은 이국인 취급을 했어. 맹자의 설을 빌려 말하면 남만격설이지. 우리 만주에서 온 사람들을 말이야."

"자네, 오늘날에도 섬나라 쇼비니스트들(극단적인 애국주의자들)은 그렇다네."

"그러나 앞으로의 시대를 짊어질 신일본의 성격은 반드시 대륙을 바탕으로 형성되어야 해."

"그래. 확실히 지금은 어느 큰 전환기에 서 있지."[123]

오야마와 하야시는 신일본인이 되려면 만주 대륙을 무대로 해야 한다는 인식에 공감한다. "대륙에서 당신들의 일이 더욱더 정진할 수 있기를 바랍니다. 일생 동안 변함없이 약하고 가난한 사람들을 위해서 일해주십시오" "저는 언제 어디서라도 기꺼이 당신들 곁에서 몸을 바쳐 의술로써 불쌍한 사람들을 위해서 일하고 싶습니다" 등과 같이 희생정신을 담은 유키코의 편지를 받은 오야마 히로시는 "대륙은 아주 고마운 존재였다. 자기가 생각하고 있는 것과 대륙과는 확실히 무언가 혈연관계에 있는 것처럼" 깨달으며 "대륙 없이는 자신이 지금 이런 것을 결코 생각할 수 없었을 것이라고" 판단한다. 『대륙』은 전투소설과 토론소설과 모험소설과 정치소설의 유형으로 이야기의 피륙을 짠 바로 그 결과라고 할 수 있다.

이효석의 「銀の鱒 (은빛 송어)」(『외지평론』, 1939. 2)는 조선의 젊은 지식인들이 여급에 불과한 일본 여성을 둘러싸고 사랑의 쟁탈전을 벌이는 것을 중심사건으로 설정하였다. 신문기자로 수년 동안 사회운동 하고 부회의원 선거에서 낙선한 적이 있는 '한', 사립 전문학교 어학 강사인 '문', 화가 '최', 방송국에 근무하는 문학청년 '김' 등은 절친한 사이이긴 하지만 에그조티즘과 이성미와 센티멘트가 잘 결합된 듯한 일본 여성 테이코(禎子)에게 매혹되어 그녀의 환심을 사기 위해 경쟁한다. '한'은 신문기자도 때려치우고 아버지에게 자금을 얻어내어 다방 '난'을 차려 테이코를 마담 겸 총지배인으로 앉혔으며, '문'은 테이코에게 소설책을 빌려주며 문학 이야기를 나

123) 김재용 · 김미란 · 노혜경 편역, 『식민주의와 비협력의 저항—일제말 전시기 일본어 소설선 2』, 역락, 2003, p. 160.

누고, '최'는 테이코를 모델로 하여 여러 장의 초상화를 그려 전람회 그림에 포함시켰으며, '김'은 그녀를 상징하는 라디오 드라마 「은빛 송어」를 만들어 직접 그녀에게 주인공 역할을 맡긴다. "십인십색 카멜레온처럼 대상에 따라 교묘하게 색깔을 맞추는 재주를 가지고 있는"[124] 테이코는 이처럼 조선의 여러 청년 지식인들을 사로잡다가 작중에 인용된 예이츠의 「헤매는 잉거스의 노래」의 한 대목처럼 갑자기 사라져버리고 만다. '난'다방에 일손이 부족해서 여자 한 명이 채용된 것이 신경에 거슬렸는지 동경으로 사라진 것이다. 가게 주인인 '한'이 테이코를 찾으러 동경으로 간다고 하자 꼭 찾아오라고 당부하는 친구들은 "그때 각자의 가슴 속에는 각자의 은빛 송어가 떠오르고 그 시구가 생각났음에 틀림없었다"[125]와 같이 묘사된다. 이러한 끝 대목은 이미 이 소설 맨 앞에 나타난 바 있는 만큼 중요성을 지닌다. '한'은 친구들의 생각을 대행하는 행동대원으로 그려지고 있지만 '한'이 테이코를 찾아 떠나는 이유의 하나는 여행벽이나 방랑벽에서 찾을 수 있다. 작가는 '한'의 삶의 태도를 해부하는 데 치중한다. 부회의원에 입후보하여 낙선하고 난 후 30대의 나이에도 아직 해야 할 일이 무엇인지를 찾지 못하고 여전히 암중모색하며 기자를 하면서도 성공하고 싶은 마음은 없는 존재로 그려지고 있다. 이효석은 '한'의 방랑벽이나 여행벽은 시대적 현현일 수도 있고 기질적인 것일 수도 있다고 하였다.

어쨌든 차례로 새로운 일에 부딪쳐서는 상대를 바꿔가며 많은 것을 하고 있는 듯하나 사실은 아무것도 하고 있지는 않은데, 그 증거로 머릿속은 항상 텅 비어 있고, 손끝은 바득바득 허기를 호소하고, 다가오는 세월은 한없이 나른하고 재미없다.[126]

---

124) 이효석 일본어 작품집 『은빛 송어』, 김남극 엮음, 송태욱 옮김, 해토, 2005, pp. 28~29.
125) 위의 책, p. 37.
126) 위의 책, p. 12.

이 소설은 수미쌍관법이나 역차적 구성을 취한 것으로 '한'이 왜 동경에 가게 되었는지를 설명하고 동경행의 한 이유인 테이코라는 여자는 어떤 여자인가를 설명하였다. 기본적으로 니힐리스트의 기질을 보이는 '한'이 일본 여급을 위해 다방까지 차려주고 나중에는 일본으로 그녀를 찾으러 가는 행위는 앞뒤가 맞지 않는다.

이효석의 「ほのかな光(은은한 빛)」(『문예』, 1940. 7)은 낙랑 시대에서 조선 왕조까지의 도자기, 기와 등속 수백 장을 진열해놓고 골동품 가게 고려당을 운영하는 조선 청년 현욱(玄郁)이 강서고분 근처의 농민에게서 수십 원에 사들인 고구려 고도(古刀)를 아버지와 호리(堀) 박물관장이 팔 것을 집요하게 요청하고 교사 백빙서와 기생 남월매가 종용하는 것을 다 물리치기까지의 과정을 그려놓았다. 호리 관장은 박물관 자리까지 제의하면서 2천 원을 줄 테니 고도를 넘기라고 제의한다. 수년 전 왕관 사건으로 욱은 기생 남월매, 호리 관장과 가까이 지내오던 끝에 남월매가 자기 아버지에게 1천 원을 주고 살림을 차리고자 하는 사업가 정해두로부터 벗어날 수 있는 방법을 의논하나 욱은 완강하다. 호리 관장과 고미술 애호가 후쿠다 옹이 술자리에서 조선 문화의 아름다움에 대해 대화를 나누는 데서, 또 미선중학교 교사 백빙서와 욱이 조선적인 것에 대한 토론 성격이 짙은 대화를 나누는 데서 조선의 미를 긍정 평가하게 만들려는 이효석의 창작 의도를 알게 된다. 후쿠다가 요즘 젊은이들은 기와나 통나무로 짓는 조선식 건축이라든가 넉넉하고 기품 있는 조선 옷 따위는 경멸하고 외래 것에만 정신이 팔려 있다고 하자 욱은 자기 것에 대해서는 아무것도 모르고 흉내 내기에만 열중하는 태도는 가난 속에서 자라온 조선인으로서는 무리도 아니라고 자기 변호한다. 학교에서 안식년 휴가를 얻어 1년 동안 미국을 유람하고 돌아올 계획이 있는 백빙서는 조선 된장보다도 조선 여성의 치마저고리를 예찬하였다. 치마저고리는 잘 어울리는지라 입으면 태평하고 고상한 느낌

을 갖게 된다는 이유를 제시하였다. 백빙서가 조선적인 것을 예찬하는 후쿠다와 호리 관장을 거론하면서 "적어도 타인의 풍부함이 우리에게 반성을 환기해주었다고 말할 수도 있지 않을까?"[127] 하는 말을 욱은 부정하면서 우리의 장점은 남들에게 배워서 아는 것이 아니고 "체질과 풍토의 문제"라고 받아치며 백빙서의 태도를 "천박한 모방주의"로 몰아친다.

(가) 문제는 현재라네. 자네의 심정을 모르는 바 아니네만 요즘 세상에 옛날 자랑에 매달려본들 그게 뭐가 된다는 건가? 현재의 가난을 자각하면서도 짐짓 남의 풍요로움을 싫어하는 것은 고의적인 반발이고 오기고, 괜한 손해만 볼 뿐이라네.[128]

(나) 손해란 확실히 자네가 할 만한 말이네만, 난 좀더 중요한 걸 말할 생각이네. 필요한 건 정신이야. 거지같이 썩어빠진 정신으로 오래 살기보다는 깨끗하게 죽는 편이 낫지 않을까?[129]

욱은 아버지와 심하게 말다툼하고 시내에 있는 한증막에 가서 아버지 환갑 잔치 건이라든가 월매의 정해두로부터의 탈출 건이 현실로 짓누르는 것을 느끼게 된다. 당장 돈이 필요함에도 욱이 월매, 아버지, 관장 그 누가 고도를 달라고 해도 줄 수 없다고 다짐하면서 달빛을 받아 은은하게 빛나는 금빛 칼자루를 휘두르는 것으로 소설은 끝난다. 이효석은 고집불통인 현욱을 프로타고니스트로 내세우면서도 고구려 고도를 넘기려는 욱의 아버지, 기생 월매, 백빙서 등의 태도도 부정하지는 않았다. 오히려 욱이 1940년 전후 이효석의 친일 경향 소설에서는 보기 드문 인물 유형이 되고

---

127) 위의 책, p. 56.
128) 위의 책, p. 57.
129) 위의 책, p. 57.

있다. 고구려 고도를 그 어떤 것과도 바꾸지 않겠다는 현욱에게 공감을 표하면서도 고향에 가고 싶어 하는 아버지도, 박물관을 더 알차게 만들어보겠다는 일본인 호리 관장도, 그에게 동조하는 후쿠다 옹도, 은근히 기대는 월매도, 현실에 눈을 뜨라고 하는 백빙서도 작가 이효석으로부터 우호적인 시선을 받고 있음을 부정할 수 없다.

김사량의 「天馬」(『문예춘추』, 1940. 6)의 주인공 소설가 현룡은 "조선문화의 진드기"라는 별명을 들어가며 실력도 없이 잘난 척하고 여기저기 기웃거리며 친일문학론을 주장하는 존재로 그려지고 있다. 명치제과에서 있었던 문인들의 모임에서 소설가 현룡은 조선어로 창작해야 한다는 평론가 이명식의 주장에 냉소했다가 그에게 접시로 이마를 맞는 망신을 당한다.

이명식은 눈을 감고 마음을 진정시키려고 노력하면서 신음하듯이 떨리는 목소리로 주장을 폈다.

"조선어로 창작하는 것이 이 사람들에게 문화의 빛을 비춰주기 위해서도 그렇고 또 그들을 즐겁게 해주기 위해서도 절대적으로 필요하다는 것은 두말할 필요가 없지 않은가. 지금도 엄연히 조선어 3대 신문은 문화의 역할을 훌륭히 다하고 있고 조선어로 된 잡지나 간행물도 민중의 마음을 풍족하게 하고 있네. 조선어는 큐슈의 방언이나 토호꾸의 방언과는 분명히 다르네. 물론 나는 내지어로 쓰는 것에 반대하는 것도 아니네. 적어도 언어 쇼비니스트가 아니네. (중략) 내지어가 아니면 붓을 꺾어야 한다는 것은 참으로 언어도단일세."

그리고는 갑자기 탁자를 치며 일어섰다. "그래서 말인데! 현룡, 자네는 이 문제를 어떻게 생각하나?" 현룡을 노려보는 눈에서는 불이 나오는 것 같았다. 그는 순간 옴짝달싹할 수가 없었다. 실제로 현룡은 겉만 그럴듯한 애국주의라는 미명하에 숨어서 조선어로 창작은커녕 언어 그 자체의 존재조차도 정치적인 무언의 반역이라며 중상을 하고 돌아다니는 자 중의 하나인 것이다. 그렇지 않아도 이러한 순수하게 문화적인 창작활동도 조선이라는 특수한 사정 때문에 본래의 예술정신조차도 자칫하면 정치적인 색채를 띤 것으로 당국의 오해를 받기 쉽다. 특히 사변 이후 그런 위기는 더욱 심해진 것이다. 현룡은 그런 점을 이용하여 애국주의를 내세워서 사람들을 매도하며 제멋대로 날뛰고 있는 것이다. 그래서 얼마나 많은 무고한 사람들이 불안과 초조, 고민의 심연 속으로 떨어졌던가. 실제로 이 회합은 현룡 일파의 주장에 대해 비판하는 모임이었던 것이다.[130]

현룡은 다시 일어나 횟술을 먹고 신마치의 유곽에 갔던 그다음 날 평소 그를 존경하는 여류 시인 문소옥을 만난다. 김사량은 문소옥을 경박하고, 조선어 혐오론을 거침없이 내뱉는 광태의 여류 시인으로 묘사한다. 현룡은 15년 동안 일본에서 거류하는 동안 조선의 일류 작가를 자처하고 다니다가 여자에게 칼을 휘두른 사건 때문에 조선에 와 저속한 잡지에 글을 쓰거나 문단 이 모임 저 모임에 참석하면서 난리를 떤다. 현룡은 "조선 민중의 애국사상을 심화하기 위해 편집되는 시국잡지 U지의 책임자"[131]인 오무라에게 달라붙어 다니던 중 스파이 혐의를 받았을 때 구출받는 사건도 겪는다.

집도 없다. 아내도 없다. 자식도 없다. 돈도 없다. 그가 최후의 보루로서 생각해낸 것은 애국주의자라는 미명 아래 숨어서 모두에 대한 복수를 계획하기는커녕 위세 있는 오무라의 비호를 받는 일이었다. 하지만 조선 문인들 사이에서도 시국인식운동의 열기가 높아져서 선명하게 물보라를 일으키며 그들이 자기를 추월해버린 것이다. 그것을 생각하면 이를 갈 만큼 다른 무리들이 미워서 견딜 수가 없었다. 너를 감옥에 처넣겠다는 공갈도 지금은

---

130) 김재용 · 김미란 · 노혜경 편역, 앞의 책, pp. 254~55.
131) 위의 책, p. 259.

못 치게 되어버렸다. 그에게 남아 있는 것은 여기저기 공갈을 치고 다니며 무일푼으로도 술을 마실 수 있는 입뿐이다. 그게 패씸하다고 오무라는 이 나에게 절에 들어가라고 명령하고 있지 않은가. 이제 오무라에게까지 버림을 받은 이상은 어디에도 갈 곳이 없는 인간인 것이다.[132]

현룡은 일본 문인 다나까와 일본의 법대 출신으로 조선에서 교수로 재직하며 내선동일을 주장하고 현룡을 포함한 조선인 지식인들을 경멸하는 쯔노이를 추종한다. 현룡은 다나까 앞에서 "그래서 나는 오무라 군하고 힘을 합쳐서 조선 민족을 개량하기 위해서 노력하고 있다네. 문제는 간단하네. 조선인 모두가 지금까지의 고루한 사상에서 벗어나 동아의 새로운 사태를 확인하고 그리고 오로지 야마또 정신의 세례를 받는 것일세"[133]라고 자신감에 넘쳐 말한다. 오무라는 쯔노이와 다나까가 있는 자리에서 자기가 얼마나 조선인을 위하는지를 보여주어야겠다면서 현룡을 향해 술값 떼어먹고 여자를 강탈하고 남에게 공갈을 치는 행위를 반성하라고 한다. 오무라가 "내선일체라고 하는 것은 자네 같은 인간의 영혼까지 끌어올려 씻어서 내지인과 다름없이 만들어주는 것이네"[134]라고 내선일체의 취지를 포장해서 말하자 현룡은 자신이 미치광이라는 소리를 들으면서까지 내선일체를 주장해왔다고 하면서 "실제로 남자뻘인 일본이 조선에게 손을 내밀고 사이좋게 결혼하자고 하는데 그 손에 침을 뱉을 이유가 없으니까요. 하나의 몸이 됨으로써 비로소 조선 민족도 구원받을 수 있습니다. 저는 감격한 나머지 조선인들에게 오해까지 받고 있습니다. 도대체 조선인들은 시기심이 많은 열등 민족이어서 말이죠"[135]라고 조선인 비하론까지 거침없이 내뱉는다.

---

132) 위의 책, p. 266.
133) 위의 책, pp. 271~72.
134) 위의 책, p. 273.
135) 위의 책, p. 273.

현룡은 신마치에 들어서서 개구리들이 "센징! 센징!" 하고 떠드는 것 같은 환청이 들리고 "남무묘법연화경! 남무묘법연화경!" 하고 중들이 독경하고 염불하는 것 같은 착각에 빠진다. 그리고 현룡은 공포에 사로잡혀 한집 한집 두드리며 자신을 스스로 내지인이라고 하면서 "이제 나는 센징이 아냐! 겐노가미 류우노스케다, 류우노스케다! 류우노스케를 들여보내달라고!" 하고 외치는 것으로 끝난다. 「천마」는 영혼까지 일본인이 되고 싶어 하는 조선 소설가를 내세워 친일의 동기, 방법, 행동 양식 등을 파헤쳐 보고 있다. 김사량은 천황제를 인정하고 야마토 정신을 떠받드는 현룡을 문단의 이단아로 그려내긴 했지만 그를 완전히 안타고니스트로만 몰아간 것은 아니다.

이효석의 「春衣裳(봄옷)」(『주간조선』, 1941. 5. 18)은 콩트라고 할 수 있다. 조선 여성 주연(朱燕)과 일본 여성 미호코(美保子)가 즐겨 입던 한복과 드레스를 바꾸어 입은 것을 보고 도재욱은 특히 미호코가 한복을 입은 것이 매우 잘 어울린다고 생각하여 스케치하게 된다. 그림을 받은 미호코는 명월관 온돌방에서 신선로 상을 마주하고 자신은 경성이 고향으로 아버지는 일본인이나 어머니는 조선인으로 어려서 내내 한복을 입고 자랐다고 고백한다. 미호코가 어머니가 조선인이었기에 어려서부터 색동옷을 입고 자라 한복이 잘 어울린다고 생각하는 것으로 미호코를 설정하여 일본과 조선의 친연성을 확인시킬 수 있었다.

한복이 잘 어울린 미호코는 「薊の章(엉겅퀴의 장)」(『국민문학』, 1941. 11)에서 여급이며 일본 여성인 아사미(阿佐美)가 가게에서 불리는 이름으로 나타난다. 이 작품에서도 아사미는 동거남 조선인 현(顯)과 외출할 때는 곧잘 한복을 입었는데 너무 잘 어울려 "근처를 오가는 같은 옷을 입은 여자들과 같은 혈연의 한 사람인 것처럼 생각되었던 것이다."[136] 두 남녀가 덕

---

136) 이효석 일본어 작품집, 『은빛 송어』, p. 114.

수궁에 갔을 때 아사미는 "이렇게 옛날 그대로의 고풍스런 건물 사이에 있으니까 저도 이 의상에도 이 땅에 태어나 여기서 자란 것 같은 느낌이 들어요."라고 한다. 문인이며 신문기자인 현은 여급 일녀 아사미와 반년간 아파트에서 동거하였으나 실직하여 경제적 곤란을 겪게 되자 아사미가 다시 여급으로 나가는 것을 묵인하게 된다. 현은 아사미가 다시 여급으로 나가는 것을 처음에는 반대했지만 아사미가 강행한 것이다. 현은 전직 관리인 아버지에게 둘 사이를 허락받으러 갔다가 오히려 선을 보라는 강요를 받고 돌아온다. 그럼에도 아사미는 현에게 배신자라고 한다. 누이동생이 현의 배필감을 데리고 나타난 것을 보고 아사미는 가출하고 급기야 2주 후에 고향인 일본 구마모토로 가버린다. 현은 "서양 엉겅퀴처럼 작고 새빨갛게 타올라 귀엽게 노기를 품은 듯한 그녀의 얼굴"[137]을 떠올린다. 현은 아사미와의 관계가 어떻게 될지 끝내 가늠하지 못하는 것으로 끝난다. 조선 남자와 일본 여성과의 사랑이 파국에 이르는 것으로 끝났지만 오히려 조선과 일본의 친연성은 더욱 강조되는 효과를 보여준다. 작가의 창작 의도와 관계없이 사건 서술과 심리 전개가 조화를 이룬 소설이다.

(2) 이석훈 · 정인택 · 한설야의 소설

이석훈의 「靜かな嵐(고요한 폭풍)」(『국민문학』, 1941. 11)은 소설가 박태민이 11월 부민관에서 열린 문인협회에 참석하여 가장 인기 없는 함경선문예강연대에 자원하는 것으로 시작한다. 이번 문예 강연은 문인협회 자체의 발의에 의한 것으로 내지어로 해야 한다는 조건이 붙어 있다. 박태민은 새로운 시대를 맞아 친체제, 친일본 쪽으로 생각을 바꾸어가고 있었다.

수상한 시대의 흐름이 모든 감상과 편견을 배제한 새로운 역사를 창조하고

---

137) 위의 책, p. 135.

있었다. 어지럽게 돌아가는 소용돌이 속에서 그는 작가로서의 자신의 존재를 발견하지 못하고 고뇌하고 있었다. 그는 동경에 있는 어떤 작가처럼 신체제 라고 해서 지금까지의 자신의 창작태도를 바꾸지는 않겠다고 말할 수 있는 처지가 못 되었다. 이 나라에서 작가로 살아가기 위해서는 이런 거친 시대의 폭풍을 극복하지 않으면 안 되었다. 이를 위해서는 그저 무의식적으로 생활 해서는 안 되었다. 의식적으로 시대를 호흡해야 했다. 먼저 소승적인 민족적 입장을 일단 포기하지 않으면 안 된다. 보다 높은 대승적 지성과 예지가 필 요한 것이다. 박태민은 깊은 회의 속에서 방황했다. 의식은 분열히 다투기만 하고 이렇다 할 결말에 도달할 수 없었다. 목적도 없이 거리를 걸었다.[138]

박태민은 부민관에서 돌아오는 길에 잡지사에 들렀다가 신진 작가인 고 영목이 시국 비판 혐의로 붙잡혀 갔다는 소식을 듣는다. 원래 박태민은 고 영목과 친분이 두터워 러시아어로 된 책을 몇 권 받았다. 소학교 교사로 평소에 친정부적인 태도를 취해온 사람답게 박태민 아내가 러시아어로 된 잡지를 태워 없애버리자고 졸라대자 박은 아궁이에 잡지를 넣고 불을 붙인 다. 일본 경찰은 고영목의 투고 사건을 수사하면서 박태민을 포함하여 많 은 문인들의 필적 조사를 하였다. 박은 서로 경계하고 의심하는 문인들을 향해 "소심하고 겁이 많은 주제에 남보다 허영심이 많고 줏대가 없는 사람 들이 바로 문단에 몸담고 있는 인종들"[139]이라고 자학한다.

함경선반에는 일본 제국대학 출신 시인이며 교육자인 가가와 · 마키노 · 정 · 박 등 4인이 포함되었다. 일행은 경성을 출발하여 함흥에 간다. 마키 노는 10년 전쯤에 자기 아버지가 장사하다가 돌아갔던 점을 떠올리며 오 히려 성진이나 함흥이 고향 같다고 하면서 "단 우리들이 태어난 곳을 일본

138) 김재용 · 김미란 편역, 『식민주의와 협력—일제말 전시기 일본어 소설선 1』, 역락, 2003, p. 58.
139) 위의 책, p. 67.

이라는 커다란 전체로 연결하는 것이 중요하다고 생각합니다. 거기에서 하나로 잇는 것이 가능하다고 생각하고 또 그렇게 하지 않으면 안 된다고 생각합니다"[140]와 같이 조선과 일본의 동질성을 강조한다. 공회당에서 가가와, 정, 박태민의 순으로 30분씩 연설하는데 박태민은 동반자작가에서 친체제작가로의 전향을 선언하면서 작가들의 반성을 촉구하고 과거 3천 년의 역사를 모화주의(慕華主義)의 역사라든가 진정한 군주가 없었던 시절로 치부한 끝에 일본을 따라 새로운 역사를 열어야 한다는 연설하게 된다.

나는 빈약하지만 조선 작가의 한 사람이다. 작가로서 지금까지의 나를 돌아보면 한때는 일부 평론가들에게 동반자작가라는 소리를 듣기도 했지만 크게는 민족주의적인 작가라는 생각이 든다. 조선의 작가가 민족주의라는 것을 작품에 분명하게 나타낼 수 있는지조차 의문이지만 대개는 그런 색조의 작품을 써온 것이 사실이다. (중략) 나는 조선의 오랜 역사를 통해 그 중심도 없고 통일도 없는 민족의 생활의 누적을 부끄럽게 여기는 바이다. 신라의 조각, 고려의 청자, 이조의 서화 같은 훌륭한 예술이 있기는 있다. 그러나 중심이 없는 국가, 통일이 없는 민족사회에 어쩌다 존재하는 그 문화가 과연 어떤 의미를 지닐까? 위에는 정치를 하는 군주가 있긴 있었다. 그러나 백성을 진정한 중추로 존경하고 죽음으로써 백성을 받든 군주가 있던가? 동포들 서로가 굳게 맺은 연대가 있었던가? 더욱이 우리의 선조들은 대륙에 추종하고 아부하는 데 급급하지 않았던가?
3천 년이라는 세월은 인간이, 민족이 시련을 견디기에는 너무나 긴 시간이었다. 오늘날 우리들은 죽는 것도 사는 것도 일본이라는 커다란 생명체의 운명 속에 있는 것이다. 이는 3천 년이라는 긴 시련의 결론인 것이다. 이 엄숙한 운명의 연대성을 외면하는 자들은 태만하고 비겁하다고 말할 수밖에

---

140) 위의 책, p. 71.

없다. 이는 스스로 어두운 운명으로 추락하는 자일 것이다.

나는 이상을 가지고 싶다. 밝은 행복을 얻고 싶다. 그리고 동포 모두가 그 밝은 행복을 맛보길 원한다. 그러기 위해서는 커다란 로망을 가지자. 우리의 행복의 피안에 일본이라는 광명을 찾아 민족의 새로운 신화를 가지자. 이 신화야말로 우리의 새로운 창세기인 것이다. 그럼으로써 동포들은 영원히 구원을 받는 것이다.[141]

폐회하고 나오면서 "한때는 이 지방을 휩쓴 좌익사상에 물들어 여전사로 활약한 적이 있"지만 "지금은 전향을 한" 나선희라는 여성 문인에게 다시 한 번 "일본을 의식하지 않는 조선 민족이야말로 거짓말이오"라고 말한다. 박태민은 양복점을 경영하는 백계 러시아인 키르사노프를 만나 이야기하다가 일본이 진정한 조국이라는 고백을 듣기도 한다. 성진에서의 강연 후 뒤풀이하는 자리에서 박태민은 한 조선인 기자로부터 너무 관념적이고 정치적이며 일본에 지나치게 아부하는 것처럼 보인다는 비판을 받는다. 두 사람은 따로 나가 다른 술집에서 공방전을 계속한다. 조선인 기자가 첫 창작집 이후 박태민이 쓴 글을 애독해왔다고 하면서 아무리 시국 강연이지만 일본주의를 주장하고 있으니 양심적 작가의 추락이라고 하자 박태민은 "자네가 애독하는 박태민은 쇼와 15년 11월에 죽어버리고 새로운 박태민이 태어난 거야. 자네 정도의 양심은 나도 있어!"[142]라고 하면서 기자에게 위선자, 에고이스트, 부자나 관헌의 아부자라고 역공하다가 옆구리를 강하게 걷어차이는 봉변을 당한다. 때마침 일본의 젊은 경부보가 '기계로부터의 신Deus ex machina'[143]처럼 등장하여 박태민을 구출한다. 그 후 박태민 일행은 청진·나남·원산을 거쳐 경성에 돌아와 보고 대회를 한다. 경의선

---

141) 위의 책, pp. 73~74.
142) 위의 책, pp. 83~84.
143) 아리스토텔레스, 『시학』, 손명현 옮김, 박영사, 1960, pp. 93~94. 사건과 사건이 필연적

반 일원이었던 기타하라 여사가 관여하는 『생활의 깃발』로부터 단편소설을
써달라는 청탁을 받는다.

    기타하라 여사는 오늘도 조선옷 차림으로 자주색 저고리에 검은 치마의
자태가 마치 조선의 상류 가정에서 자란 지식인 여성 같았다. '저희 잡지'라
는 것은 여사도 중요한 일원으로 있는 황도주의 교화사업 단체에서 내고 있
는 『생활의 깃발』이라는 잡지였다. 이 『생활의 깃발』이라는 단체는 10년 전
부터 혈기 왕성한 대학생들이 동맹을 만들어 당시 국내에 만연하고 있던 공
산주의 사상과 싸워온 것으로 굉장한 세력을 형성하고 있었다.[144]

    기타하라 여사의 권유를 받아들여 국어(일본어)로 「망향」이라는 50장
정도의 소설을 써서 보냈고 『국민』이라는 잡지에도 「제1장」이라는 단편을
써 보냈다. 창동의 시골 옆집 농부가 창씨개명의 의미에 대해 질문하자 박
태민은 "하나하나 낡은 조선의 껍질을 벗어버리는 것"이라고 하였다. 사변
이 길어지고 살기가 점점 힘들어지자 오사카에 본사를 둔 공업 관계의 신
문 지국에 일자리를 얻어 지국이 있는 2층으로 이사하였다. 기타하라 여사
의 주선으로 일본의 이세 신궁, 궁성, 명치 신궁, 정국 신사 등을 참배하
는 동안 박태민은 내내 감동하는 표정을 감추지 않는다. 일본이 하와이 진
주만을 공격하고 본격적인 전쟁이 시작되어 징병제가 실시되자 박태민에
게는 옛날의 비판론자들이 행패를 부렸던 것을 사과하는 편지가 몰려든다.
"저희 지식인은 실생활에서 너무 유리되어 추상적인 관념 세계에 안주하는
경향이 있습니다만 앞으로는 대지에 발을 붙인 생활을 건설함과 동시에 구

    인 인과 관계로 연결되지 않는 것을 가리킨다. 우연구성을 뜻하는 말로 개화기소설의 문학
    적 인습의 하나라고 할 수 있다.
144) 김재용·김미란 편역, 『식민주의와 협력―일제말 전시기 일본어 소설선 1』, 역락, 2003,
    pp. 91~92.

상적인 사고를 하고 이를 실천해야 한다는 생각이 듭니다"[145]와 같이 끝맺은 전향 여성 문인 나선희의 편지가 박태민의 입장을 강화해준다. 가까운 시일 내에 상경하겠으니 일자리 하나를 알아봐달라고 한 나선희를 기다리면서 소설은 끝난다.

정인택의 「淸凉里界隈」(『국민문학』, 1941. 11)는 문인 내외가 청량리로 이사 와 인문학원 학생들에게 도움을 주기도 하고 피해를 보기도 하다가 아내가 청량리 애국반 지구대 반장이 되어 적극적으로 활동하던 중 방공호 건립 성금을 인문학원을 살리는 데 쓰자고 의논하는 것으로 끝나는 이야기를 들려준다. 동네의 유일한 초등교육 기관인 인문학원은 주간과 야간으로 나누어 대부분 근처 농민의 자녀인 학생 백 명이 다니는 곳으로 학교 주인이 더 이상 돈을 대주지 못해 망할 지경에 있었다. 학생들은 '나'의 집 우물을 이용하더니 점점 지붕을 무너뜨리고 화초를 뽑아버리고 우물가에서 오줌을 싸고 급수 펌프를 산산조각 내는 악행을 저지른다. 내레이터는 이러한 인문학원 학생들에게서 이웃집 갑돌이네 쪽으로 관심을 옮겨 갑돌 어머니가 폐병으로 각혈할 때 갑돌이가 단지(斷指) 수혈하여 신문에 난 것을 소개한다. '나'는 아내가 반장직을 맡아 각종 집회에 빠짐없이 나가기도 하고 방공 훈련을 주도하기도 하고 호별 방문을 하기도 하고 『국민총력』과 『정보』 등의 잡지를 탐독하는 식의 적극성을 보이는 것에 은근히 자부심을 느끼기까지 한다. '내'가 체제 협력에 소극적이며 학교사업에 적극적인 데 반해 아내는 체제 협력에 적극적이고 학교사업에는 소극적이다. 그러나 부부는 일제 협력자와 학교사업가를 겸한 존재로 묶인다. 마지막으로 인문학원 재건을 꾀하는 점에서 '나'와 아내는 영향자 · 유지자 · 조정자 등의 측면을 겸비한 것으로 구체화된다.

한설야의 「血」(『국민문학』, 1942. 1)에서 '나'(덕이)의 그림이 입선되어

---

145) 위의 책, p. 101.

스이후 선생의 문하생이 되기로 예정되어 있었으나 갑자기 시골 어머니의 별세 소식을 듣고 귀향하여 장례를 치르고 고향의 모습을 화폭에 담아온다. 그 후 동경에 가 스이후 문하에서 미술 공부하는 과정에서 이소가이의 끊임없는 방해를 받았으나 같은 문하생 마사코의 관심과 사랑으로 이소가이와의 갈등을 해결한다. 마침내 쇼토쿠 태자전에 입선한 '나'에게 마사코가 미술을 배웠으나 '내'가 기혼자임을 알고 마사코가 떠나자 '나'도 방랑길에 오른다. 이 소설은 마사코의 부탁으로 그림을 그려 기증한 것에 마사코가 편지와 사례금 50원을 보내는 것으로 끝맺었다. 왜 "피"라는 제목을 붙였을까. 한설야는 비록 실패한 것으로 처리했지만 조선인 남자와 일본 여성의 사랑에 혈족에 못지않은 의미를 부여했다.

최정희의 「幻の兵士(환영 속의 병사)」(『국민총력』, 1941. 2)는 콩트 분량임에도 단편 규모의 이야기를 들려준다. 동경여자대학을 2년쯤 다니다가 1년 전부터 건강이 좋지 않아 집에서 요양하고 있는 영순은 의사의 권유로 가을 아침 일찍 산에 올라갔다가 일본 군인들과 친해져 가을 내내 막사에 놀러 갈 정도가 되었다. 히로시마 상고를 나와 은행에 근무하다가 입영한 야마모토 이사무, 키가 제일 크고 항상 손에 들고 있던 강담사 문고판의 줄거리를 들려준 시미즈, 경상북도 농림기사였으며 키가 작은 가와이 상병 등의 요청에 따라 조선어의 자모를 써주었다. 일본군 중에서 영순을 제일 먼저 만났던 야마모토 이등병은 중국으로 이동하여 금화산 기슭에서 2개월 동안 전투에 참여하던 중 그 이듬해 봄에 편지를 보내었다.

평화로운 이웃을 공격하는 경우에는 만행이겠지만 이것은 조국을 지키기 위한 성스러운 의무지요. 적어도 동양평화—신동아건설을 목표로 하는 하나의 이념—의 순수하고 충실하며 부정과 거짓이 없는 공정한 "일본정신"이므로 어쩔 수 없겠지요. (중략) 그리고 언문의 모양이 조선의 가옥구조와 지나의 가옥구조와 닮았다는 것을 생각하며 지나와 조선과 일본은 아주 오래 전의 신대(일본의 천황가의 기원)로부터 연결되어 있다는 것을 믿지 않을 수 없습니다. 저 먼 옛날부터 숙명적인 관계가 있다는 것은 부정할 수 없는 사실이라고 생각합니다.[146]

결국 동북아 3국이 한 뿌리에서 나왔다는 전제를 내세우며 대동아전쟁을 합리화하는 야마모토 이등병의 편지를 받은 영순은 "앞으로는 당신이 가지고 계신 이념으로 살아갈 작정입니다"[147]와 같이 야마모토 이등병의 동조동근론에 완전히 동조하는 답장을 보낸다. 그 후 야마모토 이등병이 전사했다는 소식을 들은 영순은 야마모토의 영령을 위해 기도하고 환영(幻影) 속에서 야마모토의 모습을 보게 된다. 출신은 다르지만 일본군을 진지하고 성실한 인물로 그려놓고 있다.

정인택의 「穀」(『녹기』, 1942. 1)에서는 일본 여성 시즈에와 경성에서 동거하고 있으나 시골 사는 아버지에게 둘 사이를 허락받지 못한 혁주가 아버지가 위독하다는 동생의 편지를 두 번 받고 2년 만에 귀향해서 허락을 받으려고 했으나 아버지가 이웃 마을 황씨네 딸을 며느리로 삼기로 했다는 말을 듣게 된다. 서울로 가기 위해 역으로 가는 혁주를 따라 동생 용주가 와서는 지원병이 되어 일본을 위해 싸우고자 경성에 가기로 했다고 한다. 일본 여자와 결혼하려는 형과 일본군 지원병이 되려 한 동생에 의해, 아들을 같은 조선 여자와 결혼시키려 하는 아버지가 낡은 사고방식의 고집쟁이로 그려져 있다.

최정희는 일본군을 긍정적으로 그린 「환영 속의 병사」에 이어 「2월 15일의 밤」(『녹기』, 1942. 4)을 발표했다. 결혼한 지 3년째 되는 선주가 애국반 반장으로 일해줄 것을 부탁받자 남편이 못마땅하게 생각하던 중 일본군

---

146) 위의 책, p. 46.
147) 위의 책, p. 46.

의 싱가포르 함락 뉴스를 듣고 남편은 통쾌감을 느끼며 아내에게 애국반장을 하라고 허락한다. 선주는 애국반에 나가서 반원, 구장, 반장이 일을 서투르게 하는 것을 보고 국민들도 군인처럼 긴장해야 한다든가 나를 위해 참아야 한다는 생각을 피력하고 "불꽃처럼 적군의 비행기를 추적하여 싸우는 비행기가 훨씬 좋다고 생각한다"[148]고 하고 "하늘을 바라보면 저 하늘을 어떻게 지킬까 생각하는 여자가 훨씬 아름답게 보여요"[149]라고 할 정도로 애국심에서 미를 발견한다. 선주는 마음의 갈등을 느끼지 않은 채 일본이 조국이라고 쉽게 생각한다. 하기야 갈등을 보이면 이 소설은 태어나지 않았을 것이다.

한설야의 「影(그림자)」(『국민문학』, 1942. 12)은 조선인 남자와 일본인 여성의 연애를 서간체 형식에 담았다. 동경 유학을 마치고 B읍 사립학교 교원이 된 조선인 남자는 술 제조장을 경영하는 집의 딸이며 미인으로 소문난 일본 여성 치에코와 연애하다가 치에코가 그 어머니의 눈병 치료 때문에 일본으로 가버린 후 각자 결혼하고 만다. 조선 남자 '나'는 치에코에게 편지를 통해 10년 전의 시절을 회상하고 현재의 자기 심경을 밝히는 편지를 보낸다. '나'는 B읍 하숙집에서 학교로 오갈 때 앞집 사는 치에코를 알게 되어 나중에는 산책길에서 매일 데이트를 하게 된다. '내'가 헤겔 읽기에 열중했던 반면 치에코는 하이네 시집과 괴테의 『파우스트』를 탐독했다. 두 남녀의 사이는 치에코의 부모도 묵인하고 일본인 사토가 보내온 연애편지 뭉치를 태워버릴 정도로 가까웠으나 갑자기 치에코 어머니의 흑내장을 치료하러 일본에 가야 했기 때문에 헤어지고 만 것이다. '나'는 치에코와의 과거를 떠올리면서 "생명의 부름 소리"를 듣는다고 했다. 이 부름 소리는 이제 치에코와는 별개의 것으로 자신의 어딘가에 깃들어 있다고 하면서 치

---

148) 위의 책, p. 50.
149) 위의 책, p. 51.

에코 없이도 이 생명의 부름 소리만은 자기의 것이라고 하였다. 두 남녀 사이의 잔잔한 교제가 너무 길게 처리되어 구성미의 획득에 실패하였다.

(3) 장혁주 · 김남천 · 이광수 · 최재서 · 이태준의 소설

장혁주의 「ある篤農家の述懐(어느 독농가의 술회)」(『녹기』, 1943. 1)는 본명이 언출이며 창씨개명은 가네다 히코사부로(金田彦三郎)인 조선 청년이 만주 개척민으로 가 독농으로 표창을 받는 사건을 맨 앞에 배치한다. 그리고 언출에 대한 조서는 부락의 위치, 지세, 토질, 가족과 독농 상황, 자금의 수지 상황 등의 내용에다가 독농 미담으로 채워져 있다. 언출은 아편 중독자와 밀수 종사자로서의 과거를 극복하고 오늘날 독농가로 성공하여 표창받은 인물이다. 평소 농사를 잘 짓고 농업 시간이 되면 독무대를 차지했던 '나'는 초등학교를 졸업하고 농사에 전념한다. 몇 년 후 성공해서 돌아온 친구들을 따라 기생집을 무시로 출입하기 시작하면서 아버지의 격노를 사 쫓겨난 후 아편쟁이가 되었으나 농사를 짓고 싶다는 열망은 식을 줄 몰랐다. 약을 끊어도 참을 수 있는 정도가 되자 '나'는 일본 경찰에 의해 만주 개척촌으로 보내졌고 마침내 '나'는 동물들의 똥과 흙을 이용해 특별한 시비법(施肥法)을 개발하게 되었다. 고향에서 아버지와 처자가 와서 고국으로 데려가려고 하였으나 거부한다. 그러고는 "토지의 분할도 정해지고 자작농 신청도 할 수 있는 지금 내 앞길은 희망뿐이 아닌가!"[150] 하고 흥분에 차 있다.

김남천의 「或る朝(어느 아침)」(『국민문학』, 1943. 1)에서 네 딸의 아버지이긴 하나 위의 두 딸과는 떨어져 사는 제약회사 사원 '나'는 다섯째 아이의 출산을 앞두고 새벽에 셋째 딸과 넷째 딸을 데리고 삼청공원에 산보를 가 옛날에 알았던 개벽사의 S선생을 떠올리기도 하고 안암동 외조부 댁

---

150) 위의 책, pp. 166~67.

에서 사범부속에 다니는 10살 된 맏딸과 평양 시골에서 자라는 차녀를 떠올리기도 한다. 그리고 휴게소에 갔다가 재계와 관계의 거물 K씨가 일행과 이야기를 나누는 것과 여러 사람들이 라디오 체조를 하는 것을 목격하기도 한다. '나'는 아들을 순산했다는 소식을 듣고 기쁜 마음으로 출근하는 길에서 초등학교 학생들의 소풍 행렬을 보며 "다섯 명의 내 아이들이 그 속에 섞여 있는 듯한 착각에 빠졌다. 그리고 S선생님의 막내도, K씨의 손자도 저 행렬 속에 있는 것은 아닐까라고 생각하는 것이었다."[151] 잠깐 동안이긴 하지만 일상사와 시국에 대한 일말의 불안감이 아들을 낳은 기쁨과 초등학교 학생의 소풍 행렬을 볼 때의 설렘에 묻혀버리고 만다.

이석훈의 「北の旅(북으로의 여행)」(『국민문학』, 1943. 6)은 작가인 철이 간도 시찰 도중 산악 지대인 S촌으로 가 20년 전 이주해 온 숙부네를 방문하여 보고 들은 것을 자료로 하여 이주민들의 생활상을 그려내 보인 것이다. 촌장으로 있는 숙부는 농토를 개간하고 벌목하는 일로 생활의 기반을 닦긴 했으나 고생을 벗어난 것은 아니었다. 숙부는 늘 일본 편에 서서 살았으며 만주 건국 직전 가족 모두 죽을 뻔했으나 공산당원의 보은으로 목숨을 건진 일화도 소개된다. 한때 아편 밀매로 많은 돈을 벌었으나 몰락한 숙부는 범법으로 돈 번 과거를 부끄럽게 여기고 있다. 숙부는 촌장으로 있으면서 자위단 단장으로 활동하고 야학도 운영하는 식으로 개선된 삶의 내용을 보인다. 철은 자위단과 야학을 보면서 개척정신을 실감하게 된다. 이 소설은 개척 모티프에 의해 견인되는 만주이민소설로 친일소설의 분위기를 보여준다.

香山光郎(이광수)의 「加川校長(가가와 교장)」(『국민문학』, 1943. 10)은 K군 신설 공립중학교 교장 자리를 자원해서 온 가가와의 교육철학이 시련을 받는 과정이 중심사건으로 되어 있다. 가가와는 K교에서 가장 우수한

---

151) 『국민문학』, 1943. 1, p. 242.

조선인 기무라가 경성 공립중학교로 편입하기 위해 K교를 떠나는 것을 보고 큰 충격을 받는다. 두번째의 시련은 바로 이 식사 시간에 노출된 것으로, 부인이 식모를 구해달라고 하면서 힘들고 가난한 생활을 탓하는 데 있다. 가가와 집안의 가난은 말할 것도 없고 교사와 학생 구하기도 힘들고 건물 · 기숙사 · 운동장도 부족할 정도로 학교 형편도 열악하다. 세번째의 시련은 조선인 이가시열이 현 학원회 회장과 부회장을 갈아치우고 전 도회의원 조선인 가나가와와 양조 벼락부자인 보쿠자와를 새 회장과 부회장으로 내세우는 조건으로 후원회비 15만 원을 내겠다고 제의한 것을 거절하는 데서 찾을 수 있다. 가가와는 명예니 지위니 돈에는 관심 없고 K교에 와서 능력 있는 인물을 배출하고 싶은 마음만 품고 있을 뿐이다. 이러한 가가와 교장의 자세는 오메시(천황의 뜻)에 근거를 둔 것이다. 가가와는 K 중학교 개교식과 입학식에 참석한 농민들을 보고 "무지한 민중들에게 황국정신을 심어주는 것"이 자신의 임무라고 다짐한다. 가가와는 엄마가 몸이 약하니 식모 한 사람 쓰게 해달라는 딸 후사코에게 1년 휴학을 해서 엄마를 도우라고 하면서 이런 노고의 1년은 전선 장병들에 대한 의리라고 하였다. 가가와는 학교 건물 · 창고 · 운동장 · 기숙사 · 실험실 등을 짓기 위해 수십만 원의 돈이 들어가야 하는데도 조건이 붙은 돈, 더러운 돈은 받으려 하지 않는다. 가가와는 학교를 위해 내는 돈도 교환 조건이 없는 국방 헌금과 같이 신성한 것이라고 했다.

가가와 교장은 일본이 전쟁을 일으킨 것을 적극 지지하는 일본인 국수주의자의 상을 모범적으로 보여준다. 이 소설은 조선인인 기무라 어머니 미치코가 학교에 와서 기무라의 전학 문제를 재고하라는 가가와의 말에 눈물을 흘리며 죄송하다는 것으로 끝맺는다. 가가와는 평소에 세상을 썩게 하는 것은 영리한 자이며 조선의 아이들 중에는 영리한 아이가 많으나 기무라는 그렇지 않아 신뢰가 간다는 생각을 갖고 있었다.

이광수는 일본어로만 친일소설을 쓴 것이 아니고 한국어로도 썼다. 이광수의 『봄의 노래』(『신시대』, 1941. 10~1942. 6, 미완)[152]에서 한산 이씨 집안 자손인 21세 이경식을 창씨개명한 마끼노 요시오(牧野義雄)는 중학 4년에서 중퇴하고 지원병으로 나가기로 되어 있으나 유덕조부 넷째 부인의 딸 도시꼬를 좋아한다. 군도의 자손이며 백정의 자손인 구장은 딸 후미꼬(18세)와 요시오를 부부로 맺어주고 싶어 한다. 동네 실력자인 구장의 권유도 있는 데다 빚이 많고 또 아버지는 병을 앓고 있어 요시오는 고민하다가 구장의 요청을 받아들이게 된다. 이 소설은 결혼식 장면을 과다하게 묘사한 한계를 보인다. 요시오는 입대하여 훈련받고 열심히 군대 생활을 하여 표창도 받는다. 아내가 변심한 것 때문에 부대를 탈영하려던 가나무라를 타일러 탈영을 포기하게 한 일도 있다. 4개월 훈련을 마치고 일주일 휴가를 얻어 나왔다가 아버지의 사망, 아내의 변심, 옛 애인 도시꼬의 충정을 알게 된다. 요시오는 아내 후미꼬가 다른 남자의 아이를 임신한 것을 알고 복수하려고 하다가 그만두고 농사일에 열중한다. 작품 중간을 보면 요시오는 군대에 들어가 조금도 갈등을 느끼지 않고 하루하루 즐거운 마음으로 도를 닦는 것처럼 생활한 것으로 나타난다. 하기야 작가 자신이 갈등을 갖지 않았으니 주인공이야 단순한 캐릭터로 나설 수밖에 없지 않은가.

「너희들은 폐하의 소중한 군인이 될 사람들이다. 너희들의 몸은 나라의 보배다. 먹이는 것이나 입히는 것이나 다 너희들의 건강에 가장 좋도록 생각하고 또 생각하여서 하는 것이다」
하던 소장의 훈시의 뜻도 차차 깨닫게 되었다.

---

152) 『신시대』, 1941. 9. p. 215.
　　작품이 시작되기 전에 이런 광고 문안이 나온다. "春園이 心血을 傾注한 不世出의 大作이요, 彷徨한 朝鮮의文學을 國民文學의 正道에로 引導하는 첫소리다. 雄大한 構想과 老鍊한 文章에, 그리고 넘치는 作者의 國民的인情熱은 봄의노래를 타고 半島天地를 感激에 머리숙이게한다."

「일본은 신국(神國)이다. 일본사람은 언제나 신을 모시고 신을 섬기는 백성이다. 그럼으로 일본사람은 언제나 몸과 마음과 거처를 정결하게 하여야 한다. 더러운 몸과 마음으로 신의 앞에 나아갈수 있느냐. 그럼으로 일본사람은 청결을 생명으로 안다」

하여서 뒷간에서 나오면 손을 씻고, 방이나 복도를 깨끗이 하라는 것도 인제는 습관이 되었다. 방 구석에 몬지가 앉은 것이나 손톱에 때가 낀 것이 몹시 마음에 걸리게 되었다.[153]

『봄의 노래』에서 가장 크게 요구하고 싶은 것은 조선인은 신국인 일본의 국민으로 거듭나야 한다는 점이었을 것이다.

이광수의 「大東亞」(『녹기』, 1943. 12)에서 세인트존스 대학에서 중국사와 중국 문학을 연구하며 쑨원 숭배자인 범학명은 상해의 동아동문서원(東亞同文書院)의 교수로 있었던 카케이 가즈오의 저서 『주례와 지나의 국민성』을 보고 감명받아 격찬의 서평을 쓰고 가까워졌다. 범교수는 동포들로부터 손가락질 받고 학교를 쫓겨날 뻔하였다. 카케이 아케미는 범학명의 딸이 교편을 잡고 있는 세인트마리스 칼리지에 입학하여 중국인들의 오래된 적개심 속에서 중국과 중국 일에 대해 공부하였다. 중일전쟁이 확산되자 동문서원은 폐쇄되고 카케이 교수 일가는 동경으로 돌아가게 되었다. 일본인 카케이 교수와 중국인 범교수는 아시아의 마음과 아시아의 혼을 질식시키지 않도록 노력하자고 눈물을 흘리며 약속한다. 아들 범우생을 데려가 일본을 바르게 이해하게끔 해달라고 하는 범학명의 부탁을 받아들인 카케이 교수는 동경에 와서 범우생을 데리고 있게 된다. 범우생은 아버지와 카케이 교수의 뜻을 잘 받들어 공부하면서도 중국이 계속 일본에 밀리자 침울해한다. 범우생은 스승과 조국 사이에서 갈등한다. 범은 "조국사람들의 거

---

153) 위의 책, 1942. 4, p. 151.

짓과 이기주의 사대주의와 권모술수를 미워하고 있었다. 또한 일본인의 정직함을 부러워"[154]할 정도로 갈등의 골이 깊다. 카케이는 아시아 모든 민족은 동종, 형제이며 공동 운명체임을 강조하고 일본은 건국 이래 천황 폐하의 통치를 받아 국가가 국민에게 거짓을 말한 적이 없음을 강조한다. 일본인 카케이 교수가 제자인 중국 청년 범우생을 논리적으로 설득하는 것은 일본이 조선이나 중국을 향해 대동아전쟁의 불가피성과 합리성을 연설하는 것이나 다름없다.

카케이 교수가 일본 정부는 국민에게 또 국제 관계에서 정직을 생명으로 한다, 일본은 예의 국가이며 우월하다, 대동아공영론은 영미의 동양 제패의 꿈을 막아내는 것이다 등과 같이 일방적 주장을 펼치는 것은 「대동아」를 프로파간다소설로 규정하게 하는 근거가 된다.

범우생은 일본의 진의를 사실로 이해하는 날이 오면 다시 선생님 품으로 돌아오겠다고 하고 귀국한다. 범우생과 아케미는 사랑하는 사이였다. 이 소설은 5년 만에 범우생이 돌아간다고 보낸 전보를 받은 아케미가 "일본의 성실함은 결국 범우생이라는 한 청년의 마음을 얻었다. 언젠가 10억 아시아의 마음을 얻은 시작이 될 터였다"[155]고 느끼는 것으로 끝난다.

이광수의 「兵になわる(병사가 될 수 있다)」(『신태양』, 1943. 11)는 "조선인도 일본군 병사가 될 수 있다"는 말을 주문처럼 자주 내뱉고 있다. 내지인 아동들만 다니는 유치원에 다니던 '나'(김상)의 큰아들 봉일이는 일곱 살 어린 나이에 죽으면서 아버지와 유치원 선생님에게 조선인은 병사가 될 수 없느냐는 질문을 반복했다. '나'는 14년 전 조선군 고급 참모인 가네코 대좌로부터 징병론을 주장한 근거를 대라는 질문을 받고 군모·군도·군복을 갖고 놀다가 잠든 여섯 살, 네 살짜리 두 아들을 말없이 가리킨다.

---

154) 김재용·김미란 편역, 위의 책, p. 18.
155) 위의 책, p. 25.

'나'는 조선인의 아들인 두 소년 병사가 일본군이 될 수 없음을 비통하게 여기고 있던 터였다. 그 후 가네코 대좌가 소장이 되어 '나'와 다시 만난 자리에서 그 부인은 각료 회의에서 징병제를 결정했을 때 가네코가 감격해서 울었다는 소식을 전한다. 그리고 이 자리에서 '나'는 죽은 큰아들 봉일을 떠올린다. 가네코 소장 부부와 군가를 부르고 헤어져 돌아오는 길에서 '나'는 "나는 병사가 될 수 있어"라고 큰 소리로 외친다. 이 작품은 대를 이어 적극적으로 징병제를 찬성함으로써 대동아전쟁을 조선의 전쟁이며 성스러운 전쟁으로 인식하고 주장하는 조선인을 보여준다. '나'는 친일분자로 불리는 과잉적응주의자hyperconformist의 면모를 보여준다.

장혁주의 「巡禮」(『일본매일신문』, 1943. 8. 24~9. 9)는 조선인인 '내'가 어느 기관으로부터 징병제 실시 준비 상태를 시찰하러 오라고 초빙받았을 때 훈련병과 똑같이 훈련받고 싶다고 했으나 허락받지 못하고 교관 견습을 하게 된다는 내용으로 되어 있다. 훈련생의 제복으로 갈아입은 '나'는 일본인 교관의 안내를 받아 이곳저곳을 구경하는 과정에서 이인석 상등병, 이형수 상등병과 같은 조선인 전사자를 추모하는 절차를 거치기도 하고 훈련소의 목표가 단순한 병정 양성에 있는 것이 아니라 "황민연성(皇民鍊成)"에 있다는 설명을 듣기도 한다. 일본인 교관 가기리는 조선인 훈련병 기무라가 열심히 훈련받는 모습을 소개하면서 이는 바로 일본인과 조선인이 같은 피를 나눈 증거라고 하였다. 일본인 교관은 황민정신, 내선일체, 동조동근론을 효과적으로 선전하는 훈련을 받은 모양이다.

"거리의 민중들은 흰옷을 입고 있고 다른 집에 살고 있고 얼굴도 같지 않습니다. 그러나 그것은 오랫동안 대륙에 의지해서 살아온 역사 때문에 그렇게 삐뚤어진 것이지 자세히 관찰할 것 같으면 역시 대화민족과 같은 민족이라는 것을 알 수 있습니다. 오늘날의 조선적인 것에서 대륙적인 것을 뽑으면 순수한 조선적인 것이 있습니다마는 그것은 곧 순일본적인 것에 통하는 것입니다. 백제나 고구려는 물론이요 신라까지도 일본적이었으니까요"

"그러면 황민화라는 말은 조선에서는 상고환원이란 뜻이 되는군요"

"그러나 단순한 환원이 아니고 황민을 향한 약진이지요. 같은 뿌리에서 나온 것이니까. 제 갈 길을 찾아들어 황민정신을 파악하면 아주 같은 것이 될 수밖에 없지 않습니까. 그러니까 같은 황국의 병정이 될 수 있는 것입니다"

(군대훈련이 황민화의 첩경이로구나) 하고 나는 생각하고 징병제 시행은 조선의 황도화의 촉진이라는 점에서도 꼭 필요하다고 생각하였다.[156]

최재서[157]의 「報道演習班」(『국민문학』, 1943. 7)은 50여 명의 조선군 보도반원이 세 개 반으로 나뉘어 낮에는 군사 훈련을 받고, 밤에는 일본인 장교로부터 정훈 교육을 받고, 평양의 병영에서는 조선인 지원병들과 좌담회를 갖는다는 내용으로 짜여 있다. 36세의 기자이며 다섯 아이의 아버지인 송영수는 힘들게 군사 훈련을 받으면서도 일본국과 대동아전쟁을 더욱 긍정적으로 생각하게 된다. 일본의 비약만이 동아의 10억과 세계의 파탄을 구할 수 있다고 생각하는 정도가 되었다. 송기자는 나카노 대위와 대화를 나누는 자리에서 징병 제도를 출발점으로 새로운 조선을 건설해야 한다

---

156) 위의 책, pp. 180~81.
157) 임종국, 『실록 친일파』, 돌베개, 1991, pp. 235~36.
　　"이 비슷한 황민문학(국민문학이라 하였다)의 이론을 정립하고 주도한 자가 최재서(石田耕造)·박영희(芳村香道)·이광수(香山光郎)·백철(白矢世哲)·정인섭(東原寅變)·김팔봉(金村八峯)·김종한(月田 茂)이다. 그중에서도 이론이 체계적이고 정연했다는 점과 활동 면에서 최재서의 존재가 두드러졌다. 『국민문학』지의 주간, 또 조선문인협회(이하 문협)며 조선문인보국회(이하 문보)를 이끌면서, 최재서는 「사봉(仕奉)하는 문학」(まつろふ문학, 즉 천황을 섬기고 받드는 문학) 같은 평론을 썼고, 또 이를 모아서 평론집 『전환기의 조선문학』(轉換期の朝鮮文學)을 발간하였다. 이 평론집과, 또 『국민문학』지를 주도한 공적으로, 그는 1944년 3월에 제2회 '고꾸고' 문예총독상을 수상하였다. [……] 다음은 황민이론에 입각한 작품 활동 중 먼저 소설—이광수·정인택(鄭人澤)·장혁주(張赫宙. 野口 稔)·이석훈(李石薰. 牧 洋)·이무영(李無影)의 활동이 두드러졌다."

고 다짐한다. 가난한 집 자손이 많은 탓인지 조선인 지원병들은 징병제 실시를 구세주의 출현으로 인식한다. 한결같이 지원병들은 황국신민, 내선일체, 군인정신 등을 역설한다. 이들의 소감과 각오를 경험한 송기자가 "젊은 조선의 모습이 여기에 있다"고 하는 것으로 소설은 끝난다.

최재서의 「燧石」(『국민문학』, 1944. 1)에서 학도 출전 조선지원병촉구단인 학도선배단의 경상북도 제일선을 맡은 '나'는 경주·포항·영덕으로 해안선을 따라 돌아보고 포항에서 경주행 기차를 타고 가던 중 기차에서 79세 된 노인으로부터 '부싯돌 가치론'을 듣는다. 전쟁이 되면 부싯돌, 짚신, 소달구지가 편리하게 쓰인다는 노인의 말에 '나'는 경주와 김대성의 불국사 창건담을 자세히 소개한다. 노인은 임진왜란 직전의 조선 포수들의 용맹성과 애국심을 이야기하던 끝에, 경성의 전문교생인 외손자가 조선 전문교생들도 육군에 지망하여 황군 간부가 될 수 있는 자격을 받을 수 있도록 정해져 있는데 우물쭈물하기에 자신이 그 집에 가서 외손자에게 도장을 찍도록 강요했음을 밝힌다. '내'가 세상의 부형들이 다 영감처럼 훌륭했으면 하고 생각하는 대목에서 최재서의 창작 의도를 짐작하게 된다. '내'가 노인에게 "조선의 젊은이들에게 이렇게 좋은 시세라는 것이 예정에 있었던가요" 라고 맞장구치는 데서 「수석」은 「보도연습반」과 한 줄에 서게 된다. 두 작품은 지원병제를 미화한 소설로 묶인다.

이태준의 「第一號 船舶의 揷話」(『국민총력』, 1944. 9)는 보기 드물게 조선소 기술자를 주인공으로 설정한 소설이다. 어렸을 때 일본으로 건너가 규슈에 있는 모지(門司) 조선회사에서 10년 동안 근무한 후 그 모회사인 목포 M조선회사로 옮겨온 지도 7년이 가까워오는 조선인 기술자 구니모토 (國本)는 튼튼하고 빠른 배를 만드는 것으로 정평이 난 존재였다. 배에 대한 구니모토의 광적인 사랑은 배에 관한 여러 가지 신기록을 남기는 원천이 되었다. 주위의 기대와 소문대로 목포 조선소의 제1호선은 일본인 기술자 하야시의 배보다 나흘 일찍 완공을 본 구니모토의 배로 결정되긴 했으나 진수식 날 제1호선은 선수 아래의 외판 한 장이 젖혀져 물이 새 들어오는 모습을 보이고 만다. 수리 방법을 의논하러 온 구니모토에게 일본인 가와사키 감독은 1호선은 보기엔 예쁘지만 무리하게 건조한 부분이 많았음을 지적하면서 동료들을 전우로 생각할 것, 설계도 그대로 일할 것, 작업은 분업화하되 책임은 다 같이 질 것[158] 등을 요구한다. 구니모토가 가와사키의 충고를 즉각 실천에 옮기는 것으로 소설은 끝난다. 이태준은 기술적인 면에서나 정신적인 면에서 일본인이 조선인에게 한 수 가르쳐준다는 이야기를 제시함으로써 일본인 우위론에 동조하는 결과를 빚어내고 말았다.

---

158) 이태준, 「제1호 선박의 삽화」, 호테이 도시히로 · 심원섭 옮김, 『문학사상』, 1996. 4, p. 92.

강경애(姜敬愛, 1907~1943)

破琴, 조선일보, 1931. 1. 27~2. 3

어머니와 딸, 혜성(제일선), 1931. 8~
　1932. 12

그 여자, 삼천리, 1932. 9

月謝金, 신동아, 1933. 2

父子, 제일선, 1933. 3

젊은 어머니, 신가정, 1933. 4

茱田, 신가정, 1933. 9

蹴球戰, 신가정, 1933. 12

有無, 신가정, 1934. 2

소금, 신가정, 1934. 5~10

人間問題, 동아일보, 1934. 8. 1~12. 22

同情, 청년조선, 1934. 10

母子, 개벽, 1935. 1

原稿料二百圓, 신가정, 1935. 2

解雇, 신동아, 1935. 3

煩惱, 신가정, 1935. 6~7

地下村, 조선일보, 1936. 3. 12~4. 3

破鏡, 신가정, 1936. 5

장산곶, 오사카마이니치신문, 1936. 6.
　6~10

山男, 신동아, 1936. 8

어둠, 여성, 1937. 1~2

痲藥, 여성, 1937. 11

검둥이, 삼천리, 1938. 5

참고 문헌: 이상경 엮음, 『강경애 전집』, 소명출
　판, 2002

강노향(姜鷺鄕, 생몰 연도 미상)

靜寂의 午後, 학등, 1930. 11

기름 무든 헌겊을 줍는 사람들, 제일선,
　1932. 9

첫눈 나리는 저녁, 신여성, 1932. 11

봄, 제일선, 1933. 1

輓歌의 집, 중앙, 1935. 6~7

색씨, 조선중앙일보, 1935. 11. 5~12.
　24

집웅밑의 新秋, 신인문학, 1936. 1, 3

구름다리의 喜悅, 조선중앙일보, 1936.
　4. 11~18

白日夢과 船歌, 조광, 1936. 6

青春素描, 조선문학, 1936. 6

佛蘭西祭前夜, 조광, 1936. 7

저무는 故鄕, 조광, 1936. 8

安息, 조선문학, 1936. 9

暮林, 신동아, 1936. 9

어둠과 浪漫派, 신인문학, 1936. 10

港口의 東쪽, 조광, 1936. 11

숲, 여성, 1936. 12

解纜, 조선문학, 1937. 3

處女地, 조선문학, 1937. 6

港口로 가는 길, 여성, 1937. 6

夜宿, 조광, 1937. 7/9

白鳩를 죽인 黃昏, 고양, 1938. 3

春眠, 고양, 1938. 3

제비, 문장, 1941. 2

鐘匠, 백민, 1948. 10

세월, 백민, 1950. 2

火印, 사상계, 1969. 11~1970. 3

소설집

火印, 석암사, 1972

山麓, 석암사, 1976

참고 문헌: 이재선, 『한국현대소설사』, 홍성사,
　1979

계용묵(桂鎔默, 1904~1961)

相換, 조선문단, 1924

崔書房, 조선문단, 1927. 3

人頭蜘蛛, 조선지광, 1928. 2

제비를 그리는 마음, 신가정, 1934. 1

白痴「아다다」, 조선문단, 1935. 5

戀愛揷話, 신가정, 1935. 6

금순이와 닭, 학등, 1935. 9

出犬, 신인문학, 1935. 10

紳士허재비, 신인문학, 1935. 12

墻壁, 조선문단, 1935. 12

오리알, 조선농민, 1936. 4

송아지는 멍에를 메고, 조선농민, 1936. 5

苦節, 백광, 1937. 6

心猿, 비판, 1938. 5

青春圖, 조광, 1938. 12

屛風에 그린 닭이, 여성, 1939. 1

朋友圖, 비판, 1939. 2

流鶯記, 조광, 1939. 2

馬夫, 농업조선, 1939. 5

캉가루의 祖上이, 조광, 1939. 5

夫婦, 문장, 1939. 7

準狂人傳, 신세기, 1939. 9

愛慾, 조광, 1939. 9

戲畵, 문장, 1940. 10

蜃氣樓, 조광, 1940. 12

苗裔, 매일사진순보, 1941.

離反, 문장, 1941. 2

心月, 조광, 1941. 8

시골老婆, 야담, 1941. 11

수달피, 야담, 1941. 12

先心後心, 조광, 1942

詩, 조광, 1942. 4

德川 어머니, 야담, 1942. 6

不老草, 춘추, 1942. 6

子息, 야담, 1943. 2

黃金犢, 야담, 1943. 5

銃, 半島の光, 1943. 10

효양방의 애화, 야담, 1944. 2

금단, 민주일보, 1946. 10

별을 헨다, 동아일보, 1946. 12

人間的, 백민, 1947. 3

바람은 그냥 불고, 백민, 1947. 7

집, 백민, 1947. 8

이불, 민성, 1947. 10

一萬五天圓, 백민, 1947. 11

치마, 조선일보, 1947

거울, 여학생, 1950

수업료, 신경향, 1950. 1

물매미, 문예, 1950. 4

幻弄, 문학, 1950. 6

屑穗集, 현대문학, 1961

소설집

屛風에 그린 닭이, 조선출판사, 1944

白痴 아다다, 조선출판사, 1945

靑春圖, 조선문화교육출판, 1949

별을 헨다, 수선사, 1950

계용묵 전집, 민음사, 2004

참고 문헌: 민충환 엮음, 『계용묵 전집』 1·2, 민
음사, 2004

곽하신(郭夏信, 1920~)

失樂園, 동아일보, 1938. 1. 6~5. 14

안해, 동아일보, 1939. 4. 22~5. 6

마냥모, 문장, 1939. 7

沙工, 문장, 1939. 12

나그네, 문장, 1940. 7

新作路, 문장, 1941. 2

옛 성터, 여성문화, 1945. 12

硯滴, 예술부락, 1946. 3

女職工, 예술신문, 1946. 8

停車場 廣場, 신천지, 1947. 7

便紙, 신천지, 1949. 5

떡장수, 백민, 1950. 2

賣笑婦, 서울신문, 1950. 4. 28

떠나는 날, 연합신문, 1952. 5

混線, 연합신문, 1953. 1

處女哀章, 전선문학, 1953. 2

罪와 罰, 자유세계, 1953. 4

골목길, 문예, 1953. 6

旅費, 수도평론, 1953. 6

白夜의 傳說, 자유신문, 1954. 11~12

告白의 類型, 문학과 예술, 1955. 6

行路, 경향신문, 1955. 8

荒野에 홀로, 한국일보, 1955. 10~

1956. 3

抗辯, 문학예술, 1956. 1

激流, 동아일보, 1956. 5

어느 自殺者, 문학예술, 1956. 7

不幸, 자유문학, 1956. 8

첫날밤, 서울신문, 1956. 10~11

假學生, 새벽, 1957. 2

憤怒, 문학예술, 1957. 5

두 女人, 신태양, 1957. 7

他殺 이야기, 자유문학, 1957. 11

구두 닦으세이, 문학예술, 1957. 12

아내의 길, 주부생활, 1957

하나의 道程, 신문화, 1958. 9

道程, 사상계, 1958. 11

눈 外 1題, 자유문학, 1959. 2

就職 이야기, 신태양, 1959. 6

層, 자유문학, 1959. 9

荒野序說, 현대문학, 1961. 1

소설집

新作路, 희망출판사, 1955

참고 문헌

김용희, 「현대소설에 나타난 '길'의 상징성」, 이
화여대 박사학위 논문, 1984

현길언, 『소설에서 만나는 한국인의 얼굴』, 태학
사, 2008

구연묵(具然默, 생몰 연도 미상)

幽靈, 단층, 1937. 10

舊友, 단층, 1938. 3

참고 문헌: 신수정, 「단층파 소설 연구」, 서울대
학교 석사학위 논문, 1992

구연학(具然學, 1874~1940)

雪中梅, 회동서관, 1908. 5

참고 문헌: 전광용, 「설중매—신소설연구 1」,
『사상계』, 1955. 10

권구현(權九玄, 1898~1944)

廢物, 별건곤, 1927. 2

人肉市場點景, 조선일보, 1933. 9. 28~
10. 10

참고 문헌: 김덕근, 『권구현 전집』, 박이정,
2008

권환(權煥, 1903~1954)

앓고 있는 靈, 학조, 1927. 2

木花와 콩, 조선일보, 1931. 7. 16~24

참고 문헌: 이장렬, 「권환 문학 연구」, 경남대학
교 박사학위 논문, 2004

김광주(金光洲, 1910~1973)

上海와 그 女子, 조선일보, 1932. 3. 27~
    4. 4

長髮老人, 조선일보, 1933. 5. 13~20

밤이 깊어 갈 때, 신동아, 1933. 10

鋪道의 憂鬱, 신동아, 1934. 2

破婚, 신가정, 1934. 10

南京路의 蒼空, 조선문단, 1935. 6

北平서 온 令監, 신동아, 1936. 2

野鷄―「이뿐이」의 편지―, 조선문학,
    1936. 9

春雨, 민중일보, 1947. 4. 13

貞操, 백민, 1947. 11

戀愛 第百章, 백민, 1949. 5

바다는 말이 없다, 연합신문, 1949. 6.
    2~22

淸溪川邊, 문예, 1949. 8

有夫之婦, 신경향, 1949. 12

四十有惑, 민성, 1950. 1

終點素描, 문예, 1950. 1

惡夜, 백민, 1950. 2

男便은 無能했다, 신천지, 1950. 5

나는 너를 싫어한다, 자유세계, 1952. 1

젊은 未亡人과 더불어, 연합신문, 1952. 10

나는 그를 좋아했다, 연합신문, 1952.
    11~12

密航, 신생공론, 1952. 12

不孝之書, 사상계, 1953. 4

釋放人, 경향신문, 1953. 7~12

故鄕의 街路樹 그늘에서, 연합신문,
    1953. 9

老衰, 현대예술, 1954. 3

春像, 평화신문, 1954. 4~10

自殺豫告, 신태양, 1954. 9~10

괴로운 사람들, 연합신문, 1955. 5~9

王昭君, 야담, 1955. 7

安祿山, 신태양, 1956. 1

聖母 마리아가 있는 언덕, 현대문학,
    1956. 5~8

사랑은 죽음과 같이, 자유신문, 1957.
    3~9

薔薇의 寢室, 경향신문, 1957. 6~11

遺言도 없이 女人은 가다, 현대, 1958. 2

搔爬手術, 평화신문, 1958. 9~10

狂犬操心, 신태양, 1958. 11

發狂直前, 현대문학, 1959. 1

나는 너를 싫어한다, 신인간, 1959. 2

공익전당포, 자유공론, 1959. 4

黑白, 서울신문, 1959. 4~11

크리스머스 이브, 문예, 1959. 12

데도로뮴, 문예, 1960. 2

꿈속에 살다, 대한일보, 1962. 2~3

漫畵, 문학춘추, 1964. 10

三幕五場, 문학춘추, 1965. 1

地下道, 현대문학, 1967. 4

阿房宮, 월간문학, 1970. 1~6

소설집

太陽은 누구를 爲하여, 백아사, 1952

結婚賭博, 금정문화사, 1952

戀愛 第百章, 수문각, 1953

王昭君, 정음사, 1958

混血兒, 청구서림, 1958

薔薇의 寢室, 개척사, 1973

참고 문헌: 이재선, 『한국현대소설사』, 홍성사, 1979

김교제(金敎濟, 생몰 연도 미상)

소설집

牧丹花, 광학서포, 1911. 5

雉岳山 下篇, 동양서원, 1911. 12

飛行船, 동양서원, 1912. 5 (번역)

顯微鏡, 동양서원, 1912. 6

地藏菩薩, 동양서원, 1912. 12 (번역)

一萬九千磅, 동양서원, 1913. 4 (번역)

鸞鳳奇合, 동양서원, 1913. 5

雙蜂爭花, 보문관, 1919. 1

愛之花, 보문관, 1920. 1

鏡中花, 보문관, 1923. 1

참고 문헌: 최원식, 「이해조의 계승자, 김교제」, 『민족문학사연구』, 1992. 7

김기림(金起林, 1908~?)

어떤 人生, 신동아, 1934. 2

鐵道沿線, 조광, 1935. 12, 1936. 2

참고 문헌: 김학동 · 김세환 엮음, 『김기림전집 5』, 심설당, 1988

김기진(金基鎭, 1903~1985)

붉은 쥐, 개벽, 1924. 11

젊은 理想主義者의 死, 개벽, 1925. 6~7

Trick, 개벽, 1925. 11

沒落, 개벽, 1926. 1

本能의 復讐, 문예운동, 1926. 1

約婚, 시대일보, 1926. 1. 2~6. 28

三等車票, 동아일보, 1928. 4. 15~25

美人 꼴 不見, 조선일보, 1929. 3. 6

女流 音樂家, 동아일보, 1929. 5. 24~6. 1

荒原行, 동아일보, 1929. 7. 4~8. 4(연작)

前途洋洋, 중외일보, 1929. 9. 27~1930. 1. 23

바다의 마음, 신소설, 1930. 1

海潮音, 조선일보, 1930. 1. 15~7. 24

봄이 오기 전, 신가정, 1934. 3

深夜의 太陽, 동아일보, 1934. 5. 3~9. 19

張덕대, 개벽, 1934. 11

統一天下, 동아일보, 1954. 3. 11~
  1955. 10. 25

群雄, 서울신문, 1955. 11~1956. 8

날이 밝으면, 사상계, 1957. 1~6

소설집

青年 金玉均, 한성도서, 1936

海潮音, 박문서관, 1938

深夜의 太陽, 한성도서, 1952

最後의 審判, 세창서관, 1953

統一天下, 남향문화사, 1956

楚漢誌, 어문각, 1984

참고 문헌: 홍정선 엮음, 『김기진 문학전집』 6,
  문학과지성사, 1989

김남천(金南天, 1911~?)

工場新聞, 조선일보, 1931. 7. 5~15

工友會, 조선지광, 1932. 2

蘿蘭溝, 조선일보, 1933. 3. 2~15

男便, 그의 同志―긴 手記의 一節―, 신
  여성, 1933. 4

물!, 대중, 1933. 6

生의 苦憫, 조선중앙일보, 1933. 11. 1

文藝俱樂部, 조선중앙일보, 1934. 1.
  25~2. 2

남매, 조선문학, 1937. 3

妻를 때리고, 조선문학, 1937. 6

少年行, 조광, 1937. 7

춤추는 男便, 여성, 1937. 10

祭退膳, 조광, 1937. 10

瑤池鏡, 조광, 1938. 2

世紀의 花紋, 여성, 1938. 3~10

可愛者, 광업조선, 1938. 3

생일전날, 삼천리문학, 1938. 4

누나의 事件, 청색지, 1938. 6

美談, 비판, 1938. 6

무자리, 조광, 1938. 9

鐵嶺까치, 조광, 1938. 10

泡花, 광업조선, 1938. 11

週末旅行, 야담, 1939. 3

綠星堂, 문장, 1939. 3

이런 안해(或은 이런 男便), 농업조선,
  1939. 4

5월, 광업조선, 1939. 5

바다로 간다, 조선일보, 1939. 5. 2~6. 15

이리, 조광, 1939. 6

장날, 문장, 1939. 6

巷民, 조선문학, 1939. 6

길 우에서, 문장, 1939. 7

사랑의 水族館, 조선일보, 1939. 8. 1~
  1940. 3. 3

어머니, 농업조선, 1939. 9

端午, 광업조선, 1939. 10

T日報社, 인문평론, 1939. 11

俗謠, 광업조선, 1940. 1~5

그림, 문장, 1940. 2

浪費, 인문평론, 1940. 2~1941. 2

노고지리 우지진다, 문장, 1940. 6·7

經營, 문장, 1940. 10

어머니 三題, 조광, 1940. 11

麥, 춘추, 1941. 2

오듸(桑椹), 문장, 1941. 4

開化風景, 조광, 1941. 5

등불, 국민문학, 1942. 3

구름이 말하기를, 조광, 1942. 6~11

或る朝, 국민문학, 1943. 1

신의에 대하여, 조광, 1943. 9

木花, 한성시보, 1945. 10

8·15, 자유신문, 1945. 10. 15~1946. 5

3·1운동, 신천지, 1946. 3~5

動脈, 신문예, 1946. 7, 10, 신조선, 1947. 2~3, 1947. 5~6

遠雷, 인민평론, 1946. 7

꿀, 문학예술, 1951. 4

소설집

少年行, 학예사, 1939

大河, 인문사, 1939

사랑의 水族館, 인문사, 1940

三一運動, 아문각, 1947

麥, 을유문화사, 1947

大河, 백양당, 1947

참고 문헌: 채호석 엮음, 『전환기와 작가』, 범우사, 2005

김내성(金來成, 1909~1957)

田園의 黃昏, 대동강, 1925

橢圓形의 鏡, ひろびいる, 1935. 3

奇談戀文往來, モダン日本, 1935. 9

探偵小說家の殺人, ひろびいる, 1935. 12

假想犯人, 조선일보, 1937. 2. 13~3. 21

白假面, 소년, 1937. 6~1938. 5

狂想詩人, 조광, 1937. 9

黃金窟, 동아일보, 1937. 11. 1~12. 31

殺人藝術家, 조광, 1938. 3~5

白과 紅, 사해공론, 1938. 9

戀文奇譚, 조광, 1938. 12

魔人, 조선일보, 1939. 2. 14~10. 11

深夜의 恐怖, 조광, 1939. 3

異端者의 사랑, 농업조선, 1939. 3

霧魔, 신세기, 1939. 3

屍琉璃, 문장, 1939. 7

白蛇圖, 농업조선, 1939. 8~9

復讐鬼, 농업조선, 1940. 1

第一夕刊, 농업조선, 1940. 5

怪盜그림자後日譚, 농업조선, 1940. 11, 12 합병호

怪巖城, 조광, 1941. 1~8

어떤 女間諜, 과학조선, 1941. 10

颱風, 매일신보, 1942. 12. 1~1943. 5. 2
賣國奴, 신시대, 1943. 7~9
民俗의 責任, 생활문화, 1946. 2
人生案內, 백민, 1946. 12
思想犯의 手記, 개벽, 1946. 4
夏蟬, 중성, 1946. 9
人生案內, 백민, 1946. 12
女人哀詞 1, 백민, 1947. 5
結婚前夜, 부인, 1949. 1, 4, 7
罰妻記 1, 여원, 1949. 4
人生畵報, 평화신문, 1953. 1
思想의 薔薇, 신태양, 1954. 8~1956. 6
愛人, 경향신문, 1954. 12~1955. 6
失樂園의 별, 경향신문, 1956. 6~1957. 2

소설집

白假面, 한성도서, 1938
狂想詩人, 동방문화사, 1947
眞珠塔, 백조사, 1947
魔人, 해왕사, 1948
幸福의 位置, 해왕사, 1949
秘密의 門, 1949
人生畵報, 청운사, 1953
靑春劇場, 청운사, 1953
眞珠塔, 청운사, 1953
怪奇의 畵帖, 육영사, 1954
思想의 薔薇, 신태양출판국, 1955
魔心佛心, 육영사, 1955
白鳥의 曲, 여원사, 1957
失樂園의 별, 정음사, 1957

黃金박쥐, 학원사, 1957
愛人, 진문출판사, 1964
황금굴, 아리랑사, 1971
찔레꽃, 진문출판사, 1972

참고 문헌: 조성면, 「한국 근대 탐정소설 연구」,
인하대학교 박사학위 논문, 1999

김동리(金東里, 1913~1995)

花郞의 後裔, 조선중앙일보, 1935. 1.
1~10
生食, 중앙, 1935. 7
山火, 동아일보, 1936. 1. 4~18
바위, 신동아, 1936. 5
巫女圖, 중앙, 1936. 5
술, 조광, 1936. 8
山祭, 중앙, 1936. 9
팥죽, 조선문학, 1936. 11
허덜풀네, 풍림, 1936. 12
어머니, 풍림, 1937. 1
率居, 조광, 1937. 8
生日, 조광, 1938. 12
剩餘說, 조선일보, 1938. 12. 8~24
黃土記, 문장, 1939. 5
찔레꽃, 문장, 1939. 7
두꺼비, 조광, 1939. 8
玩味說, 문장, 1939. 11
洞口 앞길, 문장, 1940. 2

昏衢―第一章의 倫理―, 인문평론, 1940. 2

少女, 인문평론, 1940. 7

오누이, 여성, 1940. 8

다음 港口, 문장, 1940. 9

회계, 삼천리, 1940. 9

會計―與受와 人間과―, 삼천리, 1940. 10

少年, 문장, 1941. 2

輪廻說, 서울신문, 1946. 6. 6~26

紙鳶記, 동아일보, 1946. 12. 1~19

未遂, 백민, 1946. 12

穴居部族, 백민, 1947. 3

달, 문화, 1947. 4

이맛살, 문화, 1947. 10

相澈이, 백민, 1947. 11

驛馬, 백민, 1948. 1

어머니와 그 아들들, 삼천리, 1948. 8

개를 위하여, 백민, 1948. 10

兄弟, 백민, 1949. 3

心情, 학풍, 1949. 3

兪書房, 대조, 1949. 3~4

解放, 동아일보, 1949. 9. 1~1950. 2. 16

人間動議, 문예, 1950. 5

風雨歌, 협동, 1950. 11~1951. 1

歸還壯丁, 신조, 1951. 6

한내마을의 傳說, 농민소설선집, 1952

마리아의 懷胎, 청춘, 1954. 10

興南撤收, 현대문학, 1955. 1

青磁, 신태양, 1955. 2

密茶園時代, 현대문학, 1955. 4

龍, 새벽, 1955. 5

實存舞, 문학과 예술, 1955. 6

사반의 十字架, 현대문학, 1955. 11~ 1957. 4

春秋, 평화신문, 1956. 4~1957. 2

雅歌, 신태양, 1957. 4

木工 요셉, 사상계, 1957. 7

江遊記, 사조, 1958. 10

故友, 신태양, 1958. 10

姉妹, 자유공론, 1958. 12

自由의 旗手, 자유신문, 1959. 7~1960. 4

이곳에 던져지다, 한국일보, 1960. 10. 1~1961. 5. 23

비 오는 동산, 여원, 1961. 1~12

等身佛, 사상계, 1961. 11

復活, 사상계, 1962. 11

海風, 국제신문, 1963

天使, 현대문학, 1964. 4

늪, 문학춘추, 1964. 9

心臟 비 맞다, 신동아, 1964. 9

遊魂說, 사상계, 1964. 11

松楸에서, 현대문학, 1966. 1

常情, 자유공론, 1966. 4

閏四月, 문학, 1966. 7

白雪歌, 신동아, 1966. 7

까치 소리, 현대문학, 1966. 10

石老人, 현대문학, 1967. 5

橄欖수풀, 신동아, 1967. 9

꽃피는 아침, 월간중앙, 1968. 4

눈 내리는 저녁 때, 월간중앙, 1969. 4

阿刀, 지성, 1971. 12~1972. 6

仙桃山, 한국문학, 1976. 10

꽃이 지는 이야기, 문학사상, 1976. 10

이별 있는 풍경, 문학사상, 1977. 8

저승새, 한국문학, 1977. 12

乙火, 문학사상, 1978. 4

참외, 문학사상, 1978. 10

우물 속의 얼굴, 한국문학, 1979. 6

曼子銅鏡, 문학사상, 1979. 10

소설집

巫女圖, 을유문화사, 1947

黃土記, 수선사, 1949

歸還壯丁, 수도문화사, 1951

實存舞, 인간사, 1955

사반의 十字架, 일신사, 1958

等身佛, 정음사, 1963

까치소리, 일지사, 1973

이곳에 던져지다, 선일문화사, 1974

密茶園時代, 삼중당, 1976

늪, 문조사, 1977

金東里 歷史小說, 지소림, 1977

꽃이 지는 이야기, 태창문화사, 1978

乙火, 문학사상사, 1978

참고 문헌: 이동하 책임 편집, 『무녀도』, 문학과
　　지성사, 2004

김동인(金東仁, 1900~1951)

약한者의 슬픔, 창조, 1919. 2~3

마음이 여튼 자여, 창조, 1919. 12~
　　1920. 5

목숨, 창조, 1921. 1

音樂工夫, 창조, 1921. 1 ('유성기'로 개제)

專制者, 개벽, 1921. 3 ('폭군'으로 개제)

배짜락이, 창조, 1921. 6

笞刑, 동명, 1922. 12. 17~1923. 4. 22

이 盞을, 개벽, 1923. 1

어즈러움, 개벽, 1923. 5

눈을 겨우 쓸때, 개벽, 1923. 7~11

거츠른 터, 개벽, 1924. 2

被告, 시대일보, 1924. 3. 21~4. 1

遺書, 영대, 1924. 8~1925. 1

감자, 조선문단, 1925. 1

明文, 개벽, 1925. 1

X氏, 동아일보, 1925. 1. 1

정희, 조선문단, 1925. 5, 6, 8, 9

시골 黃서방, 개벽, 1925. 6

원보부처, 신민, 1926. 3

名畵 리듸아, 동광, 1927. 3

딸의 業을 니으려고, 조선문단, 1927. 4

太平行, 문예공론, 1929. 6, 중외일보,
　　1930. 5. 30~9. 23

同業者, 동아일보, 1929. 9. 21~10. 1
　　('눈보래'로 개제)

女人—追憶의 더듬길—, 별건곤, 1930.
　　1~3, 7~9

K博士의 研究, 신소설, 1929. 12

強盜를 잡으면, 동아일보, 1929. 12.
　25~1930. 1. 11

광염쏘나타, 중외일보, 1930. 1. 1~12

아라삿버들, 신소설, 1930. 1 ('포플라
　로 개제)

구두, 삼천리, 1930. 1

純情―戀愛篇―, 조선일보, 1930. 1.
　1~2

純情―夫婦愛篇―, 매일신보, 1930. 1.
　1

純情―友愛篇―, 동아일보, 1930. 1.
　23~24

徘徊, 대조, 1930. 3~7

뱃기운 貸金業者, 신민, 1930. 4

水晶 비둘기, 매일신보, 1930. 4. 22~26

소녀의 노래, 매일신보, 1930. 4. 27

수녀, 매일신보, 1930. 4. 29~5. 4

花環, 신소설, 1930. 5

죽음, 매일신보, 1930. 6. 9~19

無能者의 안해, 조선일보, 1930. 7. 30~
　8. 8

젊은 그들, 동아일보, 1930. 9. 2~1931.
　11. 10

대동강, 매일신보, 1930. 9. 6

무지개, 매일신보, 1930. 9. 7~17

약혼자에게, 여성시대, 1930. 9

證據, 대조, 1930. 9

罪와 罰, 해방, 1930. 12

信仰으로, 조선일보, 1930. 12. 17~29

큰 수수격기, 매일신보, 1931. 4. 25~5. 5

거지, 삼천리, 1931. 7

결혼식, 동광, 1931. 8

朴첨지의 죽음, 삼천리, 1931. 10

발까락이 닮었다, 동광, 1932. 1

雜草, 신동아, 1932. 4~5

붉은 山―어떤 醫師의 手記―, 삼천리,
　1932. 4

論介의 還生, 동광, 1932. 5~8

떠오르는 해, 동아일보, 1932. 8. 13~
　9. 14

寂寞한 저녁, 삼천리, 1932. 8, 10, 12

해는 地平線에, 매일신보, 1932. 9. 30~
　1933. 5. 14

詐欺師, 신생, 1932. 10

南白月의 二聖, 조선일보, 1932. 11.
　23~12. 3

小說急造, 제일선, 1933. 3

雲峴宮의 봄, 조선일보, 1933. 4. 26~
　1934. 2. 15

寫眞과 便紙, 월간매신, 1934. 4

水平線 너머로, 매일신보, 1934. 7. 10~
　12. 19

大同江은 속삭인다, 삼천리, 1934. 9

首陽, 중앙, 1934. 9

動亂의 거리, 월간매신, 1934. 11

崔先生, 개벽, 1934. 11

어떤 날 밤, 신인문학, 1934. 12

자룻속의 사나이, 중앙, 1934. 12

巨人은 움즉이다, 개벽, 1935. 1(미완,

'대수양'으로 개제)

落王城秋夜譚, 중앙, 1935. 1

高達山을 내리다, 조선문단, 1935. 4

悲風下의 王都, 학등, 1935. 5~6

형과 아우, 학등, 1935. 7

乙弗이, 학등, 1935. 9

狂畵師, 야담, 1935. 12

巨木이 넘어질 때, 매일신보, 1936. 1.
  1~2. 29

시들은 瑞, 만선일보, 1937. 1. 1~1939.
  2. 20 ('연산군'으로 개제)

街頭, 삼천리문학, 1938. 1

가신 어머님, 조광, 1938. 3

帝星臺, 조광, 1938. 5~1939. 4 (장편
  소설집 '견훤' 발간)

月山 따른 地女, 여성, 1938. 8

大湯池 아주머니, 여성, 1938. 10~11

女人譚, 야담, 1939. 2

熱情은 病인가, 조선일보, 1939. 3. 14~
  4. 18

金姸實傳, 문장, 1939. 3

先驅女, 문장, 1939. 5

젊은 勇士들, 소년, 1939. 7~12

집주름, 문장, 1941. 2

殘燭, 신시대, 1941. 2~10

大首陽, 조광, 1941. 2~12

어머니, 춘추, 1941. 4

白馬江, 매일신보, 1941. 7. 9~1942.
  1. 31

阿芙蓉, 조광, 1942. 2

忠魂, 야담, 1942. 3

糞土의 主人, 조광, 1944. 7 ('糞土'로
  개제)

星巖의 길, 조광, 1944. 8~12

熱情, 대조, 1946. 1, 1946. 7

宋첨지, 백민, 1946. 1

學兵手帖, 태양, 1946. 3

釋放, 민성, 1946. 3

論介의 還生, 부인, 1946. 4~9

糞土, 신천지, 1946. 5~10 (미완, '을
  지문덕'으로 개제)

反逆者, 백민, 1946. 10

亡國人記, 백민, 1947. 3

續 亡國人記, 백민, 1948. 3

주춧돌, 평화일보, 1948. 7. 6~11

김덕수, 대조, 1948. 8

還家, 서울신문, 1948. 8. 9~12

乙支文德, 한국일보, 1948. 10. 1~
  1949. 7. 14

소설집

목숨, 창조사, 1923

女人, 삼문사, 1930

감자, 한성도서, 1935

젊은 그들, 영창서관, 1936

깨어진 물동이, 대중서옥, 1936

李光洙 金東仁 小說集, 조선서관, 1936

金東仁 短篇集, 박문서관, 1939

水平線 너머로, 영창서관, 1939

王府의 落照, 매일신보사, 1941

720

徘徊, 문장사, 1941

아기네, 한성도서, 1943

大首陽, 남창서관, 1943

白馬江, 남창서관, 1944

笞刑, 대조사, 1946

金姸實傳, 금룡도서, 1947

狂畵師, 백민문화사, 1947

朝鮮史溫考, 상호출판사, 1947

童子蔘, 금룡도서, 1948

발가락이 닮았다, 수선사, 1948

운현궁의 봄, 한성도서, 1948

토끼의 肝, 태극서관, 1948

暴君, 박문서관, 1948

首陽大君, 숭문사, 1948

화랑도, 한성도서, 1948

동인사담집, 한성도서, 1949

왕자호동, 청춘사, 1951

서라벌, 태극사, 1953

사초집, 덕기출판사, 1954

甄萱, 박문서관, 1956

乙支文德, 정양사, 1948

참고 문헌

김윤식, 『김동인 연구』, 민음사, 1987

최시한 책임 편집, 『감자』, 문학과지성사, 2004

김동환(金東煥, 1901~?)

戰爭과 戀愛, 조선일보, 1928. 3. 10~

11. 20

참고 문헌: 김영식, 「아버지 巴人 金東煥」, 국학
자료원, 1994

김만선(金萬善, 1915~?)

洪水, 조선일보, 1940. 1. 10~27

절름바리 돌쇠, 조선주보, 1946. 2

鴨綠江, 신천지, 1946. 6

한글 講習會, 대조, 1946. 7

解放의 노래, 백제, 1947. 1

大雪, 신천지, 1949. 2

離婚, 신천지, 1949. 5

소설집

鴨綠江, 동지사, 1948

참고 문헌: 『한국해금문학전집』 14, 삼성출판사,
1988

김말봉(金末峰, 1901~1962)

시집사리, 동아일보, 1925. 4. 18~25

亡命女, 중앙일보, 1932. 1. 1~10

便紙, 신가정, 1934

苦行, 신가정, 1935. 7

密林, 동아일보, 1935. 9. 26~1938. 2. 7

搖籃, 신가정, 1935. 10~12

찔레꽃, 조선일보, 1937. 3. 31~10. 31

화려한 地獄, 부인신보, 1945

星座는 부른다, 연합신문, 1949. 1

落葉과 함께, 신여원, 1949. 3

별들의 고향, 1950

합장, 신조, 1951. 6

어머니, 신경향, 1952. 1

망령, 문예, 1952. 1

어머니의 책, 새벗, 1952. 1

太陽의 眷屬, 서울신문, 1952. 2~7

씨름, 소년세계, 1952. 12

호배추와 달걀, 새벗, 1952

파도에 부치는 노래, 희망, 1952

새를 보라, 영남일보, 1953

바람의 饗宴, 여성계, 1953

바퀴소리, 문예, 1953. 2

처녀애장, 전선문학, 1953. 2

轉落의 記錄, 신천지, 1953. 7

은순이와 메리, 새벗, 1953. 10

푸른 날개, 조선일보, 1954. 3. 26~9. 13

화초의 꿈, 학원, 1954

옥합을 열고, 새가정, 1954

파랑지갑, 학생계, 1954. 4

이슬에 젖어, 현대공론, 1954. 12

찬란한 독배, 국제신보, 1955

식칼 한 자루, 신태양, 1955. 2

女心, 현대문학, 1955. 2

사랑의 비중, 여원, 1956. 4

생명, 조선일보, 1956. 11~1957. 9

푸른 장미, 국제신보, 1957

方皆塔, 여원, 1957. 2~1958. 2

화관의 계절, 한국일보, 1957. 9~1958. 5

行路難, 1958

사슴, 연합신문, 1958. 6~1958. 12

광명한 아침, 학원, 1958. 6~1959. 1

아담의 후예, 보건세계, 1958

환희, 조선일보, 1958. 12. 15~1959. 6. 21

해바라기, 연합신문, 1959. 7~1960. 2

제비와 도령, 부산일보, 1959

장미의 고향, 대구일보, 1959

이브의 後裔, 현대문학, 1960. 4~5

소설집

찔레꽃, 인문사, 1939

密林, 영창서관, 1942

화려한 地獄, 문연사, 1952

太陽의 眷屬, 삼신출판사, 1953

푸른 날개, 형설출판사, 1954

꽃과 뱀, 문연사, 1957

생명, 동인문화사, 1957

바람의 饗宴, 신화출판사, 1962

참고 문헌: 정하은, 「김말봉의 文學과 사회」, 종
로서적출판, 1986

김명순(金明淳, 1896~1951)

疑心의 少女, 청춘, 1917. 11
祖母의 墓前에, 여자계, 1920. 3
處女의 가는 길, 신여자, 1920. 3
七面鳥, 개벽, 1921. 12~1922. 1
선례—未定稿, 신여성, 1923. 11
도라다 볼 때, 조선일보, 1924. 3. 29~
  4. 19
외로운 사람들, 조선일보, 1924. 4. 20~
  5. 31
탄실이와 주영이, 조선일보, 1924. 6. 14~
  7. 15
꿈 묻는 날 밤, 조선문단, 1925. 5
손님, 조선문단, 1926. 4
나는 사랑한다, 동아일보, 1926. 8. 17~
  9. 3
紅恨綠愁, 매일신보, 1926. 11. 14
日曜日, 매일신보, 1926. 11. 28
모르는 사람갓치, 문예공론, 1929. 5
부동이와 밀감, 매일신보, 1937. 11. 28
고아원, 매일신보, 1938. 4. 3
고아의 결심, 매일신보, 1938. 5. 29
고아원의 동무, 매일신보, 1938. 6. 26

소설집
生命의 果實, 한성도서, 1925

참고 문헌: 김상배 엮음, 『꾸밈없이 살았노라』,
  춘추각, 1985

김사량(金史良, 1914~1950)

荷, 사가 고등학교 문과 을류 졸업 기념
  회지, 1936. 2
土城廊, 제방, 1936. 9
奪はれの詩(빼앗긴 시), 제방, 1937. 3
尹參奉, 도쿄제국대학신문, 1937. 3. 20
光の中に, 문예수도, 1939. 10
落照, 조광, 1940. 2~1941. 1
어머님께 드리는 편지, 문예수도, 1940. 4
天馬, 문예춘추, 1940. 6
箕子林, 문예수도, 1940. 6
草深し(무성한 풀섶), 문예, 1940. 7
無窮一家, 개조, 1940. 9
蛇, 조선문학선집, 赤塚書房, 1940. 12
コブダンネ(곱단네), 조선문학선집, 赤
  塚書房, 1940. 12
光冥, 문학계, 1941. 2
留置場에서 만난 사나이, 문장, 1941. 2
지기미, 삼천리, 1941. 4
泥棒(도둑놈), 문예, 1941. 5
虫(벌레), 신조, 1941. 7
鄕愁, 문예춘추, 1941. 7
산의 신들, 문예수도, 1941. 7
鼻(코), 지성, 1941. 10
신부, 신조, 1941. 10
嫁(며느리), 신조, 1941. 11
親方コブセ(곱사 왕초), 신조, 1942. 1
ムルオリ島(물오리섬), 국민문학, 1942. 1
天使, 故鄕, 교토 甲鳥書林, 1942. 4

月女, 故鄕, 교토 甲鳥書林, 1942. 4

太白山脈, 국민문학, 1943. 2~10

바다에의 노래, 매일신보, 1943. 12.
　14~1944. 10. 4

차돌이의 기차, 風霜, 1946

마식령, 風霜, 1946

남에서 온 편지, 8·15해방 3주년 기념 창
　작집, 1948. 9

E기자, 게재지 미상, 1948

노마만리, 김사량 선집, 1955

더벙이와 배뱅이, 김사량 선집, 1955

소설집

故鄕, 교토 甲鳥書林, 1942. 4

風霜, 조선인민출판사, 1948. 1

바다가 보인다, 문예출판사, 1952

凱旋, 조선작가동맹출판사, 1955

김사량 선집, 국립출판사, 1955

참고 문헌: 안우식, 『김사량 평전』, 심원섭 옮김,
　문학과지성사, 2000

김소엽(金沼葉, 1912~?)

急行列車, 조선일보, 1932. 5. 27

거리의 어머니, 조선중앙일보, 1933. 8.
　17~19

도야지와 新聞, 조선중앙일보, 1934. 1. 7

호떡과 술집색시, 중앙, 1934. 9

廢村, 조선문단, 1935. 2

萬狗山 스케치, 중앙, 1935. 3

고요한 庭園, 조선문단, 1935. 4

끝 없는 平行線, 조선문단, 1935. 6

저녁, 신인문학, 1935. 10

가물치, 신동아, 1935. 11

딱한 子息, 비판, 1936. 3

구름다리의 喜悅, 조선중앙일보, 1936.
　4. 11~18

서울, 조선문학, 1936. 8~9

누님, 조선문학, 1936. 11

어느 老人의 죽음, 조선문학, 1936. 11

성열이夫妻, 풍림, 1936. 12

楊서방, 조광, 1937. 5

陷穽, 조선문학, 1937. 8

그늘 밑에서, 조광, 1938. 5

바다는 얼어붙고, 조선문학, 1939. 6

破綻, 문장, 1939. 7

초라한 風景, 조광, 1939. 7

手榴彈, 조광, 1939. 9

갈매기, 조광, 1940. 4~5

閑郊記, 문장, 1941. 2

山城, 춘추, 1943. 3

假花, 춘추, 1946. 2

靑春, 대조, 1946. 7

餘韻, 개벽, 1948. 12

歲月, 신세대, 1949. 1

소설집

갈매기, 영창서관, 1942

참고 문헌: 김소엽 외, 『한국해금문학전집』 9,
삼성출판사, 1988

김송(金松, 1909~1988)

용숲(龍池), 소년, 1939. 7

石刀의 由來, 야담, 1941. 12

南國의 女人, 야담, 1942. 1

어데로 가나, 야담, 1942. 2

雪江圖, 야담, 1942. 12

愛情, 야담, 1943. 3~7

萬歲, 백민, 1945. 12

武器 없는 民族, 백민, 1946. 1~3

인경아 우러라, 백민, 1946. 2

外套, 민성, 1946. 4

슬픈 이야기, 백민, 1946. 6

안개 속의 마을, 백민, 1946. 10

고향이야기, 야담, 1947. 3

時計, 민중일보, 1947. 4. 17

波市의 女像, 백민, 1947. 9

머리카락, 문화, 1947. 10

廢人, 백민, 1947. 11

貞任이, 백민, 1948. 1

병아리, 예술조선, 1948. 10

흙이 그리워라, 해동공론, 1949. 3

餘響, 대조, 1949. 3~4

뉴각골의 뽀찌, 신원, 1949. 4

널다리, 민성, 1949. 5

백제의 흥망사어, 신라, 1949. 9

紀行, 북한특보, 1949. 9

城川江, 문예, 1949. 12

어두운 길에서, 민족문화, 1950. 2

술, 신천지, 1950. 2

달이 뜨면, 백민, 1950. 2

총알과 단추, 별, 1950. 3

달이 지면, 문학, 1950. 4

敵産型, 서울신문, 1950. 5. 21

寫眞, 연합신문, 1952. 5

두 개의 心情, 문예, 1952. 6

不死身, 전선문학, 1953. 5

裸體像, 문예, 1953. 6

同化, 문화세계, 1953. 11

서울의 하늘, 청춘, 1954. 10

離別의 餘音, 신태양, 1954. 4~1955. 1

진달래, 현대문학, 1955. 3

하나의 獨白, 현대문학, 1955. 8

피, 현대문학, 1956. 4

破壞人間, 새벽, 1956. 5

청개구리, 문학예술, 1956. 6

脫走路, 신태양, 1956. 10

審判, 사상계, 1956. 10

中立線, 자유문학, 1956. 12

車窓, 현대문학, 1957. 4

霖雨, 자유문학, 1957. 9

墓標, 사상계, 1957. 10

過渡期, 문학예술, 1957. 11

愚弄, 희망, 1958. 3

流轉, 신태양, 1958. 3

宇宙人, 자유문학, 1958. 5

鳳仙花, 신조문학, 1958. 9

豫感, 신태양, 1958. 9

丹楓賦, 자유문학, 1958. 11

미루나무, 자유문학, 1959. 11

暴雨, 현대문학, 1960. 12

城門, 현대문학, 1961. 1

市民史, 자유문학, 1961. 8~1962. 3

春雪, 현대문학, 1962. 4

人間과 목걸이, 신사조, 1962. 5

歲月, 현대문학, 1962. 12

終點, 현대문학, 1963. 7

다리목, 월간문학, 1963. 9

집 이야기, 한양, 1963. 11

開雲峰, 현대문학, 1964. 2

青畵白磁, 한양, 1964. 3

凶家, 한양, 1964. 4

백석고개, 한양, 1964. 6

放浪, 문학춘추, 1964. 7

정자나무 옆에서, 한양, 1964. 8

歸鄉, 문학춘추, 1964. 10

無能者, 한양, 1964. 12

蕩兒, 문학춘추, 1965. 2

어떤 過程, 현대문학, 1965. 2

살구꽃 필 때, 문학춘추, 1965. 6

帽子를 눌러쓰고, 한양, 1965. 6

火田民, 문학춘추, 1965. 12

農民史, 문학춘추, 1966. 1~3

山 123番地, 문학, 1966. 7

佛光洞, 한양, 1966. 8

웅덩이 속에서, 한양, 1967. 2

이삿짐, 현대문학, 1967. 2

財産, 현대문학, 1967. 10

兩班傳, 한양, 1968. 6~7

이 江山, 현대문학, 1968. 7

古物人間의 意味, 한양, 1968. 10

부러진 頌德碑, 한양, 1968. 11

往生記, 신동아, 1969. 4

旅路, 현대문학, 1969. 4

다시 만났을 때, 한양, 1969. 8

里仁爲美, 월간문학, 1970. 8

고분이, 한양, 1970. 10

雪嶽山, 현대문학, 1971. 1

四月, 한양, 1971. 4

北漢山城, 현대문학, 1971. 6

데리이의 失踪, 한양, 1971. 10

津寬內里, 월간문학, 1971. 10

福券과 에어컨, 현대문학, 1971. 12

獨處記, 현대문학, 1972. 2

許老人과 뽀삐, 월간문학, 1972. 3

生命賦, 현대문학, 1972. 12

石窟庵, 한양, 1973. 1

財産說, 신동아, 1973. 6

草家, 창작과비평, 1973. 6

山城 入口, 현대문학, 1973. 6

열쇠, 문학사상, 1974. 4

西山 너머, 월간문학, 1974. 5

西山里哀歌, 현대문학, 1974. 8

棺 속의 愛人, 월간문학, 1975. 2

山東産의 胡也, 신동아, 1975. 9

불타지 않는 복사꽃, 현대문학, 1975. 9
어느 女子의 手記, 신동아, 1975. 10
犬族風月, 월간문학, 1976. 1~12
祭天놀이, 현대문학, 1976. 4
龜景台의 굿, 신동아, 1976. 7
인디아나 포리스의 今女, 시문학, 1976. 9
族譜, 현대문학, 1977. 1
죽음의 溪谷, 현대문학, 1978. 5
龜昔舞, 월간문학, 1978. 6
어두운 새벽길, 월간조선, 1982. 3
人間性, 한국문학, 1984. 6
金剛山, 시문학, 1984. 9~11
각설이의 仙學, 시문학, 1986. 8~11
海中花, 동서문학, 1986. 9

소설집

湖畔의 悲歌, 1939
산의 勝敗, 1940
武器 없는 民族, 백민문화사, 1946
純情記, 일성당, 1948
男寺黨, 숭문사, 1949
濁流 속에서, 신조사, 1950
永遠히 사는 것, 백영사, 1952
濁流, 일문사, 1953
청개구리, 전음출판사, 1959
李成桂, 전진사, 1961
애정도시, 범문각, 1961
樂浪公主와 好童王子, 한일출판사, 1962
歲月, 한일출판사, 1969

참고 문헌: 임무출, 「김송의 생애 연구」, 『한민족어
     문학』, 1989

김안서(金岸曙, 1896~?)

孤獨, 창조, 1921. 1
行雲이, 문예공론, 1929. 6
海邊에 있는 別莊, 신동아, 1932. 9
小包, 신동아, 1933. 3
土板氏와 養子, 신동아, 1933. 4
招待券, 신동아, 1933. 6
汽車, 신동아, 1933. 9
닭, 월간매신, 1934. 5
변호사, 월간매신, 1934. 6
新編 洪吉童, 매일신보, 1935. 5. 25~9. 18

참고 문헌: 박경수 엮음, 『안서 김억 전집』 4, 한국
     문화사, 1987

김여수(金麗水, 1905~?)

午後 여섯時, 조선지광, 1928. 9
放浪의 水夫와 異國 계집아이, 조선일보,
     1929. 3. 8
情熱의 都市, 조선중앙일보, 1934. 1. 11~
     5. 6

참고 문헌: 김낙현, 「박팔양 문학 연구」, 중앙대

학교 석사학위 논문, 2001

김영석(金永錫, 1913~?)

비둘기의 誘惑, 동아일보, 1938. 11.
  25~12. 6
春葉夫人, 동아일보, 1939. 10. 24~11. 26
月給날 일어난 일들, 인문평론, 1940. 10
兄弟, 문장, 1941. 2.
新婚, 인문평론, 1941. 2
夏服, 조광, 1941. 9
商人, 춘추, 1942. 3
좀, 춘추, 1943. 3
코, 태양, 1946. 4
헤란의 手記, 부인, 1946. 4
께끼꾼, 민주주의, 1946. 6
電車運轉手, 신문학, 1946. 8
金錢問答, 협동, 1946. 8
가방, 신문예, 1946. 10
地下로 뚫린 길, 협동, 1946. 10
暴風, 문학, 1946. 11
激浪, 조선중앙일보, 1948. 2. 17~4. 15
데모, 격랑, 1956
화식병, 격랑, 1956
승리, 격랑, 1956

소설집
격랑, 조선작가동맹출판사, 1956

참고 문헌: 신형기, 「해방기 노동소설의 긍정적 주인공─김영석론」, 「경성대학교 논문집」, 1991

김영수(金永壽, 1911~1977)

黃昏의 거리, 조선일보, 1930. 10. 1
慶喜의 마지막, 어린이, 1931. 2
엄마도 울었다, 조선중앙일보, 1934. 10.
  2~5
女心─어떤 女人의 受難記─, 조선중앙
  일보, 1935. 1. 22~2. 17
물려간 병아리, 조선중앙일보, 1935. 9. 3
가지마 엄마, 조선중앙일보, 1935. 11.
  8~28
코, 조광, 1939.
素服, 조선일보, 1939. 1. 1~
壁, 조광, 1939. 4
슬픈 星座, 실화, 1939. 7
喪章, 문장, 1939. 7
네거리의 順伊, 소년, 1939. 8
病室, 순문예, 1939. 8
生理, 조광, 1939. 9~10
밤, 인문평론, 1940. 2
M君과 「후미꼬」와 「미도리」, 여성, 1940. 5
海面, 문장, 1940. 5
風浪, 삼천리, 1940. 10
範疇, 문장, 1941. 1
崔基成氏, 문장, 1941. 2

戀愛禁令, 신시대, 1941. 5

幕間, 신세기, 1941. 11

行列, 백민, 1947. 3

黃昏, 개벽, 1947. 8

靑春, 영화시대, 1947. 11

波濤, 경향신문, 1948. 4~1949. 12

女性會議, 연합신문, 1951. 12~1952. 2

頹廢의 章, 자유세계, 1952. 5

華麗한 星座, 평화신문, 1953. 8~11

鐵뚝을 넘은 곳, 문학예술, 1956. 3

混沌, 신태양, 1959. 6

소설집

素服, 정음사, 1949

참고 문헌: 이재선, 『한국현대소설사』, 홍성사,
1979

김영팔(金永八, 1902~?)

解雇辭令狀, 매일신보, 1924. 1. 1

불상한 사람들, 매일신보, 1925. 1. 25

봄 이야기, 문예운동, 1926

검은손, 조선지광, 1927. 1

엇던 光景, 조선지광, 1927. 3

一人一血, 조선지광, 1927. 4

社稷壇, 조선지광, 1927. 8

어여쁜 勞動者, 동아일보, 1928. 2. 16~
26

赤心, 生의 聲, 1928. 3

쓸 수 없는 小說, 조선지광, 1928. 4

어머니 편지, 조선일보, 1929. 3. 14

送別會, 조선지광, 1929. 11

모던걸의 最後, 조선강단, 1930. 1

모던 夫婦, 대중공론, 1930. 3

참고 문헌: 박명진 엮음, 『곱장칼』, 범우사, 2004

김용제(金龍濟, 1909~1994)

東京戀愛, 조선문학, 1937. 8

壯丁, 국민문학, 1944. 8

소설집

放浪詩人, 개척사, 1953

金笠 放浪記, 개척사, 1954

異說 김삿갓, 문선사, 1956

李太白 放浪記, 개척사, 1957

素月 放浪記, 정음사, 1959

林巨正, 선진문화사, 1961

김삿갓, 청산문화사, 1961

참고 문헌: 이재선, 『한국현대소설사』, 홍성사,
1979

김우철(金友哲, 1915~?)

銃알과 旗兵, 조선문학, 1934. 1
뿐아미, 조선문학, 1936. 8
楊柳村, 조선문학, 1936. 11

참고 문헌: 『조선문학』 1934. 1~1936. 11

김유정(金裕貞, 1908~1937)

산ㅅ골 나그내, 제일선, 1933. 3
총각과 맹꽁이, 신여성, 1933. 9
소낙비, 조선일보, 1935. 1. 29~2. 4
金따는 콩밧, 개벽, 1935. 3
노다지, 조선중앙일보, 1935. 3. 2~9
떡, 중앙, 1935. 6
산골, 조선문단, 1935. 7
만무방, 조선일보, 1935. 7. 17~31
솟, 매일신보, 1935. 9. 3~14
봄 · 봄, 조광, 1935. 12
안해, 사해공론, 1935. 12
심청, 중앙, 1936. 1
봄과 따라지, 신인문학, 1936. 1
가을, 사해공론, 1936. 1
두꺼비, 시와 소설, 1936. 3
이런 音樂會, 중앙, 1936. 4
봄밤, 여성, 1936. 4
동백꽃, 조광, 1936. 5
夜櫻, 조광, 1936. 7

옥토끼, 여성, 1936. 7
生의 伴侶, 중앙, 1936. 8~9
貞操, 조광, 1936. 10
슬픈 이야기, 여성, 1936. 12
땡볕, 여성, 1937. 2
따라지, 조광, 1937. 2
연기, 창공, 1937. 3
정분, 조광, 1937. 5
잃어진 보석, 조광, 1937. 8~10
금, 동백꽃, 1938
두포전, 소년, 1939. 1~5
兄, 광업조선, 1939. 11
애기, 문장, 1939. 12

소설집

동백꽃, 삼문사, 1938

참고 문헌: 유인순 책임 편집, 『동백꽃』, 문학과
지성사, 2005

김이석(金利錫, 1914~1964)

感情細胞의 顚覆, 단층, 1937. 4
幻燈, 단층, 1938. 3
腐魚, 동아일보, 1938. 12. 21~31
空間, 단층, 1940. 6
握手, 전선문학, 1952. 4
分別, 전선문학, 1952. 12
失碑銘, 문예, 1954. 3

외뿔소, 신태양, 1954. 8

少女 台淑의 이야기, 신태양, 1955. 5

破鏡, 현대문학, 1955. 5

春恨, 문학예술, 1955. 7

鍊習曲, 조선일보, 1955. 8

秋雲, 문학예술, 1956. 1

狂風 속에서, 자유문학, 1956. 6

俗情, 새벽, 1957. 5

뻐꾸기, 문학예술, 1957. 5

靑葡萄, 신태양, 1957. 9

發程, 문학예술, 1957. 10

悲風, 현대, 1957. 11

인간수림, 중앙정치, 1957. 11

風俗, 자유문학, 1958. 1

閑日, 신태양, 1958. 5

冬眠, 사상계, 1958. 7~8

잊어버리는 이야기, 사상계, 1958. 9

成長, 신조문학, 1958. 9

的中, 자유문학, 1959. 3

記憶, 사상계, 1959. 7

世相, 자유공론, 1959. 8

娼婦와 나, 자유문학, 1960. 1

지게부대, 현대문학, 1960. 8

흐름 속에서, 사상계, 1960. 8

密酒, 자유문학, 1961. 9

許民先生, 사상계, 1961. 11

금붕어의 기억, 대한일보, 1962. 1

童話, 신사조, 1962. 2

관앞골 記憶, 자유문학, 1962. 9 · 10

난세비화, 한국일보, 1962. 10~1963. 8

章臺峴時節, 사상계, 1963. 2

敎鍊과 나, 신사조, 1964. 3

脫皮, 사상계, 1964. 5

交換條件, 문학춘추, 1964. 10

再會, 현대문학, 1964. 10

금붕어, 여상, 1964. 11

실비명 책과 부채, 여상, 1964. 11

주치의, 문학춘추, 1964. 11

題目未定(유고), 현대문학, 1964. 12

소설집

失碑銘, 청구출판사, 1956

冬眠, 민중서관, 1964

해와 달은 누구를 위해, 국민서관, 1964

김이석 문학전집, 문언각, 1974.

참고 문헌: 김이석, 『김이석 문학전집』, 문언각, 1974

김일엽(金一葉, 1896~1971)

啓示, 신여자, 1920. 3

어느 少女의 死, 신여자, 1920. 4

惠媛, 신민공론, 1921. 5

L孃에게, 동명, 1923. 1

사랑, 조선문단, 1926. 4

自覺, 동아일보, 1926. 6. 19~26

斷腸, 문예시대, 1927. 1

影池, 불교, 1928. 9

파랑새로 化한 두 靑春, 불교, 1929. 1

犧牲, 1929. 1~5

헤로인, 조선일보, 1929. 3. 9~10

X씨에게, 불교, 1929. 6

愛慾을 피하여, 삼천리, 1932. 4

五十錢 銀貨, 삼천리, 1933. 2

참고 문헌: 김미현, 『한국여성소설과 페미니즘』, 신구문화사, 1996

김정한(金廷漢, 1908~1996)

구제사업, 신계단, 1931. 11

그물, 문학건설, 1932. 12

寺下村, 조선일보, 1936. 1. 9~23

옥심이, 조선일보, 1936. 6. 18~7. 1

抗進記, 조선일보, 1937. 1. 27~2. 11

岐路, 조선일보, 1938. 6. 2~22

當代風, 조광, 1938. 12

그러한 男便, 조광, 1939. 6

月光恨, 문장, 1940. 1

落日紅, 조광, 1940. 4~5

秋山堂과 곁사람들, 문장, 1940. 10

묵은 자장가, 춘추, 1941. 12

隣家誌, 춘추, 1943. 9

獄中回甲, 전선, 1946. 3

설날, 문학비평, 1947. 6

하느님, 부산신문, 1949. 8

오뉘, 게재지 미상, 1950

병원에서는, 부산일보, 1951. 2. 23~3. 4

도구, 한일신문, 1951. 12. 15

처시하, 경남공론, 1953. 2. 1

누가 너를 애국자라더냐, 경남공론, 1954. 3

농촌 세시기, 경남공론, 1954

남편 저당, 게재지 미상, 1955. 2

액년, 신생공론, 1956. 8

개와 소년, 자유민보, 1956. 9. 2

모래톱 이야기, 문학, 1966. 10

과정, 문학, 1967. 1

입대, 문학시대, 1967. 12

油菜, 창작과비평, 1968. 5

곰, 현대문학, 1968. 6

畜生道, 세대, 1968. 10

제三병동, 신동아, 1969. 1

修羅道, 월간문학, 1969. 6

굴살이, 현대문학, 1969. 9

뒷기미 나루, 창작과비평, 1969. 9

地獄變, 세대, 1970. 1

독메, 월간문학, 1970. 3

人間團地, 월간중앙, 1970. 4

失調, 신동아, 1970. 7

어둠 속에서, 창작과비평, 1970. 12

산거족, 월간중앙, 1971. 1

사밧재, 현대문학, 1971. 4

상황경미, 여성동아, 1971. 6

山西洞 뒷이야기, 창조, 1971. 9

회나뭇골 사람들, 창작과비평, 1973. 9

어떤 遺書, 월간중앙, 1975. 2

位置, 신동아, 1975. 6
교수와 모래무지, 뿌리 깊은 나무, 1976. 8
오끼나와에서 온 편지, 문예중앙, 1977. 11
삼별초, 민족문화대계 9, 1977. 12
거적대기, 소설 열네마당, 1983. 6
슬픈 해후, 12인 신작소설집, 1985. 7

소설집

落日紅, 세기문화사, 1956. 11
人間團地, 한얼문고, 1971. 12
金廷漢 小說選集, 창작과비평사, 1974. 10
第三病棟, 창작과비평사, 1974
修羅道, 삼중당, 1975
모래톱 이야기, 범우사, 1976
洛東江의 파수꾼, 한길사, 1978
낙동강 1~2, 시와사회사, 1994
삼별초, 시와사회사, 1994

참고 문헌: 강진호 책임 편집, 『사하촌』, 문학과
   지성사, 2004

김태수(金泰秀, 1904~1982)

처녀시대, 동아일보, 1924. 9. 29
과부, 조선문단, 1924. 11
銀錢, 동아일보, 1924. 11. 24
구두장이, 동아일보, 1925. 1. 1
奇緣, 영대, 1925. 1
망년회, 동아일보, 1925. 1. 16, 19

永生愛, 조선문단, 1925. 4
살인미수범의 고백, 동아일보, 1925. 5.
   11~6. 9
한야, 신민, 1925. 11
위스키, 신민, 1926. 1
배우의 사랑, 가면, 1926. 1
인도주의자와 자전거, 조선문단, 1926. 3

참고 문헌: 김원철 엮음, 『백주 김태수 작품집』,
   부안문화원, 2010

김화청(金化淸, 생몰 연도 미상)

별, 단층, 1937. 4
스텐카 · 라—진의 노래, 단층, 1937. 9
膽汁, 단층, 1938. 3
하늘, 단층, 1940. 6

참고 문헌: 『단층』 1937. 4~1940. 6

나도향(羅稻香, 1902~1927)

黜學, 배재학보, 1921. 4
젊은이의 시절, 백조, 1922. 1
별을 안거든 우지나 말걸, 백조, 1922. 5
幻戱, 동아일보, 1922. 11. 21~1923.
   3. 21
녯날꿈은蒼白하더이다, 개벽, 1922. 12

追憶, 신민공론, 1923. 1

銀貨 · 白銅貨, 동명, 1923. 1. 1

十七圓 五十錢, 개벽, 1923. 1

당착, 배재학보, 1923. 3

春星, 개벽, 1923. 7

속 모르는 만년필 장사, 배재학보, 1923. 7

女理髮師, 백조, 1923. 9

행낭자식, 개벽, 1923. 10

自己를 찻기 前, 개벽, 1924. 3

내기, 신천지, 1924. 4

잊지 못할 생각, 시대일보, 1924. 9. 8

電車車掌의 日記 몃節, 개벽, 1924. 12

漢江邊의 一葉片舟, 신민, 1925

어머니, 시대일보, 1925. 1. 5~4. 24

丁醫師의 告白, 조선문단, 1925. 3~4

계집하인, 조선문단, 1925. 5

벙어리 三龍, 여명, 1925. 7

물레방아, 조선문단, 1925. 9

꿈, 조선문단, 1925. 11

뽕, 개벽, 1925. 12

피묻은 便紙 몇 장, 신민, 1926. 3

池亨根, 조선문단, 1926. 3~5

火焰에 싸인 冤恨, 신민, 1926. 7~8

장편 未定稿, 문장, 1940. 12

소설집

眞情, 영창서관, 1923

幻戲, 조선도서사, 1923

靑春, 조선도서사, 1927

어머니, 박문서관, 1939

젊은이의 봄, 1942

참고 문헌: 주종연 외 엮음, 『나도향 전집』, 집문
　당, 1988

나혜석(羅蕙錫, 1896~1946)

夫婦, 여자계, 1917

瓊姬, 여자계, 1918. 3

回生한 孫女에게, 여자계, 1918. 9

閨怨, 신가정, 1921. 7

怨恨, 조선문단, 1926. 4

玄淑, 삼천리, 1936. 12

어머니와 딸, 삼천리, 1937. 10

참고 문헌: 이상경 엮음, 『나혜석 전집』, 태학사,
　2000

노자영(盧子泳, 1901~1940)

漂泊, 백조 1~2호, 1922. 1, 1922. 5

貞操, 신민공론, 1922. 1

靑猫, 신인문학, 1934. 8

아버지, 신인문학, 1934. 10

假面行進曲, 신인문학, 1934. 12

봄날의 꿈, 신인문학, 1935. 4

山村, 신인문학, 1935. 6

廢人, 신인문학, 1935. 8

누님, 신인문학, 1935. 10

紅薔薇, 신인문학, 1935. 12

山鄕記, 신인문학, 1936. 1

山寺, 신인문학, 1936. 3

悲歌, 신인문학, 1936. 8

嘆息의 門, 신인문학, 1936. 10

不滅의 眞理, 사해공론, 1937. 4

人生特急, 조선일보, 1937. 10. 5~12. 9

哀史, 여성, 1938. 12

胡桃 속에 든 艶書, 실화, 1939. 6

黑犬譜, 신세기, 1940. 3

소설집

反抗, 청조사, 1923

無限愛의 金像, 1925

依支할 곳 없는 靑春, 청조사, 1927

참고 문헌: 최양옥, 『노자영 시 연구』, 국학자료
　　원, 1999

노천명(盧天命, 1912~1957)

일편단심, 이화 3호, 1931

닭 쫓든 개, 신동아, 1932. 8

사월이, 여성, 1937. 6

誤算이었다, 조선일보, 1952

하숙, 여원, 1967. 11

참고 문헌: 노천명, 『나비』, 노천명 전집 2, 솔,

1997

민태원(閔泰瑗, 1894~1935)

浮萍草, 동아일보, 1920. 4. 1~9. 4

어느 小女, 폐허, 1920. 7

音樂會, 폐허, 1921. 1

劫火, 동명, 1922. 9

晩餐, 동명, 1923. 2, 4

세번째 신호, 매일신보, 1933. 6

天鵝聲, 매일신보, 1934. 1

소설집

浮萍草, 박문서관, 1925

무쇠탈, 덕흥서림, 1948

참고 문헌: 권영민 엮음, 『한국현대문학대사전』,
　　서울대학교 출판부, 2004

박계주(朴啓周, 1913~1966)

예수 狂人 金禮根, 새사람, 1938. 3

殉愛譜, 매일신보, 1939. 1. 1~6. 17

兀良哈, 삼천리, 1939. 10

火星人, 신세기, 1939. 3

人間祭物, 삼천리, 1939. 4

脫出, 家庭の友, 1940. 1~6

아라사 處女, 半島の光, 1941. 2

죽엄보다 强한 것, 매일신보, 1941. 6. 30~8. 4

肉標, 춘추, 1942. 11

乳房, 조광, 1943. 2

딸따리族, 조광, 1943. 2

오리온 星座, 조광, 1943. 3

愛情無限, 신시대. 1943. 3~4

鄕土, 춘추, 1944. 3

天使, 학생월보, 1946. 4~6

어머니, 신문학, 1946. 6

개, 서울신문, 1946. 9. 15

그도 사람이다, 조선일보, 1947. 1

歸鄕, 부인, 1948. 4

藝術家 K氏, 백민, 1948. 5

流民, 서울신문, 1948. 7. 25~31

眞理의 밤, 경향신문, 1948. 10~1949. 4

愛情無限, 부인, 1949. 1

파고다의 少女 1, 신여원, 1949. 3

茶房 肉體, 신천지, 1949. 5

地獄의 詩, 민성. 1949. 8~11

어머니, 새살림, 1949. 12

祖國, 백민, 1950. 2

囚人共和國, 현대공론, 1953. 10

久遠의 情火, 경향신문, 1954. 3

별아 내 가슴에, 서울신문, 1954. 11~ 1955. 5

喪家와 立候補者, 신태양, 1954. 12

자나깨나, 연합신문, 1956. 10~1957. 4

연연무한, 여원, 1956. 11~1957. 4

大地의 星座, 동아일보, 1957. 12~ 1958. 10

끝없는 戀歌, 평화신문, 1958. 12~ 1959. 9

薔薇와 太陽, 경향신문, 1959. 4~11

寒花, 자유문학, 1960. 6~8

여수, 동아일보, 1961. 6~11

소설집

殉愛譜, 매일신보사, 1939

處女地, 박문출판사, 1948

湖畔의 閣氏, 평범사, 1952

眞理의 밤, 평범사, 1952

久遠의 情火, 문흥사, 1954

大地의 星座, 향문사, 1959

별아 내 가슴에, 숭문사, 1964

地獄의 詩, 박영사, 1964

참고 문헌: 이재선, 『한국현대소설사』, 홍성사, 1979

박노갑(朴魯甲, 1907~1951)

안해, 조선중앙일보, 1933. 9. 30~10. 2

금가락지, 조선중앙일보, 1934. 7. 6~8

헛된 희생, 중앙, 1934. 9

洪水, 조선중앙일보, 1934. 9. 27~10. 4

오늬, 조선중앙일보, 1934. 12. 17~27

고향친구, 조선중앙일보, 1935. 4. 14~ 26

봄, 중앙, 1935. 5

연기, 조선중앙일보, 1935. 6. 6~19

방, 중앙, 1935. 8

粉이, 조선중앙일보, 1935. 8. 15~30

朴선생, 조선중앙일보, 1935. 10. 11~17

둑이 터지든 날, 사해공론, 1936. 1

마을의 移動, 조선중앙일보, 1936. 1. 31~4. 10

초사흘, 중앙, 1936. 4

春甫의 得失, 조선문학, 1936. 10

꿈, 여성, 1938. 4

거리의 獨斷, 조선일보, 1938. 4. 1~2

고양이, 조선일보, 1938. 5. 27~6. 1

靑莎記, 조선일보, 1938. 7. 19~26

美人圖, 농업조선, 1938. 8

안해의 승리, 농업조선, 1938. 10

이랑이, 조선일보, 1938. 11. 13~12. 6

靑春, 여성, 1938. 12

長命酒, 조광, 1938. 12

노다지, 광업조선, 1939. 1

南風, 조광, 1939. 1~6

거울, 문장, 1939. 3

명순이, 신세기, 1939. 4

蒼空, 문장, 1939. 6

春顏, 문장, 1939. 7

金井, 광업조선, 1939. 9

秋風引, 인문평론, 1939. 11

芳魂, 조광, 1939. 12

三人行, 문장, 1940. 1

霧街, 인문평론, 1940. 2

橫說, 조광, 1940. 6

浪浪, 동아일보, 1940. 6. 5~8. 4

飽說, 인문평론, 1940. 7

어머니의 마음, 家庭の友, 1940. 7

먼동이 트기 前에, 문장, 1940. 9

百年今日, 문장, 1941. 1

未完說, 문장, 1941. 2

눈오든 날 밤, 인문평론, 1941. 2

墓地, 문장, 1941. 4

春暖, 춘추, 1941. 5

麥浪, 신세기, 1941. 6

谷間, 조광, 1941. 8

他心, 춘추, 1941. 11

白日, 국민문학, 1942. 2

消暢, 춘추, 1942. 5

새벽, 춘추, 1943. 2

歷史, 개벽, 1946. 1

歡, 대조, 1946. 1

鍾, 생활문화, 1946. 1

갈매기, 문학, 1946. 11

沙上, 신문학, 1946. 11

四十年, 육문사, 1948. 7. 30

소설집

四十年, 육문사, 1948

참고 문헌: 박노갑, 『박노갑 전집』 1·2·3, 깊은 샘, 1989

박승극(朴勝極, 1909~?)

農民, 조선지광, 1929. 6
再出發, 비판, 1931. 7~8
風塵, 신인문학, 1935. 4~6
그 女人, 신인문학, 1935. 8
色燈 밑에서, 신인문학, 1935. 10
花草, 신조선, 1935. 12
巷間事, 신인문학, 1935. 12
風景, 신조선, 1936. 1
秋夜長, 신인문학, 1936. 1
白骨, 비판, 1936. 3
술〔酒〕, 비판, 1939. 4~1940. 3
눈, 신세기, 1939. 10
항간사, 신인문학, 1945. 12
떡, 문학, 1946. 11
길, 문학평론, 1947. 4
별도 성내다, 신조선, 1947. 6
사랑, 토지(조선문학가동맹 농민부 위원
　회 엮음), 1947. 7
밥, 남선경제신문, 1948. 10. 1~11. 6
제2작업반장, 조선문학, 1956. 7
어느 젊은 부부의 이야기, 조선문학,
　1957. 12
평범한 이야기, 현대조선문학전집(조선작
　가동맹출판사), 1958. 8
어느 비 오는 날의 이야기, 현대조선문학
　전집, 1958. 8
어머니의 품, 조선문학, 1962. 12
크나큰 길, 조선문학, 1963. 9

보릿고개, 조선문학, 1963. 9
밤하늘의 별들, 조선문학, 1970. 10

참고 문헌: 박승극, 『박승극 문학전집』 1, 학민
　사, 2001

박연희(朴淵禧, 1918~?)

조랑말, 야담, 1944. 7
秋夕날, 야담, 1944. 12
쌀, 백민, 1946. 10
賭博, 백민, 1946. 12
三八線, 백민, 1948. 3
枯木, 백민, 1948. 7
不倫, 해동공론, 1949. 3
乙支文德, 신라, 1949. 9
女人, 백민, 1950. 2
뿌르조아지의 後裔, 연합신문, 1952. 5
氷花, 문예, 1952. 6
人間失格, 자유예술, 1952. 11
새벽, 전선문학, 1953. 2
少年과 메리라는 개, 문화세계, 1953. 7
武器와 人間, 전선문학, 1953. 9
感情記, 신태양, 1954. 2
假面의 會話, 평화신문, 1954. 10~
　1955. 2
孤獨者, 문학예술, 1955. 7
바람처럼 침묵이 흐르던 날, 문학예술,
　1955. 12

證人, 현대문학, 1956. 2
旅愁, 신태양, 1956. 3
黑河, 동아일보, 1956. 5~6
닭과 神話, 문학예술, 1956. 10
德山令監, 문학예술, 1957. 6
自殺未遂, 신태양, 1957. 8
幻滅, 사상계, 1958. 7
歷史, 자유문학, 1958. 11
山과의 對話, 사상계, 1959. 7
故鄕, 사상계, 1959. 12
때 묻은 날개, 현대문학, 1960. 7
紛爭, 자유문학, 1960. 10
개미가 쌓은 城, 현대문학, 1962. 5
斜陽族, 신사조, 1962. 6
彷徨, 자유문학, 1962. 11~1963. 6
療養記, 세대, 1964. 1
沈默, 문학춘추, 1964. 6
漂着, 신동아, 1964. 10
風俗, 세대, 1965. 3
변모, 경향신문, 1965. 5~6
旅行者, 현대문학, 1966. 2
피, 사상계, 1966. 2
黃塵, 현대문학, 1970. 6
逆行, 신동아, 1971. 6
兄弟, 현대문학, 1971. 12
황제, 부산일보, 1972
잃어버린 微笑, 현대문학, 1972. 5
맹군의 이야기, 나라사랑, 1972. 9
탈, 현대문학, 1973. 8
告別, 월간중앙, 1973. 12

失敗譚, 월간문학, 1974. 1
姑母 이야기, 세대, 1974. 1
日日, 현대문학, 1975. 5
너무나 지루한 時間, 신동아, 1975. 7
霞村一家, 현대문학, 1975. 7
渴症, 월간문학, 1975. 7
黎明記, 신동아, 1976. 1~1978. 9
부산 나들이, 월간중앙, 1976. 8
執行猶豫, 한국문학, 1977. 4
山사태, 문예중앙, 1978. 6
迷路, 실천문학, 1980. 3
時間, 소설문학, 1980. 8
주인 없는 都市, 현대문학, 1984. 1~
   1985. 12
산동네 日記, 월간문학, 1985. 4
백강은 흐르고, 광주일보, 1987

소설집

武士好童, 학원사, 1957
彷徨, 정음사, 1964
洪吉童, 갑인출판사, 1975
黎明記, 동아일보사, 1978
霞村一家, 대운당, 1978
밤에만 자라는 돌, 대운당, 1979
民亂時代, 문학사상사, 1988
주인 없는 都市, 정음사, 1988

참고 문헌: 이재선, 『한국현대소설사』, 홍성사,
   1979

박영준(朴榮濬, 1911~1976)

시골 敎員의 하루, 조선일보, 1932. 5. 12

쫓기어난 男便, 전선, 1933. 2

小女工, 전선, 1933. 5

模範耕作生, 조선일보, 1934. 1. 10~23

새우젓, 신동아, 1934. 3

一年, 신동아, 1934. 3~12

생호래비, 개벽, 1935. 1

都市의 殘灰, 신인문학, 1935. 3

어머니, 조선문단, 1935. 5

밭에서 우는 處女, 중앙일보, 1935. 9.
  6~11

池博士, 사해공론, 1935. 10

아버지의 꿈, 사해공론, 1936. 1

약국, 조선중앙일보, 1936. 2. 5~15

새 信念, 조선중앙일보, 1936. 5. ?~6. 5

눈오던 밤, 부인공론, 1936. 8

木花씨 뿌릴 때, 사해공론, 1936. 8

敎諭夫人, 사해공론, 1936. 11

한 性格, 조선문학, 1936. 11

同情, 풍림, 1936. 12

국숫집, 조선문학, 1937. 3

쥐구녕, 풍림, 1937. 3

敎授成長記, 매일신보, 1937. 5. 21~6.
  12

雙影, 만선일보, 1938

중독자, 『신인단편집』, 1938

林正浩, 조광, 1938. 2

효자, 농업조선, 1938. 2

사위, 매일신보, 1938. 2. 24~3. 10

꿈 속의 故鄕, 농업조선, 1938. 5

義手, 문장, 1939. 7

流浪, 동아일보, 1940. 6. 5~25

無花地, 문장, 1941. 2

봄은 온다, 매일신보, 1942. 2. 15~17

과도기, 신문학, 1945

避難行, 예술, 1945. 12

한류의 어족, 부인신문, 1945

還鄕, 우리문학, 1946. 3

握手, 인민, 1946. 3

過程, 신문학, 1946. 4

民族, 예술신문, 1946. 6

아내도 돌아오다, 신세대, 1946. 7

담배값, 예술신문, 1946. 9

秋夕, 서울신문, 1946. 9. 15

두 딸, 부인, 1946. 10

물 쌈, 문학, 1946. 11

故鄕 없는 사람, 백민, 1947. 3

브로커, 우리문학, 1947. 3

蒼空, 문학비평, 1947. 6

새로운 愛情, 민성, 1947. 10

色盲, 신경향, 1947. 10

風雪, 신천지, 1947. 10

生活의 破片, 백민, 1948. 1

배신, 민성, 1948. 4

강아지, 서울신문, 1948. 9

濾過, 백민, 1949. 1

셋집 風景, 개벽, 1949. 3

교수와 女學生, 대조, 1949. 3. 4

回心記, 학풍, 1949. 4
自殺未遂, 신천지, 1949. 5
陣痛, 새살림, 1949. 5. 12
倫落說, 문예, 1949. 9
구름과 같이, 문예, 1949
푸른 들, 과학시대, 1949. 10
混線, 문예, 1950. 1
希望은 살고, 민족문화, 1950. 2
反響, 백민, 1950. 2
友情揷話, 신천지, 1950. 2
風流畵帖, 서울신문, 1950. 5. 10
感情線, 문학, 1950. 6
幽明, 신천지, 1950. 6
가을 저녁, 신천지, 1951
오빠, 사병문고, 1951. 3
부산, 신조, 1951. 4
애정의 계곡, 신천지, 1951
청춘병실, 영남일보, 1951
暗夜, 전선문학, 1952. 4
빨치산, 신천지, 1952. 5
邊老婆, 문예, 1952. 5~6
수운, 영남일보, 1952. 12. 23~29
熱風, 경향신문, 1953. 1~6
金將軍, 전선문학, 1953. 4
三兄弟, 협동, 1953. 4
통곡하는 어머니, 문화세계, 1953. 8
하나의 獨善, 문예, 1953. 9
술, 신천지, 1953. 11
龍草島近海, 전선문학, 1953. 12
전주곡, 그늘진 꽃밭, 1953

지리산 근처, 그늘진 꽃밭, 1953
의리와 애정, 그늘진 꽃밭, 1953
노병과 소년병, 그늘진 꽃밭, 1953
파문, 신천지, 1954. 4
자멸, 현대공론, 1954. 5
古壺, 신천지, 1954. 7
地熱, 청춘, 1954. 10
금반지, 현대공론, 1954. 11
焦點, 새벽, 1954. 12
贖罪, 현대문학, 1955. 1
피의 稜線, 사상계, 1955. 2
체취, 문학예술, 1955. 2
逆說, 현대문학, 1955. 5
祭壇, 조선일보, 1955. 8
遠心力, 전망, 1955. 9
형관, 동아일보, 1955. 10. 26~1956. 3. 26
肉體의 길, 신태양, 1956. 1~6
아들의 結婚, 현대문학, 1956. 2
不孝婦, 문학예술, 1956. 3
渡河記, 현대문학, 1956. 5
형수님, 자유문학, 1956. 5
餘香, 문학예술, 1956. 8
整形手術, 사상계, 1956. 8
눈물만이, 새벽, 1956. 9
疾風, 신태양, 1956. 9
꾀꼬리, 서울신문, 1956. 9~10
太陽 뒤에 숨은 사랑의 對話, 현대문학,
　1956. 12
凡像, 사상계, 1957. 2
流花, 신태양, 1957. 3

아내의 浪漫, 문학예술, 1957. 4

어떤 老畵家, 현대문학, 1957. 5

颱風地帶, 서울신문, 1957. 7~1958. 1

母像, 자유문학, 1957. 8

孫敎長, 사상계, 1957. 10

별 없는 하늘, 현대, 1957. 11~1958. 4

소요, 신태양, 1958. 2

異色光線, 자유문학, 1958. 3

不安地帶, 현대문학, 1958. 4

流失, 사조, 1958. 6

絶迫 속의 純粹, 신태양, 1958. 6

몽현기, 여원, 1958. 6

지붕 밑, 사상계, 1958. 8

流轉, 현대문학, 1958. 10

女人 三代, 사상계, 1958. 11

波濤 속에서, 자유문학, 1958. 12

波濤여 來日도, 연합신문, 1958. 12~
1959. 7

심연의 밑바닥, 자유공론, 1959. 1

敎會堂이 있는 마을, 사상계, 1959. 9

모과, 평화신문, 1959. 12

流星, 문예, 1959. 12

殺人者, 현대문학, 1960. 4

오늘의 신화, 동아일보, 1960. 4~10

산다는 것, 문예, 1960. 5

窮極의 位置, 자유문학, 1960. 8

저녁에 피는 꽃, 대한일보, 1960. 11~
1961. 3

방관자, 방관자, 1960

사죄, 방관자, 1960

천직, 방관자, 1960

수염, 현대문학, 1961. 1

열전, 연세문학, 1961. 6. 18

小鹿島, 현대문학, 1961. 8

서울이란 곳, 현대문학, 1961. 12

有閑部族, 신사조, 1962. 3

사랑의 距離, 자유문학, 1962. 5

푸르름, 현대문학, 1962. 9

극장에서, 일요신문, 1962. 9. 23

背理의 꽃, 사상계, 1962. 11

결혼학교, 조선일보, 1962. 11. 7~1963.
8. 11

迎父記, 현대문학, 1963. 4

孤獨한 走路, 신사조, 1963. 12

죽음 앞에서, 현대문학, 1964. 1

아무것도 아닌 것, 현대문학, 1964. 6

옛날만 남고, 문학춘추, 1964. 7

백미러, 문학춘추, 1964. 9

去就, 문학춘추, 1964. 10

흐느끼는 꿈, 경향신문, 1964. 10~12

밤꽃이 필 때, 농협신문, 1964. 10

農民과 産業勳章, 현대문학, 1964. 11

그늘 밑에서, 고호, 1964

배회, 고호, 1964

치사한 인생, 한양, 1965. 1

鐘閣, 현대문학, 1965. 3~12

波動, 문학춘추, 1965. 4

개와 그 女人, 신동아, 1965. 7

새벽의 찬가, 중앙일보, 1965. 9. 22~
1966. 6. 8

金敎授, 사상계, 1965. 10

前史時代, 현대문학, 1966. 3

절부리, 문학춘추, 1966. 8

記者手帖, 문학, 1966. 8

소각된 세월, 여상, 1966. 9

백색의 고독, 한국문학, 1966년 가을호~
　겨울호

虜犯, 신동아, 1966. 12

외짝 양말들, 현대문학, 1967. 1

非平行線, 현대문학, 1967. 5

등산 이야기, 동서춘추, 1967. 6

판잣집 아내, 현대문학, 1967. 8

늙은 이장, 엽연초, 1967. 11

秋情, 현대문학, 1967. 12

슬픈 행복, 자유공론, 1967. 12

어떤 이해, 문학, 1967

숨쉬는 나무, 사상계, 1968. 2

都市의 壁, 신동아, 1968. 2

꾸부러진 직선, 여성동아, 1968. 3

세번째 주먹, 현대문학, 1968. 6

산이 운다, 전우신문, 1968. 9. 5

그런 것 같다, 현대문학, 1968. 10

수염 面長, 신동아, 1968. 10

家族, 월간문학, 1968. 11~1969. 12

逆順行, 세대, 1969. 1

破風, 현대문학, 1969. 3

魔力, 현대문학, 1969. 5

고속도로, 동아일보, 1969. 5~1970. 3

어떤 구제, 아세아, 1969. 7~8

다시 서울로, 현대문학, 1969. 12

現在進行未完, 월간문학, 1970. 2

二元的 肯定, 현대문학, 1970. 3

저희, 현대문학, 1970. 7

마음의 보도, 월간중앙, 1970. 8

한 꺼풀 벗기고, 예술계, 1970. 8

장님, 월간문학, 1970. 10

肉聲, 현대문학, 1970. 11

이중 남자, 주간여성, 1970

뛰는 사람, 현대문학, 1971. 3

마지막 만난 사람, 월간문학, 1971. 4

보랏빛 가면, 새생명, 1971

얼어붙은 별, 더 스튜어던트, 1971

겨울 登山, 현대문학, 1972. 1

딸의 破婚, 월간문학, 1972. 1

賭博, 창조, 1972. 2

被害者들, 신동아, 1972. 4

七二年 夏節, 월간문학, 1972. 10

기도, 현대문학, 1972. 11

行路, 문학사상, 1973. 4

위선 속에서, 신동아, 1973. 8

죽음의 場所, 현대문학, 1973. 9

겨울 揷畵, 월간문학, 1974. 1

眞實一角, 문학사상, 1974. 3

半自由地帶, 한국문학, 1974. 3

영애의 결혼, 새마을, 1974. 5

密林의 女人, 현대문학, 1974. 6

그런 여자, 현대문학, 1974. 12

소설집

木花씨 뿌릴 때, 서울타임스사, 1946

태양과 더부러, 육문사, 1947
風雪, 문성당, 1951
愛情의 溪谷, 삼성사, 1953
그늘진 꽃밭, 신한문화사, 1953
熱風, 세문사, 1954
푸른 치마, 세문사, 1956
傍觀者, 창신문화사, 1960
오늘의 神話, 창신문화사, 1960
自殺未遂, 백인사, 1963
古壺, 정음사, 1964
秋情, 성문각, 1968
슬픈 幸福, 세종출판공사, 1971
一年, 연세대 출판부, 1974

참고 문헌: 이선영 외 엮음, 『만우 박영준 전집』
1, 동연, 2002.

박영희(朴英熙, 1901~?)

生, 백조, 1923. 9
結婚前日, 개벽, 1924. 5
愛의 挽歌, 개벽, 1924. 6
二重病者, 개벽, 1924. 11
戰鬪, 개벽, 1925. 1
同情, 신여성, 1925. 1
貞順이의 설음, 개벽, 1925. 2
산양개, 개벽, 1925. 4
피의 舞臺, 개벽, 1925. 11
事件, 개벽, 1926. 1

徹夜, 별건곤, 1926. 11
地獄巡禮, 조선지광, 1926. 11
出家者의 편지, 동아일보, 1928. 3. 9~22
春夢, 조선일보, 1929. 3. 1
伴侶, 삼천리, 1936. 8, 1937. 1, 1937. 5
葡萄園에서, 조선문단, 1936. 10
伴侶, 삼천리문학, 1938. 4
明暗, 문장, 1940. 1
무제화, 문화세계, 1954. 1

소설집

小說 · 評論集, 삼천리사, 1930

참고 문헌: 김윤식, 「박영희 연구」, 열음사,
1989

박종화(朴鍾和, 1901~1981)

白熱, 문우, 1920. 5
목매이는 女子, 백조, 1923. 9
二年後, 개벽, 1924. 2
아버지와 아들, 개벽, 1924. 9
黎明, 개벽, 1925. 1
詩人, 조선문단, 1925. 2
浮世, 조선문단, 1925. 10
尹氏, 사해공론, 1935. 5
錦衫의 피, 매일신보, 1936. 3. 20~12. 3
名技 黃眞伊, 매일신보, 1936. 8. 7~9
待春賦, 매일신보, 1937. 12. 1~1938.

12. 15

釣水樓 綺譚, 야담, 1938. 9

銀愛傳, 야담, 1938. 10~12

前夜, 조광, 1940. 7~1941. 10

多情佛心, 매일신보, 1940. 11. 11~
　1941. 7. 23

아랑의 貞操, 문장, 1940. 12

民族, 중앙신문, 1945. 11~

논개, 신세대, 1946. 6~7

笑春風의 外交, 서울신문, 1946. 8

靑春勝利, 자유신문, 1947. 6~12

喊聲, 정경, 1950. 5

임진왜란, 조선일보, 1954. 9

黃眞伊의 逆天, 새벽, 1955. 11

소설집

錦衫의 피, 박문서관, 1938

待春賦, 박문서관, 1939

前夜, 영창서관, 1942

多情佛心, 박문서관, 1942

黎明, 매일신보사, 1944

民族, 예문각, 1947

靑春勝利, 수선사, 1949

洪景來, 정음사, 1958

三國風流, 을유문화사, 1959

女人天下, 여원사, 1959

論介와 桂月香, 삼중당, 1962

자고 가는 저 구름아, 삼성출판사, 1965

妖姬 張禧嬪, 삼성출판사, 1967

帝王時代, 삼성출판사, 1968

아름다운 이 祖國을, 조광출판사, 1970

壬辰倭亂, 조광출판사, 1973

아랑의 貞操, 범우사, 1976

世宗大王 1—10, 동화출판사, 1977

참고 문헌: 윤병로, 『박종화의 삶과 문학』, 한국
　학술정보, 2001

박태원(朴泰遠, 1910~1986)

無名指, 동아일보, 1929. 11. 10

最後의 侮辱, 동아일보, 1929. 11. 12

寂滅, 동아일보, 1930. 2. 5~3. 1

수염, 신생, 1930. 10

꿈, 동아일보, 1930. 11. 4~12

行人, 신생, 1930. 12

회개한 죄인, 신생, 1931. 2

옆집 색시, 신가정, 1933. 2

사흘 굶은 봄ㅅ달, 신동아, 1933. 4

疲勞, 여명, 1933. 5

半年間, 동아일보, 1933. 6. 15~8. 20

누이, 신가정, 1933. 8

五月의 薰風, 조선문학, 1933. 10

落照, 매일신보, 1933. 12. 8~29

食客 吳參奉, 월간매신, 1934. 6

小說家 仇甫氏의 一日, 조선중앙일보,
　1934. 8. 1~9. 19

딱한 사람들, 중앙, 1934. 9

愛慾, 조선일보, 1934. 10. 16~23

靑春頌, 조선중앙일보, 1935. 2. 7~5. 18

길은 어둡고, 개벽, 1935. 3

제비, 조선중앙일보, 1935. 2. 22~23

숫곱, 매일신보, 1935. 10

顚末, 조광, 1935. 12

舊痕, 학등, 1936. 1

距離, 신인문학, 1936. 1

鐵柵, 매일신보, 1936. 2. 25~3. 19

悲涼, 중앙, 1936. 3

惡魔, 조광, 1936. 3~4

芳蘭莊主人, 시와 소설, 1936. 3

陣痛, 여성, 1936. 5

最後의 億萬長者, 조선일보, 1936. 6.
  25~7. 1

川邊風景, 조광, 1936. 8~10

報告, 여성, 1936. 9

鄕愁, 여성, 1936. 11

續 川邊風景, 조광, 1937. 1~9

旅館主人과 女俳優, 백광, 1937. 6

星群, 조광, 1937. 11

手風琴, 여성, 1937. 11

聖誕祭, 여성, 1937. 12

愚氓, 조선일보, 1938. 4. 7~1939. 2. 1

少年 探偵團, 소년, 1938. 6~11

炎天, 요양촌, 1938. 10

여백을 위한 잡담, 박문, 1939. 3

萬人의 幸福, 家庭の友, 1939. 4~6

明朗한 展望, 매일신보, 1939. 4. 9~5. 16

美女圖, 조광, 1939. 7~12

崔老人傳抄錄, 문장, 1939. 7

골목안, 문장, 1939. 7

陰雨, 문장, 1939. 10

그의 感傷, 태양, 1940. 2~3

淫雨, 조광, 1940. 10

愛經, 문장, 1940. 1~9, 11

點景, 家庭の友, 1940. 11~1941. 2

偸盜, 조광, 1941. 1

四季와 男妹, 신시대, 1941. 1~2

亞細亞의 黎明, 조광, 1941. 2

回避牌, 신세기, 1941. 4

債家, 문장, 1941. 4

雨傘, 백광, 1941. 5

財運, 춘추, 1941. 8

女人盛裝, 매일신보, 1941. 8. 1~1942.
  2. 9

水滸傳, 조광, 1942. 8~1944. 12.

元寇, 매일신보, 1945. 5. 16~8. 14

漢陽城, 여성문화, 1945. 12

掠奪者, 조선주보, 1946. 1

春甫, 신문학, 1946. 8

太平聖代, 경향신문, 1946. 11. 18~12. 31

壬辰倭亂, 서울신문, 1949. 1. 4~12. 14

群像, 조선일보, 1949. 6. 15~1950. 2. 2

조국의 깃발, 문학예술, 1952. 4

리순신장군, 로동신문, 1952. 6. 3~14

을지문덕, 문학신문, 1961. 5. 22

김유신, 문학신문, 1962. 5. 29~6. 1

김생, 문학신문, 1962. 6. 8

연개소문, 문학신문, 1962. 6. 15

박제상, 문학신문, 1962. 6. 19

구진천, 문학신문, 1962. 7. 6

소설집

小說家 仇甫氏의 一日, 문장사, 1938.
　12. 7

川邊風景, 박문서관, 1938. 3

支那 小說集, 인문사, 1939. 4. 17

朴泰遠 短篇集, 학예사, 1939. 11. 1

女人盛裝, 매일신보사, 1942

國運의 어머니, 조광사, 1942

아름다운 봄, 영창서관, 1942

中國童話集, 정음사, 1946

조선독립순국열사전, 유문각, 1946

若山과 義烈團, 백양당, 1947. 1

洪吉童傳, 조선금융조합연합회, 1947. 11

聖誕祭, 을유문화사, 1948. 2. 10

中國小說選 Ⅰ, 정음사, 1948. 2. 11

中國小說選 Ⅱ, 정음사, 1948. 3. 20

金銀塔, 한성도서, 1948

水滸誌, 정음사, 1948

三國志, 정음사, 1948

리순신장군전, 국립출판사, 1952

조선창극집, 1953

리순신장군이야기, 국립출판사, 1955

심청전, 문학예술서적출판사, 1958

삼국연의, 문학예술서적출판사, 1959

임진조국전쟁, 문학예술서적출판사, 1960

계명산천은 밝아오느냐, 문예출판사,
　1965

갑오농민전쟁 1부, 문예출판사, 1974

갑오농민전쟁 2부, 문예출판사, 1980

갑오농민전쟁 3부, 문예출판사, 1986

참고 문헌: 장수익 책임 편집, 『천변풍경』, 문학
　과지성사, 2005

박화성(朴花城, 1904~1988)

八朔童, 자유예원, 1923

秋夕前夜, 조선문단, 1925. 1

엿단지, 동아일보, 1932. 1

下水道工事, 동광, 1932. 5

白花, 동아일보, 1932. 6~11

떠나려가는 유서, 만국부인, 1932. 10

젊은 어머니, 신가정, 1933. 1

누구가 옳은가, 신동아, 1933. 2

비탈, 신가정, 1933. 8~12

두 승객과 가방, 조선문학, 1933. 11

논 갈 때, 문예창조, 1934. 6

찾은 봄 잃은 봄, 신가정, 1934. 7

헐어진 靑年會館, 청년조선, 1934

洪水前後, 신가정, 1934. 9

新婚旅行, 조선일보, 1934. 11. 6~21

눈 오던 그 밤, 신가정, 1935. 1~3

理髮師, 신동아, 1935. 2

北國의 黎明, 조선중앙일보, 1935. 3.
　31~12. 4

투鬼, 조광, 1935. 11

중굿날, 호남평론, 1935. 11

불가사리, 신가정, 1936. 1

故鄕 없는 사람들, 신동아, 1936. 1

破鏡, 신가정, 1936. 4

春宵, 신동아, 1936. 6

溫泉場의 봄, 중앙, 1936. 6

시드른 月桂花, 조선문학, 1936. 8

호박, 여성, 1937. 9

봄안개, 민성, 1948. 6

파라솔, 호남평론, 1947

검정 사포, 새한민보, 1948. 4

狂風 속에서, 동아일보, 1948. 7

진달래처럼, 부인경향, 1950. 6

거리의 교훈, 국도신문, 1950

형과 아우, 전남일보, 1951

외투, 호남신문, 1952

파랑새, 주간시사, 1952

고개를 넘으면, 한국일보, 1955. 8~1956.
4

婦德, 새벽, 1955. 9

원두막 풍경, 잔영, 1956

사랑, 한국일보, 1956. 11~1957. 9

벼랑에 피는 꽃, 연합신문, 1957. 10~
1958. 5

나만이라도, 숙명, 1957

하늘이 보는 풍경, 조선일보, 1958. 1. 1

어머니와 아들, 여원, 1958

내일의 太陽, 경향신문, 1958. 6~12

딱한 사람들, 잔영, 1958

바람뉘, 여원, 1958. 4~1959. 3

창공에 그리다, 한국일보, 1960. 2~9

타오르는 별, 세계일보, 1960. 1. 1~9

태양은 날로 새롭다, 동아일보, 1960.
11~1961. 7

청계도로, 여원, 1961. 12

비 오는 저녁, 잔영, 1961

버림받은 마을, 최고회의보, 1962

회심록, 국민저축, 1962

가시밭을 달리다, 미의 생활, 1962

너와 나의 합창, 서울신문, 1962. 7~1963.
1

별의 五角은 제대로 탄다, 현대문학,
1962. 11

젊은 가로수, 부산일보, 1963. 3~9

거리에는 바람이, 전남일보, 1963. 6~
1964. 2

눈보라의 운하, 여원, 1963. 4~

原罪人, 문예춘추, 1965. 5

샌님 마님, 현대문학, 1965. 7

八顚九起, 사상계, 1965. 11

證言, 현대문학, 1966. 1

어떤 母子, 신동아, 1966. 7

애인과 친구, 국세, 1967

殘影, 신동아, 1967. 10

現代的, 휴화산, 1968

햇별 나르는 뜨락, 소년중앙, 1969

三代, 월간문학, 1969. 5

비취와 밀화, 휴화산, 1969

聖者와 큐피드, 신동아, 1970. 3

平行線, 월간문학, 1970. 11

囚衣, 월간문학, 1971. 11

오 공주, 휴화산, 1971

어머니여 말하라, 한국문학, 1973. 12

海邊素描, 신동아, 1975. 9

新綠의 요람, 한국문학, 1976. 1

어둠 속에서, 한국문학, 1976. 8

東海와 달맞이꽃, 한국문학, 1978. 11

三十四年 前後, 한국문학, 1979. 7

명암, 쥬단학, 1980

女王의 침실, 한국문학, 1980. 7

신나게 좋은 일, 한국문학, 1981. 1

아가야 너는 구름 속에, 한국문학, 1981. 11

迷路, 한국문학, 1982. 8

이 포근한 달밤에, 한국문학, 1983. 6

마지막 편지, 한국문학, 1984. 5

달리는 아침에, 소설문학, 1985. 5

소설집

白花, 창문사, 1932

故鄕 없는 사람들, 중앙문화보급소, 1947

洪水前後, 백양당, 1948

고개를 넘으면, 동인문화사, 1956

사랑 상/하, 동인문화사, 1957

타오르는 별, 문림사, 1960

눈보라의 運河, 여원사, 1964

거리에는 바람이, 휘문출판사, 1964

여류한국, 어문각, 1964

열매 익을 때까지, 청구문화사, 1965

창공에 그리다, 영창도서, 1965

새벽에 외치다, 휘문출판사, 1966

殘影, 휘문출판사, 1968

추억의 파문, 한국문화사, 1969

내일의 태양, 삼중당, 1972

벼랑에 피는 꽃, 삼중당, 1972

햇볕 나르는 뜨락, 을유문화사, 1974

바람뉘, 을유문화사, 1974

瞬間과 永遠 사이, 중앙출판공사, 1974

너와 나의 合唱, 삼중당, 1976

休火山, 창작과비평사, 1977

태양은 날로 새롭다, 삼성출판사, 1978

참고 문헌: 서정자 엮음, 『박화성 문학전집』, 푸른사상사, 2004

방인근(方仁根, 1899~1975)

눈오는 밤, 창조, 1920. 5

奮鬪, 신생명, 1923. 7

어머니, 조선문단, 1924. 10

비오는 날, 조선문단, 1924. 11

殺人, 조선문단, 1924. 12~1925. 3

금붕어, 시대일보, 1925. 1. 1

추운 어두운 밤, 조선문단, 1925. 2

죽지 못하는 사람들, 조선문단, 1925. 4

自動車運轉手, 조선문단, 1925. 6

마지막 편지, 조선문단, 1925. 8

젊은 妖術師, 시대일보, 1926. 1. 17

외로움, 조선문단, 1926. 3

老총각, 조선문단, 1926. 4

崔博士, 신민, 1926. 5

康信愛, 조선문단, 1926. 6

붉은 잉크, 시대일보, 1926. 7. 26

自己를 찾은 자, 동광, 1926. 8

男子의 마음, 신민, 1926. 11

瞬間의 樂園, 동광, 1927. 1

反動, 신민, 1927. 1

白衣人農民, 청년, 1927. 4

殺人放火, 신민, 1927. 4

어쩐 女子의 片紙, 신민, 1927. 9

金비녀, 청년, 1927. 11

牧使 딸 戀愛, 동아일보, 1928. 1. 25~
    2. 6

天堂과 地獄, 여시, 1928. 6

處女의 머리채, 여시, 1928. 6

女流音樂家, 동아일보, 1929. 5. 24~6. 1

行進曲, 신생, 1930. 3~5

落照, 조선일보, 1930. 9. 18~10. 28

두 處女, 신여성, 1931. 10

怪靑年, 동아일보, 1931. 10. 8~12

神秘, 신생, 1931. 11

울며 歲拜받는 이, 신동아, 1932. 1

눈물 지팡이, 신생, 1932. 3

바다를 건너서, 신생, 1932. 4

모뽀이 모껄, 신동아, 1932. 5

愛, 신여성, 1932. 10

魔都의 香불, 동아일보, 1932. 11. 5~
    1933. 6. 12

平和로운 봄, 신생, 1933. 3

영보와 怪處女, 조선일보, 1933. 5. 21~
    23

放浪의 歌人, 매일신보, 1933. 6. 10~
    11. 17

男女戰, 월간매신, 1934. 4

朴哲, 조선문단, 1935. 2~7

紅雲白雲, 매일신보, 1935. 7. 20~12. 26

새 길, 조선문단, 1935. 12

花心, 사해공론, 1936. 2~6

悲戀, 중앙, 1936. 8~9

雙虹舞, 조선일보, 1936. 9. 20~1937.
    4. 27

春夢, 조광, 1936. 9~12

黃金, 농민생활, 1937. 1

그 後의 放浪의 佳人, 야담, 1937. 10

鮮血, 조광, 1937. 12~1938. 3

새벽길, 매일신보, 1938. 6. 4~10. 21

슬픈 解決, 여성, 1938. 11~1939. 3

화관, 학우구락부, 1939. 1~

母女, 야담, 1939. 4

거미, 야담, 1939. 5

바다의 女人, 실화, 1939. 6

가슴에 심은 花草, 문장, 1939. 7

榮冠, 학우구락부, 1939. 7

女僧 金念珠, 실화, 1939. 7

避難成, 신세기, 1939. 8~9

젊은 안해, 매일신보, 1939. 11. 5~12. 27

朴哲, 신세기, 1940. 3

女神, 과학조선, 1940. 4~6

銀杏나무, 문장, 1941. 2

東方春, 매일신보, 1942. 7. 11~10. 3

愛國者, 대한신문, 1946. 2. 12~4. 3

飛躍, 조선운수, 1946. 8
五十年後의 朝鮮, 건국공론, 1948. 3~8
有閑 매담, 청춘, 1954. 10
三八線의 悲劇, 자유신문, 1955. 1~
  1957. 1
그 女子를 容恕해라, 월간문학, 1971. 10

소설집

눈물의 편지, 영창서관, 1940
明朗, 대동인서관, 1940
花心, 한성도서, 1940
새 出發, 남창서관, 1942
젊은 안해, 남창서관, 1942
魔道의 香불, 영창서관, 1947
復讐, 문운당, 1948
東方의 새 봄, 조선공업도서사, 1949
放火殺人事件, 호남문화사, 1949
生의 悲劇, 문운당, 1949
惡魔, 문운당, 1949
愛情, 숭문사, 1949
女學生의 貞操, 한흥출판사, 1949
靑春夜話, 한성도서, 1949
紅雲白雪, 한성도서, 1949
女子大學生, 계몽사, 1951
放浪의 歌人, 계몽사, 1951
怪屍體, 대지사, 1952
새벽길, 계몽사, 1952
雙虹舞, 계몽사, 1952
아리랑, 삼중당, 1952
女性의 貞操, 대지사, 1952

怨恨의 復讐, 문연사, 1952
人生劇場, 동신문화사, 1952
人生行路, 대지사, 1952
海賊, 문성당, 1952
結婚悲歌, 세계문화사, 1953
故鄕山川, 삼중당, 1953
明暗雙奏曲, 평범사, 1953
明日, 대지사, 1953
殺人犯의 正體, 제일문화사, 1953
薔薇夫人, 대중문화사, 1953
犯罪王, 문성당, 1954
사랑의 月夜, 대지사, 1954
黃金狂, 삼성당, 1954
그 女子의 秘密, 기문사, 1955
美人 스파이, 대지사, 1956
怪美人, 이론사, 1957
情熱의 愛人, 계문출판사, 1957
千古의 秘密, 이론사, 1957
幸福의 밤, 평범사, 1957
革命家의 一生, 평범사, 1957
看護婦의 告白, 대문사, 1958
毒殺과 復讐, 대문사, 1958
薔薇夫人의 正體, 대중문화사, 1958
大盜와 寶物, 경문사, 1960
靑春行路, 대문사, 1960
國寶와 怪賊, 진문출판사, 1962
東方春, 진문출판사, 1962
放浪歌人, 진문출판사, 1962
情熱의 女人, 백인사, 1962
黃昏을 가는 길, 삼중당, 1963

나비부인, 진문출판사, 1964
바람난 處女, 평화문화사, 1964
벌레먹은 靑春, 평화문화사, 1964
비틀거리는 밤, 문교출판사, 1964
서리맞은 菊花, 청산문화사, 1964
선술집 處女, 백인사, 1964
슬픈 女人들, 경문출판사, 1964
女給悲歌, 청산문화사, 1964
處女都市, 백인사, 1964
호박꽃 피는 밤, 청산문화사, 1964
紅桃야 울지 마라, 청산문화사, 1964
紅雪白雪, 대문사, 1964
南姬의 一生, 한영출판사, 1965
밤에 피는 꽃, 경문출판사, 1965
붉은 魔手, 평화출판사, 1965
사랑의 塔, 진문출판사, 1965
夜花, 성동출판사, 1965
女賊, 한양출판사, 1965
해골바가지, 평화문화사, 1965
눈물의 江, 남창문화사, 1966
첫사랑 純情, 대흥출판사, 1974
행복의 위치, 대흥출판사, 1974

참고 문헌

강옥희, 「1930년대 후반 대중소설 연구」, 상명
  대학교 박사학위 논문, 1999
김현진, 「방인근의 대중소설 연구」, 동국대학교
  석사학위 논문, 2004

백대진(白大鎭, 1892~1967)

饅頭賣の子供, 신문계, 1915. 1~3
金賞牌, 신문계, 1915. 4
異鄕의 月, 신문계, 1915. 5~6
南柯一夢, 신문계, 1915. 7
嗚呼薄命(上), 신문계, 1915. 8
愛兒의 出發, 신문계, 1915. 9
因果, 신문계, 1915. 11
黃金?, 신문계, 1915. 12
愛! 愛!, 신문계, 1916. 1
나의 日記로부터, 신문계, 1916. 6
絶交의 書翰, 신문계, 1916. 7
臨終의 自由, 신문계, 1916. 8~9
三十萬圓, 신세계, 1917. 2
老處女, 반도시론, 1917. 6
良人의 祈禱, 반도시론, 1917. 9
金剛의 夢, 반도시론, 1917. 11
옥동춘(玉洞春), 천도교회월보, 1917.
  12~1918. 3
과모의 루, 반도시론, 1918. 1
생?, 반도시론, 1918. 4
小說의 小說, 반도시론, 1918. 6

참고 문헌: 김복순, 『1910년대 한국문학과 근대
  성』, 소명출판, 1999

백석(白石, 1912~1995)

그 母와 아들, 조선일보, 1930. 1. 26~
  2. 4
마을의 遺話, 조선일보, 1935. 7. 6~20
닭을 채인 이야기, 조선일보, 1935. 8.
  11~25

참고 문헌: 김재용 엮음, 『백석 전집』, 실천문학,
  2004

백신애(白信愛, 1908~1939)

나의 어머니, 조선일보, 1929. 1. 1~6
쩌래이, 신여성, 1934. 1~2
福先伊, 신가정, 1934. 5
彩色橋, 신조선, 1934. 10
赤貧, 개벽, 1934. 11
落伍, 중앙, 1934. 12
멀리 간 동무, 소년중앙, 1935. 1
賞金參圓也, 동아일보, 1935. 7. 31~8. 1
顎富者, 신조선, 1935. 8
疑惑의 黑眸, 중앙, 1935. 8
鄭賢洙, 조선문단, 1935. 12
學士, 삼천리, 1936. 1
食困, 비판, 1936. 7(糊塗로 개작)
貞操怨, 삼천리, 1936. 8~1937. 1
어느 田園의 風景, 영화조선, 1936. 9
가지 말게, 백광, 1937. 6

狂人手記, 조선일보, 1938. 6. 25~7. 7
小毒婦, 조광, 1938. 7
一女人, 사해공론, 1938. 9
混冥에서, 조광, 1939. 5
아름다운 노을, 여성, 1939. 11~1940. 2

참고 문헌: 김윤식 엮음, 『백신애 소설집』, 조선
  일보사 출판국, 1987

백철(白鐵, 1908~1985)

南柯의 悲別, 부인공론, 1936. 7
展望, 인문평론, 1940. 1

참고 문헌: 김현정, 『백철 문학 연구』, 역락,
  2005

석인해(石仁海, 생몰 연도 미상)

아들의 소식, 조선일보, 1933. 1. 15~19
아들의 마음, 조선중앙일보, 1936. 5. 3
牧歌, 조광, 1938. 12
國境의 밤, 여성, 1939. 6
愛怨境, 조광, 1939. 7
路傍草, 조선문학, 1939. 7
七夕, 조광, 1939. 9
山魔, 인문평론, 1940. 5
彷徨, 조광, 1940. 8

海愁, 문장, 1941. 2
文身, 문장, 1941. 4
割耕, 조광, 1941. 8
山花, 삼천리, 1941. 9
浦人, 춘추, 1941. 11
再生, 야담, 1942. 1
漂流記, 조광, 1942. 1
家譜, 춘추, 1942. 8
歸去來, 춘추, 1943. 6
歷史, 백민, 1946. 6~12

참고 문헌: 권영민 엮음, 『한국현대문학대사전』,
서울대학교 출판부, 2004

송계월(宋桂月, 1910~1933)

工場消息, 신여성, 1931. 12.
街頭連絡의 첫날, 삼천리, 1932. 3
젊은 어머니, 신가정, 1933. 1~5

참고 문헌: 김연숙, 「사회주의 사상의 수용과 여
성작가의 정체성」, 『어문연구』, 2005

송영(宋影, 1903~1979)

男男對戰, 염군(焰群)
느러가는 무리, 개벽, 1925. 7
煽動者, 개벽, 1926. 3

鎔鑛爐, 개벽, 1926. 6
石工組合代表, 문예시대, 1927. 1
群衆停留, 현대평론, 1927. 3
印度兵士, 조선지광, 1928. 2
깃븐 날 저녁, 조선지광, 1928. 4
石炭 속에 夫婦들, 조선지광, 1928. 5
우리들의 사랑, 조선지광, 1929. 1
다섯해 동안의 조각 편지, 조선지광,
　1929. 2
꼽추이야기, 조선문예, 1929. 6
白色女王, 조선지광, 1929. 11~1930. 1
交代時間, 조선지광, 1930. 3~6
地下村, 대조, 1930. 5
호미를 쥐고, 대중공론, 1930. 6~9
吳水香, 조선일보, 1931. 1. 1~26
老人夫, 조선지광, 1931. 2
夜學先生, 집단, 1932. 2
그 뒤의 朴勝昊, 신계단, 1933. 7
男女 廢業, 신세기, 1933. 8
祈禱, 조선문학, 1933. 11
오마니, 중앙, 1934. 6
老姑山, 월간매신, 1934. 10
福順이, 조선일보, 1935. 8. 30~9. 18
月波, 조선일보, 1936. 2. 23~3. 10
능금나무 그늘, 조광, 1936. 3
아버지, 중앙, 1936. 3
솜틀거리에서 나온 消息, 삼천리, 1936. 4
숙수치마, 조선문학, 1936. 5
蠅群, 삼천리, 1936. 6
女事務員, 조광, 1936. 7

仁旺山, 중앙, 1936. 8
春夢, 조선문학, 1936. 9
省墓, 여성, 1936. 10
이 봄이 가기 전에, 매일신보, 1937. 1. 1
音樂敎員, 조광, 1937. 3
鏡臺, 청색지, 1938. 11
文書, 조선문학, 1939. 1
女僧, 문장, 1939. 7
金貨, 동아일보, 1939. 7. 6~27
泥濘, 매일신보, 1939. 8. 19~9. 17
苦憫, 예술, 1945. 12
운동회, 별나라, 1946. 1
푸른 잉크 붉은 마음, 우리문학, 1946. 3
椅子, 신문학, 1946. 4
촌뜨기 색시, 중외정보, 1946. 9

참고 문헌: 송영 외, 『한국해금문학전집』 8, 삼
  성출판사, 1988

신채호(申采浩, 1880~1936)

大東四千載第一大偉人 乙支文德, 광학
  서포, 1908. 5
슈군의 뎨일 거룩한인물 리슌신전, 대한
  매일신보, 1908. 6. 11~10. 24
東國巨傑崔都統, 대한매일신보, 1909.
  12. 5~1910. 5. 27
꿈하늘, 게재지 미상, 1916
백세 노승의 미인담, 게재지 미상(유고)

용과 용의 대격전, 게재지 미상, 1928

소설집

룡과 룡의 대격전, 조선문학예술총동맹출
  판사, 1966
단재 신채호 전집, 형설출판사, 1972
신채호문학유고선집, 연변대학출판사,
  1994

참고 문헌: 김주현 엮음, 『백세 노승의 미인담
  (외)』, 범우사, 2004

심훈(沈熏, 1901~1936)

찬미가에 싸인 원혼, 신청년, 1920. 8. 1
탈춤, 동아일보, 1926. 11. 9~12. 16
奇男의 冒險, 새벗, 1928. 11
五日飛霜, 조선일보, 1929. 3. 20~21
東方의 愛人, 조선일보, 1930. 10. 29~
  12. 10
不死鳥, 조선일보, 1931. 8. 16~12. 29
永遠의 微笑, 조선중앙일보, 1933. 7.
  10~1934. 1. 10
織女星, 조선중앙일보, 1934. 3. 24~
  1935. 2. 26
常綠樹, 동아일보, 1935. 9. 10~1936.
  2. 15
黃公의 最後, 신동아, 1936. 1

소설집

영원의 미소, 한성도서주식회사, 1935. 1

상록수, 한성도서주식회사, 1936. 8

직녀성 상, 한성도서주식회사, 1937. 9

직녀성 하, 한성도서주식회사, 1937. 10

참고 문헌: 박헌호 엮음, 『상록수』, 문학과지성
사, 2005

안국선(安國善, 1878~1926)

소설집

禽獸會議錄, 황성서적업조합, 1908. 2

共進會, 안국선 자택 수문서관, 1915. 8

참고 문헌: 김영민 엮음, 『금수회의록(외)』, 범우
사, 2004

안동수(安東洙, 1911~1946)

幻覺의 거리, 비판, 1936. 10

生命, 비판, 1936. 11

幸福, 풍림, 1936. 12

遺産, 풍림, 1937. 4

貞操, 광업조선, 1938. 5

距離, 비판, 1938. 8

現代詩, 비판, 1939. 3

慶姬의 片紙, 인민, 1945. 12

그 전날 밤, 우리문학, 1946. 2

어린 생명, 예술신문, 1946. 6

山家, 신문학, 1946. 8

아름다운 아침, 문학, 1946. 11

괴로운 사람들, 백제, 1947. 1

고개, 우리문학, 1947. 3

안석주(安碩柱, 1901~1950)

香十毒, 개벽, 1923. 1

自殺하는 女子, 조선지광, 1928. 4

갈재 웃는 女子, 조선일보, 1929. 3.
24~25

靑蟲紅蟲, 조선일보, 1929. 6. 11~7. 11

쎅쎄인 코, 신소설, 1930. 1

女事務員, 대중공론, 1930. 3~6

不具者, 대조, 1930. 9

그 녀자의 쌀, 대중공론, 1930. 9

星群, 조선일보, 1932. 2. 19~5. 31

天國은 富者의 것, 여인, 1932. 10

산타마리아, 신여성, 1933. 10

아카시아, 조선일보, 1936. 5. 30~6. 17

愁雨, 조광, 1936. 6~12

안해, 여성, 1936. 11~1937. 4

허무러진 花園, 문장, 1939. 7

참고 문헌: 채수영 외, 「방황과 갈등의 여정─
안석주론」, 『탄생 100주년 한국작가 재조명』,
국학자료원, 2006

안수길(安壽吉, 1911~1977)

붉은 목도리, 조선문단, 1935. 7
赤十字病院長, 조선문단, 1935. 8
胡哥네 지팡(새벽), 미발표, 1935
함지쟁이 영감, 북향, 1936. 8
부엌녀, 만선일보, 1940. 2. 13~15
차중에서, 만선일보, 1940. 7. 31~8. 2
四號室, 만선일보, 1940
한 여름 밤, 만선일보, 1940
벼, 만선일보, 1941. 11. 16~12. 25
새벽, 만선일보, 1941. 1. 1~3. 1
圓覺村, 국민문학, 1942. 2
牧畜記, 춘추, 1943. 4
바람, 매일사진순보, 1943
土城, 북원, 1944. 4
새마을(續 새벽), 북원, 1944. 4
北鄕譜, 만선일보, 1944. 12. 1~1945.
    7. 4
旅愁, 백민, 1949
凡俗, 민성, 1949. 9
密會, 문예, 1949. 10
初戀筆談, 신경향, 1949
假面, 신경향, 1949
商賣記, 정치평론, 1949
翠菊, 백민, 1950. 2
나루터의 脫走, 신사조, 1951. 11
明暗, 자유평론, 1952
제비, 문예, 1952. 6
艶書慰問, 1952

岐路, 1952
두 개의 發程, 1952
故鄕 바다, 1952
第三人間型, 자유세계, 1953. 6
快晴, 문화세계, 1953. 7
鄕愁 속의 敵愾心, 현대공론, 1953. 10
逆의 處世哲學, 문예, 1953. 11
먼 後日, 대구일보, 1954
鄕愁, 서울신문, 1954. 8~9
道聽塗說, 조선일보, 1955. 7~8
背信, 문학예술, 1955. 12
少年浮屠, 새벽, 1956. 3
假裝行列, 동아일보, 1956. 3~4
有花果, 여성계, 1956
대구이야기, 사상계, 1957. 4
流産, 문학예술, 1957. 6
善意, 자유문학, 1957. 9
파란 눈, 신태양, 1957. 11
第二의 靑春, 조선일보, 1957
이런 靑春, 자유문학, 1958. 11
遊戱, 자유공론, 1958. 12
사르비아 핀 庭園, 세계일보, 1958
萌芽期, 신태양, 1959. 1
浮橋, 동아일보, 1959. 7~1960. 3
北間島(제1부), 사상계, 1959. 4
泥土地域, 자유문학, 1959. 7
感情色彩, 국제신보, 1959
登校通告, 사상계, 1959. 7
風車, 서울신문, 1959. 7
素朴한 印象, 자유문학, 1960. 9

北間島(제2부), 사상계, 1961. 1

序章, 사상계, 1961. 11

流星, 민국일보, 1962

생각하는 갈대, 서울신문, 1962

北間島(제3부), 사상계, 1963. 1

IRAQ에서 온 불온문서, 문예춘추, 1964. 4

寒流, 문학춘추, 1964. 6~1965. 4

白夜, 조선일보, 1964

山을 바라보는 사람들, 여상, 1964

자라는 전나무, 민국신문, 1965

그 뒤에 오는 것, 전우신문, 1965

梟首, 신동아, 1965. 10

未明, 사상계, 1965. 12

거스름, 현대문학, 1966. 5

새, 신동아, 1966. 10

꿰매 입은 양복바지, 1966

來日은 風雨, 한국일보, 1966

草家三間, 여학생, 1966

집, 1966

北間島 제4·5부, 1967

연적, 대구매일, 1967

타목, 현대문학, 1967. 5

削髮, 사상계, 1968. 1

窓을 南으로, 동아일보, 1968

通路(제1부), 현대문학, 1968. 11~
　　1969. 11

기름, 월간문학, 1968. 12

새, 1968

나자머자니크, 아세아, 1969

饗宴, 월간중앙, 1969. 3

철늦은 꽃, 카톨릭 시보, 1969

구름의 다리들, 전북일보, 1969

동태찌개의 맛, 신동아, 1970. 6

城川江, 신동아, 1971. 1~1974. 3

歸心, 독서신문, 1971

人間運河, 부산일보, 1971

오동나무 있는 마을, 새농민, 1972

三人行, 현대문학, 1974. 8

老夫婦, 문학사상, 1974. 9

黃眞伊, 여원, 1974

乙支文德, 민족문학대계, 1975

어떤 戀愛, 문학사상, 1976. 1

梨花에 月白하고, 경향신문, 1975~77

冬貊, 현대문학, 1976. 2~1977. 3

牧畜記, 독서생활, 1976. 6

亡命詩人, 창작과비평, 1976. 9

소설집

北原, 예문당, 1943

第三人間型, 을유문화사, 1953

初戀筆談, 글벗집, 1953

花環, 글벗집, 1953

來日 피는 꽃, 글벗집, 1958

第二의 靑春, 일조각, 1958

北間島, 춘조사, 1959

風車, 동민문화사, 1963

벼, 정음사, 1965

北間島 제1~5부, 삼중당, 1967

생각하는 갈대, 선일문화사, 1973

第三人間型, 삼중당, 1975

亡命詩人, 일지사, 1976
목축기, 범우사, 1976
初戀, 태창문화사, 1977
黃眞伊, 홍문각, 1977

참고 문헌

김윤식, 「안수길 연구」, 정음사, 1986
연변대학교 조선문학연구소, 「안수길」, 보고사, 2006

안회남(安懷南, 1910~?)

髮, 조선일보, 1931. 2. 4~10
人間軌道, 조선일보, 1931. 3. 13~8. 14
借用證書, 비판, 1931. 11
그들 夫婦, 혜성, 1931. 12
愛情의 悲哀, 매일신보, 1932. 1. 17~21
七星의 버릇, 백악, 1932. 3
處女, 제일선, 1932. 8
나와 玉女, 신여성, 1933. 1. 22
病든 少女, 신동아, 1933. 6
煙氣, 조선문학, 1933. 10
안해의 歡息, 신가정, 1933. 11
黃金과 薔薇, 중앙, 1935. 5
상자, 조선문단, 1935. 7
惡魔, 신동아, 1936. 3
故鄕, 조광, 1936. 3
憂鬱, 중앙, 1936. 4
香氣, 조선문학, 1936. 6

黃昏, 신동아, 1936. 7
薔薇, 조광, 1936. 8
花園, 조선문학, 1936. 10
가을 밤, 여성, 1936. 11
瞑想, 조광, 1937. 1
少年과 妓生, 조선문학, 1937. 1
魍魎, 풍림, 1937. 2
南風, 여성, 1937. 5
일허진 地平線, 조선일보, 1937. 6. 18~20
寫眞과 洋靴, 여성, 1938. 1
그날 밤에 생긴 일, 조광, 1938. 4
에레나 裸像, 청색지, 1938. 6
燈盞, 사해공론, 1938. 10
汽車, 조광, 1938. 10
愁心, 문장, 1939. 3
溫室, 여성, 1939. 5
김유정, 청색지, 1939. 5
季節, 동아일보, 1939. 5. 24~6. 14
機械, 조광, 1939. 6
鬪鷄, 문장, 1939. 7
愛人, 여성, 1939. 7~1940. 3
謙虛(金裕貞傳), 문장, 1939. 10
煩悶하는 잔룩 氏, 인문평론, 1939. 10
濁流를 헤치고, 인문평론, 1940. 4~5
어둠 속에서, 문장, 1940. 6·7
病院, 인문평론, 1940. 8
少年, 조광, 1940. 10
老人, 문장, 1941. 2
兄, 신시대, 1941. 3

벼, 춘추, 1941. 3

봄이 오면, 인문평론, 1941. 4

흙의 香氣, 半島の光, 1941. 9~

動物集(소·개·벌·닭·배암·돼지), 춘추, 1941. 10

帽子, 춘추, 1943. 7

늑대, 조광, 1943. 8

흙의 凱歌, 매일신보, 1943. 11. 19~1944. 1. 28

風俗, 조광, 1943. 12~1944. 2

汚辱의 거리, 주보건설, 1945. 11~

炭坑, 민성, 1945. 12

鐵鎖 끊어지다, 개벽, 1946. 1~

말, 대조, 1946. 1

그 뒤 이야기, 생활문화, 1946. 1

섬, 신천지, 1946. 1

별, 혁명, 1946. 1

쌀, 신세대, 1946. 3

소, 조광, 1946. 3

봄, 서울신문, 1946. 5. 15~16

불, 문학, 1946. 8

暴風의 歷史, 문학평론, 1947. 4

駱駝, 신천지, 1947. 7

農民의 悲哀, 문학, 1948. 4

소설집

安懷南 短篇集, 학예사, 1939

濁流를 헤치고, 영창서관, 1941

大地는 부른다, 조선출판사, 1944

田園, 고려문화사, 1946

불, 을유문화사, 1947

봄이 오면, 정음사, 1948

참고 문헌

신형기, 「신변소설에서 사회적 소설까지—안회남론」, 『문학사상』, 1988. 11

이성천 엮음, 『안회남 작품집』, 지만지, 2008

엄흥섭(嚴興燮, 1906~?)

흘너간 마을, 조선지광, 1930. 1

破産宣告, 대중공론, 1930. 6

꿈과 現實, 조선지광, 1930. 6

地獄脫出, 대중공론, 1930. 7

出帆前後, 대중공론, 1930. 9

그대의 힘은 弱하다, 비판, 1932. 1~2

溫情主義者, 비판, 1932. 3~5

숭어, 비판, 1933. 11

絶緣(안해에게 주는 편지), 조선문학, 1934. 1

乳母, 중앙, 1934. 3~4

방울 속의 참消息, 문학창조, 1934. 6

허무러진 未練塔, 신동아, 1934. 10

좀 먹는 斷層, 청년조선, 1934. 10

憂鬱의 軌道, 개벽 속간, 1934. 12

안개 속의 春三이, 신동아, 1934. 12

惡戲, 개벽, 1935. 1

純情, 신동아, 1935. 1

苦悶, 신동아, 1935. 2~8

淪落女, 신가정, 1935. 3
番犬脫出記, 예술, 1935. 7
老學者, 신조선, 1935. 8
숭어, 비판, 1935. 10
새벽 바다, 조광, 1935. 12
苛責, 신동아, 1936. 1
조고만 試鍊, 예술, 1936. 1〜
過歲, 조광, 1936. 4
힘, 조광, 1936. 5
그들의 간 곳, 조선문학, 1936. 6
久遠草, 부인공론, 1936. 7
久遠草, 사해공론, 1936. 10〜
情熱記, 조광, 1936. 11〜1937. 2
길, 여성, 1937. 1
흘러간 마을, 사해공론, 1937. 2(재수록)
아버지 消息, 여성, 1938. 1〜2
明暗譜, 조광, 1938. 3〜8
宿直社員, 동아일보, 1938. 3. 31〜4. 7
女優志望者, 광업조선, 1938. 8
敗北 아닌 敗北, 사해공론, 1938. 8
有閑靑年, 조광, 1938. 10
幸福, 매일신보, 1938. 10. 31〜12. 31
老靑年, 야담, 1939. 1〜2
黎明, 문장, 1939. 7
人生沙漠, 신세기, 1940. 1〜1941. 6
조그만 快感(隨筆風인 生活 스케치), 여
　성, 1940. 6
失明, 조광, 1940. 7〜8
人生沙漠(續), 신세기, 1941. 1〜
그들의 轉業, 조광, 1944. 10

새로운 아침, 여성문화, 1945. 12
靑銅火爐, 예술, 1946. 2〜
歸還日記, 우리문학, 1946. 2
氷夜, 인민, 1946. 4
소 盜賊, 신세대, 1946. 5
管理工場, 민성, 1946. 6
쫓겨온 사나이, 신문학, 1946. 8
握手, 학생월보, 1946. 8
집 없는 사람들, 백민, 1947. 5
自尊心, 백민, 1947. 11
봄 오기 前, 신세대, 1948. 5
山에 사는 사람들, 청년예술, 1948. 5
C君과 나와 영옥, 백민, 1950. 2
野生草, 연합신문, 1950. 2
중매철학, 학생일보, 1950. 2

소설집

길, 한성도서, 1938
世紀의 愛人, 광한서림, 1939
破鏡, 중앙인서관, 1939
水平線, 1941
幸福, 영창서관, 1941
情熱記, 한성도서, 1941
烽火, 성문당, 1947
흘러간 마을, 백수사, 1948
幸福, 영창서관, 1949
人生沙漠, 학우사, 1949

참고 문헌: 엄흥섭, 『인생사막』, 을유문화사,
　1988

염상섭(廉想涉, 1897~1963)

舶來猫, 삼광, 1920. 4

標本室의 靑개고리, 개벽, 1921. 8~10

暗夜, 개벽, 1922. 1

除夜, 개벽, 1922. 2~6

墓地, 신생활, 1922. 7~9

E先生, 동명, 1922. 9. 10~12. 10

죽음과 그 그림자, 동명, 1923. 1. 14

해바라기, 동아일보, 1923. 7. 18~8. 26

너희들은 무엇을 어덧느냐, 동아일보,
  1923. 8. 27~1924. 2. 5

니즐 수 없는 사람들, 폐허이후, 1924. 2

金牛指, 개벽, 1924. 2

萬歲前, 시대일보, 1924. 4. 6~6. 7

電話, 조선문단, 1925. 2

난어머니, 『解放의 아들』, 1925. 2

孤獨, 조선문단, 1925. 7

檢事局待合室, 개벽, 1925. 7

輪轉機, 조선문단, 1925. 10

眞珠는 주엇스나, 동아일보, 1925. 10.
  17~1926. 1. 17

惡夢, 시종, 1926. 1~3

初戀, 조선문단, 1926. 3~5

遺書, 신민, 1926. 4

조그만 일, 문예시대, 1926. 11

未解決, 신민, 1926. 11~12, 1927. 2~
  3

南忠緒, 동광, 1927. 1~2

밥, 조선문단, 1927. 2

女客, 별건곤, 1927. 3

두 出發, 현대평론, 1927. 4~7

사랑과 罪, 동아일보, 1927. 8. 15~
  1928. 5. 4

宿泊記, 신민, 1928. 1

二心, 매일신보, 1928. 10. 22~1929.
  4. 24

E夫人, 문예공론, 1929. 5~6

조고만 復讐, 조선문예, 1929. 5~6

썩은 胡桃, 삼천리, 1929. 6

狂奔, 조선일보, 1929. 10. 3~1930. 8. 2

出奔한 안해에게 보내는 편지, 신생,
  1929. 10~11

쭝파리와 그의 안해, 신민, 1929. 11

男便의 責任, 신소설, 1929. 12~1930. 1

세 食口, 대중공론, 1930. 3~4

墜落, 삼천리, 1930. 11

三代, 조선일보, 1931. 1. 1~9. 17

嫉妬와 밥, 삼천리, 1931. 10

無花果, 매일신보, 1931. 11. 13~1932.
  11. 12

白鳩, 조선중앙일보, 1932. 10. 31~
  1933. 6. 13

牧丹꽃 필 째, 매일신보, 1934. 2. 1~7. 8

구두, 월간매신, 1934. 7

불똥, 삼천리, 1934. 9

奇禍, 월간매신, 1934. 9

無絃琴, 개벽, 1934. 11~1935. 3

어떤 날의 女給, 월간매신, 1934. 12

曉頭의 沙邊停駕, 월간매신, 1935. 1

그 女子의 運命, 중앙, 1935. 2
失職, 삼천리, 1936. 1~2
不連續線, 매일신보, 1936. 5. 18~12. 30
青春航路, 중앙, 1936. 6~9
自殺未遂, 삼천리, 1938. 10
첫걸음, 신문학, 1946. 11
엉덩이에 남은 발자욱, 구국, 1948. 1
三八線, 삼팔선, 1948. 1
謀略, 삼팔선, 1948. 1
離合, 개벽, 1948. 1
曉風, 자유신문, 1948. 1. 1~11. 3
그 初期, 백민, 1948. 5
바쁜 이바지, 한보, 1948. 2
再會, 문장, 1948. 10
令監家僧과 乭釗, 학풍, 1948. 10
盜難難, 신태양, 1948. 12
虛慾, 대조, 1948. 12
移從, 1948. 12. 2
混亂, 민성, 1949. 2
화투, 신천지, 1949. 5
臨終, 문예, 1949. 8
두 破産, 신천지, 1949. 8
가엾은 미끼, 서울신문, 1949. 9. 30~
    10. 5
一代의 遺業, 문예, 1949. 10
굴레, 백민, 1950. 2
暖流, 조선일보, 1950. 2. 10~6. 28
採石場의 少年, 소학생, 1950. 3
續 · 一代의 遺業, 신사조, 1950. 5
立夏의 節, 신천지, 1950. 5~6

解放의 아침, 신천지, 1951. 1
탐내는 하꼬방, 신생공론, 1951. 7
山도깨비, 1951. 7
잭나이프, 1951. 9. 18
純情, 희망, 1951. 12~1952. 1
紅焰, 자유세계, 1952. 1~10, 12, 1953. 1
거품, 신천지, 1951. 3
自轉車, 얼룩진 시대풍경, 1952. 6. 25
驟雨, 조선일보, 1952. 7. 18~1953. 2. 10
그리운 남의 정, 해군생활, 1952
慾, 1952. 9. 25
새 設計, 농민소설선집, 1952
血鬪, 1953. 3. 2
家宅搜索, 대한신문, 1953. 7. 20
해 지는 보금자리 풍경, 문화세계, 1953. 7
街頭點描, 신천지, 1953. 9
새울림, 국제신보, 1953. 12. 15~1954.
    2. 25
追悼, 신천지, 1954. 1
幻覺, 실화, 1954. 2~3
未亡人, 한국일보, 1954. 6. 15~12. 6
黑白, 현대공론, 1954. 7
비스켓과 수류탄, 자유공론, 1954. 9
歸鄕, 새벽, 1954. 9
地平線, 현대문학, 1955. 1~6
夫婦, 사상계, 1955. 2
짖지 않는 개, 문학예술, 1955. 6
젊은 世代, 서울신문, 1955. 7. 1~11. 21
監査前, 신태양, 1955. 7
두 살림, 전망, 1955. 11~1956. 2

宿命의 女人, 1955. 12

出奔한 아내, 1956. 1

父性愛, 문학예술, 1956. 1

威脅, 사상계, 1956. 4

자취, 현대문학, 1956. 6

후덧침, 문학예술, 1956. 8

땐스, 신태양, 1956. 8

花冠, 삼천리, 1956. 9~1957. 9

死線, 자유세계, 1956. 10~12, 1957.
  3~4

友情, 아리랑, 1956. 10

어머니, 현대문학, 1956. 12

絶穀, 문학예술, 1957. 2

新情, 신태양, 1957. 4

돌아온 어머니, 현대문학, 1957. 6

동서, 현대문학, 1957. 9

그 구릅과 妓女, 一代의 遺業, 1957. 10

아내의 情愛, 자유문학, 1957. 10

金議官叔姪, 야담, 1957. 10

인푸루엔쟈, 문학예술, 1957. 10

情炎에 사른 侮辱感, 신태양, 1957. 11

男子란 것, 女子란 것, 사상계, 1957. 11

늙은 것도 서룬데, 현대문학, 1958. 1

길에서 줏은 사랑, 소설계, 1958. 2

달아난 아내, 1958. 2

純情의 底邊, 자유문학, 1958. 3

動機, 해군, 1958. 3

쌀, 현대문학, 1958. 3

두번째 홍역, 소설계, 1958. 4

老炎 뒤, 한국평론, 1958. 5

擇日 하던 날, 자유공론, 1958. 5

空襲, 사조, 1958. 6

대목 동티, 사상계, 1958. 6

守節내기, 현대문학, 1958. 6

겨운 사랑 갚을 길 없어, 1958. 6

利害, 자유세계, 1958. 7

宇宙時代以後의 아들딸, 신태양, 1958. 7

法이 없어도 사는 사람들, 사상계, 1958. 8

장가는 잘 갔는데, 1958. 8

代를 물려서, 자유공론, 1958. 12~
  1959. 12

漁父의 利, 소설계, 1959. 8

離緣, 예술원보, 1958. 12

幓巾, 자유문학, 1959. 1

싸우면서도 사랑은, 사상계, 1959. 1

을수, 현대문학, 1959. 1

박수, 자유문학, 1959. 5

同氣, 사상계, 1959. 8

십자매, 자유문학, 1959. 9

結婚 뒤, 현대문학, 1959. 9

三角遊戲, 문학, 1959. 11

두양주, 사상계, 1959. 12

남의 집살이, 예술원보, 1959. 12

十代를 넘는 前後, 학원, 1960. 1

解腹, 자유문학, 1960. 2

20代에 들어서서, 현대문학, 1960. 3

하치 않은 回想, 예술원보, 1960. 12

얼룩진 時代風景, 예술원보, 1961. 7

어설픈 사람들, 현대문학, 1961. 7

疑妻症, 현대문학, 1961. 10

가위에 눌린 사람들, 해양소설집
서글픈 嫉妬, 소설계
監査前, 한국단편문학전집 소재, 정음사
(아래는 게재지와 발표 연대 미상인 작품)
池先生
艶書
피, 주간예술.
비에 젖은 황토 자국
感激의 凱歌
同胞
家庭敎師
12時間의 감투
中老女

소설집
牽牛花, 박문서관, 1923
萬歲前, 고려공사, 1924
南邦處女, 평문관, 1924. 5. 1
해바라기, 박문서관, 1924. 7
금반지, 글벗집, 1926
孤獨, 글벗집, 1926
사랑과 罪, 박문서관, 1939
二心, 박문서관, 1941
三代 上, 을유문화사, 1947
牧丹꽃 필 때, 한성도서, 1947
三八線, 금룡도서, 1948
萬歲前, 수선사, 1948
신혼기, 금룡도서, 1948
三代 下, 을유문화사, 1948
두 파산, 일한도서, 1949

解放의 아들, 금룡도서, 1949
그리운 사랑, 문학당, 1954
驟雨, 을유문화사, 1954
一代의 遺業, 을유문화사, 1960
얼룩진 時代風景, 정음사, 1973
염상섭 I·II, 문원각, 1974
염상섭 전집, 민음사, 1987

참고 문헌
김종균, 『염상섭 연구』, 고려대학교 출판부,
  1974
김윤식, 『염상섭 연구』, 서울대학교 출판부,
  1987

유엽(柳葉, 1902~1975)

긴 밤, 조선문단, 1925. 11
꿈은 아니언만, 신민, 1927. 6~9
새 세상 사람들, 조선일보, 1927. 7. 2~
  1928. 5. 9
○○이 이야기, 동아일보, 1928. 3. 24~
  4. 3
정성스럽게 살기 위하여, 여시, 1928. 6
숨은 女詩人, 매일신보, 1933. 6. 1
꿈길을 밟아, 조선중앙일보, 1934. 4.
  8~5. 9

소설집
꿈은 아니언만, 덕흥서림, 1953

참고 문헌: 이재선, 『한국현대소설사』, 홍성사,
1979

유적구(柳赤駒, 1901~1964)

英五의 死, 개벽, 1926. 5
現實, 조선지광, 1928. 4
脫夢, 조선일보, 1929. 3. 22

참고 문헌: 권영민 엮음, 『한국현대문학대사전』,
서울대학교 출판부, 2004

유진오(俞鎭午, 1906~1987)

S와 빠사회, 문우, 1925
여름밤, 문우, 1927. 2
스리, 조선지광, 1927. 5
把握, 조선지광, 1927. 7~9
甲洙의 련애, 현대평론, 1927. 9~10
三面鏡, 조선지광, 1928. 1
넥타이의 沈澱, 조선지광, 1928. 4
五月의 求職者, 조선지광, 1929. 9
家庭敎師, 조선강단, 1930. 1
歸鄕, 별건곤, 1930. 5~7
馬賊, 조선지광, 1930. 6
宋君 男妹와 나, 조선일보, 1930. 9. 4~
17

女職工, 조선일보, 1931. 1. 2~22
兄, 조선지광, 1931. 2~5
열 네 살 째에, 신광, 1931. 2
밤중에 거니는 者, 동광, 1931. 3
첫經驗, 동광, 1931. 11
上海의 記憶, 문예월간, 1931. 11
餞別, 삼천리, 1932. 4
五月祭前, 신계단, 1932. 11
行路, 개벽, 1934. 11~1935. 1
金講師와 T敎授, 신동아, 1935. 1
五月二題, 조선문단, 1935. 6
看護婦長, 신동아, 1935. 12
黃栗(都會의 한 스케취), 삼천리, 1936. 1
受難의 記錄, 삼천리문학, 1938. 1, 4
滄浪亭記, 동아일보, 1938. 4. 19~5. 4
어떤 夫妻, 조광, 1938. 10
手術, 야담, 1938. 11
痴情, 조광, 1938. 12
離婚, 문장, 1939. 2
가을, 문장, 1939. 5
나비, 문장, 1939. 7
華想譜, 동아일보, 1939. 12. 8~1940.
5. 3
봄, 인문평론, 1940. 1
酒朋, 문장, 1940. 6·7
憂愁의 뜰, 여성, 1940. 8~12
山울림, 인문평론, 1941. 1
젊은 안해, 춘추, 1941. 2
馬車, 문장, 1941. 2
憂愁의 뜰, 신세기, 1941. 4

南谷先生, 국민문학, 1942. 1

鄭선달, 춘추, 1942. 2

新京, 춘추, 1942. 10

金浦아주머니, 방송지우, 1944

소설집

유진오 단편집, 학예사, 1939

봄, 한성도서주식회사, 1940

華想譜, 한성도서, 1941

滄浪亭記, 정음사, 1964

참고 문헌: 한기철, 「유진오 문학연구」, 대구대
학교 박사학위 논문, 1996

유항림(俞恒林, 1914~1980?)

馬券, 단층, 1937. 4

區區, 단층, 1937. 10

符號, 인문평론, 1940. 10

弄談, 문장, 1941. 2

소설집

유항림 단편집, 조선작가동맹출판사,
1958

참고 문헌: 유항림 외, 『월북작가대표문학』 3,
서음출판사, 1989

윤곤강(尹崑崗, 1911~1949)

이순신, 형상, 1934. 2

참고 문헌: 『형상』 1934. 2

윤기정(尹基鼎, 1903~?)

성탄야의 추억, 조선일보, 1921

새살림, 문예시대, 1927. 1

氷庫, 현대평론, 1927. 5

미치는 사람, 조선지광, 1927. 6~7

짠길을 것는 사람들, 조선지광, 1927. 9

압날을 위하야, 예술운동, 1927. 11

逢變, 생의 성, 1928. 3

意外, 조선지광, 1928. 4

양회굴둑, 조선지광, 1930. 6

自畵像, 조선문학, 1936. 8

私生兒, 사해공론, 1936. 9

寂滅, 조선문학, 1936. 10

車夫, 조광, 1936. 11

二十圓, 풍림, 1936. 12

春夢曲, 사해공론, 1937. 1~5

거울을 꺼리는 사나이, 조선문학, 1937. 1

어머니와 아들, 풍림, 1937. 2

工事場, 사해공론, 1937. 3

아씨와 안잠이, 조광, 1937. 7

天災, 조선문학, 1937. 8

리창섭 브리가다, 윤기정 현경준 단편소

설집, 1953. 7

참고 문헌: 서경석 엮음, 『윤기정 전집』, 역락, 2004

윤백남(尹白南, 1888~1954)

夢金, 매일신보, 1919. 1. 1
月子와 時計, 동아일보, 1926. 1. 9~14
碁狂出世, 신소설, 1929. 12
夢金, 신소설, 1930. 1
大盜傳(전편), 동아일보, 1930. 1. 16~ 3. 24
大盜傳(후편), 동아일보, 1931. 1. 1~ 7. 31
離婚, 신소설, 1930. 5
貞操, 신소설, 1930. 7
僞造銀貨, 해방, 1930. 12
海鳥曲, 동아일보, 1931. 11. 18~1932. 6. 7
項羽, 조선중앙일보, 1933. 4. 1~8. 11
秋風嶺, 신동아, 1933. 6~8, 10~11, 1934. 2
信賴, 여명, 1933. 7
烽火, 동아일보, 1933. 8. 25~1934. 4. 18
黑頭巾, 동아일보, 1934. 6. 10~1935. 2. 16
女子의 魂, 조선문단, 1935. 4
眉愁, 동아일보, 1935. 4. 1~9. 20

白蓮流轉記, 동아일보, 1936. 2. 22~8. 27
바다로 가는 사람, 사해공론, 1936. 11
事變前後, 매일신보, 1937. 1. 1~10. 31
新剪燈新話, 재만조선인통신, 1937. 2
벌통, 신시대, 1945. 1
回天記, 자유신문, 1949. 4. 10~9. 23
颱風, 동아일보, 1950. 2. 17~6. 27
落照의 노래, 조선일보, 1953. 2. 12~8. 1
神秘, 문화춘추, 1953. 10
興宣大院君, 자유신문, 1953. 10~1954. 3
安流亭의 老翁, 애향, 1954. 3
安流亭, 새벽, 1954. 9

소설집

大盜傳, 영창서관, 1931
烽火, 박문서관, 1936
偶然의 奇蹟, 대중서옥, 1936
事變前後, 영창서관, 1940
紅桃의 半生, 1940
永遠의 나그네, 영창서관, 1942
黑頭巾, 영창서관, 1948
海鳥曲, 영창서관, 1949
後百濟秘話, 삼중당, 1952
落照의 노래, 동문사, 1953
野花, 삼팔사, 1954

참고 문헌: 곽근, 「윤백남의 삶과 소설」, 『동구어 문논집』, 1997. 12

윤세중(尹世重, 1912~?)

그늘 밑 사람, 조선문학, 1937. 2

明朗, 조선문학, 1937. 5

愛髮家, 조선문학, 1939. 3

용섭이, 조선문학, 1939. 5

路邊, 조선문학, 1939. 7

白茂線, 인문평론, 1941. 1, 2, 4

鬪犬記, 춘추, 1942. 12

十五日後, 예술운동, 1945. 12

指導者, 협동, 1946. 8

從姉, 인민예술, 1946. 10

참고 문헌: 권영민 엮음, 『한국현대문학 작품연
   표 1』, 서울대학교 출판부, 1998

이광수 (李光洙, 1892~1950)

愛か, 백금학보, 1909. 12

無情, 대한흥학보, 1910. 3~4

獻身者, 소년, 1910. 8

金境, 청춘, 1915. 3

無情, 매일신보, 1917. 1. 1~6. 14

少年의 悲哀, 청춘, 1917. 6

어린 벗에게, 청춘, 1917. 7~11

開拓者, 매일신보, 1917. 11. 10~1918.
   3. 15

彷徨, 청춘, 1918. 3

尹光浩, 청춘, 1918. 4

거룩한 죽음, 개벽, 1923. 3~4

先導者, 동아일보, 1923. 3. 27~7. 17

許生傳, 동아일보, 1923. 12. 1~1924.
   3. 21

金十字架, 동아일보, 1924. 3. 22~5. 11

血書, 조선문단, 1924. 10

H君을 생각하고, 조선문단, 1924. 11

再生, 동아일보, 1924. 11. 9~1925. 9. 28

어떤 아침, 조선문단, 1924. 12

사랑에 주렸던 이들, 조선문단, 1925. 1

一說靑春傳, 동아일보, 1925. 9. 30~
   1926. 1. 3

千眼記, 동아일보, 1926. 1. 5~3. 6

麻衣太子, 동아일보, 1926. 5. 10~
   1927. 1. 9

流浪, 동아일보, 1927. 1. 6~31

端宗哀史, 동아일보, 1928. 11. 30~
   1929. 12. 11

아들의 원수, 신소설, 1929. 12, 1930. 1,
   5, 7

革命家의 안해, 동아일보, 1930. 1. 1~
   2. 4

사랑의 다각형, 동아일보, 1930. 3. 27~
   11. 2

妻, 해방, 1930. 11

삼봉이네 집, 동아일보, 1930. 11. 29~
   1931. 4. 24

無名氏傳—A의 略歷, 동광, 1931. 3~6

李舜臣, 동아일보, 1931. 6. 26~1932.
   4. 3

壽岩이의 日記 멧절, 삼천리, 1932. 4

흙, 동아일보, 1932. 4. 12~1933. 7. 10

有情, 조선일보, 1933. 9. 27~12. 31

그 女子의 一生, 조선일보, 1934. 2. 18~
　　1935. 9. 26

嘉實, 삼천리, 1935. 1

天眼記, 조선문단, 1935. 4~7

異次頓의 死, 조선일보, 1935. 9. 30~
　　1936. 4. 12

千里 밖의 愛人, 야담, 1935. 12

모르는 여인, 사해공론, 1936. 5

愛慾의 彼岸, 조선일보, 1936. 5. 1~
　　12. 21

드문 사람들, 사해공론, 1936. 6

黃海의 美人, 사해공론, 1936. 6

萬爺の死, 개조, 1936. 8

그의 自敍傳, 조선일보, 1936. 12.
　　22~1937. 5. 1

恭愍王, 조선일보, 1937. 5. 28~6. 10

箱根嶺의 少女, 신세기, 1939. 1

無明, 문장, 1939. 2

꿈, 문장, 1939. 7

길놀이, 문우구락부, 1939. 7

늙은 竊盜犯, 신세기, 1939. 2~1940. 4

鬻莊記, 문장, 1939. 9

玉蜀黍, 총동원, 1939. 11

亂啼烏, 문장, 1940. 2

옥수수, 삼천리, 1940. 3

金氏夫人傳, 문장, 1940. 6·7

그들의 사랑, 신시대, 1941. 1~3

봄의 노래, 신시대, 1941. 10~1942. 6

元曉大師, 매일신보, 1942. 3. 1~10. 31

加川校長, 국민문학, 1943. 10

兵になわる, 신태양, 1943. 11

大東亞, 녹기, 1943. 12

四十年, 국민문학, 1944. 1~

元述の出征, 신시대, 1944. 6

서울, 태양신문, 1949~1950

소설집

無情, 광익서관, 1918

開拓者, 홍문당서점, 1922

春園短篇小說集, 홍문당서점, 1924

許生傳, 시문사, 1924

一說 春香傳, 한성도서주식회사, 1926

再生, 회동서관, 1926

젊은 꿈, 박문서관, 1926

麻衣太子, 박문서관, 1928

端宗哀史, 박문서관, 1930

革命家의 안해, 삼천리사, 1930

李舜臣, 대성서림, 1932

再生, 박문서관, 1934

異次頓의 死, 한성도서, 1937

愛慾의 彼岸, 조광사, 1937

그의 自敍傳, 한성도서, 1937

사랑, 박문서관, 1938

群像, 한성도서, 1939

李光洙短篇選, 박문서관, 1939

春園短篇小說, 1940

世祖大王, 박문서관, 1940

삼봉이네 집, 영창서관, 1941

流浪, 홍문서관, 1945

革命家의 안해, 숭문사, 1946

島山 安昌浩, 대성문화사, 1947

꿈, 면학서포, 1947

나, 생활사, 1947

나의 告白, 춘추사, 1948

元曉大師, 경진사, 1948

李舜臣, 영창서관, 1948

스무살 고개: 나, 청춘 엮음, 1948

愛慾의 彼岸, 국문사, 1949

先導者, 태극서관, 1949

放浪者, 중앙출판사, 1949

사랑, 박문출판사, 1950

사랑의 罪, 문연사, 1950

有情, 한성도서, 1950

이광수 전집, 삼중당, 1962

이광수 전집, 우신사, 1979

참고 문헌: 한승옥 편저, 『이광수 문학사전』, 고려대 출판부, 2002

堂山祭, 비판, 1939. 1~3

理髮師, 문장, 1939. 7

探求의 一日, 동아일보, 1940. 4. 9~5. 7

崔고집 先生, 인문평론, 1940. 6

孤獨의 辯, 문장, 1940. 10

故鄕사람들, 문장, 1941. 2

밤이 새거든, 춘추, 1941. 9

少年, 춘추, 1942. 10

흙의 風俗, 춘추, 1943. 5~9

追憶, 예술, 1945. 12

장날, 인민평론, 1946. 3

고구마, 신문학, 1946. 6

安老人, 신세대, 1948. 5

濁流 속을 가는 朴敎授, 신천지, 1948. 6

소설집

故鄕 사람들, 영창서관, 1934

第三奴隸, 아문각, 1949

참고 문헌: 유임하 엮음, 『이근영 중·단편선집』, 현대문학사, 2009

이근영(李根榮, 1910~?)

금송아지, 신가정, 1935. 10

菓子箱子, 신가정, 1936. 3

農牛, 신동아, 1936. 6

말하는 벙어리, 조선문학, 1936. 11

第三奴隸, 동아일보, 1938. 2. 15~6. 26

이기영(李箕永, 1895~1984)

옵바의 秘密片紙, 개벽, 1924. 7

가난한 사람들, 개벽, 1925. 5

農夫 鄭道龍, 개벽, 1926. 1~2

朴先生, 별건곤, 1926. 1

쥐니야기, 문예운동, 1926. 1

장동지 아들, 시대일보, 1926. 1. 4

五妹 둔 아버지, 개벽, 1926. 4

復興會, 개벽, 1926. 8

朴先生, 별건곤, 1926. 11

天痴의 論理, 조선지광, 1926. 11

失眞, 동광, 1927. 1

農夫의 집, 조선지광, 1927. 1

어머니의 마음, 현대평론, 1927. 1

誘惑, 조선일보, 1927. 1. 4~

餓死, 조선지광, 1927. 2

號外, 현대평론, 1927. 3

비밀회의, 중외일보, 1927. 4

民村, 민촌, 1927. 4

밋며누리―금순의 소전, 조선지광, 1927. 6

邂逅, 조선지광, 1927. 11

彩色무지개, 조선지광, 1928. 1

苦難을 쑬코, 동아일보, 1928. 1. 15~24

元甫, 조선지광, 1928. 5

自己犧牲, 조선일보, 1929. 3. 12

享樂鬼, 조선일보, 1930. 1. 2~18

조희뜨는 사람들, 대조, 1930. 4

洪水, 조선일보, 1930. 8. 21~9. 3

光明을 앗기까지, 해방, 1930. 12

時代의 進步, 조선지광, 1931. 1·2

現代風景, 중외일보, 1931. 6. 27~

賦役, 시대공론, 1931. 9

猫·養·子, 조선일보, 1932. 1. 1~31

養蠶村, 문학건설, 1932. 12

朴勝昊, 신계단, 1933. 1

金君과 나와 그의 안해, 조선일보, 1933.
1. 2~15

變節者의 안해, 신계단, 1933. 5~6

鼠火, 조선일보, 1933. 5. 30~7. 1

故鄕, 조선일보, 1933. 11. 15~1934.
9. 21

가을, 중앙, 1934. 1

巴釗, 형상, 1934. 2~3

陣痛期, 문학창조, 1934. 6

奴隷, 동아일보, 1934. 7. 24~29

B氏의 致富術, 중앙, 1934. 9

남생이와 병아리, 청년조선, 1934. 10

元致西, 동아일보, 1935. 3. 5~17

人間修業, 조선중앙일보, 1936. 1. 1~
7. 23

흙과 人生, 예술, 1935. 7, 1936. 1

流線型, 중앙, 1936. 2

賭博, 조광, 1936. 3

背囊, 조광, 1936. 5

十年後, 삼천리, 1936. 6

有閑婦人, 사해공론, 1936. 7

寂寞, 조광, 1936. 7

夜光珠, 중앙, 1936. 9

비, 백광, 1937. 1

追悼會, 조선문학, 1937. 1

나무꾼, 삼천리, 1937. 1

麥秋, 조광, 1937. 1~2

어머니, 조선일보, 1937. 3. 30~10. 11

人情, 백광, 1937. 5

産母, 조광, 1937. 6

돈, 조광, 1937. 10

노루, 삼천리문학, 1938. 1

新開地, 동아일보, 1938. 1. 19~9. 8

慘敗者, 광업조선, 1938. 2

설, 조광, 1938. 5

今日, 사해공론, 1938. 7

幻想記, 조선일보, 1938. 7. 3~9

靑年, 삼천리, 1938. 8, 10, 1939. 1

대장간, 조광, 1938. 10

慾魔, 야담, 1938. 10

陣痛期, 조선문학, 1939. 1~7

苗木, 여성, 1939. 3

燧石, 조광, 1939. 3

少婦, 문장, 1939. 4

權書房, 가정지우, 1939. 5

野生花, 문장, 1939. 7

古物哲學, 문장, 1939. 7

歸農, 조광, 1939. 12

兄弟, 청색지, 1939. 12

大地의 아들, 조선일보, 1939. 10. 12~
　　1940. 6. 1

鳳凰山, 인문평론, 1940. 3

왜가리, 문장, 1940. 4

봄, 동아일보, 1940. 6. 11~8. 10, 인문
　　평론, 1940. 10~1941. 2

간격, 광업조선, 1940. 9, 11, 12

아우, 조광, 1940. 12

三角形, 신세기, 1941. 1

鍾, 문장, 1941. 2

生命線, 家庭の友, 1941. 3~8

女人, 춘추, 1941. 3

隣家訓, 춘추, 1942. 1

東天紅, 춘추, 1942. 2~1943. 3

市井, 국민문학, 1942. 3

貯水池, 半島の光, 1943. 5~9

空間, 춘추, 1943. 6

鑛山村, 매일신보, 1943. 9. 23~11. 2

형관, 문화전선, 1946. 8~9

삼팔선, 인민, 1950. 10~12, 1952. 1~
　　3

복쑤의 기록, 민주조선, 1953. 7. 11~14

소설집

民村, 문예운동사, 1927

故鄕, 한성도서, 1936

鼠火, 동광당서점, 1937

新開地, 삼문사, 1938

李箕永短篇集, 학예사, 1939

人間修業, 영창서관, 1941

生活의 倫理, 경성 성문당, 1942

東天紅, 조선출판사, 1943

땅(개간편), 조선인민출판사, 1948

땅(수확편), 조쏘문화협회, 1949

두만강 제1부, 조선동맹작가출판사, 1954

두만강 제2부, 조선동맹작가출판사, 1957

두만강 제3부, 조선동맹작가출판사, 1964

참고 문헌: 조남현, 『그들의 문학과 생애, 이기
　　영』, 한길사, 2008

이동구(李東九, 생몰 연도 미상)

渡航勞動者, 가톨릭청년, 1933. 9
風船, 가톨릭청년, 1934. 3, 4, 7, 8, 10

참고 문헌: 이재선, 『한국현대소설사』, 홍성사,
1979

이동규(李東珪, 1911~1952)

게시판과 벽소설, 집단, 1932. 2
우박, 문학건설, 1932. 12
自由勞動者, 제일선, 1932. 12
B村 揷話, 문학창조, 1934. 6
여름, 비판, 1936. 10
어느 老人의 죽엄, 조선문학, 1936. 11
電車타는 女人, 풍림, 1936. 12
神經衰弱, 풍림, 1937. 4
罪의 烙印, 비판, 1937. 9
鬱憤의 밤, 광업조선, 1938. 6
어느 少女事, 비판, 1939. 1
不似春, 신세기, 1939. 4
그 女子의 運命, 광업조선, 1939. 8
가난의 肖像, 비판, 1939. 9
變節者, 실화, 1939. 9
들에 서서, 춘추, 1943. 10
오빠와 愛人, 신건설, 1945. 12
돌에 풀은 鬱憤, 인민, 1945. 12
小春, 우리문학, 1946. 2

두루쇠, 신문예, 1946. 7
눈, 신문학, 1946. 8

참고 문헌: 이동규 외, 『한국해금문학전집』 11,
삼성출판사, 1988

이동원(李東園, 생몰 연도 미상)

夢影의 悲哀, 창조, 1920. 2
피아노의 울님, 창조, 1920. 3
사랑의 絶叫, 서울, 1920. 9
광명한 세계에, 매일신보, 1921. 10. 7~
12. 31
菜食主義者, 조선문단, 1925. 1
厭人病患者, 조선문단, 1925. 4
仙女가 준 떡, 조선문단, 1935. 5
驛前, 학등, 1935. 9

참고 문헌: 이재선, 『한국현대소설사』, 홍성사,
1979

이량(李亮, 생몰 연도 미상)

세 사람, 조선지광, 1927. 2
새로 차저 낸 것, 조선지광, 1927. 3
古鎭洞, 조선지광, 1927. 6
올야비시모, 현대평론, 1927. 7
쏘어대로가오?, 조선지광, 1927. 10

臥牛里, 신민, 1929. 5
燃戀, 조선지광, 1929. 8

참고 문헌: 권영민 엮음, 「한국현대문학 작품연
표 1」, 서울대학교 출판부, 1998

이무영(李無影, 1908~1960)

달순의 출가, 조선문단, 1926. 6
錯覺愛, 동아일보, 1929. 6. 2~8
八年間, 조선강단, 1929. 9, 대중공론,
　1930. 3
老婆, 조선일보, 1930. 1. 19, 21~26
錯覺의 嫉妬, 조선일보, 1930. 2. 27~
　3. 12
안해, 신생, 1930. 10
美男의 最後, 동아일보, 1931. 1
구성영감과 의학박사, 신생, 1931. 1
嗚咽, 조선일보, 1931. 2. 24~28, 3.
　4~6
叛逆者, 조선일보, 1931. 5. 8~9, 5.
　13~22
結婚顚末, 혜성, 1931. 10~12
叛逆者, 비판, 1931. 12~1932. 12
破綻, 영화시대, 1932. 1
두 訓示, 동광, 1932. 5
世昌針, 신동아, 1932. 7
조그만 叛逆者, 동광, 1932. 8
흙을 그리는 마음, 신동아, 1932. 9

루바슈카, 신동아, 1933. 2
山莊小話, 신가정, 1933. 6
地軸을 돌리는 사람들, 동아일보, 1933.
　8. 5~9. 22
吳道令, 조선문학, 1933. 10
軌道, 중앙, 1933. 12
蒼白한 얼골, 신동아, 1934. 2
아저씨와 그 女人, 신가정, 1934. 3~4
나는 보아 잘 안다, 신여성, 1934. 4
脫出記, 동아일보, 1934. 5. 23
거미줄을 타고 世上을 건느려는 B女의
　素描, 신동아, 1934. 6
南海와 금반지, 조선중앙일보, 1934. 7. 16
S夫人과 그 後 이야기, 동아일보, 1934.
　7. 17~22
牛心, 중앙, 1934. 7
당기揷話, 신인문학, 1934. 8
夜市揷話, 신가정, 1934. 8
農夫, 비판, 1934. 11
龍子小傳, 신가정, 1934. 11~12
노래를 잊은 사람, 중앙, 1934. 11~12
醉香, 조선일보, 1934. 12. 16~28
아름다운 風景, 신가정, 1935. 1
山家, 신동아, 1935. 2
萬甫老人, 신동아, 1935. 3
墮落女 이야기, 신인문학, 1935. 1~3
꾸부러진 平行線, 동아일보, 1935. 3.
　20~4. 14
囚人의 안해, 신가정, 1935. 4~5
이뿌던 닭, 동아일보, 1935. 5. 6

편지, 동아일보, 1935. 6. 16

먼동이 틀 때, 동아일보, 1935. 8. 6~
   12. 30

友情, 신가정, 1935. 9

老農, 비판, 1935. 11

나락, 삼천리, 1935. 12

호반의 전설, B녀의 소묘, 1935

墮落女, 호남평론, 1936. 2

파경, 신가정, 1936. 4~5

乳母, 신동아, 1936. 7

嗚咽, 조선문학, 1936. 8~9

墳墓, 조선문학, 1936. 11, 1937. 2

농부, 게재지 미상, 1936

明日의 鋪道, 동아일보, 1937. 6. 3~
   12. 25

불살른 情熱의 書, 동아일보, 1938. 3.
   25~30

낚시질, 동아일보, 1938. 5. 20

敵, 청색지, 1938. 8

火鏡, 동아일보, 1938. 9. 11~13

九號病室, 광업조선, 1938. 9

傳說, 삼천리, 1938. 10~11

日曜日, 야담, 1938. 10

독초 ,조선일보, 1939. 7

世紀의 딸, 동아일보, 1939. 10. 10~
   1940. 8. 11

挑戰, 문장, 1939. 10

第一課 第一章, 인문평론, 1939. 10

傳說, 삼천리, 1939. 10

어떤 안해, 문장, 1939. 12

딸과 아들과(어른들을 위한 童話), 인문
   평론, 1940. 1

秋牧期, 광업조선, 1940. 1~2

이름 없는 사나이, 조광, 1940. 3

흙의 奴隸(續 第一課 第一章), 인문평
   론, 1940. 4

청개구리, 농토, 1940. 6

閥權, 인문평론, 1940. 8

安達小傳, 조광, 1940. 10

누이의 집들(어느해 旅行記), 문장, 1941.
   2

원주ㅅ댁, 춘추, 1941. 3

도박, 신시대, 1941. 4

勝負, 인문평론, 1941. 4

文書房, 국민문학, 1942. 3

모우지도, 춘추, 1942. 9

청기와의 집, 1942. 9. 8~1943. 2. 7

歸巢, 춘추, 1943. 1

土龍, 국민문학, 1943. 4

鄕歌, 매일신보, 1943. 5. 3~9. 6

龍沓, 半島의 光, 1943. 8

驛前, 조광, 1943. 9

代子, 춘추, 1943. 11

조그만 일, 게재지 미상, 1944

슬픈 해결, 게재지 미상, 1944

父主前上白是, 게재지 미상, 1944

堵, 정열의 서, 1944

肖像, 정열의 서, 1944

果園物語, 정열의 서, 1944

初雪, 정열의 서, 1944

법, 게재지 미상, 1945

今昔, 게재지 미상, 1945

삼 년, 태양신문, 1946

宏壯小傳, 백민, 1946. 12

수염, 신조, 1947. 4

집 이야기, 민성, 1947

일년기, 조선교육, 1947. 12~1949. 2

無邪, 민성, 1948. 5

石戰記, 현대공론, 1948. 12

구곡동, 게재지 미상, 1948

사위, 산가, 1949

나랏님전 상사리, 산가, 1949

태평관 사람들, 조선일보, 1949. 5. 4~
6. 4

山頂揷話, 문예, 1949. 11

장화, 이무영대표작전집 2(신구문화사,
1975), 1949

농민, 한성일보, 1950. 1. 1~5. 21

佛庵, 신천지, 1950. 1

戰記, 백민, 1950. 2

戀師峰, 민성, 1950. 2

三女人, 문예, 1950. 3

明暗, 문학, 1950. 4

그리운 사람들, 서울신문, 1950. 6. 1~22

정상에서, 게재지 미상, 1950

帆船에의 길, 신조, 1951. 7

어떤 부부, 이무영대표작전집 5(신구문화
사, 1975), 1951

小彷徨, 학도, 1951. 1

기우제, 농민소설선집(대한금융조합연합
회 편), 1952

사랑의 화첩, 이무영대표작전집 4(신구문
화사, 1975), 1952

ㄷ氏行狀記, 문예, 1953. 2

草鄕, 연합신문, 1953. 2

바다의 對話, 전선문학, 1953. 2

6·25, 군항, 1953. 3

死의 행렬, 국방, 1953. 4~5

一夜, 수도평론, 1953. 6

창구의 고백, 학원, 1953

O型의 人間, 신천지, 1953. 6

暗夜行路(續 ㄷ氏行狀記), 문예, 1953.
6, 9

壁畵, 문화세계, 1953. 8

農軍, 서울신문, 1953. 10~12

湖畔山莊之圖, 신천지, 1953. 11

逆流, 연합신문, 1954. 5~8

榮轉, 신천지, 1954. 5

농부전초, 현대공론, 1954. 9

宋未亡人, 펜, 1954. 10

老農, 대구일보, 1954

淑卿의 境遇, 사상계, 1955. 2

또 하나의 僞善, 현대문학, 1955. 2

그 전날 밤, 새벽, 1955. 3

소녀, 사상계, 1955. 5

異端者, 현대문학, 1955. 6

사진기, 학원, 1955

鄕愁, 문학예술, 1955. 7

戀師峯, 숙대학보, 1955. 7

窓, 경향신문, 1955. 9~12

고추잠자리 뜰 때, 농민생활, 1955. 9~12

광무곡, 재정, 1955. 12

悲戀, 게재지 미상, 1955

며느리, 이무영대표작전집 2, 1955

아침, 이무영대표작전집 2, 1955

淑, 문학예술, 1956. 5

작은 叛逆者, 사상계, 1956. 5

逆流, 자유문학, 1956. 6

鄕愁, 사상계, 1956. 11~12

氷花, 주간희망, 1956

호텔 이타리꼬, 신태양, 1957. 1

屍身과의 對話, 문학예술, 1957. 3

狂像, 현대문학, 1957. 4~5

孤獨, 신태양, 1957. 8

麥嶺, 사상계, 1957. 8~11

난류, 세계일보, 1957. 10. 19~1958. 4. 7

浮標, 이무영대표작전집 2, 1957

들메, 이무영대표작전집 5, 1957

새벽, 게재지 미상, 1957

제대병의 소묘, 게재지 미상, 1957

反響, 게재지 미상, 1957

2·8 前夜, 자유문학, 1958. 1

어떤 父女, 자유문학, 1958. 7

淑의 位置, 사조, 1958. 7

굉장 씨 후일담, 게재지 미상, 1958

季節의 風俗圖, 동아일보, 1958. 11. 1~1959. 7. 20

陳小姐, 이무영대표작전집 5, 1958

失題記, 자유공론, 1959. 2

罪와 罰, 자유문학, 1959. 3

美愛, 자유문학, 1959. 9

두더지, 사상계, 1959. 10

기차와 박노인, 이무영 문학전집 4, 1959. 7

애정 설화, 문예, 1960. 9

木石夫人, 사상계, 1962. 9~10

醉香, 자유문학, 1963. 4

원균의 후예, 이무영대표작전집 5, 연대 미상

어떤 아들, 이무영대표작전집 2, 연대 미상

소설집

의지할 곳 없는 청춘, 청조사, 1927

폐허의 울음, 청조사, 1928

취향, 조선문학사 출판부, 1937

무영단편집, 한성도서주식회사, 1938

명일의 포도, 현대조선문인전집 5, 삼문사, 1938

먼동이 틀 때, 영창서관, 1939

靑瓦の家, 신태양사, 1943

情熱の書, 동도서적, 1944

흙의 노예, 조선출판사, 1946

B녀의 소묘, 발행처 미상, 1947

벽화, 문장사, 1948

세기의 딸(상권), 동진문화사, 1949

山家, 무영농민문학선집 제1권, 민중서관, 1949

향가, 무영농민문학선집 제2권, 민중서관, 1949

젊은 사람들, 문연사, 1952

B녀의 소묘, 희망사(재판), 1953

농민, 협동문고 2~5(대한금융조합연합회), 1954

역류, 을유문화사, 1955

삼년, 사상계, 1956

농민 외, 한국문학전집 제10권, 민중서관, 1956

海戰 소설집, 해군본부 정훈감실, 1957. 8

벽화, 문장사(재판), 1958. 11

이무영 문학전집, 국학자료원, 2000

참고 문헌: 이주형, 『이무영』, 건국대학교 출판부, 2001

이병각(李秉珏, 생몰 연도 미상)

눈물의 列車, 조선중앙일보, 1935. 1. 2

午前, 조선중앙일보, 1935. 7. 7~8

私生兒街風景, 풍림, 1936. 12

참고 문헌: 이재선, 『한국현대소설사』, 홍성사, 1979

이봉구(李鳳九, 1916~1983)

出發, 중앙, 1935. 4

메물, 조선중앙일보, 1935. 9. 12~15

봉사꽃, 조선중앙일보, 1935. 10. 19~24

총각, 조선중앙일보, 1936. 4. 19~25

狂風客, 조선문학, 1936. 6

阿片, 조선문학, 1936. 11

밤車, 풍림, 1937. 5

木花, 비판, 1938. 4

밥이 없어서, 중외일보, 1938. 6. 1~4

道程, 신문예, 1945. 12

장마, 서울신문, 1946. 6. 30

暮詞, 문학평론, 1947. 4

淡水魚, 우리신문, 1947. 6. 13~7. 1

雨愁, 민성, 1947. 10

언덕, 백민, 1948. 3

떠나는 날, 백민, 1949. 1

보리와 대포, 신천지, 1949. 5

續 道程, 문예, 1949. 12

明洞의 에레지, 백민, 1950. 2

放歌路, 문예, 1950. 6

不死鳥, 경향신문, 1951. 10

참새, 문예, 1953. 2

서울의 戀人, 연합신문, 1953. 8~9

샘, 문화세계, 1953. 9

故園斷章, 신천지, 1953. 11

名日, 문예, 1953. 11

봄은 汽車를 타고, 신태양, 1954. 4

夢遊桃源圖, 신천지, 1954. 5

시들은 갈대, 신천지, 1954. 7

第三의 휘나레, 신태양, 1954. 9

除夜, 자유신문, 1954. 12

人生新綠, 영남일보, 1955

童話 아닌 童話, 현대문학, 1955. 2

모래무지, 현대문학, 1955. 6

송장 냄새, 현대문학, 1955. 11

傷秋斷章, 문학예술, 1955. 11

산타 마리아, 대구일보, 1955

꽃처럼 사는 사람, 신태양, 1956. 3

李箱, 현대문학, 1956. 3

櫻花, 문학예술, 1956. 4

노스타르자, 현대문학, 1956. 7

花昏歌, 자유문학, 1956. 8

劇場周邊, 새벽, 1956. 9

咏懷, 신태양, 1956. 9

旅愁, 서울신문, 1956. 11~12

風土, 문학예술, 1956. 12

觀燈祭, 불교세계, 1957. 4

花鬪, 신태양, 1957. 5

慕炎, 문학예술, 1957. 6

百日紅, 자유문학, 1957. 7

광대, 현대문학, 1957. 8

금강산, 자유문학, 1957. 8

甲寺, 현대문학, 1957. 12

續 明洞의 엘레지, 1957

선소리, 자유문학, 1958. 3

死者의 書, 사상계, 1958. 11

旅毒, 신태양, 1958. 11

유리창, 자유문학, 1958. 12

挽歌, 사조, 1958. 12

花婚歌, 1958

썩은 향내, 현대문학, 1959. 2

桃花, 신문예, 1959. 5

雜草, 현대문학, 1959. 7

저 별처럼, 자유문학, 1959. 9

사하라의 마음, 문예, 1959. 10

사슴처럼, 자유문학, 1959. 12

금 간 사람들, 현대문학, 1960. 2

반해버린 사람들, 현대문학, 1960. 10

밤길, 자유문학, 1961. 7

그토록 오랜 이별, 현대문학, 1962. 1

쓸쓸한 너의 故鄕에, 자유문학, 1962. 6

옛 동산에 올라, 현대문학, 1962. 12

故國의 書, 자유문학, 1963. 6

늙은 비둘기, 현대문학, 1963. 9

해도 하나 달도 하나, 현대문학, 1964. 3

南城館 시절, 문학춘추, 1964. 8

무더운 여름날의 일, 현대문학, 1964. 9

그리운 산과 바다, 문학춘추, 1964. 10

화려한 孤獨, 문학춘추, 1964. 12

朝鮮의 마음, 1964

明洞 二○年, 조선일보, 1965. 8. 1~
    11. 25

안성 장날, 현대문학, 1965. 2

나에게 레몬을, 문학춘추, 1965. 4

朝鮮의 마음, 신동아, 1965. 4

젊음의 花紋, 현대문학, 1965. 7

해마다 가을이면, 문학춘추, 1965. 11

꾀꼬리, 1965

禽獸의 樂園, 1966. 8

北靑 가는 날, 현대문학, 1966. 9

還都前後, 문학춘추, 1966. 11

紅顔의 少年行, 현대문학, 1967. 6

허망한 徘徊, 현대문학, 1968. 6

瀑布, 현대문학, 1968. 11

孤獨의 까마귀, 현대문학, 1969. 6

허허벌판, 월간문학, 1969. 10

墓地頌, 현대문학, 1969. 11

새타령, 현대문학, 1970. 5

탈춤, 월간문학, 1970. 7

北方의 길, 현대문학, 1970. 10

故鄕, 1971

落花의 書, 현대문학, 1971. 2

보리밭 三唱, 월간문학, 1971. 3～4

꿈은 아직도, 현대문학, 1971. 9

七面鳥, 월간문학, 1972. 2

검은 獅子, 현대문학, 1972. 2

뿌리 없는 풀, 현대문학, 1972. 7

노아 · 노아, 월간문학, 1972. 11

早春, 현대문학, 1973. 6

그 이름 「데아부르」, 문학사상, 1973. 9

흙의 陽地, 월간문학, 1973. 12

죽음의 그림자, 현대문학, 1974. 3

동지섣달 꽃 본 듯이, 현대문학, 1974. 7

惠山 사람, 신동아, 1974. 9

聽雨記, 월간문학, 1974. 11

恢復期, 한국문학, 1974. 12

빈 들우리, 현대문학, 1975. 1

가슴 그윽한 곳에, 현대문학, 1975. 6

찬란한 등불이 하나, 월간문학, 1975. 10

뻐국, 뻑뻐국 소리, 현대문학, 1976. 10

검정 中折帽, 한국문학, 1977. 1

豆滿江 기슭에, 1977

어둠 속에서, 1977

그리운 모습들, 1977

소설집

明洞 二十年, 유신문화사, 1966

실록 明洞, 삼중당, 1967

道程, 삼성출판사, 1972

어디서 무엇이 되어 다시 만나랴, 경미문
화사, 1978

明洞 비 내리다, 경미문화사, 1978

참고 문헌: 이재선, 『한국현대소설사』, 홍성사,
1979

이북명(李北鳴, 1910~?)

窒素肥料工場, 조선일보, 1932. 5. 29～
31

암모니아 탕크, 비판, 1932. 9

基礎工事場, 신계단, 1932. 11～12

出動停止, 문학건설, 1932. 12

인텔리(中篇〈前哨戰〉의 一部), 비판, 1932.
12

女工, 신계단, 1933. 3

野球, 신계단, 1933. 7

병든 사나히, 조선문학, 1934. 1

正反, 우리들, 1934. 2

工場街, 중앙, 1935. 4

午前 三時, 조선문단, 1935. 5

어리석은 사람, 조선문단, 1935. 7

閔甫의 生活表, 신동아, 1935. 9

便紙(가난한 안해의 手記에서), 신인문
　학, 1935. 12

救濟事業, 문학, 1936. 1

現代의 序曲, 신조선, 1936. 1

療養院에서, 사해공론, 1936. 2

어둠에서 주은 스켓취, 신인문학, 1936. 3

逃避行, 조선문학, 1936. 6

우울을 싣고, 부인공론, 1936. 7

夜光珠, 사해공론, 1936. 9

暗夜行路, 신동아, 1936. 9

한 개의 典型, 조선문학, 1936. 10

답싸리, 조선문학, 1937. 1

煙突男, 비판, 1937. 3

아들, 조선문학, 1937. 5~6(미완)

悲曲, 동아일보, 1938. 5. 11

醫學博士, 동아일보, 1938. 5. 17~25

七星巖, 조선문학, 1939. 3

野會, 동아일보, 1939. 7. 28~8. 18

火田民, 매일신보, 1940. 1. 31~2. 22

喜悲者, 신세기, 1940. 4

兄弟, 야담, 1942. 3

氷原, 춘추, 1942. 7

鐵を掘の話, 국민문학, 1942. 10

갑돌 어미, 야담, 1944. 10

전기는 흐른다, 게재지 미상, 1946. 8

빈대, 게재지 미상, 1946. 12

야화, 조쏘문학, 1946. 12

로동일가, 문학예술, 1947. 9

조국의 산성, 게재지 미상, 1947. 12

그 전날 밤, 게재지 미상, 1948. 9

애국자, 게재지 미상, 1948. 11

해풍, 게재지 미상, 1949. 11

전사, 게재지 미상, 1950. 5

악마, 게재지 미상, 1951. 5

조선의 딸, 게재지 미상, 1952. 10

새날, 게재지 미상, 1954. 3

제5 브리가다, 게재지 미상, 1954. 5

투쟁 속에서, 조선문학, 1964. 4

그해 여름, 게재지 미상, 1965

등대, 게재지 미상, 1975

소설집

질소비료공장, 작가동맹출판사, 1958

당의 아들, 작가동맹출판사, 1961

참고 문헌: 이북명 외, 『한국해금문학전집』 8,
　삼성출판사, 1988

이상(李箱, 1910~1937)

十二月十二日, 조선, 1930. 2~12

休業과 事情, 조선, 1931. 4

地圖의 暗室, 조선, 1932. 4

지팽이 轢死, 월간매신, 1934. 7

鼅鼄會豕, 중앙, 1936. 6

날개, 조광, 1936. 9

逢別記, 여성, 1936. 12

童骸, 조광, 1937. 2

황소와 도깨비, 매일신보, 1937. 3. 5~9

終生記, 조광, 1937. 5

幻視記, 청색지, 1938. 6

失花, 문장, 1939. 3

斷髮, 조선문학, 1939. 4

病床以後, 청색지, 1939. 5

金裕貞—小說體로 쓴 金裕貞論, 청색지,
    1939. 5

소설집

임종국 엮음, 이상 전집, 태성사, 1956

김윤식 엮음, 이상 문학 전집, 문학사상
    사, 1991

김주현 엮음, 정본 이상 전집, 소명출판,
    2005

참고 문헌: 김주현, 『정본 이상 전집』, 소명출판,
    2005

이상협(李相協, 1893~1957)

貞婦怨, 매일신보, 1914. 10. 29~1915.
    5. 19

海王星, 매일신보, 1916. 2. 10~1917.
    3. 31

無窮花, 매일신보, 1918. 1. 25~7. 27

소설집

再逢春, 동양서원, 1912. 8. 15

눈물(상), 동아서관, 1917. 1. 31

눈물(하), 동아서관, 1917. 2. 15

無窮花(上), 신문관, 1918. 12. 5

海王星, 박문 · 회동서관, 1920. 7. 30

참고 문헌: 권영민 엮음, 『한국현대문학대사전』,
    서울대학교 출판부, 2004

이상화(李相和, 1901~1943)

淑子, 신여성, 1926. 7

初冬, 신여성, 1932. 10

참고 문헌: 『신여성』 1926. 7~1932. 10

이석훈(李石薰, 1908~?)

아버지를 찾아서, 조선일보, 1929. 10.
    31~11. 7

方向없는 노스탈쟈, 조선일보, 1930. 7. 18

墮落한 天使, 조선일보, 1932. 5. 6

職業苦—어떤 신문기자의 일기, 매일신
    보, 1932. 5. 8~12

放浪兒, 동광, 1932. 6

이주민열차, 제일선, 1933. 2

그들 兄弟, 제일선, 1933. 3

黃昏의 노래, 신동아, 1933. 6~12

厥女의 人生哲學, 신여성, 1933. 8

厥女의 길, 신여성, 1933. 10

短篇集, 조선문학, 1933. 11

寒夢, 신여성, 1934. 4

동Q의 失戀, 중앙, 1934. 4

放送室의 秘密, 별건곤, 1934. 4

눈물의 散文詩, 중앙, 1934. 9

狂人記, 조선일보, 1934. 11. 22~12. 1

가난病, 조선문단, 1935. 6

結婚, 조광, 1936. 1

동Q의 求職, 사해공론, 1936. 4

四葉클로버의 꿈, 여성, 1936. 4

Q君과 밤車, 여성, 1936. 5

灰色街, 조선일보, 1936. 5. 8~29

情夫, 여성, 1936. 6

初戀, 여성, 1937. 3

嫉妬, 백광, 1937. 5

퀘이트의 젊은 未亡人, 여성, 1938. 5

女子의 不幸, 조광, 1938. 8

카이제르와 理髮師, 조광, 1939. 2

晩春譜, 농업조선, 1939. 7

라일락 時節, 문장, 1939. 8

暴風雨의 밤, 야담, 1939. 9

白薔薇夫人, 조광, 1940. 1~6

春宵, 매일신보, 1940. 3. 30~5. 11

바다의 歎息, 태양, 1940. 2

하르빈의 秘密, 신세기, 1940. 4

負債, 문장, 1940. 5

流浪, 인문평론, 1940. 6

소작인 덕보, 청색지, 1940

再出發, 문장, 1942. 2

ふるさと, 녹기, 1941. 3

黎明或る 序章, 국민총력, 1941. 3

愛犬家의 手記, 춘추, 1941. 6

靜かな嵐, 국민문학, 1941. 11

隣りの女, 녹기, 1942. 3

東への旅, 녹기, 1942. 5

善靈, 국민문학, 1942. 5

夜, 국민문학, 1942. 5·6

生活의 發見, 야담, 1942. 6

先生たち, 동양지광, 1942. 8

丁香花 필 때, 야담, 1942. 8

靜かな嵐(속편), 녹기, 1942. 11

漢江の舟唄, 신여성, 1942. 11~12

永遠の女, 경성일보, 1942. 10. 28~12. 7

하늘의 英雄, 야담, 1942. 12

北の旅, 국민문학, 1943. 6

旅のをはり, 녹기, 1943. 6

기쁨의 날, 야담, 1943. 6

豚追遊戲, 국민문학, 1943. 7

血緣, 동양지광, 1943. 8

最後의 家寶, 신시대, 1943. 8

蓬島物語, 국민문학, 1943. 9

母の告白, 조광, 1943. 9

문화촌, 농토, 1948

고향을 찾는 사람들, 백민(현역작가 33인집), 1950

소설집

황혼의 노래, 한성도서, 1936

靜かな嵐, 매일신보사, 1943

蓬島物語, 보문사, 1944. 3

황혼의 노래, 조선출판사, 1947(재판)

참고 문헌: 김용성 엮음, 『이주민열차(외)』, 범우
사, 2005

이선희(李善熙, 1911~?)

不夜女人(街燈), 중앙, 1934. 12

季節의 表情, 조선일보, 1935. 8. 30~
9. 13

午後十一時, 신가정, 1936. 6

圖章, 여성, 1937. 1

計算書, 조광, 1937. 3

女人都, 조선일보, 1937. 6. 22~24

숫장수의 妻, 여성, 1937. 10

女人命令, 조선일보, 1937. 12. 28~
1938. 4. 7

賣笑婦, 여성, 1938. 1

臙脂, 조선일보, 1938. 7. 24~8. 11

돌아가는 길, 야담, 1938. 11

카르멘의 生涯, 여성, 1939. 3

蕩子, 문장, 1940. 1

妻의 設計, 매일신보, 1940. 11. 17~
12. 30

春雨, 신세기, 1941. 6

窓, 서울신문, 1946. 6. 26~7. 20

圖章, 한국문학, 1976. 10(자료 발굴)

참고 문헌: 이선희 외, 『한국해금문학전집』 10,
삼성출판사, 1988

이원조(李源朝, 1909~1955)

한 對照, 신조선, 1934. 9

참고 문헌: 이원조 외, 『해금문학전집』 18. 삼성
출판사, 1988

이익상(李益相, 1895~1935)

낙오자, 매일신보, 1919. 7. 13

煩惱의 밤, 학지광, 1921. 6

生을 求하는 마음, 신생활, 1922. 9

험집, 매일신보, 1923. 11. 23

戀의 序曲, 개벽, 1924. 4

젊은 教師, 조선일보, 1924. 12. 25~
1925. 1. 18

狂亂, 개벽, 1925. 3

어촌, 생장, 1925. 3

흙의 洗禮, 개벽, 1925. 5

拘束의 첫날, 개벽, 1925. 8

威脅의 채쭉, 문예운동, 1926. 1

쫓기어가는 이들, 개벽, 1926. 1

熱風, 조선일보, 1926. 2. 3~12. 21

亡靈의 亂舞, 개벽, 1926. 5

汝等의 背後에서, 중외일보, 1926. 6. 23~11. 7

어린이의 囈語, 흙의 세례, 1926

다시는 안 보겠소, 별건곤, 1926. 12

운명의 작란, 매일신보, 1926. 12. 5

어엽분 惡魔, 동광, 1927. 1

그믐날, 별건곤, 1927. 1

키 일흔 帆船, 조선일보, 1927. 1. 1~7. 19

代筆戀書, 동아일보, 1927. 12. 5~17

짓밟힌 眞珠, 동아일보, 1928. 5. 5~11. 27

流産, 신소설, 1929. 12

男子 업는 나라, 조선일보, 1929. 3. 16

가상의 불량소녀, 중성, 1929. 6

버릇, 문예공론, 1929. 7. 15

荒原行, 동아일보, 1929. 9. 17~10. 21

옛 보금자리로, 신소설, 1930. 1

그들은 어디로, 매일신보, 1931. 10. 3~ 1932. 9. 29

소설집

흙의 세례, 文藝運動社, 1926

참고 문헌: 오창은 엮음, 『그믐날(외)』, 범우사, 2007

이인직(李人稙, 1862~1916)

寡婦の夢, 미야꼬신문(都新聞), 1902. 1. 28~29(일본어 소설)

白鷺洲 江上村(미발견)

血의 淚(上), 만세보, 1906. 7. 22~10. 10

鬼의 聲, 만세보, 1906. 10. 14~1907. 5. 31

단편, 만세보, 1907. 1. 1

血의 淚(下), 제국신문, 1907. 5. 17~ 6. 1

雉岳山(上), 유일서관, 1908. 9

銀世界, 동문사, 1908. 11

貧鮮郞의 日美人, 매일신보, 1912. 3. 1

牧丹峰, 매일신보, 1913. 2. 5~6. 3

月中兎, 매일신보, 1915. 1. 1

소설집

血의 淚, 광학서포, 1907

鬼의 聲(上), 김상만 광학서포, 1907

鬼의 聲(下), 중앙서관, 1908. 7

雉岳山(上), 유일서관, 1908. 9

銀世界, 동문사, 1908. 11

牧丹峰, 동양서원, 1912. 11. 10

참고 문헌: 이재선 엮음, 『은세계(외)』, 범우사, 2004

이적효(李赤曉, 생몰 연도 미상)

總動員, 비판, 1931. 7~10

참고 문헌: 『비판』, 1931. 7~10

이종명(李鍾鳴, 생몰 연도 미상)

노름군, 조선일보, 1925. 7. 1~3
주림에 헤매이는 사람들, 조선일보,
  1925. 7. 18~29
놀음꾼, 신민, 1926. 5
두 男妹, 동아일보, 1926. 5. 29~6. 3
棄兒, 동광, 1926. 10
五錢白銅貨, 문예시대, 1927. 1
拾六圓, 동광, 1927. 3
三月, 현대평론, 1927. 5
友情, 조선지광, 1928. 12
寫字生, 조선지광, 1929. 1
背信者, 조선지광, 1929. 4
조고만 喜悅, 조선문예, 1929. 5
淪落한 사람들, 문예공론, 1929. 6
시네마의 老婆, 철필, 1930. 7
憂鬱한 그들, 동광, 1932. 4
두 젊은이, 동방평론, 1932. 5
최 박사의 良心, 삼천리, 1932. 10~
  1933. 1
彷徨하는 사람들, 비판, 1932. 12
모—던·데카메론, 전선, 1933. 1

明暗, 전선, 1933. 3
개잇는 風景, 제일선, 1933. 3
純이와 나와, 삼천리, 1933. 9
阿媽와 洋襪, 조선문학, 1933. 10
愛慾地帶, 매일신보, 1933. 11. 29~
  1934. 1. 30
義眼奇譚, 월간매신, 1934. 7
小說家의 안해, 중앙, 1934. 9

참고 문헌: 이재선, 『한국현대소설사』, 홍성사,
  1979

이주홍(李周洪, 1906~1987)

가난과 사랑, 조선일보, 1929. 1. 1
結婚前날, 여성지우, 1929. 12
痔疾과 離婚, 여성지우, 1930. 4
그놈을 그대로 두엇나, 여성지우, 1930. 10
南醫, 우리들, 1934. 3
山家, 비판, 1936. 9
餘韻, 조선문학, 1936. 9
夜花, 사해공론, 1936. 10~1937. 5(미
  완)
하이네의 안해, 풍림, 1936. 12
花園, 중앙시보, 1937(미완)
玩具商, 조선문학, 1937. 1
下宿 마담, 비판, 1937. 2
弟嫂, 풍림, 1937. 3
製菓工場, 조선문학, 1937. 8

冬燕, 비판, 1938. 8~1939. 2

花房圖, 광업조선, 1938. 10

한 사람의 觀客, 조선문학, 1939. 4

아들 삼형제, 동아일보, 1939. 5. 14~

碑閣 있는 외딴집, 광업조선, 1939. 7

내 山아, 야담, 1943. 8

地獄案內, 동양지광, 1943. 12~1944. 1

晴日, 야담, 1944. 4

家族, 여성공론, 1946. 1~4

明暗, 인민, 1946. 1('未明'으로 개제)

未明, 조춘, 1946

거문고, 문학, 1946. 11

김노인, 대중신보, 1948

안개긴 아침, 조춘, 1952

屠蘇酒, 부산일보, 1952

終車와 女王, 경남공보, 1952. 2~3

落選美人, 주간국제, 1952

戲紋, 국제신보, 1952. 10. 16~11. 25

配匹, 태양, 1953

初夜, 국제신보, 1953. 11. 26~27

防波堤, 수산타임즈, 1953. 9. 15

鐵條網, 수도평론, 1953. 7

늙은 體操敎師, 문화세계, 1953. 11

倦怠, 태양신문, 1953

深雪, 신생공론, 1954. 1

冬服, 주간국제, 1954

少女像, 자유평론, 1954. 9

惡夜, 민주신보, 1955. 2. 20

獸夜, 한글문예, 1955. 2

닭국집, 한글문예, 1956. 1

緣, 신조문학, 1958. 5

바다의 詩, 현대문학, 1965. 11

장터, 문학춘추, 1966. 4

勝者의 微笑, 문학, 1966. 6

지저깨비들, 현대문학, 1966. 10

햇빛과 나뭇잎과, 한글문학, 1966. 12

遺棄品, 현대문학, 1967. 6

海邊, 현대문학, 1967. 11

不時着, 창작과비평, 1968. 3

땅, 현대문학, 1968. 5

수염 난 童話, 현대문학, 1968. 12

東萊金剛園, 신동아, 1969. 2

편리한 사람들, 월간문학, 1969. 3

落葉記, 현대문학, 1969. 11

山莊의 詩人, 신동아, 1970. 10

喪章, 창작과비평, 1970. 12

濕地, 여성동아, 1970. 10

봄, 여성동아, 1971. 6

松下問答記, 한국일보, 1972. 7. 9

風魔, 월간문학, 1972. 7

陰溝, 신동아, 1972. 8

돌아오지 않는 다리, 문학사상, 1973. 5

神話, 현대문학, 1973. 10

서울나들이, 여성동아, 1974. 5

돌, 한국문학, 1974. 10

遮路, 현대문학, 1974. 11

座席, 월간문학, 1974. 12

落書 최후의 날, 현대문학, 1975. 7

우리 집 慶事, 소설문예, 1975. 8

仙桃園 日誌, 신동아, 1975. 9

蜉蝣, 한국문학, 1975. 10

쪼다傳, 월간중앙, 1975. 12

壽餠, 문제작가 33인 신작집, 1975. 7

先史村, 한국문학, 1976. 9

老人圖, 현대문학, 1976. 9

제비꽃과 굴바위, 현대문학, 1977. 6

어머니, 창작과비평, 1977. 6

달순이, 신동아, 1977. 9

천신과의 약속, 월간문학, 1977. 9

성난 계절, 한국문학, 1978. 1

연못가의 움막, 현대문학, 1978. 8

불고기 파티, 신동아, 1978. 10

春雷, 월간중앙, 1979. 5

영아켄氏의 肖像, 현대문학, 1979. 10

慶大升, 민족문학대계, 1979. 12

달밤, 현대문학, 1980. 2

마중, 월간조선, 1980. 5

회산이라는 친구, 소설문학, 1981. 8

아버지, 문예중앙, 1981. 6

미옥이, 현대문학, 1981. 10

아름다운 惡魔, 현대문학, 1982. 8

목마 아저씨, 소설 열네마당, 1983. 6

떠돌이, 부산문예, 1983. 12

樵家, 현대문학, 1983. 12

미로의 끝, 현대문학, 1984. 8

소설집

脫線春香傳, 남광문화사, 1951. 11

早春, 세기문화사, 1956. 7

搖錢樹, 세기문화사, 1958

海邊, 을유문화사, 1971

戱文 外, 삼성출판사, 1972

風魔, 을유문화사, 1973

神話, 범우사, 1977

지저깨비들, 동서문화사, 1977

어머니, 동서문화사, 1979. 9

아버지, 홍성사, 1982. 2

깃발이 가는 곳을 향하여, 태화출판사, 1984. 9

참고 문헌: 류종렬, 『이주홍 소설 전집』, 세종출판사, 2006

이태준(李泰俊, 1904~?)

五夢女, 시대일보, 1925. 7. 13

모던걸의 晩餐, 조선일보, 1929. 3. 19

幸福, 학생, 1929. 3

그림자, 근우, 1929. 5

溫室花草, 조선일보, 1929. 5. 10~12

누이, 문예공론, 1929. 6

百科全書의 新意義, 신소설, 1930. 1

妓生 山月이, 별건곤, 1930. 1

五十錢銀貨, 신소설, 1930. 1

恩姬夫婦, 신소설, 1930. 5

어떤날 새벽, 신소설, 1930. 9

久遠의 女像, 신여성, 1931. 3~1932. 8

結婚, 혜성, 1931. 4. 6

故鄕, 동아일보, 1931. 4. 21~29

불도 나지 안엇소, 도적도 나지 안엇소,
아무 일도 없소, 동광, 1931. 7
結婚의 惡魔性, 혜성, 1931. 7
참새 생각, 혜성, 1932. 2
不遇先生, 삼천리, 1932. 4
봄, 동방평론, 1932. 4
天使의 憤怒, 신동아, 1932. 5
失樂園이야기, 동방평론, 1932. 7
서글픈이야기, 신동아, 1932. 9
코스모스이야기, 이화, 1932. 10
슬픈 勝利者, 신가정, 1933. 1
꽃나무는 심어 놓고, 신동아, 1933. 3
法은 그러치만, 신여성, 1933. 4~1934. 4
미어기, 동아일보, 1933. 7. 23
第二의 運命, 조선중앙일보, 1933. 8.
25~1934. 3. 23
아담의 後裔, 신동아, 1933. 9
어떤 畵題, 조선문학, 1933. 10
어떤 젊은 어미, 신가정, 1933. 10
코가 복숭아처럼 붉은 여자, 조선문학,
1933. 10
馬夫와 敎授, 학등, 1933. 10
달밤, 중앙, 1933. 11
박물장사 늙은이, 신가정, 1934. 2~7
氷點下의 憂鬱, 학등, 1934. 3
촌띄기, 농민순보, 1934. 3
不滅의 喊聲, 조선중앙일보, 1934. 5.
15~1935. 3. 30
點景, 중앙, 1934. 9
愚菴老人, 개벽, 1934. 11

어둠, 개벽, 1934. 11
愛慾의 禁獵區, 중앙, 1935. 3
聖母, 조선중앙일보, 1935. 5. 26~1936.
1. 20
孫巨富, 신동아, 1935. 11
純情, 사해공론, 1935. 11
색시, 조광, 1935. 11
가마귀, 조광, 1936. 1
三月, 사해공론, 1936. 1
黃眞伊, 조선중앙일보, 1936. 6. 2~30
바다, 사해공론, 1936. 7
아담의 後裔, 신동아, 1936. 9
鐵路, 여성, 1936. 10
장마, 조광, 1936. 10
福德房, 조광, 1937. 3
코스모스 피는 庭園, 여성, 1937. 3~7
沙漠의 花園, 조선일보, 1937. 7. 2
花冠, 조선일보, 1937. 7. 29~12. 22
浿江冷, 삼천리문학, 1938. 1
딸삼형제, 동아일보, 1939. 2. 5~7. 19
寧越令監, 문장, 1939. 2~3
阿蓮, 문장, 1939. 6
農軍, 문장, 1939. 7
靑春茂盛, 조선일보, 1940. 3. 12~8. 10
밤길, 문장, 1940. 5~7
토끼이야기, 문장, 1941. 2
思想의 月夜, 매일신보, 1941. 3. 4~7. 5
幸福에의 흰손들, 조광, 1942. 1~1943. 1
별은 窓마다, 신시대, 1942. 1~1943. 6
夕陽, 국민문학, 1942. 2

사냥, 춘추, 1942. 2

無緣, 춘추, 1942. 6

王子好童, 매일신보, 1942. 12. 22～
 1943. 6. 16

石橋, 국민문학, 1943. 1

뒷방마님, 돌다리, 1943. 1

第一號船舶의 揷話, 국민총력, 1944. 9

즐거운 記錄, 한성시보, 1945. 10

너, 현대일보, 1946. 2

不死鳥, 현대일보, 1946. 3. 18～7. 19

解放前後, 문학, 1946. 8

소설집

달밤, 한성도서, 1934

가마귀, 한성도서, 1937

久遠의 女像, 영창서관, 1937

黃眞伊, 동광당서점, 1938

花冠, 삼문사, 1938

딸삼형제, 문장사, 1939

李泰俊短篇選, 박문서관, 1939

靑春茂盛, 박문서관, 1940

李泰俊短篇選, 학예사, 1941

無序錄, 박문서관, 1941

王子好童, 남창서관, 1943

돌다리, 박문서관, 1943

별은 窓마다, 박문서관, 1945

思想의 月夜, 을유문화사, 1946

세동무, 범문사, 1946

福德房, 을유문화사, 1947

解放前後, 조선문화사, 1947

農土, 삼성문화사, 1948

第二의 運命, 한성도서, 1948

新婚日記, 평범사, 1949

이태준문학전집, 서음출판사, 1988

참고 문헌: 장영우, 『그들의 문학과 생애, 이태
 준』, 한길사, 2008

이학인(李學仁, 생몰연도 미상)

아주머니, 신동아, 1934. 4

文學士, 조선중앙일보, 1934. 5. 22

키다리 學生, 학등, 1934. 9～11

女學生을 죽인 詩集, 신인문학, 1934. 10

돈과 사람, 신인문학, 1935. 1

藝術盜賊, 조선문단, 1935. 2

내가 아는 女子, 신인문학, 1935. 3

가난뱅이와 밋친 女子, 예술, 1935. 4

새농사꾼, 조선문단, 1936. 1

가난한 內外, 조선문단, 1935. 12

참고 문헌: 이재선, 『한국현대소설사』, 홍성사,
 1979

이해조 (李海朝, 1869～1927)

岑上苔, 소년한반도, 1906. 11～1907. 4

枯木花, 제국신문, 1907. 6. 5～10. 4.

鬢上雪, 제국신문, 1907. 10. 5~?

顯微鏡, 대한민보, 1909. 6. 15~7. 11

薄情花, 대한민보, 1910. 3. 10~5. 31

花世界, 매일신보, 1910. 10. 12~1911. 1. 17

月下佳人, 매일신보, 1911. 1. 18~4. 5

花의 血, 매일신보, 1911. 4. 6~6. 21

九疑山, 매일신보, 1911. 6. 22~9. 28

昭陽亭, 매일신보, 1911. 9. 30~12. 17

春外春, 매일신보, 1912. 1. 1~3. 14

獄中花, 매일신보, 1912. 1. 1~3. 16

彈琴臺, 매일신보, 1912. 3. 15~5. 1

江上蓮, 매일신보, 1912. 3. 17~4. 26

燕의 脚, 매일신보, 1912. 4. 29~6. 7

巢鶴領, 매일신보, 1912. 5. 2~7. 6

兎의 肝, 매일신보, 1912. 6. 9~7. 11

鳳仙花, 매일신보, 1912. 7. 7~11. 29

琵琶聲, 매일신보, 1912. 11. 30~1913. 2. 23

雨中行人, 매일신보, 1913. 2. 25~5. 11

소설집

枯木花, 박문서관, 1908. 1

華盛頓傳, 회동서관, 1908. 4(번역)

鬢上雪, 광학서포, 1908. 7

鐵世界, 회동서관, 1908. 11(번역)

驅魔劍, 대한서림, 1908. 12

紅桃花(上), 유일서관, 1908

紅桃花(下), 유일서관, 1910. 5

自由鐘, 광학서포, 1910. 7

滿月臺, 동양서원, 1910. 12

牧丹屛, 박문서관, 1911. 4

花世界, 동양서원, 1911. 10

雙玉笛, 보급서관, 1911. 12

月下佳人, 보급서관, 1911. 12

鴛鴦圖, 동양서원, 1911. 12

薄情花, 동양서원, 1911. 12

山川草木, 유일서관, 1912. 2. 15

花의 血, 보급서관, 1912. 6

九疑山, 신구서림, 1912. 7

昭陽亭, 신구서림, 1912. 7

獄中花, 보급서관, 1912. 9

江上蓮, 광동서국, 1912. 11. 25

彈琴臺, 신구서림, 1912. 12. 10

春外春, 신구서림, 1912. 12

鳳仙花, 신구서림, 1913. 9. 20

雨中行人, 신구서림, 1913. 9. 22

琵琶聲, 신구서림, 1913. 10. 28

燕의 脚, 신구서림, 1913. 12. 25

巢鶴領, 신구서림, 1913. 9. 5

누구의 罪, 보급서관, 1913(번역)

兎의 肝, 박문서관, 1916. 1. 5

韓氏報應錄, 오거서창, 1918

洪將軍傳, 오거서창, 1918. 5. 27

九尾狐, 덕흥서림, 1922

康明花實記, 회동서관, 1925. 1. 18

참고 문헌: 최원식, 「이해조의 문학세계」, 『한국 근대소설사론』, 창작사, 1986

이효석(李孝石, 1907~1942)

旅人, 매일신보, 1925. 2. 1
荒野, 매일신보, 1925. 8. 2
누구의 罪, 매일신보, 1925. 8. 23
나는 말 못했다, 매일신보, 1925. 9. 13
달의 파란 웃음, 매일신보, 1926. 1. 1
哄笑, 매일신보, 1926. 1. 10
驀進, 매일신보, 1926. 1. 24
必要, 매일신보, 1926. 2. 7
노인의 죽엄, 매일신보, 1926. 2. 14
街路의 妖術師, 매일신보, 1926. 4. 4
주리면—어떤 생활의 단편, 청년, 1927. 3
都市와 幽靈, 조선지광, 1928. 7
行進曲, 조선문예, 1929. 6
奇遇, 조선지광, 1929. 6
露領近海, 조선강단, 1930. 1
깨뜨려진 紅燈, 대중공론, 1930. 4
追憶, 신소설, 1930. 5
上陸, 대중공론, 1930. 6
麻雀哲學, 조선일보, 1930. 8. 9~19
弱齡記, 삼천리, 1930. 9
北國私信, 신소설, 1930. 9
하르빈, 삼천리, 1930. 9
오후의 諧調, 신흥, 1931. 7
北國通信, 삼천리, 1931
프렐류드, 동광, 1931. 12~1932. 2
北國點景, 삼천리, 1932. 3
오리온과 林檎, 삼천리, 1932. 3
十月에 피는 林檎꽃, 삼천리, 1933. 2

朱利耶, 신여성, 1933. 3~10
豚, 조선문학, 1933. 10
수닭, 삼천리, 1933. 11
가을의 抒情, 삼천리, 1933. 12
마음의 意匠, 매일신보, 1934. 1. 3~8
日記, 삼천리, 1934. 11
受難, 중앙, 1934. 12
風土記, 개벽, 1934. 12
聖樹賦, 조선문단, 1935. 7
季節, 중앙, 1935. 7
聖畵, 조선일보, 1935. 10. 11~31
뎃상, 조선일보, 1935. 12. 25
山, 삼천리, 1936. 1~3
粉女, 중앙, 1936. 1~2
들, 신동아, 1936. 3
天使와 散文詩, 사해공론, 1936. 4
人間散文, 조광, 1936. 7
柘榴, 여성, 1936. 8
고사리, 사해공론, 1936. 9
모밀꽃 필 무렵, 조광, 1936. 10
火災, 게재지 미상, 1936
落葉記, 백광, 1937. 1
聖餐, 여성, 1937. 4
人情, 백광, 1937. 5
瑣事, 백광, 1937. 5
마음에 남는 風景, 조선문학, 1937. 5
揷話, 백광, 1937. 6
개살구, 조광, 1937. 10
거리의 牧歌, 여성, 1937. 10~1938. 4
薔薇 病들다, 삼천리문학, 1938. 1

겨울 이야기, 동아일보, 1938. 3
幕, 동아일보, 1938. 5. 5~14
空想俱樂部, 광업조선, 1938. 9
附錄, 사해공론, 1938. 9
蟊螺, 농업조선, 1938. 9
해바라기, 조광, 1938. 10
가을과 山羊, 야담, 1938. 12
山精, 문장, 1939. 2
銀の鱒, 외지평론, 1939. 2
皇帝, 문장, 1939. 7
鄕愁, 여성, 1939. 9
上下의 倫理, 문장, 1939. 9
一票의 功能, 인문평론, 1939. 10
사냥, 게재지 미상
旅愁, 동아일보, 1939. 11. 29~12. 28
綠色의 塔, 국민신보, 1940. 1. 7~4. 28
蒼空, 매일신보, 1940. 1. 25~7. 28
괴로운 길, 삼천리, 1940. 7
ほのかな光, 문예, 1940. 7
素服과 靑磁, 게재지 미상
哈爾濱, 문장, 1940. 10
라오코왼의 後裔, 문장, 1941. 2
봄옷, 주간조선, 1941. 5. 18
山峽, 춘추, 1941. 5
薊の章, 국민문학, 1941. 11
일요일, 삼천리, 1942. 1
풀닢, 춘추, 1942. 1
書翰, 조광, 1942. 6
皇帝, 국민문학, 1942. 8
萬甫, 춘추, 1943. 7

소설집

露領近海, 동지사, 1931
해바라기, 학예사, 1939
聖畵, 삼문사, 1939
花粉, 인문사, 1939
碧空無限, 박문서관, 1941
李孝石短篇選, 박문서관, 1941
皇帝, 박문서관, 1943

참고 문헌: 이상옥, 『이효석—문학과 생애』, 민
음사, 1992

이휘창(李彙唱, 생몰 연도 미상)

騎士唱, 단층, 1937. 4
헤라嬢, 단층, 1938. 3
閑日, 단층, 1940. 6

참고 문헌: 『단층』 1937. 4~1940. 6

임노월(林蘆月, ?~1932)

春姬, 매일신보, 1920. 1. 24~29
僞善者, 매일신보, 1920. 3. 2~8
藝術家의 遁世, 매일신보, 1920. 3.
    13~18
地獄讚美, 동아일보, 1924. 5. 19~26

惡魔의 사랑, 영대, 1924. 8

惡夢, 영대, 1924. 10

凄艶, 영대, 1924. 12

死後의 情緖, 백치, 1928. 1

浪說, 백치, 1928. 7

참고 문헌: 박정수 엮음, 『춘희 외』, 범우사, 2005

임서하(任西河, 생몰 연도 미상)

德性, 문장, 1941. 3

山으로 가는 사람, 야담, 1941. 11

聖書, 춘추, 1942. 3

봄, 민성, 1946. 4

酒幕, 문화, 1947. 4

苦行, 서울신문, 1948. 1. 13

老年, 개벽, 1948. 5

新生 第一章, 신천지, 1948. 6

搖籃, 민성, 1949. 1

交錯, 신천지, 1949. 5

苔紋, 부인, 1949. 11

童子像, 민성, 1949. 12

소〔牛〕, 백민, 1950. 2

尾行, 문학, 1950. 6

소설집

感情의 風俗, 동방문화사, 1948

참고 문헌: 임서하 외, 『한국해금문학전집』 14,

삼성출판사, 1988

임영빈(任英彬, 생몰 연도 미상)

난륜, 조선문단, 1925. 1~3

序文學者, 조선문단, 1925. 5

조리 돌리는 사람, 조선농민, 1925. 12

구박, 조선농민, 1926. 1~2

크리스마스, 동아일보, 1926. 1. 18~20

려행비, 조선문단, 1926. 5

친구대접, 신생, 1932. 12

異國의 情調, 태평양, 1935. 1

목사의 죽음, 조선문단, 1935. 4

準狂人行傳, 조선문단, 1935. 6

閔氏와 土曜 午後, 문장, 1940. 9

사랑의 冒險, 문장, 1941. 1

어느 聖誕祭, 문장, 1941. 2

참고 문헌: 권영민 엮음, 『한국현대문학 작품연
표 1』, 서울대학교 출판부, 1998

임옥인(林玉仁, 1915~1995)

鳳仙花, 문장, 1939. 8

孤影, 문장, 1940. 5

後妻記, 문장, 1940. 11

前妻記, 문장, 1941. 2

産, 문장, 1941. 3

잘 켜진 房, 민중일보, 1947. 4. 6
떠나는 날, 문화, 1947. 7
愁怨, 개벽, 1947. 8
風船記, 대조, 1947. 8
이슬과 같이, 부인, 1947. 9
約束, 백민, 1947. 11
副業, 신세대, 1948. 2
오빠, 백민, 1948. 10
氣流, 연합신문, 1949. 2~3
芍藥, 대조, 1949. 7
地平線, 부인, 1949. 7
無에의 呼訴, 문예, 1949. 9
明日, 민성, 1949. 11
꽃과 오이와 딸기, 영문, 1949. 11
젊은 아내들, 부인경향, 1950. 2
一週日間, 신천지, 1950. 1
落果, 백민, 1950. 2
夫妻, 문예, 1953. 12
求婚, 신천지, 1954. 3
기다리는 사람들, 신태양, 1954. 12~
   1956. 3
手帖, 문학예술, 1955. 6
純情이라는 것, 현대문학, 1955. 7
純白의 書, 평화신문, 1955. 11~12
피에로, 문학예술, 1956. 1
越南前後, 문학예술, 1956. 7~12
女大卒業生, 경향신문, 1957. 2~3
露宿하는 老人, 문학예술, 1957. 4
平行線, 신태양, 1957. 11
渴症, 문학예술, 1957. 12

살림살이, 자유문학, 1957. 12
試鍊, 자유문학, 1958. 5
薔薇의 문, 자유문학, 1960. 6~9, 1961.
   2~12
어떤 婚事, 문학춘추, 1964. 7
冷血女人, 문학춘추, 1964. 10
어느 情事, 현대문학, 1966. 1
現實逃避, 신동아, 1966. 6
陰畵像, 현대문학, 1966. 12
일상의 冒險, 현대문학, 1968. 1~1969. 4
門, 월간문학, 1969. 10
囚人의 아내, 세대, 1970. 4
濁酒孔書房, 문학사상, 1973. 2
방풍림, 월간문학, 1973. 9~1975. 9
混線, 현대문학, 1973. 11

소설집

越南前後, 여원사, 1957
後妻記, 여원사, 1957
빛은 窓살에도, 대운당, 1974
소의 집, 신애출판사, 1974
幸福의 産室, 관동출판사

참고 문헌: 권영민 엮음, 『한국현대문학대사전』,
   서울대학교 출판부, 2004

임학수(林學洙, 1911~1982)

베니스, 카톨릭청년, 1934. 4

까마귀, 카톨릭청년, 1934. 11
金婚式, 조선문학, 1937. 3
沈澱한 砒素, 여성, 1937. 3

참고 문헌: 이광희 책임 편집, 『월북작가대표문
학』 21, 한국도서출판중앙회, 1989

장덕조(張德祚, 1914~2003)

低徊, 제일선, 1932. 8
애닲은 죽엄, 신가정, 1933. 8
남편, 신가정, 1933. 10
汽笛, 신여성, 1934. 1~2
어미와 쌀, 삼천리, 1934. 8
夫婦道, 신가정, 1934. 11
어떤 女子, 중앙, 1934. 12
안해, 신가정, 1934. 12
女子의 마음, 조선일보, 1935. 9. 20~
    10. 10
한 敎訓, 삼천리, 1936. 1
자장가, 삼천리, 1936. 4
洋襪, 여성, 1936. 9
해바라기, 삼천리, 1937. 1
귀여운 女子, 매일신보, 1937. 1. 10
우산, 여성, 1937. 2
蒼白한 안개, 조광, 1937. 4
小人聖人, 백광, 1937. 6
銀河水, 매일신보, 1937. 7. 17~12. 29
아들, 여성, 1938. 1

寒梅, 여성, 1938. 2
入院, 삼천리문학, 1938. 4
寒夜月, 조선일보, 1938. 8. 12~9. 1
惡魔, 여성, 1938. 8~9
落鄕, 매일신보, 1938. 9. 24
여름밤, 삼천리, 1938. 10
卒業奇談, 학우구락부, 1939. 1
女人圖, 매일신보, 1939. 5
波動, 야담, 1939. 6
黃昏, 문장, 1939. 7
파마넨트, 조광, 1939. 8
觀親 前後, 여성, 1939. 12
젊은 안해와 식모, 매일신보, 1940. 1. 5
橫厄, 여성, 1940. 7
人間落書, 조광, 1940. 11
고양이, 신시대, 1941. 6
上海에서 온 女子, 서울신문, 1947. 2. 4
蒼空, 문화, 1947. 7
喊聲, 백민, 1947. 7
徘徊, 연합신문, 1949. 1~2
猪突, 신천지, 1949. 9
三十年, 백민, 1950. 2
膳物, 전선문학, 1953. 4
狂風, 동아일보, 1953. 8~1954. 3
多情도 病이런가, 신태양, 1954. 2~9
虛榮의 風俗, 경향신문, 1955. 6~7
機智, 신태양, 1956. 1
落花岩, 동아일보, 1956. 7~1957. 3
누가 罪人이냐, 연합신문, 1957. 4~10
激浪, 경향신문, 1957. 12~1958. 5

原色地帶, 서울신문, 1958. 10～1959. 5
大新羅記, 연합신문, 1959. 7

소설집

薰風, 영웅출판사, 1951
十字路, 문성당, 1953
狂風, 인화출판사, 1954
女人哀歌, 영웅출판사, 1954
女子三十代, 인화출판사, 1954
多情도 病이런가, 새문사, 1956
激浪, 신태양사, 1959
落花岩, 신태양사, 1959
碧梧桐 심은 뜻은, 삼성출판사, 1964
大院君, 삼중당, 1967
妖僧辛旽, 삼중당, 1967
地下女子大學, 국민문고사, 1969
李朝의 女人들, 삼성출판사, 1972

참고 문헌: 장덕조 외, 『낙엽의 星座』, 이학사, 1970

장응진(張膺震, ?～1950)

多情多恨, 태극학보, 1907. 1～2
春夢, 태극학보, 1907. 3
月下의 自白, 태극학보, 1907. 9
魔窟, 태극학보, 1907. 12

참고 문헌: 조남현, 「논설가, 이야기꾼, 투사를
거쳐 교육자로(장응진론)」『한국현대작가의
시야』, 문학수첩, 2005

장혁주(張赫宙, 1905～1998)

餓鬼道, 개조, 1932. 4
무지개, 동아일보, 1933. 9. 20～1934.
    5. 1
戀風, 조선일보, 1934. 9. 22～1935.
    10. 5
三曲線, 동아일보, 1934. 9. 26～1935.
    3. 2
새뜻, 삼천리, 1935. 3
늑대, 삼천리, 1935. 8
契約, 삼천리, 1936. 1
谷間의 熱情, 사해공론, 1936. 1
黎明期, 동아일보, 1936. 1. 4～8. 27
그는 웨 죽엇나?, 풍림, 1937. 1
旅行小話, 삼천리문학, 1938. 1
加藤淸正, 삼천리, 1939. 1
안해, 신세기, 1940. 1～1941. 4
女人肖像, 매일신보, 1940. 5. 13～8. 16
ある篤農家の述懷, 녹기, 1943. 1.
巡禮, 일본매일신문, 1943. 8. 24～9. 9

소설집

仁旺洞時代, 하출서방, 1935
三曲線, 한성도서, 1937
朝鮮文學選集, 적총서방, 1940

참고 문헌: 호테이 토시히로 엮음, 『장혁주 소설
　선집』, 태학사, 2002

전무길(全武吉, 1905~?)

迷路, 조선지광, 1929. 2
審判, 조선지광, 1929. 9~1930. 1
甦生, 대조, 1930. 3
虛榮女의 獨白, 대조, 1930. 5~8
善惡의 彼岸, 동아일보, 1930. 11. 14~
　21
土鄕의 사람들, 해방, 1930. 12
鬱憤, 동아일보, 1930. 12. 27~29
逆境, 동아일보, 1931. 2. 18~3. 11
어떤 死刑囚, 조선일보, 1931. 7. 25~31
頹廢, 시대공론, 1931. 9
아비의 마음, 제일선, 1932. 5
시드는 꽃, 동광, 1932. 11
에치오피아의 魂, 조선문학, 1936. 9
寂滅, 동아일보, 1937. 6. 3~7. 6
自愧, 동아일보, 1939. 6. 15~7. 5

전숙희(田淑禧, 1919~2010)

시골로 가는 老婆, 여성, 1939. 10
歎息하는 피주부, 여성, 1940. 6
愛情, 신세기, 1941. 6

하늘을 바라보는 女人, 문예, 1949. 9
소, 백민, 1950. 2
새 봄의 노래, 문예, 1950. 3

참고 문헌: 전숙희, 『전숙희 문학전집』, 동서문
　학사, 1999

전영택(田榮澤, 1894~1968)

惠善의 死, 창조, 1919. 2
天痴? 天才?, 창조, 1919. 3
運命, 창조, 1919. 12
생명의 봄, 창조, 1920. 3~7.
毒藥을 마시는 女人, 창조, 1921. 1
K와 그 어머니의 죽음(1), 창조, 1921. 6
　(미완)
흰 닭, 조선문단, 1924. 10
寫眞, 조선문단, 1924. 11
바람 부는 저녁, 영대, 1925. 1
화수분, 조선문단, 1925. 1
白蓮과 紅蓮, 조선문단, 1925. 10
순복이 소식, 조선문단, 1926. 5
벗, 진생, 1926.
어머니는 잠드셨다, 백합, 1927. 3
늦봄, 1927.
누이, 조선일보, 1934. 1. 9~23
새벽별, 조선일보, 1934. 1. 7~31
悔過, 학등, 1934. 3~4
곰, 매일신보, 1935. 11. 23~12. 3

크리스마스 前夜, 조광, 1935. 12

오무니, 삼천리, 1936. 1

忠婦怨, 중앙, 1936. 1

靑春曲, 매일신보, 1936. 1. 1~5. 17

버려진 장미꽃, 새사람, 1937. 1

보리고개, 복성이 어머니, 1938.

여자도 사람인가, 삼천리, 1938

첫미움, 문장, 1939. 7

우정, 가정지우, 1939. 7~10

再出發, 매일신보, 1939. 7. 8~8. 18

無心, 야담, 1939. 10

男妹, 문장, 1939. 11

하늘을 바라보는 女人, 문예, 1949. 9

소, 백민, 1950. 2

새봄의 노래, 문예, 1950. 3

金彈實과 그 아들, 현대문학, 1955. 4

외로움, 새벽, 1955. 7

새벽종, 동경한국 복음신문, 1955

쥐 이야기, 현대문학, 1956. 10

집, 새벽, 1957. 1

돌팔이와 그 아내, 소설계, 1957

해바라기, 자유문학, 1959. 2

한 마리 양, 기독교사상, 1959. 5

금붕어, 자유문학, 1959. 10

눈 내리는 오후, 자유문학, 1960. 1

차돌멩이, 자유문학, 1960. 9

크리스마스 전야의 풍경, 군종, 1960. 12

좁은 문, 새생명, 1964. 6

말없는 사람, 게재지 미상, 1964

그는 망하지 않았다, 새가정, 1967. 12

成長期, 신동아, 1968. 3(유고)

노교수, 크리스찬문학, 1968(유고)

소설집

生命의 봄, 설화서관, 1926. 11

하늘을 바라보는 女人, 정음사, 1958

田榮澤創作選集, 어문각, 1965. 12

참고 문헌: 표언복 엮음, 『전영택 전집』 5, 목원
대학교 출판부, 1994

정비석(鄭飛石, 1911~1991)

女子, 매일신보, 1935. 1. 19

소나무와 단풍나무, 조선중앙일보, 1935.
4. 24

窮心, 조선문단, 1935. 12

喪妻記, 신가정, 1936. 1

卒哭祭, 동아일보, 1936. 1. 19~2. 2

바다의 小夜曲, 여성, 1936. 11

愛情, 사해공론, 1936. 12

城隍堂, 조선일보, 1937. 1. 14~26

解春賦, 여성, 1937. 5

雲霧, 여성, 1937. 8

거문고, 조광, 1937. 8

奈落, 사해공론, 1937. 10

봄을 그리는 마음, 조선일보, 1938. 1

愛憎道, 비판, 1938. 5

低氣壓, 비판, 1938. 5

憧憬, 조광, 1938. 6
江山夜話, 조선일보, 1938. 8. 6~15
개와 괭이와, 비판, 1938. 9
눈오든날 밤 이야기, 조광, 1938. 12
이 雰圍氣, 조광, 1939. 1
妖魔, 삼천리, 1939. 1
姉妹, 매일신보, 1939. 2. 15
姜太公, 조선문학, 1939. 3
歸不歸, 동아일보, 1939. 3. 1~16
秘密, 문장, 1939. 7
禁斷의 流域, 조광, 1939. 7~12
雜魚, 인문평론, 1939. 12
惜別歌, 신세기, 1940. 1
三代, 인문평론, 1940. 2
大氣, 매일신보, 1940. 2. 6
孤高, 문장, 1940. 3
第三의 友情, 조광, 1940. 5
青春軌道, 여성, 1940. 5
草綠의 辯, 여성, 1940. 7
諸神祭, 문장, 1940. 8
花風, 매일신보, 1940. 8. 17~11. 16
菊花陳列, 문장, 1940. 12
寒月, 조광, 1942. 2
早春, 조광, 1942. 5
寒月, 국민문학, 1942. 2
光明, 춘추, 1942. 7
秋夜長, 춘추, 1943. 2
出の憩, 신시대, 1943. 4. 5.
殉情, 半島の光, 1943. 11
滿月, 한성일보, 1945. 10

是日, 생활문화, 1946. 1
꽃순례, 문학원, 1946. 4
波濤, 신문학, 1946. 6
暮色, 민성, 1948. 6
童女記, 백민, 1946. 10
歸鄕, 경향신문, 1946. 10~11
童貞女, 한성일보, 1946. 11. 14
失敗한 青春, 백민, 1946. 12
女人의 幸福, 민주일보, 1946. 12. 1
春喜, 한성일보, 1947. 1
運命, 백민, 1947. 2
破戒僧, 조선일보, 1947. 3
短篇集, 대조, 1947. 5
香爐, 백민, 1947. 8
連絡船, 백민, 1947. 11
눈물, 백민, 1948. 1
受難者, 백민, 1948. 5
아내의 抗議文, 신천지, 1948. 6
少女의 주검, 예술조선, 1948. 8
갈대와 가티, 서울신문, 1948. 8. 1~7
박꽃, 민성, 1948. 9~10
暗夜行路, 조선일보, 1948. 11
放鳥記, 해동공론, 1948. 12
景品券, 백민, 1949. 3
그 女子의 半生, 신원, 1949. 4
冷血動物, 신천지, 1949. 10
書翰, 학풍, 1949. 10~12
昏明, 문예, 1949. 11
戀愛路程, 신태양, 1950. 1
青春山脈, 경향신문, 1950. 1

思鄕歌, 백민, 1950. 2

薰風, 대조, 1951. 7

好色家의 告白, 연합신문, 1952. 5

看護將校, 전선문학, 1952. 12

男兒出生, 전선문학, 1953. 4

自由夫人, 서울신문, 1954. 1~8

民主魚族, 한국일보, 1954. 11~1955. 8

初老夫婦, 신태양, 1955. 1

朴仁秀의 境遇, 전망, 1955. 10

山有花, 여원, 1955. 10

浪漫列車, 한국일보, 1956. 4~11

崔老人, 자유문학, 1956. 12

슬픈 牧歌, 동아일보, 1957. 3~12

母像, 자유문학, 1957. 8

誘惑의 江, 서울신문, 1958. 2~10

슬픈 追憶, 자유문학, 1958. 5

非情의 曲, 경향신문, 1958. 12~1959. 4

燕歌, 서울신문, 1959. 8~1960. 4

女人二態, 자유문학, 1960. 1

에덴은 아직도 멀다, 조선일보, 1961

名妓列傳, 조선일보, 1979

楚漢誌, 한국경제신문, 1984

소설집

靑春의 倫理, 매일신보, 1944

城隍堂, 금융도서, 1945

故苑, 백민문화사, 1945

波濤, 대조사, 1946

諸神祭, 수선사, 1948

女人百景, 정음사, 1949

薔薇의 季節, 창광사, 1949

女性全線, 한국출판사, 1952

靑春山脈, 문성당, 1952

都會의 情熱, 평범사, 1953

靑春의 倫理, 평범사, 1953

愛情無限, 삼성사, 1953

愛戀記, 보문출판사, 1953

西北風, 보문출판사, 1953

自由夫人, 정음사, 1954

世紀의 鍾, 새문사, 1954

호롱불, 동아출판사, 1954

人生旅情, 문흥사, 1954

色紙風景, 한국출판사, 1954

홍길동전, 대양출판사, 1954

番地 없는 酒幕, 향문사, 1954

民主魚族, 정음사, 1955

황진이, 정음사, 1955

月夜의 窓, 정음사, 1955

燕山君, 정음사, 1956

女性의 敵, 나비야 靑山 가자, 정음사, 1956

暮色, 범조사, 1957

사랑하는 사람들, 여원사, 1957

슬픈 牧歌, 춘조사, 1957

誘惑의 江, 신흥출판사, 1958

浪漫列車, 동진문화사, 1958

사랑의 十字架, 삼중당, 1959

人生 第一課, 춘조사, 1959

花魂, 삼중당, 1959

非情의 曲, 삼중당, 1960

戀歌, 삼중당, 1961

人間失格, 정음사, 1962

에덴은 아직도 멀다, 민중서관, 1962

山有花, 창조사, 1968

爐邊情談, 노벨문화사, 1971

慾望海峽, 노벨문화사, 1971

女性全線, 기타, 선일문화사, 1974

名妓列傳, 이우출판사, 1977

閔妃, 범우사, 1980

三國志, 대현문화사, 1981

孫子兵法, 고려원, 1982

楚漢誌, 고려원, 1984

三國志, 고려원, 1985

소설 김삿갓, 고려원, 1988

여인극장, 고려원, 1993

참고 문헌: 정비석 외, 『정통한국문학대계』 28,
어문각, 1986

정인택(鄭人澤, 1909~1953)

準備, 중외일보, 1930. 1. 11~16

나그네 두 사람, 매일신보, 1930. 6.
25~

時計, 매일신보, 1930. 7. 9

불효자식, 매일신보, 1930. 7. 13

눈보라, 매일신보, 1930. 9. 11~10. 5

觸髏, 중앙, 1936. 6

못다 핀 꽃, 여성, 1939. 1

蠢動, 문장, 1939. 4.

逐放, 청색지, 1939. 5

迷路, 문장, 1939. 7.

動搖, 문장, 1939. 7.

感情의 定理, 신세기, 1939. 10

착한 사람들, 삼천리, 1939. 12

季節, 농업조선, 1939. 12

凡家族, 조광, 1940. 1

戀戀記, 동아일보, 1940. 3. 7~4. 3

天使下降, 신세기, 1940. 4

混線, 여성, 1940. 5

業苦, 문장, 1940. 6·7

헛되인 偶像, 여성, 1940. 8

憂鬱症, 조광, 1940. 9

착한 사람들, 삼천리, 1940. 12

旅愁, 문장, 1941. 1

短章, 문장, 1941. 2

抹桑館의 봄, 춘추, 1941. 3

區域誌, 조광, 1941. 4

鳳仙花, 매일신보, 1941. 7. 8~8. 31

清凉里界隈, 국민문학, 1941. 11

幸福, 춘추, 1942. 1

穀, 녹기, 1942. 1.

濃霧, 국민문학, 1942. 11

검은 흙과 흰 얼굴, 조광, 1942. 11

고드름, 조광, 1943. 3

東窓, 조광, 1943. 7

建設, 半島の光, 1943. 10~1944. 3

海邊, 춘추, 1943. 12

鵬翼, 조광, 1944. 6

覺書, 국민문학, 1944. 7
병아리, 신천지, 1946. 5
黃鳥歌, 백민, 1947. 3
鄕愁, 제삼특보, 1947. 12. 3~29
靑葡萄, 자유신문, 1950. 4

소설집
淸凉里界隈, 조선도서출판주식회사,
    1944
戀戀記, 금룡도서, 1948

참고 문헌: 정인택 외, 『한국해금문학전집』 9,
    삼성출판사, 1988

조경희(趙敬姬, 1918~2005)

言約, 여성, 1940. 6
羊, 신천지, 1949. 2
즐거운 日曜日 午後, 신천지, 1949. 5
시동생, 연합신문, 1953. 2

참고 문헌: 조경희, 『조경희 자서전』, 정우사,
    2004

조명희(趙明熙, 1894~1938)

땅속으로 , 개벽, 1925. 2~3
나는 이렇게 생각한다, 개벽, 1925. 4

R君에게, 개벽, 1926. 2
마음을 갈아먹는 사람들, 개벽, 1926. 6
低氣壓, 조선지광, 1926. 11
새 거지, 조선지광, 1927. 1
農村 사람들, 현대평론, 1927. 1
同志, 조선지광, 1927. 3
한 여름밤에, 조선지광, 1927. 5
洛東江, 조선지광, 1927. 7
春先伊, 조선지광, 1928. 1
이쁜이와 룡이, 동아일보, 1928. 2. 7~15
아들의 마음, 조선지광, 1928. 9

소설집
그 전날 밤, 박문서관, 1924
洛東江, 백악사, 1928. 4. 20
洛東江, 건설출판사 중간사, 1946. 5. 3

참고 문헌: 이명재, 『그들의 문학과 생애—조명
    희』, 한길사, 2008

조벽암(趙碧岩, 1908~1985)

建植의 길, 조선일보, 1931. 8. 1~21
結婚前後, 신동아, 1932. 1
失職과 강아지, 형상, 1932. 3
僻村, 동방평론, 1932. 7
蚯蚓夢, 비판, 1932. 11~1933. 1
農群, 비판, 1933. 3
求職과 고양이, 신동아, 1933. 10

處女村, 조선문학, 1933. 11

結婚前夜, 신가정, 1934. 1

獸心苦, 조선문학, 1934. 1

風車, 신가정, 1934. 6

不滅의 노래, 조선일보, 1934. 10. 24~
  11. 3

獸心苦, 신가정, 1934. 1~12

破鐘, 신동아, 1935. 7

破鏡, 신가정, 1936. 4

老僧, 조선문학, 1936. 5

跛行記, 신동아, 1936. 7

호박꽃, 조선문학, 1936. 11

流轉譜, 동아일보, 1937. 2. 15~23

就職과 羊, 조광, 1937. 3

새 윤리의 一節, 조선문학, 1937. 5

참고 문헌: 이동순·김석영 엮음, 『조벽암 시전
  집』, 소명출판, 2004

조용만(趙容萬, 1909~1995)

배추이삭, 매일신보, 1926. 1. 1

浮動者, 조선일보, 1930. 12. 25~31

舍廊과 行廊, 비판, 1931. 6

彷徨, 동아일보, 1931. 8. 2~16

年末의 求職者, 동방평론, 1932. 7

歔欷, 비판, 1932. 10

背信者의 便紙, 제일선, 1933. 3

羅馬의 第一夜, 비판, 1933. 3

初終記, 문장, 1940. 6·7

北京의 記憶, 문장, 1941. 1

旅程, 문장, 1941. 2

晚餐, 춘추, 1941. 7

매부, 조광, 1941. 10

船の中, 국민문학, 1942. 6

桑君夫妻と僕と, 국민문학, 1942. 12

冬箋, 춘추, 1944. 2

비 오는 밤, 연합신문, 1952. 3

地獄의 한 季節, 새벽, 1957. 3

三幕寺, 사상계, 1957. 4

抒情歌, 사상계, 1958. 1~3

바보!, 자유문학, 1958. 5

斷層, 지성, 1958. 9

表情, 현대문학, 1961. 4

束草行, 사상계, 1961. 9

복녀, 문학춘추, 1964. 9

西歸浦怪譚, 월간문학, 1969. 5

三淸公園에 나타난 杜甫, 신동아, 1970. 4

初伏날, 월간문학, 1970. 9

老談, 월간중앙, 1972. 2

이 두 사람, 현대문학, 1972. 6

고향에 돌아와도, 창조, 1972. 10

轉機, 현대문학, 1973. 4

藥水터, 문학사상, 1973. 6

墓碑, 월간중앙, 1973. 7

暗夜, 문학사상, 1975. 12

아버지의 再婚, 현대문학, 1977. 6

빈대떡, 월간문학, 1977. 7

언덕길에서, 월간문학, 1978. 3

最惡의 무리, 문예중앙, 1978년 가을호
永訣式, 소설문학, 1982. 2
어느 죽음, 현대문학, 1982. 6
스피노자의 弟子, 문예중앙, 1982년 겨울호
88올림픽, 월간조선, 1983. 8

소설집

고향에 돌아와도, 동명사, 1974
九人會 만들 무렵, 정음사, 1984

참고 문헌: 조용만, 『淸貧의 書』, 교문사, 1969

조중곤(趙重滾, 생몰 연도 미상)

쎄앗기고만 살가?, 예술운동, 1927. 11
産婆役, 조선문단, 1927. 2

참고 문헌: 권영민 엮음, 『한국현대문학대사전』,
　서울대학교 출판부, 2004

조풍연(趙豊衍, 1914~1991)

對角線上의 女子, 삼사문학, 1934. 9
遊戲軌道, 삼사문학, 1934. 9
看板選手, 삼사문학, 1935. 3
젊은 藝術家 群像, 매일신보, 1937. 2.
　3~24
果實, 여성, 1937. 8~9

병희와 원숭이, 조선일보, 1940. 4. 14
딱한 사정, 조선일보, 1940. 6. 2
混紡人生(六月의 윈스텔), 여성, 1940. 6
꿀방우리, 소년, 1940. 10
피 묻은 장갑, 세대, 1967. 3
第四樂章 프레스토, 시문학, 1976. 6

소설집

나폴레옹의 로맨스, 동문도서, 1981

참고 문헌: 조풍연 외, 『한국현대문학전집』 58,
　삼성출판사, 1981

주요섭(朱耀燮, 1902~1972)

깨어진 항아리, 매일신보, 1921
치운밤, 개벽, 1921. 4
죽음, 신민공론, 1921. 7
해와 달, 개벽, 1922. 10
人力車軍, 개벽, 1925. 4
殺人, 개벽, 1925. 6
첫사랑 값, 조선문단, 1925. 9~11,
　1927. 2~3
영원히 사는 사람, 신여성, 1925. 10
天堂, 신여성, 1926. 1
개밥, 동광, 1927. 1
풀잎이 가진 진주, 신가정, 1931. 10
鎭南浦行, 신동아, 1932. 10
구름을 잡으려고, 동아일보, 1935. 2.

17~8. 4

代書, 신가정, 1935. 4

사랑 손님과 어머니, 조광, 1935. 11

아네모네의 마담, 조광, 1936. 1

醜物, 신동아, 1936. 4

未完成, 조광, 1936. 9~1937. 6

奉天驛食堂, 사해공론, 1937. 1

북소리 두둥둥, 조선문학, 1937. 3

웅철이의 모험, 소년, 1937. 4

왜 왓든고?, 여성, 1937. 11

醫學博士, 동아일보, 1938. 5. 17~25

竹馬之友, 여성, 1938. 6~7

길, 동아일보, 1938. 9. 6~11. 21

樂浪古墳의 秘密, 조광, 1939. 2

눈은 눈으로, 백민, 1947. 11

二十午年, 민성, 1950. 2

大學敎授와 謀利輩, 서울신문, 1948. 9

길, 동아일보, 1952

一억 五천만 대 一, 자유문학, 1957.
  6~1958. 4

雜草, 사상계, 1958. 4

붙느냐 떨어지느냐?, 자유문학, 1958. 5

亡國奴群象, 자유문학, 1958. 6~1959.
  12

세 죽음, 현대문학, 1965. 10

열 줌의 흙, 현대문학, 1967. 5

나는 유령이다, 월간문학, 1969. 6

여대생과 밍크 코트, 월간문학, 1970. 6

마음의 상채기, 월간문학, 1972. 4

進化, 문학사상, 1973. 1

旅愁, 문학사상, 1973. 1

떠름한 로맨스, 현대문학, 1987. 4(유고)

소설집

사랑 손님과 어머니, 수선사, 1948

未完成, 을유문화사, 1962

아네모네 마담, 범우사, 1976

북소리 두둥둥, 대광문화사, 1984

참고 문헌: 주요섭 외, 『정통한국문학대계』 28,
  어문각, 1986

지봉문(池奉文, 생몰 연도 미상)

목숨, 조선문학, 1939. 3

가을, 조광, 1941. 11

참고 문헌: 권영민 엮음, 『한국현대문학 작품연
  표 1』, 서울대학교 출판부, 1998

지하련(池河連, 1912~1960?)

訣別, 문장, 1940. 12

滯鄕抄, 문장, 1941. 3

가을, 조광, 1941. 11

산길, 춘추, 1942. 3

從妹, 도정, 1942. 4

洋, 도정, 1942. 5

道程, 문학, 1946. 7

소설집

道程, 백양당, 1948. 12

참고 문헌: 서정자 편저, 『지하련 전집』, 푸른사
  상사, 2004

진학문(秦學文, 1890~1948)

부르지짐, 학지광, 1917. 4
紅淚, 매일신보, 1917. 9. 21~1918. 1. 16
小의 暗影, 동아일보, 1922. 1. 1~4. 14
詩處女의 자랑, 동명, 1922. 9

소설집

暗影, 동양서원, 1923

참고 문헌: 권영민 엮음, 『한국현대문학 작품연
  표 1』, 서울대학교 출판부, 1998

채만식(蔡萬植, 1902~1950)

과도기, 1923년 작(문학사상, 1973. 8~
  9)
세 길로, 조선문단, 1924. 12
불효자식, 조선문단, 1925. 7
생명의 유희, 1928년 작(문학사상, 1975.

  1)
산적, 별건곤, 1929. 12
허허 망신했군, 신소설, 1930. 1
그뒤로, 별건곤, 1930. 1
병죠와 영복이, 별건곤, 1930. 2~5
山童이, 신소설, 1930. 5
앙탈, 신소설, 1930. 5
蒼白한 얼골들, 혜성, 1931. 10
貨物 自動車, 혜성, 1931. 11
암소를 팔아서, 집, 1943(1931년 작으로
  추측)
農民의 會計報告, 동방평론, 1932. 7
女子의 一生, 별건곤, 1933. 5
人形의 집을 나와서, 조선일보, 1933. 5.
  27~11. 14
팔려간 몸, 신가정, 1933. 8
쥐들은 고양이 목에 방울을 달러나섰다,
  신가정, 1933. 10.
레듸―메이드 人生, 신동아, 1934. 5~7
염마, 조선일보, 1934. 5. 16~11. 5
예수나 믿었더면, 조선문학, 1935. 7
보리방아, 조선일보, 1936. 7. 7~18
소복 입은 영혼, 신동아, 1936. 8
言約, 여성, 1936. 9
貧 第一章 第一課, 신동아, 1936. 9
明日, 조광, 1936. 10~12
不傳 딱지, 여성, 1936. 11
젖, 여성, 1937. 1
어러죽은 모나리사, 사해공론, 1937. 3
生命, 백광, 1937. 3

停車場 近處, 여성, 1937. 3~10

어머니를 찾아서, 소년, 1937. 4~8

어머니, 소년, 1937. 7

어떤 화가의 하루, 동아일보, 1937. 9. 18~22

濁流, 조선일보, 1937. 10. 13~1938. 5. 17

黃金怨, 현대문학, 1956. 4(1937년 작)

天下太平春, 조광, 1938. 1~9

童話, 여성, 1938. 3

痴叔, 동아일보, 1938. 3. 7~14

饗宴, 동아일보, 1938. 5. 14~17

두 純情, 농업조선, 1938. 6

쑥국새, 여성, 1938. 7

이런 處地, 사해공론, 1938. 8

龍洞宅의 境遇, 농업조선, 1938. 8

少妾, 조광, 1938. 10

點景, 조선일보, 1938. 12. 28

정자나무 있는 揷話, 농업조선, 1939. 1

敗北者의 무덤, 문장, 1939. 4

金의 情熱, 매일신보, 1939. 6. 19~11. 19

斑點, 문장, 1939. 7

摸索, 문장, 1939. 10

興甫氏, 인문평론, 1939. 10

颱風, 박문, 1939. 10

이런 男妹, 조광, 1939. 11

상경반절기, 신사조, 1962. 1(1939년 작)

車 안의 風俗, 신세계, 1940. 1~2

巡公 있는 日曜日, 문장, 1940. 4

冷凍魚, 인문평론, 1940. 4~5

젊은 날의 한 句節, 여성, 1940. 5~11

懷, 조광, 1940. 12

近日, 춘추, 1941

四號一段, 문장, 1941. 2

왕치와 소새와 개미와, 문장, 1941. 4

집, 춘추, 1941. 6

病이 낫거든, 조광, 1941. 7

종로의 주민, 제향날, 1941. 2. 20 탈고

해후, 게재지 미상, 1941. 3. 17(음) 탈고

차중에서, 체신문화, 1961. 3(유고)

덕원이 선생, 게재지 미상, 1941

고약한 사돈, 게재지 미상, 1941

아름다운 새벽, 매일신보, 1942. 2. 10~ 7. 10

鄕愁, 야담, 1942. 2

강선달, 야담, 1942. 2

揷話, 조광, 1942. 7

어머니, 조광, 1943. 3~10

神軍, 半島の光, 1944. 3

女人戰記, 매일신보, 1944. 10. 5~ 1945. 5. 16

선량하고 싶던 날, 약업신문, 1960. 6. 18~25(1944년 작)

沈봉사, 신시대, 1944. 11~1945. 1

妻子, 자유문학, 1961. 7(유고)

실의 공, 가정생활, 1962. 10(1944년 작)

遺憾, 한성시보, 1945. 10

孟巡査, 백민, 1946. 3

歷路, 신문학, 1946. 6

미스터 方, 대조, 1946. 7

허생전, 합동문고 1~4, 1946. 11. 15

논 이야기, 협동, 1946. 10

도야지, 문장, 1948. 6

낙조, 잘난 사람들, 1948

民族의 罪人, 백민, 1948. 10, 1949. 1

아시아의 운명, 야담, 1955. 1(1948년 작)

청류, 현대문학, 1986. 11(1948년 작)

이상한 선생님, 어린이나라, 1949. 1

역사, 학풍, 1949. 1

늙은 極東選手, 신천지, 1949. 2~3

少年은 자란다, 월간문학, 1972. 9(1949
년 작)

소, 1950년 작(미완)

옥랑사, 희망, 1955. 5~1956. 5

소설집

蔡萬植短篇集, 학예사, 1939. 8. 4

濁流, 박문서관, 1939. 11

太平天下, 명성사, 1940

金의 情熱, 영창서관, 1941. 6. 10

집, 조선출판사, 1943. 10. 25

배비장, 박문서관, 1943. 11. 30

조선단편문학선집 1, 범장각, 1946. 1. 20

허생전, 조선금융조합연합회, 1946. 11. 15

祭饗날, 박문출판사, 1946. 12

조선대표작가전집 8, 서울타임즈사,
1947. 3. 10

아름다운 새벽, 박문출판사, 1947

조선문학전집 단편집 상권, 한성도서주식
회사, 1948. 6. 20

잘난 사람들, 민중서관, 1948

螳螂의 傳說, 을유문화사, 1948. 10. 15

참고 문헌: 채만식, 『채만식 전집』 10, 창작과비
평사, 1989

최독견(崔獨鵑, 1901~1970)

淨化, 신민, 1925. 12

小作人의 딸, 신민, 1926. 2

乳母, 조선문단, 1926. 6

푸로 手記, 신민, 1926. 8

한 사람이 차지해야 할 땅, 조선농민,
1926. 8

男子, 신민, 1926. 9

洪君, 신민, 1926. 10

策略, 문예시대, 1926. 11

罰金, 신민, 1926. 12

斷髮美人의 死, 문예시대, 1927. 1

고구마, 신민, 1927. 2

火夫의 死, 신민, 1927. 3

바보의 震怒, 조선문단, 1927. 3

조그만 審判, 동광, 1927. 4

무엇 째문에, 신민, 1927. 4

樂園이 부서지네, 신민, 1927. 5

僧房秘曲, 조선일보, 1927. 5. 10~9. 11

黃昏, 신민, 1927. 8

亂影, 조선일보, 1927. 9. 30~1928. 3. 7

五錢, 신민, 1927. 12

蹂躪, 동아일보, 1928. 2. 27~3. 8

香園艷史, 조선일보, 1928. 10. 29~
1929. 10. 20

豫防注射, 조선일보, 1929. 3. 2~3

靑春의 罪, 문예공론, 1929. 5~6(미완)

女流音樂家, 동아일보, 1929. 5. 24~6.
1(9인 연작)

荒原行, 동아일보, 1929. 6. 8~10.
21(5인 연작)

還遠, 신소설, 1929. 12(미완)

濁流, 중외일보, 1930. 2. 1~5. 31

푸레센트, 신민, 1930. 7

戀愛市長, 해방, 1930. 12

死刑囚, 신민, 1930. 8, 1931. 3, 6

눈오는 밤, 신광, 1931. 2

舊痕, 문예월간, 1931. 12

명일, 조선일보, 1932. 11. 23~1933. 3. 4

두번재ㅅ 男子, 월간매신, 1934. 5

마음의 봄, 매일신보, 1934. 12. 20~
1935. 7. 10

僧房秘曲, 삼천리, 1935. 3(최상덕으로
한 회 재수록)

戀愛悲常線, 조선중앙일보, 1935. 12.
7~1936. 5. 27

새벽, 서울신문, 1949. 12~1950. 4

傀儡, 신민, 1950. 2

良心, 신천지, 1952. 5

愛情無限城, 서울신문, 1952. 7~1953. 2

마담의 生態, 새벽, 1956. 3

소설집

僧房秘曲, 신구서림, 1929.

참고 문헌: 강옥희 책임 편집, 『승방비곡(외)』,
범우사, 2004

최명익(崔明翊, 1902~?)

戲戀時代, 백치, 1928. 1

처의 화장, 백치, 1928. 7

붉은 코, 중외일보, 1930. 2. 6

牧師, 조선일보, 1933. 7. 29~8. 2

비 오는 길, 조광, 1936. 4~5

無性格者, 조광, 1937. 9

逆說, 여성, 1938. 2~3

봄과 新作路, 조광, 1939. 1

肺魚人, 조선일보, 1939. 2. 5~25

心紋, 문장, 1939. 6

張三李四, 문장, 1941. 4

담배 한 대, 맥령, 1947

맥령, 맥령, 1947

마천령, 맥령, 1947

무대 뒤, 맥령, 1947

남향집, 게재지 미상, 1948

제1호, 위대한 공훈(문화전선사), 1949

기계, 문학예술, 1947. 12, 1948. 4

기관사, 조선문학, 1951. 5

조국의 목소리, 기관사(문예총출판사),
1952

영웅 한남수, 기관사, 1952
운전수 길보의 전투, 기관사, 1952
공둥풀, 개선(조선작가동맹출판사), 1955
임오년의 서울, 조선문학, 1961. 5~8
섬월이, 게재지 미상, 1962
음악가 김성기, 게재지 미상, 1962
학자의 염원, 게재지 미상, 1962

소설집
맥령, 문화전선사, 1947
장삼이사, 을유문화사, 1947
서산대사, 조선문학예술총동맹출판사,
  1956

참고 문헌: 장수익, 『그들의 문학과 생애, 최명
  익』, 한길사, 2008

최서해(崔曙海, 1901~1932)

吐血, 동아일보, 1924. 1. 28, 2. 4
故國, 조선문단, 1924. 10
梅月, 혈흔, 1924. 11
拾參圓, 조선문단, 1925. 2
脫出記, 조선문단, 1925. 3
살려는 사람들, 조선문단, 1925. 4(원문
  발표 중지)
鄕愁, 동아일보, 1925. 4. 6~13
朴乭의 죽엄, 조선문단, 1925. 5
飢餓와 殺戮, 조선문단, 1925. 6

彷徨, 시대일보, 1925. 6. 29
寶石半指, 혈흔, 1925. 7
棄兒, 여명, 1925. 9
큰물 진 뒤, 개벽, 1925. 12
暴君, 개벽, 1926. 1
그 刹那, 시대일보, 1926. 1. 4
五圓 七十五 錢, 동아일보, 1926. 1.
  1~5
설날 밤, 신민, 1926. 1
白琴, 신민, 1926. 2
醫師, 문예운동, 1926. 2
笑殺, 가면, 1926. 3
해돋이, 신민, 1926. 3
그믐밤, 신민, 1926. 5
담요, 조선문단, 1926. 5
금붕어, 조선문단, 1926. 6
누가 망하나?, 신민, 1926. 7
만두, 시대일보, 1926. 7. 12
農村夜話, 동광, 1926. 8
八個月, 동광, 1926. 9
底流, 신민, 1926. 10
異域冤魂, 동광, 1926. 11
東大門, 문예시대, 1926. 11
紅恨綠愁, 매일신보, 1926. 11. 14
무서운 印象, 동광, 1926. 12
미치광이, 혈흔, 1926. 12
돌아가는 날, 신사회, 1926. 12
안해의 자는 얼골, 조선지광, 1926. 12
쥐죽인 뒤, 매일신보, 1927. 1. 1
紅焰, 조선문단, 1927. 1

錢逆辭, 동광, 1927. 1

序幕, 동아일보, 1927. 1. 11~15

落魄不遇, 문예시대, 1927. 1

가난한 안해, 조선지광, 1927. 2

二重, 현대평론, 1927. 5(게재 금지)

葛藤, 신민, 1928. 1

暴風雨時代, 동아일보, 1928. 4. 4~12

容身難, 신민, 1928. 8

夫婦, 매일신보, 1928. 10. 6~21

轉機, 신생, 1929. 1

먼동이 틀 째, 조선일보, 1929. 1. 1~2. 26

人情, 신생, 1929. 2

물벼락, 조선일보, 1929. 3. 5

境界線, 중성, 1929. 3

주인아씨, 신생, 1929. 4

受難, 학생, 1929. 4

車中에 나타난 마지막 그림자, 조선일보,
    1929. 4. 15~22

女流音樂家, 동아일보, 1929. 5. 24

無名草, 신민, 1929. 8

같은 길을 밟는 사람들, 신소설, 1929. 12

누이동생을 짜라, 신민, 1930. 2

號外時代, 매일신보, 1930. 9. 20~1931.
    8. 1

소설집

血痕, 글벗집, 1926. 2

紅焰, 삼천리, 1931. 5

참고 문헌: 곽근 엮음, 『최서해 전집』(하권), 문

학과지성사, 1987

최승일(崔承一, 1901~?)

안해, 신여성, 1924. 6

써나가는 날, 신여성, 1924. 8

그 녀자, 신여성, 1924. 10

記念式, 시대일보, 1924. 10. 13~20

김첨지의 죽엄, 매일신보, 1924. 12. 7

乞人덴둥이, 조선일보, 1926. 1. 2

바둑이, 개벽, 1926. 2

鳳姬, 개벽, 1926. 4

競賣, 별건곤, 1926. 12

콩나물죽과 小說, 별건곤, 1927. 1

이 살림을 보아라, 매일신보, 1927. 1. 1

무엇?, 조선지광, 1927. 2

罪, 별건곤, 1927. 7

소설이 싸구료, 매일신보, 1928. 1. 1

鍾이, 조선지광, 1929. 1

都會小景, 조선일보, 1929. 3. 7

거리의 女子, 대조, 1930. 5

누가 익이었느냐?, 대조, 1930. 8

떠돌아 다니는 사람들, 조선중앙일보,
    1933. 11. 1~9

참고 문헌: 손정수 엮음, 『봉희』, 범우사, 2005

최인욱(崔仁旭, 1920~1972)

시드른 마을, 매일신보, 1938. 2. 10~23
山神靈, 매일신보, 1939. 2. 14~3. 2
月下吹笛圖, 조광, 1939. 4
落花賦, 조광, 1940. 1
觀燈祭, 조광, 1942. 4
멧돼지와 木炭, 춘추, 1942. 12
生活 속으로, 춘추, 1943. 11
개나리, 백민, 1948. 5
洞房記, 평화신문, 1948. 7~8
두 商人의 記錄, 백민, 1949. 1
初冬記, 신천지, 1949. 2
麗人記, 민성, 1949. 6
乞人一題, 신천지, 1949. 6
못난이, 문예, 1949. 10
童子像, 문예, 1950. 2
雪寒記, 백민, 1950. 2
목숨, 문예, 1950. 12
偵察揷話, 문예, 1952. 1
俗物, 신천지, 1952. 5
底流, 자유세계, 1952. 8
病豚記, 자유예술, 1952. 11
面會, 전선문학, 1953. 2
外套, 신천지, 1953. 6
연옥이, 문화세계, 1953. 8
벌레 먹은 薔薇, 서울신문, 1953. 8~9
어느 날의 一等上士, 전선문학, 1953. 9
人生의 그늘, 문예, 1953. 9
再緣, 신천지, 1953. 12

現實에 立脚한 超現實, 문예, 1954. 1
즐거운 맹서, 애향, 1954. 3
金敎授語錄, 연합신문, 1954. 4
竹竹과 龍石, 문학과 예술, 1954. 4
잃어버린 보금자리, 자유신문, 1954. 4~6
再生의 意慾, 신천지, 1954. 6
同族, 신태양, 1954. 8
오디, 현대공론, 1954. 8
青春은 아름답다, 서울신문, 1954. 9~11
田영감의 住宅問題에 關한 件, 신태양, 1955. 2
夜警, 현대문학, 1955. 3
바다의 王子, 야담, 1955. 7
밤거리를 찾아서, 문학예술, 1955. 12
轉勤, 신태양, 1956. 2
第三行路, 연합신문, 1956. 2~10
野花, 자유문학, 1956. 6
登山俱樂部, 현대문학, 1956. 8
거문고, 문학예술, 1956. 9
生活의 空白地帶, 현대문학, 1956. 12
人生黃昏, 새벽, 1957. 1
愛情花園, 서울신문, 1957. 1~7
對決, 문학예술, 1957. 12
신군부처, 사상계, 1957. 12
銀河의 傳說, 사상계, 1957. 12
古家의 지붕 밑, 자유문학, 1957. 12
막다른 골목, 현대문학, 1958. 1
華麗한 慾望, 자유신문, 1958. 1
孤獨한 幸福, 자유신문, 1958. 12~

1959. 7

木蓮, 현대문학, 1964. 8

어떤 秘話, 문학춘추, 1964. 8

逆徒라는 이름의 死刑囚, 현대문학,
　1965. 10

地圖, 현대문학, 1966. 2

南齋 居士, 신동아, 1966. 8

만춘네, 신동아, 1968. 7

주홍빛 입술, 월간문학, 1969. 8

梅花菴 訪問記, 월간문학, 1970. 5

소설집

罪의 告白, 백조사, 1952

底流, 흥국연문협회, 1953

벌레 먹은 薔薇, 새문사, 1953

幸福의 位置, 인문각, 1957

罪의 告白, 아동문화사, 1962

林巨正, 교문사, 1965

黃昏의 戀歌, 선일문화사, 1974

전봉준, 교문사, 1965

자규야 알랴마는, 어문각, 1988

참고 문헌: 최인욱 외, 『정통한국문학대계』 15,
　어문각, 1986

최인준(崔仁俊, 1912~?)

大幹線, 조선농민, 1926. 6

暴風雨前, 조선농민, 1929. 10, 12, 1930.

1

양돼지, 신소설, 1930. 1

逃亡, 학생, 1930. 4

하나님의 딸은?, 신소설, 1930. 5

황소, 동아일보, 1934. 1. 1~6

暗流, 신동아, 1934. 9~12

잃은 봄, 신동아, 1935

暴陽알에서, 조선일보, 1935. 3. 21~4. 2

안해, 조선문단, 1935. 4

상투, 신동아, 1935. 5

二年後, 신가정, 1935. 9

며누리, 신가정, 1935. 12

밤, 사해공론, 1936. 1

手術, 사해공론, 1936. 2

慟哭하는 大地, 사해공론, 1936. 3~

이른 봄, 신동아, 1936. 4

女店員, 신가정, 1936. 5

春蠶, 조선문학, 1936. 6

잊혀지지 않는 少女, 부인공론, 1936. 7

弱質, 조선문학, 1936. 11

終局, 사해공론, 1936. 12

友情, 풍림, 1936. 12

쎄파트 主人, 풍림, 1937. 2

두 어머니, 백광, 1937. 3

호박, 농업조선, 1938. 1

帝高陽之苗裔兮, 문장, 1940. 6·7

참고 문헌: 이광희 책임 편집, 『월북작가대표문
　학』 2, 서음출판사, 1989

최재서(崔載瑞, 1908~1964)

報道演習班, 국민문학, 1943. 7
燧石, 국민문학, 1944. 1
非時의 꽃, 국민문학, 1944. 5~8
민족의 결혼, 국민문학, 1945. 2

참고 문헌: 『국민문학』(1943. 7~1945. 2)

최정희(崔貞熙, 1912~1990)

正當한 스파이, 삼천리, 1931. 10
尼奈의 이야기, 신여성, 1931. 12
明日의 食代, 시대공론, 1932. 1
룸펜의 神經線, 영화시대, 1932. 3
다른 지평선의 쌍곡선, 삼천리, 1932. 5
비정도시, 만국부인, 1932. 10
남포등, 문학타임즈, 1933. 2
젊은 어머니, 신가정, 1933. 3
토마토 哲學, 동아일보, 1933. 7. 23
多難譜, 매일신보, 1933. 10. 10~11. 23
嫉妬, 신여성, 1934. 1
가버린 美禮, 중앙, 1934. 2
星座, 형상, 1934. 2
女人, 중앙, 1934. 12
낙동강, 삼천리, 1935. 1,2
凶家, 조광, 1937. 4
靜寂記, 삼천리문학, 1938. 1
山祭, 동아일보, 1938. 4. 8~19

길, 동아일보, 1938. 5. 24
殺象, 조선일보, 1938. 7. 8~22
地脈, 문장, 1939. 9
肖像, 문장, 1939. 10
人脈, 문장, 1940. 4
밤車, 家庭の友, 1940. 6
寂夜, 문장, 1940. 9
天脈, 삼천리, 1941. 1,3,4.
幻の兵士, 국민총력, 1941. 2
白夜記, 춘추, 1941. 7
2월15일의 밤, 녹기, 1942. 4
薔薇의 집, 대동아, 1942. 7
野菊抄, 국민문학, 1942. 11
占禮, 문화, 1947. 7
風流 잽히는 마을, 백민, 1947. 9
淸凉里驛 近景, 백민, 1947. 11
벼갯모, 백민, 1947. 11
수탉, 평화신문, 1948. 8
靑塔이 서 있는 洞里, 부인, 1949. 1.
  4~7
비탈길, 문예, 1949. 8~9
봄, 문예, 1950. 1
鳳凰女, 백민, 1950. 3
선을 보고, 부인경향, 1950. 6
바람속에서, 신천지, 1951. 3
꽃이 개는 마을, 신태양, 1952. 11~
  1953. 1
落花, 문예, 1953. 2
綠色의 門, 서울신문, 1953. 2. 25~7. 9
海棠花 피는 언덕, 신천지, 1953. 9

墜落된 비행기, 문예, 1953. 11
山家抄, 신천지, 1954. 1
飯酒, 문학과 예술, 1954. 6
受難의 章, 현대문학, 1955. 1
그와 나와의 對話, 신태양, 1955. 1
續 受難의 章, 새벽, 1955. 1
人情, 사상계, 1955. 2
소용돌이, 서울신문, 1955. 8. 30~9. 13
黑衣의 女人, 여원, 1955. 10
떼드마스크의 悲劇, 서울신문, 1956. 1~
　3
燦爛한 대낮, 문학예술, 1956. 6~8
인간사, 사상계, 1960. 8~12, 신사조,
　1963. 11~1964. 4
귀뚜라미, 현대문학, 1963. 12
강물은 또 몇 천 리, 현대문학, 1964. 5~
　1966. 4
여자의 풍경, 현대문학, 1966. 5
第2 여자의 풍경, 현대문학, 1966. 12
바다, 월간문학, 1970. 5
205 病室, 현대문학, 1970. 5
탑돌이, 현대문학, 1975. 12
山, 문학사상, 1976. 1
花鬪記, 현대문학, 1980. 8

소설집

天脈, 수선사, 1951
綠色의 門, 정음사, 1954
바람 속에서, 채문사, 1955
끝없는 浪漫, 신흥출판사, 1958

별을 헤는 少女들, 학원사, 1962
人間史, 신사조사, 1964
燦爛한 대낮, 문학과지성사, 1976
탑돌이, 범우사, 1976
天脈, 성바오로출판사, 1977
崔貞熙文集, 명서원, 1977

참고 문헌: 황수남, 「최정희 소설 연구」, 충남대
　학교 박사학위 논문, 2001

최찬식(崔瓚植, 1881~1951)

海岸, 우리의 가정, 1914. 1. 15~11. 15
종소리, 반도시론, 1917. 5
綾羅島, 조선시론, 1918. 7. 5
同情의 눈물, 신민공론, 1921. 11

소설집

秋月色, 회동서관, 1912
金剛門, 박문서관, 1914
雁의 聲, 박문서관, 1914
桃花園, 유일 박문서관, 1916
三綱門, 덕흥서림, 1918
綾羅島, 유일서관, 1919
春夢, 박문서관, 1924
龍井村, 조선도서, 1926
子爵夫人, 조선도서, 1926

참고 문헌: 권영민 책임 편집, 『추월색』, 문학과

지성사, 2007

최태응(崔泰應, 1917~1998)

바보 용칠이, 문장, 1939. 4
봄, 문장, 1939. 9
趣味와 딸과, 문장, 1940. 6·7
山사람들, 문장, 1941. 2
작가, 춘추, 1942. 12
占, 예술부락, 1946. 3
사랑하는 사람들, 여성문화, 1946. 4
江邊, 대조, 1946. 7
새벽, 예술신문, 1946. 7
賣春婦, 서울신문, 1946. 8. 25
사탕, 백민, 1946. 10
사과, 백민, 1947. 3
북녘 사람들, 문화, 1947. 4
短篇集, 대조, 1947. 8
집, 백민, 1947. 9
山의 女人, 백민, 1947. 11
血痰, 백민, 1948. 3
越境者, 백민, 1948. 5
故鄉 바람, 신천지, 1948. 6
病者戀愛, 평화신문, 1948. 7
幽明의 境地에서, 백민, 1948. 10
스핑크스의 微笑, 대조, 1948. 12
돌, 민성, 1949. 2
屍體, 해동공론, 1949. 3
참새, 백민, 1949. 5

劇作家 K氏, 신천지, 1949. 5
슬픔과 苦難의 光榮, 문예, 1949. 8
아픔 속에서, 민족문화, 1949. 9
情의 枯渴, 영문, 1949. 11
슬픈 勝利者, 백민, 1950. 2
現代의 苦悶, 문예, 1950. 4
車窓, 백민, 1950. 5
구름, 서울신문, 1950. 4. 16
戰後派, 평화신문, 1950. 11~1952. 4
여인의 경우, 대구매일, 1952. 9. 29
1952년의 表情, 자유세계, 1952. 4
代價 외, 문예, 1952. 6
무지개, 자유예술, 1952. 11
三人, 문화세계, 1953. 7
姉妹, 신천지, 1953. 7
暴風雨의 밤, 전선문학, 1953. 9
빠이론의 壽命, 문예, 1953. 11
빨래터, 문화세계, 1953. 11
씨름, 신천지, 1953. 12
가족계보, 대구매일, 1954. 1. 1~7
꿈 깨인 아침, 신태양, 1954. 4
特別室, 연합신문, 1954. 4
옛 같은 아침, 신천지, 1954. 5
슬픔과 괴로움 있을지라도, 신천지, 1954.
  10
太陽의 手苦, 신태양, 1954. 4
행복은 슬픔인가, 영남일보, 1954. 10.
  24~1955. 2. 24
남일동에서, 대구매일, 1955. 7. 15~28
他人, 문학예술, 1955. 12

지옥에 사는 사람들, 예술집단, 1955. 12

무엇을 할 것인가?, 현대문학, 1956. 3

낭만의 조락, 대구매일, 1956. 3. 25~7. 3

晩春, 문학예술, 1956. 5

살인문제, 문학예술, 1956. 10

맞선, 자유문학, 1956. 12

續 喪妻以後, 문학예술, 1957. 3

버섯, 신태양, 1957. 5

나의 周邊, 자유문학, 1957. 5

해후, 불교세계, 1957. 8

과거 사람들, 자유문학, 1957. 8

여명기, 문학예술, 1957. 12

第三者, 자유문학, 1957. 12

추억을 밟는 사람들, 신태양, 1958. 4

文壇으로 가자던 사람, 게재지 미상,
  1958. 5

개살구, 자유문학, 1958. 5

縊首, 사상계, 1958. 8

낙엽, 신문화, 1958. 9

사람이고저, 자유문학, 1958. 10

殺妻子, 자유문학, 1959. 5~6

3인 가족, 사상계, 1959. 11

女人道, 문예, 1959. 12

인간가족 상, 자유문학, 1960. 8

인간가족 하, 자유문학, 1960. 12

虛氣, 현대문학, 1961. 1

된서리, 현대문학, 1961. 8

그 고요하던 山間, 자유문학, 1962. 6

뭍에서, 문학춘추, 1964. 7

영길이 엄마, 문학춘추, 1964. 9

대폿집에서, 문학춘추, 1964. 10

逆風의 계절, 현대문학, 1964. 12

계기, 문학춘추, 1965. 11

景武臺, 세대, 1967. 1~7

서울은 하직이다, 신동아, 1969. 8

죽음의 자리, 월간문학, 1970. 2

金老人 돌았다, 문학사상, 1974. 12

말세, 월간문학, 1975. 4

하늘을 보아라, 한국문학, 1976. 3

외로운 사람들, 한국문학, 1976. 12

못 사는 이유, 현대문학, 1977. 3

忍, 현대문학, 1977. 7

외롭지 않은 날들, 한국문학, 1978. 4

이제 또 봄이, 신동아, 1978. 6

아빠 보고 우는 아기, 한국문학, 1979. 3

샌프란시스코는 비, 소설문학, 1985. 3

소설집

戰後派, 정음사, 1953

청년 이승만, 성봉각, 1960

슬픔과 고난은 가는 곳마다, 성봉각,
  1960

바보 용칠이, 삼중당, 1975

晩春, 한진출판사, 1982

참고 문헌: 권영민 엮음, 『최태응 문학전집』, 태
  학사, 1996

한설야(韓雪野, 1900~1976)

그날 밤, 조선문단, 1925. 1

憧憬, 조선문단, 1925. 5

平凡, 동아일보, 1926. 2. 16~27

주림, 조선문단, 1926. 3

그릇된 憧憬, 동아일보, 1927. 2. 1~10

사랑은 잇스나, 매일신보, 1927. 4. 24~
  5. 18

그 前後, 조선지광, 1927. 5

이상한 그림, 동아일보, 1927. 5. 3~7

散戀, 매일신보, 1927. 6. 12~19

뒤ㅅ걸음 질, 조선지광, 1927. 8

새벽, 조선일보, 1927. 11. 16~27

洪水, 동아일보, 1928. 1. 2~6

合宿所의 밤, 조선지광, 1928. 1

人造瀑布, 조선지광, 1928. 2

過渡期(一名 새벽), 조선지광, 1929. 4

새벽, 문예공론, 1929. 5(삭제)

한길(「明暗」의 一部), 문예공론, 1929.
  6(꽁트)

씨름(「過渡期」의 속편), 조선지광, 1929. 8

街頭에서(2), 중외일보, 1930. 1. 2~
  8(1회는 미확인)

工場地帶, 조선지광, 1931. 5

砂防工事(「太陽이 업는 거리」의 其一),
  신계단, 1932. 11

三百六十五日, 문학건설, 1932. 12. 5

開沓, 신계단, 1932. 12. 5(삭제)

交叉線, 조선일보, 1933. 4. 27~5. 2

秋收後, 신계단, 1933. 6

小作村, 신계단, 1933. 7

太陽, 조광, 1936. 2

黃昏, 조선일보, 1936. 2. 5~10. 28

林檎, 신동아, 1936. 3

딸, 조광, 1936. 4

洪水(「濁流」第一部), 조선문학, 1936. 5

鐵路交叉點(후미끼리)—「林檎」의 續篇,
  조광, 1936. 6

부역(「濁流」第二部), 조선문학, 1937. 6

靑春記, 동아일보, 1937. 7. 20~11. 29

강아지, 여성, 1938. 9

山村(「濁流」第三部), 조광, 1938. 11

歸鄕, 야담, 1939. 2~7

泥濘, 문장, 1939. 5

報復, 조광, 1939. 5

大陸, 국민신보, 1939. 6. 4~9. 24.

술집, 문장, 1939. 7

마음의 鄕村, 동아일보, 1939. 7. 19~
  12. 7

種痘, 문장, 1939. 8

太陽은 병들다, 조광, 1940. 1~2

摸索, 인문평론, 1940. 3

塔, 매일신보, 1940. 8. 1~1941. 2. 14

波濤, 신세기, 1940. 11

宿命, 조광, 1940. 11

아들, 삼천리, 1941. 1

流轉, 문장, 1941. 4

杜鵑, 인문평론, 1941. 4

世路, 춘추, 1941. 4

血, 국민문학, 1942. 1

香妃哀史, 야담, 1942. 11

影, 국민문학, 1942. 12

젖(乳), 야담, 1943. 2

帽子——어떤 붉은 兵士의 手記, 문화전
선, 1946. 7. 25

血路, 우리의 태양, 1946. 8. 15

탄광촌——지하에서 싸우는 사람들, 『현대
조선문학선집』8, 1946. 8

운동회, 『현대조선문학선집』8, 1946

개선, 게재지 미상, 1948. 3. 1

얼굴, 쏘련군 환송기념 창작집 『위대한 공
훈』, 1949. 2. 15

男妹, 八一五解放四週年記念出版小說
集, 1949. 8. 10

마을 사람들, 『자라는 마을』, 1949. 9. 5

哨所에서, 문학예술, 1950. 1. 15

어떤 날의 日記, 『현대조선문학선집』8,
1950

자라는 마을, 『현대조선문학선집』8,
1949. 8

기적, 『현대조선문학선집』8, 1950. 8

격침 바다의 영웅 김군옥 리완근 전투기,
소설집 영웅들의 전투기(문예총), 1950.
8. 25

하늘의 영웅——김기옥 리문순 비행사의 전
투기, 소설집 영웅들의 전투기(2)(문예
총), 1950. 9. 13

전별, 로동신문, 1951. 4. 16~18

대동강, 로동신문, 1952. 4. 23~29

황초령, 『현대조선문학선집』8, 1952. 6

땅크二一四호, 『현대조선문학선집』8,
1953. 3. 1

력사, 로동신문, 1953. 4~7

만경대 중에서, 위대한 전설(조선작가동
맹출판사), 1956. 3. 20

섬멸, 게재지 미상

통신 사령 김근수, 게재지 미상

레닌의 초상, 조선문학, 1957. 11

열풍, 조선문학, 1958. 9

사랑, 조선문학, 1960. 7~9

성장, 조선문학, 1961. 8

아버지와 아들, 조선문학, 1962. 4

소설집

청춘기, 중앙인서관, 1939

黃昏, 영창서관, 1940. 1. 10

歸鄕, 영창서관, 1940. 8. 15

草鄕, 박문서관, 1941. 4. 1

韓雪野短篇選, 박문서관, 1941. 7. 15

塔, 매일신보사, 1942. 12. 25

韓雪野短篇集 哨所에서, 문화전선사,
1950. 3. 2

승냥이, 조선작가동맹출판사, 1951. 6. 15

력사, 조선작가동맹출판사, 1954. 11. 30

황혼, 조선작가동맹출판사, 1955. 3

대동강, 조선작가동맹출판사, 1955. 6. 10

아동 혁명단, 민주청년사, 1955. 7. 15

설봉산, 조선작가동맹출판사, 1956. 7. 1

탑, 조선작가동맹출판사, 1956. 10. 15

청춘기, 조선작가동맹출판사, 1957. 7. 30

초향, 조선작가동맹출판사, 1958. 4. 10

열풍, 조선작가동맹출판사, 1958. 11. 30

한설야 단편집(현대조선문학선집 8), 조선작가동맹출판사, 1959. 3. 10

황혼(현대조선문학선집 16), 조선작가동맹출판사, 1959. 3. 10

형제, 아동 도서 출판사, 1960. 4. 20

한설야 선집 사랑, 조선작가동맹출판사, 1960. 7. 15

한설야 선집 단편집, 조선작가동맹출판사, 1960. 9. 20

한설야 선집 대동강, 조선작가동맹출판사, 1961. 4. 20

한설야 선집 력사, 만경대, 조선작가동맹출판사, 1961. 5. 30

성장, 조선작가동맹출판사, 1961. 9. 10

참고 문헌: 서경석, 『한설야—정치적 죽음과 문화적 삶』, 건국대 출판부, 1996

한용운(韓龍雲, 1879~1944)

죽음, 1924. 10(미발표)

黑風, 조선일보, 1935. 4. 9~1936. 2. 1

後悔, 조선중앙일보, 1936. 6. 27~9. 4

鐵血美人, 신불교, 1937. 3~4

薄命, 조선일보, 1938. 5. 18~1939. 3. 10

참고 문헌: 서준섭 편역, 『한용운 작품선집』, 강원대학교 출판부, 2001

한인택(韓仁澤, 1903~1939)

간호부, 1931. 5

旋風時代, 조선일보, 1931. 11. 7~1932. 4. 23

개, 비판, 1932. 2

不具者의 苦悶, 비판, 1932. 3

職工의 아내, 백악, 1932. 3

적은 女工, 비판, 1932. 4

淸算, 조선일보, 1932. 5. 8

女店員, 여인, 1932. 8

文撰工, 나가자, 1932

故鄕, 비판, 1932. 12

變節者, 1933. 1(미수록)

모자, 전선, 1933. 4

文人과 거지, 조선문학, 1933. 10

月給날, 신가정, 1934. 5

굽으러진 平行線, 신동아, 1934. 8

傷痕, 신동아, 1934. 11

老先生, 조선일보, 1934. 12. 5~15

旋風以後, 신동아, 1935. 4

不遇女人, 신동아, 1935. 6

破倫, 예술, 1935. 7

魔戱, 신동아, 1935. 8

잃어버린 여호, 신인문학, 1936. 1

解職辭令, 신동아, 1936. 2

나의 꿈을 잃었소, 신동아, 1936. 3

破鏡, 신가정, 1936. 4~6

오빠, 신동아, 1936. 5

黑點, 조선문학, 1936. 5

姉妹, 조광, 1936. 7

그 男子의 半生記, 조선문학, 1936. 8~
9

脫出以後, 신동아, 1936. 9

무덤, 사해공론, 1936. 10

크러취의 悲歌, 조광, 1936. 12

퇴사, 한국단편집, 1937. 4

歸鄕, 가정지우, 1937. 6

잃어버린 고향, 동아일보, 1937. 7. 17~
31

漁火, 조광, 1937. 8

앵도나무, 조광, 1937. 12

歲暮의 小感, 동아일보, 1937. 12. 10~
11

過歲, 농업조선, 1938. 1

뻑국새, 농업조선, 1938. 2

閻魔, 동아일보, 1938. 2. 24~3. 4

春怨, 조광, 1938. 4

보리밭 揷話, 동아일보, 1938. 5. 27

災怨, 농업조선, 1938. 7

怪鳥의 煙氣, 동아일보, 1938. 7. 19~
8. 12

奔流, 농업조선, 1938. 10

天才와 惡戱, 조광, 1938. 10

괴로운 즐거움, 조광, 1938. 12

女舍監과 宋書房, 야담, 1939. 4

소설집

旋風時代, 한성도서, 1934

참고 문헌: 곽근, 『한국 근·현대소설의 현장』,
박이정, 2007

한흑구(韓黑鷗, 1909~1979)

黃昏의 悲歌, 동광, 1931. 10

호텔 콘, 동광, 1932. 6

길바닥에서 주운 편지, 태평양, 1934.

어떤 젊은 藝術家, 신인문학, 1935. 4

쏘크라테스와 毒盃, 신인문학, 1935. 6

금비녀, 영화시대, 1935. 10

四兄弟, 농민생활, 1936. 1

暗黑時代, 사해공론, 1936. 3

異國의 悲歌, 부인공론, 1936. 7

人間이기 때문에, 백광, 1937. 1

黃昏의 悲歌, 백광, 1937. 5

移民日記, 백광, 1937. 6

죽은 동무의 편지, 사해공론, 1937. 11~
12

보릿고개, 현대문학, 1957. 9

歸鄕記, 현대문학, 1958. 9

참고 문헌: 민충환 엮음, 『한흑구 문학선집』, 아
시아, 2009

함대훈(咸大勳, 1907~1949)

轉向, 신동아, 1933. 9
봄, 사랑, 죽엄, 신여성, 1934. 4
暴風前夜, 조선일보, 1934. 11. 7~
    1935. 4. 29
첫사랑, 조광, 1935. 11
茶房 시베리아, 비판, 1935. 11
友情, 조광, 1935. 12
人生劇場, 학등, 1935. 11
惡夢, 조선일보, 1935. 12. 1~20
純情海峽, 조광, 1936. 1~8
港口, 사해공론, 1936. 1
瀕死의 白鳥, 여성, 1936. 4~9
白薔薇, 부인공론, 1936. 7
湖畔, 조광, 1937. 1
無風地帶, 조광, 1937. 7~1938. 1
紫煙, 조광, 1938. 10
墓碑, 조광, 1938. 11
防波堤, 조광, 1938. 12~1939. 11
情熱地帶, 비판, 1939. 4
聖愛, 문장, 1939. 7
悲戀, 야담, 1939. 9
暗雲, 조광, 1940. 6

소설집

暴風前夜, 한성도서, 1938
無風地帶, 보성서관, 1938
純正海峽, 한성도서, 1938
北風의 熱情, 조선출판사, 1943

希望의 季節, 경향출판사, 1947
靑春譜, 경향출판사, 1947

참고 문헌: 함대훈 외, 『현대한국단편문학전집』
    23권, 문원각, 1974

허윤석(許允碩, 1915~1995)

사라지는 무지개와 오누, 조선문단, 1935.
    12
過流, 조광, 1936. 2
마부, 조선문단, 1937
夜寒記, 동아일보, 1938. 9. 3~11. 1
실낙원, 게재지 미상, 1946
비는 구름장마다, 1946
水菊의 生理, 백민, 1948. 3
文化史大系, 민성, 1949. 3
流氓, 민족문화, 1949. 9
옛마을, 문예, 1949. 8
海女, 문예, 1950. 2
길 酒幕, 문예, 1950
갈매기, 게재지 미상, 1950
釣師와 기러기, 문학, 1966
九官鳥, 문학, 1966
九官鳥2부1장, 문학사상, 1972
草人, 문학사상, 1973. 8

소설집

他人을 代行하는 頭腦들, 삼중당, 1976

九官鳥, 문학과지성사, 1979

참고 문헌: 허윤석 외, 『신한국문학전집』 19, 어
　문각, 1976

허준(許俊, 1910~?)

濁流, 조광, 1936. 2
夜寒記, 조선일보, 1938. 9. 3~11. 11
習作室에서, 문장, 1941. 2
殘燈, 대조, 1946. 1, 7
寒食日記, 민성, 1946. 6
黃梅日誌, 민보, 1947. 3. 11~6. 12
林風典氏日記, 협동, 1947. 6
續·習作室에서, 조선춘추, 1947. 12
평때저울, 개벽, 1948. 1
歷史, 문장, 1948. 10

소설집
殘燈, 을유문화사, 1946

참고 문헌: 서재길 엮음, 『허준 전집』, 현대문학,
　2009

현경준(玄卿駿, 1909~1950)

마음의 太陽, 조선일보, 1934. 5. 28~9. 15
激浪, 동아일보, 1935. 1. 1~17
젊은 꿈의 한 토막, 신인문학, 1935. 3
明日의 太陽, 신인문학, 1935. 4~6
明暗, 조선일보, 1935. 4. 17~5. 5
歸鄕, 조선중앙일보, 1935. 7. 18~30
濁流, 조선중앙일보, 1935. 9. 17~27
그늘진 봄, 조선중앙일보, 1936. 5. 15~
　22
鄕約村, 비판, 1936. 6
저물어가는 거리, 신인문학, 1936. 8
별, 조선문학, 1937. 5
조고마한 揷話, 풍림, 1937. 5
出帆, 사해공론, 1937. 9
晴曇日記, 비판, 1938. 3
寫生帖 第二章, 광업조선, 1938. 6
密輪, 비판, 1938. 7
벤쏘 바고 속의 金塊, 광업조선, 1938. 8
徘徊(행복은 어듸 잇었느냐?), 사해공
　론, 1938. 10
오마리, 조선문학, 1939. 5
給料日, 비판, 1939. 6
少年錄, 문장, 1939. 7
先驅時代, 만선일보, ?~1939. 12. 1
退潮, 광업조선, 1939. 12
夜雨, 동아일보, 1940. 5. 10~6. 2
流氓, 인문평론, 1940. 7~8/싹트는 대
　지, 만선일보사 출판부, 1941. 11
첫사랑, 문장, 1940. 9
寫生帖 第二章, 만선일보, 1940. 8.
　31~9. 1
寫生帖 第三章, 문장, 1941. 1

길, 춘추, 1941. 6

도라오는 人生, 만선일보, 1941. 11. 1~
    1942. 3. 3

마음의 琴線, 마음의 琴線, 1943. 12

인생좌, 마음의 琴線, 1943. 12

불사조, 게재지 미상, 1945

소설집

마음의 琴線, 홍문서관, 1943

참고 문헌: 허경진 외, 연변대학교 조선문학연구
    소 엮음, 『현경준』, 보고사, 2006

현덕(玄德, 1912~?)

남생이, 조선일보, 1938. 1. 8~25

驚蟄, 조선일보, 1938. 4. 10~23

層, 조선일보, 1938. 6. 16~19

두꺼비가 먹은 돈, 조광, 1938. 7

이놈이 막내올시다, 조광, 1939. 1(꽁트)

골목, 조광, 1939. 3

잣을 까는 집, 여성, 1939. 4

綠星座, 조선일보, 1939. 6. 16~7. 26

群盲, 매일신보, 1940. 2. 24~3. 29

참고 문헌: 채훈 · 이미림 · 이명희 · 이선옥 · 이은
    자, 『월북작가에 대한 재인식』, 깊은샘, 1995

현동염(玄東炎, 생몰 연도 미상)

山비둘기, 조선문단, 1935. 4

六感手帖의 憂鬱, 풍림, 1936. 12

蓼, 신동아, 1935. 3~4

참고 문헌: 이재선, 『한국현대소설사』, 홍성사,
    1979

현상윤(玄相允, 1893~1950)

薄命, 청춘, 1914. 12

恨의 一生, 청춘, 1914. 11

再逢春, 청춘, 1915. 1

淸流壁, 학지광, 1916. 9

曠野, 청춘, 1917. 5

逼迫, 청춘, 1917. 6

새벽, 사해공론, 1935. 5

참고 문헌: 김복순 책임 편집, 『슬픈 모순(외)』,
    범우사, 2004

현진건(玄鎭健, 1900~1943)

犧牲花, 개벽, 1920. 11

離鄕, 개벽, 1921. 1

貧妻, 개벽, 1921. 1

술 勸하는 社會, 개벽, 1921. 11

墮落者, 개벽, 1922. 1~4

蹂躪, 백조, 1922. 5

人, 신생활, 1922. 6. 6

피아노, 개벽, 1922. 11

郵便局에서, 동아일보, 1923. 1. 1

지새는 안개, 개벽, 1923. 2~10

사공, 시사평론, 1923. 6

할머니의 죽음, 백조, 1923. 9

짜막잡기, 개벽, 1924. 1

簾, 시대일보, 1924. 4. 2~5

그립은 흘긴 눈, 개벽, 1924. 6

운수 조혼 날, 개벽, 1924. 6

불, 개벽, 1925. 1

B舍監과 러브레터, 조선문단, 1925. 2

새빩안 웃음, 개벽, 1925. 11

私立精神病院長, 개벽, 1926. 1

동정, 조선의 얼골, 1926

고향, 조선의 얼골, 1926

그의 얼굴, 조선일보, 1926. 1. 4

해 쓰는 地平線, 조선문단, 1927. 1~3

新聞紙와 鐵窓, 문예공론, 1929. 7

貞操와 약가, 신소설, 1929. 12

웃는 褒姒, 신소설, 1930~1931

서틀은 盜賊, 삼천리, 1931. 10

戀愛의 淸算(독자공동제작소설 제1회),
  신동아, 1931. 11

赤道, 동아일보, 1933. 12. 2~1934. 6.
  17

無影塔, 동아일보, 1938. 7. 20~1939.
  2. 7

黑齒常之, 동아일보, 1939. 10. 25~
  1940. 1. 16

善花公主, 춘추, 1941. 4~6, 8~9

소설집

墮落者, 조선도서주식회사, 1922

지새는 안개, 박문서관, 1925

朝鮮의 얼골, 글벗집, 1926

無影塔, 박문서관, 1939

赤道, 박문서관, 1939

참고 문헌: 현길언, 『현진건―식민지 시대와 작
  가정신』, 건국대 출판부, 1995

홍구(洪九, 1908~?)

馬車의 行列, 신동아, 1933. 5

코뿔先生, 신동아, 1933. 7

이저버린 자장가, 신여성, 1933. 8

젊은이의 苦憫, 형상, 1934. 2

두레굿 놀든날, 비판, 1936. 3

서분이, 조선문단, 1936. 10

한 개의 微笑, 비판, 1936. 11

손님, 풍림, 1936. 12

종달새, 여성, 1937. 2

流星, 비판, 1937. 2

女, 비판, 1937. 7~8

남어지 悲哀, 중앙시보, 1938. 1

獨白, 비판, 1938. 12

木馬, 조선문학, 1939. 5

蘭아! 너는 冥界에서 이 옵바의 울음을
　듯느냐?, 실화, 1939. 7

雌雄, 비판, 1939. 7

망태 하라범, 매일신보, 1940. 3. 10

鸚鵡, 신건설, 1945. 11

소성어머니, 인민, 1946. 1

조고만 哀史, 여성공론, 1946. 4

石榴, 신문학, 1946. 6

뒤골방천 사람들, 백제, 1947. 1

소설집

流星, 아문각, 1948

참고 문헌: 이재선, 『한국현대소설사』, 홍성사,
　1979

홍난파(洪蘭坡, 1898~1941)

비겁한 자, 신천지, 1922. 6

물거품, 신천지, 1922. 12

참고 문헌: 『신천지』(1922. 6~12)

홍명희(洪命熹, 1888~1968)

林巨正傳, 조선일보, 1928. 11. 21~
　1929. 12. 26

1932. 12. 1~1934. 9. 4

1934. 9. 15~1935. 12. 24

1937. 12. 12~1939. 7. 4

조광, 1940. 10

소설집

임꺽정(전 4권), 조선일보사 출판부,
　1939~40

임꺽정(전 6권), 을유문화사, 1948

임꺽정(전 6권), 평양국립출판사, 1954~
　55

참고 문헌: 강영주, 『벽초 홍명희 평전』, 사계절,
　2004

홍사용(洪思容, 1900~1947)

저승길, 백조, 1923. 9

烽火가 켜질 째에, 개벽, 1925. 7

뺑덕이네, 조선일보, 1938. 12. 2

町總代, 매일신보, 1939. 2. 9

참고 문헌: 노작 문학 기념사업회 엮음, 『홍사용
　전집』, Tara북스, 2000

홍효민(洪曉民, 1904~1975)

仁祖反正, 월간야담, 1936. 4~12

장한의 임우, 월간야담, 1937. 1

백운의 제후, 월간야담, 1937. 4

넥타이 핀의 失踪, 실화, 1939. 7

策略, 야담, 1939. 9

處女乳房, 야담, 1940. 3

變치 않은 心情, 문화춘추, 1953. 10

奇計殺人, 문화춘추, 1954. 1

柳花夫人, 여원, 1955. 10

소설집

楊貴妃, 삼중당, 1948

世宗大王, 대성출판사, 1948

仁顯王后와 張禧嬪, 삼중당, 1949

女傑閔妃, 삼중당, 1949

仁祖反正, 광문서림, 1949

新羅統一, 창인사, 1954

참고 문헌: 홍효민, 『태종대왕』, 을유문화사,
  1960

황순원(黃順元, 1915~2000)

거리의 副詞, 창작, 1937. 7

돼지係, 작품, 1938. 10

별, 인문평론, 1941. 2

그늘, 춘추, 1942. 3

저녁저자에서, 민성, 1946. 7

술 이야기, 신천지, 1947. 2~3

아버지, 문학, 1947. 2

두꺼비, 우리공론, 1947. 4

담배 한 대 피울 동안, 신천지, 1947. 9

목넘이 마을의 개, 개벽, 1948. 3

몰이꾼, 신천지, 1949. 2

산골 아이, 민성, 1949. 7

孟山 할머니, 민성, 1949. 8

黃老人, 신천지, 1949. 9

노새, 문예, 1949. 12

기러기, 문예, 1950. 1

병든 나비, 혜성, 1950. 2

이리도, 백민, 1950. 2

모자, 신천지, 1950. 3

독 짓는 늙은이, 문예, 1950. 4

메리크리스마스, 영남일보, 1950. 12

어둠 속에 찍힌 版畵, 신천지, 1951. 1

曲藝師, 문예, 1952. 1

목숨, 주간문학예술, 1952. 5

寡婦, 문예, 1953. 1

소나기, 신문학, 1953. 3

鶴, 신천지, 1953. 5

무서운 웃음, 신천지, 1953. 6

카인의 後裔, 문예, 1953. 9~1954. 3

여인들, 신천지, 1953. 10

盲啞院에서, 문화세계, 1953. 11

왕모래, 신천지, 1954. 1

사나이, 문학예술, 1954. 2

부끄러움, 현대문학, 1955. 2

筆墨장수, 현대문학, 1955. 6

人間接木, 새가정, 1955. 1~12

불가사리, 문학예술, 1956. 1

잃어버린 사람들, 현대문학, 1956. 1
山, 현대문학, 1956. 7
비바리, 문학예술, 1956. 10
내일, 현대문학, 1957. 2
소리, 현대문학, 1957. 5
다시 내일, 현대문학, 1958. 1
링 · 반데롱, 현대문학, 1958. 4
모든 영광은, 현대문학, 1958. 7
이삭주이, 사상계, 1958. 7
너와 나만의 時間, 현대문학, 1958. 10
한 벤취에서, 자유공론, 1958. 12
안개구름 끼다, 사상계, 1959. 1
할아버지가 있는 뎃상, 사상계, 1959. 10
나무들 비탈에 서다, 사상계, 1960. 1~7
손톱에 쓰다, 예술원보, 1960. 12
내 고향 사람들, 현대문학, 1961. 3
가랑비, 자유문학, 1961. 6
송아지, 사상계, 1961. 11
日 月 , 현 대 문 학 , 1961. 1~5, 1962.
    10~1963. 4, 1964. 8~1965. 1
그래도 우리끼리는, 사상계, 1963. 7
비늘, 현대문학, 1963. 10
달과 발과, 현대문학, 1964. 2
소리 그림자, 사상계, 1965. 4
온기 있는 破片, 신동아, 1965. 6
어머니가 있는 유월의 대화, 현대문학,
    1965. 7
아내의 눈길, 사상계, 1965. 11
조그만 섬마을에서, 예술원보, 1965. 12
原色 오뚝이, 현대문학, 1966. 1

수컷 退化說, 문학, 1966. 6
自然, 현대문학, 1966. 8
닥터 장의 境遇, 신동아, 1966. 11
雨傘을 접으며, 문학, 1966. 11
피, 현대문학, 1967. 1
겨울 개나리, 현대문학, 1967. 8
차라리 내 목을, 신동아, 1967. 8
幕은 내렸는데, 현대문학, 1968. 1
움직이는 城, 현대문학, 1968. 5~1972. 10
탈, 조선일보, 1971. 9
숫자풀이, 문학사상, 1974. 7
마지막 잔, 현대문학, 1974. 10
이 날의 遲刻, 문학사상, 1975. 4
뿌리, 주간조선, 1975. 6
주검의 場所, 문학과지성, 1975년 겨울호
나무와 돌, 그리고, 현대문학, 1976. 3
그물을 거둔 자리, 창작과비평, 1977년
    가을호
神들의 주사위, 문학과지성, 1978년 봄호
    ~1980년 여름호
그림자풀이, 현대문학, 1984. 1
나의 竹夫人傳, 한국문학, 1985. 9
땅울림, 세계의 문학, 1985년 겨울호

소설집

黃順元短篇集, 한성도서, 1940. 8
목넘이 마을의 개, 육문사, 1948. 2
별과 같이 살다, 정음사, 1950. 2
기러기, 명세당, 1951. 8
曲藝師, 명세당, 1952. 6

카인의 後裔, 중앙문화사, 1954. 12

鶴, 중앙문화사, 1956. 12

人間接木, 중앙문화사, 1957. 10

잃어버린 사람들, 중앙문화사, 1958. 3

너와 나만의 時間, 정음사, 1964. 5

나무들 비탈에 서다, 사상계, 1960. 9

日月, 창우사, 1964. 12

움직이는 城, 삼중당, 1973. 5

탈, 문학과지성사, 1976. 3

황순원 전집, 문학과지성사, 1980.

참고 문헌: 장현숙, 『황순원 문학 연구』, 푸른사
  상, 2005

금광 모티프

계용묵

人頭蜘蛛, 조선지광, 1928. 2

김기진

장덕대, 개벽, 1934. 11

김남천

남매, 조선문학, 1937. 3
소년행, 조광, 1937. 7
미담, 비판, 1938. 6
철령까치, 조광, 1938. 10
T日報社, 인문평론, 1939. 11

김동환

전쟁과 연애, 조선일보, 1928. 3. 10~
  11. 20

김유정

노다지, 조선중앙일보, 1935. 3. 2~9
금 따는 콩밭, 개벽, 1935. 3

박노갑

봄, 중앙, 1935. 5
마을의 이동, 조선중앙일보, 1936. 1.
  31~4. 10
창공, 문장, 1939. 6

백대진

愛! 愛!, 신문계, 1916. 1

석인해

路傍草, 조선문학, 1939. 7
山魔, 인문평론, 1940. 5
文身, 문장, 1941. 4

안수길

북향보, 만선일보, 1944. 12. 1~1945.
　7. 4

안회남

瞑想, 조광, 1937. 1

윤세중

용섭이, 조선문학, 1939. 5

이광수

사랑, 1938

이기영

적막, 조광, 1936. 7
신개지, 동아일보, 1938. 1. 19~9. 8
설, 조광, 1938. 5
참패자, 광업조선, 1938. 2
묘목, 여성, 1939. 3
봄, 동아일보, 1940. 6. 11~8. 10; 인문
　평론, 1940. 10~1941. 2
동천홍, 춘추, 1942. 2~1943. 3
광산촌, 매일신보, 1943. 9. 23~11. 2

이무영

鄕歌, 매일신보, 1943. 5. 3~9. 6

이북명

공장가, 중앙, 1935. 4
한 개의 전형, 조선문학, 1936. 10

이석훈

백장미 부인, 조광, 1940. 1~6

이주홍

夜花, 사해공론, 1936. 10~1937. 5
내 산아, 야담, 1943. 8
晴日, 야담, 1944. 4

이태준

영월영감, 문장, 1939. 2~3

이효석

분녀, 중앙, 1936. 1~2
부록, 사해공론, 1938. 9
공상구락부, 광업조선, 1938. 9

장덕조

인간낙서, 조광, 1940. 11

채만식

금의 정열, 매일신보, 1939. 6. 19~11.
　19
정거장 근처, 여성, 1937. 3~10
근일, 춘추, 1941. 2

한설야

탑, 매일신보, 1940. 8. 1~ 1941. 2. 14

현경준

벤또 마고 속의 금괴, 광업조선, 1938. 8

만주 이주 모티프

강경애

최서방, 조선문단, 1927. 4
그 여자, 삼천리, 1932. 9
소금, 신가정, 1934. 5~10
母子, 개벽, 1935. 1
마약, 여성, 1937. 11
검둥이, 삼천리, 1938. 5
강노향

처녀지, 조선문학, 1937. 6

계용묵

최서방, 조선문단, 1927. 3
人頭蜘蛛, 조선지광, 1928. 2
苦節, 백광, 1937. 6
신기루, 조광, 1940. 12

김광주

북평서 온 영감, 신동아, 1936. 2

김남천

철령까치, 조광, 1938. 10
사랑의 수족관, 조선일보, 1939. 8. 1~
　1940. 3. 3
信義에 대하여, 조광, 1943. 9

김동리

찔레꽃, 문장, 1939. 7

김동환

전쟁과 연애, 조선일보, 1928. 3. 10~
　11. 20

김소엽

폐촌, 조선문단, 1935. 2

박계주

肉標, 춘추, 1942. 11
딸따리족, 조광, 1943. 2
오리온 성좌, 조광, 1943. 3

박노갑

묘지, 문장, 1941. 4

박영준

無花地, 문장, 1941. 2

박태원

미녀도, 조광, 1939. 7~12

박화성

북국의 여명, 조선중앙일보, 1935. 3.
31~12. 4

방인근

강신애, 조선문단, 1926. 6
어떤 여자의 편지, 신민, 1927. 9

백신애

꺼래이, 신여성, 1934. 1~2
멀리 간 동무, 소년중앙, 1935. 1

빙허자(憑虛子)

소금강, 대한민보, 1910. 1. 5~3. 6

석인해

愛怨境, 조광, 1939. 7
방황, 조광, 1940. 8

송영

석공조합 대표, 문예시대, 1927. 1
老人夫, 조선지광, 1931. 2
솜틀거리에서 나온 소식, 삼천리, 1936. 4

안수길

토성, 북원, 1944. 4
북향보, 만선일보, 1944. 12. 1~1945.
7. 4

안회남

탁류를 헤치고, 인문평론, 1940. 4~5

염상섭

사랑과 죄, 동아일보, 1927. 8. 15~1928.
5. 4
무화과, 매일신보, 1931. 11. 13~1932.
11. 12

유진오

가을, 문장, 1939. 5

우수의 뜰, 여성, 1940. 8~12

이광수

개척자, 매일신보, 1917. 11. 10~1918. 3. 15
삼봉이네 집, 동아일보, 1930. 11. 29~ 1931. 4. 24
사랑, 1938

이근영

崔고집 先生, 인문평론, 1940. 6

이기영

신개지, 동아일보, 1938. 1. 19~9. 8
대지의 아들, 조선일보, 1939. 10. 12~ 1940. 6. 1
봉황산, 인문평론, 1940. 3

이무영

취향, 조선일보, 1934. 12. 16~28
향가, 매일신보, 1943. 5. 3~9. 6

이봉구

출발, 중앙, 1935. 4

이석훈

이주민 열차, 제일선, 1933. 2
북으로의 여행, 국민문학, 1943. 6

이선희

계산서, 조광, 1937. 3

이주홍

하숙 매담, 비판, 1937. 2
내 산아, 야담, 1943. 8

이태준

농군, 문장, 1939. 7

이해조

소학령, 매일신보, 1912. 5. 2~7. 6

이효석

분녀, 중앙, 1936. 1~2

이휘창

閑日, 단층, 1940. 6

장혁주

어느 독농가의 술회, 녹기, 1943. 1

정비석

제3의 우정, 조광, 1940. 5

정인택

우울증, 조광, 1940. 9
검은 흙과 흰 얼굴, 조광, 1942. 11
濃霧, 국민문학, 1942. 11

조명희

농촌 사람들, 현대평론, 1927. 1

낙동강, 조선지광, 1927. 7
춘선이, 조선지광, 1928. 1

주요섭

첫사랑 값, 조선문단, 1925. 9~11, 1927.
　2~3
북소리 두둥둥, 조선문학, 1937. 3

채만식

생명의 유희, 1928
정거장 근처, 여성, 1937. 3~10
이런 남매, 조광, 1939. 11

최독견

낙원이 부서지네, 신민, 1927. 5
황혼, 신민, 1927. 8

최서해

고국, 조선문단, 1924. 10
탈출기, 조선문단, 1925. 3
기아와 살육, 조선문단, 1925. 6
백금, 신민, 1926. 2

해돋이, 신민, 1926. 3
만두, 시대일보, 1926. 7. 12
저류, 신민, 1926. 10
이역원혼, 동광, 1926. 11
미치광이, 단행본『혈흔』, 1926. 12
돌아가는 날, 신사회, 1926. 12
홍염, 조선문단, 1927. 1
폭풍우시대, 동아일보, 1928. 4. 4~12

최승일

競賣, 별건곤, 1926. 12

최승희

봉희, 개벽, 1926. 4

최인준

大幹線, 조선문단, 1929. 6

한설야

그릇된 동경, 동아일보, 1927. 2. 1~10
합숙소의 밤, 조선지광, 1928. 1
인조폭포, 조선지광, 1928. 2

한길, 문예공론, 1929. 6
대륙, 국민신보, 1939. 6. 4~9. 24

한인택

오빠, 신동아, 1936. 5
무덤, 사해공론, 1936. 10
春怨, 조광, 1938. 4

함대훈

폭풍전야, 조선일보, 1934. 11. 7~1935.
  4. 29
백장미, 부인공론, 1936. 7

현경준

鄕約村, 비판, 1936. 5, 7, 9, 10
밀수, 비판, 1938. 7
벤또 마고 속의 금괴, 광업조선, 1939. 8
流氓, 인문평론, 1940. 7~8
사생첩 제3장, 문장, 1941. 1

야학 모티프

강경애

부자, 제일선, 1933. 3
검둥이, 삼천리, 1938. 5

강노향

白日夢과 船歌, 조광, 1936. 6

김말봉

밀림, 동아일보, 1935. 9. 26~1938. 2. 7

김유정

아내, 사해공론, 1935. 12

김정한

항진기, 조선일보, 1937. 1. 27~2. 11

김태수

살인 미수범의 고백, 동아일보, 1925. 5.
11~6. 9

박노갑

박선생, 조선중앙일보, 1935. 10. 11~17

박승극

술, 비판, 1939. 4~1940. 3

박화성

중굿날, 호남평론, 1935. 11

송영

석공조합 대표, 문예시대, 1927. 1
다섯 해 동안의 조각 편지, 조선지광,
1929. 2
노인부, 조선지광, 1931. 2
오마니, 중앙, 1934. 6
솜틀거리에서 나온 소식, 삼천리, 1936. 4
문서, 조선문학, 1937. 1

심훈

영원의 미소, 조선중앙일보, 1933. 7.
　10～1934. 1. 10
직녀성, 조선중앙일보, 1934. 3. 20～
　1935. 2. 26

안회남

겸허, 문장, 1939. 10

엄흥섭

조그만 시련, 예술, 1936. 1

윤세중

명랑, 조선문학, 1937. 5
용섭이, 조선문학, 1939. 5

이광수

무정, 매일신문, 1917. 1. 1～6. 14

이기영

홍수, 조선일보, 1930. 8. 21～9. 3
박승호, 신계단, 1933. 1
고향, 조선일보, 1933. 11. 15～1934. 9.
　21
신개지, 동아일보, 1938. 1. 19～9. 8
가을, 중앙, 1934. 1
東天紅, 춘추, 1942. 2～1943. 3

이무영

분묘, 조선문학, 1937. 2
노래를 잊은 사람, 중앙, 1934. 11～12
향가, 매일신보, 1943. 5. 3～9. 6

이북명

공장가, 중앙, 1935. 4
도피행, 조선문학, 1936. 6

이석훈

황혼의 노래, 신동아, 1933. 6～12
북으로의 여행, 국민문학, 1943. 6

이주홍

南醫, 우리들, 1934. 3
여운, 조선문학, 1936. 9
墳墓, 조선문학, 1937. 2
冬燕, 비판, 1938. 8~1939. 2
내 산아, 야담, 1943. 8

이태준

제2의 운명, 조선중앙일보, 1933. 8.
　25~1934. 3. 23

정인택

청량리 교외, 국민문학, 1941. 11

조명희

낙동강, 조선지광, 1927. 7

조벽암

파경, 신동아, 1935. 7
새 윤리의 일절, 조선문학, 1937. 5

채만식

인형의 집을 나와서, 조선일보, 1933. 5.
　27~11. 14
탁류, 조선일보, 1937. 10. 12~1938. 5. 17

최서해

폭풍우시대, 동아일보, 1928. 4. 4~12
호외시대, 매일신보, 1930. 9. 20~1931.
　8. 1

최인준

二年後, 신가정, 1935. 9

한설야

두견, 인문평론, 1941. 4

한인택

흑점, 조선문학, 1936. 5
탈출 이후, 신동아, 1936. 9

함대훈

폭풍전야, 조선일보, 1934. 11. 7~1935.
　4. 29
무풍지대, 조광, 1937. 7~1938. 1

현경준

탁류, 조선중앙일보, 1935. 9. 17~27

현덕

두꺼비가 먹은 돈, 조광, 1938. 7

현진건

사공, 시사평론, 1923. 6

옥살이 모티프

강경애

파금, 조선일보, 1931. 1. 27~2. 3
인간문제, 동아일보, 1934. 8. 1~12. 22

번뇌, 신가정, 1935. 6~7
어둠, 여성, 1937. 1~2
검둥이, 삼천리, 1938. 5

강노향

墓林, 신동아, 1936. 9
解纜, 조선문학, 1937. 3

계용묵

苦節, 백광, 1937. 6

김남천

남편, 그의 동지, 신여성, 1933. 4
물!, 대중, 1933. 6
처를 때리고, 조선문학, 1937. 6
춤추는 남편, 여성, 1937. 10
泡花, 광업조선, 1938. 11
녹성당, 문장, 1939. 3
경영, 문장, 1940. 10

김동리

오누이, 여성, 1940. 8

김말봉

찔레꽃, 동아일보, 1935. 9. 26~1938. 2. 7

김사량

낙조, 조광, 1940. 2~1941. 1

김소엽

초라한 풍경, 조광, 1939. 7

김유정

만무방, 조선일보, 1935. 7. 17~30

김이석

환등, 단층, 1938. 3

김동인

태형, 동명, 1922. 12. 17~1923. 4. 22
광염소나타, 중외일보, 1930. 1. 1~12

김태수

살인 미수범의 고백, 동아일보, 1925. 5. 11~6. 9

김팔봉

몰락, 개벽, 1926. 1

나도향

물레방아, 조선문단, 1925. 9

박승극

재출발, 비판, 1931. 7~8
풍진, 신인문학, 1935. 4~6
그 여인, 신인문학, 1935. 8
색등 밑에서, 신인문학, 1935. 10
항간사, 신인문학, 1935. 11
화초, 신조선, 1935. 12
추야장, 신인문학, 1936. 1
풍경, 신조선, 1936. 1
백골, 비판, 1936. 3

박영희

피의 무대, 개벽, 1925. 11
명암, 문장, 1940. 1

박화성

두 승객과 가방, 조선문학, 1933. 11
북국의 여명, 조선중앙일보, 1935. 3.
　31~12. 4
불가사리, 신가정, 1936. 1
春宵, 신동아, 1936. 6

방인근

비 오는 날, 조선문단, 1924. 11

백신애

나의 어머니, 조선일보, 1929. 1. 1~6

송영

용광로, 개벽, 1926. 6
석탄 속에 부부들, 조선지광, 1928. 5
우리들의 사랑, 조선지광, 1929. 1

능금나무 그늘, 조광, 1936. 3
솜틀거리에서 나온 소식, 삼천리, 1936. 4

심훈

불사조, 조선일보, 1931. 8. 16~12. 29
영원의 미소, 조선중앙일보, 1933. 7.
　10~1934. 1. 10

엄흥섭

길, 여성, 1937. 1
그대의 힘은 약하다, 비판, 1937. 1~2

염상섭

표본실의 청개구리, 개벽, 1921. 8~10
사랑과 죄, 동아일보, 1927. 8. 5~1928.
　5. 4
똥파리와 그의 아내, 신민, 1929. 11
무화과, 매일신보, 1931. 11. 13~1932.
　11. 12

유진오

송군 남매와 나, 조선일보, 1930. 9. 4~

이량

또 어디로 가오?, 조선지광, 1927. 10

이무영

반역자, 비판, 1931. 12 ~ 1932. 12
나는 보아 잘 안다, 신여성, 1934. 4
노래를 잊은 사람, 중앙, 1934. 11 ~ 12
취향, 조선일보, 1934. 12. 16 ~ 28
향가, 매일신보, 1943. 5. 3 ~ 9. 6

이북명

공장가, 중앙, 1935. 4
어리석은 사람, 조선문단, 1935. 8
민보의 생활표, 신동아, 1935. 9
구제사업, 문학, 1936. 1
요양원에서, 사해공론, 1936. 2
어둠에서 주운 스케치, 신인문학, 1936. 3
도피행, 조선문학, 1936. 6
한 개의 전형, 조선문학, 1936. 10

이석훈

회색가, 조선일보, 1936. 5. 8 ~ 29
백장미 부인, 조광, 1940. 1 ~ 6

이선희

여인명령, 조선일보, 1937. 12. 28 ~ 1938.
4. 7

이적효

총동원, 비판, 1931. 7 ~ 10

이종명

棄兒, 동광, 1926. 10

이주홍

치질과 이혼, 여성지우, 1930. 4
南醫, 우리들, 1934. 3
여운, 조선문학, 1936. 9

이태준

구원의 여상, 신여성, 1931. 3 ~ 1932. 8

이해조

구마검, 유일서관, 1908
원앙도, 보급서관, 1910
소학령, 매일신보, 1912. 5. 2~7. 6

이효석

朱利耶, 신여성, 1933. 3~10
수난, 중앙, 1934. 12
聖畵, 조선일보, 1935. 10. 11~31
부록, 사해공론, 1938. 9

장응진

다정다한, 태극학보, 1907. 1~2

장혁주

무지개, 동아일보, 1933. 9. 20~1934.
  5. 1

전영택

운명, 창조, 1919. 12
생명의 봄, 창조, 1920. 3~11

정비석

이 분위기, 조광, 1939. 1
삼대, 인문평론, 1940. 2

전무길

적멸, 동아일보, 1937. 6. 3~7. 6

조명희

R군에게, 개벽, 1926. 2
농촌 사람들, 현대평론, 1927. 1
낙동강, 조선지광, 1927. 7

조벽암

蚯蚓夢, 비판, 1932. 11~1933. 1
農群, 비판, 1933. 3
破鏡, 신동아, 1935. 7
새 윤리의 일절, 조선문학, 1937. 5

조용만

初終記, 문장, 1940. 7

채만식

불효자식, 조선문단, 1925. 7
그 뒤로, 별건곤, 1930. 1
농민의 회계신고, 동방평론, 1932. 7
인형의 집을 나와서, 조선일보, 1933. 5.
  27～11. 14
痴叔, 동아일보, 1938. 3. 7～14
정자나무 있는 삽화, 농업조선, 1939. 1

최명익

心紋, 문장, 1939. 6

최서해

해돋이, 신인, 1926. 3
호외시대, 매일신보, 1930. 9. 20～1931.
  8. 1

최승일

봉희, 개벽, 1926. 4

최인준

우정, 풍림, 1936. 12

최정희

지맥, 문장, 1939. 9

한설야

平凡, 동아일보, 1926. 2. 16～27
그릇된 동경, 동아일보, 1927. 2. 1～10
뒷걸음질, 조선지광, 1927. 8
태양, 조광, 1936. 2
林檎, 신동아, 1936. 3
딸, 조광, 1936. 4
청춘기, 동아일보, 1937. 7. 20～11. 29
귀향, 야담, 1939. 2～7
泥濘, 문장, 1939. 5
파도, 신세기, 1940. 11

한인택

선풍시대, 조선일보, 1931. 11. 7～1932.
  4. 23
구부러진 평행선, 신동아, 1934. 8
흑점, 조선문학, 1936. 5

그 남자의 반생기, 조선문학, 1936. 8~9
앵도나무, 조광, 1937. 12

함대훈

폭풍전야, 조선일보, 1934. 11. 7~1935.
 4. 29
항구, 사해공론, 1936. 1

허준

夜寒記, 조선일보, 1938. 9. 3~11. 11

현경준

夜雨, 동아일보, 1940. 5. 10~6. 2
마음의 태양, 조선일보, 1934. 5. 28~9. 15
명일의 태양, 신인문학, 1935. 4
명암, 조선일보, 1935. 4. 17~5. 5
귀향, 조선중앙일보, 1935. 7. 18~30
탁류, 조선중앙일보, 1935. 9. 17~27
鄕約村, 비판, 1936. 6
退潮, 광업조선, 1939. 12

현상윤

재봉춘, 청춘, 1915. 1

현덕

두꺼비가 먹은 돈, 조광, 1938. 7

현진건

해 뜨는 지평선, 조선문단, 1927. 1~3
신문지와 철창, 문예공론, 1929. 7
赤道, 동아일보, 1933. 12. 2~1934. 6. 17

홍구

젊은이의 고민, 형상, 1934. 2
女, 비판, 1937. 7~8
독백, 비판, 1938. 12

홍사용

봉화가 켜질 때에, 개벽, 1925. 7

폐병 모티프

강경애

인간문제, 동아일보, 1934. 8. 1 ~ 12. 22

강노향

저무는 고향, 조광, 1936. 8
처녀지, 조선문학, 1937. 6

계용묵

청춘도, 조광, 1938. 2
流鶯記, 조광, 1939. 2

김기진

봄이 오기 전, 신가정, 1934. 3

김동리

두꺼비, 조광, 1939. 8

김소엽

만구산 스케취, 중앙, 1935. 3
고요한 정원, 조선문단, 1935. 4
저녁, 신인문학, 1935. 10
초라한 풍경, 조광, 1939. 7

노자영

누님, 신인문학, 1935. 10
山寺, 신인문학, 1936. 3

박영희

피의 무대, 개벽, 1925. 11
반려, 삼천리, 1937. 1, 5, 삼천리문학,
　1938. 6

박태원

진통, 여성, 1936. 5
사계와 남매, 신세대, 1941. 1 ~ 2

박화성

秋夕前夜, 조선문단, 1925. 1

북국의 여명, 조선중앙일보, 1935. 3.
  31 ~ 12. 4

윤세중

그늘 밑 사랑, 조선문학, 1937. 2

방인근

선혈, 조광, 1937. 12 ~ 1938. 3

이광수

혁명가의 아내, 동아일보, 1930. 1. 1 ~
  2. 4
무명, 문장, 1939. 2

백신애

顎富者, 신조선, 1935. 8

이무영

송영

나는 보아 잘 안다, 신여성, 1934. 4
분묘, 조선문학, 1937. 2
솜틀거리에서 나온 소식, 삼천리, 1936. 4   도전, 문장, 1939. 10

안동수

이봉구

정조, 광업조선, 1938. 5

밤차, 풍림, 1937. 5

안회남

이북명

온실, 여성, 1939. 5
겸허, 문장, 1939. 10   요양원에서, 사해공론, 1936. 2

이상

봉별기, 여성, 1936. 12

이석훈

회색가, 조선일보, 1936. 5. 8~29
백장미 부인, 조광, 1940. 1~6

이태준

구원의 여상, 신여성, 1931. 3~1932. 8
가마귀, 조광, 1936. 1

이학인

아주머니, 신동아, 1934. 4
여학생을 죽인 시집, 신인문학, 1934. 10

이효석

계절, 중앙, 1935. 7

임영빈

목사의 죽음, 조선문단, 1935. 4

전무길

적멸, 동아일보, 1937. 6. 3~7. 6

전영택

사진, 조선문단, 1924. 11
남매, 문장, 1939. 11

정비석

동경, 조광, 1938. 6

정인택

연연기, 동아일보, 1940. 3. 7~4. 3
業苦, 문장, 1940. 7
여수, 문장, 1941. 1
청량리 교외, 국민문학, 1941. 11

채만식

병이 낫거든, 조광, 1941. 7

조벽암

계절, 동광, 1935. 7

최독견

푸로수기, 신민, 1926. 8

최명익

무성격자, 조광, 1937. 9
肺魚人, 조선일보, 1939. 2. 5~25

최인욱

月下吹笛圖, 조광, 1939. 4
낙화부, 조광, 1940. 1

최정희

흉가, 조광, 1937. 4

한인택

不遇女人, 신동아, 1935. 6
무덤, 사해공론, 1936. 10

현덕

남생이, 조선일보, 1938. 1. 8~25
녹성좌, 조선일보, 1939. 6. 16~7. 26

홍사용

봉화가 켜질 때에, 개벽, 1925. 7

전향 모티프

강경애

인간문제, 동아일보, 1934. 8. 1~12. 22

강노향

暮林, 신동아, 1936. 9

854

김남천

남편, 그의 동지, 신여성, 1933. 4
소년행, 조광, 1937. 7
포화, 광업조선, 1938. 11
낭비, 인문평론, 1940. 2~1941. 2
경영, 문장, 1940. 10
麥, 춘추, 1941. 2

김동리

두꺼비, 조광, 1939. 8

김사량

天馬, 문예춘추, 1940. 6

백신애

혼명에서, 조광, 1939. 5

엄흥섭

가책, 신동아, 1936. 1

유진오

김강사와 T교수, 신동아, 1935. 1
가을, 문장, 1939. 5

유창림

농담, 문장, 1941. 2

이기영

적막, 조광, 1936. 7
신개지, 동아일보, 1938. 1. 19~9. 8
설, 조광, 1938. 5
고물철학, 문장, 1939. 7

이동규

신경쇠약, 풍림, 1937. 4

이무영

타락녀 이야기, 신인문학, 1935. 1~3

이석훈

고요한 폭풍, 국민문학, 1941. 11

이효석

부록, 사해공론, 1938. 9

정비석

이 분위기, 조광, 1939. 1
저기압, 비판, 1938. 5

조용만

배신자의 편지, 제일선, 1933. 3

최인욱

落花賦, 조광, 1940. 1

한설야

이녕, 문장, 1939. 5

현경준

탁류, 조선중앙일보, 1935. 9. 17~27
夜雨, 동아일보, 1940. 5. 10~6. 2

작가명

864